KB042970

일본추리소설사전

- 본서는 2013년도 일본국제교류기금의 보조금에 의한 출판물이다.
  本書は平成25年度日本国際交流基金の補助金による出版物である。
- 본서는 2013년 정부(교육인적자원부)의 재원으로 한국연구재단의 지원을 받아 수행된 연구(KRF-2007-362-A00019)이다.

일본 미스터리 총서 3

식민지 일본어문학 · 문화 시리즈 13

일본
추리소설
사전

**고려대학교
일본연구센터**

일본추리소설사전
편찬위원회

學古房

구로이와 루이코 (국립국회도서관 소장)

구로이와 루이코 『무참』 표지
(스즈키킨스케출판, 1890, 국립국회도서관 소장)

에도가와 란포(사진제공 문예춘추)

에도가와 란포 저 『소년탐정27 황금가면』 표지
(포플라사, 1970, 표지 그림 야나세 시게루柳瀬茂)

잡지 『신청년』 1927년 3월호 표지
(하쿠분칸, 마쓰노 가즈오 그림)
(사진인용 『신청년 복제판』 제8권, 혼노도모사, 1993)

잡지 『프로필』 1935년 12월호 표지(프로필사)

잡지 『프로필』 1935년 12월호 목차(프로필사)

요코미조 세이시
『이누가미일족』 (가도카와 서점, 1972)

긴다이치 고스케 동상
(사진제공 오카야마현^{岡山縣} 구라시키시^{倉敷市}
마비초^{眞備町} 『마비 고향 역사관^{眞備ふるさと歴史館}』)

마쓰모토 세이초(사진제공 문예춘추)

마쓰모토 세이초 기념관
(사진제공 기타큐슈^{北九州} 시립 마쓰모토 세이초 기념관)

아카가와 지로 『삼색털 고양이 홈즈의 추리』 표지
(가도카와 서점, 1984)

미야베 미유키 『화차』 (신초문고, 1992)

영화 『용의자X의 헌신』 포스터
(원작:히가시노 게이고, 제작:후지 TV,
배급:도에이, 2008, 사진제공:K엔터테인먼트)

미스터리문학자료관
(사진제공 도쿄도東京都 도시마구豊島区 미스터리문학자료관)

간행사 • •

본 사전은 한국에서 간행되는 최초의 추리소설사전이다. 고려대 일본연구센터에서 일본 추리소설사전을 편찬하기에 이른 것은 한국추리소설 장르 형성의 역사적 상황과 오늘날의 독서계 현실을 감안한 것으로, 일본추리소설을 체계적으로 정리하여 이를 국내 학계 및 독자들에게 제시할 필요성을 느꼈기 때문이다.

한국에서 추리소설 장르가 성립된 과정은 일본의 식민지배와 불가분의 관계에 있다고 해도 과언이 아닐 것이다. 본래 추리소설이란 근대적 국가제도와 도시문화, 대중의 출현 등을 배경으로 서양에서 탄생한 대중문학 장르이다. 하지만 한국을 비롯한 아시아의 경우 일본의 식민지배 과정을 통해서 이 장르가 유입, 변용되었으며 서양의 추리소설과는 다른 역사적 배경과 복잡한 전개 양상을 보이고 있다. 특히 한국의 경우 일본에서 번안된 서양 추리소설의 중역, 혹은 번안 과정을 거치면서 널리 읽히기 시작했고 1920년대 후반부터는 일본어 추리소설을 직접 읽는 독자층이 생겼으며, 1930년대부터는 대중문학의 한 축을 형성하기에 이르렀다.

또한 오늘날 한국에서 가장 많이 번역, 출판되는 외국 서적은 대중문학 중에서도 일본추리소설이라고 해도 과언이 아니다. 실제로 일본이 자랑하는 가와바타 야스나리川端康成나 오에 겐자부로大江健三郎 등의 순문학 작가보다 마쓰모토 세이초松本淸張나 히가시노 게이고東野啓吾 등 추리작가들이 한국인 독자에게 훨씬 더 친숙하고 이들의 작품이 더 많이 읽히고 있다. 2000년대 이후 한국 출판시장에서 일어나고 있는 일본추리소설 붐은 다양한 일본 대중문학의 번역과 출판을 독려하였고 광범위한 독자층을 형성하기에 이르렀다. 이러한 일본추리소설 붐을 표면적이고 일회적인 현상으로 그치게 하지 않고 보다 깊은 일본이해나 문화이해의 기폭제로 전환시켜줄 안내자가 필요할 것이다. 이에 본 사전은 일본추리소설을 통해서 시간 때우기 식의 독서를 벗어나 좀 더 심오한 일본추리소설 세계로 여행을 떠나고자 하는 한국 독자들에게 유용한 가이드북을 제공하기 위해 간행되었다.

추리소설 강국 일본에서는 이미 여러 권의 추리소설사전이 간행되었지만, 본 사전은 이들 일본어 사전의 내용을 참고로 하되 한국에서 간행하는 만큼 최대한 한국인의 입장에서 국내의 독자층을 고려하여 집필하고자 노력하였다. 표제어 선정에 있어서도 추리소설작가뿐 아니라 19세기 말 서양탐정소설을 번안 혹은 번역한 일본인 역자들도 조사 가능한 범위 내에서 수록하였고 일본추리소설의 아시아에서의 수용 상황도 반영하고자 노력하였다. 특히, 해방 이후 한국 내에서 번역된 일본추리소설에 관해서는 그 번역 현황을 가능한 한 반영하여 기술하였다.

　　한국에서 일본추리소설 붐이 일어난 지 오래고 그 열기는 날이 갈수록 더해가고 있다. 본 사전이 전문가적 레벨에 도달한 국내 일본추리소설 애호가들의 지적 열망을 해소하고 일본 추리소설의 두터운 기반과 역사를 이해할 수 있는 초석이 되길 기대하며, 국내에 있는 한일 근대문학 혹은 문화 연구자들의 연구에도 도움이 되기를 바라 마지않는다.

　　끝으로 사전 집필이라는 힘든 작업에 애써주신 공동 집필자 여러분의 협력에 깊은 감사를 드린다. 그리고 방대한 분량의 원고 및 교정지를 수차례에 걸쳐 교열, 교정을 하면서 이 사전의 총괄을 맡아주신 김효순 교수님과 일본연구센터 〈식민지 일본어문학·문화〉아젠다 팀 선생님들, 연구보조원으로 도와준 대학원생들, 교정 작업과 편집에 헌신적으로 임해 주신 학고방 박은주 차장님께도 감사의 말씀을 전한다. 그리고 이 사전이 나오도록 지원해 준 일본국제교류기금과 한국연구재단 관계자께도 고마움을 표하고 싶다.

2014년 3월

고려대학교 일본연구센터 소장　유재진

목차 目次 ● ●

간행사 _ 8

일러두기 _ 12

ㄱ _ 15

ㄷ _ 139

ㅁ _ 183

ㅅ _ 227

ㅈ _ 435

ㅋ _ 448

ㅍ _ 459

A~Z _ 508

ㄴ _ 94

ㄹ _ 178

ㅂ _ 221

ㅇ _ 300

ㅊ _ 443

ㅌ _ 451

ㅎ _ 463

부록 1: 일본추리소설 관련 수상일람 _ 511

부록 2: 일본추리소설 관련 중요문헌 _ 543

부록 3: 일본추리소설 연표 _ 551

부록 4: 색인(INDEX) _ 583

일러두기

1. 표제어는 한글로 굵게 표시하였고 원문을 첨자로 표시하였으며, 인명의 경우 생몰연월일을 표시하였다. 생몰월일을 알 수 없는 경우는 연도만 표기하였다.
2. 작가는 가장 일반적인 표기를 표제어로 사용했고, 그 외의 본명이나 필명은 본문에 적었으며, 필요한 경우 모리시타 우손森下雨村 ☞ 사가와 슌후佐川春風와 같이 ☞를 사용하였다.
3. 일본의 인명, 지명, 대학명, 출판사명 등 고유명사는 기본적으로 일본식 독음으로 표기했으나, 한국어로 의미가 통하는 단어는 한국식 독음으로 표기했다.
4. 작품 제목의 한국어 표기는 번역본이 있는 경우 번역본의 제목에 따라 표기했다.
5. 논문, 작품명, 영화제목 등은 「」로 표시하고, 단행본, 전집, 잡지명, 신문명은 『』로 표시했다.
6. 상과 시리즈의 명칭은 〈 〉로 표시하였고, 〈 〉안의 단체명이나 작가명은 하나의 단어로 보아 붙여 썼다.
7. 인용이나 강조는 ' '로 표시했다.
8. 연도의 표기는 원칙적으로 서력으로 표기하였다.
9. 각 항목별로 참고문헌을 표기하였으며, 본 사전에서 기본적으로 사용한 참고문헌의 약자는 다음과 같다.

    A: 権田萬治・新保博久『日本ミステリー辞典』(新潮社, 2000)

    B: 中島河太郎 外『現代推理小説』(別卷2)(講談社, 1980)

    C: 山村正夫『推理文壇前後史』(4)(双葉社, 1987)

D: 江戸川乱歩『推理小説四十年』(上,下)(光文社, 2006)

E: 中島河太朗『日本推理小説辞典』(東京堂出版, 1985)

F: 九鬼紫郎『探偵小説百科』(金園社, 1975)

G: 中島河太郎・日本推理作家協会編『江戸川乱歩全集①, 探偵小説辞典』(講談社, 1998)

H1:『このミステリーがすごい』(宝島社, 2000. 12)

H2:『このミステリーがすごい』(宝島社, 2001. 12)

H3:『このミステリーがすごい』(宝島社, 2002. 12)

H4:『このミステリーがすごい』(宝島社, 2003. 12)

H5:『このミステリーがすごい』(宝島社, 2004. 12)

H6:『このミステリーがすごい』(宝島社, 2005. 12)

H7:『このミステリーがすごい』(宝島社, 2006. 12)

H8:『このミステリーがすごい』(宝島社, 2007. 12)

H9:『このミステリーがすごい』(宝島社, 2008. 12)

H10:『このミステリーがすごい』(宝島社, 2009. 12)

H11:『このミステリーがすごい』(宝島社, 2010. 12)

H12:『このミステリーがすごい』(宝島社, 2011. 12)

H13:『このミステリーがすごい』(宝島社, 2012. 12)

I: 郷原宏『名探偵事典』日本編(東京書籍, 1995)

ㄱ

가가미 게이스케加賀美敬介

쓰노다 기쿠오角田喜久雄의 「괴기를 품은 벽怪奇を抱く壁」(1946)에 등장하는 캐릭터로 경시청 조사 1과의 경부이다. 쓰노다 기쿠오는 전기소설傳奇小說이라 불리던 시대소설이나 탐정소설 분야에서 활약한 가나가와현神川県 출신의 작가이다. 에도가와 란포江戶川乱歩는 가가미 게이스케가 등장하는 『다카기 가문의 비극高木家の慘劇』(1947)의 서문에서 그 '등장인물의 성격묘사 필력'을 높게 평가하고 있다. 또한 『다카기 가문의 비극』은 요코미조 세이시橫溝正史의 『본진살인사건本陣殺人事件』이나 『지옥문을 여는 방법獄門島』, 사카구치 안고坂口安吾의 『불연속살인사건不連続殺人事件』 등과 함께 이 시기의 대표적인 추리소설로, 그리고 일본 미스터리 역사상의 명작으로 평가되고 있는데, 집필 시기는 「괴기를 품은 벽」보다 빠른 것으로 알려져 있다. 가가미 게이스케는 골초이면서 체격이 아주 큰 남자로 냉철한 관찰력으로 범인을 추적해 가는 캐릭터이다. 쓰노다 기쿠오에 의하면, 이 가가미 게이스케의 성격은 쥘 마이그렛Jules Maigret 경부가 모델이라고 한다. 쥘 마이그렛 경부는 프랑스의 소설가 조르주 심농Georges Simenon의 〈마이그렛 시리즈〉의 캐릭터이다. 이 경부도 골초에 체격이 큰 남자로 알려져 있다. 가가미 게이스케가 등장하는 작품으로는 『다카기 가문의 비극』과 함께 본격미스터리로 평가가 높은 『기적의 볼레로奇蹟のボレロ』(1948)가 있다. 또한 단편소설로는 찻집에서 기묘한 남자의 행동을 목격한 것이 계기가 되어 사건에 말려들게 되는 「괴기를 품은 벽」을 비롯하여 그 외에도 「Y의 비극Yの悲劇」이나 「료쿠테이의 목멘 남자綠亭の首吊男」(이상 1946), 「노랑머리의 여인黃髮の女」(1947)이나 「영혼의 다리靈魂の足」(1948) 등이 있다.

▶ 장영순

참고문헌: A, E, F, I, 江戶川乱歩 「序」(『高木家の慘劇』, 淡路書房, 1947), 『日本探偵小說全集3 大下宇陀児 角田喜久雄集』(創元推理文庫, 1985).

가게야마 다미오景山民夫, 1947.3.20~1998.1.27

소설가이면서 방송작가. 방송작가로서의 다른 필명으로는 오오카 데쓰타로大岡鉄太郎

15

가 있다. 1947년에 도쿄東京에서 태어났다. 게이오의숙대학慶應義塾大学 문학부 및 무사시노미술대학武蔵野美術大学 중퇴. 1998년에 죽음. 가게야마는 1968년에 방송작가가 되어 텔레비전 프로그램 「비눗방울 홀리데이シャボン玉ホリデー」를 프로듀스했다. 작가로서는 후배인 오구로 가즈미小黒一三의 의뢰로 에세이 「일상 생활普通の生活」을 잡지 『부르터스Brutus』에 게재하여 에세이스트로서 주목을 받는다. 1987년에는 「ONE FINE MESS 세상은 슬랩스틱世間はスラップスティック」으로 제2회 〈고단샤에세이상講談社エッセイ賞〉을 수상한다. 소설가로서의 첫 작품은 『호랑이입으로부터의 탈출虎口からの脱出』(1986)이다. 이 소설로 1987년에 제8회 〈요시카와에이지문학신인상吉川英治文学新人賞〉과 제5회 〈일본모험소설협회최우수신인상日本冒険小説協会最優秀新人賞〉을 수상한다. 또한 1988년에는 『먼 바다에서 온 쿠遠い海から来たCOO』로 제99회 〈나오키상直木賞〉을 수상한다. 『호랑이입으로부터의 탈출』의 무대는 1928년 중국대륙이다. 장작림張作霖 암살 사건의 공작 현장을 목격한 중국인 소녀 려화麗華를 데리고 펑톈奉天에서 샹하이上海로 탈출을 시도하는 모험소설이다. 그리고 『먼 바다에서 온 쿠』는 남쪽 바다를 무대로 한 아름다운 자연과 부모 자식간의 관계를 통해 그려진 소년의 성장기로, 대국大国의 핵실험 등이 등장하는 모험소설 혹은 판타지소설이다.

16

▶ 장영순

참고문헌: A, 景山民夫『虎口からの脱出』(新潮社, 1990), 景山民夫, 山本二三 共著『遠い海から来たCoo』(角川書店, 1993).

가나이 히데타카金井英貴 ☞ 세이료인 류스이
清涼院流水

가노 도모코加納朋子, 1966.10.19~

소설가. 후쿠오카현福岡県 기타규슈시北九州市에서 태어났으며, 분쿄대학文教大学 여자단기대학부를 졸업했다. 1992년, 화학 회사에 근무하며 쓴 『일곱의 아이ななつのこ』로 미발표 장편추리소설에 수여하는 제3회 〈아유카와데쓰야상鮎川哲也賞〉을 받으며 데뷔했다. 『일곱의 아이』는, 단기대학에 다니는 주인공 이리에 고마코入江駒子가 작중소설 『일곱의 아이』의 작가와 서신을 나누는 서간체 형식의 단편 연작이다. 이 소설은 추리소설가 기타무라 가오루北村薫 영향을 받아 창작된 것으로 알려져 있으며, 작중인물 고마코가 등장하는 『마법비행魔法飛行』(1993), 『스페이스スペース』(2004)와 함께 〈고마코 시리즈〉라 불린다. 이 데뷔작에서 확인할 수 있듯 작가는 잔혹한 범죄 사건보다는 일상의 미스터리를 묘사하는 데 재능을 보여 왔다.
퇴사 후 전업작가로 활동하기 시작한 1995년의 발표작 『손 안의 작은 새掌の中の小鳥』를 계기로 소설 묘사에 사회적인 시각을 도입하기 시작했으며, 이런 경향은 『유리 기린ガラスの麒麟』(1997)에서 보다 뚜렷이 드러난다. 여학교를 무대로 한 『유리 기린』은, 여학생 안도 마이코安藤麻衣子의 죽음을 둘러싼 주변 인물들의 이야기와, 안도 자신이 죽기 전에 쓴 동화가 모여 연작을 이루는 작품이다. 표제작 「유리 기린」으로 1995년 제48회 〈일본추리작가협회상日本推理作家協会賞〉을 수상했다. 『손 안의 작은 새』와 『유리 기린』은 한국어로도 각각 2011년과 2010년에 번역됐다. 국내에 번역된 다른 작품으로 대표작 『나선 계단의 앨리스螺旋階段のアリス』(2000)와 속편 『무지개 집의 앨리스虹の家のアリス』(2002) 등이 있다. 〈앨리스 시리즈〉로 불리는 이 작품들은, 정리해고를 목적으로 회사가 내건 창업 지원에 응해 사립탐정 사무소를 설립한 니키 준페이仁木順平와, 그의 조수로 들어오게 된 의문의 소녀 이치무라 아리사市村安梨沙가 소소한 의뢰 사건들을 함께 해결해 나가는 과정을 그렸다. 두 권 모두 2008년에 한국어로 번역되었다.

▶ 이주희

참고문헌: A, H1~H13.

가노 료이치香納諒一, 1963~

소설가. 본명 다마이 마코토玉井真. 요코하마시横浜市에서 태어났다. 와세다대학早稲田大学 문학부를 졸업한 뒤, 출판사에 근무하며 습작기를 보냈다. 1990년 「어둠의 저편影の彼方」이 제7회 〈오다사쿠노스케상織田作之助賞〉에 가작으로 뽑혔으며, 이듬해 「허밍으로 2절까지ハミングで二番まで」(1991)로 제13회 〈소설추리신인상小説推理新人賞〉을 수상했다.

1992년에 발표한 첫 번째 장편 『시간이여 밤의 바다로 저물라時よ夜の海に瞑れ』(이후 『밤의 바다로 저물라夜の海に瞑れ』로 개제)는, 사립탐정 이카리다碇田가 노년의 야쿠자 요시노를 수행해 고향까지 데려다 주는 임무를 맡게 되지만, 도중에 예상치 못한 습격을 받아 요시노가 납치를 당하는 일이 벌어지면서 45년 전 그와 관련된 과거들을 추적하게 되는 이야기다. 이 작품은 정통 하드보일드 작품으로 주목을 받았으며, 이후로도 작가는 하드보일드에 기반한 작품들을 꾸준히 발표해 오고 있다. 시력을 잃은 은퇴 복서를 주인공으로 한 모험소설 『올빼미의 주먹梟の拳』(1995)은 생생한 액션 묘사로 호평을 얻었으며, 1999년에는 『환상의 여인幻の女』(1998)로 제52회 〈일본추리작가협회상日本推理作家協会賞〉을 수상했다. 2008년 한국어로도 번역된 『제물의 야회贄の夜会』(2006)는 『별책 문예춘추別冊 文芸春秋』에 연재된 작품을 바탕으로 한 장편 서스펜스 소설이다. '범죄 피해가족들의 모임'을 마치고 귀가 중이던 두 여성이 살해당하는데, 수사과정에서 거대 폭력 조직과 비리 경찰, 그리고 십구 년 전 중학교에서 엽기적인 살해를 저지르고 현재는 변호사

17

가 된 한 남성이 사건에 복잡하게 연루되어 있음이 밝혀진다. 출간에 이르기까지 육 년 동안의 구상과 집필을 거친 역작이다.

▶ 이주희

참고문헌: A, H1~H13.

가노 이치로加納一朗, 1928.1.12~

소설가. 본명 야마다 다케히코山田武彦. 소년기와 청년기를 만주 다롄大連에서 보냈다. 니쇼가쿠샤전문학교二松学舎専門学校의 국문과를 졸업하고 출판사에 근무했다. SF 동인지 『우주 먼지宇宙塵』에 참가하여 SF 소설을 쓰기 시작했으며, 1960년 잡지 『보석宝石』에 「녹슨 기계錆びついた機械」를 발표했다. 이어서 『일그러진 밤歪んだ夜』(1962), 『섯 아웃シャット・アウト』 『하얀 잔상白い残像』 (두 작품 모두 1963) 등 다수의 SF와 추리소설을 발표했다. 『괴도 라레로怪盗ラレロ』 (1968)를 비롯해 소년소녀를 대상으로 한 다수의 작품들을 집필했으며, 「슈퍼 제터スーパージェッター」 등 텔레비전 애니메이션의 각본가로도 활약했다.

『하얀 잔상』은 재일주둔 미군 기지에서 일어난 병사 탈주 사건을 중심으로, 미군 주둔, 인종 문제, 성노동 등 전후의 사회적 문제를 복합적으로 다룬 소설이며, 당시의 추리소설로서는 드물게 수사 과정에 탐색견을 도입한 설정이 돋보인다. 『갈라진 여로裂かれた旅路』(1982)는, 작가 자신이 어린 시절을 보낸 바 있는 중국을 무대로 하여

패전 이후 잔류한 고아의 이야기를 그린 소설이다.

1983년에는 코난 도일의 〈셜록 홈즈 시리즈〉를 차용하여, 『호크 씨의 이방의 모험ホック氏の異郷の冒険』을 발표했다. 폭포에 떨어졌던 셜록 홈즈가 실은 죽지 않고 사무엘 호크라는 이름으로 일본을 방문해 영일 외교 비밀문서의 분실 사건에 관여한다는 설정의 이야기이다. 이 소설로 1984년 제37회 〈일본추리작가협회상日本推理作家協会賞〉을 수상했으며, 1988년 〈호크 시리즈〉에 속하는 작품으로 『호크 씨 자금성의 비밀ホック氏・紫禁城の秘密』, 『호크 씨 홍콩 섬의 도전ホック氏・香港島の挑戦』 두 편의 소설을 더 발표하게 된다.

『흐린 강 살인사건にごりえ殺人事件』(1984)은 실존 작가 히구치 이치요樋口一葉를 등장시킨 추리소설로, 히구치 이치요가 『문명신문文明新聞』의 기자 마에자와 덴푸前沢天風와 함께 유녀들의 연쇄살해 사건의 진상을 밝혀 내는 작품이다. 『흐린 강 살인사건』 이후 가노 이치로는 메이지 시대를 배경으로 『개화살인첩開化殺人帖』(1987), 『제국도시 유괴단帝都誘拐団』(1988), 『외인의 머리異人の首』(1989), 『죽은 사람 일으키기死人起こし』(1990)로 이어지는 〈개화 살인첩開化殺人帖 시리즈〉를 발표했다.

영화에도 각별한 관심을 보여 『추리・SF영화사推理・SF・映画社』(1975), 『영화 프로그램・그래비티映画プログラム・グラフィティ』(1995)와

같은 저술을 남겼다.

▶ 이주희

참고문헌: A, B, E.

가다 레이타로加田伶太郎, 1918.3.19~1979.8.13

소설가. 본명 후쿠나가 다케히코福永武彦.
후쿠오카현福岡県에서 태어났다. 도쿄제국
대학東京帝国大学 불문과 졸업 후 나카무라
신이치로中村真一郎, 가토 슈이치加藤周一와
함께 문학 동인 '마티네 포에티크'를 결성
해 시 창작에 열중했다. 중학교에서 교편
을 잡기도 했으나, 폐결핵의 발병으로
1953년까지 요양 생활을 보내며 문학 창작
에 전념했다. 본명인 '후쿠나가 다케히코'
로 『풍토風土』(1952), 『풀꽃草の花』(1954) 등
순문학 방면의 소설을 발표하는 한편, 가
짜 이름 '가다 레이타로'로 탐정소설 「완전
범죄完全犯罪」(1956)를 발표했다. 펜네임 '가
다 레이타로'는, '누구일까誰だろうか, 일어
문장의 본래 발음은 '다레다로카' 의 철자
순서를 바꿔 만든 것이다. 이듬해 다섯 편
의 초기 작품을 엮어 단편집 『완전범죄』
(1957)를 간행했으며 1958년 작가는 또 다
른 가명 후나타 가쿠船田学로 SF소설 「지구
를 멀리 떠나서地球を遠く離れて」(1958)를 발
표하기도 했다. 1970년 「지구를 멀리 떠나
서」를 포함한 열 편의 작품을 엮어 『가다
레이타로 전집加田伶太郎全集』을 후쿠나가 다
케히코의 명의로 출간했다.
그밖에 나카무라 신이치로, 홋타 요시에

堀田善衞와 함께 괴수영화 「모스라モスラ」
(1961)의 원작 릴레이 소설 『발광요정과 모
스라発光妖精とモスラ』(1961)를 썼으며, 나카
무라 신이치로, 마루야 사이이치丸谷才一와
함께 서양 추리소설 에세이 『심야의 산책深
夜の散歩』(1963)을 간행하기도 했다.

▶ 이주희

참고문헌: A, B, F.

가도 슌조加堂秀三, 1940.4.11~2001.2.2

소설가. 오사카大阪에서 태어났다. 고등학
교를 중퇴하고 연마공, 판매원, 카피라이
터 등의 직업을 거치며 『조류시파潮流詩派』
등에 시를 게재했다. 1970년 「동네 밑町の底」
으로 제14회 〈소설현대신인상小説現代新人賞〉
을 수상하며 소설을 발표하기 시작했다.
1979년 『고랑凅瀧』으로 제1회 〈요시카와에
이지문학신인상吉川英治文学新人賞〉을 받았
다. 그밖에도 교토京都를 배경으로 여성 인
형공예 장인의 신산한 삶을 그린 『사가노
의 여인숙嵯峨野の宿』(1976)이 1987년 닛카쓰日活
에서 같은 제목으로 영화화되기도 했다.

▶ 이주희

참고문헌: B, E.

가도이 요시노부門井慶喜, 1971.11.2~

소설가. 군마현群馬県 출생, 우쓰노미야시宇
都宮市에서 성장. 도시샤대학同志社大学 문학
부 문화사학과 졸업.
대학을 졸업하면 작가가 되리라는 생각으

로 취업활동 대신 독서를 즐겼으나, 졸업 후 작가도 되지 못하고 취업하는 데도 실패했다. 교토에서 우쓰노미야로 돌아와 직업을 얻은 후 소설을 쓰기 시작해 2000년 처음으로 공모전인 〈소겐추리단편상創元推理短編賞〉문학상에 응모하여 탈락했으나 나쁘지 않았다는 평가를 듣고 힘을 얻는다. 이후 직장을 그만두고 본격적으로 여러 차례 문학상에 도전 끝에 2003년 「키드내퍼 스킷드냇퍼즈」로 제42회 〈올요미모노추리신인상オール読物推理新人賞〉을 수상했으며 2006년 첫 단행본인 『천재들의 가격天才たちの値段』을 출간했다. 미술품 컨설턴트 가미나가 미유榊永美有를 탐정 역할로 등장시킨 이 단편집은 호평을 받았으며 후속작으로 『천재까지의 거리天才までの距離』(2009)도 출간한다. 한·일간의 독도분쟁을 소재로 한 콘 게임(사기극) 소설 『다케시마竹島』(2012), 미술관련 전문지식이 전혀 없는 형사가 미술품 사기사건을 수사하는 『여기는 경시청 미술범죄수사반こちら警視庁美術犯罪捜査班』(2013) 등을 발표했다. 『천재들의 가격』이 번역되어 있다.

▶ 박광규

참고문헌: 村上貴史, 「迷宮解体新書(2) 門井慶喜」(『ミステリマガジン』 2008년 2월호, 早川書房).

가도타 야스아키門田泰明, 1940.5.31~

소설가. 오사카大阪에서 태어났다. 전기, 의약, 상사 등 각종 기업의 관리직, 감사직으로 근무했다. 1980년 『소설 보석小説 宝石』 1월호부터 장편 서스펜스 「어둠의 총리를 쏴라闇の総理を撃て」를 연재하면서 문단에 데뷔했다. 초기에는 의학 서스펜스 소설을 주로 발표했으나, 기업과 정치계 등으로 점차 소재의 범위를 넓혀 갔다.

초기 장편 『암병동의 메스癌病棟のメス』(1981)는 암 의학계의 두 줄기를 이루는 국립제국의대国立帝国医大 다카야나기高柳와 국립삿포로종합의대国立札幌総合医大의 아사쿠라浅倉의 암투를 그린 작품이다. 학장 자리를 노리는 다카야나기는 자신의 제자를 동원해 환자에게 생체실험을 시도하여 항암제를 개발하려 한다. 명예욕에 사로잡힌 두 의사의 대립을 묘사하여 의학계의 부패상을 폭로한다는 기치를 내건 작품이다. 같은 해 발표한 『대병원이 흔들리는 날大病院が震える日』(1981) 역시 병원 내의 권력 투쟁을 그린 작품으로, 의료법인 성심회誠心会의 이사 겸 병원장 겐다이現台와, 그의 병원에 근무하는 배다른 형제 무라세村瀬와 나오하루尚治를 중심으로 이야기가 전개된다. 소화기과의 부장으로 일하는 청렴한 의사 무라세는 겐다이가 혼외 관계에서 낳은 아들로, 아버지와 대립하는 한편 적자 나오하루와 부원장이 꾸미는 책략에 맞서 나간다. 가도타의 작품 중에서도 가장 많은 독자를 얻은 대표작은, 액션 히어로물 〈특명무장검사 구로키 효스케特命武装検事·黒木豹介 시리즈〉다. 특수검사 구로키 효스케가 법무

대신 직할 무장검사가 되어, 초월적인 권력을 무기로 상류 계급의 특수범죄에 도전하는 시리즈물이다. 이 시리즈는 『소설 보석』 1981년 1월호부터 연재가 시작됐으나, 장편 연작으로 발전하면서 국제무대를 배경으로 한 대하 베스트셀러가 됐다.

▶ 이주희

참고문헌: A, E.

가리 규符久, 1922.2.10~1977.10.12

본명 이치하시 히사아키市橋久智. 도쿄에서 태어났다. 게이오의숙대학慶応義塾大学 공학부 전기과를 졸업했다. 대학 졸업 후 결핵으로 1946년부터 1953년까지 요양소에서 투병 생활을 했다. 1951년 12월 『별책 보석別冊 宝石』에 단편 「낙석落石」과 「빙산氷山」을 발표하며 작품 활동을 시작했다. 서스펜스와 관능적인 성 묘사에 뛰어났으며, 자신의 전기적 사실을 소설에 반영하거나 작가 자신을 소설에 등장시킨 점이 특징이다. 결핵으로 요양 중인 환자가 숙모에게 유산을 상속받도록 하기 위해 원격 살인을 계획했다가 어긋나고 만다는 줄거리의 「스트립트 마이 신すとりっぷと・まい・しん」으로 신예 콩쿨 상 등에 입선했다. 1953년부터 자택에서 요양을 하며 다수의 본격 추리물 및 관능 서스펜스 작품을 발표했다. 1954년과 1955년에는 동인잡지 『밀실密室』의 도쿄 대표 편집자로 일했고, 1962년 소설 발표를 중단하기까지 백여 편의 작품을 발표

했다.

집필 중단기에는 광고 및 PR 영화를 기획하고 제작하는 일에 몸담았으며, 10년 만인 1975년 『환영성幻影城』에 SF 소설 「추방追放」을 발표하며 집필을 재개했다. 1976년에는 최초의 장편소설 『불필요한 범죄不必要な犯罪』를 출간하기도 했으나 이듬해 별세했다.

▶ 이주희

참고문헌: A, B, E.

가면仮面

탐정소설 전문 잡지. 1948년 2월부터 프로필사ぷろふいる社에서 간행됐다. 1946년에 재간된 『프로필ぷろふいる』이 명칭을 바꿔 속간된 것으로, 구키 단九鬼澹 (구키 시로九鬼紫郎와 동일 인물)이 편집을 맡았다. 월간으로 총 여섯 권의 잡지를 출판하고 같은 해 8월 임시 증간호를 마지막으로 폐간됐다.

▶ 이주희

참고문헌: B, E, G.

가미즈 교스케神津恭介

다카기 아키미쓰高木彬光의 『문신살인사건刺青殺人事件』(1948) 이후 〈가미즈 교스케 시리즈神津恭介シリーズ〉에 등장하는 법의학자이면서 사립탐정이다.

『문신살인사건』에는 '가미즈 교스케의 능력에 대해 일고一高에서 배운 사람들은 누구나가 알고 있다. 일고는 구제旧制 제1고

21

등학교第一高等學校로 현재 도쿄대학東京大学 교양학부 등의 전신이다. 개교 이래 50년, 수많은 인재를 다방면에 보낸 일고가 특히 자랑할 만한 천재 중 한 사람이었다. 그는 19살에 이미 영어, 독일어, 프랑스어, 러시아어, 그리이스어, 라틴어 6개 국어를 할 줄 알았다'고 되어 있다. 이와 같이 천재적 재능이 있는 교스케는 일고의 의학부에 진학해 법의학자가 된다. 그는 미남에 키도 크고, 피아노 실력도 프로급이다. 이와 같은 가미즈 교스케라는 캐릭터는 에도가와 란포江戸川乱歩의 아케치 고고로明智小五郎, 요코미조 세이시横溝正史의 긴다이치 고스케金田一耕助와 함께 3대 명탐정으로 불린다.

『문신살인사건』의 화자는 가미즈 교스케의 옛친구이면서 워트슨 역에 해당하는 탐정작가 마쓰시타 곤조松下研三인데, 그의 형은 전직이 경시청 조사 1과장으로 설정되어 있다. 〈가미즈 교스케 시리즈〉의 대표작으로 평가가 높은 것은 『인형은 왜 살해되는가人形はなぜ殺される』(1955)이다. 일본 전후 부흥기의 사회정세를 배경으로 속임수 트릭, 바꿔치기 트릭, 알리바이 트릭, 법률 트릭을 구사하고 있는 본격추리소설이다. 그 외에는 10대 후반의 가미즈가 클래식한 학교 모자에 망토를 걸치고 활약하는 『우리 일고 시대의 범죄わが一高時代の犯罪』(1951)나 '요시쓰네義経＝칭기즈칸'설을 테마로 하고 있는 역사 미스터리 『징기스칸의 비밀成吉思汗の秘密』(1958) 등이 있다.

▶ 장영순

참고문헌: A, E, I, 高木彬光『刺青殺人事件』(角川文庫, 1973), 山前讓『日本ミステリーの100年』(知恵の森文庫, 2001), 高木彬光『人形はなぜ殺される』(光文社文庫, 新装版, 2006).

가사이 기요시笠井潔, 1948.11.18~

소설가. 평론가. 도쿄東京에서 태어났다. 와코대학和光大学을 중퇴하고 신좌익계 정치결사의 논객으로 활동했으나 1972년 연합적군 '우치게바内ゲバ' 사건의 충격으로 거리를 두게 됐다. 1974년부터 1976년까지 일본을 떠나 파리에 거주하는 동안 첫 번째 탐정소설 『바이바이 엔젤バイバイ, エンジェル』(1979)을 집필했으며, 이 소설로 제6회 〈가도카와소설상角川小説賞〉을 수상했다. 스페인 국경 피레네 산맥에서 일어난 연속살인사건의 미스터리를 사법경찰의 딸 나디아와 일본인 청년 야부키 가케루矢吹駆가 해결하는 내용으로, 이 사건의 기원에 스페인 내전이 자리하고 있다. 작가는 탐정소설의 형식을 빌려 연합적군 사건을 암시적으로 비판하려 한 것으로 보인다.

가사이 기요시는 이후 야부키 가케루를 탐정역으로 등장시킨 시리즈 『서머 아포칼립스サマー・アポカリプス』(1981), 『장미 여인薔薇の女』(1983), 『철학자의 밀실哲学者の密室』(1992), 『오이디푸스 증후군オイディプス症候群』(2002), 『흡혈귀와 정신분석吸血鬼と精神分析』(2011) 등을 발표했다. 『서머 아포칼립스』는 그중에서도 평가가 높은 작품으로, 야부키 가케루가 남프랑스 몽 세귀르에서 요한계시록의 기술을 모방한 연쇄살인 사건을 해결하는 본격 추리소설이다. 실존 인물을 참고로 한 인물들을 등장시켜 작중인물들 사이의 첨예한 사상적 대결을 이야기 속에 도입하는 점이 그의 추리소설의 특징이다. 그밖에도 『세 마리 원숭이三匹の猿』(1995)를 필두로 한 사립탐정 〈아스카이 시리즈飛鳥井シリーズ〉, 에드거 앨런 포 작품의 뒤팽 형사를 등장시킨 『군중의 악마―뒤팽 제4의 사건群衆の悪魔―デュパン第四の事件』(1996) 등 다수의 작품이 있으며, SF소설의 창작에도 힘을 기울여 SF 전기伝奇 소설 〈뱀파이어 전쟁 시리즈ヴァンパイアー戦争 シリーズ〉를 집필하기도 했다.

가사이 기요시는 소설가로 데뷔할 즈음부터 문예평론지 『유레카ユリイカ』를 주무대로 하여 평론가로 활동하기 시작했으며 미스터리와 관련된 저술 역시 다수 출판했다. 『서사의 우로보로스―일본 환상작가론物語のウロボロス――日本幻想作家論』(1988)과 『모방의 일탈―현대 탐정소설론模倣における逸脱―現代探偵小説論』(1996), 『탐정소설론Ⅰ―범람의 형식探偵小説論Ⅰ―氾濫の形式』(1998), 『탐정소설론Ⅱ―허구의 나선探偵小説論Ⅱ―虚構の螺旋』(1998) 등의 저작이 있으며, 1997년 평론 앤솔러지 『본격미스터리의 현재本格ミステリの現在』를 엮어 제51회 〈일본추리작가협회상日本推理作家協会賞〉을 받았다.

2000년대에 출간한 미스터리 관련 저작으로는, 『탐정소설론 서설探偵小説論序説』(2002), 『탐정소설론Ⅲ―쇼와의 죽음探偵小説論Ⅲ―昭和の死』(2008) 및 '미네르바의 부엉이는 황혼에 날아오르는가?ミネルヴァの梟は黄昏に飛びたつか?' 라는 타이틀로 엮은 세 권의 탐정소설론 『탐정소설의 재정의探偵小説の再定義』(2001), 『탐정소설과 20세기 정신探偵小説と二十世紀精神』(2005), 『탐정소설과 기호적 인물探偵小説と記号的人物』(2006) 등이 있다.

▶ 이주희

참고문헌: A, E, H1~H13.

가사하라 다쿠笠原卓, 1933.2.20~

소설가. 본명 아사하라 히데카즈浅原秀一. 도쿄東京에서 태어났다. 와세다대학早稲田大学을 졸업하고 자동차용 전자기기 제조회사에서 일하며 소설 집필을 했다. 1965년부터 〈올요미모노신인상オール読物新人賞〉 공모에 「기묘한 계절奇妙な季節」, 「밤을 찢다夜を裂く」, 「진흙의 신화泥の神話」를 투고했으나, 모두 최종 후보작에 그쳤다. 그중 가장 먼저 발표된 작품은 1969년 4월 『추리 스토리推理ストーリー』에 게재된 「밤을 찢다」이며, 「진흙탕의 신화」는 1970년 「진흙 빙하泥の氷河」로 제목을 바꾸어 발표됐다. 1973년 최초의 장편 「창백한 성장蒼白の盛装」이 〈에도가와란포상江戸川乱歩賞〉 후보작으로 올랐으며, 이 작품은 『제로가 있는 사각ゼロのある死角』으로 간행됐다. 『제로가 있는 사

23

각』은, 수퍼 업계의 도산으로 공황을 맞은 상사회사를 배경으로 하며 거래처 담당 직원의 살해 사건을 둘러싸고 전개되는 미스터리다. 전화와 카메라, 우편 등을 이용한 정교한 트릭이 돋보이는 작품이다. 발표된 작품 수는 많지 않지만, 사회파 추리소설의 전성기에 트릭을 중시한 소설을 고집했다는 점에서 동시대 추리소설 문단에서 특별한 위치를 차지하는 작가이다.

장편 『가면의 축제 2/3』(1989)가 신작 미스터리 총서 〈아유카와 데쓰야鮎川哲也와 열세 개의 미스터리 시리즈〉(도쿄소겐샤東京創元社에서 간행했으며, 아유카와 데쓰야가 감수를 맡았다) 중 한 권으로 발표됐다. 이 밖에도 『암흑의 유산闇からの遺産』(1977, 이후 『사기술사의 향연詐欺師の饗宴』으로 제목 변경), 『사기술사의 엠블럼詐欺師の紋章』(1990) 등 〈사기술사 시리즈〉가 있다.

▶ 이주희

참고문헌: A, B, E.

가스가노 미도리春日野綠, 1892.12.17~1972.4.14

소설가, 번역가. 본명 호시노 다쓰오星野龍狼. 도쿄東京에서 태어났다. 제일고등학교를 중퇴하고 『마이니치 신문每日新聞』, 『요미우리 신문読売新聞』 등의 신문기자로 일하며 운동부장을 담당했으며, 『가라후토 신문樺太新聞』의 편집국장을 역임한 뒤 자유 기고가로 스포츠 평론을 썼다. 1922년에 창간한 『선데이마이니치サンデー毎日』에 해외 추리물을 번역하는 한편, 「작은 다이아몬드 상자ダイヤの小匣」(1924) 등의 단편을 발표했다. 1925년 4월 『오사카 마이니치 신문大阪毎日新聞』의 사회부 부부장으로 근무하던 중, 오사카에서 에도가와 란포江戸川乱歩와 함께 '탐정취미회探偵趣味の会'을 결성했다. 이후 '탐정취미 모임'은 작가와 신문기자, 법의학자, 변호사 등이 참가하는 가운데 매월 1회씩 강연회를 가졌으며, 같은 해 9월에 『탐정취미』를 창간했다.

「사천へそくり」(1925), 「산과 바다山と海」(1926) 등의 단편을 『탐정취미』에 발표하고 1926년 단편집 『비밀의 열쇠秘密の鍵』를 간행했다. 1932년 『탐정취미』가 폐간된 이후에 『엽기猟奇』의 동인으로도 활동했다.

▶ 이주희

참고문헌: A, D.

가스미 류이치霞龍一, 1959.5.18~

소설가. 본명 아리사다 신이치로有定真一郎. 오카야마현岡山県에서 태어났다. 와세다대학早稲田大学 정치경제학부를 졸업했으며, 재학 중에는 대학 내 미스터리 문예 서클인 '와세다 미스터리 클럽ワセダ・ミステリ・クラブ'에서 활동했다. 대학 졸업후 도호東宝에 입사해 영화 일을 담당하며 창작을 계속했다. 도쿄 서민지구에 너구리와 연관된 사건들이 연이어 발생하다가 연쇄살인으로 확대되는 이야기 『같은 무덤의 너구리おなじ墓のムジナ』가 1994년 제14회 〈요코미조

세이시상橫溝正史賞) 가작으로 당선되면서 미스터리 작가로 데뷔했다. 범죄 현장에 동물 모양의 도구가 남아 있거나, 범죄자가 동물 가면을 쓰고 등장하는 등 동물에 얽힌 기괴한 사건을 유머러스한 필치로 작품화하는 작가다.

영화계를 배경으로 한 『폭스의 사극フォックスの死劇』(1995)은 괴수영화 거장의 살해 사건을 다룬 소설로, 하드보일드 미스터리를 패러디한 본격미스터리 작품이다.

『폭스의 사극』과 함께 증기기관차를 소재로 한 『스팀 타이거 죽음의 질주スティームタイガーの死走』(2001)는 미스터리 정기간행물 『이 미스터리가 대단하다!このミステリーがすごい！』에서 매년 의외성 넘치는 작품에 수여하는 〈바보미스터리대상バカミステリ大賞〉을 받았다.

이 밖에도, 요세寄席(재담이나 만담을 들려주는 대중연예의 하나) 예능인들 사이에 문어와 관련된 오브제를 남긴 연쇄살인이 발생하고, 이를 연예인 출신 의원 다가라 젠고駄柄善吾가 자신의 권력과 인기를 총동원해 해결한다는 『옥토퍼스 킬러 8호オクトパスキラー8号』(1998), 네 가지 제철 생선을 테마로 해 본격미스터리 네 편을 엮은『물고기 관おさか棺』(2003) 등 다수의 이색작이 있으며, 국내에는 2010년 개를 등장시킨 추리물 『롱 도그 바이ロング・ドッグ・バイ』(2009)가 번역됐다.

▶ 이주희

참고문헌: A, H2~H12.

가스미 슌고香住春吾, 1909.8.25~1993.6.16

소설가, 방송작가. 본명 우라쓰지 료사부로浦辻良三郎. 교토京都에서 태어났다. 가스미 슌사쿠香住春作로도 활동했다. 전후에 기선회사의 경리과장으로 재직하며 '고베 탐정소설 클럽'에 참가했으며, 필명 가스미 슌사쿠로 작품을 발표했다. 1947년 '간사이탐정소설신인회関西探偵小説新人会'를 결성해 창작활동을 했다. 이듬해 신인회를 모태로 한 '간사이탐정소설클럽関西探偵小説クラブ'을 발족해 간사 겸 서기장을 역임하고, 기관지『K.T.S.C』의 편집을 맡았다.

1949년 군용 선박 위의 살인사건을 그린 「카롤린 해분カロリン海盆」을 잡지『보석宝石』의 단편 현상공모에 투고해 선외選外 가작에 올랐으며, 1950년 라디오 방송작가로 활동하면서 가스미 슌고로 활동명을 변경했다. 그의 방송 대본을 원작으로 하여 『엔타쓰 콧수염 만유기エンタッちょびひげ漫遊期』, 『명탐정 엔타쓰エンタツの名探偵』(모두 1954년작. 엔타쓰는 배우 겸 만화가인 요코야마 엔타쓰横山エンタツ의 이름에서 온 것이다). 『깜짝 체포록びっくり捕物帳』(1958) 등의 만화가 나오기도 했다.

▶ 이주희

참고문헌: A, B, E, G.

가쓰라 마사키桂真佐喜 ☞ **쓰지 마사키**辻真先

가쓰라 슈지桂修司, 1975~

소설가, 내과의. 『주안연쇄呪眼連鎖』(2008)
로 데뷔했으며, 이 소설로 제6회 〈『이 미스
터리가 대단하다!』 대상「このミステリーがすご
い！」大賞〉 우수상을 받았다. 서스펜스 호러
물인 『주안연쇄』는, 홋카이도北海道의 기타
미北見 형무소에서 수형자들이 연이어 자살
하는 사건에서 발단하는 이야기다. 유족의
의뢰를 받은 변호사 이사키伊崎가 조사차
형무소를 찾은 이후에 그의 시야에 알 수
없는 환영들이 보이기 시작하는데, 이 저주
가 메이지 유신 이후의 홋카이도 개척사에
서 비롯됐음이 밝혀진다. 작가의 다른 작품
으로는, 주인공 여성이 경찰 홈페이지에 게
재된 신원불명 사망자의 정보를 이용해 완
전범죄를 기도하다 실패에 이르고 마는 이
야기를 그린 『죽은 자의 복수死者の裏切り』
(2009)』가 있다.

▶ 이주희

참고문헌: H8~H13.

가쓰메 아즈사勝目梓, 1932~

소설가. 도쿄東京에서 태어나 모친의 고향
가고시마현鹿児島県으로 이주했다. 고등학
교를 중퇴하고 6년 동안 나가사키현長崎県
의 탄광 섬에서 일했다. 1961년 『니시니혼
신문西日本新聞』의 신춘문예에서 「땅과 불의
노래土と火の歌」로 입선했다. 1964년 도쿄로

올라와 동인지 『문예수도文芸首都』의 멤버
가 됐다. 생계를 위해 신문기자, 운전사,
교정자 등 다양한 일을 하며 창작을 계속했
다. 1967년 「마이 카니발マイ・カアニヴァル」
이 〈아쿠타가와상芥川賞〉 후보에, 1969년
「꽃을 달고서花を掲げて」가 〈나오키상直木賞〉
후보에 올랐으나, 수상에는 이르지 못하고
1974년 단편 「침대 방주寝台の方舟」로 제22
회 〈소설현대신인상小説現代新人賞〉을 받았
다. 첫 서스펜스 소설 『짐승들의 뜨거운 잠
獣たちの熱い眠り』(1978)이 베스트셀러가 되면
서 인기 작가로 거듭났으며, 『사형대의 어
두운 축제処刑台の昏き祭り』(1979), 『욕망의
밀실欲望の密室』(1979), 『피의 심판血の裁き』
(1980), 『불꽃의 잔상炎の残像』(1980) 등 다수
의 히트작들을 지속적으로 발표해 나갔다.
최초의 성공작 『짐승들의 뜨거운 잠』은,
광고 스타로 인기를 누리고 있는 프로 테
니스 선수 미무라三村가 여성과 함께 있는
현장사진을 빌미로 협박을 받게 되면서 그
배후에 있는 조직에 맞서는 내용의 이야기
다. 『사형대의 어두운 축제』는 의료진의 진
료 거부로 아내를 잃은 남자 주인공이 복수
를 위해 의사회장의 딸을 납치해 벌이는 일
주일 간의 싸움을 극적으로 그려 냈다.
1985년 사립탐정 아키즈 신페이秋津慎平가
등장하는 『꽃말은 죽음花言葉は死』을 출판했
으며, 90년대에는 기존의 폭력물과 더불어
순문학풍의 성애소설을 써 내려갔다. 2000
년대에 들어 자전적인 소설 『소설가小説家』

(2006), 『노추의 기老醜の記』(2007)를 발표한 바 있다.

국내에는 1984년 『악녀군단悪女軍団』을 시작으로 『악의 꽃悪の原生林』(1985) 『어둠 속 대리인夜のエージェント』(1994) 『신들의 비밀 번호鬼畜の宴』(1995) 등 80년대와 90년대에 다수의 번역이 이루어졌으며, 2002년 가쓰메 아즈사 걸작선 『열하』, 『복수연』, 『환화제』 세 권이 출판됐다.

▶ 이주희

참고문헌: A, E.

가야마 시게루香山滋, 1904.7.1~1975.2.7

소설가. 본명 야마다 고지山田鋼治. 도쿄東京에서 태어났다. 도쿄부립 제4중학교(도립 도야마戸山 고교) 재학 시절부터 고생물학에 열중했다. 대장성大蔵省 은행국 재직 중에 쓴 단편 「오랑 펜텍의 복수オラン・ペンデックの復讐」가 1946년 잡지 『보석宝石』의 제1회 현상 공모에 당선되어 탐정소설계에 데뷔했다. 곧이어 두 번째로 발표한 「해만장 기담海鰻荘奇談」(1947)이 1948년 제1회 〈일본탐정작가클럽신인상日本探偵作家クラブ新人賞〉을 받으며 대중문단의 인기 작가로 떠올랐다. 집필 일정에 분주해진 1949년 대장성을 퇴관한 후 전업작가의 길로 들어섰다.

대표작 「해만장 기담」은 부유한 수산학자의 희귀어류 서식장에서, 가출한 첫 번째 아내가 남긴 딸과 두 번째 아내에게서 태어난 아들이 피부와 뼈만 남은 채 변사체로 발견되는 사건을 다루고 있다. 1948년 작 「처녀수処女水」는 화석 안에 남아 있던 거대 양서류가 소생하는 이야기이며, 「도마뱀의 섬蜥蜴の島」(1948)은 원생 도마뱀으로 동화된 한 여성에게 애정을 느껴 자신 역시 도마뱀으로 동화되고자 하는 한 여성 탐험가의 이야기를 서간체로 전하는 작품이다. 이처럼 가야마 시게루의 작품은 추리소설의 전형적인 제재를 취하기보다는 고대생물과 지질학에 대한 해박한 지식을 살려 기괴한 감성으로 가상 세계를 표현해 낸 점이 특징적이다. 이외에도 「해저 감옥海底牢獄」(1949), 「Z 9」(1950), 「해적 해안海賊海岸」(1954) 등의 소년 모험소설이 있으며, 「유성인 M遊星人 M」(1956), 「지구 상실地球喪失」(1957) 등 누구보다 발 빠르게 SF적 요소를 도입한 소설을 발표하기도 했다.

영화사 도호東宝의 의뢰를 받아 괴수 영화 「고질라ゴジラ」(1954)의 원안을 담당했으며, 1960년대에는 집필작이 급격히 감소해, 1971년 수소폭탄의 위협을 그린 단편 「가브라―바다가 날뛴다ガブラー海は狂っている」를 끝으로 소설 발표를 중단했다.

국내에는 『J미스터리 걸작선 III』(1999)에 「넹고넹고ネンゴネンゴ」가, 『빨간 고양이― 일본추리작가협회상 수상 단편집』(2007)에 「해만장 기담」이 수록되어 있다.

▶ 이주희

참고문헌: A, B, D, E, F, G.

가와나 간川奈寬, 1903.1.4~1985.8.13

소설가. 본명 가와나 간지川名完次. 고엔지 후미오高円寺文雄라는 필명으로도 활동했다. 도쿄東京에서 태어났다. 도요대학東洋大学 및 도쿄외국어학교東京外国語学校를 다니다 중퇴하고, 전전 시기부터 외국영화의 자막 작업에 종사했다. 필명 고엔지 후미오로 발표한 「성 게오르기 훈장聖ゲオルギーの勲章」으로 1935년 〈선데이마이니치サンデー毎日 대중문예대상〉을 수상했으며, 1936년 「야수의 건배野獣の乾杯」로 〈지바가메오상千葉亀雄賞〉 2위에 입선했다. 전후에도 외화 자막 일을 계속했으며, 1950년대 헐리우드 영화의 전성기와 맞물려 주요 작품의 번역을 맡았다. 다수의 서부 영화 대작들과 『사랑은 비를 타고雨に唄えば, 영어 원제는 Singin' in the Rain』 등의 뮤지컬 영화가 그의 번역으로 소개됐다. 1970년부터 가와나 간으로 필명을 바꿔 「綿布れ取り(비단 짜기)」 등의 작품을 기고했으며, 1973년에는 첫 장편 『살의의 프리즘殺意のプリズム』을 '요쓰야 괴담四谷怪談 살인 사건'이라고 부제를 붙여 발표했다. 쓰루야 난보쿠鶴屋南北의 『요쓰야 괴담四谷怪談』을 영화화하는 과정에서 여배우들이 연달아 처참한 죽음을 맞이한다는 설정의 이야기로, 오랜 기간 작가가 몸담아 온 영화업계의 모습이 반영되어 있다고 할 수 있다.

▶ 이주희

참고문헌: A, B, E.

가와다 야이치로川田弥一郎, 1948.10.2~

본명 다우에 고이치로田上鑛一郎. 소설가. 1948년에 미에현三重県 마쓰자카시松坂市에 태어남. 나고야대학名古屋大学 의학부 졸업. 외과의사면서 미스터리 작가라는 이색적인 경력을 가지고 있다. 데뷔작 『희고 긴 복도白く長い廊下』(1992)는 어느 환자가 수술 후 병실에 실려 오는 도중에 사망하는 사건으로 시작된다. 주인공은 마취과의사 구보시마 요리유키窪島典之. 구보시마는 이것이 의료사고인지, 교묘히 꾸며진 살인사건인지를 추적하다가 마지막에 의외의 진상을 밝히게 된다. 난해한 의학 용어의 정확한 구사나 의사나 병원 묘사가 매우 사실적이라는 평을 받았다. 외과의사인 가와다 자신의 전문적인 지식이나 경험이 작품에 잘 반영되어 있다고 할 수 있다. 이 작품으로 의료계 소설로는 처음으로 제38회 〈에도가와란포상江戸川乱歩賞〉을 수상한다. 구보시마 요리유키는 두 번째 작품인 『하얀 광기의 섬白い狂気の島』(1993년)에서도 어느 섬의 청년의사로 등장한다. 그 이외의 소설로는 『로마를 죽인 자객ローマを殺した刺客』(1995)이나 『은비녀의 그림자銀簪の翳り』(1997) 등이 있다. 또한 이색적인 작품으로 에도 시대를 무대로 하는 의료 미스터리인 〈에도의 검시관 시리즈江戸の検屍官 シリーズ〉가 있다. 주인공은 뛰어난 시체 검사 기술을 가지고 있는 기타자와 히코타로北沢彦太郎이다. 이 시리즈는 다카세 에리高瀬理恵에 의해 만화화되어 쇼가쿠칸小学館의『빅 코믹ビッグコミック』에 부정기적으로 게재되고 있다. 한국어로 번역된 것에는『희고 긴 복도』(1993)가 있다.

▶ 장영순

참고문헌: A, 川田弥一郎『白く長い廊下』(講談社, 1995), 川田弥一郎『江戸の検屍官 闇女』(講談社文庫, 2008), 高瀬理恵『江戸の検屍官1』(小学館, 2010).

가와다 이사오川田功, 1882~1931

군인. 소설가. 잡지편집인. 해군병학교海軍兵学校를 졸업하고 해군 소위少尉로서 러일전쟁에도 참가한 군인이었으나 1924년 소령少佐으로 퇴임하였다. 이후 소설가가 되어 처음에는『신청년新青年』에「포탄을 뚫고砲弾をくぐりて」(1924),「일미실전기日米実戦記」등 전쟁이야기를 그린 군사소설軍事小説을 발표했다.

이후 그는 장르의 방향을 탐정소설로 옮겨, 1926년부터『신청년』에「명정酩酊」,「가짜형사偽刑事」,「우연의 일치偶然の一致」,「승합자동차乗合自動車」등을 연이어 발표하고 동시대 탐정소설가들과 교제를 하여 이름을 알리며 약 20편의 탐정소설 작품을 남기는데 대체로 범죄사건을 경쾌한 분위기로 다루는 경우가 많았다. 이 중「가짜형사」와「우연의 일치」는 오사카마이니치신문사大阪毎日新聞社 사회부 부부장인 가스가노 미도리春日野緑와 동신문사 광고부에 있던 탐정소설가 에도가와 란포江戸川乱歩가 결성한 '탐정취미회探偵趣味の会'의『창작탐정소설집』에도 게재되었다. 한편 그는 한때 출판사인 박문관博文館에 들어가 잡지『소녀세계少女世界』의 편집주임을 맡기도 하였다.

1928년에는 헤이본샤平凡社에서『가와다 이사오집川田功集』이 간행되기도 했으며, 그의 작품들은 2000년대에 들어와 탐정소설취미회에서 복각판으로 출간한『창작탐정소설선집』(2001)이나 미스터리문학 자료관에서 낸『『신청년』걸작선『新青年』傑作選』(2003)을 통해 다시 소개되기도 하였다.

▶ 정병호

참고문헌: B, E, G.

가와마타 지아키川又千秋, 1948.12.4~

소설가, SF작가, 평론가. 1948년에 홋카이도北海道 오타루시小樽市에서 태어남. 게이오의숙대학慶応義塾大学 문학부 졸업. 대학 재학 때부터 전설적인 SF팬 모임인 '이치노히카이一の会'에 참가했다. 졸업 후는 광고 대리점 하쿠호도博報堂에 입사하여 카피라이터가 된다. 한편 1971년에는 평론「발라드는 어디로 가는가?バラードはどこへ行くか?」(『NW-SF』)를 발표해 평론가로 데뷔한다. 작가로서의 데뷔작은 1972년에 발표한「혀舌」(『NW-SF』)이다. 그리고 1973년부터 1975년에 걸쳐『SF매거진SFマガジン』에 장편평론「꿈의 언어, 언어의 꿈夢の言葉・言葉の夢」을 연재한다. 이와 같이 초기에는 SF평론 및 창작활동을 하나 그 후는 비경秘境 모험 SF 분야를 중심으로 활동하게 된다. 하쿠호도를 퇴사한 1979년에는 『해신의 역습海神の逆襲』을 발표해 주목을 받았는데, 그 후에 발표된 『적도의 마계赤道の魔界』(1980)나 『환수의 밀사幻獣の密使』(1981) 등과 함께 비경 모험 SF 3부작으로 높게 평가 받고 있다. 1981년에는 『화성인 선사火星人先史』로 제12회 〈세이운상星雲賞〉을 받고, 1984년에는 현실을 변화시키는 마력을 가지고 있는 언어가 불러일으키는 괴이한 사건을 다룬 환상 SF 『환시사냥幻詩狩り』으로 제5회 〈일본SF대상日本SF大賞〉을 수상한다. 그 밖에 〈라바울 열풍 공전록ラバウル烈風空戦録 시리즈〉(1988~1997) 등도 있다.

▶ 장영순

참고문헌: A, 川又千秋『海神の逆襲—コマンド・タンガロア』(德間書店, 1983), 川又千秋『火星人先史』(德間書店, 2000), 川又千秋『幻詩狩り』(東京創元社, 2007).

가와베 도요조川辺豊三, 1913~1997

소설가. 가나가와현神奈川県 출생. 본명은 아사누마 다쓰오浅沼辰雄, 별명은 아시가라 소우타足柄左右太. 〈보석상宝石賞〉 수상작가들의 친목단체인 GEM회GEMの会의 회원. 가나가와현 오다와라중학교小田原中学校를 졸업하고 외국항로선박의 선원, 무역상, 공장주 등을 전전하다가 도쿄전력에 근무하게 된다. 선원이었던 1936년 무렵부터

『주간아사히週刊朝日』, 『모던일본モダン日本』 등에 단편을 발표하면서 문단에 데뷔하였다. 1952년에는 「나는 누구일까요私は誰でしょう」라는 작품이 유머러스한 분위기의 본격미스터리물로 인정받아 『보석宝石』의 신인 25인집에 채택되고 이듬 해에 일등으로 입선하였다. 그리고 1958년에는 「5인의 마리아五人のマリア」를 『보석』에 발표하여 2등으로 입선하였고, 1961년에는 「개밋둑蟻塚」을 『보석』에 게재하여 일등 입선한다. 이후 『보석』, 『추리계推理界』, 『추리문학推理文学』 등에 단편을 연이어 발표하는데 추리소설의 취향은 다소 줄어들고 인정미 넘치는 이야기 중심으로 작풍이 변한다. 장편으로는 『아타미 하이웨이 사건熱海ハイウェイ事件』(1972), 『온천가살인사건温泉街殺人事件』(1982) 등이 있다.

▶ 정병호

참고문헌: A, B, E.

가와시마 이쿠오川島郁夫 ☞ 후지무라 쇼타藤村正太

가와이 간지河合莞爾, ?~

소설가. 생년월일, 본명 불명. 필명은 자신이 2011년까지 기르던 개의 이름에서 따온 것으로 밝혔다. 구마모토현 출생. 와세다대학早稲田大学 법학부를 졸업하고 출판사에 근무하면서 정년 후에도 계속할 수 있는 취미로서 소설을 쓰기 시작한 그는 약 1년

에 걸쳐 완성한 첫 작품을 부인에게 읽게 한 뒤 재미있다고 칭찬을 받자, 『데드 맨デッドマン』이라는 제목으로 2012년 제32회 〈요코미조세이시미스터리대상横溝正史ミステリ大賞〉에 응모하여 대상을 수상한다. 본격 미스터리의 거장 시마다 소지島田荘司의 『점성술 살인사건占星術殺人事件』에 많은 영향을 받아 그에 도전하는 심정으로 썼다는 이 작품은 엽기적인 연속 토막 살인사건을 다루고 있다. 다음 작품인 『드래곤 플라이ドラゴンフライ』(2013)에는 전작에 등장했던 가부라기鏑木 형사가 다시 등장해 엽기적 살인사건의 수사를 지휘하며, 세 번째 작품 『데빌 인 헤븐デビル・イン・ヘブン』(2013)은 2020년의 일본을 배경으로 한 경찰소설이다.

▶ 박광규

참고문헌: 「第32回横溝正史ミステリ大賞『デッドマン』河合莞爾インタビュー」『ダ・ヴィンチ 電子ナビ』2012년 10월 6일.

가와카미 유조河上雄三 ☞ 미요시 도루三好徹

가이도 다케루海堂尊, 1961~

외과의사. 추리소설가. 지바현千葉県 출생. 현립 지바고등학교千葉高等学校를 거쳐 지바대학 의학부를 졸업하고, 1997년에는 동 대학원 의학연구과 박사과정을 수료하고 박사학위를 취득하였다. 외과의, 병리의病理医를 거쳐 현재는 독립행정법인 방사선의학종합연구소放射線医学総合研究所 중입자의

과학센터重粒子医科学センター・Ai정보연구추진실실장Ai情報研究推進室室長으로 근무하고 있다.

2005년에 『팀 바티스타의 영광チーム・バチスタの栄光』으로 제4회 〈「이 미스터리가 내단하다!」대상「このミステリーがすごい!」大賞〉을 수상하고 소설가로서 데뷔하였다. 한편 2008년에는 『사인불명사회死因不明社会』(2007)로 제3회 〈과학저널리스트상科学ジャーナリスト賞〉을 수상하였다. 그 외에 『제너럴 루주의 개선ジェネラル・ルージュの凱旋』(2007), 『스리제센터 1991スリジエセンター 1991』(2012), 『휘천염상輝天炎上』(2013), 『일본의 의료 이 사람이 움직인다日本の医療 この人が動かす』(2013), 『도리세쓰 야마이トリセツ・ヤマイ』(2013) 등이 있다.

그는 현역 의사로서 주로 현대 일본의 의료 문제를 취급한 소설을 오락성 있게 집필하고 있으며 상당한 속필작가로 알려져 있으며 메디컬 엔터테인먼트 작가로서도 활동하고 있다. 그의 수많은 작품들이 영화나 또는 텔레비전 드라마, 나아가 만화로 다시 만들어지기도 하였다. 한국에서는 『나이팅 게일의 침묵』(2008), 『제너럴 루주의 개선』(2008), 『나전미궁螺鈿迷宮』(2010), 『나니와 몬스터』(2013) 등 다수의 작품이 번역되어 있다.

▶ 정병호

참고문헌: H6~H13.

가이라쿠테이 블랙快楽亭ブラック, 1858.12.22~

1923.9.19

라쿠고가落語家, 야담가講釈師, 마술사奇術師.
이시이 블랙石井貌刺屈이라고도 함. 가이라
쿠테이快楽亭는 라쿠고가의 가문명이다. 본
명은 헨리 제임스 블랙Henry James Black. 가이
라쿠테이 블랙은 1858년에 영국령이었던
오스트레일리아의 애들레이드에서 태어났
다. 막부 말인 1865년에 영국신문 주간『재
팬 헤럴드The Japan Herald』의 기자로 일본에
체재한 아버지를 뒤따라 일본에 온 뒤 아
버지와 함께 일간신문『닛신신지시日新真事
誌』를 발행했다. 그 뒤 자유민권운동으로
연설이 유행하자 그것에 자극을 받아 연설
을 시작으로 강담석講談席에 오르게 되고,
1884년에는 에도 라쿠고의 일파인 산유파
三遊派에 들어가 중역이 된다. 가이라쿠테
블랙이라는 이름을 사용하기 시작한 것은
1891년이다. 2년 뒤에 일본인 여성 기무라
아카木村アカ와 결혼한 뒤 일본 국적을 취
득. 본명을 이시이 블랙石井貌刺屈으로 바꾼
다. 블랙은 라쿠고에 서양소설을 번안한
단편소설이나 그에 기반한 이야기를 넣었
는데 나중에는 자작으로 이야기를 창작하
게 된다. 에도 방언 풍으로 이야기를 하는
파란 눈의 라쿠고가로 인기를 얻었다. 대
표작으로『류의 새벽流の暁』(1981, 후에『런
던의 쌍둥이倫敦の双児』)이나『장미 아가씨薔
薇娘』(1891), 그리고『절실한 죄切なる罪』
(1891) 등이 있다.

32

▶ 장영순

참고문헌: A,『快楽亭ブラック集 明治探偵冒険小
説集2』(筑摩書房, 2005), 佐々木みよ子・森岡ハイ
ンツ 「快楽亭ブラック研究余話1~4」(『国立劇場
演芸場』第80~83号, 1986.6~9).

가이토 에이스케海渡英祐, 1934~

추리소설가. 도쿄東京 출생. 본명은 히로에
준이치広江純一. 소년시대를 만주에서 보내
다 일본이 패전하고 나서 1946년에 만주에
서 일본으로 귀환하였다. 그 후 아오모리
시青森市에 거주하여 아오모리고등학교를
거쳐 도쿄대학東京大学 법학부를 졸업하였
다. 추리소설가인 다카기 아키미쓰高木彬光,
1920~95)의 조수로 있으면서 추리소설의
사사를 받았으며, 1960년 법학부를 졸업하
자 곧바로 창작활동에 들어가 1961년에 일
본계 미국인을 주인공으로 한 스파이 장편
소설『극동특파원極東特派員』및『폭풍권爆風
圏』을 간행하였다. 그후 한동안 대중소설
잡지 중심의 창작활동을 하다가, 1967년에
는 독일 유학중인 모리 오가이森鴎外를 탐
정으로 꾸민 역사추리물『베를린-1888년
伯林一1888年』으로 〈에도가와란포상江戸川乱歩
賞〉을 수상하였으며 같은 해에 일본추리작
가협회의 서기국장에 취임하였다. 그가 쓴
작품들은 본격물, 경마물, 역사추리물, 나
아가 유머 미스터리소설 등 다방면에 걸친
작품 경향을 보여주고 있다.
그 외에도 수회에 걸쳐 〈일본추리작가협

회상〉의 후보작을 냈으며 그의 작품이 일본추리작가협회에서 간행한 『추리소설대표작선집 추리소설연감推理小說代表作選集 推理小說年鑑』에 수록되기도 하였다. 1977년에 간행한 『타버릴 나날燃えつきる日々』이 1978년 『주간분슌週刊文春』의 1977년 '걸작 미스터리 베스트10'의 제2위에도 선정된다. 이 외에도 『그림자의 좌표影の座標』(1968), 『이상한 사체들おかしな死体ども』(1975), 『백야의 밀실白夜の密室』(1977), 『뒤집힌 살인裏返しの殺人』(1988) 등의 대표작이 있다.

▶ 정병호

참고문헌: A, B, E, F.

가자미 준風見潤, 1951.1.1~

소설가, 번역가. 1951년에 사이타마현埼玉県에서 태어남. 아오야마학원대학青山学院大学 법학부 졸업. 처음에는 추리소설이나 SF소설의 번역을 중심으로 활약했으나 1970년대 후반부터 『상복을 입은 악마喪服を着た悪魔』(1978) 등으로 미스터리 창작을 개시한다. 이 작품은 청소년용 소설인데, 같은 계열로는 『기요사토 유령사건清里幽霊事件』(1988)으로 시작되는 〈유령사건 시리즈〉가 있다. 이 시리즈는 인기가 있어 50작이 넘게 발표된다. 그 밖에도 이 시리즈를 계승한 〈교토 탐정국 시리즈〉나 〈TOKYO 체포록 시리즈〉, 〈요괴 감시인 시리즈〉 등이 고단샤 X문고 틴즈 하트ティーンズハート에서 출간되었다. 또한 어른용 창작으로는 『이

즈모신화 살인사건出雲神話殺人事件』(1985) 등이 있다. 이것은 이즈모出雲 지방의 어촌에서 이상한 공놀이 노래의 가사대로 연속 살인 사건이 일어나는 것을 다루고 있는 소설이다. 번역서로는 고전적 추리소설가로 알려져 있는 에드워드 D 호크Edward Dentinger Hoch의 『컴퓨터 검찰국The Transvection Machine』(1980)이나 더글러스 애덤스의 『은하수를 여행하는 히치 하이커를 위한 안내서The Hitchhiker's Guide to the Galaxy』(1982)가 있다. 한국어로 번역된 것에는 『시의 추적자』(1997) 와 『소문』(2007)이 있다.

▶ 장영순

참고문헌: A, エドワード・D. ホック著, 風見潤訳 『コンピューター検察局』(早川書房, 1974), 風見潤 『出雲神話殺人事件』(榮光出版社, 1985), 風見潤 『清里幽霊事件』(講談社, 1988).

가지 다쓰오梶龍雄, 1928.11.21~1990.8.1

소설가. 본명 가니 히데오可児秀夫. 기후현岐阜県 출신. 게이오의숙대학慶應義塾大学 문학부졸업. 쇼가쿠칸小学館 출판사 근무, 아동문학 창작, 해외추리소설 번역 등을 거쳐 소설가가 되었다. 처녀작은 1952년 잡지 『보석宝石』에 발표한 「하얀 길白い路」. 전쟁 중 구제 중학교에 부임한 잔인한 배속장교가 신사神社에서 사살된 사건을 반장인 아시카와 다카시芦川高志 소년이 풀어내는 「투명한 계절透明な季節」(1977)로 제23회 〈에도가와란포상江戸川乱歩賞〉을 수상하며 본격적

추리작가 활동을 개시했다. 그 후 「그림자 없는 마술사影なき魔術師」(1977) 등 청소년 소설을 발표하는 한편, 「바다를 보지말고 육지를 보자海を見ないで陸を見よう」(1978)나 「류진이케 연못의 작은 시체龍神池の小さな死体」(1979)와 같은 과거에 대한 향수를 기조로 하는 서정적인 작품을 발표했다. 또한 구제등학교를 무대로 한 「리어왕 밀실에서 죽다リア王密室で死す」(1982), 「젊은 베르테르의 괴사若きウェルテルの怪死」(1983), 「가나자와 오마 살인사건金沢逢魔殺人事件」(1984)과 같은 시리즈는 제2차세계대전을 배경으로 한 청춘군상을 그리고 있다. 「환랑 살인사건幻狼殺人事件」(1984), 「오쿠치치부 여우불 살인사건奥秩父狐火殺人事件」(1986) 등 괴기 미스터리에서, 「살인자에게 다이얼을殺人者にダイアルを」(1980) 등 유모어 미스터리, 스트립퍼 탐정 미나미南 지에카가 활약하는 「아사쿠사 살인 랩소디浅草殺人ラプソディ」(1986)와 같은 에로틱 미스터리까지 폭넓은 활약을 보였다.

▶ 김효순

참고문헌: A, E.

가지야마 도시유키梶山季之, 1930~1975

르포 라이터. 저널리스트. 소설가. 한국 경성京城 출생. 아버지가 토목기사로 조선총독부에 근무하였기 때문에 경성에서 태어나 남대문초등학교와 경성중학교를 다녔다. 1945년 일본의 패전과 더불어 히로시마広島로 돌아와 히로시마고등사범학교広島高等師範学校 국어과를 다닐 때에는 히로시마문학협회를 설립하여 동인지 『히로시마문학広島文学』에 참가하기도 한다. 사범학교를 나와서는 도쿄東京에 상경하여 찻집 등을 운영하며 제15차 『신사조新思潮』 등의 동인으로 참여하며 창작활동을 시작하였다. 이윽고 『주간분슌週刊文春』과 『주간묘죠週刊明星』의 르포 라이터가 되어 톱 기사를 쓰는 저널리스트로 활약하였다.

1962년에 자동차기업들의 치열한 경쟁을 소재로 한 경제소설 『검은 테스트카黒の試走車』가 대인기를 얻어 '산업스파이소설'이라는 신분야를 개척하며 문단에 데뷔하였다. 경제소설, 추리소설, 풍속소설, 시대소설, 소년용 모험소설 등의 분야에 수많은 작품을 발표하며 1970년에는 문단소득 1위를 차지할 정도로 유행작가가 되었다. 경제소설로는 『붉은 다이아赤いダイヤ 上/下』(1962~63), 『상처투성이의 경주차傷だらけの競走車』(1967) 등이 있고, 풍속소설로는 『장미가 피는 길薔薇の咲く道』(1968), 『현대 악처전現代悪妻伝』(1971) 등이 있다. 한편 추리소설로는 『아침은 죽어 있었다朝は死んでいた』(1962), 『지능범知能犯』(1964), 『여경찰女の警察』(1967) 등이 있으며 그 외 대량의 시대소설, 실록소설도 창작하였다. 한편 그의 수많은 작품들이 영화와 텔레비전 및 라디오 드라마로 만들어졌고 만화화되는 경우도 많았다. 제49회 〈나오키상直木賞〉 후보가 된 『이조

잔영李朝残影』(1963)과 『족보族譜』(1952, 1961
년 가필) 등은 식민지 시대 제암리提岩里 사
건과 창씨개명의 문제를 소재로 삼고 있는
데, 조선을 경험한 전후작가의 조선 식민지
시대에 관한 문제제기가 잘 드러난 작품이
다. 한국에서는 『여인의 사탑斜塔』(1966),
『비밀지령秘密指令』(1979) 등이 번역되어 있다.

▶ 정병호

참고문헌: A, B, E, F.

가코야 게이이치伽古屋圭一, 1972.4.25~

오사카大阪 출신. 추리작가. 2003년 3월 9년
간 근무하던 공무원을 퇴직한 후 전국을
떠돌며 파칭코로 생계 유지. 「파칭코와 암
호의 추적 게임パチンコと暗号の追跡ゲーム」으
로 다카라지마샤宝島社 주최 제8회 〈『이 미
스터리가 대단하다!』 대상『このミステリーがす
ごい!』大賞〉 수상. 「파칭코와 암호의 추적
게임」은 뒤얽힌 인간관계가 풀림에 따라
전체상이 떠오르는 구조이며, 파칭코 업계
를 무대로 경쾌한 캐릭터가 빠른 템포로
이야기를 전개하는 범죄희극이다. 『이 미
스터리가 대단하다!』 2011년판에 실린 「유
고遺稿」는, 바로 눈앞의 3층 발코니에서 떨
어져 죽은 소설가의 죽음을 그의 유고를
근거로 밝혀가는 내용으로 장편과는 달리
미스터리 색이 강하다. 「21면상의 암호21面
相の暗号」(2011)는 「파칭코와 암호의 추적
게임」의 주역인 야마기시山岸와 시에나가
활약을 하고 있지만, 파칭코 요소는 없고

위조지폐와 암호, 그리코 모리나가사건森永
事件, 트위터를 이용한 현금강탈 사건과 같
은 요소가 가득하다. 「AR추리 배틀 로열AR
推理バトル・ロイヤル」(2012)은 수수께끼 풀이
나 살인사건의 해명 등이 풍부한 게임계
미스터리이다.

▶ 김효순

참고문헌: H10~H13.

가키네 료스케垣根涼介, 1966.4.27~

소설가. 나가사키현長崎県 이사하야시諫早市
출신. 나가사키 현립 이사하야 고등학교,
쓰쿠바대학筑波大学 제2학군 인간학류 졸업.
대학 졸업 후 리쿠르트에 입사, 2년 만에
퇴직, 상사와 여행대리점 근무. 주택론을
갚기 위해 상금을 목적으로 소설을 써서
「오전 3시의 루스터午前三時のルースター」(2000)
로 〈산토리미스터리대상サントリーミステリー
大賞〉 및 〈산토리미스터리독자상サントリーミ
ステリー読者賞〉을 수상, 2000년 11월 25일 텔
레비 아사히계에 방송되었다. 이로써 회사
를 그만두고 전업작가가 되었다. 「히트 아
일랜드ヒートアイランド」(2001)는 스트리트 갱
으로서 질주하는 소년들을 그린 미스터리
로, 가타야마 오사무片山修에 의해 영화화
되어 2007년 10월 개봉되었다. 2004년 「와
일드 소울ワイルド・ソウル」(2003)로 제6회
〈오야부하루히코상大藪春彦賞〉, 〈요시카와
에이지문학신인상吉川英治文学新人賞〉, 〈일본
추리작가협회상日本推理作家協会賞〉을 수상하

35

여 사상 최초 3관 수상을 기록했다. 내용은 1961년 일본정부의 모집으로 브라질에 건너간 이민자들의 정부에 대한 복수를 그림으로써 역사의 어두운 측면을 폭로하는 것이다. 2005년에는 「너희에게 내일은 없다君たちに明日はない」로 〈야마모토슈고로상山本周五郎賞〉을 수상했으며, 이는 2010년 1월 16일부터 2월 27일까지 NHK에서 방송되었다. 「요람에서 잠들라ゆりかごで眠れ」(2009)는 불우한 유소년기를 지나 콜롬비아 마피아의 보스가 된 일본계 2세의 애증과 복수를 그린 범죄소설이다. 제4회 〈야마다후타로상山田風太郎賞〉 후보에 오른 「미쓰히데의 정리光秀の定理」(2013)는 1560년 교토에 만난 가난한 무사, 수수께끼 같은 스님, 떠돌이 무사 아케치 미쓰히데明智光秀가 역사를 열어가는 모습을 그린 신감각의 역사소설이다. 한국어로는 『와일드 소울』(2004), 『너희에게 내일은 없다』(2008), 『히트 아일랜드』(2010) 등이 번역되어 있다.

▶ 김효순

참고문헌: H2, H4~H8.

가타야마 조片山襄 ☞ **히사야마 히데코**久山秀子

가타오카 요시오片岡義男, 1940.3.2~
테디 가타오카テディ片岡, 산조미호三条美穂라고도 함. 소설가, 수필가, 사진가, 번역가. 1940년에 도쿄東京에서 태어남. 와세다대학早稲田大学 법학부 졸업. 대학 재학 중에는 에세이나 번역을 『맨하탄マンハタン』이나 『미스터리 매거진ミステリマガジン』 등의 잡지에 발표하는 한편, 데디 가타오카라는 이름으로 농담소설이나 블랙 유모 소설 등을 발표하기도 한다. 평론 분야에는 『나는 프레슬리가 너무 좋아ぼくはプレスリーが大好き』(1971)나 『10센트의 의식혁명10セントの意識革命』(197)이 있다. 1974년에는 「하얀 파도의 황야로白い波の荒野へ」로 소설가 데뷔. 다음 해에는 『슬로 부기로 해 줘スローなブギにしてくれ』로 제2회 〈야성시대신인문학상野生時代新人文学賞〉을 수상하고 〈나오키상直木賞〉 후보가 된다. 1970년대 후반부터는 『뽀빠이ポパイ』를 비롯한 여러 잡지에 미국문화나 서핑, 하와이, 오토바이 등에 관한 에세이를 발표하고, 소설은 가도카와문고角川文庫를 중심으로 발표한다. 미스터리 소설로는 1965년부터 『추리스토리推理ストーリー』 등에 단편 서스펜스를 발표하고, 1968, 69년에는 산조 미호라는 이름으로 도회지 소설풍의 단편을 『미스터리 매거진』에 발표한다. 대표작으로 알려진 『슬로 부기로 해 줘』나 『그의 오토바이, 그녀의 섬彼のオートバイ, 彼女の島』(1986), 『주요 테마メイン・テーマ』(1984)나 『해안도로湾岸道路』(1984) 등이 영화화되어 당시 젊은이들의 지지를 얻었다.

▶ 장영순

참고문헌: A, 片岡義男『彼のオートバイ, 彼女の島』(角川文庫, 1980), 片岡義男『スローなブギにしてくれ』(角川文庫, 2001), 片岡義男『花模様が

怖い―謎と銃弾の短篇』(早川書房, 2009).

가타오카 주이치片岡十一 ☞ 히카게 조키치
日影丈吉

가토 가오루加藤薫, 1933.9.26~
본명은 에마 슌이치江間俊一. 요코하마시横浜市 출생. 가쿠슈인대학学習院大学 정경학부 졸업. 1969년 9월 「알프스에 죽다アルプスに死す」로 제8회 〈올요미모노추리소설신인상オール読物推理小説新人賞〉 수상. 내용은 알프스의 비공식 루트에 일본인, 프랑스인, 독일인 세 명이 도전하여 실패하는 이야기이다. 산장 주인의 충고에 의해 세 명은 공동 작전을 취하여 어려움을 무릅쓰고 정상 가까이 도달하지만, 프랑스인은 동상으로 죽고, 독일인은 공중에 매달려 죽었으며 일본인에게도 죽음이 임박해 온다. 그때서야 일본인은 산장 주인의 책략에 걸렸다는 것을 깨닫는다. 동기가 약하지만 세 명의 성격을 잘 그리고 있고 사지에 도전하는 불굴의 투지의 배후에 담긴 책략을 암시하는 기법이 신선하다. 장편 『눈보라雪煙』(1971~72)는 늑대 스키어의 추락사 원인 규명에 분주한 친구 프로 스키어를 주역으로 화려한 라이벌 스키 다이빙 계획과 스키계에 군림하는 보스의 암약을 그린 것이다.

▶ 김효순

참고문헌: B, E.

가토 아사토리加藤朝鳥, 1886.9.19~1938.5.17
번역가, 문예평론가. 본명은 노부마사信正. 돗도리현鳥取県 출신. 바타비아(현 자카르타)로 건너가 『자와일보爪哇日報』 주필을 역임하였고 귀국 후 평론과 번역 활동에 전념하였다. 1930년 폴란드 작가 브와디스와프 레이몬트Władysław Stanisław Reymont의 농민생활을 연대기적으로 기록한 소설『농민農民』를 번역하여 폴란드 정부로부터 〈황금십자상〉을 수여받았다. 1932년부터 문예지『반향反響』을 주재하였다. 1916년 1월 아서 코난 도일Arthur Conan Doyle작『셜록 홈즈シャルロック・ホルムス』전3권(덴겐도쇼보天弦堂書房)을 출판하였다.

▶유재진

참고문헌:『日本人名大辞典』(講談社, 2009), 郷原宏『物語日本推理小説史』(講談社, 2010.11)

간다 다카히라神田孝平, 1830.10.31~1898.7.5
양학자, 정치가. 1830년에 미노노쿠니美濃国, 현재 기후현岐阜県에서 태어남. 통칭 고헤이孝平. 1871년에 효고현령兵庫県令(현재 효고현 지사)에 취임. 1876년에 원로원, 1890년에는 귀족원 의원으로 선출되었으며 죽은 후에는 남작의 칭호를 받았다. 1898년에 죽음. 메이로쿠샤明六社의 일원이며, 서구문화 소개에 진력을 다한 인물이다. 1861년에 일본 최초의 번역작인『화란미정록和蘭美政録』을 저술한 것으로 알려져 있다. 이것은 네덜란드의 초기 단편소설가

인 크리스테 메이엘Christemeijer의 『사형휘안
死刑彙案』12편 중「욘켈 판 로데레이키 건
ヨンケル・ファン・ロデレイキ一件」과「청기병 및
그 가족 음미 건青騎兵並右家族共吟味一件」의 2
편을 번역한 것이다. 전자는 귀족이면서
부자인 아버지를 가진 욘켈 판 로데레이키
가 귀성 도중 행방불명이 되었는데, 강에
서 시체가 되어 발견된 사건을 다루고 있
다. 후자는 부유한 미망인 집에 도둑이 들
었는데 주변 사람들의 증언에 의해 니콜라
스라는 원래 기병이 용의자로 떠오른다.
그러나 그와 그 가족이 무죄를 호소하는
이야기로, 진짜 범인이 누구인가를 둘러싼
미스터리이다. 이 2편 모두 간다 다카히라
의 오리지널 번역으로 나중에 니시다 고산
西田耕三에 의해 현대어역이 이루어진다. 참
고로 『화란미정록』 속의 「욘켈 판 로데레
이키 건」에는 나루시마 류호쿠成島柳北에 의
한 「욘켈의 기옥楊牙児ノ奇談」이라는 타이틀
의 초록이 있다. 이것은 나루시마 류호쿠
가 간다역의 초록을 잡지 『가게쓰신시花月
新誌』(1877~78)에 게재 발표한 것이다.

▶ 장영순

참고문헌: A, 『朝日日本歴史人物事典』(朝日新聞
社, 1994), 川西政明 『新・日本文壇史 9 大衆文学
の巨匠たち』(岩波書店, 2012), 西田耕三編 『日本
最初の翻訳ミステリー小説 吉野作造と神田孝平』
(耕風社, 1997).

간베 다이스케神戸大助

쓰쓰이 야스타카筒井康隆의 연속 추리소설
「부호형사富豪刑事」의 주인공으로 경찰서
형사과 조사 1계 소속형사. 「부호형사의
미끼富豪刑事の四」(1975)에서 처음 등장한다.
간베 다이스케는 대부호의 아들로 자동차
는 캐딜락을 몬다. 1대에 8500엔 하는 하바
나산 권련을 피우고, 손목시계는 가장 싼
것이 250만 엔, 받은 월급은 봉투째 아무렇
게나 조수석에 방치해 둔다는 설정이다.
그러나 '나'라는 1인칭으로 등장하는 그는
정중한 어조로 이야기를 하고 자신이 부자
라는 것을 그다지 내세우지 않는 호감 가
는 청년이다. 그가 부호형사라 불리는 것
은 단지 부자 형사라는 설정 때문만은 아
니다. 예를 들어 「부호형사의 미끼」에서는
5억 엔 강도사건의 범인을 잡기 위해 성대
한 파티를 열고, 「부호형사 스팅富豪刑事のス
ティング」(1976)에서는 유괴범을 찾아내기
위해 500만엔의 현금을 길바닥에 뿌린다.
이것은 다이스케의 아버지 간베 기쿠에몬
神戸喜久右衛門이 사건 해결을 위해 대금을
사용하기 때문이다. 아버지는 과거에 돈을
위해서라면 뭐든지 하는 비정한 인간으로
지독한 방법으로 재산을 모았던 것을 후회
하고 있어, 형사인 다이스케가 옳은 일에
자신의 재산을 아낌없이 쓰기를 바라고 있
다. 1975년부터 1977년에 걸쳐 『소설신초小
説新潮』에 발표된 이 〈부호형사 시리즈〉는
1979년에 FM 도쿄 「소리의 책장音の本棚」에

서 라디오 드라마화되고, 1985년에 세키구치 슌関ロシュン에 의해 만화화되기도 한다. 또한 2005년 1월부터 3월까지 텔레비 아사히에서 드라마화되었으며, 그 속편도 2006년 4월부터 6월까지 아사히방송ABC과 텔레비 아사히의 공동제작으로 방송되었다.

▶ 장영순

참고문헌: A, I, 佐野洋 「筒井康隆氏『富豪刑事』について」(『富豪刑事』, 新潮文庫, 1984), 筒井康隆 『筒井康隆全集20 富豪刑事・関節話法』(新潮社, 1984).

간사이 미스터리 연합関西ミステリ連合 ☞ 일본의 대학 미스터리 클럽

간사이탐정작가클럽関西探偵作家クラブ

1947년 7월 야마모토 노기타로山本禾太郎 등이 고베神戸 탐정소설 클럽을 재결성했다. 한편 같은 해 10월에 가즈미 슌코香住春吾, 시마 규헤이島久平, 아마기 하지메天城一 들은 간사이 탐정소설 신인회를 결성하여 창작 중심의 활동을 했다. 그 두 단체가 합쳐져서 1948년 결성된 것이 간사이 탐정작가 클럽. 회원에는 매니아들이 많았고 문학파 작가들과 종종 마찰을 일으켰다. 회장은 니시다 마사지西田政治, 부회장은 야마모토 노기타로. 1954년 일본탐정작가 클럽 간사이 지부가 된다. 1948년 2월 『간사이 탐정작가 클럽 회보』가 창간되었으며, 28호부터 『KTSC』로 표제를 바꾸었다. 1952년 오

쓰보 스나오大坪砂男와 익명의 '마도지魔童子' 사이에 논쟁이 일었는데, 마도지의 정체는 다카기 아키미쓰高木彬光와 야마다 후타로山田風太郎였다. 편집담당은 야사쿠 교이치矢作京一와 가스미 슌고이며 얼마 후 야사쿠는 물러나고 시마 규헤이가 대신 맡았다. 80호부터는 『KB・OF・MWJ』로 명칭을 바꾸었다. 내용은 평론, 수필을 주로 하였는데, 가스미가 편집인이었을 때의 평론은 신랄하여 추리문단에 여러 가지 문제를 제기했다. 1962년 6월 149호로 휴간되었다.

▶ 김효순

참고문헌: A, B.

간토 미스터리 연합関東ミステリ連合 ☞ 일본의 대학 미스터리 클럽

거세박사巨勢博士

사카구치 안고坂口安吾의 「불연속살인사건不連続殺人事件」(1947)에 등장하는 탐정이다. 박사라고 하나 실제 박사는 아니다. 나이는 29살. 대학에서는 미학을 전공하고 있으나 그것은 다른 과에 들어갈 수 없었기 때문으로 학문에는 그다지 열성적이지 않다. 단지 탐정의 재능만큼은 경이적이다. 「불연속살인사건」의 화자인 야시로矢代는 거세박사에 대해 '그의 관찰의 정확함, 인간 심리의 뉘앙스를 세밀하게 캐내서 알아맞춘다. 무서울 때가 있다. 그에게 걸리면 범죄에 관련된 인간심리가 확실하게 그 모

습을 드러낸다'고 말한다. 그렇기 때문에 동료들은 박사가 아닌데도 경의를 표해 '거세박사'라 부른다. 박학다식한 천재 탐정이기는 하나 그의 추리법은 의외로 소박하고 엄격하다. 즉 사카구치 안고의 「불연속살인사건」은 에도가와 란포江戸川乱歩가 절찬한 것으로도 알려져 있듯이 인간심리에 대한 깊은 통찰과 신선한 트릭을 구사하고 있는 명작으로 높이 평가되어 제2회 〈탐정작가클럽상探偵作家クラブ賞〉을 수상한다. 또한 거세박사는 장편 「복원살인사건復員殺人事件」(미완, 1949)이나 단편 「선거살인사건選挙殺人事件」(1953) 등에서도 뛰어난 추리를 보여주고 있다.

▶ 장영순

참고문헌: A, B, E, I, 坂口安吾『不連続殺人事件』(角川文庫, 2006).

게이오의숙대학慶応義塾大学 추리소설 동호회
☞ 일본의 대학 미스터리 클럽

경찰소설

영어로는 police procedural이라고 한다. 경찰소설은 추리소설의 한 장르로, 경찰관이나 형사 혹은 그들을 포함한 경찰기구나 조직의 사건, 범죄에 관한 조사활동을 축으로 하는 소설이다. 형사소설이라고도 한다. 이와 같은 경찰소설의 선구적 작품으로 평가받고 있는 것은 로렌스 트리트Lawrence Treat의 『피해자 Vas in Victim』(1945) 이고, 이 장르형식을 완성시킨 것으로 알려져 있는 것은 『경찰혐오자Cop Hater』(1956)로 시작된 에드 맥베인Ed McBain의 〈87분서87th Precinct 시리즈〉이다. 경찰소설은 추리소설 속에서 조역과 같은 존재였던 경찰관이라는 포지션을 주인공이나 그와 비슷한 위치로 설정한 것으로, 내용은 본격 서스펜스에서 활극, 암흑 소설까지 그 폭이 넓다. 일본에는 시마다 가즈오島田一男의 『과학조사관科学捜査官』(1973)을 시작으로 하는 〈조사관 시리즈〉나 다카무라 가오루高村薫의 『마크스 산マークスの山』(1993)을 시작으로 하는 〈고다合田 형사 시리즈〉 그리고 폭넓게 보면 니시무라 교타로西村京太郎의 〈도쓰가와十津川 경부 시리즈〉, 오사와 아리마사大沢在昌의 〈신주쿠자메新宿鮫 시리즈〉 등도 있다. 2시간 드라마의 원작으로 인기가 있어 텔레비전에서 드라마화되기도 한다. 그러나 엄밀한 의미에서의 경찰 집단조사를 기축으로 한 경찰소설은 적은 것으로 알려져 있다.

▶ 장영순

참고문헌: A, F, 逢坂剛 香山二三郎 青木千恵「座談会 警察小説・人気の秘密」(『有隣』 502号, 2009.9), 『この警察小説がすごい! ALL THE BEST』(宝島社, 2012).

고가 사부로甲賀三郎, 1893.10.5~1945.2.14

소설가. 희곡작가. 시가현滋賀県 출생. 본명은 하루타 요시타메春田能為. 10대 시절부터 구로이와 루이코黑岩涙香와 코난 도일Arthur Conan Doyle을 애독했고, 중학 시절에 이미 『요로즈초호萬朝報』 등에도 기고했다. 도쿄 제국대학東京帝国大学 공과대학에 입학하여 응용화학을 공부했고 졸업 후 유라由良 염료 주식회사에 취직하였으며, 같은 해에 숙부의 양자가 되어 숙부의 장녀 미치코道子와 결혼하면서 하루타春田로 성을 바꾸었다. 1919년 회사를 그만두고 1920년 농상무성農商務省 임시질소연구소의 기수가 되어 질소 비료 연구에 종사하게 되고 이 연구소에서 후에 추리작가가 되는 오시타 우다루大下宇陀児와 만나게 된다.

1923년에 『신취미新趣味』의 현상소설에 고향의 전설적 인물의 이름을 딴 필명 고가 사부로로 응모한 「진주탑의 비밀真珠塔の秘密」이 1등으로 입선하면서 문단에 데뷔한다. 신선함이나 과학적 취향은 다음 작품 「카나리아의 비밀カナリアの秘密」(1923)부터 잘 드러나며, 1924년 살인과 도난, 방화 등의 사건에 화학적 트릭을 접목시켜 의외성에 중점을 둔 대표작 「호박 파이프琥珀のパイプ」를 『신청년新青年』에 발표하여 본격파 작가로 주목받았다. 1926년에는 『어머니의 비밀母の秘密』과 『호박 파이프』를 두 권의 단편집으로 간행하면서 탐정소설 초창기의 인기작가가 되는데, 히라바야시 하쓰노스케平林初之輔는 에도가와 란포江戸川乱歩의 초기 라이벌로 고가 사부로를 꼽을 정도였다. 이때부터 『신청년』을 비롯해 『킹キング』,

『문예춘추文芸春秋』 등의 잡지에 과학적 지식과 독특한 유머를 담은 「니켈의 문진ニッケルの文鎮」(1926), 「유령범인幽霊犯人」(1930), 「모습 없는 괴도妾なき怪盗」(1932) 등 본격파 단편탐정소설을 다수 발표한다. 1927년 실화를 소재로 한 대표적 범죄실록소설 「하세쿠라사건支倉事件」을 『요미우리신문読売新聞』에 반 년 동안 연재하였고, 이듬해에는 연구소를 사직하고 전업 작가가 된다.

활발한 창작활동 뿐 아니라 본격 탐정소설의 보급을 추진하기 위한 엄격한 논리화도 추진하였는데 1931년 오시타 우다루와 탐정소설에 관하여 본격과 변격의 시비를 가리는 대논쟁을 펴기에 이른다. 이후로도 다수의 연재 활동과 작품 발표 활동을 하며 1933년 12월에는 문예가협회 이사에 취임한다. 이후로도 「꾀꼬리의 탄식黃鳥の嘆き」(1935) 등 살인사건을 소재로 한 수많은 소설을 창작하는 한편, 잡지 『프로필ぷろふいる』에 「탐정소설강화探偵小説講話」를 연재하거나 기기 다카타로木々高太郎의 탐정소설에 대한 평가로 탐정문단에 논쟁을 일으킨다. 트릭 설정에서 지나치게 과학지식에 의존한 경향이 지적되기도 하지만, 고가 사부로는 정신병리학이나 변태심리학에 기반한 변격탐정소설을 비판하고 순수하게 수수께끼를 푸는 재미를 추구한 본격파 탐정소설 선구자로서의 입장을 견지하였고, 논쟁을 즐긴 독설가였다. 1934년 수필집 『범죄, 탐정, 인생犯罪・探偵・人生』에 고가 사부로의 이러한 특성이 잘 드러난다.

이윽고 고가는 단편 탐정소설에서 멀어지면서 장편 시대물로 옮겨갔다. 한편으로 각본 연구를 시작하여 탐정희곡을 확립하고자 노력했으며 희곡 「어둠과 다이아몬드闇とダイヤモンド」, 「공포의 집恐怖の家」은 신국극新國劇에서 상연되었다. 1940년에는 장남 가즈오和郎가 일본 알프스에서 조난되어 사망하는데, 이 시기를 경계로 전시체제로 돌입하면서 다작으로 유명하던 고가 사부로의 창작활동도 격감하고 몇몇 스파이 소설만 집필하였다. 1942년 6월에는 일본문학보국회日本文学報国会 사무국 총무부장 자리에 오르고 1944년 사임한 후, 일본소국민문화협회日本少国民文化協会 사무국장이 된다. 1945년 2월 출장에서 돌아오는 열차에서 급성폐렴을 일으켜 타계했다. 1947년 주요 작품을 선별한 『고가 사부로 전집甲賀三郎全集』 10권이 간행되었다. 한국에서는 『혈액형 살인사건』(2012)으로 고가 사부로의 단편 10편이 번역, 소개되었다.

▶ 엄인경

참고문헌: A, B, D, E, F, G.

고다 로한幸田露伴, 1867.8.22~1947.7.30

소설가. 수필가, 고증가. 본명은 시게유키成行. 에도江戸 출생. 1875년 도쿄사범학교 부속소학교東京師範学校付属小学校(현재 쿠바대학부속소학교筑波大学付属小学校)를 거쳐 도쿄부 제일중학第一中学(현 도쿄도립 히비야 고교東京都立日比谷高校)에 입학했다. 동급생으로는 오자키 고요尾崎紅葉, 우에다 가즈토시上田萬年, 가노 고키치狩野亨吉 등이 있었다. 1880년, 도쿄영학교東京英学校(현재의 아오야마학원대학青山学院大学)에 진학에 진학했으나 중퇴하고, 전신수기학교電信修技学校에 들어가 졸업 후 전신기사로 홋카이도北海道 요이치余市에 부임한다. 그러나 쓰보우치 쇼요坪内逍遥의 「소설신수小説神髄」, 「당세서생기질当世書生気質」등을 읽고 문학에 뜻을 품게 되고 일을 그만두고 도쿄로 돌아온다. 1889년, 『미야코노하나都の花』에 「쓰유단단露団々」을 발표하여 야마다 비묘山田美妙의 격찬을 받고, 남성적 문체의 이상주의적 작품인 「풍류불風流佛」을 발표해 오자키 고요와 함께 인기작가 반열에 오르게 된다.

처녀작인 「쓰유단단」에 화학적 비밀 잉크를 사용한 밀서가 등장하는 등, 초기작품에서부터 그의 탐정 취미를 엿볼 수 있는데, 1889년에는 「이것참 이것참は是は」과 「이상하도다あやしなや」라는 두 개의 탐정소설을 발표한다. 이는 구로이와 루이코黒岩涙香의 「무참」과 함께 초기 탐정소설의 중요한 작품 중 하나이다. 특히 「이상하도다」에는 화학적 독살 트릭이 사용되고 있는데, 작품은 '버틀러'라는 노인의 급작스런 죽음을 맞는 것으로 시작된다. '버틀러'가 죽기 전에 먹은 것이라곤 의사 '그랜드'가 처방한 약과 백작 '샤일록'이 준 병에 든 음료수

가 전부이다. 서장인 '헨리 브라이트'는 각각은 아무런 해가 없는 두 물체가 몸 안에 동시에 들어가면 사람을 죽음에 이르게 한다는 사실을 알아내어 그의 죽음이 살인임을 밝혀낸 후, 범인인 샤일록을 회개시키고 죗값을 치르게 한다. 특수한 의학적 지식을 이용해 사건을 풀어나간다는 점에서 전형적인 초기 탐정 소설의 요소를 지니고 있으며 권선징악적인 요소도 뚜렷하다. 그 외에도 부호의 딸의 결혼을 둘러싼 추문을 그린 「자승자박自繩自縛」(1895), 300종 이상의 완전범죄 트릭을 알고 있다고 호언장담하는 남자가 친구들에게 독살 트릭을 보여주는 「불안不安」(1900) 등이 있다. 1937년 제1회 문화훈장을 수여받고 제국 예술원회원이 되었으며, 1947년 81세의 나이로 세상을 떠났다.

▶ 신주혜

참고문헌: A, B, E, F, G.

고다 유이치로合田雄一郎

다카무라 가오루高村薫 소설에 등장하는 형사. 경찰소설 『마크스 산マークスの山』(1993)에 처음 등장한 이래 〈경시청 제7계 시리즈〉에 등장한다. 이 『마크스 산』은 제109회 〈나오키상直木賞〉, 제12회 〈일본모험소설협회대상日本冒険小説協会大賞〉을 수상한다. 그 작품에서 고다는 33살, 직위는 경시청 조사1과 예비경부警部補이며, 후에 오모리서大森署의 형사를 거쳐 경시청 국제조사과 경부가 된다. 고다는 그 후 『데리가키照柿』(1994)나 『레이디 조커レディ・ジョーカー』(1997)로 이어지는 3부작에뿐 만 아니라 그 외의 잡지에 연재되는 단편 시리즈에도 등장한다. 고다는 오사카大阪 출신으로 검도 4단에 유도 2단, 애독서는 도스토예프스키이다. 이혼한 후 아카바네다이赤羽台의 공단 주택에서 혼자 살고 있다. 『마크스 산』에는 '아직 청년의 모습이 남아 있는 가는 얼굴에는 이렇다 할 특징은 없었는데 압도적인 남자다움과 기백을 느끼게 하는 얼굴이었다. 그리고 짧게 자른 머리나 열어 젖힌 셔츠, 바지와 그 밑의 흰색 운동화도 청결하여 차가운 돌을 연상케 했다. 한편 담배를 만지작거리거나 다리를 떠는 모습이 강한 풍모와는 대조적으로 어둡고 불온한 리듬을 만들고 있는 것이 뭐라 말할 수 없는 첫인상이었다'고 되어 있다. 이렇듯 고다는 일본추리소설상 가장 친밀한 존재감을 느끼게 하는 형사로, 강함과 약함, 냉정함과 격정, 행동력과 고독감 같은 상반된 성격을 같이 가지고 있는 인간적인 캐릭터이다.

▶ 장영순

참고문헌: A, H9, I, 高村薫 『マークスの山』(早川書房, 1993), 高村薫 『レディ・ジョーカー』(毎日新聞社, 1997).

고다마 겐지兒玉健二, 1960.4.19~

추리작가, 애니메이터. 본명은 고다마 겐

43

지児玉健二. **효고현**兵庫県 **고베시**神戸市 출신. 효고현립 세이료고등학교星陵高等学校, 오사카 디자이너학원 졸업. 애니메이션 회사 교토 애니메이션京都アニメーション 소속이었으나 현재는 애니메알アニメアール에 소속되어 있다. 〈소겐추리단편상創元推理短編賞〉, 〈아유가와데쓰야상鮎川哲也賞〉 등에 계속 응모하여, 「미명의 악몽未明の悪夢」으로 제8회 〈아유가와데쓰야상〉 수상. 이는 1997년 한신아와지대지진阪神·淡路大震災을 모티프로 한 것으로, 지진이 일어난 곳에서 연속 엽기 살인사건이 일어난다고 하는 본격미스터리이다. 기상천외하고 대담한 방법이 동원되고 있으며, 주인공인 사립탐정 유키 신이치有希真一를 비롯한 등장인물 조형도 뛰어나며 작가 자신이 지진의 피해자로서 지진 당일의 모습을 지극히 현실감 있게 그리고 있다. 점쟁이 유키고쇼 게이코雪御所圭子와 사립탐정 유키 신이치가 등장하는 시리즈로 『미명의 악몽』, 『연령관사건恋霊館事件』(2001), 『붉은 달빛赫い月照』(2003)이 있으며, 〈유키 신이치 시리즈〉로는 『폐어류의 밤肺魚楼の夜』(2008)이 있다. 기타 장편소설로는 『사령殉霊』(2000), 『별 감옥星の牢獄』(2004)이 있다.

▶ 김효순

참고문헌: A, H1, H4.

고다카 노부미쓰小鷹信光, 1936.8.26~
평론가. 번역가. 소설가, 미국문화연구자.

본명 나카지마 신야中島信也. 기후현岐阜県 출신. 와세다대학早稲田大学 제1문학부 영문과 졸업. 재학 중에 와세다 미스터리 클럽에 소속하여 평론활동 시작. 처음으로 일본에 하드보일드를 소개함. 「붉은 수확赤い収穫」와 대실 해밋Samuel Dashiell Hammett의 작품 번역에 착수했고, 1970년대 하드보일드의 새로운 흐름을 '네오 하드보일드'라 명명했으며, 또한 그동안 잊혀졌던 펄프 하드보일드를 재평가했다. 해박한 미국문화를 바탕으로 『미스터리 매거진ミステリマガジン』에 게재한 「파파이라스의 배パパイラスの舟」(1975), 「속 파파이라스의 배」(1975~77)는 하드보일드 평론의 고전일 뿐만 아니라 해외 미스터리 전반을 논하고 있다. 소설로는 장편 연작 『탐정이야기探偵物語』(1979), 『탐정이야기 빨간 말의 사자探偵物語赤き馬の使者』(1980)가 있으며, 이 두 작품에는 하드보일드의 일본 이식을 실현시키는 여러 가지 요소가 포함되어 있다. 신보 유이치真保裕一는 '하드보일드 팬임을 자임하는 자로 고다카의 이름을 모르는 자가 있다면 그것은 아는 척하는 사람이거나 초보자이다'라고 하고 있다. 2007년에는 자전적 저작인 「나의 하드보일드私のハードボイルド」로 〈일본추리작가협회상日本推理作家協会賞〉을 수상했다. 한국어로는 『J미스터리 걸작선』 I (1999)에 「벽」이 번역되어 수록되어 있다.

▶ 김효순

참고문헌: A, H1.

고도코로 세이지古処誠二, 1970.3.10~

작가. 추리소설가. 전 항공자위대 자위관. 후쿠오카현福岡県 출생. 고등학교 졸업 후 다양한 직업을 거쳐 항공 자위대에 입대하여 미야베 미유키宮部みゆき 작품의 영향으로 소설 창작에 뜻을 두고 창작활동을 시작했다.

2000년 『UNKNOWN』으로 〈메피스토상メフィスト賞〉을 수상하면서 소설가로 데뷔하였는데, 이 작품은 그 속편에 해당하는 『미완성未完成』(2001)과 더불어 자위대를 무대로 한 본격미스터리소설이다. 한편, 2001년에는 '인터넷으로 뽑은 일본미스터리 대상 2001'에서 『소년들의 밀실少年たちの密室』(2000)이 종합랭킹 1위를 차지하였다. 그 후 창작의 방향을 바꿔 『룰ルール』(2002), 『분기점分岐点』(2003)이 연이어 〈나오키상直木賞〉 후보로 올랐던 『7월 7일七月七日』(2004), 『차단遮断』(2005), 『적의 모습敵影』(2007) 등 제2차 세계대전을 무대로 하여 다양한 인간군상을 그린 전쟁소설을 계속 발표하고 있다.

▶ 정병호

참고문헌: H1~H3, H5.

고마쓰 사쿄小松左京, 1931.1.28~2011.7.26

SF소설가. 오사카大阪 출생. 본명은 고마쓰 미노루実. 다이산고교第三高教를 거쳐 1954년 교토대학京都大学 문학부 이탈리아어과를 졸업하고 경제지 『아톰アトム』의 기자, 만화집필 및 만담 대본 작가, 신문에 미스터리물의 비평 집필 등의 일에 종사하였다. 1961년 『SF매거진SFマガジン』 제1회 〈공상과학소설 콘테스트〉에 태평양전쟁에서 본토결전을 행한 또 다른 일본을 그린 「땅에는 평화를地には平和を」로 당선되어 SF 작가로서 데뷔하였다. 1973년에 『일본침몰日本沈没』이 밀리언셀러가 되어, 〈일본추리작가협회상日本推理作家協会賞〉을 수상하였다.

『일본침몰』은 일본의 해저에 이상이 있음을 알아차린 학자의 예측이 적중하여 전국 각지에 지진과 화산폭발이 계속 이어지는 가운데 정부는 국토 대부분이 침몰할 것이라고 판단하고 몰래 일본인의 국외탈출을 계획하고 실행에 옮긴다는 내용이다. 1990년에 개최된 「국제 꽃과 녹음 박람회国際花と緑の博覧会」의 종합 프로듀서를 담당하였다. 특별한 문명비평가의 입장에서 쓰여진 수많은 에세이로도 널리 알려져 있다.

대표작으로는 『일본침몰』 외에 오사카에서 철을 먹는 인종의 출현과 일본정부의 투쟁을 그린 『일본아파치족日本アパッチ族』(1964), 세균무기로 인한 인류멸망을 그린 『부활의 날復活の日』(1964), 초월적인 우주 생명에 의한 인류간섭을 그린 『끝없는 흐름의 끝에果てしなき流れの果てに』(1966) 등이 있다. 이들은 모두 전쟁과 전후의 전환기에 대한 체험을 바탕으로 통속성과 철학적 명제를 동시에 추구하면서 인류의 문명과 미래를 응시하는 작품들인데, 수도기능이

원인불명의 이유로 마비되는 상황을 그려 제6회 〈일본SF대상日本SF大賞〉을 수상한 『수도소실首都消失』(1985)도 그 연장선상에 있는 작품이다.

1970년 오사카 만국박람회에서는 테마관의 서브 프로듀서를 담당하였고, 1963년에 창설 당시부터 참가하였던 일본SF작가클럽 회장으로 1980년에 취임하여 〈일본SF대상〉을 만들었다. 그리고 2007년에는 제65회 세계SF대회와 제46회 일본SF대회에서는 Guests of Honour를 담당하며 일본 SF문학계의 중심적 역할을 견지하였다. 3.11동일본대지진 이후 젊은 SF작가 및 비평가와 함께 쓴 『3・11의 미래 일본・SF・창조력3・11の未来 日本・SF・創造力』이 그의 마지막 저서에 해당한다. 그는 일본 SF계를 대표하는 작가로서 수많은 장단편을 남기고 괴기소설 분야에서도 현저한 족적을 남겼다. 한때 공산당에 입당하기도 하고 1960년대 후반에는 베트남 전쟁 반대론을 전개하기도 하였으며 1970년에는 「국제 SF심포지움」을 주재하는 등 SF작가의 국제적 교류에도 노력을 경주하였다. 호시 신이치星新一, 쓰쓰이 야스타카筒井康隆와 더불어 일본SF 3대 작가로 일컬어질 정도로 일본 SF문학의 대표적 작가이다. 2000년 〈고마쓰 사쿄상賞〉이 만들어졌으며 2006년부터 그의 전집 전56권이 간행되었다. 한국에서는 『일본침몰』(1972, 1973, 1992)이 4번에 걸쳐 번역되었으며 그 외에도 『부활의 날』(1981), 『인류 종말의 MM88』(1981), 『J미스터리걸작선』(1999) 속에 「고양이의 목猫の首」 등 다수의 작품이 번역 출판되었다.

▶ 정병호

참고문헌: A, B, E, F, H6.

고모리 겐타로小森健太朗, 1965~

다카자와 노리코高沢則子라고도 함. 추리소설가, 평론가, 번역가. 1965년에 오사카大阪에서 태어남. 도쿄대학東京大学 문학부 철학과 졸업. 후에 동대학 대학원 교육학 연구과 박사과정에 진학. 긴기대학近畿大学 문예부 전임강사. 1982년에는 사상 최연소인 16살에 「로웰성의 밀실ローウェル城の密室」(명의는 다카자와 노리코)이 제28회 〈에도가와 란포상江戶川乱歩賞〉 최종 후보작에 올라 화제를 모았다. 1986년부터 동인지 판매 모임인 '코미케'(코믹마켓)에 참가하고. 환상추리문학 써클 '각각의 계절それぞれの季節'을 주재한다. 1994년에는 『코미케 살인사건コミケ殺人事件』으로 본격적 미스터리작가로 데뷔한다. 무대가 된 것은 하루미晴海의 코미케 행사장으로 그곳에서 연속살인 사건이 일어나는 미스터리이다. '코미케'에 모이는 오타쿠적인 테마를 중심으로 현실과 허구의 교차를 그린 새로운 미스터리로 평가를 받았다. 또한 1995년에 개고 간행된 「로웰성의 밀실」은 주인공들이 소녀만화 '로웰성의 밀실'의 등장인물이 되어 작중에서 일어난 밀실 살인 사건에 말려들게 된다는 내용으로 『코미케 살인사건』에 이은 메타 미스터리이다. 그 밖에는 『네누웬라의 밀실ㅈヌウェンラーの密室』이나 『네메시스의 홍소ネメシスの哄笑』(이상 1996) 등이 있다. 번역으로는 미하일 나이미Mikhail Naimy의 『스파이더 월드 현자의 탑ㅈパイダー・ワールド 賢者の塔』과 『스파이더 월드 신비의 델터ㅈパイダー・ワールド 神秘のデルタ』(2001) 등이 있다. 2010년에는 평론 「영문학의 지하수맥 고전미스터리연구 구로이와 루이코 번안 원전에서 퀸까지英文学の地下水脈 古典ミステリ研究 黒岩涙香翻案原典からクイーンまで」(2009)로 제63회 〈일본추리작가협회상日本推理作家協会賞〉(평론과 그 외의 부문)을 수상한다.

▶ 장영순

참고문헌: A, 小森健太朗 『コミケ殺人事件』(角川春樹事務所, 1998), 小森健太朗 『ローウェル城の密室』(角川春樹事務所, 1998), 小森健太朗 『探偵小説の論理学——ラッセル論理学とクイーン, 笠井潔, 西尾維新の探偵小説』(南雲堂, 2007).

고미네 하지메小峰元, 1921.3.24~1994.5.22

추리소설가. 효고현兵庫県 고베시神戸市 출생. 본명은 히로오카 스미오広岡澄夫. 히메지상업학교姫路商業学校를 나와 오사카외국어대학大阪外国語大学 스페인어과를 졸업. 무역상, 교원을 거쳐 1943년 마이니치신문사毎日新聞社에 들어가 49년간 근무한다. 전후 창작활동을 시작하여 1948년 「가면의 신부仮面の花嫁」 등 단편추리소설을 발표하고 소년용 『백만탑의 비밀 그 외 종소리百万塔の秘密そのほか鐘の音』(1948)를 간행하였다. 그렇지만 1973년 여고생이 임신중절 실패가 발단이 되어 사망한 사건을 파헤치는 청춘추리소설 『아르키메데스는 손을 더럽히지 않는다アルキメデスは手を汚さない』로 제19회 〈에도가와란포상江戸川乱歩賞〉을 수상하며 본격적인 추리작가로서 활동을 개시한다.

이 이후 경쾌한 작풍의 『소크라테스 최후의 변명ソクラテス最期の弁明』(1975), 『디오게네스는 오전 3시에 웃는다ディオゲネスは午前三時に笑う』(1976), 『히포크라테스의 첫사랑 처방전ヒポクラテスの初恋処方箋』(1978) 등 고대 그리스 철학자의 이름을 붙인 일련의 청춘 추리소설을 창작하여 고등학생을 비롯한 젊은 세대를 묘사한다. 단지 정치와 언론의 관계를 그린 미스터리 『솔론의 아이들ソロンの鬼っ子たち』(1985)은 다소 예외적인 작품이다. 이 중 『아르키메데스는 손을 더럽히지 않는다』는 2006년 복간되었다. 한편 형식적인 측면에서도 〈에도가와란포상〉을 수상한 역대 수상작을 각장의 타이틀로 하거나 주인공인 고교생의 이름을 작자의 이름에서 따오거나 일본에서 처음으로 횡서로 쓴 소설을 발표하는 등 새로운 시도를 기획하기도 하였다.

▶ 정병호

참고문헌: A, B, E, F.

47

고바야시 규조小林久三, 1935.11.15~2006.9.1

추리소설가. 각본가. 영화 프로듀서. 이바라키현茨城県 출생. 본명은 고바야시 히사미즈三. 이바라키현 고가다이이치고등학교小河第一高等学校를 나와 도호쿠대학東北大学 문학부를 졸업하고 1961년에 쇼치쿠오후나松竹大船 촬영소에 들어가 조감독을 거쳐 영화 프로듀서를 하면서 소설을 쓰기 시작하며 1970년에 단편「영호시사실零号試写室」을『추리계推理界』에 발표하여 문단에 데뷔하였다. 한편, 1972년에 「부식색채腐蝕色彩」로 제3회 〈소설 선데이마이니치小説サンデー毎日 추리소설부문 신인상〉을 수상하였다. 이 두 작품은 모두 영화계에서 제재를 취한 작품으로 영화에 대한 그의 강한 애착이 깃들어 있다. 그러나 실제적으로 1974년 아시오足尾 광산 공해문제를 테마로 설정한 역사추리소설인『암흑고지暗黒告知』로 제20회 〈에도가와란포상江戸川乱歩賞〉을 수상하며 본격적인 창작활동에 들어가는데, 이 작품에는 작가의 반권력적 사상이 강하게 반영되어 있다.

『황제가 없는 8월皇帝のいない八月』,『녹슨 불길錆びた炎』,『아버지와 아들의 불꽃父と子の炎』등 사회성이 있는 테마를 지향하는 작품이 많았다. 그는『전국수수께끼풀이 독본戦国史謎解き読本』(2000)에 이르기까지 반체제적인 시점에서 사회파 미스터리, 역사미스터리를 중심으로 수많은 작품들을 간행하였다. 나아가 범죄연구자로서 로스엔젤레스 의혹사건, 오움진리교사건 등에도 많은 관심을 가지고 사건 규명에 관련하기도 하였다. 또한『아버지와 아들의 불꽃』으로 1981년 제8회 〈가도카와소설상角川小説賞〉을,『비내리는 날의 동물원雨の日の動物園』으로 1984년 〈기네마순보キネマ旬報 독자상〉을 수상하였다. 그의 고향인 고가문학관古河文学館에서는 2002년 '고바야시 규조전小林久三展—사회파 추지작가의 궤적—'이라는 이름으로 특별전이 개최되기도 하였다.

▶ 정병호

참고문헌: A, B, E, F.

고바야시 노부히코小林信彦, 1932.12.12~

소설가, 평론가. 1932년에 도쿄東京에서 태어남. 와세다대학早稲田大学 문학부 영문학과 졸업. 1959년부터 5년간『보석宝石』에 번역평론「미스터리 가이드みすてりい・がいど」를 연재. 처음 1년은 루이 주베類十兵衛나 스콧트 가이타니スコット貝谷라는 이름으로, 그리고 2년째부터는 나카하라 유미히코中原弓彦라는 이름으로 활동한다. 동시에 『히치콕 매거진ヒッチコック・マガジン』의 편집장을 지낸다. 이『힛치콕 매거진』시대에 대해서는『허영의 도시虚栄の市』(1964)나『꿈의 요새夢の砦』(1983)에서 소설화하고 있다. 한편 고바야시는 나카하라 유미히코라는 이름으로 영화나 연극 분야의 평론활동을 하여, 1973년에는 평론「일본의 희극인日本の喜劇人」(1972)으로 〈예술선장신인상芸術選奨新人賞〉

48

을 수상한다. 1964년에 발표된 장편 『허영의 도시』는 미스터리가 아니라 19세기 영문학의 영향을 받은 '풍자와 홍소哄笑의 처녀작'으로 평가받고 있다. 그 후는 엔터테인먼트 분야나 패러디 소설 분야에서 활약하여 걸작도 많다. 예를 들면 에도가와 란포江戸川乱歩 작품의 패러디인 「중년 탐정단中年探偵団」(1969)이나 『오요요섬의 모험オヨヨ島の冒険』(1970)으로 시작되는 〈오요요대통령 시리즈〉 등이 그것이다. 그 밖에 『지옥의 독서력地獄の読書力』(1980)에서는 방대한 양의 미스터리 서평을 정리하고 있으며, SF에서 고마쓰 사쿄小松左京나 쓰쓰이 야스타카筒井康隆의 재능을 발굴해 낸 것으로도 알려져 있다.

▶ 장영순

참고문헌: A, 小林信彦 『オヨヨ島の冒険』(角川書店, 1996), 小林信彦 『虚栄の市』(角川文庫, 2005), 弓立社編集部(編集) 『小林信彦の仕事』(弓立社, 1988).

고바타 도시유키小畠逸介 ☞ 아시베 다쿠
芦辺拓

고사카이 후보쿠小酒井不木, 1890.10.8~1929.4.1

추리작가. 의학자. 번역가. 수필가. 아이치현愛知県 출생. 번역에는 도리이 레이스이鳥井零水라는 별명을 사용. 1911년 도쿄제국대학東京帝国大学 의학부에 입학하였고 대학원에 진학해서는 생리학, 혈청학을 전공하고 25세 때 여교사 쓰루미 히사에鶴見久枝와 결혼하였다. 폐렴이 발병하여 반년 간의 요양을 통해 회복하고 1917년 27세의 나이로 도호쿠제국대학東北帝国大学 의학부의 조교수가 되었으며, 문부성의 해외유학 명령으로 미국으로 건너간다. 1919년 다시 영국, 이듬해에는 프랑스로 건너가게 되었는데 런던과 파리에서 모두 객혈을 경험하고 일시적 요양과 회복을 반복하다 귀국하였다. 귀국 후에도 임지로 가지 못하고 처가에서 정양을 하였는데, 1921년 의학박사 학위를 취득하였고 생리학에 있어서는 일본 최고의 권위자가 되었으며 그 이듬해에는 대학을 퇴직한다.

『도쿄일일신문東京日日新聞』에 연재한 글 중 「탐정소설探偵小説」이라는 항목이 『신청년新青年』편집장인 모리시타 우손森下雨村의 눈에 들어 『신청년』에 기고를 하게 된다. 의학 연구를 겸한 덕에 의학에서 소재를 취하거나 인체를 파괴하는 테마가 많았으며 냉혹하고 음산한 분위기를 자아냈다. 그러면서도 냉정함을 잃지 않는 작품을 구사하여 SF의 선구자로 일컬어지기도 한다. 또한 수필과 해외 탐정소설도 번역하며 활발한 활동으로 탐정소설 보급에 공헌하였다. 1923년의 관동대지진関東大震災 이후에는 아내와 아들을 데리고 나고야시名古屋市로 이사를 해 문필활동에 전념한다. 그 때 「살인론殺人論」이나 「서양범죄탐정담西洋犯罪探偵譚」을 집필하였고, 『범죄와 탐정犯罪と探偵』을

간행하였다. 「독 및 독살의 연구毒及毒殺の硏究」와 같은 의학 소개도 다수 썼는데, 과학과 동서양의 전설을 풍부히 인용하며 의학과 문학의 교섭을 이루어낸 특이한 근대적 저술로 평가할 수 있으며, 의학적 연구에 탐정소설의 풍부한 지식이 채용되어 발흥기의 탐정문단에 큰 자극을 주었다. 또한 해외작품의 소개자로서 활발한 번역활동을 펼친 공로 역시 크다 하겠다.

후보쿠의 소설 창작활동은 1925년에 시작되었는데, 소년물을 비롯하여 「화가의 죄?畵家の罪?」, 「저주받은 집呪はれの家」, 「유전遺伝」, 「수술手術」 등을 발표하는 한편 「범죄문학연구犯罪文学硏究」를 연재하거나 대중문예작가들의 친목모임인 '이십일일회二十一日会'에도 참가하였다. 1926년에는 신비와 과학의 결합을 시도한 스릴러물 「인공심장人工心臟」, 「연애곡선恋愛曲線」을 발표하였고, 의학연구를 바탕으로 한 소설과 연구논문 연재활동을 활발히 하였다. 「의문의 검은 틀疑問の黒枠」(1927)은 발흥기 본격장편소설의 대표작으로 엇갈린 사람 관계를 그린 복수극이며, 이후의 작품들에서는 통속성을 띠며 독자층을 널리 확대해갔다.

후보쿠는 일본 초창기 탐정소설을 확립하고 육성하는 데에 크게 이바지했으며, 투병생활을 하면서도 7~8년 사이에 방대한 저술을 남긴 정력적 집필자이기도 했다. 정신병리적이고 변태심리적인 측면을 구사하는 점 때문에 히라바야시 하쓰노스케平林初之輔에 의해 '불건전파'로 일컬어지기도 하고, 고가 사부로에 의해 '변격파'라는 호칭을 부여받기도 했다. 또한 후보쿠는 에도가와 란포江戸川乱歩의 「2전짜리 동전二銭銅貨」를 격찬하며 일본 최초의 탐정작가로서 란포가 나아가는 길을 열어주었으며 평생 란포를 격려하고 옹호했다. 후보쿠는 1929년 4월 마흔의 젊은 나이로 급성폐렴에 의해 타계하였는데, 그의 사후 다음 달에 작품 「투쟁鬪争」이 발표되었으며, 이듬해 10월까지 개조사改造社로부터 문학적 저술을 망라한 『고사카이 후보쿠 전집小酒井不木全集』 17권이 간행되었다. 한국에서는 『연애곡선』(2009)으로 그의 단편 13편이 번역되었다.

▶ 엄인경

참고문헌: A, B, D, E, F, G.

고스기 겐지小杉健治, 1947.3.20~

소설가. 도쿄東京 출생. 컴퓨터 전문학교를 졸업한 후 프로그래머로 일하면서 추리소설을 탐독하고 문화센터에서 소설작법을 공부하여, 1983년 「하라지마 변호사의 처리原島弁護士の処置」(1986년에 『하라지마 변호사의 사랑과 슬픔』으로 간행)로 제22회 〈올요미모노추리소설신인상オール読物推理小説新人賞〉을 받으며 문단에 데뷔하였다. 1985년 전업작가를 선언하고, 정신박약자를 테마로 사회적 약자에 대한 동정적 시선을 담은 작품 『유대絆』로 1987년 제41회

〈일본추리작가협회상日本推理作家協会賞〉 장편부문에서 수상을 하고, 이듬해에는 〈나오키상直木賞〉의 후보에 오른다. 1990년에는 스모相撲 미스터리를 다룬 『모래판을 달리는 살기土俵を走る殺意』로 〈요시카와에이지문학신인상吉川英治文学新人賞〉을 받는다. 1990년대 이후 현재에 이르기까지 한 해에 1~3편의 법정물을 꾸준히 발표하고 있으며, 시리즈 캐릭터로서 변호사를 등장시키는 특징이 있다. 또한 그의 작품 중 상당수가 텔레비전 드라마로 만들어졌으며 서스펜스 극장에서 여자 변호사의 활약이 큰 인기를 끌며 법정 미스터리나 신新사회파 미스터리 작가로 정평이 났다. 서스펜스를 창작하는 한편으로 2000년대 이후에는 열편 이상의 대형 시리즈 시대소설 역시 병렬적으로 다수 창작하였으며, 경찰소설도 쓰는 등 광범위한 집필분야를 보이는 작가이다. 한국에는 1994년 발표된 단편 「붉은 강耕の川」(1999, 2008)이 번역, 소개되었다.

▶ 엄인경

참고문헌: A, 小杉健治 『土俵を走る殺意』 新潮社 1989, 小杉健治 『絆』 集英社 1990.

고이즈미 기미코小泉喜美子, こいずみ きみこ,
1934.2.2~1985.11.7

추리작가. 번역가. 도쿄東京 출생. 결혼 전 이름은 스기야마 기미코杉山喜美子. 고등학교 졸업 후 영어실력을 살려 재팬 타임즈에 근무하였고, 번역 하청의 일을 하면서 하야카와쇼보早川書房를 드나들다 이 출판사의 『미스터리 매거진ミステリマガジン』 편집자였던 이쿠시마 지로生島治郎(고이즈미 다로小泉太郎)와 교제하여 결혼했다. 1959년에 「나의 눈먼 그대我が盲目の君」(나중에 「밤의 쟈스민夜のジャスミン」으로 개제)라는 작품으로 제1회 〈EQMM 단편콘테스트〉에 응모하여 입선한다. 처녀 장편 『변호 측 증인弁護側の証人』(1963)은 신인상 수상에는 실패했지만 심사위원 다카기 아키미쓰高木彬光의 격찬을 받고 장편화되어 문예춘추文芸春秋에서 단행본으로 출판된다. 『변호 측 증인』은 2009년에 46년 만의 복간 출판으로 화제가 되면서 환상의 걸작이라는 입소문으로 단숨에 20만부 이상이 팔렸으며, 기교와 의외성이 돋보이며 보기 드문 서술트릭을 잘 구사하여 현재도 높은 평가를 받는다. 이 작품 이후 약 8년 정도 작품 활동을 하지 않다가 1972년 이혼하고 이듬해 이국적 모험담을 다룬 『다이너마이트 왈츠ダイナマイト円舞曲』로 재기하며 '추리소설은 어른의 꿈이며 시이자 동화여야 한다'는 지향점을 가지고 미스터리 창작과 문학 번역에서 활발한 활동을 한다. 흡혈귀 전설을 응집력 있는 구성으로 다룬 장편 『피의 계절血の季節』(1982) 외에도 '미스터리는 사치스런 기호품'이라는 지론을 잘 살려 리얼리즘과 트릭 편중을 부정하고 세련된 스타일로 추리를 담아낸 단편이 많으며, 정확한 번역으로 정평이 난 번역가이기도 했다.

51

1985년 외상성 경막하 출혈로 사망하였다. 한국에서는 단편 「복수는 그녀에게」(1999), 「피고는 무죄」(1993, 2008)와 장편 『변호측 증인』(2011)이 번역되었다.

▶ 엄인경

참고문헌: A, B, E, 日本推理作家協会 『にぎやかな殺意：ミステリー傑作選12』(講談社, 1982).

고이케 마리코小池真理子, 1952.10.28~

소설가. 1952년에 도쿄東京에서 태어남. 세이케이대학成蹊大学 영미문학과 졸업. 1978년에 에세이 『지적 악녀의 권고知的悪女のすすめ』가 베스트셀러가 되어 일약 매스컴의 총아가 된다. 그 후 1985년에 『제3수요일의 정사第三水曜日の情事』로 미스터리 소설가로 전향한다. 아주 평범한 사람들의 범죄심리 묘사가 매우 뛰어난 것으로 평가받고 있다. 그리고 그러한 경향은 『가면의 마돈나仮面のマドンナ』(1987)나 『오인된 여자間違われた女』(1988), 『나르키소스의 거울ナルキッソスの鏡』(1993) 등 일련의 사이코 서스펜스에서도 강조되어 이 장르에서 제일인자로 알려진다. 1989년에는 「아내의 여자친구들妻の女友達」로 제42회 〈일본추리작가협회상日本推理作家協会賞〉(단편부문)을 수상한다. 1990년에는 나가노현長野県 가루이자와軽井沢로 이사를 한다. 이 시기에는 미스터리에서 연애소설로 신경지를 개척해, 1995년에는 『사랑恋』으로 제114회 〈나오키상直木賞〉을 수상한다. 이 작품은 가루이자와의 자

연묘사로 절찬을 받는다. 그 밖에도 『겨울의 가감冬の伽藍』(1999) 등 가루이자와를 무대로 한 작품이 있다. 1998년에는 『욕망欲望』으로 제5회 〈시마세이연애문학상島清恋愛文学賞〉 수상, 2006년에는 『무지개의 저쪽虹の彼方』으로 제19회 〈시바타렌자부로상柴田錬三郎賞〉 수상, 2012년에는 『무화과의 숲無花果の森』으로 제62회 〈예술선장문부과학대신상芸術選奨文部科学大臣賞〉(문학부문) 수상, 2013년에는 『침묵의 사람沈黙の人』으로 제47회 〈요시카와에이지문학상吉川英治文学賞〉 수상 등 수많은 문학상 수상작품이 있다. 한국어로 번역된 작품에는 「결혼식 손님」(1999년), 『사랑』(1996년), 『아내의 여자친구들』(2004년), 『욕망』(2007년) 등이 있다.

▶ 장영순

참고문헌: A, 小池真理子 『知的悪女のすすめ——翔びたいあなたへ』(山手書房, 1978), 小池真理子, 結城信孝(編) 『小池真理子短篇ミステリ傑作集1－4』(早川書房, 2002.2~2003.3), 小池真理子 『沈黙の人』(文芸春秋, 2012).

고조 고高城高, 1935.1.17~

소설가. 신문기자. 홋카이도北海道 하코다테시函館市 출생. 본명은 누이 요이치乳井洋一. 센다이仙台에서 보낸 십대 시절 헌책방이나 미군에게서 얻은 페이퍼백이나 하드보일드 소설을 탐독하였다. 도호쿠대학東北大学 문학부 영문과에 재학하던 중 잡지 『보석宝石』의 단편현상에 스파이 소설풍의

리얼한 묘사가 돋보이는 「X교 부근X橋附近」(1955)으로 응모하여 1등상을 수상했다. 이 작품은 간결한 경질硬質의 문체와 행간의 서정성으로 에도가와 란포江戸川乱歩에게 격찬을 받았고 일본판 하드보일드 소설의 효시로 평가받는다. 대학을 졸업한 후 1957년 홋카이도신문사北海道新聞社에 입사한 이후, 홋카이도를 무대로 한 스파이물이나 하드보일드 단편을 중심으로 창작활동을 하였다. 대학 시절 펜싱 클럽 소속이던 경험 덕분에 펜싱과 관련된 사상 사건을 다룬 「걸다賭ける」(1958)와 같은 작품이 이채롭다. 「라 쿠카라챠ラ・クカラチャ」(1958)에서는 라틴계 미군 병사와 일본인 창부의 애증을 객관적 수법으로 그려 현대 삶의 허무감을 포착하였고, 『묘표 없는 묘지墓標なき墓場』(1962)에서는 음울한 분위기 속에 진전되는 살인사건을 그렸다.

고조는 『묘표 없는 묘지』 출판 이후 창작에서 물러나 1970년 이후 작품 발표가 거의 없다가, 오랜 공백을 거쳐 2007년에 『미스터리 매거진ミステリーマガジン』이나 『미스터리즈!ミステリーズ!』를 통해 작가 활동을 재개하게 된다. 2008년에는 도쿄소겐샤東京創元社에서 전4권에 이르는 고조 고의 개인전집이 간행되며 그에 관한 재평가가 활발해졌다. 그리고 약 40년 만에 발표한 신작 『하코다테수상경찰函館水上警察』(2010)은 농밀한 문체로 메이지明治 시대 경찰의 활약을 그린 역사경찰소설의 걸작으로 평가된다.

▶ 엄인경

참고문헌: A, B, E, H08, H10, 高城高『ウラジオストクから来た女 函館水上警察』(東京創元社, 2010).

곤노 빈今野敏, 1955.9.27~

소설가. 본명은 곤노 사토시今野敏. 홋카이도北海道 출신으로 조치대학上智大学을 졸업하였다. 재학 중이던 1978년 「괴물이 거리에 출몰했다怪物が街にやってくる」로 제4회 〈문제소설신인상問題小説新人賞〉을 수상하며 데뷔하였다. 졸업 후 음반회사에 근무하면서 작가활동도 시작하였다.

최초의 작품집 『재즈 수호전ジャズ水滸伝』(1982, 이후『초능력 셉션 달려超能力セッション走る』(1989), 『태자 수호전 아라한 집결奏者水滸伝 阿羅漢集結編』(2009)로 개제) 간행 후 회사 경험을 살린 서스펜스 『레코딩 살인사건レコーディング殺人事件』(1983 이후 『페이크〈의혹〉フェイク〈疑惑〉』(2010)로 개제), 사립탐정이 기묘한 능력을 가진 정치인과 얽히며 겪는 미스터리와 액션이 잘 조화된 이색작품 『성거전설聖拳伝説』(1985) 등 다채로운 작품을 썼다. 이후 〈아즈미 반 시리즈〉의 첫 작품인 『도쿄만 관할서東京ベイエリア分署』(1988, 개제 『더블 타겟二重標的(1996)』)과 같은 경찰소설도 발표하였다.

가라데 3단이며 사격, 다이빙, 건담 프라모델 제작 등 다양한 취미 생활을 가지고 있는 만큼, 작품 세계도 격투소설, 경찰소설,

SF 등 다채롭다. 건담 프라모델 제작을 그린 『신지慎治』(1997)나 게임 제작회사를 모델로 한 『봉래蓬莱』(1994) 등의 작품도 있다. 『봉래』를 기점으로 이름을 알리게 되었는데, 『봉래』는 가공의 게임 세계와 전설을 교차시키며 전개하는 스케일 큰 전기소설이다. 이후에도 『아이콘イコン』(1995), 『리오リオ』(1996)와 같이 현대와 과거를 절묘하게 짜 넣은 미스터리로 독자의 호응을 얻었다.

이밖에 〈비권 수호전秘拳水滸伝 시리즈〉(1989~1992), 〈히구치 아키라樋口顕 시리즈〉(1996~2000), 〈호랑이의 길, 용의 문虎の道 竜の門 시리즈〉(2001~2002), 〈아즈미 반安積班 시리즈〉(1988~2010), 〈ST 경시청 과학수사반 ST 警視庁科学特捜班 시리즈〉(1998~2011), 〈우주해병대宇宙海兵隊 시리즈〉(1990~2012), 〈보디가드 구도 효고ボディーガード工藤兵悟 시리즈〉(1993~2012), 〈은폐수사隠蔽捜査 시리즈〉(2005~ 2013) 등 수많은 시리즈를 발표하였다.

2006년 『은폐수사』로 〈요시카와에이지문학신인상吉川英治文学新人賞〉을 수상하였고 2008년 후속작인 『은폐수사2: 수사의 재구성果断 隠蔽捜査2』으로 〈야마모토슈고로상山本周五郎賞〉과 〈일본추리작가협회상日本推理作家協会賞〉을 수상하였으며 『이 미스터리가 대단하다!』 4위에 랭크인 되는 등, 경찰소설의 새로운 기수로서 인기를 얻었다.

곤노 빈의 작품은 그의 인기만큼이나 TV 시리즈물로도 다수 제작되었다. 특히 〈은폐수사 시리즈〉는 아사히TV와 TBS에서 드라마로 제작되어 인기리에 방영되었으며 후속 드라마가 계속 만들어지고 있다. 〈아즈미 반 시리즈〉는 TBS에서 『진난서 아즈미 반ハンチョウ~神南署安積班~』(2009~2011)이라는 제목으로, 2012년부터는 『경시청 아즈미 반ハンチョウ~警視庁安積班~』이라는 제목으로 시리즈로 방영되었다.

1989년 제15회 참의원 선거에 '원자력 발전이 필요 없는 사람들原発いらない人びと' 당 후보로 출마해 낙선하였고 소설 『패권 비룡귀覇拳飛龍鬼』(1994, 이후 『임계 잠입수사臨界潜入捜査』(2009)로 개제).

『레드レッド』(1998) 등에서 원전의 문제를 다루는 등, 다양한 장르에 걸쳐 많은 작품을 발표하여 주목받는 추리소설 작가 중 한 명이다. 다채로운 이력과 다양한 작품군 중에서도 역시 경찰소설에서 독보적인 위치에 있다.

한국어로는 『은폐수사』(2009), 『은폐수사2: 수사의 재구성』(2010) 등이 단편집으로 번역되었으며 「부하」가 『베스트 미스터리 2000』(1999)에 번역되어 수록되었다.

▶ 이혜원

참고문헌: A, H12, 今野敏 『聖拳伝説1 覇王降臨』(朝日新聞出版, 2010) 『蓬莱』(講談社, 1997) 隠蔽捜査(新潮社, 2008).

곤다 만지權田萬治, 1936.2.2~

평론가. 도쿄東京 출생으로 도쿄외국어대학 東京外国語大学 프랑스어과를 졸업한 후 일본 신문협회에서 일하였다. 이후 2006년까지 센슈대학專修大学 문학부 교수로 재직하였 다. 1960년『보석宝石』제1회 평론 모집에 레이먼드 챈들러Raymond Chandler를 논한「감 상의 효용感傷の効用」으로 가작에 입선하였 다. 하드보일드 작가와 마쓰모토 세이초松 本清張를 비롯한 추리소설 전반에 조예가 깊어 미스터리 비평 연구 분야에서 대표주 자이다. 제2차 세계대전 이전의 작가 18명 에 대해 새롭게 재검토한『일본탐정작가론 日本探偵作家論』(1975)으로 제29회〈일본추리 작가협회상日本推理作家協会賞〉을 수상하였으 며, 2001년에는 신포 히로히사新保博久와 공 동 감수한『일본 미스터리 사전日本ミステ リー事典』으로 제1회〈본격미스터리대상本格 ミステリー大賞〉을 수상하였다. 저서로『숙명 의 미학宿命の美学』(1973),『현대 추리소설론 現代推理小説論』(1985),『신초 일본문학앨범 마쓰모토 세이초新潮日本文学アルバム松本清張』 (1994) 등이 있으며 편저로『교양으로서의 살인教養としての殺人』(1979),『취미로서의 살 인趣味としての殺人』(1980) 등이 있다.

▶ 이혜원

참고문헌: A, B, E, 곤다 만지 홈페이지 Mystery & Media(http://www10.plala.or.jp/apoe/profile.html).

곤도 우몬近藤右門

사사키 미쓰조佐々木味津三의 연작 시대소설 「우몬 체포록右門捕物帖」의 주인공으로,「남 방유령南蛮幽霊」(1928)에 처음 등장한다. 체 포록捕物帖은 에도시대를 무대로 하는 시대 추리소설의 한 형식이다. 그 캐릭터는 아 주 말이 없는 사람이라서 '과묵한 우몬'이 라는 별명이 붙는다. 그의 직책은 동심同心 이다. 동심은 에도 막부의 하급 관리로 서 무나 경찰 등의 공무를 수행하는 직책이 다. 핫초보리八丁堀의 동심인 우몬은 부하 인 수다쟁이 덴로쿠伝六와 함께 어려운 사 건을 계속해서 해결한다. 우몬은 독신으로 미남이면서 검술과 무술에 뛰어난 사람이 다. 이「우몬 체포록」은 아라시 칸 주로嵐寛 寿郎의 주연으로〈과묵한 우몬 시리즈〉로 영화화도 되었다. 첫번째 작품은「우몬의 최고 공적右門一番手柄」(1929)이다. 그 후「우 몬 체포록 애꾸눈 늑대右門捕物帖 片目の狼」 (1959)부터는 오토모 류타로大友柳太朗 주연 으로 영화화되었다. 그리고 1969년에는 나 카무라 기치에몬中村吉右衛門 주연으로, 1982 년에는 스기 료타로杉良太郎 주연으로 텔레 비전 드라마화도 되었다.

▶ 장영순

참고문헌: A, F, 佐々木味津三『佐々木味津三集』 (リブリオ出版, 1998),『大衆文学大系12 国枝史郎・ 佐々木味津三・三上於菟吉』(講談社, 1972).

곤도 후미에近藤史惠, 1969.5.20~

소설가. 오사카大阪 출생으로 오사카예술대학大阪芸術大学 문예학과를 졸업하였다. 1993년 『얼어붙은 섬凍える島』으로 제4회 〈아유카와데쓰야상鮎川哲也賞〉을 수상하며 데뷔하였다. 추리소설의 실마리를 풀어가는 과정 뿐 아니라 배후에 있는 복잡한 인간심리, 특히 여성 심리를 세밀하게 포착하여 선명하게 그려내는 필치로 정평이 나 있다. 데뷔작인 『얼어붙은 섬』에서 무인도라는 공간과 일주일이라는 제한된 시간 속에서 벌어지는 연쇄살인을 겪으며 변화되는 인물들의 심리를 리얼하게 그려내 그 역량을 알렸다. 가부키歌舞伎 배우, 마사지사, 청소원 등이 탐정인 시리즈물로 유명하다. 가부키 배우의 무서운 배역집착을 그린 『잠자는 쥐ねむりねずみ』(1994)를 비롯하여 『사쿠라 아가씨桜姫』(2002), 『도조지 이인무二人道成寺』(2004) 등 가부키를 시리즈로 한 일명 〈이마이즈미今泉 시리즈〉로 알려지기 시작하였다. 역시 이마이즈미 분고今泉文吾를 탐정역으로 한 『가든ガーデン』(1996)은 여성 둘을 주인공으로 한 연속살인극으로 등장인물의 자기탐구 이야기이다.

2008년 『새크리파이스サクリファイス』로 제10회 〈오야부하루히코상大藪春彦賞〉을 수상하였으며 같은 해 같은 작품으로 『이 미스터리가 대단하다!このミステリーがすごい!』 7위에 등극하고 서점 베스트셀러 2위에도 오르는 등 대중적인 인기를 많이 얻었다.

청소부 기리코キリコ를 탐정역으로 그린 『천사는 빗자루를 들고天使がモップを持って』(2003)가 2013년 NHK에서 드라마로 제작되기도 하였으며 초등학생을 대상으로 한 〈『아네모네 탐정단アネモネ探偵団』 시리즈〉(2010) 등으로 폭넓은 팬층을 확보한 대중적인 작가 중 하나이다. 이밖에 작품으로 『쉬폰 리본 쉬폰シフォン・リボン・シフォン』(2012), 『칫솔はぶらし』(2012) 등 거의 매년 새로운 작품을 발표할 정도로 왕성한 작품활동을 하고 있다.

한국어로는 『얼어붙은 섬』(2008)과 『도모를 부탁해』(2010)가 번역되어 있다.

▶ 이혜원

참고문헌: A, H08, H12 H13 『凍える島』(東京創元社, 1999), 〈web책 잡지〉 작가의 독서 곤도 후미에 편(http://www.webdoku.jp/rensai/sakka/michi71.html).

곤파루 도모코金春 智子, 1956.3.13~

각본가, 소설가. 1956년에 나라현奈良県 나라시奈良市에 태어남. 조치대학上智大学 외국어학부 졸업. 1977년에 TV 애니메이션 「잇큐상一休さん」으로 각본가 데뷔. 1983년에는 극장 애니메이션의 각본을 담당했던 「시끄러운 녀석들うる星やつら」의 소설화로 작가 데뷔. 그리고 1989년에는 『런던탑의 미스터리ロンドン塔でミステリー』로 창작가 데뷔. 연애소설가로 인기가 있는 니조 하루나二条春菜와 이종사촌인 하야타隼太 콤비가 활약하는 이 작품은 하루나가 영국여행중인 친구 에리카의 죽음에 의문을 느끼고 하야타에게 '에리카는 절대로 살해된 거야!' 라고 말하는 데서 시작되는 여행 미스터리이다. 그 후 『헐리우드 거리의 미스터리ハリウッド大通りでミステリー』(1990)에서도 하루나가 하야타에게 '같이 로스앤젤레스에 가자!'라고 제안을 하여 여행을 가던 중 공항에서 다른 사람의 가방을 가지고 오는 바람에 살인사건에 말려들게 된다. 이 시리즈는 『홍콩여행의 미스터리香港ツアーでミステリー』(1991)와 『나라 대불상의 미스터리奈良の大仏でミステリー』(1992)로 이어진다. 모두 가벼운 터치로 그려지나 이와 같은 종류의 작품으로는 드물게 미스터리의 구성이 탄탄하다. 그 외의 작품으로는 요리사 슈 도미토쿠周富德를 탐정역으로 하는 『중국요리 명인 슈록 홈즈 홍콩 디럭스 투어 살인사건中華名人 周ロック・ホームズ 香港デラックス・ツアー殺人事件』(1995)이 있고, 동명의 게임소프트 세계를 무대로 하고 있는 「차가운 살의凍れる殺意」(1999) 등이 있다.

▶ 장영순

참고문헌: A, 金春智子『ロンドン塔でミステリー』(光文社, 1989), 金春智子『ハリウッド大通りでミステリー』(光文社, 1990), 金春智子『中華名人 周ロック・ホームズ——香港デラックス・ツアー殺人事件』(ホリプロ, 1995).

괴기회怪の会 ☞ 작가친목회 및 팬클럽

교고쿠 나쓰히코京極 夏彦, 1963.3.26~

소설가. 요괴 연구자이자 그래픽 디자이너. 홋카이도北海道 오타루시小樽市 출신으로 구와사와 디자인 연구소桑沢デザイン研究所를 중퇴하였으며, 1994년 『우부메의 여름姑獲鳥の夏』으로 데뷔하였다.

데뷔작 『우부메의 여름』은 20개월이 지나도록 임신상태인 임산부와 홀연히 자취를 감춘 남편을 둘러싼 의문을 음양사陰陽師이자 고서점 주인인 교고쿠도京極堂와 작가 세키구치関口가 풀어나가는 이야기로 일명 〈교고쿠도 시리즈〉의 첫 작품이다. 교고쿠도 시리즈 제2탄 『망량의 상자魍魎の匣』(1995)로 명성을 얻었으며 제49회 〈일본추리작가협회상日本推理作家協会賞〉을 수상했다. 시대소설 『웃는 이에몬嗤う 伊右衛門』(1997)으로 제25회 〈이즈미교카문학상泉鏡花文学賞〉을, 2003년 『엿보는 고헤이지覗き小平次』로 제16회 〈야마모토슈고로상山本周五郎賞〉을 수상하였으며, 2004년 『후 항설백물어後巷説百物語』(2003)로 제130회 〈나오키상直木賞〉, 2011년 『서 항설백물어西巷説百物語』(10)로 제24회 〈시바타렌자부로상柴田錬三郎賞〉을 수상하였다.

이밖에 다수의 작품이 『이 미스터리가 대단하다!このミステリーがすごい!』와 〈본격미스터리 베스트 10〉의 10위 안에 랭크인되었다. 특히 1996년에는 『이 미스터리가 대단하다』에서 『망량의 상자』가 4위, 『광골의 꿈』이 9위로 동시에 이름이 오르는가 하면 1998년에도 『무당거미의 이유絡新婦の理』가 4위, 『웃는 이에몬』이 7위로 매년 랭킹 순위에서도 빠지는 일이 거의 없다.

그의 소설은 입체적인 구성과 매력적인 인물조형에서 특징을 찾을 수 있다. 민속학과 종교학에 조예가 깊은 작가인 만큼 소설 속에서 다양한 정보를 흡수하며 읽을 수 있는 재미를 선사하고 있으며 이야기를 전개하는 뛰어난 문장력은 독자를 작품 속에 빠르게 몰입하게 하는 힘이 있다. 또한 반드시 페이지의 마지막 줄에서 문장을 끝낸다는 그만의 규칙에서도 글로 보는 작품에 시각적인 효과까지 고려하고 있음을 엿볼 수 있다.

그의 작품 중 『우부메의 여름』, 『웃는 이에몬』, 『망량의 상자』는 영화로, 『속 항설백물어続巷説百物語』(2001), 『망량의 상자』가 애니메이션으로 만들어졌는데, 원작 작가로서 뿐만 아니라 작품에 성우나 배우로 참여하는 등 다채로운 활동을 하고 있다. 1997년에는 미즈키 시게루水木しげる, 아라마타 히로시荒俣宏와 함께 요괴와 민속학에 관한 잡지 『요괴怪』 창간에도 참여했다. 이후 미즈키 시게루가 총장, 교고쿠 나쓰히코, 아라마타 히로시 등이 교수라는 형식으로 '요괴대학교お化け大学校'를 만들었다. 실체가 있는 학교는 아니지만 전국각지를 돌아다니며 요괴대학교에 가입한 일반인

들에게 요괴와 관련된 이벤트를 실시하고 있다. 또한 미스터리 작가 미야베 미유키宮部みゆき, 하드보일드 소설가 오사와 아리마사大沢在昌와 함께 세 사람의 성을 딴 공식 홈페이지 '다이쿄쿠구大極宮'를 통해 활동하고 있다.

작가의 인기만큼이나 그의 작품은 한국어로도 많이 옮겨졌는데, 『백귀야행』(2000), 『우부메의 여름』(2004), 『망량의 상자』(2005), 『백기도연대 風』(2008), 『항설백물어-항간에 떠도는 백가지 기묘한 이야기』(2009), 『속 항설백물어-항간에 떠도는 백가지 기묘한 이야기』(2011), 『칠서의 우리(상)』(2010), 『칠서의 우리(중)』(2010), 『칠서의 우리(하)』(2010), 『싫은 소설』(2011), 『백귀야행 양』(2013), 『백귀야행 음』(2013), 『엿보는 고헤이지』(2013), 『광골의 꿈(상)』(2013), 『광골의 꿈(하)』(2013) 등의 작품이 번역되어 소개되었다.

▶ 이혜원

참고문헌: A, H96, H98, 『姑獲鳥の夏』(講談社, 1998), 『魍魎の匣』(講談社, 1999), 『嗤う伊右衛門』(角川書店, 2001), 다이쿄쿠구(http://www.osawa-office.cojp/index.html), 경향신문 〈이 작가가 수상하다(8) 교고쿠 나쓰히코〉(2009.7.28).

교토대학京都大学 **추리소설 연구회** ☞ **일본의 대학 미스터리 클럽**

구노 게이지久能啓二, 1929.6.22~2004

소설가. 본명 미야마 스스무三山進. 필명 게이지啓二의 한자를 '恵二'로 바꾸어 구노 게이지久能恵二로 활동하기도 하였다. 고베시神戸市 출신으로 도쿄대학東京大学 문학부 미학미술사학과 졸업하고 동대학원 석사과정을 수료하였다. 가마쿠라鎌倉 국보관 연구원을 거쳐 아토미가쿠엔여자대학跡見学園女子大学, 아오야마학원대학青山学院大学 교수를 지냈다. 본명으로 미술사학자로 활동했으며 두 개의 필명으로 소설가로 활동하였다. 미술사학자로서『가마쿠라鎌倉』(1963),『가마쿠라의 선종미술鎌倉の禅宗美術』(1982)을 비롯하여 다수의 저서를 남겼다.

1959년『보석宝石』과『주간 아사히週刊朝日』 공동모집에서「장난감의 끝玩物の果てに」이 2등으로 입선한 후 추리소설을 쓰기 시작하였다.「장난감의 끝」은 동사체凍死體로 발견된 도자기 애호가에 얽힌 사건으로 고미술상과 도자기 등 미술사학자라는 전문지식을 살린 추리소설이다.

최초의 장편인『어두운 파문暗い波紋』(1960)은 사장부인 살인사건을 가마쿠라라는 역사적인 공간을 바탕으로 섬세한 심리묘사를 잘 살려 그린 작품이다. 역시 가마쿠라를 무대로 한 장편『손은 더럽히지 않아手は汚れない』(1961)에서는 미술사학자의 실종과 연이어 돌무덤에서 발견된 남녀의 시체에 얽힌 이야기를 다루고 있으며,『거짓 풍경偽りの風景』(1962)에서는 유화 세계의 어두운 면을 그렸다. 이밖에『일몰의 항적日没の航跡』(1962)에서는 부 은행장 독살사건에 조선회사造船会社 합병의 음모를 엮어 전공분야와 다른 이야기를 그리긴 했지만, 주로 미술사학자라는 전공을 추리소설에 접목한 전문적이고 독특한 소재가 주를 이룬다.

▶ 이혜원

참고문헌: A, B, E.

구니미쓰 시로邦光史郎, 1922.2.14~1996.8.11

본명 다나카 미사오田中美佐雄. 도쿄東京 출신으로 다카나와가쿠엔高輪学園을 졸업하였다. 전쟁 중에는『신작가新作家』동인으로 활동하였고, 이후에 고미 야스스케五味康祐와『문학지대文学地帯』를 창간하였다. 방송작가 시절 광고대리점 이야기를 다룬 장편『욕망의 매체欲望の媒体』(1962)를 발표하였다. 전기電氣 업계를 그린『사외 극비社外極秘』(1962)와 화장품 회사 샐러리맨이 주인공인『색채 작전色彩作戦』(1963)을 연달아 내면서 산업추리소설이라는 영역을 개척하였다. 이 중『사외 극비』는〈나오키상直木賞〉후보작에도 올랐으며 영화화되었다. 석유산업의 내막을 파헤친『진흙탕의 훈장泥の勲章』(1963)과 임해공업지대의 공장의 사고와 대기업의 모략을 그린『바다의 도전海の挑戦』(1965) 까지 산업추리소설을 활발히 발표하였다. 왕성한 필력으로 기업소설, 스파이, 야쿠자, 역사를 소재로 한 소설까지 폭넓은 작품 활동으로 유명하다. 『밤과 낮의 신화夜と昼の神話』(1972)에서 고대사 미스터리를 다루기 시작하여 연달아 고대사와 미스터리를 접목한 작품을 발표하였다. 한편으로 실업가의 전기소설, 재벌의 형성사에도 관심을 기울여 『미쓰이 왕국三井王国』(1972), 『스미토모 왕국住友王国』(1973)과 같은 기업소설을 구축했다. 또한 역사소설 『소설 구스노키 마사시게小說楠木正成』(1967)를 비롯해 『일본해 대해전日本海大海戦』(1983)과 같은 전쟁 기록까지 영역을 넓혔다. 그룹 ST의 대표로서 『10년 후十年後』(1983) 등도 집필했다. 1992년 〈교토시문화공로상京都市文化功労賞〉을 수상했으며 1996년 심근경색으로 사망하였다.

▶ 이혜원

참고문헌: A, B, E, F.

구니에다 시로国枝史郎, 1887.10.4~1943.4.8

소설가. 나가노현長野県 출신으로 와세다대학早稲田大学을 중퇴하였다. 재학 당시부터 시, 희곡 창작을 시작했다. 1914년 오사카大阪로 이주한 후, 『오사카 아사히 신문大阪朝日新聞』 기자를 거쳐 오사카 쇼치쿠자松竹座의 소속 시나리오 작가가 되지만 병으로 퇴사한 후 대중소설을 발표하였다. 1922년 『고단 잡지講談雑誌』에 「쓰다가즈라 기소의 사다리蔦葛木曽桟」를 연재하기 시작하여 인기작가 대열에 합류하게 된다. 초기 작품은 탐정소설이 많은데, '이 돔 무니에 작, 구니에다 시로 번역'이라는 형태로 발표한 『투우鬪牛』(1922), 「사막의 고도沙漠の古都」(1923)는 이국적인 정서가 넘치는 괴기모험 이야기이다. 「은 30냥銀三十枚」(1926, 「사모님의 가출奥さんの家出」(1927)과 같은 현대를 무대로 한 작품도 있다.

1927년에는 에도가와 란포江戸川乱歩, 고사카이 후보쿠小酒井不木 등과 함께 '탐기사社綺社'를 결성하여 합작 작품을 내놓기도 했다. 이후 현대소설을 쓰기도 했지만 성공하지 못하고 댄스교습소와 찻집 등을 영업하며 작품 활동에서는 멀어졌으며, 1943년 후두암으로 사망하였다.

구니에다 시로는 가와무라 미나토川村湊가 '망각과 부활을 반복해 온 작가'라고 언급했을 만큼 부침浮沈을 반복한 작가이다. 사후 잊혀졌다가 1968년 『신슈고케쓰 성神州纐纈城』이 복간되면서 재평가되었고 1976년에는 고단샤講談社에서 『구니에다 시로 전기문고国枝史郎伝奇文庫』가 완결되어 출판되었다. 특히 『신슈고게쓰 성』은 미시마 유키오三島由紀夫도 '풍요로운 문장과 부분적이지만 뛰어난 환상미와 그 문장의 훌륭함은 지금 읽어도 현대적이어서 놀랐다.(중략) 타고난 기질은 비교할 수가 없다'라며 절찬했다. 이후 90년대가 되어 다시 구니에다 시로 붐이 일게 되어 『구니에다 시로 전집国枝史郎全集』(1992)을 시작으로 『쓰다가즈라 기소의 사다리』(1996), 『구니에다 시로 베스트 셀렉션国枝史郎ベスト・セレクション』

(2001), 『구니에다 시로 전기단편소설집성国枝史郎伝奇短編小説集成』(2006), 『구니에다 시로 역사소설 걸작선国枝史郎歷史小説傑作選』(2006), 『구니에다 시로 전기낭만집성国枝史郎伝奇浪漫集成』(2007)이 출판되고 『신슈고케쓰 성』(2008)이 복간되었다. 그의 작품 중 『쓰다가즈라 기소의 사다리』, 『8개 지옥의 마신八ヶ嶽の魔神』(1924~26), 『신슈고케쓰 성』이 3대 걸작으로 불리고 있다.

▶ 이혜원

참고문헌: A, B, E, G, 川村湊 『日本の異端文學』(集英社新書, 2001) 三島由紀夫 『三島由紀夫評論全集第1卷』新潮社, 1989).

구라사카 기이치로倉阪鬼一郎, 1960. 1. 28-

소설가, 평론가, 가인, 번역가. 미에현三重県 출신으로 와세다대학早稲田大學을 졸업하고 동대학원 일본문학 전공을 중퇴하였다. 대학교 직원으로 근무한 후 프리라이터 일을 하다가 인쇄회사에 취직해 문자 교정직을 맡게 되었다. 회사에 취직한 그는 집단생활에 적응하지 못했는데, 회사생활을 하면서 느낀 바를 이후에 『활자 광상곡活字狂想曲』(1999)에 옮겨놓았다. 1998년 전업 작가의 길로 접어들었다.

1987년 단편집 『땅속의 악어, 천상의 뱀地底の鰐, 天上の蛇』으로 데뷔하였고, 1995년 단편 「빨간 지붕의 비밀赤い羽根の秘密」로 〈일본호러소설대상日本ホラー小説大賞〉 최종후보에 올랐다. 1997년 단편 「빨간 지붕의 비밀」과 다른 단편을 엮어 『백귀담의 밤百鬼譚の夜』으로 재 데뷔하였고 1998년 첫 장편인 『빨간 액자赤い額緣』를 선보였다. 시골을 무대로 열 세 개의 범죄 이야기를 코믹하게 그린 연작 단편집 『시골 사건田舍の事件』(1999), 의식을 차려보니 아무것도 알 수 없는 상태가 된 '나'가 등장하는 『The End』(2003), 복수를 위해 지어진 건물에서 일어나는 연속살인 사건 이야기인 『미자키 흑조관 백조관 연속 밀실 살인三崎黑鳥館白鳥館連続密室殺人』(2009), 어떤 조직에 소속된 한 여성요원이 순간이동을 하며 살인을 하는 이야기인 『신세계 붕괴新世界崩壞』(2010), 일곱 개의 방에서 일어나는 연속 밀실 살인을 다룬 『하치오지 칠색면요관 밀실 불가능 살인八王子七色面妖館密室不可能殺人』(2013) 등 미스터리, 호러, 환상소설을 아우르는 다양한 작품 세계를 보여주며 독특한 작풍을 확립했다. 최근에는 호러를 중심으로 한 작품과 더불어 기발한 발상과 극단의 의외성이 있는 '바보 미스터리バカミステリー' 작품을 많이 발표하고 있다. 추리소설 뿐 아니라 하이쿠俳句, 에세이, 번역 등 다양한 분야에서 활약하고 있으며, 작가는 스스로를 특수소설가라고 칭하고 있다.

▶ 이혜원

참고문헌: H05, 『田舍の事件』(幻冬舍, 2003), 『The End』(双葉社, 2003), 『三崎黑鳥館白鳥館連続密室殺人』(講談社, 2009), 『新世界崩壞』(講談社, 2010), 『八王子七色面妖館密室不可能殺人』(講談社,

2013), 구라사카 기이치로 홈페이지 Weird World 3(http://krany.jugem.jp).

구라치 준倉知淳, 1962.4.25~

소설가. 본명은 사사키 준佐々木淳. 시즈오카현静岡県 출신으로 니혼대학日本大学 연극학과를 졸업하였다. 1933년 작가 와카타케 나나미若竹七海가 데뷔 전에 겪은 미해결사건을 테마로 한 공모전 일반인 부문에서 〈와카타케상若竹賞〉을 수상하였다. 1994년 『일요일 밤에는 외출하기 싫어日曜の夜は出たくない』로 정식 데뷔했다. 이 작품에서 처음 등장한 '네코마루 선배猫丸先輩'는 이후 구라치 준 작품의 캐릭터로 자리잡게 된다. 제멋대로이지만 결코 미워할 수 없는 '네코마루 선배'가 불가사의한 수수께끼를 풀어간다는 이 작품에 이어 발표한 『스치는 바람은 초록색過ぎ行く風はみどり色』(1995)은 죽은 아내를 불러내는 강령회降霊会에서 일어난 살인사건을 네코마루 선배가 풀어간다는 이야기이다. 〈네코마루 선배 시리즈〉 만화판 『명탐정 네코마루 선배의 사건부名探偵猫丸先輩の事件簿』(2005)로도 간행되었다. 〈네코마루 선배 시리즈〉 이외에 『점술사는 낮잠 중占い師はお昼寝中』(1996)은 엉터리 점술사가 괴이한 현상에 시달리는 손님에게 사건을 해결해준다는 내용의 연작 단편집이다. 『별 내리는 산장의 살인星降り山荘の殺人』(1996)은 눈보라에 고립된 산장에서 연속살인이 일어난다는 정통적인 설정이

다. 이밖에 작품으로 조용한 시골에서 일어나는 연속살인 이야기를 담은 『항아리 속의 천국壺中の天国』(2001)과 잡지 『메피스토メフィスト』에 실렸던 단편을 엮은 『슈크림 패닉—생 초콜렛—シュークリーム・パニック—生チョコレート—』(2013)과 『슈크림 패닉—W크림—シュークリーム・パニック —Wクリーム—』(2013) 등이 있다.

1997년 『별 내리는 산장의 살인』으로 제50회 〈일본추리작가협회상日本推理作家協会賞〉 후보에 올랐으며 2001년 『항아리 속의 천국』으로 제1회 〈본격미스터리대상本格ミステリー大賞〉을 수상하였다. 소득 조사에서 '현재 일을 쉬고 있다' 항목에 아무렇지 않게 동그라미를 친다고 스스로 말할 정도로 과작寡作 작가로 유명하다. 느긋하게 작품 활동을 하는 그의 성격은 치밀한 논리와 구성을 가지면서도 편안하고 기분 좋은 그만의 작풍에서도 엿볼 수 있다. 한국어로는 『별 내리는 산장의 살인』(2011)이 번역되어 있다.

▶ 이혜원

참고문헌: A, H06, 『過ぎ行く風はみどり色』(東京創元社, 2003), 『星降り山荘の殺人』(講談社, 1999), 『占い師はお昼寝中』(東京創元社, 2000), 『シュークリーム・パニック —生チョコレート —』(講談社, 2013), 『シュークリーム・パニック—Wクリーム—』(講談社, 2013), 고단샤 북 클럽 http://bookclub.kodansha.co.jp/kodansha-novels/ 1310/kurachijun/.

구로누마 겐黒沼健, 1902.5.1~1985.7.5

소설가, 번역가. 본명은 소다 미치오左右田道雄이다. 야마가미 이쓰로山上逸郎, 소다 미노루左右田稔라는 필명으로도 활동했다. 아버지는 경제학자이자 은행가였던 소다 기이치로左右田喜一郎이다. 가나가와현神奈川県 요코하마시橫浜市에서 태어나 도쿄제국대학東京帝国大学 법학부를 졸업했다. 1931년, 잡지 『탐정探偵』에 D.G 맥도널드의 『일곱 개비의 담배七本の巻煙草』를 번역했고, 그 밖에도 세이어즈Dorothy Sayers의 『대학축제의 밤大学祭の夜』, 코닝튼J. J. Connington의 『아홉 개의 열쇠九つの鍵』, 데일리 킹Charles Daly King의 단편들을 번역했다.

성냥곽 표지 수집으로 사건이 벌어지는 『재상宰相』(1932)을 시작으로, 1933년에는 손목에 집착하는 남자를 주인공으로 한 괴기소설 『창백한 유혹蒼白の誘惑』, 1938년에는 사춘기소년의 복잡한 심리를 그린 『창백한 외인부대蒼白き外人部隊』 등의 소설을 발표했고, 그 밖에도 다수의 범죄실화를 집필했다.

전쟁 후에는 울리치Cornell George Hopley-Woolrich의 『환상의 여인幻の女』(1950), 포스트게이트Raymond Postgate의 『십이인의 평결十二人の評決』(1954), 브레이크Nicholas Blake의 『야수는 죽어야 한다野獣死べし』(1954) 등 다수의 작품을 번역했다. 1951년부터 그 이듬해에 걸쳐 『보석宝石』에 연재된 「번역여담翻訳余談」은 당시의 번역사정을 엿볼 수 있어 흥미롭다. 전후의 창작으로는 벌과 똑같이 생긴 화성인이 등장하는 『요봉妖蜂』(1953)이나 그리스도 탄생 1500년 전의 원시부락을 무대로 하여 이민족 남녀 간의 만남과 갈등에서 빚어진 사건을 통해 진리 발견의 환희를 그린 『하얀 이방인白い異邦人』(1953) 등의 이색작이 있다.

불가사의한 세계에 대한 구로누마의 관심은 1956년에 『올요미모노オール読物』에 연재한 〈세계비경 시리즈世界秘境シリーズ〉로 발전, 확대된다. 일부를 소다 미노루라는 이름으로 발표한 〈세계비경 시리즈〉는 1957년에 『비경이야기秘境物語』라는 이름으로 간행된다. 그리고 1957년에 쓴 『수수께끼와 괴기이야기謎と怪奇物語』, 1958년의 『경이로운 이야기驚異物語』와 1959년의 『수수께끼와 비경이야기謎と秘境物語』 등 일련의 실화 이야기가 인기를 얻어 오랜 기간 동안 집필을 계속했다. 그 밖에 예언자 노스트라다무스Nostradamus를 일본에 최초로 소개한 인물로도 알려져 있다.

▶ 이충호

참고문헌: A, B, E, G.

구로이와 루이코黒岩涙香, 1862.11.19~1920.10.6

본명 구로이와 슈로쿠黒岩周六. 별호에 '구로이와 다이黒岩大', '향골거사香骨居士', '루이코 쇼시涙香小史' 외 다수 있음. 고치현高知県 출신. 신문기자, 평론가, 번역가. 1885년에 『일본타임즈日本たいむす』의 주필

63

이 되어 사설과 잡보를 담당하면서 기자로서 활약하는 한편, 어학 실력을 살려 번안소설도 주력하게 된다. 18, 9세기에 일본에서 문학개량론이 성행하는데, 구로이와 루이코는 외국의 탐정소설을 번역해 일본의 게사쿠문학戲作文学의 개량과 사회 교훈의 방편으로 이용하고자, 1887년에 『오늘신문今日新聞』(이후에 『미야코신문都新聞』으로 개칭)에 루이코 쇼시의 필명으로 연재한 최초의 번역 탐정소설 『법정의 미인法庭の美人』(휴 콘웨이Hugh Conway의 『어두운 나날Dark days』을 번역)과 『사람인가 귀신인가人耶鬼耶』를 연재해 인기를 모아 번안소설의 스타가 되었다. 『법정의 미인』은 처음에는 '탐정소설'이라는 말을 쓰지 않고 '재판소설'이라고 칭했는데, 이는 루이코가 재판이라고 하는 것에 강한 관심을 가지고 현행 재판이 불공평하다고 생각해 외국 재판법을 소개할 생각으로 번역했다고 한다. 이후 「유죄무죄有罪無罪」(『繪入自由新聞』, 1888. 9. 9~11. 28)를 연재한 것도 이러한 연속선상에 있다고 할 수 있다. 1889년에 『미야코신문』에 파격적인 대우를 받고 주필로 추대되지만 사장이 경영에 실패하여 새롭게 취임한 사장과 충돌하면서 퇴사한 뒤, 동년 9월에 일본 최초의 창작 탐정소설이라고 칭해지는 『무참無慘』을 소설관에서 펴내 본격물의 효시가 되었다.

『무참』은 이후 1893년에 재판再版되어 나올 때 제명이 『탐정소설 세 가닥의 머리카락三筋の髪』으로 바뀌었는데, 전통적인 수사 방식을 고집하는 노련한 탐정과 서구의 근대적인 수사 방식으로 사건을 해결하려는 젊은 탐정이 펼치는 수사 과정이 매우 흥미롭게 전개된다. 이후, 『유령幽靈』(1890), 『탐정探偵』(1890)을 발표했다. 1892년에는 타블로이드판의 일간지 『요로즈초호萬朝報』를 창간하고 사회적인 폭로 기사나 오락 기사 등을 발표하여, 한때 도쿄 제일의 발행부수를 자랑하기도 했다. 루이코는 이곳에 자신의 번안소설 『철가면鐵仮面』(1892~1893), 『유령탑幽靈塔』(1899~1900), 『암굴왕暗窟王』(1901~1902), 『아, 무정噫無情』(레미제라블) 등의 대표작을 계속 연재해간다.

『아, 무정』은 식민지 조선에서 민태원의 『애사哀史』(1918)로 재번안(중역)되어 『매일신보』에 연재되었다. 1901년에 우치무라 간조內村鑑三의 영향으로 사회 구제를 위하여 이상적 단결을 해야 한다고 제창하고 이듬해 모임을 개최하기도 하면서, 정치에 깊은 관심을 보이는 대신 창작이나 번안소설의 집필은 현저히 줄고 평론을 주로 발표했다.

구로이와 루이코의 번역을 일컬어 흔히 '호걸역豪傑譯'이라고 한다. 이는 줄거리의 흐름을 크게 손상시키지 않는 범위에서 원문을 대폭 축약하거나 의역하는 경우가 많고 자신의 문체로 새롭게 창작해가는 부분이 있어, 원문에 대하여 호탕하게 번역한 것이라는 의미에서 붙여진 말이다. 즉, 그의 번역은 '번안'에 가까우며 일본인 독자가 위화감을 느끼지 않고 편하게 읽을 수 있도록 가독성을 최대한으로 살린 수용자 중심의 번역이라고 할 수 있다.

▶ 김계자

참고문헌: A, B, E, F, 김계자 「번안에서 창작으로 -구로이와 루이코의 『무참』」(『일본학보』 95, 2013.5).

구로이와 주고黒岩重吾, 1924.2.25~2003.3.7

소설가. 오사카大阪에서 태어났다. 집안 대대로 와카야마현和歌山県에서 해상 운송 대리업廻船問屋을 했다. 우다중학교宇陀中学校를 졸업하고 도시샤대학同志社大学 법학부에 진학했다. 대학 재학 중에 학도병으로 만주에 파병되었다가 패전 후 조선을 거쳐 일본으로 귀환했다. 전후 학교에 복학, 졸업 후 일본권업금융日本勧業証券(현재의 미즈호증권みずほ証券)에 입사한다. 이후 주식투자의 실패로 가산을 잃고, 남은 가재를 팔아 증권정보상이 되지만, 1953년에 썩은 고기를 먹고 소아마비가 발병, 이후 3년간 입원생활을 하게 된다. 입원 중에 또다시 주식이 폭락하여 재산을 모두 잃게 되자 오사카시의 빈민가인 가마가사키釜ヶ崎로 이사, 이후 작가로 대성하기까지 그곳에서 트럼프점, 캬바레의 호객꾼 등 다양한 직업을 전전했다.

작가로서의 그의 이력은 전쟁체험을 기록한 「북만병동기北満病棟記」로 1949년 잡지 『주간 아사히週刊朝日』의 기록문학콩쿨에 입선한 것에서 시작된다. 이후 그는 잡지 『문학자文学者』의 동인이 되었으며 잡지 『증권신보証券新報』 설립에도 참가한다. 1958년에 「네온과 삼각모자ネオンと三角帽子」가 잡지 『선데이 마이니치サンデー毎日』에 입선하였고, 1959년에는 시바 료타로司馬遼太郎와 알게 되어 잡지 『근대설화近代説話』의 동인이 된다. 1960년에 잡지 『주간 아사히週刊朝日』와 『보석宝石』 공동주최의 현상에 응모한 「푸른 꽃불青い花火」이 가작에 입선한다. 같은 해에 회사 중역의 살인사건을 해결하는 신문발행인 친구의 이야기를 다룬 장편소설 「휴일의 단애休日の断崖」를 발표하여 〈나오키상直木賞〉 후보에 오른다. 그리고 이듬해인 1961년에는 작가 본인이 생활했던 빈민가 가마가사키의 병원을 무대로, 빈민가 병원의 의료사고의 진상을 파헤치다가 살해의 위협에 직면하는 의사를 주인공으로 한 『배덕의 메스背徳のメス』로 〈나오키상〉을 수상한다. 그의 초기작품들은 추리소설의 형식을 통해 사회의 주류에서 떨어져 사회에 무관심하게 사는 인물들이 우정과 애정에 휘말려 벌이는 일들을 주된 이야기로 하였으나, 『썩은 태양腐った太陽』(1961), 『피부는 죽지 않는다肌は死なない』(1962), 『여자의 작은 상자女の小箱』(1963)를 비롯한 이후의 작품에서는 점차 추리소설인 요소는 옅어진다. 이후 신문연재를 포함한 활발한 활동을 펼치며, 『나체의 배덕자裸の背徳者』(1965)를 비롯한 일련의 자전적 작품을 쓰는 한편, 고대사에도 관심을 가져 1979년에는 『아마노가와의 태양天の川の太陽』으로 제14회 〈요시카와에이지문학상吉川英治文学賞〉을, 92년에는 그간의 활동을 바탕으로 제40회 〈기쿠치간상菊地寛賞〉을 수상했다.

한국어로는 『우리를 나온 야수』(1966, 1969), 『독종』(1992), 『대낮의 陷穽 真昼の罠: 미스터리명작29』(1979), 『먹느냐 먹히느냐』(1983), 『야망의 사냥개』(1983), 『출세전략』(1983), 『낮과 밤의 순례昼と夜の巡礼』(1983), 『입만 가지고 삽니다詐欺師の旅』(1983), 『밤의 수업修業 夜の挨拶』(1984), 『밤의 聖女 夜の聖書』(1985), 『일곱 빛깔을 가진 얼굴』(1988), 『남자시장 1』(1989), 『남자시장 2』(1989) 등이 번역되어 있다.

▶ 이충호

참고문헌: A, B, E, F.

구로카와 히로유키黒川博行, 1949.3.4~

소설가. 에히메현愛媛県 출생. 교토시립예술대학京都市立芸術大学 졸업. 졸업 후 1987년까지 오사카부립大阪府立 고교에서 미술교사로서 근무하는 한편, 조각가로서도 활약하면서 1983년에 「두 번의 이별二度のお別れ」로 제1회 〈산토리미스터리대상サントリーミステリー大賞〉의 가작으로 선정되어, 다음 해인 1984년에 미스터리소설가로서 데뷔한다. 이어서 1985년에 「빗속에서 죽이면雨に殺せ

ば」으로 제2회 〈산토리미스터리대상〉 가작을 수상하는 등 작가로서도 두각을 나타내기 시작한다. 1986년에는 「캣츠아이 구르다キャッツアイころがった」로 제4회 〈산토리미스터리대상〉으로 드디어 대상의 영광을 차지한다. 이 후 〈오사카부경大阪府警 시리즈〉의 단편집 『카운트 플랜カウント・プラン』(1996)은 제49회 〈일본추리작가협회상日本推理作家協会賞〉을 수상했다. 이 외에도 『역병신疫病神』(1997), 『분부쿠차가마文福茶釜』(1999), 『국경国境』(2001), 『악과悪果』(2007) 등의 작품이 〈나오키상直木賞〉의 후보에 까지 올랐다.

히로유키의 작품은 주로 경찰과 범죄를 소재로 한 작품이 많다. 오사카부경의 형사를 주인공으로 한 경찰소설이 호평을 받아, 데뷔작 외에도 등장인물들이 시리즈물의 캐릭터로서 등장하게 된다. 그의 경찰소설은 조사활동을 정성껏 묘사함과 동시에 오사카 특유의 인정이 넘치는 풍토를 작품 속에 그려낸, 일본에서는 드문 본격 경찰소설이라고 할 수 있다. 특히, 돈과 여자를 밝히지만 실력이 뛰어난 형사 호리우치堀内를 주인공으로 한 『악과』(2007)는 간사이 사투리를 사용하는 주인공의 본능적인 감각과 욕망을 그려낸 인물의 조형이 뛰어나다고 평가받고 있다. 그리고 『절단切断』(1989) 이후의 작품에서는 조사활동보다도 오히려 범죄자의 행동을 그리는 것에 중점을 둔 범죄소설을 많이 쓰고 있다. 범죄물

중에서도 유괴를 다룬 소설이 많다는 것이 히로유키 작품의 특징 중 하나이다.

시리즈물로는 〈역병신疫病神 시리즈〉와 〈호리우치와 다테堀內·伊達 시리즈〉가 있는데, 〈역병신 시리즈〉로는 『국경』(2001), 『암초暗礁』(2005), 『땅강아지螻蛄』(2009) 등이 있고, 〈호리우치·다테 시리즈〉에는 『악과』(2007), 『요란繚乱』(2012) 등이 있다. 그 외에 후나고시 에이이치로船越英一郎 주연의 도쿄테레비에서 방영된 〈수요미스터리9水曜ミステリー9〉의 인기 시리즈인 「형사 요시나가 세이이치, 눈물의 사건부刑事吉永誠一, 涙の事件簿」의 원작자이기도 하다.

이 외에도 「왼손목左手首」(2002), 『올요미모노オール読物』에 연재한 「창황蒼煌」(2004), 『닛케이스포츠日経スポーツ』에 연재한 「진창泥濘」(1999-2000), 『산케이신문産経新聞』에 연재한 「연하煙霞」(2009) 등의 작품이 있다.

2011년 11월 10일 히로유키는 명예훼손사건에 휘말리게 되는데, 20회에 걸친 『주간현대週刊現代』의 연재기사로 그리코 모리나가 사건グリコ·森永事件의 진범으로 취급되어서, 명예훼손과 프라이버시 침해를 이유로 출판사인 고단샤講談社와 『주간현대』 편집장 및 필자인 저널리스트 이와세 다쓰야岩瀬達哉 등에게 손해배상을 청구하여, 도쿄지방법원에 제소했다. 2011년 2월, 아이치현경愛知県警의 조사원들의 주민표와 호적등본이 도쿄도내의 사법서사들의 그룹에 의해 부정 취득된 사건이었는데, 그 중에 구로카와의 주민표도 포함되어 있었다. 구로카와는 『주간현대』의 기사 중에 거주지 등이 상세하게 기재되어 있어 수상하게 여기게 되었다고 한다. 2013년 8월 30일, 도쿄지방법원은 고단샤의 당시의 편집장 및 집필자인 이와세 다쓰야에게 538만엔을 지불할 것을 명했다.

한국어로는 『영원표묘永遠標渺』(1999) 등이 번역되어 있다.

▶ 이충호

참고문헌: A, H01, H04, H05, H06, H08.

구로키 요노스케黒木曜之助, 1928-

소설가. 본명은 쓰카노 아키塚野昭이다. 이바라키현茨城県 히타치시日立市에서 태어났다. 니혼대학日本大学 예술학부를 중퇴했다. 1950년에 이바라키신문사茨城新聞社에 입사했다. 1957년에 「클레오파트라의 독사クレオパトラの毒蛇」를 잡지 『별책 보석別冊宝石』에 발표하여 문단에 첫발을 내딛었고, 이후 1967년에는 교원조합과 교육위원회의 대립을 주제로 한 『야망의 접점野望の接点』이 제13회 〈에도가와란포상江戸川乱歩賞〉 후보에 올랐다. 이후 1969년에는 1952년에 오이타현大分県에서 있었던 폭발사건인 스고사건菅生事件을 소재로 한 『덫의 환영罠の幻影』, 1970년에는 근대 중국의 군벌인 장쩌린張作霖의 폭사사건에서 소재를 얻은 『대일본제국의 유산大日本帝国の遺産』과 전 해상자위대 막료장幕僚長의 죽음에 얽힌 사건을 그려내

67

어 '일본 최초의 정치소설'로 호평받았던 스파이 소설 『일그러진 도전歪んだ挑戦』을, 1972년에는 잘못된 수혈을 가장한 살인사건을 소재로 한 『살의의 경합殺意競合』을 발표하는 등 정치문제와 사회문제에 많은 관심을 가지고 이를 소재로 삼은 작품을 다수 발표했다.

이후에 그는 『실록 현경최대사건実録県警最大事件』(1973), 『실록 대진재최대사건実録大震災最大事件』(1974)(이후 『망집의 추리妄執の推理』로 개제), 『실록 연합함대최대사건連合艦隊最大事件』(1975)(이후 『광신의 추리狂信の推理』로 개제)이라는 일군의 시리즈물을 발표한다. 그리고 이 〈실록추리 시리즈〉물을 통해 그는 실제의 사건을 소재로 하여 추리소설로 엮어내는 작가의 대표주자의 위치를 차지했다. 이후에도 그는 『낙오자 형사落ちこぼれ刑事』(1987), 『명탐정 란포씨名探偵乱歩氏』(1987), 『우표수집광 살인사건切手収集狂殺人事件』(1988) 등의 작품을 발표했으며, 소설 외에도 『쓰야마 삼십인 살인津山三十人殺し』(1981) 등의 논픽션도 발표했다.

▶ 이충호

참고문헌: A, B, E.

구로타케 요黒武洋, 1964~

사이타마현埼玉県 출생. 릿쿄대학立教大学 상학부 졸업.

대학 졸업 후 은행원이라는 평범한 생활을 하던 그는 30세가 되기 전 영화 관련 일을 시작하겠다는 생각으로 직장에 사표를 낸다. 이후 영화학교에 입학해 현장경험, 조감독 업무를 거쳤으며, 1999년 일본방송작가협회 주최 창작텔레비전 드라마 각본 현상공모전에 「오아시스オアシス」로 응모하여 입선한 뒤(이 작품은 2000년 NHK에서 드라마로 제작되었다) 감독도 맡는다. 프리랜서 영화인으로 지내면서 업무를 조정, 6개월의 시간을 만들어 새로운 시나리오 집필에 들어가는데, 2시간의 드라마에 넣기에는 방대한 플롯이 만들어지는 바람에 전혀 경험 없던 소설로 바꾸기로 한다. 때마침 제1회 〈호러서스펜스대상ホラーサスペンス大賞〉 공모전이 열리면서 완성시켜 응모한 『그리고 숙청의 문을そして粛清の扉を』은 대상에 선정된다. 이후 발표한 『메로스 레벨メロス・レヴェル』(2002), 『판도라의 불꽃パンドラの火花』(2004) 등은 가까운 미래를 배경으로 하고 있어 '근미래近未来 3부작'으로도 불린다. 데뷔작인 『그리고 숙청의 문을』은 2002년 번역 출간된 후 절판되었으나 2013년 다시 번역 출간되었다.

▶ 박광규

참고문헌: 村上貴史, 「迷宮解体新書(13) 黒武洋」 『ミステリマガジン』 2009년 1월호(早川書房).

구로호시 히카루黒星光

직업은 경위. 오리하라 이치折原一의 추리소설 시리즈에 등장하는 사이타마현埼玉県 경찰이다. 38세 독신으로 일류 대학을 졸

업한 후 경시청 조사1과에 배치되지만 미스터리를 너무 좋아한 것이 화근이 되어 사건구조를 잘못 보는 일이 종종 생겨 사이타마현 시라오카白岡 경찰서로 좌천된다. 1988년 『다섯 개의 관五つの棺』에 처음 등장한 이후 1989년 『귀신이 와서 뻥을 친다鬼が来たりてホラを吹く』와 『원숭이 섬 저택의 살인猿島館の殺人』(1990) 등에서도 활약한다. 오랫동안 모습을 나타내지 않다가 1998년 작품 『황색관의 비밀黃色館の秘密』에서 7년 만에 등장하여 여전히 건재한 모습을 어필한다. 단단한 체격에 신장 약 180센티의 키로 도깨비 같은 무서운 얼굴을 하고 있지만 소심한 구석이 있다. 구겨진 점퍼에 이미 오래전 다림질 선이 사라진 바지, 부스스한 머리에서는 비듬이 떨어지고 무능한 주제에 자만심이 강한 성격의 소유자이다.

▶ 양지영

참고문헌: A, I, 折原一 『鬼面村の殺人』(光文社, 1993年), 折原一 『猿島館の殺人』(光文社, 1995年).

구루미자와 고시胡桃沢耕史, 1925.4.26~1994.3.22
본명은 시미즈 쇼지로清水正二郎. 도쿄東京 출생으로 다쿠쇼쿠대학拓殖大學을 졸업했다. 이 시기에는 아직 본명으로 활동하였는데 1953년부터 NHK의 프로듀서로 재직하였다. 1955년에 『장사 다시 되돌아가지 못하고壯士再び歸らず』로 제7회 〈올요미모노 신인상オール読物新人賞〉을 수상하고 그 다음해 퇴직한다. 1957년에는 동인잡지 『근대

설화近代説話』에 참가하여 「동간東干」등을 기고한다. 1966년 까지 10년간 이안 플레밍イャーン・フラミンゴ 원작을 번역한 〈「핑크07호」시리즈〉를 비롯하여 500권 이상의 음란소설을 번역하였다.
1967년에는 그때까지 작품들의 판권을 팔고 동남아시아 아메리카대륙 등을 모터사이클로 여행하였다. 문예춘추에서 발행한 『올요미모노オール読物』에 여행경험을 살린 작품으로 투고를 시작하게 되었는데, 장녀 구루미胡桃와 장남 고시耕史를 합친 필명을 이때부터 사용하였다. 이윽고 1977년에 『아빠, 오토바이父ちゃんバイク』로 재데뷔에 성공한다. 1981년에 단편을 묶은 작품집 『여행자여旅人よ』의 두 편이 처음으로 〈나오키상直木賞〉 후보가 되었다. 1983년, 장편 『나의 작은 조국ぼくのちいさな祖国』을 거친 뒤 『천산을 넘어서天山を越えて』는 세번째로 〈나오키상〉 후보가 되지만 낙선하고 만다. 그렇지만 제36회 〈일본추리작가협회상日本推理作家協会賞〉을 대신 수상하게 된다. 같은 해에 몽골 억류체험을 바탕으로 한 『흑빵 포로기黒パン俘虜記』로서 드디어 〈나오키상〉을 수상하게 되는데, 그가 10년간 〈나오키상〉을 수상하지 못한 이유로는 1966년부터 썼던 500여권의 음란소설로 설명하기도 한다. 수상 후에는 『귀여운 탐정ぶりっ子探偵』(1984)과 『불량형사スベ刑事』(1984~85) 등의 다수의 시리즈물로 활약하나 다소 음란색이 짙다. 1993년 『상하이 릴리上海リリー』를 오랜

만에 발표하지만 복합장기부전으로 급사
하였다.

▶ 이충호

참고문헌: A, E.

구리모토 가오루栗本薫, 1953.2.13~2009.5.26

소설가, 평론가. 본명은 이마오카 스미요今
岡純代이다. 도쿄東京에서 태어났다. 와세다
대학早稲田大学 문학부를 졸업하고 1976년에
『쓰즈키 미치오의 생활과 추리都筑道夫の生活
と推理』가 제2회 〈환영성신인상幻影城新人賞〉
평론부문 가작에 입선하여 문단에 첫발을
내딛었다. 그리고 1년 뒤인 1977년에는 나
카지마 아즈사中島梓라는 필명으로『문학의
윤곽文学の輪郭』을 써서 제20회 〈군조신인문
학상群像新人文学賞〉 평론부문을 수상했다.
1978년에 그녀는 작자와 동명인 구리모토
가오루를 등장시킨『우리들의 시대ぼくらの
時代』로 제24회 〈에도가와란포상江戸川乱歩
賞〉을 수상하며 소설가로서 이름을 알린
다. 이후 1980년에는 명탐정 이주인 다이
스케伊集院大介를 처음으로 등장시킨『현의
성역絃の聖域』으로 제2회 〈요시카와에이지
문학신인상吉川英治文学新人賞〉을 수상한다.
이후 그녀는 평론과 소설 양면에서 활발한
활동을 펼쳤는데, 소설가로서는 미스터리
문학과 SF, 환상문학을 중심으로 많은 작
품을 발표했다. 미스터리문학 쪽에서는
『우리들의 시대』의 속편에 해당하는『우리
들의 기분ぼくらの気持』(1979),『우리들의 세
계ぼくらの世界』(1984)와 함께 서스펜스 스릴
러인『한밤중의 천사真夜中の天使』(1979), 경
찰소설『두 머리의 뱀双頭の蛇』(1986), 메이
지시대明治時代를 무대로 한 스릴러소설인
『마도魔都』(1989)등 다양한 작품을 썼다. 그
녀의 미스터리문학을 대표하는 주인공은
이주인 다이스케伊集院大介라고 할 수 있다.
『현의 성역』(1980)이후『친절한 밀실優しい
密室』(1981),『귀면의 연구鬼面の研究』(1981),
단편집『이주인 다이스케의 모험伊集院大介
の冒険』(1984), 그리고 1994년의『이주인 다
이스케의 신모험伊集院大介の新冒険』과『가면
무도회仮面舞踏会』(1995), 구리모토 가오루
가 함께 등장하는『분노를 담아 회고하라怒
りをこめてふりかえれ』(1996)에 이르기까지 그
녀는 이주인 다이스케를 주인공으로 하는
정통적인 미스터리소설을 다수 발표했다.
그리고 그녀의 SF, 환상문학작품의 대표작
으로는 1979년부터 그녀가 죽기 전까지 계
속 쓰여졌고, 결국 미완으로 끝난 일본 최
초의 본격적인 영웅판타지이자 100권이 넘
는 방대한 스케일의 〈『구인사가グーインサー
ガ』시리즈〉와 전기시대소설伝奇時代小説『마
검魔剣』(1981~),『마계수호전魔界水滸伝』(1981~
91) 등이 있다.
2009년에 췌장암으로 56세의 나이에 죽기
까지, 그녀는 작가로서도 다양한 장르의
작품을 썼으며, 그 밖에도 소설 강좌를 열
거나 극단 활동을 하는 등 다방면으로 활
동하였다.

한국어로는 『PC통신 살인사건仮面舞踏会－伊
集院大介の帰還』(1995)이 번역되어 있다.

▶ 이충호

참고문헌: A, C, E.

구미 사오리久美沙織, 1959.4.30~?

소설가. 본명은 하다노 이나코波多野稲子. 모
리오카시盛岡市 출생으로 조치대학上智大学
문학부 철학과를 졸업한다. 재학 중인 1979
년에 『소설 주니어小説ジュニア』에 발표한
「수요일의 꿈은 너무 아름다운 악몽이었다
水曜日の夢はとっても綺麗な悪夢だった」로 데뷔한
다. 주로 『소설 주니어』의 후신인 『코발트
Cobalt』를 중심으로 활동하며 전 10권의 『언
덕의 집 미키丘の家のミッキー』(1984~88) 등
다수의 하이틴 로맨스 소설로 인기를 누린
다. 1987년에는 첫 환타지 소설인 『아케메
야미 도지메야미あけめやみ どじめやみ』를 발
표하는 등 하이틴 로맨스 소설 외에도 전
기소설伝奇小説과 롤플레이 게임 「MOTHER」,
「드래곤 퀘스트ドラゴンクエスト」 등의 노벨
라이즈도 쓰고 있다. 미스터리로는 『수도
녀 마리코修道女マリコ』(1994) 등의 〈수도녀
마리코 시리즈〉가 있고 서스펜스 소설에
는 『밤에 열리는 창夜にひらく窓』(1995)이, 호
러에는 『전차電車』(1999) 등이 있다. 다른
한편으로는 작가 지망생에게 보내는 에세
이 『구미 사오리가 신인상 타는 법을 가르
쳐드립니다久美沙織の新人賞獲り方をおしえます』
(1993)를 간행하는 등 다양한 분야에 걸쳐

활동하고 있다.

▶ 양지영

참고문헌: A, 「コバルト四天王(氷室さん, 田中雅
美さん, 正本ノンさん, 久美沙織さん)が大活躍」
『青春と読書』(集英社, 2006年 5月号), 久美沙織
『夜にひらく窓』(早川書房, 1995年).

구사카 게이스케日下圭介, 1940.1.21~2006.2.12

소설가. 본명은 도바 신이치戸羽真一이다.
도쿄東京에서 태어나 5세때 와카야마현和歌
山県으로 이사했다. 와세다대학早稲田大学 상
학부를 졸업했다. 대학 재학 중에는 친구
들과 음악music, 영화movie, 미스터리문학
mistery을 뜻하는 '3M의 회3Mの会'를 결성하여
활동할 정도로 미스터리 문학과 영화 시나
리오에 관심이 많았다. 대학 졸업 후 교와
발효協和醗酵(현재의 기린キリン주식회사)와
도쿄 잉글리쉬 센터東京イングリッシュセンター
를 거쳐 1965년 아사히신문사朝日新聞社에
입사, 아사히신문사 아오모리통신부青森通信
部, 지바지국千葉支局 등을 거쳐 도쿄 본사의
정리부整理部로 발령받는다. 이때부터 본격
적으로 추리소설을 쓰기 시작하여 1975년
버스에서 짐이 바뀐 남자가 이상한 사건에
휘말리게 된다는 내용의 서스펜스 소설
「나비들은 지금…蝶たちは今…」으로 제21회
〈에도가와란포상江戸川乱歩賞〉을 수상한다.
이후에도 계속 아사히신문사에 근무하면
서 1976년에는 장편 『악몽은 세 번 본다悪夢
は三度見る』를 발표했고, 계속하여 단편집

71

『꽃의 복수花の復讐』(1977), 『종이학은 알았다折鶴が知った』(1977), 『해조의 묘표海鳥の墓標』(1978) 등을 발표했다. 1981년에 발표한 두 개의 단편 『두견을 부르는 소년鴬を呼ぶ少年』, 『나무에 오르는 개木に登る犬』가 1982년 제35회 〈일본추리작가협회상日本推理作家協会賞〉을 수상한다. 1984년에는 아사히신문사를 그만두고 전업 작가가 되었고, 이와 비슷한 시기에 공식 팬클럽 '나비들의 모임蝶たちの会'이 결성되었다. 1986년과 1988년에는 각각 역사 미스터리물인 『채플린을 쏴라チャップリンを撃て』와 『황금기관차를 노려라黄金機関車を狙え』를 발표하였다.

신문기자 출신이지만, 사회문제의 묘사에 초점을 두기보다 인물들의 심리묘사와 사건의 트릭을 정교하게 구성하는 것을 중시하는 프랑스 미스터리 소설에 가까운 작풍을 가졌다. 그러나 1980년대 후반부터는 사회, 역사적 사건들에서 소재를 찾는 경향이 늘었다. 그의 작품은 오랜 기자생활에서 우러나온 해박한 지식과 유머감각이 어우러진 것으로 정평이 높다.

한국어로는 「꿀과 독蜜と毒」(J미스터리 걸작선III」, 1999)이 번역되어 있다.

▶ 이충호

참고문헌: A, B, E.

구스다 교스케楠田匡介, 1903.8.23~1966.9.23

소설가. 본명은 고마쓰 야스지小松保爾이다. 홋카이도北海道 출생으로 펜네임의 유래는

『신청년新青年』에 게재된 오시타 우다루大下宇陀児 등의 연작소설 『구스다 교스케의 악당짓楠田匡介の悪党ぶり』에서 가져 왔다고 한다. 그 후 에도가와 쇼란포江戸川小乱歩로 개명하려고 했지만, 에도가와 란포江戸川乱歩로부터 항의를 받아 포기했다. 전쟁 전에는 우체국원, 마을사무소의 급사, 대학강사 등 20여종의 직업에 종사했다고 한다. 이 시기에 그는 여러 가지 직업을 전전하는 한편, 1931년 『그로테스크グロテスク』에 「젖가슴을 먹다乳房をたべる」를 발표하는 등 소설도 집필했다.

본격적으로 작가활동을 시작한 것은 1948년 『탐정신문探偵新聞』의 현상소설에 단편 「눈雪」(다른 제목, 「눈의 범죄雪の犯罪」)이 1등으로 입선하고 나서부터이다. 같은 시기에 국회의 민주주의보급을 위한 스토리의 현상공모에 응모하여 「봉棒」이 2등으로 입선한다. 1943년 다카기 아키미쓰高木彬光, 가야마 시게루香山滋, 야마다 후타로山田風太郎, 시마다 가즈오島田一男, 이와타 산岩田賛 등과 '탐정소설신인회探偵小説新人会'를 결성하고, 아베 가즈에阿部主計, 와타나베 겐지渡辺剣次, 나카지마 가와타로中島河太郎 등과 함께 비평그룹 '청산가리그룹青酸カリグループ'을 결성하고 있었다. 그리고 에도가와 란포, 시마다 가즈오, 가야마 시게루, 와타나베 겐지, 나카지마 가와타로, 지요 유조千代有三, 하기와라 미쓰오荻原光雄, 오카다 샤치히코岡田鯱彦, 와시오 요시히사鷲尾義久와 함

72

께 '십인회十人会'를 결성한 적도 있다.

1949년에 최초의 장편 『모형인형살인사건模型人形殺人事件』을 간행했고, 1953년에 『탐정클럽探偵倶楽部』에 발표한 「탐정소설작가探偵小説作家」가 1954년 제7회 〈일본탐정작가클럽상日本探偵クラブ賞〉의 후보가 된다. 이어서 1954년 『탐정클럽』에 발표한 「궁지로 몰다追いつめる」가 일본탐정작가클럽의 『탐정소설연감 1955년판探偵小説年鑑1955年版』에 수록되고, 1956년에 『보석宝石』에 발표한 「도망칠 수 있다逃げられる」는 일본탐정작가클럽의 『탐정소설연감 1957년판』에 수록된다. 1957년에 『보석』에 발표한 「탈옥을 끝내고脱獄を了えて」가 1958년 제11회 〈일본탐정작가클럽상〉의 후보가 된다. 이외에도 1957년에 『언제 살해되는가いつ殺される』, 1960년에 『죽음의 집의 기록死の家の記録』 등의 장편이 있다. 1958년에는 쓰노다 기쿠오角田喜久雄를 중심으로 오코치 쓰네히라大河内常平, 나카지마 가와타로, 지요 유조, 히카게 조키치日影丈吉, 야마다 후타로山田風太郎, 야마무라 마사오山村正夫 등과 친목회인 '레이노카이例の会'를 결성한다.

오랫동안 사법보호사司法保護師로 근무했는데, 1959년에 간행된 『탈옥수脱獄囚』에 수록된 단편은, 그 경험을 배경으로 한 탈옥물로서 독자적인 작품세계를 구축했다. 극한의 홋카이도를 무대로 눈의 성질을 이용한 밀실트릭이 참신하고, 통속적인 필치이기했지만 유니크한 트릭이 많아, 트릭메이커로서 이름을 높였다. 『도회의 괴수都会の怪獣』(1958)와 같은 소년소설, 『멍청한 낭인べらんめえ浪人』(1955)과 『아오조라 도련님青空若様』(1958)과 같은 시대소설도 집필했다. 캐릭터 레귤러 탐정에 경시청의 다나아미 고사쿠田名網幸策 경부가 있다. 구스다 교스케는 1966년에 교통사고로 사망했다.

한국어로는 「보석宝石」(J미스터리 걸작선 II, 1999)이 번역되어 있다.

▶ 이충호

참고문헌: A, B, E, G.

구와야마 유타카桑山裕 ☞ 아사야마 세이이치
朝山蜻一

구즈야마 지로葛山二郎, 1928.3.28~1994.5.16

소설가. 오사카大阪 출생. 만주에서 자랐다. 고베神戸의 고등공업학교에서 건축을 배우기도 했지만 중퇴하고, 결국 동경자동차학교를 졸업한 후 만주의 푸순撫順에서 형의 사업을 도우면서 소설을 발표했다. 가업의 다망함과 병 때문에 1935년부터 작품을 발표하지 못하고, 전쟁 후 귀국하고 나서부터는 4편 정도를 발표하는 것에 머무르고 있다. 20여 편의 중단편 중, 대표작은 『다리 사이로 엿보다股から覗く』이다.

중학교를 졸업하고 동경에서 재수를 하던 중, 『신취미新趣味』의 현상탐정소설모집에 「소문과 진실噂と真実」이 1등으로 당선되었다. 고베의 현립병원県立病院 병리연구소의 조수로 일하고 있던 1927년에는, 다리 사이로 세상을 거꾸로 바라보는 것을 지상최고의 즐거움으로 여기는 남자가 목격한 살인사건을 수시로 바뀌는 수수께끼를 가미하여 그려낸『다리 사이로 엿보다』로『신청년新靑年』의 현상공모에 입상한다.

1929년에 〈하나도 다쿠마 변호사花堂琢磨 시리즈〉로 법정추리의 선구적 작품인 단편『빨간 페인트를 산 여자赤いペンキを買った女』를 발표하는데, 이 작품은 에도가와 란포江戶川乱步로부터 절찬을 받는다. 〈하나도 다쿠마 변호사 시리즈〉에는 이외에도『빨간 페인트를 산 여자』의 후속편에 해당하는 작품으로 1930년에 간행된『안개 속 밤길霧の夜道』, 법정물로 소나기가 내리는 중에 촬영소 부근의 노상에서 일어난 총격사건을 다룬『물들여진 남자染められた男』(1932), 말과 함께 절벽에서 떨어져 죽은 고전古錢 수집가의 죽음을 다룬『고전감정가의 죽음古錢鑑賞家の死』(1933), 하나도 변호사가 완전히 변해 버린 옛 친구들과 재회하는 이야기를 다룬 『자선가명부慈善家名簿』(1935), 1933년에는 사람들이 하룻밤 사이에 백발의 노인으로 변해 버리는 괴사건을 추적하는 의학미스터리『봄을 갉아먹는 귀신蝕春鬼』등의 작품이 있다.

그리고 도쿄로 가는 장거리열차 속에서 그림을 통해 수수께끼풀이를 권하는 철도 3부작으로, 무슨 이유에선지 처음 보는 것들에 대한 내용을 모두 기억하는 청년이 등장하는『거짓 기억僞の記憶』(1929), 자신의 금고를 도둑맞은 노파가 범인을 추적하는『붉은 얼굴의 상인赧顔の商人』(1929), 삼각관계로 인한 갈등으로 발생한 살인사건을 다룬『말뚝 박는 소리杭を打つ音』(1929)를 발표했다.

1931년에는 대부분이 남녀의 편지형식으로 전개하는 화학 트릭의『그림자를 바라보는 눈동자影に聴く瞳』를 발표하는 등 그가 다루고 있는 테마는 의학탐정소설, 심리탐정소설, 이화학탐정소설, 법정물, 괴기환상물 등으로 다양하고, 어느 작품에는 에도가와 란포의 초기 단편을 연상시키는 반전과 트릭이 포함되어 있다.

그는 본격추리, 괴기미스터리, 유머물 등 여러 가지 얼굴을 가진 단편의 명수였고, 반전에 신경을 기울이고 트릭을 중시한 본격파 작가였다.

▶ 이충호

참고문헌: A, B, D, E, F, G.

구지라 도이치로鯨統一郎, 1969~

소설가. 추리작가. SF작가. 디지털과 텍스트에서만 존재하는 복면작가로서 데뷔하여 이전의 기록이 불명이다. 국학원대학문학부国学院大学文学 국문학과 졸업했다. 데뷔작인 「야마타이국은 어디입니까?邪馬台国はどこですか?」는 1996년 제3회 〈소겐추리단편상創元推理短編賞〉의 최종선고까지 갔지만 수상을 하지 못하고, 1998년에 문고판으로 발행되어 데뷔하였다. 이 작품은 1999년 『이 미스터리가 대단하다!このミステリーがすごい!』의 제8위로 선정되었다.

그에게는 특히 시리즈물이 많은데, 『야마타이국은 어디입니까?』(1998), 『신 세계 7대 불가사의新·世界の七不思議』(2005, 2011) 등의 〈사오토메 시즈카早乙女静香 시리즈〉, 『금각사에 밀실金閣寺に密室』(2000), 『수수께끼풀이 여행謎解き道中』(2003)의 〈재치탐정 잇큐상とんち探偵一休さん 시리즈〉, 『북경원인의 날北京原人の日』(2001), 『후지산 대분화富士山大噴火』(2004) 등의 〈주간워드週刊ワード 시리즈〉, 『나미다연구소에 어서오세요!なみだ研究所へようこそ!』(2001), 『나미다특수반에 맡기세요!なみだ特捜班におまかせ!』(2005), 『나미다학원을   부탁해!なみだ学習塾をよろしく!』(2007), 『파란 달-나미다사건부에 작별!蒼い月-なみだ事件簿にさようなら!』(2008) 등의 〈사이코세라피스트 탐정 나미다 고코サイコセラピスト探偵波田煌子 시리즈〉, 『아홉 개의 살인 메르헨九つの殺人メルヘン』(2001), 『우라지마 다로의 진상-무서운 여덟 개의 옛이야기浦島太郎の真相-恐ろしい八つの昔話』(2007), 『오늘 밤, 바에서 수수께끼풀이를今宵, バーで謎解きを』(2010), 『웃는 여자 도조지-여대생 사쿠라가와 도코의 추리笑う娘道成寺-女子大生桜川東子の推理』(2012) 등의 〈사쿠라 도코 시리즈〉, 『타임슬립 모리 오가이タイムスリップ森鴎外』(2002), 『타임슬립 메이지유신タイムスリップ明治維新』(2003), 『타임슬립 석가여래

타임슬립釈迦如来』(2005), 『타임슬립 미토 고몬タイムスリップ水戸黄門』(2006), 『타임슬립 전국시대タイムスリップ戦国時代』(2008), 『타임슬립 주신구라タイムスリップ忠臣蔵』(2009), 『타임슬립 무라사키 시키부タイムスリップ紫式部』(2010), 『타임슬립 쇼토쿠 다이시タイムスリップ聖徳太子』(2011) 등의 〈타임슬립 시리즈〉, 『「간다가와」 모방살인「神田川」見立て殺人』(2003), 『마구레와 도시전설マグレと都市伝説』(2007), 『마구레와 홍백가합전マグレと紅白歌合戦』(2009) 등의 〈마구레 경부의 사건부間暮警部の事件簿 시리즈〉, 『미스터리어스학원ミステリアス学園』(2003), 『파라독스학원-개방된 밀실パラドックス学園-開かれた密室』(2006) 등의 〈완다 란진湾田乱人 시리즈〉, 『백골의 이야기꾼白骨の語り部』(2006), 『니라이가나이의 이야기꾼ニライカナイの語り部』(2008), 『교토 음양사살인京都·陰陽師殺人』(2009), 『오타루 가무이의 진혼가小樽·カムイの鎮魂歌』(2010), 『유후인 우부스나가미의 살인湯布院·産土神の殺人』(2011) 등의 〈작가 로쿠하라 잇키의 추리作家六波羅一輝の推理 시리즈〉 등 많은 시리즈작들이 있다. 이 중에서도 〈타임슬립 시리즈〉는 2004년부터 NHK-FM에서 라디오드라마로 매년 방송되고 있다.

그는 시리즈 작품 이외에도 수많은 작품을 발표하고 있으며, 여러 미스터리 소설 작품집에도 많은 작품들이 수록되어 있다. 역사적 사실과 전설, 이야기 등의 대담한 새로운 해석을 중심으로, 논리성보다 의외

성과 규칙성을 중시한 독특한 작풍이 특징이고, 각각의 작품이 어딘가의 지점에서 연결되어 있거나, 같은 인물이 다른 작품에 등장하는 등, 하어퍼링크의 수법을 도입하고 있다. 또 『야마타이국은 어디입니까?』는 서적자체가 작중에 등장하는 경우가 있는 등, 내용의 일부가 적극적으로 이용되고 있다.

한국어로는 『금요일 밤의 미스터리 클럽九つの殺人メルヘン』(2010), 『루비앙의 비밀ルビアンの秘密』(2010) 등이 번역되어 있다.

▶ 이충호

참고문헌: H02~H07, H09~H13.

구키 단九鬼澹 ☞ 구키 시로九鬼紫郎

구키 시로九鬼紫郎, 1910.4.18~1997.11.13

소설가. 편집자. 본명은 모리모토 시로森本紫郎이다. 구키 시로라는 필명 외에도 구키 단九鬼澹, 미카미 시로三上紫郎, 기리시마 시로霧島四郎, 이시미쓰 긴사쿠石光琴作라는 필명을 썼다. 가나가와현神奈川県 요코하마시橫浜市에서 태어나 간토학원関東学院 중등부를 중퇴했다. 17세 때인 1926년에 어머니를 여의고 형의 직장이 있던 고베神戸로 이사했는데, 1929년에 추리소설 작가인 고가 사부로甲賀三郎에게 습작을 보낸 것을 계기로 그의 문하생이 되어 도쿄東京 시부야渋谷에 있는 고가 사부로의 집에서 살며 문학 수업을 받았다. 이때에 순요도春陽堂에서

간행된 『탐정소설전집探偵小説全集』(1929~30)의 편집을 도왔다.

그는 1931년에 잡지 『탐정探偵』에 구키 단이라는 필명으로 단편 「현장부재증명現場不在証明」을 발표하여 문단에 첫발을 내딛었다. 이후 1933년에 창간된 잡지 『프로필ぷろふいる』에 많은 비평과 「인공괴기人工怪奇」(1935)등의 단편소설을 실었으며, 1935년부터 『프로필』이 폐간된 1937년 4월까지 편집장을 지냈다.

전후 1946년에 『프로필』이 재간되자 재차 편집장을 맡아 효스케豹助라는 유머러스한 주인공이 등장하는 〈효스케 시리즈〉 등의 작품을 발표했으며, 1947년에는 1935년의 작품과 동명의 단편집 『인공괴기』를 발표했다. 구키 시로라는 필명은 1953년부터 쓰기 시작했으며, 1956년에는 주술과 관계된 살인사건을 다룬 장편 『심령이 난무하다心霊は乱れ飛ぶ』를 발표했다. 이후 『권총무법지대拳銃無法地帯』를 위시해 사립탐정 시라이 아오지白井青児가 등장하는 일군의 시리즈를 발표했다. 그리고 탐정소설 이외에도 1952년부터 구키 단의 명의로 시대소설 〈이나즈마 사콘의 범죄기록부稲妻左近捕物帳 시리즈〉를 발표하는 등 다양한 장르의 작품을 썼다. 1960년대부터는 작품수가 점차 줄어들었으나, 1980년에는 프랑스의 작가 모리스 르블랑Maurice Leblanc의 〈아르센 뤼팽 Arsène Lupin 시리즈〉에서 영감을 얻어 도쿄와 요코하마를 무대로 하는 일본판 루팡

이야기인 『대괴도大怪盗』(1980)를 발표하였고, 그밖에도 탐정소설에 대한 종합적 입문서인 『탐정소설백과探偵小說百科』(1975)를 발표하는 등 다방면으로 활동했다.

▶ 이충호

참고문헌: A, B, E, G.

규 에이칸邱永漢, 1924.3.28~2012.5.16

타이완 출신, 본명은 규 헤이난邱炳南. 도쿄대학東京大学 경제학부를 졸업하였다. 2·28 사건을 겪고 홍콩을 거쳐 일본으로 왔다. 1954년에 일본 체험을 바탕으로 한 『탁수계濁水溪』로 주목을 받기 시작했으며, 1956년 『홍콩香港』으로 〈나오키상直木賞〉을 수상하였다. 『보석宝石』의 책임 편집자가 된 에도가와 란포江戸川乱歩의 권유로 미스터리물의 집필을 시작하였다. 1959년 이윽고 첫 작품인 『피해자는 누구인가被害者はだれだ』를 세상에 내놓았다.

같은 해에 『징역5년懲役五年』을 발표하였는데, 범죄자와 그 부인의 정사를 지켜보면서 판사 자신의 양심이 동요하는 심리상태를 그린 작품으로 여운이 느껴진다. 같은 해에 발표한 『협박자恐喝者』에서는 은행원이자 정치가로 등장하는 주인공이, 자신에게 거슬리는 자를 자신의 의지대로 처리하여 강압적인 자신의 악의 의지를 관철시키는, 악의 승리를 그리고 있다. 1960년의 『교주와 도둑教祖と泥棒』에서는 신흥종교의 교단 내에서 일어나는 도난 사건을 중심으로 그리고 있는데, 오히려 범인을 찾지 않음으로 인해서 범인이 밝혀지고, 법정에서도 범인을 처벌하지 않기 위해 노력하는 등의 인간풍자적인 모습을 그린 이색적인 작품이다. 그리고 지금까지의 작품을 한 권으로 묶어 자기 비판적 모습을 보인 『나의 관점에서 쓴 색 다른 각도의 추리소설 교재私の場合は推理小說のとりあつかう教材をもう一つ別の角度から書いたもの』가 있다. 이후에는 창작과 멀어졌으며 타이완으로 복귀하였다.

▶ 이충호

참고문헌: B, E.

그림자회影の会 ☞ 작가친목회 및 팬클럽

기기 다카타로木々高太郎, 1897.5.6~1969.10.31

소설가. 본명 하야시 다카시林髞. 야마나시현山梨県 니시야마나시군西山梨郡에서 태어났다. 게이오의숙대학慶応義塾大学 의학부 예과에서 공부한 뒤 1929년 모교 생리학 교실에 조교수로 취임했다. 1932년 대학 유학생으로 파견되어 소련 레닌그라드 실험의학연구소에서 파블로프Иван Петрович Павлов, 1849~1936의 지도 아래 조건반사 연구를 하고 귀국했다. 과학지식보급회科学知識普及会의 간행지 『과학지식科学知識』에 원고를 기고하던 1934년, 동료 집필진이던 소설가 겸 공학사 운노 주자海野十三, 1897~1949로부터 탐정소설을 쓸 것을 권유받아 『신청년』 11월호에 「망막맥시증網膜脈視症」을 게재하며

탐정소설계에 등장했다. 정신분석을 테마로 한 첫 작품「망막맥시증」이 좋은 반응을 얻자,『신청년』의 파격 대우로 두 달 뒤인 1935년 1월부터「사고死固」,「잠자는 인형眠り人形」,「망상의 원리妄想の原理」,「청색青色」,「연모恋慕」등의 연속 단편을 같은 잡지에 연재하게 됐다. 필명 기기 다카타로는 운노 주자가 본명의 한자를 풀어 지어 준 것이다.

기기 다카타로는 장편『인생의 바보人生の阿呆』(1936)로 1937년〈나오키상直木賞〉을 수상하며 작가로서의 위치를 다지게 된다. 탐정소설 문단에서〈나오키상〉수상작이 나온 첫 번째 사례다. 다카타로는, 이 소설 정본의 서문에서 '탐정소설 예술론'이라는 문예로서의 탐정소설론을 주창했다. 탐정소설은 미스터리, 논리적 사색, 미스터리의 해결이라는 세 가지 형식을 구비해야 하며, 이 조건에 충실한 것일수록 뛰어난 탐정소설이자 예술소설이라는 주장이었다. 요컨대『인생의 바보』는, 이러한 '탐정소설 예술론'을 창작으로 증명하려 한 작품이라 할 수 있다. 소설의 대략적인 내용은 다음과 같다.

히라比良 제과의 상품에 독약 성분 스트리크닌이 들어가 사망자가 발생하고, 이어서 사장 자택을 수사하던 중 공장 파업에 관여하던 변호사가 집 안에서 사체로 발견된다. 무산당에서 활동한 경력이 있는 사장의 아들 료키치良吉가 사건의 용의자로 몰리게 되면서, 소설은 그의 신상에 일어나는 일들을 따라간다. 다카타로는『인생의 바보』로〈나오키상〉을 수상한 해에 오구리 무시타로小栗虫太郎, 운노 주자와 함께 잡지『슈피오シュピオ』를 창간하고〈나오키상〉수상 기념호를 간행하기도 했다.

전쟁으로 소설 집필이 어려워지면서, 기기 다카타로에게는 교육과 연구에 집중하는 시기가 이어진다. 1943년 게이오의숙대학慶応義塾大学 부속 의학전문부 교수로, 종전 후인 1946년에는 게이오의숙대학 의학부 교수로 취임했다. 1946년부터 다시금 탐정소설 작가로 활약하기 시작해 단편「초승달新月」로 제1회〈탐정작가클럽상探偵作家クラブ賞〉을 수상했으며, 정신분석과 여학교에서의 동성애를 소재로 한「내 여학생 시절의 범죄わが女学生時代の犯罪」(1949~1951)를 연재하고, 수정을 거쳐 1953년『내 여학생 시절의 죄わが女学生時代の罪』로 간행했다.

이상주의적인 문학론을 견지했던 기기 다카타로는, 전후에 탐정소설의 본질을 새로이 규정해 '인간의 폭력에 맞서, 금력에 맞서, 권력에 맞서, 우리들 지혜로 이를 이겨낼 수 있음을 천명하는 문학'이라 주장했다. 이를 실행에 옮기고자 한 흔적이『얼룩조릿대 사이에서熊笹にかくれて』(1960) 등의 작품에서 엿보인다. 이 소설은 1951년 구마모토현熊本県 기쿠치군菊池郡에서 발생한 원죄冤罪 사건에서 착안한 작품으로, 사건의 불합리한 재판 과정에 한센병 차별이

작용한 것으로 알려져 있다. 한 한센병 환자가 살해 용의자로 지목되어 사형 선고를 받는 일이 일어나고, 재판 과정에 의심을 품은 두 명의 교수가 의학박사 오오코로치大心池의 도움을 받아 누명을 벗겨내는 추리물이다.

기기 다카타로는 1954년부터 1960년까지 일본탐정작가클럽의 회장을 맡았으며, 재직 중 게이오의숙대학을 중심으로 한 문예지 『미타문학三田文学』의 편집에 관여하기도 했다. 1952년 마쓰모토 세이초松本清張, 1909~1992의 「어느 『고쿠라 일기』전ある「小倉日記」伝」을 『미타 문학』에 게재해, 세이초를 문단에 소개하는 데도 일익을 담당했다. 한국어로는 단편 「초승달」이 『빨간 고양이 —일본추리작가협회상 수상 단편집』(2007)의 수록작으로 번역되어 있다.

▶ 이주희

참고문헌: A, B, D, E, F, G.

기노시타 다로樹下太郎, 1921.3.31~2000.12.7
본명은 마스다 이나노스케増田稲之助. 도쿄東京 이케부쿠로池袋 출생. 교바시상업고등학교京橋商業学校, 현 도쿄도립시바상업고등학교東京都立芝商業高等学校를 졸업한 후 이화학연구소理化学研究所 스프링KK에 입사하였다. 1943년에는 2차 세계대전에 참전하였으며 전쟁이 종료 된 뒤에 후쿠온전기福音電機에 입사한 한편, 드라마와 방송 대본을 썼다. 1946년 드라마 『나무 아래樹の下』로 〈요미우리연극대상読売演劇大賞〉 가작에 입선하였다. 1949년에는 『사단기斜斷機』가 NHK라디오소극장에서 방송되었고, 그 외 3편이 더 방송되었다.

1962년 『주간 아사히週刊朝日』, 『보석宝石』 현상 공모에 「악마의 손바닥 안에서悪魔の掌の上で」가 가작으로 입선하였다. 1961년 『밤의 인사夜の挨拶』는 〈일본탐정작가클럽상日本探偵作家クラブ一賞〉의 예선후보가 되었으며, 1961년 『은과 청동의 차이銀と青銅の差』와 1963년 『샐러리맨의 훈장サラリーマンの勲章』은 각각 〈나오키상直木賞〉 후보작에 올랐다. 상급관리와 평사원의 엄격한 신분적 차별을 제재로 한 『은과 청동의 차이』는 전기 메이커 회사를 무대로 하고 있는데, 남녀의 동반자살 사체를 발견하면서 시작하는 주인공의 예상치 못한 역경과 저항, 그리고 복수, 그에 따른 심리묘사를 그리고 있다. 그 외에 『목격자 없음目撃者なし』(1961), 『진혼의 숲鎮魂の森』(1962), 『휴가지에서 죽음休暇の死』(1962), 『어두운 길暗い道』(1969) 등 다수의 작품이 있다.

▶ 이충호

참고문헌: B, F.

기누가와 히로시鬼怒川浩, 1913.12.11~19731.28
소설가. 각본가. 본명은 나카지마 겐지中島謙二이다. 히로시마현広島県 사에키군佐伯郡에서 태어났으며, 중앙무선전신강습소中央無線電信講習所를 졸업했다. 1946년에 통산성

79

히로시마상공국通産省広島商工局의 사무관으로 있으면서 잡지 『보석宝石』의 제1회 단편 현상에서 범죄연구가인 이부키 겐타로伊吹憲太郎가 앵무새의 소리를 단서로 삼아 난관에 부딪힌 사건을 해결해 가는 탐정소설 「앵무재판鸚鵡裁判」으로 입선하여 문단에 첫발을 내딛었다.

전후에도 잡지 『보석』, 『탐정문학探偵文学』 등에 꾸준히 작품을 발표했으며, 이 시기의 작품으로는 「앵무재판」의 주인공이었던 이부키 겐타로가 등장하는 『총탄의 비밀銃弾の秘密』(1948)을 비롯하여 노형사가 미궁에 빠진 사건을 해결해 가는 『공작의 눈孔雀の眼』(1948), 원자폭탄의 이름이 사건 해결의 계기가 되는 『하나오의 비밀花男の秘密』(1948), 『입이 두 개인 남자口が二つある男』(1948), 『욕조귀浴槽鬼』(1949) 등이 있다. 형사나 사설탐정을 주인공으로 하여 등장인물간의 치밀한 관계설정과 다이나믹한 전개를 특징으로 하는 그의 작품은, 심증은 있지만 물증을 찾을 수 없는 상황에서 범인 스스로가 함정에 빠지도록 함정을 파는 집요한 전직 형사의 이야기인 『십삼분간十三分間』(1951)과 전직 경찰이었던 아버지에게 잡힌 흉악범과 어머니와의 비밀스런 관계를 통해 밝혀지는 일가의 비밀이 긴장감을 유발시키는 『유귀경부幽鬼警部』(1951) 등의 작품에서 잘 나타난다.

그는 탐정소설을 쓰는 한편으로 지방 라디오국에서 추리물 위주의 방송각본을 다수 썼으며, 1952년에 통산성에서 퇴임한 후에는 NHK의 계약작가로 활동하며, 주로 히로시마와 마쓰에松江 지국에서 「장미저택의 여인バラ屋敷の女」(1952)등 많은 각본을 썼다. 이후 사이타마신문사埼玉新聞社에서 근무하기도 하고 지방교육위원으로 활동하기도 하였으며 작품 활동도 계속하였다.

▶ 이충호

참고문헌: A, B, E, G.

기다 준이치로紀田順一郎, 1935.4.16~

평론가, 번역가, 소설가. 본명은 사토 다카시佐藤俊, 가나가와현神奈川県 요코하마시横浜市 출생. 게이오의숙고등학교慶応義塾高等学校를 거쳐 게이오의숙대학慶応義塾大学 경제학부를 졸업하였으며, 일본에서는 평론가로서 더 알려져 있다. 펜네임인 '기다紀田'는 기다 미노루きだみのる로부터, '준이치로順一郎'는 다니자키 준이치로谷崎潤一郎에서 유래하고 있다.

대학 진학 후 입학 2년 전에 결성되어 있던 '게이오의숙대학 추리소설 동호회'에 오토모 쇼지大伴昌司와 함께 참가하게 되면서 추리소설을 본격적으로 탐독하기 시작 하였는데, 졸업 후 1955년 가쓰라 지호桂千穂와 함께 추리소설 매니아 동호회인 'SR회SRの会'를 결성하여 현재까지 이끌어 오고 있다. 나가이 가후永井荷風의 중개로 해외 괴기소설 소개를 주로 담당하고 있던 히라이 데이이치平井呈一를 알게 되었으며, 이를 계기

80

로 해외 괴기문학을 번역하게 된다. 졸업 후 무역회사에 취직하였고, 1964년 퇴사 후부터 추리소설 등의 평론을 발표하기 시작하였으며, 서지학을 중심으로 하여 출판론, 일본어론, 정보론 등과 같은 폭 넓은 영역에서 평론활동을 하는 한편, 환상문학과 미스터리 작품을 발표하였다. 2008년에 『환상과 기괴의 시대幻想と怪奇の時代』로 제61회 〈일본추리작가협회상日本推理作家協会賞〉을 수상하였다.

▶ 이충호

참고문헌: A, E.

기리노 나쓰오桐野夏生, 1951.10.7~

소설가. 기리노 나쓰오라는 필명 외에도 노바라 노에미野原野枝実, 기리노 나쓰코桐野夏子라는 필명을 썼다. 이시가와현石川県 가나자와시金沢市에서 태어나 세이케이대학成蹊大学 법학부를 졸업했다. 임신 중에 친구로부터 소설을 써볼 것을 권유받아 노바라 노에미라는 필명으로 로맨스 소설『사랑의 여로愛のゆくえ』(1984)를 써서 문단에 첫발을 내딛었다. 등단 초에는 같은 필명으로 『사랑하게 되면 위기恋したら危機』(1989) 등의 주니어 소설이나 만화의 원작을 썼다. 그리고 1993년 기리노 나쓰오라는 필명으로 발표한 최초의 미스터리소설 『얼굴에 쏟아지는 비顔に降りかかる雨』로 제39회 〈에도가와란포상江戸川乱歩賞〉을 수상한다. 이 작품은 여성탐정 무라노 미로村野ミロ를 주

인공으로 한 최초의 여성사립탐정소설로 화제를 모았다. 이후 무라노 미로가 등장하는 시리즈인『천사에게 버림받은 밤天使に見捨てられた夜』(1994), 『로즈가든ローズガーデン』(2000), 『다크ダーク』(2002), 무라노 미로의 아버지가 주인공인『물의 잠 재의 꿈水の眠り灰の夢』(1995)을 발표하였으며, 〈무라노 미로 시리즈〉 이외에도 여성 프로레슬러를 등장시킨『파이어볼 블루스ファイアボール ブルース』(1995)나 제51회 〈일본추리작가협회상日本推理作家協会賞〉을 받은 주부들의 범죄를 그린『아웃OUT』(1997), 제121회 〈나오키상直木賞〉을 수상한『부드러운 볼柔らかな頬』(1999) 등 여성을 사건의 중심으로 하는 미스터리소설을 꾸준히 발표하였다. 여성사립탐정소설은 해외에서는 이전부터 성행하였으나 일본에서는 그녀에 의해 비로소 탐정소설 가운데 하나의 영역을 차지하게 된다. 삶의 고난을 이겨낸 네 명의 중년여성을 주인공으로 하는『아웃』이나 행방불명된 딸을 찾아 방황하는 어머니를 주인공으로 하는『부드러운 볼』에서 잘 나타나는, 사건과 인물에 대한 정치한 묘사와 더불어 현대사회의 실상을 냉철하게 그려내는 리얼리티는 그녀의 문체의 가장 큰 특징이다. 2000년대에도『잔학기殘虐記』(2004), 『도쿄섬東京島』(2008), 『무언가 있다ナニカアル』(2010) 등을 발표하며 활발하게 활동 중이다.

한국어로는『잔학기殘虐記』(2007), 『아웃

81

1OUT 上』(2007), 『아웃 2OUT 下』(2007), 『천사에게 버림받은 밤天使に見捨てられた夜』(2011), 『물의 잠 재의 꿈水の眠り灰の夢』(2011), 『얼굴에 쏟아지는 비顔に降りかかる雨』(1994), 『부드러운 볼柔らかな頬 1』(2000), 『부드러운 볼柔らかな頬 2』(2000), 『그로테스크グロテスク』(2005), 『메타볼라メタボラ』(2009), 『얼굴에 쏟아지는 비顔に降りかかる雨』(2010) 등 그녀의 작품이 다수 번역되어 있다.

▶ 이충호

참고문헌: A, H04, H10.

기리시마 시로霧島四郎 ☞ 구키 시로九鬼紫郎

기묘한 개 루팡

쓰지 마사키辻真先의 〈기묘한 개 루팡迷犬ルパン 시리즈〉에 등장하는 추리 능력을 가진 개로 『기묘한 개 루팡의 명추리迷犬ルパンの名推理』(1993)에서 처음 등장한다. 아카가와 지로赤川次郎의 〈삼색털 고양이 홈즈三毛猫ホームズ 시리즈〉를 염두에 두고 그려졌는데 첫 작품인 고분샤光文社에서 출판된 『기묘한 개 루팡의 명추리』의 커버에는 '삼색털 홈즈에 대한 도전!'이라는 문구가 쓰여 있다.

길이 40Cm 정도의 짙은 갈색털의 차우차우와 시바이누柴犬(일본 특산의 개 품종)의 혼혈로 추정되는 루팡은 원래는 주인 없는 떠돌이 개였는데, 포장마차에서 아사히 마사요시朝日正義 형사가 먹고 있던 오뎅의 오징어다리를 훔쳐 먹다가 잡혔으나 함께 있던 아사히 형사의 연인인 란의 마음에 들어 '루팡'이라는 이름을 얻고 란의 집에서 함께 살게 된다. 란이 키우는 말티즈 사파이어가 연인이다. 데뷔작에서는 예능계를 무대로 한 밀실살인사건 등의 수수께끼를 해결한다. 정통 시리즈 〈기묘한 개 루팡 시리즈〉는 『명탐정 루팡의 명추리』를 포함하여 『명탐정 루팡의 대활약迷犬ルパンの大活劇』(1983), 『명탐정 루팡의 지옥계곡迷犬ルパンの地獄谷』(1988) 등 총 15편, 다른 작품을 패러디한 〈스페셜 시리즈〉가 총 7편 발표되었는데, 『견묘섬犬墓島』(1984)에서는 요코미조 세이시横溝正史의 『지옥문을 여는 방법獄門島』을 상기시키는 사건을 해결하고, 『기묘한 개 루팡과 삼색털 고양이 홈즈迷犬ルパンと三色毛猫ホームズ』(1991)에서는 아카가와 지로의 시리즈 캐릭터를 빌려 여중생실종사건 등의 수수께끼를 푼다.

2000년 『데드 디텍티브デッド・ディテクティブ』에서 루팡의 비밀이 밝혀지는 것을 마지막으로 시리즈를 완결한다고 작가 인터넷 게시판에서 밝히고 있다.

▶ 성혜숙

참고문헌: A, 辻真先『ぼくたちのアニメ史』(岩波ジュニア新書, 2008).

기무라 기木村毅, 1894.2.12~?

평론가, 메이지明治 문화 연구가, 소설가. 오카모토현岡本県 출생으로 와세다대학早稲

田大学 영문과를 졸업한 후 류분칸隆文館과 문예춘추사文芸春秋社에서 편집자로 일하면서 평론과 번역을 한다. 문예춘추사에 있던 1921년에 사각본私刻本인 나카자토 가이잔中里介山의 『대보살 언덕大菩薩峠』을 출판, 퇴사 후인 1924년에는 소설에 관한 이론적 연구를 『소설 창작과 감상小說の創作と鑑賞』을 통해 집대성하고 1925년에는 『소설연구 16강小說研究十六講』 등을 집필하여 호평을 얻는다. 야나기다 이즈미柳田泉 등과 함께 개조사改造社 『현대 일본문학전집現代日本文学全集』, 신초샤新潮社 『세계문학전집世界文学全集』 등 엔본円本을 기획하기도 한다. 특히 문화문학연구에 관한 다수의 저작이 있는데 1933년에 집필한 『대중문학 16강大衆文学十六講』은 정보량이 빈약한 시대에 해외 미스터리 연구자와 출판사에게 큰 지침이 되었고, 1968년부터 72년까지는 『메이지문화연구明治文化研究』를 편찬한다. 이러한 연구의 공적이 높게 평가되어 1978년에 제26회 〈기쿠치간상菊池寬賞〉을 수상한다.

▶ 양지영

참고문헌: A, 山本遺太郎 『岡山の文学アルバム』(日本文教出版, 1983年), 『岡山県歴史人物 事典』(山陽新聞社, 1994年).

기시 유스케貴志祐介, 1959~

소설가. 오사카시大阪市 출생. 교토대학京都大学 경제학부 졸업. 어릴 적부터 독서에 친숙하여, 중학교 시절부터 미스터리와 SF를 읽기 시작했는데, 대단한 독서광으로 하루에 7권의 책을 읽은 적도 있다고 한다. 대학교 4학년 때부터 작품을 투고하기 시작하여, 대학졸업 후에는 아사히생명보험朝日生命保険에서 근무했다. 당초에는 소설을 쓰는 것을 단념하고 있었지만, 30세 때 동료의 사고사를 계기로 자신의 인생을 되돌아보고, 8년간 근무했던 아사히생명보험을 퇴직하고, 프리렌서가 되어 집필·투고활동에 전념하게 된다. 그는 스즈키 고지鈴木光司의 『링リング』을 읽고, '호러라는 것은 미스터리의 문맥에 완전히 새로운 것을 쓸 수 있다'는 것을 깨달았다고 한다.

1986년에 제12회 〈하야카와早川 SF 콘테스트〉에 기시 유스케岸祐介의 명의로 응모하여, 후에 『신세계로부터新世界より』의 원점이 되는 단편 「얼어붙은 부리凍った嘴」가 가작으로 입선한다. 1987년에는 「밤의 기억夜の記憶」이 하야카와쇼보早川書房의 『SF매거진SFマガジン』에 게재되었다. 1994년 〈일본호러소설대상日本ホラー小説大賞〉이 창설되자 제1회부터 계속 응모하였고, 1996년에 한신대지진의 경험을 바탕으로 다중인격장애를 소재로 한 「이소라SORA」가 제3회 〈일본호러소설대상〉 장편상 가작으로 당선된 후, 이 작품이 『열세 번째 인격十三番目の人格』으로 제목을 바꾸어 간행되면서 작가로 데뷔하였다. 그리고 1997년에는 자신의 경력을 살려서 생명보험업계를 배경으로 한 호러 미스터리 작품인 『검은 집黒い家』으로

제4회 〈일본호러소설대상〉을 수상한다.

그는 인간의 욕망과 광기가 불러일으키는 공포를 그린 호러작품을 발표하는 한편, 1998년의 장편소설 세 번째 작품인 『천사의 속삭임天使の囁り』에서는 호스피스에서 정신과의사로 근무하는 주인공을 중심으로 아마존에 갔던 다섯명의 조사대원들이 연이어 자살하는 내용을 다루면서, 현실감 있는 공포를 그려내고 있다. 이어 1999년의 『크림슨의 미궁クリムゾンの迷宮』은 미궁에 모인 수 명의 남녀가 괴물을 피해 살아서 미궁을 탈출해야하는 데스게임Death-game물로, 게임을 진행시키기 위해 정보를 수집하는 등 일종의 롤플레잉게임의 형식을 취하고 있다. 1999년에는 청춘미스터리물 『푸른 화염青の炎』에서 사랑하는 사람을 지키기 위해서 완전범죄에 의한 살인을 기도하는 소년을 그리고 있다. 2004년의 『유리해머硝子のハンマー』로 시작되는 〈방범탐정 에노모토榎元 시리즈〉에서는 본격미스터리를 다루고 있으며, SF물인 『신세계로부터』를 발표하여 폭넓은 장르를 다루고 있다.

금전이나 애증이 원인인 범죄가 아니라, 누구나가 가지고 있는 추악한 욕망과 망집을 그리고 있는 점이 현대적이고, 매우 높은 평가를 받았다. 후에 작품 내용을 방불케 하는 현실사건이 일어난 것에 의해서도 주목받았다.

한국어로는 『자물쇠가 잠긴 방鍵のかかった部屋』(2012), 『다크 1존ダーク.ゾーン』(2012), 『검은 집黒い家』(2000), 『푸른 불꽃青の炎 1』(2001), 『푸른 불꽃青の炎 2』(2001), 『천사의 속삭임天使の囁り 1』(2003), 『천사의 속삭임天使の囁り 2』(2003), 『크림슨의 미궁クリムゾンの迷宮』(2009), 『도깨비불의 집狐火の家』(2010), 『악의 교전.1悪の教典(上)』(2011), 『악의 교전.2悪の教典(下)』(2011) 등이 번역되어 있다. 특히, 『검은 집』은 2007년에 한국에서 영화화되어 백만이 넘는 관객을 동원했다.

▶ 이충호

참고문헌: A, H01~H06, H08~H12.

기시다 루리코岸田るり子, 1961.3.1~

교토京都 출생. 교토시립오무로소학교京都市立御室小学校를 졸업. 13세 때 부친의 업무로 인해 프랑스로 가게 된다. 파리 제7대학 이학부를 졸업하였다.

2004년 그림 속에 숨겨진 실종사건의 수수께끼와 밀신살인의 미스터리를 그린 「밀실의 레퀴엠密室の鎮魂歌」(응모시의 타이틀은 「시체가 모자라는 밀실屍の足りない密室」)로 〈아유가와테쓰야상鮎川哲也賞〉을 수상하였다. 2013년 「푸른 비단의 인형青い絹の人形」으로 제66회 〈일본추리작가협회상日本推理作家協会賞〉 단편부분의 후보가 된다.

데뷔 후, 단행본으로 서로 만난 적 없는 3인의 남녀가 한 방에 갇혀 각자의 신변이야기를 하는 『출구가 없는 방出口のない部屋』(2006), 옛 애인과의 재회 후 그녀의 주변

에 일어나는 살인사건을 그린 『천사의 잠天
使の眠り』(2006), 『람보클럽ランボー·クラブ』(2007),
『과거로부터의 편지過去からの手紙』(2008),
『상봉めぐり会い』(2008), 『F의 비극Fの悲劇』
(2010), 『하얀 동백꽃은 왜 떨어졌나白椿はな
ぜ散った』(2011), 『맛없는 쿠키味なしクッキー』
(2011), 『무구와 죄無垢と罪』(2013) 등을 발
표했다. 역서에 『세균과 싸우는 파스퇴르細
菌と戦うパストゥール』(1988)가 있다.

▶ 이충호

참고문헌: H12, 岸田るり子『天使の眠り』(徳間文
庫, 2006), 岸田るり子『密室の鎮魂歌』(創元推理
文庫, 2004), 岸田るり子『出口のない部屋』(角川
文庫, 2006).

기쿠무라 이타루菊村到, 1925.5.5~1999.4.3
소설가. 본명은 도가와 유지로戸川雄次郎이
다. 소설가인 도가와 사다오戸川貞雄의 아들
로 가나가와현神奈川県 히라즈카시平塚市에
서 태어났다. 센다이육군예비사관학교仙台
予備士官学校를 졸업하고 아키타현秋田県에 견
습사관으로 부임했으나, 종전 후 다시 와
세다대학早稲田大学 영문학과에 들어가 본격
적으로 집필을 시작한다. 1948년에 대학을
졸업하고 요미우리신문사読売新聞社에 입사,
사회, 문화부 기자로 근무하면서 작품을
발표하기 시작했다. 이때는 본명인 도가와
유지로로 활동했으나 기자로서의 활동을
고려하여 결혼을 한 1955년을 계기로 기쿠
무라 이타루라는 필명을 쓰게 되었다.

1957년에 본명으로 발표한 『불법소지不法所
持』가 〈문학계신인상文学界新人賞〉을 수상했
고, 같은 해 필명으로 발표한 『이오우지마
硫黄島』로 제37회 〈아쿠타가와상芥川賞〉을
수상한다. 이 때 『불법소지』도 〈아쿠타가
와상〉 후보에 올랐으나 작가명이 달랐기
때문에 동일인의 작품이라는 것을 몰랐다
는 후일담이 있다.

〈아쿠타가와상〉 수상을 계기로 같은 해인
1957년 10월에 요미우리신문사를 퇴사하
고 전업작가의 길로 들어선다. 초기에는
태평양전쟁 때의 사관생활과 기자생활에
서의 경험을 소재로 하는 『아아 에다지마ぁ
ぁ江田島』(1958), 『붉은 날개紅の翼』(1959)와
같은 작품을 주로 썼다. 그러다가 1959년
에 첫 추리소설인 『짐승의 잠けものの眠り』
을 발표하고, 같은 해 『밤, 산 것夜, 生きるも
の』, 1961년에 『이것으로 승부한다これで勝負
する』, 1964년에 『배후에 밤이 있었다背後に
夜があった』를 쓰는 등 꾸준히 추리소설 작
품을 발표했다. 앞에서 소개한 작품들에서
도 알 수 있듯 그는 한 해에 여러 작품을
내놓을 정도로 다작을 하였으며, 만년까지
도 『숨은 형사隠れ刑事』(1994), 『늑대의 여인
牙狼の女』(1995), 『상복이 어울리는 여인喪服
の似合う女』(1999)을 발표하는 등 정력적으
로 활동했다. 그리고 작품 활동과 더불어
자신의 작품인 『붉은 날개』를 원작으로 하
는 동명의 영화에 신문 기자역으로 출연하
기도 했다.

85

▶ 이충호

참고문헌: A, B, E, F.

기쿠치 간菊池寬, 1888.12.26~1948.3.6

소설가, 극작가, 저널리스트. 문예춘추사文
芸春秋社를 창설한 실업가이기도 하다. 본명
은 기쿠치 히로시菊池寬이다. 가가와현香川県
가가와군香川郡 다카마쓰高松 출신. 다카마
쓰중학교高松中学校를 수석으로 졸업한 후,
집안의 경제적 사정으로 학비면제를 받아
도쿄고등사범학교東京高等師範学校에 진학했
지만 출석을 제대로 하지 않아 제적 처분
을 받았다. 메이지대학明治大学 법학부, 와
세다대학早稲田大学 정치경제학부 등을 전전
하다 1916년 교토제국대학京都帝国大学 영문
과를 졸업했다.

대학 졸업 후 시사신보時事新報 사회부기자
를 하는 동안 『다다나오경행장기忠直行状記』
(1918)를 써서 작가의 지위를 확립하였으
며, 『진주부인真珠夫人』(1920)은 신문소설의
새로운 경지를 개척한 작품으로 평가받으
며 이후 장편 통속소설을 주로 썼다. 본격
적 추리소설이 창작되기 전, 예술적 경향
의 탐정소설이 독자들의 욕구를 충족시켜
주었던 다이쇼시대大正時代에 탐정소설을
창작, 번역하기도 하였다. 창작「어떤 항의
서ある抗議書」(『중앙공론』1919년 4월호)는
강도에게 누나부부를 살해당하고, 범인을
잡기도 전에 어머니마저 그 충격으로 사망
을 한 남자가 사법부장관에게 보내는 항의

서한 형식을 취하고 있는 탐정소설이며,
모리스 르블랑의 「루팡의 기암성ルパンの奇
巌城」(『小学生全集 第45巻 少年探偵譚』文
芸春秋社, 1928)을 번역하기도 했다. 1923
년 사비로 잡지 『문예춘추文芸春秋』를 창간
하여 크게 성공하였고, 일본문예가협회日本
文芸家協会, 아쿠타가와상芥川賞, 나오키상直木
賞을 설립하였다. 영화사 다이에이大映 초
대사장, 호치신문報知新聞 객원기자로 성공
하여 모은 자산으로 가와바타 야스나리川端
康成, 요코미쓰 리이치横光利一, 고바야시 히
데오小林秀雄 등 신진 문학자를 지원했다.
1925년 분카학원文化学院 문학부장에 취임
하고 1928년 도쿄시회東京市会 의원에 당선
되었다. 태평양 전쟁 중에 총후문예운동을
발안하여 익찬운동翼賛運動의 일익을 담당
한 일로 인해 전후에는 공직추방령을 당해
실의 속에 죽음을 맞이했다.

한국어로는 『어떤 사랑 이야기(일본현대문
학대표작선)』(1998), 「무명작가의 일기」(『일
본 대표작가 대표작품선 : 고백의 풍경과
예언의 문학』2007)가 번역되어 있다.

▶ 김효순

참고문헌: 浅井清・佐藤勝編『日本現代小説辞典』
(明治書院,2004), 이토 히데오伊藤秀雄 저/유재진・
홍윤표・엄인경・이현진・김효순・이현희 공역
『일본의 탐정소설』(문, 2011).

기쿠치 유호菊池幽芳, 1870.12.18~1947.7.21

본명 기요시清, 별칭 아키시쿠あきしく. 이바

라키현茨城県 출신. 소설가, 신문기자. 소학교 교사를 거쳐 『오사카매일신문大阪毎日新聞』에 입사해 기사를 쓰면서, 잡지 『오사카문예大阪文芸』(1891)를 창간해 문예활동을 하며 번안소설을 연재했다. 탐정 취향이 보이는 자작 『나의 죄己が罪』(1900~1901)와 버사 클레이Bertha M. Clay 원작의 『유형제乳兄弟』가 건전한 가정소설로 인기를 얻으면서, 평탄하면서도 고풍스러운 문체로 어두운 비밀의 세계를 그리는 탐정소설이나 모험소설을 발표했다. 주된 작품에 『무언의 맹세無言の誓』(1894), 『대탐험大探険』(1897), 『국사탐정国事探偵』(1898), 『탐정총화探偵叢話』(1900), 에도가와 란포江戸川乱歩가 심취해 읽었다고 하는 서스펜스 괴기 미스터리 『비중의 비秘中の秘』, 윌리엄 콜린스William Collins 원작의 『백의부인白衣婦人』(1902), 로버트 그린Robert Greene 원작의 『여자의 행방女の行方』 등이 있다.

▶ 김계자

참고문헌: A, D.

기쿠치 히데유키菊地秀行, 1949.9.25~

소설가. 지바현千葉県 출신. 어린 시절부터 동서고금의 호러 영화나 만화, 환상소설을 탐닉했고, 특히 영화 「흡혈귀 드라큐라」에 강한 충격을 받았다. 아오야마학원대학青山学院大学에 재학 중 추리소설연구회에 들어가 회장을 역임하고 다케카와 세이竹河聖, 가자미 준風見潤과 친교를 맺었다. 졸업 후 추리문학회에 들어가 르포르타주, 영화기사, 해외 SF물을 번역하면서 10대를 대상으로 하는 소설 『마계도시 〈신주쿠〉魔界都市〈新宿〉』(1982)로 데뷔했다.

〈흡혈귀 헌터吸血鬼ハンター 시리즈〉, 〈트레저 헌터トレジャー・ハンター 시리즈〉로 인기작가가 되어 1985년부터는 『마계행魔界行』, 『요마전선妖魔戦線』 등 일반인을 대상으로 하는 소설을 발표했다. 도시를 무대로 하면서 그 도시를 이계異界로 변용시켜 현실에 대한 일종의 도착된 유토피아를 그려냈으며, 에로스와 폭력이 들어간 작품이 다수 있다. 기쿠치 히데유키는 소설 외에도 영화 평론이나 만화 등에서도 뛰어난 활동을 보였다.

▶ 김계자

참고문헌: A, H5.

기타 요시히사喜多喜久, 1979~

소설가, 회사원. 도쿠시마현徳島県 출신. 도쿄대학 약학부 석사과정을 졸업하고 대기업 제약회사의 연구원으로 근무하면서 미스터리 소설을 집필하고 있다. 제9회 〈『이 미스터리가 대단하다!』대상このミステリーがすごい!大賞〉(2011)에서 유기화학을 전공하는 대학원생의 첫사랑을 둘러싼 러브 코미디물 『러브 케미스트리ラブ・ケミストリー』로 우수상을 수상하면서 데뷔했다. '요시히사'라는 필명은 성우인 이노우에 기쿠코井上喜久子의 팬이어서 붙인 것이라고 기타 요시

히사 본인이 이야기하고 있다. 그 외에, 고양이와 혼이 뒤바뀐 이야기 『고양이색 케미스트리猫色ケミストリー』(2012), 일본 여성 처음으로 노벨상을 수상한 88세의 여인이 회춘해 대학에서 벌어지는 사건에 뛰어드는 이야기 『미소녀 교수 기리시마 모토코의 사건연구록美少女教授・桐島統子の事件研究録』(2012) 등의 소설이 있다.

▶ 김계자

참고문헌: H11~H13.

기타가미 지로北上次郎, 1946.10.9~?

평론가. 본명은 메구로 고지目黒考二이고 필명으로 후지시로 사부로藤代三郎, 무레 이치로群 一郎 등이 있다. 도쿄東京에서 출생하여 고등학교 때부터 독서를 즐기고 메이지대학明治大学 문학부에 입학하여 재학 중에 영화연구회에 참가하기도 했다. 졸업 후 회사에 취직하지만 몇 번의 퇴사를 걸쳐 실화잡지를 간행하는 출판사에 입사한다. 그리고 시이나 마코토椎名誠가 편집장을 맡은 『책의 잡지本の雑誌』를 창간하는 1976년까지 6년간 근무한다. 이 잡지는 종래의 서평잡지와는 달리 엔터테인먼트를 중심으로 하는 독자적인 기획으로 호평을 얻으며 후에 기타가미가 편집장을 이어받는다. 기타가미는 『책의 잡지』 창간 당시부터 서평을 썼는데 주로 모험소설에 관한 글을 게재한다. 그의 서평은 일본 모험소설 정착에 큰 영향을 주었다. 그리고 이러한 글을 정리하여 1983년에 발표한 『모험소설 시대冒険小説の時代』는 제2회 〈일본모험소설협회대상日本冒険小説協会大賞〉에서 평론부문 수상을 한다. 미스터리, 시대소설, 연애소설 등 장르를 불문한 풍부한 독서량과 특히 모험소설과 하드보일드에 관한 안목에는 정평이 나 있다.

▶ 양지영

참고문헌: A, 目黒考二 『本の雑誌風雲録』(本の雑誌社, 1985), 北上次郎 『冒険小説の時代』(集英社, 1990).

기타가와 아유미北川歩実

데뷔 당시부터 성별, 생년월일을 포함해 프로필을 전혀 드러내지 않는 복면작가이다. 1993년 제6회 〈일본추리서스펜스대상日本推理サスペンス大賞〉에 응모한 작품이 편집자의 눈에 띄어 간행된 것이 『나를 죽인 여자僕を殺した女』(1995)로, 어느 날 갑자기 젊은 여자로서 그것도 5년 후로 타임 슬립한 젊은 대학생의 이야기를 다룬 SF 서스펜스물이다. 이 외에, 의식과 육체의 대립을 그린 『유리 드레스硝子のドレス』(1996), 『모조인간模造人間』(1996), 현대의 과학만능주의를 냉정하게 비판한 『원숭이의 증언猿の証言』(1997), 첨단과학이 만들어낸 기계에서 자라 천재소년으로 일컬어지던 남자가 유아교육센터를 둘러싼 의혹의 진상을 밝히는 『금의 요람金のゆりかご』(1998) 등, 첨단의 과학과 의학에서 새로운 제재를 실험적인 작풍으로 써간 작가이다.

▶ 김계자

참고문헌: A, H10.

기타마치 이치로北町一郎, 1907.3.7~1990.9.4

본명 아이다 다케시会田毅. 니가타현新潟県 출신. 도쿄상과대학東京商科大学(현 히토쓰바시대학一橋大学)을 졸업하고 부녀계婦女界 회사에 입사, 기자생활을 하면서 문학창작을 시작해 1935년에 유머소설『상 수여일 전후賞与日前後』가 제16회 〈선데이마이니치 대중문예サンデー毎日大衆文芸〉에 입선해 데뷔했다. 본명 아이다 다케시로 시를 발표하기도 했다.

1936년에 춘추사의 탐정장편소설 응모에『백일몽白日夢』이 입선했는데,『백일몽』은 본격미스터리의 성격은 약하지만 살인이나 암호 해독이 들어있고 인물묘사가 뛰어나다. 이 외에,『작가 지원作家志願』(1937),『성해포聖骸布』(1938) 등의 탐정소설을 발표했다. 현대 풍속의 묘사나 유머러스한 경향이 특징적이고,『도쿄 탐정국東京探偵局』(1940) 등의 간첩물도 있다.『현대 유머문학전집』(1953)에 들어갈 정도로 기타마치 이치로의 작품은 유머성이 풍부하고 영화화된 작품도 다수 있다.

▶ 김계자

참고문헌: B, E.

기타모리 고北森鴻, 1961.11.15~2010.1.25

소설가. 본명 신도 겐지新道研治. 야마구치현山口県 출신. 고마자와대학駒沢大学을 졸업하고 편집 프로덕션에 취직해 일을 하면서 창작을 시작했다. 단편「가면의 유서仮面の遺書」(1993)가『본격추리Ⅰ』에 수록되면서 소설가로서 이름이 알려졌고,『광란이십사효狂乱廿四孝』(1995)가 〈아유카와데쓰야상鮎川哲也賞〉을 수상하면서 본격적인 작가 활동을 시작했다.『광란이십사효』는 메이지유신明治維新 직후를 배경으로 비극의 가부키歌舞伎 배우 사와무라 다노스케澤村田之介의 망집이 잘 그려진 연속살인사건 이야기이다. 실제 인물과 사건을 잘 배치한 무대 설정과 불가능범죄 취향이 잘 어우러진 시대극 미스터리라고 할 수 있다.

이 외에, 뇌의학 문제를 소재로 한『아누비스의 첫 울음소리冥府神の産声』(1997), 골동업계를 무대로 한『호민狐罠』(1997), 나이든 하이쿠 가인이 자신의 방에서 홀로 죽었는데 창가에 핀 계절에 걸맞지 않은 벚꽃이 사건의 진상을 말해준다는 스토리의 작품『꽃 아래 봄에 죽기를花の下にて春死なむ』(1998)이 제52회 〈일본추리작가협회상日本推理作家協会賞〉을 수상했다. 이밖에도 이단 민속학자와 조수의 활약을 그린 본격 민속학 미스터리『흉소면凶笑面』(2000), 메이지 초기의 고미술 의혹사건을 다룬『호암狐闇』(2002) 등, 골동품이나 민속학을 소재로 하는 작품이 주를 이룬다. 이 중에서『꽃 아

래 봄에 죽기를』(2012)과 『흉소면』(1999)은 한국에서 번역되어 출판되었다.

▶ 김계자

참고문헌: A, H01, H03.

기타무라 가오루北村薫, 1949.12.28~

소설가. 본명 미야모토 가즈오宮本和男. 사이타마현埼玉県 출신. 와세다대학早稲田大学 문학부 재학 중에 와세다 미스터리클럽에 소속해 세토가와 다케시瀬戸川猛資, 오리하라 이치折原一 등과 친교를 맺으며 미스터리물에 관심을 보인 기타무라 가오루는 졸업 후 교편을 잡고 한편으로 문고본이나 가이드북의 해설, 해외 미스터리평론 번역을 하면서『일본탐정소설전집日本探偵小説全集』 동경소겐샤東京創元社의 편집을 담당했다.

복면작가로서 일상에 깃들어있는 신비로운 일을 서사로 풀어가는 연작단편집『하늘을 나는 말空飛ぶ馬』(1989)을 발표해 호평을 받아 데뷔했다. 후속『저녁 매미夜の蟬』(1990)로 제44회 〈일본추리작가협회상日本推理作家協会賞〉을 수상했다. 이를 계기로 기타무라 가오루는 복면작가로 활동해 온 자신의 정체를 공표하고 교사를 그만두고 전업 작가가 된다. 대표작에 현대를 무대로 명탐정의 활약을 그린『복면작가는 두 사람 있다覆面作家は二人いる』(1991),『겨울 오페라冬のオペラ』(1993) 등이 있고,『스킵スキップ』(1995)과 『턴ターン』(1995), 『리셋リセット』(2001)에서 보이는 시간과 인간을 테마로

한 SF시리즈도 유명하다. 최근에는 작중인물 운전수 벳키ベッキー를 시리즈로 하는『거리의 등불街の灯』(2003), 『파리의 하늘玻璃の天』(2007), 『백로와 눈鷺と雪』(2009)을 발표했다. 기타무라 가오루의 미스터리물은 범죄나 폭력이 없어도 재능 있는 문제와 생생한 인물조형을 통해 일상에서 신비로운 서사를 완성도 높게 추리해 낸다는 데 그 특징이 있다.

2005년에는 본격미스터리작가클럽 회장에 취임했으며, 2006년에는『일본 동전의 비밀ニッポン硬貨の謎』로 제6회 〈본격미스터리대상本格ミステリ大賞〉(평론・연구)을 수상하는 등, 미스터리 소설 외에도 에세이스트, 앤솔로지스트로서도 알려져 있다. 주된 저서에 『수수께끼 이야기謎物語』(1996)나 『미스터리는 만화경ミステリーは万華鏡』(1999), 『시가의 매복詩歌の待ち伏せ』(2002), 『읽지 않고서는 있을 수 없다読まずにはいられない』(2012) 등이 있다. 한국에 번역된 작품으로는『달의 사막을 사박사박月の砂漠をさばさばと』(2004)이 있다.

▶ 김계자

참고문헌: A, H03~H05.

기타야마 다케쿠니北山猛邦, 1979.8.9~

소설가. 이와테현岩手県 출신. 2002년에『〈클락성〉 살인사건クロック城〉殺人事件』으로 데뷔한 이후, 시공을 초월한 세계와 물리적 트릭으로 유명하다. 이후 〈성城 시리즈〉를

4탄까지 발표하고, 2011년에는 세밀한 필치와 환상적인 내용으로 독자의 상상을 훨씬 뛰어넘는 결말을 이끌어내 발표 당시부터 화제를 모은 단편집『우리가 성좌를 훔친 이유私たちが星座を盗んだ理由』를 내놓았다. 한편으로는『갯버들 십일 현의 후회猫柳十一弦の後悔』(2011), 『갯버들 십일 현의 실패猫柳十一弦の失敗』(2013)와 같은 코믹 본격미스터리물을 연속 발표하기도 해 폭넓은 활약을 보였다.

기타야마 다케쿠니의 작품에는 종말론적인 세계관과 인간성이 희박한 꼭두각시 같은 작중인물이 그려지는 경향이 있어, 만화나 애니메이션의 영향을 많이 받았다고 평해지고 있다.

▶ 김계자

참고문헌: H12, H13.

기타지마 다카시喜多嶋隆, 1949.5.10~?

소설가. 본명 기타지마 다카오喜多嶋夫. 도쿄東京에서 출생하여 메이지대학明治大学을 졸업한 후 광고회사에 입사하여 카피라이터 겸 CM디렉터를 한다. 1981년에『마르가리타를 마시기에는 너무 빠르다マルガリータを飲むには早すぎる』로 제36회〈소설현대신인상小説現代新人賞〉을 수상하면서 작가로 데뷔한 후 가도카와문고角川文庫, 슈에이샤 코발트 문고集英社コバルト文庫, 고분샤 문고光文社文庫 등 오리지널 문고판을 통해 다수의 청춘소설을 출판한다. 광고회사 시절의 경력

을 살려 센스 있는 문체와 스피드감 있는 스토리 전개로 독특한 '기타지마 월드'를 만들며 일약 인기 소설가로 떠오른다. 장편『죽음의 힛트 퍼레이드殺しのヒットパレード』(1983)를 발표하면서 미스터리에 진출하고, 1984년에는 하와이를 무대로 한 소설『포니테일은, 돌아보지 않는다ポニー・テールは、ふり向かない』를 발표하는데, 이 작품이 이듬해인 1985년부터 1986년까지 드라마로 방송되면서 작가로서의 입지를 굳힌다. 추리물로도 하드보일드로도 결코 가볍지만은 않은 내용으로 젊은 독자층의 사랑을 받고 있다.

▶ 양지영

참고문헌: A, 喜多嶋隆『殺しのヒットパレード』(講談社,1986年), 喜多嶋隆『少女ライカ』(光文社文庫, 2002).

기타카타 겐조北方謙三, 1947.10.26~

소설가. 사가현佐賀県 출신. 1960년대 말은 일본의 각 대학을 중심으로 전개된 전학공투회의全学共闘会議(약칭 전공투) 학생운동이 한창이었다. 기타가타 겐조는 주오대학中央大学 법학부 재학 중에 전공투 운동에 몰입했는데, 이때 동인지에 발표한 순수문학 작품『밝은 거리로明るい街へ』를 종합문예지『신초新潮』(1970)에 다시 실어 학생작가로 문단에 데뷔했다. 대학을 졸업한 후에 순수문학을 계속 써가다 엔터테인먼트로 전향해, 1981년에『조종은 저 멀리弔鐘は

『るかなり』를 발표하면서 하드보일드의 신예로 주목을 받았다. 처절한 폭력투쟁과 조직의 싸움을 배경으로 남자들 사이의 우정을 그리고 있는데, 세밀한 문체표현과 현장감 넘치는 격투기 묘사가 뛰어난 데다 서정성이 넘치는 작품이다. 제4회 〈요시카와에이지문학상吉川英治賞〉과 제1회 〈일본모험소설협회대상日本冒険小説協会大賞〉을 수상한 세 번째 장편『잠 못 드는 밤眠りなき夜』(1982)은 치밀한 플롯이 디테일하고 건조한 문체로 묘사되어 하드보일드의 전형을 보인다.

이밖에도 야쿠자의 장렬한 삶을 약동적으로 그린『우리檻』(1983)를 비롯해,『목마른 거리渇きの街』(1984),『리멤버過去』(1984),『내일이 없는 길모퉁이明日なき街角』(1985) 등의 작품이 잇달아 단기간에 주요한 문학상을 휩쓸었다. 1980년대 후반부터는 시대소설을 집필하기 시작해,『무왕의 문武王の門』(1989),『파군의 별破軍の星』(1990),『삼국지三国志』(1996~1998) 등, 왕성한 작품 활동을 보였다. 또 시리즈물이 있는데, 가공의 도시 N시의 술집을 중심으로 전개되는 하드보일드소설(1983~92,『안녕, 황야さらば, 荒野』로 시작하는 전 10작), 〈도전 시리즈〉(1985~88,『도전 위험한 여름挑戦 危険な夏』으로 시작하는 전 5권)가 있다. 이 외에도 '도전' 시리즈와『잠 못 드는 밤』,『우리』등에 조연으로 등장하는 작중인물 다카기 요시부미高樹良文(별명 '늙은 개') 경부를 주인공으로 하여 그의 과거를 그린 〈늙은 개 시리즈〉 삼부작(1989~90), 도쿄 근교의 가공의 도시 S시에 인접한 리조트 타운을 중심으로 펼쳐지는 하드보일드 소설(1993~2009,『멀리 하늘은 맑은데遠く空は晴れても』로 시작하는 전 8작), 〈해양모험소설 시리즈〉(1994~2003,『군청群青』으로 시작하는 전 6작) 외 다수가 있다. 이러한 시리즈물에 등장하는 캐릭터로 사립탐정 '노자키 도루野崎通'가 유명하다.

기타가타 겐조의 작품은 격렬한 격투기 묘사가 현장감 넘치는 강력한 터치로 그려지는 특징이 있어, 남자가 외곬으로 살아가는 삶을 그려낸 신선한 하드보일드 소설이라고 평가를 받고 있다. 한국에는『2월 2일 호텔二月二日ホテル』(1999)이 번역되어 소개되었다.

▶ 김계자

참고문헌: A, E.

기타쿠니 고지北国浩二, 1964~

소설가. 오사카시大阪市 출신. 가까운 미래를 예견하고 경종을 울리는 탐정소설『루돌프 가이요와의 사정ルドルフ・カイヨワの事情』(2003)으로 제5회 〈일본SF신인상〉에 가작으로 입선했고, 동 작품을『루돌프 가이요와의 우울ルドルフ・カイヨワの憂鬱』(2005)이라는 제목으로 바꾸어 단행본으로 간행했다. 주요 작품에 22세의 노파가 소녀시절 추억이 많이 남아있는 남쪽 섬에서 멋진 청년으로 성장한 첫사랑을 만나 마지막 여름을 보내는 슬픈 이야기를 담담하고 정연한 문체로 담아낸 『여름의 마법夏の魔法』(2006), 이별을 고한 여자 친구에게 닥친 살인 위험으로부터 그녀를 구해내려는 한 남자의 악전고투가 반전에 반전을 거듭하면서 빠르게 전개되는 『리버스リバース』(2009), 온라인 게임 '언리얼'에서 허구 이상의 리얼한 세계에 빠져 들어가는 형제를 그린 『언리얼アンリアル UnReal』(2010), 인지 장애가 있는 아버지와 딸, 그리고 기억을 잃은 소년이 엮어내는 파국의 이야기 『거짓말嘘』(2011), 엽기 연쇄살인사건을 해결해 가는 경찰소설 『페르소나의 쇠사슬ペルソナの鎖』(2013) 등이 있다.

▶ 김계자

참고문헌: H6, H10.

긴다이치 고스케金田一耕介

직업은 사립탐정. 요코미조 세이시横溝正史의 〈긴다이치 고스케 시리즈〉의 주인공으로 1947년 『본진살인사건本陣殺人事件』에서 처음 등장한다. 1913년 이와테현岩手県 출생으로 모리오카중학교盛岡中学校 졸업 후 19세에 상경하여 사립대학에 적을 두고 간다神田 근처에서 빈둥거리며 하숙을 하다 1년도 지나지 않아 미국으로 건너간다. 미국에서도 특별한 일없이 빈둥거리다 호기심으로 마약에 손을 대지만 중독되기 직전에 샌프란시스코 재류 일본인 사이에서 일

어난 살인사건을 해결하고 구보 긴조久保銀造라는 후원자를 얻어 대학을 무사히 졸업한 후 니혼바시日本橋에 탐정사무소를 개업한다. 전쟁에서 돌아온 1946년에 『지옥문을 여는 방법獄門島』에서 사건을 해결하고 신바시新橋에 탐정사무소를 다시 연다. 이후 1973년 『병원언덕에 목맨 집病院坂の縊りの家』의 사건까지 총 76개의 어려운 사건을 해결하면서 일본추리소설 사상 최고의 탐정으로 불리게 된다. 1973년 마지막 사건 직후 다시 미국으로 건너갔다고 전해지지만 이후의 소식은 아무도 모른다. 작은 체구에 더벅머리, 구겨진 기모노着物에 하카마袴, 중절모를 고집하며 이론적 정공법을 이용해 논리적인 추론을 한다.

▶ 양지영

참고문헌: A, I, 岡崎武志『ニッポン文庫大全』(ダイヤモンド社, 1997年), 横溝正史『病院坂の縊りの家』(角川書店, 1996年).

ㄴ

나가누마 고키長沼弘毅, 1906.11.21~1977.4.27

관료, 평론가. 도쿄東京출신. 도쿄제국대학
(현 도쿄대학) 법학부를 졸업하고 대장성大
藏省에 들어갔다가 1951년 26세에 차관으로
퇴직한 뒤, 정부 관계의 각 위원으로 활동
하며 사회경제평론과 문학연구에 힘썼다.
미스터리 관련으로는 일본 최초의 셜록 홈
즈Sherlock Holmes 연구가로 알려져 있을 정도
로,『셜록 홈즈의 지혜シャーロック・ホームズの
知恵』(1961),『셜록 홈즈의 세계シャーロック・
ホームズも世界』(1962) 등 이 방면의 저서가
총 9권이 있다. 이 저서들은 셜록홈즈 이야
기를 비교 검토하고 이야기의 배경이 된
시대와 사회에 관해 상세한 설명을 한 것
이다.

그 외에도 나가누마 고키는 코난 도일Conan
Doyle이나 아가사 크리스티Agatha Christie 연구
에 조예가 깊었다. 또 추리소설의 번역과
수필에도 힘썼다. 아가사 크리스티의 소설
을 번역한『알리바이アリバイ』(1954),『나일
강가의 살인ナイル河上の殺人』(1955),『청색
열차의 비밀青列車の謎』(1959),『오리엔트 특
급 살인オリエント急行の殺人』(1959) 등이 있다.

또한,『크리스티 소론クリステぃ小論』(1955),
미스터리 해독술을 부제로 한『추리소설
세미나推理小説ゼミナール』(1962), 세상의 잡
다한 이야기를 모은『미스터리아나ミステリ
アーナ』(1964) 등, 추리소설 관련 평론도 다
수 있어 문예평론가, 이론가로서의 면모를
보였다. 나가누마 고키는〈에도가와란포
상江戸川乱歩賞〉이 만들어진 이래 14회까지
선고위원을 맡았다.

▶ 김계자

참고문헌: A, B, E, G.

나가사와 이쓰키長沢樹, 1969~

소설가. 니가타현新潟県 출신. 어린 시절부터
에도가와 란포江戸川乱歩의 소년탐정단 시리
즈를 읽으며 미스터리에 관심을 가지기 시
작해, 중학 시절에는 요코미조 세이시横溝正
史의 작품『가면무도회假面舞踏会』에 영향을
받아 창작을 시작했다. 영상 관계의 전문
학교를 졸업하고 텔레비전 프로그램 회사
에 취직해 일하면서 잠시 창작을 중단했으
나,『소실 그래데이션消失グラデーション』(2011)
으로 제31회〈요코미조세이시미스터리대

상横溝正史ミステリー大賞)을 수상했다.
『소실 그래데이션』은 신체의 발육과 정신의 불균형을 고민하는 남녀의 미묘한 감정이 논리적인 추리 속에 잘 어우러진 작품이다. 2013년 『하복 퍼스펙티브夏服パースペクティヴ』로 〈본격미스터리대상本格ミステリー大賞〉 후보가 되었다.

▶ 김계자

참고문헌: H12, H13.

나가사카 슈케이長坂秀佳, 1941.11.3~?

소설가이자 각본가. 본명은 히데카秀佳. 아이치현愛知県 출생으로 아이치현립도요하시愛知県立豊橋 공업고등학교 졸업 후 상경하여 플라스틱 공장에서 일하다가 도호東宝 촬영소에 들어간다. 독학으로 각본을 공부하여 1966년에 NHK현상 드라마로 「더 말안 해ものを言う犬」가 가작으로 입선하면서 1969년부터 프리 각본가로 활동을 시작한다. 각본으로는 부패한 사회에 대한 경고를 전면으로 내세운 「특별수사 최전선特捜最前線」(1977~1987)과 같은 형사 드라마를 쓰는데 이러한 작품이 많은 주목을 받는다. 1989년에 미스터리 소설로는 처녀작인 『아사쿠사 에노켄좌의 태풍浅草エノケン一座の嵐』이 제35회 〈에도가와란포상江戸川乱歩賞〉을 수상한다. 이 작품은 1937년 아사쿠사를 무대로 하여 당시 인기 있던 희극 배우 나쓰모토 겐이치榎本健一를 주인공으로 하고 후루가와 롯파古川緑波 등의 동료 배우

를 조연으로 배치하는 등 어느 정도 사실을 바탕으로 한 내용으로 화제를 불렀다. 이후 미스터리 저작은 없고 다수의 드라마 각본을 쓰며 각본가로 맹활약하고 있다. 한국어로는 〈에도가와란포상〉 50주년에 맞춰 구성된 수상 작가들의 특별추리 단편선 중 첫 작품인 『적색의 수수께끼』(2008)가 번역되어 있다.

▶ 양지영

참고문헌: A, 川本三郎「ミステリーと東京(8)「長坂秀佳－浅草エノケン一座の嵐」浅草の衰退とエノケン不安」『東京人』(都市出版, 2005年 8月).

나가세 산고永瀬三吾, 1902.9.1~1990.11.19

소설가. 도쿄東京 출신. 프랑스어 전수학교専修学校를 졸업하고 시 동인지에서 기기 다카타로木々高太郎와 친교를 맺고, 후에 좌담회에 동석해 문학파로서의 활약을 보이기도 했다. 그 후 중국으로 건너가 경진신문사京津新聞社 사장을 역임, 패전에 의한 수용소 생활을 경험하면서 문학을 통한 레지스탕스를 결의했다. 일본으로 인양된 뒤, 전우의 아내를 소유하려는 한 남자의 계략을 폭로한 단편 「군계軍鶏」(1947)를 발표했다. 이후, 탐정작가클럽의 『탐정소설연감』(1951)에 수록되는 「고백을 비웃는 가면告白を笑う仮面」(1950)을 비롯해, 『양심의 단층良心の断層』(1951) 등, 심리의 미묘한 부분을 그린 서스펜스물을 발표했고, 「살인란수표殺人亂數表」(1952), 「최후의 만찬最後の晩餐」(1952),

95

「애정분광기愛情分光器」(1953) 등의 본격물, 「시계 이중주時計二重奏」(1951)와 같은 유머물, 통속물 등 다양한 성격의 단편을 발표했다. 그 외에, 게이샤芸者를 탐정역으로 한 체포물도 있다. 또, 「매국노売国奴」(1954)는 패색이 짙은 중국대륙을 무대로 현실과 과거의 사건이 얽힌 수수께끼를 현실묘사의 박력 있는 필치로 그려낸 국제적인 내용이 중후한 단편으로, 이듬해 〈일본탐정작가클럽상日本探偵作家クラブ賞〉을 수상했다. 그밖에, 중일전쟁 중에 일어난 살인사건에 얽힌 인간성을 집요하게 탐구한 「발광자発狂者」(1955)가 있다. 나가세 산고는 단편을 주로 발표했는데, 유일한 장편으로는 『백안귀白眼鬼』(1958)가 있다. 이 소설은 풍속 추리의 경향 속에 세밀한 트릭이 들어있는 추리극으로, 복잡한 가족관계가 얽힌 밀실살인을 풀어나가는 이야기이다.

▶ 김계자

참고문헌: A, B, E, F, G.

나가오카 히로키長岡弘樹, 1969~

소설가. 야마가타현山形県 출신. 쓰쿠바대학筑波大学 사회학부를 졸업하고, 2003년에 『한여름의 수레바퀴真夏の車輪』로 〈소설추리신인상小説推理新人賞〉을 수상했다. 일상에서 일어난 사건을 통해 인간의 연약함, 온정, 욕망을 그려낸 『양지의 속임수陽だまりの偽り』(2005), 제61회 〈일본추리작가협회상日本推理作家協会賞〉을 수상한 작품으로 딸의

불가사의한 행동을 고민하는 여형사가 자신의 딸의 의도에 동요하는 소설을 포함한 단편집 『귀동냥傍聞き』(2008), 유아 유괴와 횡령, 살인사건이 일어나는 가운데 펼쳐지는 인간의 심리가 잘 그려진 단편집 『선의 파문線の波紋』(2010), 경찰학교를 무대로 한 본격 연작 장편소설 『교실教場』(2013) 등의 작품이 있다.

▶ 김계자

참고문헌: H9~H11.

나가이 스루미永井するみ, 1961~2010.9.3

소설가. 본명 마쓰모토 유코松本優子. 도쿄東京 출신. 도쿄예술대학 음악학부를 중퇴하고, 홋카이도대학北海道大学 농학부로 옮겨 졸업했다. 일본 IBM 애플 컴퓨터사에 근무하면서 소설을 집필해, 1995년 제2회 〈소겐추리단편상創元推理短編賞〉에 「유리광사瑠璃光寺」를 투고해 최종 선고까지 남았으나 수상을 하지는 못했다. 그때의 작품이 『추리단편 육가선推理短編六佳撰』(1995)에 수록되었다.

주요 작품에, 남편의 익사로 시작된 한 여자의 이야기를 비롯해 남녀 관계와 심리를 파헤친 단편집 『이웃사람隣人』(1996), 〈신초미스터리클럽상新潮ミステリー倶楽部賞〉을 수상한 쌀을 소재로 한 농업 미스터리 『마른 곳간枯れ蔵』(1996), 목재업계를 무대로 하는 『나무의 속박樹縛』(1998), 서기 2000년 문제를 둘러싼 컴퓨터 업계가 소재가 된

『밀레니엄ミレニアム』(1999) 등이 있다. 그 외에도, 『방풍림防風林』(2002), 『희망希望』(2003), 『더블ダブル』(2006), 『의동생義弟』(2008), 『나쁜 일은 하지 않았다悪いことはしていない』(2009), 『도망치다逃げる』(2010) 등이 있다. 한국에 『카카오80%의 여름カカオ80%の夏』(2008)이 번역되어 소개된 바 있다.

▶ 김계자

참고문헌: A, H3, H8.

나가이 아키라長井彬, 1924.11.18~2002.5.25

소설가. 와카야마현和歌山県 출생으로 도쿄대학東京大学 철학과 재학 중에는 하이데거를 전공한다. 졸업 후에는 마이니치신문사毎日新聞社에 입사하여 30년간을 정리부 기자로 일한다. 1979년에 정년퇴직한 후 제2의 인생을 미스터리 작가로 살 것을 결심하고 1983년에 발표한 「M8 이전M 8以前」이 제26회 〈에도가와란포상江戸川乱歩賞〉 최종 후보작이 된다. 이듬해인 1981년에 『원자로의 게原子炉の蟹』가 제27회 〈에도가와란포상〉을 수상하면서 작가 데뷔를 한다. 이 작품은 원자력 발전소에서 일어난 연속 살인사건을 소재로 하여 『주오신문中央新聞』에서 편집위원을 하고 있는 소가 아키라曽我明가 사건을 해결해 간다. 이후 『살인 온라인殺人オンライン』(1982)을 포함한 초기 세 장편은 소가 아키라를 주인공으로 한 사회파적 작품이고, 네 번째 작품 『북 알프스 살인 서곡北アルプス殺人組曲』(1983)부터는 시리즈의 캐릭터를 버리고 산악 미스터리를 중심으로 집필한다. 〈에도가와란포상〉을 수상할 당시 56세로 꽤 늦은 나이였지만 2002년 77세로 사망할 때까지 본격미스터리에 도전한 모습이 작품에 잘 나타나있다.

▶ 양지영

참고문헌: A, 長井彬「退職金, 失業保険ぐらしで江戸川乱歩賞を射とめた元新聞記者」『サンデー毎日』(毎日新聞社, 1981年 7月), 長井彬『原子炉の蟹』(講談社, 2011年).

나나오 요시七尾与史, 1969.6.3~

소설가, 치과의사. 시즈오카현静岡県 출신. 제8회 〈「이 미스터리가 대단하다!」 대상「このミステリーがすごい！」大賞〉(2010)에서 『사망 플라그가 생겼습니다死亡フラグが立ちました』로 최종 선고에 남아 수상은 하지 못했지만 그 내용을 평가 받아서 데뷔했다.

주요 작품에 엽기적인 미인 형사가 펼치는 〈구로이 마야 시리즈黒井マヤシリーズ〉(2011~13), 도시전설로 소문이 나 있는 탐정과 조수가 펼치는 가볍고 유머러스한 〈야마노테선 탐정 시리즈やまたんシリーズ〉(2012~13), 방콕의 싸구려 숙박시설에서 일어난 살인사건을 좇는 『침몰 호텔과 너무 카오스한 동료들沈没ホテルとカオスすぎる仲間たち』(2012) 등이 있다.

▶ 김계자

참고문헌: H11~H13.

나나카와 가난七河迦南, 생년 미상

소설가. 와세다대학早稲田大学 문학부를 졸업했다. 가정에서 생활할 수 없는 아이들과 젊은 여성 보육사가 아동 보호시설 칠해학원七海学園에서 만나 생기는 일을 그린 연작 단편집 『일곱 바다를 비추는 별七つの海を照らす星』(2008)로 제18회 〈아유카와데쓰야상鮎川哲也賞〉을 받았다. 아동 보호시설을 무대로 한 데뷔작에 이어, 이곳의 아이들이 다니는 고등학교 문화제에서 전락사고가 일어나 사건의 진상을 파헤치는 이야기 『알바트로스는 날지 않는다アルバトロスは羽ばたかない』(2010)가 〈일본추리작가협회상日本推理作家協会賞〉 후보에 오르는 등 화제를 모았다. 이어지는 『환청의 숲空耳の森』(2012)은 이 학원 시리즈의 집결판이라고 할 수 있다.

▶ 김계자

참고문헌: H9, H11.

나라야마 후지오楢山芙二夫, 1948.6.13~2003.1.15

소설가. 본명 나라야마 후지오楢山富士雄. 이와테현岩手県 출신. 도호학원桐朋学園 단기대학 연극과를 졸업하고, 『뉴욕의 사무라이ニューヨークのサムライ』(1975)로 제46회 〈올요미모노추리소설신인상オール読物推理小説新人賞〉을 수상했고 〈나오키상直木賞〉 후보가 되었다.

미스터리 작품으로 사립탐정소설 『겨울은 덫을 놓는다冬は罠をしかける』(1981)가 있는데, 이 소설을 시작으로 사립탐정 〈에드워드 다키エドワード・タキ 시리즈〉가 나온다. 다키는 뉴욕 경찰의 부패에 질려 사직하고 탐정사무소를 낸 일본계 미국인으로, 과거 전쟁의 아픈 과거를 드리우고 살아가는 일본인 사회의 모습과 미국 도시의 어두운 생태가 잘 표현되어 있다. 후에 대작 『아침이 오지 않는 밤朝の来ない夜』(1992)에서 이 시리즈는 더욱 심화된다. 『천사 거리의 협박자天使の街の脅迫者』(1983)도 젊은 동양계의 여성의 죽음을 둘러싼 이야기로 외국에 있는 일본인의 암부를 날카롭게 그려내고 있다. 이 외에, 이국에 사는 일본인의 소외감이나 적막감을 서정적이고 도회적으로 그려낸 복수소설 『상처투성이의 총탄傷だらけの銃弾』(1989) 등, 하드보일드 소설이 많다.

▶ 김계자

참고문헌: A, E.

나루미 쇼鳴海章, 1958.7.9~

소설가. 홋카이도北海道 출신. 본명 미쓰이 아키요시三井章芳. 니혼대학日本大学 법학부를 졸업한 후, PR회사에 근무하면서 『월간 PLAYBOY』 일본판에 원고를 기고하며 창작활동을 시작했다.

1991년에 『나이트 댄서ナイト・ダンサー』로 제37회 〈에도가와란포상江戸川乱歩賞〉을 수상했다. 점보제트기 화물실에서 나온 특수 세균을 둘러싸고 일어나는 국제적 음모를 다룬 것으로, 미스터리성이 약한 항공 서스펜스물이다. 나루미 쇼는 항공기에 관해 해박한 지식을 갖고 있어, 〈원자력 항공모함 시리즈〉, 〈제로 시리즈〉 등 항공기를 소재로 하는 작품을 다수 발표했다. 이 외에, 최근에는 경찰소설도 발표했다. 또, 신주쿠新宿를 배경으로 동성애자나 불법체류자들의 소외된 정감과 이를 위협하는 폭력과 살인사건의 비극을 그린『한밤중의 다알리아真夜中のダリア』(1998) 등, 인간 마음의 어두운 부분과 사회문제를 응시하는 소설도 인기를 얻고 있다. 2001년에 영화화된『눈꽃風花』(1999)은 홋카이도를 배경으로 재생을 꿈꾸는 두 남녀의 인간드라마이다.

▶ 김계자

참고문헌: A,『일본인명대사전』(講談社, 2001).

나루시마 류호쿠成島柳北, 1837. 3. 22~1884. 11. 30

에도江戸 말기 막부의 막신幕臣, 한시인, 문필가. 에도 출신. 본명은 고레히로惟弘, 류호쿠는 아호. 스무 살 때 제14대 장군 도쿠가와 이에모치徳川家茂의 시강侍講이 되었으며, 양학에도 조예가 깊었다. 메이지유신明治維新 이후에는 당시의 문명개화 풍조에 반발하여 스스로 '천지간 무용의 사람'이라 칭하였으며 관직을 거부하였다. 1874년『조야신문朝野新聞』의 사장으로 취임, 동 신문지상에서 신정부를 야유하는「만록漫録」을 연재하여 호평을 얻었다. 또한 1877년에는『가게쓰신시花月新誌』를 창간하여 한문조의 격조 높은 희문으로 세태를 신랄하게 풍자하였다.

류호쿠는 1861년 장군의 시강으로 있을 당시 간다 다카히라神田孝平가 번역한『화란미정록和蘭美政録』(「욘켈의 기담楊牙児ノ奇談」과「청기병 및 그 가족 음미 건青騎兵並右家族共吟味一件」 두 편이 수록)을 읽고 이를 장군 이에모치에게 상람하였으며, 메이지유신 이후인 1877년에는 분실된 번역원고 중 한 편을 찾아『가게쓰신시』에「욘켈의 기옥楊牙児ノ奇獄」이라는 제목으로 게재, 이를 1886년에는 고분도広文堂에서 출판, 1887년 군시도薫志堂에서 재판하였다. 류호쿠는 1880년『조야신문』에 재판소설「여배우 마리 피에르의 심판女優馬利比越児の審判」(8.12~26)을 한문체로 번역하여 연재하기도 하였다.

▶유재진

참고문헌: 日本近代文学館『日本近代文学大事典』(講談社, 1977.11), 郷原宏『物語日本推理小説史』(講談社, 2010.11)

나쓰키 시즈코夏樹静子, 1938. 12. 21~

추리소설 작가. 도쿄東京 출생. 본명은 이데미쓰 시즈코出光静子이며 이가라시 시즈코五十嵐静子라는 이름으로 쓴 작품도 있다. 일본 여자대학 부속고등학교, 게이오의숙대학慶應義塾大学 영문과를 졸업했으며 미스터리 소설 팬이었던 오빠 이가라시 히토시五十嵐均의 영향으로 미스터리 소설에 매료되었다. 대학교 4학년이던 1960년, 〈에도가와 란포상江戸川乱歩賞〉에 이가라시 시즈코

라는 필명으로 쓴 작품 「엇갈린 죽음すれ違った死」을 응모해 최종 후보작에 오른다. 이것을 계기로 NHK의 추리 프로그램인 「나만 알고 있다私だけが知っている」의 방송작가가 되었다. 1969년 〈에도가와란포상〉에 응모한 「천사의 방울天使が消えていく」이 최종 후보작이 되어 이후 나쓰키 시즈코夏樹静子라는 필명으로 본격적인 작가활동을 시작하게 된다.

1970년에 출간된 처녀장편 『천사의 방울』(1970)에는 아름답고 청신한 여성 탐정이 등장하며, 두 개의 스토리를 번갈아 전개시키는 독특한 수법으로 살인에 대한 수수께끼와 모성애 문제를 다루고 있다. 1971년, 여성적 감각으로 여러 각도에서 범죄 심리를 본 「낯선 내 아이見知らぬわが子」를 거쳐, 제26회 〈일본추리작가협회상日本推理作家協会賞〉을 수상한 두 번째 장편 『증발蒸發』(1972)은 불순한 연애와 모성 본능의 상극에 직면한 여주인공의 심리를 묘사한 작품으로 신예 여성작가의 매력을 느끼게 해 준다.

이후 발표한 『상실喪失』(1973), 『흑백의 여로黒白の旅路』(1975), 『목격目擊』(1975), 『무빙霧氷』(1976) 등의 초기 장편은 여성이 사랑을 하고 어머니가 되어가는 과정에서 직면하는 수수께끼와 공포를 로맨틱하게 묘사하고 있다. 1978년에 발표된 『제3의 여인第三の女』는 파리 교외의 호텔에서 만난 대학 조교수와 일본인 여성 사이에 일어나는 교

환살인에 관한 이야기로, 1989년 프랑스에서 번역되어 프랑스 모험소설 대상을 수상하기도 했다.

또, 장기 이식의 공포를 다룬 의학 미스터리 『바람의 문風の扉』(1980), 중국의 정보활동을 다룬 스파이 스릴러 『푸른 묘비명碧の墓碑銘』(1982)과 같이 새로운 장르에 도전한 작품도 있다. 본격파의 세계적 거장 엘러리 퀸과의 친분으로 많은 작품이 해외에 번역되었는데 그중의 하나인 「W의 비극Wの悲劇」은 제목만 보아도 엘러리 퀸의 영향을 받았음을 알 수 있다. 장편 뿐 아니라 완성도 높은 단편도 다수 존재하는데, 1994년에는 걸작 단편을 엄선해 실은 『나쓰키 시즈코의 골든 더즌夏樹静子のゴールデン12』이 간행되었다.

마쓰모토 세이초松本清張, 도가와 마사코戸川晶子와 함께 해외 추리소설 사전에도 이름이 실릴 정도로 국제적으로 알려진 작가이다. 한국에서는 『다가오는 발자국 소리足の裏』(1989), 『천사의 방울』(1993), 「피습襲われて」(『일본서스펜스 걸작선』), 1993, 「절벽에서의 비명斷崖からの声」(『J미스터리 걸작선』III, 1999), 『W의 비극』(1985, 2011), 『제3의 여인第三の女』(2012)이 번역되어 있다.

▶ 신주혜

참고문헌: A, B, E, F.

나오이 아키라直井明, 1931.9.22~

평론가, 해외 미스터리 연구가. 도쿄東京 출

생. 도쿄외국어대학東京外国語大学 인도어과 재학 중인 1951년과 52년, 미나미 다쓰오南達夫라는 이름으로 「배신背信」과 「여름의 빛夏の光」을 추리소설 잡지 『보석宝石』의 현상공모에 투고했는데, 두 작품 모두 가작으로 뽑히게 된다. 대학 졸업 후 회사에 취직해 1954년부터 파키스탄, 루마니아, 미국 등에서 해외근무를 했으며, 에드 맥베인에게 매료되어 1984년에는 그에 대한 연구서 『87분서의 캬레라 - 에드 멕베인의 세계87分署のキャレラ エド・マクベインの世界』를 간행하게 된다. 이후 1988년에 간행한 『87분서의 그래피티 - 에드 맥베인의 세계87分署グラフィティ エド・マクベインの世界』가 제42회 〈일본추리작가협회상日本推理作家協会賞〉 (평론 부문)을 수상했으며, 실제로 만년의 에드 맥베인과 교류가 있었다. 이외에도 1993년부터 1997년까지 연재한 「해외 미스터리 풍토기」 등이 있으며, 2008년에는 명작 미스터리 작품과 미스터리 영화를 상세히 재검증한 『책장의 스핑크스 - 관례를 깨는 미스터리 에세이本棚のスフィンクス 掟破りのミステリ・エッセイ』를 간행했다.

▶ 신주혜

참고문헌: A, E.

나이토 진內藤陳, 1940.9.19~2011.12.28

코미디언이자 배우. 본명은 노부루陳. 도쿄東京 출생으로 니혼대학日本大学 예술학부를 중퇴한 후 에모토 겐이치榎本健一가 창설한

영화연극 연구소에서 배운 후 1962년에 트리오 더 펀치トリオ・ザ・パンチ를 결성한다. 하드보일드라는 용어가 일반화되지 않은 당시 '나는 하드보일드다'라는 개그로 인기를 끌며 1981년부터 모험소설과 하드보일드 소설을 소개하는 서평가로 활동하면서 하드보일드를 대중화시키는데 공헌한다. 1981년에는 일본모험소설협회를 설립하여 회장으로 취임하고 신주쿠新宿에 동협회 공인 술집인 〈심야+1〉을 개점한다. 일본판 『월간 플레이보이月刊 PLAYBOY』 등을 통해 독특한 문체를 구사하는 서평을 쓰지만 평론가는 아니고 어디까지나 재미있는 책을 권유하는 사람임을 자처한다. 저서에는 〈『읽지 않고 죽을 수 있을까!讀まずに死ぬか!死ね』 시리즈〉(1983~94), 『마시지 않고 말할 수 있을까!飲らずに言えるか!』(1986) 등이 있다.

▶ 양지영

참고문헌: A, 「スポット・ニュース 內藤陳のハードボイル結婚ダド」 『週刊平凡』(平凡出版, 1966年 4月), 山下武 『大正テレビ寄席の芸人たち』(東京堂出版, 2001年).

나카가와 도오루中川透 ☞ 아유카와 데쓰야鮎川哲也

나카니시 도모아키中西智明, 1967~?

소설가. 본명은 도모유키智幸. 후쿠이현福井県 출생으로 도시샤대학同志社大学 재학 중에 취미인 카드게임을 통해 아야쓰지 유키토

101

綾辻行人와 알게 되어 교토대학京都大学 추리소설 연구회에 입회한다. 존 딕슨 카와 다카기 아키미쓰高木彬光의 저서를 애독하면서 서클활동의 일환으로 미스터리 창작에 손을 대어 1989년에 동회의 기관지 『소아노시로蒼鴉城』 제15회에 단편 「생각대로 살인思い通りに殺人」을 게재한다. 아야쓰지 유키토를 시작으로 동회원 출신자가 연이어 신인작가로 등단하는 흐름을 타면서 장편 집필의 기회를 얻는다. 그 결과 1990년에 간행한 『소실!消失!』은 당시 융성했던 일본 '본격미스터리'의 게임성을 극한으로 밀어붙인 작품으로 화제가 되기도 한다. 각 장에 거짓과 진실을 섞어놓은 에피그라프 인용은 엘러리 퀸을 떠올리는 유희심이 있어 초기 '신본격미스터리'의 특징을 잘 나타내고 있다. 한층 더 작풍의 발전이 예상되었지만 『소실!』 이외에는 1990년에 발표한 단편 「혼자서는 죽지 못해ひとりじゃ死なない」를 잡지에 게재한 것을 마지막으로 긴 침묵 중이다.

▶ 양지영

참고문헌: A, 中西智明 『消失!』(講談社, 1993年).

나카다 고지中田耕治, 1927.11.5~

소설가, 번역가, 연출가. 도쿄東京 출생. 1946년, 메이지대학明治大学 영문과 재학 중에 『근대문학』으로 문단에 등장했으며, 일찍이 문예비평가로 데뷔하여 희곡과 연극 비평 등 다양한 분야에서 활약했다. 헤밍웨이, 헨리 밀러 등의 작품을 번역했으며, 1950년대 하드보일드 작품도 번역했는데 미키 스필레인의 「복수는 나의 것」, 로스 맥도널드의 「갤튼 사건The Galton Case」 등이 유명하다. 또 SF 장르에도 흥미를 가지고 알프레드 베스터, 필립 K 딕, 시오도어 스터전 등을 일본에 소개했다.

1961년 발표한 그의 처녀 장편 『위험한 여자危険な女』는 여자가 약속시간에 나오지 않자 그녀의 방을 찾아갔다가 살인사건에 휘말려 진범을 찾아다니는 한 엔지니어의 하루를 속도감 넘치는 문장으로 묘사하고 있다. 그의 진가는 『위험한 여자』, 『새벽의 데드라인暁のデッドライン』(1964) 등과 같은 하드보일드 장편 소설에서 발휘되는데, 풍속소설에 범죄적 요소를 버무린 이 작품들은 혼돈스러웠던 5, 60년대의 분위기를 농밀하게 그려내고 있다. 초기 작품들은 『나카다 고지 하드보일드 시리즈中田耕治ハードボイルド・シリーズ』에 수록되어 있다. 고노 덴세河野典生, 고조 고高城高 등과 함께 5, 60년대 일본 하드보일드의 이정표라고도 할 수 있다. 1964년에는 「보르자 가의 사람들ボルジア家の人々」로 제5회 〈근대문학상〉을 수상했다.

또 창작 활동을 하는 한편 비평에도 꾸준히 매진했는데, 일본의 미스터리의 새로운 전개에 문제를 제기하기 위해 해외의 에세이를 편집한 『추리소설을 어떻게 읽을 것인가?推理小説をどう読むか?』(1971)에는 레이먼

드 챈들러, 나르스잭 등이 쓴 20편의 에세이가 수록되어 있다.

▶ 신주혜

참고문헌: A, B, E.

나카라이 도스이半井桃水, 1861.1.12~1926.11.21

소설가. 본명은 기요시 혹은 레쓰㴉, 아명은 센타로泉太郎. 나가사키현長崎県 쓰시마시対馬市 출신. 나카라이집안은 원래 쓰시마번対馬藩의 전의典医를 하고 있었고, 아버지의 일로 소년기를 부산에서 지냈다. 가계를 돕기 위해 12세부터 부산에서 일을 하기 시작했지만, 영어를 배우기 위해 일본에 돌아가 진학했다. 10대 중반 무렵부터 도쿄東京에 상경하여 세키 신바치尺振八의 공립학사에서 수학하고, 신문사를 전전하다 1888년 『도쿄아사히신문東京朝日新聞』 기자가 되는데 조선어를 할 수 있어서 통신원이 되어 부산에서 7년간 재주했다. 1889년 『도쿄아사히신문』에 「아롱자唖聾子」를 게재하였고, 이어서 「늦가을 비 인연しぐれ縁」, 「해왕환海王丸」 등으로 신문소설가로서의 지위를 확립하였다. 1891년부터 연재한 장편「변방에 부는 바람胡沙吹く風」(1891~92)이 대표작이며, 같은 해 히구치 이치요樋口一葉가 문하에 들어왔다. 탐정소설과 관련해서는 『신편 개화의 살인新編開化の殺人』(『絵入自由新聞』1, 1888), 『백발白髪』(『東京朝日』5~6, 1890), 『개화의 원수開花の仇讐』(今古堂3, 1891), 『눈사람雪達摩』(『東京朝日新聞』1~2, 1893)등이 있다.

한국어 번역으로는 「변방에 부는 바람」(『일본 작가들이 본 근대조선』, 2009)이 있다.

▶ 김효순

참고문헌: 이토 히데오伊藤秀雄 저/유재진・홍윤표・엄인경・이현진・김효순・이현희 공역 『일본의 탐정소설』(문, 2011). 이한정, 미즈노 다쓰노 외 편역『일본 작가들이 본 근대조선』(소명출판, 2009).

나카마치 신中町信, 1935.1.6~2009.6.17

소설가, 추리작가. 군마현群馬県 누마타시沼田市 출생. 와세다대학早稲田大学 문학부를 졸업하고 쓰무라 슈스케津村秀介와 함께 교과서 회사에서 근무하다가 이후 이가쿠서원醫学書院 출판부에서 교열 업무를 맡게 된다. 1967년 처녀작 「거짓 군상偽りの群像」을 『추리 스토리』(현재의 『소설 추리』)에 발표했으며, 1969년에 발표한 「급행 시로야마急行しろやま」로 제4회 〈후타바추리상双葉推理賞〉을 수상했다. 이 작품은 산요山陽 본선의 선로에서 발견된 시체를 둘러싼 사건을 그린 것으로 착실한 알리바이 타파가 눈에 띈다.

1971년 「그리고 죽음이 찾아온다そして死が訪れる」가 제17회 〈에도가와란포상江戸川乱歩賞〉의 최종 후보작에 올랐으며, 1972년에는 이 작품의 제목을 「모방 살의模倣の殺意」로 바꾸어 후타바사双葉社의 『추리』에 게재한다. 주로 본격 추리소설에 열정을 쏟았는

103

데, 밀실 살인과 알리바이 타파를 이용한 『자동차교습소 살인사건自動車教習所殺人事件』(1980), 현재와 과거를 교차시키며 권위 있는 뇌 외과의의 부인이자 추리작가인 여성의 사망에 대한 수수께끼를 풀어나가는 『다자와 호수 살인사건田沢湖殺人事件』(1983) 외 다수의 작품이 있다.

2009년 6월, 폐렴으로 사망했다.

▶ 신주혜

참고문헌: A, B, E.

나카무라 가라쿠中村雅楽

가부키歌舞伎 배우. 옥호는 마쓰야松屋. 도이타 야스지戸板康二가 1958년에 발표한 「교통사고 살인사건車引殺人事件」에 처음 등장한다. 이때 나이는 80세 정도로 부인과 센다가야千駄ヶ谷에 있는 자택에 살고 있으며 애견 콜리를 기르고 있다. 취미는 탐정소설을 읽는 일이고 가부키에 관한 해박한 지식을 가지고 있으며 탁월한 관찰력으로 보통 사람들이 놓치기 쉬운 사소한 것에서부터 진실을 간파해 간다. 기본적으로는 다른 사람이 수집한 재료를 가지고 추리하는 안락의자 탐정으로 그가 가진 최대의 무기는 꼼꼼한 관찰력과 인정의 미묘한 사정을 잘 파악하는 80여년을 살아온 인생경험이다. 때때로 『도토신문東都新聞』 문화부의 연극기자인 다케노 유타로竹野悠太郎가 등장하여 나레이터 겸 기록하는 역할을 하지만, 늘 조역으로 출연하는 사람은 에가와 무레오江川牟礼雄 형사이다. 약 80편의 작품에 등장하지만 장편은 『송풍의 기억松風の記憶』(1960)과 『제3의 연출자第三者の演出者』(1961) 두 편뿐이다. 2007년에는 아악雅楽에 등장하는 모든 소설을 엮은 『나카무라 아악 탐정전집中村雅楽探偵全集』도 간행한다.

▶ 양지영

참고문헌: A, 戸板康二 『中村雅楽探偵全集2 グリーン車の子供』(東京創元社, 2007).

나카무라 가소中村花痩, 1867.9~1899.2.7

본명은 사칸샤. 에도江戸 아카사카赤坂 출생. 아버지는 구 막부의 신하로 일본 은행의 과장이었으며, 숙부에게 하이카이俳諧를 배워 류엔柳園이라는 호로 활동하기도 했다. 히토쓰바시대학一橋大学의 전신인 고등상업학교에 들어갔으나, 문필과 독서를 좋아해 동창인 마루오카 규카丸岡九華의 소개로 겐유샤硯友社에 가담한 후 학업을 그만 두게 된다.

1890년에 쓴 「노송나무 갓檜木笠」이 처녀작이며, 그 다음해 쓴 「산골짜기의 눈谷間の雪」, 「짝 잃은 원앙離れ鴛」으로 인정받게 된다. 이후 겐유샤의 중견작가로서 다수의 작품을 발표했는데 「우물치기晒し井」(1892), 「아지랑이陽炎」(1893) 등이 유명하다.

그는 탐정 소설을 좋아해 외국의 원본에 착안해 번안한 탐정 소설을 다수 썼다. 일찍이 「산골짜기의 눈」, 「아지랑이」 등의 작품에 탐정소설적인 요소를 도입했으며,

1893년 겐유샤가 구로이와 루이코黒岩涙香에 대항하기 위해 만든『탐정소설』시리즈에 익명으로 참가하기도 했다. 그 중에서도「일섬영一閃影」(1893)은 신문에 게재할 때에는 '번역'이라고 하고, 단행본으로 출판할 때에는 '저술'이라고 한 점이 흥미롭다. 이렇게 한 이유는 발단 부분은 외국의 작품에서 차용하고 무대나 인물 등은 자신의 스타일로 바꾸었기 때문인 것으로 추측된다. 우에노공원上野公園을 배경으로 사진사 요시쓰구善次가 살해 현장을 신고하는 것으로 시작되는 이 작품은 셜록 홈즈와 같은 추리 수법, 선한 탐정과 악한 탐정의 대립 등 볼만한 대목도 있지만 전체적으로 뒤죽박죽인 느낌을 주고 있어 당시가 탐정소설의 창작 과도기였음을 보여주고 있다. 불행한 만년을 보내다가 33세의 젊은 나이로 세상을 떠났다.

▶ 신주혜

참고문헌: B, E, F, G.

나카무라 미쓰지中村光至, 1922.9.16~1998.11.3
소설가. 본명은 미쓰지光至. 구마모토현熊本県 출생으로 다이도분카학원大東文化学院 일본문학과를 졸업한 후 후쿠오카현립농업학교福岡県立農業学校와 규슈대학九州大学의 서무과를 거쳐 후쿠오카현 경찰본부에서 근무한다. 이때 기관지와 현의 경찰역사 편집에 종사하면서 창작을 하여 1954년에「건조지乾燥地」가『신초新潮』에 동인지 추천

작으로 게재되고, 1956년에는『차가운 손冷たい手』으로〈문학계신인상文学界新人賞〉차석을, 1960년에는『하얀 끈白い紐』으로 제17회〈올요미모노신인상ホール読物新人賞〉을 수상한다. 1965년에는『얼음 정원氷の庭』으로〈나오키상直木賞〉후보에 오른다. 1983년에 실제사건인 기타큐슈北九州 병원장 토막 살인사건을 소재로 한『수사捜査』를 간행하고 이후『형사刑事』(1984),『특별수사본부特別捜査本部』(1985)라는 경찰 다큐멘터리 노벨을 발표한다. 그리고 1986년부터 순수 픽션으로 전도하여『표착사체漂着死体』(1986)에서『유격형사遊撃刑事』(1992~99)로 이어지는 시리즈물을 발표한다.

▶ 양지영

참고문헌: A, 中村光至『捜査 北九州病院長バラバラ殺人事件』(德間書店, 1993年), 中村光至『漂着死体』(勁文社, 1986年).

나카무라 히라쿠中村啓, 1973.11.11~
추리작가. 도쿄東京 출생. 도쿄이과대학東京理科大学 이공학부 중퇴. 2007년 제6회〈『이 미스터리가 대단하다!』대상このミステリーがすごい!大賞〉에 응모한「방황하는 개들彷徨える犬たち」은 최종 후보작까지 올라갔지만 낙선했다. 2008년『영안霊眼』으로 다카라지마宝島사가 주최하는 제7회〈『이 미스터리가 대단하다!』대상〉의 우수상 및 WEB 독자상(독자투표 1위)을 수상했다. 이전에는 만화가가 되기를 원해『주간 영 점프』등

에서 장려상을 수상하기도 했다.

오컬트 미스터리 「도깨비가 사는 낙원鬼の棲む楽園」(문고본으로 출판 시 『아마미 낙도 연속살인사건奄美離島連続殺人事件』으로 개제)(2010), 『가족전사家族戦士』(2011), 『이이도코로 경찰서 강력범죄계 사건 파일飯所署強行犯係事件ファイル』(2012) 등의 단행본이 있다. 취미는 도예와 여행이며 좋아하는 동물은 코알라이다. 예술과 아름답고 귀여운 것을 좋아하며 스스로를 환경보호주의자, 동물 애호가라고 밝히고 있다.

▶ 신주혜

참고문헌: H10, H11, H13, 中村啓 공식 블로그(http://hirakunakamura.cocolog-nifty.com/blog/).

나카쓰 후미히코中津文彦, 1941.12.23~2012.4.24

작가. 이와테현岩手県 이치노세키시一関市 출생. 본명은 히로시마 후미히코広嶋. 필명을 나카쓰 후미히코라고 한 것은 집 옆에 나카쓰 강이 흐르고 있었기 때문이라고 한다. 가쿠슈인대학学習院大学 경제학부를 졸업한 후 이와테일보사岩手日報社에서 취재기자로 일했다. 1982년에는 「황금유사黄金流砂」로 제28회 〈에도가와란포상江戸川乱歩賞〉을 수상했는데, 모리오카盛岡에 부임한 신임기자가 일본역사를 담당하는 교수의 살인 사건과 조우하면서 일어나는 이야기이다. 아무런 물증도 목격자도 없는 가운데 요시쓰네 북행전설義経北行傳説을 배경으로 고문서의 암호 해독, 알리바이 타파 등을 통해 찬

란했던 히라이즈미문화平泉文化를 이끈 원동력의 비밀에 도달하게 된다. 또, 1985년에는 「7인의 공범자7人の共犯者」로 제12회 〈가도카와소설상角川小説賞〉을 수상했다. 2012년 4월 24일, 간부전으로 사망했다.

▶ 신주혜

참고문헌: A, E.

나카야마 시치리中山七里, 1961~

소설가, 추리소설 작가. 기후岐阜 출생. 필명은 자신의 고향과 가까운 기후현 게로시下呂市에 있는 계곡인 나카야마 시치리에서 유래한다. 하나조노대학花園大学 문학부 국문과를 졸업했다. 고등학교 시절부터 소설 신인상에 작품을 투고했으나 취직과 함께 창작 활동을 그만두었다가 20년 만에 다시 글을 쓰기 시작했다. 2009년 「안녕 드뷔시さよならドビュッシー」로 제8회 〈『이 미스터리가 대단하다!』 대상このミステリーがすごい!大賞〉을 수상함으로써 48세의 나이로 문단에 데뷔하게 된다. 이때 동시에 노미네이트되었던 「재앙의 계절災厄の季節」은 『연속살인귀 개구리남자連続殺人鬼カエル男』(2011)로 제목을 바꾸어 간행되었다. 『안녕 드뷔시』 외에 클래식 음악을 소재로 삼은 〈미사키 요스케 시리즈岬洋介シリーズ〉로는 『잘 자요 라흐마니노프おやすみラフマニノフ』(2010)와 『언제까지나 쇼팽いつまでもショパン』(2013)이 있다. 『안녕 드뷔시』는 2010년 번역되어 한국에 소개되었다. 데뷔 전까지 독파한

수많은 소설과 영화 덕분에 작품에 대한 아이디어는 언제나 넘쳐난다는 인터뷰를 했으며, '독자들이 자지도 않고 먹지도 않고 읽는 소설을 쓰는 것'이 작가로서의 목표라고 한다.

▶ 신주혜

참고문헌: H11, 『ダ・ヴィンチ』 2013년 1월호 (メディアファクトリー).

나카이 히데오 中井英夫, 1922.9.17~1993.2.10

단카短歌 문학잡지 편집장. 추리소설가. 시인. 도쿄東京 출생. 도 아키오塔晶夫, 미도리카와 후카시碧川潭 등은 별명. 식물학자이자 국립과학박물관장이었던 나카이 다케노신中井猛之進의 3남으로 태어나 구제舊制 후리쓰고등학교府立高等学校를 거쳐 도쿄대학 문학부 언어학과를 중퇴하였다. 전시 중에는 학도로 출병하여 육군참모본부에 근무하기도 하였다. 고교재학 중 교우회지에 단편을 발표하였고 대학 재학 중에는 제14차 『신사조新思潮』에 습작을 발표하기도 하였다. 대학을 중퇴하고 일본단가사日本短歌社, 가도카와서점角川書店 등에 입사하여 1949년부터 『단카연구短歌研究』, 『일본단카日本短歌』, 『단카短歌』 등의 편집장을 역임하면서 기존의 단카계를 비판하며 1950년대의 전위前衛 단카운동을 리드한다. 이 기간 중 데라야마 슈지寺山修司, 스카모토 구니오塚本邦雄, 가스가이 겐春日井建 등의 걸출한 가인歌人을 배출하였다.

1964년 추리소설 『허무에의 제물虛無への供物』을 쓰면서 환상적이고 탐미적인 추리소설을 확립하며 안티 미스터리 소설의 걸작이라는 평가를 받는다. 이 작품은 1955년에 전편의 구상을 만들고 1962년에 전반 제2장까지 완성하여 〈에도가와 란포상江戸川乱歩賞〉에 응모하여 차석에 그쳤지만 거의 10년에 가까운 시간이 걸린 대작이다. 특히 이 작품은 일본 추리소설사에서 유메노 규사쿠夢野久作의 『도구라 마구라ドグラ・マグラ』, 오구리 무시타로小栗虫太郎의 『흑사관 살인사건黒死館殺人事件』과 더불어 일본 추리소설 3대 기서라 불러지고 있다.

1974년에는 『악몽의 카르타惡夢の骨牌カルタ』로 〈이즈미 교카泉鏡花 문학상〉을 수상하였다. 추리소설 외에도 사회적인 주제를 통한 환상소설에도 상당한 능력을 발휘하였다. 이외의 작품으로는 독특한 탐미적 작풍에서 발현되는 순도 높은 괴기소설인 『환상박물관幻想博物館』(1970), 『흑조의 속삭임黒鳥の囁き』(1974), 『빛의 아담光のアダム』(1978) 등이 있고 운문으로는 전위前衛 단카의 자취를 더듬은 『흑의의 단카사黒衣の短歌史』(1971), 시집 『잠자는 사람에 보내는 애가眠るひとへの哀歌』(1972) 등의 저서가 있다. 1969년에 『나카이 히데오 작품집』을 간행하였다.

▶ 조미경

참고문헌: A, B, E, F.

나카조노 에이스케中園英助, 1920.8.27~2002.4.9
소설가, 추리 작가. 후쿠오카현福岡県 출생.
본명은 나카조노 히데키中園英樹. 후쿠오카
현립 야메중학교八女中学校 졸업 후, 1937년
만주와 북경에서 유학을 했다. 그곳에서
현지 일본어 신문인 동아신문東亞新聞의 기
자로 근무하는 한편 집필 활동을 했다.
1946년 일본 패망 후 귀국한 후 1950년,
『근대문학近代文学』에 「낙인烙印」을 발표하
면서 순문학 작가로서의 활동을 시작했다.
첫 추리소설은 1959년 발표한 「사전구간死
電区間」으로, 지하철에서 추락사한 기업 진
단원의 죽음이 자살로 처리되자 재조사를
의뢰 받은 흥신소 직원이 그 죽음에 대한
진상을 조사하는 이야기이다. 이 작품에서
는 중소기업의 노동쟁의에 개입하는 노동
스파이를 다루고 있으며, 1961년에 발표한
「밀서」에서는 국제 스파이에 관한 이야기
를 다루고 있다. 이후에도 스파이와 관련
된 작품을 주로 창작했는데, '스파이 소설'
이 하나의 조류를 형성하게 된 것은 나카
조노 에이스케의 공이 크다 할 수 있다. 그
는 국제 스파이 소설의 선구자로, 다큐멘
터리 수법으로 허구를 묘사하는 그의 수법
은 소련의 주목을 받아『불꽃 속의 납炎の中
の鉛』(1962), 『밤의 배양자夜の培養者』(1968),
『밀항정기편密航定期便』(1972)이 번역 간행
되었다.
수상 경력으로는 1981년 「밤의 카니발闇の
カーニバル」로 〈일본추리작가협회상日本推理作
家協会賞〉을, 1993년 「북경반점 구관에서北京
飯店旧館にて」로 〈요미우리문학상読売文学賞〉
을, 1995년 「도리이 류조전鳥居龍蔵伝」으로
〈오사라기지로상大佛次郎賞〉을 수상했다.
한국에서는『납치-알려지지 않은 김대중
사건拉致-知られざる金大中事件』(2002)의 작가
로 알려져 있다. 2002년 4월 9일, 81세의 나
이로 세상을 떴다.

▶ 신주혜

참고문헌: A, B, E.

나카지마 라모中島らも, 1952.4.3~2004.7.26
소설가이자 극작가. 본명 유시裕之. 효고현
兵庫県 출생으로 명문학교인 나다중학灘中学
에 입학하지만 어머니에 대한 반항으로 학
업과는 담을 쌓는다. 우여곡절 끝에 고등
학교 졸업 후 고베神戸 YMCA 진학학교에서
1년을 보내고, 오사카예술대학大阪芸術大学
방송학과에 입학한다. 졸업 후에는 카피라
이터 등을 하면서 에세이를 발표하고 자신
의 극단을 주재하는 등 다방면으로 활약한
다. 에세이나 콩트 등은 많은 지지를 받지
만 소설가로서는 자신의 알콜 의존증 체험
을 바탕으로 쓴『오늘밤, 모든 바에서今夜,
すべてのバーで』(1991)로 제13회 〈요시카와에
이지문학신인상吉川英治文学新人賞〉을 수상하
면서 주목을 받는다. 이후 1993년에는 남
양 모험소설의 부활이라고도 불리는『가다
라의 돼지ガダラの豚』를 발표하여 제47회
〈일본추리작가협회상日本推理作家協会賞〉을

108

수상한다. 그 외에도 『인체모형의 밤人体模型の夜』(1991)이나 『영원도 반을 지나서永遠も半ばを過ぎて』(1994)등 풍부한 이미지로 독자를 매료시키는 오락소설 외에도 공포소설, 연애소설, 라쿠고落語에 이르기까지 다양한 장르에 걸쳐 활동한다. 한국어로는 『오늘밤, 모든 바에서』(2009), 『인체모형의 밤』(2009), 『가다라의 돼지』(2010), 『아버지의 백 드롭』(2010) 등 단편집 형태로 번역되어 있다.

▶ 양지영

참고문헌: A, 『別冊文芸』 「〈総特集 中島らも 「さよなら, 永遠の旅人」〉」(河出書房新社・別冊文芸・KAWADE夢ムック, 2005年 2月), 中島らも 『ガダラの豚』(集英社, 1996年).

나카지마 료조長島良三, 1936.9.16~2013.10.14
번역가이자 평론가. 필명은 기타무라 료조北村良三. 도쿄東京 출생으로 메이지대학明治大学 불문과를 졸업한다. 졸업 후에는 은사인 사이토 마사나오齋藤正直의 소개로 하야카와쇼보早川書房에 입사하여 『미스터리 매거진ミステリマガジン』5대 편집장을 하면서 『세계미스터리전집世界ミステリ全集』 등을 만든다. 그리고 1976년에 퇴사하여 프랑스문학 번역에 전념한다. 저서에는 〈메구레 시리즈〉에 관련된 『메구레 경감メグレ警視』(1978), 『메구레 경감의 파리-프랑스 추리소설 가이드メグレ警視のパリーフランス推理小説ガイド』(1984) 등 다수가 있고 편저에는 『명탐정

독본2 메구레 경감名探偵読本2 メグレ警視』(1978)이 있다. 또한 장편소설로는 『드래프트 연속살인사건ドラフト連続殺人事件』(1985) 한편이 있다. 조지 심슨 연구와 프랑스문학 번역가로 유명하며 다수의 역서가 있다.

▶ 양지영

참고문헌: A, 小鷹信光, 藤田宜永 「追悼 長島良三」 『ミステリマガジン』(早川書房, 2014年 1月), 長島良三 『メグレ警視 (世界の名探偵コレクション10)』(集英社, 1997年).

나카지마 시타시中島親, 생몰연도 불명
평론가, 소설가. 1935년, 탐정소설 전문지인 『프로필ぷろふいる』의 기고가들이 만든 탐정작가 신인구락부의 기관지인 『신탐정』이 본격 탐정소설에 편중된 경향을 보이자 란 이쿠지로蘭郁二郎, 히라쓰카 하쿠긴平塚白銀 등과 함께 『탐정문학』을 창간해 편집인을 맡는다. 같은 해 『탐정문학』에 「에도가와 란포론江戸川乱歩論」을 발표했으며 『프로필』, 『탐정춘추』, 『신평론』 등에도 평론을 발표했다. 1937년에 발표한 「탐정소설은 왜 최고의 문학이 아닌가?」에서는 '탐정소설의 논리는 철학, 자연과학 등의 논리의 아래에 있으며, 유희적 논리를 근본적 요소로 삼아야하는 숙명의 문학'이라고 논했다. 전후에 발표한 작품으로 「금색의 악마金色の悪魔」(1946) 등의 단편이 있다.

▶ 신주혜

참고문헌: A, D.

109

나카지마 히로유키中嶋博行, 1954.9.12~

소설가, 평론가, 변호사. 본 성은 세키閞. 이바라키현茨城県 출신. 와세다대학早稲田大学대학을 졸업하고 사법고시에 합격해 요코하마横浜에서 변호사업을 개시했다. 소비자 문제, 지적재산권 문제 등을 주로 다루면서 소설가로서 창작활동도 계속했다. 데뷔작은 거물급 변호사가 살해된 사건을 소재로 한 법조계 소설 『검찰수사検察捜査』(1994)로, 일본 법조계의 모순을 파헤친 작품이다. 제40회 〈에도가와란포상江戸川乱歩賞〉을 수상했다. 나카지마 히로유키의 추리소설은 자신의 법조계 경험을 살린 리걸 서스펜스물이 특징적인데, 『검찰수사』 외에도 『위법변호違法弁護』(1995), 『사법전쟁司法戦争』(1998) 등에 변호사나 조사관 작중인물로 여성을 설정해 사건의 진상을 파헤쳐가는 스토리 전개도 흥미롭다. 연작단편집에 『제일급 살인변호第一級殺人弁護』(1999)가 있다. 한국에는 『검찰을 죽여라-살인코드 A103検察捜査』(1995)이 번역 소개되었다.

▶ 김계자

참고문헌: A, 윤상인, 김근성, 강우원용, 이한정, 『일본문학번역60년』(소명, 2009).

나카지마 가와타로中島河太郎, 1917.6.5~1999.5.5

미스터리 문학 평론가, 일본문학가. 가고시마현鹿児島 출생. 본명은 아카지마 가오루中嶋馨이며 별명으로는 고시로 우오타로小城魚太郎, 이시바 후미히코石羽文彦, 다마이 이치니산玉井一二三이 있다. 도쿄제국대학東京帝国大学 국문과를 졸업한 후, 1945년부터 야나기타 구니오柳田国男에게 민속학을 배워 『야나키다 구니오 연구문헌 목록』(1973)을 제작했다. 도립 스미다가와墨田川 고등학교에서 교사를 하면서 1947년, 타블로이드판 『탐정신문』에 「일본 탐정소설 약사日本探偵小説略史」를 연재한 것이 에도가와 란포江戸川乱歩의 눈에 들어 추리소설 평론에 대한 연구를 하기 시작한다. 1955년 『보석宝石』에 연재하고 있던 『일본 탐정소설 사전』(1952년~1959년에 걸쳐 발표. 1998년 간행)으로 제1회 〈에도가와란포상江戸川乱歩賞〉을 수상했다. 여기에 해외편을 보충하고 「추리소설 강좌」를 더한 『추리소설 전망』(1965)을 『세계 추리소설대계』의 별권으로 간행해 제19회 〈일본추리작가협회상日本推理作家協会賞〉을 수상했다. 1967년 창간된 추리 전문잡지 『추리계推理界』의 편집을 맡았으며, 『추리소설 노트』(1960), 『일본 추리소설사』(전3권, 1964, 1993~1996), 『전후추리소설 사전(·SF)총목록』(전5권, 1975~1986), 『일본추리소설사전』(1985) 등, 서지적·문헌적 연구에서는 타의 추종을 불허한다. 1998년에는 제2회 〈일본미스터리문학대상日本ミステリー文学大賞〉을 수상했다. 『현대 미스터리월드げんだいミステリーワールド』 『모던 미스터리월드もだんミステリーワールド』, 『파퓰러 미스터리월드ポピュラー・ミステリーワールド』, 『클래식 미스터리월드くらしっくミ

ステリーワールド』의 감수,『일본 종단살인日本縦断殺人』,『현대 괴담집성現代怪談集成』,『일본 열도살인日本列島殺人』과 같은 앤솔로지 편찬 작업도 많이 했으며, 1985년에서 1989년까지 일본 추리작가협회 이사장을 역임했다. 1997년에 미스터리문학 자료관 초대 관장으로 취임했으나 개관 직후 세상을 떠났다.

▶ 신주혜

참고문헌: A, B, D, E.

난리 세이텐南里征典, 1939.8.24~

소설가. 후쿠오카현福岡県 출생. 본명은 난리 가쓰노리南里勝典이다. 후쿠오카 현립 가시이香椎 고등학교를 중퇴. 탐정작가 클럽의 중진이었던 오시타 우다루大下宇陀児에게 사사를 받으며 고교 재학 시절부터 동인지 활동을 했다. 1960년에는 전국 신문정보 농업 협동조합 연합회에 취직해『일본 농업신문』의 기자로 활동하면서 1978년, 제4회 문제소설 신인상에 다치하라 나쓰히코立原夏彦라는 이름으로「위험한 동화危険な童話」를 응모했다. 이 작품은 수상은 하지 못했으나 다음 해「비둘기여, 천천히 날아라鳩よ、ゆるやかに翔べ」라고 제목을 바꾸고『문제소설』9월호에 게재하였다. 이때 난리 세이텐이라는 필명을 사용했다. 이 작품이 호평을 얻자 직장을 그만두고 3개월간의 남미 취재여행을 떠난다. 1980년, 그 여행의 성과물인 국제 모험소설『사자는 어둠

속에서 눈물을 흘린다獅子は闇にて涙を流す』로 장편 데뷔 후『황금해협黄金海峡』(1981),『사자는 화가 나서 황야를 달린다獅子は怒りて荒野を走る』(1981) 등의 작품을 발표했다.

모험 액션, 관능 서스펜스, 전기傳奇 로망, 순문학 등 다양한 장르에서 활약했으며, 1980년대 후반부터는〈특명 시리즈〉로 대표되는 관능적 묘사가 뛰어난 서스펜스 소설을 주로 썼다. 1992년에는「붉은 날개紅の翼」로 제1회〈일본문예가클럽대상〉특별상을 수상했다.

2008년 췌장암으로 세상을 떠났다.

▶ 신주혜

참고문헌: A, E.

난부 기미코南部未子, 1930.9.23~

소설가. 사할린 출생. 출생 후 곧 도쿄東京로 이주했으며 도쿄 도립 무사시武蔵 고등학교를 졸업한 후 어머니의 고향인 구시로釧路로 이주했다가 1949년 다시 도쿄로 돌아온다. 회사를 다니면서『문예수도』에 습작을 발표했으며 1958년,「어떤 자살ある自殺」로『부인공론婦人公論』의 제1회〈여류신인상〉가작을 수상했다. 이듬해에는「유빙의 거리流氷の街」로『부인공론』의 제2회〈여류신인상〉을 수상했다.

그녀의 추리 소설은 '사건 속에 인물을 배치하는 것이 아니라 인물들 속에서 사건이 발전해간다'는 특징이 있다.『젖빛 묘표』(1961)는 홋카이도北海道 구시로釧路의 신문

기자가 형의 애인인 시나리오 작가를 만나 사랑을 느끼고, 질투심에 사로잡힌 그의 부인은 시나리오 작가가 사고사를 당하자 이를 기뻐하기에 이르고, 이에 기자는 작가의 죽음에 의문을 품으면서도 부인과의 정신적 알력에 괴로워한다는 내용이다. 여기에 독신 여교사와 영화사 제작 부장을 등장시켜 애증의 갈등을 묘사하고 있다. 이후 지병인 간염으로 작품 활동이 없다가 1974년, 미스터리 로망을 표방한 『닫혀진 여행閉ざされた旅』(1974)을 발표한다. 전쟁고아에서 성격파 배우가 된 주인공이 과거와 현재를 교대로 묘사하고 있으며, 젊은 시절 사랑했던 연상의 여성이 살해되고 여기에 그 딸의 복수가 더해지는 내용인데 미스터리적 요소는 약하다.

1976년에는 아유카와 데쓰야鮎川哲也 편집의 앤솔로지『보이지 않는 기관차見えない機関車』에「기적이 울린다汽笛が響く」를 발표하고 제30회 〈일본추리작가협회상日本推理作家協会賞〉 단편부문 후보작이 된다. 이와 동시에 『추리소설대표작선집 추리소설연감』(1977년판)에 수록되었다.

이후 순수 미스터리 이외의 작품을 주로 썼는데, 애증을 기조로 한 심리 서스펜스적 요소가 강하다.

▶ 신주혜

참고문헌: A, B, E.

난요 가이시南陽外史, 1869.3.7~1958.1.3

번역가이자 신문기자. 본명은 미즈다 에이유栄雄. 아와지淡路에서 태어나 소년시절을 효고현兵庫県에서 보낸다. 릿쿄대학立教大学 재학 중에 오오카 이쿠조大岡育造에게 재능을 인정받아『도쿄신문東京新聞』(후에『주오신문中央新聞』)에 초빙되어 약 20년간 근무한다. 1891년에는 에밀 가보리오의『르콕 탐정ルコック探偵』을 번역하여『대탐정大探偵』이란 제목으로 게재한다. 번역에는『참는 부인忍び妻』(1992),『벙어리 딸啞娘』(1993),『불가사의不思議』(1994) 등 듀 보아고베의 작품이 많다. 그러나 1896년부터 1999년 동안 서양으로 건너가 영국체재 중에 코난 도일의『셜록 홈즈의 모험』과 도라 부스비의『니콜라 박사』를 읽고 흥미를 가지게 되며 귀국한 1899년 5월부터『니콜라 박사』를『마법의사魔法医者』라는 제목으로, 같은 해 7월부터는『홈즈의 모험』전부를『불가사의 한 탐정不思議の探偵』이라는 제목으로 번역하여『주오신문』에 게재한다.

▶ 양지영

참고문헌: A, 伊藤秀雄「南陽外史の業績について――アーサー・モリスンの伝来-上・下」『日本古書通信』(日本古書通信社, 1980年 11月, 12月).

난조 노리오南條範夫, 1908.11.14~2004.10.30

소설가, 경제학자. 도쿄東京 긴자 출생. '南条範夫'라고 표기하는 경우도 있다. 본명은 고가 히데마사古賀英正. '잔혹물'이라 불리는 독특한 작품, 검객 소설 등 폭넓은 역사소설, 시대소설을 썼다. 1930년 도쿄 제국대학 법학과를 졸업하고, 1933년 같은 대학 경제학부를 졸업했다. 만철滿鐵 도쿄 지사 조사부, 일본출판 협회, 미쓰이三井 본사 연구실 등을 거쳐 1949년, 국학원대학国学院大学 대학 정경학부 교수가 된다.

1951년, 제1회『아사히문예朝日文芸』에 입선한「뛰어나온 배꼽 이야기出べそ物語」가 처녀작이며, 1952년 첫 역사물「고모리노토 노子守の殿」로 제1회 〈올요미모노추리소설신인상オール読物推小説理新人賞〉을 수상했다. 또 같은 해「조종조 유래기『あやつり組』由来記」로 『선데이 마이니치サンデー毎日』의 현상소설에 입선했으며, 1953년에서 54년에 걸쳐「고모리노토노」,「불운공명담不運功名譚」,「수요기水妖記」,「황공한 장군가畏れ多くも将軍家」가 〈나오키상直木賞〉 후보작에 오른다. 1956년, 수도권정비위원회 전문위원으로 활동하면서「등대귀灯台鬼」로 나오키상〉을 수상, 이색적인 작풍의 시대소설 작가로 주목받게 된다.『무명역류無明逆流れ』(1957),『가부키 검법歌舞伎剣法』(1958),『내가 사랑한 요도기미わが恋せし淀君』(1958) 등 수많은 작품을 썼는데,『무명역류』를 비롯한 단편들, 영화『무사도 잔혹 이야기武士道残酷物語』의 원작이 된 『피학의 계보被虐の系譜』(1963),『잔혹 이야기残酷物語』(1959)등으로 '잔혹물 붐을 불러 일으켰다. 1959년, 처음으로 장편 추리장편「뒤얽힘からみ合い」(『보석宝石』 7월호부터 연재)을 집필했다. 암으

로 생이 얼마 남지 않았음을 안 사장은 자신의 사후 회사와 유산의 처리에 고심한다. 주변 인물에 숨겨둔 자식들까지 등장해 상속권을 둘러싼 음모와 알력이 펼쳐지는 가운데, 작가는 극한의 상황에서 드러나는 인간성을 철저히 파헤친다. 빠른 전개와 서스펜스, 결말의 반전으로 새로운 영역을 개척한 작품이다. 또 상호 모순되는 사료史料를 검토해 도쿠가와 이에야스德川家康를 둘러싼 수수께끼를 풀어나가는 시대 소설을 비롯해 역사에 대한 시점을 바꾸면 보이는 진실을 추구한 소설을 다수 발표했고, 1982년에는「사이코 일기細香日記」로 〈요시카와에이지문학상吉川英治文学賞〉을 수상했다.

분방한 무사, 쓰키카게 효고月影兵庫(1958-)와 같은 통쾌한 검객소설은 제1차 검객물의 붐을 불러 일으켰으며,『스루가성 어전시합駿河城御前試合』(1964)은『시구루이シグルイ』로 만화화되는 등, 많은 작품이 영화화, 만화화 되었다.

2004년 폐렴으로 세상을 떠났다.

▶ 신주혜

참고문헌: A, B, E, F.

노가미 데쓰오野上徹夫, 1914~1981

평론가, 각본가. 본명은 쓰지 히사카즈辻久一. 오사카大阪 출생. 도쿄제국대학東京帝国大学 문학부 졸업. 재학 시절부터『영화평론映画評論』이나『극작劇作』에 평론을 발표하

였으며, 평론집으로는 『밤의 예술夜の芸術』(1949년, 쓰지 히사카즈 명의)이 있다. 메이지대학明治大学 강사, 중화전영연합中華電影聯合을 거쳐, 전후에는 다이에大映 영화사에 입사하여 교토촬영소京都撮影所 기획부장을 역임하였다. 1937년, 『탐정춘추探偵春秋』에 「탐정소설의 예술화探偵小説の芸術化」, 「극작가 기질戯作者気質」, 「기기 다카타로木々高太郎」를 발표하며 시평을 쓰기 시작한다. 기기 다카타로의 「탐정소설 예술론探偵小説芸術論」에 찬동하여, 인간을 그리는 것이야말로 탐정소설 예술화의 핵심이라고 주장하였다. 에도가와 란포江戸川乱歩는 노가미 데쓰오에 대해 당시 평론가 중에서 가장 문학적 소양이 있으며 문장도 뛰어나다고 평가하였다. 전후에는 몇 편의 평론을 집필하고, 잡지 『그림자影』에 협력했을 뿐이다.

▶ 신하경

참고문헌: A, D.

노나미 아사乃南アサ, 1960.8.19~

소설가. 본명 야자와 아사코矢澤朝子. 도쿄東京 출생. 와세다대학早稲田大学 중퇴 후, 광고대리점 근무 등을 거쳐 문필 활동 시작. 『행복한 아침식사幸福な朝食』(1988)가 제1회 〈일본추리서스펜스대상日本推理サスペンス大賞〉 우수작으로 선정되어 소설가로서 데뷔. 이 작품은 여배우를 지망하며 불우한 나날을 보내는 여성의 질투와 초조함이 광기로 변해가는 과정을 그린 심리 서스펜스이다. 1996년에 발표한 『얼어붙은 송곳니凍える牙』로 제115회 〈나오키상直木賞〉을 수상하였다. 행동파 여성 형사 오토미치 다카코音道貴子를 주인공으로 하는 형사소설이지만, 노나미 아사의 작품 세계가 형사소설과 같은 스릴러에 장점이 있는 것은 아니다. 『얼어붙은 송곳니』가 그 플롯보다도 생활감 넘치는 히로인 묘사가 높은 평가를 받았듯이, 노나미는 일상생활에 입각한 심리 서스펜스를 그리는데 뛰어난 작가이다. 예를 들어 『5년째 마녀5年目の魔女』(1992) 등 성인 여성 고유의 심리적 갈등을 그린 작품이나, 『트윙클 보이トウィンクル・ボーイ』(1992)에 수록된 소년을 둘러싼 환경을 그리는 작품에서 그러한 경향이 현저하게 나타나 있다. 이 외에도 『풍문風紋』(1994)에서는 가족과의 관계에서 자기동일성의 붕괴와 재생을 그리는 성장소설로 경도하거나, 『귀곡鬼哭』(1996)에서는 피해자의 인생에 착목한 유니크한 범죄소설 세계를 그리며, 『내 마을ボクの町』(1998)은 생활감 넘치는 형사소설 세계를 그리는 등 그 작품의 폭이 넓다. 2011년에는 『땅 끝에서地のはてから』로 제6회 〈중앙공론문예상中央公論文芸賞〉을 수상하였다. 그 외 단편집으로 『단란団欒』(1994), 『꽃 도둑花盗人』(1998) 등이 있다. 한국어로는 『피바다의 웨딩드레스最後の花束』(1999), 『죽어도 잊지 않아死んでも忘れない』(2007), 『자백 : 범인의 마음을 움직여라自白刑事・土門功太郎』(2011) 등이 번역되어 있다.

참고문헌: A, H7.

▶ 신하경

노란 색 방黃色の部屋

1949년 10월 창간. 탐정소설 평론가 나카지마 가와타로中島河太郎를 편집장으로 하여 발행된 연구잡지. 제1호는 서지학적 연구서로서 등사판 50페이지이며, 외국 탐정소설 문헌목록, 일본 탐정소설사 문헌목록 등을 게재하였다. 1950년 6월에 출간된 제2호에는 나카지마의 기고 이외에, 에도가와 란포江戸川乱歩와 이노우에 요시오井上良夫 사이의 왕복서간을 포함하여 작가연구, 서지목록이 많이 게재되었다. 기본적으로 개인 출판이었기에 등사판이었으나, 1954년 10월호(6권 2호)는 '에도가와 란포 선생 화갑 기념 문집'이라는 특집호로 꾸며져, 전후추리작가 30인의 란포론, 회갑 축사와 함께 나카지마 가와타로가 작성한 「란포 선생 연보 및 저작 총목록」이 게재되어, 활자판 단행본으로 출판되었다. 이 호를 끝으로 총 13권을 간행하고 폐간되었다.

▶ 신하경

참고문헌: B, E, F, G.

노리미즈 린타로法水麟太郎

형사이며 변호사이고 이전에는 조사국장으로 있었다. 1993년 발표한 2014년 4월 10일小栗虫太郎의 단편 『후광 살인사건後光殺人事件』에서 처음으로 등장한다. 친구인 하세구라支倉 검사와 구마시로 다쿠키치熊城卓吉 조사국장 함께 사건을 해결한다. 나이는 37세~38세 정도로 도쿄니시코東京西効 I 의 언덕에 있는 성아레키세이聖アレキセイ 사원 근처에 살고 있다. S.S. 반 다인이 만들어 낸 명탐정 파일로 벤스보다 뛰어나지도 뒤처지지도 않을 만큼 박식하고, 밴스가 정신분석을 이용해 단계적으로 범인의 내면에 접근하는 것에 비해 노리미즈는 정신병리학의 지식을 적용시켜 직관적인 판단을 내린다. 장편 『흑사관 살인사건黑死館殺人事件』(1935)에서 보이는 것처럼 특히 중세 역사학 지식에 관한 한 타의 추종을 불허한다. 외국에 있을 때에는 유명한 세익스피어 배우인 루제로 루제리를 스승으로 삼았다는 연극통으로 「햄릿의 총비ハムレットの寵妃」라는 연극을 쓰고 주역인 햄릿역을 맡기도 한다. 1936년 발표한 『20세기 철가면二十世紀鉄仮面』에서는 사립탐정으로 등장한다.

▶ 양지영

참고문헌: A, I, 小栗虫太郎 『黒死館殺人事件』(社会思想社, 1977年), 小栗虫太郎 「二十世紀鉄仮面」(桃源社, 1969年).

노리즈키 린타로法月綸太郎, 1964.10.15~

소설가, 평론가. 본명 야마다 준야山田純也. 시마네현島根県 마쓰에시松江市 출생. 교토대학京都大学 법학부 졸업. 신본격파 미스터리 작가를 대표하는 한 사람이며, 2013년부터 본격미스터리작가클럽 제4대 회장. 교토대학 재학 중 '교토대학 추리소설 연구회'에 소속하여 동 연구회 선배인 아야쓰지 유키토綾辻行人와 교류가 있다. 대학 졸업 후, 일시 은행 근무를 거쳐, 1988년, 『밀폐교실密閉教室』이 〈에도가와란포상江戸川乱歩賞〉 후보가 되며, 시마다 소지島田荘司의 추천에 의해 데뷔하였다.

엘러리 퀸Ellery Queen의 영향을 강하게 받아 두 번째 장편소설 『눈밀실雪密室』(1989)부터 퀸의 설정을 답습하여, 작가와 동명인 미스터리 작가 노리즈키 린타로法月綸太郎를 탐정역할로 등장시켰다. 이 주인공 노리즈키 린타로는 이후의 모든 장편에 등장한다. 『다소가레誰彼』(1989) 이후 작품마다, 작가 자신의 '본격추리소설'에 대한 번민과 회의가 투영되게 되어 '고뇌하는 작가'라는 별명이 붙었다. 『요리코를 위해頼子のために』(1990)와 『하나의 비극一の悲劇』(1991) 두 작품에서는, 로스 맥도널드Ross MacDonald의 작품세계와 통하는, 가정붕괴의 비극을 플롯으로 전개하여 높은 평가를 받았다. 그 후 후기 퀸에게 보이는 명탐정의 존재에 대한 의문을 다룬 『다시 붉은 악몽ふたたび赤い悪夢』(1992), 〈노리즈키 린타로 시리즈〉 이외의 실험적인 단편을 묶은 『퍼즐 붕괴パズル崩壊』(1996) 등 야심적인 작품을 발표하는 한편, 『수수께끼가 풀렸을 때謎解きが終わったら』(1998) 등의 평론활동에도 활동 폭을 넓히고 있다. 수상 경력으로는, 2002년

「도시전설 퍼즐都市伝説パズル」로 제55회 〈일본추리작가협회상日本推理作家協会賞〉(단편부문)을 수상했으며, 2005년 『잘린 머리에게 물어봐生首に聞いてみろ』로 제5회 〈본격미스터리대상本格ミステリ大賞〉(소설부문)을 수상하였다. 또한 동 작품은 2005년 『이 미스터리가 대단하다!このミステリがすごい！』, 『본격미스터리 베스트 10本格ミステリ・ベスト10』에서 1위로 선정되었으며, 『킹을 찾아라キングを探せ』(2012)는 2013년 『본격미스터리 베스트 10』에서 1위로 선정되었다.

한편 노리즈키 린타로가 만들어낸 명탐정 노리즈키 린타로는 범죄연구가이자 소설가로 설정되어 있다. 장편 『눈밀실雪密室』에서부터 등장하는데, 아버지 노리즈키 사다오貞雄, 경시청 수사1과 경시가 수사 의뢰를 받으면, 실제 범죄수사에 아들 린타로가 비공식적으로 참가하는 식으로 플롯이 전개된다. 부자 탐정이기 때문에 부모와 자식 간의 관계가 근저에 깔린 사건을 다루는 경향이 있다. 대표작 『요리코를 위해』(1990)도 딸 요리코를 살해당한 아버지 니시무라西村가 그 복수를 달성하기까지의 내용이 실린 수기로부터 시작하여, 그 사건에 의문을 품은 린타로가 니시무라의 서술트릭을 파헤쳐가는 구조를 취하고 있다. 이외에도 『노리즈키 린타로의 모험法月綸太郎の冒険』(1999), 『노리즈키 린타로의 신모험法月綸太郎の新冒険』(2000), 『노리즈키 린타로의 공적法月綸太郎の功績』(2002) 등의 작품

이 있다. 한국어로는 『사용중使用中』(1999), 『두 동강이 난 남과 여ㅋㅏㅌ·ㅇㅏㅜㅌ』(1999), 『잘린 머리에게 물어봐』(2010), 『괴도 그리핀 위기일발怪盜グリフィン, 絶大絶命』(2011), 『요리코를 위해頼子のために』(2012), 『하나의 비극一の悲劇』(2013), 『킹을 찾아라』(2013) 등이 번역되어 있다.

▶ 신하경

참고문헌: A, H1~H13.

노무라 고도野村胡堂, 1882.10.15~1963.4.14

소설가, 음악평론가, 신문기자. 본명 오사카즈長一, 다른 이름으로 아라에비스あらえびす. 이와테현岩手県 출생. 도쿄제국대학東京帝国大学 중퇴. 호치신문사報知新聞社에 입사하여, 사회부장, 조사부장 겸 학예부장을 거쳐, 1927년에는 편집국 상담역이 된다.

신문사 근무 시절 소설을 쓰기 시작하여, 고도胡堂라는 필명은 1914년 호치신문에 연재한 처녀작『인류관人類館』때부터 사용하였다. 1929년『미남 사냥美男狩』을 발표한 이후, 그의 대표작인『제니가타 헤이지 체포록錢形平次捕物控』(1931~ 1957),『삼만량 오십삼차三万両五十三次』(1934),『만고로 청춘기万五郎青春記』(1935),『도도로키 한페이轟半平』(1936) 등 주로 시대소설을 발표하였다. 특히『제니가타 헤이지 사건부』는 1931년 4월, 제1화「금색 처녀金色の処女」가『문예춘추文芸春秋 オール読物号』에 게재된 것을 시작으로, 1957년 8월「총소리鉄砲の音」까지, 27

년간 총 383편에 이르며, 그 중 다수가 영화나 TV 드라마로 제작되어 방영되었다. 그 지명도는 오카모토 기도岡本綺堂의『한시치 체포록半七捕物張』를 능가하며 압도적인 호평을 받았다.

이외에도 미스터리 연작으로『기담 클럽奇談クラブ』(1931), 『신기담 클럽新奇談クラブ』(1933)이 있다. 그 내용은 클럽 회원이 돌아가면서 자신이 알고 있는 괴담, 기담을 말하는 형태를 취하고 있다. 잡지『신청년新青年』에 발표한『마지막 입맞춤最後の接吻』(1932)은 한 소설가의 죽음을 알리는 기묘한 전화를 발단으로 하여 청산가리를 입맞춤을 통해 마시게 한 수수께끼를 푸는 내용을 다루며,『음파 살인音波の殺人』(1936)은 한 유행가수의 사살 사건이 발생하고, 그 사건에 대해 한 여성이 자신의 남편이 발명한 살인음파로 그 가수를 살해했다고 한다. 하지만 신문기자의 책략으로 그 남편의 범행 방법을 밝혀낸다는 내용을 담고 있다.『록ロック』에 연재된『웃는 악마笑う悪魔』(1948-49, 연재도중 잡지 폐간으로 중단)는, 한 부호에 대해 복수를 하려는 자의 예고를 시작으로 그 부호의 딸이 유괴되는 과정을 다루고 있다.

1958년 제6회 〈기쿠치간상菊池寛賞〉을 수상하였으며, 1963년 사재 1억엔을 투자하여 '노무라 학예재단'을 설립하였다. 아라에비스라는 필명으로 음악평론『바하에서 슈베르트バッハからシューベルト』(1932) 등을 발표하였다.

1949년 체포소설작가클럽捕物作家クラブ 회장이 되며, 1960년 시주호쇼紫綬褒章를 수상하였다. 1995년 그의 고향인 이와테현 시와紫波 마을에 기념관이 건립되었다. 향년 80세.

▶ 신하경

참고문헌: A, B, D, E, G.

노무라 마사키|野村正樹, 1944.8.17~2011.3.13

고베神戶 출생의 소설가로 게이오의숙대학慶應義塾大學 경제학부를 졸업한 후에 1967년에 음료회사인 산토리홀딩스에 입사했다. 영업부, 선전부, 마케팅부에서 일하면서 젊은이들의 문화와 도시정보론 연구가로서도 활동했고 1979년에는 유행어 '시티 워칭'을 만들었다. 1986년에 제1회 〈산토리미스터리대상サントリーミステリー大賞〉에 「살의의 바캉스殺意のバカンス」가 당선되면서 작가로 데뷔하였고 회사원과 작가 생활을 병행하면서 추리소설, 자기계발서, 비즈니스 도서를 집필했다. 1994년에 산토리박물관 덴보잔天保山의 개관을 추진하며 홍보부장으로 취임했으며 1995년에 선택정년제도로 퇴직하여 회사원생활을 끝마쳤다. 2002년에는 게이오대학 미디어커뮤니케이션연구소에서 문장작법 강의를 담당했다. 2005년에는 「언짢은 일이 있으면 열차를 타자嫌なことがあったら鉄道に乗ろう」로 제30회 〈교통도서상交通図書賞〉을 수상했다. 소설에는

『만날 때는 언제나 살인逢う時はいつも殺人』(1988), 『8월에 사라진 신부八月の消えた花嫁』(1989), 『빛의 나라의 앨리스光の国のアリス』(1989), 『레드와인의 살의ワインレッドの殺意』(1990) 등이 있다. 1991년에 『신데렐라의 아침シンデレラの朝』으로 제11회 〈일본문예대상현대문학상日本文芸大賞現代文学賞〉을 수상했다. 『트랜드는 밤에 만들어진다トレンドは夜つくられる』(1990)와 『도쿄 트랜드 감지술東京トレンド感知術』(1991)와 같은 비즈니스 책도 저술했다. 노무라 마사키는 추리작가와 트랜드 워처라는 두 가지 직업을 가진 이색적인 존재이다. 산토리홀딩스의 근무 경력으로 작품에 양주에 관한 언급이 빈번하게 등장하며 유행에 민감한 젊은 여성의 활약을 경쾌하게 그리고 있다. 2011년 3월 66세의 나이에 폐암으로 사망했다.

▶ 이한정

참고문헌: A, I, 雨の会編 『ミステリーが好き』(講談社, 1995).

노부하라 겐|延原謙, 1892.9.1~1977.6.21

번역가, 소설가, 편집자. 본명 유즈루謙. 오카야마현岡山県 출생. 와세다대학早稲田大学 대학 전기공학과 졸업. 오사카시大阪市 전철부, 히타치日立 제작소를 거쳐 체신성逓信省 전기시험소에 근무. 공부 목적으로 외국 잡지에 실린 추리소설을 번역하기 시작하였으며, 특히 코난 도일Arthur Conan Doyle의 셜록 홈즈 시리즈에 매력을 느껴, 1919년

『네 사람의 서명四つの署名, Sign of four』을 번역하여, 2년 후 『신청년新青年』 편집장인 모리시타 우손森下雨村에게 가지고 갔으나 게재까지는 이르지 못했다. 하지만 1921년 『신청년』에 도일의 「죽음의 농무死の濃霧」(후에 『브루스 파팅턴 설계도The Bruce-Partington Plans』로 개명)가 게재된 것을 시작으로 번역을 시작하게 된다.

한편 박문관博文館에 입사하여 1928년 10월호부터 이듬해 7월호까지 『신청년』 편집장을 역임하였으며, 『아사히朝日』, 『탐정소설探偵小説』 편집에도 관계하였다. 또한 창작으로도 「얼음을 깨다氷を砕く」, 「레뷰걸 살인レビウガール殺し」(모두 1932) 등 서정적인 느낌의 단편 20여 편을 발표하였다.

1938년 중국대륙으로 건너가 무역업이나 영화관 경영 등의 사업을 전개하였으나, 종전으로 인양 후, 『수탉 통신雄雞通信』 편집장을 맡는 한편, 플랜시스 아일즈의 『살의殺意, Malice Aforethought』 등을 번역하였으며, 1952년에는 일본 최초로 개인에 의한 셜록홈즈 완역을 달성했다. 그의 번역 작업은 격조 높은 명번역으로 높게 평가되고 있다.

▶ 신하경

참고문헌: A, B, D, E.

노자와 히사시野沢尚, 1960.5.7~2004.6.28

각본가, 소설가. 나고야名古屋 출생. 니혼대학日本大学 예술학부 졸업. 1983년, 〈기도상城戸賞〉 가작으로 입선. 1985년 TV 드라마 「죽여, 당신…殺して, あなた…」, 영화 『V·마돈나 대전쟁V·マドンナ大戦争』을 통해 각본가로 데뷔. 그 후 영화 『그 남자, 흉포에 대해その男, 凶暴につき』, 『불야성不夜城』, TV 드라마 「연인이여恋人よ」, 「푸른 새青い鳥」 등 많은 히트작을 발표한다. 1999년에는 〈무코다구니코상向田邦子賞〉 수상. 소설가로서는 『북위 35도의 작열北緯35度の灼熱』로 제41회 〈에도가와란포상江戸川乱歩賞〉 최종후보에 올랐으며, 『마적魔笛』으로 마찬가지로 제42회 〈에도가와란포상〉 최종선고에 남았다. 1997년 TV 보도의 내막을 파헤치는 서스펜스 『파선의 마리스破線のマリス』로 제43회 〈에도가와란포상〉을 수상한다. 이외의 미스터리 작품으로는 『리미트リミット』(1998)가 있으며, 『연애시대恋愛時代』(1996)로 제4회 〈시마세이연애문학상島清恋愛文学賞〉을 수상하였다. 한국어로는 『심홍深紅』(2010)이 번역되어 있다.

▶ 신하경

참고문헌: A, H2.

노자키 로쿠스케野崎六助, 1947.11.9~

평론가로서 소설도 쓰고 있다. 도쿄東京 출생으로 교토부립모모야마고등학교京都府立桃山高校를 졸업했으며 교토에서 자랐다. 학생운동이 격렬했던 1970년대 무렵에 극단 곡마관曲馬館 운동에 참가했다. 『북미탐정소설론北米探偵小説論』은 이 시기에 초고를 쓰기 시작했으며 1992년에 제45

회 〈일본추리작가협회상日本推理作家協会賞〉을 수상했다. 이 작품은 20여년에 걸쳐 완성되었고 연대기 형식을 취하면서 미국의 탐정소설과 문학전반을 언급하며 20세기 미국역사의 희망과 비극을 담고 있다. 일본 추리소설에 대한 평론에서는 볼 수 없었던 새로운 탐정소설론을 집필한 대작으로 평가된다. 이 외에도 전공투 세대의 작가와 평론가를 비평한『환시하는 바리게이트幻視するバリケード』(1984, 개정판 타이틀은『복원문학론復員文学論』)가 있으며, 독특한 스타일의 하드보일드 문학론『야수들에게는 고향이 필요없다獣たちに故郷はいらない』(1985) 등 시대에 입각해 문예, 영화, 사회학의 여러 방면에 대해 고찰하고 있다.『초절정의 미스터리 세계－교고쿠 나쓰히코超絶のミステリの世界−京極夏彦読本』(1998)와『미야베 미유키의 수수께끼宮部みゆきの謎』(1999) 등은 탐청소설에 관한 자극적인 평론으로 알려져 있으며 2010년에는『북미탐정소설론』과 쌍벽을 이루는『일본탐정소설론日本探偵小説論』을 간행했다.『석양의 탐정첩夕焼け探偵帖』(1994)을 발표해 소설가로 데뷔했으며, 이색 호러물인『드림 차일드ドリームチャイルド』(1995)와 콘 게임 소설『초월, 진실, 위조超・真・贋』(1997) 등을 통해 독자적인 세계를 구축했다. 또한 소설가 사카구치 안고坂口安吾가 등장하는 〈안고탐정실安吾探偵控〉 시리즈〉도 쓰고 있다. 3부작『안고탐정실』(2003)은 여자들이 술을 제조하며 몇 대

120

째 가계를 이어가는 교토의 한 집안에서, 병들어 누워 있는 노파와 미모의 세 자매가 양조를 하는 과정에서 일어난 살인 사건을 다루고 있고,『필사적인 안고 탐정실イノチガケ 安吾探偵控』(2005)에는 전쟁 중의 안고가 등장하며,『장난감 상자 안고 탐정실オモチャ箱 安吾探偵控』(2006)은 세 소년이 살인사건을 해결하는 형식을 취한다.

▶ 이한정

참고문헌: A, I, 法月綸太郎『謎解きが終ったら』(講談社, 1998).

누마타 마호카루沼田まほかる, 1948~

소설가. 오사카大阪의 한 절에서 태어나, 젊은 시절에 주부가 되지만, 집안의 대를 남편이 이어 승려가 된다. 이혼 후 자신도 승려가 된다. 1985년부터 오사카 문학학교에서 공부하였으며, 40대 중반 지인과 함께 건설 컨설턴트 회사를 설립하지만 10여년 정도에 도산. 50대에 처음으로 쓴 장편『9월이 영원히 지속되면九月が永遠に続けば』이 제5회 〈호러서스펜스대상ホラーサスペンス大賞〉을 수상하며, 56세의 나이로 데뷔를 이룬다. 이후 좋은 평가를 받으면서도 히트작을 내지는 못하였으나, 2012년『유리고코로ユリゴコロ』로 제14회 〈오야부하루히코상大藪春彦賞〉을 수상하고, 〈서점대상本屋大賞〉에 노미네이트됨으로써 인기 작가가 된다. 이 작품은 평온히 생활하던 주인공 료스케亮介 주변에 돌연 불상사가 연속해서

발생하게 되고 그것이 엄마의 고향에서 발견된 '유리고코로'라는 노트와 관련되어 그 비밀을 알게 된다는 내용을 담고 있다. 이 작품이 주목받으면서 그녀의 전작들도 동시에 주목받게 되어, 『9월이 영원히 지속되면』의 문고판이 60만부, 『그녀가 그 이름을 알지 못하는 새들彼女がその名を知らない鳥たち』(2006), 『고양이 울음猫鳴り』(2007), 『아미다사마アミダサマ』(2009) 등 문고판 4권의 판매부수가 120만부를 넘게 된다. 이 중 한국어로는 『9월이 영원히 지속되면』(2012), 『그녀가 그 이름을 알지 못하는 새들』(2012), 『고양이 울음』(2013)이 번역되어 있다.

▶ 신하경

참고문헌: H6, H7, H11.

누쿠이 도쿠로貫井德郎, 1968.2.25~

소설가. 도쿄東京 출신. 와세다대학早稲田大学 졸업 후, 회사 근무를 거쳐 집필활동을 시작했다. 부인은 추리소설 작가인 가노 도모코加納朋子.

1993년 『통곡慟哭』이 제4회 〈아유카와데쓰야상鮎川哲也賞〉 후보작으로 선정되어 기타무라 가오루北村薫 등의 추천을 통해 데뷔하였다. 이 작품은 유아연쇄살인사건을 수사해 가는 형사소설 장르와 신흥종교에 빠져드는 남성을 묘사하는 심리소설 장르를 커트백 방식으로 진행시키는 특이한 구성을 보여주는 소설로서, 그 아슬아슬한 결

말부가 화제를 모았다. 이러한 경향의 작품으로는 『수라의 끝修羅の終り』(1997)이 있다. 또한 지극히 현대적인 주제를 선택함으로써, 트릭을 해결하는 방식과 사회고발적인 주장을 융합하는 데 성공하고 있다. 예를 들어 『천사의 시체天使の屍』(1996)는 투신자살한 자식의 자살 원인을 찾는 아버지가 그 소년을 둘러싼 환경의 비정상적 상황에 직면하게 되는 이야기이며, 『전생転生』(1999)에서는 뇌사 판정과 장기 이식 문제를 다루고 있다. 시리즈물로는, 이상 범죄를 전문적으로 관할하는 경시청 인사2과 다마키 게이고環敬吾를 중심으로 비공식적인 경찰수사대의 활약을 그리는 『실종증후군失踪症候群』(1995), 『유괴증후군誘拐症候群』(2001), 『살인증후군殺人症候群』(2005) 등의 〈증후군 시리즈〉가 있으며, 패러렐 월드인 '메이지시대明詞時代'를 무대로 한 『기류 살생제鬼流殺生祭』(1998) 등의 본격미스터리 시리즈가 있다. 그 외의 단편집으로 『무너지다崩れる』(1997) 등이 있다.

누쿠이 도쿠로는 오랫동안 문학상 수상과는 인연이 없었지만, 2010년 『난반사乱反射』(2009)로 제63회 〈일본추리작가협회상日本推理作家協会賞〉(장편 및 연재단편부문)을 수상한다. 선고 후 기자회견에서 선고위원인 기타무라 가오루는 "『난반사』에 상을 주지 않는다면 〈추리작가협회상〉은 존재의미가 없다. 왜냐하면 『난반사』는 소설이라는 표피 속에 본격미스터리라는 갑옷을 입은 작

121

품이기 때문이다"라고 그 수상 이유를 설명했다. 또한 동년『후회와 진실의 빛後悔と真実の色』이 제23회〈야마모토슈고로상山本周五郎賞〉을 수상하였다. 그리고『우행록愚行録』(2006),『난반사』,『신월담新月譚』(2012)이〈나오키상直木賞〉후보에 올랐다. 이외에도『미소짓는 사람微笑む人』(2012)이 있으며, 그의 작품 세계를 다룬 다카라지마샤宝島社의 무크지『누쿠이 도쿠로 증후군貫井徳郎症候群』도 출간되었다. 한국어로는『통곡』(2008),『우행록』(2010),『난반사』(2011),『후회와 진실의 빛』(2012),『미소짓는 사람』(2013)이 번역되어 있다.

▶ 신하경

참고문헌: A, H1~H13.

니레 슈헤이楡周平, 1957.10.12~

소설가. 본명 니세키 모토히데二関元秀. 미국계 기업 재직 중 소설을 쓰기 시작해, 1996년 장편『C의 복음Cの福音』을 발표하고 전업 작가가 되었다. 이 작품은 일본에서는 보기 드문 국제정보소설로서, 최신 테크놀로지를 구사한 범죄수단이나 총화기에 관한 깊은 조예가 화제가 되었다. 그 내용은 코카인 밀수, 밀매를 제재로 하여, 고향상실자이며 마피아 수령과 부자의 연을 맺은 아사쿠라 교스케朝倉恭介가 악한 주인공으로 등장하는 범죄소설이다. 두 번째 장편인『쿠데타クーデター』(1997)에서는, 저널리스트 가와세 마사히코川瀬雅彦가 주인

공으로 등장하여, 소비에트 연방공화국 붕괴 후 총화기의 유출, 남북조선과 일본 사이의 미묘한 정치 균형 등의 국제정세를 배경으로, 컬트 종교에 의한 테러와 쿠데타 계획을 그리고 있다. 아사쿠라, 가와세라는 두 주인공은 총 6부작에서 각각 선과 악을 담당하여, 시리즈 제1작『C의 복음』, 제3작『맹금의 연회猛禽の宴』(1997), 제5작『타겟ターゲット』(1999)은 악의 주인공인 아사쿠라가, 제2작『쿠데타』, 제4작『클래쉬クラッシュ』(1998)는 선의 주인공인 가와세가 이야기를 이끌어간다. 그리고 마지막 제6작『아사쿠라 교스케 C의 복음 완결편朝倉恭介 Cの福音・完結編』에서는 아사쿠라, 가와세 두 주인공이 등장하여 선과 악의 결투를 그리는 특이한 시리즈 구성을 보여주고 있다.

▶ 신하경

참고문헌: A, H1.

니시나 도루仁科透, 1929~

소설가. 본명 요시노 미치오吉野道男. 도쿄東京 출생. 메이지대학明治大学 상학부 졸업. 쇼와昭和 석유회사에 근무하는 한편, 1958년 잡지『보석宝石』과『주간 아사히週刊朝日』공동 모집에『F탱크 살인사건Fタンク殺人事件』을 응모하여 1등 입선하였다. 이 작품은 석유 저장 탱크의 덮개가 승강하는 방식을 이용한 본격추리소설이나 본업으로 인해 이후 창작 활동은 중단된다. 이 작품이 앤

솔로지에 수록되는 것을 계기로 그는 아유카와 데쓰야鮎川哲也의 추천을 얻어『삼인의 밤三人の夜』(1985)을 발표한다. 용의자 3인의 알리바이를 평행으로 배치하는 구성은 참신했지만, 견실하지만 평범하여 화제를 모으지는 못했다. 다음으로 중동을 무대로 한 모험 서스펜스『열사에 잠들라熱砂に眠れ』(1987),『황금 기린 - 이문 만물박사 오시치黄金の麒麟—異聞八百屋お七』(1994) 등으로 폭을 넓혀갔다. 퇴사 후에는 전업작가가 되어『검은 콘돌黒いコンドル』(1996)을 발표. 이 작품은 칠레를 무대로 하여, 상사 해외 직원의 비애와 유괴, 기업협박 등의 서스펜스적인 요소를 담은 소설이다.

▶ 신하경

참고문헌: A, E.

니시다 마사지西田政治, 1893~1984

번역가, 소설가, 평론가. 다른 필명으로 야에노 시오지八重野潮路, 아키노 기쿠사쿠秋野菊作, 하나조노 슈헤이花園守平 등이 있다. 고베시神戸市 출생. 간세이학원関西学院 고등상업과 졸업.

요절한 동생의 중학 시절 친구였던 요코미조 세이시横溝正史와 함께, 고베에서 해외의 서적, 잡지를 찾아, 탐정소설을 탐독하게 된다. 1920년 막 창간된 잡지『신청년新青年』현상소설에 야에노 이름으로 응모한『사과 껍질林檎の皮』이 입선되었으며, 1932년부터는 본명으로『유하라 저택 살인사건湯原御殿

殺人事件』등 몇몇 단편을 발표하였다. 하지만 창작활동보다는 번역활동 쪽에 더 의욕적이었으며,『신청년』에 비스톤L. J. Beeston의「마이너스의 야광주マイナスの夜光珠」등 다수의 단편을 번역하여 일본에 비스톤 유행을 불러일으켰으며, 엘러리 퀸Ellery Queen, 체스터턴Gilbert Keith Chesterton 등의 단편을 번역하였다. 또한 잡지『프로필ぷろふいる』에 아키노 이름으로 시평「잡초정원雑草庭園」,「독초원毒草園」을 단속적으로 연재하여, 그 촌철살인의 시평이 큰 반향을 불러일으켰다. 전후에는 본명이나 야에노 이름으로 단편을 십여편 발표하였고, 시평을 발표하였으며, 1953년에서 56년에 걸쳐서, 허버트 브린Herbert Brean의『와일더 일가의 실종ワイルダー一家の失踪, Wilders Walk Away』,『더 이상 살아있지 않으리もう生きてはいまい, Hardly A Man Is Now Alive』, 카John Dickson Carr의『황제의 코담배갑皇帝の嗅煙草入, The Emperor's Snuff-Box』,『화형법정火刑法廷, The Burning Court』, 스칼렛Roger Scarlett의『엔젤가의 살인エンジェル家の殺人, Murder Among the Angells』 등을 번역하였다. 전전부터 관서 지역 탐정 문단의 중심적인 위치에 있었으며, 1948년 '간사이탐정작가 클럽' 설립에 따라 회장으로 추대되었으며, 1954년부터 '탐정작가 클럽'과 통합하게 됨에 따라 '일본 탐정작가 클럽'의 관서지부장이 되었다.

▶ 신하경

참고문헌: A, B, D, E, G.

니시무라 겐西村健, 1965.6.11~

소설가. 후쿠오카시福岡市 출신. 도쿄대학東京大學 공학부 졸업. 졸업 후, 노동성에 입사하였고, 4년 뒤 퇴직하여 프리라이터가 되었다. 1996년『빙고ビンゴ』로 작가 데뷔. 이 작품은 제15회〈일본모험소설협회대상日本冒險小說協会大賞〉특별부분대상을 수상하였으며, 이후『겁화劫火』가 같은 상 제24회 국내부문 대상을 수상, 「점과 원点と円」(2008)이 같은 상 제61회 단편부문 후보,『잔화残火』(2010)가 같은 상 제29회 국내부문 대상,『땅 속의 마야地の底のヤマ』(2011)가 같은 상 제30회 국내부문 대상을 수상하였다. 그리고 이 작품으로 제33회〈요시카와 에이지문학신인상吉川英治文学新人賞〉을 수상하였으며, 2012년 제65회〈일본추리작가협회상日本推理作家協会賞〉후보에도 올랐다.

『땅 속의 마야』에서는 미이케三池 탄광 폭발사고가 났던 날에 사루와타루 데쓰오猿渡鉄男의 아버지가 살해를 당하게 되고, 데쓰오와 3명의 동급생은 남들에게 알려져서는 안 되는 비밀을 끌어안게 된다. 후일 데쓰오는 고향에서 형사가 되며, 동급생들도 관료, 검사, 야쿠자가 된다. 데쓰오는 정년을 앞둔 시점에서 겨우 아버지 죽음의 진실과 대면하게 된다. 이 소설은 아버지 죽음의 진실을 추적하는 경찰관의 일생을 50년 동안의 시간 속에서 보여주며, 그와 함께 고향인 탄광촌의 성쇠와 그곳에서 살아가는 남자들의 이야기를 그리는 대하 드라마이다.

▶ 신하경

참고문헌: H7, H13.

니시무라 교타로西村京太郎, 1930.9.6~

소설가. 본명 야지마 기하치로矢島喜八郎. 도쿄東京 출신. 소년 시절부터 에도가와 란포江戸川乱歩, 고가 사부로甲賀三郎를 애독하였다. 부립 전기공업학교에서 육군유년학교로 진학하였으나, 종전에 따라 전기공업학교로 복학하였다. 1949년 졸업과 함께 인사원人事院에 입사하여 11년간 공무원 생활을 보냈다.

1956년 고단샤講談社 장편 탐정소설 모집에 본명으로 응모하여, 「301호차三〇一号車」가 후보작이 된다. 1957년〈에도가와란포상江戸川乱歩賞〉에 「두 개의 열쇠二つの鍵」를 니시무라 교타로 이름으로 응모하여 제2차 예선을 통과한다. 필명인 '니시무라'는 존경하는 선배의 이름, '교타로'는 도쿄 태생의 장남이라는 의미로 붙였다.

1960년 인사원을 퇴직한 후로는, 빵집 운전수, 사립탐정, 중앙경마회의 경비원, 생명보험 세일즈맨 등 각종 직업을 전전하며 현상소설을 응모했다. 1960년 제6회〈에도가와란포상〉에 구로가와 슌스케黒川俊介 명의로 응모한 「추문醜聞」이 최종후보가 되었다. 1961년『보석宝石』2월호에 단편「검은 기억黒の記憶」을 발표. 1962년 제5회〈후타바추리상双葉新人賞〉에 「아픈 마음病める心」

이 1등 없는 2등에 입선하여 후타바샤 간행 소설잡지에 단편을 수편 발표하였다. 1963년 「일그러진 아침歪んだ朝」으로 제2회 〈올요미모노추리소설신인상オール読物推理小説新人賞〉에 입상. 1964년에는, 도쿄의 서민 동네를 무대로 벙어리의 비극을 그린 처녀 장편 『네 가지 종지부四つの終止符』를 문예춘추사文芸春秋社에서 간행하여 주목받았다. 1965년 마찬가지로 차별받는 자의 비극을 그린 『사건의 핵심事件の核心』(『천사의 상흔天使の傷痕』으로 제목을 바꾸어 간행)으로 제11회 〈에도가와란포상〉을 수상하여 본격적인 작가생활로 접어든다.

데뷔 당시는 사회파적인 경향이 강했으나 그 후 점차적으로 다채로운 작풍을 보이게 되어, 스파이 소설인 『D기관정보D機関情報』(1966), 근미래소설인 『태양과 모래太陽と砂』(1967), 『오, 21세기おお21世紀』(1969, 『21세기의 블루스21世紀のブルース』로 개제), 단편집 『남신위도南神威島』(1970) 등을 발표하며 작품마다 작풍이 다른 모습을 보였다. 또한 『명탐정 따위 무섭지 않아名探偵なんか怖くない』(1971)를 시작으로 하는 '명탐정' 4부작으로 패러디의 신경지를 개척했다.

1970년대 전반에는, 『어느 아침 바다에서ある朝海に』, 『탈출脱出』, 『오염지역汚染地域』(1971), 『하이비스커스 살인사건ハイビスカス殺人事件』, 『이즈 칠도 살인사건伊豆七島殺人事件』(1972) 등, 바다나 배를 무대로 한 작품을 연달아 발표한다. 후에 여행 탐정소설의 주역이 되는 도쓰가와 경부十津川警部도 처음에는 해양사건 전문 형사로 『붉은 크루즈赤い帆船』(1973), 『사라진 유조선消えたタンカー』(1975), 『사라진 크루消えた乗組員』(1976) 등에서 해양 실종 이야기에서 활약한다. 70년대 후반에는, 『사라진 자이언츠消えた巨人軍』(1976), 『화려한 유괴華麗なる誘拐』, 『제로 계획을 저지하라ゼロ計画を阻止せよ』(1977), 『도둑맞은 도시盗まれた都市』(1978), 『골든아워 살인사건黄金番組殺人事件』(1979)으로 이어지는 사립탐정 〈사몬지 스스무左文字進 시리즈〉를 발표한다.

1978년에는 도쓰가와 경부를 주인공으로 하는 〈철도 시리즈〉 제1작 『블루 트레인 살인사건寝台特急殺人事件』을 간행하여 주목받았다. 도쓰가와 경부는 그 후 『문라이트 살인사건夜間飛行殺人事件』(1979), 『터미널 살인사건終着駅殺人事件』(1980), 『북귀행 살인사건北帰行殺人事件』(1981), 『미스터리 열차가 사라졌다ミステリー列車が消えた』(1982) 등에 등장하여, 당시의 철도 붐과 맞물려 '여행 미스터리 붐'이 공전의 히트를 기록하게 된다. 1980년대로 들어와서 현저하게 집필량이 늘어나, 〈도쓰가와 경부 시리즈〉를 중심으로 매월 1편이라는 경이적인 페이스를 작품을 발표하게 되며, 종종 베스트셀러에 오르게 된다. 한국어로는 『종착역 살인사건』(2013), 『러브호텔 살인사건』(1983), 『침대특급 살인사건』(1984), 『행선지 없는 차표』(1984), 『프로야구 살인사건』(1985),

『A=Z 살인사건』(1987), 『손뼉을 치는 원숭이・환상의 여름』(1989), 『32년 만에 떠오른 침몰선』(1992), 『하얀 여행』(1992), 『가면 인간』(1993), 『공포의 덫』(1994), 『침대특급 '장미 호'의 여인』(1995), 『3억 엔의 악몽』(1999) 등이 번역되어 있다.

▶ 신하경

참고문헌: A, B, E, F.

니시무라 보西村望, 1926.1.10~

소설가. 본명 노조무望. 다카마쓰시高松市 출생. 니시무라 주코西村寿行는 동생. 다롄大連市 을종공업 졸업. 만철満鉄 사원, 신문기자 등 많은 직업을 거쳐 문필업에 종사하게 된다. 『시코쿠 관광백과四国観光百科』(1966), 『시코쿠 편로四国遍路』(1968), 『나의 야생조류기록私の野鳥記』(1972) 등을 간행한 후, 1978년 고치현高知県의 한촌에 태어난 남자를 주인공으로 한 범죄소설 『귀축鬼畜』을 발표한다. 살인미수나 강도로 20여년을 복역한 후 43세의 나이로 가석방된 남자가 떠돌아다니면서 범죄를 저지르다가 사형에 처해질 때까지의 과정을 극명하게 그리며, 인간의 마음 깊은 곳에 위치한 무너지기 쉬움, 나약함, 무서움 등을 그려내어 화제를 모았다. 계속해서 『물줄기水の縄』(1978), 『신기루蜃気楼』(1979), 『옅은 화장薄化粧』(1980), 단편집 『불나방火の蛾』(1980) 등에서 어떠한 계기로 범죄의 길로 접어든 사람들의 내면을 독특한 필체로 묘사하였으며, 1981

년 발표한 『세 축의 마을井三つの村』에서는 요코미조 세이시横溝正史의 『팔묘촌八つ墓村』과 시마다 소지島田荘司의 『용와정 사건龍臥亭事件』을 베이스로 깔아 전대미문의 대량살인을 생생하게 재현해 내었다. 또한 대만에서 발생한 무사霧社 사건을 테마로 한 『이미 저물었다もう日は暮れた』(1984), 만주를 무대로 한 모험소설 『먼 바람연기遥かなる風煙』(1988), 범죄소설집 『여름 벌레夏の虫』(1991), 시대소설로 『하급관리 후미요시目明し文吉』(1992) 등 다수의 저작이 있다.

▶ 신하경

참고문헌: A, E.

니시무라 주코西村寿行, 1930.11.3~2007.8.23

소설가. 본명 도시유키寿行. 다카마쓰시高松市 출생. 니시무라 보西村望는 형. 구제 중학교를 졸업한 후, 여러 직종을 거쳐, 『검독수리大鷲』로 제35회 〈올요미모노추리소설 신인상オール読物推理小説新人賞〉 가작에 입선하였으며, 1973년 처녀장편 『세토나이 살인 해류瀬戸内殺人海流』를 간행하였다.

『안락사安楽死』(1973)는 사회파 추리소설이지만 이로부터의 전환점이 된 작품이 『그대여, 분노의 강을 건너라君よ憤怒の河を渡れ』(1975), 『화석의 황야化石の荒野』(1976)로서, 후자에는 모험소설 선언이 붙어 있다. 이후 스스로의 선언을 실천하며 『딸아, 끝없는 땅으로 나를 불러라娘よ, 涯なき地に我を誘え』(1976)(후에 『개 피리犬笛』로 개명) 등의 모험 서스펜스를 잇달아 발표한다. 『가서는 돌아오지 않는往きてまた還らず』(1977)은 신주쿠新宿 고층 빌딩을 파괴한 테러리스트와 경시청 특수대원 2명이 사투를 펼치는 장대한 작품이다.

복수소설에도 수작이 많은데, 그 중에서도 『아성을 쏴라牙城を撃て』(1976)와 『내 영혼, 영원한 어둠으로わが魂, 久遠の闇に』(1978)는 특히 강렬하다. 후자는 복수소설의 궁극적인 형태라고 할 수 있다. 비행기 조난 사고를 당한 처와 딸이 굶주린 동승자들에게 살해를 당했다는 사실을 알게 된 남성의 이야기인데, 정념을 쏟아 붓는 듯한 필체로 폭력과 성애로 가득 차 있다. 『어둠에 잠긴 자는 누구인가闇に潜みしは誰ぞ』(1978)는 중수호重水湖를 둘러싼 처절한 항쟁을 다루면서도 그 때까지 볼 수 없었던 유머가 보이며, 일종의 종교적인 요소를 포함하게 된다. 그 외에도 작품집 『포효는 사라졌다咆哮は消えた』(1977)을 필두로 하는 동물소설, 『붉은 돌고래赤い鯱』(1979)로 시작하는 〈돌고래 시리즈〉 등의 활극, 대량 발생한 쥐로 인한 패닉을 그린 『멸망의 휘파람滅びの笛』(1976), 『멸망의 연滅びの宴』(1980) 등도 있다. 수수께끼 살인자를 둘러싼 서스펜스 장편 『대역병신大厄病神』(1996)이나 『데빌스 아일랜드デビルス・アイランド』(1996)에서는 미스터리의 틀을 넘어서 전기伝奇적인 전개를 보여준다. 그의 작품세계는 폭력이나 성이라는 인간의 근원적인 충동을 주축으로 하

여, 대중소설로서 광범위한 인기를 획득했으나, 그의 작품에는 항상 엄격한 윤리의식이 관통하고 있으며 단순히 선정적인 이야기로 빠져들지 않는다. 한국어로는 『밤을 우는 피리소리』(1983), 『도망자』, 『수평선 위에 지다』, 『그대여, 분노의 강을 건너라』(1984), 『변호사와 검사』(1985), 『검은 비』, 『미모사』, 『환희』(1989), 『미지의 여인 살인사건』(1991), 『낯선 시간 속으로』(1992), 『암병선』, 『필사의 탈출』(1993), 『멸망의 피리』, 『야쿠자 커넥션』(1995) 등이 번역되어 있다.

▶ 신하경

참고문헌: A, B, E.

니시오 다다시西尾正, 1907.12.12~1949.3.10

니시오는 도쿄東京에서 태어났으며, 게이오의숙대학慶応義塾大学 경제학부를 졸업, 1920년대 중반 일본에서 유행했던 전위적인 연극에 출연, 연출에도 전념했으나 1930년대에는 소설 창작으로 활동의 무대를 옮기게 된다.

1930년대 초반, 니시오는 탐정소설의 팬으로 도쿄를 중심으로 외국의 미스터리를 번역·소개한 잡지 『신청년新青年』에 대항해 교토京都에서 발간한 탐정소설 전문지 『프로필ぷろふいる』에 짧은 비평문을 자주 기고하다 드디어 1934년 6월호에 미타 다다시三田正라는 필명으로 처녀작 「진정서陳情書」를 발표한다. 몽유병 환자를 그린 이 작품은

발표와 동시에 발매가 금지되었다. 같은 해, 12월호 『신청년』에 오직 욕정에만 사로잡힌 성격이상자가 여자를 암캐로 인식하며 결국 여자를 죽인 후, 자신 또한 바다 속으로 몸을 던지는 「해골骸骨」을 발표했다. 이후, 니시오는 이혼한 여자와 다툰 한 남자가 동반 자살할 생각으로 여자를 죽이고 결국 자신도 절벽 밑으로 뛰어내리는 「푸른 까마귀靑い鴉」(1935), 정체를 알 수 없는 여자와 우연히 육체적 관계를 맺은 남자가 그녀를 바다뱀으로 인식한 뒤, 저주로부터 벗어나기 위해서는 바다뱀을 죽여야 한다는 생각에 그녀를 죽이고 자신 또한 절벽에서 몸을 던지는 「바다뱀海蛇」(1936), 유령에 홀려 죽은 이의 이야기를 쌍둥이 트릭을 이용해 그려가는 「달빛 아래의 망령月下の亡霊」(1938)을 발표한다. 1939년까지 니시오가 쓴 여섯 편의 작품은 가마쿠라鎌倉를 무대로 비정상인 인간성을 가진 인물을 통해 괴기와 환상의 세계를 그렸다. 그의 문장은 일류급이었으며, 서간체의 형식으로 강렬한 분위기의 표현과 함께 이상향을 추구하려는 열의를 보이고 있다.

니시오 작품의 특징이라 할 수 있는 괴기소설과 함께 야구를 소재로 한 작품들 또한 눈여겨 볼 필요가 있다. '와세대대학早稲田大学과 게이오의숙대학 야구전早慶戦'으로 유명한 게이오의숙대학 출신답게 니시오는 야구광이었으며, 야구를 다룬 미스터리 작품 「타구봉 살인사건打球棒殺人事件」(1935),

「하얀 선 속의 익살白線の中の道化」(1935)을 통해 독창적인 미스터리 소설의 창작은 물론 그 범위 또한 넓혔다고 할 수 있다.

하지만, 1939년 이후로는 작품 활동과 거리를 두며 보험회사에 근무하였으며, 1945년 일본의 패전 이후 병마와 싸우며 소설, 수필을 집필하였다. 그 대표작으로 친구를 코카인 중독에 빠지게 한 뒤, 코뿔소로 변했다는 망상에 빠트려 친구를 죽이려 했던 주인공이, 도리어 자신을 코뿔소로 착각한 친구에 의해 죽게 된다는 「환상의 마약幻想の魔薬」(1947)을 발표하였다.

그는 생애 27편의 작품을 남겼으며 대부분의 작품이 서스펜스와 괴기물이 차지할 정도로 괴기스런 미의 세계에 정열을 쏟은 특이한 작가였다. 유고집으로는 『해변의 아지랑이海辺の陽炎』(1952)가 있다.

1949년 3월 니시오는 폐결핵으로 인해 가마쿠라시의 자택에서 사망하였다.

그의 작품 중 현재 우리나라에 번역된 작품으로는 『토털 호러』(2009), 『악마의 레시피』(2009), 『로맨스 호러』(2013)에 수록된 「바다뱀」이 있다.

▶ 이정욱

참고문헌: A, B, D, E, F, G.

니시오 이신西尾維新, 1981~

니시오는 리쓰메이칸대학立命館大学 정책학부를 중퇴하고 만화가를 꿈꾸었지만 그림에 대한 자신의 능력의 한계를 느끼고 소설가로 꿈을 바꿨다.

2006년에는 인기 미스터리 만화인『데스노트』와『XXX HoLic』의 소설화를 시도해 원작 못지않는 인기를 얻었다.

2002년 〈헛소리戲言シリーズ 시리즈〉의 첫 작품인『잘린 머리 사이클―청색 서번트와 헛소리꾼クビキリサイクル―青色サヴァンと戲言遣い』(2002)으로 제23회 〈메피스토상メフィスト賞〉을 수상, 이후 2009년까지 총 9권의 시리즈가 150만 부 이상의 판매량을 기록하며 베스트셀러가 되었다.

독특한 캐릭터 설정, 독특한 반전, 작가 특유의 언어유희 등이 특징인 니시오는 최근 일본에서 가장 각광받는 젊은 미스터리 작가이다.

우리나라에도 2005년『너와 나의 일그러진 세계きみとぼくの壊れた世界』를 시작으로 수많은 작품이 번역되었으며, 금후로도 가장 주목받는 일본 미스터리 작가 중 한 명이 될 것으로 보인다.

번역작으로는『너와 나의 일그러진 세계』(2005),『잘린 머리 사이클―청색 서번트와 헛소리꾼』(2006),『로스엔젤레스 BB 연속살인사건』(2006),『목 조르는 로맨티스트』(2007),『목매다는 하이스쿨(헛소리꾼의 제자)』(2007),『사이코로지컬 상, 하』(2008),『XXX 홀릭 어나더 홀릭 란돌드 고리 에어로졸』(2008),『카니발 매지컬』(2008),『모든 것의 래지컬 상, 중, 하』(2009),『신본격 마법소녀 리스카1, 2』(2009~10),『괴물이야기 상, 하』(2010),『메다카 박스1』(2010),『칼 이야기 1~12』(2011~13),『고양이 이야기 흑, 백』(2012),『괴짜이야기』(2013),『꽃이야기』(2013),『귀신이야기』(2013)가 있다.

▶ 이정욱

참고문헌: H3, H5, H6, H7, H8, 니시오 이신『모든 것의 래티컬』(2009),『잘린 머리사이클―청색 서번트와 헛소리꾼』(2006),『귀신이야기』(2013).

니시자와 야스히코西澤保彦, 1960.12.25~

니시자와는 고치현高知県에서 태어나, 미국 에커드 칼리지Eckerd College에서 창작법 전수創作法專修를 전공한 후, 고치대학高知大学 강사, 고교 교사를 역임한 후, 집필활동에 집념하고 있다.

「연살聯殺」(1990)이 제1회 〈아유카와데쓰야상鮎川哲也賞〉 최종후보가 되었다. 1995년, 9건의 토막살인 사건으로만 구성된 연작단편집『해체 이유解體諸因』로 데뷔한 이후, 내일이 없고 오직 오늘만이 매일 매일 반복되는 주인공의 삶을 그린 해롤드 래미스 감독의 영화『사랑의 블랙홀Groundhog Day』(1993)에서 힌트를 얻어, 살해와 회생을 반복하는 할아버지를 구하려는 소년탐정 손자를 그린『일곱 번 죽은 남자七回死んだ男』(1995), 패스트푸드점에 있던 여섯 명이 대지진을 피하기 위해 머문 인격변환 실험시설에서 일어난 연속살인 사건을 그린『인격전이의 살인人格轉移の殺人』(1996) 등을 발표한다.

129

또한, 건강기구개발회사의 신년회를 겸해 사장 집에 초대된 4명의 사원과 살해된 사장을 둘러싸고「초능력자문제 비밀대책위원회」의 출장상담원인 간오미 쓰기코神麻嗣子가 등장해 사건을 풀어가는 〈간오미 시리즈〉 첫 번째 작품『환혹밀실幻惑密室』(1998), 밀실을 배경으로 이루어지는『염력밀실!念力密室!』(1999) 등 초능력과 밀실, SF적 설정과 닫힌 세계를 무대로 수수께끼를 세밀하고 논리적으로 해결하는 본격추리의 작품들을 차례차례 발표했다.

니시자와의 〈간오미 시리즈〉와 함께, 그의 대표작인 명탐정 〈다쿠미 치아키匠千曉 시리즈〉 첫 번째 작품인『그녀가 죽은 밤彼女が死んだ夜』(1996)을 시작으로『맥주가 있는 집의 모험麦酒の家の冒険』(1996),『의존依存』(2000) 등의 작품을 썼다. 이중, 여름방학을 맞아 4명의 대학생이 여행 도중, 자동차 고장으로 인해 우연히 머물게 된 별장에 유일하게 남겨진 침대 1개, 맥주 캔 96개, 맥주 잔 13개를 둘러싸고 이 물건들의 의미를 풀어가는『맥주가 있는 집의 모험』은, 열차 안에서 일어난 살인사건을 풀어가는 니콜라스 웰스 교수를 그려 안락의자 탐정소설Armchair－Detective: 방으로부터 나가지 않거나, 사건 현장에 가지 않고 추리로 해결해 나가는 소설)로 유명한 해리 케멜먼Harry Kemelman의 단편「9마일은 너무 멀다ヌマイルは遠すぎる」(1947)에 도전하는 순수이론 미스터리이자 그의 대표작 중 하나이다.

니시자와의 작품은 기발한 발상과 철저한 해결에 대한 집념으로 수많은 팬을 매료시키고 있으며, 우리에게도『일곱 번 죽은 남자』(2013)가 번역되어 읽히고 있다.

▶ 이정욱

참고문헌: A, H1, H4, H10, 西澤保彦『人格轉移の殺人』(講談社, 1992), 西澤保彦『七回死んだ男』(講談社, 1998), 西澤保彦『麦酒の家の冒険』(講談社, 2000).

니와 세이시新羽精之, 1929.7.22～1977.12.31

니와는 나가사키현長崎県에서 태어났으며 본명은 아라키 세이치荒木清一이다. 도시샤대학同志社大學 영문과를 중퇴한 후, 영어 교사를 하며 라디오 드라마 등을 집필하였고,「불꽃의 개炎の犬」(1958)를 통해 작가 활동을 시작하였다.

1962년 제3회 〈보석상宝石賞〉을 수상한「진화론의 문제進化論の問題」(1962)는 양계사료에 미꾸라지를 섞어 산란효과를 본 백부가, 고등동물을 사료로 사용할 것을 제안한 조카의 조언대로 개구리, 쥐, 개, 아기를 실험대상으로 진행시키며 결국에는 성인마저 그 대상으로 하려한 잔혹한 이야기를 다루고 있다.

장편『일본서교기日本西教記』(1971)는 16세기 예수교의 포교를 위해 일본에 온 스페인 신부 프랜시스 자비에르Francis Xavier 등 선교사들에 대한 박해와, 그들이 행한 기적 뒤에 숨겨진 트릭을 다루고 있으며, 블랙 유머와 잔혹함으로 독자적인 세계를 구축하고 있다.

또한 그의 유일한 장편소설 『고래 다음은 범고래鯨のあとに鯱がくる』(1977)는 나가사키현 사세보佐世保에서 잠수 중 익사한 공해公害반대 시민운동의 리더 시즈키 유이치로志筑雄一郎의 죽음의 배경을 그린 사회파 미스터리 작품이다. 신문기자에 의해 유이치로의 수첩에서 발견된 「고래 다음은 범고래」라는 짧은 문장에서, 공장건설과 원자력발전소 건설을 통해 지방으로 진출하려는 대기업을 경계하는 모습을 엿볼 수 있다. 이처럼 작품의 배경을 자신의 고향으로 설정한 니와는 고향인 사세보에 살며 규슈九州문단의 중추적인 역할을 담당하였다. 하지만, 1977년 폐결핵으로 작가로서는 짧은 인생을 마감했다.

▶ 이정욱

참고문헌: A, E, 新羽精之 『鯨のあとに鯱がくる』(幻影城, 1977).

니와 쇼이치丹羽昌一, 1933~

하코다테函館에서 태어났다. 요코하마시립대학横浜市立大学을 졸업한 후에 1959년에 외무성에 들어가서 쿠바, 칠레 등 중남미 나라의 대사관에서 근무했고 1972년에 퇴직한 후에 아오야마학원대학青山学院大学, 게이오의숙대학慶應義塾大学 등에서 스페인어를 가르쳤다. 쿠바대사관에 근무한 경험을 토대로 1974년 쿠바혁명의 연구서인 『쿠바혁명의 참모습素顔のキューバ革命』을 발표했으며 1979년에는 『쿠바에 대한 밀서キューバへの密書』로 추리작가로 데뷔했다. 1995년 『천황의 밀사天皇の密使』로 제12회 〈산토리미스터리대상サントリーミステリー大賞〉과 〈산토리미스터리독자상サントリーミステリー読者賞〉을 동시에 거머쥐었다. 이 작품은 1914년 내전이 한창인 멕시코 북부를 배경으로 일본 이민자들의 안전을 위해서 밀명을 받고 멕시코에 들어온 청년 영사관원의 고군분투를 그리고 있다. 실재 인물인 혁명군 지도자 판쵸 비야가 등장하는 역사 미스터리이다. 작품에 자신의 해외 체험을 살린 서기관 등의 이야기가 주로 등장하며, 내용의 전개나 배경 묘사에는 라틴 아메리카의 역사, 정치가 반영되어 중심을 이루는 것이 특징이다. 『칠레 쿠데타 살인사건チリ・クーデター殺人事件』(1980)과 『먹물빛 해후鈍色の邂逅』(1996) 등에서도 이러한 경향을 엿볼 수 있다.

▶ 이한정

참고문헌: A, I, 丹羽昌一 『天皇(エンペラドール)の密使』(文芸春秋, 1995).

니이쓰 기요미新津きよみ, 1957.5.4~

나가노현長野現 출생의 소설가로 아오야마학원대학青山学院大学 프랑스문학과를 졸업한 후에 3년간 여행대리점에서 근무했다. 이후 인재파견회사에 등록하여 재일 미주정책사무소와 해외상사 등 다채로운 업종

에서 일했다. 단조로운 회사생활에 변화를 주기 위해서 문화센터에 다니면서, 수영, 인테리어 코디네이트 등을 배웠고 1983년부터는 고단샤講談社 페마스스쿨즈에서 소설작법강좌를 수강했다. 동기로는 미야베 미유키宮部みゆき가 있다. 강사인 야마무라 마사오山村正夫의 추천으로 1987년에 〈요코미조세이시상橫溝正史賞〉에 응모한「소프트보일드의 천사들ソフトボイルドの天使たち」이 최종후보가 되었고, 1989년에 「양면 테잎의 아가씨両面テープのお嬢さん」를 발표하여 작가로 데뷔했다. 아카가와 지로赤川次郎를 좋아했고 초기에는 아카가와 지로 풍의 청춘미스터리를 많이 발표했으나, 『결혼시키지 않는 여자結婚させない女』(1989)를 기점으로 여성심리에 중점을 둔 독자적인 서스펜스 소설을 쓰기 시작했다. 이후 『이브의 원죄イヴの原罪』(1990), 『태내 여죄胎内余罪』(1992), 『유전流転』(1995), 『여자친구女友達』(1996), 『아르페시오アルペジオ』(1998) 등의 작품에서 일상을 꼼꼼하게 묘사하여 긴장감을 높이는 탁월한 기법과 세심한 심리묘사를 전개시켰다. 평온해 보이는 작품 세계를 통해 도메스틱 미스터리 가작을 발표하여 많은 독자를 확보하고 있다. 우연하게 일어나는 사건들의 전개가 부자연스러운 장편소설도 없지 않다. 하지만 단편소설에서는 탁월함을 발휘했다. 「살의가 보이는 여자殺意が見える女」(1997)와 「시효를 기다리는 여자時効を待つ女」(1998)는 〈일본추리작가협회

상日本推理作家協会賞〉 후보에 연속으로 올라 높은 평가를 받았다. 1991년에는 오리하라 이치折原一와 결혼해서 부부가 함께 쓴 장편소설 『이중생활二重生活』(1996)을 간행했다. 한국어로는 『이브의 원죄』(1991)와 『베스트 미스터리2000』II (1999)에 수록된 「시효를 기다리는 여자」가 번역되어 있다.

▶ 이한정

참고문헌: A, I, 山前譲編 『白のミステリー : 女性ミステリー作家傑作選』(光文社, 1997).

니카이도 란코二階堂蘭子

니카이도 레이토二階堂黎人의 추리소설 〈『니카이도 란코二階堂蘭子』 시리즈〉에 나오는 여성탐정이다. 1992년에 간행된 『지옥의 기술사地獄の奇術師』에 등장하여 2012년에 발표된 『패왕의 죽음覇王の死』까지 활약하고 있다. 1949년에 명문가인 니카이도 집안에서 태어났지만 어린 시절에 양친을 여의고 니카이도 료스케二階堂陵介(후에 경시청 부총감)의 양녀로 들어가 히토쓰바시대학一橋大學 이공학부에 입학한다. 할리우드의 영화배우와 같은 요염한 갈색의 고수머리를 가진 외모가 특징이며, 부드러운 얼굴윤곽에 고양이와 같은 검은 눈동자를 지닌 미소녀로 주로 미니스커트를 즐겨 입는다. 이 주인공이 등장하는 작품의 시대배경은 1960년대 후반에서 1970년대 중반 무렵까지이다. 이 시기에는 여성탐정을 경시하는 풍조가 있었다. 니카이도 란코는 처

음 만나는 사람들의 성격과 상황을 재빨리 간파하고 서슴없이 상대에게 말을 거는 재치를 발휘한다. 명석한 두뇌의 소유자로 작품에서 활발하게 움직여 사건을 해결한다. 니카이도 란코는 『지옥의 기술사』를 비롯해 『흡혈가吸血の家』(1992), 『성 아우스라 수도원의 참극聖アウスラ修道院の惨劇』(1993), 『악령관悪霊の館』(1994), 『악마의 미궁悪魔のラビリンス』(2001), 『마술왕사건魔術王事件』(2004), 『쌍면수사건双面獣事件』(2007), 『패왕의 죽음覇王の死』(2012) 등의 작품에서 활약한다. 1996년에 발표된 『인낭성의 공포人狼城の恐怖』에서는 사건을 해결한 후에 행방불명이 되고 이후 작품에서부터 2012년의 『패왕의 죽음』까지에 등장하는 니카이도 란코는 모두 실종되기 이전의 사건에서 활약한다. 단편집 『백합의 미궁ユリの迷宮』(1995)과 『장미의 미궁バラの迷宮』(1997)에서 사건의 화자를 맡고 있는 니카이도 레이토(작자명과 동일한 등장인물)는 니카이도 란코의 의형이다.

▶ 이한정

참고문헌: A, I, 有栖川有栖監修 『図説密室ミステリの迷宮』(洋泉社, 2010) 日本推理作家協会編 『ミステリーの書き方』(幻冬舎, 2010).

니카이도 레이토二階堂黎人, 1959.7.19~

니카이도는 본명이 오니시 가쓰미大西克己로 주오대학中央大學 이공학부를 졸업 하고, 한때 『아톰鉄腕アトム』으로 유명한 만화가

데즈카 오사무手塚治虫의 팬클럽 회장을 맡을 만큼 만화와 데즈카에 심취해 있었다. 1990년 제1회 〈아유카와데쓰야상鮎川哲也賞〉에 가작으로 입선한 「흡혈의 집吸血の家」은 재색을 겸비한 여성 탐정 니카이도 란코二階堂蘭子의 활약상을 담은 작품으로, 괴기적 요소와 활극活劇을 가미한 복고적인 색채가 짙은 탐정소설이다.

〈란코 시리즈〉 제1작인 『지옥의 기술사地獄の奇術師』(1992)를 통해 작가로 데뷔하였으며 작가와 동명인 니카이도 레이토가 작품 속에서 서술자 역할을 맡고 있다. 이 작품은 괴기스런 취미와 활극活劇의 요소를 살려, 에도가와 란포江戸川乱歩의 통속장편을 강하게 의식하는 한편, 과거 탐정소설로 회귀하려는 경향을 보이고 있다.

그의 대표작은 『성 아우스라 수도원의 참극聖アウスラ修道院の惨劇』(1993)과 『악령의 관悪靈の館』(1994), 공전의 히트작인 『진로성의 공포人狼城の恐怖』(1996~98), 『패왕의 죽음覇王の死』(2012) 등이 있다.

니카이도가 편집을 담당한 『밀실 살인 대백과』(전2권, 하라쇼보原書房)는 밀실 속에 숨겨진 트릭을 다룬 작품으로, 14명의 작가가 집필에 참여, 밀실살인에 관한 평론과 고전작품을 담고 있다.

니카이도는 '기술보다는 트릭, 트릭보다는 줄거리'에 중점을 두며 창작 활동을 하였으며, 특히 미국의 유명한 추리소설가인 존 딕슨 카John Dickson Carr에 심취했으며 밀실살

인을 다룬 수많은 작품을 집필하였다. 번역된 작품으로는 『베스트 미스터리2000: 가스케의 세기의 대결』(1999)이 있다.

▶ 이정욱

참고문헌: A, H2, H5, H6, H7, H11.

니카이도 히미코二階堂日美子

작품의 등장인물로 가마쿠라鎌倉 출생의 주부이며 보통 타로 히미코タロット日美子라고 한다. 사이토 사카에斎藤栄의 OL살인사건OL殺人事件』(1985)에 처음 나온다. 24살의 나이로 결혼 전에는 마법사 수행을 했고 꿈과 점성술에서 뛰어났으며 아버지의 서재에 있던 타로를 발견하고 거기에 매료되면서 타로에 재능을 발휘한다. 돌아가신 아버지는 인기 작가였고 그 인세수입으로 경제적인 어려움 없이 자유로운 탐정활동을 펼친다. 남편인 사토루(돌아가신 아버지의 계급에 따라서 경부警部라고 쓰고 사토루라고 읽는다)는 가나가와현神奈川県 경찰간부로 『니카이도 사토루의 역습二階堂警部の逆襲』(1989) 이후의 작품에서 주역으로 등장한다. 남편은 이후 효고현兵庫現 경찰서로 옮기고 경사로 진급한 후 〈니카이도 특명형사조사관二階堂特命刑事調査官 시리즈〉(1993~)에서 활약한다. 『괴도 팟지와 히미코의 대결怪盗ファジーと日美子の対決』(1991, 후에 『가마쿠라 명화관 살인사건鎌倉名画の舘殺人事件』으로 제목 변경)에서는 살인을 저지르지 않고 미술품을 노리는 외국인 괴도가 처음으로 등장하고 그 이후에 이 괴도와 몇 몇 작품에서 대결을 펼친다. 또 『쇼난, 지바 살인사건湘南千葉殺人事件』(1993, 후에 『명의탐정, 가시와기원장의 추리名医探偵・柏木院長の推理』로 제목 변경) 이후의 작품에서 활약하는 의학박사 가시와기 요이치柏木陽一는 친오빠이며 『니카이도 사토루의 마지막 위기二階堂警部最後の危機』(1993)에서도 실력을 발휘한다. 『히미코의 '마지막 심판'日美子の「最後の審判」』(1996) 이후 마녀사 수행을 위해 여행을 떠나면서 단독 활동은 중단되었지만 『히미코의 귀환日美子の帰還』(1998)에서 다시 그의 활약이 부활되었다.

▶ 이한정

참고문헌: A, I, 斎藤栄 『日美子の初タロット』(文芸春秋, 1995).

니키 에쓰코仁木悦子, 1928.3.7~1986.11.23

니키는 후쓰카시 미에코二日市三重子를 본명으로 도쿄東京의 일본적십자사 산부인과에서 태어났다. 집 안의 넷째 딸로 태어났지만, 언니의 요절로 인해 이름을 셋째를 의미하는 미에코라 지었다.

4살 때 척추카리에스가 발병되었지만, 발견이 늦어 두 다리가 마비되고 보행불능이 되었으며, 그 뒤 모든 생활을 침대에 누워서 지냈다.

언니의 영향으로 하야카와쇼보早川書房에서 출판되는 미스터리 작품을 읽고, 처녀작인 「고양이는 알고 있다猫は知っていた」(1957)를

쓴 뒤, 이 작품을 가와이테쇼보신샤河出書房新社 『탐정소설 명작전집』의 별책으로 공모한 추리소설 콩쿠르에 응모하여 입선하였으나, 발표를 앞두고 출판사의 경영악화로 인해 간행이 중지되었다. 그러나 공모제 방식으로 변경된 제3회 〈에도가와란포상江戶川乱步賞〉을 수상하면서 그 가치를 인정받게 된다. 선고위원이었던 란포는 그녀에게 '일본의 크리스티'라고 호평하였고, 이를 계기로 그녀는 세상의 주목을 받으며 추리소설 붐의 주역이 된다.

아동문학을 중심으로 한 니키의 창작은 「고양이는 알고 있다」를 명쾌하며 산뜻한 작품으로 만들어내는데 많은 영향을 주었으며, 이 작품으로 전후 여류추리소설가의 선구가 되었다.

니키는 1958년에 5회에 걸친 대수술을 받은 뒤, 휠체어 생활이 가능하게 되었으며, 1961년에는 여류추리소설작가의 모임인 '안개회霧の会'를 결성하였고, 이듬해 번역가인 고토 야스히고後藤安彦와 결혼했다. 또한 신체장애인 센터와 애완견 조례의 관한 문제에 대해서도 적극적인 활동을 펼쳤으며, 전쟁으로 오빠를 잃은 여동생들의 모임인 '화톳불 모임かがり火の会'을 1971년에 결성하였다.

니키 작품의 대부분은 니키 유타로仁木雄太郎와 에쓰코悦子 형제가 주인공이다. 둘 다 학생으로 설정되었고, 평범한 일상을 배경으로 한 내용들로 인해, 일반인이 쉽게 공감할 수 있다는 점이 특징이다. 작품 속의 니키 에쓰코는 작자과 동명으로, 작품 속에서는 결혼한 뒤, 아사다 에쓰코浅田悦子로 성을 바꾸고 있으며, 후기 단편에서는 에쓰코가 주부탐정으로 활약하지만 유타로는 거의 등장하지 않는다.

대표작으로는 『고양이는 알고 있다』(1957), 『숲 속의 집林の中の家』(1959), 『살인배선도殺人配線圖』(1960), 『가시 있는 나무棘のある樹』(1961), 『검은 리본黒いいリボン』등이 있다. 니키의 작품은 우리나라에 1960년대부터 시작하여 최근까지 번역되었다. 『고양이는 알고 있다』(1961), 『이별이 남긴 사연』(1972), 『고양이는 알고 있다』(1977), 『고양이는 알고 있다』(2006)와 같이 니키의 대표작이 여러 번에 걸쳐 번역되었다.

▶ 이정욱

참고문헌: A, B, D, E, F.

니키 유타로와 에쓰코仁木雄太郎・悦子

니키 에쓰코仁木悦子의 추리소설 『고양이는 알고 있다猫は知っていた』(1957) 이후의 본격 장편시리즈에서 활약하는 아마추어 남매탐정이다. 오빠인 유타로雄太郎는 키가 크고 마른 체구로 식물학을 전공하는 학생이고 여동생인 에쓰코悦子는 키가 작고 통통하며 작달막한 외모로 음악사범대학에 다니는 학생이다. 두 사람은 사이가 매우 좋으며 성격은 밝고 정의감이 강하고 호기심도 왕성하다. 유타로는 분석력이 뛰어나고

에쓰코는 관찰력이 뛰어나다. 고등학교 수학선생인 아버지와 요리를 잘하는 음악선생인 어머니는 남매를 평등하게 사랑하며 키웠다. 전쟁의 피난처였던 신슈信州에 부모가 뿌리내리고 살았기 때문에 남매는 부모와 떨어져서 도쿄의 여러 곳에서 하숙생활을 하게 되고 가는 곳마다 연속 살인사건에 휘말린다. 제1작인『고양이는 알고 있었다』에서 남매는 도쿄에 있는 하코자키箱崎 병원의 2층에 방을 빌려서 하숙생활을 하고 에쓰코는 원장의 딸 사치코幸子에게 피아노를 가르친다. 이곳에서 우연히 창고에 갇힌 사치코의 할머니를 구조해 준 후에 할머니와 입원환자 1명, 그리고 고양이 지미チミ가 실종되는 사건이 일어나자 추리에 관심이 많던 남매가 사건 해결에 착수한다. 제2작인『숲 속의 집林の中の家』(1959)은 하코자키병원에서 사건을 해결한 후에 일본 최대의 귀금속상 저택으로 무대가 옮겨진다. 장기간 유럽 여행을 떠나는 주인을 대신해서 집을 지키고 있던 남매는 어느 날 걸려온 전화에서 비명소리를 듣고 사건에 휘말리며 이 사건 역시 남매탐정에 의해 해결된다.『가시가 있는 나무刺のある樹』(1961)와『검은 리본黒いリボン』(1962), 그리고 열여섯 편의 단편소설에 남매탐정이 등장하고 있다. 후기작품에서 에쓰코는 헬리콥터 파일럿인 아사다 후미히코浅田史彦와 결혼해서 두 아이의 어머니가 되었고 유타로는 거의 등장하지 않게 된다.

▶ 이한정

참고문헌: A, I, 仁木悦子『仁木兄妹長篇全集 : 雄太郎・悦子の全事件』(出版芸術社, 1999).

닌교 사시치人形佐七

요코미조 세이시橫溝正史의 시대소설인 〈『닌교사시치 체포록人形佐七捕物帳』 시리즈〉의 탐정 주인공이다. 드라마와 영화로도 만들어진 이 시리즈는 1938년부터『강담잡지講談雑誌』에 연재되었다. 치밀하게 구성된 계략과 언뜻 엿보이는 오싹함, 그리고 농밀한 성묘사가 특징을 이룬다. 1794년에 태어난 사시치는 죽은 아버지 덴지伝次의 뒤를 이어 탐정이 되며 에도江戸 말기에 에도에서 일어나는 살인사건을 연속으로 해결한다. 하얀 피부에 남자다운 풍채를 지닌 외모로 잘생긴 얼굴 때문에 늘 주위에 여자들이 많다.『하고이타 세 아가씨羽子板三人娘』(1938, 후에『하고이타 아가씨羽子板娘』로 제목 변경)에서 처음으로 등장하여 첫 사건부터 솜씨를 발휘하면서 두각을 나타낸다. 사시치의 주변인물로는 본래는 유녀였던 한 살 연상의 부인 오쿠와お桑가 있다. 사시치와 사건을 통해서 알게 되었으며 질투심이 많아서 여자를 좋아하는 사시치와 잦은 부부싸움을 한다. 여기에 부하들까지 말려드는 부부싸움이 작품에 재미를 더해 준다. 사시치의 부탁으로 아내도 수사에 참여할 때가 있다. 상관은 요리키진사키진 고로与力神崎甚五郎이고, 적은 도리고에鳥越의 모헤지茂平次(처음에는 가헤지嘉平次였다)이다. 익살스러운 간사이関西 사투리를 구사하는 두 살 연하의 부하 다쓰고로辰五郎, 뱀을 싫어하는 두 살 연하의 허약체질인 마메로쿠豆六 등도 주변 인물로 등장하고 있다. 이들과 힘을 합쳐서 연속적으로 일어나는 괴기한 사건을 풀기 위해서 에도를 동분서주하는 사시치의 모습이 『닌교사시치 추리소설』에 담겨 있다. 다른 시리즈에서 개작한 것을 포함해서 이 인물이 등장하는 작품 총수는 178편이다.

▶ 이한정

참고문헌: A, I, 昭和探偵小説研究会編 『横溝正史全小説案内』(洋泉社, 2012).

닛타 지로新田次郎, 1912.6.6~1980.2.15

산악 미스터리 소설을 중심으로 작품 활동을 했던 닛타는 나가노현長野県 태생이며 본명은 후지와라 히로토藤原寛人이다. 닛타는 일본 기상의 제1인자인 큰아버지, 후지와라 사쿠헤이藤原咲平의 영향으로 1932년 중앙기상대(현, 기상청)에 입청하여, 후지산 관측소에 배속된 후, 1935년에 전기학교를 졸업하였다. 1943년에는 만주국 관상대(중앙기상대)에 고층기상과장으로 전직하였으며, 1945년 신징新京(현, 창춘長春)에서 소련군 포로가 되어 중국공산당군에 의해 1년간 억류생활을 하게 된다. 이때의 가족의 체험을 그린 『흐르는 별은 살아있다流れる星は生きている』는 그의 아내인 후지하라

데이藤原てい가 쓴 작품이다. 이 후, 1946년에 귀국하여 중앙기상대에 복직하였고, 아내의 영향으로 1951년 선데이 마이니치 제41회 대중문예에 「강력전强力傳」을 응모, 1등으로 당선되면서 작가생활을 시작하였으며, 이 작품은 1956년 제34회 〈나오키상直木賞〉을 수상하기도 했다.

베테랑 등산가가 낙석사고로 사망하면서 그에 따른 의혹과 해명을 다룬 『진네의 벌チンネの裁き』(1959)을 시작으로 미스터리에 진출한 그는, 일상생활 속 현대인의 불안을 그린 12편의 단편을 엮은 『까만 얼굴의 남자黒い顔の男』(1959)를 발표하였으며, 이 작품은 추리소설 작품보다는 범죄, 괴기소설작품이 많았다.

『눈에 새긴 숫자 3雪に残した3』(1962)은 머플러로 숫자 3을 남기고 눈 속에서 숨진 대원의 진상을 파헤치기 위해, 산악회원들이 용의자 세 명을 추모 산행에 초대, 범인을 고발하는 작품이며, 이 밖에 『익살꾼의 숲道化師の森』(1963), 『눈의 불꽃雪の炎』(1973) 등은 그의 대표적인 작품들이다.

하지만 본업인 기상관료로서의 닛타의 활동은, 1963년부터 1965년 당시 일본 기상측량기의 제1인자로, 세계 최고도에 위치하며 세계 최대 규모의 후지산 기상레이더 건설책임자로 건설을 성공시킨다. 그러나 이듬해인 1966년, 기상청 관측부 측기과장測器課長을 마지막으로 퇴직하였으며, 심근경색으로 요양 중 급사하게 된 것이 1980

년이다.

닛타의 작품세계는 미스터리 소설, 현대물, 역사물 등 다양한 장르에 이른다. 그의 작품은 심리 묘사에 뛰어났으며, 특히 산악 서스펜스물이 많아 산악 미스터리 소설의 1인자로 알려졌으며 그의 작품 중 9편이 산악 미스터리 영화로 제작되었다.

1974년, 일련의 산악소설과 역사소설 『다케다 신겐武田信玄』(1969~73)으로 제8회 〈요시카와에이지문학상吉川英治文学賞〉을 수상하기도 했다.

닛타의 사후, 역사, 현대, 논픽션, 자연계를 다룬 소설 작품을 대상으로 1982년부터 연1회 시상을 거행하고 있는 〈닛타지로문학상新田次郎文学賞〉은 2014년 현재, 32회에 걸쳐 광범위한 분야의 신인발굴의 장이 되고 있다. 번역된 작품으로는 『日本代表作家百人集: 겨울 논의 鶴冬田の鶴』(1966), 『자일파티 상, 하』(1993), 『아름다운 동행1, 2銀嶺の人』(1999) 등이 있다.

▶ 이정욱

참고문헌: A, B, E, F.

ㄷ

다나카 마사미田中雅美, 1958.1.5~

도쿄東京 출생의 소설가로 주오대학中央大学 불문학과 재학 중인 1978년에 〈소설신초신인상小説新潮新人賞〉의 예선에 「마야씨의 정원マーヤさまのお庭」이 올랐고, 1979년 『생명으로 충만한 날いのちに満ちる日』로 제7회 〈소설신초신인상〉을 수상했다. 같은 해에 「여름의 단장夏の断章」으로 제12회 〈청춘소설신인상青春小説新人賞〉 후보가 되었다. 대학을 졸업한 해에 중편소설집 『핫도그 드림ホットドッグ・ドリーム』(1980)을 간행하며 주니어소설가가 되었다. 1986년부터 장편미스터리를 시작해서 다섯 살짜리 유치원생인 호시가와 아쓰고星川厚子가 탐정역으로 등장하는 『앗짱의 추리 포켓あっちゃんの推理ポケット』을 시작으로 〈앗짱 시리즈〉(1986~90)와 함께 〈앨리스アリス 시리즈〉(1985~89), 주인공 다섯 명의 연령을 합한 『합계 300살 탐정단あわせて三百歳探偵団』(1986~92), 『붉은 구두 탐정단赤い靴探偵団』(1987~91) 등 다수의 시리즈물을 코발트コバルト 문고로 내놓았다. 그러나 1990년대부터는 폭력 관능소설을 쓰기 시작하여 『설월화 살인기행雪月花殺人紀行』, 『일본해 살인기행日本海殺人紀行』을 거치면서 어른을 대상으로 하는 소설로 전환했다. 『포악한 밤暴虐の夜』(1993) 이후에는 하드 서스펜스라는 이름으로 강간과 새디스틱한 요소가 가미된 『가학의 우리嗜虐の檻』, 『악귀의 어금니悪鬼の牙』(1993), 『고통스런 학대의 연회悪虐の宴』(1994), 『처형유희処刑遊戯』(1994), 『음란하고 잔악한 손톱淫虐の爪』(1995) 등 다양한 유형의 작품을 발표했다.

▶ 이한정

참고문헌: A, I, 田中雅美 『謎いっぱいのアリス』(集英社, 2002).

다나카 사나에田中早苗, 1884~1945.5.25

번역가인 다나카 사나에는 아키다현秋田県에서 태어났으며 와세다대학早稲田大学 영문과를 졸업했다.

잡지 『신청년新青年』의 초기 번역공로자인 다나카는, 영국의 사회파 미스터리 작가의 원조로 알려진 추리소설 작가 윌리엄 윌키 콜린스William Wilkie Collins의 1860년 작품인 『흰옷을 입은 여자白衣の女』(1921)를 시작으로,

에드거 앨런 포의 탐정 소설적 수법을 세계에서 최초로 장편에 도입한 프랑스의 에밀 가보리오Etienne Émile Gaboriau의 『르루주 사건L'Affaire Lerouge, ルルージュ事件』(1935), 『서류113Le Dossier 113, 書類百十三』(1929), 『오르시발의 범죄Le Crime d'Orcival, 河畔の悲劇』(1929), 『르콕 탐정ルコック探偵』(1929), 가스통 르루Gaston Leroux의 신문 기사체를 사용해 직접 사건 속으로 들어가 문제를 해결하는 『오페라의 유령Le Fantôme de L'Opêra, オペラ座の怪』(1930) 등의 장편과 모리스 르베르Maurice Level의 『밤새Les oiseaux de nuit, 夜鳥』(1928), 퀸 에반스의 단편 등 수많은 작품을 번역했다. 에도가와 란포는 『탐정소설 40년探偵小説四十年』에서 다나카가 번역 소개한 르베르의 단편은 '당시 우리 작가들에게 가장 강렬한 자극을 준 작품이었다'고 회고했다. 또한 영국의 스테이시 오모니어Stacy Aumonier와 아서 맥켄Arthur Machen을 일본에 소개하기도 했다.

▶ 이정욱

참고문헌: A, D, E, G, 江戸川乱歩, 『探偵小説四十年』(沖積舎, 2002).

다나카 요시키田中芳樹, 1952.10.22~

본명은 다나카 요시키田中美樹이다. 구마모토熊本 출생의 소설가로 가쿠슈인대학学習院大学 대학원을 수료했다. 초기에는 리노이에유타카李家豊를 필명으로 사용했다. 이 이름으로 1978년에 응모한 SF미스터리 단편소설 「푸른 초원에…緑の草原に…」로 제3회 〈환영성신인상幻影城新人賞〉을 수상했고, 『환영성幻影城』에 SF단편을 이어서 발표했다. 이 무렵의 작품이 1987년에 간행된 『유성항로流星航路』이다. 첫 장편소설은 모험소설인 『백야의 조종白夜の弔鍾』(1981)으로 이후에 다나카 요시키라는 필명으로 SF소설 『은하영웅전설銀河英雄伝説』(1982~87)을 발표했다. 은하계를 중심으로 활약하는 수많은 영웅들의 전투와 권모술수를 장대한 구상으로 그려냈으며 작중의 매력적인 캐릭터가 많은 독자를 매료시켰다. 1988년에 〈세이운상星雲賞〉 일본장편부문의 수상작가가 되었다. 『은하영웅전설』은 만화 영화와 영화로도 만들어져서 화제를 모았다. 베스트셀러로 오랫동안 사랑받고 있는 이 작품은 간행 20년이 되면서 100쇄를 찍었다. 그 밖의 작품으로는 이세계異世界의 영웅 판타지인 『알스랑전기アルスラーン戦記』, 용의 화신인 4형제를 주인공으로 하는 전기伝奇 액션 『창용전創竜伝』, 호러적 성격이 강한 『몽환도시夢幻都市』와 〈여름의 마술夏の魔術 시리즈〉, 〈야쿠시지 쿄코의 괴기사건부薬師寺 涼子怪奇事件簿 시리즈〉가 있다. 또한 『수당연의隋唐演義』(1995~1996) 등의 중국 작품을 번역한 것도 있으며, 중국의 역사에서 소재를 취한 역사소설 『홍진紅塵』(1993)과 『천축열풍록天竺熱風録』(2004) 등도 집필했다.

한국어로는 『은하영웅전설』(2000, 2011)을

비롯하여 일본 최고의 미스터리 작가 9인의 단편집 『혈안』에 수록된 「오래된 우물」(2012), 『월식도의 마물』(2010), 『야쿠시지 료코의 괴기사건부』(2004), 『클랜KLAN』(2002), 『아루스란 전기』(1999), 『창룡전』(1997)이 번역되었다.

▶ 이한정

참고문헌: A, I, 早川書房編集部らいとすたっふ編 『田中芳樹読本』(早川書房, 1994) 田中芳樹 『「田中芳樹」公式ガイドブック』(講談社, 1999).

다나카 히로후미 田中啓文, 1962.11.9~

오사카大阪에서 태어난 다나카 히로후미는 1986년 고베대학神戸大学 경제학부를 졸업했다. 초등학교 5학년 때 그린, 네 컷 만화가 잡지 『소학교 5학년小学5年生』에 게재되면서 작가 생활을 시작했다.
1993년 추리소설 잡지인 『본격추리本格推理)』에 응모한 재즈의 세계를 중심으로 악기 이외에는 어느 것에도 관심이 없는 천재 색소폰 연주자인 나가미永見를 통해 사건을 해결하는 「낙하하는 미도리落下する緑」의 입선을 통해 본격 추리의 세계에 신인으로 데뷔하였다. 같은 해, 「흉악한 검객凶の劍士」으로 제2회 〈판타지로망대상ファンタジーロマン大賞〉에 입선, 2002년, 지구로부터 5만광년 떨어진 별의 이방인으로부터 온 메시지에 답하기 위해 고군분투하는 주인공을 그린 「은하제국도 홍법대사도 실수할 때가 있다銀河帝国も弘法も筆の誤」로 제33회 〈세이

운상星雲賞〉 일본단편부분을 수상했다. 2009년에는 색소폰 연주자 나가미가 등장하는 「떨떠름한 꿈渋い夢」으로 제62회 〈일본추리작가협회상日本推理作家協会賞〉을 수상했다.
다나카는 오사카와 교토京都를 중심으로 이루어진 라쿠고落語인 가미가타上方 라쿠고의 애호가이기도 하다. 작품을 구성할 때 익살駄酒落을 중요시하며 괴기스럽고 우스꽝스러운 묘사를 집요하게 반복한다는 특징이 있다. 규정매수 이상 원고를 쓴 후, 삭제하며 작품의 완성도를 높여가는 집필방식을 택하고 있다.
작품으로는 『빨간 집赤い家』, 『낙하하는 미도리』 등이 있으며 현재, 간사이에 살며 작품 활동을 하고 있다.

▶ 이정욱

참고문헌: H7, H9, H12, 田中啓文 『銀河帝国も弘法も筆の誤』(早川書房, 2001), 田中啓文 『落下する緑』(創元推理文庫, 2008).

다니 고세이 谷恒生, 1945.9.18~

해양모험소설, 시대소설을 중심으로 작품 활동을 하는 다니의 본명은 다니 쓰네오恒生이며 도쿄東京태생이다. 도리바상선고교鳥羽商船高校를 졸업한 후, 일본해기선日本海汽船에 입사, 재팬 마린으로 옮겨 1등 항해사가 되었다. 그 후 항해사로서 외국항로를 돌며 창작활동을 시작한 특이한 작가이다. 그는 1977년 「희망봉喜望蜂」(〈아쿠타가와상

芥川賞) 후보작), 「말라카 해협マラッカ海峽」을 집필하였으며, 일본의 본격해양 모험소설의 기수로 주목을 받은 『혼 곶ホーン岬』(1977)을 발표했다. 이 작품은, 실종한 항해사를 대신하여 파나마행을 명령받은 주인공이, 배의 입항을 대기하는 사이 옛 나치스의 잔당에 의해 납치되고, 물산회사 일본주재원 살해의 용의까지 받으면서 파나마 경찰로부터 쫓기는 신세가 되지만 마도로스 특유의 의지와 기지를 발휘하며 헤쳐 나간다는 내용이다.

이어 『북의 노도北の怒濤』(1978)는 해운업의 불황으로 인해 폐선으로 결정난 페가수스호ペガサス丸가 밴쿠버항으로부터 30년만의 한파 속을 뚫고 최후의 항해를 떠난다. 폐선으로 인해 이후 갈 곳이 없어진 선장과 선원들간의 고뇌, 베링해의 폭풍 속으로 돌입한 배를 둘러싸고 벌어지는 선원들의 갈등, 대자연에 맞서는 사나이들의 긴장감을 그리고 있다. 이들 작품은 마도로스였던 다니의 경험이 녹아난 작품이라 할 수 있다.

『배에서 사라진 여자船に消えた女』(1981)는 고베神戸의 한 새댁과 가와사키川崎의 매춘부 살해 사건으로 시작된다. 두 사건의 연관성은 어디에도 없는 것처럼 보이지만, 둘 다 갈색 머리의 여성이라는 공통점과 정기선 세이코마루星光丸와 관계가 있다. 이를 주목한 항해사 출신의 선박감정사가 탐정역을 맡고, 용의자로 주목받은 승조원을 찾아내지만 그에게는 완벽한 알리바이가 있다는 설정으로, 진실을 찾기 위한 끈질긴 추적을 그리고 있다.

제8회 〈가도카와소설상角川小説賞〉을 수상한 「훈보르트(페루)해류フンボルト海流」(1981)는 다양한 국적의 선원들이 탑승한 편의치적선便宜置籍船 선적이 선주의 국가에 있지 않고, 여러 제도 면에서 편리한 나라에 등록되어 있는 선박)이 배경무대이다. 일본인 다테노楯野는 1등 항해사로 승선하지만, 페루에서 철광산을 접수해 국유화하려는 강경파와 이에 반대하는 온건파의 항쟁이 일어나고, 거기에 유대인계 조직과 옛 나치와의 대립, 마약, 밀항 등의 문제까지 더해져 배의 출항이 위험해지는 상황에 처하게 된다. 그러나, 미국인 2등 항해사가 승선하면서 상부의 어떠한 명령도 없이 항해를 시작한 배가 페루 군함에 포위되고, 해저지진에 의한 쓰나미津波와 쉴새없이 벌어지는 사건에 휘말리게 되는 서스펜스 소설이다.

배에 집착하며 창작활동을 이어가던 다니는 1991년부터 범죄 폭력에 도전한 〈경시 무라마사警視ムラマサ 시리즈〉와 1993년 가상 전쟁소설을 그린 〈초대본영 전함 야마토超大本營戰艦大和 시리즈〉 등 폭넓고 왕성한 집필활동을 하고 있다.

번역본으로는 『天使의 港口』(1985)가 있다.

▶ 이정욱

참고문헌: A, E, H6, H10.

다니 고슈谷甲州, 1951.3.30~

다니모토 히데키谷本秀喜를 본명으로 효고현兵庫県에서 출생한 다니는, 오사카공업대학大阪工業大学 공학부 토목공학과를 졸업했으며, 건설회사에 근무했다. 이후, 청년해외협력대원으로 네팔에서 활동, 국제협력사업단ICA 프로젝트 조사원으로 필리핀에서 근무하기도 했다. 네팔 체재 중, 베트남전쟁 당시 비전투원의 학살을 그린「137기동여단137機動旅團」(1979)이 〈기상천외SF신인상奇想天外SF新人賞〉 가작이 되면서, 작가로 데뷔하게 된다.

1981년 첫 단행본인 장편『혹성CB-8 월동대惑星CB-8越冬隊』는 통제 불능에 빠진 인공태양을 따라 얼음의 혹성을 돌파하는 스토리로 하드SF적인 설정과 모험소설적인 요소를 조합한 작품으로 높은 평가를 받았다. 또한, 러일전쟁 직후, 만주로부터 러시아 국경 지대에 걸친 처절한 도피행이 전개되는『언 나무 숲凍樹の森』(1994)과 〈닛타지로상新田次郎文学賞〉 수상작인『하얀 산봉우리의 남자白き嶺の男』(1995),『스카이라인頂稜』등 산악소설도 있으며, 기술자의 시점에서 태평양 전쟁을 재구축한 가공 전쟁소설〈패자의 전진覇者の戰塵 시리즈〉(1991~) 등 SF와 모험소설의 두 영역에 두각을 나타냈다. 이후 단편과 장편을 섞어 하나의 미래사를 옴니버스 형식으로 그린 〈항공우주군사航空宇宙軍史 시리즈〉를 중심으로 활동했으며, 현재는 동일설정을 가진 미래사 시리즈 등 하드SF와 산악모험소설 등을 중심으로 집필활동을 하고 있다.

현재, 이시카와현石川県 고마쓰시小松市에 살고 있으며, 일본추리작가협회 회원이자, 2005년부터 2007년까지 일본SF작가클럽 회장을 역임했다.

한국어로는 22세기 무국적도시 오사카를 배경으로 고급창녀 기타자와 에리코北沢ェリコ를 둘러싼 생물공학, 인조인간, 클론 등을 그린 미래 바이오 서스펜스 작품『에리코ェリコ』(전2권, 2000)가 있다.

▶ 이정욱

참고문헌: A, H1, H5, H9, H13.

다니가와 하야시谷川早 ☞ 히사오 주란久生十蘭

다니자키 준이치로谷崎潤一郎, 1886.7.24~1965.7.30

소설가. 도쿄東京 출생. 도쿄제국대학東京帝国大学 국문학과 중퇴. 1910년 제2차『신사조新思潮』를 창간, 다이쇼시대大正時代의 탐미파 작가의 대표.「문신刺青」(1910) 등을 발표하여 나가이 가후永井荷風에게 절찬을 받아 문단의 총아가 되었다.「치인의 사랑癡人の愛」이후 서양주의에서 동양주의로 작풍이 변하였고,「갓쓰고 박치기도 제멋蓼喰う虫」(1929)을 거쳐,「요시노쿠즈吉野葛」(1931),「슌킨초春琴抄」(1933) 등 고전주의적 경향의 소설을 발표. 1943년부터「세설細雪」을 연재하여 1948년에 완성. 만년에는「열쇠鍵」(1956),「미친 노인의 일기瘋癲老人日記」(1962)

등 중년, 노년의 성을 모티프로 한 장편을 발표하였다.

추리문학과 관련해서는, 포나 도일을 읽고 괴기, 환상, 신비스런 소재를 취해 오늘날 미스터리나 서스펜스의 선구적 작품 즉 「비밀秘密」(1911), 「인면창人面疽」(1918), 「금과 은金と銀」(=「두 예술가 이야기二人の芸術家の話」(1918), 「야나기유 사건柳湯の事件」(1918), 「저주받은 희곡呪われた戯曲」(1919), 「어떤 소년의 공포或少年の怖れ」(1919), 「길 위에서途上」(1920), 「핫산 칸의 요술ハッサン・カンの妖術」(1917), 「도모다와 마쓰나가의 이야기友田と松永の話」(1926) 등을 집필하였다. 「일본의 클립픈 사건日本におけるクリップン事件」(1927) 이후에는 탐정소설과는 소원해진다.

여장을 하고 군중에 섞여 있는 남자가 옛 애인과 재회하여 비밀스런 사랑에 빠지지만 스스로 그 비밀을 폭로하여 사랑을 끝내는 「비밀」부터 탐정취향을 보이며, 재능있는 친구를 죽이고 명성을 얻으려는 예술가를 그린 「금과 은」부터 탐정취미 작품이 증가했다. 1918년 발표한 「대낮 귀신 이야기白晝鬼語」는 암호해독, 살인현장 엿보기, 사체처리 트릭이 많이 들어가 있어 탐정소설적 요소가 가장 짙다. 사기를 치는 예술가의 심리를 그린 「전과자前科者」(1918), 도착된 범죄동기를 그린 「어떤 조서의 일절或る調書の一節」(1921), 「어떤 죄의 동기或る罪の動機」(1922) 등 범죄 심리를 그

린 작품도 많다. 「인면창」은 활동사진 여배우의 무릎에 종기로 나타난 거지의 불가해한 인연을 그린 괴기소설이며, 「야나기유 사건」은 자신이 살인을 저질렀을지도 모른다는 청년의 경험담으로, 괴기 환상적 경향을 띤다. 「저주받은 희곡」은 문학청년이 자신이 집필한 희곡에 따라 저지르는 살인 범죄심리를 극명하게 그리고 있으며, 「어떤 소년의 공포」는 의사인 형이 형수를 죽인 것이 아닌가 하는 발작적 행동과 동요 심리를 그리고 있다. 「길 위에서」는 회사원 유가와湯河에게 귀가 도중 사립탐정 안도 이치로安藤一朗가 같은 회사의 누군가의 결혼을 위해 조사할 것이 있다고 말을 붙이며 전개되는 작품으로, 탐정이 범인에게 일일이 정황증거를 들이대면서 범행이 밝혀진다. 에도가와 란포는 이 작품을 '탐정소설사에서 한 시대의 획을 긋는 작품'(「일본이 자랑할 수 있는 탐정소설」)이라고 평가했다. 「나」는 제일고등학교 기숙사에서 일어난 도난 사건을 둘러싸고 벌어지는 심리전을 그린 작품으로, 서술 트릭의 전형이다. 「열쇠」는 1956년 1월부터 12월까지 『중앙공론』에 연재되었고 발표와 동시에 노골적인 성을 다루었다는 점에서 외설시비가 일어 논란의 대상이 되었던 작품임과 동시에 다니자키 추리소설에 전형을 보이는 서술 트릭의 묘미를 보여주어, 탐미파적 면모와 추리작가적 면모가 절묘하게 결합된 작품이라 할 수 있다.

이들 작품은 훗날 추리소설의 대표작가 에도가와 란포, 요코미조 세이시 등에게 깊은 감명을 주었고 그들은 다니자키 작품의 모방을 시도했을 만큼 추리소설 중흥의 원조로 평가된다.

한국어로는 『범죄소설집 I』(2005)에 「그늘에 대하여」, 「대낮 귀신이야기」, 「전과자」, 「저주받은 희곡」, 「버들탕사건」, 「나」, 「길 위에서」, 「어떤 조서의 한 구절」, 「어떤 죄의 동기」 등이 번역되어 있다.

▶ 김효순

참고문헌: A, B, D, E, G.

다로 소시로太朗想史郎, 1979.3.2～

SF작가인 다로는 와카야마현和歌山県에서 태어났으며 초등학교 6학년부터 중학을 졸업할 때까지 영국의 런던에서 어린 시절을 보냈으며, 히토쓰바시대학一橋大学을 졸업했다.

〈『이 미스터리가 대단하다!』대상このミステリーがすごい!大賞〉을 2010년 수상한 단편 『도기오トギオ』(2010)는 산촌에서 항구로, 또다시 대도시로 방랑하는 주인공을 그리고 있다. 서서히 밝혀지는 색다른 세계관과 장엄하게 전개되는 이야기는 형용하기 어려운 매력적인 작품이다. 그의 작품경향은 '독창성과 문장력에서 일류급'이라 할 수 있다.

▶ 이정욱

참고문헌: H10~H12.

다마이 가쓰노리玉井勝則 ☞ 히노 아시헤이
火野葦平

다이라 류세이平龍生, 1935.4.5～

본명은 다이라 다다오平忠夫이며, 고베神戸시 태생이다. 와세다대학早稲田大学 제2문학부 일본문학과를 졸업하고, 광고기획사에 입사한 후, 프리랜서 작가로 활동하면서, 「한밤중의 소년真夜中の少年」(1972)으로 제40회 〈올요미모노추리신인상オール読物推理新人賞〉을 수상하였다.

여성사형수의 도피를 그린 범죄소설 「탈옥정사행脱獄情死行」(1983)으로 제3회 〈요코미조세이시미스터리대상横溝正史ミステリ大賞〉을 수상하게 되는데, 이 작품은 1940년부터 1945년을 시대적 배경으로, 살인죄로 복역하던 주인공이 탈옥, 도중에 만난 탈영병과 오직 정사情事와 애욕만으로 가득찬 둘의 관계를 그리고 있다. 같은 해 발표한 『방화 화이어 게임放火ファイヤーゲーム』(1983)은 여성으로서의 매력에 부족함을 느낀 주인공이, 난소卵巣수술 후, 좌절하는 가운데에서도 성性에 대한 해방을 추구한다는 다소 모순적인 심리를 그리고 있다.

그 밖에 『탈옥귀곡행脱獄鬼哭行』(1984)은 시각장애인인 어머니와 신혼인 아내와의 만남을 그리워하며 탈옥을 감행한 실화를 바탕으로 한 사형수의 탈옥기이다. 또한, 사형수의 유령에 의한 복수를 그린 『사령집행인死靈執行人』(1988) 등도 있다.

그의 작품은 추리소설이라기보다는 범죄자의 심리 및 행동을 그린 범죄소설과 탈옥시리즈 소설이 대부분을 차지한다.

▶ 이정욱

참고문헌: A, E.

다잉 메시지ダイイング・メッセージ

추리소설에서 피해자가 죽기 직전에 남긴 메시지를 말한다. 주로 살인사건의 피해자나 범인이 남긴 사건을 암시하는 수수께끼 같은 단서를 가리키며 트릭의 일종이다. 범인을 알 수 있는 물건이 증거를 암시하며 범인의 이름을 글자나 숫자 같은 기호로 남기기도 한다. 피해자가 사망 직전에 자신을 발견한 사람에게 범인을 알리는 매우 짧은 말도 이에 해당한다. 중상을 입은 피해자가 남기는 것이기 때문에 내용은 완전하지 못하다. 이것만으로는 이해할 수 없는 일종의 암호와 같은 경우도 있고 범인에게 발견되기 어려운 장소에 숨겨지기도 하여 다잉 메시지는 간단하게 풀 수 없을 때도 적지 않다. 또한 제3자가 수사에 혼선을 주기 위해서 위조된 메시지를 남기기 때문에 탐정 역시 분석과 추리를 반복하게 된다. 본격파 추리소설의 거장인 미국의 엘러리 퀸은『X의 비극Xの悲劇』등 몇 편의 장편과 단편 작품에서 이러한 트릭을 사용했다. 일본 추리소설에서는 나쓰키 시즈코夏樹静子의 장편『천사가 사라진다天使が消えていく』(1970), 아유카와 데쓰야鮎川哲也가 쓴 단편「모래시계砂の時計」(1972)와「X・X」(1976), 모리무라 세이이치森村誠一의 장편『인간의 증명人間の証明』(1976) 등에서 사용되고 있다.

▶ 이한정

참고문헌: A, I, 本格ミステリ作家クラブ編『本格ミステリ』(講談社, 2008).

다지마 도시유키多島斗志之, 1948.10.24~?

다지마는 오사카大阪 태생으로 그의 본명은 스즈타 케이鈴田恵, 별명은 다지마 겐多島健이다. 와세다대학早稲田大学 정치경제학부를 졸업한 후, 광고대리점에 근무하며, 프리랜서 광고제작 디렉터로 활동하였다.「당신은 불굴의 한코 헌터あなたは不屈のハンコ・ハンター」(1982)로 제39회 〈소설현대신인상小説現代新人賞〉을 수상하였지만, 본격적인 미스터리 작가로의 데뷔작은『이정각 게임移精閣ゲーム』(1985, 후에『용의 브로도콜龍の議定書』로 개제, 이정각은 쑨원기념관을 가르킴)이다. 이 작품은 대기업 광고대리점이 여론조작이라는 사건에 휘말린다는 현대적인 주제와 더불어, 혁명가 쑨원孫文의 비밀스런 생애라는 근대사적인 소재를 다룸으로써 중국, 대만, 소련, 미국 등이 참가한 스케일 면에서 규모가 큰 국제첩보소설이라고 할 수 있다.

이후 냉전구조를 배경으로 한 국제첩보소설인『밀약환서密約幻書』(1989)와 다이쇼大正부터 쇼와昭和초기를 무대로 한 시대 미스

터리 모험소설 『백루몽白樓夢』(1995), 세토나이가이瀬戸内海지방을 무대로 한 『불가사의한 섬不思議島』(1991), 일본계 FBI 특별수사관을 주인공으로 한 『크리스마스 묵시록クリスマス黙示録』(1990) 등 세계를 넘나들며 활약하는 주인공들을 그린 첩보소설 작품들을 발표한다.

『크리스마스 묵시록』은 미국의 키오니 왁스먼Keoni Waxman 감독에 의해 1996년 영화화되기도 했다.

또한 정신병을 앓는 여고생 아사미亞佐美를 통해 이중인격자를 그린 『증례A症例A』(2000)를 발표하기도 한다.

1952년을 시대적 배경으로 고베 롯코산六甲山의 아버지 친구의 별장에서 여름을 지내는 소년을 그린 『검은 백합黑百合』(2008)을 끝으로, 2009년 12월 19일 교토의 호텔에 머물던 다지마는 이후 행방불명인 채, 2014년 현재도 그의 소재는 미스터리에 쌓여있다.

▶ 이정욱

참고문헌: A, H1, H9, 『毎日新聞』(2009년12월25일).

다치바나 소토오橘外男, 1894.10.10~1959.7.6

유머, 괴기, 실화를 중심으로 작품 활동을 한 다치바나는 이시카와현石川県 가나자와시金沢市 태생이다. 그는 육군대좌(현재 대령)였던 아버지에게 반발해, 군마현립群馬県立 다카사키중학高崎中学을 중퇴한 후, 홋카이도北海道의 숙부를 의지 삼아 홋카이도 철도관리국에서 근무하게 된다. 하지만,

업무상 횡령죄로 삿포로札幌 감옥에서 1년 여를 복역한 후, 다양한 직업을 전전하다가 1919년부터 도쿄東京의 니혼바시日本橋에서 무역상을 경영하게 된다.

소설가 아리시마 다케오有島武郎가 서문을 담당한 처녀작인 「태양이 져 갈 때太陽の沈みゆく時」(1922~23), 『염마지옥艶魔地獄』(1925) 등 다치바나의 초기 작품은 기독교 색채가 강한 작품들이 주를 이루었다. 이후, 시 집필활동을 그만 둔 다치바나가 문단에 등장하게 된 것은, 1936년 문예춘추사의 실화實話 모집에 응모한 「바 룰렛 트러블酒場ルーレット紛擾記」을 통해서이다. 도쿄 긴자銀座에서 네덜란드인과 함께 바를 운영하는 일본인 '나'의 이야기로, 일본어와 네덜란드어의 차이를 라쿠고落語를 사용해 창작한 특이한 작품이다.

아프리카의 콩고의 밀림지대에서 의료 활동을 하는 벨기에 의사 도뇨르를 그린 「박사 도뇨르의 『진단기록』博士デ・ドウニョールの『診斷記錄』」(1936), 남아프리카에서 인간과 동물사이에서 태어난 아이를 통해 백인지상주의를 그린 『괴인 시푸리아노怪人シプリアノ』(1937) 등 실화와 허구를 통한 이국정서를 담은 소설을 집필한다.

또한 일본의 괴담에도 비범함을 보이며, 유령과의 교류를 그린 『즈시 이야기逗子物語』(1937), 저주받은 이불이 불러오는 공포의 사건을 다룬 『이불蒲団』(1937) 등의 작품을 발표하였다.

1938년 발표해 제7회 〈나오키상直木賞〉을 수상한「나린 전하에 대한 회상ナリン殿下への回想」은, 1939년 도쿄의 인도인 클럽에 대한 영국대사관의 방해와 박해를 그리고 있다. 영국을 배격한 일본이 같은 아시아인으로서 인도의 독립을 지원하는 당시의 정치적 상황이 잘 드러난 작품으로 1939년 기누가사 데이노스케衣笠貞之助 감독에 의해 영화화되기도 했다.

1942년과 1943년 두 차례에 걸쳐 가족과 함께 만주滿洲(현 중국의 동북부 지방)로 이주하여, 만주서적 배급주식회사의 경리과장, 만주영화협회에 협력자로 근무한 뒤, 1946년 귀국하였다.

전후, 자신의 파란만장한 삶을 엮은 반자전적 소설인『나는 전과자이다私は前科者である』(1955)와 중국 신징新京에서 소련군의 만행을 직접 경험하고 그린 작품들은 자료적 가치가 높다고 할 수 있다. 1959년 신장 기능 부전증으로 사망한다. 작품집으로는『다치바나 소토오 걸작선橘外男傑作選』(전3권, 社会思想社, 1977~78) 등이 있다.

▶ 이정욱

참고문헌: A, D, 橘外男『酒場ルーレット紛擾記』(春秋社, 1938), 権田萬治『日本探偵作家論』(悠思社, 1992), 野崎六助『日本探偵小説論』(水声社, 2010).

다카기 아키미쓰高木彬光, 1920.9.25~1995.9.9

본명은 다카기 세이이치高木誠一이며, 아오모리현青森県의 4대에 걸친 의사 집안에서 출생하였다. 도쿄東京의 제일고등학교第一高等学校를 졸업하고, 교토대학京都大学 공학부 야금학과冶金学科를 졸업한 후, 1943년 나카지마中島 비행기 주식회사의 재료 검사기사로 일하였으나, 전쟁이 끝난 후 직장을 그만두었다.

전후 본격추리소설의 유행에 자극을 받아 집필한『문신살인사건刺青殺人事件』(1948)는 에도가와 란포江戸川乱歩로부터 '수수께끼 구성과 논리적인 매력, 흥미로운 줄거리인 면에서 발군'이라 추천받았으며, 밀실트릭의 독창적 발상과 심리적 착각의 이용이라는 점에서 큰 반향을 불러일으켰다.

이듬해인 1949년『백설공주白雪姫』를 시작으로 본격적인 작가로서의 작품을 발표하였다. 특히 두 번째 장편인『노 가면 살인사건能面殺人事件』(1949)은 등장하는 서술자가 탐정이 되며, 또 범인이 되기도 하는 다소 파격적인 형식을 선택한 이 작품은 1950년 제3회 〈탐정작가클럽상探偵作家クラブ賞〉을 수상하기도 했다.

다카기는 천재적 명탐정 가미즈 교스케神津恭介의 존재가 처음으로 등장하는『요부의 여관妖婦の宿』(1949), 밀실형식으로 연쇄살인을 다룬『그림자 없는 여인影なき女』(1950), 신흥종교의 요염한 분위기 속에서 기계적인 트릭을 그린『저주의 집呪縛の家』(1950), 군국주의 시대의 고등학생의 회상과 감정을 시계탑이라는 특이한 장소를 무대로 그린 『나의 일고시대의 범죄わが一高時代の犯罪』 (1951) 등 밀실, 트릭, 인간성 상실을 주제로 한 작품들을 집필했다.

그는 잠시 건강상의 이유로 작품 활동을 쉰 후, 영국의 런던탑의 역사를 파헤친 『탑의 판관塔の判官』(1954), 미나모토노 요시쓰네源義経(1159~89)와 칭기즈칸(1162경~1227)이 동일인물이라는 논쟁에서 힌트를 얻어 쓴 역사추리소설 『칭기즈칸의 비밀成吉思汗の秘密』(1958) 등 역사적인 사실에서 소재를 구한 작품도 집필했다.

다카기 작품의 또 하나의 특징으로는 재판 관련 작품을 들 수 있다. 『파계재판破戒裁判』 (1961)은 작품의 무대가 대부분 법정 내에서 이루어지며, 문답형식의 구성방식을 취하고 있다. 이 작품을 쓰기 위해 6개월 간, 형법과 형사소송법을 연구할 만큼 열정적이었던 다카기는, 일본에서 최고의 재판추리소설의 선구자적인 역할을 담당하였다고 할 수 있다 재판정을 다룬 그의 열정은 『유괴誘拐』(1961), 『추적追跡』(1962)으로 이어지며, 법조인들을 감복시키기도 했다. 이렇듯 다카기의 재판관련 작품에 대한 열정으로 인해, 의혹으로 남았던 마루쇼사건丸正事件 1955년 시즈오카현에서 일어난 여성점원 살인사건의 용의자로 몰린 재일 한국인 이득현을 다룬 사건)의 특별변호인으로 1965년 2월 최종변론에 서기도 했다. 전후, 일본의 탐정소설은 세계적 수준에 도달했다고 할 수 있으며 그 중심에 다카

기가 있었다고 해도 과언이 아닐 것이다. 그의 작품에 빠지지 않고 등장하는 천재적 명탐정 가미즈 교스케, 청년 변호사 햐쿠타니 센이치로百谷泉一郎와 그의 아내 아키코明子, 기리시마 사부로霧島三朗 검사 등 매력적인 캐릭터와 추리소설뿐만 아니라 시대소설, SF소설, 소녀를 대상으로 한 소설 등에도 영역을 넓혀 활동하는 폭넓은 작품 세계를 구축하고 있다. 작품 이외의 다양한 활동으로는 고교시절부터 관심을 가졌던 역학易学, 광산사업에 대한 열정을 들 수 있다.

다카기의 작품으로는 『가미즈 교스케 탐정소설 전집神津恭介探偵小説全集』(전10권, 和同出版社, 1957~58), 『다카기 아키미쓰 장편추리소설 전집高木彬光長編推理小説全集』(전16권, 光文社, 1972~74), 『다카기 아키미쓰 명탐정전집 1~11高木彬光名探偵全集』(전11권, 立風書房, 1975~76) 이 있다.

번역된 작품으로는 『파계재판破戒裁判』(1978), 『야망의 덫』(1983), 『밀고자』(1985), 『열한 개의 의문』(1988), 『실험부부』(1991), 「불꽃 같은 여자」(『세계명작추리소설05』, 1993), 「살의殺意」(『제로의 밀월』, 1993), 『인형은 왜 살해되는가』(2013), 『문신살인사건』(2005), 「과학적 연구와 탐정소설」(『세계추리소설걸작선』, 2013)이 있다.

▶ 이정욱

참고문헌: A, B, D, E, F, G.

다카노 가즈아키高野和明, 1964.10.26~

소설가이자 각본가인 다카노는 도쿄東京에서 태어났으며 어린 시절부터 영화감독을 지망하여, 초등학교 6학년 때는 자주영화自主映畵를 제작하기도 했다. 1984년, 영화 및 텔레비전의 스텝으로 활동한 경험을 살려, 1989년 로스엔젤리스 시립단기대학Los Angeles City College에서 영화를 공부하며 영화계에서 스텝으로 경험을 쌓았다. 1991년 일본에 귀국한 후 영화 및 텔레비전 등의 각본가로 활동하였다.

2001년 사형 제도를 다룬 작품「13계단13階段」(2001)으로 제47회 〈에도가와란포상江戸川乱歩賞〉을 수상하였으며, 이 작품은 판매부수 40만부를 기록하며 란포상 수상작 중, 가장 빠른 시기에 가장 많은 판매량을 기록하였으며 2003년 나가사와 마사히코中澤雅彦 감독에 의해 영화화되기도 하였다.

대표작품으로는『그레이브디거グレイヴディッガー』(2002),『KN비극KNの悲劇』(2003),『유령인명 구조대幽靈人命救助隊』(2004), 『제노사이드ジェノサイド』(2011), 제145회 〈나오키상直木賞〉 후보, 제65회 〈일본추리작가협회상日本推理作家協会賞〉,『6시간 후 너는 죽는다6時間後に君は死ぬ』(2007, 2008년 텔레비전 드라마로 방송)가 있다.

번역 작품으로는『13계단13階段』(2005),『유령인명 구조대』(2005),『그레이브디거』(2007),『6시간 후 너는 죽는다』(2009),『제노사이드』(2012),『KN비극』(2013)이 있다.

▶ 이정욱

참고문헌: H2, H12~H13, 高野和明『13階段』(講談社, 2001), 高野和明 『ジェノサイド』(角川書店, 2011).

다카무라 가오루高村薫, 1953.2.6~

본명이 하야시 미도리林みどり인 다카무라는 오사카大阪에서 태어나 국제기독교대학国際基督教大学 교양학부(프랑스 문학 전공)를 졸업하고 상사 근무 후, 맨션을 경영하면서 소설을 집필한 작가이다.

1989년 제2회 〈일본추리서스펜스대상日本推理サスペンス大賞〉에「리비에라를 쏘고リヴィエラを撃て」가 최종후보에 오르면서 작가생활을 시작했다. 이 작품은 1992년 겨울, 도쿄東京에서 아일랜드 독립무장단체인 IRA의 전직 대원의 살해사건의 배후로 지목된 미국의 CIA, 영국의 MI5, MI6 등 국제첩보단체의 활동을 그리고 있다. 다음해 은행 지하금고의 금괴탈취계획을 그린 범죄소설『황금을 안고 튀어라黄金を抱いて翔べ』(1990)로 제3회 〈일본추리서스펜스대상〉을 수상하게 되며, 이 작품은 2012년 이즈즈 가즈유키井筒和幸 감독에 의해 영화화되었다.

원자력 발전소 폭격을 둘러싼 CIA, KGB, 북한정보부, 일본공안경찰의 첩보전을 그린『신의 불神の火』(1991, 제5회 〈야마모토 슈고로상〉 후보)과『내 손에 권총을わが手に拳銃を)』(1992, 제14회 〈요시카와에이지문학신인상吉川英治文学新人賞〉 후보,『리오李欧』

개제)는 사회 부적응자들이 자신들의 정신적인 카타르시스를 실현하기 위한 도구로 범죄를 선택하고 있으며, 이 역할은 대부분 외국인이 맡고 있다.

1993년 〈나오키상直木賞〉을 수상한 『마크스 산マ-クスの山』(1993, 제12회 〈일본모험소설협회대상日本冒険小説協会賞〉 수상, 『이 미스터리가 대단하다!このミステリ-がすごい!』 1994년판 국내 제1위)은 부모에 의한 동반자살에서 살아남은 소년(마크스)을 둘러싼 연속살인을 그리고 있다. 작품의 인기는 1995년 재일 한국인 영화감독 최양일(1949~)에 의해 영화화되기도 했다.

1997년 〈마이니치출판문화상每日出版文化賞〉을 수상한 『레디 죠카レディ・ジョ-カ-』(1997)는 「레디 죠카」라는 그룹에 의해 대기업 맥주회사인 히노데 맥주日之出麦酒 사장의 유괴를 다룬 기업협박사건을 그린 미스터리 작품이다. 이 작품은 현실 사회에서 미궁으로 남은 사건에서 힌트를 얻어 대규모적인 경제범죄를 그리고 있으며 1999년 『이 미스터리가 대단하다!このミステリ-がすごい!』의 국내1위의 인기작이기도 하다.

다카무라의 번역서로는 『석양에 빛나는 감照柿』(전2권, 1995), 『마크스 산』(전2권, 1995), 『리오』(전2권, 2003년), 『황금을 안고 튀어라』(2008), 『조시1, 2』(2010), 『마크스의 산』(전2권, 2010)이 있으며, 이는 일본뿐만 아니라 우리나라에서도 다카무라의 인기를 증명하는 기준이 될 것으로 보인다.

▶ 이정욱

참고문헌: A, H7, H10.

다카미 히사코鷹見緋紗子

1943년에 태어나 도쿄여자대학東京女子大学을 중퇴한 후, 가나가와현神奈川県에 살고 있는 추리작가라는 이력이외에는 모든 게 정체불명인 작가이다. 하지만, 실제로는 문학 평론가인 나카지마 가와타로中島河太郎의 제안으로 오타니 요타로大谷羊太郎, 소노 다다오草野唯雄, 덴도 신天藤真의 세 명의 추리작가의 공동필명이다.

덴도가 집필한 『내 스승은 사탄わが師はサタン』(1975)은 강간범으로 소문난 가네시로金城학원대학의 조교수를 벌하려는 학생들이 그들의 계획을 진행시키는 도중 일어나는 예기치 못한 살인사건을 그리고 있다. 「복면작가」의 처녀작이라는 화제성뿐만 아니라, 신인이라 하기에는 작품의 완성도가 뛰어나다는 평을 받았으며, 단편 「복면 레퀴엠覆面レクイエム」(1980) 또한 덴도가 담당했다. 오타의 작품으로 알려진 『사체는 두 번 사라졌다死体は二度消えた』(1975)는 밀실에서 시체가 사라진다는 불가능한 상황을 그린 작품이며, 요코미조 세이시横溝正史로부터 '본격 탐정소설과 서스펜스 소설의 교묘한 결합'이라는 평을 받았다. 소노가 집필한 『최우수범죄상最優秀犯罪賞』(1975)은 악덕 상술로 서민의 미움을 산 세 명의 사장이 차례차례 살해되는 사건을 그린 작품이다.

151

대표작으로는 『어둠으로부터의 저격자闇からの狙撃者』(1981), 『흔적 없는 모살자痕なき謀殺者』(1983), 『악녀 지원悪女志願』(1981), 『피투성이 구세주血まみれの救世主』(1985), 기업협박 사건을 계기로 격동의 시기와 싸워가는 두 쌍의 부부를 그린 『불륜부인 살인사건不倫夫人殺人事件』(1986), 관능 미스터리 『악령에 쫓기는 여인悪霊に追われる女』(1987) 등이 있다. 대부분의 작품은 오타에 의해 집필되었다.

▶ 이정욱

참고문헌: A, B, E.

다카야나기 요시오高柳芳生, 1931.1.17~

도치기현栃木県 우쓰노미야시宇都宮市에서 태어난 다카야나기는 교토대학京都大学 문학부 독문학과를 졸업하고 대학원을 수료한 후, 1957년 외무성에 입성, 재독대사관, 베를린 총영사관등에서 근무한 관료출신 소설가이다. 이후 외무성 연수원 교무주사를 끝으로 도호학원대학桐朋学園大学 교수를 역임했다.

1971년 독일에서 일어난 일본인 교수 살인사건을 다룬 「『슈바르시바르토』의 여관黒い森の宿」으로 제10회 〈올요미모노추리소설신인상オール読物推理小説新人賞〉을 수상한다. 이 작품은 살인사건을 조사하기 위해 독일에 온 조사원 또한 죽게 되고, 영사업무를 담당하고 있는 '나'를 통해 살인사건의 진상을 밝히는 작품으로 미스터리와 이국정서가 어우러져 전개되고 있다.

이어, 마쓰모토 세이초松本清張의 추천으로 출판하게 된 장편 『「가이에르스부르크」의 참극「禿鷹城」の惨劇』(1974)은 독일을 무대로 한 밀실살인을 그리고 있다. 독일의 고성을 리모델링해 만든 호텔을 무대로 일본, 소련, 폴란드, 동독의 정재계의 흑막이 그려졌다.

『라인강의 무희ライン河の舞姫』(1977)는 라인강의 관광선을 무대로, 아름다운 풍경을 소개하면서, 전설에 둘러싸인 고성古城의 매매賣買를 둘러싸고 사건이 전개된다. 성의 성주인 독일인 백작은 대학 때 친구였던 일본대사관의 서기관을 통해, 미술에 조예가 깊은 일본인에게 팔고 싶다는 뜻을 전하게 되고, 이러한 가운데 밀실살인사건이 발생한다는 내용이다. 『프라하의 익살꾼プラハからの道化たち』(1979)은 외교관으로 독일에서 근무한 작가가, 체코동란 당시의 체험을 바탕으로 자유에 대한 소망을 픽션의 형식으로 그린 작품이다.

다카야나기의 작품 세계는 전직 외교 관리로서 독일에서의 경험을 충분히 살리면서, 밀실살인에 대한 관심을 보였으며 난해한 수수께끼로 독자를 혼란스럽게 하는 단순한 물리적 트릭이 아닌, 심리적 요소와 결합하면서 복잡한 형태의 구성을 택했다.

▶ 이정욱

참고문헌: A, B, E.

다카치호 하루카 高千穂遥, 1951.11.7~

소설가이며 각본가이다. 본명은 다케카와 기미요시竹川公訓로 나고야名古屋 출생이다. 고등학교 시절에 만화가를 지망하였고 대학은 호세이대학法政大學 사회학부를 졸업했다. 재학 중에는 SF팬 클럽활동을 하면서 1972년에 '스튜디오 누에スタジオ え'를 설립하였다. 아트 디렉터로 활동하는 한편 1977년에는 일본에서는 처음으로 본격 SF소설 〈크라샤 죠 시리즈〉 제1작인 『크라샤 죠 연대혹성 피잔의 위기クラッシャージョウ連帯惑星ピザンの危機』를 발표하면서 작가로 데뷔하였다. 이외에도 여자 둘이 한 팀을 이뤄 활약하는 통쾌한 우주활극 〈다티페아ダーティペア 시리즈〉(1980~)가 큰 인기를 끌면서 만화 영화로도 만들어졌다. 한편 다카치호 하루카는 열성적인 프로 레슬링 팬이자 격투기 연구가이다. 이러한 지식을 살린 작품으로 「어둠의 패왕闇の覇王」을 비롯하여 하드 액션 〈암흑권성전暗黒拳聖伝』(후에 『군용무투전群竜武闘伝』로 제목 변경) 시리즈〉(1988~95)가 있다. 이밖에도 북유럽의 신화를 배경으로 한 영웅판타지인 『미수美獣』(1985), 용신竜神의 피를 이어받아서 쿵푸영웅의 활약을 그린 괴기하고 환상적인 액션물 〈『더 드래곤 쿵푸ザ ドラゴン カンフー』 시리즈(1981~88), 그리고 이세계異世界를 그린 판타지 〈『이형삼국지異形三国志』 시리즈(1992~98) 등이 있다. 50세가 넘어서 알게 된 자전거타기가 자신의 인생을 바꾸었다며 자전거 통학, 자전거 통근을 추천하는 「자전거삼매경自転車三昧」, 「자전거를 타서 살이 빠진 사람自転車で痩せた人」이란 책을 집필하기도 하였다. 2007년 10월부터 2009년 10월까지 일본SF작가클럽의 회장과 함께 〈일본 SF평론상日本SF評論賞〉의 심사위원도 역임하였다. 한국어로는 『신들의 전사』(1999)가 번역되었다.

▶ 이한정

참고문헌: A, I, 日本SF作家クラブ編 『SF入門』(早川書房, 2001).

다카하라 고키치 高原弘吉, 1916.1.1~2002.7.2

소설가. 후쿠오카현福岡県 출생. 고교 졸업 후 잠시 가업을 잇다 기타규슈北九州 석탄광업 노가타부회直方部会에서 석탄관계 업무에 종사하였다. 1959년 잡지 『보석宝石』과 『주간아사히週刊朝日』가 공동주최한 현상모집에 제2차 세계대전 당시의 사세보佐世保를 무대로 하는 단편소설 「불타는 군항燃ゆる軍港」(1960)이 당선되며 추리소설을 발표하기 시작하였다. 1962년에는 야구 스카우트 전쟁을 소재로 한 「어느 스카우트의 죽음」으로 제1회 〈올요미모노추리소설신인상オール読物推理小説新人賞〉을 수상하였으며 동시에 제45회 〈나오키상直木賞〉 후보에도 올랐다. 이듬해 불황으로 인해 일하던 탄광이 폐쇄되자 추리소설 집필에 전념하게 되었다. 그리하여 야구 스카우트 전쟁 속에 일어나는 사건을 다룬 『환상의 팔まぼろしの腕』(1963)과 『서스펜디드 게임サスペンデット・ゲーム』(1964), 하드 트레이닝으로 초인적 기술을 얻은 야구선수가 등장하는 『사라진 초인消えた超人』(1965) 등 야구추리소설 분야에서 독보적인 세계를 구축하였다. 먼저 『환상의 팔』은 구단 스카우트가 자신이 발견한 신인선수의 교환을 요구하던 타 구단의 스카우트가 사체로 발견되자 살인 혐의를 받게 되는데 진범 추적보다 유망선수를 찾는 일에 집착하는 스카우트의 숙명을 그렸다. 또 『서스펜디드 게임』은 강속구 좌완투수의 쟁탈을 위한 스카우트 간의 경쟁과 살인, 음모, 타협의 인간관계와 알리바이 트릭, 연애의 요소가 더해져 흥미진진하게 전개되었다. 끝으로 『사라진 초인』은 5년 후 세계최강의 프로야구팀을 결성하기로 밀약하고 비밀리에 초인선수를 양성하여 절묘한 묘기를 보여준다는 코믹하고 통쾌한 프로야구 소재의 소설이다. 그 밖에도 『영광에 걸다栄光に賭ける』(1970), 『서킷살인サーキット殺人』(1972)에서는 자동차 레이스를 다뤄 다양한 스포츠 소재의 추리소설 장르로 확대해 갔다. 특히 『서킷살인』은 8만 관중이 모인 카레이스장에서 살인범을 찾아온 경관이 인기절정의 카레이서의 사고사에 직면하는데 이 사건의 이면에 감춰진 책략이 드러나기까지 긴박감이 넘친다. 한편 『흑의 군상黒の群像』(1964)은 탄광에 관한 경험과 지식에 기반을 둔 작가의 사

회파적 일면을 드러냈으며, 『뒤죽박죽 일생どまぐれ一代』(1969) 역시 기타큐슈 석탄업계의 변천에 관한 정확한 고증을 바탕으로 석탄업계에 종사한 남자들의 파란만장한 인생을 담은 이색적인 소설이다. 그 밖에 현대사회의 공포를 그린 『일본멸망살인사건日本滅亡殺人事件』(1974) 등도 있지만 이후에는 관능추리소설이 다수를 차지한다.

▶ 홍선영

참고문헌: A, B, E.

다카하시 가쓰히코高橋克彦, 1947.8.6~

소설가. 이와테현岩手県 가마이시시釜石市에서 태어나 모리오카시盛岡市에서 성장. 와세다대학早稲田大学 상학부 졸업 후 미술관에 근무하며 우키요에浮世絵 연구의 성과를 모아 『우키요에 감상사전浮世絵鑑賞事典』(1977)을 편찬하였다. 대학에서 우키요에 강사로 교편을 잡고 있던 중 동향인 나카쓰 후미히코中津文彦가 1982년 제28회 〈에도가와란포상江戸川乱歩賞〉을 수상하자 이에 자극을 받고 이듬해 장편소설 『샤라쿠 살인사건写楽殺人事件』을 완성하여 제29회 〈에도가와란포상〉을 수상하면서 대중문학계에 데뷔하였다. 십 년 간의 구상을 완성한 SF소설 『소몬다니總門谷』(1985)는 상상력과 구성력이 뛰어난 장편으로, 1986년 제7회 〈요시카와에이지문학신인상吉川英治文学新人賞〉을 수상하였고, 우키요에 연구자 도마 소타로搭馬双太郎를 등장시킨 『호쿠사이 살

154

인사건北斎殺人事件』(1986)은 1987년 제40회 〈일본추리작가협회상日本推理作家協会賞〉을 수상하여 추리소설 작가로서 뚜렷한 존재 감을 드러냈다. 특히『샤라쿠 살인사건』은 에도시대와 우키요에에 관한 풍부한 지식을 활용하여 우키요에 화가 샤라쿠의 정체에 관한 새로운 가설을 중심 모티브로 설정함으로써 대중적인 반향을 일으켰다. 잇달아 일본의 대표적인 우키요에 화가에 얽힌 살인사건을 다룬『호쿠사이 살인사건』(1986), 『히로시게 살인사건広重殺人事件』(1989)을 집필하며 '우키요에 3부작'을 완성하였다. 이후 막대한 자료를 제시하면서 '신神=우주인'설을 입증하는 고증적인 SF소설『용의 관竜の柩』(1989), 등장인물이 시공을 초월하여 모험을 전개하는『도키메이큐刻謎宮』(1989)와 같은 SF소설을 발표하였고, 자신의 장점을 발휘하여『악마 트릴悪魔トリル』(1986), 『별탑星の搭』(1988), 『나의 뼈私の骨』(1992)와 같은 완성도 높은 괴기소설 작품집이 있다. 그의 SF소설에는 은하, 용, 동굴, UFO 등을 자주 등장시켜 초자연적인 현상에 대한 관심이 높다. '기억'을 테마로 하는 연작 단편집『붉은 기억耕い記憶』(1991)으로 1992년 제106회 〈나오키상直木賞〉을 수상하여 〈나오키상〉 최초의 괴기소설 이라는 이례적인 수상작이 되었다. 헤이안 시대를 무대로 음양사陰陽師가 활약하는 단편집『귀신鬼』(1996), 『백요귀白妖鬼』(1996) 등의 SF 시대물이 특징적인 분야로

자리매김했고, 그밖의 〈귀鬼' 시리즈)로『장인귀長人鬼』(2000), 『공중귀空中鬼』(2000), 『홍련귀紅蓮鬼』(2003) 등이 있다.

1990년대 이후에는 '시대물'이 다수를 차지하여 에도 말기의 사가佐賀를 배경으로 한 본격 역사소설『화성火城』(1992), 그리고 NHK대하드리마 오리지널 원작『불꽃 일다炎立つ』(1992~1994) 등과 같은 '시대물' 분야에서 두드러진 활동을 전개했다.『불꽃 일다炎立つ』는 헤이안시대의 도호쿠 지방東北地方을 중심으로 에비스蝦夷와 조정 사이의 대립을 축으로 스토리가 전개되는데 에비스의 편에 선 작가의 시점이 그려졌다. 이밖에도 모야이 오니쿠로魴鬼九郎의 파란만장한 전기적 장편 〈모야이 오니쿠로魴鬼九郎 시리즈(1992~2010)〉, 우키요에를 삽화로 세련되게 이용한 연작소설「간시로의 비망록完四郎廣目手控」(『小説すばる』1998)이 대표적이다. 이처럼 그는 역사적인 인물, 혹은 역사적인 배경을 중심 모티브로 설정하면서 스토리를 다양하게 전개시켜가는 연작 시리즈 완성에 탁월한 면모를 보였다. 한편 대담집『1999년』(1990),『보라! 세기말見た！世紀末』(1992)에서는 오컬트연구자로서의 단면을 드러냈으며, 에세이 〈달걀귀신玉子魔人' 시리즈)(1989~1995)와 같은 다수의 논픽션을 남겼다.『고호살인사건ゴッホ殺人事件』(2001), 『다빈치살인사건ダヴィンチ殺人事件』(2002~)은 〈화가' 시리즈)를 염두에 두고 이전에 발표한 〈우키요에

시리즈)와도 연결되는 반복적인 소재의 추리소설이다. 이와 같은 소설들은 모두 수수께끼의 해결을 주요 모티브로 하며, 역사물, 시대물, 추리, SF, 공포물, 괴기물 등 다양한 장르를 과감히 넘나들며 왕성한 집필활동을 전개하고 있다.

▶ 홍선영

참고문헌: A, E, H05.

다카하시 데쓰高橋鉄, 1907.11.3~1971.5.31

본명 데쓰지로鉄次郎. 소설가. 성문화연구자. 도쿄東京 출생. 니혼대학日本大学 심리학과 졸업, 정신분석학을 연구하여 1937년 〈프로이트상〉을 받았다. 전후 '성과학性科学'의 계몽과 보급 활동을 하였으며 1950년 '일본생활심리학회'를 주재하였고 정신분석학회 회장이 되었다. 애초 사회주의에 관심을 가졌으나 점차 프로이트에 경도하였다. 특히 일본인의 성의식 전환과 성표현의 자유를 표방하고 성과학의 연구와 계몽운동을 전개하여 이와 관련한 저서 『아루스아마토리아あるす·あまとりあ』(1950)는 베스트셀러가 되었다. 일본생활심리학회 기관지 『정신리포트セイシンリポート』에 적나라한 성체험을 게재하여 공권력의 탄압대상이 되기도 했으며 성문화연구자로서 집념의 일생을 보냈다.

정신분석학자인 그가 1930년대 후반에는 『올요미모노オール読物』등의 대중문예잡지에 「괴선인어호怪船人魚号」(1937)를 비롯한 십 여 편의 괴기소설을 발표하였다. 특히 「명적마적明笛魔笛」(『올요미모노オール読物』 1938)은 중국을 배경으로 청방靑幇의 계략에 빠져 몽유병자가 되어 팔려가는 여자를 그렸고, 「야수원비사野獣園秘史」(『올요미모노』 1938)는 루이 15세를 모시던 총희寵姫가 동양인의 철리哲理를 깨닫는다는 소재이며, 「빙인창생기氷人蒼生記」(『올요미모노』 1938)는 조난당한 일본인 학자가 수십 년 동안 얼음 속에 갇힌 여성을 소생시킨다는 소재로 세 작품 모두 신비스러움과 괴기함을 내재한 독특한 텍스트이다. 특히 「빙인창생기」에서 일본인 학자는 미국인 탐험가와 에스키모 사이의 혼혈인 여성에게 반하여 숨겨둔 금괴를 발견하고 함께 일본으로 돌아가려고 하자 그녀는 다시 얼음 속으로 몸을 숨기러 간다는 설정에서 이국정서와 신비의 융합을 보여주었다. 한편 「태고의 피太古の血」(『올요미모노』, 1940)는 아이누인이 사는 무사시노武蔵野 마을에서 그곳에 체류하던 일본인을 둘러싸고 아이누인들의 애정과 질시가 교차한다는 내용이 생생한 묘사를 통해 전개되었는데 이후 소설을 절필하였다. 대표 작품집에 『세계신비향世界神秘郷』(1953)이 있다.

▶ 홍선영

참고문헌: B, E, F.

다카하시 야스쿠니高橋泰邦, 1925.5.31~

일본의 소설가. 번역가. 도쿄東京 출생.

1947년 와세다대학早稲田大学 이공학부 중퇴 후 번역에 종사하며 다수의 번역서를 출간하였다. C.S.포레스터C.S. Forester의 〈'바다남혼블로워' 시리즈〉를 비롯한 해양모험소설의 번역자로 널리 알려져 있다. 작가로서는 1959년 「순직殉職」를 잡지 『별책 퀸즈매거진別冊クイーンズマガジン』에 발표하며 데뷔하였다. 선장이던 부친의 영향으로 '해양미스터리'의 개척을 결심하고 해양모험소설을 다수 남겼다. 장편소설 『충돌침로衝突針路』(1961)는 하코다테函館를 출발하여 요코하마横浜로 향하던 화물선이 충돌사고를 일으키고 그 과정에 일어난 장교의 죽음에 대한 수수께끼, 충돌에 대한 해난심판 등의 해양미스터리를 다루었다. 또 『기탄해협紀淡海峡의 수수께끼』(1962)는 1958년에 실제 일어난 '난카이마루사건南海丸事件'을 바탕으로 등장인물을 자유롭게 설정한 소설이며, 실제 사건과 허구가 분명하지 않음으로써 조난원인을 규명하는 대목이 다소 미흡하다. 『거는 배賭けられた船』(1963)는 일등항해사의 실종, 사무장의 죽음 등의 사고가 일어난 배에서 신임 항해사가 사건의 진상을 밝혀가면서 해운업계와 선원들의 고뇌를 그린 수작이다. 『흑조의 위증黒潮の偽証』(1963)은 밀항하는 여성이 숨어든 화물선의 밀실 트릭을 소재로 마지막까지 범인의 이름을 숨긴 채 독자문제 현상엽서를 공모하는 방식을 썼다. 『바다의 조종海の弔鐘』(1965)은 항해를 거듭하면서 조난,

침로전환, 선원 간의 알력 등 여러 사건을 거치며 거대한 해양과 인간의 대비가 인상적인 소설이다. 『거짓의 맑은 하늘偽りの晴れ間』(1970)은 해난심판을 다룬 소설로서 일순간에 천여 명의 생명을 앗아간 해난사건의 진상을 밝히려는 기자의 활약과 해양, 항해, 선원들에 대한 몰이해를 고발하는 무게감 있는 작품이다. 이에 반해 『군함도둑軍艦泥棒』(1971)은 미 군함을 훔쳐낸 젊은 이들이 타히티를 향한다는 기상천외한 설정의 스릴과 폭소의 연속으로 해양모험정신을 밝게 그려냈다. 이 밖에 골프를 소재로 한 『서든 데쓰サドン・デス』(1973) 등이 있다.

▶ 홍선영

참고문헌: A, B, E.

다카하시 오사무高橋治, 1929.5.23~

지바현千葉県 출생으로 도쿄대학東京大学 문학부를 졸업했다. 쇼치쿠松竹에 입사해서 영화 조감독과 감독으로 작품을 발표하면서 희곡도 함께 집필했다. 1965년에 회사를 그만두고 작가 활동을 시작했다. 세밀한 심리묘사가 돋보이는 산뜻한 문체로 정평이 났으며 1982년에 오즈 야스지로小津安二郎의 생애를 그린 『현란한 그림자놀이-오즈 야스지로絢爛たる影絵-小津安次郎』로 〈나오키상直木賞〉의 후보로 올랐다. 1984년에 낚시꾼의 세계를 그린 『비전秘伝』으로 제90회 〈나오키상直木賞〉을 수상했다. 1985년에 발표한 장편 연애소설인 『가제노본 사랑노

래風の盆恋歌』(1985)는 널리 알려진 대표작이 되었다. 추리소설로는 장편소설『자백의 구도自白の構図』(1984)로 시작되는『가미자키 쇼고 사건부神崎省吾事件簿』시리즈가 있다. 시즈오카현静岡県 경찰의 수사1과 예비경부인 가미자키는 이렇다 할 특징 없이 어렵게 형사가 되었다. 수사하는 사건도 매우 평범하지만 그의 형사 활동과 사생활이 작품에서 섬세한 필체로 그려진다. 가미자키가 퇴직한 후에 일어나는 사건을 그린 것이 연작 단편집『살의의 낭떠러지殺意の断崖』(1986)와 장편소설『아름다운 함정美しい阱』(1989)이다.『자백의 구도』는 현실사건을 기반으로 경찰이 범인을 오인해서 체포한 것과 관료 세계의 문제를 고발하는 작품이다.『살의의 낭떠러지』는『자백의 구도』와는 다르게 범죄나 범죄자를 둘러싼 인간관계를 그린 시정소설市井小説 풍의 작품이다. 실종된 여성을 좇아서 가미자키가 도쿄로 향하는『아름다운 함정』은 풍속소설의 성격이 강하며 가미자키의 수사에 따라서 그려지는 관계자들의 묘사는 비교적 정확하고 인상적이어서 사립탐정소설의 변주라고 할 수 있다.

▶ 이한정

참고문헌: A, I, 日本ペンクラブ編『警察小説傑作短篇集』(講談社, 2009).

다카하시 요시오高橋義夫, 1945.5.25~
지바현千葉県 출생의 소설가이다. 와세다대학早稲田大学 불문과 졸업 후에 현대평론사現代評論社에서『현대의 눈現代の眼』편집에 종사했고 1971년에 광고회사를 설립했다. 1977년에 작품『환영의 메이지유신, 상냥한 지사의 무리幻の明治維新やさしき志士の群』를 발표하면서 작가로 데뷔했다. 그 후에 메이지시대明治時代의 소설과 농촌 생활에 관한 작품을 썼는데, 나가노현長野県의 한 폐촌의 보육원 터에서 살았던 경험을 바탕으로 한『시골 생활의 탐구田舎暮しの探求』(1984)를 간행했다. 1987년에는 야마가타현山形県 갓산산月山山 기슭에 단신으로 거주하면서 스스로를 시골생활연구가라고 불렀다. 실제 인물을 소설로 다룬「히로자와 사네오미 참의 암살사건広沢真臣参議暗殺事件」을 배경으로 한 역사 미스터리『어둠의 장례행렬闇の葬列』로 1987년에 제97회〈나오키상直木賞〉후보가 되었다. 이어서 현대를 무대로 그린 보물찾기 이야기『숨겨진 보물 갓산마루秘宝月山丸』(1989), 로마노프집안의 제3황녀라고 추측되는 소녀와 일본인 학생이 만주로 도피하는 행각을 그린 모험소설『북위 50도에서 사라지다北緯50度に消ゆ』(1990), 도호쿠東北의 벽촌에 묻혀서 평생을 살아가는 여의사를 주인공으로 내세운『가사호코 고개風吹峠』로 네 번이나〈나오키상直木賞〉의 후보에 올랐다. 1991년에 시대소설『늑대 봉공狼奉行』으로 제106회〈나오키상〉을 수상했다. 시대소설, 역사소설, 경제소설 등을 집필했으며 시대소설 가운데 대표적인 작품으로는 오우고고마스촌奥羽五合枡村의 하급관리에게 시카마리사鹿間里狸斎가 지혜를 나누어 주는 단편 시리즈인 『은거의 닌자법御隠居忍法』(1996~)이 있다. 이 외에도 근현대사 미스터리 『황진일기黄塵日記』(1988)와 평전 『괴상 스넬怪商 スネル』(1983) 등의 작품을 썼다.

▶ 이한정

참고문헌: A, I, 高橋義夫 『北緯50度に消ゆ』(新潮社, 1990).

다케다 다케히코武田武彦, 1919. 1. 21 ~ 1998

소설가. 출판편집인. 도쿄東京 출생. 필명란 요코蘭妖子. 와세다대학早稲田大学 정경학부 졸업. 시인으로서 리리시즘과 회상을 노래한 시집 『시나노의 신부信濃の花嫁』(1947)가 있다. 전쟁 전에 연극평을 집필하기도 했던 그는 패전 직후 시인 이와사 도이치로岩佐東一郎의 소개로 만난 이와야서점岩谷書店의 이와야 미쓰루岩谷満가 시 잡지를 편찬하고 싶다고 의논해오자 탐정소설 잡지를 제안하고, 친분이 있던 시인 조 마사유키城昌幸를 편집장으로 세워 1946년 4월 『보석宝石』의 창간과 편집에 깊이 관여하였다. 1948년에는 『보석』 편집장이 되어 1950년 말까지 재직하며 초창기 탐정소설전문지의 기초를 마련하였다. 1946년 단편 「조문만두とむらひ饅頭」(탐정희곡)를 『보석』 창간호에 발표하였고, 탐정잡지의 편집자가 기묘한 살인사건에 연루된다는 『무희살인사건踊り子殺人事件』(1946)을 출간하는 등 탐정소설의 창작에도 적극적이었다. 잡지 편집장이 아내가 살해되던 날 밤의 알리바이를 입증해줄 여자의 소재를 쫓는 「분홍색 목마桃色の木場」(1949), 투명인간 약을 발명한 후 사라져버린 사람, 그리고 여인의 연애담을 그린 「안개부인의 사랑霧夫人の恋」(1949), 소극장에서 일하는 학생이 농염한 분위기의 부인에게 마음을 빼앗기고 결국 그녀를 살해하고 마는 심리의 단면을 그린 「채털리 부락チャタレイ部落」(1950) 을 각각 『보석』에 게재하였다. 1949년 NHK라디오가 방영한 방송극 「도깨비상자 살인사건びっくり箱殺人事件」의 각색을 맡기도 하였다. 이후 「악령 미녀悪霊の美女」(『탐정실화探偵実話』 1952), 「한정본 벌레限定本の虫」(『탐정실화』 1954) 등에서 교차하는 애수와 애정을 그린 탐정소설들이 있다.

한편 1950년 기기 다카타로가 주재한 일본추리소설의 '문학파'에 의한 좌담회 「탐정작가 기습좌담회探偵作家抜き打ち座談会」가 잡지 『신청년新青年』에 실린 것을 계기로 이에 자극을 받은 '본격파'작가들, 즉 가야마 시게루香山滋, 야마다 후타로山田風太郎, 시마다 가즈오島田一男, 다카기 아키미쓰高木彬光, 미쓰하시 가즈오三橋一夫, 가즈미 슌고香住春吾, 시마 규헤이島久平, 시라이시 기요시白石潔 등이 모여 본격파 옹호를 위해 결성한 '귀신클럽鬼クラブ'에 다케다가 참여하고 『보석』 측이 이를 적극 지지하는 흐름이 형성

되었다. 『백골소년白骨少年』(1947) 등의 어린이용 소설의 창작도 있으며 『황금가면黄金仮面』처럼 에도가와 란포江戸川乱歩의 성인용 통속소설을 어린이용으로 전환하여 출간하는 작업을 하였다. 이밖에 셜록홈즈 시리즈, 『해외 미스터리걸작선』 등의 선집 출간과 다수의 소년소녀를 위한 편저서가 있다.

▶ 홍선영

참고문헌: A, B, 6.

다케모토 겐지竹本健治, 1954.9.17~

소설가. 효고현兵庫県 아이오이시相生市에서 태어남. 도요대학東洋大学 철학과 중퇴. 나카이 히데오中井英夫의 추천으로 탐정소설 전문지 『환영성幻影城』에 장편을 연재하면서 22세 나이에 데뷔하였으며, 데뷔작 『상자 안의 실락匣の中の失楽』(1978)은 탐정소설이면서 탐정소설을 부정하는 안티 미스터리로서 크게 주목받았다. 다섯 개의 '거꾸로 선 밀실'과 작중작을 연결시킨 이 소설은 유메노 규사쿠夢野久作의 『도구라 마구라ドグラ・マグラ』, 오구리 무시타로小栗虫太郎의 『흑사관 살인사건黒死館殺人事件』, 나카이 히데오의 『허무에의 제물虚無への供物』과 함께 '일본 4대 미스터리'로 일본 독자의 열렬한 지지를 얻었다. 잡지 『환영성幻影城』 폐간 후에는 소위 '게임 3부작'을 발표하였다. 탐정역으로 대뇌생리학자 수도 신이치로須堂信一郎와 IQ208의 천재 바둑소년 마키

바 도모히사牧場智久를 등장시켜 게임을 소재로 한 『바둑살인사건囲碁殺人事件』(1980), 『장기 살인사건将棋殺人事件』(1981), 『트럼프 살인사건トランプ殺人事件』(1981)을 연이어 발표하였다. 마키바 도모히사는 『흉구의 손톱凶區の爪』(1992) 등의 추리소설에서도 탐정으로 활약한다. 이후 기본적으로 미스터리는 장편, SF나 환타지 소설은 단편으로 집필하는 경향이 있다.

1990년대에 접어들면 실명소설 「우로보로스의 위서ウロボロスの偽書」(1991)를 잡지 『기상천외奇想天外』에 발표하여 독자적인 경지를 구축하고 추리소설 장르에서 독보적인 작가로 평가받았다. 「우로보로스의 위서」는 전체 13회분 연재로 구성되어 있고 1회 연재는 3부로 나누어져 있다. 제1부는 살인귀의 독백 일기, 제2부는 작자 다케모토 겐지의 일기, 제3부는 〈게이샤 시리즈〉로 불리는 미스터리 단편이다. 등장인물 다케모토는 자신의 '우로보로스의 위서'라는 연재소설에 대해 언급하며 연재 1회의 3부에 나오는 〈게이샤 시리즈〉에 대해 해설하는 한편, 1부의 '살인귀의 독백일기'에 대해서는 '쓴 기억이 없지만'이라고 언급한다. 이 살인귀는 다케모토의 옆방에 살고 있고 소설이 진행되면 살인귀의 일기와 다케모토의 일기는 서로에 대한 언급이 세밀해지면서 소설에서 일어나는 사건이 모두 다케모토의 신변에서 일어나고 있었다는 것, 즉, 살인귀가 독백하는 일련의 사건임이 밝혀

진다. 소설 안에서 소설내용을 언급하는 메타 시점을 가지는 소설이다. 연이어 『우로보로스의 기초론ウロボロスの基礎論』(1995), 『우로보로스의 순정음율ウロボロスの純正音律』(2014) 등에서도 아야쓰지 유키토綾辻行人, 오노 후유미小野不由美, 시마다 소지島田荘司 등 현대일본의 추리문단에 실재하는 작가들을 실명으로 등장시켜 화제를 불러일으켰고, 이들 추리소설 역시 포스트모던, 메타소설의 특징을 지니고 있다.

이처럼 암호와 암시, 추리경합 등을 배치하고 현실과 허구를 교묘하게 교차시키는 현학적인 장편소설을 왕성하게 발표하는 한편, 『미친 벽 미친 창狂い壁狂い窓』(1983), 단편집 『닫힌 상자閉じ箱』(1993)와 같은 공포물에서도 탁월함을 보였다. 이후 마키바 도모히사가 주인공으로 등장하는 본격 바둑만화 『입신入神』(1999)을 통해 만화가로서도 활약하게 된다. 대학시절 바둑부에서 활동한 그는 2009년 제4회 문인바둑대회에서 우승하는 등 실제 바둑실력이 상당하다고 알려져 있다. 또 2007년 발매된 플레이스테이션포터블PSP의 추리게임 『트릭 로직トリックロジック』에서 일부 시나리오를 제공하기도 하였다.

▶ 홍선영

다케무라 나오노부竹村直伸, 1921.10.6~

소설가. 지바현千葉県 출생. 주오대학中央大学

법학부 졸업 후, 국가공무원과 은행원을 거치며 실업 중에 '하야카와 미스터리'를 탐독하여 미스터리 창작을 결심하였다. 1958년 잡지 『보석宝石』 현상모집에 응모한 「바람의 편지風の便り」는 바람에 날려 보낸 아이의 편지가 살인용의자인 아버지에게 전해져 답장이 온다는 내용으로 단편현상 1등에 당선하며 데뷔하였다. 동화적인 수법과 솔직담백한 문체가 당시 편집장이던 에도가와 란포에게 높이 평가받아 응모한 원고가 연속해서 실렸다. 「다로의 죽음タロの死」(1959)은 하나의 살인이 간접적으로 또 다른 살인을 낳게 되는데 한 소년의 행동에서 신기한 경로를 통해 서서히 비밀이 밝혀진다는 서스펜스 소설이다. 그리고 「어울리지 않는 반지似合わない指輪」, 「안개 속에서霧の中で」 등 세 편의 소설이 1959년 4월호 『보석』에 실렸다. 1958년 다키가와 教多岐川恭가 만든 젊은 추리소설작가의 친목단체인 '타살클럽他殺クラブ'에 고노 덴세이河野典生, 기노시타 다로樹下太郎, 사노 요佐野洋, 미즈카미 쓰토무水上勉, 유키 쇼지結城昌治 등과 참여하였다. 「다로의 죽음」, 「유언遺言」(1962) 등의 소설은 대수롭지 않은 발단에서 미해결 사건의 진상이 밝혀진다는 플롯이 특징적이다. 그리고 여성의 기묘한 집착을 그린 「멋진 여자見事な女」(1959), 시니컬한 결말로 끝나는 「세 번째 사람三人目」(1961) 등의 단편소설이 있고, 『히치콕 매거진ヒッチコックマガジン』에 발표한 「광기狂気」

(1960)는 일본탐정작가클럽의 '1961 추리소설베스트20'에 수록되었다. 늦은 나이에 문단에 데뷔하여 짧은 기간 동안 왕성한 집필 활동을 하였지만 1962년 지병을 앓은 이후에는 창작의욕을 상실한 듯 주목할 만한 소설을 남기지 못하였다.

▶ 홍선영

참고문헌: B, E.

다쿠미 쓰카사拓未司, 1973.10.13~

소설가. 기후현岐阜県 가니시可児市에서 태어나 현재 고베시神戸市 거주. 요리전문학교를 졸업하고 고베의 프랑스 요리점에 취직하였으며 그후 다양한 음식업에 종사하다 미야베 미유키宮部みゆき의 소설 『화차火車』에 감명을 받고 추리소설 작가로 변신을 결심하였다. 2008년에 발표한 추리소설 『금단의 팬더禁断のパンダ』, 『꿀벌 디저트蜜蜂のデザート』가 있다. 요리에 관한 소재를 중심으로 살인과 실종사건이 전개되는 〈'비스트로 고타ビストロ・コウタ' 시리즈〉이다. 『금단의 팬더』는 고베에서 프랑스 스타일의 레스토랑을 경영하는 요리사 고타幸太를 중심으로 주변인물에서 일어난 살인사건을 풀어가는 과정을 그렸다. 요리와 미식가에 관한 지식을 풍부하게 활용하면서 전개한 소설로 다카라지마샤宝島社가 주최하는 2007년 제6회 〈『이 미스터리가 대단하다！』대상このミステリがすごい！大賞〉을 수상하였다. 『꿀벌 디저트』 역시 요리사 고타幸太가 등장하는 〈'비스트로 고타 시리즈〉로 요리경연대회에서 레시피의 도용, 식중독 사건과 살인사건이 엇갈리며 진범을 찾아가는 과정을 그린 추리소설이다. 그밖에 『붉게 물든 여름날의 사건紅葉する夏の出来事』(2010), 『무지개빛 접시虹色の皿』(2010), 『상사병은 식전에恋の病は食前に』(2011), 『밑바닥이 없는ボトムレス』(2011) 등이 있다.

▶ 홍선영

참고문헌: H10~H13.

다키 렌타로滝連太郎

야마무라 마사오山村正夫의 작품인 『유도노산의 저주받은 마을湯殿山麓呪い村』(1980)에 등장하는 주인공으로 대학의 불문학 강사이며 고고학자이다. 커다란 체구의 외모로 동그랗고 애교 있는 얼굴을 하고 있으며 작은 눈을 가늘게 뜨고 날카롭게 보이려고 턱에 카스트로 수염을 기르고 있지만 힘이 없는 수염이 오히려 귀여운 표정을 띠게 한다. 대식가이고 느긋한 성품이지만 작품 안에서 스승인 야나기자와柳沢 교수로부터 연구보다는 추리에 특별한 재능을 지니고 있다고 평가받는다. 다키 렌타로는 야마가타현山形県의 유도노산 기슭의 미륵사弥勒寺 본당 지하에 있는 유해스님幽海上人의 미이라에 큰 관심을 보이고 있다. 유해스님이 180년 전 당시 승려들에 의해 억울한 죽임을 당했다고 생각하고 미이라 발굴에 나서려고 한다. 그러던 차에 발굴을 도와주려

고 했던 알프스식품회사 사장인 아와지 고조淡路剛造가 자택 욕실에서 살해되고, 현장에는 미이라의 손가락이 남겨져 있었다. 한편 딸의 약혼자는 180년 전에 미이라가 된 유해스님이라는 남자로부터 협박전화를 받는 등 기괴한 사건들이 연속적으로 일어나면서 다키 렌타로가 복잡한 사건들에 휘말리고 경시청 수사 1과에 있는 친구 오소네大曾根와 함께 사건을 맡게 된다. 다키 렌타로는『유도노산의 저주받은 마을』에서 32살의 나이로 처음 등장했다. 이후 『붉은 저주의 진혼가赤い呪いの鎮魂歌』(1981), 『사인도의 저주받은 히나닌교死人島の呪い雛』(1985),『오니가시마의 지옥그림 살인鬼ヶ島地獄絵殺人』(1987),『오쿠노토의 저주받은 에마奥能登呪絵馬』(1988),『요괴여우전설의 살인사건妖狐伝説 殺人事件』(1989) 등에서 탐정으로 활약한다.

▶ 이한정

참고문헌: A, I, 山村正夫『楊貴妃渡来伝説殺人事件 : 長編伝奇ミステリー』(桃園新書, 1998).

다키가와 교多岐川恭, 1920.1.7~1994.12.31

소설가. 본명 마쓰오 슌키치松尾舜吉. 후쿠오카현福岡県에서 태어남. 도쿄대학東京大学 경제학부 졸업, 마이니치신문毎日新聞 서부본사에 재직 중이던 1953년 잡지『보석宝石』단편현상에 시라가 다로白家太郎라는 필명으로 응모한「감귤산みかん山」(1953)이 입상하였다. 이어「웃는 남자笑う男」(1956)는 비

리발각을 두려워하는 공무원의 살인사건,「어떤 협박ある脅迫」(1958)은 은행에 숨어든 도둑과 맞닥뜨린 숙직 은행원의 관계가 바뀌는 역전의 심리를 그렸다. 1958년『고드름氷柱』을 가와데쇼보河出書房에서 출간하면서 다키가와 교多岐川恭라는 필명을 사용하기 시작하였다. 같은 해「젖은 마음濡れた心」으로 제4회〈에도가와란포상江戸川乱歩賞〉을 수상하고 마이니치신문을 퇴사하였다. 1959년 첫 번째 단편집『떨어지다落ちる』(1958)로 대중문예상인〈나오키상直木賞〉을 수상하며 비로소 작가로서의 지위를 확고히 했다. 당시는 추리작가가 아직 희소가치가 있어서『보석宝石』,『올요미모노オール読物』등의 대중문예잡지에 매달 400여 매의 원고를 보내는 바쁜 생활을 하였다. 추리소설작가로서 인정받게 만든『고드름氷柱』은 우울하고 냉소적이지만 정의를 향한 정열이 인상적이다. 냉정한 성격으로 인하여 '고드름'이라는 별명의 주인공은 뺑소니 사고로 사망한 한 소녀의 죽음과 그 이면에 감추어진 선거와 관계된 추문과 범죄를 밝힌다. 또『사라진 무지개虹が消える』(1959, 나중에『잔혹한 보수残酷な報酬』에)에 등장하는 사회부 기자,『조용한 교수静かな教授』(1960)의 자신의 연구에 방해되자 냉혹하게 아내를 살해하는 대학교수,『고독한 공범자孤独な共犯者』(1962)의 야수 같은 청년에 대한 호의 때문에 범죄은폐를 도모하는 우등생 등 그의 소설에는 냉소적인 인물이

자주 등장하고, 이러한 냉소적이며 허무적인 주인공의 등장은 신선한 충격을 주었다. 한편 〈에도가와란포상〉을 안겨준 『젖은 마음濡れた心』은 여고생의 동성애를 모티브로 하면서 그 중 한 여자를 사랑한 남자가 잇달아 학교 수영장에서 살해당하는 내용이다. 일기와 수기를 나열하는 형식으로 등장인물의 성격이 잘 드러나면서도 살인사건의 동기가 교묘하게 감춰지도록 세밀한 형태를 갖추었다. 『내가 사랑한 악당私の愛した悪堂』(1960) 역시 첫 장에서 프롤로그와 에필로그를 제시하고 그 사이의 경과를 풀어가는 형식을 취한다. 중국요리점 딸이 사는 건물에는 여러 사연을 가진 주민이 살고 있는데 이들 중 이십년 전에 유괴되었던 딸이 누구인지 맞추는 수수께끼와 유머와 페이소스가 교차하는 이야기이다. 살해당할 뻔 한 사업가가 범인을 잡기 위해서 자신에게 원한을 품은 사람을 찾아 순례하는 『악당의 편력人でなしの遍歴』(1961) 역시 탁월한 형식을 취하고 있다. 대표작인 『타향의 돛異郷の帆』(1961)은 무기 수입이 금지되던 나가사키長崎의 데지마出島에서 상관원商館員과 통역관의 살인사건이 일어나는 겐로쿠元祿 시대를 배경으로 한 추리소설이다. 청년 통역관은 연인이 살인사건과 연루된 혐의를 받자 그녀의 무고함을 밝히기 위해 진범을 쫓는다. 데지마를 밀실이라 가정하고 살인사건 현장에서 사라진 흉기의 수수께끼를 푸는 아이디어가 뛰

어나며, 사건을 해결해 가는 청년 통역관의 시대적 이념과 사랑의 번민을 담아낸 시대물이자 추리소설이다. 그밖에도 모의 장례를 치룬 실업가가 실제로 화장당하는 『묘지 지참금墓場への持参金』(1965), 영 능력자에게 죽음의 예언을 받은 남자가 영 능력의 진실을 파헤치려는 『숙명과 뇌우宿命と雷雨』(1967), 기업추리소설『어릿광대들의 퇴장道化たちの退場』(1977) 등을 발표하며 추리소설의 수작을 남겼지만, 1960년대 중반부터는 점차 시대소설 중심으로 기울었다. 〈느림보 우타로의 체포록ゆっくり雨太郎捕物' 시리즈(1967~75)〉 외에 다수의 범죄를 다룬 시대추리물 즉, 체포록捕物帖을 집필하였다. 1984년에는 친구 부인의 실종조사가 살인으로 발전한다는 코믹 하드보일드『교토에서 사라진 여자京都で消えた女』, 베드 디텍티브bed detective 추리소설 『아버지에게 바치는 장송곡おやじに捧げる葬送曲』 등을 간행하였고, 1994년 「레트로관의 살의レトロ館の殺意」를 주간지에 연재하던 중 작고하였다.

▶ 홍선영

참고문헌: A, B, E, F.

덴도 신天藤真, 1915.8.8~1983.1.25

소설가. 본명은 엔도 스스무遠藤晋. 1915년 도쿄東京에서 출생. 1938년 도쿄대학東京大学 국문학과를 졸업한 후 도메이쓰신同盟通信 기자로 만주에 갔다가 패전을 맞이했다. 귀국 후 지바현千葉県에서 농지를 경작하는

개척농민이면서 소설을 발표하였다. 1962 년 「친우기親友記」는 퇴근길 전차에서 우연히 재회한 중학 시절의 친구와 과거의 추억을 거슬러 옛정을 떠올리는데 사실 그 친구와는 원수의 악연이었다는 설정이다. 경쾌한 필치, 여유로운 묘사와 유머가 돋보이는 전개로 잡지 『보석』 현상응모에 가작 당선하였다. 이듬해 발표한 『매와 솔개鷹と鳶』(1963)는 상반된 성격의 공동경영자 사이에 한 여자가 끼어들고 결국 서로 목숨을 건 사투가 벌어지자 여자가 어부지리를 얻게 된다는 내용, 제2회 〈보석상宝石賞〉을 수상하였다. 『명랑한 용의자들陽気な容疑者たち』(1963) 역시 추리소설답지 않게 유머와 재치가 넘치면서도 면밀한 밀실사건을 완성해낸 점에서 높은 평가를 받았다. 두 번째 장편소설 『죽음의 내막死の内幕』(1963)은 내연녀가 이별을 선언한 남자를 살해하는데 졸지에 살인 용의자가 된 남자를 구하려는 친구, 살해된 남자의 약혼녀까지 세 그룹이 사건의 진상에 접근한다. 서스펜스와 스릴의 긴장감을 충분히 살려내지 못하였다. 이후 참신한 작풍의 단편을 발표하면서 1971년의 장편소설 『둔한 공소리鈍い球音』는 일본시리즈를 앞둔 야구단 감독의 실종과 음모를 파헤치려는 신문기자와 실종된 감독의 딸이 구단배후에 존재하는 거대한 마수에 맞서는 박력 넘치는 전개가 돋보인다. 1972년 작 『몰살파티皆殺しパーティ』는 살인예고와 함께 관련 인물들이 연

속해서 살해, 행방불명되는 대담한 스토리와 장중한 문체, 그리고 적절한 유머가 섞여 탐정소설로서의 재미를 극대화시킨 작품이다. 이어 『살인으로의 초대殺人への招待』(1973)에서도 살인을 미리 예고하고 여자는 다섯 남자를 초대하는데 협박장이 날아들고 결국 그들 중 남편이 살해된다는 내용이다. 타성적인 부부 관계를 풍자하며 스릴 넘치게 전개되었지만 거듭되는 반전이 다소 과도하다. 1976년 작 『불꽃의 배경炎の背景』은 히피와 학생운동가 사이의 기묘한 우정을 그렸다. 살인누명을 벗기 위해 숱한 고난을 겪는 과정에서 점차 연대감과 우정을 키우게 된다는 작가 특유의 유머로 승화시킨 수작이다.

『대유괴大誘拐』(1978)에서는 부호의 노부인을 유괴한 유괴범이 몸값과 교환하는 과정에서 TV중계를 요구하는데 점차 유괴된 노부인의 책략에 좌지우지되는 과정을 그려 1979년 제32회 〈일본추리작가협회상日本推理作家協会賞〉 장편부문을 수상하였다. 이어 1980년 작 『선인들의 밤善人たちの夜』은 결혼을 앞두고 신혼주택 자금문제를 고민하던 남녀에게 한 남자가 기묘한 제안을 한다. 며느리를 보고자 하는 위독한 부친에게 가짜 부인이 되어 임종을 지켜준다면 주택자금을 주겠다는 것, 그런데 며느리를 만나자 위독하던 부친이 건강을 되찾아 상황이 복잡하게 꼬이는 코믹한 내용이다. 『먼 곳까지 눈이 보이고遠きに目ありて』(1981)는 뇌

성마비 소년이 경부의 사건조사담에 귀를 기울이며 난해한 수수께끼를 풀어가는 연작 소설이다. 전체적으로 작품 수는 방대하지 않지만 위트에 넘치는 문체와 교묘한 상황설정, 독자의 예상을 뒤집는 반전 등 탐정소설적인 구상을 탁월하게 담아내는 특징이 있다.

▶ 홍선영

참고문헌: B, E.

덴도 아라타 天童荒太, 1960.5.8〜

본명 구리타 노리유키栗田教行. 소설가. 에히메현愛媛県 출생. 메이지대학明治大学 연극학과 졸업. 1986년 오이데 부스오王出富須雄라는 필명으로 응모한『백의 가족白の家族』으로 제13회 〈야성시대신인문학상野性時代新人文学賞〉을 수상하였다. 필명 '오이데 부스오'는 그리스신화에 등장하는 '오이디푸스'에서 유래한다. 이 소설은 고난의 삶 속에서 절박하게 살아가는 마이너리티의 현실을 담아냈다. 그 후 영화계에 입문하여 영화『ZIPANG』,『아시안비트 일본편アジアンビート日本編』의 원작 및 각본, 소설화를 담당하는 등 소설과 영화시나리오를 왕성하게 집필하였다.

1993년 제6회 〈일본추리서스펜스대상日本推理サスペンス大賞〉 우수작으로 선정된『고독의 노랫소리孤独の歌声』(1994)가 최초의 미스터리 소설이다. 연속강도사건과 여성감금사건이 범인을 포함한 다각도의 시점으로 그려진 사이코 서스펜스, 현대사회의 병리를 파헤치는 사회성과 청춘소설의 성격을 동시에 지닌 작품으로 주목받았는데 응모작이라는 지면제한으로 인해 성급하게 마무리된 점이 지적되었고 단행본 출간 당시 전면 수정이 이루어졌다. 이어 두 번째 장편소설『가족사냥家族狩り』(1995)은 변해 버린 사회 구조로 인해 해체되어가는 가족의 모습을 파괴적이면서 세밀하게 묘사하여 전편의 약점을 극복하였다. 장르믹스적인 서스펜스 형태는 변함없지만 일가족 몰살 사건이 발단이 된 음산한 가족붕괴의 비극을 담아냄으로써 작가의 뚜렷한 성장을 보여주었고 제9회 〈야마모토슈고로상山本周五郎賞〉을 수상하였다. 한편 제53회 〈일본추리작가협회상日本推理作家協会賞〉 장편부문을 수상한『영원의 아이永遠の仔』(1999)는 '가족'의 어두운 이면을 그린 미스터리소설이다. 어린 시절 학대로 인해 마음이 병든 두 소년과 한 소녀는 정신병원에서 만나 서로의 아픈 과거를 알게 되고 살인을 모의한다. 17년 후 그들의 상처와 불안은 여전히 치유되지 않은 상태로 우연히 재회하는데 그 와중에 두 여인이 사체로 발견되는 사건이 일어나는 미스터리 형식의 소설이다. 이어 2006년 발표한『붕대클럽包帯クラブ』에서 여고생 와라는 중학교 시절 친구들과 함께 '붕대 클럽'을 결성한다. 붕대 클럽이 하는 일은 마음의 상처가 남은 장소에 붕대를 감아주고 그 장면을 찍어 당사자에게 보내주는 작은 실천으로 각박한 일상 속에서 상실감과 우울함을 치유하는 내용으로 영화화를 통해 널리 알려졌다. 제140회 〈나오키상直木賞〉을 받은 『애도하는 사람悼む人』(2009), 제67회 〈마이니치출판문화상每日出版文化賞〉을 수상한 『환희의 아이歡喜の仔』(2012)를 발표하는 등 덴도 아라타는 다작 작가이면서 현대 일본사회와 '가족'의 문제를 날카롭게 고발하여 자신만의 뚜렷한 작품세계를 보여주는 일본현대추리소설의 대표적인 작가이다.

▶ 홍선영

참고문헌: A. 天童荒太 『孤独の歌声』(新潮社, 1997).

델몬테 히라야마デルモンテ平山 ☞ **히라야마 유메아키**平山夢明

도 아키오塔晶夫, 1922~1993 ☞ **나카이 히데오** 中井英夫.

도가와 마사코戸川昌子, 1933.3.23~
소설가. 도쿄東京 출생. 고교 졸업 후 1951년 영문 타이피스트로 근무하는 한편 지인과 동인잡지를 내기도 했다. 1956년에는 아테네 프랑세에서 프랑스어를 배우며 샹송가수로 변신을 꾀했으며, 1962년에는 장편소설 『커다란 환영大いなる幻影』을 발표하여 제8회 〈에도가와란포상江戸川乱歩賞〉을 수상하는 등 소설가이자 가수, 배우, 방송

인 등 다양한 분야에서 재능을 발휘하며 활동영역을 확장하였다.
첫 번째 장편소설 『커다란 환영』은 심리추리소설로, 노파들이 여생을 보내는 낡은 아파트에서 마스터키의 도난과 과거 유괴사건과의 관련 등 사건들이 복잡하게 전개된다. 다양한 직업과 성격의 노파들이 사는 허름한 아파트라는 독특한 공간설정과 등장인물 묘사에서 드러나는 이색적인 발상 등 문장과 구성, 트릭 모두 '기묘한 매력'이 넘치는 이색적인 서스펜스로 주목받았다. 두 번째 장편 『사냥꾼의 일기猟人の日記』(1963)는 호색한의 남자가 자신과 관계한 여성들이 연이어 살해되자 알리바이를 입증하지 못하여 살인용의자가 되고 그의 변호사가 진범을 추적하는 내용이다. 역시 서스펜스와 의외성, 그리고 선정적인 요소가 화제가 되었다. 영화화되었을 때 작가 자신도 배우로 참여하였다. 이후 동성애와 성도착 등을 그린 『창백한 피부蒼ざめた肌』(1965), 사회파적 소재를 다룬 『백주의 밀어白昼の密漁』(1966), 정신분석적 요소를 도입한 『깊은 실속深い失速』(1967), 스파이 소설 『신기루의 띠蜃気楼の帯』(1967), SF적인 『붉은 손톱자국赤い爪痕』(1970)과 『투명녀透明女』(1971) 등 기묘한 소재를 담은 작품을 속속 발표하였다. 단편에서도 탁월한 재능을 보였으며, 『노란 흡혈귀黄色い吸血鬼』(1970), 『소금 양塩の羊』(1973) 등의 다수 작품이 외국어로 번역 소개되었다. 과도한 통속성,

선정성의 도입 등을 지적 받았지만, 여전히 다양한 영역의 활동을 병행하면서 방화사건을 소재로 기묘한 구성을 전개하는 『불의 키스火の接吻』(1984) 등 왕성한 창작활동을 지속하였다.

▶ 홍선영

참고문헌: A, B, E, F.

도련님 사무라이若さま侍

일본의 소설가이자 추리작가인 조 마사유키城昌幸의 1939년 작품 『오우기니시루스나노노우타모지舞扇三十一文字』(1939)에 처음으로 등장한다. 이후 조 마사유키의 소설 시리즈 『도련님 사무라이 체포수첩若さま侍捕物帖』에서 활약을 펼친다. 『도련님사무라이 체포수첩』은 1939년에 첫 작품이 쓰인 이후, 1965년까지 300편을 넘게 나오게 된다. 일본 추리 소설에서 '5대 체포록'이라는 작품군 중의 하나로 평가되고 있다. 이 시리즈는 TV드라마화되기도 하여 끊임없이 사람들의 인기를 얻게 된다. 도련님 사무라이若さま侍는 작품에서 신분이나 성명은 불분명하게 나타나고 있다. 일년내내 게으르며 술을 좋아하며 빈둥빈둥 거리기나 하고 주변 여자들과 쓸데없는 이야기를 주고받으며 하루를 헛되이 보내는 방탕한 인물인 것처럼 묘사되고 있지만, 실제로는 야무진 성격에 추리력이 뛰어난 이면을 지닌 반전 있는 인물이다. 주위 동료들이 가져오는 괴이한 사건들을 막힘없이 척척 해결

해 나가는 탁월한 능력을 가진 인물이다. 조 마사유키의 작품은 한국에 『J미스터리 걸작선』III (1999) 안에 「기괴한 창조怪奇の創造」라는 단편이 번역되어 수록되어 있다.

▶ 박희영

참고문헌: A, 上田正昭外3人 『日本人名大辞典』(講談社, 2001).

도리이 가나코鳥井架南子, 1953.10.2~

아이치현愛知県 출생의 소설가로 난잔대학南山大学 대학원에서 문화인류학 석사를 마쳤다. 도리이 가나코는 '鳥井加南子'와 '鳥井架南子'로 표기되어 두 개의 필명을 갖고 있다. 고교시절에 『Y의 비극The Tragedy of Y』(1932)을 읽고 추리소설의 팬이 되었다. 대학을 마친 후에는 여러 직업을 전전하면서 소설을 썼다. 〈에도가와란포상江戸川乱歩賞〉에는 세 번이나 응모했다. 두 번째 응모작품인 『트와일라이트トワイライト』가 제29회 최종후보작에 올랐으며 세 번째 응모작인 『천녀의 자손天女の末裔』이 1984년에 제30회 〈에도가와란포상〉을 수상하면서 작가로 데뷔했다. 이 작품은 자신의 전공이었던 문화인류학을 살려 민속신앙에서 소재를 취하고 있다. 무녀의 집안에서 태어난 주인공의 비극을 묘사함으로써 민속학에 대한 관심을 추리소설의 영역에 살리는 데에 성공했다. 토속적인 신앙에서 취재한 동일한 경향의 작품으로는 『월령의 속삭임月霊の囁き』(1985) 등이 있으며, 색다른 작품으로

는 게임소설인『악몽의 요괴촌悪夢の妖怪村』(1988) 등이 있다. 또한 1993년에 간행된『악녀천사悪女天使』이후부터는 필명의 표기로 鳥井架南子를 사용했다. 그 밖의 작품으로는『공작바위 상자孔雀石の箱』(1993)와『바람의 열쇠風の鍵』(2008) 등이 있다.

▶ 이한정

참고문헌: A, I, 鳥井架南子『悪女天使』(双葉社, 1993).

도메스틱 미스터리ドメスティック・ミステリー

미스터리 평론가인 H 더글라스 톰슨이「탐정소설론」(1931)에서 사용한 말로 탐정소설을 도메스틱(E. C. 벤틀리, A. A 밀른 등), 리얼리스틱(오스틴 프리먼, F. W 크로프트 등), 오소독스(아가사 크리스티 등)의 세 종류로 나누고 천재적 기질이 없는 아마추어 탐정이 활약하는 작품을 도메스틱이라고 이름붙인 데에서 유래한다. 그 후에 넓은 의미로 아가사 크리스티의 작품과 같이 잔학하고 관능적인 묘사가 없는 가정적 분위기에서 전개되는 작품을 가리키게 된다. 이는 '코지 미스터리'와 같다고 말할 수 있다. 미국의 추리작가 질 처칠의 〈주부탐정 시리즈〉 가운데 하나인『쓰레기와 벌』(1989)도 여기에 속한다. 좁은 의미로는 가정을 주요 무대로 한 작품 가운데 부부, 아이들, 이웃과의 문제 등을 다룬 것을 말한다. 크레이그 라이스의『스위트 홈 살인사건Home Sweet Homicide』(1944), 엘리자베스 페라스의『내가 보았다고 파리는 말한다, Said The Fly』(1945), 실리어 프렘린의『동틀무렵The Hours Before Dawn』(1958) 등이 이에 해당하는 대표 작품들이다. 논자에 따라서 자의적으로 해석되기 때문에 정확하게는 정의하기는 쉽지 않다. 하지만 일본에서는 니키 에쓰코仁木悦子의 작품과 나쓰키 시즈코夏樹静子의「천사가 사라진다天使が消えて行く」(1970), 미야베 미유키宮部みゆき의「우리 이웃의 범죄我らが隣人の犯罪」(1987) 등을 도메스틱 미스터리라고 할 수 있다. 이외에도 니쓰 기요미新津きよみ 등의 여성작가의 작품과 기타무라 가오루北村薫의 작품을 들 수가 있다.

▶ 이한정

참고문헌: A, I, 浅羽英子「訳者後書き」『ゴミと罰』(東京創元社, 1991), 馬場啓一『おいしいミステリーの歩き方 : ミステリーを味わいつくす, もう一つの楽しみ方!』(同文書院, 1996).

도모노 로伴野朗, 1936.7.16~

소설가. 마쓰야마시松山市 출생. 도쿄외대東京外大 중국어과 졸업 후 1962년 아사히신문사朝日新聞社 입사. 아키타秋田 지국 근무를 거쳐 본사 외보부 기자로 활약하였다. 사이공, 상하이 등의 지국장을 거쳐 1989년 퇴사하여 전업작가로 변신하였다. 1976년에 발표된『오십만년의 사각五十万年の死角』으로 제22회 〈에도가와란포상江戸川乱歩賞〉을 수상하였다. 태평양전쟁 선전포고와 함

께 사라진 베이징원인의 화석골과 이에 얽힌 살인사건의 수수께끼, 중국을 무대로 일본의 특무기관, 중국국민당의 책략조직, 중국공산당 등의 암약을 다루었다. 여기에 등장하는 베이징원인은 약 오십오만년 전의 인류 조상으로 1923년 베이징 교외에서 42개체가 발굴되어 학계를 놀라게 했다. 태평양전쟁의 선전포고와 함께 북중국 파견군의 장교가 미국계의과대에 보존한 것을 접수하려하지만 여의치 않다. 군속통역인 주인공은 군의부장 특명을 받아 탐색에 나서지만 일본의 특무기관, 중국국민당의 모략조직, 중국공산당도 노리고 있다. 전쟁에 돌입한 새벽 천안문광장에서 발견된 일본인 사체 옆에 화석인류의 두개골이 놓여있다. 이 살인사건을 계기로 화석인류를 쟁탈하려는 욕망과 갈등이 교차하고 주인공은 열정과 휴머니즘으로 맞닥뜨린 위기를 극복하면서 사건을 해결한다. 이어『태양은 메콩에 진다陽は メコンに沈む』(1977)는 1961년 라오스에서 실제 일어난 전일본육군참모 쓰지 마사노부辻政信 실종사건을 다루었으며『아홉마리 용九頭の龍』은 군함 우네비畝傍의 실종을 소재로 하였다. 근현대 역사에서 일어난 실제 사건과 의문을 소재로 살인사건의 수수께끼를 풀거나 모험소설적인 줄거리를 전개시키는 작풍을 확립하였다. 대표작『33시간33時間』(1978)은 패전을 알리는 조칙을 모른 채 섬에 남겨진 수비대를 구출하기 위하여 비밀리에 상하이에서 출발한 범선에서 연속살인이 일어난다. 제1부에서는 패전 전야의 육군의 움직임과 이를 둘러싼 살인이 3인칭으로 서술되었고, 제2부는 선상의 밀실살인이 1인칭으로 서술되어 극한 상황에 놓인 남자들을 묘사하여 모험활극의 요소와 수수께끼 풀이의 흥미진진함을 융합시킨 수작이다. 한편 중국대륙을 배경으로 하는『장제스의 황금蔣介石の黃金』(1980)은 중국국민당과 공산당 내전 당시 장제스의 재물을 둘러싼 암약을 그린 것으로, 여기서 활약한 마적 일단은『백공관의 소녀白公館の少女』(1992)에서도 난공불락의 관에 유폐된 저우언라이周思来의 감춰진 자식을 되찾기 위해 등장한다. 또 중국스파이가 훔친 암호난수표를 둘러싸고 일어나는 사건의『상하이발 탈환지령上海発奪回指令』(1992)은 특무공작원〈야마시로 다로山城太郎 시리즈〉의 1편이다. 한편 전쟁 발발 전야의 일본에서 거물 스파이가 옥중에서 보낸 밀서와 연속살인사건을 그린『조르게의 유언ゾルゲの遺言』(1981), 히로세 다케오広瀬武夫 해군중좌가 니콜라이2세의 암살에 나서는『심살자心殺者』(1983), 젊은 날의 히로세 다케오 해군좌와 나쓰메 소세키夏目漱石가 등장하여 영일동맹체결을 앞둔 모험 서스펜스『안개 밀약霧の密約』(1995) 등이 있다. 1977년에는 식도락 중국인 친텐보陳展望을 주인공으로 하는 연작소설『살의의 복합殺意の複合』, 1981년에는 도호쿠東北 연합지에 소속된 경찰서 담당 기자 '나'를 주인공으로 하는 연작소설 『야수의 올가미野獣の罠』를 완성하여 신문지국 시절에 쌓은 경험을 바탕으로 한 '신문기자물'을 발표하였다. 같은 주인공이 활약하는 연작단편집 『상처 입은 야수傷ついた野獣』(1983)는 제37회 〈일본추리작가협회상日本推理作家協会賞〉을 수상하였다. 그밖에 명나라 초대 대제독 테이와鄭和의 생애를 그린 『대항해大航海』(1984)와 삼장법사를 그린 『서역전西域傳』(1987), 『시황제始皇帝』(1995) 등 중국사에 제재를 얻어 완성한 모험 로망소설이 다수 있다.

▶ 홍선영

참고문헌: A, B, E.

도바 료鳥羽亮, 1946.8.3~

소설가로 사이타마현埼玉県 출신이다. 사이타마대학埼玉大学을 졸업한 후에 1969년부터 초등학교 교사로 근무했다. 고등학교와 대학교 시절부터 추리소설에 흥미를 갖고 에도가와 란포江戸川乱歩와 코난 도일Arthur Conan Doyle의 작품을 애독하였고 대학에 들어가서는 현대시에 열중하였다. 교사생활과 창작활동을 겸했으며 1988년에는 은행원을 주인공으로 한 추리소설 『각각의 메시지それぞれのメッセージ』로 〈에도가와란포상江戸川乱歩賞〉의 2차 심사까지 통과하면서 자신감을 갖기 시작했다. 학생 시절에 취득한 검도의 경험을 살려서 『검도 살인사건劍の道殺人事件』을 1990년에 집필해서 제36

회 〈에도가와란포상〉 수상 작가로 데뷔했고 교사생활도 이어갔다. 이 작품은 많은 사람들이 검도 시합을 관람하는 가운데 선수가 복부를 찔려서 살해당하는 밀실상황을 다룬 추리소설이다. 하지만 사건의 수수께끼보다는 검도를 둘러싼 갈등묘사에 역점을 두고 있다. 이러한 경향은 이후의 작품에도 나타난다. 수수께끼를 풀어나가는 추리 요소보다는 인간드라마를 우선시한다. 그러나 『손가락이 운다指が哭く』(1992)를 발표하고 나서 『경시청조사1과 난베이반警視庁調査一課南平班』(1993)으로 시작되는 〈경찰소설 시리즈〉에서는 경시청 조사1과의 강력범 제6계장인 난부 헤이조南部平蔵 경부을 중심으로 한 형사들의 집단수사를 그린다. 경찰소설은 수사과정에 소설의 역점을 쏟으면서 추리소설로서의 중후함을 지닌 작품으로 성공을 거두었고 TV드라마로도 방영되었다. 이밖에도 검도에 대한 지식을 과학적이고 합리적으로 작품 내에 활용한 『삼귀의 검三鬼の剣』(1994)도 발표했다. 미야모토 무사시宮本武蔵와 야규 도시토시柳生利厳와 같이 실제 검술가를 다룬 소설 『패검 무사시와 야규 효고노스케覇剣武蔵と柳生兵庫助』(2001)를 썼으며 에도江戸시대의 무사생활과 관련된 인간의 끈끈한 정과 유대관계를 그린 작품도 있다. 시대추리소설로서는 『나미노스케의 추리일기波之助推理日記』(2006)가 있으며 2007년에는 저서 100권 돌파 기념으로 『검호들의 세키가하라剣豪たち

の関ケ原』를 출판했고 2012년에는 〈역사시대작가클럽상시리즈상歷史時代作家クラブ賞「シリーズ賞」〉을 수상했다. 한국어로는 〈에도가와란포상〉 수상 작가 18인의 특별 추리 단편선『백색의 수수께끼』에 수록된「사령의 손」(2008)이 있다.

▶ 이한정

참고문헌: A, I, 鳥羽亮『乱歩賞作家白の謎』(講談社, 2004).

도바 슌이치堂場瞬一, 1963.5.21.~

소설가. 이바라키현茨城県 출생. 본명은 야마노베 가즈나리山野辺一也. 아오야마학원대학青山学院大学 국제정치경제학부 졸업하고 1986년에 요미우리신문사読売新聞社에 들어가 사회부 기자로 근무하면서 소설을 집필하여 2000년에『8년8年』으로 제13회 〈소설스바루신인상小説すばる新人賞〉을 수상하며 문단에 데뷔하였다.

데뷔작품은 스포츠소설이었지만 두 번째 작품은 경찰소설이라 할 수 있는『유키무시雪虫』(2001)을 집필하였다. 도바 슌이치는 초기 활동을 통해 구축한 스포츠소설에서뿐만 아니라 미스터리경찰소설 장르에서 많은 작품을 남겼으며 이 중 많은 작품들이 영화화나 텔레비전의 드라마 작품이 되기도 하였다. 2012년말에 요미우리신문사를 퇴사하였다. 스포츠소설 중 대표작은 야구를 대상으로 한『8년』,『불길焔 The Flame』(2004),『오심ミス・ジャッジ』(2006),『대연장大延長』(2007),『8월에서 온 편지八月からの手紙』(2011), 육상경기를 그린『킹キング』(2003),『팀チーム』(2008), 수영경기를 그린『물을 친다水を打つ』(2010) 등이 있다. 한편 〈형사 나루사와 료刑事・鳴沢了 시리즈〉, 〈경시청 실종과 다카시로 겐고警視庁失踪課・高城賢吾 시리즈〉, 〈경시청 추적조사계警視庁追跡調査係 시리즈〉 등 경찰소설을 비롯하여 수많은 미스터리 경찰소설이 있다. 비교적 최근 작품으로는 미스터리소설『S의 계승Sの継承』(2013)이 있다.

한국어로는『실종자1:식죄』(2011),『실종자2:상극』(2011),『사라진 약혼자1:식죄』(2012),『사라진 약혼자2:식죄』(2012),『사라진 여중생1:상극』(2012),『사라진 여중생2:상극』(2012),『사라진 대학 이사장1:해후』(2012),『사라진 대학 이사장2:해후』(2012),『사라진 베스트셀러 작가1』(2012),『사라진 베스트셀러 작가2』(2012),『오심』(2012)이 번역되어 있다.

▶ 조미경

참고문헌: H8, H10, H12

도서倒敍

도서물, 도서추리소설, 도서미스터리 등으로도 일컬어지는데, 이 때 도서란 도치서술의 줄인 말로 영어로는 inverted(도치된) 혹은 inverted detective story(도치서술 탐정소설)이다.

보통의 미스터리는 먼저 사건이 일어나고

경찰 혹은 탐정이 수사에 착수하여 범인의 행동이나 동기를 추리해서 사건을 해결하지만, 도서미스터리에서는 먼저 전반에서 범인이 완전범죄를 계획하는 형태로 미리 사건의 내용을 밝힌 후, 범인이 계획을 실행하고 그것이 성공한 것처럼 보이는 시점에서 경찰이나 탐정 측이 수사를 개시하여 범행을 밝히고 사건을 해결한다. 즉 스토리의 전개 방식이 보통의 미스터리와 완전히 반대로 되어 있기 때문에 도서 혹은 도서 추리소설이라고 한다.

이 형식은 1912년에 리처드 오스틴 프리먼Richard Austin Freeman의 단편집 『노래하는 백골The Singing Bone』(1912)에서 처음 시도되었으며 이후 프랜시스 아일즈Frances Iles의 『살의』, 프리먼 윌스 크로프츠Freeman Wills Crofts의 『크로이든 발12시 30분The 12:30 from Croydon』(1934) 등 많은 명작이 탄생했으며 일본에서는 다키가와多岐川恭의 『조용한 교수静かな教授』, 마쓰모토 세이초松本清張의 『검은 복음黒い福音』(1961), 쓰치오 다카오土屋隆生의 『불안한 첫 울음소리不安な産声』(1989) 등에서 시도되었다. 이 형식은 결말의 의외성은 떨어지지만 최초의 범인의 동기를 꼼꼼히 그릴 수 있기 때문에 개성적인 인간을 그리기에는 적합하다. 현대에는 텔레비전 드라마의 「형사 콜롬보Columbo」에서 같은 수법이 사용되었다.

▶ 성혜숙

참고문헌: A, 権田萬治監修 『海外ミステリー事典』

(新潮社, 2000).

도쓰가와 쇼조十津川省三

니시무라 교타로西村京太郎의 〈도쓰가와 경부 시리즈十津川警部シリーズ〉에 등장하는 경시청 수사1과의 경부로, 니시무라 교타로 작품의 대표적인 인물이다. 도쿄출신으로 『빨간 범선赤い帆船』(1973)에 처음 등장했다. 당시는 30살로 예비경부警部補이었으나 장편 제2작 『사라진 유조선消えたタンカー』(1975)에서 경부으로 승진한 후 현재에 이르게 된다. 자신을 포함해서 7명에서 10명 정도의 인원으로 구성되는 '도쓰가와반十津川班'의 리더이다. 40세에 5살 연하의 인테리어 디자이너인 니시야마 나오코西山直子와 결혼하지만, 아이는 없다. 보통의 키와 체격을 지닌 외모이지만 강철 같이 다부진 몸집이며 침착하고 냉정한 성품과 눈초리가 매서워서 30대에는 '너구리'라고 불렸다. 수사 도중에 범인에게 왼손을 총에 맞아 손가락이 조금 불편하고 고소공포증이 있다. 처음에는 '바다의 에이스海のエース'로 기용되어서 해양과 관련된 사건에서 전문 형사로 활약했으나, 1978년에 철도관련 작품인 『침대특급 살인사건寝台特急殺人事件』(1978)에서 경부로 활약을 하고, 이후에는 오로지 철도역이나, 열차, 철도가 달리는 관광지에서 일어난 살인사건에서 맹활약을 보이고 있다. 도쓰가와 쇼조 주인공의 철도 배경 작품들은 1980년대에 여행추리소설

173

붐을 이끌기도 하였다. 수사방식은 평범하고 꼼꼼하게 차분히 노력하는 모습으로 그려진다. 대학친구인 『주오일보中央日報』의 다구치田口로부터 수사에 관한 정보를 얻기도 하며, 공적으로 수사를 할 수 없을 때에는 전직 수사1과의 형사였던 사립탐정 하시모토橋本에게 의뢰하기도 한다. 피의자라고 여겨지면 자주 만나서 상대의 반응과 행동을 살피면서 수사를 진행한다. 파트너는 아오모리현青森県 출신인 가메이亀井형사로 그를 깊이 신뢰하고 있으며 다른 부하직원과도 관계가 좋은 편이다. 『종착역 살인사건終着駅殺人事件』(1980), 『미스터리 열차가 사라졌다ミステリー列車が消えた』(1982) 등에서도 활약하고 있다.

▶ 이한정

참고문헌: A, I, 宗美智子『十津川警部事件ファイル:西村京太郎トラベルミステリー』(秋田書店, 2006).

도야마 가오루塔山郁, 1962~

추리소설가. 지바현千葉県 출생. 2009년에 『독살마의 교실毒殺魔の教室』로 다카라지마샤宝島社가 주관한 제7회 「이 미스터리가 대단하다!」대상「このミステリーがすごい！大賞」의 우수상을 수상하며 문단에 데뷔하였다. 다음 작품으로는 제5회 〈호러서스펜스대상ホラーサスペンス大賞〉의 최종후보로 있었던 작품이었던 『악마가 사는 방悪霊の棲む部屋』(2011)을 간행하였고 그 외에도 『705호실

호텔기담705号室　ホテル奇談』(2009), 『최악의 시작은最悪のはじまりは』(2012), 『터닝 포인트ターニング・ポイント』(2013) 등이 있다.

▶ 조미경

참고문헌: 塔山郁 『悪霊の棲む部屋』(宝島社, 2011), 塔山郁『705号室ホテル奇談』(宝島社, 2009).

도요다 아리쓰네豊田有恒, 1938.5.25~

소설가. 시마네현립대학島根県立大学 명예교수. 게이오의숙대학慶應義塾大学 의학부 중퇴. 무사시대학武蔵大学 경제학부 졸업. 무사시대학 재학 중인 1962년 하야카와쇼보早川書房가 주최한 SF콘테스트에「화성에서 마지막…火星で最後の…」가 가작으로 입선, 『SF매거진』1963년 4월호에 게재되어 데뷔하였다. 데즈카 오사무手塚治가 이끄는 무시프로덕션에 입사,「철완 아톰鉄腕アトム」, 「정글대제ジャングル大帝」시나리오를 담당했다. 그 후「에이트 맨エイトマン」, 「우주소년 소란宇宙少年ソラン」과 같은 여명기 텔레비전 애니메이션의 각본가로 활약했다. 작품은 쇼트쇼트에서 역사 SF까지로 광범위하며, 특히 초기작품에는 구미 SF의 영향을 강하게 받은 타임 패트롤물이나 우주SF가 많다. 『불의 나라 야마토타케루火の国のヤマトタケル』(1971)로 개막한 〈일본무존 SF시리즈〉는 일본의 히로익 환타지의 선구적 작품으로서 알려졌다. 1987년 고대사 사상 최대 미스터리인 스슌천황崇峻天皇 암살사건을 다룬 역사 미스터리「스슌천황 암살

사건崇峻天皇暗殺事件」을 간행하였다. 이후 동아시아고대사에 흥미를 갖고 「오토모 황자大友の皇子東下り」(1990), 「나가야왕 횡사사건長屋王横死事件」(1992), 「우타가키의 왕녀歌垣の王女」(1996) 등 일련의 고대사 미스터리를 발표하고 있다. 또한 한국에 조예가 깊어 남북한의 첩보전을 그린 「무궁화작전無窮花作戦」(1981), 고대한국이 무대로 등장하는 SF소설 『왜왕의 후예倭王の末裔』(1971) 등 한국과 관련된 작품을 많이 발표했다. 한국어로는 『영변의 진달래꽃』(1994), 「좋은 이름」(『J미스터리 걸작선』III, 1999)이 번역되어 있다.

▶ 김효순

참고문헌: 権田万治・新保博久監修 『日本ミステリー事典』(新潮社, 2012), 윤상인, 김근성, 강우원용, 이한정 『일본문학 번역 60년 현황과 과제』(소명출판, 2008), 「학술강연 참석하러 온 일본 공상과학소설가 豊田有恒」(『동아일보』 1983.11.3).

도이타 야스지戸板康二, 1915.12.14~1993.1.23

연극 및 가부키 평론가. 추리소설가. 수필가. 도쿄東京 출생. 구제舊制 교세이중학교曉星中学校를 거쳐 1938년 게이오의숙대학慶応義塾大学 문학부 국문학과를 나와 메이지제과明治製菓에 입사하여 기업 광고지 편집, 국어교수 등을 거쳐 은사인 구보타 만타로久保田万太郎의 권유로 1944년부터 1950년까지 일본연극사日本演劇社에 근무하면서 잡지 『일본연극日本演劇』을 편집하면서 『가부키의 주위歌舞伎の周囲』(1948) 등 가부키 및 신극 관련 평론, 수필 등을 간행하였다. 1949년에는 『나의 가부키わが歌舞伎』, 『마루혼가부키丸本歌舞伎』(1949) 등으로 〈도가와 슈코쓰상戸川秋骨賞〉을 수상하며 권위적인 가부키 평론가로 활약하였다. 이러한 연극평론의 업적을 인정받다 1952년에는 문학평론부문의 제3회 〈예술선장문부과학대신상芸術選奨文部科学大臣賞〉을 수상하였다.

그러던 중, 에도가와 란포江戸川乱歩의 권유에 따라 추리소설을 쓰기 시작하여 연극무대를 공간배경으로 하여 계획범죄를 그린 『차부살인사건車引殺人事件』(1959)으로 문단에 데뷔한다. 1960년에는 과거의 역사적 사건의 진상을 추리해 가는 『단주로활복사건団十郎切腹事件』으로 제42회 〈나오키상直木賞〉을 수상하였다. 1976년에는 「그린 차량의 아이グリーン車の子供」으로 제29회 〈일본추리작가협회상日本推理作家協会賞〉 단편부문을 수상하였으며 같은 해 제24회 〈기쿠치칸상菊池寛賞〉도 수상한다. 한편 1976년에는 이상의 문예분야의 공헌을 인정받아 제33회 〈일본 예술원상日本芸術院賞〉 문예부문상을 수상하기도 하였다. 그의 작품에서 다루는 사건은 모두 작자가 전문적 지식을 가지고 있는 가부키와 배우의 범주에서 제재를 취하고 있으며 과장이 적고 읽기 쉬운 필치로 이루어져 있다. 30년에 걸쳐 쓰여진 그의 추리소설은 대부분이 단편이고 장편은 3작품에 그치고 있다.

그 외에 장편 제1작인 『솔바람의 기억松風の記憶』(1970), 『재녀의 상복才女の喪服』(1971), 『제3의 연출자第三の演出者』(1971) 등의 추리소설이 있다. 한편 에세이집 『조금 좋은 이야기ちょっといい話』는 모두 4권으로 발행되었는데 명수필로서 인정을 받고 있으며 그 외에 구집句集도 다수 발행하였고 수많은 평론서를 남기고 있다. 1991년에는 일본예술원 회원이 되었다.

▶ 조미경

참고문헌: A, B, E, F, H7

도조 덴분陶展文

진 슌신陳舜臣의 소설에 등장하는 인물로 『고초의 뿌리枯草の根』(1961)에서 처음 등장한다. 산시성陝西省 성에서 태어나 푸젠성福建省에서 자랐으며 젊은 시절 일본에서 유학한 경험이 있다. 고베神戸의 작은 중화요리점 도원정桃源亭의 주인이지만 요리는 아내의 조카인 기누카사 겐지衣笠健次에게 맡기고 자신은 여유로운 생활을 하고 있다. 권법의 달인이며 한방의이자 추리 능력이 뛰어나다. 특히 인간에 대한 관찰능력이 뛰어나 주변에서 일어난 사건을 멋지게 해결한다. 데뷔작 이후 『삼색의 집三色の家』(1962), 『깨지다割れる』(1962)의 두 장편과 『낡은 밧줄くたびれた繩』(1962), 『질질 끌리는 밧줄ひきずった繩』(1962), 『밧줄의 붕대繩の繃帯』(1962)의 세 단편에 등장. 단편 『흐트러진 직선崩れた直線』(1969)을 포함해, 장편 『무지개의 무대虹の舞台』(1973)에서도 활약했으나 다시 침묵한다. 오랜만에 다시 등장한 단편 『자취는 사라지지 않고軌跡は消えず』(1983), 『왕직의 보물王直の財宝』(1984)에서는 70세로 등장하지만 추리력은 노쇠하지 않다.

▶ 성혜숙

참고문헌: A, 陳舜臣 『よそ者の目』(講談社, 1972), 中島河太郎 『日本推理小説辞典』(東京堂出版, 1985).

도카지 게이타戸梶圭太, 1968~

추리소설가. 도쿄東京 출생. 가쿠슈인대학学習院大学 문학부 심리학과를 졸업하고 뮤지션의 시기를 거쳐 소설을 창작하기 시작해 1998년에 『어둠의 낙원闇の楽園』으로〈신초미스터리클럽상新潮ミステリー倶楽部賞〉을 수상하여 문단에 데뷔하여 많은 작품을 창작한다. 주요 작품에 『붉은 비赤い雨』(2000), 『The Twelve Forces』(2000), 『미확인가족未確認家族』(2001), 『우유 언터처블牛乳アンタッチャブル』(2002), 『자살자유법自殺自由法』(2004), 『하류소년 사쿠타로下流少年サクタロウ』(2007), 『원자력우주선 지구호原子力宇宙船地球号』(2012) 등이 있다. 그의 작품은 하층사회나 지방문제, 공동체 붕괴 문제 등 사회파 미스터리 작품과 더불어 오락성 풍부한 시대소설 SF소설 등도 다수 창작하였다. 문학창작과 더불어 음악, 사진, 영화 분야에서도 활발한 활동을 보이고 있다.

▶ 조미경

참고문헌: H2~H4, H7

독자에 대한 도전 ☞ 페어 플레이フェアプレイ

ㄹ

란 이쿠지로蘭郁二郎, 1913~1944

소설가. 도쿄東京 출생. 본명은 엔도 도시오
遠藤敏夫. 도쿄고등공업학교東京高等工業學校
전기공학과에 입학한 1931년에 「숨을 끊는
남자息を止める男」라는 장편掌編소설이 헤이
본샤平凡社의 『탐정취미探偵趣味』의 탐정소
설 모집에 응하여 가작으로 입선되어 창작
활동을 시작한다.

처음에는 노지마 준스케野島淳介가 기획한
'탐정작가 신인클럽探偵作家新人俱樂部'에 가입
했다가 1년 후 탈퇴하고 1935년에는 탐정
소설 애호가와 더불어 동인지 『탐정문학探
偵文學』을 창간하였다. 이 잡지에 곡마단 소
속 소년이 경험한 백주의 요몽妖夢을 그린
「무키夢鬼」(1935)를 비롯해, 「발바닥足の裏」
(1935), 「식면보蝕眠譜」(1935), 「등에의 속삭
임蝱の囁き」(1936) 등의 작품을 발표하였는
데, 이 때는 에도가와 란포江戶川乱歩 풍의
엽기적이고 탐미적인 추리소설을 썼다.
1937년에는 『탐정문학』을 후속지인 『슈피
오シュピオ』로 개명하고 나서는 운노 주조海
野十三, 오구리 무시타로小栗虫太郎 등과 더불
어 편집을 담당하였으며 연재장편 작품인

『백일몽白日夢』(1936-37)을 완결하였다.
『신청년新靑年』에는 1924년에 『에메랄드의
여주인エメラルドの女主人』이라는 작품을 게
재하고 있다.

초기의 작품은 미소녀 환상이나 인형애人形
愛를 그린 본격 탐정소설 영역이었으나 점
차 소년용 과학모험소설로 창작의 방향을
선회하여 매우 왕성하게 SF소설을 창작하
여 『냉동광선冷凍光線』(1938), 『지저대륙地底
大陸』(1938~39) 등의 작품으로 일약 인기작
가로 각광을 받는다. 이들 작품은 해저나
지저地底 등 미지의 세계에 대한 여행을 그
린 과학무기 개발을 그린 것인데 이러한
과학소설은 전시중이란 시국에 영합하지
않을 수 없는 환경도 그 요인으로 작용하
고 있었다. 란 이쿠지로는 일본문학사에서
운노 주조와 더불어 일본 SF소설의 선구자
중 한 사람이라 할 수 있을 정도로 일본 SF
소설에 기여한 바가 적지 않다. 전쟁 중에
문학보국회文學報国会에서 활동하다 해군보
도반海軍報道班員으로 대만에 건너가 남양으로
가던 중 1944년 비행기사고로 사망하였다.

▶ 조미경

참고문헌: H9~H13.

레드 헤링レッド・ヘリング

영어의 red herring을 직역하면 붉은 청어를 말하는데, 훈제하여 붉게 된 청어를 영국에서 여우사냥 반대파가 사냥개의 코를 혼란시키기 위해 혹은 애호가가 훈련에 사용했던 것에서 상대의 주의를 끌기 위해 사용한 물건이나 그러한 행위를 가리키게 되었다. 마술용어에서 왼손으로 조작하는 동안 오른손으로 관객의 주의를 끄는 것을 말하는 '미스디렉션'오도誤導과 같은 의미이다. 미스터리에서는 진범 이외의 수상한 인물이 사용되는 경우도 많다. 아유카와 데쓰야鮎川哲也의 『리라장사건りら荘事件』(1958)처럼 범인이 수사측에 도전장을 던지는 경우도 있지만, 요코미조 세이시橫溝正史의 『본진살인사건本陣殺人事件』(1947), 『지옥문을 여는 방법獄門島』(1949)처럼 작가가 독자에게 도전하는 경우가 많은데 이것이 작품 전체에 미치는 서술트릭이 된다.

▶ 성혜숙

참고문헌: A, 権田萬治監修『海外ミステリー事典』(新潮社, 2000).

레이라麗羅, 1924~2001

추리소설가. 경상남도 함양 출생. 본명은 정준문鄭埈汶. 일제강점기인 1934년에 일본으로 건너가 도쿄고공부속東京高工付属 공과학교를 졸업하고, 1943년 일본육군에 입대하였다가 일본 패전 후 고향으로 돌아갔다가 1947년에 다시 일본에 건너왔다. 1950년에는 UN군에 들어가 한국전쟁에 참전하였다. 이후에는 부동산업, 금융업 등 다양한 직업을 경험하였다. 레이라麗羅라는 이름은 고구려高句麗와 신라新羅에서 한 글자씩 따 왔다고 한다.

1973년, 단편소설「루뱅섬의 유령ルバング島の幽霊」이 제4회 〈소설선데이마이니치신인상小說サンデー毎日新人賞〉 추리소설부문의 수상작으로 선정되어 소설가로 데뷔한다. 이 작품은 토지건물을 담보로 하여 돈을 융통한 상대가 가짜였다고 하는 사기사건과 사기를 당한 상사商事의 경영자가 복수해 가는 과정을 그리고 있다. 한편 1974년 처녀장편인 『살의의 광야殺意の曠野』도 역시 부동산 사기를 취급한 작품인데 그 이후에도 경제범죄를 취급한 일련의 작품을 쓰고 있다. 1978년에는 『사자의 관을 뒤흔들지 마라死者の柩を揺り動かすな』라는 작품으로 제31회 〈일본추리작가협회상日本推理作家協会賞〉의 후보작에 오른다. 일본 추리작가협회에서 간행하는 『추리소설대표작선집 추리소설연감推理小說代表作選集 推理小說年鑑』에도 작품을 수록하고 있다. 한편 1983년에는 『사쿠라코는 돌아왔는가桜子は帰ってきたか』라는 작품으로 제1회 〈산토리미스터리대상サントリーミステリー大賞〉 독자상을 수상하는 등 재일코리안으로서는 흔치 않게 미스터리 소설을 정력적으로 창작하였다. 그는 한일의

역사적 관계와 한국 민족사와 관련된 작품도 많이 남기고 있다.

이외에도 『내 주검에 돌을 쌓아라わが屍に石を積め』(1980), 『도산전략倒産戦略』(1990), 『신라천년 비보전설新羅千年秘宝伝説』(1994) 등이 있고, 『한의 한국사恨の韓国史』(1988), 『체험의 조선전쟁体験的朝鮮戦争』(1992)과 같은 한국관련 저서도 간행하였다. 일본 추리작가협회의 이사로서 1980년대부터 한국 추리작가협회와 활발하게 교류사업을 추진하였다.

▶ 조미경

참고문헌: A, B, E

렌조 미키히코連城三紀彦, 1948.1.11~2013.10.19

불교 승려. 소설가. 아이치현愛知県 나고야시名古屋市 출생. 본명 가토 진고加藤甚吾.

아이치현립 아사히가오카고등학교旭丘高等学校를 나와 와세다대학早稲田大学 정경학부 재학중인 1978년 「변조2인 하오리変調二人羽織」로 탐정소설 잡지사에서 주관한 제3회 〈『환영성幻影城』 소설부문 신인상〉을 수상하고 문단에 데뷔하였다. 학생시대 때부터 문학, 영화, 연극 등 각 방면에 흥미를 가지고 시나리오 연구를 위해 파리에 유학한 경험도 있었다. 대학 졸업 이후는 학원 강사를 하면서 계속 소설을 써 1981년 「모도리가와 동반자살戻り川心中」로 제34회 〈일본추리작가협회상日本推理作家協会賞〉 단편부문을 수상하였고 〈나오키상直木賞〉 후보에 오

르기도 하였다. 이 작품은 일본 추리작가협회의 『추리소설대표작 선집 추리소설연감推理小説代表作選集 推理小説年鑑』(1981년판)에도 수록된다.

그는 추리소설 이외에도 연애소설이나 시대소설 등에도 다양한 창작을 시도하여 1984년에는 『달맞이꽃 야정宵待草夜情』(1981년 발표)으로 〈요시카와에이지吉川英治문학신인상〉을, 남녀의 심리를 계산된 구성에 의해 그린 『연문恋文』으로 〈나오키상〉을 수상하였다. 1985년에는 젊었을 때 사별한 부친이 정토진종浄土真宗의 승려였던 관계로부터 그 자리를 이어받아 교토京都시 히가시혼간지東本願寺 절에서 수도하여 승려가 되었고 잠시 창작활동을 중단한다. 법명은 도모유키智順이다. 1996년에 『가쿠레키쿠隠れ菊』로 〈시바타렌자부로상柴田錬三郎賞〉을 수상하였다. 한편 1987년 「사석捨て石」은 일본문예가협회日本文芸家協会 『현대소설現代の小説』(1988)에 수록되었고 1986년에 「담미의 꿀淡味の蜜」은 일본문예가협회의 '베스트 소설랜드 1987)'에 수록되었다.

〈나오키상〉 수상이후에는 연애소설을 중심으로 대중소설 중심의 집필을 보이고 있지만 그 후로도 심리극 미스터리나 모략 서스펜스, 환상 미스터리, 유괴물 등 다양한 장르의 추리소설도 집필하였다. 그 이외의 추리소설로는 「검은 머리黒髪」(1982), 「친애하는 에스군에게親愛なるエス君へ」(1983), 「유일한 증인唯一の証人」(1984)이 있고 1988

년에 간행한 『황혼의 베를린黃昏のベルリン』
이 『주간분슌週刊文春』의 1988년 '걸작미스
터리 베스트 10傑作ミステリーベスト10'의 1위
에 선정되기도 하였다. 그는 서정성이 풍
부한 문체로 탐정소설과 연애소설의 융합
을 시도하였으며 젊은 세대의 추리소설가
에 다대한 영향을 미쳤다.

한국어로는 『회귀천 정사』(2011), 『저녁싸
리 정사』(2011), 『미녀』(2011), 『백광』(2011),
『조화의 꿈』(2012)이 번역되어 있다.

▶ 조미경

참고문헌: E, H3, H4, H9

루팡ルパン

추리소설전문지로 계간지이다. '문제소설
SPECIAL'이라는 타이틀로 1980년 7월 하계
호부터 1981년 11월 추계호까지 총 6권이
발행되었으며, 최초의 2권은 '瑠伯'이라 표
기되었다. 도쿠마서점德間書店에서 발행되
었으며 편집명의인은 히라즈카 마사오平塚
柾緒(종간에 한해 마에지마 후지오前島不二
雄)이다. '미스터리 & 어드벤처'라는 명칭을
내걸어 다카미 히사코鷹見緋沙子를 부활시키
고, 이쿠시마 지로生島治郎, 오야부 하루히
코大藪春彦 등이 연재했지만, 미스터리는
『환영성幻影城』이 휴간된 후 사양기를 맞이
하였으며 모험소설의 융성기라고 하기에
는 아직 일렀기 때문인지 단명으로 끝났
다. 매호, 장편과 중편을 일거에 게재했으
며 독자에 의한 작가 인터뷰, 에세이, 연구

등에는 귀중한 자료도 존재한다. 후반에는
스즈키 미치오都筑道夫, 아토다 다카시阿刀田
高에 의해 '쇼트쇼트 콘테스트'가 개최되었
는데 입선자 중에는 이노우에 마사히코井上
雅彦가 포함되어 있다. 종간 후인 1983년 1
월에 나온 「문제소설問題小說」증간 『아카가
와 지로 독본赤川次郎読本』의 제목 윗머리에
'루팡'이라고 표기되어 있지만 「루팡」의 권
호를 답습하지는 않았다.

▶ 성혜숙

참고문헌: A, 郷原宏『赤川次郎公式ガイドブック』
(三笠書房王様文庫, 2001).

리걸 서스펜스リーガル・サスペンス

영미에서는 legal thriller라 불리는 것이 보
통이다. 1927년 F.N. 하트의 『베라미재판』
에서 창시되었는데, 일본에서는 다카기 아
키미쓰高木彬光의 『파괴재판破戒裁判』(1961),
오오카 쇼헤이大岡昇平의 『사건事件』(1977),
와쿠 슌조和久峻三나 고스기 겐지小杉健治의
모든 작품을 꼽을 수 있다. 재판의 진행에
따라 전개되는 종래의 법정추리뿐 아니라
변호사나 검사 등 법조관계자를 주인공으
로 한 서스펜스 소설 전반을 가리킨다. 스콧
토로Scott Turow의 『무죄추정presumed innocent』
(1987), 존 그리샴John Grisham의 『법률사무소
The Firm』(1991)가 베스트셀러가 되어 일본
에서도 화제가 되었지만, 단순히 법조관계
자가 전문지식만을 앞세워 창작한 경우가
많아 미스터리적 흥미가 부족한 조잡한 작

181

품도 많이 양산되었다. 그러나 나카지마 히로유키中嶋博行의 『사법전쟁司法戦争』(1998) 등이 발표되면서 일본에서도 발전할 가능성을 보였다.

▶ 성혜숙

참고문헌: A, 権田萬治監修 『海外ミステリー事典』 (新潮社, 2000).

일본에서는 볼 수 있으며, 히가시노 게이고東野圭吾도 장편 『누군가가 그녀를 살해했다どちらかが彼女を殺した』(1966) 등에서 이 수법을 시도하고 있다.

▶ 성혜숙

참고문헌: A, 権田萬治監修 『海外ミステリー事典』 (新潮社, 2000).

리들 스토리リドル・ストーリー

결말에서 문이 열리면서 나오는 것이 미인인지 호랑이인지 밝혀지지 않고 끝나는 프랭크 R. 스톡튼Frank Richard Stockton의 고전 『여자인가 호랑이인가The Lady or the Tiger?』(1884)처럼 수수께끼가 미해결인 채 끝나는 소설을 말한다. 이 수법의 작품으로는 가다 레이타로加田伶太郎의 『여자인가 수박인가女か西瓜か』(1959), 고마쓰 사쿄小松左京의 『여자인가 괴물인가女か怪物か』(1963년), 이쿠시마 지로生島治郎의 『남자인가? 곰인가?男か?熊か?』(1964) 등을 꼽을 수 있는데, 특히 단편에서 효과적이라고 할 수 있다. 장편에서 존 딕슨 카John Dickson Carr의 『화형법정The Burning Court』(1937)이 이를 응용하고 있으며, 일본에서는 오타니 요타로大谷羊太郎의 『살의의 연주殺意の演奏』(1970), 다카키 아키미쓰高木彬光의 『대도쿄 요쓰야 괴담大東京四谷怪談』(1976)이 이 수법을 사용하고 있다. 고미 야스스케五味康祐의 검객소설 『야규 렌야사이柳生連也斎』(1955)처럼 실은 결말 이전에 작품 속에 결정적 단서를 숨겨놓은 예를

182

마도이 반円居挽, 1983~

추리소설가. 나라현奈良県 출생. 교토대학京都大学 재학 중 교토대학 추리소설연구회의 회원으로 활동하며 창작활동을 시작하였다. 그는 2008년 고단샤講談社 BOX의 문예지 『판도라パンドラ』에 두 번에 걸쳐 단편이 실렸는데 이를 계기로 2009년 11월 단행본 『마루타마치 Revoir丸太町ルヴォワール』가 간행되었다. 이후에도 교토의 지명을 무대로 한 일련의 시리즈 『가라스마 Revoir烏丸ルヴォワール』(2011), 『이마데가와 Revoir今出川ルヴォワール』(2012) 등을 계속 간행하고 있다.

▶ 조미경

참고문헌: H11~H12.

마루테이 소진丸亭素人, 1864?~1913

신문기자. 초기 탐정소설 번역가. 1889년 도쿄일일신문東京日日新聞 기자로 입사하여 같은 해 구로이와 루이코黑岩淚香가 『에이리자유신문繪入自由新聞』에 번역하고 있었던 『미인의 감옥美人之獄』을 17회부터 이어받아 번역하면서 탐정소설과 인연을 맺게 된다. 그 후 탐정소설, 범죄소설 번역가로 활동을 개시하여 1890년 프랑스의 에밀 가보리오Etienne Êmile Gaboriau의 Le Crime d'Orcival를 『살해사건殺害事件』이라는 제목으로 번역하였다. 1891년에는 영국 출생 호주작가 퍼거스 흄Fergus Hume의 The Mystery of a Hansom Cab을 『귀차鬼車』라는 제명으로 번역하였다. 그 외에 『대의옥大疑獄』(1902), 『눈물 미인淚美人』(1902), 『암살暗殺』(1902), 『질투의 열매嫉妬の果』(1904) 등의 번역, 번안 작품이 있는데, 금고당今古堂에서 간행한 총서 '탐정문고探偵文庫' 10권 중 그 중 7권을 번역하였다.

마루테이 소진은 당시 유행의 흐름에 편승하여 재미가 있는 원본을 선택하여 번역하였음에도 치밀한 번역이 이루어지지 못해 문장이나 번역이 조잡한 경우가 많았다. 이런 측면에서 그는 구로이와 루이코의 업적에 미치지 못했고 이 방면의 작업도 10년도 채 되지 않았다. 1910년에는 『니가타마이니치신문新潟毎日新聞』 편집장에 취임하였다고 알려져 있으나 후년의 활동에 대해서는 명확하지가 않다.

▶ 조미경

183

참고문헌: A, B, D, E, F.

마사키 후조큐正木不如丘, 1887.2.26~1962.7.30

의사, 소설가. 수필가. 나가노현長野県 우에다시上田市 출생. 본명은 마사키 슌지俊二. 교육가인 마사키 나오타로正木直太郎의 차남으로 내어나 1913년 도쿄제국대학東京帝国大学 의학부를 졸업하고 후쿠시마福島의 현립병원 부원장을 거쳐 1920년 프랑스 파리의 파스퇴르연구소Institut Pasteur에서 유학하였다. 그 후 1922년 게이오의숙대학慶応義塾大学 의학부 내과 조교수가 되지만 나가노현의 결핵요양소인 후지미고원富士見高原 요양소에 부임하였다. 의학부 내의 대립으로 인해 1929년 게이오대학을 사직하고 요양소 소장직에 전념하게 된다. 이 요양소에 부임한 이후 창작활동으로 받은 인세는 요양소 유지비에 충당했다. 1946년에 의사직을 은퇴하였다.

그는 의사로서 활동하면서 수필과 소설을 창작하였는데 1922년 수필 「진료부여백診療簿余白」을 『도쿄아사히신문東京朝日新聞』에 연재 발표하여 호평을 얻는다. 한편 1923년에는 『30전三十前』, 『도쿠사의 가을木賊の秋』, 『산타로三太郎』 등의 소설을 간행하였으며, 1924년에 미야타 시게오宮田重雄 등과 더불어 『맥脈』이라는 동인지를 도쿄도東京堂에서 간행하여 직접 편집에 관여하였다. 이후 탐정소설 발흥에 수반하여 탐정소설 창작에도 의욕을 보여 1925년 대중문학의 진흥을 위해 '21일회二十一日숲' 동인이 되는데 이 동인회는 에도가와 란포江戸川乱歩, 고사카이 후보쿠小酒井不木, 하지 세이지土師清二, 구니에다 시로国枝史郎, 하세가와 신長谷川伸 등이 중심멤버로 활약하였다. 1926년에 탐정소설 「붉은 레테르赤いレッテル」를 『신청년新青年』에 발표하였다. 그리고 1926년에 쓴 「현립병원의 유령県立病院の幽霊」은 병원에 나타난 유령을 본 간호사가 살해되는 사건을 다루었는데 이 간호사의 혼약자인 신문기자에게 애정을 품고 있는 자의 책을 그린 작품이다. 그 후에도 『촉루의 추억髑髏の思ひ出』(1926), 『과수원춘추果樹園春秋』(1948) 등의 작품이 있다. 같은 도쿄제국대학 의학부 출신의 탐정소설가인 고사카이 후보쿠에 뒤이어 전문적인 의학 지식을 이용하여 스토리를 전개하는 작품이 많았으며 본격적인 탐정소설의 취향이 다소 부족했지만 정서적인 깊이가 있는 작품을 남겼다. 이외에 『가정의학과 치료의 실제家庭医学と治療の実際』(1927) 등 다수의 의료관련 서적도 남기고 있으며 하이쿠俳句 작품도 있다. 1967년 마사키 후조큐작품집 간행회에서 7권에 걸친 『마사키 후조큐 작품집』을 간행하였다.

▶ 조미경

참고문헌: A, B, D, G.

마스다 도시나리增田俊也, 1965.11.8-

유도선수. 소설가. 아이치현愛知県 출생. 2008년 마스다 도시나리增田俊成로 필명을 개명. 아이치현립 아사히가오카旭丘고등학교를 졸업하고 홋카이도대학北海道大学 교양학부에 들어가 홋카이도 유도부 활동을 하며 부주장을 맡기도 하였다. 그는 유도부 외에도 곰 생태연구에 뜻을 두고 홋카이도대학 큰곰연구北大ヒグマ研究 그룹에도 들어가 있었기 때문에 유도부를 그만둔다. 1989년에는 대학을 중퇴하고 『홋카이타임즈北海タイムス』의 신문기자가 되었다가 1992년 주니치신문사中日新聞社로 자리를 옮긴다.

한편, 2006년 『샤툰 큰곰의 숲シャトゥーン－ヒグマの森』으로 제5회 「이 미스터리가 대단하다!」 대상「このミステリーがすごい！」大賞〉 우수상을 수상하며 작가로 데뷔하였다. 이 작품은 큰곰이 사람을 해치는 잔인한 장면이 논쟁의 대상이 되기도 하였지만 대학 재학 시절 자연보호운동을 하였을 때 '시레토코知床 원생림 채벌 강행'에 대한 분노가 반영된 작품으로 만화가 오쿠타니 미치노리奥谷通教에 의해 만화로도 만들어졌다. 단지 소설뿐만 아니라 논픽션소설, 수필, 평론 분야에도 활발하게 활약하는 등 폭넓은 작품 활동을 보여주고 있다. 그래서 『기무라 마사히코는 왜 역도산을 죽이지 않았는가木村政彦はなぜ力道山を殺さなかったのか』라는 작품으로 제43회 〈오야소이치 논픽션상大宅壮一ノンフィクション賞〉, 제11회 〈신초도큐멘트상新潮ドキュメント賞〉을 수상하기도 하였다. 최근에는 순문학적 작품인 자전적 소설 『7제유도기七帝柔道記』(2013)를 발표하였다.

▶ 조미경

참고문헌: H7, H8, H9, H10, H11, H12, H13.

마쓰노 가즈오松野一夫, 189510.1~19737.17

삽화화가. 서양화가. 후쿠오카현福岡県 기타큐슈시北九州市 출생. 본명 마쓰노 가즈오一男. 야스다 미노루安田稔, 이시바시 와쿤石橋和訓, 가지와라 간고梶原貫五로부터 그림을 배우고 1921년 제국미술원전람회帝国美術院展覧会에 처음으로 입선하였다. 1922년부터 1948년에 이르기까지 초기 탐정소설의 대표적인 잡지였던 『신청년新青年』의 표지 그림을 담당하여 '『신청년』의 얼굴'이라 불리었다. 1931년에서 다음해에 걸쳐 프랑스에 건너가 Grand Chaumiere 아카데미에 수학하였다.

그는 『신청년』 표지그림 뿐만 아니라 다케나카 에이타로竹中英太郎와 더불어 『신청년』의 대표적인 삽화가로 활약하였으며, 당시 탐정소설과 유머소설의 삽화가로서 많은 활동을 하였다. 『신청년』에 연재되었던 모리스 르블랑Maurice Marie Émile Leblanc의 『호랑이 이빨虎の牙』, 존스턴 매컬리Johnston McCulley의 〈지하철 샘Tham 시리즈〉등 외국

소설의 섭화와 더불어, 오구리 무시타로 小栗虫太郎의 『흑사관 살인사건黒死館殺人事件』(1934), 요시카와 에이지吉川英治의 『특급 아시아特急 "亜細亜"』(1938) 등 수많은 소설삽화와 잡지 『소년구락부少年俱樂部』, 『신여원新女苑』 등의 잡지표지를 담당하였다.

▶ 조미경

참고문헌: A, D.

마쓰모토 겐고松本賢吾, 1940~

추리소설가. 시대소설가. 지바현千葉県 출생. 경비원, 경찰관, 화물운수업, 포장마차, 묘비직공 등 수많은 직업을 전전하다가 1996년에 『묘표명에 입맞춤을墓標銘に接吻を』이라는 작품으로 상당히 늦은 나이로 문단에 데뷔하였다. 다양한 시리즈물로 박력있는 묘사, 비정한 문체와 등장인물에 대한 섬세한 시점 등으로 하드보일드 장르의 기수로서 각광을 받았다. 이 계열의 대표작으로는 『고가네초 크래시黄金町クラッシュ』(2003) 등을 들 수 있다.

한편 2004년 시대극인 『유성을 가르다流星を斬る』의 간행 이후에는 주로 하드보일드소설에서 시대소설로 작품경향을 바꾸어 매년 수많은 작품을 창작하고 있다. 비교적 최근인 2012년에는 『요코하마관내서 형사실ヨコハマ関内署刑事〈デカ〉部屋』이라는 경찰소설도 간행하고 있다.

▶ 조미경

참고문헌: H1~H3.

마쓰모토 다이松本泰, 1887.2.22~1939.4.19

추리소설가. 번역가. 도쿄東京 출생. 본명은 마쓰모토 다이조泰三.

게이오의숙대학慶応義塾大学 문학부에 재학 중 「나무그늘樹陰」 등 일련의 작품을 『미타문학三田文学』, 『스바루スバル』에 발표하였고 1913년에 이들 작품을 모은 최초의 작품집 『비로드天鵞絨』을 간행한다.

이후 같은 해에 영국으로 유학하였는데 이때 번역가인 이토 게이코伊藤惠子를 만나 결혼하였다. 귀국 후에는 백화점 다카시마야高島屋에 근무하면서 영국의 체험을 바탕으로 한 다양한 창작을 『미타문학』 등에 발표한다. 그러던 중에 1923년에 스스로 게이운샤奎運社를 만들어 『비밀탐정잡지秘密探偵雑誌』(후에 『탐정문예』로 개칭)를 발간하고 탐정소설을 창작하거나 번역 작품을 싣기도 하였다. 이 잡지에는 그와 더불어 주로 마키 이쓰마牧逸馬, 조 마사유키城昌幸 등이 활약하였다.

그는 당시 탐정소설의 중심적 무대였던 잡지 『신청년新青年』에는 1편 밖에 싣지 않았는데 『신청년』 계열의 작가와는 다른 탐정소설관을 가지고 있었다고 할 수 있다. 마쓰모토 다이는 메이지시대明治時代 구로이와 루이코黒岩涙香를 제외하고 탐정소설 창작에 가장 먼저 착수한 작가이다. 따라서 '범죄소설'이라고 일컬어지는 분야의 선구자라 할 수 있는데 다소 그의 명성이 에도가와 란포에 가린 면도 없지 않지만 일본

탐정소설의 성립에 다대한 역할을 담당한 작가라 할 수 있다.

주요작품에는 「3개의 지문三つの指紋」(1922), 「P언덕의 살인사건P丘の殺人事件」(1923), 「감춰진 삽화秘められたる挿話」(1926), 「청풍장사건淸風莊事件」(1932), 「승강기 살인사건昇降機殺人事件」(1934) 등이 있고 빅토르 위고의 『노틀담의 꼽추』 등 수많은 번역서도 있다. 해외 탐정소설의 계몽소개서인 『탐정소설통探偵小說通』(1930) 등의 저서도 있으며 2004년에는 론소사論創社에서 『론소 미스터리총서論創ミステリ叢書』로서 마쓰모토 다이 소설선이 2권 간행되었다.

▶ 조미경

참고문헌: A, B, D, E, F, G.

마쓰모토 세이초松本淸張, 1918.9.16~1992.8.4

소설가. 세이초는 필명이며, 본명은 마쓰모토 세이초松本淸張. 후쿠오카현福岡県 출생. 가난한 집안 사정으로 인해서 심상고등소학교를 졸업하고 곧바로 전기회사 급사 및 인쇄소 직공으로 근무한다. 직공으로 근무하면서 스무 살이 될 때까지 모리오가이森鴎外, 기쿠치 간菊池寬, 에드거 앨런 포 등의 작품에 흥미를 느끼고, 문학습작에 손을 대기도 한다. 그러나 우연히 친구에게 빌려 본 좌익문학지 『전기戰旗』가 원인이 되어 좌익분자로 몰려 형무소에 검거되어 십 수일간 유치장에 들어가게 된다. 가혹한 수감체험, 그리고 경제적 궁핍 때문에 문학에의 꿈을 버리게 된다. 1942년, 그 때까지 계약직으로 근무하고 있던 아사히신문朝日新聞 서부본사광고부의 정사원이 되지만 직장 내의 심한 학력주의로 인해서 고전을 거듭한다. 다음 해 위생병으로 군대소집을 받고 군대에 입대하여 조선 땅에서 패전을 맞이한다. 조선에서의 경험은 훗날 「북의 시인北の詩人」등 한국을 소재로 한 작품 집필의 동기가 된다.

이후 복직해서 1950년, 『주간아사히週刊朝日』에서 주최한 〈백 만 인의 소설百万人の小說〉 공모에서, 사이고 다카모리西郷隆盛가 세운 임시정부의 지폐문제를 다룬 「사이고 사쓰西郷札」가 3등에 입선한다. 또한 기기 다카타로木木高太郎의 권유로 『미타문학三田文学』에 재능이 있음에도 고단한 인생을 보낼 수밖에 없는 비극적 인물을 다룬 「어떤 고쿠라일기전或る『小倉日記』伝」(1951)을 발표하고, 이 작품으로 1952년 제28회 〈아쿠타가와상芥川賞〉을 수상한다. 이어 『올요미모노オール読物』에 투고한 「두런대는 소리啾啾吟」로 제1회 〈올 신인배〉 가작 제1석으로 입선한다. 이후 「신현군기信玄軍記」, 「야규일족柳生一族」등 시대소설에 주력한다. 1955년 「잠복張込み」으로 추리소설 창작에 손을 대기 시작하여 단편집 「얼굴顔」(1956)로 제10회 〈일본탐정작가클럽상日本探偵作家クラブ賞, 現일본추리작가협회상〉을 수상한다. 1958편 간행된 두 편의 장편소설 「점과 선点と線」「눈의 벽眼の壁」이 연이어 베스트셀러가 되면서

추리소설 작가로서의 위상을 확고하게 다진다. 이 두 작품은 괴기 환상적 색채가 강한 전전戰前의 탐정소설과 달리, 어음사기, 매관매직 등, 사회적 문제와 연결된 범죄와 범죄동기를 취급하고 있어서, 사회파 추리소설로 언급되기도 한다.

마쓰모토 세이초는 추리소설 창작과 관련하여서 종래의 추리소설이 트릭과 의외성에만 중점을 두고 동기가 경시되고 있는 것에 문제점을 제기한다. 그는 동기야말로 인간이 일으키는 범죄에서 가장 중요한 것이며 동기를 추적하는 것이 성격을 그리는 것, 인간을 그리는 것과 통한다고 말하고 자신의 추리소설에 대해서 "동기를 발견하는 것에서 시작되었다"고 언급하고 있다. 그래서 많은 작품에서 가난하고 보상받지 못하는 서민을 향한 강한 공감과 반권력적인 태도, 사회적 문제가 공통적으로 나타나고 있다. 「제로의 초점ゼロの焦点」(1959), 「모래 그릇砂の器」(1961)을 비롯한 장편과 연작 시리즈로 구성된 단편집 『검은 화집黑い画集』(1959~60)등 1950년대 중반부터 1960년대 초에 걸쳐서 발표된 작품들이 이 범주에 속한다.

이들 추리소설과 함께 주목되는 것은 전쟁 직후의 미군점령하의 현실에서 일어난 제국은행 사건 등을 로 해서 추적해 나간 「일본의 검은 안개日本の黒い霧」(1960~61)와 같은 논픽션의 시도이다. 이 연장선상에서 1964년부터 『주간문춘週刊文春』에 쇼와 초기의 여러 사건을 관계자 취재와 사료에 기초해서 작성한 「쇼와사 발굴昭和史発掘」을 연재하기도 한다. 이러한 논픽션 소설에의 관심의 심화와 더불어 1962년 무렵을 경계로 해서 본격추리소설에서, 현대정치의 이면에 산재해있는 다양한 악의 초상을 그리는 범죄소설에로 점차 중심이 옮겨간다. 그 정점을 이루는 것이 「짐승의 길けものみち」(1964), 「익사계곡溺れ谷」(1966), 「화빙花氷」(1966) 등이다. 이 중, 1967년 「쇼와사 발굴」과 「화빙花氷」으로 제1회 〈요시카와에이지문학상吉川英治文学賞〉을 수상한다.

1970년대 이후부터는 고대사연구에 심취해서, 「화신피살火神被殺」(1970), 「거인의 비파巨人の磯」 등의 단편과 「불길火の路」(1975), 「현인眩人」(1980) 등의 장편을 발표한다. 집필 범위가 방대하여 현대소설, 역사소설, 시대소설, 현대사 고대사연구, 평전, 논픽션 등 다방면에 걸쳐있다. 이 업적을 포함하여 제1회 〈요시카와 에이지문학신인상吉川英治文学新人賞〉, 제18회 〈기쿠치간상菊池寛賞〉 등을 수상한다. 추리 소설계에서의 업적만 해도, 전후 일본을 대표하는 작가라고 말할 수 있다. 1963년부터 일본추리협회이사장을 4기, 8년, 이어서 회장을 2기 4년 역임한다. 한국에서는 비교적 이른 시기인 1961년 『제로의 초점ゼロの焦点』이 번역된 것을 시작으로 2009년 『마쓰모토 세이초 걸작단편 컬렉션』에 이르기까지 수십 편에 이르는 작가의 대표작 전반이 번역되어 있다.

▶ 정혜영

참고문헌: A, B, E, F.

마쓰오 유미松尾由美, 1960.11.27~
SF작가. 추리소설가. 가나자와시金沢市 출생. 가나자와대학 부속 고등학교를 거쳐 오차노미즈お茶の水여자대학 교육학부 외국문학과를 다녔으며 재학시 '오차노미즈여자대학 SF연구회お茶の水女子大学SF研究会'의 멤버로 활동하였다. 대학 졸업 후 회사에 다니다 1989년에『이차원 카페테라스異次元カフェテラス』를 간행하고 문단에 데뷔하였다. 1991년「벌룬타운의 살인バルーン・タウンの殺人」으로〈하야카와 SF콘테스트ハヤカワSFコンテスト〉에 입선하였고 1994년에는 이 작품명을 빌린 작품집을 간행한다. 그녀의 소설은 일상과 비현실, 현실과 가상세계가 혼재하는 작품세계를 추구하여 유머러스한 작풍을 보이고 있으며 평이한 문장과 현대인의 성의식과 가족관 등 현실에 입각한 테마를 설정하여 저항감 없이 그녀의 소설을 향수할 수 있다.
1996년에는 가족제도에 반역적인 일가가 사는 단지를 무대로 한『젠다성의 포로ジェンダー城の虜』를 비롯하여 SF적인 설정을 도입하면서도 미스터리로서의 플롯을 전개해 가는 작품을 연이어 발표하였다. 그 외에「안락의자 탐정 아치安楽椅子探偵アーチー」(2003) 시리즈,『쓸데없는 참견おせっかい』

(2000),『은행고개銀杏坂』(2001),『스파이크スパイク』(2002),『하트브레이크 레스토랑ハートブレイク・レストラン』(2005),『9월의 사랑과 만나기까지九月の恋と出会うまで』(2007) 등의 작품이 있다.
일본 추리작가협회와 본격미스터리작가클럽本格ミステリ作家クラブ, 일본문예가협회 회원이며 남편은 SF작가인 마사키 고로正悟郎이다.

▶ 조미경

참고문헌: A, H1~H13.

마쓰오카 시나松岡志奈 ☞ **야마자키 요코**
山崎洋子

마야 유타카麻耶雄嵩, 1969.5.29~
추리소설가. 미에현三重県 출생. 본명은 호리이 요시히코堀井良彦. 미에현립 우에노上野고등학교를 거쳐 교토대학京都大学 공학부 졸업하였는데 재학 중 교토대학 추리소설 연구회에서 활동하였다. 그곳에서 알게 된 추리소설가 아야쓰지 유키토綾辻行人, 노리스키 린타로法月綸太郎, 시마다 소지島田荘司 등의 추천을 받고 1991년『날개 있는 어둠─메르카토르 아유 최후의 사건翼ある闇 メルカトル鮎最後の事件』으로 데뷔하였다. 이 작품은 종래 본격미스터리소설이 가지고 있던 '진상眞相'이라는 틀을 새롭게 제시하여 신본격파의 제2세대로 일컬어질 만큼 당시 미스터리문학계에 큰 충격을 주었다.
기본적으로는 논리적인 수수께끼 풀이, 사

189

건과 트릭을 엄격하게 구축하는 본격미스터리작가라 할 수 있으며 수많은 문제작품을 낳은 다작 작가이다. 열광적인 지지층이 존재했지만 오랫동안 상과 인연을 맺지 못하다 2011년에『외눈의 소녀隻眼の少女』로 제64회 〈일본 추리작가협회상日本推理作家協会賞〉과 제11회 〈본격미스터리本格ミステリ대상〉을 수상하였다.

이 밖에 대표작으로는『여름과 겨울의 주명곡夏と冬の奏鳴曲』(1993),『까마귀鴉』(1997),『반딧불이螢』(2004),『하느님 게임神様ゲーム』(2005),『메르카토르는 이렇게 말했다メルカトルかく語りき』(2011) 등이 있는데,『반딧불이』와『메르카토르는 이렇게 말했다』는 각각 〈본격미스터리대상本格ミステリー大賞〉 후보에 올랐던 작품들이다. 비교적 최근 작품으로는『귀족탐정 대 여탐정貴族探偵対女探偵』(2013년 10월) 등의 작품이 있다.

한국어로는『애꾸눈 소녀』(2012)가 번역되어 있다.

▶ 조미경

참고문헌: H1~H13

마에다코 히로이치로前田河広一郎, 1888.11.13-1957.12.4

소설가. 평론가. 미야기현宮城県 출생. 현립 제1중학교 중퇴. 1905년 상경하여 도쿠토미 로카德冨蘆花에게 사사받고, 1907년 도미하여 노동생활을 하는 한편, 소설이나 평론을 발표하였다. 1920년 귀국하여『중외中外』의 편집자가 되어, 이듬해 발표한「삼등선객三等船客」이 프롤레타리아 문학의 이정표같은 작품으로서 주목을 받았다.

『씨뿌리는 사람種蒔く人』,『문예전선』의 동인으로 참가하였고, 기성문단 비판의 평론활동을 전개하였다.『신초新潮』의 1925년 3월호에서 탐정소설에 대해서 "탐사의 권한이 언제나 피통치계급의 범죄를 각각의 현행법에 준해 통치계급에 의해 행해지는 것은 매우 유감스런 일이다"라고 쓰자, 같은 해『신청년新青年』5월호에서 에도가와 란포江戸川乱歩는 '문학이 사회진화의 수단과 같은 것에 국한되어서는 적막하기 그지없다'라고 반발했다. 하지만 마에다코는『신청년』1931년 12월호의 소설「노동자 조·오·브라인의 죽음労働者ジョウ·オ·ブラインの死」에서는 '탐정소설은 반드시 범인을 드러내지 않는다. 범죄만을 드러내는 일도 있다'라고 써서, 운송회사에 근무하는 부부의 사고사의 진상을 호도하는 신문이나 자본가를 풍자하였다.

▶ 이승신

참고문헌: A, 新プロレタリア文学精選集 第4巻前田河広一郎「大暴風雨時代」(新詩壇社, 1924).

마유무라 다쿠眉村卓, 1934.10.20-

소설가. SF작가로 더 많이 알려져 있다. 본명은 무라카미 다쿠지村上卓児. 오사카大阪시에서 출생하여 오사카대학大阪大学 경제학부를 졸업했다. 오사카요업내화연와大阪

窯業耐火煉瓦에 근무하면서 SF 동인지 『우주진宇宙塵』에 참가했는데, 1961년에 동지에 발표한 「도움 안 되는役立たず」 외 5편이 『히치콕 매거진ヒッチコック・マガジン』에 전재되고 1961년의 제1회 〈공상과학소설 콘테스트〉에 「하급 아이디어맨下級アイデアマン」이 가작을 수상하면서 데뷔한다. 1963년 상편 『불타는 경사燃える傾斜』의 간행을 계기로 회사를 그만두고 카피라이터로 활동하다가 1965년 단편집 『준B급시민準B級市民』 간행 후 전업 작가가 되었다. 산업구조에 대해 정통한데다 조직과 개인을 상대적으로 재구성하는 인사이더문학을 제창하고, 그 실천으로 『EXPO '87』(1968), 연작 『산업사관후보생産業士官候補生』(1974) 등을 발표했다. 그리고 1971년부터는 혹성이민정책의 통치자로 때로는 군, 기업, 원주민과의 알력에 괴로워하는 엘리트를 그린 『불꽃과 꽃잎炎と花びら』을 시작으로 〈사정관司政官 시리즈〉를 시작한다. 이 연작은 『사정관司政官』(1974), 『뫼비우스의 성ねじれた町』(1974), 제7회 〈이즈미교카문학상泉鏡花文学賞〉 수상작 『소멸의 윤광消滅の光輪』(1979), 연작 『긴 새벽長い暁』(1980), 『탈취당한 스쿨버스とらえられたスクールバス』(1981~83, 이후 「시간의 여행자時空の旅人로 개명」), 『무지개의 뒤편虹の裏側』(1994), 시간여행과 역사 개변을 다룬 『카르타고의 운명カルタゴの運命』(1998), 『아내에게 바치는 1778가지 이야기妻に捧げた1778話』(2004) 등을 발표하였다. 또한 청소년 SF 역시 많은 공을 들여 『수수께끼의 전학생なぞの転校生』(1967), 『천재는 만들어진다天才はつくられる』(1968)』, 『환상의 펜팔まぼろしのペンフレンド』(1970) 등의 작품을 발표한다.

한국에서는 단편 「계단을 오르는 남자」(1999)가 번역되어 있으며, 추리소설 이외에는 『아내에게 바치는 1778가지 이야기』(2011)와 『뫼비우스의 성』(1999)이 번역되어 있다. 또한 영상화된 작품으로는 『탈취당한 스쿨버스』를 들 수 있는데 「시공의 여행자Time Stranger」라는 제목으로 1986에 애니메이션화되었다.

▶ 성혜숙

참고문헌: A, 中島河太郎 『日本推理小説辞典』(東京堂出版, 1985).

마키 사쓰지牧薩次 ☞ 쓰지 마사키辻真先

마키 이쓰마牧逸馬, 1900.1.17~1935.6.29

본명 하세가와 가이타로長谷川海太郎, 다니조지谷譲次, 하야시 후보林不忘라는 이름으로도 활동했다. 니이가타현新潟県 출생. 남동생은 화가이자 소설가 린지로濟二郎, 필명은 지미이 헤이조地味井平造, 번역가 슌濬, 소설가 시로四郎가 있다.

1917년 하코다테중학교函館中学를 퇴학하고 1918년에 미국으로 건너갔다. 오버린대학Oberlin College에 입학했으나 곧 퇴학. 그 후 여러 직업을 전전하며 미국 각지를 방랑했

다. 귀국 후에는 1925년 잡지『신청년新靑年』에 미국에 사는 일본인 이민자를 주인공으로 한 〈아메리칸 잽めりけん·じゃっぷ〉이야기의 제1작『영 토고ヤング東鄕』를 다니 조지谷譲次라는 필명으로 발표. 외눈 외팔 검호를 주인공으로 한 시대소설『단게사젠丹下左膳』(1927~28, 1933~34년에 발표, 제1부는『신판 오오카세이단新版大岡政談』이라는 제목으로 발표)을 하야시 후보林不忘라는 필명으로 발표했다.『무마舞馬』(1927) 등의 탐정소설과 바로네스 오르치의『비밀의 귀족謎の貴族』등의 번역에는 마키 이쓰마라는 이름을 썼다. 마키 이쓰마, 다니 조지谷譲次, 하야시 후보林不忘 세 개의 필명으로 활동. 1928년 3월부터 중앙공론사 특파원으로 유럽을 여행했고, 그 경험을 바탕으로『춤추는 지평선踊る地平線』(1929, 다니 조지)을 썼다. 이 시기부터 마키 이쓰마 명의로『욕조의 신부浴槽の花嫁』(1930)등 서구의 엽기사건을 소재로 한 〈세계괴기실화 시리즈〉를 써서 독자적인 범죄실화소설 세계를 구축했다. 한편 가정소설을 발표해서 여성독자층도 확보했다. 1935년 급사했다. 그의 저작은 생전에 간행된『일인삼인전집一人三人全集』(1933~1935, 新潮社) 16권과 사후에 나온『일인삼인전집一人三人全集』(1969~70, 河出書房新社) 6권에 정리되어 있다.

▶ 한정선

참고문헌: A, B, E, G.

마키眞木

유키 쇼지結城昌治의 작품에 등장하는 사립탐정으로, 주로 변호사에 고용되어 공판관계의 조사를 수행한다. 전직 형사로 9년간 경부호까지 역임으며 나이는 39세로 탐정경력은 7년이다. 장편『어두운 낙조暗い落日』(1965)에서 처음 등장한다.『공원에는 아무도 없다公園には誰もいない』(1967),『불꽃의 끝炎の終り』(1969)으로 이어지는 3부작으로, 모두 실종을 비롯하여 시작되어 살인과 과거의 비극을 조사하게 된다. 로스 맥도널드Ross Macdonald의 류 아처Lew Archer와 같은 방관자적 탐정이지만 그 내면에는 약자에 대한 연민과 극악무도한 범죄에 대한 분노를 가지고 있으며 이러한 성향이 조사의 원동력이 된다. 장편 3작 이외에 4개의 단편에서 활약하고 있다.

▶ 성혜숙

참고문헌: A, 結城昌治 『溫情判事』(角川文庫, 1981), 中島河太郎『日本推理小説辞典』(東京堂出版, 1985).

맨 핸드

하드보일드 전문지. 1958년 8월호부터 1963년 7월호까지 전60권, 1963년 8월호부터『하드보일드 미스터리 매거진』이라는 제목으로 1964년 1월호까지 6권이 구보서점久保書店에서 발행되었다. 편집장은 나카다 마사히사中田雅久로 다나카 고미마사田中小実昌, 스즈키 미치오都筑道夫, 다나카 고지田

中耕治, 이노우에 가즈오井上一夫, 오기 마사히로荻昌弘 등을 번역 스텝으로 하여 미국판과 연동하면서 로렌스 블록Lawrence Block, 로스 맥도널드Ross Macdonald 등의 번역을 실었다. 하드보일드 연구의 기사도 충실했는데 대표적으로 고다카 노부미쓰小鷹信光의 연재 「행동파 탐정소설사行動派探偵小說史」, 「행동파 미스터리 작법行動派ミステリィ作法」 등을 들 수 있다. 일본 첫 하드보일드 전문지로서 이채로웠지만, 후반이 되자 여러 장르의 소설이 다루어지는 반면 순수한 하드보일드 소설은 줄어들어 5년여 만에 종간된다.

▶ 성혜숙

참고문헌: A, 権田萬治監修『海外ミステリー事典』(新潮社, 2000).

메제니 소토지女銭外二 ☞ 하시모토 고로
橋本五郎

메타 미스터리メタ・ミステリー
'소설에 대한 소설'을 메타 픽션이라 부르는 것을 전용하여 1990년대 경부터 사용되었다. 기본적으로는 작품 안의 작품으로, 작품 안에 별도의 추리소설이 포함되어 있는 것을 가리킨다. 제2차 세계대전 이전에 도가와 란포江戸川乱歩의 『인간의자人間椅子』(1925), 요코미조 세이시横溝正史의 『창고 속蔵の中』(1935), 유메노 규사쿠夢野久作의 『도구라 마구라ドグラ・マグラ』(1935) 등에서도

그 전형을 찾아 볼 수 있는데, 현재와 같이 의식적으로 사용된 것은 나카이 히데오中井英夫의 『허무에의 제물虚無への供物』(1964)을 그 기점으로 한다고 할 수 있다. 그다지 많이 언급되지는 않지만, 마쓰모토 세이초松本清張의 『넘겨진 장면渡された場面』(1976)이 초기형태의 수작으로 평가된다. 또한 현재의 추리작가가 작중에 등장하는 아유카와 데쓰야鮎川哲也의 『죽은 자를 채찍질 해死者を答打て』(1965), 다케모토 겐지竹本健治의 『우로보로스의 위서ウロボロスの偽書』(1991), 가사이 기요시笠井潔의 『천계의 그릇天啓の器』(1998) 등도 메타 미스터리로 분류된다.

▶ 성혜숙

참고문헌: A, 歴史と文学の会編『松本清張事典 増補版』(勉誠出版, 2008年).

메피스토メフィスト
고단샤講談社가 발행하는 소설잡지『메피스토』에서 기인되어 신인작가에게 수여되는 상이다. 특징으로는 미발표 소설을 대상으로 응모기간이 설정되지 않으며, 매수 제한이 없고, 연작 등도 규정매수에 달하면 단편이라도 접수 가능하며, 상금도 없다. 대신 수상작은 고단샤에서 출판되어 인세가 지불된다. 교고쿠 나쓰히코京極夏彦가 1000매 이상의 원고를 응모할 곳이 당시에 없었기 때문에 직접 가지고 왔다는 경위에서 촉발되어 설정되었다고 한다. 제1회 수상작으로 모리 히로시森博嗣의 「모든 것

이 F가 되다すべてがFになる」(1996)가 선정되어 동시에 명칭도 결정되었다. 주로 '고단샤 노벨라이즈'로 간행되었다. 1998년에는 제4회부터 9회까지 여섯 편이나 수상하여 상이 남발되었다는 지적도 있었다. 수상작의 대부분이 미스터리로 옥석이 섞여있고, 수상작의 질이 고르지 않지만, 우등생적인 수상작이 많은 기존의 상에 비해 기성가치를 전복시킬 가능성을 가진 것으로 평가된다.

▶ 이승신

참고문헌: A, H03.

모략소설謀略小説

국제모략을 배경으로 하는 점에서는 스파이 소설의 대부분이 그러하지만, 스파이 소설이 스파이 개인이 정보부 차원에서 활약하는 이야기인데 비해 모략소설은 국가 수뇌까지 포함한 큰 스케일로 이야기가 전개된다. 스파이 소설과의 경계가 반드시 명확하지는 않다. 프레드릭 포사이스Frederick Forsyth, 1938~의 「자칼의 날The Day of the Jackal」(1971)이 프랑스 대통령 드골을 암살의 표적으로 하고 도미니크 라피에르Dominique Lapierre가 「제5의 기수Le Cinquième Cavalier」(1980)에서 리비아의 가다피를 협박자로 묘사하고 있는 것처럼 실재 정치가에게 중요 역할을 부여하는 것이 특색으로, 원래는 '폴리티컬 픽션(정치음모소설)'로 불렸다. 캐네디 대통령 암살사건을 다룬 마크 레인Mark Lane 원작의 「달라스의 뜨거운 날Executive Action」, 앤

소니 그레이Anthony Grey의 「마오쩌뚱의 자객The Chinese Assassin」 등이 대표적이다. 일본에서는 다니 가쓰지谷克二 「저격자狙撃者」(1978), 나카무라 마사노리中村正軌의 「원수의 모반元首の謀反」(1980), 모리 에이森詠의 「불타는 파도燃える波濤」(1982, 1988~90) 등의 작품이 있으며 1980년 무렵부터 '국제모략소설'이라는 호칭이 정착되었다. 정부 측, 매스컴, 민간인 등을 다원적으로 다루면서 또한 허구 부분을 포함해 다큐멘터리풍으로 묘사하는 것이 일반적이다. 도모노 로伴野朗, 아베 요이치阿部陽一 등 모략소설 작가에는 저널리스트 출신들이 많다.

▶ 이지형

참고문헌: A, 谷克二『狙撃者』(角川書店, 1978).

모리 마사히로森雅裕, 1953.4.18~

소설가로 고베神戸시에서 출생하여 동경예술대학 미술학부 졸업했다. 가쓰시카 호쿠사이葛飾北斎의 「부악백경富嶽百景」을 모티브로 한 『화광인 랩소디画狂人ラプソディ』(1985)로 제5회 〈요코미조세이시미스터리대상橫溝正史ミステリ大賞〉 가작, 『모짜르트는 자장가를 부르지 않는다モーツァルトは子守り唄を歌わない』(1985)로 제31회 〈에도가와란포상江戸川乱歩賞〉을 수상했다. 후자는 베토벤과 그 제자가 탐정 콤비가 되어 모차르트 암살의 수수께끼에 도전하는 유머 미스터리이다. 속편에 해당하는 중편집 『베토벤적 우울증ベートーヴェンな憂鬱症』(1988)도 동일하

게 유머 미스터리지만, 『감상전사感傷戦士』(1986), 『표백전사漂白戦士』(1987)는 정통 액션 소설이다. 또한 『만섬 이야기マン島物語』(1988)은 철저한 취재를 바탕으로 한 오토바이 경주 소설이며, 연작 단편집 『안녕은 2B연필さよならは2B鉛筆』(1987)은 청춘 하드보일드로, 그의 작풍은 다양한 장르를 넘나들고 있어, 그의 작품 전체를 추리소설에 한정시킬 수 없다.

다른 시리즈 작품으로는 오페라를 제재로 한 『춘희를 보지 않으시겠습니까椿姫を見ませんか』(1986), 『내일, 카르멘 거리에서あした, カルメン通りで』(1989), 『나비부인에게 빨간 구두蝶々婦人に赤い靴』(1991)의 〈아유무라 히로미鮎村尋深 시리즈〉가 있다. 출판업계를 비판한 문장도 많으며, 그 대부분은 에세이집 『추리소설상습범推理小説常習犯』(1996)에 수록되어 화제가 되었다.

또한 몇 작품은 상업 자본에 의존하지 않고 자비 출판했는데, 자비 출판 작품으로 『언제까지나 기회가いつまでも折にふれて』(1995), 『토스카의 키스トスカのキス』(1995) 등이 있다.

▶ 성혜숙

참고문헌: A, 森雅裕 『推理小説常習犯 ―ミステリー作家への13階段+おまけ』(KKベストセラーズ, 1996年).

모리 아키마로森晶麿, 1979.3.5~

소설가. 시즈오카현静岡県 하마마쓰시浜松市 출생. 와세다대학早稲田大学 제1문학부를 졸업하고 일본대학 대학원 예술학 연구 박사 과정을 수료했다.

중학생 시절 영화 『쥬라기 공원』을 보고 영화감독을 꿈꾸던 그는 마이클 크라이튼의 원작 소설을 읽은 뒤 크라이튼이 영화 감독 경력이 있다는 것을 알게 되자 '소설가로 성공한 다음 영화감독이 되겠다'는 생각을 하게 된다. 고교 시절 소설가 지망생 친구들과 다양한 주제로 습작을 시작한 그는 이 무렵 에도가와 란포江戸川乱歩의 작품을 처음 읽고 추리소설에 관심을 갖기 시작한다. 꾸준한 습작을 해 오던 그는 대학원 석사 논문을 쓰던 도중, 교수를 탐정 역으로 등장시키는 단편을 한 달 동안 6편 완성한다. 2004년, 그중 한 편인 「벽과 모방壁と模倣」을 도쿄소겐샤東京創元社 주최 제2회 〈미스터리즈!신인상ミステリーズ!新人賞〉에 응모하지만 최종심사까지 올라가는데 그친다. 이후 직장생활을 하면서 만화 각본 등을 써 오던 그는 부인이 직장을 갖게 되자 소설 집필에 전념하기로 결정한다. 대학원 시절의 단편 원고를 다듬어 생애 두 번째로 응모한 『검정고양이의 산책 혹은 미학강의黒猫の遊歩あるいは美学講義』는 하야카와출판사 주최 제1회 〈아가사 크리스티 상アガサ・クリスティー賞〉을 수상한다. 그의 두 번째 작품은 좀비를 소재로 한 『오쿠노호소마치 오브 더 데드奥ノ細道・オブ・ザ・デッド』이며, 이후 〈검정고양이 시리즈〉(2013년 현재 4편)를 비롯한 다양한 소재의 작품을

발표하고 있다. 데뷔작인 『검정고양이의 산책 혹은 미학강의』가 번역되었다.

▶ 박광규

참고문헌: 「森晶麿 メールインタヴュー」, 『ミステリマガジン』 2011년 12월호 (早川書房).
村上貴史, 「迷宮解体新書(61) 森晶麿」 『ミステリマガジン』 2013년 3월호 (早川書房).

모리 에이 森詠, 1941.12.14~

소설가로 기타자와 시로北沢史朗로 불리기도 한다. 원래 『SF매거진』 편집장인 모리 유森優가 친형이다. 도쿄東京 출생으로 소년 시절을 도치기현栃木県에서 지냈다. 도쿄외국어대학東京外国語大学 이탈리아어과 졸업 후, 서평지 편집자와 주간지의 계약 기자를 거처, 『검은 용-소설 샹하이 인파黒い龍-小説上海人脈』(1978), 『일본 봉쇄日本封鎖』(1979)를 간행했다. 계속해서 세계의 위험지대에 살고 있는 남성들을 주인공으로 하여 항공소설 『안녕히, 아프리카 왕녀さらばアフリカ王女』(1979), 『제왕의 유언장帝王の遺言書』(1981) 등 모험 소설을 발표했다. 작가의 온후한 성격이 지나치게 솔직하게 표출되어 활극으로는 다소 충격성이 부족한 면이 있지만, 폴리티컬 픽션적인 측면을 집대성한 『불타는 파도燃える波濤』 초기 3부(1982년, 후기 3부는 1988-90)로 제1회 〈일본모험소설협회대상日本冒険小説協会大賞〉 특별상을 수상했다.

『그늘의 도망影の逃亡』(1983)부터 하드보일드의 경향을 강화해 단편집 『한밤중의 동쪽真夜中の東側』(1984)을 거쳐 『비는 언제까지 계속 내릴까雨はいつまで降り続く』(1985)이 〈나오키상直木賞〉 후보작에 오른다. 이 장편에서 베트남 전쟁의 그늘을 엿볼 수 있는데, 정치와 개인의 갈등을 그리는 『검은 용』 이래의 테마는 본질적으로는 변하지 않았다. 이 계보는 또한 『북쪽의 레퀴엠北のレクイエム』(1986), 『나그네의 해협ナグネの海峡』(1987)으로 이어지고 있다.

태평양전쟁 당시 홀로 알프스 산맥 등정에 도전했던 일본인을 주인공으로 한 『여름의 여행자夏の旅人』(1987)에서는 군국주의에 반대하는 청춘을 그려냈다. 모험 미스터리성을 보다 강화한 『겨울의 날개冬の翼』(1989)를 잇는 청춘물의 계보는 제10회 〈쓰보타 조지문학상坪田譲治文学賞〉을 수상한 자전적 장편 『오사무의 내일オサムの翔』(1994)에 이른다. 이후 『나카가와 강 청춘기那珂川青春期』(1998)에 이어 근미래 다큐맨터리 소설 대작 『일본조선전쟁日本朝鮮戦争』 전15권(1993~97)을 완성시켰다. 또한 『탄식의 고개嘆きの峠』(1994) 등 요코하마 중앙서의 가이도 아키라海道章 경부보 등 형사를 주인공으로 한 장단편도 집필했다.

▶ 성혜숙

참고문헌: A, 森詠 『森詠の今日のつづきは, また明日』(随想舎, 2008).

모리 히로시 森博嗣, 1957.12.7~

소설가. 아이치현愛知県 출생. 나고야대학名古屋大学 대학원 석사과정 수료후에 미에대학三重大学 조수를 거쳐, 나고야대학 공학부 조교수. 1995년 『메피스토メフィスト』의 미스터리 원고모집에 「차가운 밀실과 박사들冷たい密室と博士たち」(1996)을 응모하여, 편집자에게 주목받았다. 그 이후에 쓴 「모든 것이 F가 되다すべてがFになる」가 제1회 〈메피스토상メフィスト賞〉 수상작으로 1966년 간행되어 작가로서 데뷔했다. 폐쇄적인 연구소에서의 연쇄 살인을 대학 조교수와 그의 제자가 추리하는 이 작품은 고전적인 본격 스타일과 현대의 테크놀로지를 결합시킨 작품으로 많은 신본격작가의 추천을 받아 발표되었다. 같은 탐정 콤비에 의한 시리즈는 두 번째 장편 「차가운 밀실과 박사들」 이후에 속속 간행되어, 열 번째 장편 「유한과 미소의 빵有限と微少のパン」(1998)로 완결되었다. 이과계 연구자와 학생이 다수 등장하는 작품이 대부분이어서 이과계 미스터리로 불린다. 등장인물의 종래 없는 기괴한 성격과 빠른 집필 속도가 인기의 요인이랄까, 젊은 층을 중심으로 호평을 받고 있다. 한국에는 「기시마 선생의 조용한 세계」(2013)가 번역, 소개되었다.

▶ 이승신

참고문헌: A, 森博嗣「φは壊れたね 森ミステリィの新世界(講談社ノベルス)」(講談社, 2004).

모리무라 세이치森村誠一, 1933.1.2~

소설가. 사이타마현埼玉県 구마타니熊谷 출생. 구마타니 상업고등학교 졸업 후에 도쿄東京 신바시新橋의 자동차 부품회사에 근무했지만, 1953년 퇴사하여 아오야마학원대학青山学院大学 문학부 영미문학과에 입학하였다. 1958년 대학을 졸업하여 신오사카新大阪호텔을 시작으로 약 10년간 호텔맨 생활을 하였다. 도시센터호텔에 근무하던 시절에 작가 가지야마 도시유키梶山季之에게 자극을 받아 근무하면서 비즈니스맨 소설을 쓰기 시작한다.

첫 장편인 「대도시大都会」(1967)는 순수한 산사나이의 우정이 약육강식의 비정한 사회 현실 속에서 무참하게 붕괴되는 양상을 그린 사회소설로 추리소설은 아니었다. 하지만 모리무라 초기 미스터리의 매력의 하나인 강렬한 허무감이 이미 이 작품에서 엿보인다. 추리소설을 쓰기 시작하여 1969년 「고층의 사각高層の死角」으로 제15회 〈에도가와란포상江戸川乱歩賞〉을 수상하고, 이를 계기로 「허구의 공로虚構の空路」」「신칸센 살인사건新幹線殺人事件」(둘 다 1970년), 「도쿄공항 살인사건東京空港殺人事件」, 「밀폐산맥密閉山脈」, 「초고층호텔 살인사건超高層ホテル殺人事件」(셋 다 1971년), 「부식의 구조腐食の構造」(1972) 등의 장편소설을 계속해서 발표하고, 1973년 「부식의 구조腐食の構造」로 제26회 〈일본추리작가협회상日本推理作家協会賞〉을 수상하여 문단적 지위를 확립하였다.

초기의 추리장편은 호텔맨으로서 잘 알고 있던 초현대적인 호텔이나 비행기, 신칸센 등 당시의 현대적인 무대나 도구들을 도입하여 본격적인 트릭을 구사하고 있어 종래에 없던 신선한 매력을 느끼게 하였다. 점차 사회파적인 경향을 띠게 되어 수수께끼를 풀어가는 본격소설에서 범죄소설, 서스펜스 소설적인 방향으로 작풍이 점차 변화해간다. 새로운 취향의 유괴 범죄소설인 「한낮의 유괴真昼の誘拐」(1973), 미스터리 로망의 새로운 가능성을 모색한 「별이 있는 마을星のふる里」(1974), 서스펜스 소설의 시도인 「안개 신화霧の神話」(1974) 등이 그 예이다. 이같은 단계를 거쳐 쓰여진 「인간의 증명人間の証明」(1976)은 사이조 야소西条八十의 시를 소도구로 교묘하게 사용하여 인간 드라마를 진지하게 응시하고자 하는 정열이 응축된 대표작으로 영화화되어 큰 반향을 불러일으켰다. 「청춘의 증명青春の証明」 「야성의 증명野生の証明」(둘 다 1977년) 〈증명 삼부작〉이 완결되었지만, 「인간의 증명」이 가장 뛰어나다. 이 작품을 계기로 같은 모티브를 지닌 장편 연작이 쓰여지게 되어, 「하얀 십자가白の十字架」(1978), 「불의 십자가火の十字架」(1980), 「검은 십자가黒の十字架」(1981)의 〈십자가 시리즈〉, 일부 등장인물을 중복시키면서 이색적인 사회파 추리소설인 「태양 흑점太陽黒点」(1980), 밀실이나 전화에 의한 알리바이 트릭을 쓴 본격물인 「공동空洞 성운星雲」(1980), 유괴 서스펜스인 「처창권凄愴圏」(1980) 각각 장르를 달리하는 새로운 취향의 삼부작 등이 그 예이다.

시리즈 캐릭터로서는 「도쿄공항 살인사건」에서부터 활약하던 경시청 수사1과의 나스那須 경부에 이어서, 「인간의 증명」에 처음 등장한 도쿄 고지마치서麴町署 형사 무네스에 고이치로棟居弘一良가 1990년대에 활동을 개시하였고, 「무네스에 형사의 복수棟居刑事の復讐」(1993)를 비롯하여 같은 형사의 이름을 단 장편이 다수 간행되어 인기를 모았다. 추리소설은 아니지만 관동군関東軍 이시이石井부대가 실시한 세균병기의 중국 인체실험의 공포를 날카롭게 고발한 논픽션물 「악마의 포식悪魔の飽食」(1981)은 작자의 사회비판이 진정성있다는 것을 보여준 것으로 큰 사회적 관심을 모았다. 1980년대 후반부터는 시대소설에도 손을 대어 『주신구라忠臣藏』(1986)를 비롯하여 『다이헤이키太平記』(1991~1994), 『신센구미新選組』(1992) 등 많은 작품을 발표하였다. 한국에는 『인간의 증명』을 비롯한 수많은 작품이 번역되어 사회파 추리소설 작가로서 인지도를 갖고 있다.

▶ 이승신

참고문헌: A, B, E, F.

모리시타 우손森下雨村, 1890.2.23~1965.5.16
편집자. 소설가. 번역가. 고치현高知県 사가와佐川 출생. 1910년 와세다대학早稲田大学 영

문과를 졸업하고, 『야마토 신문やまと新聞』 기자를 거쳐 하세가와 덴케이長谷川天溪의 소개로 하쿠분칸博文館에 입사하였다.

『모험세계冒險世界』의 편집을 담당한 뒤에 1920년 『신청년新靑年』이 창간되고 나서 편집장이 되었다. 『신청년』은 농촌의 청년 대상의 기사를 중심으로 했지만, 독자를 매료시키는 읽을거리로 탐정소설의 번역을 잡지의 특색으로 생각하여 이를 소개하여 젊은 독자를 사로잡아 판매부수를 늘렸다. 따라서 번역 탐정소설에 할애하는 지면이 늘어나 탐정소설 전문잡지로서 체제를 정비해 갔다. 한편 우손이 편집자로서 이끌었던 『신청년』은 일본 작가의 발굴에도 힘써 창간 직후부터 탐정소설을 모집하여 에도가와 란포江戸川乱歩를 비롯한 많은 작가를 육성하였다. 1927년 편집장을 요코미조 세이시橫溝正史에게 넘기고 『문예클럽文芸倶楽部』 주필이 되어, 하쿠분칸을 재건하기 위해 편집국장이 되었지만, 1931년 11월 퇴사하였다. 에도가와 란포는 '탐정 잡지로서의 "신청년" 탄생의 어버이이며, 해외 탐정소설을 소개하는데 큰 공로자로서 일본 탐정소설 육성의 어버이이다'라고 편집자로서의 모리시타 우손의 역할을 언급하고 있다.

번역으로는 1923년 콜린스의 「월장석月長石」을 비롯하여 프렛차의 「스파르고의 모험スパルゴの冒險」, 오픈하임의 「일동의 프린스日東のプリンス」, 스칼렛의 「백마白魔」, 크로프츠의 「통樽」, 반 다인의 「갑충 살인사건甲虫殺人事件」 등이 있다. 창작은 사가와 하루가제佐川春風의 이름으로 1925년 「심야의 모험深夜の冒險」을 발표한 것을 비롯하여, 장단편 십여 편에 이르렀다. 장편 「파란 반점 고양이青斑猫」(1932)는 부모가 없는 불량청년에게 돈을 가진 숙부라 칭하는 남자가 나타나 살인사건에 휘말리는 복수담이고, 「백골의 처녀白骨の処女」(1932)는 자동차 안에서 발견된 사체로부터 복수담이 밝혀진다. 「39호실의 여자三十九号室の女」(1933)는 살인사건 발생 사실이 전화를 통해 기인된다는 장편이다. 장편 「단나 살인사건丹那殺人事件」(1936)은 해외에서 20년 이상 살다가 귀국한 노인이 전 부인과 아내를 만나자마자 누군가에게 살해된다는 사건으로 종래의 스릴러물과는 다른 본격소설이다. 「목도리 소동襟巻騷動」(1936) 이하의 단편은 외국작품의 번안으로 가볍고 페이소스 넘치는 필치의 묘사가 돋보인다.

▶ 이승신

참고문헌: A, B, E, F, G.

모리타 시켄森田思軒, 1861.8.26~1897.11.14

본명 분조文藏. 별호에 '고샤쿠엔 주인紅勺園主人', '요카쿠 산인羊角山人', '릿포 거사笠峯居士' 등이 있다. 오카야마현岡山県 출신. 신문기자, 번역가. 게이오의숙대학慶應義塾大學에서 영문학과 한학을 공부한 뒤, 야노 류케이矢野龍溪가 경영하는 우편호치신문사郵便報

知新聞社에 입사해 한문 분야를 담당하다가 후에 편집책임자로서 활약했다.

1885년에 도쿠토미 소호德富蘇峰가 창간한 『국민의 벗国民之友』에 빅토르 위고Victor Hugo를 소개하는 글을 쓰고, 이어 1889년에는 빅토르 위고의 소설을 번역한 『탐정 유벨』을 간행했다. 1891년에 『국회신문』에 입사해 1895년 폐간될 때까지 사원으로 일하게 되는데, 이 기간에 동지同紙를 비롯하여 『태양』이나 『소년세계』와 같은 잡지에도 번역이나 비평문을 발표해 문단에서 인기가 높았다. 그리고 『요로즈초호萬朝報』에 높은 대우를 받고 들어가 구로이와 루이코黒岩涙香와 함께 메이지 시대의 번역에 이름을 떨치며 활약했다. 쥘 베른Jules Verne의 소설을 번역한 『모험기담 15소년』(1896), 에드거 앨런 포Edgar Allan Poe의 소설을 번역한 『간일발間一髪』(1897) 등, 다수의 해외문학을 번역하여 소개해 한때 '번역왕'이라고 일컬어지기까지 했다.

죽음에 임박해 소장하고 있던 장서를 「시켄문고思軒文庫」로 정리해 구로이와 루이코에게 보내, 이후 탐정소설사상 중요한 문헌으로 활용되고 있다. 모리타 시켄의 번역의 특징은 작품의 문의를 잘 전달할 수 있도록 문장 하나에도 세심한 주의를 기울였다는 점이다. 그의 번역 문체는 '주밀역周密譯'이라고 일컬어지고 있는데, 빈틈없이 세밀하게 잘 짜인 번역이라는 의미이다. 시켄은 「일본문장의 장래」(1888)라는 글에서 서양의 문장을 세밀하게 직역하여 서양인의 문체를 본받는 것이 곧 일본의 근대가 서구식으로 나아가는 길이라고 말한 바 있는데, 이러한 번역에 대한 생각을 그의 번역문체를 통해 확인할 수 있다.

▶ 김계자

참고문헌: F, 김계자 「번안에서 창작으로 - 구로이와 루이코의 『무참』」(『일본학보』 95, 2013.5).

모리토모 히사시守友恒, 1904.11.14-

작가. 도쿄東京 출생. 치과의사를 업으로 하는 한편, 1939년 11월 「파란 옷의 남자青い服の男」를 비롯하여 탐정, 모험 비경소설을 집필하였다. 문단 데뷔작인 「사선의 꽃死線の花」(1939)은 출정 전야의 형이 여성과의 악연을 버리지 못하는 동생 때문에, 알리바이 공작을 시도하여 그녀를 살해하는 사건을 다루었고, 비밀조사 사무소 기키 요헤이黄太陽平가 수수께끼를 해결한다. 「훈제 시라노薰製シラノ」(1940)는 병원 내의 갈등을 다룬 것으로 해결의 실마리를 독순술讀脣術로 풀어간다. 시국의 진전에 따라 모험소설로 이행하였고, 1947년의 장편 「환상살인사건幻想殺人事件」은 예술적 감각과 파충류 혼의 혼혈이라고 불리는 후지토 다쿠마藤人琢磨가 설계한 은행銀杏 저택을 무대로 하고 있다. 선대先代의 비서가 살해되고 가복家僕이 범인으로 의심받지만, 주인인 다쿠마는 천재적이고 기괴한 언동이 많으며, 남동생은 순정적이며 집을 나가있었다. 다쿠마의 아이는 백치이며, 아내는 남동생을 그리며 마약의 힘으로 다쿠마에게 조종당하고 있는 이상한 상황 속에, 다쿠마가 실종된다. 플롯이 변화무쌍하지만, 성격묘사가 엉성하고, 1인 2역과 지하도 트릭이 사용되었다. 탐정역으로 기기 요헤이가 등장한다. 단편 「고도 기담孤島綺談」(1946)은 재산상속자들이 섬에 간 이야기이며, 「누가 살해했는가誰が殺したか」(1948)는 마약업자의 알력을 다룬 것이고, 「회색 범죄灰色の犯罪」(1949)는 철학자와 자유분방한 부인의 삶의 대조를 각각 그린 것으로 본격적인 추리를 시도하였다. 의학적인 지식을 발휘한 작품이 많은 반면 정취가 부족한 면이 있는데 1949년 이후 절필하였다.

▶ 이승신

참고문헌: B, E, G.

모험소설冒險小說

영어로는 adventure novel이라 할 수 있지만, 명확한 장르로서 존재하는 것은 아니다. 자연 환경 혹은 인위적 내지는 우발적으로 가혹한 상황에 놓인 주인공이, 재주와 정신력으로 위기를 극복해 가는 이야기라고 정의할 수 있다. 소재로서는 역사적인 사건, 전쟁이나 혁명을 배경으로 하여 SF 혹은 추리소설, 스파이 소설, 해양모험소설, 산악모험소설의 요소나 이것들과 관계한 장대한 액션을 도입한 경우가 많다. 그 연원은 다니엘 데포Daniel Defoe의 『로빈슨 표류기Robinson Crusoe』(1719), 더 거슬러 올라가면 고대 영웅전설까지 올라가는데 미스터리와의 융화는 존 바칸John Bacan 등의 스파이 소설을 거쳐, 제2차 세계대전 이후인 1953년부터의 이안 플레밍Ian Lancaster Fleming의 〈007 시리즈〉에서 시작되었다고 할 수 있다.

원래 '모험'이라는 용어는 모리타 시켄森田思軒이 『15소년 표류기十五少年漂流記』(1896)를 하쿠분칸博文館의 잡지 『소년세계少年世界』에서 연재한 『모험기담 15소년冒險奇談十五少年』으로 영역본에서 중역한 것에서 비롯되었다. 이외에도 현실세계를 무대로 하면서 가공의 세계가 등장하는 모험소설의 경우 루리타니아 테마, 격렬한 배틀 액션을 삽입한 경우 '액션 소설(혹은 배틀 소설)'이라 불리기도 한다.

일본에서는 오시가와 슌로押川春浪 등을 시작으로, 소년물과 군사모험소설을 거쳐 스즈키 미치오都筑道夫가 『굶주린 유산飢えた遺産』(1962, 이후 개명 『괄태충에게 물어봐なめくじに聞いてみろ』), 이쿠시마 지로生島治郎의 『황토의 격류黃土の奔流』(1965)가 플레밍의 작법으로 시도되었다. 본격적으로 개화하기까지 10년이 걸렸지만 1981년에는 나이토 진内藤陳의 주창으로 일본모험소설협회가 결성될 만큼 작가와 독차의 층이 두꺼웠다. 1980년대부터 주로 활약한 작가로 다나카 고지田中光二, 도모노 로伴野朗, 다니 고세이谷恒生, 모리 에이森詠, 니시키 마사아

201

키西木正明, 오사카 고逢坂剛, 후나도 요이치船
戸与一 등이 있다.

▶ 성혜숙

참고문헌: A, 波多野完治『十五少年漂流記』(新潮
社文庫, 1951).

몰타의 매 협회マルタの鷹協会 ☞ 작가친목회
및 팬클럽

무네스에 고이치로棟据弘一良
경찰관. 모리무라 세이이치森村誠一의 시리
즈 추리소설의 주인공 중 하나이다.
『인간의 증명人間の証明』(1976)에 경찰청 기
쿠마치서의 형사로서 처음 등장한다. 연령
은 30대 전후. 날쌔고 사나운 분위기의 남
성이지만 마음 속에는 깊은 상처가 있다.
모친은 어린 시절 남자가 생겨 도망치고,
부친은 어린 여자아이를 폭행하려고 한 점
령군 미국병사를 저지하려다가 사망한다.
이러한 성장과정으로 인해 극도의 절망과
인간불신이 강해 사회정의를 위해서가 아
니라 복수를 위해서 형사가 되었다. 결혼
하여 딸도 생기지만, 처자 모두 강도에게
살해당하고 다시 천애고아가 된다. 이후
20대 회사원인 모토미야 기리코本宮桐子와
교제하는데 그녀는 사건 수사가 벽에 부딪
칠 때마다 사건의 중요한 실마리를 제공하
는 역할을 한다.
〈무네스에棟居 시리즈〉는 『인간의 증명』,
『무네스에 형사의 복수棟居刑事の復讐』(1993),

『무네스에 형사의 정열棟居刑事の情熱』(1994),
『무네스에 형사의 살인 의상棟居刑事の殺人の
衣裳』(1995), 『무네스에 형사의 추적棟居刑事
の追跡』(1995), 『무네스에 형사의 추리棟居刑
事の推理』(1995), 『무네스에 형사의 악몽의
탑棟居刑事の悪夢の塔』(1997), 『무네스에 형사
의 천만 명의 완전범죄棟居刑事の一千万人の完
全犯罪』(2006), 『무네스에 형사의 대행인棟居
刑事の代行人·ジ·エージェント』(2011), 『무네스
에 형사의 낯선 여행자棟居刑事の見知らぬ旅人』
(2012) 등 현재까지 36편에 이른다.
한국에서는 『인간의 증명』(2011)이 번역되
었으며, 이 외에도 모리무라 세이이치의
작품은 『인간의 증명』과 함께 증명 3부작
이라 불리는 『청춘의 증명』(2012)과 『야성
의 증명』(2012)이나 『고층의 사각지대』
(2004)가 번역되었다.

▶ 성혜숙

참고문헌: A, I, 森村 誠一『小説道場』(小学館,
2007), 中島河太郎『日本推理小説辞典』(東京堂出
版, 1985).

무라야마 가이타村山槐多, 1896.9.15~1919.2.20
서양화가. 시인. 소설가. 요코하마시横浜市
출생. 1914년 교토부립일중京都府立一中을 졸
업하고 사촌형 야마모토 가나에山本鼎의 친
구인 화가 고스기 미세이小杉未醒 집에 기거
하며 일본미술원 연구생이 되어 19세에
〈미술원전원상〉을 수상하였다. 그 이후에
각 미술전에 출품한 작품 거의 모두가 수

상하는 등 그 재능을 인정받았지만, 결핵성 폐렴에 걸려 22세에 요절하였다.

그는 어릴 때부터 외국의 모험소설을 읽었으며, 중학시절에는 에드거 앨런 포에 심취하였다. 미세이가 『무협세계』의 삽화를 그린 관계로 1915년에 괴기소설 3편을 발표하였다. 제1작인 「살인행자殺人行人」는 화가가 센주千住의 술집에서 만난 광인이라 불리는 남자의 이야기이다. 남자는 살인이 야말로 지상 최대의 쾌락이라고 말하고, 암시에 걸려 아내를 살해하고 행자가 되었다. 암시가 풀리고 나서 경찰에 자수하여 아내를 살해했다고 고백하지만, 아내가 살해된 비탄에 빠진 나머지 정신착란에 빠졌다고 상대를 해주지 않는다는 이야기이다. 제2작인 「악마의 혀惡魔の舌」는 이상한 입술을 가진 남자인 친구가 전보로 와달라고 하여 가보니 친구는 죽어 있었는데, 유서에 따르면 그는 어린 시절부터 이상한 물건을 먹는 습관이 있어서, 중학교를 중퇴했을 무렵 혀가 세 치에서 세 자 길이로 늘어났고, 바늘이 돋아있는 것을 알게 되었다. 특히 인육을 먹고자 하는 욕망을 누르지 못하게 되어, 우에노역上野駅에서 시골 출신의 미소년을 살해하여 먹었는데 알고 보니 형인 자신을 따랐던 남동생이었다는 사실을 깨닫게 되어 죽는다는 이야기이다. 제3작인 「마원전魔猿伝」은 수렵을 즐기는 남작이 사람의 말을 알아듣는 금색 털의 원숭이를 포획하는데, 10년 후에 원숭이가 인간이 되어 나타난다는 이야기이다. 1인칭을 사용하여 잔학성을 가진 괴물인간에게 현실미를 부여하였다. 한국에서는 「바다의 뱀」(『악마의 레시피』, 2009), 「귀여운 악마」(『토털 호러』, 2009), 「악마의 혀」(『로맨스 호러』, 2013)가 번역, 소개되었다.

▶ 이승신

참고문헌: A, B, E.

무토베 쓰토무六戸部力 ☞ **히사오 주란**久生十蘭

미나가와 히로코皆川博子, 1929.12.8-

소설가. 한국 서울 출생. 도쿄여자대학東京女子大學 외국어과 중퇴. 「바다와 십자가海と十字架」(1972)로 문단에 데뷔하였다. 단편 「알카디아의 여름アルカディアの夏」(1973)으로 제20회 〈소설현대신인상小說現代新人賞〉을 수상하였다. 청춘의 생태를 생생히 그려낸 작품이 많고, 비도덕적인 주제를 다른 형태의 미학으로 고양시킨 작품이 독특하다. 「토마토 게임トマトゲーム」(1974)은 오토바이를 타고 콘크리트 벽에 전 속력으로 부딪혀 충돌 직전에 스핀턴을 하는, 죽음을 건 게임에 도전하는 젊은이들을 그려내었다. 「짐승우리의 스캣트獸舎のスキャット」(1949)는 부모가 편애하는 소년원에서 돌아온 남동생에게 계획적으로 부상을 입히고, 또한 수간獸姦을 파헤쳐 모욕을 주려고 하다가 오히려 함정에 빠지는 누이의 이야기를 그렸다. 「저어라, 마이클漕げよ, マイケル」

203

(1950)은 의학부 입학을 위해서 상위 성적의 동료를 피해자와 살해자로 만들어 그 행위로 협박당하는 고등학생이 주인공인 작품이다. 죽음에 대결하는 젊은 세대의 심리의 진폭을 훌륭하게 잡아내고 있다. 장편『라이더는 어둠으로 사라졌다ライダーは闇に消えた』(1950)는 오토바이에 청춘을 거는 그룹을 중심으로 계속해서 일어나는 사망의 배후에 서린 살인의 의혹을 그려내고 있다. 「물밑의 축제水底の祭り」(1950)는 중국인 연행 포로의 아이를 낳은 누이에 대한 주위의 박해를 견디지 못한 남동생이 저지른 범죄가, 호수 밑에서 발견된 시체의 보도를 계기로 밝혀진다는 이야기이다. 일반적 의미의 추리소설은 「물밑의 축제」뿐이지만, 범행과 죽음의 극한상황에 깊은 관심을 보이고, 서스펜스에 능숙한 문체를 구사하였다. 장편『하지 축제의 끝夏至祭の果て』(1976)은 기독교 탄압시절을 배경으로 견고한 신앙심을 가진 청년을 그린 역사소설이다. 1980년에는 소녀시절에 끔찍한 환시체험을 한 여주인공과 세 명의 남자와의 관계를 그린 장편 로망「저편의 미소彼方の微笑」가 있다. 숙모 살해라는 완전범죄를 기도했지만, 그 사체는 다른 사람이었다는 수수께끼를 추구하는「무지개의 비극虹の悲劇」(1982), 영매를 생업으로 하는 귀환자가 신흥종교 설립에 말려들면서 엮이는「무녀가 사는 집巫女の棲む家」(1983) 등 점차 엔터테인먼트적인 작품이 많아졌다. 초기 단편으로는 의지할 곳 없는 적막감이 인상적인 제38회〈일본추리작가협회상日本推理作家協会賞〉수상작「벽壁」(1984, 다른 제목「여행연극살인사건旅芝居殺人事件」)이 대표작이다. 시대장편「연홍戀紅」(1986)으로 제95회〈나오키상直木賞〉을 수상하였고, 한동안 시대소설의 비중이 높아져「요앵기妖櫻記」(1993)에서는 시대소설과 환상소설, 성인 대상의 그림책인 기뵤시黄表紙의 융합에 도전하였다. 단편집「장미기薔薇忌」(1990)로 제3회〈시바타렌자부로상柴田錬三郎賞〉을 수상하였다. 1997년에는 「죽음의 샘死の泉」(제32회〈요시카와 에이지문학상吉川英治文学賞〉수상)은 나치즘과 퇴폐미, 복잡한 음모극을 짜 넣은 대작인데, 내러티브에 면밀한 장치를 마련하여 공포를 배가시키는 수법에 성공하였다. 해박한 환상문학에 대한 이해와 탁월한 이미지를 구사하는 작가이다. 한국에는 「우물이 있는 집」(1999), 「죽음의 샘」(2009), 「거꾸로 선 탑의 비밀」(2010)이 번역, 소개되었다.

▶ 이승신

참고문헌: A, E.

미나미 다쓰오南達夫 ☞ **나오이 아키라**直井明

미나미자와 주시치南沢十七, 1905.3.10~1982.9.26
소설가. 번역가. 본명 가와바타 마사오川端勇男. 센다이시仙台市 출생. 펜네임인 '주시치十七'는 17세에 아버지가 돌아가신 것에

204

서 기인하였다. 어린 시절 아버지의 부임지였던 다롄大連에서 보냈다. 나가사키의과대학長崎医科大学 부속 약학부 졸업 후에는 도쿄외국어학교東京外国語学校 독어부를 거쳐 도쿄시 위생시험소에 근무했다. 과학자로서 운노 주자海野十三 등과 교류가 있었으며, 기기 다카타로木々高太郎 문단 데뷔시에 추천자 중 한 명이다. 1932년부터 『신청년新青年』을 중심으로 탐정소설을 발표하였다. 「거머리蛭」(1932)는 흡혈요법으로 환자를 모으던 의사가 낙태를 시도하던 것을 알아챈 협박자에게 자신이 만든 방법에 의해 역으로 살해된다는 이야기로, 흡혈요법을 발명한 의사에게 일어난 비극을 그렸다. 초음파 살인을 다룬 「수정선 신경水晶線神経」(1932), 냉동인간을 둘러싼 살인극 「얼음인간水人間」(1933) 등 과학적 지식을 응용한 SF풍의 괴기소설을 특징으로 하였다. 「인간 박제사人間剝製師」(1933)는 인간박제의 특수 기능을 가진 남자가 겪는 특이한 운명을 그리고 있는데, 의학적, 화학적 소재를 다룬 작품이 많다. 일찍이 소년물을 발표하여 1944년에 이미 세균전을 테마로 한 「해저 흑인海底黒人」을 간행하였지만, 전후에도 질낮은 소위 선화지仙花紙 본으로, 1948년에 시작된 루팡을 모티브로 한 〈아르센 루팡 시리즈〉, 황당한 모험소설 「녹인의 마도綠人の魔都」(1948) 등 20권 이상의 주니어 미스터리를 완성하였다. 본명으로는 과학 해설이나 과학기사 등을 정력적으로 발표하였고, 한때 『과학화보科学画報』 편집장을 지내기도 하였다. 그 밖에도 독일 작품 등의 번역이나, 실화물 등을 다수 발표하였다.

▶ 이승신

참고문헌: A, B, E, G.

미나카미 로리水上呂理, 1902.2.18~1989.10.23
일본의 탐정소설가, 번역가, 화학자. 본명은 이시카와 리쿠이치로石川陸一郎. 후쿠오카현福島県 출생으로 메이지대학明治大学 법과를 졸업하고 시사신보사時事新報社, 조달공업동업회曹達工業同業会, 통산성화학국通産省化学局, 국민경제연구협회国民経済研究協会를 거쳐 공업경제연구소工業経済研究所에서 근무했다.
미나카미는 탐정소설 읽는 것을 좋아했고 메이지대학 재학 중에 지인으로부터 당시 『신청년新青年』의 편집장으로 있던 모리타 우손森下雨村을 소개받는다. 그것이 인연이 되어 1928년 처녀작인 「정신분석精神分析」을 『신청년』에 발표하게 되는데, 프로이트의 정신분석학을 본보기로 해서 쓴 이 작품은 탐정소설계에 새로운 바람을 불어 일으키게 된다. 이어서 〈셜록 홈즈 시리즈〉 단편집 번역을 하기도 했다. 그 후 창작을 하지 않다가 신경쇠약자의 범죄를 다룬 「발바닥의 충동蹠の衝動」(1933)을 『신청년』에 발표하며 다시 복귀한다. 치매환자의 발광하기 직전 이상한 범죄를 다룬 「마비성 치매환자의 범죄공작痲痺性癡呆患者の犯罪工作」(1934)을 발표하는 등 정신분석과 정신의학을 취재한 선구자로서 주목받았지만 그의 탐정소설은 다섯 편에 불과하다. 1920년대 후반 탐정소설은 상승기를 타고 있었고, 미나카미는 유메노 규사쿠夢野久作, 운노 주자海野十三) 등과 함께 문필 활동을 던 것이다.

본명으로 낸 저서로는 『세계의 화학공업世界の化学工業』(1957)이 있으며 1976년에는 잡지 『환영성幻影城』에 42년 만의 신작 「돌은 말하지 않는다石は語らず」를 발표하기도 했다.

▶ 이현진

참고문헌: A, B, E, F, G.

미나카미 쓰토무水上勉 ☞ 미즈카미 쓰토무
水上勉

미나토 가나에湊かなえ, 1973~

소설가. 히로시마현広島県 출생으로 무코가와여자대학武庫川女子大学 가정학부를 졸업했다. 어릴 적부터 공상을 좋아하고 에도가와 란포江戸川乱歩와 아카가와 지로赤川次郎의 작품을 많이 접했다. 대학 졸업 후 어패럴 메이커에 취직해 백화점 판매원으로 일했고, 청년해외협력대로 통가에서 2년간 근무했다. 아와지시마고교淡路島高校에서 강사를 하고 결혼 후 소설을 쓰기 시작했다. 2007년 「성직자聖職者」로 제29회 〈소설추리신인상小説推理新人賞〉을 수상하고 소설가로 데뷔했다. 「성직자」에 이어 2009년 딸을 잃은 여교사가 퇴직의 인사말을 하던 중 어느 소년을 손으로 가리키며 죄의 고발과 복수의 고백을 하는 『고백告白』으로 제6회 〈서점대상本屋大賞〉을 수상했다. 〈서점대상〉은 2004년에 제정되었고 서점대상 실행위원회가 운영하는 문학상이다. 일반문학상과는 달리 신간을 취급하는 서점(온라인 서점 포함) 서점원의 투표로 수상작이 결정된다.

『고백』은 2010년 영화로도 상영되었으며 2010년도 일본영화흥행수입성적 제7위를 기록하기도 했다. 서적의 매상도 300만부를 넘는 공전의 베스트셀러가 되었다. 미나토의 작품 중 소녀들의 무구한 호기심을 그린 『소녀少女』(2009)는 2010년 고단샤講談社에서 만화 『소녀』로 출간되었고, 『야행관람차夜行観覧車』(2010)는 TBS 드라마로 2013년 방영되었다. 이렇게 미나토의 작품은 영화 뿐 아니라 만화, 드라마로도 만들어졌다. 2012년 「망향, 바다의 별望郷、海の星」로 제65회 〈일본추리작가협회상日本推理作家協会賞〉(단편부문)을 수상했으며 2013년 『망향望郷』으로 제149회 〈나오키상直木賞〉 후보에 올랐다.

한국어로는 『고백』(2009), 『속죄』(2010), 『왕복서간』(2012), 『N을 위하여』(2012), 『야행관람차』(2011), 『망향』(2013)이 번역되어 있다.

▶ 이현진

참고문헌: H09~H13.

미네 류이치로峰隆一郎, 1931.6.17~2000.5.9

일본의 소설가. 나가사키현長崎県 출신. 본명은 미네 마쓰다카峰松隆. 니혼대학日本大学 중퇴. 출판사 근무 중 퇴직하고 프리랜서로서 작품 활동에 전념하였다. 시대소설에서 미스터리에 이르는 폭 넓은 분야에서 활동하였다.

1979년, 「흐르는 관정流れ灌頂」으로 제5회 〈문제소설신인상問題小説新人賞〉을 수상하였다. 〈「목 베는 야스케人斬り弥介」시리즈〉(1983~2000), 〈「야규 주베柳生十兵衛」시리즈〉(1989~1994), 「메이지암살전明治暗殺伝」(1987), 「낭인 미야모토 무사시素浪人宮本武蔵」(1993~1995) 시리즈 등 하드보일드 풍의 시대소설 작품을 다수 남겼다.

추리소설로는 「해군사관 살인사건海軍士官殺人事件」(1985, 뒤에 「도쿄·하카다·사세보 살인행東京·博多·佐世保殺人行」으로 개제)을 시작으로, 「알프스특급 아즈사살인사건アルプス特急あずさ殺人事件」(1987), 「살인급행 북의 역전 240초殺人急行北の逆転240秒」(1989), 「요코하마 외인묘지살인사건横浜外人墓地殺人事件」(1992), 「특급「백산」살인사건 장편추리서스펜스特急「白山」殺人事件　長篇推理サスペンス」(2001) 등 다수의 작품을 남겼다.

▶ 강원주

참고문헌: 浅井清·佐藤勝編『日本現代小説辞典』(明治書院,2004), 이토 히데오伊藤秀雄 저/유재진·홍윤표·엄인경·이현진·김효순·이현희 공역 『일본의 탐정소설』(문, 2011).

미스 캐서린 ☞ 캐서린 터너

미스디렉션 ☞ 레드 헤링

미스터리 매거진ミステリマガジン

추리소설전문지. 1941년에 미국에서 창간된 『엘러리 퀸즈 미스터리 매거진Ellery Queen's Mystery Magazine』(약칭 『EQMM』)의 일본어판으로 1956년 7월호부터 간행되었는데, 1966년 1월호부터 『미스터리 매거진』으로 개명되어 2013년 현재까지 간행되고 있다. 『EQMM』 시대에는 해외작품 중심으로 게재되었으며 1959년부터 익년에 걸쳐 발행된 4권의 별책 『별책 퀸즈 매거진』(1959년 가을호, 1960년 겨울호, 봄호, 여름호)에는 일본인의 작품이 다수 게재되었다. 이 잡지는 하야카와쇼보早川書房에서 발행되었는데 초대에는 스즈키 미치오都筑道夫, 이쿠시마 지로生島治郎, 도키와 신페이常盤新平, 가가미 사부로各務三朗 등이 편집장을 맡았다. 전후에 창간된 번역 미스터리지 중에서 가장 긴 역사를 갖고 있으며, 명작 소개, 신예의 발굴, 작가별, 테마별 특집 등을 통해서 모든 타입의 미스터리를 소개하고 있는데 일본 미스터리계에 이바지한 바는 절대적이다. 또한 후쿠나가 다케히코福永武彦, 나카무라 신이치로中村真一郎, 마루야 사이이치丸谷才一 등을 비롯해, 아오키 아메히코青木雨彦, 우에쿠사 진이치植草甚一, 세토가와 다케시瀨戶川猛資, 히카게 조키치日影丈吉, 스즈키 이치오都筑道夫, 진카 가쓰오仁賀克雄, 야마구치 마사야山口雅也 등이 작성한 시평, 에세이는 가이드로서 뿐 아니라, 연구, 평론으로서도 수준 높아서 세대를 불문하고 지지받았다. 전체에서 점유하는 비율은 적지만, 일본작가의 작품까지 독파하며 단편을 중심으로 게재하고 있다. 1990년부터 1992년까지 '하야카와 미스터리 콘테스트'가 개최되어 오구마 후미히코小熊文彦 등을 배출했다.

▶ 성혜숙

참고문헌: A, 權田萬治監修『海外ミステリー事典』(新潮社, 2000).

미스터리문학 자료관 ミステリー文学資料館

미스터리문학 자료관은 일반재단법인 고분문화재단光文文化財団에 의해 설치된 세계에서도 보기 드문 미스터리 전문 도서관이다. 이 자료관에서는 미스터리 팬들과 미스터리 연구자, 미스터리 작가들을 위해 주로 일본 미스터리문학에 관한 잡지, 간행물 자료를 공개하고 있다. 고분문화재단은 이 밖에도 〈일본미스터리문학대상日本ミステリー文学大賞〉, 〈일본미스터리문학대상신인상日本ミステリー文学大賞新人賞〉, 〈쓰루야난보쿠연극상鶴谷南北戯曲賞〉 등의 표창사업도 하면서, 미스터리문학을 중심으로 하는 일본 국문학발전을 목표로 하고 있다. 미스터리 라이브러리는, 1995년에 프랑스 파리의 시립 미스터리전문 도서관 'BILIPO'가 개관했고, 이어서 1999년 4월에 이 미스터리문학 자료관이 개관했다. 이것은 지금까지 대중문학으로서 소비의 대상이었던 미스터리가 시대의 흐름의 따라 대중문화 연구로 인해 주목을 받고 학문적 연구대상으로 인식된 현상이라고 볼 수 있다.

이 자료관에서는 미국의 미스터리전문 서점의 취향을 도입하여, 미스터리작가 강연회와 전시회, 미스터리 작성법 교실 등, 재미있는 기획을 정기적으로 하고 있다. 또한 다른 도서관에서는 직접 보기 어려운 『프로필ぷろふぃる』, 『신청년新靑年』등 세계대전 이전의 소중한 자료들도 자유롭게 열람 할 수 있어, 미스터리 매니아한테 호평을 얻고 있다. 이 자료관은 문예 비평가이자 『일본 미스터리 사전日本ミステリー事典』의 감수자인 곤다 만지權田萬治가 관장으로 있다.

▶ 나카무라 시즈요

참고문헌: 權田萬治ホームページ「Mystery & Media」, ミステリー文学資料館公式ホームページ, 「ミステリーとアメリカの図書館」2000年『別冊文芸春秋』掲載文, 미스터리문학 자료관 공식 홈페이지: http://www.mys-bun.or.jp/index. html.

미쓰기 가즈미三津木一実 ☞ 미쓰기 슌에이
三津木春影

미쓰기 슌에이三津木春影, 1881~1915

소설가, 번역가. 본명은 미쓰기 가즈미三津木一実. 필명은 센덴시閃電子, 미쓰기 슌에이三津木春影. 나가노현長野県 출신으로 와세다대학早稲田大学 영문과를 졸업했다. 1905년 『신성新声』에 「난파선破船」을 발표하며 소설을 쓰기 시작하다가 점차 소년대상의 외국탐정소설을 번역하며 『탐험세계探険世界』, 『일본소년日本少年』, 『소년세계少年世界』 등의 잡지에 작품을 발표하였다.

『탐험세계』에는 미쓰기 슌에이의 이름으로 영국 추리작가인 오스틴 프리먼Richard Austin Freeman, 1862~1943의 번역 〈구레타박사呉田博士」 시리즈〉 외에 아서 코난 도일Arthur Conan Doyle과 프랑스의 추리작가 모리스 르블랑Maurice Leblanc, 1864~1941 등 서양탐정소설을 번역, 소개했고, 1908년에 창간된 오시카와 슌로押川春浪 주필의 『모험세계冒険世界』에는 센덴시의 필명으로 발표했다. 1914년에는 실업지일본사実業之日本社의 전속이 되어 직접 탐정소설, 스파이 소설, 괴기소설을 쓰는 등 탐정소설에서는 선구적인 존재로 알려졌다. 저작으로는 『고성의 비밀古城の秘密』(1912), 『대보굴왕大宝窟王』(1913), 『유령암幽霊岩』(1915) 등이 있다.

▶ 이현진

참고문헌: A, B, D.

미쓰다 신조三津田信三, 1973~

추리작가, 호러작가, 편집자. 나라현奈良県 출생으로 고야산대학高野山大学 인문학부에서 국문학国文学을 전공했다. 편집자를 거쳐 2001년 「호러작가가 사는 집ホラー作家の棲む家」으로 작가 데뷔했다.

미쓰다 신조는 장편에서 본격미스터리와 호러라는 두 영역을 넘나들며 작품을 쓰는 작가로 정평이 나 있는데, 일부 마니아층에서 평판은 높지만 너무도 무서운 테마 설정과 민속학적인 내용이 많이 나와 일반적인 인기를 끌지는 못했다. 그러다가 2007년에 하드한 수수께끼와 토속적인 호러를 융합시킨 『염매처럼 신들리는 것厭魅の如き憑くもの』, 『잘린 머리처럼 불길한 것首無の如き祟るもの』이란 작품을 출간하면서 주목을 끌기 시작해 2010년에는 『미즈치처럼 가라앉는 것水魑の如き沈むもの』이란 작품으로 제10회 〈본격미스터리대상本格ミステリー大賞〉(소설부문)을 수상한다. 이 작품은 나라奈良의 산속 마을에서 희한한 기우제가 행해지고 마을에 물을 가져다주는 호수에 미즈치라고 하는 신이 살고 있었는데, 기우제 의식 중에 의문의 죽음이 연달아 일어나는 것을 괴기환상작가이자 탐정인 도조 겐야刀城言耶가 해결해 나간다는 이야기이다. 도조 겐야가 활약하는 〈도조 겐야 시리즈〉는 겐쇼보原書房와 고단샤講談社에서 간행되고 있는 미쓰다 신조의 일본추리소설 시리즈물이다.

2013년에는 『이 미스터리가 대단하다!このミステリーがすごい!』에서 『유녀처럼 원망하는 것幽女の如き怨むもの』이란 소설이 랭킹 4위를 차지했다. 이 소설은 어느 유곽에서 일어난 불가해한 연속투신사건을 그린 것으로 미쓰다 신조의 본격미스터리물은 인기 가도를 달리고 있다.

한국어로는 『잘린 머리처럼 불길한 것』(2010), 『기관 호러작가가 사는 집』(2011), 『산마처럼 비웃는 것』(2011), 『염매처럼 신들리는 것』(2012), 『미즈치처럼 가라앉는 것』(2013), 『일곱 명의 술래잡기』(2013), 『작자미상』(상), 『작자미상』(하)(2013)이 번역되어 있다.

▶ 이현진

참고문헌: H07~H13.

미쓰하라 유리光原百合, 1964.5.6~

소설가. 오노미치시립대학尾道市立大学의 교수. 히로시마현広島県 출생으로 오사카대학大阪大学 문학부 영문과를 졸업했다. 1980년대부터 『시와 메르헨詩とメルヘン』에 계속해서 투고하며 동화와 시집을 발표했다. 첫 시집 『길道』(1989)을 출간하고 그림책 『상냥한 양치기やさしいひつじかい』(1992)를 출간하는 등 미쓰하라는 시집과 그림책, 동화로 시작해서 1998년 『시계를 잊고 숲으로 가자時計を忘れて森へいこう』라는 작품으로 추리소설계에 공식 데뷔한다.

2001년 소설 『먼 약속遠い約束』이 소겐추리문고創元推理文庫에서 나오고, 2002년 단편소설 『열여덟의 여름十八の夏』이 제55회 〈일본추리작가협회상日本推理作家協会賞〉 단편부문을 수상한다. 이후의 저작으로는 『최후의 바람最後の願い』(2005), 『이오니아의 바람イオニアの風』(2009) 등이 있다. 한국어로는 『열여덟의 여름』(2008)이 번역되어 있다.

▶ 이현진

참고문헌: H02~H05, H10, H12, H13.

미쓰하시 가즈오三橋一夫, 1908.8.27~1995.12.1

소설가. 본명은 미쓰하시 도시오三橋敏夫. 효고현兵庫県 고베시神戸市 출생으로 게이오의숙대학慶應義塾大学 경제학부를 졸업했다. 1940년 무렵부터 『미타문학三田文学』, 『문예세기文芸世紀』에 창작을 발표했다. 종전 후엔 하야시 후사오林房雄의 소개로 『신청년新青年』에 「복화술사腹話術師」(1948)를 게재하면서 작가로 데뷔하게 된다.

그 후 「이상한 소설不思議小説」이 호평을 받아 『신청년』에 계속해서 실리고, 「환상 부락まぼろし部落」이라는 시리즈는 『신청년』이 종간되는 1950년 7월까지 매호 실렸다. 「이상한 소설」은 『보석宝石』과 『탐정실화探偵実話』에도 단속적으로 실리게 된다.

그 밖의 장편 미스터리에 「귀신 연못魔の淵」(1954), 「버선足袋」(1959), 「골동품 살인사건骨董殺人事件」(1961) 등이 있다. 1950년 중반부터는 주로 명랑소설을 발표하였다. 이후 창작은 하지 않고 건강법 관련 저작을 다수 집필했다.

▶ 이현진

참고문헌: A, B.

미쓰하시 도시오三橋敏夫 ☞ 미쓰하시 가즈오
三橋一夫

미야노 무라코宮野村子, 1917~1990

작가. 본명은 하야시 베니코林紅子. 필명은
베니오 교코紅生姜子, 미야노 무라코宮野叢子.
니이가타현新潟県 출생으로 짓센여자대학実
践女子大学 국문과를 중퇴했다. 1938년 기기
다카타로木々高太郎의 추천으로 베니오 교코
紅生姜子라는 필명으로 잡지 『슈피오シュピオ』
에 단편 「감나무柿の木」를 발표하며 작가로
데뷔한다.

1949년 처음 미야노 무라코라는 필명으로
『보석宝石』에 발표한 장편 「고이누마가의
비극鯉沼家の悲劇」이 제3회 〈탐정작가클럽상
探偵クラブ賞〉 후보에 올랐다.

「고이누마가의 비극」은 재산가의 비극적
운명을 그린 작품으로 구가舊家의 복잡한
가족구성을 배경으로 이루어진 수수께끼
와 봉건적 도덕률로 인한 등장인물의 질곡
등을 그렸는데, 이러한 스토리는 이후의
작품에도 공통되는 특징이기도 하다. 구시
대의 일본적 가족관과 근대와의 상극을 그
렸다는 점에서 동시대의 요코미조 세이시
橫溝正史 등과 같은 테마를 공유했다고 볼
수 있다.

또한 『보석』에 발표한 「검은 그림자黒い影」
(1949)는 탐정작가클럽 『탐정소설연감探偵

小説年鑑 1950년판』에 수록되었고, 『소설공
원小説公園』에 발표한 「애정의 윤리愛情の倫理」
(1951)는 1952년 제5회 〈탐정작가클럽상〉
후보에 오른다. 이 작품은 탐정작가클럽
『탐정소설년감 1952년판』에 수록되어 있다.
1956년에는 고단샤講談社의 장편탐정소설
전집 모집에 「꿈을 쫓는 사람들夢を追う人々」
로 응모해 최종후보작으로 선정된다. 하지
만 아유카와 데쓰야鮎川哲也에게 패하고 그
해에 필명을 미야노 무라코로 바꿨다.

이외 저작으로 『전설의 마을伝説の里』(1963),
『미야노 무라코 탐정소설선Ⅰ宮野村子探偵小
説選Ⅰ』(2009), 『미야노 무라코 탐정소설선
Ⅱ宮野村子探偵小説選Ⅱ』(2009) 등이 있다.

▶ 이현진

참고문헌: A, B, G, H10.

미야노 무라코宮野叢子 ☞ 미야노 무라코
宮野村子

미야베 미유키宮部みゆき, 1960.12.23~

소설가. SF작가. 추리소설가. 도쿄東京 출
생. 본명은 야베 미유키矢部みゆき. 도쿄도립
스미다가와墨田川고등학교를 졸업하고 법
률사무소 등을 근무하다 1984년부터 소설
창작교실에 다니다 〈올요미모노추리소설
신인상オール読物推理小説新人賞〉에 몇 번인가
응모를 하다 1987년 소년이 주인공인 밝은
분위기의 미스터리물 「우리들 이웃의 범죄
我らが隣人の犯罪」로 신인상을 수상하며 문단

211

에 데뷔한다.

그녀는 추리소설뿐만 아니라 시대소설, SF소설, 공포물 등 다양한 분야에서 친근한 문체와 일상적인 무대설정, 그리고 명랑쾌활한 작풍과 뛰어난 스토리 전개로 주목을 받았고 다양한 분야에 걸쳐 수많은 문학상을 수상한다. 예를 들면, 1989년『미술은 속삭인다魔術はささやく』로 〈일본추리서스펜스대상日本推理サスペンス大賞〉, 1992년『용은 잠들다龍は眠る』로 〈일본추리작가협회상日本推理作家協会賞〉, 『혼조후카가의 기이한 이야기本所深川ふしぎ草紙』로 〈요시카와에이지문학신인상吉川英治文学新人賞〉, 1997년『가모저택 사건蒲生邸事件』으로 〈일본SF대상〉, 1999년『이유理由』로 〈나오키상直木賞〉, 2001년『모방범模倣犯』으로 〈마이니치출판문화상毎日出版文化賞〉 특별상, 2002년는 문학부문 〈문부과학대신상〉, 2007년『이름도 없는 독名もなき毒』으로 제41회 〈요시카와에이지문학상〉, 2008년에는 영어번역판『BRAVE STORY』로 〈The Batchelder Award〉를 각각 수상한다.

미야베 미유키는 텔레비전 게임의 매우 열렬한 취미자로도 알려져 있는데, 이들 게임을 소설화하거나 게임으로부터 영향을 받아 SF소설을 창작하기도 하였다. 또한『BRAVE STORY』의 수상력이 보여주듯이 영어나 스페인어 등으로 수많은 작품이 번역되기도 하였고 텔레비전 및 라디오의 드라마로 개작되거나 만화 작품이나 영화로

재탄생하기도 하였다.

그녀는 수많은 수상력뿐만 아니라 다양한 장르의 문학상에도 직접 선고위원으로 참여하고 있는데 예를 들면 〈에도가와란포상江戸川乱歩賞〉, 〈소설스바루신인상小説すばる新人賞〉, 〈일본추리작가협회상日本推理作家協会賞〉, 〈나오키상直木賞〉, 〈일본SF대상日本SF大賞〉 등이 이에 해당한다.

한국어로는『이유』(2005),『용은 잠들다』(2006),『마술은 속삭인다』(2006),『브레이브 스토리 1』(2006),『누군가』(2007),『대답은 필요없어』(2007),『드림 버스터1』(2007),『외딴집 상』(2007), 『가모 저택사건1』(2008),『괴이』(2008),『낙원1』(2008),『레벨7』(2008),『쓸쓸한 사냥꾼』(2008),『혼조후카가와의 기이한 이야기』(2008),『메롱』(2009),『크로스 파이어1』(2009),『퍼펙트 블루』(2009),『구적초 비둘기 피리꽃』(2009),『오늘 밤은 잠들 수 없어』(2010),『인질 카논』(2010),『얼간이』(2010),『꿈에도 생각할 수 없어』(2010),『지하도의 비』(2010),『우리 이웃의 범죄』(2010),『영웅의 서1』(2010),『그림자 밟기』(2011),『명탐견 마사의 사건 일지』(2011),『하루살이 상』(2011),『홀로 남겨져』(2011),『미인』(2011),『R.P.G』(2011),『고구레 사진관 상』(2011),『말하는 검』(2011),『화차』(2012),『모방범 1』(2012),『흑백 미시마야 변조 괴담1』(2012),『안주』(2012),『혈안』(2012),『눈의 아이』(2013),『진상 상·하』(2013),『솔로몬의 위증1』

(2013) 등 다수 번역되어 있다.

▶ 조미경

참고문헌: H1, H2, H4~H9, H11~H13.

미야케 세이켄三宅青軒, 1864.5.23~1914.1.6

소설가. 이름은 히코야彦弥. 별호別号는 료쿠센푸緑旋風, 아메류코雨柳子. 교토京都 출신. 『문예구락부文芸倶楽部』와 긴고도金港堂의 편집을 맡았고 이후 『니로쿠신보二六新報』의 기사로도 활동하였다. 청일전쟁 이후의 시대를 배경으로 인생이나 사회의 비참한 면을 심각하게 그린 심각소설深刻小説과 영웅소설, 호걸소설 등 대중소설을 주로 썼다. 탐정소설로는 포르츄네 드 보아고베Fortune du Boisgobey의 「장미 핀L'epingle rose」을 번안한 『산호미인珊瑚美人』(산유샤三友社, 1895.12)과 1893년 1월부터 1894년 2월까지 슌요도春陽堂에서 간행한 〈탐정소설총서探偵小説叢書〉 제18집 『불 속의 미인火中の美人』이 있다.

▶유재진

참고문헌: 日本近代文学館『日本近代文学大事典』(講談社, 1977.11)

郷原宏『物語日本推理小説史』(講談社, 2010.11)

미야하라 다쓰오宮原龍雄, 1915.11.14~2008.12.24

소설가. 본명은 미야하라 다쓰오宮原竜男. 사가시佐賀市 출생. 1940년 사가신문사佐賀新聞社에 입사해 문화부장 등을 역임했고, 1952년 신문사를 퇴사한 후 지방신문과 관계되는 일을 했다. 1949년 『보석宝石』이 모집한 백만 엔 현상懸賞 C급(단편) 응모작에 「세 개의 나무통三つの樽」으로 3위에 입선하며 작가 데뷔한다. 이 소설은 나무통 안에서 발견된 모델 사체에 관해 기이한 설명을 시도하고 있는데, 오구리 무시타로小栗虫太郎의 현학적인 면과 닮았다는 평이다. 이어서 1952년 『보석』의 단편현상 우수작에 「니이로의 관新納の棺」이 입선하는데, 이 소설은 「세 개의 나무통」에 등장한 미하라三原 검사와 미쓰키満城 경위 두 콤비가 재등장하며 열차 안에서 벌어지는 의문의 살인사건을 추리해 나가는 과정을 그렸다.

이외 미야하라는 「이상한 불빛不知火」(1952), 「일본·바닷가 매ニッポン·海鷹」(1953), 「욕조 안의 사체湯壺の中の死体」(1959) 등 서른 편의 단편을 발표하고, 1960년대 이후 사회파의 대두와 『보석』의 종간으로 창작을 그만둔다. 그러다가 1976년 잡지 『환영성幻影城』에 「맥베스 살인사건マクベス殺人事件」을 발표했으며, 최근작으로 『미야하라 다쓰오 탐정소설선宮原龍雄探偵小説選』(2011)이 출간되었다.

▶ 이현진

참고문헌: A, B, D, E, H12.

미야하라 다쓰오宮原竜男 ☞ **미야하라 다쓰오**
宮原龍雄

미요시 도루三好徹, 1931.1.7~

저널리스트. 소설가. 본명은 가와카미 유조河上雄三. 도쿄東京 출생으로 1951년 요코하마국립대학横浜国立大学 경제학부를 졸업하기 전인 1950년 요미우리신문사読売新聞社에 입사해 요코하마 지국支局, 조사부, 과학보도본부, 『주간요미우리週刊読売』 편집부 등에서 근무했다. 그리고 1966년 퇴사하고 나서는 문필에만 전념했다.

미요시는 순문학으로 출발했고 1959년 미요시 바쿠三好漠라는 필명으로 「먼 소리遠い声」라는 소설을 발표해 제8회 〈문학계신인상文学界新人賞〉 차석을 차지한다. 그리고 1960년부터 추리소설로 전환해 정당총재의 자리를 둘러싼 모략을 그린 「빛과 그림자光と影」를 발표한다. 미요시는 사회문제를 다룬 작품들을 연달아 썼다. 도쿄의 증권거래소가 있는 가부토초兜町를 무대로 욕망에 사로잡힌 인간의 비극을 그린 「불꽃 거리炎の街」(1961)와 도쿄 재판의 전 판사가 일본에서 살해당하는 사건을 그린 「죽은 시대死んだ時代」(1961), 1958년 실제로 일어난 도쿄도립 고마쓰가와고교小松川高校 2학년 여학생 살해사건을 다룬 「바다의 침묵海の沈黙」(1962) 등이 그것이다. 1963년에는 동란의 쿠바를 무대로 한 첫 스파이 소설 「바람은 고향으로 향한다風は故郷に向う」를 발표했고, 「바람에 사라진 스파이風に消えた男」(1965)와 「풍진지대風塵地帯」(1966), 「풍장전선風葬戦線」(1967)을 잇달아 발표해 〈바람의 4부작〉이

라 불렀다. 이 중에 「풍진지대」로 1967년 제20회 〈일본추리작가협회상日本推理作家協会賞〉을 수상했다. 또한 원폭의 상흔이 남아있는 히로시마広島를 무대로 한 「섬광의 유산閃光の遺産」(1967)은 사회파 테마와 서스펜스가 융합된 수작으로 꼽히며, 같은 해 발표한 「성소녀聖少女」로 제58회 〈나오키상直木賞〉을 수상했다. 미요시는 추리소설, 스파이 소설 외에도 막부시대말幕末과 메이지기明治期의 전기소설伝記小說 등 역사소설도 집필했다.

▶ 이현진

참고문헌: A, B, F.

미요시 바쿠三好漠 ☞ **미요시 도루**三好徹

미우라 슈몬三浦朱門, 1926.1.12~

작가. 니혼대학日本大学 예술학부 교수. 도쿄東京 나카노中野 출신으로 도쿄대학東京大学 언어학과를 졸업했다. 제15차 『신사조新思潮』의 동인. 1951년 「명부산수도冥府山水図」를 발표했는데, 중국을 무대로 화가를 주인공으로 하여 예술의 비정함을 묘사함으로써 주목받았다. 1952년 「도끼와 마부斧と馬丁」로 〈아쿠타가와상芥川賞〉 후보로 선정되며 작가활동을 시작하게 된다. '제3의 신인第三の新人'으로 불리며 이지적이고 기교적인 내용의 글들을 많이 썼다. 당시 에도가와 란포江戸川乱歩가 편집을 맡은 『보석宝石』에 집필을 권유받아 1957년 「매점개업

214

시말서売店開業始末記」를 발표하기도 했다.

1959년 고단샤講談社에서 첫 번째 장편추리소설 『지도 속의 얼굴地図の中の顔』이 출간되었는데, 부동산회사 사원이 매매로 받은 돈 4백만 엔을 횡령해서 회사 판매과장 두 사람이 끈질기게 추적하고 막다른 지경에 몰린 범인은 결국 추락사하는 내용으로 서스펜스가 좀 약하다는 평이다. 두 번째 장편 『양이 화날 때羊が怒る時』(1961)는 고무회사 사원이 지사의 회계조사로 부임하면서 전임자의 뺑소니 사망에 어떤 모략이 있음을 느끼고 경리를 조사하던 중에 자동차가 도난된 것을 알게 된다. 살해사건은 계속 일어나고 사망한 전임자의 처 애정문제가 얽히며 전작보다 범죄공작과 추리적 요소가 한층 강해졌다는 평을 받았다. 이외에도 『신화神話』(1966), 『파랑새를 고발해라青い鳥を告発しろ』(1971), 『빛은 저 멀리光はるかに』(1979) 등의 저작이 있다.

▶ 이현진

참고문헌: B, E.

미즈카미 쓰토무水上勉, 1919.3.8~2004.9.8

소설가. 필명은 미나카미水上를 사용했다. 후쿠이현福井県 출신으로 교토京都의 임제종臨済宗 사원인 쇼코쿠지相国寺의 도제徒弟 등으로 전전하다가 1937년 리쓰메이칸대학立命館大学 문학부 국문과에 입학한다. 그러나 생활고로 중퇴한다. 순문학을 지향하며 1948년 처녀작 『프라이팬의 노래フライパンの歌』

를 단행본으로 출판하지만, 학벌과 아무런 인맥이 없어 문학을 접고 십여 년간 잡다한 직업을 경험하게 된다. 그러다가 우노 고지宇野浩二에게 사사받으면서 다시 소설을 쓰기 시작하는데, 그것은 마쓰모토 세이초松本清張가 추리소설을 쓰기 시작한 1956년경의 추리소설 붐이 재연되기 시작한 시기였다.

가와데쇼보河出書房가 추리장편소설을 모집하자 미즈카미는 첫 추리소설을 쓰게 된다. 이 소설이 「안개와 그림자霧と影」로 입선은 못했지만 1959년 가와데쇼보河出書房에서 출판되었다. 잇달아 장편소설 『귀耳』(1960)와 『불의 호각火の笛』(1960)을 출간하고, 폐수공해로 인한 중독성 질환인 미나마타병水俣病을 제재로 한 「바다의 엄니海の牙」(1960)로 1961년 제14회 〈일본탐정작가클럽상日本探偵作家クラブ賞〉을 수상한다. 그리고 「기러기의 절雁の寺」로 제45회 〈나오키상直木賞〉을 수상하면서 미즈카미의 문단적 위치는 확고해진다.

미즈카미는 섬유회사의 경영권 탈취사건과 구식 군인의 모략을 그린 「들의 묘표野の墓標」(1961)와 댐 공사 토지매수 사건을 그린 「검은 벽黒壁」(1961)과 같은 작품을 통해 사회파추리소설의 경향을 보이면서 마쓰모토 세이초, 구로이와 주고黒岩重吾와 함께 사회파 추리작가로 불렸다.

1971년 발표한 「우노 고지전宇野浩二伝」으로 제19회 〈기쿠치간상菊池寛賞〉을 수상했다.

▶ 이현진

참고문헌: A, B, F.

미즈타 난요가이시水田南陽外史, 1869~1958.1.3
메이지의 번역가. 본명은 미즈타 히데오水
田榮雄. 효고현兵庫県 출신으로 릿쿄대학立教
大学을 졸업했다. 1891년 오오카 이쿠조大岡
育造가 경영하는 주오신문中央新聞에 입사한
다. 주오신문은 구로이와 루이코黒岩涙香의
추천으로 탐정소설을 실었는데 미즈타는
동 신문에 에밀 가보리오Emile Gaboriau의 「오
르시발의 범죄オルシヴァルの犯罪」를 「대탐정
大探偵」(1891)으로 번역해서 실었다. 이어서
보아고베Du Boisgobey 원작의 『벙어리 딸啞娘』
(1893)을 출간하고, 『해골선どくろ船』(1893),
『생령生靈』(1894) 등의 역서를 잇달아 출간
했다.
그 후 미즈타는 1896년 유럽으로 건너가
1899년까지 영국에 체류하면서 코난 도일
Arthur Conan Doyle을 알게 되고, 귀국 후 『주오
신문』에 「이상한 탐정不思議の探偵」(1899)이
란 제목으로 「셜록 홈즈의 모험シャーロック・
ホームズの冒険」을 번역해 실으며 호평을 받
는다. 일본에서 홈즈가 소개된 것은 이것
이 처음이었다. 이를 계기로 그때까지의
번역은 프랑스 작품이 주였지만, 영국작품
으로 이행하는 전기가 마련된다.
1900년 아서 모리슨Arthur Morrison의 「탐정 마
틴 휴이트探偵マーチン・ヒューイット」에서 8편
을 「영국탐정실제담 희대의 탐정英国探偵実

際談 稀代の探偵」으로 처음 번역했으며, 『대영
국만유실기大英国漫遊実記』를 하쿠분칸博文館
에서 출간했다. 1910년 오오카 이쿠조가
주오신문을 처분함과 동시에 미즈타는 편
집장의 직을 물러나 퇴사했다.

▶ 이현진

참고문헌: B, D, E.

미즈타 미이코水田美意子, 1992~
추리작가. 오사카大阪 출신으로 열두 살 중
학교 1학년 때 응모한 「살인 피에로의 외
딴섬 동창회殺人ピエロの孤島同窓会」(2004)가
제4회 『이 미스터리가 대단하다!このミステ
リーがすごい!』 대상의 특별장려상 및 독자상
을 수상해 작가로 데뷔했다. 이 작품은 외
딴섬에 모인 젊은이들이 차례로 참살되어
간다는 설정으로 장편 미스터리이다. 동
콘테스트에서는 사상 최연소 수상이다. 또
한 특별장려상이라는 상이 마련된 것은 이
1회뿐이었다. 그 밖의 저작으로 『동물의상
백화점 광고 문구着ぐるみデパート・ジャック』
(2008)가 있다.

▶ 이현진

참고문헌: H06~H09.

미즈타 히데오水田榮雄 ☞ **미즈타 난요가이시**
水田南陽外史

미즈타니 준水谷準, 1904.3.5~

소설가. 번역가. 편집자. 홋카이도北海道 하코다테函館 출생. 와세다早稲田고등학원 재학시절인 1922년 12월 장편掌篇「호적수」가『신청년新青年』현상모집 1등에 입선하여 문단에 데뷔하였는데, 외국인의 미술품 도둑을 함정에 빠뜨리는 이야기이다. 1914년에 창간된 '탐정취미회探偵趣味の会'이 발행하는『탐정취미探偵趣味』는 처음에는 동인이 교대로 편집하는 형식을 취했지만, 와세다대학早稲田大学 불문과 재학 중인 그가 상임 당번이 되어, 이듬해부터 4년간 편집을 담당하였다. 그 재능을 인정받아 1928년 졸업 후에 하쿠분칸博文館 출판사에 입사하여, 이듬해『신청년』의 편집장에 취임하였고, 긴 편집자 생활 중에 오구리 무시타로小栗虫太郎, 기기 다카타로木々高太郎, 히사오 주란久生十蘭 등을 발굴하였다. 한편 창작 면에서는 고아의 시기심에서 행운을 꿈꾸어 친구를 살해하고 얄궂은 운명에 우는「고아孤児」(1924) 등을 발표하지만, 괴기, 환상적인 작가의 특징이 발휘되는 것은 여덟번째 작품인「벼랑 밑崖の下」(1926) 정도부터이다.「애인을 먹는 이야기恋人を喰べる話」(1926)는 소심한 남자에게 숨어 있던 정열이 애인의 정기를 빨아들인다는 감미로운 서정을 그리고 있다. 이러한 낭만성과 페이소스를 융합시킨 작품으로「하늘에서 노래하는 남자의 이야기空で唄う男の話」(1927)가 있다. 인생에 질린 남자가 많은 이들이 보는 앞에서 노래를 부르면서 줄타기를 시도하다가 스스로 죽음을 선택하는 이야기이다. 또한 산문시풍의「오·솔레·미오お·それ·みを」(1927)는 죽은 애인의 사체를 훔쳐 경기구輕氣球에 태워 천상의 묘소에 보내고, 자신도 뒤를 따라 하늘로 올라가는 남자를 그린 괴기 환상 소설로 독특한 매력이 있다.

탐정소설의 아성『신청년』은 미즈타니가 편집장을 역임한 시절에는 프랑스풍의 세련된 감각이 잡지 전체에 넘치고, 신선한 창작이나 읽을거리를 제공하여 저널리즘에 독자적인 색깔을 갖게 되었다. 편집자로서의 재능이 초기와 같은 작가활동을 방해한 것은 부인할 수 없지만, 프랑스 작가의 번역에도 수완을 발휘하였다. 훌륭한 단편으로는 소년 시절에 실수로 애인을 살해했다고 믿고, 17년간 미이라가 된 미소녀의 무덤을 지키며 살아온 비통한 애정을 그린「호두원의 창백한 파수꾼胡桃園の青白き番人」(1930), 노인의 죽음을 둘러싼 상속인의 싸움을 블랙 유머로 응시한 대표작「시바 가문의 붕괴司馬家の崩壊」(1935) 등 죽음의 어두운 그림자가 감도는 작품이 많다. 또한 1933년에는 탈피를 시도하여 가벼운 유머 미스터리 소설을 제창하였고, 대학 총장의 실종을 둘러싼 신문기자 지망생인 졸업생의 모험담을 그린「청춘이여, 안녕さらば青春」,「우리는 영웅われは英雄」(둘 다 1933) 등으로 새로운 경지를 개척하고자

하였다. 전후에는 전업작가가 되어 1952년 단편 「어떤 결투ある決闘」(1951)로 제5회 〈탐정작가클럽상探偵作家クラブ賞〉을 수상하였다. 「밤짐승夜獸」(1956) 등 장편도 있지만, 본질적으로는 단편작가로 특히 초기 단편이 훌륭하다. 또한 문단 제1의 골퍼로 활약하여 골프 분야의 저서도 많다. 한국에는 「어느 부인의 프로필」(『J미스터리 걸작선』 III, 1999)이 번역, 소개되었다.

▶ 이승신

참고문헌: A, E, F, G.

미즈하라 슈사쿠水原秀策, 1966~
작가. 가고시마현鹿児島県 출신으로 와세다대학早稲田大学 법학부 졸업 후 부동산 회사에서 근무했다. 중의원 의원 비서, 학원 강사 등을 거쳐 현재는 전업 소설가이다. 바둑에 취미가 있고, 필명은 에도시대江戸時代의 바둑기사였던 혼인보 슈사쿠本因坊秀策에서 가져왔다. 야구를 좋아해서 야구를 제재로 한 작품이 많다.
2005년 『사우스포 킬러サウスポー·キラー』(응모시 제목은 『스로우 커브スロウ·カーヴ』)로 제3회 〈『이 미스터리가 대단하다!』대상『このミステリーがすごい!』大賞〉을 수상했다. 명문 구단의 에이스 좌투수가 승부조작 누명을 쓰고 스스로 음모를 파헤쳐나가는 과정을 그린 작품이다. 이외 저작으로『흑과 백의 살의黒と白の殺意』(2008), 『미디어 스타는 마지막에 웃는다メディア·スターは最後に笑う』

(상) 『미디어 스타는 마지막에 웃는다』(하)(2009), 『심판하는 것은 우리들이다裁くのは僕たちだ』(2009), 『거짓 슬러거偽りのスラッガー』(2013) 등이 있다. 한국어로는 『사우스포 킬러』(2012)가 번역되어 있다.

▶ 이현진

참고문헌: H05~H10.

미치오 슈스케道尾秀介, 1975.5.19~
추리작가. 미치오는 필명이고 슈스케는 본명이다. 효고현兵庫県 출생으로 다마가와대학玉川大学 농학부를 졸업했다. 샐러리맨으로 근무하다 2005년 『등의 눈背の眼』으로 제5회 〈호러서스펜스대상ホラーサスペンス大賞〉 특별상을 수상하며 데뷔한다. 그 후 퇴직하고 전업 작가가 된다.
2006년 『이 미스터리가 대단하다!このミステリーがすごい!』에 미스터리 랭킹 부문에서 잇달아 모친을 잃는 두 가족의 숨겨진 비밀을 이야기한 『섀도シャドウ』로 3위를 차지하면서 미스터리 베스트 10위 안에 들었고, 작가별 득표수 집계에서도 1위를 차지하는 등 미스터리물에서 상위에 랭크된 작가이다. 더욱이 『해바라기가 피지 않는 여름向日葵の咲かない夏』은 베스트셀러 작품이 되기도 했다. 이외 저작으로는 『외눈박이 원숭이片眼の猿』(2007), 『솔로몬의 개ソロモンの犬』(2007), 『까마귀의 엄지カラスの親指』(2008), 『구체의 뱀球体の蛇』(2009), 『술래의 발소리鬼の跫音』(2009), 『용신의 비龍神の雨』(2009),

『달과 게月と蟹』(2011), 『가사사기의 수상한 중고매장カササギたちの四季』(2011), 『물의 관水の柩』(2011) 등이 있다.

한국어로는 『해바라기가 피지 않는 여름』(2009), 『외눈박이 원숭이』(2010), 『솔로몬의 개』(2010), 『등의 눈 1』『등의 눈 2』『등의 눈 3』(2010), 『술래의 발소리』(2010), 『용의 손은 붉게 물들고』(2010), 『달과 게』(2011), 『가사사기의 수상한 중고매장』(2011), 『까마귀의 엄지』(2011), 『구체의 뱀』(2012), 『물의 관』(2012) 등이 번역되어 있다.

▶ 이현진

참고문헌: H06~H11.

미카미 엔三上延, 1971~

소설가. 요코하마 시 출생, 후지사와 시에서 성장. 무사시노대학 인문학부 사회학과 졸업. 고등학교와 대학 재학 중 문예부에서 활동하며 소설 습작을 했으며, 졸업 후에는 작가를 지망해 취직 대신 중고음반점과 고서점 등에서 아르바이트하는 동안 글을 쓴다. 2001년 『다크 바이올렛ダーク・バイオレッツ』을 제8회 〈전격소설대상電擊小說大賞〉에 응모해 3차 심사까지 올라간 끝에 당선에 실패하지만, 이듬해 단행본으로 출간하면서 작가로 데뷔했다. 첫 책 출간 후 전업 작가로 나선 그는 전격문고에서 판타지, 호러 등 다양한 시리즈를 30여 편 발표해 오다가, 이전까지의 작품과는 완전히 다른 분위기의 고서점 배경 미스터리 『비블리아

고서당 사건수첩ビブリア古書堂の事件手帖』(2011)을 발표해 호평을 받으면서 인기작가로 도약했다. 이 작품은 2012년 〈서점대상本屋大賞〉의 후보에도 올랐으며, TV 드라마와 잡지 연재만화로도 제작되었다. 2014년 1월 현재 시리즈 5권까지 출간되었다. 한편 「아시즈카 후지오『UTOPIA 최후의 세계대전』(쓰루쇼보)足塚不二雄「UTOPIA 最後の世界大戦」鶴書房」(『비블리아 고서당 사건수첩2』에 수록)은 2012년 〈일본추리작가협회상日本推理作家協会賞〉 단편부문 후보에 올랐다.

『비블리아 고서당 사건수첩 2-시오리코 씨와 미스터리한 일상』(2011), 『비블리아 고서당 사건수첩 3-시오리코 씨와 사라지지 않는 인연』(2012)등 시리즈 세 작품이 번역되었다.

▶ 박광규

참고문헌: 「作家の読書道 第122回 三上延」『WEB 本の雑誌』 2012년 1월 18일 (本の雑誌社).
「シリーズ累計200万部突破「ビブリア古書堂の事件手帖」三上延インタビュー」『ダ・ヴィンチニュース』, 2012년 4월 10일 (KADOKAWA・メディアファクトリー).

미타라이 기요시御手洗潔

시마다 소지島田荘司의 『점성술 살인사건占星術殺人事件』(1981)에 처음 등장한 이후 〈미타라이 기요시御手洗潔 시리즈〉의 주인공으로 활약한다. 그는 1948년 11월 27일 요코하마横浜에서 태어났으며 교토대학京都

大学 의학부를 다니다가 동물실험에 반대해 대학을 중퇴한 뒤, 전 세계를 방랑한다. 그 후 방랑생활을 접고 가나가와神奈川 쓰나시 마綱島에서 점성술사로 개업한다. 일러스트레이터인 이시오카 가즈미石岡和己를 만나면서 점성술사를 폐업하고 요코하마의 바샤미치馬車道로 옮겨 난해한 사건을 해결하는 명탐정으로 자리잡는다. 잡학 다식하여 숫자, 천문학, 정신의학 등에도 풍부한 지식을 가지고 있지만, 조울증이 있어서 감정기복이 매우 심하다. 미타라이 기요시가 등장하는 시리즈로는 『점성술 살인사건』을 비롯해 『기울어진 저택의 범죄斜め屋敷の犯罪』(1982), 『이방의 기사異邦の騎士』(1988) 등이 있다.

▶ 이현희

참고문헌: A, I, 新保博久, 『名探偵登場－日本篇』(ちくま新書, 1995).

밀실密室 |

잡지명. 1952년 8월 창간. 교토오니클럽京都鬼クラブ에 의해 창간되었다. 발행책임자는 다케시타 도시유키竹下敏幸. 모임의 이름도 간사이오니클럽関西鬼クラブ을 거쳐 1954년 'SR회会'로 개칭되었다. 1952년 2월 교토 거주의 『보석宝石』 애독자 모임이 결성되고 나서 교토오니클럽이라 명칭을 붙였는데, 그 기관지機関誌로 발행된 것이다. 1961년 10월까지 30호가 나왔고 그 이후에 『계간 SR季刊SR』로 개칭되었다. 1965년 1월 33호

로 폐간되었다.

▶ 이현진

참고문헌: E, G.

바바 가쓰야馬場勝弥 ☞ **바바 고초**馬場孤蝶

바바 고초馬場孤蝶, 1869. 12. 10 ~ 1940. 6. 22
영문학자. 평론가. 번역가. 소설가. 게이오의
숙대학慶應義塾大学 교수. 본명은 가쓰야勝弥.
고치현高知県 출생으로 자유민권운동가自由
民権運動家 바바 다쓰이馬場辰猪의 친동생이기
도 하다. 1891년 메이지학원明治学院을 졸업
했고, 재학 중 시마자키 도손島崎藤村과 도
가와 슈코쓰戸川秋骨와 친교를 맺고 그 인연
으로『문학계文学界』의 동인이 되어 소설,
운문, 평론 등을 발표하게 된다. 모리시타
우손森下雨村은 『신청년新青年』의 편집장이
되자 바바에게 집필을 의뢰했는데, 1921년
이후 바바의 탐정소설에 관한 소개와 에세
이 기고가 십여 편에 이른다.
바바는「최근 읽은 탐정소설近頃読んだ探偵小
説」(1922)에서 단순한 모험물을 배척하고
탐정과 범인과의 지혜 경쟁, 사색의 힘을
겨루어야 한다고 말했다. 독자는 탐정과
함께 사색과 상상의 힘을 움직여 점차 범
인의 발견에 근접해 가는 길을 찾아가는
것이기에 독자 자신도 일종의 탐정이 되고

거기서 독자의 흥미가 일어 만족을 얻을
수 있다는 것이다. 또한「탐정소설의 신경
향探偵小説の新傾向」(1923)에서는 오늘날 소위
탐정소설인 것은 흥미중심의 통속소설 중
가장 인기 있는 것이 되어가는 경향이 있
다고 관측했다. 저작으로는 『국사탐정国事
探偵』(1910), 『근대문예의 해부近代文芸の解剖』
(1914) 등이 있다.

▶ 이현진

참고문헌: A, B, E, G.

바바 노부히로馬場信浩, 1941. 11. 5~
오사카大阪에서 태어나 메이지대학明治大学
문학부 연극과를 중퇴하고 부도노카이ぶど
の会 배우양성소를 졸업한 후 무대, 영화,
텔레비전 배우로 활약한다. 1978년「장기
의 진검사 류くすぶりの龍」로 고분샤光文社 주
최 제1회〈엔터테인먼트소설대상エンターテ
イメント小説大賞〉을 수상하면서 작가로 데뷔
한다. 그 후 고교럭비 전국 우승을 이룬 고
등학생들의 다큐멘터리「낙오자군단의 기
적落ちこぼれ軍団の奇跡」(1981, 후에『스쿨워즈
スクール・ウォーズ』로 개제)을 집필한다. 이

작품은 1984년 TBS에서 『스쿨워즈-울보 선생님의 7년 전쟁-スクール☆ウォーズ -泣き虫先生の7年戦争-』이라는 이름으로 드라마로 각색되어 방영되기도 했다. 또한 럭비명승부의 재현기록인 『영광의 노 사이드栄光のノーサイド』(1984), 『영광의 도전栄光のトライ』(1988)을 저술했다. 첫 장편소설로는 『해 보자!やらいてか!』(1982)가 있으며 단편 미스터리 「사치스러운 흉기贅沢な凶器」(1985)와 「아메리카 아이스アメリカ・アイス」(1991)로 〈일본추리작가협회상日本推理作家協会賞〉 후보에 오르기도 했다. 1994년에는 본격추리 장편 『파랑새 살인사건蒼い鳥殺人事件』을, 1997년에는 저자가 현재 거주하고 있는 미국 서해안을 무대로 한 『흉탄兇弾』을 발표한다. 한국어로는 「아메리카 아이스」가 번역되어 단편소설 모음집 『기묘한 신혼여행』(2008)에 수록되어 있다.

그는 미국에 거주하면서 위안부 소녀상 철거운동에 적극적으로 참여하는 등 극우적인 행보를 보이고 있다.

▶ 이현희

참고문헌: A, 馬場信浩, 『スクール・ウォーズ—落ちこぼれ軍団の奇跡』(光文社, 1985).

반 다이쿠伴大矩, 1892~?

번역가. 본명은 오오에 센이치大江専一. 필명은 쓰유시타 돈露下彈. 기타 경력은 상세히 알려진 바 없다. 1929년 『신청년新青年』에 반 다인S. S. Van Dine의 단편 「베커트 사건ベッケルト事件」을 무기명으로 번역해 게재했고, 1936년 앤솔로지 『현대 세계탐정소설걸작집現代世界探偵小説傑作集』에는 본명 오오에 센이치로 수록되어 있다. 또한 반 다이쿠는 1932년 미국의 추리소설가 엘러리 퀸Ellery Queen의 「네덜란드 구두의 비밀和蘭陀靴の秘密」을 「탐정소설探偵小説」로 번역하여 퀸을 처음 일본에 소개했다.

▶ 이현진

참고문헌: A, D.

반도 마사코坂東眞砂子, 19583.30~2014.1.27

소설가. 고치현高知県 출신. 나라여자대학奈良女子大学 졸업 후 이탈리아에서 인테리어 디자인을 공부했다. 아동용 환타지소설로 작가 데뷔, 그 후 일반소설로 전향했다. '죽음'과 '성'을 주제로 한 작품이 특징이다. 첫 장편소설 『사국死国』(1993)은 시코쿠四国 섬이 소설의 배경이다. 작가는 사국四国과 사국死国의 일본어 발음이 '시코쿠'로 동일한 데서 착안하여 시코쿠 88개의 절을 죽은 자의 나이만큼 거꾸로 순례하면 죽은 자를 불러들인다는 설정으로 일본 호러문학계에 새로운 바람을 불러일으켰다. 『이누가미狗神』(1993)는 저자의 고향인 고치현을 무대로, 마흔이 넘도록 고독하게 살아온 이누가미혈족의 여성이 한 청년과 사랑에 빠지고 그 결과 피의 비극을 일으킨다는 작품이다. 『벚꽃비桜雨』(1996)로 제3회 〈시마세이 연애문학상島清恋愛文学賞〉 수상

222

에 이어 「산어미山姑」(1996)로 제116회 〈나오키상直木賞〉을 수상했다. 에치고越後의 깊은 산촌을 무대로 두 명의 유랑예인과 산에 사는 여성을 주인공으로 한 2세대에 걸친 비극을 그리고 있다. 모성과 여성성을 주제로 한 전기소설로 작가의 개성이 잘 표현되어 있다. 논란이 된 작품으로 2006년에 『니혼게이자이신문日本經濟新聞』에 게재한 「새끼고양이 죽이기子猫殺し」가 있는데, 기르던 고양이가 낳은 새끼고양이를 벼랑에 던지는 내용으로 당시 동물애호협회의 거센 비난을 받은 바 있다. 그밖에 「사경蛇鏡」(1994), 「벌레蟲」(1994), 「만다라도曼茶羅道」(2002) 등의 작품이 있다. 한국어로는 『사국』(2010)이 번역되어 있다.

▶ 강원주

참고문헌: A, H01, 坂東眞砂子, 『愛を笑いとばす女たち』(新潮文庫, 2003).

범죄소설犯罪小說

소설의 주인공인 범죄자가 범죄를 계획하고 이를 실행하는 과정과 도주를 그린 소설을 말한다. 범죄소설은 도스토예프스키의 『죄와 벌』(1866)에서 그 원류를 찾을 수 있으며 이 장르의 선구 작품으로 프랜시스 아일즈Francis Iles의 『살의Malice Aforethought』(1931)와 리처드 헐Richard Hull의 『백모 살인사건The murder of my aunt』(1935)을 들 수 있다. 이 두 작품은 종래 도서倒叙 미스터리의 3대걸작으로 알려져 있지만, 탐정역할을 하는 인물이 언제나 주인공인 도서 미스터리의 속성으로 보았을 때 범죄자가 주인공 위의 두 작품은 범죄소설 장르로 분류할 수 있다. 사립탐정이 주인공으로 등장하는 소설이 보편적인 일본에서는 범죄소설의 성장은 어려웠다. 메이지 유신 이후 범죄소설은 오시타 우다루大下宇蛇児 등의 변격탐정소설 범주에서 찾아볼 수 있으며, 2차 세계대전 이후에는 오야부 하루히코大藪春彦의 〈다테 구니히코伊達邦彦 시리즈〉에서 살펴볼 수 있다. 그 후 다카키 아키미쓰高木彬光의 『백주의 사각白昼の死角』(1960) 등 사회파 추리소설이라는 범주아래 범죄소설이 존재하기도 했지만 기업소설, 극도極道(야쿠자를 일컫는 속어)소설 등으로 장르가 확산되었다. 사키 류조佐木隆三, 니시무라 보우西村望, 후쿠다 히로시福田洋 등에 의한 실록(풍)범죄소설이 등장하는 한편, 유키 쇼지結城昌治의 『백중당당白昼堂々』(1966), 덴도 신天藤真의 『대유괴大誘拐』(1978), 고바야시 노부히코小林信彦의 『신사동맹紳士同盟』(1980) 등의 유머 미스터리로서 범죄소설은 그 명맥을 유지하고 있다. 그 후 다카무라 가오루高村薫의 『황금을 안고 튀어라黄金を抱いて翔べ』(1990), 하세 세이슈馳星周의 『불야성不夜城』(1996), 기리노 나쓰오桐野夏生의 『OUT』(1997), 미야베 미유키宮部みゆき의 『모방범模倣犯』(2005)으로 이어지고 있다.

▶ 이현희

참고문헌: A, 이브 뢰테르, 김경현 역, 『추리소설』

223

(문학과 지성사, 2000).

베니오 교코紅生姜子 ☞ 미야노 무라코宮野村子

변격変格

일본탐정소설의 분류상 명칭의 하나. 범죄
수사의 프로세스를 주로 다루는 소설을 순
정純正 또는 본격本格탐정소설이라고 한 것
에 비해, 그 외의 것에 주안을 둔 미스터
리작품을 변격이라고 했다. 소위 정신병리
적, 변태심리적 측면의 탐색에 중점을 둔
것으로 1925년경 고가 사부로甲賀三郎가 명
명했다고 전해지고 있다.

변격은 범죄소설, 모험소설, 괴기환상소설,
엽기물, SF, 비경소설까지 포함한 것으로
고사카이 후보쿠小酒井不木, 운노 주조海野十三,
유메노 규사쿠夢野久作, 조 마사유키城昌幸,
에도가와 란포江戸川乱歩, 요코미조 세이시横
溝正史, 다치바나 소토오橘外男, 와타나베 온
渡辺温, 히사오 주란久生十蘭, 니시오 다다시西
尾正 등이 이 분야에서 활약하였다. 탐정소
설의 대체어로서 '추리소설'이 정착하고 변
격에 포함되었던 각 장르가 각각의 명칭을
사용하게 되면서 현재 변격이라는 표현은
거의 자취를 찾아볼 수 없게 되었다.

▶ 강원주

참고문헌: A, B, G, 谷口基『변격탐정소설입문 기
상의 유산變格探偵小說入門－奇想の遺産』(岩波
書店, 2013).

별책 보석別冊寶石

추리소설전문잡지. 1948년 1월 창간하여
64년 5월에 130권으로 종간했다. 이와야서
점岩谷書店에서 시작하여 56년부터 보석사宝
石社에서 간행했다. 「보석 편집부편 체포물
과 신작 장편宝石 編集部編 捕物と新作長編」이라
는 제명으로 임시호로 출판되어 이후 이것
을 제1호로 간주하고 있다. 처음에는 신인
모집 후보작이 중심이 되었는데 제10호
(1950.8) 「세계탐정소설명작선」이라는 번
역시리즈를 시작으로 「세계탐정소설전집」,
「에로틱 미스터리」, 「일본작가독본」등 시
리즈물로 기획, 간행되었다. 레이먼드 챈
들러Raymond Thornton Chandler, F.W 크로프트
Freeman Wills Crofts, 존 딕슨 카John Dickson Carr,
도로시 세이어스Dorothy Sayers 등 해외작가와
오시타 우다루大下宇陀児, 쓰노다 기쿠오角田
喜久雄 등 국내작가를 다수 소개하고 있다.
그 외 「체포록捕物帖」, 「세계의 SF」, 「에도
가와란포江戸川乱歩기념호」, 「문예작가추리
소설집」등 다양한 기획으로 전후 엔터테인
먼트계에 큰 영향을 주었다.

▶ 강원주

참고문헌: A, B.

보석宝石

잡지. 1946년 4월 창간. 이와야서점岩谷書店
에서 시작하여 56년부터 보석사石社에서
간행되었다. 1964년 5월 폐간되었다. 전후
간행된 여러 탐정잡지 중 전전의『신청년』

의 뒤를 잇는 탐정소설의 총본산으로서 역할을 다했다. 요코미조 세이시橫溝正史의 『혼진 살인사건本陣殺人事件』을 필두로 한 본격 장편의 발표무대이자 에도가와 란포江戸川乱歩의 『환영성통신幻影城通信』 등에 의한 평론과 소개, 자전적 회상록 『탐정소설 30년』의 연재 등 다양한 구성으로 탐정소설 진흥의 원동력이 되었다. 창간 이래 매년 실시한 신인모집과 추천 등의 방식을 통하여 가야마 시게루香山滋, 시마다 가즈오島田一男, 야마다 후타로山田風太郎, 다카기 아키미쓰高木彬光, 오쓰보 스나오大坪砂男 등 역량 있는 작가들을 다수 발굴하였다. 특히 탐정소설계를 정립하고자 한 란포의 노력이 컸다. 그 하나가 『보석선서宝石選書』의 발간이다. 이것은 신인작가의 장편출판의 길을 열기 위한 것이었는데 다카기의 『문신살인사건刺青殺人事件』(1948)이 이를 통해 발표되었다.

1950년, 번역권문제 해결로 크레이그 라이스Crig Rice, 코넬 울리치Cornel George Hoply Woolrich 등의 장편이 소개되었고 나카지마 가와타로中島河太郎의 「탐정소설사전探偵小説辭典」, 에도가와 란포의 「유별 트릭 집성類別トリック集成」 등을 게재했지만 이에 비해 신진작가들의 발굴은 부진한 모습을 보였다. 1957년, 에도가와 란포가 편집과 경영을 맡은 이래, 〈에도가와란포상江戸川乱歩賞〉 제정, 보석과 주간아사히週刊朝日 공동모집 등 다양한 방법으로 작품을 모집하였다. 이를

통하여 마쓰모토 세이초松本清張, 니키 에쓰코仁木悦子, 난조 노리오南條範夫, 아유카와 데쓰야鮎川哲也, 사노 요佐野洋, 다키가와 교多岐川恭, 사사자와 사호笹沢左保, 진 슌신陳舜臣, 미즈카미 쓰토무水上勉 등이 활약의 기회를 얻었다. 하지만 추리소설 장르의 인기로 이들 작가들을 독점할 수 없게 되어 신인작가들의 양성장으로서의 역할에 만족할 수밖에 없었다. 또한 전문지로서의 한계도 있어 에도가와 란포가 병으로 쓰러진 뒤 경영이 악화되어 1964년 5월에 250호 기념호를 마지막으로 폐간되었다.

▶ 강원주

참고문헌: B, E, F, G.

본격미스터리本格ミステリー

추리소설 가운데 사건의 해결, 트릭, 두뇌파 명탐정의 활약 등을 그 내용으로 하는 것으로 영어로 퍼즐러puzzler, 또는 퍼즐 스토리puzzle story에 해당한다. 1841년 애드거 앨런 포Edgar Allan Poe의 『모르그가 살인사건』에 의해 그 원형이 확립되었다. 코난 도일Arthur Conan Doyle, 길버트 체스터턴Gilbert Keith Chesterton 등의 단편소설시대를 지나 1920년대에 아가사 크리스티Agatha Christie, 엘러리 퀸Ellery Queen, 존 딕슨 카John Dickson Carr 등이 장편 본격탐정소설의 황금시대를 구축하였다. 서구의 고전적인 탐정소설은 그 대부분이 본격미스터리였기 때문에 특별히 구분이 필요하지 않았다. 일본에서 '본격'

ㅂ

225

은 일본 특유의 표현으로 변격탐정소설과의 변별을 위해 등장했다. 1925년경 고가 사부로甲賀三郎가 '이상심리나 병적인 것을 취급하면서 이를 탐정소설이라 부르는 것을 변격'이라 하고 '순수한 논리적 흥미를 중요시하는 것을 본격'으로 구별하였다고 전해진다. 그러나 미스터리 장르가 발전하면서 본격이외의 탐정소설을 아류시하는 차별표현으로 '본격'이 사용되자 용어와 관련된 논쟁 속에서 '본격'이라는 명칭은 자연스럽게 정착되었다. 현재는 본격미스터리, 본격추리소설, 본격탐정소설이라고 불리기도 한다. 에도가와 란포江戸川乱歩의 초기단편, 오사카 게이키치大阪圭吉의 창작 작품과 단편으로는 하마오 시로浜尾四郎, 아오이 유蒼井雄 등의 작품들이 있다. 2차 세계대전 이후 요코미조 세이시横溝正史, 다카기 아키미쓰高木彬光, 아유카와 데쓰야鮎川哲也, 쓰치야 다카오土屋隆夫, 니키 에쓰코仁木悦子, 시마다 소지島田荘司 등이 본격추리소설 작가로 활약했다. 이후 현실적이지 못하다는 비판을 받으며 일시적 퇴조현상을 보였지만 1980년대 후반부터 아야쓰지 유키토綾辻行人, 아리스가와 아리스有栖川有栖 등의 작가들로 인해 신본격파가 새롭게 등장하고 있다.

▶ 이현희

참고문헌: A, B, D, 郷原宏, 『物語日本推理小説史』(講談社, 2010).

본격미스터리작가클럽本格ミステリ作家クラブ ☞ 작가친목회 및 팬클럽

부호형사富豪刑事 ☞ 간베 다이스케神戸大助

비밀탐정잡지秘密探偵雑誌

탐정소설전문지. 1923년 5월호부터 9월호까지 5권. 게이운샤奎運社 발행. 마쓰모토 다이松本泰가 주재, 경영한 잡지로 상업잡지의 형태를 가지고 있었지만 실제로는 동인지에 가까웠다. 마쓰모토 다이는 원래 미타문학파三田文学派의 문학청년으로 영국 유학시 탐정소설에 흥미를 가지게 되었다고 한다. 매 호마다 자신의 작품과 함께 영국, 미국, 프랑스의 장, 단편과 범죄사실담을 실었다. 에드가 월레스Richard Horatio Edgar Wallace의 「피로 물든 열쇠血染の鍵」도 이 잡지를 통하여 소개되었다. 관동대지진으로 5권으로 휴간되었다가 1925년, 『탐정문예探偵文芸』라는 이름으로 부활하여 23권을 간행했다.

▶ 강원주

참고문헌: A, E, F, G.

人

사가 센佐賀潜, 1909.3.21~1970.8.31

소설가. 본명 마쓰시타 유키노리松下幸德. 도쿄東京 출생. 주오中央대학 법학부 졸업 후 지방검사로 일하다 변호사로 개업했다. 법조활동과 더불어 작품을 꾸준히 발표하였는데, 단편집 『어떤 살의ある殺意』(1959) 외에 『어떤 의혹ある疑惑』(1960, 『검은 의혹黑の疑惑』으로 개제), 『보랏빛 여인紫の女』 (1961), 『검은 추적자黑の追跡子』로 개제) 등의 장편이 있다. 1962년 『화려한 도전華やかな死体』으로 제8회 〈에도가와란포상江戸川乱歩賞〉을 수상했다. 사장 살해 사건의 재판을 배경으로 이를 통해 출세의 기회를 잡으려고 하는 청년검사 기도 메이城戸明의 심리를 정교하게 그리고 있다. 재판과정의 사실적 묘사가 뛰어나고 현행 법률에 대한 비판적 시각도 엿볼 수 있다. 속편으로 「검사 기도 메이檢事城戸明」(1963, 「검은 검사黑の檢事」로 개제)가 있다. 헌금문제를 다룬 「특수권외特殊圈外」(1963), 신용조합의 어두운 면을 묘사한 「701호법정701号法廷」(1963), 총회꾼의 실태를 그린 「공갈恐喝」(1964), 제약업계가 배경이 된 「흑막黑幕」(1965) 등 자

신의 경험을 살린 법정, 경제추리를 주로 발표하였다. 또한 메이지시대明治時代 정재계를 그린 「암살暗殺」(1965), 총재선거의 흑막을 폭로한 「총리대신비서總理大臣秘書」(1967) 등도 특기할 만하다. 「민법입문民法入門」(1967), 「상법입문商法入門」(1967) 「형법입문刑法入門」 (1968) 등 입문시리즈로 당시 베스트셀러를 기록하며 매스컴의 주목을 받던 중 사망했다. 그는 문학적 소양과 문장력에서 좋은 평가를 받지는 못했지만 전직 검사, 현직 변호사라는 경력에서 얻은 다양한 소재들로 인해 당대 큰 인기를 얻었다. 한국어로는 『黑色戰略』(1976), 『화려한 도전』 (1985) 등이 번역되어 있다.

▶ 강원주

참고문헌: A, B, E, F.

사가시마 아키라嵯峨島昭, 1934.7.25~

본명은 우노 히로즈미宇野広澄, 필명으로 우노 고이치로宇野鴻一朗라고도 한다. 홋카이도北海道 출생으로, 1959년에 도쿄대학東京大学 문학부를 졸업했다. 우노 고이치로宇野鴻一朗라는 필명으로 1961년에 단편 「빛의 굶주

림光りの飢え」을 발표하고, 이어서 거대한 고래와 인간의 싸움을 그린 「구지라가미鯨神」로 1962년 제46회 〈아쿠타가와상芥川賞〉을 수상하면서 전업 작가가 된다. 1972년에 사가시마 아키라嵯峨島昭라는 명의로 『무희 살인사건踊り子殺人事件』을 집필하면서 추리소설을 발표하기 시작한다. 작품의 내용은 레즈비언 쇼의 스탭이 순회지의 분장실에서 금가루로 누드 분장한 댄서와 관계를 지닌 후, 댄서가 살해당하고 스탭은 의심받게 된다는 것이다. 이 사건을 사카지마 아키라酒島章 경감이 해결하는데, 육체상의 비밀이 사건 해결의 열쇠가 된다는 설정으로, 요염한 세계로 시선을 돌렸다 하여 관능 미스터리라고 불린 작품이다.

사가시마 아키라嵯峨島昭라는 명의로 1974년에 발표한 두 번째 장편 「새하얀 화촉白い華燭」은 스키 여행에서 서로 알게 된 회사의 동료 남녀의 애정을 중심으로, 회사 간부의 횡령, 세력 다툼, 경영권 탈취 등의 알력을 그려내고 있다. 이후 사가시마 아키라 명의로 발표된 다수의 추리소설에서는 경시청의 사카지마 아키라 경감이 탐정 역할을 맡아서 각종 사건을 해결해간다. 작품 속에서 사카지마 아키라 경감은 경찰관에 어울리지 않는 귀족적인 취미의 소유자이자 대단한 미식가로 묘사되고 있는데, 이 같은 인물조형에는 실제 미식가인 작가 사가시마 아키라의 음식에 관한 풍부한 지식이 활용되었다고 한다.

▶ 신승모

참고문헌: A, B, E.

사가와 다케히코佐川桓彦, 1927~1970.6.21

극작가 겸 추리소설가. 작가 데뷔전에는 오사카경찰학교 교관 등을 역임하기도 했다. 1957년 O TV연속방송 「부장형사部長刑事」의 원작자로 출발하여 11월, 장편 「사건지도事件地圖」를 발표했다. 「오사카역大阪驛」(1959)은 상사와 충돌한 부장형사가 비와호琵琶湖에서 자동차 안에서 심장마비로 죽은 사체와 마주하게 되면서 벌어지는 사건을 그리고 있다. 수사과정과 함께 결혼을 허락해주지 않는 연인과의 에피소드가 맞물려 흥미진진한 전개를 보이고 있다. 「폭력 도카이도선暴力東海道線」(1960)은 이복형제인 경찰들이 각각 경시청과 오사카부서에 적을 두고 대규모 부호자제유괴단과 대결한다는 내용이다. 「형사의 눈刑事の眼」(1960), 「도쿄역東京驛」(1960) 등 경찰의 눈을 통해 본 사건소설이 많지만 구성이 치밀하지 않다는 비판을 받았다. 1961년부터는 논픽션 미스터리라고 하여 실화를 취재한 작품을 『추리계推理界』에 연재했다.

▶ 강원주

참고문헌: B, E.

사가와 슌후佐川春風 ☞ **모리시타 우손森下雨村**

사노 요佐野洋, 1928.5.22~2013.4.27

소설가. 본명 마루야마 이치로丸山一郎. 도쿄東京 출신. 도쿄대학東京大学 문학부 재학 중 오오카 마코토大岡信, 히노 게이조日野啓三 등과 함께 동인잡지 『현대문학現代文学』을 창간, 소설과 평론을 발표했다. 이후 추리소설로 전향했는데 그 이유로 후배인 오에 겐자부로大江健三郎의 등장으로 순문학에서는 쓸 것이 없어졌기 때문이라고 설명하고 있다. 요미우리신문사讀賣新聞社에 입사해 기자로 활약하던 중 1958년 〈『보석』·『주간아사히週刊朝日』의 공동모집〉에서 「동혼식銅婚式」으로 입선하여 작가로서 첫 발을 내딛었다. 동혼식을 맞은 중견작가부부가 지인들 앞에서 15년 전의 '어떤 사정'에 대해 고백한다는 내용의 본격물이다. "탐정소설의 미학은 문학의 미학이 아니라 건축의 미학"이라는 작가의 추리소설관이 잘 구현된 작품이라고 할 수 있다.

1959년 신문사 퇴사 후, 첫 장편 『한 자루의 연필一本の鉛筆』을 발표했다. 밀실상태인 아파트의 한 방에서 호스티스가 살해되고 함께 있었던 대학생이 용의자가 되지만 아파트주인의 알리바이를 조사해나가면서 점차 의외의 사실이 밝혀진다는 내용이다. 작품 속에 '무대 뒤舞臺の裏'라는 장을 설치, 범인을 이면에서 등장시킨다는 특이한 구조로 재미를 더했다. 기발한 발상, 도회적 현대적 감각에 충만한 문체, 플롯전개의 경묘함으로 주목받았다. 이후, 「둘이서 살인을二人で殺人を」(1960), 「비밀파티秘密パーティ」(1961) 등 역작의 발표로 포스트 세이초松本清張시대를 대표하는 작가의 한 사람으로 떠올랐다. 단편집 『금속음병 사건金屬音病事件』(1961)은, SF와 미스터리의 융합이라는 새로운 시도로 추리소설의 영역 확장의 가능성을 열었다고 할 수 있다. 이 계열의 대표작으로 현대의 처녀생식을 주제로 한 「투명수태透明受胎」(1965)가 있다. 「화려한 추문華麗なる醜聞」(1964)은 실제사건에서 아이디어를 얻은 작품으로 주인공인 신문기자가 사소한 단서를 근거로 수수께끼의 핵심에 다가가는 과정을 묘사했다. 이 작품으로 1965년 제18회 〈일본추리작가협회상日本推理作家協会賞〉을 수상했다.

스포츠 미스터리에도 도전하여 「직선대외강습直線大外强襲」(1971), 「말발굽의 살의蹄の殺意」(1972), 「금지된 말고삐禁じられた手綱」(1976) 등을 발표했다. 1973년 일본추리작가협회의 제7기 이사장으로 취임, 업계의 발전에 진력했고 1997년 제1회 〈일본미스터리문학대상〉을 수상했다. 한국어로는 『금색의 상장』(1980), 「도박」(『J미스터리 걸작선』, 1999), 「内部の敵」(『일본대표작가백인집5』, 1966), 『일본단편문학전집6: 内部の敵』(1969), 『완전범죄연구』(1991), 「거짓말쟁이의 다리」(『베스트 미스터리2000』, 1999) 등이 번역되어 있다.

▶ 강원주

참고문헌: A, B, E, F, H06.

229

사립탐정소설私立探偵小說

1920년대 이후 미국에서 생겨난 하드보일드 가운데 사립탐정을 주인공으로 하는 작품을 지칭한다. 영어로는 프라이빗 아이 스토리Private Eye Story로 불린다.

사립탐정소설이라는 용어를 사용하게 된 배경은 다음과 같다. 하드보일드과 윌리엄 P. 맥기번William P. McGivern의 악덕경찰소설을 비롯해, 모험소설이나 범죄소설 등 사립탐정이 주인공이 아닌 작품에도 사용되기 시작했다. 그리고 정통 하드보일드파인 대실 해밋Samuel Dashiell Hammett, 레이먼드 챈들러Raymond Chandler, 로스 맥도널드Ross Macdonald 등의 작품에 등장하는 사립탐정의 이미지가 비정하며 금욕적으로 그려지게 되었다. 또한 1970년대에는 '네오 하드보일드'라 불리는 미국의 사립탐정소설의 주인공이 농담으로 '소프트보일드' 등으로 불릴 정도로 고민이 많고 연약한 성격으로 변화한다. 위와 같이 하드보일드라는 용어로는 전부 포섭할 수 없는 작품들이 등장하자 1970년대 이후 미국에서 일반적으로 하드보일드 미스터리를 지향하는 경우 사립탐정소설이라는 용어를 쓰게 되었다. 그러나 일본에서는 하드보일드와 사립탐정소설이라는 용어를 엄밀히 구별하지 않고 사용하고 있다.

▶ 이현희

참고문헌: A, 에르네스트 만델, 이동연 역 『즐거운 살인』(도서출판 이후, 2001).

사사모토 료헤이笹元稜平, 1951.10.9~

소설가. 지바현千葉県 출신. 2000년 발표한 「암호-BACK-DOOR暗号—BACK-DOOR」가 첫 작품이다. 이후 2001년 「피보다 진한時の渚」으로 제18회 〈산토리미스터리대상サントリーミステリー大賞〉과 〈독자상〉을 수상했다. 전직 형사인 한 사립탐정이, 35년 전에 생이별한 아들을 찾아달라는 노인의 의뢰를 받고 수사하던 중, 자신의 가족에게 일어난 뺑소니 사건과의 관련을 발견한다. '가족의 유대'란 무엇인가를 묻는 인정미스터리이다. 2004년에는 「태평양의 장미太平洋の薔薇」로 제6회 〈오야부하루히코상大藪春彦賞〉을 수상했다. 이 작품은 해양모험소설로 테러리스트들에게 납치된 화물선의 늙은 선장을 중심으로 세계각지에서 벌어지는 구출작전과 음모를 그리고 있다. 국제모략소설과 모험소설의 성공적인 융합이라는 평가를 받았다. 「그리즐리グリズリー」(2004)는 북해도를 무대로 한 산악모험소설이다. 전직 자위관이었던 남자가 혼자서 미국정부에 도전하고 있다. 남자다운 풍모와 뛰어난 전투능력으로 그리즐리라는 별명을 가진 주인공이 혼자서 경시청과 도경, CIA의 추적을 피하며 인터넷으로 미국괴멸작전을 편다는 내용이다. 이 밖에 경찰소설로서 「월경수사越境捜査」(2007)를 들 수 있다. 경시청과 가나가와현경神奈川県警의 악을 주제로 한 작품이다. 스케일이 큰 모험・모략소설을 구축하는 작가로 주목을 받았다.

한국어로는 『피보다 진한時の渚』(2008)이 번역되어 있다.

▶ 강원주

참고문헌: H03~H09, H11.

사사자와 사호 笹沢左保, 1930.11.15~2002.10.21

소설가. 본명 마사루勝. 구 필명 사사자와 사호笹沢佐保. 도쿄東京출신. 마쓰모토 세이초松本清張의 영향으로 추리소설계에 입문, 1958년 사호佐保라는 필명으로 『보석宝石』의 단편현상공모에서 「어둠속의 전언闇の中の伝言」으로 가작 입선하였다. 이어서 1960년에는 「훈장勳章」으로 〈『보석』·『주간아사히週刊朝日』 공동모집〉에서 가작 입선했다. 또 같은 해 장편소설 『초대받지 않은 손님招かれざる客』이 〈에도가와란포상江戸川乱歩賞〉 차석으로 선정되었다. 이 작품은 '사건'과 '특별상신서' 2부 구성으로 알리바이나 흉기의 비밀, 섬세한 트릭을 조합한 불가능범죄를 철저한 논리로 풀어나간 본격추리물이다. 1961년 밀실범죄물인 「식인人喰い」으로 제14회 〈일본탐정작가클럽상日本探偵作家クラブ賞〉을 받았다. 이때 사호로 개명하였다.

본격추리와 로망의 융합에 의한 신본격추리를 제창하여 「공백의 기점空白の起点」(1961), 「어두운 경사暗い傾斜」(1962), 「도작의 풍경盗作の風景」(1964) 등을 발표하였다. 이후 시대소설 쪽으로 관심을 두어 『미야모토 무사시宮本武蔵』(1990~96) 등을 발표하기도 했다. 또 다른 작품으로는 「타살갑他殺岬」(1976)을 들 수 있는데 르포라이터의 아들유괴사건을 중심으로 타임리밋 서스펜스에 수수께끼 풀이를 융합한 장편소설이다.

한국어로는 『湖畔의 秘密』(1984), 『애인관계』(1984), 『문, 두 번 열리다』(1988), 『비 내리는 화요일』(1988), 『열네 여자의 미스터리』(1988), 『월요일에 우는 여자』(1988), 『어둠은 수요일에 깃든다』(1988), 『情死』(1993), 『제3의 죽음』(1993), 『금요일의 여자』(1994), 『결혼 결혼 결혼』(1994), 『광란의 춤』(1995), 『엑스터시』(1995), 「기억」(『J 미스터리 걸작선 3』, 1999) 등이 번역되어 있다.

▶ 강원주

참고문헌: A, B, C, E, F.

사사쿠라 아키라笹倉明, 1948.11.14~

효고현兵庫県 출신의 소설가로 와세다대학早稲田大学 문학부 문예과를 졸업했다. 졸업 후 광고대리점에 입사, 프리랜서 잡지기자 등을 하다가 일본인 청년의 외국방랑기를 그린 『바다를 넘어선 사람들海を越えた者たち』(1981)이 제4회 〈스바루문학상すばる文学賞〉에 가작으로 입선하면서 작가 데뷔한다. 1988년에는 성폭행관련 재판을 둘러한 문제작 『표류재판漂流裁判』으로 제6회 〈산토리 미스터리상サントリーミステリー賞〉에서 대상을 수상했으며, 1989년에는 장편소설 『먼 나라에서 온 살인자遠い国からの殺人者』로 제101회 〈나오키상直木賞〉을 수상한다.

그는 법정을 배경으로 한 『거리의 행복한 자路上の幸福者』(1990)와 독신여성전용주택에서 일어난 사건을 모티브로 한 『하얀 맨션의 사건白いマンションの出来事』(1994) 등의 추리소설을 집필했다. 또한 추리소설뿐만 아니라 다양한 장르의 소설도 집필하는데 영국 농장캠프를 배경으로 한 청춘소설 『비향悲郷』(1989), 죽은 남편의 애인을 찾아 나서는 여행을 그린 연애소설 『사랑을 싣고 가는 배愛をゆく舟』(1995) 등이 있다. 가와바타 야스나리川端康成 탄생 100주년을 기념으로 집필한 『신 설국新·雪国』(1999)은 2002년에 영화로 만들어져 개봉되기도 했다. 한국어로는 『신 설국』(1999)과 『성서의 말씀을 따라간 장사꾼聖書と旅した商人』(2002)이 번역되었다.

▶ 이현희

참고문헌: A, 笹倉明, 『遠い国からの殺人者』, (文芸春秋, 1989).

사사키 도시로佐左木俊郎, 1900.4.4~1933.3.13

소설가. 본명 사사키 구마키치佐佐木熊吉. 미야기현宮城県 출신. 신초샤新潮社의 『문장구락부文章俱樂部』와 『문학시대文学時代』의 편집에 참여하다가 그 폐간 후 『히노데日の出』의 편집을 맡았다. 신흥예술파의 일원으로서 수수한 농민문학으로 독자적인 위치를 얻었다. 「곰이 나오는 개간지熊の出る開墾地」

(1929), 「검은 지대黑い地帯」(1930) 등이 있다. 1929년부터 『문학시대文学時代』의 편집을 통하여 탐정작가를 기용함과 동시에 스스로 탐정소설을 집필하게 된다. 이상심리 서스펜스를 그린 「엽기거리獵奇の街」(1929)를 위시해 사회성 풍부한 「어느 영아살해의 동기ある嬰兒殺しの動機」(1931) 등을 발표했다. 그 외에 서술트릭물인 「삼릉경三稜鏡」(1932)과 사체은폐 트릭이 특징적인 「흑마기담黑馬綺譚」(1930) 등 단편과 장편으로 홋카이도北海道의 개간지가 무대인 「공포성恐怖城」(1936)이 있다. 1932년에서 33년에 걸쳐 간행된 신초샤판 『신작 탐정소설 전집』 기획에 참여하면서 그 제4권 「이리떼狼群」를 집필하던 중 사망했다.

▶ 강원주

참고문헌: A, B, D, E, G.

사사키 미쓰조佐々木味津三, 1896.3.18~1934.2.6

소설가. 본명 미쓰조光三. 아이치현愛知県 출신. 잡지 『다이칸大觀』에서 기자로 일하면서 작품을 발표, 「저주받은 생존呪わしき生存」(1923)으로 문단의 주목을 받았지만 경제적 어려움으로 원고료가 높은 대중문학으로 전향했다. 처음에는 문단으로부터 비난받았지만 아쿠타가와 류노스케芥川龍之介의 격려로 대중문학에 전념할 수 있었다. 1928년 매우 과묵한 나머지 '무뚝뚝 우몬むっつり右門'이라는 별명을 가진 곤도 우몬近藤右門을 주인공으로 한 연작 체포록捕物帳

제1작인 「남만유령南蠻幽靈」을 발표한다. 이후 32년까지 이어지는 전 38편이 되는 「우몬 체포록右門捕物帖」은 기괴한 발단으로 시작하는 이야기의 묘미와 매력적인 등장인물로 인기를 얻었다. 무뚝뚝한 우몬과 수다스런 덴로쿠伝六 콤비에 적으로서 곰보 교시로敬四郎의 배치로 일본판 '홈즈, 왓슨, 적'의 도식을 확립하였다. 이와 함께 처녀 몬도노스케早乙女主水之介가 활약하는 「하타모토 따분남旗本退屈男」(1931)을 집필, 일약 유행작가가 되었다. 「풍운천만 이야기風雲天滿双紙」(1930) 등의 전기적인 취향을 특기로 했다. 메이지유신明治維新을 무대로 한 「야마가타 아리토모의 구두山県有朋の靴」(1933)을 마지막으로 사망했다.

▶ 강원주

참고문헌: A, D.

사사키 조佐々木讓, 1950.3.16~
소설가. 분명 유즈루讓. 삿포로시札幌市 출신. 1979년 「철기병, 날았다鐵騎兵, 跳んだ」로 제55회 〈올요미모노신인상オール読み物新人賞〉을 수상했다. 1984년 발표된 「한밤중의 먼 그곳眞夜中の遠い彼方」(후에 「신주쿠의 흔한 밤新宿のありふれた夜」으로 개제)은, 폭력단에 쫓기는 베트남 난민소녀를 새벽까지 신주쿠에서 탈출시키려는 남자를 그린 타임 리밋 서스펜스이다. 어윈 쇼Irwin Shaw와 코넬 울리치Cornell Woolrich의 영향을 받은 이 작품은 도회소설적 성격을 보이고 있다. 대표

적 작품군으로 『제2차대전 3부작第2次大戰3部作』을 들 수 있는데 그 첫 번째 작품이 영국모험소설의 오마쥬라고도 할 수 있는 「베를린 비행 지령ベルリン飛行指令」(1988)이다. 이는 제2차대전 비화에서 소재를 얻은 작품으로, 대전전야 일본에서 베를린으로 제로전을 비행한 군인이 있었다는 비화를 장대한 모험소설로 재구성하고 있다. 두 번째 작품인 「에토로후 발 긴급전エトロフ發緊急電」(1989)은 제43회 〈일본추리작가협회상日本推理作家協会賞〉과 제3회 〈야마모토슈고로상山本周五郎賞〉을 수상했다. 마지막 작품은 「스톡홀름의 밀사ストックホルムの密使」(1994)이다.
하드보일드 장르의 「가차 없는 내일仮借なき明日」(1989)이나 국제모략소설 「넵튠의 미궁ネプチューンの迷宮」(1993) 등은 장르를 달리하고 있지만 '한 개인의 자부심과 독립'이라는 주제가 공통하고 있다. 이외에 도회소설집 『생스기빙 마마サンクスギビング・ママ』(1992), 「오릉곽잔 당전五稜郭残黨」(1991), 「북진군도록北辰群盜錄」(1996) 등 소위 「홋카이도 웨스턴北海道ウェスタン」 연작은 단정한 문체와 의연한 윤리관이 특징적이다. 「경관의 피警官の血」(2007)는 3대에 걸쳐 경찰에 봉직한 일가의 궤적을 그린 경찰미스터리이다. 스튜어트 우즈Stuart Woods의 「경찰서장警察署長」(1981)에 영감을 받은 걸작으로 속편 「경관의 조건警官の條件」(2011)이 있다. 두 건의 살인과 한 건의 의문사를 추적

하는 정통 미스터리의 틀 위에 일본 근현대의 혼란스런 시대상과 가족상, 경찰 조직 안팎의 문제들을 그려내고 있다. 「폭설권暴雪圈」(2009)은 10년만의 초대형 폭설로 고립된 마을에서 시체가 나타나고 폭력단 조장의 집을 습격한 강도, 회사공금을 횡령한 중년남자, 의붓아버지의 성적 학대를 피해 달아난 가출소녀, 불륜상대와의 관계를 청산하기로 한 여자 등이 눈을 피해 한 펜션에 모이면서 벌어지는 사건을 그린 작품으로, 〈제복경관 가와쿠보시리즈〉의 두 번째 이야기이다. 훌륭한 군상극이자 웨스턴 보안관소설을 방불케 하는 서스펜스소설이라고 할 수 있다.

한국어로는 『경관의 피 상권』(2009), 『경관의 피 하권』(2009), 『에토로후 발 긴급전』(2009), 『폐허에 바라다廢墟に乞う』(2010), 『제복경관 가와쿠보시리즈1: 제복수사』(2011), 『폭설권』(2011) 등이 번역되어 있다.

▶ 강원주

참고문헌: A, H01, H03, H04, H06~H13.

사와자키沢崎

하라 료原亮의 소설 『그리고 밤은 되살아난다そして夜は甦る』(1988)에 등장하는 탐정경력 11년차 베테랑 탐정이다. 그는 니시신주쿠西新宿 고층빌딩가 외각 허름한 건물 2층에 위치한 와타나베탐정사무소渡辺探偵事務所에서 일하는데, 파트너 탐정인 와타나베 겐고渡辺賢吾는 5년 전 경찰 잠복수사를

도와주는 척하면서 2억 원 상당의 각성제를 착복하고 경찰과 야쿠자 양쪽으로부터 도망을 다니며 방랑생활을 하고 있다. 애연가인 사와자키는 약 175cm의 키에 낡은 블루버드를 몰고 다니며 레이먼드 챈들러Raymond Chandler의 소설에 등장하는 탐정 필립 말로 처럼 훈계하는 버릇이 있다. 사와자키는 장편 『그리고 밤은 되살아난다』를 비롯해 『내가 죽인 소녀私が殺した少女』(1989), 『안녕 긴 잠이여さらば長き眠り』(1995), 『어리석은 자는 죽는다愚か者死すべし』(2004), 단편집 『천사들의 탐정天使たちの探偵』(1990) 등에 등장하여 활약한다.

▶ 이현희

참고문헌: A, I, 新保博久, 『名探偵登場－日本篇』(ちくま新書, 1995).

사이카엔 류코彩霞園柳香, 1857.?~1902.5.23

게사쿠작가戯作作家. 오사카大阪 출신. 본명은 사이카 류코雑賀柳香였으나 나중에 히로오카 히로타로広岡広太郎로 개명. 별호別号로는 호슈豊州, 도요타로東洋太郎 등이 있다. 가나가키 로분仮名垣魯文의 문하생으로서 『이로하신문いろは新聞』, 『유키요신문有喜世新聞』, 『개화신문開化新聞』 등 각 신문사의 기자로 활동하면서 많은 게사쿠 작품을 집필하였다. 로분의 문하생이었으나 독부물毒婦物이나 기생물芸者物보다는 실화를 바탕으로 한 작품을 주로 썼다. 1887년 10월 『곤니치신문今日新聞』에 연재한 「족도리풀二葉草

」을 영국소설가 휴 콘웨이Hugh Conway의 탐정소설 「어두운 나날Dark Days」을 구로이와 루이코黑岩淚香의 구술을 바탕으로 쓴 작품이다. 하지만, 원작의 추리적 요소나 재미를 살리지 못하고 인과관계에 치중한 게사쿠풍의 작품으로 독자들의 호응을 얻지 못해 신문연재가 중단되었으나, 1889년 8월 군시도薰志堂에서 단행본으로 출판되었다. 「족도리풀」의 실패를 보고 루이코는 스스로 서양탐정소설을 번안하기에 이르렀고, 그 첫 작품이 류코에게 구술한 「어두운 나날」을 번안한 「법정의 미인法廷の美人」(『곤니치신문』1888.1~?)이다. 류코는 메이지 게사쿠문학에서 근대문학으로 이행하기 직전에 활약한 작가라 할 수 있다.

▶유재진

참고문헌: 日本近代文学館『日本近代文学大事典』(講談社, 1977.11), 郷原宏『物語日本推理小説史』(講談社, 2010.11)

사이코 서스펜스サイコ・サスペンス ☞ 사이코 스릴러

사이코 스릴러サイコ・スリラー

이상살인자 또는 연속살인범의 공포를 묘사한 스릴러를 가리키며 사이코 서스펜스サイコ・サスペンス, 이상심리소설, 이상심리서스펜스 등으로 불리기도 한다. 로버트 블록Robert Bloch, 1917~1994은 1959년에 유명한 이상살인자 에드 게인Edward Theodore Gein을 모델로 「사이코Psycho」를 집필하고, 이것이 이후 알프레드 히치콕Sir Alfred Joseph Hitchcock에 의해 영화화되어 큰 반향을 일으킨다. 미국에서는 1970년대에 이상심리자에 의한 연속살인이 빈번히 발생하고, 그 이후 그러한 현실을 반영하듯이 수많은 사이코 스릴러가 발표되게 되었다. 그 중에서도 토머스 해리스Thomas Harris의 「양들의 침묵The Silence of The Lambs」(1988)은 최고 걸작으로 평가되며 영화로도 유명하다. 일본에서도 1989년에 미야자키 쓰토무宮崎勤에 의한 어린이 연속 유괴 살인사건이 발생해 사이코 스릴러에 대한 관심이 커졌다. 오사카 고逢坂剛의 「헤매는 뇌수さまよえる脳髄」(1988), 오리하라 이치折原一의 「이방인들의 집異人たちの館」(1993)과 고이케 마리코小池真理子, 와다 하쓰코和田はつ子의 작품 등은 이 장르에서 주목할 만한 시도들이다.

▶ 이지형

참고문헌: A, 逢坂剛『さまよえる脳髄』(新潮社, 1988).

사이토 노보루西東登, 1917.5.18~1980.11.1

소설가. 본명 사이토 고로斎藤五郎. 도쿄東京 출신. 영화잡지 『키네마순보キネマ旬報』등의 편집을 거쳐 PR영화의 제작에 종사했다. 「예문藝文」 동인으로, 수많은 사회파추리소설을 집필했다. 1943년 「이와 위엄牙と威嚴」이라는 제목의 동물소설을 『문예독물文芸読物』에 발표하면서 작품 활동을 시작했다.

235

1964년 「개미나무아래서蟻の木の下で」로 제 10회 〈에도가와란포상江戶川乱歩賞〉을 수상했다. 동물원 곰 사육장에서 발견된 주검을 소재로 곰에 의한 살인의혹과 신기한 개미의 습성 등을 소개하면서 이와 결부하여 전쟁범죄와 신흥종교의 내막을 파헤치는 내용이다. 추리에 동물을 이용한 서스펜스에 뛰어나 동물이 주요 소재가 되거나 동물을 매개로 하여 인간의 내면을 파헤치는 작품이 다수 있다. 「바퀴자국 아래轍の下」(1965)는 가정으로부터 탈출을 꾀하는 대학교수가 아사쿠사浅草의 호스티스와 의기투합하여 사라지기로 결정한 후 맞닥트리는 사건에 대해 그리고 있다. 「거짓의 궤적偽りの軌跡」(1968)은 자동차사고를 이용한 살인사건을 소재로 하여 택시회사와 결탁한 정치가의 금전문제 등을 다루고 있다. 「열사의 갈증熱砂の渇き」(1971)에서도 동물공원에서 발견된 주검으로부터 사건이 시작되는데 낙타경주 등을 이용한 참신한 기획이 흥미를 자아낸다. 「꾀꼬리는 왜 죽었나鶯はなぜ死んだか」(1972)는 전반에서 범행을 직접 묘사하고 후반에서 연결된 살인사건이 발발하는 형태로 구성되어 그 사건을 해결하는 실마리로 꾀꼬리소리를 제시하고 있다. 「한 마리 작은 벌레一匹の小さな蟲」(1972)는 도로건설비를 착복해 도망간 은행원이 1년 뒤 애인과 함께 시체로 발견된 사건을 다루고 있는데 그의 주머니에서 나온 작은

벌레에 의해 진상을 파악할 수 있게 된다. 「아소참극도로阿蘇慘劇道路」(1972)는 보험과 교통사고를 결부시켜 성실한 남자가 막다른 곳에 몰려 악마로 변모한다는 이야기로 일상의 위기 속에서 비루한 인간의 욕망에 휘둘리는 모습을 그리고 있다. 이 밖에 「진다이지절 살인사건深大寺殺人事件」(1973), 「호스티스 살인사건ホステス殺人事件」(1973), 「광기 살인사건狂氣殺人事件」(1973), 「살인명화殺人名畵」(1975) 등 다수의 작품을 남겼다.

▶ 강원주

참고문헌: A, B, E, F.

사이토 미오斎藤澪, 1944.11.17~

소설가. 본명 사이토 스미코斎藤純子. 도쿄東京출신. 국학원대학国学院大学 문학부 졸업. 요리잡지 『마이 쿡マイクック』 편집부를 거쳐 산 아드샤サン·アド社에 입사했다. 1981년, 「이 아이의 일곱 가지 축하에この子の七つのお祝いに」로 제1회 〈요코미조세이시상橫溝正史賞〉을 수상했다. 동화 「도란세通りゃんせ」를 듣고 자란 여자아이가 자신과 어머니를 버린 아버지를 찾아 복수한다는 이 작품은 이후 영화화되었다. 수상 후 곧 퇴사하여 1982년에는 두 번째 장편 『빨간 란도셀赤いランドセル』을 간행했다. 고급맨션의 코인론드리에서 발견된 여자아기의 비밀을 파헤치는 TV 프리라이터의 활약을 그리고 있다. 그 이후에도 견실한 베이스로 작품을 발표하여 추리소설계에 독자적인 지

위를 확립했다. 「백의의 두 사람白衣の二人」(1991), 「하모니카를 부는 남자ハモニカを吹く男」(1992)는 간호사가 주인공인 의료미스터리이고, 「꽃축제 살인사건花祭り殺人事件」(1989), 「불꽃축제살인사건炎祭り殺人事件」(1990)은 여행미스터리, 「4년째의 주살四年目の呪殺」(1996)은 여성탐정물이다. 여성의 한이나 어두운 정념에 대한 묘사가 작가의 특징이라고 할 수 있다.

▶ 강원주

참고문헌: A, E.

사이토 사카에斉藤栄, 1933.1.14~

소설가. 도쿄東京 출신. 고교재학 중 이시하라 신타로石原慎太郎 등과 함께 동인지 『쇼난문예湘南文芸』를 간행했다. 도쿄대학東京大学 졸업 후 요코하마横浜 시청에서 근무했다. 소년시절부터 탐정소설에 흥미를 가지고 에도가와 란포江戸川乱歩와 오구리 무시타로小栗虫太郎의 작품을 탐독하고 트릭 창안에 열중했다. 1960년 〈『보석寶石』, 『오모시로구락부面白俱樂部』 공동주최 콩트모집〉에서 「별 위의 살인星の上の殺人」이 가작 입선한 것을 시작으로 「여자만의 방女だけの部屋」(1962), 「기밀機密」(1963) 등을 연이어 발표했다. 1966년 「살인의 기보殺人の棋譜」로 제 12회 〈에도가와란포상江戸川乱歩賞〉을 수상했다. 장기우승전을 둘러싸고 벌어진 유괴사건을 그린 작품으로 스릴 넘치는 서스펜스로 호평을 받았다.

1968년 〈에도가와란포상〉 후보작이었던 「사랑과 피의 불꽃愛と血の炎」은 임해지대 시찰 중 바다에 빠진 자신을 돕지 않은 데 분노한 주인공의 복수이야기로, 범죄의 구성과 해명은 약했지만 주인공부부의 사랑은 공감을 불러일으켰다. 1969년에는 가쓰가이슈勝海舟2인설과 그것을 소설화한 신진작가의 살인을 그린 「붉은 환영紅の幻影」을 간행했는데 사카에는 이 작품의 후기에서 '스토릭(스토리+트릭)론'을 개진했다. 「오쿠노호소미치 살인사건奥の細道殺人事件」(1970)은 공장용지의 유치를 둘러싼 살인사건을 소재로 도시공해문제를 고발하면서 바쇼닌자설芭蕉忍者説을 도입해 세간의 흥미를 끌었다. 노구치 히데요野口英世 살해설을 주장한 「N의 비극Nの悲劇」(1972), 후지무라 미사오藤村操의 위장자살설을 검증한 「일본 햄릿의 비밀日本のハムレットの秘密」(1973) 등에서는 사소설적인 문체의 도입을 시도했고 「쓰레즈레구사 살인사건徒然草殺人事件」(1975)운 역사의 수수께끼와 살인사건을 조합하여 사회정세를 비판했다.

「종이공작살인사건紙の孔雀殺人事件」(1971)은 학원분쟁을 소재로 부친인 형사와 전공투인 딸과의 단절해소를 그리면서 사회파와 본격물의 융합을 지향했다. 이밖에 「홍콩살인사건香港殺人事件」(1972) 「구로베 루트살인여행黒部ルート殺人旅行」(1972) 「일본열도 SL살인사건日本列島SL殺人事件」(1972) 등 다양한 작품으로 왕성한 활동을 하고 있다. 한

人

237

국어로는 『흑백의 기적黑白の奇蹟』(1993), 『제왕절개帝王切開』(1995), 『산부인과 의사의 모험産婦人科醫の冒險』(1995), 『나쁜 인간들』(1997), 『J미스터리 걸작선2: 이중동반살인』(1999) 등이 번역되어 있다.

▶ 강원주

참고문헌: A, B, E, F.

사이토 준斎藤純, 1957.1.5~

소설가. 모리오카시盛岡市 출신. 릿쿄대학立正大學 문학부 졸업. 카피라이터를 거쳐 FM이와테FM岩手에 입사했다. 다카하시 가쓰히코高橋克彦의 추천으로 「테니스, 그리고 살인자의 탱고テニス, そして殺人者のタンゴ」(1988)로 데뷔했다. 차, 테니스, 음악 등을 테마로 한 이 작품은 신감각 하드보일드라고 불렸다. 그 후 발군의 목소리의 소유자를 추구하는 여성 디렉터의 활약을 F1레이스를 배경으로 그린 「백만 달러의 환청百万ドルの幻聽」(1993) 등 예민한 센스를 살린 작품을 연이어 발표했다. 1994년에는 단편 「루·지단ル·ジダン」으로 제47회 〈일본추리작가협회상日本推理作家協会賞〉을 수상했다. 또 데뷔에 앞서 자비출판한 단편집 『쌉쌀한 칵테일을辛口のカクテルを』(1984)은 미요시 교조三好京三 추천, 다카하시 가쓰히코高橋克彦 해설이라는 화려한 배경으로 주목을 받았다. 「밤의 숲지기들夜の森番たち」(1997)은 숲을 테마로 다양한 인간들의 상념을 그려 신경지를 개척했다는 평가를 받았다. 이 작품

은 하나의 상자에 얇은 책을 3권으로 나눠 넣은 특이한 간행형태로 화제를 불러 일으켰다. 이밖에 성적 유머 액션작품인 「렌타로, 위기일발恋太郎, 危機一發」(1994) 등 폭넓은 작품 활동을 전개하고 있다. 2000년에 발표한 「모나리자의 미소モナリザの微笑」는 드라마로 제작되기도 했다.

▶ 강원주

참고문헌: A, H05, H06, H08.

사이토 하지메斉藤肇, 1973.7.22~

소설가. 군마현群馬県 출생으로 군마대학群馬大學 정보공학과를 졸업했다. 의외의 결말로 끝맺는 짤막한 단편소설short short story 분야에서 활약한 후, 1988년 장편 『생각한 대로 엔드마크思い通りにエンドマーク』를 발표하면서 본격적인 추리소설 작가로 데뷔한다. 이 작품은 고립된 건물을 무대로 벌어지는 연속살인극을 다룬 것으로, '명탐정의 부정'이라든가 '작가에의 도전' 등 종래의 미스터리물의 상식을 부정하려는 야심찬 시도를 하고 있다. 『생각한 대로 엔드마크』에 이어서 1989년에는 같은 모양의 네 채의 건물에서 살인이 일어나는 「뜻밖의 앙코르思いがけないアンコール」, 명탐정이 살해당하는 장면에서 시작되는 「교만한 에필로그思いあがりのエピローグ」를 발표하는데, 이 3부작은 본격미스터리에서의 명탐정의 존재의의와 사건의 관련성을 추구하고 있다. 이후에도 내용구성에 속임수를 시도한 「여

름의 죽음夏の死」(1991) 등 추리소설을 발표하지만, 「마법이야기魔法物語」(1990) 발표 이후 그의 작품은 점차 판타지 계열의 소설이 많아진다.

▶ 신승모

참고문헌: A, 斎藤肇『思い通りにエンドマーク』(講談社ノベルス, 1988), 斎藤肇『思いがけないアンコール』(講談社ノベルス, 1989), 斎藤肇『思いあがりのエピローグ』(講談社ノベルス, 1989).

사카구치 안고坂口安吾, 1906.10.20.~1955.2.17

소설가, 평론가. 본명은 사카구치 헤이고炳五. 니이가타현新潟県 출신. 소년시절부터 자유분방하였고 반항적 기절이 강했다고 한다. 학창시절에는 스포츠에 열중하여 전국육상대회 높이뛰기에서 우승하기도 했다. 1926년 도요대학東洋大学 문학부 인도철학윤리학과에 입학, 불교와 철학서를 탐독하고 라틴어와 프랑스어를 공부하였고 1930년 대학 졸업 후 본격적으로 20세기 프랑스문학 공부를 시작하였다. 아테네 프랑세 학우 구즈마키 요지도시葛巻義敏, 에구치 기요시江口清 등과 함께 동인지『말言葉』을 창간하였고 후속지『청마青い馬』에 발표한 「바람박사風博士」(1931)가 마키노 신이치牧野信一에게 극찬을 받으면서 신진작가로서 문단의 주목을 받았다. 패전 직후에 연이어 발표한 「타락론墮落論」(1946), 「백치白痴」(1946)로 일약 시대의 총아가 되었다. 다자이 오사무太宰治, 오다 사쿠노스케織田作之助 등과

함께 무뢰파無頼派라 불렸으며 기성문학 전반을 비판한 이들의 문학정신은 이후 많은 작가들에게 영향을 주었다. 안고는 데카당스와 황폐함을 희화적인 수법으로 표현하고 대담한 문명비평으로 일본 전후문학의 대표작가로 손꼽히게 되었으며 순문학뿐 아니라 역사소설, 추리소설, 고상한 문예에서 저속한 시대 풍속까지 광범위한 소재의 에세이 등 다양한 영역의 창작물을 남겼다. 1955년 뇌출혈로 쓰러져 급사하였다. 추리소설은 소년시절부터 애독하였고 특히 전중에는 무료함을 달래기 위해『현대문학現代文学』동인들과 함께 추리소설 속 범인 맞추기 게임을 즐기면서 일본에서 출간 된 거의 모든 서양 추리소설을 읽었다고 한다. 범인 맞추기 게임에서 매번 꼴찌를 한 안고가 '아무도 못 맞추는 추리소설을 써보겠다'고 호언하고 발표한 것이 「불연속살인사건不連続殺人事件」(1947.8~1948.8)이다. 안고는 추리소설을 글로 쓰인 크로스워드 퍼즐이라고 간주한 반 다인S.S. Van Dine의 추리소설 게임설을 계승하여 「불연속살인사건」 연재 시 독자들을 대상으로 범인 맞추기 현상 공모를 내걸어 추리소설이 작가와 독자 간의 지적 게임인 이상 해결이 공평해야 한다는 주장을 몸소 실천하였다. 1949년 제2회 〈탐정작가클럽상 장편상探偵作家クラブ賞長篇賞〉을 수상한 이 작품은 일본의 본격장편추리소설 시대의 개막을 알리는 작품이라 할 수 있다. 1949년 범인

239

맞추기 현상금을 내건 두 번째 장편추리소설 「귀향병 살인사건復員殺人事件」(1949.8~1950.3)은 게재지가 폐간되는 바람에 연재가 중단되어 미완결인 채로 남았으나, 안고 사후 다카기 아키미쓰高木彬光가 『걸어다니는 나무처럼樹のごときもの歩く』(1958)이라는 제목으로 작품 후반부를 가필하여 완결시켰다. 1950년부터는 메이지 개화기를 무대로 한 체포록 형식의 〈「메이지 개화 안고 체포록明治開化安吾捕物」 시리즈〉(총21편, 1950.10~1952.8)를 연재하였다. 각 편은 단편소설 구성으로 매회 실존인물인 가쓰 가이슈勝海舟(개화기 정치가)가 탐정역으로 기용되어 엉뚱한 추리를 피로하지만 마지막에 명탐정 유키 신주로結城新十郎가 등장하여 진범을 잡는다는 본격추리물이다. 이 시리즈는 후지TV에서 방영된 애니메이션 『UN-GO』(2011.10~12)의 원안이기도 하다. 그 외에 작가의 이름 '안고安吾'와 '암호暗号', '암합暗合'의 세 가지 뜻으로 읽히는 「안고ア ンゴウ」(1948.5), 로이 비커스Roy Vickers의 작품을 번역한 「조립 살인사건組立殺人事件」(1951.6) 등을 포함해 십 수편의 단편추리소설이 있다.

국내에서는 『불연속살인사건』(2003), 「가면의 비밀能面の秘密」(2010), 『살인사건집』(2012), 『선거 살인사건選擧殺人事件』(2013), 『심령 살인사건心靈殺人事件』(2013), 「그림자 없는 범인影のない犯人」(2013) 등이 번역 소개되었다.

▶ 유재진

참고문헌: A, B, D, E, F, G.
坂口安吾『私の探偵小説』(角川文庫, 1978), 坂口安吾『日本探偵小説全集10 坂口安吾集』(東京創元社, 1985), 坂口安吾『坂口安吾全集』(筑摩書房, 1998-1999).

사카모토 고이치坂本光一, 1953.10.5~

지바현千葉県 출신의 소설가로 본명은 오타 도시아키太田俊明이다. 도쿄대학東京大學 농학부를 졸업했으며 도쿄대학 재학 중 야구부에서 활약한다. 졸업 후 미쓰비시상사三菱商事에 입사하여 근무하면서 창작활동을 시작한다. 1988년 고시엔甲子園대회를 배경으로 야구명문 고등학교를 둘러싼 이권, 원한과 갈등을 그린 「백색의 잔상白色の残像」이란 작품으로 제34회 〈에도가와란포상江戸川乱歩賞〉을 수상하면서 작가 데뷔한다. 그 후 차세대 텔레비전 개발을 둘러싼 미일간의 암투를 그린 서스펜스 『더블 트랩ダブルトラップ』(1989, 후에 『이중 함정二重の罠』으로 제목 수정)와 대기업으로 헤드헌팅된 엘리트 사원이 입사하고부터 벌어지는 사건을 그린 경제 미스터리 『헤드헌터ヘッドハンター』(1991) 등 주로 동시대적 주제를 가지고 집필활동을 계속하고 있다. 이외에도 자신의 야구부시절의 경험을 반영한 연작 단편집 『오색 변화구五色の変化球』(1992)가 있다.

▶ 이현희

참고문헌: A, 坂本光一, 『白色の残像』(講談社,

1991).

사카이 가시치酒井嘉七, ?~1947

소설가, 번역가. 자세한 경력은 알 수 없으나, 외국 제약회사의 일본지점에서 근무한 것으로 알려져 있다. 1934년에 작품「미국발 제1신亜米利加発第一信」이 잡지 『신청년新靑年』에 신인 창작으로 게재되면서 본격적인 작가활동을 시작하는데, 이 작품은 고베시神戸市의 외국상사 회사에서 일어난 자살사건의 진상을 타이프라이터 글자의 차이에서 추리한다는 내용이다. 1935년에 작품「탐정법 제13호探偵法第十三号」를 발표하고 이후 창작과 번역을 병행해서 집필했다. 유고로서 1952년에 발표된「어느 완전 범죄자의 수기ある完全犯罪人の手記」를 포함해서 11편의 단편 외에, 몇 편의 장편掌篇이 있다.

항공기를 무대로 삼은「하늘을 나는 악마空飛ぶ悪魔」(1936),「저주받은 항공로呪われた航空路」(1936),「하늘에서 사라진 남자空から消えた男」(1937) 등의 작품들은 항공 미스터리라고 불렸는데, 이 중「하늘에서 사라진 남자」는 여객기 내에서 보석강도사건이 일어났지만, 착륙했을 때 범인의 모습이 보이지 않는다는 내용이다. 또한 일본의 샤미센三味線 음악인 나가우타長唄의 세계를 배경으로 삼은「나가우타 권화장ながうた勧進帳」(1936) 등 전통예능에서 제재를 가져온 작품도 수편 있다. 그의 작품은 당시로서는 독특한 제재를 다루었고, 본격적인 추리를 시도했다는 평가를 받았다. 단편집으로『탐정법 제13호探偵法第十三号』(1947)가 있고, 소설 번역서로 에버하트Mignon G. Eberhart의『안개 속 살인사건霧中殺人事件』, 체스터턴Gilbert K. Chesterton의『소실된 다섯 남자消失五人男』등이 있다.

▶ 신승모

참고문헌: A, B, E, G.

사카지마 아키라酒晶章 ☞ 사가시마 아키라嵯峨島昭

사쿠라바 가즈키桜庭一樹, 1971.7.26~

소설가. 사쿠라바 가즈키는 필명이고, 여성이다. 본명은 비공개. 시마네현島根県 출생으로 2000년에 작가로 데뷔했다. 2006년에 발표한 장편「아카쿠치바 가문의 전설赤朽葉家の伝説」로 2007년 제60회〈일본추리작가협회상日本推理作家協会賞〉을 수상했다. 이 작품은 돗토리현鳥取県의 가상 마을을 무대로 이 지역 명문가이자 제철업을 생업으로 하는 아카쿠치바赤朽葉 가문에 시집온 여성 만요萬葉의 삶을 중심으로 그녀의 장녀 게마리毛毬와 손녀 도코瞳子에 이르기까지, 약 50년에 이르는 모계 3대의 인생사를 통해 일본의 전후 쇼와사昭和史를 색다른 관점에서 그려내고 있다.

이어서 2006년 9월부터 2007년 7월까지 『별책 문예춘추別冊文芸春秋』에 연재한 서스

펜스 「내 남자私の男」로 2008년 제138회 〈나오키상直木賞〉을 수상한다. 이 작품은 전체적으로 일본에서 금기시되는 근친상간을 중심으로 묘사되고 있는데, 구마키리 가즈요시熊切和嘉 감독에 의해 영화화되어, 2014년에 상영될 예정이다. 2009년에는 「아카쿠치바 가문의 전설」의 내용에서 독립한 장편소설 「제철천사製鐵天使」를 간행했는데, 아카쿠치바 게마리赤朽葉毛毬를 주인공으로 폭주족의 세계를 그린 작품이다. 작가는 소설 외에도 다수의 에세이, 컴퓨터 게임 시나리오, 애니메이션 원작 등 장르와 시대의 벽을 넘나드는 다양한 내용의 작품을 활발히 발표하고 있다. 한국어로는 『내 남자』(2008)와 『토막 난 시체의 밤ばらばら死体の夜』(2012)이 단행본으로 번역되어 있다.

▶ 신승모

참고문헌: H06~H13, 桜庭一樹『赤朽葉家の伝説』(東京創元社, 2006).

사타케 가즈히코佐竹一彦, 1949~2003.10.27

소설가. 본명은 마쓰모토 유타카松本豊. 메이지대학明治大学 졸업 후, 경시청警視廳에서 13년간 근무했다. 경부보警部補(한국의 경위에 해당)로서 기동대 경비담당의 주임까지 맡았지만, 소설가가 되기 위해 사직한다. 1990년에 「나의 양에게 풀을 주어라わが羊に草を与えよ」로 제29회 〈올요미모노추리소설신인상オール読物推理小説新人賞〉을 수상

하면서 데뷔한다. 첫 번째 장편 『신임 경부보新任警部補』(1993)에서는 수사 경험이 없는 주역 형사의 독특한 설정과 수사진의 리얼한 묘사가 호평을 받았다. 이어서 연작 단편집인 『형사의 방刑事部屋』(1995)에서는 관할서에서 형사과로 배속된 신참 형사의 눈을 통해서 형사들의 일상적인 모습을 묘사했고, 현실감 넘치는 경찰소설을 탄생시켰다. 이것이 호평을 받아 전직 형사 경험을 살린 추리작가로서 지명도가 오른다. 발표한 작품의 대부분이 이른바 경찰소설인데, 수사와 경찰조직 내부의 묘사에서 다른 작가들에게서는 볼 수 없는 한층 사실적인 표현이 구사되고 있다.

▶ 신승모

참고문헌: A, H01.

사토 세이난佐藤青南, 1975.1.3~

작가. 나가사키현長崎県 출생으로 전직 뮤지션이었다. 2011년에 소설 「어느 소녀에 얽힌 살인 고백ある少女にまつわる殺人の告白」으로 제9회 〈『이 미스터리가 대단하다!』대상このミステリーがすごい!大賞〉의 우수상을 수상하면서 작가로 데뷔한다. 이 작품은 10년 전 나가사키에서 일어난 한 소녀를 둘러싼 가슴 아픈 사건을 중심으로, 그 사건의 개요를 과거에 그녀와 연관된 사람들에게서 찾아듣는 인터뷰 형식의 미스터리이다. 2012년에 발표한 단편 「예스인가 노인가 YESか脳か」에서는 범행 진술을 거부하는 피

의자의 표정, 몸짓에서 그 심리를 읽어내는 여성 순사부장의 취조과정이 유머러스하게 묘사되고 있다. 소설 창작 외에도 현재 자신의 블로그에 네컷만화「실록 아마추어 도큐멘트 나를 인기 있는 작가로 만들어주세요!!実録素人ドキュメント 私を売れっ子作家にして下さい!!」를 연재하는 등 다채로운 활동을 시도하고 있다. 한국어로는『어느 소녀에 얽힌 살인 고백』(2012)이 단행본으로 번역되어 있다.

▶ 신승모

참고문헌: H11, H12.

사토 하루오佐藤春夫, 1892.4.9~1964.5.6

소설가, 시인. 와카야마현和歌山県 출생. 와카야마현립 신구중학교新宮中学校 재학 중『묘조明星』에「바람颯」이라는 제목으로 투고한 단카短歌가 이시카와 다쿠보쿠石川啄木에게 뽑히게 되고, 1909년에는『스바루すばる』창간호에 단카를 발표한다. 1910년 상경하여 이쿠다 조코生田長江에게 사사를 받고 요사노 히로시与謝野寛의 신시사新詩社에 들어가게 되는데 이곳에서 동인인 호리구치 다이가쿠堀口大学를 알게 된다. 그와 함께 구제제일고등학교旧制第一高等学校에 입학하려 하였으나 도중에 그만두고 게이오의숙대학慶応義塾大学 문학부 예과에 입학한다.

1914년,「스페인 개의 집西班牙犬の家」을 발표하며 소설가로 출발하게 되고 1917년에는 아쿠타가와 류노스케芥川龍之介, 다니자키 준이치로谷崎潤一郎와 인연을 맺게 된다. 1919년에는「전원의 우울田園の憂鬱」을『주가이中外』에 발표하여 문단의 총아가 되었다. 또 8월에서 12월까지 3회에 걸쳐『개조改造』에「아름다운 거리美しい町」를 게재하고 방대한 양의 평론을 발표하는 등 신진작가로서의 입지를 확립하게 된다. 1921년, 처녀시집『순정시집殉情詩集』간행하고『신청년新青年』등에 다수의 추리소설을 발표한다.

1918년,『중앙공론中央公論』7월 증간호〈비밀과 해방秘密と解放 특집〉에 '내 불행한 친구의 일생에 관한 기괴한 이야기'라는 부제가 붙어 있는「지문指紋」을 발표한다. 이 작품은 '나'의 친구가 과거에 겪었던 아편 중독과 그 중독에서 벗어나기 위해 일본에 오게 되는 경위, 그리고 나가사키長崎 아편굴에서 있었던 일 등을 생생하게 그리고 있는 탐정 소설풍의 작품이다. 자신이 사람을 죽였을지도 모른다는 환영에 괴로워하던 K가 결국 나가사키의 옛 아편굴 자리까지 찾아가 자신의 결백함을 스스로 밝혀내는 과정이 기괴하고 환상적인 분위기 속에서 논리적으로 펼쳐진다. 나의 친구 K는 스스로 용의자인 동시에 범죄를 파헤쳐 들어가는 탐정 역할을 하며 1인 2역을 소화해내고 있다. 1925년 발표한「여계선기담女誡扇綺譚」은 타이완 주재 기자의 내레이션 형식으로 전개되고 있다. 우연히 들어간 쿠토항의 빈집에서 정체를 알 수 없는 목

소리를 듣게 된 주인공은 어느 노파로부터 그 목소리에 얽힌 옛날이야기를 듣게 된다. 그러나 그 목소리가 귀신의 목소리라는 데에 의문을 품은 주인공은 다시 한 번 그 집으로 향하게 되고, 그 집에서 목을 맨 남자와 그를 사랑했던 여인의 존재를 알아낸다는 이야기이다. 이 두 작품이 환상적인 분위기의 작품이라면 일상에서 소재를 취한 「시계의 장난時計のいたずら」(1925), 「가상다반家常茶飯」(1926), 「어머니オカアサン」(1926) 등의 작품도 있다.

1920년대 후반부터는 이상심리를 추구하기 시작해 의국에 근무하는 주인공이 부장을 살해하기에 이르는 심리를 묘사한 「진술陳述」(1929), 프로이트 심리학을 이용해 히스테리 발작이 있는 여성의 병의 원인을 규명해가는 장편소설 「갱생기更生記」(1930), 실제 빈에서 일어난 살인사건 공판을 다룬 「빈의 살인 용의자維納の殺人容疑者」(1933) 등을 발표했다. 1951년 2월 발표한 「여인분사女人焚死」는 실제로 일어났던 사건을 취재한 것으로, 에도가와 란포江戸川乱歩는 이 작품을 〈리얼리즘 탐정소설〉이라고 칭했다. 산 속에서 발견된 여인의 불탄 사체를 둘러싼 시적공상과 추리가 주된 내용이다. 그는 일찍이 '내 추리 소설은 비교적 범죄나 탐정적인 요소를 줄이고 순수한 추리만을 즐길 수 있는 것이면 좋겠다.'(『빛의 띠光の帯』, 1964, 2, 고단샤講談社)라고 밝히며 자신만의 독자적인 탐정 소설관을 피력했

으며, 만년까지 탐정 소설에 대한 관심을 잃지 않았다. 에도가와 란포는 아쿠타가와 류노스케芥川龍之介, 다니자키 준이치로谷崎潤一郎, 사토 하루오를 〈일본 탐정 소설 중흥의 조상〉이라고 위치 지으며 '사토 하루오가 가장 순수 탐정소설에 가까운 작품을 쓰고 있다'고 평했다. 1964년 73세의 나이로 자택에서 자서전을 녹음하던 중 세상을 떴다.

▶ 신주혜

참고문헌: A, B, E, F, G, 『怪奇探偵小説名作選4』 佐藤春夫集, 筑摩書房, 2002).

사회파社会派

사회성이 강한 주제를 다룬 추리소설로 사회파 추리소설이라고도 불린다. 서구의 미스터리는 사회성이 담긴 소재를 다루는 것이 장르적 특징이므로 사회파라는 호칭은 따로 사용하지 않았다. 일본에서는 에도가와 란포江戸川乱歩가 1935년 『일본탐정소설 걸작선日本探偵小説傑作集』 서문에서 '사회적 추리소설'이라는 용어를 사용하여 프롤레타리아 작가인 하시 몬도羽志主水, 히라바야시 다이코平林たい子, 하야마 요시키葉山嘉樹 등의 작품들을 추리소설에 포함시켰다. 그 후 마쓰모토 세이초松本清張가 1961년 '말하자면 사회파라는 호칭으로 불린 작품군'이는 말을 쓰면서 사회파라는 이름이 정착되었다. 그는 전쟁 이전 탐정소설에서는 찾아볼 수 없었던 부정, 어음 관련 범죄, 우

익 등 사회성이 농후한 문제를 작품 소재로 삼았다. 그의 대표작으로는 『점과 선点と線』, 『너를 노린다眼の壁』(모두 1958)가 있다. 나아가 미즈카미 쓰토무水上勉의 공해문제를 소재로 한 『바다의 어금니海の牙』(1960) 등도 사회파 추리소설이라 할 수 있다. 이처럼 사회파 추리소설은 동기의 사회성, 트릭의 현실성을 강조함과 동시에 사건해결에 중점을 두었다. 그러나 사회파 추리소설은 점점 사건의 내막만을 강조한 채 깊이 없는 작품들로 채워지면서 추락하기 시작한다. 이런 가운데 사회문제를 진지하게 고민하는 작가들이 다시 등장하는데, 고스기 겐지小杉健治의 관동대지진 당시 조선인 학살과 현대의 사건을 다룬 『죽은 자의 위협死者の威嚇』(1986)이나 하하키기 호세이帚木蓬生의 아프리카 인권차별문제를 소재로 한 『아프리카의 발굽アフリカの蹄』(1992) 등은 큰 호평을 받는다. 뒤를 이어 미야베 미유키宮部みゆき 또한 사회파 추리소설을 발표하는데 『화차火車』(1998)와 제120회 〈나오키상直木賞〉 수상작인 『이유理由』는 높은 평가를 받았다. 추리소설작가인 히가시노 게이고東野圭吾도 『백야행白夜行』(1999)을 발표하며 사회파 작가로 평가받았다. 그 후 다카노 가즈아키高野和明의 『13계단13階段』(2001), 야쿠마루 가쿠薬丸岳의 『천사의 칼天使のナイフ』(2005) 등의 작가들이 사회파의 계보를 이어가고 있다.

▶ 이현희

참고문헌: A, 江戸川乱歩,「日本の探偵小説(日本探偵小説傑作集, 序文」,『鬼の言葉』(光文社文庫, 2005), 松本清張,『随筆 黒い手帖』(中公文庫, 2005), 郷原宏,『物語日本推理小説史』(講談社, 2010).

산유테이 엔초三遊亭円朝, 1839.5.13~1900.8.11

만담가. 본명은 이즈부치 지로키치出淵次郎吉. 에도江戸 출생으로 7살 때부터 요세寄席(만담 등의 대중 연예를 흥행하는 연예장) 무대에 섰고, 1847년에 2대째 산유테이 엔초三遊亭円生에 입문한다. 1855년, 엔초円朝라고 개명하고서 라쿠고落語(만담) 흥행에서 마지막에 출현하는 최고의 만담가로 활약한다. 1859년에「가사네가후치고니치의 괴담累ヶ淵後日怪談」을 창작 구연口演해서 큰 인기를 얻고, 「시오바라 다스케 일대기塩原多助一代記」등 많은 창작을 했다. 1872년부터 부채 하나로 악기의 반주 없이 하는 만담素噺을 확립해서 이 형식은 오늘날에 이르고 있다. 엔초의 구연 작품은 속기로 써서 신문이나 잡지에 실거나 단행본으로 간행되었는데, 이 속기물들이 일본의 언문일치운동에 공헌한 역할은 크다. 여관 주인이 친구와 함께 손님을 때려죽이고 거금을 뺏는 사건을 다룬「영국 효자 조지 스미스전英国孝子ジョージスミス之伝」(1885)을 비롯하여 「황색 장미黄薔薇」(1887) 등 외국작품에서 소재를 얻어 구연한 일련의 작품들은 탐정소설풍의 작품이 많다.

▶ 신승모

참고문헌: A, F.

삼색털 고양이 홈즈三毛猫ホームズ

아카가와 지로赤川次郎의 『삼색털 고양이 홈 즈의 추리三毛猫ホームズの推理』(1978)에 등장 하는 암컷 고양이로, 〈삼색털 고양이 홈즈 시리즈〉의 주인공 탐정이다. 비단처럼 부 드러운 털과 날렵한 몸을 지닌 고양이 홈 즈는 말린 전갱이를 가장 좋아한다. 첫 번 째 시리즈에서 고양이 홈즈는 주인이 피해 자로 죽자 그 사건을 담당했던 경시청 조 사 1과 가타야마 요시타로片山義太郎와 그의 여동생인 하루미晴美에게 맡겨진다. 급격한 환경변화를 겪으면서 잠들어 있던 천재적 인 추리능력에 눈뜨기 시작한다. 고양이 홈즈는 사건이 일어나면 가타야마 남매와 함께 현장에 나가 태도나 몸짓으로 자신의 추리를 전달한다. 홈즈가 활약한 시리즈물 로는 『삼색털 고양이 홈즈의 추적三毛猫ホー ムズの追跡』(1979), 『삼색털 고양이 홈즈의 괴담三毛猫ホームズの怪談』(1980) 등이 있다. 또한 『삼색털 고양이 홈즈의 추리』는 일본 의 니혼테레비日本テレビ에서 2012년 4월 드 라마화되어 방영되기도 했다.

▶ 이현희

참고문헌: A, I, 新保博久, 『名探偵登場－日本篇』 (ちくま新書, 1995).

서술트릭叙述トリック

미스터리 소설에서 문장상의 장치를 통하 여 독자에게 혼선을 초래하게 하는 서술방 식. 구체적으로는 등장인물의 성별이나 국 적, 사건이 발생한 시간과 장소 등을 나타 내는 기술을 의도적으로 감추는 것으로, 독자의 선입견을 이용하고 잘못된 해석을 제공함으로써 읽은 후에 충격을 가져다주 는 기법이다. 서술트릭을 사용할 때, 허위 사항을 사실로 기술하는 것은 불공정한 것 으로 배척된다. 따라서 객관적인 기술이 요구되는 삼인칭보다도 화자話者의 오인이 나 속임수가 용인되는 일인칭이 사용되는 경우가 많다. 또한 수기 형태를 취하는 예 가 적지 않다. 일반적으로 미스터리 작품 의 트릭은 범인이 탐정이나 경찰의 수사를 교란시키기 위해 사용하는 것으로, 이야기 속에서 완결된 형태를 취한다. 이에 비해 서술트릭은 저자가 독자를 상대로 사용하 는 것으로 이야기와는 무관하게 성립되는 경우가 많다. 일본에서는 쓰즈키 미치오都 筑道夫의 1961년 『얼토당토않은 시계やぶにら みの時計』, 1962년 『유괴작전誘拐作戦』과 고이 즈미 기미코小泉喜美子의 『변호측의 증인弁護 側の証人』 등이 이와 같은 서술트릭 작품으 로 유명하다.

▶ 박희영

참고문헌: A, 松村明監修, 小学館大辞泉編集部編 集 『大辞泉 第2版』(小学館, 2012).

세나 히데아키瀬名秀明, 1968.1.17~

소설가. 시즈오카시静岡市 출생으로 도호쿠대학東北大学 대학원 약학연구과 박사과정을 수료했다. 1995년, 미트콘드리아가 인류에 반란을 일으킨다는 내용의 장편소설「패러사이트 이브パラサイト・イヴ」로 제2회〈일본호러소설대상日本ホラー小説大賞〉을 수상하면서 일약 베스트셀러 작가가 된다. 이 작품은 이과 계열 호러로서 주목을 받았고, 영화화되었다.

그 후에는 단편「그늘져가는 앞뜰翳りゆくさき」(1995), 중편「Gene」(1996)을 집필한 뒤, 1997년 두 번째 장편「BRAIN VALLEYブレイン・ヴァレー」를 발표했다. 산속에 있는 기괴한 연구소를 무대로, 인간의 뇌의 작용을 둘러싸고 과학이론과 오컬트이론이 격돌한다는 이 대작은 인간에게 있어 신이란 무엇인가라는 큰 문제에 설득력 있는 해답을 제시하고 있고, 전문적인 이론이 대량으로 담겨져 있음에도 쉽게 읽을 수 있다. 호러나 SF라는 틀을 초월한 엔터테인먼트 작가로서 활약하고 있는 세나 히데아키는 소설 창작 외에도 자신의 강연을 정리한 단행본『소설과 과학小説と科学』(1999)을 비롯하여『로봇21세기ロボット21世紀』(2001),『로봇오페라ロボット・オペラ』(2004) 등 일본의 로봇연구 상황과 장래를 모색하는 과학서를 활발하게 간행해왔다.

소설 근작으로는 비행기모험 미스터리『하늘의 도로테大空のドロテ』(2004),『다이아몬드시커즈ダイヤモンド・シーカーズ』(2004),『데카르트의 밀실デカルトの密室』(2005) 등이 있다. 이 중『데카르트의 밀실』은 과연 로봇에게 '마음'은 깃들 수 있는가라는 주제로 최첨단의 과학과 고급의 철학을 구사해서 고찰한 SF미스터리이다.

▶ 신승모

참고문헌: A, H01~H06.

세노 아키오妹尾アキ夫, 1892.3.4~1962.4.19

번역가, 소설가, 평론가. 오카야마현岡山県 출생으로 와세다대학早稲田大学 영문과를 졸업했다. 본명은 아키오韶夫로 초기에는 본명을, 1927년부터는 아키오アキ夫를 사용하기 시작해, 1946년부터는 병용했는데 점차 본명 쪽을 많이 사용하게 되었다. 1922년부터 잡지『신청년新青年』에 번역을 실었는데, 특히 오모니에Aumonier, 비스턴Beeston, 프리먼Freeman, 해리스 버랜드Harris Burland, 브리튼 오스틴Britten Austin 등의 단편이 많고, 그 작가들의 작풍을 정리한 평론도 발표했다. 장편으로는 메이슨Mason의「화살의 집矢の家」, 밀른Milne의「빨강집의 비밀赤色館の秘密」, 퀸Queen의「재난의 마을災厄の町」,「폭스가 살인사건フォックス家殺人事件」, 카Carr의「밀납인형관의 살인蠟人形館の殺人」,「굽은 관절曲った蝶番」, 크리스티Christie의「포와로 12밤ポアロ十二夜」, 쟁윌Zangwill의「안개 밤의 살인귀霧の夜の殺人鬼」등 많은 작품을 번역했고, 번역계 굴지의 공로자이다.

소설 창작에서는 1925년에 발표한 「열시十時」가 처녀작이고, 도둑맞은 금을 되찾는 이야기이다. 「얼어붙은 아라베스크凍るアラベスク」(1928)는 제빙製氷에 열중하던 남자가 정신착란을 일으켜 자신의 아내가 될 여성의 환영을 보게 되고, 어느 여학교 교사에게 그 모습을 찾아 마침내 얼음 속에 가둬서 영원한 신부로 삼는다는 내용이다. 「연인을 먹다恋人を喰ふ」(1928)는 마지막에 비스턴Beeston풍의 반전이 있는데, 자신을 사랑할 수 없음을 알고 있는 혼혈여성에게 남몰래 애정을 품고, 확실한 소유물로 삼기 위해서 죽여서 햄으로 만들어, 아까워하면서 다 먹어치운다는 내용이다. 「모토마키의 비너스本牧のヴィナス」(1929)는 관리인이 유령을 봤다는 것에 대해, 그 유령이야말로 자신을 배신하려고 했기 때문에 교살한 자신의 아내라면서 사체를 방 천장에 숨겨두던 남자의 이야기를 그리고 있다. 이 외에도 「아베 마리아アヴェ・マリア」(1932), 「심야의 음악장례深夜の音楽葬」(1936), 「검은 장미黒い薔薇」(1937) 등의 작품이 있다. 이 중 「검은 장미」는 화가가 한눈에 반한 소녀를 모델로 해서 그림을 그리지만, 그녀의 출생에 얽힌 음모와 인연에 의해서 슬픈 종국을 맞이한다는 내용이다.

세노가 발표한 소설들은 주로 괴기, 환상소설로 분류되는데, 이 환상소설 작품군에서는 엽기적인 사건도 주제로 삼지만, 깊은 맛을 담은 세련된 필치로 독자적인 서정미를 자아내고 있다. 환상적인 이야기는 자칫하면 작가의 독선적인 몽상에 그쳐 그 완성도가 떨어지는 경우도 있지만, 다년간의 작가의 기교는 들뜨지 않고 안정감이 있다. 세오의 작품은 괴기와 환상을 중핵으로 끝없는 미를 추구하는데 특색이 있고, 그 깊은 맛을 담은 필치는 인간심리의 일면을 잘 부각시키고 있다. 전후의 작품으로는 「라일락 향기가 나는 편지リラの香のする手紙」(1952)가 인상적이다. 한편 세오는 비평가로서의 면모도 지녔는데, 1935년부터 잡지 『신청년新青年』에 마련된 「페이퍼 나이프ペーパーないふ」란에 매월의 작품 단평을 실었고, 그 평론은 한곳에 치우치지 않는 공평함과 적재적소를 찌르는 수준 높은 비평으로 당시 여러 잡지의 비평 중에서 가장 애독되었다. 그 필자인 고테쓰바이鋼鉄梅의 정체를 둘러싸고 여러 가지 추측이 있었는데, 그 필자는 세오였다. 전후에도 1952년부터 1955년에 걸쳐 추리소설잡지 『보석』에서 「탐정소설월평探偵小說月評」을 집필한 오하라 슌이치小原俊一도 세오의 익명이다.

▶ 신승모

참고문헌: A, B, D, E, G.

세이료인 류스이清涼院流水, 1974.8.9~

효고현兵庫県 출신의 소설가로 본명은 가나이 히데타카金井英貴이다. 교토대학京都大学 경제학부를 졸업했으며 재학 당시 추리소

설연구회에서 활동했다. 1996년 「1200년 밀실전설1200年 密室伝説」이라는 작품을 응모하여 제2회 〈메피스토상メフィスト賞〉을 수상했으며 이 작품을『코즈믹 세기말 탐정신화コズミック 世紀末探偵神話』로 제목을 바꾸어 간행하면서 작가 데뷔한다.『코즈믹 세기말 탐정신화』는 명탐정 조직인 일본탐정클럽JDC의 탐정들이 1,200건의 밀실살인을 저지르겠다고 선언한 수수께끼의 인물 '밀실광'에게 도전한다는 내용으로 명탐정들에 의한 다채로운 추리과정이 끊임없이 공개된다. 일본탐정클럽의 활약상을 담은 〈일본탐정클럽 시리즈〉로는『코즈믹』이외『조커ジョーカー』,『카니발 이브カーニバル・イブ』(모두 1997),『카니발カーニバル』(1999),『사이몬가 사건彩紋家事件』(2004)이 있다. 2011년에는 데뷔 15주년을 기념하여『세이료인 류스이의 소설작법清涼院流水の小説作法』을 간행한다.

▶ 이현희

참고문헌: A, 清涼院流水,『清涼院流水の小説作法』(PHP研究所, 2011).

세지모 단瀬下耽, 1904.2.24 ~ 1989.9.5

소설가. 본명은 쓰나요시綱良. 니이가타현新潟県 출생으로 게이오의숙대학慶応義塾大学 법학부를 졸업했다. 1927년에 잡지『신청년新青年』의 현상창작모집에 2등 입선한 「로프綱」로 데뷔했다. 이 작품은 알프스의 험난한 곳에서 추락사한 노인의 죽음을 둘러싼 진상을 심리적으로 해명하고 있다. 로프가 작은 칼로 잘려져 있고, 동행한 젊은 아내와 노인의 사촌 청년과의 애정이 알려지면서 타살로 의심받는다. 하지만 죽은 노인이 마지막에 남긴 쪽지를 통해 처음에는 두 사람에 대한 질투로 스스로 사고를 기도했지만, 아내도 발밑의 돌이 무너져서 죽음에 직면했기 때문에 사랑하는 그녀를 돕기 위해 스스로 로프를 잘랐다는 사실이 밝혀진다. 구성은 안이하지만 미워하면서도 사랑하는 사람을 향한 희생적인 정신에 착목한 점이 주목받았다.

같은 해 발표한 「석류병柘榴病」은 물을 찾아 상륙한 섬에 인적이 없을 뿐 아니라, 석류 모양을 한 종기가 있는 사체를 발견한다. 입수한 의사의 고백을 읽으니, 섬에 괴기한 질병이 발생해서 만연했고, 의사는 치료법을 발견했으나 욕심을 부려 치료를 지연시키거나 인공적으로 전염시켜서 도민의 전 재산을 갈취했다. 마침내 사랑하는 아내와 두 사람만이 남게 되어서 섬을 떠나려고 했을 때, 그들 자신이 병독으로 죽는다는 내용으로, 에드거 앨런 포에의 심취를 연상시키는 괴기환상의 가작이다. 「R섬의 사건R島事件」(1929)은 섬의 정사를 둘러싼 익사체의 전말에 대해서 줄거리의 변화가 풍부하고, 「바다의 탄식海の嘆き」(1931)은 잠수부 형제가 해저에 가라앉은 여성을 차지하고자 스스로 구명 로프를 잘라 사체와 함께 영원의 동굴에 몸을 던진다는 사모의 정을 그리고 있다. 「게시지마 섬의 비극髻粟島の悲劇」(1933)에서는 섬에 표착해 등대지기 일가에게 구조된 여성을 둘러싸고, 아들 세 명의 애욕투쟁, 아버지와 장남의 약혼자 증오를 배경으로 두 가지 살인의 수수께끼를 풀고 있다.

세지모 단의 작품은 전체적으로 기괴한 아름다움에의 동경이 뛰어나게 묘사된 것이 많고, 바다를 제재로 삼은 단편이 많은 것은 작가의 고향인 구지라나미鯨波의 해변과 그 바다가 작가의 심상에 많은 영향을 준 것으로 여겨진다. 전후에는 연인의 사체의 피를 보고나서 적색공포증에 걸린 여성을 이웃에 사는 화가의 눈으로 묘사한 「공중에 떠오르는 얼굴空に浮ぶ顔」(1947), 갓난아기 살해 미수사건을 묘사한 「상냥한 바람やさしい風」(1976)을 발표했을 뿐으로 이후 활동을 중지했다.

▶ 신승모

참고문헌: A, B, D, E, F, G.

센덴시閃電子 ☞ 미쓰기 슌에이三津木春影

세키 나오히코関直彦, 1857.7.16~1934.4.21

기자, 정치가, 변호사. 에도江戸 출신. 도쿄대학東京大学 법학부 졸업. 『도쿄니치니치신문東京日日新聞』에 입사하여 후쿠치 오치福地桜痴의 뒤를 이어 사장으로 취임, 도쿄에서 변호사 개업을 하고 이후 정계에도 진출하여 중의원 의원직을 통상 10회 역임하였다. 비

정우회非政友会 계열의 정당 정치가로서 활약하였다. 1887년 4월 일본에서 처음으로 알렉상드르 뒤마Alexandre Dumas의 장편소설 『몬테크리스토백작Le Comte de Monte-Cristo』 초역을 『서양복수기담西洋復讐奇譚』(긴코도金港堂)이라는 제목으로 출판하였다.

▶유재진

참고문헌: 村瀬巷宇「作品解説」, 黒岩涙香訳『巌窟王』上・下(はる書房, 2006.9),『日本人名大辞典』(講談社, 2009)

센바 아코주로仙波阿古十郎

히사오 주란久生十蘭의 단편 『여우의 술법稲荷の使』(1939)에 처음 등장하는 탐정으로 첫 등장 당시 나이는 28세이다. 커다란 턱(일본어로 아고) 때문에 별명이 아고주로顎十郎이다. 에도막부 말기 북번소北番所(에도시대의 경찰서)에서 과거의 조서나 판례를 조사하는 관리직이었으나, 어떤 사건을 계기로 그만두고 평상시에는 혼고유미초本郷弓町의 나가야長屋(일본의 전통적 연립주택)에서 빈둥거리다가 심부름꾼인 마쓰고로松五郎의 의뢰를 받고 탐정으로 활동하게 된다. 아고주로阿古十郎가 등장하는 작품으로는 『아고주로 체포록顎十郎捕物帳』(『新青年』 1939.1~1940.7)과 『아고주로 평판 체포록顎十郎評判捕物帳』(春陽堂, 1941)이 있다.

▶ 이현희

참고문헌: A, I, 中島河太郎『日本推理小説史 第三巻』(東京創元社, 1996).

250

센카와 다마키 仙川環, 1968~

소설가. 도쿄東京 출생. 와세다대학早稲田大学 교육학부 생물학과, 오사카대학大阪大学 대학원 의학계연구과 수료. 일본경제신문사에 입사해 의료기술, 간호, 과학기술분야 취재를 담당. 문화센터에서 미스터리 작법 강좌에 참여해 가이도 에이스케海渡英祐의 지도를 받는다. 처음 쓴 습작은 본격미스터리였으나 자신의 마음에도 들지 않고 강평에서도 혹평을 받자, 자신이 잘 아는 의료관련 분야를 다루기로 결심하고 장편을 써서 좋은 평가를 받아 바로 〈마쓰모토세이초상松本清張賞〉에 응모한다. 수상에는 실패했지만 최종후보까지 올라갔으며, 이에 힘입어 매년 응모를 거듭한 끝에 2002년 『감염感染』으로 〈쇼가쿠칸문고소설대상小学館文庫小説大賞〉을 수상했다. 데뷔하는 데는 성공했으나, 오사카로 전근 지시를 받아 3년간 소설 집필을 중단했으며 도쿄로 복귀한 뒤 업무량이 많아 소설을 쓸 수 없게 되자 결국 사직을 택한다. 전업 작가로 나선 2006년 두 번째 작품인 『전생転生』을 발표한 이래 매년 두 작품 내외를 꾸준히 발표하고 있으며, 철저히 오락적인 서스펜스 형식이면서도 의료 및 과학기술 문제 등 심각한 소재를 다루고 있다.

▶ 박광규

참고문헌: 村上貴史 「迷宮解体新書(11) 仙川環」 『ミステリマガジン』 早川書房 2008년 11월호.

소겐추리 創元推理

도쿄 소겐샤創元社가 발행한 단행본 형식의 추리소설 전문지이다. 1992년 창간되어 창간 당시에는 매년 2회 간행하기로 했으나, 1994년부터 계간지로 바뀌었고 1997년부터는 매년 1회 간행되었다. 1992년 10월에 『소겐추리』1호(1992년 가을호)를 시작으로 2000년 10월의 『소겐추리 인형의 꿈人形の夢』 20호까지 20권을 간행하였으며, 〈소겐추리 단편상創元推理短編賞〉 및 〈소겐추리평론상創元推理評論賞〉을 발표하고 이를 게재하는 장이 되었다. 아시베 다쿠芦辺拓, 가노 도모코加納朋子, 곤도 후미에近藤史恵, 아이카와 아키라愛川晶, 무라세 쓰구야村瀬継弥 등의 작품을 게재했다. 또한 스도 난스이須藤南翠, 사토 하루오佐藤春夫, 세지모 단瀬下耽 등의 명작발굴과 〈소겐추리평론상〉 수상자인 가사이 기요시笠井潔와 마쓰다 준코増田順子의 평론을 연재하는 등 다수의 평론을 수록했다. 이처럼 창작, 평론 모두 본격 추리소설을 지향하고 있는 점이 이 잡지의 특징이라고 할 수 있다. 『소겐추리』(1992.10~2000.10)는 2001년부터 『소겐추리21創元推理21』(2001.5~2003.2)로 명칭을 바꾸어서 발매되다가 2003년 6월에 다시 『미스터리즈!ミステリーズ!』로 이름이 바뀌어 간행되고 있다.

▶ 이현희

참고문헌: A, 소겐샤 홈페이지:http://www.tsogen.co.jp/kaisha/nenpyou.html (검색일:2014.1.7).

소네 게이스케曾根圭介, 1967~

소설가. 시즈오카静岡 출생. 와세다대학早稲田大学 상학부 중퇴. 사우나 종업원, 만화방 점장 등을 거쳐 30대 중반 직장을 그만 둔 뒤 4년 가까이 직업 없이 소설을 썼다. 2007년 「코鼻」로 제14회 〈일본호러소설대상日本ホラー小説大賞〉 단편상, 또 같은 해에 『침저어沈底魚』로 〈에도가와란포상江戸川乱歩賞〉을 수상했다. 응모 당시 필명은 소네 겐스케曾根狷介.

『침저어』는 〈에도가와란포상江戸川乱歩賞〉 최초의 공안 스파이 소설이며, 같은 해 같은 작가가 전혀 상반된 내용의 작품으로 두 개 부문의 상을 수상하면서 화제를 모았다. 2009년 「열대야熱帯夜」로 제62회 〈일본추리작가협회상〉 단편부문 상을 수상했다. 2013년 발표한 『암살자.com殺し屋.com』은 악당을 암살하는 부업을 가진 형사를 주인공으로 한 독특한 작품이다. 『코』, 『침저어』, 『지푸라기라도 잡고 싶은 짐승들』(2011) 등이 번역되었다.

▶ 박광규

참고문헌: 「第53回 江戸川乱歩賞授賞式 帝国ホテル富士の間にて」, 일본추리작가협회 공식홈페이지. 「第62回 日本推理作家協会賞 短編部門—受賞の言葉」, 일본추리작가협회 공식홈페이지.

소노 다다오草野唯雄, 1915.10.21~

소설가. 본명은 소노 다다오荘野忠雄. 후쿠오카현福岡県 출생으로 호세이대학法政大学 전문부를 중퇴하고, 메이지광업明治鑛業에서 근무했다. 1961년, 본명으로 단편 「보수는 1할報酬は一割」을 발표했고, 이어서 1962년 필명으로 발표한 「교차하는 선交叉する線」이 제1회 〈보석중편상寶石中編賞〉을 수상한다. 로프웨이에서의 추락사와 살인 트럭의 추적이라는 두 가지 사건을 병행시켜, 두 사건이 이윽고 교차할 때까지의 서스펜스를 그려내서 주목받았다. 1969년부터 2년간 일본추리작가협회 서기국장을 맡은 후에는 전업 작가가 되었다.

인기 추리작가에게 들이닥친 모략을 추적하는 「말살의 의지抹殺の意志」(1969)를 비롯해, 시코쿠四国에서 실종된 여류화가의 수수께끼를 쫓는 「세토나이카이 살인사건瀬戸内海殺人事件」(1972) 등 본격적인 추리소설을 썼다. 탄광을 무대로 삼은 「북의 폐광北の廃坑」(1970)에서는 상사의 명령으로 부정을 조사하기 위해서 에히메愛媛의 광산에 잠입한 남자가 주인공이다. 「천황상 레이스 살인사건天皇賞レース殺人事件」(1972)은 천황상 경마에서 가장 유력한 우승 후보의 말이 2등으로 들어와서, 승부조작을 의심받는 기수가 오명을 만회하기 위해서 진상을 조사하는 서스펜스이다. 전쟁 추리물인 「내일을 기약할 수 없는 목숨明日知れぬ命」(1973)에서는 1933년에 프랑스령 인도차이나로 통하는 수송로의 요충지로서 격렬한 공방전이 전개된 난닝南寧이 중심무대이다. 이외에도 「폭살예고爆殺予告」(1973), 「또 한 사람의 승객もう一人の乗客」(1975), 「여자 상속인女相続人」(1975), 「낯선 얼굴의 여자見知らぬ顔の女」(1976) 등 서스펜스가 넘치고 전개가 뛰어난 작품들을 발표했다. 한국에서는 작품 「복안」이 번역되어 『J미스터리 걸작선 1』(1999)에 수록되어 있다.

▶ 신승모

참고문헌: A, B, E.

소노 아야코曽野綾子, 1931.9.17~

소설가. 본명은 미우라 지즈코三浦知寿子. 도쿄東京 출생으로, 세이신여자대학聖心女子大学 영문과를 졸업했다. 남편은 소설가인 미우라 슈몬三浦朱門이다. 세이신여자대학聖心女子大学 재학 중에 제15차 『신사조新思潮』의 동인이 되었다. 1954년에 발표한 「멀리서 온 손님들遠来の客たち」이 제31회 〈아쿠타가와상芥川賞〉 후보가 되면서 주목을 받았고, 「여명黎明」, 「어렴풋이たまゆら」(1959), 「리오 그란데リオ・グランデ」 등의 문제작을 연이어 발표했다. 그 지적이고 경묘한 문체는 독특한 시각으로 파악한 인생관찰과 어우러져 문단에서 특이한 존재가 되었다. 추리소설은 에도가와 란포江戸川乱歩의 의뢰를 받아 1957년에 「비숍 씨 살인사건ビショップ氏殺人事件」을 발표한 것이 처음이다. 장편 『발라 버린 목소리奪りこめた声』(1961)는 방송국에서 일어난 밀실살인의 수수께끼를 다루면서, 화려한 매스 미디어의 무대 뒤에 숨은 인간군상을 그렸고, 『가인박명佳人薄命』(1962)에서는 미모가 뛰어나지만 정신연령이 낮은 여성을 둘러싼 인물군이 등장한다. 이 특이한 여성의 언동에 매력이 있어서 그녀 주위의 인물상이 점차 부상하면서 수수께끼가 풀리는 구조로 되어 있다.

『길고 어두운 겨울長い暗い冬』(1964)은 안개가 짙은 북쪽 지방에 근무하고 있는 상사 회사원이 부하직원과 정사情死한 아내가 남긴 외동아들을 떠맡게 된다. 겨울과 밤이 긴 이 지역에서 생활하던 부자들은 고독감에 시달려서 발광 직전에 이른다. 오랜만에 친구를 맞이해서 따뜻한 가정이 되살아나는가 하고 생각한 순간, 무엇인가 불안을 느끼고 무서운 사실에 직면한다. 고독이 자아낸 광기를 이처럼 아무 일도 아닌 듯이, 게다가 심각하게 그린 소설은 드물다는 평가를 받아 공포소설의 명작으로서 유명하다. 공포, 추리적 작품을 모은 작품집으로 『창백해진 일요일蒼ざめた日曜日』(1971)이 있다.

▶ 신승모

참고문헌: A, B, E.

소다 겐左右田謙, 1922~

소설가. 본명은 쓰노다 미노루角田実이며 1961년부터 필명을 소다 겐左右田謙으로 고쳐 사용했다. 오사카大阪 출생. 와세다대학早稲田大学 상학부를 졸업하고 고등학교 선생님을 하는 한편 집필활동을 지속했다.

1950년에 집필한「산장 살인사건山莊殺人事件」이『보석宝石』현상콩쿨(중편)에서 1등으로 입선하여『보석 증간宝石増刊』에 게재되었다. 입선작은 일인이역에 의한 밀실구성을 연출한 구도가 뛰어나다고 평가받았다. 그 후에 왕조시대의 의협 도둑과 여성의 연정을 그린「제비つばくろ」(1951), 악당을 살해한 남자에게 알리바이를 제공하는 암흑남작이 등장하는「그 남자その男」(1955)등의 단편을『보석』에 발표한다. 후자는『암흑남작暗闇男爵』으로서 1958년에 공간되었다. 그 밖에 본명으로 발표한 작품에는『노 가면 주문能面呪文』(1958), 암흑남작이 재산을 찾거나 살인사건을 수사하는『어둠에 빛나는 남자闇に光る男』(1959) 등이 있다. 필명을 고쳐서 발표한『현립 S고교 사건県立S高校事件』(1961, 후에『살인 놀이: 현립 S여고 살인사건殺人ごっこ: 県立S女子高校殺人事件』으로 제목을 바꾸어 1987년 출판)이후 자기 직장이기도 한 고등학교를 다룬 작품『의혹의 소용돌이疑惑の渦』(1978, 후에『한 자루의 만년필: 현립 D고교 살인사건一本の万年筆: 県立D高等学校殺人事件』으로 개제하여 1986년 발표),『구혼의 차질: 고교야구 살인사건球魂の蹉跌: 高校野球殺人事件』(1985) 등을 발표했다.

소다 겐으로 개명한 이후의 작품『현립 S고교 사건』에서는 실업자가 완전히 다른 사람이 되어 고교 교사가 되었는데, 그 알선자로부터 교장을 자살로 위장시키도록

협박을 받지만 교장이 사망해 버리는 사건이 발생한다. 특별한 설정이기는 하지만 리얼리티가 부족하다는 평가도 받는다. 또한 1961년에 결성된〈동도 미스터리 시리즈東都ミステリーシリーズ〉출신의 신진작가들을 중심으로 한 탐정작가친목단체인 부재클럽不在クラブ의 회원이기도 했다. 여기에는 고지마 나오키小島直記, 가이토 에이스케海渡英祐, 아스카 다카시飛鳥高, 구노 게이지久能啓二, 난부 기미코南部樹未子, 후지키 야스코藤木靖子, 사이토 사카에斎藤栄, 진 슌신陳舜臣 등이 모였고, 종종 니키 에쓰코仁木悦子, 신쇼 후미코新章文子, 나쓰키 시즈코夏樹静子 등의 여성탐정소설가 단체인〈안개회霧の会〉와 공동하는 회합을 가졌다. 불가능 범죄를 다룬 장편탐정소설『광인관의 비극: 오타치메 가문의 붕괴狂人館の惨劇: 大立目家の崩壊』(1988)를 끝으로 붓을 꺾었다.

▶ 가나즈 히데미

참고문헌: A, B, E, G.

소설추리小說推理

추리소설 전문지. 잡지『추리스토리推理ストーリー』의 후신인『추리推理』를 개제한 것으로, 1973년 1월호를 '지면쇄신약진호誌面刷新躍進號'라 칭하면서 탄생했다. 후타바샤双葉社 발행. 넓은 의미의 미스터리에서 호러, SF, 시대소설까지 온갖 장르의 엔터테인먼트를 싣는 종합지로서의 색채가 강하다. 전문작가의 틀에 얽매이지 않고 그 시

254

대마다 유행하는 분야를 파악하여 작가를 등용하는 등, 넓게 중간소설 작가를 기용해서 미스터리와 그 주위의 작품을 싣고 있는데 특색이 있고, 창작전문지로서 폭넓은 취재를 행하고 있다. 또한 개제 제2호에 해당하는 1973년 2월호부터 사노 요佐野洋의 장기연재 에세이 「추리일기推理日記」와 그에 대한 작가, 평론가의 반론을 싣거나 해서 화제를 제공하고 있다. 특히 쓰즈키 미치오都筑道夫와의 〈명탐정논쟁名探偵論爭〉은 큰 반향을 불러일으켰다. 〈소설추리신인상小説推理新人賞〉을 모집해서 오사와 아리마사大沢在昌, 요코미조 요시아키橫溝美晶, 가노 료이치香納諒一 등의 신진작가들을 발굴했다.

▶ 신승모

참고문헌: A, B, C.

소자 렌조蒼社廉三, 1924~

소설가. 본명은 야나세 렌柳瀨廉. 에히메현愛媛県 출생으로 히로시마고등학교広島高等学校를 졸업했다. 병역에 복무한 뒤, 탄광부, 재봉틀 판매업 등 십 수종의 직업에 종사했고, 그 한편으로 소설을 발표해서 1958년 〈소설클럽신인상小説俱樂部新人賞〉을 수상했다. 1961년, 「시위병屍衛兵」으로 제2회 〈보석상寶石賞〉을 수상하고부터는 추리소설 중심이 되었다. 고사포부대의 영안실 위병이 살해된 사건이 스파이문제로 발전하는 수상작이나, 특별고등경찰의 암약을

배경으로 삼은 「사막지대砂漠地帶」(1961) 등 군대 미스터리, 전쟁추리가 특징적이다. 첫 장편 「다홍의 살의紅の殺意」(1961)는 가와구치川口의 주물공업지대에서 일어난 교통사고가 발단으로, 사고를 목격한 형사를 중심으로 한 세밀한 조사를 묘사하고 있다. 이어지는 「살인교향곡殺人交響曲」(1963)에서는 어느 교향악단이 제2바이올린의 뺑소니 사건 등의 트러블에 휘말린다. 약간 통속적인 요소도 있지만, 악보의 암호도 포함된 본격적인 음악추리물이다. 『전함 곤고戰艦金剛』(1967)는 1963년에 발표한 같은 제목의 중편을 장편화한 전쟁추리의 대표작으로, 밀실 상황인 포탑 내에서 사살 사건이 일어나는데, 1944년에 타이완臺灣 앞바다에서 침몰한 전함 곤고의 전력과 병행해서 수수께끼가 진행되고 있다. 이 작품 이후에는 통속적인 단편이 많다.

▶ 신승모

참고문헌: A, B, E.

슈노 마사유키殊能将之, 1964.1.19~2013.2.11

추리작가. 후쿠이현福井県 출생으로, 나고야대학名古屋大学 이학부를 중퇴한 후, 편집 프로덕션에서 근무했다. 1999년에 소설 「가위남ハサミ男」으로 제13회 〈메피스토상メフィスト賞〉을 수상하면서 데뷔했다. 이 작품은 현대인의 일그러진 광기를 사이코 연쇄살인범의 눈을 통해 과감하게 파헤친 작가의 데뷔작으로, 영화로도 제작되었다. 독특한

센스와 문제의식에서 오는 창작기법을 지 녔고, 박식한 정보를 곁들여서 미스터리의 정석을 재편성하는 스타일을 보여준다. 「미 노규美濃牛」(2000), 「검은 부처黒い仏」(2001), 「거울 속은 일요일鏡の中は日曜日」(2001), 「기 마이라의 새로운 성キマイラの新しい城」(2004) 등의 작품은 명탐정 이스루기 기사쿠石動戯作 가 주인공으로 등장하는 시리즈물이다. 슈 노 마사유키는 단편적인 정보 이외에는 일 절 개인정보를 공개하지 않는 익명작가였 는데, 2008년에 단편 「반짝이는 박쥐キラキ ラコウモリ」를 발표 후 작가로서의 공식적인 활동은 없었다. 한국어로는 『가위남』(2007) 이 단행본으로 번역되어 있다.

▶ 신승모

참고문헌: H02, H03, H05.

슈카와 미나토朱川湊人, 1963. 1. 7~

소설가. 오사카大阪 출생. 게이오의숙대학慶 應義塾大学 국문학과 졸업 후 출판사에서 근 무하다가 본격적으로 소설을 쓰기 위해 사 직한다. 이후 문학상 공모전에 계속 응모 한 끝에 약 10년 만인 2002년 「올빼미 사내 フクロウ男」로 〈올요미모노추리소설신인상 オール読物推理小説新人賞〉을 수상하며 작가로 데뷔한 뒤, 이듬해에는 「흰 방에서 달의 노 래를白い部屋で月の歌を」로 〈일본호러소설대 상〉 단편상을 수상한다. 2003년 출간한 단 편집 『도시전설 세피아都市伝説セピア』가 〈나 오키상直木賞〉 후보에 올랐고, 2005년 『꽃밥 花まんま』으로 〈나오키상〉을 수상한다.

그의 작품은 주로 1950~60년대의 소도시를 배경으로 삼아 회상하는 형태의 이른바 「노 스탤직 호러nostalgic horror」로, 괴기현상 등 호러의 형태를 갖춘 반면 따뜻한 인간관계 와 진심 등이 묘사되어 '인간 드라마'라 할 수 있는 작품이 많다.

『도시전설 세피아』, 『꽃밥』, 『사치코 서점』 (2005), 『새빨간 사랑』(2006), 『수은충』(2009), 『오늘은 서비스데이』(2009) 등의 단편집이 번역되어 있다.

▶ 박광규

참고문헌: 村上貴史 「ミステリアス・ジャム・ セッション(50) 朱川湊人」 『ミステリマガジン』 早川書房, 2005년 7월호.

슈피오シュピオ

잡지명. 고콘소古今荘 발행. 1937년 1월 간행. 1935년 3월 탐정문학사探偵文学社에서 발행 된 동인지 『탐정문학探偵文学』이 1936년 12 월 21권을 마지막으로 폐간되면서 다시 제 목을 바꿔 발행된 동인지로, 권호수도 이 를 계승하고 있다. 운노 주자海野十三, 오구 리 무시타로小栗虫太郎, 기기 다카타로木々高 太郎의 세 작가가 공동편집을 맡았고, 창간 호의 선언에 의하면 성장일로에 놓인 탐정 소설을 최대한 발전시키는 것을 목적으로 삼았다. 기기 다카타로가 명명한 『슈피오』 라는 잡지명은 러시아어인 '슈피온'에서 따 온 것으로, '밀정密偵'이라는 의미이다. 신인을 소개하는 데 힘썼으며 9월호부터는『탐정문학』의 창간과 편집에 관여했던 란 이쿠지로蘭郁二郎가 편집동인에 가세하면서 그 존재를 명확히 했다. 란은 공동편집자가 되면서 3인의 작가와 나란히 표지에 이름을 올리게 되었고 잡지『신청년新靑年』에도 진출했다.

동시대의 전문지가 연달아 폐간되면서 집필자의 폭을 넓히고, 50쪽에서 100쪽을 오가는 소책자임에도 불구하고 새로운 탐정문학의 출발을 부르짖으며 기염을 토했다. 그러나 탐정소설 그 자체가 압박을 받는 위기 상황 속에서 그들의 잡지활동은 막을 내리게 되고, 1938년 4월 경제상의 이유로 폐간되었다. 통산 13권.

발행 기간 중에 기기가 〈나오키상直木賞〉을 수상했을 때는 대大증간호를 발행하여 기기가 고른 탐정작가, 평론가, 번역가 18인의 대표 걸작집으로 이루어진 〈나오키상〉 기념호를 꾸미기도 했다.

▶ 채숙향

참고문헌: E, F, G.

슌오테이 엔시春桜亭円紫

기타무라 가오루北村薰의 단편집『하늘을 나는 말空飛ぶ馬』(1989)에 처음 등장하는 라쿠고가落語家이자 탐정으로, 도쿄東京 우에노上野 출신이다. 그의 나이는 40세를 목전에 두고 있으며 슬하에 딸이 하나 있다. 중학교 시절 3대 슌오테이 엔시의 라쿠고에 감동하여 라쿠코가에 입문하였고 서거한 스승으로부터 5대째 엔시 이름을 물려받았다. 라쿠고와 공부를 병행하면서 대학 문학부에 진학하여 발군의 기억력과 기묘한 발상으로 수업시간에 많은 사람들을 당황하게 만들기도 했다. 〈슌오테이 엔시 시리즈〉에서 화자인 '나'와는 대학 선후배 사이이며 주인공인 '나'로부터 사건의 개요를 듣는 것만으로 추리를 해낼 정도로 뛰어난 추리력을 가지고 있다. 엔시가 등장하는 시리즈로는 연작 단편집『밤의 매미夜の蟬』(1990), 장편『가을 꽃秋の花』(1991)과『로쿠노미야의 공주六の宮の姫君』(1992), 연작단편집『아침안개朝霧』(1998)가 있다.

▶ 이현희

참고문헌: A, I, 新保博久,『名探偵登場-日本篇』(ちくま新書, 1995).

스가 시노부須賀しのぶ, 1972.11.7~

소설가. 조치대학上智大學 문학부 사학과 졸업. 시노부는 본명이며, '스가'라는 필명은 이름을 말했을 때 사람들이 항상 되묻는 말('스가?')에서 따왔다고 한다. 현재 사이타마에 거주하고 있다.『혹성신화惑星童話』로 1994년 상반기 〈코발트노벨독자대상ㄱ バルト・ノベル読者大賞〉 수상. 이후 라이트노벨을 중심으로 활약하고 있다.

주요 작품으로 1995년부터 2001년까지 1, 2부와 번외편까지 간행된 〈킬 존キル・ゾーン 시리즈〉, 2005년부터 2006년까지 간행된

〈블랙 밸벳ブラック・ベルベット 시리즈〉, 1999
년부터 2007년까지 간행된 〈유혈여신전流
血女神伝 시리즈〉 등이 있다. 국내에는 〈유
혈여신전 시리즈〉 중 『제왕의 딸帝国の娘』
전후권이 2008년 『유혈여신전』 1, 2권으로
번역되어 소개된 이래, 「유혈여신전」의 또
다른 시리즈인 『모래의 패왕』이 『유혈여신
전』 3권부터 9권을 이루며 출간되었다.
그 이후에도 2010년에 나치의 엘리트 장교
와 카톨릭 수도사의 생각지도 못한 운명을
그린 모험소설 『신의 가시神の棘Ⅰ·Ⅱ』를 발
표하는 등 꾸준한 작품 활동을 보이고 있다.
2013년 『부용천리芙蓉千里』 3부작으로 젠더
SF 연구회에서 주재하는 제12회 〈센스오브
젠더상대상センスオブジェンダー賞大賞〉 수상.

▶ 채숙향

참고문헌: H11, 스가 시노부 공식 사이트
(http://no99.edisc.jp/).

스도 난스이須藤南翠, 1857.12.18~1920.2.4

소설가. 본명은 미쓰테루光輝. 이요伊予 우
와지마宇和島 출생. 마쓰야마사범학교松山師
範学校 졸업 후 소학교에서 교편을 잡았지
만 사정이 있어서 고향에서 도망쳤다. 이
름을 쓰치야 이쿠노스케土屋郁之介로 바꾸고
방랑생활을 하다가 우키요신문有喜世新聞의
기자가 되어 독부전毒婦伝인 「이바라키오타
키茨木お滝」, 「신와라오미나新藁おみな」 등을
집필했다.
1883년 가이카신문開花新聞에 「옛날이야기－

지요다의 칼부림昔話千代田之刃傷」을 연재하
며 마침내 이름을 알리게 되고, 뒤이어 가
이신신문改進新聞에 연재한 「황금 꽃바구니
黄金花籠」가 호평을 얻자 계속해서 연재물을
쓰기 시작했다. 1885년, 1886년에는 아에바
고손饗庭篁村과 나란히 연재물의 두 거성으
로 평가받았는데, 또 정치소설의 기운이
흥하자마자 그 기세를 타고 「녹사담綠簑談」
(1886), 「신장가인新粧之佳人」(1886) 등을 발
표하여 큰 반향을 일으키며 당시 문단의
대가 반열에 올랐다. 한편 1886년 이후 구
로이와 루이코黒岩涙香를 시작으로 번역, 번
안 탐정소설이 홍수를 이루기 시작되었는
데, 많은 저널리스트들이 그러하듯이 그때
그때의 유행을 쫓아 집필하는 버릇이 있었
던 난스이는 루이코의 「무참無慘」(1878)보
다 한 발 앞서 1888년 6월 「살인범殺人犯」이
라는 탐정물을 발표했다.
범죄소설 「으스름한 달밤朧月夜」(1889)에서
는 3인의 악인이 공모한 악행과 그 파멸을
그려냈다. 우에노공원上野公園에서 미아가
된 아라미 지쓰이치荒海実一의 고아원 생활
을 그린 「행로난行路難」(1888)과 그 후편 「아
라미 지쓰이치荒海実一」(1892)는 지쓰이치의
자전적인 이야기로, 탐정물의 취향이 느껴
진다. 1889년 이후에는 『신소설新小說』에,
1892년 이후에는 『오사카 아사히 신문大阪
朝日新聞』에 작품을 발표하고 『고승전총서高
僧伝叢書』를 저술하며 여생을 보냈다.

▶ 채숙향

참고문헌: A, B, E, G.

스즈키 고지鈴木光司, 1957.5.13~

소설가. 본명은 고지晃司. 시즈오카현静岡県 하마마쓰시浜松市 출생. 게이오의숙대학慶応 義塾大学 문학부 불문과 졸업. 일찍부터 작가를 지망하여 졸업 후에도 시나리오 스쿨에 다니며 소설을 집필했다. 강좌 낭독용으로 쓴 「링リング」을 1990년 제10회 〈요코미조세이시상橫溝正史賞〉에 응모하여 최종까지 올라가지만 수상에는 실패하고, 1만 년이라는 시간을 초월한 남녀의 사랑을 그린 소설 「낙원樂園」으로 같은 해 제2회 〈일본판타지노벨대상日本ファンタジーノーベル大賞〉 우수상을 차지하면서 데뷔했다.

1991년에 『링』이 간행되는데, 이 작품은 같은 시각에 변사한 4인 남녀의 관계를 파헤치는 사이에 공포의 존재가 명확해진다는 새로운 타입의 호러로 서서히 높은 평가를 받으며 베스트셀러가 된다. 또 그 사이에 발표한 해양 서스펜스 『햇빛 찬란한 바다光射する海』(1993)를 통해 작품의 폭을 넓혔다. 4년의 간격을 두고 발표한 『링』의 속편 『나선らせん』(1995)에는 SF적 요소를 도입하여 제17회 〈요시카와에이지문학신인상吉川英治文学新人賞〉을 수상, 전작 이상의 판매고를 기록한 이 작품을 통해 베스트셀러 작가로서 부동의 인기를 다지게 된다. 그 후 연작은 『루프ループ』(1998)와 옴니버스 단편집 『버스데이バースデイ』(1999)로 끝

을 맺고 있다. 그 후에도 일본 최초의 해양 요트소설을 표방하며 『루프』 이후 3년 만에 발표한 장편소설 『시즈 더 데이シーズ ザ デイ』(2001)를 비롯하여, 현대 이론 물리학을 배경으로 일찍이 다뤄진 적 없는 전우주규모의 궁극적인 재앙을 그린 호러 『에지エッジ』(2008) 등의 작품을 발표했다. 2013년 작품 『에지』로 미국 호러 문학상인 〈셜리잭슨상Shirley Jackson Award〉 장편부문 수상. 국내에는 1997년 『낙원』이 처음 소개된 이래, 이듬해인 1998년 『링1』, 『링2』, 『햇빛 찬란한 바다』가 한꺼번에 출간되었다. 뒤이어 『링3』(1999), 『어두컴컴한 물 밑에서』(1999), 『새로운 노래를 불러라新しい歌をうたえ』(1999), 『링0』(2000) 등이 번역되었다.

▶ 채숙향

참고문헌: A, H1, H9, 『朝日新聞digital』(朝日新聞社, 2013.7.15).

스즈키 기이치로鈴木輝一郎, 1960.7.24~

소설가, 컬럼니스트. 기후현岐阜県 출신. 니혼대학日本大学 경제학부를 졸업하고 게임회사에 입사해 일을 하면서 창작활동을 시작했다. 데뷔할 때까지 30여 편의 단편 및 장편을 집필해 각종 신인상에 응모했지만 좋은 성과를 내지 못하다, 도쿄에서 일주일에 한 번 개최된 미스터리 작가 야마무라 마사오山村正夫의 소설 강좌에 3년 동안 참가하면서 강사로 온 편집자에게 건넨 원고가 인정을 받게 되어 드디어 프로 데뷔

를 하게 되었다. 데뷔작은 『정단!情断!』(1991)으로, 가까운 미래를 배경으로 한 정보 서스펜스물이다.

이어 단편 「돌봐 줄게めんどうみてあげるね」(1993)가 제47회 〈일본추리작가협회상日本推理作家協会賞〉을 수상했으며, 1995년에 동명의 연작집으로 간행되어 고령화 추세가 더해가는 일본사회의 문제점을 블랙유머로 담아낸 작품들이 수록되어 있다. 이 외에도江戸, 근세시대 일본과 조선의 외교문제를 제재로 해서 쓴 시대극 미스터리 『국서위조国書偽造』(1993), 복수극을 행한 47인의 사무라이 이야기를 새롭게 각색한 『미남 주신구라美男忠臣蔵』(1997) 등을 발표했다. 또, 오다 노부나가織田信長의 차남을 소설화한 『광기의 아버지를 존경해狂気の父を敬え』(1998) 등, 역사적인 소재를 가지고 미스터리의 새로운 분야를 개척해갔다. 한국에 「배반의 푸가裏切りの遁走曲」(『베스트 미스터리 2000』 I , 1999)가 번역되어 있다.

▶ 김계자

참고문헌: A, 윤상인, 김근성, 강우원용, 이한정, 『일본문학번역60년』(소명, 2009).

스즈키 유키오鈴木幸夫, 1912.1.28~1986.12.24

영문학자, 평론가, 번역가, 소설가. 오사카大阪 출생. 필명 지요 유조千代有三. 와세다대학早稲田大学 영문과와 대학원을 거쳐 2차 세계대전 이후 와세다대학 문학부 교수로 부임. 1982년 정년퇴임 후 명예교수로 있으면서 아토미학원跡見学園 단기대학 학장을 역임했다.

버지니아 울프, 제임스 조이스, 마크 트웨인, 잭 런던 등의 작품을 번역했으며, 『현대 미국문학現代アメリカ文学』, 『현대 영국문학작가론現代イギリス文学作家論』, 『영국문학주조イギリス文学主潮』, 『영미의 추리작가들英米の推理作家たち』 등의 저작이 있다.

일본탐정작가클럽 신춘 모임에서 처음 열린 소설 속 범인 맞추기(다카기 아키미쓰高木彬光가 출제)에서 추리소설가들을 제치고 1949년에서 1950년까지 2년 연속으로 1등을 차지했을 정도로 추리소설에 조예가 깊었으며, 3회에는 직접 출제자가 되기까지 하였다. 여기 출제했던 소설은 1951년 잡지 『보석宝石』에 지요 유조 명의로 추리소설 「바보의 잔치痴人の宴」로 수록되었다. 이 작품에는 작가 자신을 모델로 한 듯한 W대학 문학부 조교수인 소노 마키오園牧雄가 탐정 역할을 한다(다카기 아키미쓰가 창조한 명탐정 가미즈 교스케神津恭介의 친구로 설정되어 있다). 이후 「비너스의 언덕ヴィナスの丘」, 「에로스의 비가エロスの悲歌」, 「보석 살인사건宝石殺人事件」 등 논리성과 트릭을 중시한 중, 단편 추리소설을 발표했다. 1957년에는 와세다대학 재학 중이던 진카 가쓰오仁賀克雄의 요청으로 와세다 미스터리 클럽의 초대 회장으로 취임해 학생들을 지원했다. 당시 재학생이며 클럽 회원이던 오야부 하루히코大藪春彦의 작품을 에도가

와 란포에게 소개해 작가로서 빛을 보게 한 것으로 유명하며, 해외 추리소설 평론서도 다수 번역했다.

지요 유조라는 필명은 『캔터베리 이야기』를 쓴 제프리 초서의 이름에서 따온 것으로 알려져 있다.

▶ 박광규

참고문헌: A, B, E, G, 山村正夫「英文学者のフーダニット」ー『わが懐旧的探偵作家論』(幻影城, 1976), 新保 博久(編)・山前 讓(編)『江戸川乱歩 日本探偵小説事典』(河出書房新社, 1996).

스파이 소설 スパイ小説

스파이를 주제로 하는 소설로 영국에서는 스파이 픽션Spy fiction, 또는 폴리티컬 스릴러political thriller, 스파이 스릴러spy thriller라 불리기도 한다. 프로 스파이의 암투를 그린 작품부터 평범한 시민이 국제스파이전에 휘말리는 공포를 그린 작품, 활극 스파이 모험 작품 등이 있다. 스파이 소설의 원조는 19세기 문학까지 거슬러 올라가지만 제1차 세계대전 전후로 정보기관이 조직되면서 급속하게 출현했다. 1903년 어스킨 칠더스Erskine Childers의 『사막의 수수께끼The Riddle of the Sands』부터 필립스 오펜하임Edward Phillips Oppenheim, 전직 첩보요원이었던 윌리엄 르 퀴William Le Queux, 조셉 콘라드Joseph Conrad를 거쳐, 영국의 에릭 앰블러Eric Ambler의 『디미트리오스의 관The Mask of Dimitrios』(1939) 등 리얼리티 가득한 수작을 발표하여 스파이 소설의 성장기를 맞이했다. 그후 제2차 세계대전 이후 존 르 카레John Le Carré의 『추운나라에서 돌아온 스파이The Spy Who Came in from the Cold』(1963), 렌 데이턴(Len Deighton의 『입크리스 파일The Ipcress File』(1963) 등의 작가들을 통해 전성기를 구가한다. 일본 스파이 소설은 이러한 서구의 흐름을 담은 진지한 작품들이 대부분이며 이안 플레밍Ian Lancaster Fleming의 〈007 시리즈〉처럼 활극 스파이 소설은 탄생하지 않았다. 2차 세계대전 이후 유키 쇼지結城昌治의 『고메스의 이름은 고메스ゴメスの名はゴメス』(1962), 나카조노 에이스케中薗英助의 『밀항정기편密航定期便』(1963), 미요시 도루三好徹의 『바람은 고향으로 향한다風は故郷に向う』(1963) 등 1960년대 수작이 연이어 발표되었다. 1970년대 냉전시대가 붕괴되고 가상적국이 사라지자 스파이 소설도 설 곳을 잃게 되었다. 그러나 2001년에 발생한 미국의 9.11테러 사건과 그에 이어지는 테러 공격으로 스파이 스릴러의 수요는 다시 증가되고 있다.

▶ 이현희

참고문헌: A, 에르네스트 만델, 이동연 역『즐거운 살인』(도서출판 이후, 2001), 줄리언 시먼스, 김명남 역『블러드 머더－추리소설에서 범죄소설로의 역사』(을유문화사, 2012).

시노다 마유미 篠田真由美, 1953.11.15~

소설가. 도쿄東京 출생. 와세다대학早稲田大学

문학부 졸업. 1987년에 여행기 『북이탈리아 환상여행北イタリア幻想旅行』을 간행. 1991년 제2회 〈아유카와데쓰야상鮎川哲也賞〉에 처음으로 쓴 미스터리 『호박성의 살인琥珀の城の殺人』을 투고하여 수상에는 이르지 못했지만 최종 후보에 오른다. 18세기 헝가리의 고성에서 일어난 살인이라는 특수한 소재를 다룬 이 작품은 기다 준이치로紀田順一郎의 추천을 받아 이듬해 출판되었다. 1994년에는 15세기 루마니아의 영주였던 블라드를 그린 역사소설 『드라큘라공ドラキュラ公』, 17세기 이탈리아의 장원 저택에서 일어난 살인을 다룬 미스터리 『축복받은 정원의 살인祝福の園の殺人』과 같은 중세 유럽을 무대로 한 소설을 계속해서 발표한다. 그러나 같은 해 발표한 『미명의 집未明の家』에서는 분위기를 바꿔 현대 일본에서 벌어지는 본격미스터리를 풀어간다. 소위 건축탐정을 자칭하는 남자 사쿠라이 교스케桜井京介가 사건의 탐정역을 맡는 이 이야기는 이후 시리즈화되는데, 『검은 여신黒い女神』, 『비취의 성翡翠の城』(1995)을 시작으로 『번제의 언덕燔祭の丘』(2011)을 통해 완결되었다. 그밖의 대표작으로 『용의 묵시록龍の黙示録』(2004)을 시작으로 이어지는 판타지 소설 시리즈가 있다.

국내에는 〈호쿠토 학원 7대 불가사의北斗学園七不思議 시리즈〉 중 하나인 『왕국은 별하늘 아래王国は星空の下』(2007)가 『왕국은 별하늘 아래:호쿠토 학원의 7대 불가사의』

(2010)라는 제목으로 번역, 출간되었다.

▶ 채숙향

시노다 세쓰코篠田節子, 1955.10.23~

소설가. 도쿄東京 하치오지시八王子市 출생. 도쿄학예대학東京学芸大学 학교교육과를 졸업하고 하치오지 시청에서 복지, 교육 등의 업무를 맡아 근무했다. 야마무라 마사오山村正夫가 강사로 근무하는 창작교실에서 쓴 『비단의 변용絹の変容』(1991)이 1990년 제3회 〈소설스바루신인상小説すばる新人賞〉을 수상한 것을 계기로 퇴직한다. 이 작품은 눈부시게 빛나는 비단실을 토해내도록 유전자가 변형된 벌레가 육식화되면서 사람을 습격한다는, 아름다우면서도 무시무시한 바이오 호러 소설이다.

이후 『위조꾼贋作師』, 『블루 허니문ブルー・ハネムーン』(둘 다 1991)과 같은 미스터리, 『변신変身』(1992), 『캐논カノン』(1996), 『하르모니아ハルモニア』(1998) 등 음악을 소재로 한 호러, 『이비스神鳥』(1993), 『성역聖域』(1994), 제10회 〈야마모토슈고로상山本周五郎賞〉을 수상한 『고사인탄－신의 자리ゴサインタン―神の座』(1996) 등 초자연적 존재를 중심으로 그려낸 환상소설, 지방도시를 무대로 수수께끼의 전염병에 맞서 싸우는 사람들의 활약을 리얼하게 그려낸 패닉소설 『여름의 재앙夏の災厄』(1995) 등 독특한 미의식을 가진, 장르에 얽매이지 않는 엔터테인먼트

역작을 연달아 발표한다. 1997년 결혼과 자기실현 등 현대 여성이 안고 있는 문제를 보험회사에 근무하는 5인의 여성을 주인공으로 하여 그려낸 소설 『여자들의 지하드女たちのジハード』로 제117회 〈나오키상直木賞〉을 수상했다.

그 이후에도 꾸준한 작품 활동을 이어오고 있어, 어디 하나 빠지지 않는 완벽한 여자와 변변치 못한 오타쿠 번역가인 남자의 결혼 생활을 그린 『오타쿠에게 완벽한 여자는 없다百年の恋』(2000), 어떤 사건을 계기로 일탈을 시도하는 평범한 주부의 내면을 생생하게 그려낸 『도피행逃避行』(2003), 음악을 소재로 감동의 정체란 무엇인지 밝혀나가는 『찬가讃歌』(2006), 에게해의 작은 섬을 무대로 한 괴기 호러 소설 『호라-사도Χωρα(ホーラ)─死都』(2008) 등 최근까지 다양한 작품을 발표하고 있다. 또 소설 단행본 이외에도 『더 베스트 미스터리즈 추리소설 연감ザ・ベストミステリーズ 推理小説年鑑』과 같은 다수의 선집을 통해 다양한 작품을 발표하고 있으며, 『3일 하면 멈출 수 없어三日やったらやめられない』(1998)를 비롯한 수편의 에세이집도 출간하였다.

2009년 『가상의례仮想儀礼/上下』(2008)로 〈시바타렌자부로상柴田錬三郎賞〉, 2011년 『성모애상スターバト・マーテル』(2010)으로 〈예술선장문부과학대신상芸術選奨文部科学大臣賞〉을 수상했고, 국내에서는 1998년 『카논』이 처음 소개된 이래, 『여자들의 지하드/1,2』(둘다 1999), 『오타쿠에게 완벽한 여자는 없다』(2008), 『도피행』(2008), 『가상의례/상,하』(2010) 등이 한국어로 번역되어 소개되었다.

▶ 채숙향

참고문헌: A, H5, H6, 슈에이샤(集英社) 홈페이지 http://www.shueisha.co.jp/shuppan4syo/sibaren/index.html?utm_source=dlvr.it&utm_medium=twitter, 일본추리작가협회 홈페이지 http://www.mystery.or.jp/

시다 시로志田司郎

이쿠시마 지로生島治郎의 소설 『끝없는 추적追いつめる』(1967)에 등장하는 사립탐정으로 일본 최초의 본격적 하드보일드 주인공이다. 그는 일류대학 국문과를 졸업하고 작은 회사에 근무하다가 경찰시험에 합격하고 형사가 된다. 처음 등장 당시 그의 나이는 36, 7세였으며 효고현兵庫県 경찰 조사 4과의 형사 부장이었지만 동료에게 중상을 입힌 책임을 지고 사직했다. 그 후 도쿄로 상경하여 사립탐정소를 개업한다. 〈시다 시로 시리즈〉로는 『그 무덤을 파라あの墓を掘れ』(1968), 『친구여, 등 돌리지 마라友よ、背を向けるな』(1979), 『보수인가 죽음인가報酬か死か』(1975), 『밀실연기密室演技』(1985), 『야쿠자형사ヤクザ刑事』(1988), 『살인자는 새벽에 온다殺人者は夜明けに来る』(1989), 『인생최후의 살인사건人生最後の殺人事件』(1991), 『세기말의 살인世紀末の殺人』(1992), 『수라 저편修羅の向う側』(1999)이 있다.

▶ 이현희

263

참고문헌: A, I, 新保博久 『名探偵登場 – 日本篇』(ちくま新書, 1995).

시라이시 기요시白石潔, 1906.7.4~1968.12.19

평론가, 소설가. 별명 유키 다로幽鬼太郞, 미도리카와 고이치碧川浩一. 도쿄東京 출생. 메이지대학明治大學 정치경제학부 졸업하고 요미우리신문사読売新聞社에 입사했다. 1948년 사내에 '탐정소설을 즐기는 모임'을 결성하고, 이듬해에는 평론집 『탐정소설의 향수에 대해探偵小説の郷愁について』, 『행동문학으로서의 탐정소설行動文学としての探偵小説』을 잇달아 간행했다. 탐정소설에 대한 사회철학적 비판을 지향했지만 아마추어다운 독단과 비약이 많은 반면 곳곳에 독창적인 표현이 두드러졌는데, 특히 전자에서 체포록捕物帳을 '계절 문학季の文学'이라고 규정한 표현은 종종 인용된다.

1949년에 호치신문사報知新聞社 편집국장으로 옮기면서 에도가와 란포江戸川乱歩에게 전후 최초의 소설 『단애断崖』를 집필하게 하고, 또 같은 지면에 신인작가를 기용했다. 1950년에 『신청년』에 게재된 기기 다카타로木々高太郞 주재의 문학파 좌담회 '불시좌담회抜き打ち座談会'에 촉발되어 가야마 시게루香山滋, 야마다 후타로山田風太郞, 사마다 가즈오島田一男, 다카기 아키미쓰高木彬光, 미쓰하시 가즈오三橋一夫, 다케다 다케히코武田武彦, 가즈미 슌사쿠香住春作, 시마 규헤이島久平와 함께 본격파 옹호를 위해 '오니클럽鬼クラブ'을 결성하고 동인지 『도깨비鬼』을 발행했다.

1957년 12월 미도리카와 고이치라는 필명으로 「빚귀신借金鬼」을 발표하고, 그 후의 성과를 새롭게 중편집으로 정리한 것이 『미의 도적美の盗賊』(1960)이다. 작자는 등장인물의 대화와 그와 관련된 심리 묘사에 서스펜스 트릭을 담아냄으로써 종래의 추리소설을 벗어나 순문학과 손잡고 싶어 했지만 이런 시도는 극명한 심리묘사에 머물고 말았다. 그러나 기기 다카타로류의 심리문학으로 기울어진 이 작품으로 그는 제43회 〈나오키상直木賞〉 후보에 올랐다. 『요미우리 신문』 논설위원 등을 역임했지만 정년 퇴임 후에는 불우한 만년을 보냈다.

▶ 채숙향

참고문헌: A, B, E.

시라카와 도루白川道, 1945.10.19~

소설가. 본명 니시카와 도루西川徹. 중국 베이징 출생. 히토쓰바시대학一橋大學 사회과학부 졸업 후 회사 생활을 거쳐 주식 거래에 뛰어들게 든다. 주식을 매매했던 시절의 경험을 소재로 완성한 자전적 장편 『유성들의 연회流星たちの宴』(1994)로 데뷔. 미스터리 색깔은 희미하지만 냉혹한 주식의 세계를 무대로 삼아 무법자 같은 주인공을 내세운 이 장편은 전편에 풍기는 긴박감과 곳곳에 수놓은 아포리즘 스타일의 대사가 효과적으로 작용하여 하드보일드, 혹은 도

박 소설의 수작이라는 평가를 받았다.

자전적인 요소를 배제한 완전한 픽션에 도전한 두 번째 장편『바다는 말라 있었다海は涸れていた』(1996)는 전직 야쿠자였던 남자의 숙명적인 비극을 그리고 있다. 과거의 굴레에 얽매여 옴짝달싹 못하게 된 주인공, 운명적인 이야기 진행, 독특한 서정에는 전성기 도에이東映의 야쿠자영화 같은 맛이 있어 일본적인 특색을 가진 특이한 범죄소설로 완성되었다.

단편집 『커트 글래스ヵットグラス』(1998)에 수록된 연애소설이나 중간소설 스타일의 작품에는 미스터리를 지향하는 장르 작가라기보다는 오히려 무법자적인 세계나 인간에 초점을 맞추는 일반적인 소설 작가로서의 가능성을 엿볼 수 있다. 2001년에 부모를 파멸시킨 상대에게 복수하는 남자의 이야기를 다룬『천국으로 가는 계단天国への階段』을 발표하고, 이 작품으로 제14회 〈야마모토슈고로상山本周五郎賞〉 후보에 올랐으나 수상에는 이르지 못했다.

▶ 채숙향

참고문헌: A, H1.

시마다 가즈오島田一男, 1907.4.13~1996.6.16
소설가. 교토京都에서 태어나 만주에서 성장했다. 남만공전南滿工專에서 메이지대학明治大学까지 학교를 전전하지만 모두 중도 퇴학. 1930년 만주로 건너가 만주일보滿洲日報에 입사하여 사회부 기자와 종군기자를 맡는다. 이후 15년간 신문기자로 근무하고 전후에는 대륙정보통신사를 세웠다.

기자 시절에 두세 편의 습작을 쓰긴 했지만, 1946년 잡지 〈『보석』 단편상『宝石』短編賞〉에 밀실소설 「살인연출殺人演出」(1947)을 투고하여 입선하면서 주목받기 시작한다. 이듬해에는 인가작가가 되어 다수의 단편을 발표. 첫 번째 장편『고분살인사건古墳殺人事件』(1948)으로 대표되는 초기에는 정교한 트릭을 구사하는 데 중점을 두었지만, 본인의 문장으로 좋아하는 것을 쓰라는 충고를 받고 1949년 첫 번째 신문기자물인『권총과 향수拳銃と香水』를 발표. 또 같은 해 도쿄東京일보 사회부물인『유군기자遊軍記者』,『사회부장社会部長』 등을 발표하며 경쾌한 문장을 살린 리드미컬한 이야기로 작풍을 확립하고 1951년에는 단편 「사회부 기자社会部記者」(1950)로 제4회 〈탐정작가클럽상探偵作家クラブ賞〉을 수상한다.

액션물이나 괴이소설, 만주를 무대로 한 작품도 많지만, 역시 시리즈 캐릭터물이 특징이라고 할 수 있다. 통신기자, 동네 의사, 여성경관, 공안조사관, 감식과 경위 등 다채로운 캐릭터들이 등장하는데,『위를 보지 마上を見るな』(1955)의 난고 지로南郷次郎,『살인환상선殺人環状線』(1956)의 쇼지 사부로庄司三郎 부장형사,『철도공안관鉄道公安官』(1960)의 가이도 지로海堂次郎가 그 대표적인 캐릭터로 많은 작품에서 활약했다. 매스컴과 관련해서도 경찰 주변 기자나 톱

기사를 파는 사람, 지방신문지국 등 새로운 캐릭터들이 많이 탄생했고, 또 1958년부터 1966년까지 혼자서 각본을 쓴 TV 드라마 「사건기자事件記者」는 높은 시청률을 기록했다. 시대소설과 소년소녀를 대상으로 한 소설도 많다.

1960년대 후반부터는 『붉은 수사선紅の搜査線』(1968) 등을 통해 경찰의 조직적인 수사에 주목하고 있는데, 대표적인 작품이 감식과학의 발달을 배경으로 한 『과학수사관科学搜査官』(1973) 이하의 〈수사관 시리즈〉이다. 『여자수사관女搜査官』(1981), 『기동수사관機動捜査官』(1985), 『심인해부수사관心因解剖捜査官』(1996) 등 시대에 따라 변화하는 경찰조직을 포착한 28편의 작품이 발표되었다. 한편 여류 화가, 배우, 여성감찰의, 투어 컨덕터, 철도경찰대 등 새로운 시리즈에도 마지막까지 의욕적이었다. 1971년부터 제6기 일본추리작가협회 이사장을 맡았다.

국내에는 『욕망의 25시·경찰관과 미망인』(1988), 『안마사 케이』(1999)와 같은 번역서가 소개되었다.

▶ 채숙향

참고문헌: A, B, E, G.

시마다 소지 선島田荘司選 『아시아 본격 리그アジア本格リーグ』

아시아 본격 리그는 2009년 9월부터 2010년 6월에 걸쳐서 고단사講談社에서 출판된 아시아 장편 추리소설집 전 6권이다. 선자는 추리작가 시마다 소지島田荘司가 맡아서, 타이완, 태국, 한국, 중국, 인도네시아, 인도의 6개 나라의 대표 본격 추리소설을, 비영어권인 아시아 미스터리로서 처음으로 일본 추리독자에게 소개했던 뜻 깊은 기획이었다. 그런 평가에서도 이 전집은 본격미스터리작가클럽이 주최하는 제10회 〈본격미스터리대상本格ミステリ大賞〉(2010)의 평론과 연구 부문에서 '출판 기획「아시아 본격 리그」'로 후보에 올랐다. 이 전집은 아시아권 미스터리에 익숙하지 않았던 일본 독자들에게 아시아 미스터리에 대한 관심을 불러 많은 일본 미스터리팬들이 아시아 미스터리에 접하는 계기를 만들었다고 할 수 있다. 6권의 각국의 작가와 작품은, 타이완-란샤우藍霄의 『착오 배치錯誤配置』(2009.9), 태국-찻타워랙チャッタワーラック의 『두 시계의 수수께끼二つの時計の謎』(2009.9), 한국-이은李垠의 『미술관의 쥐美術館の鼠』(2009.11), 중국-수천일색水天一色의 『나비 몽란신관기蝶の夢 : 乱神館記』(2009.11), 인도네시아-S.마라·Gd의 『살의의 가교殺意の架け橋』(2010. 3), 인도-갈파나 스와미나탄의 『제3면의 살인第三面の殺人』이다. 독자 서평으로는 중국 당나라 왕조 미스터리인, 수천일색의 『나비 : 夢乱神館記』의 음양사 여자탐정의 활약이 호평을 얻었다. 당나라와 현대의 습속習俗의 위화감이 작중의 심리트릭과 범인의 이상행동 '알아채기'에 중

요한 실마리가 되는, 난이도가 높고 읽을 만한 작품으로 알려져 있다.

▶ 나카무라 시즈요

참고문헌: 아시아 미스터리 리그(アジアミステ リーリーグ)http://www36.atwiki.jp/asianmystery/ 번역 미스터리 대상 신디케이트翻訳ミステリー http://d.hatena.ne.jp/honyakumystery/.

시마다 소지島田荘司, 1948.10.12~

소설가. 히로시마현広島県 출생. 무사시노 미술대학武蔵野美術大学 졸업 후 1979년부터 소설을 쓰기 시작한다. 1980년 제26회 〈에도가와란포상江戸川乱歩賞〉에 「점성술의 매직占星術のマジック」을 응모하여 최종까지 올랐으나 수상에는 실패. 그러나 이듬해『점성술 살인사건占星術殺人事件』으로 제목을 바꾸고 간행된 이 작품은 본격미스터리 팬의 열렬한 지지를 받는다. 두 번째 장편인『기울어진 저택의 범죄斜め屋敷の犯罪』(1982)에서도『점성술 살인사건』의 명탐정 미타라이 기요시御手洗潔가 등장하여 불가능한 범죄를 멋지게 해결하는데, 이 두 작품을 통해 본격미스터리 역사에 그 이름을 새겼다고 할 수 있다.

그러나 이 작품들이 일반 독자나 평론가에게 안 좋은 평판을 받았다고 받아들인 소지는 작풍의 전환을 꾀한다. 1983년 세 번째 장편『시체가 마신 물死体が飲んだ水』(훗날『사자가 마시는 물死者が飲む水』로 개제)은『기울어진 저택의 범죄』에 등장한 우시

코시 사부로牛越佐武郎 형사가 주인공인 사회파 스타일의 작품. 이어지는 네 번째 장편『침대특급「하야부사」1/60초의 벽寝台特急「はやぶさ」1／60秒の壁』(1984)은 미남 형사 요시키 다케시吉敷竹史를 주인공으로 한 여행 미스터리 취향의 작품이다. 후자는 판매고도 좋아서 이후 한동안은 요시키를 주인공으로 한 시리즈를 중심으로 작품을 써나간다.

이 시기에 쓰인 다른 작품으로는 런던 유학중인 나쓰메 소세키夏目漱石가 괴사건에 휘말려 셜록 홈즈와 함께 활약하는 유머 미스터리 장편『소세키와 런던 미이라 살인사건漱石と倫敦ミイラ殺人事件』(1984)과 연속 방화사건을 쫓는 초로의 형사가 주인공인 사회파 장편『화형도시火刑都市』(1986) 등이 있다.

1987년 아야쓰지 유키토綾辻行人가『십각관의 살인十角館の殺人』으로 데뷔할 때 권말에 열렬한 추천문을 집필한 이후, 소위 신新본격작가를 연속으로 데뷔시키며 본격소설을 옹호하는 논진을 편다.

그와 동시에 자신의 본격미스터리관을 이론화하고자 시도하여 논문이나 추천문, 대담 등을 정리한『본격미스터리선언本格ミステリ宣言』을 1989년에 간행. 그 모두에 '본격 미스터리에는 환상적이고 불가해한 수수께끼를 설정하는 것이 필요하다'고 주장하고, 자신의 이론을 실천하기 위해 같은 해 〈요시키吉敷 시리즈〉 장편『기발한 발상,

267

하늘을 움직이다奇想, 天を動かす』를 간행한다. 이 작품은 그의 주장대로 본격으로서의 요소와 사회파로서의 요소가 혼연일체가 된 수작이다.

이듬해부터 일 년에 한 편 정도씩 본격 대작을 발표. 〈미타라이 시리즈〉 장편『구라야미사카의 식인나무暗闇坂の人食いの木』(1990), 『수정 피라미드水晶のピラミッド』(1991), 『현기증眩暈』(1992), 『아토포스アトポス』(1993)로 이어진다.

그 후에는 사형문제에 의욕을 불태워『아키요시 사건秋好事件』(1994), 『미우라 가즈요시 사건三浦和義事件』(1997) 등 실제 사건에서 소재를 얻은 소설을 집필. 일본인의 정신성에 관한 비평 활동도 정력적으로 하고 있다.

일본 본격파 미스터리의 대부라는 호칭에 걸맞게 국내에도 많은 번역서가 나와 있는데, 데뷔작『점성술 살인사건』(1997)을 비롯하여 최근작『고글 쓴 남자 안개 속의 살인』(2014)에 이르기까지 다양한 작품이 번역, 소개되고 있다.

▶ 채숙향

참고문헌: A, E.

공식 사이트 http://www.sojishimada.com/gmfw/.

시마무라 호게쓰島村抱月, 1871.2.28.~1918.11.5

평론가, 수사학·미학자, 신극新劇 지도자 도쿄전문학교東京專門學校(현 와세다대학早稻田大学) 문학부 제2회로 입학하여 쓰보우치

쇼요坪内逍遥의 문학적 가르침을 받았다. 1894년 졸업논문인『심미적 의식의 성질을 논한다審美的意識の性質を論ず』는 높은 평가를 받아 곧바로『와세다문학早稻田文学』에 실린다. 이후 런던과 베를린에서 수학하고 돌아와 당시 자연주의문학의 최고 평론가로 활약하였으며 이후 신극운동을 주도하였다.

그는 영국과 독일에서 건너가 수학하기 이전부터 탐정소설에 흥미를 가졌으며 1894년 8월에『와세다문학早稻田文学』에「탐정소설探偵小説」이라는 평론을 게재하였다. 이 평론에서 그는 탐정소설의 재미를 지적인 쾌락과 유희에 있다는 날카로운 분석력을 보여주고 있다.

▶ 정병호

참고문헌: 吉田司雄『探偵小説と日本近代』(青弓社, 2004),『日本近代文学大事典 第二巻』(講談社, 1977).

시마우치 도루島内透, 1923.9.6~

소설가. 도쿄東京 출생. 본명 시마다 시게오島田重男. 히토쓰바시대학一橋大学에서 사회심리학을 공부했으며, 이시하라 신타로石原慎太郎와 같은 연구회에 있던 적도 있다고 한다. 10년간 유급하다 중퇴했지만, 재학 시절부터 소설을 쓰기 시작하여 마쓰모토 세이초松本清張의 아류가 아닌 곳에서 사회성을 담기 위해 하드보일드에서 활로를 찾았다.

1960년 7월, S대 부정입학, 캬바레 탈취, 달

러 수표 위조사건에 얽힌 연속된 수수께끼를 풀고자 하는 청년을 주인공으로 한 장편『악과의 계약悪との契約』을 새로 써서 주목을 받고, 이어서 간행된『하얀 현기증白いめまい』(1984)에서는 고급 아파트 옥상에서 투신자살한 것으로 보이는 여고생의 죽음이 국유지 불하, 막대한 유산상속을 둘러싼 사건으로 발전하는 모습을 경쾌한 스피드로 그려내고 있는데, 그 사건을 풀어가는 하드보일드 탐정 기타무라 쇼이치北村樟一는 앞의 두 작품에 이어 3년을 침묵한 끝에 세상에 나온 세 번째 작품『백주의 갈림길白昼の曲がり角』(1987)에도 등장한다.

그 후 침묵은 더 길어져 1979년이 되서야 흥신소 직원 이가와 사부로井川三郎가 활약하는 두 편의 장편『피의 영수증血の領収書』,『죽음의 부두死の波止場』를 연달아 내놓는다. 1981년 청춘 하드보일드풍의『바닷바람의 살의海風の殺意』로 왕년의 체면을 되찾지만, 오사와 아리마사大沢在昌와 같은 젊은 하드보일드 작가들이 대두하는 현실에 거스를 수는 없었다. 그 후 새로운 흥신소 직원 탐정을 창조하여『봄날의 휘파람은 살인을 부른다春の口笛は殺しを呼ぶ』(1983)를 내놓지만 통속적인 방향으로 흐르고 있다. 신선한 감성과 세밀한 필치를 갖고 있으면서도 항상 시대와 부합하지 못해 하드보일드 선구자로의 영광을 누리는 데 실패했다.

▶ 채숙향

참고문헌: A, B, E.

시모다 가게키 志茂田景樹, 1940.3.25~

소설가. 본명 시모다 다다오下田忠男. 시즈오카현静岡県 출생. 주오대학中央大学 법학부 정치학과 재학 중 한때 신흥종교에 열중하여 2년간 유급. 졸업 후 이런저런 일을 전전하다 프리랜서 작가 일을 하면서 응모한「간신히 탐정やっとこ探偵」(1976)으로 제27회〈소설현대신인상小説現代新人賞〉을 수상하면서 작가로 데뷔한다. 한무라 료半村良 등이 구축한 전기伝奇 미스터리 유행의 바람을 타고『이단의 파일異端のファイル』(1977, 훗날『이단의 파일異端의 馬譜』로 개제)을 시작으로 1979년부터 발표한〈신묵시록新黙示録 시리즈〉등으로 인기를 모았다. 이에 안주하지 않고 1980년, 도호쿠지방東北地方 산간에 사는 사냥꾼인 마타기マタギ들의 세계를 그린『누런 어금니黄色い牙』로 제83회〈나오키상直木賞〉을, 또 1984년에는『기적소리汽笛一声』(1983)로 제4회〈일본문예대상日本文芸大賞〉을 수상. 1984년부터는 서정적인〈살인기행殺人紀行 시리즈〉와 오기노 쇼코扇野笙子를 여주인공으로 하는 코믹한〈공작경감孔雀警視 시리즈〉를 동시에 시작한 것을 비롯하여, 집필 속도가 점점 더 가속화되면서 수백 권의 저서를 간행하기에 이르렀다. 경쾌하고 스피디한 작품이 많은데, 고증에 의해 뒷받침된 역사추리물, 가공 전기 시뮬레이션 소설도 간간히 볼 수 있다. 1994년 제13회〈일본문예클럽특별대상日本文芸クラブ特別大賞〉을 수상, 1996년에는

출판사 'KIBA BOOK'을 세워 본인의 작품을 중심으로 출판하고 있다. 1999년에는 '착한 아이에게 책 읽어주는 모임'을 결성, 다수의 그림책과 아동서를 발간하기 시작하면서 그 후로 꾸준히 어린이를 위한 책 읽기 모임을 개최하고 있다. 국내에는 『남성독신보감』(2007), 『노란 풍선』(2003)과 같은 에세이 및 아동서가 번역, 소개되었다.

▶ 채숙향

참고문헌: A, E, 소속사 프로필 http://msshowbiz.mods.jp/archives/43.

시미즈 다쓰오志水辰夫, 1936.12.17~

소설가. 본명 가와무라 미쓰아키川村光暁. 고치현高知県 출생. 고치상고 졸업. 출판사 근무를 거쳐 프리 라이터가 된 후 주로 소년지, 부인지 등에서 활약하다 40대에 들어서면서부터 소설 집필을 시작한다. 처녀작 『굶주린 늑대飢えて狼』(1981)는 전前등산가인 남자가 음모에 휘말려 에토로후토択捉島섬에서 목숨을 건 탈출을 감행한 후 복수에 나서는 모험소설로, 해외 하드보일드 소설의 영향을 농후하게 받은 주인공의 심리 묘사와 극한의 자연묘사 등, 그때까지 일본 미스터리에서는 볼 수 없었던 신선함을 갖추고 있었다. 또 두 번째 작품인 『찢어진 해협裂けて海峡』(1983)에서는 선장인 동생의 배가 침몰하며 승무원이 전원 사망하는 사고의 진상을 규명하는 형의 모험을 유머를 곁들여 그려냈다.

이 두 작품에 이어 발표된 『지는 꽃도 있으니散る花もあり』(1984), 제39회 〈일본추리작가협회상日本推理作家協会賞〉과 제4회 〈일본모험소설협회대상日本冒険小説協会賞〉을 수상한 『등진 고향背いて故郷』(1985), 『늑대도 아니고狼でもなく』(1986), 제9회 〈일본모험소설협회대상日本冒険小説協会賞〉을 수상한 『스쳐지나간 거리行きずりの街』(1990)와 같은 진지한 작품이 높은 수준을 유지하고 있는 한편, 슬랩스틱의 한계에 도전한 듯한 코믹 스파이 소설 『저쪽이 상하이あっちが上海』(1984), 『이쪽은 발해こっちは渤海』(1988)의 연작도 발표하고 있어, 그 작품 세계의 폭을 짐작해 볼 수 있다.

집필을 거듭함에 따라 의도적으로 독자의 기대를 벗어난 설정이 눈에 띠기 시작하면서 『온리 예스터데이オンリィ・イエスタデイ』(1987), 『밤의 분수령夜の噴水嶺』(1991) 등 독자층이 갈리는 작품이 많아지기 시작했지만, 문체나 인물 조형 면에서는 점점 더 세련돼지고 있다. 비非미스터리 단편집 『지금 한 때いまひとたびの』(1994)로 제13회 〈일본모험소설협회대상日本冒険小説協会大賞〉 단편부문대상, 2001년 『어제의 하늘きのうの空』로 제14회 〈시바타렌자부로상柴田錬三郎賞〉을 수상했다. 2007년 첫 시대소설 『풋내기 로소이다靑に候』 이후, 최근작 『매복 가도-호라이야 장외 보조待ち伏せ街道・蓬莱屋帳外控』(2011)에 이르기까지 시대소설에 주력하는 모습을 보이고 있으며, 국내에는 『스

쳐지나간 거리』(2007)가 번역되어 있다.

▶ 채숙향

참고문헌: A, E, 공식 사이트 http://www9.plala. or.jp/shimizu－tatsuo/.

시미즈 요시노리淸水義範, 1947.10.28~

1947년 나고야名古屋에서 태어나 중학교 시절부터 SF를 좋아해서 스스로 SF 동인지를 발행하기도 했다. 아이치교육대학愛知教育大学 교육학부 국어학과를 졸업한 후, SF소설 『에스파 소년말살작전エスパー少年抹殺作戦』(1997)으로 작가 데뷔한다. 일반인 대상으로 한 단편집 『쇼와 어전시합昭和御前試合』(1981)이라는 작품과 패스티시 수법을 이용한 1986년 작품집 『메밀국수와 기시면蕎麦ときしめん』을 집필했다. 1988년에는 『국어입시문제필승법国語入試問題必勝法』(1987)으로 제9회 〈요시카와에이지문학신인상吉川英治文学新人賞〉을 수상한다. 이후 이미 발표된 많은 작품들을 희극화하는 패스티시 수법을 구사하며 10년간 300편이 넘은 단편을 발표한다. 이처럼 유머러스한 패스티시 작품을 다수 그리는 한편, SF, 호러, 미스터리, 교육론, 문장작법, 시대소설, 패러디 등 다양한 작품 활동을 한다. 그의 작품으로는 SF미스터리 연작 「환상탐정회사幻想探偵社」(1984~), 「울퉁불퉁 탐정콤비 사건부躍鬱探偵コンビの事件簿」(1985~90), 「얏도카메 탐정단やっとかめ探偵団」(1988~)이라는 시리즈물이 있다. 추리장르로는 『미궁迷宮』

(1999), 『타겟ターゲット』(1996), 『갈색방의 수수께끼茶色い部屋の謎』(1997)가 있으며 이후로도 다수의 작품을 발표한다. 2009년에는 〈주니치문화상中日文化賞〉을 수상한다.

▶ 이현희

참고문헌: A, 淸水義範, 『茶色い部屋の謎』(光文社, 1997).

시미즈 잇코淸水一行, 1931.1.12~

소설가. 본명 가즈유키和幸. 도쿄東京 출생. 와세다대학早稲田大学 법학부 중퇴 후 『동양경제신보東洋経済新報』, 『주간 겐다이週刊現代』등에 주식평론을 집필하다가 얼마 되지 않아 증권계의 내막을 파헤친 장편 『소설 시마小説兜町』(1996)를 발표하며 문단에 데뷔. 이것이 베스트셀러가 되면서 경제소설의 기수로 떠오른다. 1973년부터는 기업에 관한 풍부한 지식을 살려, 꿈의 저공해 안전자동차 〈아폴로 1200〉 개발 캠페인 도중에 일어난 자동차 사고와 대기업 합병을 둘러싼 음모에 관한 소설 『소문의 안전자동차噂の安全車』(1973, 훗날 『합병인사合併人事』로 개제), 회사 최고기밀의 누설에 관여하게 되는 샐러리맨의 심리적 굴절을 그려낸 『최고기밀最高機密』(1973), 동족회사내의 야욕과 음모에 얽힌 살인사건을 다룬 『동족기업同族企業』(1974)과 같은 독특한 장편기업추리소설을 연이어 발표했다.

그 후 작품 속에서 폭넓은 사회성을 볼 수 있게 되는데, 신칸센新幹線 소음 공해에 반대하는 범인과 대결하는 수사진의 동태를 강렬한 서스펜스를 통해 그려낸 수작 『동맥열도動脈列島』(1974)로 제28회 〈일본추리작가협회상日本推理作家協会賞〉을 수상했다. 이어서 은행이사 와타리亘理의 주간지 기자 척살 사건으로 시작되는 『동기動機』(1975, 훗날 『일그러진 그림자影の歪』로 개제)를 발표한다.

계속하여 『남자의 보수男の報酬』(1980, 훗날 『밀실상사密室商社』로 개제), 『공개주 살인사건公開株殺人事件』(1984)과 같이 현대성이 풍부한 작품을 다수 내놓는다. 한 차원 다른 범죄소설로서 도산 직전의 회사를 철저하게 먹잇감으로 삼는 비정한 남자들의 완전범죄를 그린 『냉혈집단冷血集団』(1982)이 있다.

▶ 채숙향

참고문헌: A, B, E.

시바타 렌자부로柴田錬三郎, 1917.3.26~1978.6.30
소설가. 통칭 시바렌柴錬. 본명은 사이토 렌자부로齋藤錬三郎. 오카야마현岡山県 출신. 게이오의숙대학慶応義塾大学 중국문학과支那文学科 재학중이던 1938년 『미타문학三田文学』에 「십 엔 지폐十円紙幣」등의 습작을 발표했으며, 루쉰魯迅이나 빌리에 드 릴아당Villiers de l'Isle-Adam, 오스카 와일드Oscar Wilde 등에 심취했다. 1940년에 졸업한 후 일본출판문화협회에 들어갔지만 1942년에 징집되었다. 배속된 남방 지역으로 향하던 배가 침몰하

여 표류하던 중 기적적으로 구조된 경험이 있다. 전후에는 잡지 기자를 거쳐 문필 활동에 전념하게 된다. 1951년 발표한 「데스마스크デスマスク」가 〈아쿠타가와상芥川賞〉과 〈나오키상直木賞〉 후보가 되면서 주목받기 시작해 1952년에는 살인사건을 다양한 인물의 증언으로 재구성하는 추리소설 「예수의 후예イエスの裔」로 제26회 〈나오키상〉을 수상했다. 그 외의 미스터리 작품으로는 단편 「맹목살인사건盲目殺人事件」(1957), 오쓰보 스나오大坪砂男의 도움을 얻었다고 일컬어지는 「유령신사幽霊紳士」(1960) 등이 있다.

하지만 무엇보다 시바렌의 명성을 드높인 작품은 〈네무리 교시로眠狂四郎 시리즈〉라 할 수 있다. 네무리 교시로는 무사도에 기반하며 금욕적인 인물상이 주를 이루던 기존의 시대소설 주인공과는 정반대로 혼혈아에다 칼은 오로지 사람을 해하는 흉기일 뿐이라는 가치관을 지녔으며, 나아가 주저 없이 여성을 겁탈하는 인물이다. 냉소적이면서 허무한 분위기를 풍기는 인물상이 인기를 얻으면서 크게 히트해, 1956년 『주간신초週刊新潮』에 첫 연재를 시작한 이래, 1974년까지 연재가 이어졌다. 이후 '검호작가剣豪作家'로 이미지가 정착되면서 「방랑자 미야모토 무사시決闘者 宮本武蔵」 등, 다수의 검호 시대소설을 집필해 일본의 '검호 붐'에 지대한 영향을 끼쳤다. 국내에 번역 출간된 시바렌의 작품들도 대부분 검호 소

설들이다. 네무리 교시로는 80년대에 「광사랑狂四郎」(1987)이라는 제목으로 번역되었으며 현재는 만화판 「네무리 교시로」(2002년에 1권이 출간되어 2004년에 10권으로 완결)가 유통되고 있다. 이외에 국내에서 번역된 시바렌 작품은 「방랑자 미야모토 무사시」(1999), 「비천무」(2000), 「검성」(2001), 「무사」(2001), 「유령신사」(2003), 「뻔뻔스런 녀석」(2004) 등이 있다.

1978년 6월 30일 게이오대학 병원에서 폐인성 심질환으로 사망했다. 1977년까지는 〈나오키상直木賞〉의 심사위원을 맡기도 했으며, 현재는 그의 이름을 딴 〈시바타렌자부로상柴田錬三郎賞〉이 매년 수여되고 있다. 〈시바타렌자부로상〉을 수상한 유명 작가로는 아사다 지로浅田次郎, 교고쿠 나쓰히코京極夏彦, 오쿠다 히데오奧田英朗, 히가시노 게이고東野圭吾 등이 있다.

▶ 류정훈

참고문헌: A, 柴田錬三郎 『イエスの裔』 (冬樹社, 1980).

시바타 요시키柴田よしき, 1959.10.14~

소설가. 본명 나가쓰나 지즈코長綱智津子. 도쿄東京 출생. 아오야마학원대학青山学院大学 불문과를 졸업. 중학생 시절부터 미스터리를 읽어 온 시바타는 결혼 후 육아를 하면서 습작을 시작, 1995년 처녀작 『리코-비너스의 영원RIKO-女神の永遠』으로 제15회 〈요코미조세이시상橫溝正史賞〉을 수상하며 소설가로 데뷔했다. 이 작품은 경시청 형사 무라카미 리코村上緑子를 주인공으로 한 경찰소설로, 여주인공의 심리를 감각적이며 리드미컬한 문체를 통해 극명하게 묘사해 화제가 되었다. 이후 같은 인물을 주인공으로 한 시리즈 『마돈나의 깊은 연못聖母の深い淵』(1996), 『다이애나의 얕은 꿈有神の浅い夢』(1998)을 발표한다.

이후 다양한 시리즈물을 중심으로 작품 활동을 하게 되는데, 주요 시리즈물로는 고전적인 본격미스터리 형식에 도전한 『유키노 산장의 참극柚木野山荘の惨劇』(1998)을 시작으로 등장한 〈고양이 탐정 쇼타로 시리즈〉, 전前 형사이자 무허가 보육원 원장인 하나사키 신이치로花咲慎一郎가 의뢰받은 사건을 해결해가는 〈하나사키 신이치로 시리즈〉, 전기伝奇 호러물 『염도炎都』(1997) 이후 『우도-제4의 서-사악한 존재의 승리宙都-第四之書-邪なるものの勝利』(2004)까지 이어지는 〈염도 시리즈〉 등이 있다.

이런 시리즈물 외에는 본인의 고교시절을 모델로 하여 70년대의 도쿄를 그린 청춘미스터리 『소녀들이 있던 거리少女達がいた街』(1997), 서스펜스 소설 『미스 유Miss You』(1999), SF물 『레드 레인RED RAIN』(1998), 과거 수학여행 중 실종된 학생을 둘러싼 서스펜스 미스터리 『격류激流』(2005), 그리고 유머 미스터리 단편집 『점술사 유령과 보내는 나날들ぼくとユーレイの占いな日々』(2013)과 연애 미스터리를 표방한 『사랑비恋雨』

273

(2013)에 이르기까지 다양한 미스터리 작품을 끊임없이 내놓고 있다. 또 선집, 릴레이 소설, 공저의 형태로 다수의 작품을 발표했으며, 이 중 많은 작품이 영화, 드라마, 라디오 드라마의 형태로 소개되었다.

국내에는 〈고양이 탐정 시리즈〉 중 『고양이 탐정 쇼타로의 모험』 4권이 전권 번역되어 『고양이 탐정 쇼타로의 모험1: 고양이는 밀실에서 점프한다』(2010), 『고양이 탐정 쇼타로의 모험2: 고양이는 크리스마스 이브에 추리한다』(2010), 『고양이 탐정 쇼타로의 모험3: 고양이는 고타쓰에서 웅크린다』(2010), 『고양이 탐정 쇼타로의 모험4: 고양이는 이사할 때 세수한다』(2010)라는 제목으로 출간되었다.

▶ 채숙향

참고문헌: A, 공식 사이트 http://www.shibatay.com/

시자키 유梓崎優, 1983~

소설가. 도쿄東京 출생. 게이오의숙대학慶應義塾大學 경제학부 졸업.

부친의 업무로 인해 유치원부터 초등학교 4학년까지 말레이시아에 거주했다. 고등학교 1학년 때, 학교 문화제에서 상연할 추리 연극의 각본을 준비하면서 미스터리의 세계에 처음 발을 디딘다. 학교 숙제 이외에는 글을 써 본 적이 없던 그는 순식간에 추리소설에 빠져들어 3개월 남짓한 사이에 1백여 권을 독파한 뒤, 재미있는 부분을 짜깁기하여 각본을 완성하는 데 성공한다.

대학 입학 후 동창회보를 맡으면서 서평이나 수필을 직접 썼으며, 소설은 졸업 후 직장생활을 하며 처음 쓰기 시작했다. 처음 공모전에 응모한 단편은 예심에서 탈락했으나, 본격적인 추리소설로서의 방향을 잡아 쓴 단편 「사막을 달리는 뱃길砂漠を走る船の道」로 도쿄소겐샤東京創元社 주최 제5회 〈미스터리즈신인상ミステリーズ! 新人賞〉을 수상했다.

2010년, 수상작을 수록한 단편집 『외침과 기도叫びと祈り』를 출간했으며, 2013년 첫 장편인 『리버사이드 칠드런リバーサイド・チルドレン』을 발표해 제16회 〈오야부하루히코상大藪春彦賞〉을 수상했다.

현재 직장에 근무하며 작품 집필을 하고 있다.

▶ 박광규

참고문헌: 梓崎優, 「『叫びと祈り』ここだけのあとがき」 『ウェブミステリーズ!』 東京創元社 2010년 3월 5일, 「作家の読書道 第111回 梓崎優」 『WEB本の雑誌』 本の雑誌社 2011년 1월 26일.

시즈쿠이 슈스케雫井修介, 1968.11.14~

소설가. 일본 아이치현愛知県 출생. 센슈대학専修大学 문학부를 졸업한 후 출판사와 사회보험노무사 사무소 등에서 근무하다가 1999년 『영광일로栄光一途』로 제4회 〈신초미스터리클럽상新潮ミステリー倶楽部賞〉을 수상하며 작가로 데뷔했다. 그 후 얼굴에 대한 콤플렉스와 그에 얽힌 복수를 다룬 두 번째 작품 『허모虛貌』(2001)로 제4회 〈오야부하루히코상大藪春彦賞〉 후보에 오르지만 수상에는 이르지 못한다. 그러나 결국 2005년 아동범죄를 둘러싼 폭력적인 미디어의 모습과 이에 맞서 싸우는 경찰의 모습을 치밀하게 그려낸 『범인에게 고한다犯人に告ぐ』로 제7회 〈오야부하루히코상〉을 수상하고 제26회 〈요시카와에이지문학신인상吉川英治文学新人賞〉 후보에 오르는 등, 동료작가들의 절찬을 받으며 평단의 인정을 받게 된다. 이밖에도 전前재판관의 옆집으로 그가 이전에 무죄판결을 내렸던 남자가 이사를 오면서 잇달아 발생하는 불길한 사건들을 둘러싼 서스펜스 소설 『불티火の粉』(2003), 순수한 사랑을 담은 청춘연애물 속에 미스터리 작가답게 가슴 아린 반전을 담아낸 작품 『클로즈드 노트クローズド・ノート』(2006), 정반대인 성격을 가진 부자父子 형사의 활약상을 코믹하게 그려낸 『비터 블러드ビター・ブラッド』(2007) 등을 차례차례 발표하고, 이 작품들은 대부분 드라마나 영화로 만들어지면서 큰 인기를 모으게 되었다.

그 후에도 타인의 '살기'를 감지해내는 특수한 능력을 가진 주인공이 여아유괴사건을 해결해가는 미스터리 『살기!殺気!』(2009), 감동적인 판타지풍 가족 소설 『날개 이야기つばさものがたり』(2010)에서부터 살인사건을 조사하는 베테랑 검사의 모습을 통해 진정한 정의에 대해 묻고 있는 최근작 『검찰측 죄인檢察側の罪人』(2013)에 이르기까지 꾸준히 작품 활동을 이어오고 있다.

국내에는 『클로즈드 노트』(2011), 『범인에게 고한다/1,2』(2006)가 번역되어 있다.

▶ 채숙향

참고문헌: H6, H9.

시키타 티엔式田ティエン, 1955.9.7~

미스터리 작가. 사이타마현埼玉県 우라와시浦和市 출생. 태어나서 곧바로 요코하마橫浜로 이주하게 되었다. 필명 '티엔'은 베트남 사람 메이크업 아티스트의 이름에서 딴 것으로 시대물을 집필할 때는 아마다 시키天田式라는 필명을 쓴다. 친할아버지는 농지개혁으로 토지를 잃은 부재지주였고, 통신사 기자 겸 라디오 뉴스캐스터였던 아버지는 중3 때 집을 나간다. 초등학교, 중학생 시절 경쟁사회의 폐해를 비판적 시선을 갖게 되어 미술 세계를 지향하였고, 고교시절에는 화가 이시다 모쿠石田黙에게 그림을 배웠다. 무사시노武藏野 미술대학을 졸업한 뒤, 모리 하나에森英恵 그룹 판촉을 거쳐 일본천연색영화日本天然色映画에 입사했다. 7년 뒤에 개인사무소를 설립하면서 독립했다. 『가라앉는 물고기沈むさかな』로 2002년 제1회 〈이 미스터리가 대단하다!このミステリーがすごい! 대상〉 우수상을 수상하고 이듬해 문단에 데뷔한다. 수상작 『가라앉는 물고기』에서는 아버지의 갑작스러운 죽음에 의해 대학 진학을 포기한 주인공 야노 이즈미矢

野和泉(통칭 가즈ヵズ)가 어릴 적 본인을 괴롭혔던 가베 에이스케加部英介를 만나면서, 풀장에서 수영 코치를 하던 수영선수 출신 아버지의 죽음의 진상에 접근하게 된다. 소꿉친구의 불가사의한 죽음을 겪으며 그간 그다지 마음에 담아두지 않았던 아버지의 애정을 서서히 깨달아가는 과정이 스쿠버 다이빙이나 해변의 나이트클럽 등 쇼난湘南 지역을 무대로 펼쳐진다. 〈가라앉기 삼부작沈む三部作〉인 『달이 100번 가라앉으면月が100回沈めば』(2006), 『쇼난 노트湘南ノート』(2009, 2011년에 『쇼난 미스터리즈湘南ミステリーズ』로 문고본화) 외에, 역시 쇼난을 무대로 한 「세븐 스타즈 옥토퍼스セブンスターズ, オクトパス」(아마다 시키, 2012), 시대 미스터리 「가을의 물秋の水」(2012), 막부 말기의 요코하마를 다룬 「꽈리ほおずき」(아마다 시키, 2013)와 「적조苦潮」(아마다 시키, 2013)와 같이 주로 요코하마와 쇼난을 무대로 한 미스터리 소설을 다카라지마사宝島社의 『이 미스터리가 대단하다!』 시리즈에 발표했다. 막부 말기의 요코하마에 대한 관심은 인도 무역상인 엔프레스 상회ェンプレス商会의 차녀였던 아내의 할머니에게서 받은 영향이 컸던 것으로 보인다. 2012년부터 『가나가와 신문神奈川新聞』의 「고모레 비木もれ日」란에 오카다 도시키岡田利規, 다구치 랜디田ロランディ, 후지사와 슈藤沢周와 함께 릴레이 에세이를 2013년 11월 현재 연재하고 있다. 한편 덴시키天式라는 아호雅號

로 일본 전통 단시인 하이쿠俳句도 발표하고 있으며, 일본추리작가협회日本推理作家協会, 일본보도클럽日本報道クラブ, 일본아카데미상협회日本アカデミー賞協会의 회원이다.

▶ 가나즈 히데미

참고문헌: H03-13, 式田ティェン「続・長い長い祖母の航跡」(『神奈川新聞』2013.8.17), 同「長い長い祖母の航跡」(상동, 2013.6.22), 同「筆名でんぐり返し」(상동, 2012.12.8), 同「黙先生の亀」(상동, 2012.11.10), 同「スパイに不向きな父について」(상동, 2012.3.31), 同「詐欺師の口, 絵師の手」(상동, 2012.3.3).

신도 후유키新堂冬樹, 1966~

소설가, 추리작가, 예능 프로모터, 영화감독. 오사카大阪 출신. 고등학교를 중퇴한 이후 십대 시절에 금융업계로 들어가 경영 컨설턴트업 활동을 하는 한편, 1998년 시내의 작은 금융업체 경영자 주위에서 일어나는 연속엽기살인을 다룬 『피로 칠해진 신화血塗られた神話』로 제7회 고단샤講談社 〈메피스토상メフィスト賞〉을 수상하면서 작가로 데뷔했다. 『끝 눈忘れ雪』(2003), 기억장애를 다룬 『당신을 만나 다행이다あなたに会えてよかった』(2006) 등의 순연애소설 〈백신도白新堂〉 계통과 폭력이 꿈틀대는 사회 이면을 다룬 느와르소설 〈흑신도黑新堂〉 계통을 구분하여 그려냈는데, '궁극의 선과 악은 표리일체'라는 신조에 기반하고 있다. 평범한 중학교 교사가 살인범이 되어 가는 『네 잘못이다君が悪い』(2007), 시칠리아 마피아의 복수극 『악의 꽃悪の華』, 북한과 얽힌 범죄조직 및 조직폭력단과 대치하는 경시청 공안부 형사를 그린 경찰소설 『유리 새硝子の鳥』(2011) 등 살인과 폭력의 공간에서 움직이는 인간들이 묘사되었다. 『서랍 속 러브레터引き出しの中のラブレター』(2009), 『어떤 사랑의 시ある愛の詩』(2004), 『검은 태양黒い太陽』(2006), 『내가 가는 길僕の行く道』(2005, 영화 『나와 엄마의 노란 자전거ぼくとママの黄色い自転車』로 만들어짐) 등 드라마나 만화로 만들어진 작품도 많다. 2007년에 예능 프로덕션 신도프로新堂プロ를 설립하여 대표이사로 취임하였으며, 2009년에는 영화 『극장판 벌레황제劇場版虫皇帝』로 첫 감독을 맡았다. 그 밖에 DVD소프트 『세계최강 벌레왕 결정전世界最強虫王決定戦』 제작에도 참여했다.

한국어로 번역된 작품도 다수여서, 『내가 가는 길』은 『엄마 찾아 가는 길』(2005)로, 『백년 연인百年恋人』(2007)은 『백년후애』(2012)로, 『신도 후유키의 여자 취급설명서新堂冬樹の女の取扱説明書』(2010)는 『똑똑한 마녀정복기-여자를 대하는 것이 서툴고 어색한 남자들을 위한 지침서』(2011)로 한국에 소개되었다.

▶ 가나즈 히데미

참고문헌: H01, 「アンダーワールドの日々: 人気作家座談会」(2001).

신본격新本格

본래는 에도가와 란포江戸川乱歩가 아가사 크리스티Agatha Christie, 엘러리 퀸Ellery Queen 등의 황금시대 이후에 등장한 니콜라스 블레이크Nicholas Blake, 마이클 이네스Michael Innes 등의 영국 작가를 편의적으로 총칭한 말이다. 사사자와 사호笹沢左保, 소노 다다오草野唯雄, 덴도 신天藤真 등이 본격本格과 서스펜스 소설을 절충시킨 작품을 선보여 신본격으로 불리기도 했다.

하지만 현재는 아야쓰지 유키토綾辻行人 이후, 주로 시마다 소지島田荘司의 추천을 받아 데뷔한 '교토대학京都大学 추리소설 연구회' 출신 중심의 작가군을 신본격파라고 부르는 것이 일반적이다. 아야쓰지의 두번째 소설 「수차관의 살인水車館の殺人」(1988) 책띠지에서 처음으로 이런 의미의 신본격이라는 용어가 사용된 이래, 신본격은 아야쓰지의 〈관 시리즈〉를 출판한 고단샤講談社를 통해 등장한 일련의 미스터리 작품들을 지칭하는 일종의 브랜드였다. 하지만 이후 다른 출판사의 작가들도 비슷한 성향의 작품을 발표하며 점차 장르명으로 인식되기에 이르렀다.

당초에는 인간이 그려지지 않은 트릭지상주의는 시대에 역행하는 것이라는 비판에 휩싸였지만 동세대를 중심으로 하는 독자들의 열렬한 지지와 작가들의 노력에 의해 현재는 이런 비판의 목소리가 수그러든 모양새다.

▶ 류정훈
참고문헌: A. 小学館『デジタル大辞泉』.

신쇼 후미코新章文子, 1922.1.6~

소설가. 교토京都 출생. 본명은 야스다 미쓰코安田光子이며 결혼 전 성은 나카지마中島였다. 교토부립京都府立 제일고등여학교(현재의 교토부립 오키고등학교鴨沂高等学校)를 졸업한 후 다카라즈카음악무용학교宝塚音楽舞踊学校(현재의 다카라즈카 음악학교)에 입학하였고, 1941년 다카라즈카 가극단에 입단한다. 1943년에 퇴단한 후 교토 시청에서 근무하면서 동화 집필을 시작하였다. 1948년 나카지마 미쓰코中島光子라는 이름으로 동화집『아기 다람쥐와 빨간 장갑子りすちゃんとあかいてぶくろ』을 간행했다. 그 뒤 소녀소설이나 시를 창작했는데 결혼하면서 휴지기에 들어간다. 하지만 쇼치쿠교토松竹京都의 시나리오 라이터였던 남편의 영향으로 미국 추리소설가 존 딕슨 카John Dickson Carr의 『황제의 담배가루 상자The Emperor's Snuff-Box』(1942)를 읽고 추리소설에 빠져들면서 집필의욕을 갖게 된다. 1959년 장편소설『위험한 관계危険な関係』가 제5회 〈에도가와란포상江戸川乱歩賞〉을 수상하며 추리작가로서 데뷔한다. 수상작『위험한 관계』는 교토를 무대로 교토식 말투를 잘 구사하면서 도쿄에서 혼자 생활하던 교토 자산가의 아들 세라 다카유키世良高行와, 다카유키에게 유산을 모두 빼앗긴 것

을 참지 못하던 격정적 성격의 여동생, 다카유키를 따라 교토로 온 술집 여자, 죽은 아버지와 은원관계로 맺어진 바의 마담 등 등장인물들의 개성이나 행동, 사고방식을 선명하게 보여주며 각각의 이야기가 서로 얽히며 펼쳐지는 인간드라마가 독자를 사로잡는다. 트릭과 같은 논리보다 플롯의 구성력이 높이 평가되는 작품이다. 다음 작품『백 미러バック・ミラー』(1960)는 남편의 무정자증을 빌미로 산부인과 의사에 의해 아이를 갖게 된 교사의 아내가 겪게 되는 어려운 상황을 묘사하였고,『아침은 이제 오지 않는다朝はもう来ない』(1961)에서는 하루의 아침, 낮, 저녁을 다루며 시점을 교차하는 방식을 도입했다.『여자 얼굴女の顔』(1963)에서는 보기 드문 미모의 소유자지만 연기 재능이 부족한 여배우 나쓰카와 쇼코夏川薔子가 새 작품 촬영의 압박감을 견디지 못하고 교토로 갔다가 도쿄로 돌아오자마자 어머니가 사고로 사망하는 사건을 다룬다. 그 원인을 알아보는 사이에 어머니에게 뜻밖의 과거사가 있었고 쇼코를 둘러싼 사람들의 생각이 점차 밝혀진다. 예능계를 떠나기 위해 성형수술을 받으려는 쇼코의 주변에서 일어나는 이상한 사건들이, 약혼자인 감독과 여행을 갔던 교토에서 쇼코와 관계를 가진 의대생 등 여러 인물들의 시점으로 기술하면서 각각의 심리를 치밀하게 이야기하는 서스펜스로 가득한 방법이 돋보인다. 그밖에 다카라즈카

가극단을 퇴단하고 상경한 여성을 주인공으로 한 『세이코의 주위青子の周囲』(1961), 옛 애인인 작가를 잊지 못하는 아내에게 질투를 유발하고자 사진작가 남편이 한바탕 연기를 벌이는 동안 그 조수가 사망하는 사건이 일어나는『질투하다嫉ける』(1962) 등 여성의 어두운 심리를 다룬 서스펜스 소설을 썼다. 그 밖에『침묵의 집―성도착 살인사건沈黙の家 性倒錯殺人事件』(1961)에서는 남색 취향에도 도전하였으며, 또한 『사주추명입문四柱推命入門』(1971), 『신쇼 후미코의 추리점新章文子の推理占い』(1972)을 간행하여 역학 해설로도 정평을 얻었다.

▶ 가나즈 히데미

참고문헌: A, B, D, E, F.

신주쿠자메新宿鮫

오사와 아리마사大沢在昌의 연작소설 〈신주쿠자메 시리즈〉에 등장하는 주인공 형사의 별명. 본래의 성은 사메지마鮫島이지만 이름은 명확하지 않다. 영화판의 이름은 다카시崇. 첫 등장인 1990년의 소설「신주쿠자메」에 등장했을 때 나이는 36세. 신주쿠자메는 '신주쿠'와 '사메'의 합성어로 신주쿠의 상어라는 뜻이다.

신주쿠자메는 국가공무원상급시험을 통과한 엘리트지만 불의를 참지 못하는 정의감과 경찰 조직 내의 암투 탓에 출세는커녕 신주쿠 경찰서 방범과로 좌천된다. 계급도 시험 합격 시의 계급 그대로인 경부警部. 경찰서 내에서도 부하나 파트너 없이 줄곧 개인행동을 위주로 하는 외톨이지만, 검거율 만큼은 상상을 초월한다. 야쿠자를 비롯한 범죄자들에게 인정사정없을 뿐 아니라 경찰간부라 하더라도 비리가 있으면 조용히 다가가 체포해 버리는 성격 때문에 신주쿠자메로 불리지만 외모는 상어라는 별명과 달리 예쁘장한 모습으로 묘사되고 있다. 특히 뒷머리를 길게 늘어뜨린 멀렛 스타일 덕분에 10년은 젊어 보인다. 참고로 신주쿠자메의 여자친구 아오키 쇼青木晶는 14살 연하라는 설정. 머리를 길게 늘어뜨린 이유는 목덜미에 15센티 정도의 자상이 있기 때문이다.

일본에서는 1990년부터 2011년까지 총 10편의 〈신주쿠자메 시리즈〉가 출간되었다. 국내에서는 신주쿠 상어라는 이름으로 1편부터 4편까지가 번역된 상태다.

한편 작가 오사와 아리마사는 1편「소돔의 성자新宿鮫」로 〈요시카와에이지문학신인상吉川英治文学新人賞〉과 〈일본추리작가협회상日本推理作家協会賞〉을, 4편「지옥의 인형無間人形 新宿鮫IV」으로 〈나오키상直木賞〉을 수상했다. 1편은 1993년에 사나다 히로유키真田広之 주연으로 영화화되기도 하였다.

▶ 류정훈

참고문헌: A, I.

신청년新青年

1920년 1월부터 1950년 7월까지 간행된 잡

지. 통권 400호. 하쿠분칸博文館에서 발행했으나 전후에는 에코다쇼보江古田書房, 분유칸文友館, 하쿠유샤博友社로 바뀐다. 1945년 3월호가 인쇄소가 공습을 당해 발행이 정지되었지만 1945년 10월호부터 재간되었다. 초대 편집장을 모리시타 우손森下雨村이 맡으며 지방청년을 대상으로 한 계몽잡지로서 창간된 경위도 있어서, 청년수양이나 해외 도항 장려 기사가 상당 부분을 차지했는데, 독자를 확보하기 위해 해외 탐정소설이 게재된 1920년대부터 1930년대의 대표적 모더니즘 잡지가 되었다. 탐정소설에 주목한 것은 하세가와 덴케이長谷川天渓, 바바 고초馬場狐蝶, 이노우에 주키치井上十吉, 고사카이 후보쿠小酒井不木 등의 권유가 있었기 때문이라고 한다. 이것이 당시 청년층들에게 지지를 받으며 급속히 탐정소설 열기가 고조되었다. 1921년 8월에는 『탐정소설걸작집探偵小説傑作集』이라는 증간호가 크게 호평을 받았고 이듬해부터는 연 2회, 나중에는 연 4회 간행되기에 이른다. 1940년에는 원서를 입수하기 어려워지고 읽을거리가 통제를 받았으므로 증간은 정지되었지만 도합 43권이나 간행되었다. 영국의 레오날드 비스톤Leonard J. Beeston, P·J·우드하우스P. J. Woodehouse, 미국의 존스톤 맥컬리Johnston McCulley를 필두로, 오 헨리O. Henry, 모리스 르벨Maurice Level, 스테이시 오모니어Stacy Aumonier 등의 소설이 다수 게재되었고, 니시다 마사지西田政治, 아사노 겐푸浅野玄府,

다나카 사나에田中早苗, 세오 아키오妹尾アキ夫, 노부하라 겐延原謙, 사카모토 요시오坂本義雄, 다니 조지谷譲次(하세가와 가이타로長谷川海太郎의 별명), 요코미조 세이시橫溝正史, 와케 리쓰지로和気律二郎, 요시다 기네타로吉田甲子太郎 등의 번역자를 양성했다. 다른 한편으로 창작탐정소설도 모집하여 1921년에는 요코미조 세이시, 1922년에는 미즈타니 준水谷準이 등장하는데, 1923년의 「2전짜리 동전二銭銅貨」을 내세운 에도가와 란포江戸川乱歩의 등장으로 일본인 작가에 의한 창작발전의 가능성이 제시되었다. 이후 란포에게 자극받은 많은 탐정작가들이 데뷔하였다. 요코미조 세이시가 편집장이 된 1927년 3월호부터 지면이 쇄신되어 영화, 스포츠, 패션 등의 기사가 충실해지고 '신청년 취향이라고 일컬어진 모던 취향이 전면에 드러났다. 그 후 1928년 10월부터 노부하라 겐, 1929년 8월부터 미즈타니 준이 편집장을 역임하며 위트 가득한 지면구성이 호평을 얻었다. 1936년부터는 전쟁의 색채를 강하게 띠며 시국에 관한 읽을거리를 게재하였고 1938년 우에쓰카 사다오上塚貞雄가 편집장이 되었다가 1939년 중엽에는 다시 미즈타니 준으로 바뀌었다. 점차 탐정소설의 색채가 약해지고 군사, 방첩, 모험물 등이 우세해졌다. 탐정소설 전문잡지라고만은 할 수 없지만 1928년 에도가와 란포의 「음울한 짐승陰獣」과 같은 히트작이나 유메노 규사쿠夢野久作, 고가 사부로甲賀三

郎, 히사오 주란久生十蘭, 오구리 무시타로小栗虫太郎, 기기 다카타로木々高太郎의 단편이나 연재소설까지 포함하여 탐정소설 발전에 크게 기여했다. 그 밖에도 하야시 후사오林房雄, 히라바야시 다이코平林たい子, 사토 하루오佐藤春夫 등의 문단작가들도 추리소설을 기고했다. 전후에는 요코미조 다케오横溝武夫가 편집을 담당하고 현대소설이나 유머소설이 주류가 되었지만 1948년에 다카모리 에이지高森栄次가 편집장에 취임한 이후에는 요코미조 세이시의『팔묘촌八つ墓村』(1949) 연재나 에도가와 란포의『탐정소설 30년探偵小說30年』, 야마다 후타로山田風太郎, 시마다 가즈오島田一男와 같은 신인작가의 등장 등으로 탐정소설색을 되찾지만,『보석宝石』,『록ロック』등의 새로운 탐정소설잡지에 밀려 1950년 7월호로 종간을 맞게 된다.

▶ 가나즈 히데미

참고문헌: A, B, D, E, F.

신취미新趣味

1922년 1월부터 1923년 11월까지 간행된 일본 최초의 탐정소설전문잡지. 발행은 하쿠분칸博文館, 제17권 제1호~제18권 제11호, 통권 23권. 각 권은 약 300페이지. 편집자는 스즈키 도쿠타로鈴木德太郎 로『신청년新青年』,『비밀탐정잡지秘密探偵雑誌』와 더불어 1920년대 당시 탐정잡지의 일각을 담당했다. 1906년에 창간된 다야마 가타이田山花袋

의 자연주의문학 잡지『문장세계文章世界』를 개제한『신문학新文学』(1921.1~12)을 또다시 개제하여 권호수를 이어받아 발간되었다. 애초에는 문화, 예능, 풍속 등의 기사와 함께 해외탐정소설이 여러 편 게재되었다. 제4호에서 '전 지면을 철두철미 외국 탐정소설을 위주로 한다'고 선언하고 이후 번역 탐정소설을 비롯한 탐정소설만으로 지면이 구성되었다. 영국의 탐정소설가 월키 콜린스Wilkie Collins의「월장석The Moonstone」(1868), 소설가 아서 리스Arthur J. Rees의「어둠의 손The Hand in the Dark」(1920), 프랑스 대중소설가 에밀 가보리오Émile·Gaboriau의「금고 열쇠『서류113』Le Dossier 113」(1867)을 비롯하여 코난 도일Arthur Conan Doyle(영국), 르 큐Le Queux(영국), 가스통 르루Gaston Leroux(프랑스), 에드가 월레스Edgar Wallace(영국), 에드워드 오펜하임Edward P Oppenheim(영국) 등의 작품이 실렸다. 주요 번역자에 바바 고초馬場狐蝶, 가토 아사토리加藤朝鳥, 와케 리쓰지로和気律二郎, 노지리 기요히코野尻清彦(오사라기 지로大佛次郎의 본명), 모리시타 이와타로森下岩太郎(모리시타 우손森下雨村의 본명), 미카미 오토키치三上於菟吉 등이 있었다. 다른 한편 탐정소설을 현상모집하여 쓰노다 기쿠오角田喜久雄의「털가죽 외투를 입은 사내毛皮の外套を着た男」(1922), 고가 사부로甲賀三郎의「진주탑의 비밀真珠塔の秘密」(1923), 혼다 오세이本多緒生의「저주받은 진주呪われた真珠」(1922),「미의 유혹美の誘惑」

281

(1922), 야마시타 리자부로山下利三郎의 「유괴자誘拐者」(1922), 「시인의 사랑詩人の愛」, 「군자의 눈君子の目」, 「밤의 저주夜の呪い」(모두 1923), 구즈야마 지로葛山二郎의 「거짓과 진상噂と真相」(1923) 등 신인작가를 배출해내며 그 세력은 괴기환상적인 대중소설로 성장해갔다. 『소년구락부少年俱楽部』, 『강담구락부講談俱楽部』, 『강담잡지講談雑誌』 등에 글을 쓰던 구니에다 시로国枝史郎가 '이 드니 무녜イ・ドニ・ムニエ'라는 이름으로 발표한 연작 『사막의 고도沙漠の古都』(1923, 「수인獣人」, 「사막의 고도」, 「세계정복의 결사世界征服の結社」, 「샹하이 야화上海夜話」, 「보물창고를 지키는 꼬리인종宝庫を守る有尾人種」)도 게제되어 있다. 또한 가장 왕성히 활약한 투고자는 '돈카이오呑海翁'라는 필명을 가진 작가였는데 누구인지는 상세히 알 수 없다. 서구의 많은 작가들을 특집으로 내며 호평을 얻었지만, 관동대지진関東大震災의 영향을 받아 휴간하게 되었고 그 후에는 모리시타 우손 등이 탐정소설의 중심적 거점 역할을 하며 『신청년』으로 그 방침이 이어졌다. 와세다대학早稲田大学 도서관에서 편찬한 『정선 근대문예잡지집精選近代文芸雑誌集(8)』(유쇼도서점雄松堂書店, 2005)에 복각판이 수록되었으며, 미스터리문학자료관ミステリー文学資料館에서 펴낸 『「신취미新趣味」 걸작선—환상의 탐정잡지幻の探偵雑誌(7)』(고분샤문고光文社文庫, 2001)에 총목차, 작가별 작품 리스트와 더불어 몇 작품이 복각되어 있다.

▶ 가나즈 히데미

참고문헌: A, B, D, E, F, G, 早稲田大学図書館編 『精選近代文芸雑誌集〈8〉』(雄松堂書店, 2005), ミステリー文学資料館編 『「新趣味」傑作選—幻の探偵雑誌〈7〉』(光文社文庫, 2001).

신탐정소설新探偵小説

1947년 4월 창간된 이후 1948년 7월 폐간에 이르기까지 통권 8책을 헤아리는 추리소설 잡지. 나고야名古屋를 근거로 하는 『프로필ぷろふいる』 기고가로 전전戦前의 유명한 탐정소설 번역가 이노우에 요시오井上良夫에게 사사한 핫토리 겐쇼服部元正, 후쿠다 데루오福田照雄, 와카마쓰 히데오若松秀雄가 사비를 내놓아 설립한 신탐정소설사新探偵小説社에서 발행되었다. 도쿄 이외에 고베神戸나 교토와 더불어 탐정소설 열기가 뜨거웠던 나고야에서 간행되었는데, 동인지적 성격을 가졌다. 탐정소설의 개척자적 존재였던 고사카이 후보쿠小酒井不木는 아이치현愛知県 가니에초蟹江町 출신으로 아이치제5중학愛知第五中学(현재의 아이치현립 즈이료瑞陵고등학교) 시절에 탐정소설 동인지 『오모카게面影』를 발행한 이노우에 요시오 등의 지역인 나고야에서의 활동이 활발해지기를 도모했다. 연재 작품에는 같은 아이치현 출신으로 「애도 기관차とむらい機関車」로 알려진 오사카 게이키치大阪圭吉의 「유령아내幽霊妻」(1947) 외에 스기야마 헤이이치

杉山平一의 「빨간 넥타이赤いネクタイ」(1947), 기타 히로시北洋의 「풍뎅이 증인こがね虫の証人」(1948), 아마기 하지메天城一의 「기적의 범죄奇跡の犯罪」(1948), 가즈미 슌사쿠香住春作(=가즈미 슌고香住春吾)의 「스무살의 문은 왜 슬픈가二十の扉は何故悲しいか」(1948), 모리시타 우손森下雨村의 「온고록溫故錄」(1948), 아키노 기쿠사쿠秋野菊作(=니시다 마사지西田政治)의 「잡초화원雜草花園」(1947~48) 등이 있다. 또한 이노우에 요시오 추도특집호(1947)에는 에도가와 란포江戸川乱歩의 「나고야・이노우에 요시오・탐정소설名古屋・井上良夫・探偵小説」, 모리시타 우손의 「그가 지금 있다면彼, 今在らば──」, 니시다 마사지의 「잿더미 저편의 추억灰燼の彼方の追憶」, 핫토리 겐쇼의 「이노우에 요시오의 죽음井上良夫の死」, 이노우에 요시오의 「A군에게 보낸 편지A君への手紙」가 게재되었다. 또한 신탐정소설사에서는 『프로필』에서 기획되었던 이노우에 요시오의 평론집 간행계획도 있었지만 실현되지는 못했다. 미에현三重県 출신으로 예전 아이치제5중학교 출신이던 에도가와 란포도 「자불어수필子不語随筆」을 연재하고 아낌없이 후원을 했다. 미스터리문학자료관이 펴낸 『소생하는 추리잡지3「X」걸작선甦る推理雑誌3「X」傑作選』(2002)에 총목차, 작가별 작품 리스트와 더불어 몇몇 작품이 복각되었다.

▶ 가나즈 히데미

참고문헌: B, E, F, G, ミステリー文学資料館編 『甦る推理雑誌3「X」傑作選』(2002, 光文社文庫).

신포 유이치真保裕一, 1961.5.24~

소설가, 각본가. 도쿄 출생. 지바현립千葉県立 고노다이고등학교国府台高等学校를 졸업하였다. 애니메이션 제작을 꿈꾸며 소규모 제작회사 몇 곳을 거쳐 신에이동화シンエイ動画에 입사하였고, 『웃는 세일즈맨笑ゥせえるすまん』, 『귀한 도련님おぼっちゃまくん』 등의 연출을 맡았다. 1991년에 장편소설 『연쇄連鎖』로 수상한 제37회 〈에도가와란포상江戸川乱歩賞〉을 계기로 퇴사하고 미스터리작가로서 데뷔했다. 1995년 『화이트 아웃ホワイトアウト』으로 제17회 〈요시카와에이지문학신인상吉川英治新人賞〉, 1996년에는 『탈취奪取』로 제10회 〈야마모토슈고로상山本周五郎賞〉, 제50회 〈일본추리작가협회상日本推理作家協会賞〉(장편), 2006년 『잿빛의 북벽灰色の北壁』으로 제25회 〈닛타지로문학상新田次郎文学賞〉을 수상했다. 데뷔작 『연쇄』는 르포 라이터 친구의 자살을 겪게 된 식품검사관이 자살의 진상을 파헤치는 동안 식육오염문제에 얽히는 의혹에 휘말려가는 미스터리 서스펜스소설이다. 이후 『거래取引』(1992), 『진원震源』(1993) 등이 공무원을 제재로 한 작품은 〈말단공무원 시리즈小役人シリーズ〉로 불리는데, 평범한 인물이 범죄에 얽혀 들어 고난과 대치한다는 구도는 영국 미스터리 작가 딕 프란시스Dick Francis의 영향을 받은 모험소설적 성격이 강하다고 평가된

283

다. 대표작『화이트 아웃』(1995)은 일본 최대의 댐을 점거한 테러리스트 집단으로부터 인질을 구출하는 댐 직원들의 활약을 그린 활극 서스펜스로, 200만부를 넘는 베스트 셀러가 되어 영화(와카마쓰 세쓰로若松節朗 감독, 2000)나 만화(도비나가 히로유키飛永宏之 작화, 2000)로 만들어졌다. 텔레비전 드라마로 만들어진『기적의 인간奇跡の人』(1997)은 교통사고로 뇌사판정을 받았지만 사망하지 않은 주인공 소마 가쓰미相馬克己가 잃어버린 기억을 되찾는 여행을 떠나는 자아찾기 미스터리이다. 외교관 구로다 고사쿠黒田康作가 활약하는『아말피アマルフィ』(2009), 『천사의 보수天使の報酬』(2010),『안다루시아アンダルシア』(2011)는 텔레비전 드라마나 영화의 원안을 바탕으로 소설화한 것이며, 영화「아말피 여신의 보수アマルフィ 女神の報酬』(2009)에서는 각본에도 참가했다. 그 외에도 장편 사립탐정소설 『보더라인ボーダーライン』(1999), 아버지가 살해된 이유를 찾는『발화점発火点』(2002), 두 가지 유괴사건을 교차시킨『유혹의 과실誘惑の果実』(2002), 가해자를 주인공으로 한 서스펜스『연결된 내일繋がれた明日』(2003) 등이 있다. 한국어 판에『화이트 아웃』(2000),『기적의 인간』(2001),『스트로보』(2006),『추신』(2007),『추신 : 두려운 진실을 향한 용기 있는 전진 추신』(2009),『탈취』(2010)가 있다.

▶ 가나즈 히데미

284

참고문헌: A, H04.

쓰네카와 고타로恒川光太郎, 1973~

소설가. 도쿄東京 무사시노 시 출생. 다이토분카대학大東文化大学 경제학부 졸업.
초등학생 시절 영화『인디아나 존스』시리즈를 보고 한때 고고학자를 꿈꿨다. 대학시절 책을 많이 읽으면서 직접 소설을 썼는데, 이것이 훗날 발표하게 될 작품의 원형이 된다. 29세에 오키나와로 이사해 학원 강사로 근무하면서 쓴「야시夜市」로 제12회 〈일본호러소설대상日本ホラー小説大賞〉을 수상한다. 이 작품을 포함한 단편집『야시』(2005)는 그가 처음 출간한 단행본이며, 〈나오키상直木賞〉 후보에도 올랐다.『천둥의 계절雷の季節の終わりに』(2006)과 『초제草祭』(2008),『금색의 짐승 멀리 가다金色の獣, 彼方に向かう』(2011) 등은 〈야마모토슈고로상山本周五郎賞〉,『가을의 감옥秋の牢獄』(2007)은 〈요시카와에이지문학신인상吉川英治文学新人賞〉 등 다양한 상의 후보에 올랐으나 수상에는 실패했다.
『야시』 발간 이후 강사 업무를 그만두고 집필활동에 전념하고 있다. 특유의 환상적, 민화적인 세계관 속에 풍부한 상상력을 발휘하는 스타일이 특징이다.
『야시』,『천둥의 계절』,『가을의 감옥』,『초제』 등이 번역 출간되었다.

▶ 박광규

참고문헌:「作家の讀書道 第121回 恒川光太郎」,

『WEB本の雑誌』 2011년 12월 21일 (本の雑誌社).

쓰노다 기쿠오角田喜久雄 つのだ きくお, 1906.5.25
~1994.3.26

소설가. 가나가와현神奈川県 요코스카橫須賀 출생. 요코스카에서 태어났으나 도쿄 아사쿠사浅草 인근에서 사십년 가까이 살며 전통적 서민 생활 분위기 속에 성장했다. 어릴 적부터 놀라운 기억력의 소유자로 선생님을 놀라게 했으며, 1922년 열 여섯의 나이에 처녀작 「털가죽 외투를 입은 사내毛皮の外套を着た男」가 현상에 당선되어 탐정작가 중 가장 이른 데뷔를 하였다. 도쿄고등공예학교東京高等工芸学校(지금의 지바대학千葉大学 공학부) 재학 중에도 작품을 발표하여 입선하였고, 초기의 본격추리소설부터 서스펜스에 이르는 작품들을 모아 스무 살의 나이로 『발광発狂』이라는 단행본을 간행한다. 대학을 졸업하고 해군에 들어간 이후에도 탐정소설을 계속 집필하였으며 1929년에 시대소설 「일본화 은산도倭絵銀山図」(이 작품은 나중에 『백은비첩白銀秘帖』으로 개제)를 발표하였다.

탐정소설에서 소원해진 이후 시대물로 관심을 옮겨갔는데, 1935년에 연재를 개시한 전기소설 「요기전妖棋傳」이 출세작이라 할 수 있으며 큰 호평으로 이후 일약 대중작가로서의 명망을 얻는다. 「귀신 울음소리鬼啾」(1937), 「촉루전髑髏銭」(1938), 「풍운장기곡風雲将棋谷」(1939) 등 미스터리 수법을 살린 전기소설을 통해 인기유행작가로서 부동의 지위에 오른다. 1939년에는 공직에서 물러나 전업 작가가 되었고, 전쟁 중에는 해군보도반원으로 남양南洋에 종군하기도 했다.

종전 이후에 본격추리소설에 정열을 쏟으며 발표할 곳도 정하지 않은 채 쓴 「총구 앞에 웃는 사내銃口に笑う男」(1947년 발표, 같은 해 『다카기 가문의 비극高木家の惨劇』로 개제)로 기존에 일본에 없던 본격탐정소설을 탄생시켰는데, 기계적 트릭과 가가미 게이스케加賀美敬介라는 매력적 경찰을 만든 점에서 기념비적 작품이라 할 수 있다. 이렇게 쓰노다 기쿠오는 요코미조 세이시橫溝正史와 나란히 전후의 일본 탐정소설계를 리드하게 된다. 이후에도 수많은 시대소설과 더불어 본격추리에 스릴러를 가미한 「일그러진 얼굴歪んだ顔」(1947), 「무지개 남자虹男」(1948), 「황혼의 악마黄昏の悪魔」(1950) 등을 발표하였고, 이러한 일련의 작품을 통해 준準본격시대를 거쳐 스릴러로 이행한다.

운노 주자海野十三와의 공동 필명 아오사기 유키青鷺幽鬼 명의로 「노 가면 살인사건能面殺人事件」(1947)을 쓴 것도 특기할 만하며, 단편 괴기소설에서도 기량을 발휘했다. 한동안 추리소설을 떠나 시대장편 쪽에 힘을 쏟았지만 1954년 탐정작가클럽 부회장에 취임하면서 다시금 청신한 필치로 탐정소설에 복귀한다. 「늣타리의 여자沼垂の女」

(1954)는 묘한 분위기의 가작이며, 「2월의 비극二月の悲劇」(1955), 「악마 같은 여자悪魔のような女」(1956)에서는 악에 빠진 여성의 심리변화와 완전범죄 등을 다루었다. 1958년에는 특이한 체취의 여성이 등장하는 「피리를 불면 사람이 죽는다笛吹けば人が死ぬ」(1957)로 제11회 〈일본탐정작가클럽상日本探偵作家クラブ賞〉을 수상했다. 완전범죄나 트릭이 얽히기는 했지만 본격추리라기보다는 심리 스릴러가 강화된 면모를 보이며 세밀한 묘사와 관찰력으로 문단의 존경을 받았다. 추리소설은 단편을 많이 썼는데, 시대소설에서는 「장기대장将棋大名」(1954), 「연모 집행자恋慕奉行」(1958) 등의 장편연재를 많이 남겼다. 「가게마루 극도첩影丸極道帖」(1963.12.~1965.1.)은 막부의 부정에 도전하는 협객 가게마루의 활약을 그린 작품인데 전기소설에 본격추리소설의 골격을 도입한 수작으로 평가된다.

그의 장편들은 1955년 도겐샤桃源社에서 『쓰노다 기쿠오 탐정소설 선집角田喜久雄探偵小説選集』 5권으로 나온 바 있다. 또한 1966년에는 환갑을 기념하여 『쓰노다 기쿠오씨 화갑기념문집角田喜久雄氏華甲記念文集』도 출판되었다. 일흔에 이르는 1975년 무렵부터 창작에서 손을 떼게 되며, 1994년 급성폐렴으로 타계한다. 한국에는 1937년의 단편 「귀신 울음소리」(2009)가 번역되었다.

▶ 엄인경

참고문헌: A, B, D, E, F, G, 角田喜久雄 『角田喜久雄全集6』(講談社, 1971).

쓰노다 미노루角田実 ☞ **소다 겐**左右田謙

쓰루베 게이자부로釣部渓三郎
오타 란조太田蘭三의 「살의의 삼면협곡殺意の三面峡谷」(1978)에 등장하는 프리 라이터. 본명은 쓰루베 기요시釣部清. 첫 등장시의 나이는 47세. 월간지나 스포츠 신문 등에 낚시나 레저 관련 기사를 쓰는 것을 생업으로 하고 있다. 아내 아야文가 폐암으로 세상을 떠난 후 구니다치시国立市 야가와역矢川駅 근처의 아파트에서 홀로 살아가고 있다. 신장 170cm, 체중 65kg. 일주일에 2번은 헬스장에 다니며 도쿄여자T체육대학의 조조 아키上条アキ라는 여학생이 애인이다. 가니자와 이시타로蟹沢石太郎 경부보警部補, 아이마相馬 형사를 시작으로 기타타마北多摩 경찰서 형사과와 교류가 깊다. 사건과 관련된 자료를 이들로부터 구하는 경우도 많다. 아이마 형사는 「살인 료이키殺人猟域」(1992)이후의 〈기타타마 경찰서 순정파 시리즈〉에서 주인공으로 활약하고 있다.

▶ 류정훈

참고문헌: A, I.

쓰무라 슈스케津村秀介, 1933.12.7~2000.9.28
추리작가, 소설가. 본명은 이쿠라 료飯倉良. 가나가와현神奈川県 요코하마横浜 출신. 본명 외에 우라가미 신스케浦上伸介라는 필

명을 가지고 있었는데, 이것은 나중에 쓰무라의 대표작 〈우라가미 신스케 시리즈浦上伸介シリーズ〉의 주인공 이름으로 사용되었다. 출판사의 편집자, 교과서회사 근무, 가나가와신문 촉탁 등을 거쳐 전업 문필가가 된다. 1951년부터 본명으로『문예수도文芸首都』,『근대문학近代文学』등에 순문학작품을 발표했다. 1993년에는『근대문학』에 발표한 단편작품의 구상을 기초로 장편 순문학『뒷거리裏街』를 발표했다. 추리소설가로서의 활동에는 아유카와 데쓰야鮎川哲也의 강력한 추천이 있었다고 하는데, 1971년에 『추리推理』에 단편소설을 발표하고 1972년에 장편 미스터리『거짓의 시간偽りの時間』을 간행한 것이 그 시작이다. 그 후에는『주간신초週刊新潮』에 사건소설「검은 보고서黒い報告書」를 연재했는데, 1982년에『그림자의 복합影の複合』으로 본격적으로 데뷔했다. 데뷔작『그림자의 복합』은 마쓰야마松山와 도쿄에서 같은 날 같은 시각에 일어난 두 여성 살해사건에 관여한 범인이 살해시각에 삿포로札幌에 있었다는 완전 알리바이를 피해자의 오빠와 형사가 추적해 간다. 주요작품의 대부분은 난해하고 복잡한 알리바이를 파헤치는 극명하고 치밀한 추리전개로 묘사하고 여기에 범행동기나 사회적 배경을 중시하는 등 본격파와 사회파의 융합적 특색이 있다. 르포 라이터 우라가미 신스케가 탐정으로 활약하는 시리즈는『산인 살인사건山陰殺人事件』(1984)에서

비로소 등장하지만, 이것은 2001년부터 텔레비전 드라마「사건기자 우라가미 신스케事件記者 浦上伸介」로 만들어졌다. 또한 1986년부터 2005년에 걸쳐 방영된 서스펜스 드라마「변호사 다카바야시 아유코弁護士·高林鮎子」에는 쓰무라 작품의 시간표 트릭이 사용되었다. 2000년 9월 28일, 말로리 와이스Mallory-Weiss 증후군에 의해 사망하였다.

▶ 가나즈 히데미

참고문헌: A, E.

쓰바키 하치로椿八郎, 1900.4.18~1985.1.27

소설가, 의학박사. 본명은 후지모리 아키라藤森章. 나가노현長野県 마쓰모토시松本市 출생. 게이오의숙대학慶応義塾大学 의학부 졸업. 중학 시절에는 기타하라 하쿠슈北原白秋의 단카短歌에 친숙했다. 재학중에 마사키 후조큐正木不如丘가 주재하는『맥脈』에 본명으로 단편을 발표했다. 1928년 남만주철도주식회사에 입사하여 신징新京(현재 장춘長春)의 만철의원 안과에 근무하였고 1936년에는 유럽 각국에 유학한 경험을 갖는다. 만철 재직중에는 후지모리 아키라라는 본명으로「나의 닛카私のニッカ」(『만주관광満州観光』제5권 제9호, 1941),「생활문화의 창조와 윈터 스포츠生活文化の創造とウィンター・スポーツ」(『만주관광』제6권 제1호, 1942),「근로문화의 앙양과 그 실천勤労文化の昂揚と其の実践」(만주종합문예잡지『예문藝文』제2권 제8호, 1943),「도야마 미쓰루옹

287

을 말하다頭山満翁を語る」(『만주공론満州公論』 1944년 12월호) 등의 수필, 평론이나『손을 씻다手を洗ふ』(북릉문고北陵文庫, 1944) 등의 저서를 발표했다. 1946년에 일본 본토로 철수하여 간토배전병원関東配電病院 안과부장, 도쿄전력병원東京電力病院 안과의장을 역임하고 1961년 도쿄 나카노中野에 안과의원을 개업했다. 1948년에 발표한 태평양전쟁 말기에 창바이산長白山(백두산)으로 향한 조사부대의 사건을 다루며 과학자의 진리탐구와 고뇌를 테마로 한 범죄소설「카멜레온 황금충カメレオン黄金虫」(『보석宝石』, 후지타 도모히로藤田知弘 편『외지탐정소설집 만주편·상하이편·남방편外地探偵小説集 満州編·上海編·南方編』[2003]에 수록)은 무라야마 조조村山醸造와 함께 감수한『장백산 종합조사보고서長白山綜合調査報告書』(만철길림철도국편, 1941)의 경험을 바탕으로 하고 있다. 그 밖에 상하이의 마약주사의의 체험담을 근거로 한 괴기소설「약지くすり指」(1949), 이집트 카이로를 무대로 이국정서와 유머를 섞은「투탕카멘왕에게 보낸 선물ツタンカーメン王への贈物」(1950) 등 만철근무 시절이나 유학의 경험을 바탕으로 한 단편을 발표했다. 1951년에『보석』에 발표한「문扉」에서는 떠돌이 예인芸人의 생애를 서정 넘치게 그려내, 이듬해 제5회 〈탐정작가클럽상探偵作家クラブ賞〉 후보가 되었다.「아베 마리아アヴェ·マリヤ」(1952),「달빛 몽롱한 밤과 운전수朧月夜と運転手」(1953) 등의 단편 20편

정도를『보석』,『룩 앤드 히어ルック·アンド·ヒヤー』에 발표했다. 1954년 이후에는 주로 수필 같은 읽을거리에서 건필을 자랑했고,「그랑 기뇨르의 괴기극グラン·ギニョールの怪奇劇」(1973),「입센의「유령」イプセンの「幽霊」」(1978) 등이 있으며, 단카短歌나 하이쿠俳句도 창작했다. 특히 자기 직업과 관련된 의학수필 등에서 정평이 나 있다. 1963년에는 수필가이자 탐정소설가인 기기 다카타로木々高太郎, 시라이시 기요시白石潔, 와시오 사부로鷲尾三郎, 히카와 로水川瀧 등과 함께 동인지『시와 소설과 평론詩と小説と評論』을 창간했다. 또한 한때 의학과 약학계의 문예·예술잡지인『의학예술医学芸術』의 편집위원도 역임했다. 수상집에『쥐 임금님鼠の王様』(1969)이 있으며 가와바타 야스나리川端康成의『남방의 불南方の火』(1927)을 언급한『「남방의 불」 무렵「南方の火」のころ』(1977) 등의 저작을 남겼다. 1978년에는 〈일본의 과예술클럽대상日本医科芸術クラブ大賞〉을 수상하고, 1985년 심부전으로 타계했다.

▶ 가나즈 히데미

참고문헌: A, B, G, E,「座談会 われらの短歌と俳句」(1975年11月『医家芸術』2005年臨時特別号 座談会アンコール特集号 上巻).

쓰보우치 쇼요坪内逍遥, 1859.6.22.~1935.2.28

평론가, 소설가, 극작가, 번역가, 교육자. 1883년에 도쿄대학東京大學 정치경제과를 나와 근대 리얼리즘 문학평론『소설신수小

288

說神髓』(1885~86)로 일본근대문학의 관념을 성립시킨 작가로 평가를 받고 있으며 이후 도쿄전문학교東京專門学校(현 와세다대학早稲田大学) 문학부를 창설하여 문학 강의를 통해 수많은 문학자를 양성한다. 일본에서 최초로 셰익스피어전집 전40권의 번역과 더불어 수많은 희곡을 창작하여 연극계에서도 상당한 기여를 하였다.

한편, 1887년은 일본에서 탐정소설 번역의 전성기라 할 수 있는데 쓰보우치 쇼요도 이러한 흐름을 타고 미국의 여성작가 안나 캐서린 그린Anna Katherine Green, 1846~1935의 탐정소설 『XYZ』를 『사전꾼贋貨つかひ』이라는 작품명으로 『요미우리신문読売新聞』에 연재하였다. 이 작품은 1892년 단행본으로 간행하게 된다.

▶ 정병호

참고문헌: 吉田司雄 『探偵小説と日本近代』(青弓社, 2004), 『日本近代文学大事典 第二巻』(講談社, 1977), 정병호 『실용주의 문화사조와 일본 근대 예론의 탄생』(보고사, 2003)

쓰보타 히로시坪田宏, 1908.4.3~1954.2.21

소설가. 본명은 요네쿠라 가즈오米倉一夫. 나고야名古屋 출생. 나고야 상업고등학교를 졸업한 무렵부터 문학에 뜻을 두고 동인지 활동을 한다. 조선으로 건너와 조선에서의 철공소 운영을 경험한다. 일본으로 귀국한 후에는 히로시마현広島県 구레시呉市에서 여생을 보낸다. 다카기 아키미쓰高木彬光의

『문신살인사건刺青殺人事件』에 자극을 받아 본격추리소설을 쓰기 시작하였고 1949년 『보석宝石』에 단편 「갈색 상의茶色の上着」를 발표하였다. 사립탐정 후루타 산키치古田三吉가 활약하는 「이齒」(1950), 「두 개의 유서二つの遺書」(1950), 「의수의 지문義手の指紋」(1950) 등의 밀실물을 쓰며 패전 직후의 일본사회를 그렸다. 같은 해 〈보석 100만엔 현상 콩쿨(중편부문)〉에 3등으로 입선한 「비상선의 여자非常線の女」는 탈옥수와 그 정부의 은신처 생활이 사실은 그녀가 여동생을 위해 벌인 복수극이었다는 구도를 취한 것으로, 여성묘사에 신국면을 보였다고 평가받는다. 또한 같은 해에 철도 미스터리 「하행 열차下り列車」, 「복권 살인사건宝くじ殺人事件」, 「탈주환자脱走患者」 등 연속적으로 단편을 발표했다. 1952년의 「훈장勲章」은 그의 대표작으로 일컬어지며 허락되지 않은 연애관계에 놓인 남녀와 훈장이 상징하는 전후 일본의 모습과 범죄 트릭이 서로 교묘히 얽힌 작품이다. 또한 같은 해의 「재가 된 남자灰になった男」는 만주 황제의 다이아 쟁탈전과 호적에서 사망으로 말살된 광고인형 제작자의 수수께끼를 교차시킨 수작이다. 그 밖에 자기의 패전후 귀국체험을 바탕으로 한 「인양선引揚船」(1953)이나 수표에 의한 알리바이 공작을 다룬 「나는 살아 있다俺は生きている」(1952), 「좋은 울리지 않고鐘は鳴らず」(1952), 「스파이スパイ」(1953), 「감柿の実」(1954), 「녹색 페인트통緑

289

のペンキ罐」(1954), 「보석 안의 살인宝石の中の殺人」(1955)을 잡지『보석』에 발표했다. 추리, 트릭, 알리바이 추적 등 정통적 추리소설 방법이 얽혀 있으나, 그보다 패전 후 귀국한 사람의 눈에 비친 전후 일본사회의 모습을 그리며 패전에 의해 황폐해진 인간 형상을 근거로 한 작품군이 독자들을 매료시켰다. 후루타 산키치 탐정물을 중심으로 한 12편의 작품은『쓰보타 히로시 탐정소설선坪田宏探偵小説選』〈쇼소 미스터리 총서諸創ミステリ叢書〉』(쇼소사諸創社, 2013)로 공간되었다. 1954년 2월 21일, 심장질환으로 향년 46세의 나이로 일찍 세상을 떠났다.

▶ 가나즈 히데미

참고문헌: A, B, E, G, 『坪田宏探偵小説選(諸創ミステリ叢書)』(諸創社, 2013).

쓰쓰이 야스타카筒井康隆, 1932.9.24~

소설가. 오사카 출생. 아버지는 동물학자인 쓰쓰이 요시타카筒井嘉隆. 초등학생 때 받은 IQ테스트에서 187이 나와 영재교육을 받은 것으로 알려져 있다. 도시샤대학同志社大学 문학부 졸업. 대학 시절에는 프로이트 심리학과 연극에 심취했다. 극단 청묘좌青猫座 소속으로 무대에 서기도 했으며, 공예회사에 근무한 후에는 상업 디자인 전문회사 누루 스튜디오ヌル・スタジオ를 설립했다. 1960년에 가족들과 함께 발간한 SF동인지『NULL』에 쓴 단편「도움お助け」이 에도가와 란포江戸川乱歩의 눈에 띄어『보석宝

石』에 다시금 실리게 되면서 문단에 데뷔하게 된다. 이후「도카이도 전쟁東海道戦争」, 「베트남 관광공사ベトナム観光公社」등 슬랩스틱 코미디 풍의 SF단편을 주로 썼다. 독심능력을 지닌 가정부가 가족 내의 숨겨진 비밀을 엿보는 연작 소설「가족팔경家族八景」(1972), 보통은 겁쟁이에 소심한 인물이지만 화가 나면 의식을 잃고 폭주하는 남성이 지방 도시의 야쿠자들과 엮이면서 일어나는 일을 그린「내 피는 타인의 피おれの血は他人の血」(1974)와 같은 미스터리 터치의 작품이 있으며, 형사가 대부호라는 설정하에 형사 간베 다이스케神戸大助가 돈을 물 쓰듯 하면서 사건을 해결하는 연작 소설『부호형사富豪刑事』(1978)에서는 본격 추리를 선보이기도 했다. 제9회〈이즈미교카상泉鏡花賞〉을 수상한「허인들虚人たち」(1981) 이후로는 실험소설적 경향이 강해졌다. 문방구들의 전쟁을 그린「허항선단虚航船団」(1984), 소설 세계에서 말이 하나씩 사라져가는「잔상에 립스틱을残像に口紅を」(1989) 등이 대표적이다. 주로 SF나 환상소설에 가까운 작품이 많지만, 상류계급에서 일어나는 연속살인을 그린「페미니즘 살인사건フェミニズム殺人事件」(1989)이나 특유의 서술 트릭을 구사한「로트레크 저택 살인사건ロートレック荘事件」(1990)과 같은 미스터리 작품도 있다.

국내에서는「시간을 달리는 소녀時をかける少女」(1967)의 작가로 널리 알려져 있지만,

그의 작품은 달콤한 로맨스보다 인간에 대한 불신과 냉소로 가득찬 경우가 많다. 이런 경향을 살펴볼 수 있는 작품으로는 「속물도감俗物図鑑」(1972), 「소설 일본문단大いなる助走」(1979), 「다다노 교수의 반란文学部唯野教授」(1990) 등이 있다. 또한 「일본 침몰日本沈没」(1973)을 패러디한 「일본 이외 전부 침몰日本以外全部沈没」(1973)도 대표작 중 하나다. 1993년 9월에는 차별적인 표현을 규제하는 사회 풍조에 반기를 들며 논쟁을 벌이다 절필을 선언해 화제가 되기도 했다. 그 후 배우로 활동하다 96년 말에 다시금 집필 활동을 재개했다.

국내에 번역 소개된 쓰쓰이 야스타카의 작품을 정리하면 다음과 같다. 「파프리카」(1994), 「소설 일본문단」(1996), 「다다노 교수의 반란」(1996), 「인간동물원」(1997), 「섬을 삼킨 돌고래」(1999), 「시간을 달리는 소녀」(2007), 「나의 할아버지」(2007), 「최후의 끽연자」(2008), 「가족팔경」(2008), 「최악의 외계인」(2010), 「로트레크 저택 살인사건」(2011), 「부호형사」(2011), 「인구조절구역」(2011)

▶ 류정훈

참고문헌: A, I.

쓰유시타 돈露下弾 ☞ **반 다이쿠**伴大矩

쓰즈키 미치오都筑道夫, 1929.7.6~2003.11.27

추리작가. 본명은 마쓰오카 이와오松岡巖,

기타 필명으로 고바야시 마사오小林昌夫, 아와지 에이이치淡路瑛一, 시바타 바이교쿠柴田梅玉가 있다. 도쿄 우시고메牛込 출생. 와세다早稲田 실업학교를 중퇴했다. 후에 라쿠고가落語家가 되는 둘째 형 마쓰모토 긴지松岡勤治(=오슌테이 바이쿄鶯春亭梅橋)의 영향으로 학생 시절부터 번역탐정소설이나 미스터리, 영화, 라쿠고에 익숙했다. 전쟁 말기에는 소년 징용공으로서 비행기 공장에서 일한다. 전후에는 몇몇 출판사에서 편집, 기획 등을 담당하는 한편으로 시대소설, 탐정소설, 콩트, 강단講壇 등을 발표했다(후에 『쓰즈키 미치오 혼자 잡지都筑道夫ひとり雑誌』 총4권[1974]에 수록). 탐정소설가 오쓰보 스나오大坪砂男에게 사사했으며 1954년에는 장편 『마계풍운록魔界風雲録』을 발표하지만 주로 번역가로서 활약한다. 1956년 하야카와쇼보早川書房에 입사하여 1959년에 퇴사할 때까지 「엘러리 퀸 미스터리 매거진エラリイ・クイーンズ・ミステリ・マガジン」, 「하야카와 판타지ハヤカワ・ファンタジイ」(후의 「하야카와 SF 시리즈ハヤカワ・SF・シリーズ」) 등의 편집이나 번역 미스터리 소설의 번역과 소개에 노력했다. 1961년 주인공이 자신을 자신으로 인식하면서도 타인으로부터 다른 사람이라 지명받고 스스로를 '너'라는 2인칭으로 부르는 『사시의 시계やぶにらみの時計』(1961)로 미스터리 작가로서 본격적인 데뷔를 했다. 그 방법은 프랑스 안티 로망파인 미셸 뷰토르Michel Butor의 「변심La

Modification』(1957)을 모방한 것이다. 또한 탐정, 범인, 피해자의 1인 3역을 노린『고양이의 혀에 못을 박아라猫の舌に釘を打て』(1961), 정체를 숨긴 두 범인이 번갈아 사건의 전말을 풀어가는『유괴작전誘拐作戦』(1962), 스파이물 번역소설을 2단으로 하고 역자의 추리를 1단으로 하여 평행으로 서술해간 장편『삼중 노출三重露出』(1964) 등의 전위적 작품을 발표했다. 그 후에는 개성적인 명탐정 창조에 힘을 쏟아 에도江戸 풍속소설화된 수사물을 석채화가 센세センセー를 주인공으로 하여 만든 본격탐정소설로 다시 가지고 온 〈민달팽이집 체포소동 시리즈なめくじ長屋捕物さわぎシリーズ〉, 자칭 시인인 외국인 탐정이 등장하는 〈키리온 스레이 시리즈キリオン・スレイシリーズ〉, 현직 형사인 아들로부터 얻은 정보로 진상을 밝혀가는 안락의자 탐정의 〈퇴직형사 시리즈〉, 게으름뱅이로 유명한 모노쿠사 타로ものぐさ太郎의 후예임을 자처하는 탐정 모노베 다로物部太郎가 추리력을 발휘하는 〈모노베 다로 시리즈〉 등을 들 수 있다. 1978년에는 사노 요佐野洋와의 사이에서 명탐정 창작 시비를 둘러싼 '명탐정 논쟁名探偵論争'이 벌어졌다. 미스터리 이외에도 전기소설, 히로익 판타지, SF 등의 폭넓은 장르를 창작하고 평론『노란 방은 어떻게 개장되었나黄色い部屋はいかに改装されたか』(1975), 『쓰즈키 미치오의 소설 지침都筑道夫の小説指南』(1983) 등으로 소설론을 피로했으며, 2001년 제54

회 〈일본추리작가협회상日本推理作家協会賞〉(평론 기타 부문)을 수상했다. 이듬해 2002년에는 제6회 〈일본미스터리문학상日本ミステリー文学賞〉도 수상했다. 한국어판에「악마는 악마이다」(『J미스터리 걸작선 3』, 1999)가 있다.

▶ 가나즈 히데미

참고문헌: A, E, F, 権田萬治「都筑道夫論──華麗な論理の曲芸師 ミステリー評論(4)」(『別冊新評 『都筑道夫の世界』』1981).

쓰지 마사키辻真先, 1932.3.23~

애니메이션, 특수촬영각본가, 추리모험소설가. 아이치현愛知県 나고야名古屋 출신. 나고야현립 아시히가오카고등학교旭丘高等学校, 나고야대학 문학부 졸업. 어릴 적부터 만화와 영화를 좋아하여 극장 출입이 잦았으며, 태평양전쟁 시기에는 군수공장에 동원된 경험도 있다. 대학을 졸업한 후 1954년에 NHK에 입사하여 프로듀서를 맡았지만 1962년에 퇴사하고 한때 데즈카 오사무手塚治虫의 무시프로덕션虫プロ에도 근무한다.「사자에 씨サザエさん」,「잇큐 씨一休さん」,「데빌맨デビルマン」,「정글대제ジャングル大帝」,「명탐정 코난名探偵コナン」등 셀 수 없을 정도로 많은 애니메이션 각본을 썼고 애니메이션 그랑프리 각본부문에서 여러 번 수상한 바 있다. 1963년 가쓰라 마사키桂真佐喜 이름으로 발표한 단편소설「건방진 거울 이야기生意気な鏡の物語」를 발표하고 1972년

292

에 「독자=범인讀者=犯人」이라는 『가제 중학 살인사건仮題·中学殺人事件』으로 미스터리계에 데뷔했으며, 서술트릭을 구사한 작품을 발표했다. 1981년에는 『앨리스 나라의 살인アリスの国の殺人』으로 제35회 〈일본추리작가협회상日本推理作家協会賞〉, 2008년에는 제11회 〈문화청미디어예술 공로상文化庁メディア芸術祭功労賞〉, 2009년에는 마키 사쓰지牧薩次 이름으로 발표한 『완전연애完全恋愛』로 제9회 〈본격미스터리대상本格ミステリ大賞〉을 수상하고 「이 미스터리가 대단하다!このミステリーがすごい!」 3위로 입선했다. 본격미스터리작가클럽 제3대 회장을 역임한다. 필명인 마키 사쓰지는 가노 기리코可能キリコ와 함께 데뷔작으로 등장한 탐정의 이름이며 쓰지 마사키라는 이름을 따서 붙여졌다. 이 명탐정 콤비가 활약하는 시리즈 『합본 청춘살인사건合本·青春殺人事件』(1989), 『SF드라마 살인사건SFドラマ殺人事件』(1979) 등이 있다. 그 밖에 아카가와 지로赤川次郎의 〈삼색털 고양이 홈즈 시리즈三毛猫ホームズシリーズ〉를 의식하여 1983년에 시작된 〈미견 루팡 시리즈迷犬ルパンシリーズ〉나 「트래블 라이터 우류 신トラベルライター瓜生慎」, 「유카리 아줌마ユーカリおばさん」, 「탤런트 하즈키 아사코タレント葉月麻子」 등 다수의 유머 미스터리 시리즈를 발표했다. 일본추리작가협회상 수상작인 대표작 『앨리스 나라의 살인』은 공상세계와 현실세계의 살인사건을 교차시키는 것과 더불어 비주얼한 효과도 도입한 의욕적 작품이다. 또한 궁극의 연애소설과 본격미스터리를 합체시킨 『완전연애』는 태평양전쟁 말기부터 점령기의 후쿠시마福島 온천지로부터 1968년의 오키나와沖縄 이리오모테지마西表島 섬, 그리고 1987년과 2007년의 도쿄로 시대와 무대를 전환시키면서 트릭, 알리바이 공작이 화단의 거장인 남자의 숨겨진 사랑을 매듭삼아 전개된다. 한국어판에 『완전연애』(2011)가 있다.

▶ 가나즈 히데미

참고문헌: A, E, H09.

쓰지무라 미즈키辻村深月, 1980.2.29~

소설가. 야마가타현山形県 출신. 야마나시학원대학山梨学院大学 부속고등학교에서 지바대학千葉大学 교육학부에 입학, 졸업했다. 2004년에 『차가운 학교의 시간은 멈춘다冷たい校舎の時は止まる』로 제31회 〈메피스토상メフィスト賞〉을 수상하며 작가 데뷔한다. 2007년 『나의 메이저 스푼ぼくのメジャースプーン』으로 제60회 〈일본추리작가협회상日本推理作家協会賞〉, 2011년에 『쓰나구ツナグ』로 〈요시카와에이지문학신인상吉川英治文学新人賞〉, 2012년 『열쇠 없는 꿈을 꾸다鍵のない夢を見る』로 〈나오키상直木賞〉을 수상했다. 초등학생 시절 미스터리 작가 아야쓰지 유키토綾辻行人의 『십각관의 살인十角館の殺人』을 읽고 신선한 충격에 팬이 되고 이후 신新본격작품을 중심으로 독서에 빠졌다. 필명도 아야쓰지의 '쓰지辻'를 따서 이름 지었다. 자타 공히 인정하는 일본 만화 캐릭터 도라에몬ドラえもん 애호가로 『얼음 고래凍りのくじら』의 각 장에는 도라에몬의 비밀 도구 이름이 붙어 있으며, 작품 사이에서 등장인물들이 링크되어 있는 등, 데즈카 오사무手塚治虫의 스타 시스템이나 후지코 후지오藤子・F・不二雄의 세계관 링크에서 영향을 받았다. 〈나오키상〉 수상작 『열쇠 없는 꿈을 꾸다』는 도둑, 방화, 유괴 등의 범죄를 모티브로 하여 모은 단편집으로, 지방과 교외를 무대로 평범한 여성의 마음에 악의가 작용하는 순간을 교묘한 심리묘사로 그려냈다. 장편과 단편 모두 창작했으며 일본에서 가장 주목 받는 젊은 소설가 중 한 사람이다. 또한 〈나오키상〉 후보작이 된「제로, 팔, 제로, 칠ゼロ, ハチ, ゼロ, ナナ。」은 NHK에서 드라마로 기획되었지만 촬영 직전에 허락을 취소하여 손해배상소송으로 번졌다. 『쓰나구』는 2012년에 히라카와 유이치로平川雄一朗 감독에 의해 영화화(도호東宝)되었으며, 데뷔작 『차가운 학교의 시간은 멈춘다』는 아라카와 나오시新川直司에 의해 만화로 만들어졌으며(2007~2009), 한국어로도 번역되었다. 한국어역에 『차가운 학교의 시간은 멈춘다』(2006), 『밤과 노는 아이들』(2007), 『얼음고래』(2008), 『오더 메이드 살인 클럽』(2011), 『츠나구』(2011), 『열쇠 없는 꿈을 꾸다』(2012), 『달의 뒷면은 비밀에 부쳐』(2012), 『물밑 페스티벌』(2012), 『태양이 앉는 자리』(2013) 등 다수 있으며 한국에서도 상당한 인기를 끌고 있다.

▶ 가나즈 히데미

참고문헌: H12, H13.

쓰치야 다카오土屋隆夫, 1917.1.25~2011.11.14

소설가, 추리작가. 나가노현長野県 출생. 주오대학中央大学 법학부를 졸업한 후 화장품 회사, 영화배급회사 선전부에 근무하였고 1944년에는 다치카와항공기立川航空機의 조립공으로 징용되었다. 전후 귀향하여 소극장의 지배인 등을 거쳐 고향의 중학교 교사로 근무하는 한편 추리소설을 집필했다. 전쟁 전부터 지방신문이나 쇼치쿠松竹 가부키연구회歌舞伎研究会 등의 현상공모에 30편 이상의 각본과 시나리오를 발표했지만, 에도가와 란포江戸川乱歩의 평론「바쇼 한 사람의 문제一人芭蕉の問題」(1947)의 '일류 문학이며 더구나 탐정소설에 담겨져 있는 독자적 흥미도 떨어뜨리지 않는 것'이라는 생각에 감명을 받아 추리소설의 집필에 뜻을 두게 되고 논리적인 수수께끼 풀이와 문학성의 융합을 지향했다. 1949년 12월 『보석宝石』 100만엔 현상 콩쿨C급(단편부문)에 밀실살인을 그린「「죄 많은 죽음」의 구도「罪深き死」の構図」가 1등으로 입선하여 추리작가로서 출발했으며,「외도의 언어外道の言葉」(1950),「괴로운 여자いじめられた女」,「파란 모자 이야기青い帽子の物語」(모두 1952),「트릭회사 공방사トリック社攻防史」(1953) 등을

294

발표했다. 사회파 추리소설이 석권하던 시절 논리적인 수수께끼 해결의 재미를 중시하는 본격파를 계속 견지하며 1958년에 발표한 장편소설 『덴구의 가면天狗の面』에서는 신흥종교 교조를 중심으로 일어난 연속살인과 정치적 유착관계를 다루고 자신이 주장하는 '사건÷추리＝해결'이라는 공식에 나머지가 생겨서는 안 된다'는 '나눗셈 문학'이 유감없이 발휘되어 있다. 문학정신과 수수께끼 재미의 합일을 추구한 『천국은 너무 멀다天国は遠すぎる』(1959), 교묘한 심리 트릭에 기초한 범행의 불가능성을 제시한 『위험한 동화危険な童話』(1961) 등을 발표하고 도쿄 지방검찰청의 검사 지구사 다이스케千草泰輔가 처음으로 등장하는 『그림자의 고발影の告発』(1963)에서는 수수께끼 풀이와 낭만성 겸비에 성공하여 제16회 〈일본추리작가협회상日本推理作家協会賞〉을 수상했다. 지구사 다이스케는 그 후에 『붉은 모음곡赤い組曲』(1966), 『바늘의 유혹針の誘い』(1970), 『눈 먼 까마귀盲目の鴉』(1980), 『불안한 첫 울음소리不安な産声』(1989) 등으로 시리즈화되었다. 「겨냥된 아가씨狙われた娘」(1957공개), 「상처투성이의 거리傷だらけの街」로 개제), 「젖은 밀회濡れた逢びき」(1967공개), 「구멍의 어금니穴の牙」(2003공개) 등으로 영화화되었을 뿐 아니라 화요서스펜스극장火曜サスペンス劇場(니혼텔레비전日本テレビ 계열), 토요와이드극장土曜ワイド劇場(텔레비전아사히テレビ朝日 계열) 등에서 수많은 작품이 드라마로 만들어졌다. 2002년에는 제5회 〈일본미스터리문학대상日本ミステリー文学大賞〉을 수상했다. 2011년 11월 14일, 심부전으로 사망. 추리소설론에 『추리소설작법推理小説作法』(1992)이 있으며 소겐추리문고創元推理文庫에서 『쓰치야 다카오 추리소설집성土屋隆夫推理小説集成』(총8권, 2001~2003)이 간행되었다. 한국어판에 『눈 먼 까마귀』(1989), 「정사의 배경」(『J미스터리 걸작선1』(1999) 등이 있다.

▶ 가나즈 히데미

참고문헌: B, E, F, G, 有栖川有栖「割り算の文学」追求 土屋隆夫を悼む」『朝日新聞』2011.11.25.

쓰카사키 시로司城志朗, 1950.1.25~

소설가. 아이치현愛知県 출신. 본명은 시바가키 겐지柴垣建次. 나고야名古屋대학 문학부를 졸업한 후 방송작가를 거쳐 소설가로서 데뷔했다. 1983년에 야하기 도시히코矢作俊彦와의 공동작 『어둠에 노사이드暗闇にノーサイド』로 제10회 〈가토가와소설상角川小説賞〉, 1994년에 『한 알의 모래로 사막을 말하라ひとつぶの砂で砂漠を語れ』로 제3회 〈가이코 다케시 장려상開高健奨励賞〉, 1998년 『게놈 해저드ゲノム・ハザード』로 제15회 〈산토리 미스터리대상サントリーミステリー大賞 독자상〉을 수상했다. 1975년의 인도차이나 분쟁에 휘말린 해외청년협력대원 이토 다쓰야伊藤龍哉가 스파이로서 구속되는 『어둠에 노사이드』는 크메르 루주의 호관 장군이나 홍콩 마

295

피아 호방虎幇, 프랑스 정보기관 등이 등장하는 등 무대는 국제적으로 전개된다. 야하기와는 『브로드웨이의 전차ブロードウェイの戦車』(1984), 『바다에서 온 사무라이海から来たサムライ』(1984), 베이징 올림픽 후의 북한을 다룬 『반도 회수半島回収』(2008, 미조로기 쇼고溝呂木省吾라는 이름으로 발표), 『개라면 보통犬なら普通のこと』(2009) 등의 작품으로 공동집필을 했다. 단독작으로는 서스펜스나 하드보일드를 잘 썼으며 『누군가의 비극誰かが悲劇』(1986), 『멜랑콜리 블루メランコリー・ブルー』(1989) 등이 있다. 한일 합작 영화로 만들어지는 「게놈 해저드」(2014, 김성수 감독, 한국어 제목 「무명인」)는 어느 날 귀가하여 아내의 시신을 발견한 주인공 도리야마 도시하루鳥山敏治(영화에서는 이시가미 다케토石神武人)에게 돌연히 죽은 아내로부터의 전화가 걸려오는 불가사의한 사건으로 시작된다. 게놈과 같은 최첨단 과학과 기발한 발상이 담긴 사이언스 미스터리 소설이며, 2011년에 문고화되었을 때 저자 자신의 손에 의해 대폭 수정, 가필되었다. 그밖에 크게 히트한 텔레비전 드라마 『짝相棒』의 극장판영화(2008)를 소설화하는 작업도 하였다. 한국어판에 『게놈 해저드』(2000), 『무명인』(2013)이 있다.

▶ 가나즈 히데미

쓰카토 하지메柄刀一, 1959.2.2~

추리작가. 홋카이도北海道 유바리시夕張市 출신. 삿포로札幌에 거주. 홋카이도 삿포로 가이세이고등학교開成高等学校, 삿포로 디자이너학원 졸업. 일본추리작가협회, 본격미스터리작가클럽 회원. 어릴 적부터 셜록 홈즈Sherlock Holmes나 아르센 루팡Arsène Lupin 등을 탐독하였으며 전문학교를 졸업한 후 아르바이트로 많은 직업을 거치면서 잡지 투고활동을 지속했다. 1994년에 아유카와 데쓰야鮎川哲也가 편집을 담당한 공모 단편선집 『본격추리本格推理』에 「밀실의 화살密室の矢」, 「역밀실의 저녁逆密室の夕べ」, 「켄타로우스의 살인ケンタウロスの殺人」이 실렸다 (후에 『OZ의 미궁 켄타로우스의 살인OZの迷宮 ケンタウロスの殺人』으로서 발표[2003]). 1998년에 추리작가 아리스가와 아리스有栖川有栖의 추천에 의해 『3000년의 밀실3000年の密室』로 소설가로서 데뷔한다. 데뷔작 『3000년의 밀실』은 3000년 전의 밀실살인사건의 피해자인 외팔이 미라와 미라 조사과정에서 일어나는 발견자 한 사람의 죽음이 겹치면서 고고학적 지식을 풍부하게 담아낸 것으로, 과거와 현재가 교차하는 구성은 그 후에도 몇 번 활용하였다. 『밀실 킹덤密室キングダム』(2007)은 『OZ의 미궁』이나 『f의 마탄fの魔弾』(2004)에 등장하는 명탐정 미나미 미키카제南美希風가 고등학교 시절 우연히 겪었던 다섯 밀실이 등장하는 본격미스터리이며, '밀실물에 한시대의 획을 긋는

걸작(『이 미스터리가 대단하다!このミステ
リーがすごい!』2008)으로 높은 평가를 받았
다. 그밖에 명탐정 시리즈물에 기적奇跡 심
문관 아서가 활약하는 『사탄의 승원サタンの
僧院』(1999), 『기적 심문관 아서-신의 손에
의한 불가능 살인奇跡審問官アーサー-神の手の不
可能殺人』(2002), 홍차를 더할 나위 없이 사
랑하는 과학자 우사미 마모루宇佐見護 박사
가 수수께끼를 풀어가는 『아리아계 은하철
도アリア系銀河鉄道』(2000), 『골렘의 감옥ゴーレ
ムの檻』(2005), 명탐정 덴치 류노스케天地龍之
介와 왓슨 역의 사촌형제 덴치 미쓰아키天地
光章가 등장하는 『살의는 설탕 오른쪽에殺意
は砂糖の右側に』(2001), 『십자가 크로스워드
의 살인十字架クロスワードの殺人』(2003), 셜록
홈즈의 팬인 미녀 마쓰자카 게이코松坂慶子
와 동료가 추리를 진행해 가는 『매스그레
이브관의 섬マスグレイヴ館の島』(2000), 『날개
있는 의뢰인翼のある依頼人』(2011) 등이 있다.
또한 『미타라이 기요시 대 셜록 홈즈御手洗
潔対シャーロック・ホームズ』(2004)에서는 시마
다 소지島田荘司가 그려낸 명탐정 미타라이
기요시御手洗潔를 현대에 되살아난 셜록 홈
즈와 마주하게 만드는 식의 패러디물도 발
표하였다. 필명은 미국 추리작가 존 딕슨
카John Dickson Carr에서 유래했다. 카 탄생 100
주년에 해당하는 2006년에는 『밀실과 기적
-J·D·카 탄생 백주년기념선집密室と奇蹟J·
D·カー誕生百年記念選集』에 카가 추리한 과거
의 밀실 방화살인과 현대의 밀실 살인사건

이 서로 관계를 갖는 형식으로 미스터리
「존 D 카의 최종정리ジョン・D・カーの最終定理」
를 실었다.

▶ 가나즈 히데미

참고문헌: H06, H08.

쓰키무라 료에月村了衛, 1963.3.18~

소설가, 각본가. 오사카大阪 출생. 와세다대
학早稲田大学 제1문학부 문예학과 재학중에
시미즈 구니오清水邦夫, 다카하시 겐요高橋玄
洋에게 각본과 연극을 배운다. 대학을 졸업
한 뒤 텔레비전 애니메이션 「미스터 아짓
코ミスター味っ子」, 「NOIR」 각본에 참여하나
2010년 『기룡경찰機龍警察』로 소설가로서
데뷔했다. 2012년 『기룡경찰 자폭조항自爆
条項』으로 제33회 〈일본SF대상日本SF大賞〉,
2013년 『기룡경찰 암흑시장暗黒市場』으로
제34회 〈요시카와에이지신인상吉川英治文学
新人賞〉을 수상. 가까운 미래의 경시청을 무
대로 한 경찰소설 〈기룡경찰 시리즈〉는 두
발로 보행하는 형태의 군용 유인병기 '용기
병龍機兵'(드래군ドラグーン)을 도입한 경시청
이 용병을 고용하여 국내뿐 아니라 아일랜
드 과격파나 러시아 마피아 등과도 얽히면
서 경찰내부의 내막이나 용병 테러리스트
의 세계 등이 그려진다. 기본적 플롯은 '개
인이 어떻게 싸워나가는가'에 중점이 놓여
있으며 근미래소설이면서 리얼리티를 추
구하는 면도 도처에서 보인다. 〈요시카와
에이지신인상〉 선평에서는 '근미래 SF의

갑옷을 입은 모험소설의 걸작(오사와 아리마사大沢在昌)으로 평가받는 등, SF적 요소도 담아냈다. 영국의 모험소설가이자 미스터리 소설가인 개빈 라이얼Gavin Tudor Lyall, 잭 히긴스Jack Higgins의 영향을 받았다. 한편 『일도류 무상검 잔一刀流無想剣 斬』(2012), 『콜트M1851 새벽달コルトM1851 残月』(2013) 등의 시대소설도 썼다. 원작 만화의 한국어역에『러너ランナー』(미네쿠라 유이峰倉由比 그림)가 있다.

▶ 가나즈 히데미

참고문헌: H12, H13.

쓰하라 야스미津原泰水, 1964.9.4~

괴기환상소설가, 호러 작가. 히로시마현広島県 히로시마시広島市 출신. 히로시마현립 히로시마 간논고등학교観音高等学校, 아오야마학원대학青山学院大学 국제정치경제학부 졸업. 대학에 재학중일 때부터 추리소설연구회에 소속되었으며 선배에 에세이스트 자키 노리오茶木則雄, 번역가 히구레 마사미치日暮雅道, 추리소설가 기타하라 나오히코北原尚彦 등이 있었다. 졸업 후에 인쇄회사에 취직했다가 퇴직하고 학생시절 아르바이트 하던 편집집필 프로덕션에 들어가〈고단샤講談社 X문고 틴즈하트〉의 집필에 종사하였다. 1989년 쓰하라 야스미津原やすみ라는 이름으로『별에서 온 보이프렌드星からきたボーイフレンド』를 발표해 소녀소설 작가로 데뷔하고 수많은 작품을 발표하는데,

1996년의 『속삭임은 마법ささやきは魔法』을 끝으로 소녀소설에서 은퇴한다. 그 후 필명을 쓰하라 야스미津原泰水로 변경하여 장편 호러소설 『요도妖都』(1997)를 발표하고 2006년에는 자신의 고교 시절 취주악부를 모델로 한 『브라스밴드ブラバン』를 발표하여 주목받는다. 기담물, SF, 탐정소설, 연애소설 등을 창작하였다. 시리즈물에 사루와타리猿渡라는 무직 남성과 괴기소설가인 '백작'을 주인공으로 하는『아시야 가의 전설蘆屋家の崩壊』(1999)로 시작되는 〈유메이시카이 시리즈幽明志怪シリーズ〉, 사립 루피너스ルピナス학원고등부에 다니는 고등학생들에 의해 결성된 탐정단의 활약을 그린 소녀소설 시대의 작품을 개고한 〈루피너스 탐정단 시리즈るぴなす探偵団シリーズ〉, 〈다마사카 인형당 시리즈たまさか人形堂シリーズ〉, 『난만한 난만爛漫たる爛漫』(2012) 등의 〈크로니클 더 클록 시리즈〉가 있다. 2004년에 간행된 단편환상소설집『기담집綺譚集』은 문예평론가 이시도 란石堂藍이 '소설기교를 극한까지 갈고닦은 고고한 장인匠人에 의한 실로 기담이며 소설의 정수이다'(해설)라고까지 평가하였다. 2009년도 〈SF가 읽고 싶어!SFが読みたい!〉 국내편에서 제3위에 오른 『발레 패닉バレエ·パニック』에서는 깊은 혼수상태에 빠진 기네하라 리사木根原理沙의 몽상이 도쿄를 패닉에 빠트리는 환상세계를 그려 제41회 〈세이운상星雲賞〉 일본장편 부문 후보에 선정되었다. 최근에 재평가되

고 있는 환상문학자 오자키 미도리尾崎翠의 영화각본을 원안으로 한『유리알 귀걸이瑠璃玉の耳輪』(2010)에서는 1920년대 후반을 무대로 기묘한 의뢰를 받은 여류탐정 오카다 아키코岡田明子의 활약을 에도가와 란포江戸川乱歩의 장편소설과 통하는 분위기의 추잡함과 낭만이 흘러넘치게 현대에 소생시켰다. 2012년에는『11−eleven』이 제2회〈Twitter 문학상〉국내부문에서 제1위에 올랐고, 또한「야스미군 명연기也寸美くん名演技」(「WEB미스터리즈!」) 등 WEB을 발표매체로 하여 소설을 집필하는 등 새로운 형태의 작품발표에도 도전하고 있다. 수상작『11』은 '이계異界', '이형異形'을 다룬 11편의 단편집이며, 패전이 가까운 시기의 중국지방을 순회하는 공연단 팀이 만나게 되는 이세계異世界를 다룬「오색의 배五色の舟」는 원폭의 영향이 엿보이는 작품이다. 또한 러일전쟁 때 소작인과 바뀌어 태어난 지주 아들의 인생을 그린『11』의 수록작품「흙베개土の枕」는『콜렉션 전쟁×문학 청일・러일전쟁コレクション戦争×文学 日清日露戦争』에도 수록되어 있다. 그밖에「도시붕괴의 괴기 환상담을 몽상하며都市崩壊の怪奇幻想譚を夢想して」(『호러 쟈파네스크를 말하다ホラー・ジャパネスクを語る』2003)에서 미야베 미유키宮部みゆき 등과 일본 호러소설 평론도 발표했다. 한국어판에『붉은 수금』(2009),『아시야 가의 전설蘆屋家の崩壊』(2009) 등이 있다.

▶ 가나즈 히데미

참고문헌: H04, H08, H11, H12.

人

ㅇ

아 아이이치로亜愛一郎

아와사카 쓰마오泡坂妻夫의 〈아 아이이치로 삼부작〉에 등장하는 주인공. 직업은 카메라맨. 첫 등장은 단편 「DL2호기 사건DL2号機事件」(1976)이며 당시 나이는 36세 정도로 추정. 하얀 피부에 키가 크며 귀족같이 단정한 얼굴을 하고 있어 여성들에게 인기가 많지만 실제로 이야기를 나눠보면 어딘가 좀 맹한 구석이 있어 호감을 가진 여성들이 금새 낙담하는 경우가 많다. 하지만 어려운 사건에 직면하면 날카로운 관찰력과 뛰어난 추리력으로 진상을 간파해 나간다. 아이이치로가 가는 곳마다 항상 '삼각형 얼굴에 양복을 입은 작은 체구의 노부인'이 등장하는데, 이 노부인과 아이이치로의 관계는 시리즈 최종작에서 밝혀진다. 전체 에피소드는 24편이며 단행본으로 3권의 책에 수록되어 있다. 「아 아이이치로의 낭패亜愛一郎の狼狽」(1978), 「아 아이이치로의 사고亜愛一郎の転倒」(1982), 「아 아이이치로의 도망亜愛一郎の逃亡」(1984). 국내에는 번역되어 2013년 11월에 전권이 출간되었다. 한편 시리즈 단편집 「아 도모이치로의 공황亜智一郎の恐慌」(1997)에서는 쇼군将軍에게서 명을 받고 은밀하게 활동하는 아이이치로의 선조 도모이치로가 에도 시대의 기상관측사雲見番役로 등장하기도 한다.

▶ 류정훈

참고문헌: A, I.

아네코지 유姉小路祐, 1952~

사법과 관료세계를 파헤치는 사회파 미스터리 작가. 교토京都 출생으로 오사카시립대학大阪市立大学 법학부를 졸업하였으며, 리쓰메이칸대학원立命館大学院에서 『사법혁명과 일본형 정치경제의 구조개혁司法改革と日本型政治経済の構造改革』으로 석사학위를 취득하였다. 법무사 자격을 취득한 후, 1989년에 〈변호사 아사히 다케노스케弁護士・朝日岳之助 시리즈〉 제1편에 해당하는 『진실의 앙상블真実の合奏』이 제10회 〈요코미조세이시미스터리대상横溝正史ミステリ大賞〉에서 가작佳作을, 『움직이는 부동산動く不動産』(1991)은 제11회 〈요코미조세이시미스터리대상〉을 수상하였다. 〈변호사 아사히 다케노스케 시리즈〉, 〈형사장刑事長 시리즈〉, 〈서장

300

형사署長刑事 시리즈〉 등을 집필하였으며, 작가입문서 『추리작가제조학〈입문편〉推理作家製造学〈入門編〉』을 발간하기도 하였다.

▶ 이민희

참고문헌: A, D.

아라 마사히토荒正人, 1913.1.1~1979.6.9

문예평론가, 영문학자. 후쿠시마현福島県 출생. 구제旧制 야마구치고등학교山口高等学校(현재의 야마구치대학山口大学)을 거쳐 도쿄東京제국대학 영문과 졸업. 어릴 적부터 각지를 전전하다 돗토리제일중학鳥取第一中学 시절에 구미아이교회組合教会의 세례를 받는데, 점차 사회주의 사상으로 경도되었다. 야마구치고등학교 시절에는 학생운동에 참가했는데, 전쟁 때 마르크스주의 운동의 전향을 목격한다. 도쿄제국대학 재학 중부터 문학연구를 하면서 추리소설도 즐겨 읽었으며 전쟁중에는 오이 고스케大井廣介, 사카구치 안고坂口安吾, 히라노 겐平野謙 등과 함께 아가사 크리스티Agatha Christie 등의 번역 장편 탐정소설의 범인찾기 게임에 빠져들었다. 전후에는 혼다 슈고本多秋五, 히라노 겐과 함께 『근대문학近代文学』을 창간하고(1946.1), 전후 문예 논단의 기수로서 활약하였다. 「제이의 청춘第二の青春」(1946), 「민중이란 누구인가民衆とはたれか」(1946), 「종말의 날終末の日」 등에서 에고이즘을 확충한 개인주의의 긍정 '고차원의 휴머니즘'을 주장했다. 특히 전후에 철학이나 사상

등의 영역에서 전개된 주체성 논쟁의 발단이 되는 논의를 『신일본문학新日本文学』파의 나카노 시게하루中野重治나 오다기리 히데오小田切秀雄, 이와카미 준키치岩上順吉 등과 벌였다. 이 논의는 나중에 정치에 종속되지 않는 문학의 자립성을 강조하는 아라 마사히토나 히라노 겐과, 그 불가분성을 강조하는 나카노 시게하루 사이에 일어난 '정치와 문학 논쟁'으로 발전하며 전후의 문학사상 문제의 기본 테마를 선구적으로 전개하였다. 미스터리 소설 방면에서는 나카지마 가와타로中島河太郎와의 공동집필인 추리소설평론 『추리소설로의 초대推理小説への招待』(1959)가 있다. 또한 추리소설 번역도 하여 영국의 추리소설가이자 괴기소설가인 이든 필포츠Eden Phillpotts의 『어둠에서 들려온 목소리A Voice from the Dark』(1956), 『붉은 머리의 레드메인가The Red Redmaynes』(1962) 등의 역서도 있다. 나쓰메 소세키夏目漱石 연구에도 조예가 깊어 『소세키 연구연표漱石研究年表』(1876)로 제16회 〈마이니치예술상毎日芸術賞〉을 수상했다. 호세대학法政大学 문학부 영문과 교수 재임중에 뇌혈전으로 타계했다. 영문학자인 우에마쓰 미도리植松みどり가 장녀이며 미국문학자 아라 고노미荒このみ가 차녀이다. 그의 사후에 『아라 마사히토 저작집荒正人著作集』 총5권이 간행되었다(1983~1984).

▶ 가나즈 히데미

참고문헌: A, D, 岩佐茂「主体性論争の批判的検

討『一橋大学研究年報 人文学研究』28号, 1990.

아라키 주자부로荒木十三郎 ☞ 하시모토 고로橋本五郎

아리마 요리치카有馬頼義, 1918.2.18~1980.4.15

사회문제를 다룬 추리소설 및 범죄소설 작가로 활약. 도쿄東京 아오야마青山 출생으로 사립 초등학교 가쿠슈인초등과学習院初等科를 졸업하였다. 야구에 열중한 탓에 세이케이고등학교成蹊高等学校를 중퇴하였으며, 이후 들어간 와세다제일고등학원早稲田第一高等学院 또한 재학 중에 단편집『붕괴崩壊』(1937)를 출판한 것으로 퇴학 처분되었다. 1940년부터 3년간 만주에서 군대생활을 보냈으나, 제2차 세계대전 후 아버지인 아리마 요리야스有馬頼寧가 A급 전범으로 지정되어 전 재산이 몰수되기도 하였다.『아베크アベック』,『일간스포츠日刊スポーツ』등에서 편집과 기자를 하였으며, 1952년부터 참가한 동인지『문학생활文学生活』에 수록한 작품을 정리한 단편집『종신미결수終身未決囚』(1954)로 제31회〈나오키상直木賞〉을 수상하였다.

대표작으로는「36인의 승객三十六人の乗客」(1957)과「4만명의 목격자四万人の目撃者」(1958)를 꼽을 수 있다. 은행 강도 3인과 그들을 쫓아 버스에 올라탄 검사 사이에 생기는 긴장감을 리얼하게 그린「36인의 승객」은 뛰어난 서스펜스 소설로 호평을 받았으며,「4만명의 목격자」는 첫 야구추리소설이라는 점에서 높게 평가받아 제12회〈일본탐정작가클럽상日本探偵作家クラブ賞〉을 수상하였다.

다카야마 마사시高山正士 검사가 등장하는「4만명의 목격자」,「다람쥐와 미국인リスとアメリカ人」(1959),「죽이지 마殺すな」(1960~1961) 등 처음에는 대수롭지 않은 일상적인 일들이 점차 불가사의한 수수께끼로 가득한 범죄사건으로 변하는 설정이 많다. 또한「4만명의 목격자」를 비롯하여, 페스트균을 다룬「다람쥐와 미국인」이나 단편집『모살 차트謀殺のカルテ』(1961) 등 의학적 지식을 능란하게 사용하는 점이 특징이다. 전쟁의 상흔을 예리하게 응시하고 인간묘사에도 뛰어나 마쓰모토 세이초松本清張 에 견줄『사회파'로 불리기도 했으나, 점차 추리소설보다는「살의의 구성殺意の構成」(1959~1960),「악마의 증명悪魔の証明」(1962~1963) 등 범죄소설의 경향을 보였다. 한국어로는「어느 사랑을 위하여ある恋のために」(1964),「유구한 대의悠久の大義」(1969)가 각각 번역되어 있다.

▶ 이민희

참고문헌: A, B, E, F.

아리사와 소지有沢創司, 1939.8.7~

소설가. 본명은 야기 소지八木創司. 효고현兵庫県 출신. 교토대학京都大学 문학부 졸업후 산케이신문사産経新聞社에 입사. 본명으로

발표한 논픽션 저서에는「원고 미야즈 유코原告宮津裕子」(1987),「꿈을 좇던 남자들夢を駆けた男たち」(1997),「고대로부터의 전언古代からの伝言」(2000~04) 등이 있다.

1992년「서울로 사라지다ソウルに消ゆ」로 제5회〈일본추리서스펜스대상日本推理サスペンス大賞〉을 수상했다. 서울 올림픽이 한창이던 1988년 한국을 무대로 한 이 작품은 일본 신문사에 의한 취재팀의 일원을 주인공으로 하여 그의 동료가 암호를 남기고 실종되는 데서 시작된다. 벤 존슨과 칼 루이스의 100m달리기 대결에 오륜 도박이나 마약 조직, 테러 계획 등이 얽힌, 스케일이 큰 이야기이다. 1995년에는「가이아의 계절ガイアの季節」을 간행했다. 호주의 우란 광산을 둘러싸고, 원주민, 호주 정부, 영국, 독일, 일본 등이 이권쟁탈을 하고 거기에 환경단체까지 가세한 사건에 얽혀든 일본 전력회사 사원의 모습을 그리고 있다. 두 작품 모두 주인공이 시종일관 사건의 한복판에 있으면서도 눈앞의 일밖에 생각하지 않고 스스로 행동을 하지 않는다는 한계를 보인다. 이후「세 번의 총성三たびの銃声」(2001)이 있지만 논픽션 분야 작품이 눈에 띈다. 한국어로는「서울로 사라지다」(『일본서스펜스 걸작선』, 1993)가 번역되어 있다.

▶ 김효순

참고문헌: A, 윤상인, 김근성, 강우원용, 이한정『일본문학 번역 60년 현황과 과제』(소명출판, 2008).

아리스가와 아리스有栖川有栖, 1959.4.26~

추리작가로 본명은 우에하라 마사히데上原正英. 오사카大阪 출생으로 도시샤同志社 대학 법학부를 졸업하였으며, 재학 중에는 추리소설연구회(현 도시샤同志社 미스터리 연구회)에 소속되어 기관지『카멜레온カメレオン』에서 활동하였다. 졸업 후 서점에서 점원으로 일하면서 집필한『월광게임月光ゲームYの悲劇'88』(1989)으로 데뷔하여 겸업 작가로 일하다 1994년(35세)부터 작가에 전념하였다. 오사카를 무대로 한 작품과 독자를 향한 도전을 추구한 작품이 많으며, 대표작으로는 본격미스터리의 정수를 보여주었다고 평가받는『쌍두의 악마双頭の悪魔』(1992)와 2008년 제8회〈본격미스터리대상本格ミステリー大賞〉을 수상한『여왕나라의 성女王国の城』(2007)을 꼽을 수 있다. 위의 두 작품을 포함하여「말레이철도 수수께끼マレー鉄道の謎」(2002)와「어지러운 까마귀의 섬乱鴉の島」(2006)은『본격미스터리 베스트10本格ミステリ・ベスト10』,『주간문춘미스터리 베스트10週刊文春ミステリーベスト10』,『이 미스터리가 대단하다!このミステリーがすごい!』에서 상위를 차지한 바 있다. 암스테르담을 주무대로 하는 환상적 미스터리『환상운하幻想運河』(1996)와 유머러스한 센스를 보여준『너무 많은 등용문登竜門が多すぎる』(1998) 같은 작품 이외에도 에세이『아리스의 난독有栖の乱読』(1998) 등이 있다. 주요 작품으로는『46번째 밀실46番目の密室』

303

(1992)부터 『고원의 후더닛高原のフーダニット』
(2012)에 이르기까지 탐정 히무라 히데오火
村英生가 등장하는 총 20편의 〈히무라 시리
즈〉와 『월광 게임』(1989), 『외딴섬 퍼즐孤島
パズル』(1989)부터 『에가미 지로의 통찰江神
二郎の洞察』(2012)까지 탐정 에가미 지로江神
二郎가 등장하는 총 8편의 〈에가미 시리즈〉
를 꼽을 수 있다. 최근에는 『어둠의 나팔闇
の喇叭』(2010), 『한밤중의 탐정真夜中の探偵』
(2011), 『논리폭탄論理爆弾』(2012) 등 소녀탐
정 소라시즈 준空閑純이 등장하는 〈소라시
즈 시리즈〉를 내놓고 있다. 이중 〈히무라
시리즈〉와 〈에가미 시리즈〉는 서로 평행
구조를 형성하는데, 작품 내에 셜록 홈스
의 왓슨 같은 조역으로 작가의 이름과 동
명인 '아리스가와 아리스'가 등장한다. 이
밖에도 『러시아 홍차 수수께끼ロシア紅茶の謎』
(1994), 『스위스 시계 수수께끼スイス時計の謎』
(2003) 등 타이틀에 나라 이름을 씌운 이른
바 〈국명国名 시리즈〉가 있다.

현재 아리스가와 아리스 소설은 한국, 중
국, 대만 등지에 소개되었으며, 한국어로
는 『월광 게임』(2008), 『외딴섬 퍼즐』(2008),
『하얀 토끼가 도망친다』(2008), 『46번째 밀
실』(2009), 『절규성 살인사건』(2009), 『쌍
두의 악마 1』(2010), 『쌍두의 악마 2』(2010),
『무지개 끝 마을의 비밀』(2011), 『주홍색
연구』(2011), 『눈과 금혼식』(2012), 『달리
의 고치』(2012), 『어두운 여관』(2013) 등이
단편집으로 번역되어 있다.

▶ 이민희

참고문헌: A, H01~H13, 探偵小説研究会編著 『本
格ミステリ・ベスト10 2010年版』(原書房, 2010).

아리카와 히로有川浩, 1972.6.9~

여성 소설가로 본명은 야마모토 히로코山本
浩子이며 고치현高知県 출생이다. 서브컬처
에서 파생된 소설 종류의 하나인 라이트노
벨Light+Novel의 합성어로 '라노베'라고도 작가로 분류
된다. 데뷔작 『소금마을塩の街』(2004)에 이
어 자위대自衛隊와 미지의 물체 및 생물 사
이에 발생하는 싸움을 다룬 『하늘 가운데空
の中』(2005), 『바다 밑海の底』(2005) 등 문고
판에 연이어 단행본을 간행하는 전략을 사
용하고 있으며, '2005년 라노베 작가의 월
경이 가속화된 경향의 선봉 격'이라는 평을
받은 바 있다.

SF설정의 미스터리 모험소설이 주를 이룬
다. 그 중에서 도서대図書隊라는 가상의 군
사조직이 등장하는 『도서관 전쟁図書館戦争』
(2006)은 2009년도 8월말 시점 125만부가
팔렸고 TV애니메이션으로 만들어졌으며,
SF작품을 대상으로 부문별 우수한 작품에
수여하는 〈세이운상星雲賞〉을 수상하였다.
그밖에도 『레인 트리의 나라レインツリーの国』
(2006), 『한큐전차阪急電車』(2008), 『프리터,
집을 사다フリーター、家を買う』(2009)와 제148
회 〈나오키상直木賞〉 후보에 오른 『하늘을
나는 홍보실空飛ぶ広報室』(2012) 등 SF와 미
스터리적 요소의 유무를 불문하고 TV 및

라디오드라마, 영화, 애니메이션으로 재탄
생하고 있는 인기 작가다.

▶ 이민희

참고문헌: H06, H09, 「震災をきっかけに内容が変
わった直木賞候補作 有川浩さんの『空飛ぶ広報
室』」(WEB本の雑誌 :http://www.webdoku.jp/
tsushin/2013/01/18/170000.html).

아마기 하지메天城一, 1919.1.11~2007.11.9

추리작가이자 수학자로 본명은 나카무라
마사히로中村正弘. 도쿄東京 출생으로 도호
쿠제국대학東北帝国大学 수학과를 졸업했으
며, 오사카교육대학大阪教育大学 교수를 지낸
바 있다. 단편 「이상한 나라의 범죄不思議な
国の犯罪」(1947)를 데뷔작으로 「귀면의 범죄
鬼面の犯罪」(1948), 「다카마가하라의 범죄高天
原の犯罪」(1948), 「내일을 위한 범죄明日のため
の犯罪」(1954), 「포츠담 범죄ポツダム犯罪」
(1954) 등 철학과 교무 보좌원인 마야 다다
시摩耶正를 탐정으로 밀실을 중심으로 발생
하는 범죄를 다룬 단편을 다수 발표하였
다. 논리적인 동시에 역설과 풍자가 넘치
는 점에서 영국의 탐정소설가 체스터턴
Chesterton, Gilbert Keith, 1874~1936을 방불케 한다
는 평을 받았다.

장편 『아쿠쓰케 살인사건圷家殺人事件』(1955)
이후 창작에서 멀어져 『수학교육사数学教育
史』(1971) 등 전문적 저술활동을 하였지만,
본업인 수학과 교수를 정년퇴임한 후 「급
행≪산베≫急行《さんべ》」(1975), 「D장조 알
리바이=長調のアリバイ」(1986), 「급행 ≪산카
이≫急行《西海》」(1989) 등 철도를 배경으로
알리바이를 중시하는 작품을 잇달아 내놓
았다. 작풍이 변함에 따라 탐정도 마야 다
다시에서 그의 왓슨역을 맡았던 시마자키
경관島崎警官으로 바뀌었다.

밀실을 중심으로 한 본격미스터리에 관심
이 많아 『밀실작성법密室作法』(1961), 『밀실
범죄학교정密室犯罪学教程』(1991) 등을 발표
하기도 하였으며, 이러한 평론과 밀실을
테마로 한 작품을 한데 모은 『아마기 하지
메의 밀실범죄학교정天城一の密室犯罪学教程』
(2004)으로 제5회 〈본격미스터리대상本格ミ
ステリー大賞〉 연구 및 평론 부문을 수상한
바 있다. 이와 함께 시마자키 경관을 중심
으로 알리바이트릭과 불가능범죄를 다룬
23편을 수록한 『시마자키 경관의 알리바이
사건 기록부島崎警部のアリバイ事件簿』(2005)
또한 『이 미스터리가 대단하다!このミステ
リーがすごい!』에서 높은 평가를 받았으며,
이를 계기로 세 번째 작품집 『숙명은 기다
릴 수 있다宿命は待つことができる』(2006)도 출
판되어 '전설의 작가'로서의 면모를 과시하
였다.

▶ 이민희

참고문헌: A, B, E, G, H05~H07.

아마노 세쓰코天野節子, 1946~

소설가. 지바현千葉県 출생. 단기대학 졸업
후 20년간 유치원 교사로 근무하고 이후

20년간 유아교육교재회사에 근무하며 교육완구 개발자로 활동하는 등 40여 년 동안 유아교육에 종사했다. 책 읽기, 그 중에서도 추리소설을 좋아해 출퇴근하면서 1천권 이상을 독파한 그는 50대 중반의 어느 날, 환갑 생일에 맞춰 장편 추리소설을 완성하겠다고 결심한다. 4년에 걸쳐 완성한 장편추리소설『얼음꽃氷の華』(2006)을 문학상에 응모했으나 '살인의 동기가 약하다'는 평가를 받으며 낙선하고, 결국 자비출판을 결심하지만, 처음 의뢰한 출판사가 도산하는 등 우여곡절을 겪은 끝에 2006년 전문회사인 겐토샤르네상스幻冬舍ルネッサンス에서 출간한다. 무명작가의 작품임에도 불구하고 독자와 관계자들의 호평을 받아 이듬해 본사인 겐토샤幻冬舍에서 다시 출간하여 화제가 되었다. 영상산업 관계자들의 관심을 끈 이 작품은 2008년 TV 드라마로도 제작된다. 다음 작품인『시선目線』(2009) 역시 드라마로 제작되었으며, 이외에『낙인烙印』(2010), 『방황하는 사람彷徨い人』(2012) 등의 작품이 있다. 데뷔작인『얼음꽃』은 한국에 번역되었다.

▶ 박광규

참고문헌: 河村道子 「"動機"に迫った本格長編ミステリー『氷の華』天野節子」(『ダ・ヴィンチ』, 2007年6月号, メディアファクトリー), 「『氷の華』もうひとつのストーリー － 幻冬舍ルネッサンスインタビュー」(2007, 幻冬舍ルネッサンスホームページ).

아마다 시키天田式 ☞ **시키타 티엔**式田ティエン

아베 마사오阿部正雄 ☞ **히사오 주란**久生十蘭

아베 사토시阿部智, 1960.7.22~

소설가. 미야기현宮城県 출신. 센다이仙台 전파공업고등전문학교電波工業高等専門学校 중퇴후 상경해, TV방송국의 AD, 디렉터, 웨이터 등의 일을 하다, 1983년 해상보안청에 입사했다. 1994년에 경비구난부警備救難部 관리과를 마지막으로 퇴직할 때 까지 순시선에서의 근무와 육지 근무를 번갈아 본 특이한 경력의 소유자다. 일을 하면서 틈틈이 쓴 추리소설로 〈에도가와란포상江戸川乱歩賞〉이나 〈추리소설신인상推理小説新人賞〉 등에 응모하다, 1989년『사라진 항적消された航跡』으로 제 9회 〈요코미조세이시미스터리대상横溝正史ミステリ大賞을 수상하면서 데뷔했다. 항해 중인 여객선 위에서 벌어지는 살인사건을 소재로 선박이라는 밀실 공간의 특징을 잘 살린 작품으로, 해상보안청에서 근무한 경력을 반영한 독자적인 작풍으로 평가받았다. 같은 경향의 작품으로는 「복수의 해선復讐の海線」(1990)이나 1993년 제 39회 〈에도가와란포상〉 후보작으로 오른 「통곡의 닻慟哭の錨」(「해협에 죽다海峡に死す」로 제목을 바꿔 94년에 출간) 등이 있다. 다른 경향의 작품으로는 유괴범죄에 심리복수극을 뒤섞은 이색 서스펜스 「가설의 인연擬制の絆」(1993)이 있다. 항

상 자신만의 독창적인 트릭을 선보이는 등, 도전적인 작품이지만 작품을 많이 쓰지 않았기 때문에 평가가 고정적이지는 않다.

▶ 류정훈

참고문헌: A. 阿部智『消された』(角川書店, 1989).

아베 요이치阿部陽一, 1960.7.22~

소설가. 도쿠시마현德島県 출신. 가쿠슈인대학学習院大学 법학부 정치학과 졸업 후, 일본경제신문사 입사. 이후 계열회사의 잡지 편집부 근무를 거쳐 1992년부터 본사에 복귀했다. 어렸을 때부터 열렬한 본격미스터리 팬이었다. 회사 재직 중에 쓴 소설 『크레믈린의 어릿광대クレムリンの道化師』(1989)로 제35회 〈에도가와란포상江戸川乱歩賞〉의 최종후보에까지 올랐다. 구소련을 무대로 하는 스파이 소설로 일본인이 한 명도 등장하지 않는다는 특이함 때문에 수상으로까지 이어지지는 않았지만, 1990년에 쓴 『피닉스의 조종フェニックスの弔鐘』으로 결국 제 36회 〈에도가와란포상〉을 수상하게 된다. 미국과 구소련의 냉전대립을 배경으로 하는 스릴러물로 당시 동유럽의 사회주의 국가들이 종언을 맞이하는 시기였음에도 불구하고, 신문사에서 일한 경험을 바탕으로 확실한 고증을 통해 리얼리티를 살리는데 성공했다는 평가를 받았다. 이어서 발표한 「수정의 밤에서 온 스파이水晶の夜から来たスパイ」(1991)도 통일 전 독일의 혼란에 초점을 맞춘 국제모략소설이다.

국내에는 「청색의 수수께끼 : 에도가와 란포상 수상 작가 18인의 특별 추리 단편선」(2008)을 통해 「푸른 침묵」이 소개된 바 있다.

▶ 류정훈

참고문헌: 阿部陽一 『フェニックスの弔鐘』(講談社文庫, 2005).

아비코 다케마루我孫子武丸, 1962.10.7~

소설가. 본명은 스즈키 아키라鈴木哲. 효고현兵庫県 출신. 교토대학京都大学 문학부 철학과 중퇴. 재학 중에는 '교토대학 추리소설 연구회'에서 활동했다. 1989년 시마다 소지島田荘司의 추천을 받아 「8의 살인8の殺人」으로 데뷔했다. 「8의 살인」은 형사인 장남 교조恭三 커피숍을 운영하는 차남 신지慎二, 막내 여동생 이치오一郎가 사건을 해결해나가는 본격미스터리와 슬랩스틱 코미디가 융합된 형태의 작품이다. 속칭 〈하야미速水 삼형제 시리즈〉. 이 시리즈를 3편 발표한 후로는 복화술사의 인형, 마리코지 마리오鞠小路鞠夫가 탐정으로 활약하는 「인형 탐정이 되다人形はこたつで推理する」(1990), 속칭 〈인형탐정 시리즈〉를 집필하고 있다. 〈인형탐정 시리즈〉는 따뜻하고 유쾌한 분위기의 유머 미스터리 작품으로 분류할 수 있다.

하지만 추리소설 작가로서의 가장 큰 성과는 시리즈물이 아닌 작품에서 발견된다. 1990년에 발표한 「탐정영화探偵映画」는 소설 내에서 촬영된 영화의 결말을 출연하는

배우들이 추리한다는 내용의 본격미스터리 작품이며, 「살육에 이르는 병殺戮にいたる病」(1992)은 단순한 사이코 스릴러를 넘어 독자를 충격과 공포에 몰아넣는 충격적인 결말이 기다리고 있는 작품이다.

이후의 작품에서는 SF의 설정을 빌린 하드보일드나 서스펜스가 눈에 띈다. 또한 1994년에 발표한 추리게임 소프트 「가마이타치의 밤かまいたちの夜」에서 시나리오를 쓰기도 했다. 영 어덜트 경향의 미스터리 작품을 쓰기도 하는 등, 최근에는 멀티 크리에이터로도 활약하고 있다.

국내에 번역 소개된 작품으로는 「미륵의 손바닥」(2006), 「살육에 이르는 병」(2007), 「탐정이 되는 893가지 방법」(2009), 「인형 탐정이 되다」(2009), 「소풍버스 납치사건」(2009), 「인형은 잠들지 않아」(2010), 「라이브 하우스 살인 사건」(2011), 「탐정영화」(2012) 등이 있다.

▶ 류정훈

참고문헌: A, 我孫子武丸『人形はこたつで推理する』(講談社, 1990).

아사기 마다라浅黄斑, 1946.3.31~

소설가. 본명 소토모토 쓰기오外本次男. 고베시神戸市 출생. 간사이대학関西大学 공학부 졸업 후 10년간 회사 근무를 거쳐 오사카시大阪로 이사하여 프로작가를 목표로 집필활동에 전념했다. 그 후 본명으로 동인지에 발표한 창작 모음 작품집『바람에 대해 風について』(1990) 등을 출판했지만 습작의 영역을 벗어나지 못했다. 본격적인 데뷔는 집필분야를 미스터리로 바꾸면서 이루어졌고, 1992년 남방계 대형 나방에서 유래하는 필명 아사기 마다라의 명의로 응모한 단편 「빗속의 손님雨中の客」가 제14회 〈소설추리신인상小説推理新人賞〉을 수항하였다. 장편 처녀작은 1993년 「죽은 자에게서 온 편지 4+1의 고발死者からの手紙 4+1の告発」(후에 「노토 바다 살인 복도能登の海 殺人回廊」로 개제)이다. 그 후에는 매년 수편의 장편을 발표하는 다작가가 되었으며, 알리바이 간파를 중심으로 하는 인간관계의 과거에 담겨있는 비극을 그린『후지 6대 호수 환영의 관富士六湖 まぼろしの棺』(1993 후에『후지 6대 호수 살인수맥富士六湖 殺人水脈』) 등 〈경부보물警部補物〉이나 전직 성악가인 아사기 부인을 모델로 한 「유부녀 고유키 분투기人妻小雪奮闘記」(1996) 등의 시리즈도 많다. 또한 「카론의 뱃노래カロンの舟歌」(1996), 「뱀의 눈처럼蛇の目のごとく」(1996) 등 범죄소설적 경향이 강한 작품도 쓰기 시작하였고, 2005년도부터는 주로 문고본 전작 시대소설을 썼다. 그 외에 단편집으로서『도도로키 노인의 유언서轟老人の遺言書』(1999)가 있다. 1995년,『죽은 아들의 정기권死んだ息子の定期券』(1994),『해표정의 손님海豹亭の客』(1995)로 제4회 〈일본문예가클럽대상日本文芸家クラブ大賞〉을 단편소설부문에서 수상했다. 한국어로는 「일곱 통의 미스터리」(『베

스트 미스터리 2000』)가 번역되어 있다.

▶ 김효순

참고문헌: A, 윤상인, 김근성, 강우원용, 이한정
『일본문학 번역 60년 현황과 과제』(소명출판, 2008).

아사노 겐푸浅野玄府, 1893.5~1970

번역가로 본명은 아사노 간지朝野完二. 도쿄東京 출생으로 와세다대학早稲田大学 영문학과를 졸업했으며, 겐스전문학교研数専門学校에서 근무한 바 있다. 1920년대부터 1930년대 사이 일본 추리소설 역사상 커다란 역할을 담당한 『신청년新青年』의 편집장인 모리시타 우손森下雨村과의 친분으로 무명으로 『신청년』에 번역물을 게재하기 시작했으며, 번역서 「사라진 남자消える男」(1922)와 「호적수好敵手」(1922)를 게재하면서 이름을 알렸다. 『브라운 신부의 천진함The Innocence of Father Brown』(1911)에서 시작되는 〈브라운 신부 시리즈〉로 유명한 영국의 탐정작가 체스터턴Gilbert Keith Chesterton의 번역서인 「푸른 십자가青い十字架」를 비롯하여 『신청년』에 게재된 체스터턴 작품 과반수 이상을 번역하는 등 일본에 국외 탐정소설을 소개하는 데 일조하였다.

▶ 이민희

참고문헌: A, G.

아사다 지로浅田次郎, 1951.12.13~

소설가. 본명은 이와토 고지로岩戸康次郎. 도쿄東京 출신. 주오대학中央大学 스기나미고등학교杉並高等学校 졸업. 어렸을 때부터 작가를 지망해 순문학 계통의 신인상 응모에 작품을 투고한 바 있다. 대학 입시에 실패한 후 육상 자위대에 입대했다. 미시마 유키오三島由紀夫의 자위대 난입과 할복 사건이 입대의 계기가 되었다는 설도 있다. 제대 후에는 여러 직업을 거치면서 한때는 준야쿠자 조직에 몸담기도 했다. 1991년에 이런 경험을 토대로 쓴 수필 「당하고만 있을쏘냐とられてたまるか！」로 문필활동을 시작해, 1992년에는 야쿠자 세계를 무대로 한 악한소설 「긴피카きんぴか」를 통해 소설가로 데뷔했다. 이후 「프리즌 호텔プリズンホテル」(1993) 4부작 등을 통해 미스터리 독자들에게서 좋은 평가를 얻기도 했다. 「지하철地下鉄に乗って」(1994)이 제16회 〈요시카와 에이지문학신인상吉川英治文学新人賞〉을 수상하면서 인정받기 시작했다. 이후 중국 청나라 말기를 배경으로 서태후와 그 주변인물들의 생애를 그린 시대소설 「창궁의 묘蒼穹の昴」(1996)으로 명성을 쌓아, 단편집 「철도원鉄道員」(1997)으로 제117회 〈나오키상直木賞〉을 수상했다.

국내에서는 이 「철도원」에 나오는 단편을 영화화한 「철도원」(1999)과 「파이란」(2001)의 원작자로 잘 알려져 있는데, 전체적인 작품은 눈물샘을 자극하는 멜로물부터 코미디, 판타지에 이르기까지 다양하다. 작가 스스로 '소설의 대중식당'을 지향하고

309

있다고 밝히고 있다. 집안이 몰락한 무사 가문이라는 자의식 때문인지「칼에 지다王生義士伝」(2000),「쓰키가미憑神」(2005),「배를 가르시지요お腹召しませ」(2006) 등, 에도 시대를 배경으로 한 시대소설도 많이 집필했다. 2013년까지 70권이 넘는 책을 냈으며 지금 현재도 왕성한 집필활동을 이어가고 있는 현대일본의 대표적인 대중오락소설 작가라 할 수 있다.

국내에도 다수의 작품들이 번역되어 그 대중성을 인정받고 있다. 그 중 추리문학에 가까운 작품으로는「지하철」(2000),「프리즌 호텔」(2007) 등이 있다.

▶ 류정훈

참고문헌: A. 浅田次郎 『地下鉄に乗って』(講談社, 1999).

아사마쓰 겐朝松健, 1956.4.10~

소설가. 본명 마쓰이 가쓰히로松井克弘. 삿포로札幌 출생. 유소년 시절부터 부친의 가르침을 받아 호러물에 눈을 떴고, 동인지 활동을 통해 기다 준이치로紀田順一朗, 야노 고자부로矢野浩三郎에게 사사를 받았다. 1972년 환상 괴기소설 동인 '흑마단黒魔団'을 결성하여 괴기소설 번역에 종사함으로써, 서양 마술 관계 기사와 저작을 다수 발표했다. 서양마술에 대한 지식을 일본에 체계적으로 처음 소개하였다. 도요대학東洋大学 문학부 불문학과 졸업 후 도서간행회에 입사하였지만 작가가 되기 위해 1985년 퇴사

하였다. 오컬트 관계 프리 라이터를 거쳐 1986년「마교의 환영魔教の幻影」으로 데뷔하였다. 이후「흉수 마보로시노凶獣幻野」(1987),「마견 소환魔犬召喚」(1988) 등 오컬티즘에 깊은 조예를 보이며 본격적인 호러 지향이 넘치는 마니아적 오컬트 전기伝奇를 다수 집필하였다. 한편, 시대전기물 작품도 많으며 청소년 소설로는 코믹 학원격투 액션인 〈사투학원私闘学園 시리즈〉도 발표하는 등 폭넓게 활약했지만, 1993년에「쿤냥 여왕崑央の女王」후기에서, '앞으로 나의 집필활동은 호러 작품과 전기시대극으로 한정할 것이다'라고 선언했다. 이 작품을 비롯하여 미국의 괴기작가 H.P. 러브크래프트Howard Phillips Lovecraft의 작품의 흐름을 따르는 크툴루 신화Cthulhu Mythos 작품이나「겐로쿠 영이전元禄霊異伝」(1994) 등 '유텐쇼닌물祐天上人物'을 집필한다. 1995년 뇌종양을 앓은 후에도「잇큐 암야행一休暗夜行」(2001),「히가시야마님의 정원東山殿御庭」(2006),「시커먼 잇큐ぬばたま一休」(2009) 등 잇큐 소준一休宗純을 주인공으로 하는 일련의 작품을 비롯하여 무로마치室町를 무대로 하는 전기물을 중심으로 의욕적인 집필활동을 계속했다. 1999년에는 편자로서 일본인 작가에 의한 전작 단편을 모은 크툴루 신화의 오리지널 앤솔로지『비신秘神』, 2002년에는『비신계秘神界』를 편집하였고 후자는 영역되어 주목을 받았다. 한국어로『마교 환생』(1995) 전5권이 번역되어 있다.

▶ 김효순

참고문헌: A, 윤상인, 김근성, 강우원용, 이한정 『일본문학 번역 60년 현황과 과제』(소명출판, 2008).

아사미 미쓰히코浅見光彦

우치다 야스오内田康夫의 소설에 등장하는 가공의 인물. 「고토바 전설 살인사건後鳥羽伝説殺人事件」(1982)에 최초로 등장했을 때 나이는 33세로 직업은 프리 라이터. 도쿄 니시가하라西ヶ原에서 어머니 유키에雪江, 경찰청 형사국장인 형 요이치로陽一郎와 그의 가족들, 그리고 가정부 스미코須美子와 함께 살고 있다. 대학 졸업 후 출판사나 상사회사商事会社 등에서 근무했지만 여의치 않아 결국 가루이자와軽井沢에 사는 추리소설작가 우치다 야스오의 소개로 프리 라이터가 되었다는 설정이다. 주로 잡지 『여행과 역사旅と歴史』에 원고를 투고하고 있다. 180cm에 가까운 신장을 지녔으며 눈동자는 다갈색이다. 타고 다니는 차는 하얀색의 도요타 소아라ソアラ이며 블루종 스타일의 옷을 즐겨 입는 호남으로 묘사된다. 시리즈 2번째 작품인 『헤이케 전설 살인사건平家伝説殺人事件』(1982)에서 이나다 사와稲田佐和와의 결혼이 암시됐지만 결국 그 뒤로도 독신을 이어가고 있다. 비행기와 토마토를 싫어한다. 팬클럽인 '아사미 미쓰히코 클럽浅見光彦倶楽部'의 회원수가 1만명을 넘을 정도로 일본에서는 큰 인기를 구가하는 캐릭터다.

국내에도 『빙설의 살인』(2000), 『고토바 전설 살인사건』(2011), 『헤이케 전설 살인사건』(2013)이 번역되어 있다.

▶ 류정훈

참고문헌: A, I.

아사부키 리야코朝吹里矢子

나쓰키 시즈코夏樹静子의 단편 「암흑의 발코니暗黒のバルコニー」(1976)에 첫 등장하는 여성 변호사. 아버지 새뮤얼Samuel은 GHQ의 교육국에서 일본 전국의 대학으로 파견된 영어교사 중 한 명이고 어머니 도시에敏江는 일본인이다. 리야코가 태어나기도 전에 아버지는 항공기 사고로 사망하여 리야코는 외삼촌 부부의 양녀로 길러졌다. 혼혈이기 때문에 윤곽이 뚜렷한 얼굴을 가지고 있다는 설정이며 첫 등장 시의 나이는 25세이다. 사법고시 합격 후 2년간의 연수 기간을 마치고 처음에는 베테랑 변호사 야부하라 유노신薮原勇之進의 시부야渋谷 난페다이南平台의 사무실에서 월급쟁이 변호사로 근무하며 사법고시 지망생인 가자미 시로風見志朗, 사무직 직원 요시무라 사키吉村サキ와 함께 일하고 있다.

「증언거부証言拒否」(1977)에서는 시로와 함께 사건 관계자의 사체를 발견하기도 하지만 때로는 혼자서도 형사 못지않은 수사 솜씨를 보이기도 한다. 「범하는 때를 모르는 자犯す時知らざる者」(1978)에서는 그간의 염원대로 야부하라의 사무실 한쪽을 빌려

311

독립하게 된다. 행동적인 성격이며 자신의 일에는 헌신적이다. 대출 받은 돈으로 산 외제차를 타고 다니며 항상 씩씩하고 당당한 모습을 보이는 캐릭터이다.

▶ 류정훈

참고문헌: A, I.

아사야마 세이이치朝山蜻一, 1907.7.18~1979.2.15
추리작가이자 평론가로 본명은 구와야마 젠노스케桑山善之助이며, 구와야마 유타카桑山裕 혹은 아사야마朝山라고도 한다. 도쿄東京 출생으로 간다긴조중학교神田錦城中学校를 중퇴하였으며, 영화 조감독을 거쳐 레터링 lettering에도 종사한 바 있다. 구와야마 유타카라는 필명으로 동인지 『기원紀元』, 『모럴 モラル』, 『신작가新作家』 등에 소설 및 평론을 발표하였으며, 아사야마 세이이치로 첫 등장한 「교살당한 은둔자〈びられた隠者」 (1949)와 「무녀巫女」(1952)는 『보석宝石』 100만엔 현상 콩쿠르의 후보작과 1위를 차지하였다.

이상하게 잘록한 허리에 집착하는 「백일의 꿈白日の夢」(1950)이 수록된 첫 단편집 『백주염몽白昼艶夢』(1956)을 포함하여, 『처녀진주処女真珠』(1957), 『여자의 부두女の埠頭』(1958), 『악몽을 쫓는 여자悪夢を追う女』(1958), 『한밤중에 노래하는 섬真夜中に唱う島』(1962) 등 육체와 정신적 구속을 주제로 하는 사디즘과 마조히즘의 세계에 대한 집착을 보여주고 있다.

연작 「청재지이鯖斎志異」(1976)로 미스터리로 복귀하기 전까지 철학, 사상, 수학 연구에 몰두하여 본명 구와야마 젠노스케 이름으로 『과학으로서의 자본주의와 사회주의科学としての資本主義と社会主義』(1970), 『웃음의 과학笑いの科学』(1970), 『구조수학신론構造数学新論』(1972) 등의 저술활동을 하기도 하였으며, 음향장치나 고속거룻배의 특허를 취득하는 등 특이한 전력을 갖고 있다. 이후 『신초新潮』와 『미타문학三田文学』 등에 발표한 작품을 모은 『조금사의 딸彫金師の娘』 (1971)은 잃어버린 도쿄의 정취를 담담히 표현하고 있다.

▶ 이민희

참고문헌: A, B, E, G.

아사쿠라 다쿠야浅倉卓弥, 1966.7.13~
소설가. 홋카이도北海道 출생으로 도쿄대학東京大学 문학부를 졸업한 후, 레코드회사에 취직하였다. 2002년도에 번역회사나 잡지 편집부에서 아르바이트를 하면서 집필한 「4일간의 기적四日間の奇蹟」(2003)으로 제1회 (『이 미스터리 대단하다!』 대상『このミステリーがすごい！』大賞)을 수상하였으며, 스스로를 만화세대로 지칭하는 만큼 코믹하고 재미있는 것을 추구한다고 밝힌 바 있다. 음악적 제재를 살린 데뷔작 「4일간의 기적」 (2003)을 비롯하여 「너의 자취를君の名残を」 (2004), 『눈 내리는 밤 이야기雪の夜話』(2005), 『북위 43도의 신화北緯四十三度の神話』(2005),

312

『노랑나비 날다黄蝶舞う』(2010) 등 역사소설 같지만 SF에 가깝거나 형사사건이 발생하지만 미스터리로 분류하기 애매한 작품 경향을 보이고 있다. 한국어로는 『4일간의 기적』(2006), 『새틀라이트 크루즈』(2007)가 번역되어 있다.

▶ 이민희

참고문헌: H03~H13.

아사히 다케노스케朝日岳之助

아네코지 유姉小路祐의 장편 『진실의 앙상블 真実の合奏』(1989)에서 첫 등장한 인물로 가쿠노스케岳之助라고도 한다. 국철 철도원이었던 아사히 다케노스케는 동맹파업 시 체포되어 억울하게 유죄판결을 받은 친구를 구하고자 퇴직하고 변호사가 되기를 결심한다. 6년 후 사법시험에 합격하지만 친구는 옥중에서 사망했다. 이후 「유죄율 99%의 벽有罪率99%の壁」(1989), 「살의의 법정殺意の法廷」(1991), 「야망의 모험野望の賭け」(1992) 등에서 억울한 사람들을 구하기 위한 변호사 아사히 다케노스케의 활약상이 그려진다. 이러한 활약상은 일본TV에서 「변호사 아사히 다케노스케弁護士・朝日岳之助」라는 타이틀로 1989년부터 2005년까지 총 23편이 방영되었으며, 주연은 고바야시 게이주小林桂樹가 맡았다.

▶ 이민희

참고문헌: A, D.

아스카 다카시飛鳥高, 1921.2.12~

추리작가이자 공학박사로 본명은 가라스다 센스케烏田専右. 야마구치현山口県 출생으로 도쿄제국대학東京帝国大学 공학부를 졸업하였으며, 1960년에 건설기술자로 시미즈건설清水建設에 입사하여 기술연구소장, 기술본부장 등을 역임하였다. 추錘의 진자현상을 이용한 역학적 범죄사건을 다룬 「범죄의 장소犯罪の場」(1947)가 『보석宝石』 단편 현상에 입선하여 등단하였는데, 심사자인 에도가와 란포江戸川乱歩는 '물리학에서 쓰는 「장場」이라는 말을 제명으로 사용한 것도 마음에 들었고, 작자가 매우 논리적'이라며 높이 평가하였다. 「희생자犠牲者」(1950), 「호수湖」(1950), 「72시간七十二時間」(1951), 「고독孤独」(1951), 「어두운 비탈길暗い坂」(1951), 「가타 에이지의 죽음加多英二の死」(1952), 「죽음의 산死の山」(1954), 「구름과 시체雲と屍」(1955) 등 초기에는 기계적 트릭을 구사하는 본격물이 많아 '본격파'로 불리기도 하였으며, 주로 트릭, 밀실, 그리고 인간소실人間消失의 난해함을 다루었다.

이후 장편 위주로, 자신을 협박한 이를 살해한 건축업자와 피해자의 배후인물 사이에서 벌어지는 싸움을 스릴러에 가깝게 그린 『의혹의 밤疑惑の夜』(1958), 벼랑에서 떨어져 사살된 여성의 신원을 찾는 「죽음을 부르는 트럭死を運ぶトラック」(1959), 사체이동을 중심으로 본격물 경향이 짙은 구성력이 돋보이는 「부활하는 의혹甦える疑惑」

313

(1959), 실종된 사장을 찾는 과정에서 과거 전쟁이 남긴 상흔에 맞닥뜨리는 인간의 삶에 초점을 맞춘 「죽지 못한 자死にぞこない」(1960) 등 알리바이 입증과 동시에 일상에 잠재한 함정이 연출하는 서스펜스를 담았다. 특히 1962년에 제15회 〈일본탐정작가클럽상日本探偵作家クラブ賞〉을 수상한 『가늘고 붉은 실細い赤い糸』(1961)은, 전혀 관련이 없을 것 같은 수도공단의 독직瀆職, 영화관의 강도, 애인의 혼담 방해청부, 병원내부의 세력다툼과 관련하여 벌어진 4건의 살인사건이 한 가락으로 이어져 진상을 드러내는 의외성이 돋보이는 작품이다. 이를 기점으로 트릭에서 플롯을 중시하는 방향으로 이행하는데, 추적을 주축으로 하는 「텅 빈 자동차虛ろな車」(1962), 「얼굴에 비친 낙조顔の中の落日」(1963)나 인간관계의 불안정함을 근저로 한 「사형대로 오세요死刑台へどうぞ」(1963), 「유리감옥ガラスの檻」(1964) 등의 장편을 잇달아 발표하였다.

1975년에 콘크리트공학 연구로 〈일본건축학회상日本建築学会賞〉을 수상하는 등 다망하게 본업에 종사하다 장편 「푸른 리본의 의혹青いリボンの誘惑」(1990)을 발표하였다. 죽음을 맞이한 한 남자가 자신의 과거를 돌아보는 행위로 인하여 새로운 비극을 맞이한다는 내용으로 인간심리의 난해함을 드러내는 작품이다. 아스카 다카시 작품의 근저에는 사회적 질환(범죄)은 사회에서 멀어진 인간의 불안정한 심리상태로부터

비롯된다는 사회관을 담고 있으며, 대부분의 작품에서 그러한 소외된 인간상이 그려져 있다.

▸ 이민희

참고문헌: A, B, D, E, F.

아스카베 가쓰노리飛鳥部勝則, 1964.10.18~
추리작가이자 서양화가로 본명은 아베 가쓰노리阿部勝則. 니이가타현新潟県 출생으로 니이가타대학新潟大学 교육학부를 거쳐 니이가타대학 대학원 교육학연구과 수료한 후, 현립고등학교県立高等学校 미술교사로 일하면서 서양화가로 활동하고 있다. 1998년 무명 화가의 자살을 둘러싼 미스터리 「순교 카타리나 수레바퀴殉教カテリナ車輪」(1998)로 제9회 〈아유카와데쓰야상鮎川哲也賞〉을 수상하여 등단하였으며, 아리스가와 아리스有栖川有栖로부터 '진정한 본격미스터리 밀실살인사건'이라는 높은 평가를 받았다. 작자가 직접 그린 「순교殉教」와 「수레바퀴車輪」라는 표제가 붙은 두 장의 그림이 게재되어 '도판해석학圖版解釋学'이라는 새로운 취향을 선보인 「순교 카타리나 수레바퀴」는 『본격미스터리 베스트10』에서 3위, 『이 미스터리가 대단하다!このミステリーがすごい!』에서 12위를 차지한 바 있다.

스스로를 '괴기당怪奇党'이라며 초자연현상을 담은 괴기소설을 발표하고 싶다고 밝힌 아스카베 가쓰노리는, 이후 본격물 『바벨소멸バベル消滅』(1999)과 『베로니카의 열쇠

ヴェロニカの鍵』(2001), 탐정물 『레오나르도의 침묵レオナルドの沈黙』(2004), 환상 추리소설『N・A의 문N・Aの扉』(1999)과 『겨울 스핑크스冬のスフィンクス』(2001), 괴기SF 추리소설 『라미아학살ラミア虐殺』(2003), 호러 『외음부 쪽을バラバの方を』(2002), 『거울함정鏡陥穽』(2005) 등 다양한 작품 경향을 보여주고 있다. 최근에는 〈고딕부흥 3부작〉이라 명명한 『거울함정』(2005), 『타락천사고문형堕天使拷問刑』(2008), 『흑과 사랑黑と愛』(2010) 등 각각 '거울과 분신', '탑과 악마', '성과 악마'를 테마로 한 고딕소설(중세 고딕양식으로 된 성을 배경으로 기괴한 사건을 다루며 18세기부터 19세기에 걸쳐 영국에서 유행)풍의 작품을 선보이고 있다. 단편은 주로 『괴이한 컬렉션異形コレクション』에 수록되어 있다.

▶ 이민희

참고문헌: A, H01~H13.

아시베 다쿠芦辺拓, 1958.5.21~

소설가. 본명은 고바타 도시유키小畠逸介. 오사카大阪 출생.

독서를 즐기던 중학생 시절, 추리소설은 상상력이 빈곤하다고 여기며 좋아하지 않았으나 고등학교 입학 후 아무런 생각 없이 미국 TV 수사 드라마 『형사 콜롬보』를 보고 추리소설의 재미에 빠져든다. 당시 발행하던 추리소설 전문잡지 『환영성幻影城』 팬클럽 교토지부인 '13인의 모임13人の会' 중 최연소 회원으로 참가하면서 범인 맞추기 퀴즈 등을 만들기도 한다.

도시샤대학同志社大学 법학부를 졸업하고 요미우리신문読売新聞 오사카 본사에 입사해 교열부, 문화부 기자로 근무했다. 1986년 본명으로 제2회 〈환상문학신인상〉에 「이류오종異類五種」으로 응모해 입선했으며 1990년 아시베 다쿠 명의로 『살인희극의 13인殺人喜劇の13人』을 제1회 〈아유카와데쓰야상鮎川哲也賞〉에 응모, 당선된다. 데뷔작의 주인공으로 등장한 〈모리에 슌사쿠森江春策는 시리즈〉가 이어지면서 대학생에서 신문기자, 그리고 형사사건 전문변호사로 성장하며, 단편집 3편과 18편의 장편에 등장한다. 이 시리즈는 TV 드라마로도 제작되었다. 시리즈 작품 이외에도 역사상의 인물을 탐정 역할로 등장시키거나 과거의 명탐정을 조연으로 등장시키는 패스티쉬 작품을 발표했다. 『그랑 귀뇰 성グラン・ギニョール城』(2002), 『홍루몽 살인사건紅楼夢の殺人』(2005), 『재판원법정裁判員法廷』(2009), 『기상궁 살인사건綺想宮殺人事件』(2011), 『스팀 오페라スチームオペラ』(2013) 등이 〈본격 미스터리대상本格ミステリ大賞〉 후보에 올랐으나 수상에는 실패했다.

학술적인 분야에서부터 대중문화에 이르기까지 다양한 방면으로 해박한 지식을 가져 소설 창작 이외의 분야에서도 활동하고 있다. 『열세 번째 배심원十三番目の陪審員』(1998), 『홍루몽 살인사건』 등이 번역되었다.

▶ 박광규

참고문헌: A.

村上貴史, 「ミステリアス・ジャム・セッション(13) 芦辺拓」, 『ミステリマガジン』 2002년 2월호 (早川書房).

아시아 미스터리 리그 アジアミステリリーグ

아시아 미스터리 리그는 중국어와 한국어를 구사한 운영자 Dokuta(마쓰카와 요시히로松川良宏)가 개인적으로 운영하는 아시아 미스터리에 관한 인터넷 사이트이다. 운영자는 『시마다 소지 선/아시아 본격 리그島田莊司選/アジア本格リーグ』의 출간을 계기로 아시아의 미스터리와 일본미스터리의 해외 수용에 관심을 갖고, 스스로 수집한 정보를 인터넷에서 공개하고 있다. 2009년부터 지금까지 게재된 기사는 200건을 넘어 섰으며, 그 테마는 일본 미스터리의 해외 출판 상황과 그 수용, 아시아 각국의 일본미스터리 수용과 추리작가별 해외 번역 상황, 아시아 각국의 오리지널 미스터리 안내 등이고, 특히 자세히 다루고 있는 것은 한국, 중국, 대만의 미스터리 역사다. 흔히 추리소설 서평과 평론, 작가, 작품, 추리상 수상목록이 주를 이루는 다른 사이트와 비교해 보면, 아시아 미스터리 성립과정과, 일본 미스터리 수용을 서지학적인 접근 방법으로 정리하고 방대한 자료를 제시하고 있는 점이 큰 특징이다. 특히 한국에 관한 기사는 50건 정도가 되어 한국 미스터리 역사를 비롯하여, 한국 미스터리를 아는데 필요한 자료 제시, 한국국내 Web사이트 〈하우 미스터리〉〈일본 MYSTERY 즐기기〉의 미스터리 랭킹정보 게재, 한국 미스터리 잡지 『계간 미스터리』의 목차정보도 일본어로 소개되어 있다. 또한 기사에 언급된 내용은 정보소스에 링크할 수 있어서 국경을 초월하여 정보공유가 가능한 사이버 시대의 특징을 잘 활용하고 있다. 아시아의 미스터리에 관심이 있지만 언어의 벽 때문에 접근하지 못했던 미스터리 매니아나, 일본어를 읽을 수 있는 아시아권 미스터리 팬에게는 쉽게 접근하여 아시아 미스터리의 정보를 얻을 수 있는 유용한 사이트이다.

▶ 나카무라 시즈요

참고문헌: 아시아 미스터리 리그 홈페이지 주소 : http://www36.atwiki.jp/asianmystery/.

아시카와 스미코 芦川澄子, 1927.11.1~

추리작가로 본명은 후루야 히로코古屋浩子이며 히메다 미쓰코秘田密子라고도 한다. 도쿄東京 출생으로 고베神戸 고난고등학교甲南高等学校를 졸업한 후 양재洋裁와 액세서리점 영업에 종사하였다. 1952년경부터 가슴앓이병에 걸려 요양하던 중 1959년에 제2회 『보석宝石』과 『주간아사히週刊朝日』 공동모집에 응모한 「사랑과 죽음을 응시하며愛と死を見つめて」(1959)가 1등에 입선하여 소설가로 데뷔하였다. 노처녀의 심리를 다룬 작품으로 소도구의 사용법, 세련된 문장,

결말의 의외성이 돋보인다.

이후 요양생활을 하는 한편 '일본탐정작가 클럽 간사이지부關西支部' 회원이 되었지만, 발표작은 「사랑과 죽음을 응시하며」(1959)를 포함하여 「마리코의 비밀マリ子の秘密」(1960), 「마을 최고의 부인村一番の女房」(1960), 「흔한 사인ありふれた死因」(1960), 「눈은 입만큼‥眼は口ほどに…」(1961), 「길동무道づれ」(1962), 「족제비鼬」(1964) 등 10편에 못 미치며 모두 단편이다. 일상적인 생활묘사 가운데 숨겨진 추문이 밝혀지며 의외의 결말에 이르는, 이른바 도메스틱 미스터리domestic-mystery를 완성하는 수완이 뛰어나다.

그중에서도 남녀의 연애를 테마로 한 「흔한 사인」(1960), 인육 통조림을 갈망하는 노인을 그린 「길동무」(1962), 재회한 어릴 적 친구에게 현재의 궁핍한 생활을 숨기면서 발생하는 희비극을 그린 「족제비」(1964)는 결말이 수수께끼 같은 리들 스토리riddle story적인 취향과 블랙 유머black humor, 그리고 명쾌한 문장력이 돋보이는 작품이다. 그러나 1964년 추리작가 아유카와 데쓰야鮎川哲也와 결혼하는 즈음 절필하였으며, 아유가와 데쓰야와는 1967년에 이혼하였다가 후에 재결합하였다.

▶ 이민희

참고문헌: A, B, E, H09.

아야쓰지 유키토綾辻行人, 1960.12.23~

추리작가로 본명은 우치다 나오유키內田直行.

교토京都 출생으로 교토대학京都大学 교육학부를 거쳐 동대학원 교육학연구과 박사과정을 수료하였다. 재학 중 집필한 「추도의 섬追悼の島」(1983)이 〈에도가와란포상江戸川乱歩賞〉 1차 예선에 통과하였는데, 「추도의 섬」(1983)은 1987년 아야쓰지 유키토가 등단하게 된 『십각관의 살인十角館の殺人』(1987)의 원형에 해당한다. 고도孤島를 무대로 한 본격미스터리로 '일본의 신본격新本格 무브먼트movement의 서막을 올린 작품'으로 평가되고 있다.

아야쓰지 유키토 하면 '관'을 떠올릴 정도로 〈관館 시리즈〉가 유명한데, 전통적인 수수께끼풀기에 서술적 트릭을 가미하면서도 매 작품마다 다양한 취향을 자랑하여 많은 독자의 지지를 얻고 있다. 대표작으로 『십각관의 살인』(1987), 『미로관의 살인迷路館の殺人』(1988), 『수차관의 살인水車館の殺人』(1988)을 꼽을 수 있으며, 사방이 시계로 박힌 관에서 벌어지는 연속살인사건을 그린 『시계관의 살인時計館の殺人』(1991)은 제45회 〈일본추리작가협회상日本推理作家協会賞〉을 수상하였으며, 『암흑관의 살인暗黒館の殺人』(2004)은 『흑묘관의 살인黒猫館の殺人』(1992) 이후 '현란하고 호화로운 아야쓰지 월드로 가득한 어둠의 테마파크'라는 선전과 함께 12년 만에 다시 나타났다.

『본격미스터리 베스트10』, 『주간문춘미스터리 베스트10』, 『이 미스터리가 대단하다!』, 『미스터리가 읽고 싶다!ミステリが読みたい!』

에서 상위를 차지한 작품으로 〈관 시리즈〉 이외에도 무월저霧越邸라 불리는 저택을 무대로 벌어지는 연속살인『무월저 살인사건霧越邸殺人事件』(1990), 독자에게 도전장을 던진『쿵쿵 소리 나는 홍예다리, 떨어졌다どんどん橋, 落ちた』(2000), 중학교를 무대로 한 '학예学藝호러+본격미스터리'『언아더Another』(2009)가 있다.

호러 분야에서도 뛰어난 재능을 발휘하여 『진홍빛 속삭임緋色の囁き』(1988), 『어둠속 속삭임暗闇の囁き』(1989),『황혼의 속삭임黃昏の囁き』(1993) 등 일명 〈속삭임 시리즈〉에서는 반전의 묘미를 맛볼 수 있으며, 스플래터splatter소설『살인귀殺人鬼』(1990) 및『살인귀Ⅱ殺人鬼Ⅱ』(1993)도 주목할 만하다. 특히 발군의 예리함을 보여주는『안구기담眼球綺譚』(1995)은 호러 작품집으로서 뛰어나다. 시청자가 극중 살인범인 및 트릭을 맞추는 현상기획 TV드라마『안락의자 탐정安楽椅子探偵』을 아리스가와 아리스有栖川有栖와 공동집필하는 등 후더닛(whodunit: '범인은 누구냐'의 뜻)이 갖는 가능성을 철저하게 추구하였다. 한국어로는『迷路館의 살인사건』(1997),『암흑관의 살인』(2007),『수차관의 살인』(2012) 등 대부분의 〈관 시리즈〉가 번역되었으며, 그 밖에도『기리고에 저택 살인사건』(2008),『언아더』(2011),『살인방정식』(2011),『진홍빛 속삭임』(2012),『미도로 언덕기담-절단』(2012),『프릭스』(2013) 등이 번역되어 있다.

▶ 이민희

참고문헌: A, H01~H13, 綾辻行人『セッション 綾辻行人対談集』(集英社, 1999).

아에바 고손饗庭篁村 1855.9.25.~1922.6.20

소설가, 평론가. 에도江戸, 지금의 도쿄東京 시타야下谷 출생. 본명은 아에바 요사부로饗庭與三郎이며 다케노야주인竹の屋主人, 류센거사龍泉居士, 다이아거사太阿居士 등의 별호를 사용하였다. 10대 시절 전당포에서 일하며 주인에게 총애를 받아 대여책을 마음껏 읽을 수 있었으며 한학에 조예가 깊고 하이카이俳諧 창작에도 능숙하였다. 소설 작가로서는 게사쿠戱作 시대와 쓰보우치 쇼요坪内逍遥나 고다 로한幸田露伴과 같은 새로운 시대의 작가들 사이에 위치한 과도기의 대표적 존재로 평가받는다. 아에바 고손은 1876년부터『요미우리신문読売新聞』의 편집 기자 생활을 했는데, 이 때 상인의 기질을 다룬 글이나 기행문 등의 장편 연재작을 통해 일본 근대문학에 영향을 미쳤다. 도쿄 시타야의 네기시根岸에 근거지를 두고 교류하던 화가들이나 오카쿠라 덴신岡倉天心, 모리타 시켄森田思軒 등과 더불어 '기시네당根岸党, 나중에 기시네파'으로 일컬어졌다. 고손의 저작활동은 이후 점차 극평이나 에도문학 연구로 점차 비중이 높아졌다. 1886년에 에드거 앨런 포의「르 모르그의 살인ルーモルグの人殺し」, 1887년에는「서양괴담 검은 고양이西洋怪談 黒猫」, 1888년에는 찰스

디킨스의 「그림자 법사陰法師」(원작은 스크루지 영감으로 잘 알려진 「크리스마스 캐롤A Christmas Carol」) 등의 번안 작품을 『요미우리신문』에 연재 발표하였는데, 일본 추리소설사에 아에바 고손이 남긴 가장 큰 족적은 바로 이 서양 추리소설의 소개와 번안 작업에 있었다고 볼 수 있다. 1897년에 『도쿄아사히신문東京朝日新聞』으로 이직하고 이후에도 신문지상을 통해 활발한 집필활동을 하였다.

▶ 엄인경

참고문헌: 伊藤整ほか編 『日本現代文學全集 第1巻 明治初期文學集』(講談社, 1980), 岡保生 「根岸派雑感」 『明治文學全集月報』第98号(筑摩書房, 1981), 이토 히데오伊藤秀雄 저/유재진·홍윤표·엄인경·이현진·김효순·이현희 공역 『일본의 탐정소설』(문, 2011).

아오이 우에타카蒼井上鷹, 1968~

소설가. 지바현千葉県 출생. 2001년 직장생활을 청산한 그는 5년 이내에 추리소설가로 성공한다는 목표를 세우고 장편의 플롯, 인물의 특징 등 아이디어를 계속 모은 뒤 이를 토대로 작품을 쓰기 시작한다. 약 반년 후, 짧은 분량의 작품을 십여 편 완성한 다음 일반적인 문학상에 응모하는 한편 당시 유행하던 인터넷 소설 사이트에도 투고한다. 2002년까지 '青井上隆'라는 필명을 썼으나 좋은 이름이 아니라는 이야기를 들은 후 현재의 필명으로 바꾼다(이름의 발

음은 같다). 각종 소설 사이트에 매달 작품이 실릴 정도로 꾸준히 글을 써 오던 그는 2004년 단편 「킬링 타임キリング・タイム」으로 제26회 〈소설추리신인상小説推理新人賞〉을 수상하면서 종이 매체에 처음 글이 게재된다. 또한 두 번째로 종이 잡지에 발표한 단편 「다이마쓰스시의 기묘한 손님大松鮨の奇妙な客」으로 〈일본추리작가협회상日本推理作家協会賞〉 단편부문 후보에 오르며 초기 발표한 두 작품은 좋은 평가를 받는다. 2005년 첫 단편집 『아홉 잔째는 너무 빠르다九杯目には早すぎる』를 발간했으며, 이듬해에는 첫 장편 『나올 수 없는 다섯 명出られない五人』(2006)을 발표하는 등 단편과 장편을 꾸준히 발표하고 있다. 60편의 초超 단편소설을 엮은 『4페이지 미스터리四ページミステリー』(2010)가 번역 소개되었다.

▶ 박광규

참고문헌: 村上貴史, 「ミステリアス・ジャム・セッション(66) 蒼井上鷹」, 『ミステリマガジン』 2006년 11월호 (早川書房).

아오이 유蒼井雄, 1909.1.27~1975.7.21

탐정작가. 본명은 후지타 유조藤田優三. 교토京都 출신으로 오사카시립大阪市立 미야코지마공업고등학교都島工業高等学校 전기과를 졸업하고 우지가와전기宇治川電気에 기술자로 입사했다. 중학시절부터 『신청년新青年』을 애독하고, 도일, 필포츠 등 해외작가 작품을 많이 읽었다. 1934년 처녀작인 단편

319

「광조곡 살인사건狂操曲殺人事件」을 탐정소설 동인지 『프로필ぷろふぃる』에 발표하고, 1936년 춘추사春秋社의 장편모집에서 1위로 입선한 「후나토미가의 참극船富家の惨劇」으로 본격적 추리문단에 데뷔한다.

명탐정 난바 기이치로南波喜市郎가 등장하는 「후나토미가의 참극」은 현실적인 작풍과 훌륭한 자연묘사, 교묘한 알리바이의 붕괴 등으로 호평을 받았는데, 영국 작가인 이든 필포츠Eden Phillpotts의 「빨강머리 레드메인즈The Red Redmaynes」 영향이 농후하다 하겠다. 작품 안에 범인이 탐정에게 이 「빨강머리 레드메인즈」의 책을 보내오며 읽어보게 하고, 탐정은 이 책을 읽고 범인을 추리해 나간다. 범인에게 이용당하는 탐정의 모습도 그려지고 있다. 이어서 난바 기이치로가 재등장하는 두 번째 장편 「세토나이카이의 참극瀨戸内海の惨劇」(1937)도 마찬가지로 웅대한 세토나이카이를 배경으로 하고 있어 현실감이 풍부한 작품이 많다는 평가이다.

이외 중편으로 「안개 자욱한 산霧しぶく山」(1937)이 있고, 전후에 발표한 단편 「흑조 살인사건黒潮殺人事件」(1947), 유작 장편으로 잡지 『환영성幻影城』에 실린 「회색 화분灰色の花粉」(1978) 등이 있다.

▶ 이현진

참고문헌: A, D, E, F.

아오키 아메히코青木雨彦, 1932.11.17~1991.3.2

평론가이자 칼럼니스트로 본명은 아오키 후쿠오青木福雄. 가나가와현神奈川県 출생으로 와세다대학早稲田大学 문학부 불문과를 거쳐 동 대학원 석사과정을 수료하였다. 신문기자로 도쿄타임즈사에 입사하여 학예부장 및 편집국 차장을 역임하였다. 1972년부터 1978년까지는 『주간아사히週刊朝日』에서 「인간만세人間万歳」를 연재하였으며, 「아메히코의 한마디アメヒコ節」로 인기를 얻었다. 저서로는 『사건기자일기事件記者日記』(1964), 『26~34년생 사원昭和ヒトケタ社員』(1970), 『남자의 일터男の仕事場』(1973), 『남자와 여자의 높은음자리표男と女のト音記号』(1981), 『공범관계 미스터리와 연애共犯関係ミステリと恋愛』(1989) 등 미스터리뿐만 아니라, 인물평론과 샐러리맨의 인생지침 등 폭 넓은 분야에서 활약하였다.

1970년대부터는 『미스터리매거진ミステリマガジン』에 가벼운 필치로 미스터리의 즐거움을 논한 「야간비행 미스터리에 대한 독단과 편견夜間飛行 ミステリについての独断と偏見」(1976), 「과외수업課外授業」(1977), 「심야동맹深夜同盟」1984, 「공범관계共犯関係」(1986), 「만취증언酩酊証言」(1989) 등 미스터리 관련 에세이를 연재하여 '미스터리 연애론'이라 할 만한 새로운 분야를 개척하였다. 그중에서 『과외수업』(1977)은 독특한 연애론과 함께 해외 작품을 음미하면서 읽는 데 도움을 주는 저서로, 1978년에 제31회 〈일본추리작가협회상日本推理作家協会賞〉 평론 부문에서 수상하였다.

참고문헌: A, D, E.

아와사카 쓰마오泡坂妻夫, 1933.5.9~2009.2.3

추리작가이자 소설가로 본명은 아쓰카와 마사오厚川昌男. 필명은 본명에서 철자의 순서만 바꾼 애너그램anagram이다. 도쿄東京 출생으로 도쿄도립쿠단고등학교東京都立九段高等学校를 졸업하였다. 가업家業을 잇는 한편 자슈몬요술클럽邪宗門奇術クラブ에 가입하여 요술을 창작 발표하였으며, 1969년에는 〈이시다덴카이상石田天海賞〉을 수상한 바 있다. 이러한 전력에 걸맞게 그의 작품에서 활약하는 아 아이이치로亜愛一郎, 요기 간지ヨギ・ガンジー, 소가 가조曽我佳城는 귀공자타입의 구름 전문가, 정체불명의 주술사, 그리고 미모와 탁월한 테크닉으로 천재 소리를 듣는 여류 요술사다.

「DL2호기 사건DL2号機事件」(1976)이 제1회 〈환영성신인상幻影城新人賞〉 가작에 입선하여 데뷔하였으며, 이어 시체 주위에 늘어선 요술소설집 『11장의 트럼프』를 그대로 작중에 수록한 본격물 『11장의 트럼프11枚のトランプ』(1976)를 발표한다. 소설의 효과를 극대화시키기 위한 장치로 장정裝幀을 이용하여 단편을 넣어 장편을 만드는 시도는 『행복의 서しあわせの書』(1987)와 『산 자와 죽은 자生者と死者』(1994)에서 정점을 찍는다.

속임수 완구와 미로迷路에 대한 깊은 조예를 보여준 『복잡한 속임수乱れからくり』(1977)는 제31회 〈일본추리작가협회상日本推理作家協会賞〉 장편 부문에 수상하였으며, 미스터리계의 '신경지新境地를 개척한 미스터리 로망'이라 평가되는 『호수바닥의 제사湖底のまつり』(1978)는 몽환적 세계를 그리고 있다. 이후 작풍은 본격물과 환상적 서스펜스물로 나뉘는데, 전자는 제9회 〈가토가와소설상角川小説賞〉을 수상한 『희극비기극喜劇悲奇劇』(1982), 『사자의 윤무死者の輪舞』(1985), 『독약의 윤무毒薬の輪舞』(1990)이며, 후자는 남녀 애증의 상극을 철저히 파헤친 『멀리서 날아온 나비의 섬迷蝶の島』(1980)과 윤회전생을 테마로 한 『요부의 잠妖女のねむり』(1983), 그리고 에로티시즘 넘치는 『사광斜光』(1988)을 들 수 있다.

「눈사태ゆきなだれ」(1985) 이후에는 현대소설도 집필하였는데, 옛날 남녀의 사랑이야기를 현대판으로 각색한 「종이학折鶴」(1988)은 16회 〈이즈미교카문학상泉鏡花文学賞〉을, 직인職人의 세계를 그린 「그늘 도라지陰桔梗」(1990)는 제103회 〈나오키상直木賞〉)을 수상하였다. 그밖에 「귀녀의 비늘鬼女の鱗」(1988)과 『샤라쿠의 여러 얼굴写楽百面相』(1993) 등 시대소설의 우수작도 많다. 『이 미스터리가 대단하다!このミステリーがすごい!』에서 『요술탐정 소가 가조전집奇術探偵 曾我佳城全集』(2000)이 2001년에 국내편 1위를, 『아와사카 쓰마오 은퇴공연泡坂妻夫引退公演』이 2013

321

년에 20위를 차지하는 등 실로 미스터리계의 명장이라 칭할 만하다.

소설 이외에도 『트릭 교향곡トリック交響曲』(1981), 『미스터리도 요술도ミステリーでも奇術でも』(1989), 『가문의 이야기家紋の話』(1997), 『아와사카 쓰마오의 마술의 세계泡坂妻夫─マジックの世界』(2006) 등 요술과 문장紋章 관련 저술을 다수 남겼다. 한국어로는 『아 아이이치로의 낭패』(2010), 『아 아이이치로의 사고』(2012), 『아 아이이치로의 도망』(2013) 등의 단편집이 번역되어 있다.

▶ 이민희

참고문헌: A, E, H01~H13.

아유카와 데쓰야鮎川哲也, 1919.02.14~2002.09.24

추리작가로 본명은 나카가와 도오루中川透. 나카가와 도오루那珂川透, 中河通, 나카가와 준이치中川淳一, Q, 아오이 규리青井久利, 사사키 준코佐々木淳子 등의 필명을 사용하였다. 도쿄東京 출생으로 초등학교 때 중국 다롄大連으로 이사하여 다롄이중大連二中을 졸업하고 상급학교에 진학하였다. 「포로씨ポロさん」(1943)가 『부인화보婦人画報』 낭독문학모집에, 본격물 「뱀과 멧돼지蛇と猪」가 『록ロック』 현상에 입선하였으며, 「페트로프 사건ペトロフ事件」이 『보석宝石』 100만엔 현상 콩쿠르에서 1등을 차지하여 본격적으로 데뷔하였다.

잇달아 「속박 재현呪縛再現」(1953), 「붉은 밀실赤い密室」(1954), 「히몬야사건緋紋谷事件」(1955)을 발표하다 고단사講談社에서 주최한 『새로 쓴 장편 탐정소설전집書下し長編探偵小説全集』에 철벽 알리바이에 도전하는 「검은 트렁크黒いトランク」(1956)가 입선하였다. 이후 「리라장사건りら荘事件」(1956~57), 「광대 우리道化師の檻」(1958), 「장미장살인사건薔薇荘殺人事件」(1958) 등 다채로운 본격물을 발표하였으며, 『증오의 화석憎悪の化石』(1959)과 『검은 백조黒い白鳥』(1959)는 제13회 〈일본탐정작가클럽상日本探偵作家クラブ賞〉을 수상하였다.

「급행 이즈모急行出雲」(1960), 「불완전범죄不完全犯罪」(1960), 「푸른 밀실青い密室」(1961), 「아아, 세상은 꿈이려나ああ世は夢か」(1961) 등 철도 미스터리, 시간적 흐름을 거꾸로 거슬러 올라가는 서술형 미스터리, 밀실미스터리, 정서가 넘치는 이색적인 단편에 이어, 난해한 알리바이를 논리적으로 해명하는 『사람들은 그것을 정사라 부른다人それを情死と呼ぶ』(1961), 『그림자 드리운 묘표翳ある墓標』(1962), 『모래성砂の城』(1963), 『거짓 분묘偽りの墳墓』(1963) 등의 장편을 발표한다. 이로 인하여 '알리바이 허물기' 본격물의 제1인자로 자리매김하게 된다.

'알리바이 허물기' 작품으로는 『수신인불명宛先不明』(1965), 『준급행열차 나가라準急ながら』(1966), 『자물쇠 구멍 없는 문鍵孔のない扉』(1969), 『바람의 증언風の証言』(1971), 『술신은 무엇을 보았는가戌神はなにを見たか』(1976), 『침묵의 상자沈黙の函』(1979), 『왕을 찾아라

王を探せ』(1981) 등 다수 있으며, 1972년부터는 이른바 ‘안락의자 탐정물’을 30여 편 새로이 집필한다.

그밖에『하행 열차 ‘하쓰카리’下り"はつかり"』(1975)로 시작되는 일련의 철도미스터리와『기괴탐정소설집怪奇探偵小說集』(1976), 『살의의 트릭殺意のトリック』(1979) 등 앤솔러지가 많은데, 그중에서도『환상의 탐정작가를 찾아서幻の探偵作家を求めて』(1985)와 『이런 탐정소설이 읽고 싶다こんな探偵小説が讀みたい』(1992)는 자료적으로 귀중한 인터뷰 모음집이다. 아유카와 데쓰야는 신인을 소개하는 데도 주력하였으며, 1990년에는〈아유카와데쓰야상鮎川哲也賞〉이 제정되었다. 한국어로는『리라장 사건』(2010)이 번역되어 있다.

▶ 이민희

참고문헌: A, B, E, F.

아이카와 아키라愛川晶, 1957.05.30~

추리작가로 본명은 산페이 다카시三瓶隆志. 후쿠시마현福島県 출생으로 쓰쿠바대학筑波大學 제2학군비교문화학류第二学群比較文化学類를 졸업한 후 고등학교 교사가 되었다. 제5회〈아유카와데쓰야상鮎川哲也賞〉을 수상한 것을 계기로 데뷔하였는데, 수상작『화신化身』(1994)은 인도 신화의 이야기로 채색하고 있는 점이 특징적이다. 자신의 출생에 의문을 품은 여대생 히토미 미사오人見操가 선배의 도움으로 진실에 다가가는 본격물

이다. 『7주간의 어둠七週間の闇』(1995)에서 티벳 불교를 전면에 내세워 임사체험臨死體驗이나 윤회전생 사상을 담은 괴이怪異 취미를 보여주거나 서스펜스물『세례명 이사야霊名イザヤ』(1998)를 발표하기도 하지만, 구리무라 나쓰키栗村夏樹가 유괴사건의 의문을 푸는『트와일라이트 게임黃昏の獲物』(1996)이나 쌍둥이 텔레파시라는 제재를 사용하여 두 개의 시점觀點으로 이야기를 진행시키는『거울 속 타인鏡の奧の他人』(1997) 등 본격물이 다수를 차지한다.

검도의 달인 여대생 구리무라 나쓰키는『빛나는 지옥나비光る地獄蝶』(1996)와『바다의 가면海の仮面』(1999)에서도 등장하는데, 또 다른 여대생 탐정으로는『무녀관의 밀실巫女の館の密室』(2001), 「그물에 걸린 악몽網にかかった悪夢」(2002), 「카레라이스는 알고 있다カレーライスは知っていた」(2003), 「베이트슨의 종루ベートスンの鐘楼」(2004) 등에서 활약한 네쓰 아이根津愛가 있다. 『골동품상 살인사건道具屋殺人事件』(2007)과『시바하마 수수께끼이야기芝浜謎噺』(2008)는 만담형식漫談形式의 라쿠고落語 미스터리라는 점에서 이채롭다.

▶ 이민희

참고문헌: A, H09~H10.

아즈마 나오미東直己, 1956.04.12~

추리작가로 홋카이도北海道 삿포로札幌 출생. 홋카이도대학 문학부를 중퇴하였으며,

323

토목 및 잡지편집 등 다양한 직업을 거쳐 하드보일드 장편 『탐정은 바에 있다探偵はバーにいる』(1992)로 데뷔하였다. 아마추어 탐정 스스키노ススキノ를 주인공으로 하는 작품으로,『바에 걸려온 전화バーにかかってきた電話』(1993),『사라진 소년消えた少年』(1994),『맞은편 가장자리에 앉은 남자向う端にすわった男』(1996)에서 시리즈로 발전하여 최근의 『반편이半端者』(2011), 『고양이는 잊지 않는다猫は忘れない』(2011) 등에 이르고 있다. 초기 작품은 다소 엉성한 면 점도 보이지만, 탐정의 자연스러운 행동과 감정이 유머러스한 문체로 그려져 약동감이 넘친다.

한편 『프리지어フリージア』(1995)는 유머러스한 느낌은 엷어지고 건조한 묘사가 강한 서스펜스를 연출한 점에서 이색적인데, 동서로 분할된 삿포로에서 펼쳐지는 스파이전을 그린 『침묵의 다리沈黙の橋』(1994)와 사립탐정 우네하라 고이치畝原浩一가 처음 등장하는 시리어스 하드보일드 『목마름渇き』(1996)도 이러한 계열에 속하는 작품이다. 이들을 포함하여 모든 캐릭터가 총출연하는 『잔광殘光』(2000)과 아이 딸린 중년 홀아비 우네하라 고이치가 사회악과 대결하는 『비명悲鳴』(2001) 등 삿포로를 배경으로 삼은 작품이 많다는 점 또한 흥미롭다. 유머러스한 것부터 심각한 활극에 이르기까지 작품의 폭이 넓은 것에 비해, 극히 보통 사람의 시점에서 함부로 대상을 이상화시키지 않는 점에서 사회의 청탁淸濁을 가리지 않고 수용하려는 강인함이 느껴진다.

『잔광』(2000)은 2001년 『이 미스터리가 대단하다!このミステリーがすごい!』에서 13위를 차지한 데 이어 제54회 〈일본추리작가협회상日本推理作家協会賞〉을 수상했으며, 『비명』(2001)은 2002년 『이 미스터리가 대단하다!』에서 17위를 차지한 바 있다. 또한 2011년과 2013년에 『바에 걸려온 전화』(1993)를 원작으로 하는 영화 『탐정은 Bar에 있다』와 『탐정은 Bar에 있다2』가 상영되면서 재평가되고 있다. 한국어로는 『탐정은 바에 있다』(2011), 『바에 걸려온 전화』(2012), 『사라진 소년』(2012) 등이 번역되어 있다.

▶ 이민희

참고문헌: A, H01~H12.

아즈사 린타로梓林太郎, 1933.1.20~

소설가. 나가노현長野県 출생. 조사회사調査会社에 근무하였고, 회사 경영을 거쳐 1980년 『눈 쌓인 계곡 밑의 밀실雪渓下の密室』로 제3회 〈엔터테인먼트대상〉을 수상하였고, 그 해부터 소설에 전념하였다. 오랜 취미였던 등산 경험을 살려 산악미스터리를 특기로 하였고, 면밀한 현지 취재에 기반한 정취넘치는 묘사가 매력적이다. 작품으로 『9월의 계곡에서九月の渓で』등이 있다. 대표적인 작품으로 산악 구조대원 〈시몬 잇키紫門一鬼 시리즈〉와, 나가노현 경 형사 〈미치하라 덴키치道原伝吉 시리즈〉, 〈여행작가 차야 지로茶屋次郎 시리즈〉 등이 있다.

▶ 이승신

참고문헌: A, 재림태랑 公式ホームページ
http://www.azusa-rintaro.jp/index.html.

아카가와 지로赤川次郎, 1948.2.29~

소설가. 후쿠오카시福岡市에서 출생했다. 중학교 3학년 때 셜록 홈즈를 흉내 낸 추리소설을 썼으며 도호고등학교桐朋高校를 졸업한 후 일본기계학회日本機械学会에 들어가 학회지 편집을 담당한다. 소설 집필과 함께 1975년 무렵부터 신인상에 응모했고 1976년 단편 「유령열차幽霊列車」로 제15회 〈올요미모노추리소설신인상オール読物推理小説新人賞〉을 수상한다. 1977년에는 주니어 추리물 「사자의 학원제死者の学院際」, 장편 서스펜스물 『마리오넷의 덫マリオネットの罠』을 간행한다. 『마리오넷의 덫』은 서양식 저택에 유폐된 아름다운 소녀와 가정교사 사이에서 일어나는 연속 살인을 다루고 있다. 전업 작가가 된 것은 「삼색털 고양이 홈즈의 추리三毛猫ホームズの推理」(1978)가 호평을 얻고 난 후부터이다.

도둑, 살인 청부업자, 사기꾼, 경관, 변호사로 구성된 5인 가족의 이야기인 「심심풀이 살인ひまつぶしの殺人」(1978), 여고생이 야쿠자의 우두머리가 되는 「세라복과 기관총セーラー服と機関銃」(1978), 재계 배후의 실력자가 범죄자에게 죽음을 의뢰하는 「사자는 공중을 걷는다死者は空中を歩く」(1979), 기발한 발상의 「탐정 이야기探偵物語」(1982) 등

영상화된 작품도 많다.

「악처에게 바치는 레퀴엠悪妻に捧げるレクイエム」(1980)은 제7회 〈가도카와소설상角川小説賞〉 수상작이다.

「피와 장미血とバラ」(1980) 등 단편이 많고, 1982년부터는 매년 20편 전후의 신간을 꾸준히 간행하면서 많은 저서를 남겼다. 연애소설인 「버진 로드ヴァージン・ロード」(1983)를 기점으로 추리소설 이외의 작품도 적지 않다. 「여학생女学生」(1987), 「두 사람ふたり」(1989) 등이 대표적인데 10대 후반 여성의 섬세한 감정을 표현한 청춘소설이라는 점이 특징이다. 1990년대에 접어들면 「밤을 헤매며夜に迷って」(1994), 「각성めざめ」(1997) 등 다양한 각도에서 가족의 유대를 그린 작품이 눈에 띈다. 많지는 않지만 에세이로서 「나의 미스터리 작법ぼくのミステリ作法」(1983)이 있고, 작가 자신의 이야기인 「책은 즐겁다本は楽しい」(1998)도 있다. 한국에는 『삼색털 고양이 홈즈의 추리』(2010), 『삼색털 고양이 홈즈의 괴담』(2010) 등의 〈삼색털 고양이 시리즈〉, 『유령 열차』(2012), 『보라색 위크엔드 : 스기하라 사야카 4』(2013), 『유령 후보생』(2013) 등이 번역되어 있다.

▶ 김환기

참고문헌: A, E, C4.

아카누마 사부로赤沼三郎, 1909.5.17~1970

소설가. 본명은 곤도 미노루權藤実. 후쿠오

카현福岡県 출신이며 규슈제국대학九州帝国大学 농학부를 졸업했다. 후쿠오카 고등상업학교 교수, 후쿠오카대학 교수로 재직하였고, 특히 후쿠오카대학에서는 상학부商学部 연구소장, 도서관장, 상학부장商学部長, 이사 등을 역임했다. 1933년『선데이 마이니치サンデー毎日』의 대중문예작품 모집에서 「해부된 신부解剖された花嫁」가 가작으로 선정되었고, 1934년에는 「지옥도地獄絵」가 입선한다. 1937년에는 춘추사春秋社의 전작全作 장편모집에 「악마묵시록悪魔黙示録」이 입선한다. 주목받는 작가이긴 했지만 지방에 거주했고 탐정소설의 쇠퇴기 직전이라는 상황 때문일까 성공하지는 못했다.

그러나 「악마묵시록」은 오시타 우다루大下宇陀児의 소개로 1938년『신청년新青年』에 발표한다.(「악마의 묵시록」으로 제목을 바꾸어 1947년 재발행). 「악마묵시록」은 무역회사를 경영하는 자산가를 둘러싼 연속살인을 다룬 소설로서 운젠雲仙이나 아소阿蘇 등 규슈九州의 관광지를 무대로 한 서스펜스이다. 그 후에도 『신청년』에 주로 단편을 발표했는데, 초기의 단편작 「노도시대怒濤時代」(1938) 외에도 저서로서 『스가누마 데이후菅沼偵風』(1941), 『가라친 초カラチン抄』(1943), 『억류일기抑留日記』(1944) 등이 있다. 1945년 이후에는 소집해제된 군인의 판타스틱한 체험을 그린 서스펜스 중심의 추리소설을 「밤의 무지개夜の虹」(1946) 등, 『보석宝石』, 『탐정 요미모노探偵よみもの』에

발표했는데 「비취호의 비극翡翠湖の悲劇」(1950)을 끝으로 소설 집필을 멈춘다. 에세이집으로는『몽법사夢法師』(1994)가 있다.

▶ 김환기

참고문헌: A, G, F.

아카마쓰 미쓰오赤松光夫, 1931.3.3~

소설가. 1931년 3월 도쿠시마현德島県에서 태어났으며 본명은 미쓰오光雄이다. 교토대학京都大学 문학부를 졸업했다.

주니어 미스터리 「지평선의 끝スカイラインの果て」(1961)을 시작으로 추리소설에 진출했고, 미군통치 하의 오키나와沖縄를 무대로 미군범죄수사부원으로 공산당의 이중 스파이를 다룬 탐정물 「무지개의 덫虹の罠」(1961)은 일본 스파이 소설의 창시로 일컬어진다. 소설 「충돌현장衝突現場」(1962)은 신탁은행의 노동쟁의가 미카와시마三河島의 열차 충돌사건을 계기로 조합의 분열로 이어지고, 조합운동의 중심인물이 기업의 함정에 농락당하는 모습을 통해 기업에 몸담은 인간의 일그러짐을 날카롭게 지적한다. 「불의 사슬火の鎖」(1963)은 도카이무라東海村 원자력발전소의 연구원 실종을 통해 국제적 음모를 폭로하는 내용이다. 연구원 실종을 발단으로 영국과 인도의 기자, 홍콩의 경찰, 화상華商 딸 등이 뒤섞여 살인사건으로 발전하는 스파이 소설이다.

주니어 소설 분야에서는 가와카미 소쿤川上宗薫과 함께 제1인자로 활약했는데 독자들

의 편지를 바탕으로 한 〈'실연' 시리즈〉는 베스트셀러였다. 한편 관능소설, 전기소설伝奇小説에서도 두각을 나타냈으며 「요시노가와 원한 살인가吉野川怨み殺人歌」(1985), 「단신부임 살인사건単身赴任殺人事件」(1985)을 통해 잠시 추리소설로 복귀했지만, 그 이후에는 역사소설, 시대소설, 청춘소설 등에 힘을 쏟았다. 그리고 「여승살인순례尼僧殺人巡礼」(1982) 이후에는 〈여승 시리즈〉의 관능 서스펜스를 집필하였다.

▶ 김환기

참고문헌: A, B, E.

아카에 바쿠赤江瀑, 1933.4.22~2012.6.8

소설가. 1933년 4월 22일 야마구치현山口県에서 태어났으며 본명은 하세가와 다카시長谷川敬이다. 니혼대학日本大学 예술학부를 중퇴하고 방송작가로 활약하다가 단편 「니진스키의 손ニジンスキーの手」(1970)으로 제15회 〈소설현대신인상小説現代新人賞〉을 수상하며 작가로 데뷔했다. 장편 「오이디푸스의 칼날オイディプスの刃」(1974)로 제1회 〈가도카와소설상角川小説賞〉을 수상했고 「해협海峡」(1983)과 「야쿠모가 죽였다八雲が殺した」(1984)로 제12회 〈이즈미교카문학상泉鏡花文学賞〉을 수상했다. 가부키나 노와 같은 전통예능부터 정신의학에 이르기까지 폭넓은 분야에서 조예가 깊었으며 풍부한 어휘와 방언을 자유자재로 구사했다. 호모섹슈얼한 관능성을 특징으로 하는 탐미적인 작풍으로 열광적인 지지를 얻기도 했다. 장편으로는 미스터리 색이 짙은 「금환식 달그림자金環食影飾り」, 「나비의 뼈蝶の骨」, 「상공의 성上空の城」, 「요정들의 회랑妖精たちの回廊」 등이 있다. 그리고 역사소설로서는 「거문성巨門星」이 있고 단편집으로서는 『죄식罪喰い』 등이 있다.

▶ 김환기

참고문헌: A, E.

아카카부 검사赤かぶ検事

와쿠 슌조和久峻三의 〈아카카부 검사 분투기 시리즈〉에 등장하는 주인공 검사. 본명은 히이라기 시게루柊茂. 나고야名古屋 토박이로 언제나 구수한 나고야 사투리를 구사한다. 나고야 지검의 검찰 사무관에서 출발해 부검사, 검사로 승진한 입지전적 인물. 기후岐阜 지검 다카야마高山 지부, 야마구치山口 지검 시모노세키하기下関萩 지부, 나가노長野 지검 마쓰모토松本 지부를 거쳐 현재 교토京都 지검 특수부 검사. 부인은 나고야 근교의 농촌 출신이며, 그녀와의 사이에 2남 1녀를 두고 있다. 장녀 요코葉子는 변호사. 장남 마사오正雄는 판사보判事補. 아카카부 검사의 외형은 고목처럼 마르고 갸름한 체형에 기름기 없는 반백의 머리를 하고 있으며, 사이즈가 맞지 않는 와이셔츠의 칼라 사이로는 목젖이 유난히 튀어나와 있는 것으로 묘사되어 있다. 붉은 순무(아카카부) 절임과 뱅어포를 대단히 좋아한다.

법정에서 격론을 하던 중에 자주색 무 절임이 들은 봉지가 잘못해서 터지는 바람에 별명이 '아카카부(붉은 순무)' 검사가 되었다. 아카카부 검사는 검찰 사무관에서 검사가 되기까지 30년이 걸렸다. 그 동안 아들뻘 되는 검사들에게 머리를 숙여가며 산전수전 다 겪은 덕에 이제 웬만한 일에는 눈도 꿈쩍하지 않는 백전노장이다. 게다가 발령이 나는 곳이 주로 검사가 한 명밖에 없는 지방 검찰청인 탓에 현장 조사부터 수사지휘, 체포장 집행, 기소, 공판, 구형까지 모든 업무를 혼자서 다 해결한다. 이런 경험들이 사건을 능수능란하게 해결하는 바탕이 된다는 설정이다. 법정에서는 장녀인 요코와 검사 대 변호사의 신분으로 대결하는 경우도 많다.

▶ 류정훈

참고문헌: A, I.

아케치 고고로明智小五郎

에도가와 란포江戶川亂步의 「D언덕의 살인사건D坂の殺人事件」(1925)과 그 이후의 작품들에 등장하는 사립탐정. 작가에 따르면 처음에는 한번만 등장시킬 요량으로 만든 캐릭터라 하지만, 흥분하면 머리카락을 손으로 흐트러트리는 모습이나 당시 유명한 만담가인 간다 하쿠류神田伯龍를 연상하게 하는 외형 등, 공을 들여 만든 캐릭터라는 것을 알 수 있다. 초기 단편에서는 유복한 한량에다 추리 마니아라는 설정이었지만, 시리즈를 거듭할수록 세련된 직업탐정의 느낌을 더해가게 된다. 특히 「괴도 20가면怪人二十面相」(1936) 이후의 소년물에서는 책임감 있고 든든하며 모든 면에서 완벽한 인물로 그려진다. 초창기에는 담배가게 2층에 하숙하며 책에 파묻혀 지내는 인물이었지만, 「거미 남자蜘蛛男」(1925) 이후로 영국신사와 같은 풍모로 변화해 나간다. 주거지도 하숙집 작은 방이 아니라 객실과 서재, 침실을 겸비한 2층 가옥으로 그려진다. 나아가 소년물에서는 제대로 된 탐정사무소까지 경영하기에 이른다. 아내의 이름은 후미요文代이고 조수로 소년탐정 고바야시 요시오小林芳雄를 데리고 다닌다. 긴다이치 고스케金田一耕助와 함께 일본을 대표하는 명탐정이라 할 수 있다. 긴다이치가 다소 둔한 면이 있는 인간적인 인물상이라면, 아케치는 언제나 완벽한 초인에 가깝다. 추리력뿐만 아니라 유도와 같은 무술부터 헬리콥터 조종술에 이르기까지 여러모로 완벽한 탐정이다. 2005년에는 「아케치 고고로vs긴다이치 고스케明智小五郎VS金田一耕助」라는 텔레비전 드라마도 방영되었다. 명성 탓에 이후 여러 작품에서 오마주되기도 했다. 예컨대 「명탐정 코난名探偵コナン」의 모리 고고로毛利小五郎, 「소년탐정 김전일金田一少年の事件簿」의 아케치 겐고明智健悟 등이 대표적이다.

국내에서는 「음울한 가면」(2003)을 통해 아케치 고고로가 등장하는 단편 「심리시험」

「D언덕의 살인」, 「천장 위의 산책자」를 접해 볼 수 있다.

▶ 류정훈

참고문헌: A, I.

아쿠 유阿久悠, 1937.2.7~2007.8.1

소설가, 작사가. 본명은 후카다 히로유키深田公之.

효고현兵庫県 출생으로 1959년 메이지대학明治大学 문학부를 졸업한 후, 광고회사에 들어갔으나 방송작가로서 활약하다 1968년 작사를 시작하여 히트곡을 연이어 발표하였다. 1978년『고릴라 머리의 현상금ゴリラの首の懸賞金』으로 소설가로 데뷔한다. 이후 『세토나이소년야구단瀬戸内少年野球団』(1979)로 〈아오키상青木賞〉 후보로 올랐으며 이후 영화로 제작되었다. 한편 1982년에는『살인광시대 유리에殺人狂時代 ユリエ』로 〈요코미조세이시상横溝正史賞〉을 수상하였으며 작사자로서 수많은 레코드 대상을 수상하다. 1997년에는 30년간에 걸친 작사활동에 대해 〈기쿠치간상菊池寛賞〉을 받았다.

▶ 정병호

참고문헌: A, 浅井清・佐藤勝編『日本現代小説辞典』(明治書院, 2004).

아쿠타가와 류노스케芥川龍之介, 1892.3.1~1927.7.24

소설가. 도쿄東京 출생. 도쿄제국대학東京帝国大学 영문학과 졸업. 1916년 구메 마사오久米正雄, 기쿠치 간菊池寛 들과 창간한 제4차 『신사조新思潮』에 「코鼻」를 발표하여 나쓰메 소세키夏目漱石에게 격찬을 받았으며, 같은 해「마죽芋粥」을『신소설新小説』에 발표하여 문단적 지위를 굳혔다. 이후 이지적이고 기교적인 소설을 발표하여 신이지주의 작가로 활약하였고, 1921년『오사카매일신문大阪毎日新聞』기자로서 중국을 여행한 후에는 '야스키치물保吉物'이라는 사소설풍 작품과 사회문제를 반영한 작품을 썼다.

아쿠타가와는 자연주의의 방법을 탈피하여 범죄, 괴기취미 작품을 집필하였고, 탐정소설이나 괴기소설 애호가로서 본격 추리소설도 창작했다. 기기 다카타로木々高太郎가 감수한 일본최초의 〈추리소설총서〉제3권인『봄날 밤 외春の夜 其の他』(유케이샤雄鶏社, 1946.7)의 후기에 의하면, 일본의 추리소설 첫 작품집은 아쿠타가와의『봄날 밤 외』이다. 이 작품집에는「봄날 밤」(1926), 「오토미의 정조お富の貞操」(1922), 「남경의 그리스도南京の基督」(1920), 「무도회舞踏会」(1920), 「마술魔術」(1920), 「요파妖婆」(1919), 「톱니바퀴齒車」(1927) 등 11편이 실려 있다. 또한 아쿠타가와의 작품에는 '본격추리 소설적 게임성에서 일탈하여 범죄자나 피해자의 이상 심리나 환상, 괴기 분위기에 역점을 둔 것'이 많다.『문호 미스터리 걸작선 아쿠타가와 류노스케집文豪ミステリ傑作選 芥川龍之介集』에 수록된「신도의 죽음奉教人の死」(1918), 「개화의 살인開化の殺人」(1918), 「보은기報恩記」(1918), 「의혹疑惑」(1919), 「마술」,

「미정고未定稿」(1920), 「검은 옷의 성모黒衣聖母」(1920), 「그림자影」(1920), 「묘한 이야기妙な話」(1921), 「아그니의 신アグニの神」(1921), 「기괴한 재회奇怪な再会」(1921), 「덤불 속藪の中」(1922) 등이 그것이다.

「개화의 살인」은 란포가 기획한 1918년 『중앙공론』'비밀과 해방호秘密と解放号'의 「예술적 탐정소설:신탐정소설芸術的探偵小説:新探偵小説」 창작란에 게재된 범죄고백소설이지만, 아쿠타가와는 이를 탐정소설로 의식하고 집필했다. 그 원형에 해당하는 「미정고」는 아쿠타가와의 작품에서 '탐정'이 등장하는 유일한 작품으로, 자연사로 위장한 살인사건과 자살한 범인에 의한 진실 제시라는 형식으로 탐정소설의 정형을 보여준다. 「의혹」은 윤리학자인 '나'에게 유령처럼 나타난 남자가 들려주는 대지진으로 인한 고뇌담이다. 아쿠타가와의 탐정물이 자기 자신에 대한 근본적 불신감의 메타퍼라면 이 작품이 바로 그에 해당한다고 하겠다. 괴기환상성이 강한 작품으로는 「도적떼偸盗」(1917), 「요파」, 「마술」 등이 있으며, 「그림자」는 분신의 살인을 그리고 있다. 「기괴한 재회奇怪な再会」(1921)는 청일전쟁 후를 배경으로 현실과 환각 사이에서 발광하는 첩의 이면을 그리고 있고, 「묘한 이야기」는 환각을 경험한 여성의 이야기를 그리고 있다. 「덤불 속」은 헤이안시대平安時代 무사 부부가 산길에서 도적을 만나 남편이 덤불 속에서 살해당한 사건을 둘러싸고 벌어지는 일곱 명의 엇갈린 진술로 이루어져 있다. 각 증언이 논리적 모순과 의혹을 불러일으키며 독자로 하여금 끊임없이 추리를 하게 한다.

본격적 추리소설이 창작되기 전인 다이쇼시대大正時代에 순문학 작가로서 예술적 경향의 탐정소설을 집필하여 독자들의 욕구를 충족시켜 주었을 뿐만 아니라 다이쇼시대 말기의 탐정작가 탄생에 큰 자극을 주었다. 1927년 다바타田端 자택에서 수면제를 먹고 자살했다.

아쿠타가와의 문학은 한국에서 가장 연구가 활발하게 이루어지고 많이 번역되는 문학으로, 최근 『아쿠타가와 류노스케 전집』이 4권까지 출판되었다. 추리소설로는 「묘한 이야기」가 『로맨스 호러 : 매혹적으로 무서운 이야기』(2013)에 번역되어 게재되었다.

▶ 김효순

참고문헌: A, B, D, E, G, 吉田司雄「ミステリー」(『芥川龍之介事典』志村有弘編, 勉誠出版, 2002).

아토다 다카시阿刀田高, 1935.1.13~

소설가. 1935년 1월 3일 도쿄東京에서 출생했고 1960년 와세다대학早稲田大学 불문과를 졸업했다. 그는 국회도서관에서 사서, 신문잡지 칼럼리스트로 활약했다.

아내에게 배신당한 남자의 무서운 초상을 부각시킨 「냉장고에 사랑을 담아冷蔵庫より愛をこめて」(1978)를 시작으로 연이어 완성도가 높은 단편을 발표했다. 1978년 이들 작품을 모은 처녀단편집『냉장고에 사랑을 담아』가 간행되자 '기묘한 묘미'로 주목받았다. 잠자는 자신의 아이가 어쩌면 다른 사람의 아이일지도 모른다는 젊은 엄마의 불안과 공포를 훌륭하게 그려낸 「뻔뻔한 방문자来訪者」(1978)로 제32회〈일본추리작가협회상日本推理作家協会賞〉을 수상했다. 단편집『나폴레옹광ナポレオン狂』(1979)으로 제81회〈나오키상直木賞〉을 수상하면서 문단에서 확고하게 자리매김한다.「나폴레옹광」은 나폴레옹에 관한 것이라면 무엇이든 수집하고 나폴레옹기념관까지 설립한 미나미사와 긴베에南沢金兵衛에게 '내'가 나폴레옹과 흡사한 무라세村瀬라는 남자를 소개한다. 그러나 두 사람이 만난 직후부터 무라세의 소식이 끊기면서 왠지 모를 공포의 기운에 휩싸인다는 형식의 수작이다. 「A사이즈 살인사건Aサイズ殺人事件」(1979)은 젊은 형사가 언급한 살인사건을 스님이 추리하는 형식이다.「이형의 지도異形の地図」(1982)는 일본 각지를 무대로 남자와 여자 간의 기묘한 심리 속에 내재된 공포를 다룬 연작집이다.

작가는 풍부한 지식과 교양을 토대로 미스터리를 비롯해서 다양한 형태의 사랑을 다룬 현대소설이나 역사소설, 평전 등을 선보였다. 트로이전쟁Trojan War에 얽힌 장대한 인간 드라마를 그린 역사소설「신트로이 이야기新トロイア物語」(1994)로 1995년 제29회〈요시카와에이지문학상吉川英治賞〉을 수상했다. 1993년부터 1997년까지는 일본 추리작가협회 이사장을 역임했다.

한국에서는『일본서스펜스 걸작선 : 취미를 가진 여인』(1993),『Y의 거리』(1994),『나폴레옹광』(2008),『냉장고에 사랑을 담아』(2008) 등이 번역되어 있다.

▶ 김환기

참고문헌: A, E.

안락의자 탐정安楽椅子探偵

영어 armchair detective의 번역어. 반드시 안락의자에 앉아 있어야 하는 것은 아니지만 대체적으로 범죄현장에는 나가 보지 않고 다른 사람에게 들은 범죄정보를 통해 사건을 추리하고 해결하는 탐정을 이르는 말이다. 세계 최초의 안락의자 탐정 캐릭터는 M.P. 쉴Shiel이 만든 프린스 자레스키로 1895년에 간행된 단편집『프린스 자레스키Prince Zaleski』에 처음으로 등장한다. 하지만 가장 유명한 안락의자 탐정이라면 오르치Orczy의 단편「펜처치거리의 수수께끼 The Fenchurch Street Mystery」(1901)에 등장하는 '구석의 노인The Old Man in the Corner'일 것이다. 이 노인은 커피숍에서 여기자 폴리가 가져오는 신문기사나 시신의 검진기록 등을 토대로 사건을 해결해 나간다. 국내에서는『구석의 노인 사건집』이라는 이름으로 2003년과 2013년에 소개된 바 있다. 일본의 안락의자 탐정으로는 도이타 야스지戸板康二의 「도주로 할복사건団十郎切腹事件」(1960)등에 등장하는 가부키 배우 나카무라 가라쿠中村雅楽가 있으며, 쓰즈키 미치오都筑道夫의 작품에 나오는 퇴직형사나 아유카와 데쓰야鮎川哲也의 삼번관三番館의 바텐더, 아토다 다카시阿刀田高의 묘호지 절妙法寺의 승려, 기타무라 가오루北村薫의 슌오테이 엔시春桜亭円紫 등이 있다.

▶ 류정훈

참고문헌: A, 戸板康二『団十郎切腹事件』(創元社, 2007).

알리바이アリバイ

현장부재증명. 본디 라틴어로 '다른 장소에'라는 의미. 사건이 발생했을 때 그 현장에 있지 않고 '다른 장소에' 있었던 사실이 증명되면, 즉 알리바이가 있다면 그 사람은 용의선상에서 벗어나게 된다.

범인이 다양한 트릭을 이용해 거짓 알리바이를 만들어 내는 장면이 미스터리에는 자주 등장한다. 아유카와 데쓰야鮎川哲也에 의하면, 알리바이 트릭은 ①범행시각을 실제보다 빠르게 ②범행 시각을 실제보다 늦게 ③범행 시각이 실제 범행 시각인 것으로 인식하게 하는 3종류로 구분된다. 단순한 논리의 ①이나 ②와 달리, ③은 보통의 방법으로는 그 시각에 범행현장에 도착할 수 없다는 형태의 트릭을 일컫는다.

이상의 알리바이 트릭을 사용해 범인이 만들어 놓은 거짓 알리바이를 조사관이 하나씩 간파해 나가는 것을 일본에서는 '알리바이 구즈시アリバイ崩し, 알리바이 무너뜨리기'라고 부른다.

일본에서는 특히 크로프츠Crofts의 「통The Cask」(1921)과 같은 형태의 알리바이 트릭이 자주 보이는데, 열차의 시간표와 사진을 많이 사용하는 것이 특징이다. 철도가 전국 곳곳에 깔려 있을 뿐 아니라 열차의 운행 시간에 신뢰가 있기 때문에 생겨난 현상으로 추측된다. 아유카와 데쓰야의 「검은 트렁크黒いトランク」(1956), 마쓰모토 세이초松本清張의 「점과 선点と線」(1958), 쓰치야 다카오土屋隆夫의 「그림자의 고발影の告発」(1963) 등의 역작이 있다.

▶ 류정훈

참고문헌: A, 鮎川哲也『アリバイ崩し』(光文社文庫, 2011).

암흑소설暗黒小説

로망 느와르roman noir의 번역어. 프랑스 영화에서 전체적으로 어둡고 절망적인 주제를 담고 있는 작품을 일컬어 필름 느와르film noir라 통칭한 것에서 유래했다. 따라서 로망 느와르란 미스터리 작품 중에 피와 폭력이 난무하고 잔혹하며 어두운 세계를 그려내는 일련의 범죄소설을 지칭한다. 알베르 시모냉Albert Simonin의 「현금에 손대지 마라Touchez pas au grisbi」(1953)는 조직폭력배들의 전쟁과 그에 얽힌 남자들의 우정을 그려낸 작품으로 이후 영화화되어 로망 느

332

와르의 대표작으로 일컬어진다. 한편 신감각 로망 느와르 기수로는 「늑대가 왔다. 성으로 도망쳐라Ô dingos, ô châteaux!」(1972)로 프랑스 추리소설 대상을 수상한 장 파트리크 망셰트Jean‑Patrick Manchette와 「나는 암흑소설이다Je suis un roman noir」(1974)를 쓴 A·D·G등이 있다. 본래는 이렇게 프랑스 미스터리의 한 경향을 나타내는 말이었지만 현재는 비슷한 작품군 전체를 지칭하는 일반용어로서 사용되고 있다.

일본에서는 하세 세이슈馳星周의 「불야성不夜城」(1996)같은 작품이 로망 느와르의 색채가 강한 작품으로 평가되고 있으며, 기리노 나쓰오桐野夏生나 양석일梁石日의 작품 중에도 로망 느와르의 요소가 가미된 것들이 많은 편이다.

▶ 류정훈

참고문헌: A, 馳星周 『不夜城』(角川書店, 1998).

엘러리 퀸즈 미스터리 매거진エラリイ・クイーンズ・ミステリ・マガジン

1941년 미국에서 창간된 미스터리 전문 월간지. 약칭은 EQMM. 명칭은 초대 편집장이 엘러리 퀸이기 때문이다. 프랑스, 캐나다, 포르투갈, 호주, 스웨덴, 일본 등에서 각국 언어판 EQMM이 발행되었다.

일본에서는 1956년 7월호부터 일본어판으로 간행되었으며, 1966년 1월호부터는 『미스터리 매거진』으로 이름을 바꿨다. 하야카와쇼보早川書房 발행. 초대 편집장 쓰즈키 미치오都筑道夫 이후, 이쿠시마 지로生島治郎, 도키와 신페常盤新平, 가가미 사부로各務三郎 등이 편집장을 역임했다. 전후에 창간된 번역 미스터리 잡지 중에서 가장 긴 역사를 지녔으며, 명작의 소개나 신예의 발굴, 작가별, 테마별 특집 등을 통해 일본 미스터리계에 적지 않은 업적을 남겼다. 또한 후쿠나가 다케히코福永武彦, 나카무라 신이치로中村真一郎, 마루야 사이이치丸谷才一 등을 시작으로 아오키 아메히코青木雨彦, 우에쿠사 진이치植草甚一, 세토가와 다케시瀬戸川猛資, 히카게 조키치日影丈吉, 쓰즈키 미치오都筑道夫, 진카 가쓰오仁賀克雄, 야마구치 마사야山口雅也 등으로 이어지는 평론이나 에세이는 단순한 가이드의 역할을 넘어 연구 업적으로도 훌륭하다는 평을 받고 있다. 전체적으로 차지하는 비율은 적지만 일본인 작가의 작품도 단편을 위주로 게재되어 있다. 1990년부터 1992년까지 '하야카와 미스터리 콘테스트ハヤカワミステリコンテスト'를 주최해 오구마 후미히코小熊文彦 등을 배출하기도 했다. 국내에도 한국어판 1호와 2호가 1997년에 소개되었지만 이후로는 발행이 중단된 상태다.

▶ 류정훈

참고문헌: A, 『ミステリマガジン』(早川書房).

야나기 고지柳広司, 1967~

소설가. 미에현三重県에서 태어나 고베대학

333

神戸大学 법학부를 졸업했다. 2001년 「황금의 재黃金の灰」로 데뷔했고 같은 해 「위작 '도련님' 살인사건贋作'坊ちゃん'殺人事件」으로 제12회 〈『아사히신문』신인문학상『朝日新聞』新人文学賞〉을 받았다. 나쓰메 소세키夏目漱石를 모방한 작품과 소크라테스, 다윈 등 역사적 위인을 주인공으로 한 미스터리로 유명하다.

『조커게임ジョーカー・ゲーム』(2008)은 〈요시카와에이지문학신인상吉川英治文学新人賞〉과 〈일본추리작가협회상日本推理作家協会賞〉을 받았다. 대표작 「조커게임」은 전설적인 스파이 유키結城 중사가 첩보활동을 비겁한 행위라 여기는 육군에 항거하며 스파이 양성학교 D기관을 창설하는 이야기이다. 육군내의 스파이 활동(D기관)의 겉과 속을 '의외성' 있는 줄거리로 정교하게 녹여내면서 유키 중사를 '괴물적인 존재'로 그려낸다. 한국에서는 『소세키 선생의 사건일지』(2009), 『시튼 탐정 동물기』(2010), 『향연』(2012) 등이 번역되어 있다.

▶ 김환기

참고문헌: H9, H10.

야나기하라 게이柳原慧 1957~

2003년의 「퍼펙트 플랜パーフェクト・プラン」으로 제2회 〈『이 미스터리가 대단하다!』대상『このミステリーがすごい!』大賞〉을 수상했다. 응모한 제목은 「어두운 강에 모든 것을 흘려버려라闇の河にすべてを流せ」였으며 독특한 발상으로 유괴 미스터리의 걸작이란 평가를 받았다. 한국에서는 『사기꾼』(2008), 『콜링: 어둠 속에서 부르는 목소리』(2008), 『퍼펙트 플랜』(2008) 등이 번역되어 있다.

▶ 김환기

참고문헌: H04, H06, H10.

야마구치 마사야山口雅也, 1954.11.6~

소설가. 가나가와현神奈川県에서 출생했으며 와세다대학早稲田大学을 졸업했다. 대학 재학 중에는 '와세다 미스터리 클럽ワセダ・ミステリ・クラブ'의 일원으로 활동했으며 『미스터리 매거진ミステリマガジン』 등에서도 서평 활동을 하였다. 그 서평들은 『미스터리 구락부에 가자ミステリー倶楽部へ行こう』(1996)로 정리되어 출간되었다. 그는 1989년 「살아 있는 시체의 죽음生ける屍の死」으로 정식 데뷔했고 내용은 미국의 외진 시골마을을 배경으로 펑크족인 탐정 그린이 자신이 죽었다는 사실을 숨기고 사건의 진상을 파헤치기 위해 고군분투하는 이야기다.

한편 「마더 구스」를 모티브로 한 작품인 「키드 피스톨즈의 모독キッド・ピストルズの冒涜」(1991)을 시작하여 「키드 피스톨즈의 망상キッド・ピストルズの妄想」(1993), 「키드 피스톨즈의 자만キッド・ピストルズの慢心」(1995) 등에서 경찰과 사립탐정의 입장이 역전된 영국이라는 평행세계를 구체적으로 묘사한다. 수도경찰의 키드 피스톨즈와 여 수사관 핑크 벨라도나가 '의외성'을 살리면서 충분한 논리와 설득력으로 풀어낸다.

그 밖에 연작단편집 『일본살인사건日本殺人事件』(1994)이 있으며 이 작품은 제48회 〈일본추리작가협회상日本推理作家協会賞〉을 수상했다. 1997년에는 그 속편 『속 일본살인사건』이 발행된다. 또한 단편집 『미스터리즈ミステリーズ』(1994)는 『이 미스터리가 대단하다!(このミステリーがすごい!』에서 1위를 차지하기도 했다. 그밖에 단편집 『매니악스マニアックス』(1998), 『기우奇偶』(2002), 『키드 피스톨즈의 최악의 귀환キッド・ピストルズの最低の帰還』(2008), 『키드 피스톨즈의 추태キッド・ピストルズの醜態』(2010), 『수수께끼의 수수께끼 그 밖의 수수께끼謎の謎その他の謎』(2012) 등이 있다. 한국에서는 『수집광』(1999), 『살아있는 시체의 죽음』(2009) 등이 번역되어 있다.

▶ 김환기

참고문헌: A, H03, H07, H09, H11, H13.

야마다 마사키山田正紀, 1950.1.16~
소설가. 나고야名古屋 출신으로 메이지대학明治大学 정치경제학과를 졸업했다. 동인지 『우주진宇宙塵』에 참가한 바 있고 1974년 『SF매거진SFマガジン』(7월호)에 「신사냥神狩り」을 게재하면서 데뷔했다. 그 후 「미륵전쟁弥勒戦争」(1975), 「빙하민족氷河民族」(1976), 「나비들의 시간チョウたちの時間」(1979), 「보석 도둑宝石泥棒」(1980)과 SF적 아이디어가 넘치는 작품을 계속해서 발표한다. 1982년

장편 「최후의 적最後の敵」으로 제3회 〈일본SF대상日本SF大賞〉을 수상했다.

한편 일찍부터 모험소설, 액션소설에도 관심을 보이면서 전전戦前의 중국대륙을 무대로 한 모험기를 그린 「곤륜유격대崑崙遊撃隊」(1976), 최신예 전투기를 둘러싼 「모살의 체스게임謀殺のチェス・ゲーム」(1976), 오합지졸 아마추어 집단이 원자력발전소의 파괴에 도전하는 「아그니를 훔쳐라火神を盗め」(1977) 등을 발표했다.

하지만 방랑탐정 슈시레이 다로呪師霊太郎가 넘치는 기교로 실종사건의 비밀을 풀어내는 연작 「식인시대人喰いの時代」(1988), 대담한 트릭으로 여대생 실종사건의 비밀을 그려낸 「블랙 스완ブラックスワン」(1989) 이후에는 적극적으로 본격미스터리에 진출한다. 작품으로서는 치매노인의 연속살인을 다룬 「황홀병동恍惚病棟」(1992), 화도華道 종가집의 살인을 둘러싼 장편 「화면제花面祭」(1995) 등이 있다. 특히 총5권의 연작 「여자 함정수사관女囮捜査官」(1996) 이후 1997년 본격미스터리 「하르퓨이아妖鳥」, 「스파이럴螺旋」, 「퍼즐阿弥陀」 3편을 간행해 화제가 되었다. 또한 1998년에는 「신곡법정神曲法廷」, 「페르소나仮面」, 「장화 신은 개長靴をはいた犬」 등을 간행하면서 현대의 본격미스터리를 대표하는 작가로 자리매김 된다. 작품 「미스터리 오페라ミステリ・オペラ」(2002)로 제2회 〈본격미스터리대상本格ミステリ大賞〉과 제55회 〈일본추리작가협회상日本推理作家協会賞〉

335

을 수상하였다.

▶ 김환기

참고문헌: A, H2.

야마다 무네키山田宗樹, 1965.11.2~

소설가. 아이치현愛知県 출신. 쓰쿠바대학筑
波大学 대학원 박사과정 농학연구과 중퇴
후 약제회사에서 연구직으로 근무했다.
1998년「직선의 사각直線の死角」으로 제18회
〈요코미조세이시미스터리대상横溝正史ミステ
リー大賞〉을 수상했다. 주인공인 민완 변호
사가 교통사고를 감정하면서 일어나는 일
을 그린 작품으로, 심사위원 만장일치로
수상의 영예를 안았다. 이후 한 여성의 불
우한 삶을 다룬「혐오스런 마쓰코의 일생嫌
われ松子の一生」(2003)이 영화화되면서 국내
에 널리 알려졌다. 2013년에는「백년법百年
法」(2012)으로 제 66회 〈일본추리작가협회
상日本推理作家協会賞〉을 수상하기도 했다. 국
내에는 2008년에「혐오스런 마츠코의 일생」
이 번역되었지만, 이후로는 이렇다 할 번
역 작품이 없는 상태다.

▶ 류정훈

참고문헌: A. 山田宗樹『直線の死角』(角川文庫,
2003).

야마다 후타로山田風太郎, 1922.1.4~2001.7.28

소설가. 효고현兵庫県 야부군養父郡 출생. 도
쿄의과대학東京医科大学 졸업. 생가는 대대
로 의사 집안으로 현립 도요오카중학豊丘中

学 재학시절 4명의 불량 친구들이 각각 라
이雷, 아메雨, 구모雲, 가제風로 부른 것에서
필명이 유래했다. 수험잡지 소설 현상 모
집에 종종 응모하여 입선하기도 하였다 대
학 재학시절인 1946년『보석宝石』의 제1회
단편 현상 모집에 투고한 첫 번째 미스터
리 작품인「달마 고개 사건達磨峠の事件」이
입선하여 문단에 데뷔했다. 이후에 전후의
세태를 날카롭게 그려낸 문제작을 연속해
서 발표하여「눈 속의 악마眼中の悪魔」,「허
상 음락虛像淫楽」두 편으로 1949년 제2회
〈탐정작가클럽상探偵作家クラブ賞〉을 수상하
였다.「눈 속의 악마」는 애인을 지인에게
빼앗긴 청년이 자신에 대한 신뢰를 이용하
여 증거없는 살인을 권유하고, 동시에 자
신이 증거없는 살인을 수행할 작정으로 결
국에는 자신의 운명을 파국으로 이끄는 비
극을 묘사하였다.「허상 음락」은 살아 있
는 시체가 된 여성이 무언의 의지에서 그
녀의 애정과 변태심리를 척결하는 적확한
기법이 효과적으로 발휘되었다. 중편「즈
시 가문의 악령厨子家の悪霊」(1949)은 반전을
거듭하는 장치를 보여준 본격물로 광기와
애착의 갈등을 훌륭하게 그려내고 있다.
트릭 소설을 벗어나서 무대를 과거로 옮기
거나, 기독교에서 제재를 취한 작품, 엑조
티즘을 전면에 내세운 작품 등 다방면으로
창작하였다. 범죄나 추리에 국한되지 않으
며, 미묘한 인간성을 탐구하고자 하였다.
중국의 기서奇書『금병매』의 세계를 심리

미스터리로 만든 연작 〈요이妖異 금병매 시리즈〉(1954~59), 주정뱅이 의사 이바라키 간키荊木歡喜가 활약하는 「십삼각관계十三角関係」(1956), 의외의 동기로 일어난 사건만을 모은 연작 「밤 외에는 듣는 것도 없이夜よりほかに聴くものもなし」(1962), 애증으로 얽힌 남녀의 연애극을 보여주어 마지막에 대역전을 마련한 기교적 서스펜스 작품 「태양 흑점太陽黒点」(1963) 등 장편 작품의 수준도 높다. 또한 일찍이 시대소설도 발표하여 무죄임에도 투옥된 여죄수들의 원죄冤罪를 에치젠越前 수령의 딸이 풀어주는 미스터리 취향 넘치는 오락편 「여자 감옥 비화」(1960), 종래의 '다이코키太閤記'를 '모략가 히데요시秀吉'라는 관점에서 재구성한 대작 「요설妖説 다이코키」(1967) 등 미스터리 독자가 놓칠 수 없는 작품이 많다. 1959년 「고가닌포초甲賀忍法帖」 이래 기괴한 닌자忍者들이 펼치는 사투를 논리적이고도 스릴 넘치게 그려낸 이색적인 시대소설 〈닌포초 시리즈〉로 일세를 풍미하였다. 막부幕府 말에서 소재를 취한 중단편을 거쳐, 실재 인물을 종횡무진 등장시키면서 메이지明治의 이면을 풀어가는 '메이지 소설'로 새로운 경지를 개척했다. 메이지 소설은 모두 추리소설적인 면이 강하지만, 그 중에서도 기계 트릭과 서술 트릭을 조합한 「메이지 단두대明治断頭台」(1979)가 미스터리 팬들에게 주목받았다. 1989년 이후에는 '무로마치室町 소설'을 발표하는 한편, 인생을 냉철하게 관조하는 수필가로서도 활약하였다. 대표작인 「누구라도 가능한 살인誰にも出来る殺人」(1958.1~6)은 오래된 아파트의 한 방에서 대대로 주인이 노트에 기록한 기묘한 이야기를 연작 형식으로 그리면서, 최종화에서 의외의 진상을 제시하여 보여주는 기교적인 작품이다.

▶ 이승신

참고문헌: A, B, E, G.

야마모토 노기타로山本禾太郎, 1889.2.28~1951.3.16 소설가. 고베시神戸市에서 태어났으며 본명은 야마모토 슈타로山本種太郎이며 필명은 노기타로禾太郎이다. 1926년 『신청년新青年』에 작품 '창窓'이 입선된다. 「창」은 이혼 후 친정으로 돌아온 무역상의 조카딸이 교살되는 사건을 다루고 있는데, 당시 집에 있던 지배인, 점원, 식모 및 절도를 목적으로 잠입한 사람 등 사건에 관련된 자들의 진술서, 감정서를 배열하는 형태로 구성된다. 「창」은 소설형식이 아닌 재판을 기록하는 문답체로서 이제까지 탐정소설에서는 없었던 형식을 취하면서 참신함을 추구했다는 점에서 특징적이다.

「폐쇄를 명받은 요괴관閉鎖を命ぜられた妖怪館」(1927)은 건물에서 떨어진 사람 때문에 압사당한 피해자 측이 건물소유주 소송을 제기하고 사건을 맡은 변호사가 떨어진 사람의 자살을 입증한다는 내용이다.

작품 「히가시타로 일기東太郎日記」는 『주간

337

아사히『週間朝日』의 현상소설에서 1위로 당선되었고,「마취목과 장미あせびとバラ」는『선데이 마이니치サンデー毎日』의 대중문예작품 모집에서 입선되는데 두 작품 모두 탐정소설은 아니다.

1933년『프로필ぷろふいる』의 창간을 지원하였고 1937년에는「다키묘가설抱茗荷の説」을 발표한다. 이 작품은 한 여성 유랑연예인이 어린 시절을 추억하며 아버지와 어머니의 죽음에 얽힌 오랜 세월의 수수께끼를 풀어가는 이야기로서 인연담因緣譚에 가깝다. 1936년 '작은 피리 사건小笛事件'은 교토에서 일어난 범죄사건인 〈작은 피리 사건小笛事件〉을 맡았던 변호사로부터 재판자료를 빌려 재현을 시도한 작품으로서 처녀작 이래 큰 호평을 얻었다. 에도가와 란포江戶川亂歩는 이 작품을 '일본범죄사 중 하나의 문헌으로서 영구히 보존되어야 할 성질의 것'이라 평가한 바 있다.

전후戰後에는「사라진 여자消ゆる女」(1947)를『신코석간신문神港夕刊新聞』에 연재한다. 이 작품은 샤미센三味線을 연주하는 미인의 출생의 비밀을 밝히는 스토리로서 인간묘사와 풍경묘사가 뛰어나다.

'간사이 탐정작가 클럽関西探偵作家クラブ'의 부회장을 역임했고 많은 동호인들로부터 존경과 사랑을 받았지만 고질병으로 인해 1951년 3월 16일 자택에서 숨진다.

▶ 김환기

참고문헌: A, B, D, E, F, G.

야마모토 슈고로山本周五郎, 1903.6.22~1967.2.14

소설가. 야마나시현山梨県에서 태어났으며 본명은 기요미즈 사토무清水三十六이다. 요코하마橫浜 니시마에소학교西前小学校를 졸업한 후, 전당포 야마모토 슈고로山本周五郎 상점의 제자徒弟가 된다. 문단에 진출할 때까지 물심양면으로 도와주었던 점주 이름을 필명으로 사용한다. 1926년『문예춘추文芸春秋』에 게재한「스마데라 부근須磨寺附近」이 출세작이다. 1929년부터「위험해! 잠수함의 비밀危し！潜水艦の秘密」(1930)에 등장하는 천재 중학생 하루타 류스케春田龍介를 주인공으로 삼은 연작 탐정모험소설 등 많은 작품을 집필했다. 1932년부터는 성인 대상 오락소설을 집필하기 시작하여 1943년에는「일본부도기日本婦道記」로 제17회 〈나오키상直木賞〉에 추천되기도 한다. 시대소설로서「잠이 덜 깬 서장寝ぼけ署長」(1946~ 48),「실연 제5번失恋第五番」(1948),「실연 제6번失恋第六番」(1948)을 집필하지만, 이후 탐정소설과는 멀어지고「전나무는 남았다樅ノ木は残った」(1958),「아오베카 이야기青べか物語」(1961) 등 휴먼드라마 작품을 많이 남겼다. 작가가 세상을 떠난 후 그의 이름을 붙인 문학상이 창설되었다. 한국에서는『악마의 레시피 (일본 로맨스 호러 1) : 귀신 울음소리』(2009) 등에 번역되어 있다.

▶ 김환기

참고문헌: A, E.

야마무라 마사오山村正夫, 1931.3.15~1999.11.19

소설가. 1948년 나고야외국어전문학교名古屋外国語専門学校 영문과 1학년 재학 중에 처녀작 「이중밀실의 미스터리二重密室の謎」를 집필했다. 졸업 후에는 분가쿠좌文学座의 연출 조수를 거쳐 『내외타임즈内外タイムス』 기자로 일했다. 처음에는 소년들을 대상으로 한 창작물을 내놓기도 했는데, 1928년 「소라螺」에서는 한 남자의 발악과 죽음을 둘러싼 실성한 부인의 모습을 그리고 있다. 「유목流木」(1955)은 계산적인 한 청년의 허세를, 「손가락指」(1956)은 어부들 간의 알력에 뛰어든 자객의 허무적인 풍모를 그렸다. 「편도巴旦杏」(1956)는 몰락한 상류계급 모녀의 동반자살에 관한 이야기를, 「과실의 계보果実の譜」(1956)는 임종을 앞둔 약혼자에게 양심의 가책을 느끼면서도 다른 이성에게 빠진 남자의 고뇌를 그리고 있다. 그리고 「사자獅子」(1957)는 역사적인 사실史実에 근거해서 로마 황제를 둘러싼 중신들의 갈등과 음모의 과정에서 일어나는 커다란 비극적 상황을 다루었다. 한국에서는 「소라螺螺」(1999) 등이 번역되어 있다.

▶ 김환기

참고문헌: A, E, G.

야마무라 미사山村美紗, 1931.8.25~1996.9.5

소설가. 교토京都에서 태어났다. 아버지가 경성대학 교수로 부임하면서 어린 시절을 서울에서 보냈다. 전후에는 일본의 시코쿠四国와 규슈九州를 거쳐 교토京都에서 살게 된다. 1957년 교토부립대학京都府立大学 국문과를 졸업하고 교토시립 후시미고등학교伏見高等学校의 교사가 되지만 1964년 교사를 그만두고 추리소설을 쓰기 시작했다.

1967년 『추리계推理界』 9월호에 「목격자는 연락주세요目撃者御一報下さい」를 발표했고, 1970年 「경성의 죽음京城の死」은 처음으로 〈에도가와란포상江戸川乱歩賞〉의 후보가 된다. 그리고 「시체는 에어컨을 좋아해死体はクーラーが好き」(1971)는 『선데이 마이니치サンデー毎日』 신인상 후보에 올랐다. 1974년 장편 『말라카의 바다로 사라졌다マラッカの海に消えた』는 말레이시아에서 근무 중인 남편과 타살당한 남편 상사를 둘러싼 이야기로서 보물찾기와 같은 밀실 트릭이 얽혀있다.

1975년에는 미국의 부대통령 딸을 주인공으로 한 「꽃의 관花の棺」을 발표했다. 이 작품은 음모가 소용돌이치는 꽃꽂이계를 배경으로 한 연속살인사건을 다루고 있다. 그 후 「금수의 절鳥獣の寺」(1977), 「백인일수 살인사건百人一首殺人事件」(1978), 「불타버린 신부燃えた花嫁」(1982), 「하나노데라 살인사건花の寺殺人事件」(1983) 등 주로 교토를 배경으로 한 본격 추리소설을 발표하면서 작가로서의 기반을 다졌다. 특히 1984년 「교토 오하라 살인사건京都大原殺人事件」 이후, 교토의 지명이나 신사 이름을 붙인 살인사건 시리즈를 연이어 발표하면서 '교토의 작가'

로 알려진다. 한국에서는 『불륜여행 살인사
건』(1990), 『이혼여행 살인사건』(1990), 『춤
추는 주사위』(1993), 『일본서스펜스 걸작선
: 살의의 축제』(1993), 『비밀의 방』(1998),
『J미스터리 걸작 III : 변신』(1999) 등이 번
역되어 있다.

▶ 김환기

참고문헌: A, B, E.

야마시타 다카미쓰山下貴光, 1975~

1975년 가가와현香川県에서 출생했다. 교토
京都학원대학 법학부를 졸업했고 영업직,
중고의류판매점의 점장 등을 거쳤다. 2009
년 제7회 『이 미스터리가 대단하다!このミス
テリーがすごい!』에서 「옥상미사일屋上ミサイル」
로 대상을 수상했다. 학교의 옥상을 사랑
하는 아이들이 결성한 '옥상부'가 옥상의
평화를 지키기 위해 여러 가지 사건에 휘
말린다는 이야기다. 작품으로는 「철인탐정
단鉄人探偵団」, 「유언실행클럽有言実行くらぶ」,
「HERO흉내HEROごっこ」 등이 있다. 한국에
서는 『옥상 미사일』(2010) 등이 번역되어
있다.

▶ 김환기

참고문헌: H9, H12.

야마시타 리자부로山下利三郎 ☞ **야마시타
헤이하치로**山下平八郎

야마시타 유이치山下諭一, 1934.5.8~

소설가, 번역가. 고베시神戸市 출생. 와세다
대학 중퇴.

재학 당시부터 창작과 번역 등의 집필활동
을 전개하였다. 창간호 이래로 최고의 하
드보일드 추리소설 잡지로 일컬어지는 『맨
헌트マンハント』의 편집을 도왔다. 특히 하
드보일드 작품을 소개하는데 있어 독자적
이면서 경쾌한 문체가 화제가 되기도 하였
다. 대표적인 창작물로는 『위험한 표적危険
な標的』(1964)과 『위험과의 데이트危険との
デート』(1965)가 있는데, 뉴욕의 일본인 무
뢰한인 소네 다쓰야曾根達也를 주인공으로
하는 시리즈물이다. 이외에도 청부살인업
자를 주인공으로 하는 연작물인 『회색빛
안녕灰色のサヨナラ』(1963)과 「나만의 매장
명부俺だけの埋葬簿』(1965)가 있다. 또한 〈무
희 탐정'시리즈〉 로 『눈치 빠른 사체気がきく
屍体』가 있는데, 이들 시리즈들은 가벼운
하드보일드 작품으로 일관되고 있다. 1960
년대 후반 이후부터 성性과 식문화 연구로
활동 영역을 이동하여 미스터리 창작물은
나오지 않다가 1989년 장편소설인 『미식살
인클럽美食殺人倶楽部』을 출간하였다.

▶ 송혜경

참고문헌: A, 山下諭一 『美食殺人倶楽部』(ベスト
セラーズ, 1989).

야마시타 헤이하치로山下平八郎, 1892~1952

소설가. 시코쿠四国에서 태어나 어릴 적 교

토京都로 이주했다. 백부의 양자가 되어 야마시타山下 가문을 이끌었고 액자가게 등 여러 직업을 전전했다. 1922년에 「유괴자誘拐者」를 『신취미新趣味』에, 1923년에 「머리가 나쁜 남자頭の悪い男」를 『신청년新青年』에 발표했다.

「머리가 나쁜 남자」는 초등학교 교사인 요시즈카 료키치吉塚亮吉가 일면식이 없는 남자로부터 큰 대접을 받고 거액의 돈까지 받게 된다. 때마침 일간지에 사기범 기사가 났는데 인상착의가 동일해 뒷일을 걱정하며 도망을 다니다 거액을 교회에 기부하고 돌아왔다. 그런데 사실상 그 남자는 처제와 사랑의 도피를 했던 인물이었고 여동생이 주식으로 모았던 돈을 주었다는 이야기다.

1926년 『신청년』에 발표한 「수중 쓰레기藻くづ」는 혼담이 오가는 상대의 여성이 자살한 사건을 다루고 있다. 「멋진 료키치素晴らしや亮吉」(1927)는 병원 내의 괴이한 수수께끼 사건을 20년 근속의 초등학교 교사 료키치가 해결한다는 이야기다. 진부한 작품으로 최종적으로는 『신청년』에서 사라진다. 1927년 '교토 탐정취미의 모임京都探偵趣味の会'이 발행하는 잡지 『탐정・영화探偵・映画』에 관여했고 1928년 창간한 잡지 『엽기猟奇』에도 힘을 쏟았지만, 이렇다 할 작품을 내놓지는 않았다. 그 후 『프로필ぷろふいる』의 초기에 깊은 관계를 유지하고 있었지만 작가로서 부활의지를 표명하며 헤이하치로平

八郎로 이름을 바꾸기도 했다. 한편 『프로필』에 발표된 「노미야가의 비밀野宮家の秘密」(1935)은 신원불명의 부자가 변사하고 첩이 모습을 감춘 사건을 다루었다.

▶ 김환기

참고문헌: A, B, E, F, G.

야마자키 요코山崎洋子, 1947.8.6~

소설가. 결혼 전의 성은 마쓰오카松岡. 마쓰오카 시나松岡志奈로 불리기도 한다. 남편은 각본가인 야마자키 간山崎巌. 교토京都 출신. 광고 프로덕션 회사에서 카피라이터 일을 하며 아동물 등을 각본했다. 1986년에 『문혀진 죽음花園の迷宮』으로 제32회 〈에도가와 란포상江戸川乱歩賞〉을 수상하면서 소설가로 데뷔했다. 이 작품은 요코하마의 유곽으로 팔려나간 소녀가 연속살인사건의 진상을 파헤치는 미스터리로, 영화를 비롯해 텔레비전 드라마로 제작되는 등 화제를 모았다. 이어지는 장편 『요코하마 유령호텔ヨコハマ幽霊ホテル』(1987)은 요코하마를 배경으로 역사적 비화를 다루고 있다.

주요 작품에, 반전에 반전을 거듭하는 『홍콩미궁香港迷宮』(1988), 전쟁의 감운이 도는 상하이를 배경으로 일본인과 유태인 여성이 연루되는 모략을 그린 『마도 상하이 오리엔탈 토파즈魔都上海オリエンタル・トパーズ』(1990), 텔레비전 드라마로도 제작이 되어 화제를 모았던 기업 미스터리 『호텔 우먼ホテルウーマン』(1991), 근세시대 나가사키를 배경으로 한 천재와 네덜란드 유녀를 둘러싼 의문의 죽음을 그린 시대극 미스터리 『나가사키 인어전설長崎人魚伝説』(1992), 냉혹하고 무자비한 얼굴을 한편에 가지고 찬연히 빛나는 마성의 여자를 그린 악녀물 『역사를 요동친 '악녀'들歴史を騒がせた「悪女」たち』(1991) 등이 있다. 한국에는 『묻혀진 죽음花園の迷宮』(1987), 『삼층의 마녀三階の魔女』(1999) 등이 번역되어 소개되었다.

▶ 김계자

참고문헌: A, 윤상인, 김근성, 강우원용, 이한정, 『일본문학번역60년』(소명, 2009).

야부키 가케루矢吹駆

가사이 기요시笠井潔의 소설 「바이바이 엔젤バイバイ、エンジェル」(1979)에 최초로 등장한 철학 전공의 일본인 유학생. 연령대는 대체적으로 20대 후반이라는 설정. 세계 여러 곳을 유랑한 끝에 파리대학에서 철학을 공부하고 있다. 티벳에 있었을 때는 라마교의 수행을 쌓았다. 지금은 파리의 아파트 방에서 금욕적이고 간소한 생활을 통해 수행을 이어가고 있다. 다양한 언어를 구사할 수 있으며 말러Mahler의 곡을 휘파람 부는 습관이 있다. 숙적은 니콜라이 이리이치. 「바이바이 엔젤」 외에 「섬머 아포칼립스サマー・アポカリプス」(1981), 「철학자의 밀실哲学者の密室」(1992)등에서 나디아라는 여학생과 함께 사건을 해결해 나간다. 「치천사의 여름熾天使の夏」(1997)에서는 혁명을 꿈꾸는 정치결사에 속해 있었을 때의 모습이 그려지고 있다.

▶ 류정훈

참고문헌: A, I.

야쿠마루 가쿠薬丸岳, 1969.8.26~

소설가. 본명은 '다케시'로 발음. 효고현兵庫県 출생. 고마자와대학駒沢大学 부속 고등학교 졸업.

어린 시절부터 영화를 좋아했던 그는 고등학교 졸업 후 각본과 주연을 겸할 수 있는 배우를 지망하여 극단 도쿄 키드 브라더스東京キッドブラザース의 연구생으로 들어갔으나 반 년 만에 퇴단한다. 배우의 꿈은 접었지만 이야기를 만드는 의욕은 남아 있어서 시나리오 수업을 받고 공모전에도 꾸준히 응모했으나 계속 낙선한다. 친구의 권유로 만화 원작 공모전에 응모하여 가작으로 뽑히기도 하지만 작가로서 자리 잡지 못한다. 여러 아르바이트를 거쳐 여행사에 입사해 6년간 직장생활을 하던 그는 전철로 출근하는 도중 다카노 가즈아키의 〈에도가와란포상江戸川乱歩賞〉 수상작품 『13계단13階段』을 읽고 큰 자극을 받아 소설가로서의 목표를 세운다. 새로운 작품의 기본적 플롯을 구상했으나 문장력이 부족하다고 느낀 그는 1년 가까이 약점을 보완하는데 힘쓴 후 첫 작품인 『천사의 나이프天使のナイフ』를 완성해 응모, 〈에도가와란포상江戸川乱歩賞〉을 수상한다. 수상 당시에는 아키바 슌

스케秋葉俊介라는 필명을 썼으나. 당시 일본 추리작가협회 회장 오사카 고逢坂剛의 조언에 따라 현재의 필명으로 바꾸었다. 2013년까지 8권의 장편소설과 2권의 단편집을 출간했으며,『천사의 나이프』(2005),『어둠 아래闇の底』(2006), 『허몽虛夢』(2008)등 3권이 번역되었다.

▶ 박광규

참고문헌: 村上貴史「ミステリアス・ジャム・セッション(68) 薬丸岳」『ミステリマガジン』2007년 1월호 (早川書房), 村上貴史,「迷宮解体新書(58) 薬丸岳」『ミステリマガジン』2012년 12월호 (早川書房).

야하기 도시히코矢作俊彦, 1950.7.18~

소설가. 영화감독. 요코하마橫浜에서 태어났다. 도쿄교육대학東京教育大学院(현 쓰쿠바대학筑波大学) 부속 고마바고등학교駒場高等学校를 졸업했다. 1972년『미스터리 매거진ミステリマガジン』에 게재한 단편「껴 안고 싶어抱きしめたい」로 데뷔했다. 1974년 발표한 「말을 꺼내지 못하고言いだしかねて」는 시원한 문체로 이면사회의 일까지 처리하는 젊은이의 활극을 그린 작품이다. 단편집『신의 핀치히터神様のピンチヒッター』(1981)에 소개된 하드보일드 단편은 정교한 구성과 탁월한 언어 감각을 자랑하는 뛰어난 도회소설이다. 첫 장편『마이크 해머에게 전하는 말マイク・ハマーへ伝言』(1978)은 동료를 죽인 경찰차에 복수를 시도하는 젊은이들을 그

린 범죄소설이다.

그 밖의 정통 하드보일드 대표 작품으로는 중편집「링고 키드의 휴일リンゴォ・キッドの休日」과 장편『한밤중으로 한걸음 더真夜中へもう一歩』(1985)가 있다. 한편 쓰카사키 시로司城志朗와 공동으로 간행한「어둠에서 노 사이드暗闇にノーサイド」(1983), 「브로드웨이의 전차ブロードウェイの戦車」(1984), 「바다에서 온 사무라이海から来たサムライ」(1984)는 모두 영화처럼 화려함을 가진 모험소설이다. 또한 1995년 중편『굿바이グッドバイ』, 중년 남성의 환상적인 모험담「스즈키 씨의 휴식과 편력スズキさんの休息と遍歴」(1990), 미국인 주인공이 가상의 일본에서 분투하는「어재팬あ・じゃ・ぱん」(1997) 등이 있다.

자신의 작품을 원작으로 한 영화『더 갬블러ザ・ギャンブラー』에서는 직접 감독을 맡기도 했다.

▶ 김환기

참고문헌: A, H4, H5, H9, H10.

양석일梁石日, 1936.8.13~

오사카大阪에서 출생했고 본명은 정웅이다. 오사카부립 고등학교를 졸업하였고 현재 시인과 소설가로서 활동하고 있다. 재일조선인 2세로 태어나 사업에 실패하고 오사카를 떠난 후 택시운전수로 활동했으며 그때의 경험을 살린 작품「광조곡狂躁曲」(1981, 나중에 「택시 광조곡」으로 개칭)을 통해 작가로 데뷔했다.

시인으로도 활동했으며 그의 소설은 대체적으로 출생과 밀접하게 관련되어 있고 구분하자면 순문학에 속한다. 『밤을 걸고夜を賭けて』(1994)는 작가자신도 한 일원이었던 불탄 자리에서 철 조각을 깨내는 집단 '아파치족'을 그린 작품으로서 압도적인 리얼리티를 자랑하는 활극소설적인 육체감이 살아있다.

한편 방랑시대의 경험을 배경으로 한 『자궁 속의 자장가子宮の中の子守歌』(1992), 아버지와의 갈등을 그린 『피와 뼈血と骨』(1998, 제11회 〈야마모토슈고로상山本周五郎賞〉 수상) 등이 사소설적 작품인데 전자는 허무적인 연애소설이며 후자는 신화적인라고 할 만큼 강대한 한 남자를 축으로 전쟁 전부터 전후에 걸친 재일조선인 커뮤니티의 연대기로서도 읽을 수 있는 야심작이다. 미스터리를 의식해서 그려낸 작품으로서는 『Z』(1996)가 있다. 제2차 세계대전 중의 공포정치에서 소재를 얻어 암살자 'Z'를 촉매로 해서 폭력 장치로서의 정치와 국가의 문제를 박진감 넘치게 묘사했다. 한편 『어둠의 아이들闇の子供たち』(2002)은 아동매춘, 인신매매, 장기밀매와 같은 더러운 폭력을 그려낸 장편소설이다. 한국에서는 『피와 뼈』(1998), 『밤을 걸고』(2001), 『어둠의 아이들』(2010) 등이 번역되어 있다.

▶ 김환기

참고문헌: A, H3, H5.

에도가와 란포江戸川乱歩, 1894.10.21~1965.7.18

소설가, 평론가. 본명 히라이 다로平井太郎. 별명 고마쓰 류노스케小松龍之介. 미에현三重県 출생. 에도가와 란포라는 필명은 미스터리의 시조 에드거 앨런 포Edgar Allan Poe에서 따온 것이다. 초중학교 시절부터 기쿠치 유호菊池幽芳의 『비밀 중의 비밀秘中の秘』(1931), 구로이와 루이코黒岩涙香의 『유령탑幽霊塔』(1899)과 같은 번안물을 통해 탐정소설에 흥미를 느끼고 학교 친구들과 직접 동인지를 만들기도 했다. 란포는 토지개간사업을 위해 조선으로 건너간 가족과 헤어져 1913년 와세다대학早稲田大学 정치경제학부에 진학, 재학 중에 영미탐정소설을 탐독하며 작품 「화승총火縄銃」을 썼지만 발표는 하지 못했다.

1916년 대학을 졸업한 후 수십 종의 직업을 전전하다가 1922년 잡지 『신청년新青年』에 두 편의 단편(「2전짜리 동전二銭銅貨」, 「영수증 한 장一枚の切符」)을 보내고, 편집장 모리시타 우손森下雨村의 절찬을 받으며 「2전짜리 동전」이 먼저 1923년 4월호에 게재되었다(「영수증 한 장」은 같은 해 7월호). 암호가 핵심에 있는 기묘한 트릭을 가진 이 작품은 창작이라는 이름에 걸맞은 최초의 작품으로, 일본에서도 창작탐정소설이 발전할 수 있다는 가능성을 보여주었다. 란포는 계속해서 「쌍생아雙生兒」(1924), 명탐정 아케치 고고로明智小五郎가 등장하는 「D언덕의 살인사건D坂の殺人事件」(1925) 등을

통해 독창적인 트릭을 구사하고「심리시험心理試験」(1925)을 통해 그 절정에 이르게 된다. 같은 해에는 슌요도春陽堂에서 첫 단편집『심리시험』을 펴내고,「지붕 밑 산책자屋根裏の散歩者」와 「인간 의자人間椅子」 등의 단편으로 호평을 얻는다. 그밖에「빨간 방赤い部屋」(1925),「화성의 운하火星の運河」(1926) 등도 공포와 신비를 그려낸 수작이다.

단편추리소설을 확립한 후, 잡지와 신문에「호반정 사건湖畔亭事件」(1926),「파노라마섬 기담パノラマ島奇譚」(1926~27), 훗날「파노라마섬 기담パノラマ島奇談」으로 개재),「잇슨 보시一寸法師」(1926~27)를 연재하면서 장편 분야를 새롭게 개척했다.

휴필 선언 후「음울한 짐승陰獸」(1928)으로 컴백한 이듬해인 1928년에는 병역으로 장애인이 된 주인공을 그린 공포소설의 극치「악몽惡夢」(훗날「애벌레芋虫」로 개제), 동성애를 집어넣은 걸작 스릴러 장편「외딴섬 악마孤島の鬼」(1929~30), 판타지 명작「누름꽃과 여행하는 남자押絵と旅する男」 등, 잇달아 걸작을 발표한다. 또「거미 사나이蜘蛛男」(1929~30)를 시작으로「황금가면黃金仮面」(1930~31년 발표) 등 주로 고단샤講談社 계열 잡지에 오락성이 강한 장편을 쓰기 시작하면서 다수의 독자를 열광시키고, 1936년부터는「괴도20가면怪人二十面相」으로 시작되는〈소년 탐정단 시리즈〉에도 착수했다. 또 1931년에는 헤이본샤平凡社에서 간행된 첫 개인 전집『에도가와 란포 전집江戸川乱歩全集』(전13권)이 높은 판매고를 올리면서 베스트셀러가 되었다. 여기에는 처녀작부터 간행시까지 완결된 모든 작품, 즉 장단편 58편의 소설 및 80편의 수필, 포 작품의 번역 7편이 수록되었으며, 각 권마다 전문가의 비평집이 붙어 있다.

작가로서 탁월한 업적을 이룬 란포는 연구 및 평론에도 탁월한 식견과 뛰어난 성과를 보였다. 란포가 편찬에 관여한『일본탐정소설걸작집日本探偵小説傑作集』(1935)은 15명의 작가의 대표작을 선발함과 동시에, 권두의「일본의 탐정소설日本の探偵小説」에서는 탐정소설의 본질을 이야기하며 탐정문단을 논하고 작가와 작품을 자세히 서술하여 발족한 이후 15년 동안을 전망할 수 있는 가장 뛰어난 선집이다.

평론 위주의『혼령의 말鬼の言葉』(1936) 및 해외 탐정소설계를 분석한『수필탐정소설随筆探偵小説』(1947)에 이어 해외탐정소설을 적극적으로 소개한 평론 모음집『환영성幻影城』(1951)으로 제5회〈탐정작가클럽상探偵作家クラブ賞〉을 수상한다.『악인지망惡人志願』(1929),『환영의 성주幻影の城主』(1947)를 통해서는 인간에 대한 음침한 통찰력을 드러내는 그의 수필가로서의 면모를 엿볼 수 있다.

서지 연구에도 남다른 열의와 노력을 기울여『일본탐정소설걸작집』에『신청년』의 작품목록을 덧붙이고,『수필탐정소설』에는 탐정소설연구문헌, 걸작표, 엘러리 퀸

및 존 딕슨 커의 저서목록을, 또 『환영성』에는 서구 장단편 베스트집, 일본탐정소설 총서 및 잡지목록을 편집하는 등, 탐정소설 연구의 기반을 이룬 귀중한 문헌을 남겼다. 1939년 「애벌레」가 반전 성향을 띤다는 이유로 발행 금지 처분을 받으면서 전시체제가 강화됨과 동시에 작가활동이 거의 전면적으로 금지되었지만, 전후에는 1949년부터 소년물을 재개하여 파킨슨병이 악화되는 1962년까지 창작을 계속하면서 유일한 본격추리장편 『화인환희化人幻戱』(1955)를 내놓기도 했다. 그러나 이보다는 창작 이외의 면에서 활약이 두드러졌는데, 1947년에는 초대부터 2기까지 회장을 맡은 '탐정작가클럽'을 결성하고 『하야카와 미스터리ハヤカワ・ミステリ』 등의 총서 간행에 도움을 주었다. 또 1954년 환갑연에서는 100만엔을 기부하여 〈에도가와란포상江戶川乱歩賞〉을 제정, 신인작가의 등장을 촉진하는 동시에, 1957년부터는 경영이 부진한 추리소설잡지 『보석宝石』에 사재를 털어 이를 직접 경영하고 오야부 하루히코大藪春彦, 호시 신이치星新一 등을 발굴하는 등, 다방면에서 활약했다. 1961년 추리소설계에 대한 공헌을 인정받아 일본의 문화 훈장인 '시주호쇼紫綬褒章'을 받고 1963년에는 그해 설립된 사단법인 일본추리작가협회 초대 이사장에 취임하였으나 2년 후인 1965년, 이케부쿠로池袋 자택에서 뇌출혈로 세상을 떠났다. 장례식은 일본추리작가협회장으로 치

러졌다.

1960년대부터 시작된 란포 작품의 한국어 번역은 현재에 이르기까지 꾸준히 이루어지고 있는데, 주요 번역서로는 『외딴섬 악마』(2004), 『에도가와 란포1 – 스무개의 얼굴을 가진 괴인』(2012) 이하 〈소년 탐정단 시리즈〉, 『에도가와 란포 전단편집1: 본격추리(1)』(2008), 『에도가와 란포 전단편집1: 본격추리(2)』(2009), 『에도가와 란포 전단편집 3: 기괴환상 』(2008) 등이 있다.

▶ 채숙향

참고문헌: A, B, D, E, F, G, E, F, G.

에도가와란포상江戶川乱歩賞

일본추리작가협회 주최, 훗날 고단샤講談社, 후지TV 후원. 1954년 10월 에도가와 란포江戶川乱歩가 환갑 축하연 석상에서 일본탐정작가클럽(훗날 일본추리작가협회)에 100만엔을 기부했고, 일본탐정작가클럽에서는 에도가와 란포의 업적을 기리는 의미에서 기부금을 기금으로 삼아 〈에도가와란포상〉을 창설했다. 초기 선고위원은 기기 다카타로木々高太郎, 오시타 우다루大下宇陀児, 에도가와 란포, 나가누마 고키長沼弘毅, 아라 마사히토荒正人로, 그밖에도 예선위원 12명이 위촉되었으며, 본상은 〈셜록 홈즈 동상〉, 부상은 5만엔이었다(현재는 에도가와 란포 동상과 상금 1000만엔). 추리소설계의 공로자에 대한 표창으로 출발한 이 상은 제1회(1955)에는 나카지마 가와타로中島

河太郎의 『탐정소설사전探偵小說辞典』에, 제2회(1956)는 하야카와쇼보早川書房의 『하야카와 포켓 미스터리ハヤカワ・ポケット・ミステリ』에 돌아갔으나, 제3회(1957)부터는 나카지마 가와타로의 제안에 의해 신진 추리작가의 발굴과 육성을 목표로, 공모에 의한 장편추리소설 신인상으로 변경되었다.

신인상이 되고 난 후 니키 에쓰코仁木悅子, 다키가와 교多岐川恭, 진 슌신陳舜臣, 도가와 마사코戶川昌子, 니시무라 교타로西村京太郎, 사이토 사카에齋藤栄, 모리무라 세이치森村誠一, 구리모토 가오루栗本薫, 다카하시 가쓰히코高橋克彦, 히가시노 게이고東野圭吾, 신보 유이치真保裕一, 기리노 나쓰오桐野夏生, 야쿠마루 가쿠薬丸岳 등 일선에서 활약하는 인기 작가를 배출했고, 전후 발족한 추리소설 신인상 중에서 가장 오랜 역사를 자랑하며 추리 작가의 등용문으로 자리 잡았다. 수상작은 사회파나 역사추리 등 폭넓은 장르에서 선출되었기 때문에 넓은 의미에서는 본격소설로 분류할 수 있는 작품이 많았지만, 80년대 중반부터는 추리소설의 다각화에 영향을 받은 것인지 다양한 작품이 선발되고 있다. 1998년부터 『에도가와 란포상 전집江戶川乱歩賞全集』 문고판을 간행하기 시작했으며, 국내에도 3회 수상작인 니키 에쓰코의 『고양이는 알고 있다猫は知っていた』(2006)에서부터 비교적 최근작인 다카노 가즈아키高野和明의 『13계단13階段』(2005), 소네 게이스케曽根圭介의 『침저어沈底魚』(2013)

에 이르기까지 다수의 수상작들이 번역되었다.

▶ 채숙향

참고문헌: A, B, D, F.

에로틱 미스터리エロティック・ミステリ

『에로틱 미스터리』는 1960년 8월부터 1964년 5월까지 발간되었던 추리소설 전문지이다. 출판사는 보석사寶石社이고 『보석』의 앵콜 작품을 게재하는 『증간 보석』으로서 1952년 10월에 탄생했으며 총17집까지 간행되었다.

1958년 12월부터는 『별책 보석 에로틱 미스터리』로 총27집까지 간행된 후 월간으로 바뀌었다. 타이틀의 이미지와 다르게 편집 방침은 잡지 증간호 때부터 변함없이 야마다 후타로山田風太郎, 시마다 가즈오島田一男 등이 『보석』에 게재했던 작품의 재수록이 중심이었다. 1962년 6월부터 서브 타이틀 「여행과 추리소설」을 붙이면서 신작 추리소설과 기행 에세이가 중심이 된다. 다카하시 데쓰高橋鐵의 성性과학 기사를 게재하게 되고 잡지가 종간될 즈음에 이르러서야 비로소 타이틀에 걸맞는 내용으로 재편된다.

▶ 김환기

참고문헌: A, B.

에미 스이인江見水蔭, 1869.9.17~1934.11.3

본명은 에미 다다카쓰忠功. 오카야마현岡山県

출생으로 숙부의 권유로 군인에 뜻을 두었지만, 점차 문학에 관심을 가지게 되면서 스기우라 주고杉浦重剛의 쇼코주쿠称好塾에 들어가 이와야 사자나미巌谷小波, 오마치 게이게쓰大町桂月를 알게 된다. 1888년 겐유샤硯友社 동인이 된다. 그 시절의 유행을 쫓아서 붓을 드는 경향이 있었으며 처음에는 서정적인 단편을 다작하였고, 점차 구로이와 루이코黒岩涙香 등에게 자극을 받아서, 1890년 고향마을의 『산요신보山陽新報』에 「우카이부네鵜飼舟」라는 양이적인 인물에 의한 서양인 박해사건을 다룬 탐정소설을 발표하였다. 이후 잡지와 문고에 『다비에시旅画師』를 발표하고 본격적인 문필 활동을 시작했다. 1892년 고스이샤江水社를 일으켜 다야마 가타이田山花袋 등의 문인을 맞이한다. 낭만적으로 시작된 작풍도 이때부터 확장되어 각본도 쓰게 되고, 특히 예술가의 고뇌를 그린 작품을 많이 세상에 내놓았다. 또한 통속적인 작품도 쓰게 되어서 탐정소설 『아내 죽이기女房殺し』는 호평을 받았다. 이후 고고학 탐구로 관심을 옮겨 각지의 패총이나 유적을 발굴하여 출토품을 수거하는 취미가 생긴다. 그 조사 연구의 성과가 1907년 『지하 탐험기地底探検記』, 1909년 『탐험실기 지중의 비밀探検実記 地中の秘密』, 1917년 공상 모험소설 『고고소설 삼천년 전考古小説 三千年前』 등의 발간으로 이어진다. 한편 1927년 자전적 에세이 『자기중심 메이지 문단사自己中心明治文壇史』는

메이지 시대 문인의 삶의 모습을 극명하게 기록하고 탐정소설 동인들의 소식을 전해 주는 작품으로 문학사 자료로서도 소중한 작품이다.

▶ 박희영

참고문헌: A, 上田正昭外3人 『日本人名大辞典』 (講談社, 2001).

엔도 게이코遠藤桂子 1913~1984

본명은 엔도 쓰네히코遠藤恒彦. 잡지 『보석宝石』에서는 발간 3주년 기념으로 장편, 중편, 단편을 모집하고 장편 후보작 8편을 『별책 보석』의 8호와 9호에 게재하였다. 1950년 6월, 엔도 게이코의 「우즈시오渦潮」는 『별책 보석』에 게재되었고 연말 선고의 결과, 신인 장편 콩쿠르 1등에 입선된다. 「우즈시오」는 도호쿠東北 지방의 시골에서 일어난 은행 강도 살인사건을 소재로 하고 있는데, 그 내용을 보면 500만 엔의 현금을 빼앗기고 예금과장이 사살된다. 그리고 유괴된 지점장은 차에 탄 채로 낭떠러지로 떨어진다. 용의자가 체포되었지만 본인은 무죄를 주장한다. 지원에 나선 경시청의 기쿠치菊池 경부는 밀실, 알리바이, 지문 등의 절대적인 증거를 재검토하고 그 결과 새로운 용의자가 떠오르나 용의자가 다시 경부에 도전하면서 지적 다툼이 전개된다. 엔도 쓰네히코라는 필명에서 여성 작가라고 생각한 독자들에 대한 대응으로, 두 번째 작품부터는 후지 유키오藤雪夫로 이름을

바꾸어 이후 십 수 편을 발표하였다. 딸인 후지 게이코藤桂子와 합작한 「사자좌獅子座」, 「검은 수선黒水仙」등의 작품이 있다. 그 중 「사자좌」는 1984년 『주간문춘週間文春』 '걸작 미스터리 베스트 10'에서 5위에 당선된 바 있다.

▶ 송혜경

참고문헌: B, E.

엔도 다케후미遠藤武文, 1966~

소설가. 나가노현長野県 출생. 와세다대학早稲田大学 정치경제학부 졸업. 중학생 무렵 코난 도일, 엘러리 퀸 등의 추리소설에 빠져 한때 소설가가 되겠다는 꿈을 가졌으나 대학 진학 후에는 논픽션을 탐독하면서 '허구가 현실을 이길 수 없다'는 생각을 하게 된다. 대학을 졸업하고 후 광고회사, 출판사를 거쳐 보험회사에 근무하던 그는 2007년 TV드라마 『점과 선点と線』을 본 후 사건의 배경이 된 사회문제, 범인의 동기를 중시한 원작자 마쓰모토 세이초松本清張의 작품에 감명을 받고 그런 형태의 소설을 쓰고 싶다는 결심을 한다. 이전까지 여러 차례 시나리오 공모전에 응모한 경험이 있던 그는 '형무소 내의 살인사건'이라는 플롯으로 1년간 자료조사와 구성 끝에 생애 최초의 소설 『39조의 과실三十九条の過失』을 완성한다. 이 작품은 심사위원단으로부터 '란포상乱歩賞 사상 최고의 트릭', '최근 란포상 수상작 중 드문 본격추리소설'이라는 찬사를 받으며 2009년 〈에도가와란포상江戸川乱歩賞〉을 수상했으며 『프리즌 트릭プリズン・トリック』이라는 제목으로 출간되었다. 데뷔작 이래 주로 밀실 트릭을 이용한 작품을 주로 발표해 오고 있다.

▶ 박광규

참고문헌: 阿部英恵 「第55回江戸川乱歩賞受賞作は最後まで目が離せない本格推理小説 -『プリズン・トリック』」(『ダ・ヴィンチ』 2009年9月号, メディアファクトリー), 永瀬章人 「旬の人(50) 第55回江戸川乱歩賞を受賞-遠藤武文さん」(『読売新聞』, 2009年9月20日)

엔도 슈사쿠遠藤周作 1923.3.27~1996.9.29

소설가. 도쿄東京에서 태어났다. 게이오의숙대학慶應義塾大学 불문과 재학 중인 1947년 진자이 기요시神西清의 추천으로 에세이 「신과 신神々と神と」을 『사계四季』에 게재했다. 같은 해 『미타문학三田文学』에 가톨릭작가의 문제에 대한 에세이를 발표하여 동인이 되었다. 1955년에 발표한 「하얀 사람白い人」으로 제33회 〈아쿠타가와상芥川賞〉을 수상하였고 「바다와 독약海と毒薬」, 「침묵」 등 기독교 신앙을 중심으로 하는 서구 사상과 일본의 정신 풍토를 함께 생각하게 하는 문제작을 발표하였다.

추리소설에 있어서는 에도가와 란포江戸川乱歩의 의뢰를 받아 「그림자 없는 남자影なき男」(1957)를 『보석宝石』에 발표하였다. 또한 1966년 출판된 장편 『어둠이 부르는 목소리闇のよぶ声』(1966)는 「바다의 침묵海の沈黙」을 개제한 것이다.

그 내용을 보면, 이나가와 게이코稲川圭子라는 여성이 자신의 약혼자 문제로 K대 병원의 신경과 의사인 아이자와合沢를 방문한다. 게이코의 약혼자에게는 세 명의 사촌이 있는데, 모두 행복한 가정을 버리고 실종되었다. 게이코는 자신의 약혼자도 '네 번째의 실종자'가 되어 갑자기 사라져 버리는 것이 아닐까 하는 불안에 휩싸여 있다. 의사 아이자와는 이 실종사건에 흥미를 갖고 탐정역이 되어 『이바라키신문茨城新聞』 사회부의 후지무라藤村와 함께 사건을 조사하게 된다. 그 과정에서 전쟁에 얽힌 사건이 떠오르게 된다. 실종사건의 동기와 깊은 관련이 있는 전쟁 중에 일어났던 사건은 마지막에 지점에 이르러 명확하게 드러난다. 이러한 과정에서 범인의 광적인 집념과 깊은 원한을 보여주고 있다. 탐정역인 아이자와는 사건의 배후를 찾아낼 수는 있었지만 이 사건을 막을 수는 없었다. 범인의 생각대로 조종당하면서도 대처하지 못하는 탐정을 바라보면서 교활한 범인은 자신의 '악惡'의 정당성을 주장하는 것으로 이 이야기는 끝난다. 심리학설이나 심리요법의 설명이 많고 심리 탐정법을 활용한 의욕작이라 할 수 있지만, 발단의 수수께끼가 흥미로운 반면 범인이 고백하는 형식으로 사건이 설명되고 사건의 동기가 진부하다는 평가를 받았다.

▶ 송혜경

참고문헌: A, B, E, 『闇のよぶ声』(ぶんか社文庫, 1999.4).

엘러리 퀸 팬클럽Ellery Queen Fan Club : EQFC ☞
작가친목회 및 팬클럽

여행 미스터리トラベル・ミステリー

열차를 비롯하여 교통기관이 살인 장소가 되거나, 범인의 알리바이 공작에 이용되는 것과 주인공이 여행지에서 사건에 봉착해 해결하기 위하여 애쓰는 유형으로 나누어진다. 후자는 '여정 미스터리旅情ミステリー'로서 구별되기도 하고, 우치다 야스오內田康夫가 대표주자이다. 전자의 대표주자는 니시무라 교타로西村京太郎이다. 그는 기차나 관광지를 무대로 하는 여행 미스터리에 속하는 작품을 많이 발표하였고 이것이 TV드라마화 되었는데, 시리즈 캐릭터인 도쓰가와 경부十津川警部가 유명하다. 또한 1978년 『침대특급 살인사건寝台特急殺人事件』에서 이 용어가 사용되기 시작하면서 일본에서 여행 미스터리라는 장르가 태동하는 계기가 되었다. 이것이 베스트셀러가 되어 쓰무라 슈스케津村秀介, 구사카와 다카시草川隆 등이 같은 형태의 계보를 이어서 80년대 이후 커다란 붐을 맞이하였다. 무엇보다 독자들이 여행이나 출근할 때 읽기 편리하고 좋았던 것이 장점이었다. 여정 미스터리에서는 고타니 교스케木谷恭介가 왕성하게 활동

하고 있다. 또한 교토京都를 무대로 한 야마무라 미사山村美紗의 작품 「현지 미스터리当地ミステリー」도 같은 계열로 간주된다. 특히 니시무라 교타로의 작품은 한국에『종착역 살인사건終着駅殺人事件』(2013), 『러브호텔 살인사건北帰行殺人事件』(1983), 『침대특급살인사건』(1984) 등 많은 작품이 번역되어 소개되고 있다.

▶ 박희영

참고문헌: A, 上田正昭外3人『日本人名大辞典』(講談社, 2001).

역사 추리소설歷史推理小說 ☞ **역사 미스터리**
歷史ミステリー

역사 미스터리歷史ミステリー
역사상의 수수께끼에 현대의 탐정이 도전하는 형식의 추리소설이다. 내용이 한정되어 있는 만큼 장편을 지속해서 유지하는 것이 쉽지 않다. 사실에 입각한 수수께끼를 진지하게 다룬 작품도 존재하지만, 픽션으로서의 재미를 노린 기발한 답변이 준비된 작품이 대부분이다. 순수하게 역사상의 수수께끼만을 해결하는 내용을 담고 있는 것은 드물고, 대부분의 작품에서는 탐정 역할과 동시대의 범죄 사건의 해결을 함께 하고 있다. 일반적으로 〈에도가와란포상江戸川乱歩賞〉을 수상한 작가들이 역사 미스터리에 하나의 커다란 계보를 이루고 있다. 이자와 모토히코井沢元彦는 1980년 역사미스터리소설『사루마루겐시코猿丸幻視行』로 제26회 〈에도가와란포상〉을 수상하였다. 나카쓰 후미히코中津文彦는 기자로 재직하던 1982년 『황금모래黄金流砂』로 제28회 〈에도가와란포상〉을 수상한 후 퇴사하고 작가 활동에 전념한 역사추리소설 작가이기도 하다. 다카하시 가쓰히코高橋克彦는 1983년에『샤라쿠 살인사건写楽殺人事件』으로 제29회 〈에도가와란포상〉을 수상하며 데뷔하여 역사, 추리, 호러물 등 폭넓은 활약을 펼쳤다. 〈에도가와란포상〉 수상작가 이외에 구지라 도이치로鯨統一郎의 1998년 단편 연작『야마타이국은 어디입니까?邪馬台国はどこですか?』가 역사미스터리소설로 유명하다. 다카하시 가쓰히코의 작품은 한국에『붉은 기억緋い記憶』(2011), 『전생의 기억前世の記憶』(2011) 등으로 번역되어 출간되었다.

▶ 박희영

참고문헌: A, 森英俊編『世界ミステリ作家事典』(国書刊行会, 2003).

오가사와라 게이小笠原慧, 1960~
정신과의사. 소설가. 본명 오카다 다카시岡田尊司. 가가와현香川県 출생. 도쿄대학東京大学 철학과 중퇴, 교토대학京都大学 의학부를 거쳐 동대학원에서 의학박사 학위 취득하였으며 인격장애에 관한 임상심리학자로서 손꼽힌다. 의료소년원医療少年院에서의 임상체험을 다룬『슬픈 아이들悲しみの子どもたち』(2005), 미디어의 영향을 논한『뇌내

오염脳内汚染』(2005), 사회적 지성을 다룬 『사회뇌社会脳』(2007) 등의 저작이 있다.

소설가로서는 필명 오가사와라 아무小笠原 あむ로 응모한 1999년 『빅팀ヴィクティム』으로 〈요코미조세이시미스터리대상横溝正史ミステリ大賞〉 장려상을 수상했으며, 이듬해인 2000년, 『DZ』로 〈요코미조세이시미스터리 대상〉을 수상했다. 의학 분야를 저변으로 작품 속에서 엽기적인 살인을 주로 다루며, SF, 오컬트적인 요소를 내용에 가미하고 있다. 「손바닥의 나비手のひらの蝶」(2002)에서는 소년범죄를 테마로 삼았으며, 후속작인 『서바이벌 미션サバイバー・ミッション』(2004), 『타로의 미궁タロットの迷宮』(2009)은 근미래를 배경으로 고독한 여성 형사 아소 리쓰麻生利津와 인공지능(AI) 닥터 기시모토キシモト 콤비가 활약하는 의학 서스펜스 시리즈이다. 2007년에는 이전의 작품들과는 전혀 성격을 달리 하는 연애소설 『바람 소리가 들리지 않습니까風の音が聞こえませんか』를 발표하기도 했다.

2013년 오카다 클리닉岡田クリニック을 개원하는 등 신경정신과 전문의로서도 활발하게 활동하고 있다.

▶ 박광규

참고문헌: 小笠原慧, 「初の恋愛小説は、切なくも う美しい純愛物語ー『風の音が聞こえませんか』」 (『ダ・ヴィンチ』 2007年10月号, メディアファクト リー).

오가와 가쓰미小川勝己, 1965~

일본 나가사키현長崎県에서 태어났다. 규슈 상업대학九州商業大学 상학부商学部를 졸업했다. 2000년에 「장렬葬列」(가도카와 서점角川 書店)로 제20회 〈요코미조세이시미스터리 대상横溝正史ミステリー大賞〉을 수상하며 데뷔하였다.

「장렬」은 일상생활에 피로를 느낀 4명의 사람들, 즉 신체장애의 남편을 두고 러브호텔에서 일하는 아스미明日美, 아무리 해도 야쿠자처럼 되지 못하고 후배에게 바보 취급당하는 시로史郎, 다단계에 손을 대서 이혼에 직면하지만 아이들에게는 존경받고 싶어 하는 성형미녀 시노부しのぶ, 다른 사람과 잘 사귀지 못해서 무직으로 있는 나기사渚, 이 네 명이 각각의 이유를 가지고 큰돈을 손에 넣을 계획을 세운다. 힘이 넘치는 이야기가 빠른 속도감으로 전개된다. 「피안의 노예彼岸の奴隷」(2001)는 「장렬」에 이은 두 번째 작품으로 폭력이 난무하는 작품이다. 머리와 손목이 절단된 사체가 발견되고 사체의 신분이 열성적인 기독교 신자이면서 보호사였던 오코치 사토코大河内聰子로 판명되지만, 범인은 수사선상에 좀처럼 드러나지 않는다. 이 작품은 2001년 제 6회 웹 판 「이 미스터리가 대단하다!このミステリーがすごい!」에서 국내 편 6위에 랭크되었다.

데뷔 이후 일관되게 귀축소설鬼畜小説을 썼는데, 「현기증을 사랑하여 꿈을 꾸자眩暈を

愛して夢を見よ」(2001)에서 큰 변화를 일으킨다. 그 내용은, 대학 졸업 후 성인 비디오 회사에 취직한 스야마 유지須山隆治는 촬영현장에서 고교시절 도쿄의 대상이면서 현재는 성인물 여배우를 하고 있는 선배 가시와기 미나미柏木美南와 재회하게 된다. 그 후 회사가 도산하고 스야마는 아르바이트를 하면서 지내던 중, 미나미가 실종되었다는 사실을 듣고 그녀의 행방을 쫓게 된다. 조사가 진행됨에 따라 미나미의 비참한 과거가 밝혀지고 동시에 그녀의 과거와 관련된 인물들이 차례로 살해된다. 사이코 서스펜스 풍의 본격 작품이다.

2001년의 두 작품에 이어 2002년에는 「졸고 있는 베이비 키스まどろむベイビーキッス」, 「시오나다무라 사건撓田村事件」, 「우리들은 모두 닫고 있다ぼくらはみんな閉じている」 등의 작품을 발표하였다. 그 중 「시오나다무라 사건」은 도쿄로부터 오카야마현岡山県의 시골 중학교로 구와지마桑島가 전학 오는 것에서 이야기가 시작된다. 반에서도 인기가 있는 구와지마가 사체로 발견되고 시오나다무라에 전해져 내려오는 전승을 재현한 듯이 연속 살인이 이어진다. 한편, 「우리들은 모두 닫고 있다」는 잡지에 연재된 작품을 중심으로 9편의 작품을 수록한 그의 첫 번째 작품집이다.

광의의 범죄 소설인 『미스터리 매거진』에 연재된 것을 단행본으로 만든 「로맨티스트 제철 아닌 꽃ロマンティスト狂い咲き」(2005)과

요코미조 세이시橫溝正史가 낳은 명탐정 9명이 현대작가의 손에 의해 다시 태어난 「긴다이치 고스케에게 바치는 아홉 개의 광상곡金田一耕助に捧ぐ九つの狂想曲」, 2007년에 발표한 「이 손잡아この指とまれ」를 문고판으로 만든 「곤벤ゴンベン」 등의 작품이 있다.

폭력적이고 정신이상적인 느와르 작품으로 데뷔했지만, 귀축鬼畜으로 일그러진 등장인물이나 세계관으로 전개되는 추리소설, 기교적으로 만들어 낸 본격소설, 메타픽션을 이용한 실험적인 미스터리 등 다채로운 장르의 작품을 발표하였다. 오가와는 어렸을 때부터 탐독하여 자신의 인격형성에 지대한 영향을 준 작가로서 나가이 고永井豪를 꼽고 있으며, 오가와 스스로 '그의 영향력에서 일생 벗어날 수 없었고 그의 손바닥에서 놀고 있는지도 모른다는 것을 통감한다'고 진술하고 있다.

▶ 송혜경

참고문헌: H1~H4, H7, H12, H13.

오구리 무시타로小栗虫太郎, 1901.3.14~1946.2.10

소설가. 본명 에이지로栄次郎. 도쿄東京 출신. 소년시절부터 외국어와 영화, 문학에 지대한 관심을 갖고 공부했다. 부친의 유산으로 사해당인쇄소四海堂印刷所를 설립했지만 문학에 대한 탐닉으로 잘 되지 않았다. 오구리 무시타로라는 필명으로 발표한 첫 번째 작품은 고가 사부로甲賀三郎의 소개로 『신청년』에 게재한 단편 「완전범죄完全

犯罪」(1933)이다. 이국을 무대로 당시 일본 탐정소설에서 그다지 등장하지 않았던 밀실 트릭으로 독자들에게 신선한 충격을 주었다.

「후광 살인사건後光殺人事件」(1933), 「성 알렉세이사원의 참극聖アレキセイ寺院の惨劇」(1933), 「실락원살인사건失樂園殺人事件」(1934) 등의 작품은 모두 어둡고 빛이 들어오지 않은 별세계를 무대로 하여 특유의 오컬티즘이 기계적인 트릭과 비현실적 논리와 어울려 기괴한 매력을 만들어내고 있다. 특히 명탐정 노리미즈 린타로法水麟太郎가 활약하는 『흑사관 살인사건黑死館殺人事件』(1935)은 그런 요소의 집대성이라고 할 만한 역작으로, 그 소재의 특이성과 독특한 문체는 오구리로 하여금 일약 탐정문단의 총아로 만들었다. 후리야기降矢木가문의 성관인 흑사관에서 벌어진 살인사건을 소재로, 괴테의 「파우스트」에서 주제를 얻었다. 인간 사육이라는 악마적 실험을 그린 이 작품을 에도가와 란포江戸川乱歩가 '엽기탐이박물관獵奇耽異博物館'이라고 평했고, 아라 마사히토荒正人는 '지식의 음란한 즐거움知識の淫樂'이라고 규정했다. 이후 발표한 「흰 개미白蟻」(1935), 「20세기 가면20世紀鐵假面」(1936), 「마동자魔童子」(1936) 등에서는 점차 통속화하면서 동성애 등 에로·그로·넌센스적 경향이 보인다. 〈「인외마경人外魔境」시리즈〉는 작가의 팽대한 독서의 축적과 어학능력을 살린 새로운 SF모험소설로 큰 인기를 얻었다.

「꼬리 달린 사람有尾人」, 「대암흑大暗黑」 등 총 13화로 이루어져 『신청년』에서 1939년부터 1941년에 걸쳐 연재되었다. 이들 마경물은 초기의 본격물과는 다른 매력으로 독자들에게 어필할 수 있었다. 종전과 함께 '사회주의 탐정소설'이라고 명명한 장편 「악령惡靈」을 연재하고자 계획했지만 완성하지 못하고 1946년 세상을 떠났다. 한국어로는 『흑사관살인사건』(2011), 『세계추리소설걸작선2: 오필리어살해オフェリヤ殺し』(2013) 등이 번역되어 있다.

▶ 강원주

참고문헌: A, B, D, E, F, G.

오기와라 히로시荻原浩, 1956.6.30~

일본 사이타마현埼玉県에서 태어났다. 광고 제작 회사에서 카피라이터를 거쳐 1997년 「오로로 밭에서 붙잡혀서オロロ畑でつかまえて」로 제10회 〈소설스바루신인상小説すばる新人賞〉을 수상하면서 데뷔하였다. 이후 좀처럼 히트작품을 내지 못하다가, 2004년 연소성年少性 알츠하이머를 테마로 쓴 「내일의 기억明日の記憶」이 2005년 제2회 〈서점대상本屋大賞〉의 제2위에 랭크되었다. 그리고 1개월 후인 5월 제18회 〈야마모토슈고로상山本周五郎賞〉을 수상하였다. 이 작품은 배우 와타나베 겐渡辺謙 주연으로 2006년 영화화되었다.

2001년 추리소설 『소문噂』을 발표한다. 새로운 브랜드의 향수를 팔기 위해 시부야渋

354

谷에서 모니터 여고생이 스카우트 된다. 입소문을 이용하는 것이 목적이었다. '레인맨이 출몰해서 여자아이의 발목을 자른대, 근데 밀리엘을 바르면 당하지 않는대'라는 소문은 판매전략 대로 도시의 전설이 되고 향수는 대히트를 하게 되지만, 소문은 사실이 되어 발목 없는 소녀의 시체가 발견된다. 사이코 서스펜스물이다. 이 작품은 2001년 웹 판『이 미스터리가 대단하다!この ミステリーがすごい!』의 2회, 3회, 4회, 5회에서 각각 1위, 1위, 4위, 7위에 랭크되었다. 오기와라 히로시의 작품 중「벽장속의 치요」(2007),「하드보일드 에그」(2007),「타임슬립」(2008),「소문」(2009),「콜드게임: 나의 소중한 것을 빼앗은 너에게 너의 소중한 것을 빼앗으러 가마」(2011),「뿔났다」(2012)등은 한국어로 번역되어 출판되었다.

▶ 송혜경

참고문헌: H02, H04, 荻原浩『噂』(講談社 2001).

오노 후유미小野不由美, 1960.12.24~

소설가 본 성은 우치다內田이다. 오이타현大分県 출신이다. 오타니대학大谷大学 문학부를 졸업하였다. 1988년「생일 전날은 잠이 오지 않는다バースディ・イブは眠れない」에서 쥬브나일 작가로서 데뷔하였다.「저주받은 17세呪われた十七歳」(1990년, 이후 제목을 바꾸어「지나가는 열일곱의 봄過ぎる十七の春」)등 호러를 전문으로 하였다. 특히「악령이 가득悪霊がいっぱい」(1989)으로 시작하는〈악

령 시리즈〉는 호러로서의 재미를 취하면서 시리즈 전체에 복선을 깔아 넣은 미스터리적인 장치가 훌륭하다. 그 속편인「악몽이 사는 집悪夢の棲む家」(1994)은 유령집의 공포를 박진감 넘치는 필치로 그려내어 호러 팬들을 매혹시켰다. 한편 이세계異世界 판타지인〈12국기十二国記 시리즈〉도 큰 인기를 모았다.

성인 대상의 첫 작품인 장편『도쿄이문東京異聞』(1994)과 호러물인『시귀屍鬼』(1998) 등의 걸작이 있다. 또한「흑사의 섬黒祠の島」은 2002년 본격미스터리 대상 최종 후보에까지 올라갔으며, 2001년 웹 판『이 미스터리가 대단하다!このミステリーがすごい!』의 4회, 5회에서 각각 8위와 6위에 랭크되었다. 또한「잔예残穢」로 2013년 제26회〈야마모토슈고로상山本周五郎賞〉을 수상하였다.「잔예」의 내용을 보면, 작가인 '나'에게 프리라이터인 여성으로부터 괴담을 전하는 편지가 도착한다. 다다미방을 닦는 듯한 소리가 들여오고 있지도 않은 아기의 울음소리가 들린다는 것이다. 뭔가 마룻바닥을 기어 다니는 느낌이 들고 다른 방에서도 이상한 현상이 일어나면서 사람들이 살 수 없는 방이나 집이 근방에 있다는 것을 알게 된다. 호러 소설을 쓰는 회의론자인 '나'와 여성은 건물이 아닌 토지가 원인이라고 생각해서 과거를 거슬러 올라가 조사하게 되고 이때 토지를 둘러싼 의외의 진실이 드러난다. 작가 자신을 투영한 일인칭으로

355

서술되고 있는 르포 형식의 괴담물이다. 오기와라 히로시의 작품 중 「고스트 헌트 1: 구교사 괴담」(2011) 「고스트 헌트 3:소녀의 기도」(2012) 「시귀 1,2,3,4,5」(2012)는 한국어로 번역되어 출판되었다.

▶ 송혜경

참고문헌: A, H02, H04.

오누마 단小沼丹, 1918.9.9~1996.11.8

도쿄東京 출생, 와세다대학早稻田大學 문학부 졸업, 이후 1958년부터 와세다대학 문학부 교수를 역임하였다. 메이지 학원明治學院 재학 중인 1939년 『지토세가와 2리千曲川二里』를 처녀작으로서 발표한다. 1954년 「마을의 에트랑제村のエトランジェ」가 평가받고 다음해에는 「백공작白孔雀이 있는 호텔」로 〈아쿠타가와상芥川賞〉 후보가 되었다.

1957년 아리마 요리치카有馬頼義 등 추리소설을 좋아하는 문단 작가로 결성된 '그림자 모임影の会'에 참가하였고, 같은 시기부터 여교사인 니시 아즈마ニシアズマ를 탐정 역으로 한 추리연작을 『신부인新婦人』에 연재한다. 이를 모아 『검은 손수건黒いハンカチ』(1958)으로 출간하였다. 같은 해 「클레오파트라의 눈물」을 시작으로 1960년까지 미스터리풍의 유머 소설 5편을 발표하였다. 1969년 「회중시계」로 〈요미우리문학상読売文学賞〉을 수상하였고, 1974년에는 「찌르레기 일기椋鳥日記」로 〈히라바야시다이코문학상平林たい子文学賞〉을 수상하였다. 1989년 일본예술원 회원이 되었다.

▶ 송혜경

참고문헌: A, H04.

오니鬼

1950년 7월에 간행된 잡지이다. 전후 신인이었던 다카기 아키미쓰高木彬光, 야마다 후타로山田風太郎, 가야마 시게루香山滋, 시마다 가즈오島田一男, 미쓰하시 가즈오三橋一夫, 가즈미 슌고香住春作, 시마 규헤이島久平, 다케다 다케히코武田武彦와 평론가인 시라이시 기요시白石潔가 동인 모임으로 만든 오니클럽의 동인잡지이다. A5판 15페이지의 회보 같은 것이었는데, 에도가와 란포江戸川乱歩가 제목을 쓰고 화가인 나가타 리키永田力가 2색 인쇄의 표지를 담당하였다. 본격 탐정소설 옹호를 표방하였고, 1952년에는 동인수가 더욱 늘어났지만 잡지의 색채는 선명하지는 않았다. 탐정소설 연구라고는 하지만, 내용은 감상수필이 주를 이루었고 1952년 이후 창작 작품도 실리게 되었다. 1953년 9월 9호의 발간으로 폐간되었다.

▶ 송혜경

참고문헌: A, B, E, F, G.

오니쓰라 경부鬼貫警部

작품의 캐릭터로서 첫 등장은 1950년 아유카와 데쓰야鮎川哲也의 첫 장편이기도 한 『페트로프 사건ペトロフ事件』이다. 이 작품은 전전戦前의 만주국과 남만주 철도를 무대로 하고 있으며, 다롄大連 경찰서에 파견된 오니쓰라의 모습을 그리고 있다. 이 작품에서 나이는 35세 독신으로 등장하고, 다음에 등장하는 장편『검은 트렁크黒いトランク』이후에는 전후시대로戦後時代 설정이 되어, 오니쓰라鬼貫는 경시청 수사1과로 돌아온다. 이처럼 초기에는 경부보警部補 시절의 활약을 그린 단편이 2편 있다. 그가 등장하는 작품 대부분의 이야기가 오니쓰라의 범인에 대한 치밀한 수사를 통한 알리바이 부수기를 기본으로 하고 있지만, 그가 천성적으로 지닌 상상력과 연역적 추리에 의해 수사에 새로운 국면을 가져오는 경우도 적지 않다. 그는 작품에서 중후하고 강단 있는 모습의 신사로 그려지고 있는데, 이는 집념이 강한 오니쓰라의 단면을 잘 나타내주고 있다. 오니쓰라라는 성은 하이쿠 시인 우에시마 오니쓰라上島鬼貫에서 따온 것이며 이름은 불명이다. 음악과 러시아어 지식이 풍부하여, 이것이 때로는 수사에 활용되고 있지만, 음악은 작가 자신의 취미를 반영한 것이라 한다. 그가 등장하는 주요 작품으로 1959년『증오의 화석憎悪の化石』,『검은 백조黒い白鳥』, 1965년『죽음이 있는 풍경死のある風景』, 1976년『무신은 무엇을 보았는가戈神はなにを見たか』등이 있으며 이외에도 수십 편의 장, 단편에서 등장하여 활약하였다. 아유카와 데쓰야의 작품은 한국에『리라장사건りら荘事件』(2010)이 번역되어 있다.

▶ 박희영

참고문헌: A, I, 上田正昭外3人『日本人名大辞典』(講談社, 2001).

오니헤이鬼平, 1745~1795

본명은 하세가와 노부타메長谷川宣以이지만 집안을 상속받은 이후에는 하세가와 헤이조長谷川平蔵라 불린다. 에도시대江戸時代의 무사로 방화, 도둑을 잡는 관리를 역임했고, 전후를 대표하는 시대, 역사소설가인 이케나미 쇼타로池波正太郎의 소설『오니헤이 범죄록鬼平犯科帳』과 그것을 원작으로 하는 TV드라마의 주인공 오니헤이로서 일본의 시대 소설, 시대극 팬에게 잘 알려져 있는 인물이다. 젊은 시절에는 복잡한 집안 사정으로 인하여 계모와 사이가 좋지 않아서 방탕한 생활을 보낸다. 하지만 이러한 와중에도 무술훈련을 게을리하지 않았다고 한다. 이 어려웠던 시절의 경험이 인간에 대한 통찰력을 길러주었다. 아버지가 돌아가신 후 28살에 집안을 계승하고 42살에 방화, 도둑을 잡는 관리에 임명된다. 온화한 풍모와 잇토류一刀流의 검술이 뛰어났다. 젊은 시절의 경험에서 나오는 날카로운 추리력과 관찰력을 가지고 있는 인물로 평소에는 인정이 두터웠지만 악당들에 대해서는 용서 없이 준엄하게 다스려 '오니헤이'라 불리는 두려운 존재로 인식되었다. 하지만 범죄자라도 의협심이 강한 자에 대하여는 일정 부분 관대하고 자비로운 배려

357

를 보여주는 일면도 있었다.

▶ 박희영

참고문헌: A, 上田正昭外3人 『日本人名大辞典』
(講談社, 2001), 西尾忠久監修・毎日ムックア
ミューズ編 『鬼平を歩く』(光文社, 2002).

오루치니小流智尼 ☞ 이치조 에이코一条栄子

오리하라 이치折原一, 1951.11.16~

일본 사이타마현埼玉県에서 태어났다. 일본
추리작가협회의 본격미스터리작가클럽회
원이다. 와세다대학早稻田大学 문학부를 졸
업하고, JTB 출판국의 『여행旅』 편집부에
서 근무하였다. 1987년 회사를 그만두고
1988년 단편집 『다섯 개의 관五つの棺』을 도
쿄소겐샤東京創元社에서 간행하면서 작가활
동을 시작하였다. 같은 해 집필한 장편 추
리 소설 『도착의 론도倒錯のロンド』가 〈에도
가와란포상江戸川乱歩賞〉의 최종후보에까지
올라갔다. 1995년 하야가와쇼보早川書房에
서 간행한 소설 「침묵의 교실沈黙の教室」로
제 48회 〈일본추리작가협회상日本推理作家協
会賞〉을 수상하였다.
일본의 대표적인 서술트릭 작가로 집필한
작품의 대부분이 서술 트릭을 사용하고 있
다. 특히 『도착의 론도』는 〈에도가와란포
상〉의 응모 그 자체를 테마로 한 유례없는
작품으로 큰 화제를 몰고 왔다. 〈도착倒着
시리즈〉 3부작의 마지막편인 「도착의 귀결
倒錯の帰結」은 '주간문춘 미스터리 베스트 10'

의 2위에, 2001년 '이 미스터리가 대단하
다!'의 20위에, '본격미스터리 베스트 10'의
9위에 랭크되었다. 2001년 발표한 일본해
의 외딴섬에서 벌어지는 연속밀실 살인을
그린 「목매는 섬首吊り島」과 도쿄의 아파트
에 감금당해서 집필을 강요받는 작가의 이
야기를 그린 「감금자監禁者」는, 두 편의 작
품이 각각 앞에서부터 또 뒤에서부터 시작
하여 중간에서 끝나게 되어 있어 그 독특
한 편집과 구성이 유명하다.
같은 해 발표한 「침묵자沈黙者」는, 사이타
마현埼玉県에서 신년 교장이었던 노부부와
그의 장남 부부 네 명이 살해되고 열흘 후
다시 노부부가 변사체로 발견되면서 이야
기가 전개된다. 2001년 『주간문춘週刊文春』
의 미스터리 베스트 10에서 4위에 랭크되
었다. 「밀림전설-속임수의 숲으로樹海伝説
一騙しの森へ」(2002)와 「밀림전설-속임수의
숲으로鬼頭家の惨劇一忌まわしき森へ」(2003)는
〈밀림 시리즈〉이지만, 각각 한편으로서의
완결성을 가지고 있어 순서대로 읽을 필요
는 없다. 「귀두가의 참극-불길한 숲으로」
에서는 10년 전 밀림의 산장에서 사는 귀
두가의 가족이 차례로 살해되는 사건이 일
어난다. 그 진상을 밝히기 위해 몇 명이나
숲으로 발을 들여놓으나, 수수께끼는 풀리
지 않는다. 밀림의 깊은 안개 속, 혼미한
수수께끼, 복합적인 플롯이 흥미롭다.
2007년 3월에는 이론사理論社 〈미스터리YA
시리즈〉 제1탄으로서 「타임캡슐」이 출간

된다. 무대는 사이타마현埼玉県 북동부에 있는 마을로, 중학교 졸업식 때 묻어둔 타임캡슐을 둘러싸고 10년 후에 사건이 일어난다는 스토리이다. 중학교 3학년생과 현재(25세)의 이야기가 병행하며 전개되는 서스팬스물이다. 이 작품은 2012년 고단샤講談社 문고판으로 다시 출간되었다.

「도망자逃亡者」(2009, 문예춘추/ 2012 문춘문고)에서는, 도모타케 지에코友竹智恵子가 동료였던 여자로부터 교환 살인을 제안받고 일면식도 없는 그녀의 남편을 죽인 죄로 체포당하게 된다. 그러나 경찰의 실수를 틈 타 도주에 성공하고 성형수술로 얼굴을 변조하여 도주를 계속해 나간다. 2013년 장편『그랜드 맨션グランド・マンション』을 고분샤光文社에서 출간하였다. 단편으로서 부정기적으로 쓴 것을 모아 옴니버스 형식으로 만든 장편이다. 소음문제, 주거침입, 스토커 등 개성 강한 주민들이 사는 맨션의 각 방에서 일어나는 사건이 마지막에 정리되어 결말에 이른다. 걸작 미스터리 연작집이라 할 수 있다.

『잠들 수 없는 밤을 위하여』(1999), 『도착의 론도』(2008), 『타임캡슐』(2008), 『도착의 사각: 201호실의 여자』(2009), 『행방불명자』(2009), 『원죄자』(2010), 『실종자』(2010), 『도망자』(2010), 『침묵의 교실』(2010), 『이 인들의 저택』(2011), 『도착의 귀결』(2011) 등이 한국어로 번역되어 출판되었다.

▶ 송혜경

참고문헌: A, H1~H4, H08, H11~H13.

오바 다케토시大庭武年, 1904~1945

소설가, 시즈오카현静岡県 하마마쓰浜松에서 태어나서 소년시절을 보냈다. 중국 다롄 제일중학교大連第一中学校를 졸업한 후 와세다대학早稲田大学 문학부에서 공부하고 다시 다롄으로 돌아가 소설가를 지향하여 만철満鐵에서 근무하면서 글을 쓰기 시작하였다. 1930년 「13호실의 살인」이 『신청년』 10월호에 현상 당선되면서 추리작가로서 등장한다. 그 내용을 보면, 한 쌍의 남녀가 호텔방을 각각 따로 잡고 숙박했는데 여자는 사살되고 남자는 범인으로서 검거된다. 여자가 이중인격자였다는 점, 그리고 남자가 자백은 했지만 범행방법이 불분명하다는 점에서 명탐정이 등장한다. 살해된 것은 후천적으로 정신이상자가 된 여동생으로, 여자가 이 여동생을 이용하여 이중인격을 가장해서 남자를 유혹해 돈을 뜯으려는 과정에서 발생한 사건이라는 것이 밝혀진다. 같은 해 12월호에 「경마회 전야競馬会前夜」를 게재한다.

1933년에는 「좀도둑시장의 살인小盗児市場の殺人」을 발표했다. 「좀도둑시장의 살인」의 내용을 보면, 한 화가가 처를 살해했다는 비밀을 알고 있는 소매치기를 피해서 다롄大連으로 도망간다. 이 화가의 집에 소매치기가 다시 나타나서 협박하자, 화가는 좀도둑시장의 소굴로 그를 끌어 들여 살해한

359

다. 그러나 피해자가 훔친 물건으로 인하여 화가의 범죄가 폭로되고 만다. 『범죄실화』에 1932에 발표된 「목사복의 남자牧師服の男」에서는, 늙은 남작의 거실에 어느 날 밤 목사가 방문하는데, 목사는 교회의 오래된 문서에 남작의 매형이 자신의 사후 보석 수십 개를 교회에 기부하겠다는 약속이 적혀져 있으나, 약속이 지켜지지 않았다고 하여 보석의 양도를 요구한다. 보석의 반을 가져간 직후 남작은 피스톨로 자살한다. 이후 다롄의 D경찰서의 경부에 의해 사건이 해결된다.

1936년에 「포플러장의 사건ポプラ荘の事件」을 발표한 이후 더 이상 탐정소설을 쓰지 않고 다른 장르의 작품세계로 이행하였다. 오바 다케토시의 작품은 오랜 세월 동안 생명력을 잃지 않아서, 론소사論創社에서 출간된 『오바 다케토시 탐정소설선大庭武年探偵小説選』은 2008년 '이 미스터리가 대단하다!' 에도 60위 안에 랭크되었다.

▶ 송혜경

참고문헌: A, B, E, F, G, H9.

오사와 아리마사大沢有昌, 1956-

나고야名古屋에서 태어났다. 1979년 『감상의 길목感傷の街角』으로 제1회 〈소설추리신인상〉을 수상하면서 데뷔하였다. 그러나 처음에는 전혀 팔리지 않는 작가로 11년간 발간한 28책이 모두 초판으로 끝났다. 1988년 발표한 「여왕각하의 아르바이트 탐정女王陛下のアルバイト探偵」이 〈이 미스터리가 대단하다!〉에서 15위에 랭크되었고, 1990년 「악인 해안 탐정국悪人海岸探偵局」이 처음으로 증쇄되었다. 같은 해 「신주쿠 상어新宿鮫」를 발표하는데, 간행 직후부터 큰 반향을 일으켜 〈이 미스터리가 대단하다!〉에서 1위에 랭크되면서 베스트셀러가 되었다. 이 작품으로 제44회 〈일본추리작가협회상日本推理作家協会賞〉, 제12회 〈요시카와에이지문학신인상吉川英治文学新人賞〉을 모두 수상했다. 그 후에도 중심선인 〈신주쿠 상어 시리즈〉를 필두로 많은 하드보일드, 모험소설을 발표하여 높은 평가를 받으면서 유행 작가가 되었다.

2001년 간행된 「어둠의 안내인闇先案内人」은 2002년 〈이 미스터리가 대단하다!〉에 6위로 랭크되고 제20회 일본모험소설협회 국내부문 대상을 수상한다. 「마음은 너무 무거워心では重すぎる」(2000)는 2002년 〈이 미스터리가 대단하다!〉에 17위로 랭크되고, 제19회 일본모험소설협회 국내부문 대상을 수상한다. 그 내용을 보면, 사립 탐정업을 재개한 사쿠마佐久間는 어떤 만화가의 수색에 대한 의뢰를 받는다. 10년 이상 소년지에서 인기를 구가했지만, 돌연 연재를 취소하고 세상에서 사라져버린 인물이다. 한편 약물 의존자를 위한 갱생시설에 입소 중인 소년이, 과거 정신적인 지배를 받아온 소녀로부터의 영향에서 벗어나지 못하고 불안정한 정신 상태에 있는 것을 발견한다. 사쿠마는 이 소녀의 행방을 쫓는데, 이 두 개의 길이 합류하는 것을 알게 된다. 작가는 사쿠마를 젊은이의 거리인 시부야渋谷로 내보내 약물, 신흥종교 등에 빠지는 젊은이의 생태를 직시하면서 현대의 젊은이 상을 파악하는데 고투하고 있다. 사색적인 하드보일드 대작이다. 「모래의 사냥꾼砂の狩人」은 「북쪽 사냥꾼北の狩人」에 이은 〈사냥꾼 시리즈〉의 제2탄으로, 2003년 〈이 미스터리가 대단하다!〉에서 4위에 랭크된다. 눈에 띄는 캐릭터, 예측할 수 없는 스토리, 작품 전체를 관통하는 빈틈없는 안정된 플롯 등 하드액션의 걸작이다.

또한 2003년 미스터리 작품을 모두 모아 놓은 곳으로 정평이 높은 도키와쇼보ときわ書房의 매상 실적으로 본 올해의 베스트 10에 「천사의 손톱天使の爪」이 6위에 랭크되고 있다. 2006년 〈이 미스터리가 대단하다!〉에는 「오카미바나 신주쿠 상어Ⅸ狼花 新宿鮫Ⅸ」가 4위에 랭크된다. 마약 거래가 문제의 원인이 되어 나이지리아인 사이에 상하이 사건이 발생하고, 이를 계기로 사메지마鮫島는 거대한 장물을 매매하는 암시장의 존재를 확신하게 되면서 이야기가 전개된다. 마지막 〈신주쿠 상어 시리즈〉 발간 후 5년 만에 나온 작품으로 범죄사회에 조직에 먹혀들어가는 사메지마의 상황을 그리고 있다. 「검은 사냥꾼黒の狩人」, 「깊은 죄의 해변罪深き海辺」, 「검은 방ブラックチェンバー」 등이 각각 2009년, 2010년, 2011년의 〈이 미스터리가 대단하다!〉에서 50위 안에 랭크되고 있다. 「반회랑 신주쿠 상어Ⅹ絆回廊 新宿鮫Ⅹ」(2011) 「사메지마의 얼굴鮫島の貌」(2012) 등 다시 〈신주쿠 상어 시리즈〉가 발표되는데, 「반회랑 신주쿠 상어Ⅹ」에서 사메지마는 경관을 살해하고자 권총을 입수하려는 남자가 신주쿠를 배회하고 있다는 정보를 입수한다. 남자의 정체를 파악하기 위해서 은퇴한 폭력단의 우두머리에게 접근하는데 그 직후 우두머리는 살해된다. 사메지마는 경찰이 파악하고 있지 못한 폭력조직을 알아내지만 연인이면서 록 가수인 아키라晶의 주위에서 각성제 의혹이 부상하고 만다. 경관의 살해를 주도한 남자, 흉악한 신흥폭력조직, 그리고 연인을 둘러싼 의혹, 공사를 넘나드는 난제가 사메지마에게 닥치게 된다. 이 작품은 2012년 〈이 미스터리가 대단하다〉에서 4위에 랭크되었다. 9명의 추리소설가의 단편을 모은 『노란 흡혈귀』(2008), 『신주쿠 상어』(2009), 『왕녀를 위한 아르바이트 탐정』(2011), 『50층에서 기다려라』(2012) 등의 작품이 한국어로 번역 출판되었다. 오사와는 2006년부터 2009년 5월까지 일본추리작가협회 이사장을 역임한 바 있다.

▶ 송혜경

참고문헌: H1~H6, H8~H13.

오사카 게이키치大阪圭吉, 1912.3.20~1945.7.2

아이치현愛知県 출신. 본명은 스즈키 후쿠

타로鈴木福太郎. 1932년 고가 사부로甲賀三郎의 추천으로 「백화점의 교수형 집행인 デパートの絞刑吏」을 『신청년新青年』의 10월호에 발표하면서 작가로 데뷔하였다. 「미친 기관차氣狂い機関車」(1934), 「석총유령石塚幽霊」(1935) 등의 작품에서, 수수께끼를 풀어나가는 데에 있어 유머와 페이소스를 잘 조화시킨 감각적인 글을 써서 영국의 탐정소설가인 코난 도일Arthur Conan Doyle의 정통을 이어받는 본격 단편작가로서 인정받았다. 특색 있는 작가로 평가받으며 1935년에는 춘추사春秋社에서 간행한 『일본 탐정소설 걸작집』에 작품이 수록되었다. 또 다음해인 1936년에는 『죽음의 쾌주선死の快走船』이 간행되었는데, 그 서문에서 에도가와 란포는 '순수 탐정소설에 착목하여 정진해 나간다는 의미에서 오히려 특이한 작가라 할 만하고, 진정한 의미에서 논리탐정소설을 취하고 있다는 점에서 선배작가 중에서도 유례가 없을 정도'라는 높은 평가를 하면서도, 작품이 코난 도일의 정통파에서 벗어나지 못했다는 점, 단편이 많아 수수께끼를 제시하는데서 해결까지가 너무 짧다는 점, 독자가 즐길 수 있는 서스펜스가 부족하다는 점 등을 문제로 지적하고 있다. 1936년 7월부터 12월까지 『신청년』에 발표한 연속 단편은, 불가사의한 발단과 의외의 결론을 도입하여 새로운 시도를 선보이고 있다. 특히 「세 광인三狂人」과 밀실취향의 「긴자 유령銀座幽霊」은 유머가 넘치는 작품인데, 「세 광인」은 M 시市의 언덕 위에 세워진 마쓰자와松沢 정신병원을 배경으로 불과 세 명뿐인 입원환자와 이 환자들의 병원 탈주, 병원 원장의 사체를 통해 수수께끼를 제시하고 있다. 병원의 경영난을 둘러싸고 벌어진 일로써 수수께끼는 해결되고 있다. 한편 유머 감각이 풍부한 「중매인 명탐정なかうど名探偵」(1934), 「사람 먹는 목욕탕人喰い風呂」(1934)이 있다. 중일전쟁이 발발하자 급격하게 전시체제가 강화되는 가운데 탐정소설의 발표는 점차 어려워졌다. 때문에 동시대의 많은 탐정소설작가와 마찬가지로 오사카는 유머소설, 풍속소설, 시국에 편승한 통속 스파이 소설을 많이 썼다. 전시 중에는 일본문학보국회 회계과장으로 일하다 1945년 필리핀의 루손섬에서 병사했다. 전후 오사카의 본격 단편은 높은 평가를 받아 탐정소설 선집에 작품이 수록되는 경우가 많았고, 1990년대 이후에는 작품이 본격적으로 재평가되면서 개인 작품집이 발간되었다.

▶ 송혜경

참고문헌: A, B, D, E, F.

오사카 고逢坂剛, 1943.11.1~

도쿄東京 출생. 일본의 소설가, 추리작가. 본명은 나카 히로마사中浩正. 가이세이중학교開成中学校와 고등학교를 거쳐 주오대학中央大学 법학부 법률학과를 졸업하였다. 고등학교 시절 독학으로 배운 클래식기타의 플라밍고 음악에 심취하여 본고장인 스페인을 여행하게 되고, 이를 계기로 작가가 된 이후에는 작품 속의 배경으로서 스페인을 자주 등장시켰다.

1980년 이후 「암살자 그라나다에서 죽다暗殺者グラナダに死す」로 제목을 바꾼 「도살자여 그라나다에서 죽어屠殺者よグラナダに死ね」로 작가로서 데뷔하였다. 이 작품으로 제 19회 〈올요미모노추리소설신인상オール読物推理小説新人賞〉을 수상하였다. 2001년 〈이 미스터리가 대단하다!〉에서 「독수리의 밤禿鷹の夜」이 3위에 랭크되었다. 이어서 「무방비 도시 – 無防備都市 – 독수리의 밤Ⅱ禿鷹の夜Ⅱ」(2002) 「은탄의 숲銀弾の森 – 독수리Ⅲ禿鷹Ⅲ」(2003), 「독수리사냥禿鷹狩り – 독수리Ⅳ禿鷹Ⅳ」(2006) 「흉탄兇弾 – 독수리Ⅴ禿鷹Ⅴ」 등 악덕 경관警官을 그린 일련의 〈독수리 시리즈〉를 발표하였다. 2002년에는 「파트너를 조심해相棒に気をつけろ」로 〈이 미스터리가 대단하다!〉의 10위에 랭크되었다. 이어 「파트너에 손대지 마相棒に手を出すな」(2007) 등 〈파트너 시리즈〉를 발표하였다.

「이베리아의 뇌명イベリアの雷鳴」(1999), 「머나먼 조국遠ざかる祖国」(2001), 「불타는 신기루燃える蜃氣樓」(2004), 「어두운 국경선暗い国境線」(2005), 「폐쇄된 해협鎖された海峽」(2008), 「암살자의 숲暗殺者の森」(2010)은 〈이베리아Iberia 시리즈〉로서 발표된 작품들로 그 중 「불타는 신기루」는 스페인에서 전개된 각국 간의 첩보전을 그리고 있다. 「카디스의 붉은별カディスの赤い星」(1986)로 제96회 〈나오키상直木賞〉을, 제5회 〈일본모험소설협회대상日本冒險小說協会大賞〉을, 제40회 〈일본추리작가협회상日本推理作家協会賞〉을 수상하였다. 그의 작품은 다수 TV드라마로 만들어졌고 『방황하는 뇌수さまよえる脳髄』는 1993년에 영화화되었으며, 『도회의 야수都会の野獣』는 「나이트 피플」(2013)이라는 제목으로 영화화되었다.

▶ 송혜경

참고문헌: H2~H4, H6~H7.

오사키 고즈에大崎梢, ?~

소설가. 도쿄東京 출생. 어린 시절 오빠들이 사온 『보물섬』, 『로빈슨 크루소』, 『15소년 표류기』 등의 모험소설을 읽었으며, 중학생이 되어서는 요코미조 세이시横溝正史의 『악마의 공놀이 노래悪魔の手毬唄』 등을 읽으며 추리소설에 빠져들었다. 대학 졸업 후 22세에 결혼해 남편이 삿포로에 전근가게 되어 6년간 머무르며 미야베 미유키宮部みゆき, 기타무라 가오루北村薫 등의 작품을 즐겨 읽었다. 도쿄로 돌아와 서점에 취직해 만화 부문을 담당했으며, 인터넷의 소설 창작 포럼을 보면서 습작을 시작했다. 공모전에 응모에 대해서는 의식하지 않은 채 어린이 대상의 작품을 써 오다가, 오랜 서점 근무 경력을 살린 연작단편집 『명탐정 홈즈 결配達あかずきん』(2006)을 도쿄소겐샤東京創元社에서 출간하며 작가로 등단한다. 이 시리즈는 대부분 서점을 무대로 한 일상의 수수께끼를 다루어서 '본격서점미스터리本格書店ミステリ'라는 별명으로도 불린다. 이외에도 출판사 영업사원 〈이쓰지 도모키井辻智紀 시리즈〉, 〈천재탐정 SEN 시리즈〉를 비롯한 작품을 왕성하게 발표해 오고 있다. 『명탐정 홈즈걸 1: 명탐정 홈즈걸의 책장』, 『명탐정 홈즈걸 2: 출장편晩夏に捧ぐ-成風堂書店事件メモ(出張編)』(2006), 『명탐정 홈즈걸 3: 사인회 편サイン会はいかが?-成風堂書店事件メモ』(2007)과 『한쪽 귀 토끼片耳うさぎ』(2007) 등이 번역되었다.

▶ 박광규

참고문헌: WEB本の雑誌(編) 『作家の読書道 3』(本の雑誌社, 2010), 阿部英恵「災難メガ盛り！体育会系女子 x 因縁ミステリ『キミは知らない』大崎梢」 (『ダ・ヴィンチ』, メディアファクトリー, 2011).

오시카와 슌로押川春浪, 1876.3.21~1914.11.16

SF작가. 모험소설가. 본명은 마사아리方存이다. 1895년 도쿄전문대학東京専門大学(현 와세다대학早稲田大学)에 입학하여 1901년에 졸업하였다. 재학 중인 1895년에 『해저 군함海底軍艦』을 완성하여 이와야 사자나미巖谷小波에게 보이고 사자나미에게 격찬을 받게 된다. 이 책은 1900년에 단행본으로 간행되어 슌로春浪라는 이름을 세상에 알리게 되는 계기가 된다. 일본이 청일전쟁에서 승리한 후, 러시아의 동점東漸을 주시하며 국민들의 사기를 진작시키는 시절이었기 때문에, 이 작품은 전국의 열혈청소년들에게 커다란 반향을 일으켰고, 속편을 요구하는 목소리가 높아져 갔다. 이에 1902년 『무협일본武侠の日本』과 1904년 『무협함대武侠艦隊』 등의 후속 작품이 연이어 발표되었다. 이처럼 무협정신을 고취시키는 다수의 모험소설을 집필하여 '모험소설'이라는 장르 정착에 선구적 역할을 하였다. 1908년에는 잡지 『모험세계冒険世界』의 주필이 되어 매호마다 모험담, 탐험담을 집필하였고, 1912년에는 『무협세계武侠世界』를 창간하는 등 후진 양성에 힘썼다. 하지만 이후 자식과 부모님을 잃은 후에는 과도한 음주에 빠지기도 하였고, 실의의 날들을 보내면서 이후 그의 문장은 전과 다른 성향으로 바뀌어 국가사회에 대한 비판정신을 담은 글들을 쓰기도 하였다는 점이 눈길을 끈다.

▶ 박희영

참고문헌: A, 上田正昭外3人 『日本人名大辞典』(講談社, 2001), 横田順彌・会津信吾 『快男児 押川春浪 - 日本SFの祖』(徳間書店, 1991).

오시타 우다루大下宇陀児, 1896.11.15~1966.8.11

소설가. 나가노현長野県 출생. 본명은 기노시타 다쓰오木下龍夫. 오시타 우다루는 규슈제국대학九州帝国大学 공학부 출신으로 졸업 후 농상무성農商務省 임시질소연구소에 취직했다. 이 연구소 선배인 고가 사부로甲賀

三郎가 신진 탐정작가로서 활약을 시작한 것에 자극을 받아 1925년 『신청년新青年』에 「금박의 담배金口の巻煙草」를 발표한 것을 시작으로 잇따라 여러 잡지에 유연한 필치로 많은 작품을 기고하며 작가로서의 지위를 얻는다. 1929년에 전업 작가가 되었고, 범죄 심리의 생생한 묘사에 탁월하여 괴기환상소설에도 뚜렷한 발자취를 남겼다. 1929년 『주간 아사히週刊朝日』에 연재된 통속 본격장편 「히루가와 박사蛭川博士」가 일인이역이라는 구성으로 호평을 얻으며 인기작가 대열에 오르고, 이후 장편작가로서의 필력을 인정받아 오락잡지에 종종 기용되었다.

오시타는 불행한 곡예사의 기괴한 복수를 다룬 「민달팽이 기담蛞蝓奇譚」(1929), 선구적인 콘 게임 소설confidence game, 사기범죄 관련로 일컬어지는 「금색 맥金色の獏」(1929), 기묘한 살인방법과 그것이 발각되는 과정의 재미를 다룬 「손톱爪」(1929), 우정과 사랑 사이에서 괴로워하는 남자의 비극을 주제로 한 「정옥情獄」(1930) 등을 발표한다. 그의 작품들은 오시타 스스로가 로맨틱 리얼리즘이라고 칭하듯 초기 장편을 빼면 중편 「낙인烙印」(1935)으로 대표되는 것처럼 수수께끼를 풀어가는 재미보다는 범행동기와 심리분석을 중시하는 범죄소설 경향이 강하다. 「연鳶」(1936)과 「악녀悪女」(1937)가 걸작으로 좋은 평가를 받는데, 특히 「연」은 어머니와 아들의 애증의 비극적 결말을

아들의 눈으로 그린 작품으로 일본적 설정과 감각이 잘 드러나 에도가와 란포江戸川乱歩에게 '정조파精操派'라고 일컬어지는 계기가 되었다. 또한 장편 『철의 혀鉄の舌』(1937)는 추리소설로서 수수께끼를 풀어가는 과정은 약하지만 주인공 일가의 성격을 극명히 묘사하여 로맨틱 리얼리즘을 잘 드러낸 작품이다.

전후에 오시타는 장편소설 쪽에 강점을 보이며 탐정잡지 『록LOCK』에 발표한 「이상한 엄마不思議な母」(1947)나 『위험한 자매危険なる姉妹』(1948)와 같이 대상을 명확히 포착하여 매우 왜곡시키는 묘사에 의한 역작들을 발표했다. 그 중 전후의 세태와 정치가의 오직사건을 다룬 뛰어난 풍속추리 『돌 아래의 기록石の下の記録』(1951)으로 제4회 〈탐정작가클럽상探偵作家クラブ賞〉을 수상하고, 같은 해 탐정작가클럽 제2대 회장에 취임하였다. 오시타는 사회속의 인간 심리와 행동을 해부하여 리얼리즘 추리소설을 확립하였는데, 아버지를 살해한 범인을 오해하여 비극을 맞는 여성을 그린 원숙한 수작 『허상虚像』(1956)은 그의 환갑 축하연과 함께 출판되었다.

추리소설 이외에도 괴기 환상소설, SF계열에 속하는 「홍좌의 천연두紅座の疱瘡」(1931), 「마법거리魔法街」(1932), 「하스박사의 연구巴須博士の研究」(1958) 등의 작품들이 주목을 받았다. 오시타는 전후 사회파 탄생이나 SF의 느낌을 주는 전환기의 작가라 할 수

있으며, 호시 신이치星新一를 발굴하여 세상에 소개한 공로도 있다. 평생 마작麻雀과 은어 낚시를 즐긴 것으로 유명하며, 에도가와 란포나 고가 사부로에 비해 농후한 추리성보다는 인간 드라마를 지향한 것에 그의 특징적 탐정소설관이 보인다. 오시타는 1966년 심근경색으로 타계했는데, SF장편 『일본유적ニッポン遺跡』과 수필집 『낚시, 꽃, 맛釣・花・味』이 사후 1967년에 간행되었다. 『오시타 걸작전집大下傑作全集』 7권은 춘추사春秋社에서 1938년부터 1939년에 걸쳐 간행된 바 있다.

▶ 엄인경

참고문헌: A, B, C, D, E, F, G.

오쓰보 스나오大坪砂男, 1904.2.1~1965.1.12

도쿄東京 출생. 일본의 탐정소설가. 본명은 와다 로쿠로和田六郎, 1951년 오쓰보 사오大坪沙男로 개명. 일본에서 광물학의 선구자이자 도쿄대학 교수이면서 귀족원의원인 와다 쓰나시로和田維四郎의 여섯 번째 아들로 태어났다. 도쿄약학전문학교東京薬学専門学校(현재 도쿄 약과대학)를 졸업한 후 경시청 감식과에서 8년간 일했다. 재직 중 상사 부인과의 연애사건이 원인이 되어 퇴직하였다. 이후 효고현兵庫県에 거주하고 있던 다니자키 준이치로谷崎潤一郎를 찾아가 서생書生이 되었고 전후에는 사토 하루오佐藤春夫의 사사를 받았다.

사토 하루오의 추천으로 한 편집광이 사사로운 이유로 살인을 저지르기까지의 과정을 비약적으로 나간 「덴구天狗」를 『보석宝石』에 발표했다. 발표된 소설은 호평을 받았고 작가 자신이 「덴구」에 대해 '추리소설에 있어서 새로운 형식을 시도한 담백한 묘사풍의 우화'라고 평하고 있으나, 작품은 살인의 동기, 트릭의 설명, 살인종료의 세 장치만이 서술되어 있는, 지극히 '담백'하게 묘사된 것이었다. 「덴구」에서, 주인공은 고원高原의 피서지에서 설사 때문에 급하게 화장실 문을 연 순간 한 여성과 마주하게 된다. 해명하려 했으나 교만한 여성은 이를 받아들이려 하지 않는다. 여성에게 모멸감을 느낀 주인공은 광적인 집착으로 여성을 복수하고자 계획을 세우면서 이야기는 전개된다. 고풍스럽고 긴밀한 문체를 선택하여 교만한 여성에 대한 특별한 복수를 그리고 있다.

1949년 무법자의 가혹한 세계를 그린 「사형私刑」을 저술하여 1950년 현재의 〈일본추리작가협회상日本推理作家協会賞〉인 〈탐정작가클럽상探偵作家クラブ賞〉을 수상하였고 이 작품은 영화화되었다. 가야마 시게루香山滋, 시마다 가즈오島田一男, 다카기 아키미쓰高木彬光, 야마다 후타로山田風太郎와 함께 에도가와 란포江戸川乱歩로부터 '전후파 오인남戦後派五人男'이라고 불렸다. 오쓰보의 작품은 2013년 도쿄소겐샤東京創元社에서 『오쓰보 스나오 전집大坪砂男全集1,2,3,4』으로 출판되었다.

▶ 송혜경

참고문헌: A, B, E, F, G.

오쓰이치乙一, 1978.10.21~

후쿠오카현福岡県 출신. 본명은 아다치 히로타카安達寛高, 일본추리작가협회회원, 본격미스터리작가클럽 회원이다. 야마시로 아사코山白朝子와 나카타 에이이치中田永一라는 별명으로 활동하기도 한다. 1996년「여름과 불꽃과 나의 사체夏と花火と私の死体」라는 작품으로 17의 나이에 제6회〈점프소설〉논픽션 대상을 수상하면서 작가로서 데뷔하였다. 이후 학업을 병행하면서『더 스니커ザ·スニーカー』등의 라이트소설 잡지에 작품을 발표하였다. 2002년 출판된『GOTH 리스트컷 사건GOTH リストカット事件』은 2003년『이 미스터리가 대단하다!』에 2위에 랭크되었고 이 작품으로 제3회〈본격미스터리대상本格ミステリ大賞〉을 수상하였다. 기타무라 가오루北村薫는 이 작품에 대해 '오쓰이치의 개성과 본격 수법의 결합이 매우 신선하고 또한 충격적'이라고 평하고 있다.「GOTH 밤의 장GOTH 夜の章」(2005)과「GOTH 나의 장GOTH 僕の章」(2005)을 연이어 출간하였다.

『ZOO』(2003),『ZOO1』(2006)『ZOO2』(2006)이 출판되는데, 그중『ZOO』에 수록된 작품 중「가자리와 요코カザリとヨーコ」,「세븐룸즈SEVEN ROOMS」,「소 파SO-far」,「양지의 시陽だまりの詩」,「주ZOO」의 5작품이 영화화되었다. 2006년에는「어두운 곳에서 만남」이 2007년에는「너에게만 들려」가 극장에 공개되었다.「총과 초콜릿銃とチョコレート」은 2007년『이 미스터리가 대단하다!』의 5위에 랭크되었다.「총과 초콜릿」은 부호의 저택에서 보석과 금화가 도난당하는 사건이 계속해서 발생한다. 현장에는 괴도 'GODIVA'라는 글자의 카드만이 남겨져 있다. 사건을 풀기위해 명탐정 로이즈가 등장하고 로이즈를 도교하는 소년 리츠가 괴도의 비밀에 접근할 수 있는 고지도를 입수하게 되면서 로이즈와 함께 사건의 해결에 나선다.

「너밖에 들리지 않아きみにしか聞こえない」(2004),「미처 죽지 못한 파랑死にぞこないの青」(2008),「암흑동화: 검은 눈동자에 비친 마지막 풍경暗黒童話」(2008),「GOTH 리스트컷 사건」(2008),「베일VEIL 天帝妖狐」(2009),「실종 홀리데이失踪HOLIDAY」(2009),「소생이야기小生物語」(2010),「총과 초콜릿」(2011)의 작품은 한국어로 번역되어 출판되었다.

▶ 송혜경

참고문헌: H2~H5, H7.

오야마 다다시小山正, 1963~

도쿄東京 출생. 게이오의숙대학慶応義塾大学 졸업. 일본TV국의 프로듀서로서 미스터리 및 미스터리 영화 평론가로 활동하고 있다. 대학시절 추리소설동호회에 소속되어 있었고 부인은 미스터리 작가인 와카타케

나나미若竹七海이다. '바카미스ばカミス' 개념을 제시한 것으로 알려져 있다. '바카미스'란 독자가 깜짝 놀랄 미스터리를 말한다. 즉 통념으로부터 일탈을 시도한 작품, 숭고한 파괴정신이 넘치는 작품, 터부 없는 미스터리 작품을 가리킨다. 만일 작가가 '나의 작품은 바카미스가 아니다'라고 하더라도 독자가 '바라미스'라고 여기면 그 작품은 바카미스로, 독자의 시각과 판단을 중심으로 한 개념이다.

오야마는 「바카미스의 세계ㅂヵﾐ스の世界— 역사상 공전의 미스터리가이드史上空前のミステリガイド」라는 책을 출간하였다. 오야마는 이 책을 통하여 기상천외한 호러물이나 웃음의 심연을 추구한 고도의 패러디, 인류의 어둠의 이면을 그린 광기의 범죄드라마 모두를 훌륭한 '바카미스'로 정의하고 있다. 그 외에 「월경하는 본격미스터리越境する本格ミステリ」(2003), 「미스터리영화의 대해속에서ミステリ映画の大海の中で」(2012) 등의 저서가 있다.

▶ 송혜경

참고문헌: H3~H5, 「ㅂカミスの世界—史上空前のミステリガイド」(비에스비, 2001).

오야부 하루히코大藪春彦, 1935.2.22~1996.2.26
일본의 소설가. 조선 경성 출생. 와세다대학早稲田大学 교육부 영문과 중퇴. 1935년 경성에서 태어나 1941년 신의주로 이전하여 초등학교에 입학했다. 패전 후 조선에 남

겨졌다가 1946년 귀환되기까지의 과정에서 겪었던 가혹한 체험이 이후 오야부의 창작활동에 큰 영향을 끼쳤다.

1956년 와세다대학 교육학부 영문과에 입학, 이 시기 미국 미스터리 소설을 접하게 되면서 1957년 창설된 와세다 미스터리 클럽에 가입한다. 와세다 대학 재학 중에 동인지『청염青炎』에 게재한 「죽어야 할 야수野獣死すべし」가 와세다 미스터리 클럽 회장이었던 지요 유조千代有三를 통해 당시 명예고문이었던 에도가와 란포江戸川乱歩에게 소개되면서 1958년 잡지『보석宝石』7월호에 게재된다. 만주에서 자라면서 전쟁을 경험한 청년의 정신사를 추적하면서 미국유학자금을 얻기 위해 강도나 살인도 마다하지 않는 인간상을 그리고 있다. 이 작품은 1959년 나카다이 다쓰야仲代達矢와 1980년 마쓰다 유사쿠松田優作 주연으로 영화화되었다. 「죽어야 할 야수野獣死すべし 복수편」(1958)은 대담하게 살인과 강도를 저지르는데 성공한 주인공이 미국에서 대학을 중퇴하고 귀국한다. 주인공은 상사회사의 사원으로서 단순한 사무에 몰두하는 한편, 냉정한 두뇌와 자유분방한 행동력으로 자신의 목적에 접근해가는 이중적인 면을 지니고 있다. 주인공은 부친을 궁지에 몰아넣은 무리들에 대한 복수심에 불타오르고 이는 잔인한 범행으로 연결된다.

「짐승을 보는 눈으로 나를 보지 마獣を見る目で俺をみるな」(1961)는 밀무역을 하는 주인공

인 배신당하여 밀입국으로 일본으로 돌아가 복수하는 내용이다. 「살인의 노래みな殺しの歌」(1961)와 그 후편인 「흉악한 총 발터 P38凶銃ワルサーP38」(1961)은 격렬한 폭력과 증오에 가득찬 복수담이라는 형식을 취하고 있고 「흉악한 총 루거P08」과 「젊은이의 묘지若者の墓場－흉악한 총 루거P08 제2부」는 한 자루의 총이 여러 사람의 손을 거쳐가면서 파멸되어 가는 과정을 집요하게 묘사하고 있다. 이들 작품에는 피스톨, 총, 자동차에 대한 성능의 해석이 많고 비정하면서도 궤도를 벗어난 인간상이 묘사되어 있다. 이러한 초기작품 이후 사회적인 계층 상승을 시도하려는 야망에 대한 집념을 보여주는 작품으로 「되살아난 금빛 이리蘇る金狼」(1964), 「더럽혀진 영웅汚れた英雄」(1967)이 있다. 이들 작품은 강렬한 금욕주의와 반권력 지향성을 담지한 주인공이 등장하여 최후의 생사의 갈림길에서는 선도 악도 없다는 작가의 철학을 보여주고 있다. 이 두 작품은 1979년과 1982년 각각 영화화되었다. 또한 「흑표범의 진혼곡黒豹の鎮魂曲」(1972~1975)과 오야부의 최고걸작으로 알려진 「용병들의 만가傭兵たちの挽歌」(1978)에서 주인공은 복수를 준비하기 위해 음험할 정도의 치밀한 계획을 세우고 이를 실현하기 위해 공포로 압도하는 폭력과 그 원인이 되는 깊은 증오감을 전면에 내세우고 있다.

소설의 특징은 격렬한 액션과 폭력을 묘사한 통속적인 작품이 많아 폭력을 찬미하는 소설이라는 비판을 받았지만, 한편으로는 일본에서 모험소설, 하드보일드, 암흑 소설의 선구자로 평가되고 있다. 오야부는 1996년 『폭력조직계暴力租界』를 저술하던 중 폐렴으로 사망한다. 다음해 〈오야부하루히코상大藪春彦賞〉이 창설되어 그 해의 우수한 미스터리 하드보일드 소설에 수여되고 있다. 「악의 좌표」(1976), 「청춘영영」(1985), 「국도1호선」(1988), 「야수는 죽어야 한다」(1991), 「영웅의 날개」(1995), 「손님」(1999)은 한국어로 번역, 출판된 오야부의 작품들이다.

▶ 송혜경

참고문헌: A, B, E, F.

오오에 센이치大江專一 ☞ **반 다이쿠**伴大矩

오오카 쇼헤이大岡昇平, 1909.3.6~1988.12.25
일본의 소설가, 평론가. 프랑스문학 번역가. 도쿄에서 태어나 교토대학京都大学 불문학과를 졸업한 후 평론, 연구, 번역 등을 발표하였다. 전쟁관련 소설인 「포로기俘虜記」, 「레이테 전기レイテ戦記」, 「들불野火」뿐 아니라, 전후를 대표하는 베스트셀러 연애소설인 「무사시노 부인武蔵野婦人」에 이르기까지 주목받는 작품을 다수 발표하였다. 추리소설로서는 먼저 외국의 작품을 번역하여 출판하였다. 1950년 영국의 추리소설가 이든 필포츠Eden Phillpotts의 작품을 번역한 「붉은 털의 레드맨赤毛のレッドメーン」과 미국의 추리작가인 얼 스탠리 가드너Erle Stanley Gardner의 작품을 번역한 「토라진 아가씨すねた娘」가 있다. 집필한 작품으로는 같은 해 12월 발표한 「오쓰야 살인お艶殺し」을 시작으로 대부분이 단편작품이다. 1960년 발표한 처녀장편인 「밤의 촉수夜の觸手」는 중학교시절 서로 좋아했던 남녀가 떨어져서 지내다가 성인이 되어 다시 만나 하나의 사건에 직면하면서 겪게 되는 이야기이다. 남녀의 심리적인 기복과 수수께끼가 잘 조화되고 있다. 이어 같은 해에 발표한 단편 「한낮의 보행자真昼の歩行者」는 마약 단속 경관이 기억상실증에 걸린 환자로 위장하여 범인을 잡는다는 이야기로 1959년 드라마화되었다.

장편 추리소설 『노래와 죽음과 하늘歌と死と空』(1962)은 유행가 가수가 자살한 후 같은 날짜에 가수와 관련된 사람들이 연이어 살해되는 연속살인사건에 대한 이야기이다. 또한 「사건事件」은 소년이 일으킨 살인의 심리審理를 중심으로 한 소설로 1961년부터 1962년까지 「와카쿠사 모노가타리若草物語」라는 제목으로 『아사히신문朝日新聞』에 연재되었던 것을 가필수정한 것이다. 1977년 신초샤新潮社에서 간행되어 전후 대표적인 베스트셀러가 되었다. 1978년에는 〈일본추리작가협회상日本推理作家協会賞〉을 수상하였다. 그 내용을 보면 가나가와현神奈川県의 산촌에서 젊은 여성의 시체가 발견된다.

경찰은 이 마을 출신으로 술집을 경영하고 있었던 피해자에 대한 범인으로 19세의 공장직원을 체포한다. 이를 재판하는 과정에서 의외의 사실이 판명된다. 「사건」은 1978년 영화화되었고 NHK 방송에서 여러 차례 드라마화되었다.

▶ 송혜경

참고문헌: A, B, E, 「事件」(双葉文庫―日本推理作家協会賞受賞作全集, 1999).

오우치 시게오大内茂男, 1921~2007.3.23

도쿄東京 출생. 심리학자, 평론가. 도쿄문리과대학東京文理科大学 (현 쓰쿠바대학筑波大学) 문학부 졸업 후, 전시 중에 군령부 특무반으로 정보활동에 종사하였고 전후에는 도쿄문리과대학 조수를 거쳐 도쿄교육대학의 전임강사를 역임하였다. 전임강사 시절에도가와 란포江戸川乱歩, 마쓰모토 세이초松本清張의 「추리소설작법推理小説作法」에 기고한 장문의 「동기의 심리動機の心理」(1959)가 역작으로서 주목을 받았다. 이어서 『보석宝石』의 내외작품 월평인 「이달의 주사선今月の走査線」과 잡지월평인 「작은 열쇠小さな鍵」의 주필을 담당하였다. 도쿄교육대학 조교수, 쓰쿠바대학筑波大学, 조에쓰교육대학上越教育大学의 교수를 역임하였고 『시청각교육의 이론과 연구』(1979, 공편) 등의 저작이 있으나, 미스터리 관련서의 출판이 왕성해진 1980년대 경부터 추리관련 단독 저서는 집필하지 않았다.

▶ 송혜경

참고문헌: A, B, E.

오이 히로스케大井広介, 1912.12.16~1976.12.4

후쿠오카현福岡県 출생. 본명은 아소 가이치로麻生貝一郎, 일본의 문예평론가, 추리소설작가. 1939년 문예동인지 『회화나무槐』를 창간하고 1940년 잡지명을 『현대문학』으로 바꾸어 히라노 겐平野謙, 아라 마사히토荒正人, 사사키 기이치佐々木基一 등과 함께 문예평론을 집필하였다. 잡지 『현대문학』을 1940년대 대표적인 문예동인지로 키워나갔지만, 이 잡지의 후신인 잡지 『근대문학』에는 참가하지 않고 오히려 거리를 두며 그 당파성을 비판하였다. 또한 이데올로그를 배척하고 가십적인 수법으로 사회 비판을 이어나갔다.

최초의 저작물로 「예술의 구상芸術の構想」(1940)이 있고 「문학자의 혁명실행력文学者の革命実行力」 등의 평론을 저술하였다. 1951년 작가 다지마 리마코田島莉茉子라는 명의로 장편 미스터리 「야구살인사건」을 집필하였다. 또한 1960년부터 7여 년 동안 잡지 『엘러리 퀸즈 미스터리 매거진EQMM』에 미스터리 시평 「지상살인현장紙上殺人現場」을 연재하였고 이는 그의 사후 『지상살인현장』(1987)으로서 간행되었다.

▶ 송혜경

참고문헌: A, D, 『紙上殺人現場－からくちミステリ年評』(社会思想社, 1987).

오자키 고요尾崎紅葉 1868.1.10~1903.10.30

소설가. 본명은 도쿠타로德太郎. 엔잔緑山, 한카쓰진半可通人의 별호를 사용하거나 하이쿠俳句에서는 도치만도十千万堂라는 호를 썼다. 에도江戸, 지금의 도쿄東京 출생. 서당 격에 해당하는 데라코야寺子屋를 거쳐 사쿠라가와소학교桜川小学校에서 부립이중府立二中으로 진학하지만 도중에 그만두고 미타영학교三田英学校에서 영어를 배웠고, 당시로서는 드문 뛰어난 영어실력으로 훗날 영미의 대중소설을 대량으로 읽고 번안하여 작품의 골자로 삼았다는 지적도 있다. 도쿄제국대학東京帝国大学 예비문予備門으로 진학한 다음에도 한학숙에서 한학과 한시문을 공부했다. 1885년 야마다 비묘山田美妙 등과 근대 일본 최초의 소설결사 겐유사硯友社를 결성하였고, 같은 해 기관지인 『가라쿠타문고我楽多文庫』를 창간했다. 1889년 「두 비구니의 참회二人比丘尼色懺悔」로 문단에 데뷔(1889)하였고 1890년에는 제국대학을 중퇴하였다. 에도시대 소설가 이하라 사이카쿠井原西鶴의 영향으로 아속雅俗을 절충한 문체로 소설을 썼으며 번안과 심리적 사실주의, 언문일치체의 이행에도 노력하였다. 게사쿠戯作적 작풍으로 '양장洋裝을 한 겐로쿠元禄문학'이라는 비판도 받았지만, 고요는 『다정다한多情多恨』(1896), 『금색야차金色夜叉』(1897~1902) 등의 대표 소설을 『요미우리신문読売新聞』에 연재하였고 메이지 문단의 리더로서 이즈미 교카泉鏡花를 비롯한 많은

371

문하생을 둔 것으로 유명하다. 1890년대 초에는 구로이와 루이코黒岩涙香 일파의 탐정소설이 압도적 유행을 하였다. 이에 당시의 문단 소설의 총판이나 다름없는 순요도春陽堂의 주인 와다 도쿠타로和田篤太郎가 오자키 고요에게 '독은 독으로 억제'하는 방식으로 '탐정소설 문고를 내서 싼 가격에 팔 것'을 제안하였고, 겐유샤는 1893년 1월부터 2월까지 26편의 『탐정소설探偵小説』 시리즈를 출판하였다. 이것은 탐정소설을 퇴치하기 위한 순문학계의 노력이었으나, 결과적으로 루이코의 작품들에 비해 지루한 감이 있어 오히려 탐정소설이 더욱 전성기를 맞게 된 결과를 초래했다는 평가를 받는다.

▶ 엄인경

참고문헌: F, 이토 히데오伊藤秀雄 저/유재진·홍윤표·엄인경·이현진·김효순·이현희 공역 『일본의 탐정소설』(문, 2011).

오카다 샤치히코岡田鯱彦, 1907.12.28~1993.8.4

국문학자, 추리소설 작가, 소설가. 본명 오카다 도키치岡田藤吉. 도쿄東京 출생. 1938년 도쿄제국대학 국문학과 졸업. 1949년 도쿄학예대학東京学芸大学 교수가 되었다. 같은 해 5월 잡지 『보석宝石』 제3회 현상모집에 응모하여 「요괴의 주언妖鬼の呪言」이 신인 콩쿨 품 1등으로 입선했다. 계속해서 잡지 『록ロック』 제2회 현상모집에 응모한 「분화구상의 살인噴火口上の殺人」이 1등 입선 작품

이 되었다. 후자는 여성을 가운데 두고 두 학생이 애정의 처참한 사투를 벌이는 박력 넘치는 작품이다. 「가오루 대장과 니오우 노미야薫大将と匂の宮」(1950)는 미개척 분야를 개척한 주목할 만한 작품이다. 「유명장의 살인幽溟荘の殺人」(1962)은 장편 도전 소설로서 시도되어 정경 묘사가 뛰어난 구성에 공을 들였다. 그 외에 장편 『수해의 살인樹海の殺人』(1957)이 있다. 1960년에 절필했다. 1971년에는 도쿄학예대학 교수를 정년퇴직하고 쇼토쿠대학聖德大学 교수가 되었다. 본격장편이나 서스펜스 외에 『겐지 이야기源氏物語』, 『우게쓰 이야기雨月物語』 등 고전에서 소재를 취한 작품도 있다.

▶ 김성은

참고문헌: B, E, G.

오카도 부헤이岡戸武平, 1897.12.31~1986.8.31

소설가, 편집자. 아이치현愛知県 출생. 초등학교 교사를 거쳐 나고야신문名古屋新聞, 오사카시사신보大阪時事新報에 근무했다. 오사카시사신보에서는 에도가와 란포江戸川乱歩와 동료로 함께 근무했다. 1923년 결핵으로 퇴사하고 요양에 전념하다가 1925년 완치되어 소설가 고사카이 후보쿠小酒井不木의 조수가 된다. 1926년 『투병술闘病術』의 집필을 돕는다. 1929년 고사카이가 죽자 『고사카이 후보쿠 전집小酒井不木全集』(개조사판改造社版(1929~30)을 편집한다. 1929년 8월 하쿠분칸博文館에 입사하여 『문예구락부文芸

372

俱楽部』편집에 종사하다가 31년 편집주임이 된다. 1932년 에도가와 란포 명의로 발표된 『꿈틀거리는 촉수蠢〈触手』의 대작代作을 하기도 했다. 1933년 『문예구락부』 폐간과 동시에 퇴사하여 작가활동에 들어간다. 1935년에 제1회 〈나오키상直木賞〉 후보에 올랐다. 1944년에 나고야名古屋로 이주하여 전후에 다시 탐정소설을 썼다. 1947년 『사람을 저주하면人を呪えば』, 1948년 『살인예술殺人芸術』을 발표했다. 그 후에는 『이세마을 이야기伊勢町物語』(1962)와 같은 전기가 많다. 에세이로는 『후보쿠・란포・나不木・乱歩・私』(1974) 등이 있다.

▶ 김성은

참고문헌: A, 鮎川哲也, 島田荘司 『ミステリーの愉しみ──奇想の森』(立風書房, 1991).

오카모토 기도岡本綺堂, 1972.11.15~1939.3.1

소설가, 극작가. 도쿄東京 다카나와高輪에서 출생. 본명은 오카모토 게이지岡本敬二. 별호로는 교키도狂綺堂, 기도鬼童, 고지로甲字楼 등이 있다. 어릴 때부터 아버지에게서는 한시를, 숙부와 공사관 유학생들로부터는 영어를 배웠으며, 도쿄부 보통 중학교(현재의 도쿄도립 히비야 고등학교日比谷高等学校)에 입학한다. 재학 중 극작가를 지망했으며, 중학교 졸업 후 학업을 그만두고 도쿄일일신문사東京日日新聞에 입사, 이후 24년간 신문기자로 근무한다. 1891년, 도쿄 일일신문에 소설 「다카마쓰성高松城」을 발표

했으며, 1896년에는 『가부키신보歌舞伎新報』에 처녀희곡 「자신전紫宸殿」을 발표했다. 1902년, 「고가네 범고래 소문의 높은 파도金鯱噂高浪」가 가부키좌歌舞伎座에서 상연되고 이 후 이치가와 사단지市川左團次와 제휴해 「유신전후維新前後」(1908), 「슈젠지 이야기修禅寺物語」(1911) 등이 성공을 거두며 신가부키를 대표하는 극작가가 된다. 가와타케 모쿠아미河竹默阿彌 이후 가장 뛰어난 극작가라는 평가를 받으며 작품 활동에 전념하여 신문연재 장편소설, 탐정물, 스릴러물을 다수 집필했다.

1916년, 「묵염墨染」과 「에기누絵絹」를 두 개의 신문에 동시 연재했으며, 이 해에 셜록홈즈의 영향을 받아 일본 최초의 체포물인 『한시치 체포록半七捕物帳』의 집필을 시작한다. 또한 『세계괴담 명작집世界怪談名作集』(1987), 『중국괴이 소설집支那怪奇小説集』(1994)을 편역했다. 이 『한시치 체포록』은 일본 최초의 체포물이라는 점에서 그 의미가 크다 할 수 있다. 1917년부터 잡지 『문예구락부文芸俱楽部』에 연재를 시작해 일시 중단되었다가 1934년에서 1937까지는 잡지 『고단구락부講談俱楽部』를 중심으로 총 68작품이 발표되었다. 이 작품이 성공을 거두게 됨으로써 이후 시대소설과 탐정소설을 융합한 '체포물'이라는 형식이 정착되었는데 에도의 생활풍속, 특히 서민 세계가 정확하게 묘사되어 있다. 한국에서도 이 중 일부가 『한시치 체포록』(2010)으로 번역되어

373

있다.

이 명맥은 노무라 고도野村胡堂, 요코미조 세이시橫溝正史, 조 마사유키城昌幸 등에게 이어지고 있다. 『화차火車』의 작가인 미야베 미유키宮部みゆき는 '시대물을 쓰기 전에는 반드시〈한시치 체포록〉을 읽는다. 책이 망가질 정도로 읽고 또 읽는 성전 같은 작품이다'고 했다. 이처럼 오카모토 기도의 작품들은 오늘날까지도 그 명맥이 이어져 내려오고 있다. 1923년 9월 1일, 관동대지진으로 고지마치麴町의 자택과 장서(일기)를 잃고 다음해 햐쿠닌초百人町로 거처를 옮겼으며, 1930년에는 후진 양성을 위해 월간지 『무대舞台』를 간행하기도 했다. 연극계에서는 처음으로 예술원 회원이 된 그는 마지막 소설 작품인 「호랑이虎」를 발표하고 1939년 68세의 나이로 세상을 떠났다.

▸ 신주혜

참고문헌: A, B, E.

오카무라 유스케岡村雄輔, 1913.8.20~1994.11.22
추리소설 작가. 본명 오카무라 기치타로岡村吉太郎. 도쿄東京 출생. 와세다대학早稲田大学 이공학부 졸업. 1949년 「홍송어관의 참극紅鱒館の慘劇」이 잡지 『보석宝石』에 현상 선외選外 가작으로 소개되었다. 같은 해 『보석』에 발표한 장편 「맹인이 와서 피리를 분다盲目が来たり笛を吹く」가 1950년에는 제3회〈탐정작가클럽상〉단편상 후보가 되었다. 이 작품은 풍부한 정취와 수수께끼가

적절히 융합되어 대표작으로 꼽힌다. 1950년 『보석』의 백만엔 현상 콩쿨에서 A급 장편으로 『가리곶의 무용수加里岬の踊子』가 최종 후보가 된다. 1951년에 『보석』에 발표한 「어두운 바다 하얀 바다暗い海白い海」가 탐정작가 클럽의 『탐정소설연감 1952년판探偵小説年鑑1952年版』에 수록되었다. 1952년에 발표한 장편 『왜가리는 왜 날개치는가青鷺はなぜ羽博くか』는 장편으로서의 수수께끼 구성은 약하지만 무대 배경을 정밀하고 자세히 서술하여 작품에 촉촉한 정취를 주고 있다. 1958년에 절필했다.

▸ 김성은

참고문헌: B, E, G.

오카미 조지로丘美丈二郎, 1918.10.31~2003.12.11
추리소설 작가. 본명 가네히로 마사히로兼弘正厚. 오사카大阪 출생. 도쿄대학東京大学 공학부 졸업. 항공자위대에서 근무한 파일럿으로 항공관계회사 중역을 지냈다. 1949년 12월에 발표한 「비취장 기담翡翠荘綺談」(잡지 『보석宝石』에 발표)에 의해 단편 콩쿨 삼등에 입선했다. 1950년에는 「가쓰베 료헤이의 메모勝部良平のメモ」(잡지 『보석』에 발표)에 의해 중편 콩쿨 2등에 입선했다. 괴기적 소재를 과학적으로 해명하는 특색이 있다. 특히 「사몬 계곡佐門谷」(1951, 『보석』), 「기차를 부르는 소녀汽車を招く少女」(1952) 등의 유령이야기는 공포감을 불러일으키면서도 결말에는 합리적 해석이 두

드러진다. 1953년 장편SF『납 상자鉛の小箱』(1953,『보석』증간호)는 혹성 탐사 준비와 달에서 화성으로 향하는 우주선 속에서의 이야기이다. 미래과학소설로서 현대사회에 대한 비판이 두드러진다. 지구상의 원자력 이용에 관한 잘못된 경쟁을 비판한 일종의 경세소설이라고 할 수 있다. 또한 미국 점령하의 일본 정치에 대한 분노가 배경이 되고 있다. 과학적 진리를 소개하는 '과학논문소설'을 제창하면서 면밀한 과학지식으로 작품을 뒷받침하고 있다. 이 작품은 1954년에 탐정작가클럽의 신인장려상을 받았다. 20편 정도의 작품을 집필하고, 1958년에 절필했다.

▸ 김성은

참고문헌: A, B, E.

오카사카 신사쿠岡坂神策

일본의 소설가이자 추리작가인 오사카 고의 〈오카사카 신사쿠岡坂神策 시리즈〉의 주인공이다. 1984년 오사카 고逢坂剛의 단편 모략의 매직謀略のマジック에 처음으로 등장한다. 첫 등장시의 나이는 35세, 독신으로 스페인 현대사연구가였다. 직업란에는 '저술업'이라 쓰고 대학시절 동기생인 마쓰카와 에이조松川英三와 공동으로 「현대조사연구소」를 도쿄 간다神田의 진보초神保町에 열었다. 첫 작품에서 에이조가 살해당하여 이후 단독으로 영업한다. 행동파 인텔리 탐정으로 수많은 자료를 소장하고 있다.

한편으로 술과 담배, 커피를 좋아하고 미녀에 약한 기질을 지녔다. 스페인 현대사를 연구해서인지 주로 그것과 관련된 의뢰가 많았다. 이외에도 조사, 연구, 번역, 대필, 입시학원 시험문제 만들기, 출판사의 검열, 그리고 부탁을 받으면 베이비시터까지 가리지 않고 모든 일을 수행하였다. 이후 그가 등장하는 작품은 수없이 많은데 그 중에서 1987년『그리빗키 증후군クリヴィッキー症候群』, 42세로 등장하는 1989년 장편『십자로에 선 여자十字路に立つ女』와 1992년『하폰추적』, 1997년『요염한 낙양あでやかな落日』등이 유명하다.

▸ 박희영

참고문헌: A, I, 上田正昭外3人『日本人名大辞典』(講談社, 2001).

오카자키 다쿠마岡崎琢磨, 1986.7.7~

소설가. 후쿠오카현福岡県 출생.

교토대학京都大学 법학부 졸업. 고등학생 시절 록 밴드를 결성해 기타와 보컬, 그리고 작사와 작곡까지 맡아 대학 4학년까지 활동한다. 대학 졸업 후에도 취업을 포기하고 1인 뮤지션으로 나섰으나 혼자서는 역부족임을 느낀 그는 2009년 음악 대신 소설을 쓰기로 결심한다. 이듬해 응모한 첫 단편소설과 장편소설은 모두 낙선했으며, 2011년에도 새로운 작품『다시 만난다면 당신이 내려준 커피를また会えたなら, あなたの淹れた珈琲を』을 제10회 〈『이 미스터리가 대단하다!』대상『このミステリーがすごい!』大賞)에 응모해 최종심사까지 오르지만 수상에는 실패한다. 그러나 주최측에서 출판을 제의하여, 원래 제목에 '커피점 탈레랑의 사건 수첩珈琲店タレーランの事件簿'이라는 시리즈 이름이 추가되고 약간의 수정을 거쳐 2012년 출간된 이 작품은 몇 달이라는 짧은 기간에 40만부 이상을 판매하는 베스트셀러가 된다. 이듬해 출간된 후속작『커피점 탈레랑의 사건 수첩 2 - 그녀는 카페오레의 꿈을 꾼다珈琲店タレーランの事件簿2 彼女はカフェオレの夢を見る』역시 인기를 얻어, 시리즈 총 판매량이 1백만 부를 넘어섰다. 시리즈 두 작품이 모두 번역되어 있다.

▶ 박광규

참고문헌: 村上貴史,「迷宮解体新書(66) 岡崎琢磨」『ミステリマガジン』2013년 8월호 (早川書房).

오카지마 후타리岡嶋二人

도쿠야마 준이치德山淳一(1943.8.1~)와 이노우에 이즈미井上泉(1950.12.9~)의 콤비 필명. 도쿠야마는 1943년 도쿄東京 출생. 호세대학法政大学 경제학부 중퇴. 회사원, 자영업을 거쳐 뉴 메카닉스 근무. 이노우에는 1950년 12월 9일 도쿄 출생. 다마예술학원대학多摩芸術学園大学 영화학과 중퇴. 영화제작, 자영업, 파칭코 점원, 시나리오 작가 등 다양한 직종을 거쳐 프리라이터로 활동하고 있다. 1972년 만난 두 사람은 도쿠야마의 제안으로 합작을 시작한다. 필명은 영화「이상한

두 사람おかしな二人」을 빗대어 많든 것이다. 데뷔작은 1982년 제28회〈에도가와란포상江戸川乱歩賞)을 수상한「밤색의 파스텔焦茶色のパステル」이다. 구성력이 잘 갖추어지고 의외성이 풍부한 질 높은 합작품으로 평가되었다. 그 후 중앙경마회에 대한 협박사건을 다룬「칠년째 협박장七年目の脅迫状」(1983)을 발표한다. 또한 1983년「내일 좋은 날씨로 해 쥐あした天気にしておくれ」를 발표하고 제27회〈에도가와란포상江戸川乱歩賞)최종후보작에 올랐다. 그러나 선고위원으로부터 트릭이 전례가 있다는 점과 실행불가능하다는 이의가 제기되어 탈락했다. 결국 이 작품은 독자의 높은 지지를 얻어 그해『주간문춘週刊文春』걸작 미스터리 베스트 10에서 3위를 차지했다. 처녀작부터 세 작품은 모두 경마를 소재로 했다. 작가가 경마계를 취재하면서 작품의 구성이 흔들림 없고 강렬한 서스펜스를 포괄하는 스토리 전개의 묘미로 신인으로서 두각을 나타냈다. 1984년 네 번째 작품『타이틀매치タイトルマッチ』에서는 복싱계로 시야를 넓히고 있다. 본격미스터리 계열의 작품으로는 1987년「그리고 문은 닫혔다そして扉が閉ざれた」가 출중하다. 1985년 중학교에서 일어난 연속 살인의 무서운 진상을 그린「초콜릿 게임チョコレートゲーム」으로 제39회〈일본추리작가협회상日本推理作家協会賞)도 받았다. 1989년 가상현실을 예측한 작품「클라인의 항아리クラインの壺」를 마지막으로 두

사람은 콤비를 해체하고 각자 활동을 시작했다. 한국어로는 『컴퓨터의 덫』(1995), 「늦게 도착한 연하장」(『J미스터리 걸작선Ⅱ』, 1999) 등이 번역되어 있다.

▶ 김성은

참고문헌: A, E, 尹相仁ほか 『韓国における日本文学翻訳の64年』(出版ニュース社, 2012).

오코로치 쇼지 大心池章次

일본 대뇌생리학자이자 추리작가인 기기 다카타로木々高太郎의 작품 주인공이다. 1934년 기기 다카타로의 단편 『망막맥시증網膜脈視症』에 처음으로 등장한 이후, 1935년 『취면의식就眠儀式』, 1936년 『문학소녀文学少女』, 1955년 『장미가시バラのトゲ』, 1953년 『내 여학생 시절의 죄わが女学生時代の罪』 등의 작품에서 KK대학의 정신병학 교수로 활약한다. 무언가 사람들의 폐부를 관통하는 듯한 눈을 가진 무서운 얼굴을 하고 있다. 주 2회 사립대학에서 진찰과 임상강의를 하거나, 주 3회 교외 부속정신병원에서 진찰을 한다. 어느 곳에서든지 진찰을 한 환자도 입원허가가 나오면 부속병원으로 보내져 온다. 이미 입원하고 있는 환자는 매주 토요일 진찰한다. 이것이 일주일 동안의 쇼지의 일정이다. 정신분석학을 비롯하여 정신병학의 박학한 지식과 능숙한 화술, 그리고 누구와도 비교할 데 없는 분석력으로 환자의 불가사의한 정신증상에 잠재해 있는 사건의 심층부를 날카롭게 파고

들어 간다. 일본에서 가장 독특한 의학자 탐정으로 잘 알려져 있다. 기기 다카타로의 작품은 한국에 『빨간 고양이』(2007)라는 〈일본추리작가협회상〉 수상 단편집 수록집에 번역되어 있다.

▶ 박희영

참고문헌: A, I, 上田正昭外3人 『日本人名大辞典』(講談社, 2001).

오코치 쓰네히라 大河内常平, 1925.2.9~1986

추리소설 작가. 본명은 야마다 쓰네히라山田常平. 도쿄東京 출생. 1948년 니혼대학日本大学 예술학부 졸업. 미군부대에서 근무 경험이 있다. 애국학생연맹 회원. 1950년 4월 장편 『목발의 남자』가 잡지 『보석宝石』의 백만엔 콩쿨 A급에 예선통과 입선. 1951년 「요타공 이야기与太公物語」 『탐정클럽探偵クラブ』) 이하, 야쿠자 세계 묘사에 독특한 맛을 보여주어 1953년 「노름광시대ばくち狂時代」(『탐정실화探偵実話』) 등의 역작이 많다. 1952년 「바람에 흔들리는 것風にそよぐもの」은 전시하 탈주의 죄를 물어 육군형무소에 수감중인 남자에 대해 잔인한 처사를 보인 간수가 나쁜 보복을 당하는 이야기이다. 간결하고 선명한 필치의 뛰어난 작품이다. 1952년 잡지 『보석宝石』에 발표한 「붉은 달赤い月」은 작품 콩쿨에서 2등을 했다. 탐정작가클럽의 『탐정소설연감 1953년판探偵小説年鑑1953年版』에 수록되었다. 1955년에 잡지 『보석』에 발표한 「크레이 소령의 죽음ク

レイ少佐の死」이 1956년 제9회 〈일본탐정작가클럽상〉 후보가 되었다. 그리고 일본탐정작가클럽의 『탐정소설연감 1956년판探偵小説年鑑1956年版』에 수록되었다. 1956년에 잡지 『보석』에 발표한 「무대륙의 피리ム一大陸の笛」는 『탐정소설연감 1957년판探偵小説年鑑1957年版』에 수록되었다. 1957년에 『보석』에 발표한 「아와노쿠니주 히로마사安房国住広正」가 1958년에 제11회 〈일본탐정작가클럽상〉 후보가 된다. 동시에 『탐정소설연감 1958년도판探偵小説年鑑1958年版』에 수록된다. 풍속적 탐정소설을 썼다. 도검감정의 비전을 전수받아 군장軍装 수집으로도 유명하며 기인으로도 알려져 있다. 한때 오카다 샤치히코岡田鯱彦에게 사사받은 적도 있다. 그 외에 『올요미키리オール読切』의 현상소설에 입선했다. 1966년 절필했고 1986년에 폐렴으로 사망했다.

▶ 김성은

참고문헌: B, E, G.

오쿠다 히데오奥田英朗, 1959.10.23~
소설가. 기후현岐阜県 출생. 카피라이터, 구성작가를 거쳐 1997년 『우담바라의 숲ウランバーナの森』으로 데뷔. 신인상을 경유하지 않고 출판으로 데뷔했다. 1999년 『최악最悪』이 『이 미스터리가 대단하다!このミステリーがすごい!』 2000년판에서 제7위를, 2001년 『악마邪魔』는 『이 미스터리가 대단하다!』 2002년판에서 제2위를, 2009년 『무리無理』는

『이 미스터리가 대단하다!』 2010년판에서 제19위를 했다. 2001년 『악마』로 제4회 〈오야부하루히코상大藪春彦賞〉 수상, 제125회 〈나오키상直木賞〉 후보에 올랐다. 한국어로는 『방해자1』(2008), 『방해자2』(2008), 『방해자3』(2008) 등 단편집 형태로 번역되어 있다.

▶ 김성은

참고문헌: H2, H11, 尹相仁ほか 『韓国における日本文学翻訳の64年』(出版ニュース社, 2012年).

오쿠라 다카히로大倉崇裕, 1968~
추리소설 작가. 교토京都 출생. 가쿠슈인대학学習院大学 법학부 졸업. 1997년 「세명째 유령三人目の幽霊」으로 제4회 〈소겐추리단편상創元推理短編賞〉 가작을 수상. 1998년 「툴&스톨ツール&ストール」로 〈소설추리신인상〉을 수상(응모 시 이름은 쓰부라야 나쓰키円谷夏樹). 2003년 『일곱 번 여우七度狐』는 『이 미스터리가 대단하다!このミステリーがすごい!』 2003년판에서 제14위를 했다. 2008년 『성역聖域』은 『이 미스터리가 대단하다!』 2009년판에서 제19위를 했다. 괴수나 특수촬영기법 등에도 조예가 깊어서 이들을 소재로 한 작품, 『무법지대無法地帯』를 발표하기도 했다.

▶ 김성은

참고문헌: H4, H6~H8, H10, H11~H14.

오쿠라 데루코大倉燁子, 1886.4.12~1960.7.18
소설가. 본명 모즈메 요시코物集芳子. 도쿄東

京 출생, 오차노미즈お茶の水 고등여학교 중퇴. 그녀는 문학박사 모즈메 다카미物集高見를 아버지로 두었으며, 오빠는 국문학자 모즈메 다카카즈物集高量, 여동생은 소설가 모즈메 가즈코物集和子이다. 외교관 남편과 결혼하여 구미에 체재하면서 영국 고전문학을 연구하고, 또 코난 도일Arthur Conan Doyle의 〈홈즈 시리즈〉를 애독했다. 귀국 후 탐정소설을 여러 개 썼다. 『올 요미모노オール読物』에서는 그녀의 작품을 '외교관 부인이 쓴 탐정소설'이라고 대대적으로 선전했다. 1935년 단편집 『춤추는 그림자踊る影絵』로 일본 최초의 여류 탐정 소설가로서 데뷔. 잡지 『올 요미모노』, 『보석宝石』 등에 집필했다. 그 외의 작품으로는 장편 『살인유선형殺人流線型』, 『여자의 비밀女の秘密』 등이 있다. 오카 미도리岡ミドリ 명의로 발표한 작품도 있다. 단편에서는 작자 자신의 생활체험에 기초한 외교 기밀에 관한 작품을 집필하여 독자적인 맛을 냈다. 1947년 「지옥의 소리地獄の声」, 1948년 「소리없는 박해声なき迫害」 등의 작품에서는 유연한 필치의 심리묘사를 보였다. 서정미가 뛰어난 범죄소설풍의 작품이 많다. 1959년 「춘희이야기椿姫ものがたり」를 마지막으로 1960년 뇌혈전으로 사망했다.

▶ 김성은

참고문헌: B, E, F, G.

오쿠이즈미 히카루奥泉光, 1956.2.6~

소설가. 본명 오쿠이즈미 야스히로奥泉康弘. 야마가타현山形県 출생. 국제기독교대학国際基督教大学, ICU 교양학부 인문과학과 졸업, 동 대학원 석사학위 취득, 박사과정 중퇴. 처음에는 연구자를 목표로 하여 공역서 『고대 유대 사회사古代ユダヤ社会史』를 내기도 했다. 〈스바루문학상すばる文学賞〉 최종 후보가 되어 1986년 「땅의 새, 하늘의 물고기地の鳥天の魚群」를 『스바루すばる』에 발표하면서 데뷔. 1990년 『폭포瀧』가 〈미시마유키오상三島由紀夫賞〉 후보 및 재103회 〈아쿠타가와상芥川賞〉 후보가 된다. 1993년 『노바리스의 인용ノヴァーリスの引用』으로 〈노마문예신인상野間文芸新人賞〉을 수상했다. 1994년 『돌의 내력石の来歴』으로 〈아쿠타가와상〉 수상. 작품은 미스터리 구조를 갖는 것이 많으며, 이야기 속에 차례로 수수께끼의 위상을 옮겨가며 허와 실의 사이에 독자를 빠뜨리는 수법을 특기로 하고 있다. 1999년 긴키대학近畿大学 조교수로 취임하여 현재 재직중이다. 2009년 『신기神器』로 〈노마문예상〉 수상했고, 2012년부터 〈아쿠타가와상〉 선고위원을 맡고 있다.

▶ 김성은

참고문헌: H1, H4~H6, H8~H13.

오타 다다시太田忠司, 1959.2.24~

추리소설가. 본성本姓은 야마모토山本. 나고야名古屋 출생. 나고야공업대학名古屋工業大学 전기공학과 졸업. 1981년 '호시 신이치 쇼

트쇼트 콘테스트星新一ショートショート・コンテスト'에서 「귀향帰郷」이 우수작에 선정되었다. 그 후 샐러리맨을 하면서 집필을 하다가 1990년『나의 살인僕の殺人』으로 장편 데뷔를 한다. 이 후 전업 작가로 종사한다. 이 작품과 「미나의 살인美奈の殺人」(1990), 「어제의 살인昨日の殺人」(1991)은 〈살인 3부작〉으로 불린다. 그 후의 작품은 「월광정사건月光亭事件」(1991)으로 시작되는 소년탐정 〈가노 슌스케狩野俊介 시리즈〉, 「상하이 향로의 수수께끼上海香炉の謎」(1991)에서 시작되는 가스미다 시로霞田志朗, 지즈루千鶴의 〈가스미다 남매霞田兄妹 시리즈〉, 「형사실격刑事失格」(1992) 등의 〈아난阿南 시리즈〉, 「신주쿠 소년탐정단新宿少年探偵団」, 「괴인 오가라스 박사怪人大鴉博士」(모두 1995) 등의 〈신주쿠 소년탐정단新宿少年探偵団 시리즈〉 등, 엔터테인먼트성을 중시한 다채로운 작품을 보여주고 있다. 「신주쿠 소년탐정단」은 영화로 만들어지기도 했다. 장편은『3LDK 요새 야마자키가3LDK要塞山崎家』(1997), 『안녕의 살인 1980さよならの殺人 1980』 등이 있다. 작중인물인 가스미다 시로霞田志朗의 이름으로 소설을 발표하기도 했다. 한국어로는『기담 수집가』(2009) 등이 단편집 형태로 번역되어 있다.

▶ 김성은

참고문헌: A, H13, 尹相仁ほか『韓国における日本文学翻訳の64年』(出版ニュース社, 2012年).

오타 도시아키太田俊明 ☞ **사카모토 고이치**坂本光一

오타 도시오太田俊夫, 1913.7.29~1993.8.21

소설가. 미야자키현宮崎県 출생. 도쿄케이호쿠東京京北 실업고등학교 졸업. 상하이에서 청춘시절을 보냈다. 1946년에 일본에 돌아와 다음 해 친구와 3명이 카메라 악세사리 메이커(후에 카메라도 제조) '왈츠ワルツ'를 만들었다. 최전성기에는 600명 사원을 거느렸으나 1962년에 도산한다. 누나가 소설가 니와 후미오丹羽文雄의 부인이었다. 니와 후미오가 주재하는 잡지『문학자文学者』동인에 합류하여 자신이 배신당하고 도산하게 된 원망을 창작으로 토해냈다. 1971년『문학자』에 게재한「암운暗雲」은 상하이 시절을 그려 제68회 〈나오키상直木賞〉 후보가 되었다. 이후 체험에 기초한 전기물戦記物, 기업소설을 주로 집필하여, 전쟁, 기업을 주제로 카메라 트릭을 가미한 복수담 「천분의 1초 살인사건千分の一秒殺人事件」(1974)으로 추리소설에도 데뷔했다. 이후 1975년 「이중조흔二重条痕」, 1876년 「유성기업流星企業」, 「분식기업 살인사건粉飾企業殺人事件」, 1977년 「상사맨 살인사건商社マン殺人事件」, 1978년에 「주주총회 살인사건株主総会殺人事件」 등 기업 서스펜스에도 의욕을 보였다. 1978년 고혈압으로 쓰러져서 잠시 집필활동을 쉬다가 1985년 재기하여 1990년까지 활동했다. 1993년 해리성 대동맥류로 사망했다.

▶ 김성은

참고문헌: A, B, E.

오타 란조太田蘭三, 1929. 4. 19~2012. 10. 22

소설가. 본명 오타 히토시太田等. 미에현三重県 출생. 주오대학中央大学 법학부 졸업. 동인지 『신표현新表現』을 거쳐 1956년에 오타 효이치로太田瓢一浪 이름으로 시대소설로 데뷔. 1958년부터 1963년까지 시대물 단행본 간행을 계속했으나, 이후 단행본 간행은 멈추었다. 50년에 이르는 경력을 가진 낚시 매니아로서 자신의 낚시 경험을 살려서 낚시 잡지에 에세이나 소설을 연재했다. 월간지 『낚시인つり人』, 『일본 낚시日本の釣り』 등에 오타 효이치로 명의로 낚인 낚시가를 주인공으로 한 시대소설 「낭인 낚시가浪人釣り師」(1982년 발표, 간행시는 오타 란조 명의로 발표)를 연재하기도 했다. 1978년에 간행된 오타 란조의 명의 최초의 추리 장편 『살인의 삼면 협곡殺人の三面峡谷』을 간행하여 다시 데뷔했다. 산악과 낚시에 대한 묘사가 정확하여 일본 최초의 본격적인 낚시 미스터리로서 평가되었다. 산악추리의 새로운 경지를 개척했다. 〈쓰루베 게이자부로釣部渓三郎 시리즈〉가 인기를 얻었으며, 그 외에 〈얼굴 없는 형사顔のない刑事 시리즈〉, 〈북타마서 순정파北多摩署純情派 시리즈〉, 영화화된 『죽음에 꽃死に花』 등이 있다.

▶ 김성은

참고문헌: A, E.

오타니 요타로大谷羊太郎, 1931. 2. 16~

소설가. 추리소설작가. 본명 오타니 가즈오大谷一夫. 오사카大阪 출생. 유년시절 사이타마현埼玉県 우라와시浦和市로 이주하여 가족과 떨어져 생활하며 청년시절까지 보냈다. 게이오의숙대학慶応義塾大学 국문학과에 들어갔으나 음악을 좋아하여 밴드를 결성하고 기타를 맡았다. 불행한 가족사로 대학을 중퇴하고 사이타마현으로 떠나 기타리스트로 활동했다. 미군기지 주변에서 밴드, 재즈 전문 까페에서 밴드를 하며 생활하다가 가수 가쓰미 시게루克美しげる의 매니저가 되는 등 독특한 경력을 가지고 있다. 1966년, 67년에 〈에도가와란포상江戸川乱歩賞〉 최종 후보로 남은 후, 1968년에 67년의 응모작 「미담의 보답美談の報酬」을 개고改稿하여 「죽음을 나르는 기타死を運ぶギター」를 잡지 『추리계推理界』에 발표하면서 데뷔. 1969년에도 「허망의 잔영虚妄の残影」으로 다시 한 번 〈에도가와란포상〉 최종 후보에 올라갔으며, 1970년 예능계를 무대로 밀실살인을 그린 「살의의 연주殺意の演奏」로 마침내 제16회 〈에도가와란포상〉을 수상했다. 그는 예능계에서 생활했던 경험을 살려 예능계를 무대로 한 밀실물로 널리 독자를 획득했다. 그 위에 트릭과 플롯의 재미를 더해 작품을 완성하는 특징을 가지고 있다. 대표작으로는 1987년 여러 개의 응집된 트릭을 인간 드라마에 그려 넣은 작품, 『악인은 세 번 죽는다悪人は三度死ぬ』

를 간행하여 높은 평판을 얻었다. 한국어로는 「조건반사」(『J미스터리 걸작선』)(1999) 등이 번역되어 있다.

▶ 김성은

참고문헌: A, C, E, F, 尹相仁ほか『韓国における日本文学翻訳の64年』(出版ニュース社, 2012年).

온다 리쿠恩田陸, 1964.10.25~

여성소설가. 본명 구마가이 나나에熊谷奈苗. 미야기현宮城県 센다이시仙台市 출생. 와세다대학早稲田大学 졸업. 회사에서 근무하면서 소설을 집필하여 1991년 「여섯 번째 사요코六番目の小夜子」가 제3회 〈일본판타지노벨대상〉의 최종 후보작으로 올라가, 다음 해 가필 수정 후 출판이 실현되어 작가로서 데뷔했다. 어느 고등학교에서 대대로 전해오는 '사요코' 라는 이름의 생도에 의해 집행되는 비밀 행사에 관한 사건을 그린 호러물이다. 계속해서 1994년 도호쿠東北 지방의 소도시를 배경으로 한 환상소설 『구형의 계절球形の季節』로 다시 제5회 〈일본판타지노벨대상〉의 최종 후보작이 되었다. 위의 두 작품은 단지 초자연적인 소재를 다룰 뿐만 아니라, 10대 소년소녀 특유의 심리를 생생하게 묘사하여 청춘소설로도 성립되었다는 점에 큰 특징이 있다. 세번째 작품인 1994년 『불안한 동화不安な童話』가 가장 좁은 의미의 미스터리에 가깝다. 전생의 기억을 가진 여성을 주인공으로 하는 등, 종래와는 일선을 긋는 작품을 보인

다. 이후 메타 픽션의 구성을 갖는 1997년 『삼월은 깊은 다홍 못을三月は深き紅の淵を』, SF 『빛의 제국光の帝国』(1997) 등, 미스터리 주변부에 위치하면서도 미스터리 독자의 존재를 의식한 장르 믹스적인 작품을 세상에 창작하고 있다. 1998년부터는 전업작가가 되었고 2007년 〈에도가와란포상〉 선고위원으로 취임했다. 한국어로는 『빛의 제국』(2001), 『여섯 번째 사요코』(2006), 『불안한 동화』(2007) 등 단편집 형태로 번역되어 있다.

▶ 김성은

참고문헌: A, H1, H3, H5, H8, H10, 尹相仁ほか『韓国における日本文学翻訳の64年』(出版ニュース社, 2012年).

올요미모노추리소설신인상オール読物推理小説新人賞

공모에 의한 단편추리소설 신인상. 잡지 『올 요미모노オール読物』(문예춘추) 주최. 1962년 때마침 추리소설 붐에 맞춰 종래의 〈올 요미모노신인상オール読物新人賞〉에서 추리소설 부문을 독립시켜 창설했다. 수상작 발표 및 게재는 잡지 『올 요미모노』 지상에서 이루어진다. 수상자에게는 상과 현상금 50만엔이 주어진다. 추리소설의 장편화가 진행되는 중에 단편상으로 만들어졌기 때문에 횟수에 비해 대성한 작가는 적다. 그래도 제2회(1963년) 니시무라 교타로西村京太郎의 「왜곡된 아침歪んだ朝」, 제15회(1976)

아카가와 지로赤川次郎의 「유령열차幽霊列車」, 제19회(1980) 오사카 고逢坂剛의 「암살자 그라나다에서 죽다暗殺者グラナダに死ぬ」, 제22회(1983) 고스기 겐지小杉健次의 「하라시마 변호사의 사랑과 슬픔原島弁護士の愛と悲しみ」, 제26회 미야베 미유키宮部みゆき의 「우리들 이웃의 범죄我らが隣人の犯罪」 등이 수상하고 있어, 그 공적은 적지 않다. 제22회까지의 수상작에서 선정된 19편이 『「올 요미모노」 추리소설 신인상 걸작선「オール読物」新人賞傑作選』으로 1984년 문고판 2권으로 간행되었다. 제24회(1985)부터 제35회(1996)까지의 모든 수상작을 2권으로 1998년에 추가로 간행했다. 2008년부터 〈올요미모노신인상 オール読物新人賞〉과 다시 일원화되어, 제46회로 종료되었다.

▶ 김성은

참고문헌: A, B.

와세다 미스터리 클럽ワセダミステリクラブ ☞
일본의 대학 미스터리 클럽

와시오 사부로鷲尾三郎, 1908.1.25~1989.12.2
소설가. 본명 오카모토 미치오岡本道夫. 오사카大阪 출생. 도시샤대학同志社大学 중퇴 후 간사이関西에서 상업에 종사. 1949년 처녀작 「의문의 반지疑問の指環」를 잡지 『보석宝石』 7월 증간호에 발표하면서 데뷔했다. 1950년 발표한 「귀태鬼胎」와 같은 트릭적인 본격추리소설부터 1952년 발표한 「생선냄

새魚臭」와 같은 괴기, 환상소설, 유머 미스터리인 「악마의 상자」(1953) 등 폭넓은 분야에서 활동했다. 1953년에 발표한 젊은이들의 비정한 범죄를 그린 「눈사태雪崩」로 제7회 〈탐정작가클럽상〉 장려상을 수상했다. 특히 「문주의 덫文殊の罠」(1955)은 2개의 방 트릭을 극한까지 몰고 간 작품으로서 평가가 높다. 1956년 고단샤講談社의 장편 모집에 투고한 본격미스터리 『술 곳간에 사는 여우酒蔵に棲む狐』(『시체의 기록屍の記録』으로 제목을 바꾸어 1957년에 간행)는 아유카와 데쓰야鮎川哲也의 「검은 트렁크黒いトランク」와 마지막까지 경쟁했다. 1950년 중반부터는 액션물을 다수 창작하여 『내가 상대다俺が相手だ』(1957), 『지옥의 덫地獄の罠』(1958), 『묻힌 여자葬られた女』(1959), 『검은 낙인黒の烙印』(1960) 등의 저서가 있다. 그 후 1964년까지 창작활동이 중단되었지만, 1983년에 오랜만에 장편 『과거로부터의 저격자過去からの狙撃者』를 간행했다.

▶ 김성은

참고문헌: A, B, E.

와카타케 나나미若竹七海, 1963.7~
소설가. 본명 오야마 히토미小山ひとみ. 도쿄東京 출생. 릿쿄대학立教大学 문학부 사학과 졸업. 아버지는 영화평론가로 잘 알려진 오야마 다다시小山正이다. 대학 재학 중에 '릿쿄 미스터리 클럽'에 소속되어 기치 미하루木智みはる 라는 이름으로 소겐추리문고

創元推理文庫의 삽입 책자 『좀 먹은 수첩紙魚の手帳』에서 신간소개 코너를 담당했다. 대학 졸업 후 업계지業界紙의 편집부 등에 근무하다가 1991년 『나의 미스터리한 일상ぼくのミステリな日常』으로 데뷔했다. 응집된 구성과 다양하고 풍부한 내용으로 절찬을 받았다. 이후 1993년 『여름의 끝夏の果て』(『닫힌 여름閉ざされた夏』으로 제목을 바꾸어 1993년 간행됨)으로 제38회 〈에도가와란포상江戸川乱歩賞〉 최종후보에 올랐다. 이 작품과 연작단편집 『스크럼블スクランブル』(1997) 등은 독특한 젊음을 가진 청춘 미스터리이다. 또한 자연재해 패닉소설인 『화천풍신火天風神』(1994), 타이타닉호에서 사라진 환상의 원고를 둘러싼 역사추리인 『해신의 만찬海神の晩餐』(1997) 등의 뛰어난 작품을 발표했다. 이와 같이 장르를 불문하는 다채로운 작풍을 가지며, 작품 속에서 일관되게 보통 사람들의 일상생활에 잠재되어 있는 악의惡意의 존재를 그리고 있는 점이 특징적이다. 단편집 『선물プレゼント』(1996) 등은 이러한 주제를 정면으로 다룬 대표작이라고 할 수 있다. 한국어로는 「아가씨 출범」(『베스트 미스터리 2000』)(1999), 『나의 미스터리한 일상』(2007), 『네 탓이야』(2008) 등으로 번역되어 있다.

▶ 김성은

참고문헌: A, H4, H11, 尹相仁ほか 『韓国における日本文学翻訳の64年』(出版ニュース社, 2012年).

와쿠 순조 和久峻三, 1930.7.10~

추리소설 작가. 변호사. 본명은 다키이 순조滝井峻三. 오사카大阪 출생. 1955년 교토대학京都大学 법학부를 졸업하고 중부신문사中部新聞社에 들어가서 도쿄지국 등에 근무했다. 1961년에 퇴사. 1967년에 사법시험 합격. 1969년 교토京都에 법률사무소를 열었다. 그 사이에 1960년 본명으로 단편 「다홍달紅い月」을 잡지 『보석宝石』 2월 증간호에 발표했다. 1963년에는 와쿠 하지메和久一 명의로 「엔쿠의 도끼円空の鉈」로 제5회 'EQMM 단편콘테스트'에 가작 입선했다. 1972년 민사재판의 실태를 파헤치는 『가면법정仮面法廷』으로 제18회 〈에도가와란포상江戸川乱歩賞〉을 수상하면서 본격적인 작가생활에 들어갔다. 1975년부터 나고야名古屋 방언의 검사 히이라기 시게루柊茂를 주인공으로 한 〈아카카부(붉은 순무) 검사 분투기赤かぶ検事奮戦記 시리즈〉를 연달아 발표하여 법정 미스터리에 새로운 경지를 열었다. '나는 추리소설을 쓰기 위해 변호사가 되었다'고 자칭하듯이 풍부한 법률지식과 실무체험을 살린 법정물에 정평이 나있다. 〈아카카부 검사 시리즈〉 외에도 변호사를 주인공으로 한 많은 시리즈물이 있다. 국제모험소설이나 하이테크 정보 소설도 다루고 있다. 1989년에는 법정조서형식의 『우게쓰장 살인사건雨月荘殺人事件』(1988)으로 제42회 〈일본추리작가협회상日本推理作家協会賞〉을 수상했다.

참고문헌: A, E, F.

▶ 김성은

와타나베 게이스케渡辺啓助, 1901.1.20~2002.1.19

추리작가. 추리작가 와타나베 온渡辺温의 형이다. 규슈대학九州大学 법문학부 사학과 졸업. 1929년 『신청년新青年』의 편집부에 있던 동생의 의뢰로 영화배우 특집을 위해 배우 오카다 도키히코岡田時彦 명의로 첫 작품 「의안의 마돈나僞眼のマドンナ」를 집필하였다. 파리 창부娼婦의 의안義眼의 아름다움에 대한 이상한 집착을 그려 엑조티즘과 페이소스를 자아내는 시정이 넘치는 작품이다. 이후에 교원 생활을 하는 한편 「복수예인復讐藝人」(1929), 「혈소부血笑婦」(1930), 「애욕의 이집트학愛欲のエジプト学」(1932), 「지옥 요코초地獄横丁」(1933), 「악마의 손가락悪魔の指」(1935) 등 인간 심리의 암흑면을 날카롭게 파헤치는 괴기미 넘치는 단편을 차례로 발표하였다. 「지옥 요코초」는 거의 교제도 없던 작가로부터 유언으로 사체의 처리를 부탁받은 문예비평가가 미남자라는 점 때문에 겪게 되는 기담奇譚으로, 스토리텔러로서의 기량과 특이한 박력이 넘치는 작품이다. 특히 1937년 『신청년新青年』에 게재한 연재단편 「성악마聖悪魔」, 「흡혈 박쥐血蝙蝠」, 「시체 붕괴屍くずれ」, 「탄타라스의 저주받은 피タンタラスの呪い血」, 「결투기決闘記」, 「살인 액의 이야기殺人液の話」 여섯 편은 모두 역작으로 이를 계기로 전업작가가 되었다. 「성악마」는 일인칭 형식을 취한 목사의 술회를 다룬 것으로 억압된 본능의 탈출구를 찾아서 공상속의 악행을 일기체로 써내려 간다. 신자인 청년이 이를 발견하여 위선자라고 비난했지만, 나중에는 인간적 매력을 느끼게 된다는 이야기이다. 목사의 약점을 파고드는 청년의 소악마 같은 면이 기묘한 뒷맛을 남기고, 비굴한 목사의 삶을 적나라하게 드러내면서 여운을 남기는 필법이 효과적인 작품이다. 「결투기」는 철저한 에고이스트의 전모를 가차없이 추구하는 등 배덕 세계를 유연한 필치로 그려내지만, 전업작가가 된 이후 모든 잡지에 기고하게 되면서 애정이나 명랑함이 작품에 반영되기 시작한다. 시국의 진전에 따라 모험소설, 현지소설 등 폭을 넓혀 전쟁 중에 육군보도국 촉탁으로 몽고에 가서 현지에서 취재한 「오르도스의 매オルドスの鷹」(1942)로 〈나오키상直木賞〉 후보가 된다. 이 작품은 몽고 개척단을 배경으로 당시의 천편일률적인 전의를 고취시키는 소설과는 달라서 〈나오키상〉 후보에도 올랐다. 전후에는 세태에서 제재를 취한 현대풍속 소설에도 손을 대었는데, 「눈먼 인어盲目人魚」(1946) 무렵부터 탐정소설에 근접하여, 「마녀이야기魔女物語」(1946), 「몽골의 괴묘전モンゴル怪猫伝」(1950)과 같은 괴기 탐정소설에서 특색을 드러내었다. 사립탐정 잇폰기 만스케一本木万助가 활약하는 역사낭만 미스터리 장편소설로 「악마의 혀悪魔の舌」, 「선혈 램프鮮血洋灯」(둘 다 1956년)가 있다. 사해死海 문서의 수수께끼를 일찍이 도입한 「쿠무란 동굴クムラン洞窟」(1959) 이하의 비경秘境 미스터리, 전후파의 젊은 세대를 생생히 묘사한 「해저 결혼식海底結婚式」(1960)으로 여유롭게 작풍의 폭을 넓혔고, 1960년부터 일본탐정작가클럽 제7회 회장을 역임하였다. 또한 여명기에 있었던 SF에도 관심을 보여, 일본탐정작가클럽 내의 SF그룹 '오메가 클럽'에서 회장을 지냈다. 1970년대 이후에 신작은 발표하지 못했지만, 주로 까마귀를 모티브로 한 그림을 그리고, 에세이 화집 『까마귀─누구라도 한번은 까마귀였다鴉─誰でも一度は鴉だった』(1985)를 간행하였다. 한국어로는 「산키치의 식욕」(1999)이 『J미스터리 걸작선(Ⅰ)』에 번역, 소개되었다.

▶ 이승신

참고문헌: A, B, E, F, G.

와타나베 겐지渡辺剣次, 1919.8.10~1976.8.28

각본가. 평론가. 본명 와타나베 겐지渡辺健治. 다른 이름 이세 쇼고伊勢省吾. 도쿄東京 출생. 게이오의숙대학慶応義塾大学 법학부 졸업 후 일본방송협회에 들어갔다. 에도가와 란포상江戸川乱歩賞를 존경하고 본으로 삼아 탐정소설 클럽 초대 서기장으로서 란포를 보좌했다. 란포의 장편 『십자로十字路』(1955) 집필에 협력하여 다음해에 이노우에 우메쓰구井上梅次 감독에 의해 「죽음의 십자로死の

十字路」로 영화화 되었을 때 스스로 시나리오를 써서 각본가로 데뷔했다. 정년퇴직 전후에는 평론가로서 왕성한 활동을 했다. 추리소설 트릭에 대해 작품을 인용한 해설서 『미스터리 칵테일ミステリイ・カクテル』(1975, 연재할 때는 이세伊勢 명의로 발표)을 간행했다. 또한 『13의 밀실13の密室』(1975)을 비롯하여 앤솔러지 4권을 편집했다. 1976년 악성 복막염으로 사망했다.

▶ 김성은

참고문헌: A, E.

와타나베 온渡辺温, 1902.8.26~1930.2.10

홋카이도北海道 출신의 소설가. 와타나베 게이스케渡辺啓助의 친동생이다. 1920년 게이오의숙대학慶応義塾大学 예과 문과에 입학하였고, 1924년 게이오의숙대학 고등부 재학 중에 플라톤사プラトン社의 영화 시나리오 모집에 응모하여 「그림자影」가 1등에 입선하였다. 「그림자」는 가난한 화가가 라이벌인 돈 많은 화가에게 자신의 모델을 빼앗긴 원한에서 몽유병이 발병되고, 몽유병 발작 중에 라이벌 화가를 죽이게 된다는 내용인데, 다니자키 준이치로谷崎潤一郎와 오사나이 가오루小山内薫가 이 공모의 심사위원이었다.

이러한 인연으로 오사나이 가오루에게 사사하고 신극운동에 공감하게 되었다. 익명으로 평론, 수필, 단편을 발표하였고, 1926년에는 게이오의숙 고등부를 졸업하고 단편시나리오를 발표하였다. 1927년 하쿠분칸博文館에 입사하여 『신청년新青年』의 편집을 담당하게 되었고, 같은 해 자신이 편집 담당이었던 『신청년』에 「거짓말嘘」을 발표하였다. 이어서 같은 해 동同잡지에 「불쌍한 누나可哀想な姉」를 발표하였다. 「거짓말」의 줄거리는 다음과 같다. 벙어리 누나가 키운 소년이 점점 성장하여 어른이 되어가자 누나가 소년이 자라는 것을 싫어한다. 소년은 누나가 꽃을 팔고 있다는 말을 의심하여 신사로 변장해 누나를 지켜본다. 소년은 누나가 손님을 받는 장사를 하고 있는 것을 알고 손님을 죽인다. 그리고 누나에게 살인죄를 덮어씌우고 자신은 새로운 생활을 하기로 결심한다는 이야기인데, 이 작품은 시적인 정서가 넘치는 대표작으로 평가받고 있다.

1928년에는 하쿠분칸을 퇴사하고 본격적인 집필생활을 하게 된다. 1928년에는 『신청년』에 형수가 된 여성을 향한 연모와 집착을 그린 「승패勝敗」를 발표하고, 이외에 에드거 앨런 포Edgar Allan Poe의 작품을 번역하기도 했으며, 번역에 있어서도 호평을 받았다. 1929년에는 다시 『신청년』 편집일에 복귀하였고, 1930년 2월 10일에 다니자키 준이치로에게 원고 독촉을 하러 갔다가 돌아오는 도중, 자동차 사고로 27세라는 젊은 나이에 사망하였다. 다니자키 준이치로는 와타나베 온을 추모하여 『신청년』에 전기傳奇 장편소설 「무주공비화武州公秘話」

(1931~32)를 발표하였다.

작품은 짧은 장편掌篇이 대부분이었는데, 짧은 소설이지만 강렬한 인상을 남기는 작품들이 많았다. 환상적이고 서정적인 작품과 순수한 것에 대한 도료를 다룬 작품도 많았는데, 유고遺稿가 된 「군인의 죽음兵隊の死」(1930)은 산문시라고도 할 수 있을 정도의 작품으로 그의 작품의 성향이 단적으로 드러나 있다.

한국에 번역된 작품으로는 『J미스터리 걸작선 III』(태동출판사, 1999)에 「거짓말嘘」이 수록되어 있다.

▶ 홍윤표

참고문헌: A, B, E.

와타나베 유이치渡辺祐一 ☞ **히카와 로**氷川瓏

와타시わたし

일본의 저널리스트이자 작가인 미요시 도루三好徹의 1968년 『미아천사迷子の天使』에 첫 등장한 이후, 1972년 『천사가 사라졌다天使が消えた』 등의 45편에 이르는 장단편의 〈천사 시리즈〉의 화자이자 주인공을 담당하며 활약하는 인물. 직업은 신문기자이며 이름은 불분명하다. 10년 정도 전에 요코하마橫浜 Y대학을 졸업하고 도쿄에 본사가 있는 신문사에 입사하여 요코하마지국에 배속된다. 지국원은 3~4년 간격으로 본사에 올라가는 것이 일반적인 관례이지만, 나는 어째서인지 홀로 남겨져 30살을 넘도록 보잘 것 없는 경찰서 순회하기 일을 감수하며 살아가고 있다. 약간 모난 성격을 지니고 있기는 하지만, 일에 관하여서는 타의 추종을 불허할 정도로 열심히 매진하며, 부당한 권력과 부정에 관해서는 절대 굴복하지 않는 정의감이 강한 인물로 묘사되고 있다. 한편 술과 여자, 그리고 도박을 좋아하는 일면을 보이기도 하고, 일류신문의 기자인지라 주변 여성들에게 상당히 인기가 있는 인물이기도 하다. 미요시 도루의 작품은 한국에 『상전商戰』(1982), 『컴퓨터의 몸값コンピュータの身代金』(1993) 등이 번역되어 있다.

▶ 박희영

참고문헌: A, I, 上田正昭外3人 『日本人名大辞典』(講談社, 2001).

요기妖奇

1947년 7월에 창간된 추리소설 전문 잡지. 1947년 7월호부터 1952년 10월호까지 66권이 발행되었다. 1952년 11월호부터 『트릭ト リック』으로 잡지명을 바꾸었고, 이후 1953년 4월 증간호까지 6권이 발행되었다. 올로망스사オールロマンス社 발행.

『신청년新靑年』 등에 실린 전전戰前의 탐정소설을 재수록하는 것으로 잡지 지면을 구성하였다. 전전 유명작가의 명작을 실어 화제가 되었고 판매실적도 좋았으나, 일부 작가들은 에로·그로 앵콜 잡지라고 비난하기도 했다. 하지만 권을 거듭할수록 전전 명작 수록 비중이 적어지고, 무명작가의 실화를 바탕으로 한 글의 비중이 늘었다. 『트릭』으로 잡지명을 바꾼 후에도 실화 기록을 중심으로 지면을 구성하는 기조는 유지되었지만, 전전의 잡지에 번역된 세이어스Dorothy Leigh Sayers나 A. A 밀른Alan Alexander Milne 등의 작품을 싣는 등 해외작품을 소개하는 비중이 다소 늘었다. 하지만 점차 원고가 부족해졌고, 폐간 전 2년간은 엽기괴기적인 색채가 농후한 무명작가의 작품을 싣게 되었다.

▶ 홍윤표

참고문헌: A, B, E, F.

요네다 산세이米田三星, 1905.2.12~?

소설가. 의사. 본명 쇼자부로庄三郎. 1905년 2월 12일 나라현奈良県 요시노군吉野郡 시모이치초下市町에서 출생. 1932년 오사카제국대학大阪帝国大学 의학부 졸업. 1937년에는 중일전쟁에 소집되어 군의로 참가, 다음해에 귀국했다. 1945년 나라현립奈良県立의학전문학교가 창설될 때 교수가 되었고, 1948년에는 퇴직 후 개업의가 되었다. 필명은 선조가 만들었던 식초의 트레이드 마크가 별 셋 모양三ツ星印인 것에서 유래한다.

1930년 가을에 『고사카이 후보쿠 전집小酒井不木全集』에 자극을 받아 집필을 하기 시작하였고, 이식을 받은 피부에 관련된 기괴한 사건을 다룬 「살아 있는 피부生きている皮膚」를 모리시타 우손森下雨村에게 보냈더

니 다음 해인 1931년 『신청년』 신년호에 채택, 게재되어 문단 데뷔를 하게 되었다. 1931년 발표한 「거미蜘蛛」는 간질발작이 있다는 것을 알고 이를 이용한 친구의 계략에 말려들어 살인 용의로 감옥에 간 남자가 그 계략에 대해 깨달은 순간, 거미로 인해 쇼크사한다는 이야기이다. 1931년에 발표한 「밀고 심장告げ口心臟」은 두 통의 편지로 이루어져 있다. 첫 번째 편지는 스승에게 주사를 놓은 직후에 일어난 죽음에 대한 변명이며, 두 번째 편지는 그 변명을 뒤집어 진상을 밝히는 내용이다. 이외에도 두 편의 작품을 더 썼으나 기기 다카타로木々高太郎가 등장하자 쓸 의욕을 잃었다고 한다.

에도가와 란포江戸川乱歩는 요네다 산세이에 대해 '괴기범죄문학의 진리에 닿아 있고 문장도 뛰어나다, 일단 기억하면 좋을 작가'라 평가하고 있다. 작품의 수는 적지만 전전戦前 고사카이 후보쿠, 기기 다카타로에 이어 의학적 지식을 살린 작가로서 주목할 만하다.

▶ 홍윤표

참고문헌: A, E, F.

요네자와 호노부米沢穂信, 1978~

추리소설 작가. 기후岐阜현 출신. 기후현립 히다고등학교岐阜県立斐太高等学校, 가나자와대학金沢大学 문학부 졸업. 대학교 2학년 때부터 자신의 홈페이지에 소설을 발표하기

시작했다.

대학 졸업 후 2001년에 발표한 「빙과氷菓」로 제5회 〈가도카와학원소설대상角川学園小説大賞〉에서 영 미스터리 & 호러 부문ヤングミステリー&ホラー部門 장려상 수상. 2011년에는 「부러진 용골折れた竜骨」로 제64회 〈일본추리작가협회상日本推理作家協会賞〉 장편 및 연작 단편집 부문을 수상했다. 「부러진 용골」의 줄거리는 다음과 같다. 런던에서 배로 3일 걸리는 북해에 떠 있는 솔론 제도. 솔론 제도의 영주는 전쟁의 위험이 가까워짐을 느끼고 특별한 기술을 가진 용병들을 모은다. 영주의 딸 아미나는 영주인 아버지의 목숨을 노리는 암살자들이 있음을 알고 동방에서 온 기사 '팔크 피츠존'에게 도움을 청하지만 영주는 장검에 가슴을 찔려 살해되고 만다. 팔크는 영주를 살해하는 데에 타인을 암살기사로 만드는 마술이 사용된 것을 알고 범인 추리에 나서는데, 이러한 상황에서 솔론 제도는 전쟁에 휩싸이게 된다. 청춘미스터리, 판타지와 미스터리가 접목된 소설 등 다양한 장르에 도전하고 있는 작가로, 최근에는 특히 젊은 독자층으로부터 주목받고 있는 작가이다.

한국에 번역, 출판된 작품으로는 「개는 어디에犬はどこだ」(2011), 「쿠드랴프카의 차례クドリャフカの順番」(2014), 「부러진 용골」(2012), 「덧없는 양들의 축연愚い羊たちの祝宴」(2010), 「추상오단장追想五断章」(2011), 「인사이트밀インシテミル」(2008) 등이 있다.

▶ 홍윤표

참고문헌: H12~H13.

요리이 다카히로依井貴裕, 1964.2.15~

추리소설 작가. 오사카大阪 출신. 간세이가 쿠인대학関西学院大学 문학부 졸업. 1990년 도쿄소겐샤東京創元社의 추리소설 『아유카와 데쓰야와 13개의 수수께끼鮎川哲也と十三の謎』 전13권 시리즈 중 마지막 한 권을 공모하는 기획에 응모하여 최종후보작이 되었다. 이 때 응모한 후보작「메모리얼 트리memorial tree, 記念樹」로 데뷔하였다. 최근작으로는 1999년 가도카와서점角川書店에서 출판한「야상곡夜想曲, ノクターン」이 있다.

▶ 홍윤표

참고문헌: H12, 依井貴裕 『夜想曲』(角川書店, 1999).

요미사카 유지詠坂雄二, 1979~

추리소설 작가. 2007년 고분샤光文社의 신인발굴기획「KAPPA-ONE」에 응모, 당선된 장편추리소설『the little glass sister』로 데뷔하였다. 데뷔작은 고등학교를 무대로 한 본격추리소설로 청춘추리물에 속한다고 볼 수 있으나 2008년에 발표한 두 번째 작품「도미사건遠海事件」은 실제 사건을 소설화한 논픽션 르포르타주 형식의 소설이다. 또한 2009년에 발표한 세 번째 장편『전기인간의 공포電気人間の虞』는 말하면 나타나고 여기에 홀리면 죽게 된다는 도시전설 속의 전기인간에 대한 이야기이다. 여대생 아카토리 미하루赤鳥美晴는 도미시遠海市에 전해지는 도시전설을 졸업논문 테마로 결정하고 조사에 착수한다. 하지만 전기인간이 태어났다고 전해지는 전쟁 중 군이 만든 지하호를 탐색한 후 머물고 있던 호텔에서 급사한다. 또한 지하호를 관리하고 있던 노인의 유지를 이어받은 소년도 이어서 의문의 죽음을 당하게 된다. 이에 죽은 미하루의 연인인 히즈미 도오루日髄亨가 사망 당시 미하루가 쓰던 졸업논문에서 이상한 점을 발견하고 사건의 진상을 밝힌다는 내용이다. 이처럼 요미사카 유지는 매 작품마다 작풍을 바꿔가며 다양한 시도를 거듭하고 있다.

▶ 홍윤표

참고문헌: H10, 詠坂雄二 『電気人の虞』(光文社, 2009).

요시다 슈이치吉田修一, 1968.9.14~

소설가. 1968년 나가사키시長崎市 출생. 나가사키현립長崎県立 나가사키미나미長崎南 고등학교, 호세이대학法政大学 경영학부 졸업. 이후 수영강사 등의 아르바이트를 하다가 1997년「마지막 아들最後の息子」로 제84회 〈문학계文学界신인상〉을 수상하며 문단데뷔를 하였다. 2002년에는「퍼레이드パレード」로 제15회 〈야마모토슈고로상山本周五郎賞〉을 수상하였다. 또한 같은 해「파크 라이프パークライフ」로 제127회 〈아쿠타가와상芥川

賞)을 수상하였으며, 이 때 순문학과 대중소설의 문학상을 모두 수상한 작가로 화제가 되었다. 2007년에는 살인사건을 다룬 장편 「악인惡人」으로 제61회 〈마이니치출판문화상每日出版文化賞〉과 제34회 〈오사라기지로상大佛次郎賞〉을 수상했다. 한국에는 「악인惡人」(2008)이 번역, 출판되어 있다.

▶ 홍윤표

참고문헌: 吉田修一 공식사이트 yoshidashuichi.com, 吉田修一 『惡人(上), (下)』(朝日新聞出版, 2009).

요시무라 마스芳村升 ☞ 히사야마 히데코
久山秀子

요시키 다케시吉敷竹史

일본의 추리작가 시마다 소지島田荘司의 1984년 장편 『침대특급 「하야부사」 1/60초의 벽寝台特急「はやぶさ」1/6秒の壁』에서 첫 등장한 이후, 〈요시키 다케시吉敷竹史 시리즈〉의 주인공 형사 역할을 맡고 있다. 이 시리즈는 TV드라마화 될 정도로 사람들에게 커다란 인기를 얻게 된다. 오카야마현岡山県에서 태어나 히로시마広島에서 성장하였다. 경시청 수사1과에 소속되어 있다. 한번 결혼 하였으나 일에 얽매여 이혼당하고 지금은 혼자서 싸구려 아파트에서 살고 있다. 외모는 키가 크고 미남이다. 시마다 소지의 1985년 작품 『북의 유즈루, 저녁 하늘을 나는 학北の夕鶴2 / 3の殺人』에서는 전처를 궁

지에서 구하기 위해 관할권 밖인 홋카이도北海道까지 가서 맹활약을 펼친다. 1990년 『하고로모 전설의 기억羽衣伝説の記憶』에서는 전처와의 관계를 회복하지만 다시 부부의 연으로 맺어지지는 못하였다. 진실을 추구하는 자세가 매우 진지하고, 무사안일주의로 인하여 주변 사람들과 끊임없이 대립한다. 1989년 작품 『기발한 발상, 하늘을 움직이다奇想, 天を動かす』에서는 주임과 동료들과 충돌하여 이후 단독으로 사건에 임하게 된다. 1999년 『눈물이 흐르는 대로涙流れるままに』에서는 강직한 인물로 묘사되기도 하여 사건 해결 후 사표를 던지는 모습도 나오지만, 결국에는 경부警部로 승진하게 된다. 시마다 소지의 작품은 한국에 『기발한 발상, 하늘을 움직이다』(2011), 『침대특급 「하야부사」 1/60초의 벽』(2012), 『북의 유즈루, 저녁 하늘을 나는 학』(2013) 등 수많은 작품이 번역되어 출판되고 있다.

▶ 박희영

참고문헌: A, I, 上田正昭外3人 『日本人名大辞典』(講談社, 2001).

요코미조 세이시横溝正史, 1902.5.24~1981.12.28

소설가. 본명은 마사시正史. 1902년 고베시神戸市 출생. 고베 2중神戸二中, 현 효고현립兵庫県立 효고고등학교兵庫高校 시절부터 탐정소설을 애독하였고, 외국잡지를 섭렵하여 오스틴 프리먼Richard Austin Freeman의 미소개 작품을 발견하기도 했다.

1920년에 중학교를 졸업하고 제일은행第一銀行 고베지점에 근무하던 중, 1921년에 처녀작 「무서운 만우절恐ろしき四月馬鹿」를 『신청년新青年』에 투고하여 입선했다. 같은 해 오사카약학전문학교大阪薬学専門学校에 입학하여 1924년에 졸업하였는데, 그 사이에도 창작과 번역 작품을 발표하고 모리시타 우손森下雨村이나 에도가와 란포江戸川乱歩 등과 알게 되었다. 1925년에는 관서지역 애호가들을 규합하여 '탐정소설취미모임探偵小説趣味の会'을 결성하기도 했다. 1926년 가을에는 에도가와 란포의 권유로 하쿠분칸博文館에 입사하였다. 이 시기에는 「광고인형広告人形」(1926), 「슬픈 우체국悲しき郵便屋」(1926) 등을 발표하였는데, 이들 작품은 최후에 의외의 반전이 두드러지는 작품들이다. 1927년에는 모리시타 우손의 뒤를 이어 『신청년』의 편집장이 되었고, 종래의 지면을 쇄신하여 모더니즘의 기운을 더 강하게 하고 저널리즘에 새로운 바람을 일으켰다. 전쟁이 끝난 직후에는 논리적인 추리로 사건의 진상을 밝혀내는 본격 탐정소설에 매진하여 주목할 만한 작품을 다수 발표하였다. 1946년에 발표한 「혼진 살인사건本陣殺人事件」은 일본식 밀실살인사건을 다룬 작품으로 널리 호평을 받았다. 이 작품의 탐정은 긴다이치 고스케金田一耕助인데 여기에서 첫 등장하여 이후 일본을 대표하는 탐정이 되었다. 또한 요코미조 세이시는 오사카약학전문학교 출신인 만큼 약제 면허를 가지고 있어 관련 지식을 소설에 적용하기도 하였다. 그리고 「나비 살인사건蝶々殺人事件」(1946)은 가극단과 관현악단의 화려한 모습을 배경으로 콘트라베이스 케이스에 시체를 옮긴다는 근대적 이미지가 특징적이다. 또한 이 작품에 드러나 있는 물샐 틈 없는 논리적 추론은 전후 탐정소설계에 큰 자극을 주었으며 하나의 이정표가 되었다. 이어서 「옥문도獄門島」(1947), 「팔묘촌八つ墓村」(1949), 「악마가 와서 피리를 분다悪魔が来りて笛を吹く」(1951~1953) 등을 발표하여 일본 특유의 본격장편 탐정소설을 확립한 공적을 인정받고 있다. 한편, 1976년에는 「이누가미 일족犬神家の一族」(1950)이 영화화되어 대히트를 치고, 이에 따라 사회적으로도 유명인사가 되었다. 1981년 12월 28일 결장암으로 세상을 떠났다. 현재도 일본본격추리소설의 거장으로 추앙받고 있다.

한국에는 「백일홍 나무 아래百日紅の下にて」(2013), 「병원 고개의 목매달아 죽은 이의 집 1.2病院坂の首縊りの家 上下」(2013), 「여왕벌女王蜂」(2010), 「혼진 살인사건」(2011), 「本陣殺人事件」(1974), 「쇼윈도의 여인飾り窓の中の恋人」(『J미스터리 걸작선』 I」에 수록, 1999), 『혼진 살인사건』(2003), 「옥문도」(2005), 「악마가 와서 피리를 분다(긴다이치 코스케 시리즈 5)」(2009), 「밤 산책(긴다이치 코스케 시리즈)夜歩く」(2009), 「삼수탑三つ首塔」(2010), 「이누가미 일족犬神家の一族」

(2008) 등 많은 작품이 번역되었다.

▶ 홍윤표

참고문헌: A, B, D, E, F, G.

요코야마 히데오 橫山秀夫, 1957.1.17~

추리소설작가. 도쿄東京 출신. 국제상과대학(도쿄국제대학)을 졸업한 후에 조모신문 上毛新聞에 입사하였다. 12년간의 기자생활을 마친 후 프리랜서 작가가 되었다. 1991년에 『루팡의 소식ルパンの消息』이 제9회 〈산토리미스터리대상サントリーミステリー大賞〉 가작으로 선정되었다.

1998년에 단편 『음지의 계절陰の季節』을 간행하였는데, 이 작품은 종래의 경찰소설과는 다르게 경찰서 내부의 인사문제 및 내분을 다룬 참신한 연작 경찰 미스터리로 높은 평가를 받았다. 이외에도 1995년 『평화의 싹平和の芽』, 1996년 『출구가 없는 바다出口のない海』 등의 작품이 있으며, 2000년에는 『동기動機』를 발표하여 제53회 〈일본추리작가협회상日本推理作家協会賞〉을 수상하였다. 『동기』는 경찰서에서 발생한 경찰수첩 도난 사건을 다루고 있는데, 이 사건을 둘러싼 내부 분쟁과 의심 등을 탁월하게 그리고 있다. 흥미진진한 이야기 전개와 인간심리 묘사를 절묘하게 결합시킨 기예의 작가로 정평이 나 있다.

2002년에는 「사라진 이틀半落ち」을 발표하여 일약 가장 주목받는 작가가 되었다. 소설의 제목 '한오치半落ち'는 경찰 은어로 '반쯤 자백한 상태'를 의미하는데, 한국에는 '사라진 이틀'로 번역되었다. 본 작품의 줄거리는 다음과 같다. 아내를 목 졸라 살해한 경찰관은 자신의 죄를 인정하고 있지만, 범행 후 이틀 간의 공백에 대해서는 진술을 거부한다. 이 남자가 목숨보다 소중하게 지키려고 한 것은 무엇인지 파헤치는 과정이 그려진다. 이 소설은 2004년 영화화되었고, 2007년에는 TV드라마로도 제작되었다. 현재 가장 주목받고 있는 작가 중 하나이다.

한국에는 「클라이머즈 하이クライマーズ・ハイ」(2013), 「얼굴顔」(2010), 「사라진 이틀半落ち」(2010), 「루팡의 소식ルパンの消息」(2007), 「동기動機」(2007), 「사라진 이틀半落ち」(2013), 「클라이머즈 하이 1クライマーズ・ハイ」(2005), 「살인방관자의 심리真相」(2008), 「제3의 시효第三の時効」(2008), 「미래의 꽃未来の花」(『혈안 일본 최고의 미스터리 작가 9인의 단편집』에 수록, 2012) 등 많은 작품이 번역, 소개되었다.

▶ 홍윤표

참고문헌: A, H01.

우가미 유키오 宇神幸男, 1952.2.3~

소설가. 본명은 간노 유키오神応幸男. 에히메현愛媛県 출생. 에히메현의 우와지마미나미宇和島南 고등학교를 졸업한 후 우와지마 시청 직원으로 근무하면서 소설가의 꿈을 키웠다. 한 때 작가를 포기하기도 했지만,

클래식 음악의 평론이나 해설을 지역 신문에 기고하는 등의 활동을 하다가 1990년에 음악을 소재로 한 장편 미스터리 소설 「신이 머문 손神宿る手」이 아유카와 데쓰야鮎川哲也의 추천을 받아 데뷔하였다. 이 작품은 이후에 발표된 『사라진 오케스트라消えたオーケストラ』(1991), 『니벨룽의 성ニーベルングの城』(1992), 『미신의 황혼美神の黄昏』(1993)과 함께 4부작을 구성하고 있으며, 전체적으로 하나의 장대한 이야기를 구성하고 있다. 또 1993년에는 단편소설집 『머리를 자르는 여자髮を截る女』를 발표하였다.

이외에도 장편 『발할라성의 악마ヴァルハラ城の悪魔』(1997)가 있다. 대부호가 야쓰가타케八ヶ岳 산기슭에 지은 '발할라성'에서 엽기적인 연속살인이 발생한다는 설정인데, 투숙객 중 한명인 여대생 오오기마치 세이카正親町聖架가 그 수수께끼를 풀어나간다. 작품 전체를 통해 음악, 미술, 문학, 영화 등 예술 전반에 걸친 박식함이 드러나 있으며, 특유의 분위기가 두드러진다. 의외성 있는 결말이 흥미를 끄는 작품이다.

▶ 홍윤표

참고문헌: A, 宇神幸男 『ヴァルハラ城の悪魔』(講談社, 1997).

우노 고이치로宇野鴻一郎 ☞ 사가시마 아키라

嵯峨島昭

우노 히로즈미鵜野広澄 ☞ 사가시마 아키라

嵯峨島昭

우라가미 신스케浦上伸介 ☞ 쓰무라 슈스케

津村秀介

우메하라 가쓰후미梅原克文, 1960.9.5-

소설가. 본명은 가쓰야克哉. 도야마시富山市 출생. 간토학원대학関東学園大学 경제학부를 졸업하였다. 컴퓨터 소프트웨어 회사 근무 경험이 있다. 동인지 『우주진宇宙塵』에 게재된 중편 「이중나선의 악마二重ラセンの悪魔」로 1990년 〈판타지대상ファンタジー大賞〉을 수상하였다. 1990년 11월에는 우메하라 가쓰야梅原克哉라는 이름으로 장편 『미주황제迷走皇帝』를 간행하여 작가데뷔를 하였다. 1993년에는 「이중나선의 악마」를 기본 바탕으로 제2부, 제3부를 더해, 새롭게 구성한 1600매의 장편 『이중나선의 악마』를 간행하였다. DNA의 미해석 부분에 미지의 적이 잠재되어 있다고 하는 유니크한 아이디어를 바탕으로 저주받은 고대의 괴물과 인류의 싸움을 박진감 있게 그려내어 주목을 받았다. 이어서 「솔리톤의 악마ソリトンの悪魔」(1995)를 발표하였는데, 이 작품은 심해에 살고 있는 거대한 파동생물 '솔리톤 생명체'와 해저 유전기지에 남겨진 사람들의 사투를 장대한 스케일로 그려낸 해양모험 SF소설이다. 이 작품에서는 수중 물체를 입체적으로 파악하는 레이더 등 자신만의 아이디어를 도입하였고, 스토리 전개는

전작 「이중나선의 악마」보다 진일보하였다는 평가를 받았다. 이 작품으로 제49회 〈일본추리작가협회상日本推理作家協会賞〉을 수상하였다. 한편, 스스로 SF작가가 아니라 '사이파이sci-fi 작가'라고 주장했는데, 이는 자신이 과학과 환상이 조합된 소설을 쓰고 있다는 것을 의미한다고 말하기도 하였다.

이외의 작품으로는 「sci-fi moonサイファイ・ムーン」(2001), 「심장 사냥心臟狩り」(2011) 등이 있다.

▶ 홍윤표

참고문헌: A, H02.

우부카타 도沖方丁, 1977.2.14~

SF 판타지 소설 작가. 1977년 기후현岐阜県 출생. 유소년 시절을 싱가폴, 네팔 등지에서 보냈다. 이후 사이타마현립埼玉県立 가와고에고등학교川越高等学校를 졸업하고, 와세다대학早稲田大学 제1문학부를 중퇴하였다. 대학 재학중인 1996년에 「검은 계절黒い季節」을 발표하여 제1회 〈스니커대상スニーカー大賞〉 금상을 수상하면서 작가 데뷔를 하였다. 또한, 2003년 발표한 「마루투크 스크램블マルドゥック・スクランブル」로 제24회 〈일본SF대상日本SF大賞〉을 수상하였다. 이 작품의 줄거리는 다음과 같다. 매춘을 하는 소녀가 도박사 때문에 폭발사고로 죽을 뻔 했지만 겨우 살아남게 된다. 그를 구한 것은 도박사의 범죄를 쫓던 사건담당자였다. 사건담당자는 '마루투크 스크램블 09법'에 근거해 금지되어 있던 과학기술을 사용해 소녀의 목숨을 구한 것이었다. 사건담당자와 소녀는 콤비를 이루어 도박사의 범죄를 증명하기 위해 노력하는데, 도박사 또한 소녀를 죽이려고 한다. SF영화를 보는 듯한 액션 묘사와 도박 장면 묘사 등이 압권이다. 본 작품은 크게 히트를 하여 2009년에는 만화화되었고, 2010년부터 3부작으로 영화화되어 극장 개봉되었다.

또한 2009년 발표한 「천지명찰天地明察」로 제31회 〈요시카와에이지문학신인상吉川英治文学新人賞〉, 제7회 〈서점대상本屋大賞〉을 수상하였고, 이 작품 또한 2012년에 영화화되었다. 이외에도 최근작으로 「미쓰쿠니전光圀伝」(2012), 「덩달아 울기もらい泣き」(2012) 등이 있다.

▶ 홍윤표

참고문헌: H04, H08, H11, 『マルドゥック・スクランブル』(講談社, 2010).

우에쿠사 진이치植草甚一, 1908.8.8~1979.12.2

영미문학, 재즈, 영화 평론가. 번역가. 도쿄東京 출생. 와세다대학早稲田大学 이공학부 건축학과 중퇴. 어린 시절부터 영화나 미스터리에 관심이 많았고, 1939년에는 반 다인Van Dine의 「그레이시 앨런 살인 사건The Gracie Allen Murder Case」(1938)을 번역하여 소개하였다. 1935년 도호東宝 영화사에 입사하였지만, 1948년 도호 쟁의를 계기로 퇴사

하여 영화평론가가 되었다. 1957년경부터 재즈평론에도 손을 대었다. 또한 해박한 지식과 신선한 감각으로『하야카와 미스터리ハヤカワ・ミステリ』와 도쿄소겐샤東京創元社의『크라임 클럽クライム・クラブ』등 해외추리전집 기획에도 참가했다. 1962년부터 잡지『보석宝石』에 주목할 만한 해외 미스터리 작품을 소개하는「프라그렌테 데릭트フラグランテ・デリクト」를 연재하였고, 이 작품들을 모아『비 오니까 미스터리로 공부합시다雨降りだからミステリーで勉強しよう』(1972)라는 제목의 책을 간행하였다. 또한 유연한 추리소설관을 바탕으로『미스터리 원고는 밤중에 철야해서 쓰자ミステリの原稿は夜中に徹夜で書こう』(1978)를 간행하였고, 이것으로 제32회〈일본추리작가협회상日本推理作家協会賞〉을 수상하였다.

▶ 홍윤표

참고문헌: A, B, D, E.

우치다 야스오內田康夫, 1934.11.15~

소설가. 도쿄東京 출생. 도요대학東洋大学 문학부 중퇴. 광고 기획제작회사를 경영하고 스스로 카피라이터가 되어 광고 문안을 기획하기도 하였다. 그러던 중 1980년 첫 장편소설『죽은 자의 메아리死者の木霊』를 자비출판하였다. 이어서 바둑을 소재로 한 추리소설『혼인보 살인사건本因坊殺人事件』(1981), 8년 전 죽은 한 여자와 그 친구의 연속 살인사건을 다룬『고토바 전설 살인

사건後鳥羽伝説殺人事件』(1982), 경관이 대역살인의 수수께끼를 해결한다고 하는『하기와라 사쿠타로의 망령「萩原朔太郎」の亡霊』(1982) 등을 발표하고 전업작가의 길로 들어섰다. 우치다 야스오의 작품 특징은 트릭에 구애받지 않고 플롯의 묘를 살려 사건해결이 자연스럽게 이루어지게 하는 점과, 명료한 문장으로 적확한 인물묘사를 하는 점에 있다. 1988년에 발표한『덴카와 전설 살인사건天河伝説殺人事件』이 1991년에 영화화되었고,『귀빈실의 괴인貴賓室の怪人』이 2002년에 니혼테레비日本テレビ 계열에서 드라마로 방영되는 등 많은 작품들이 영상으로 리메이크되었다.
한국에는「헤이케 전설 살인사건平家伝説殺人事件」(2013),「고토바 전설 살인사건」(2011),「바둑추리소설 혼인보 살인사건」(1992),「빙설의 살인氷雪の殺人」(2000) 등이 번역, 출판되었다.

▶ 홍윤표

참고문헌: A, E.

우치야마 야스오内山安雄, 1951.10.21~

소설가. 홋카이도北海道 출생. 게이오의숙대학慶応義塾大学 문학부 졸업. 동 대학원을 중퇴하였다. 대학시절부터 세계 각지를 돌아다니며 취재기자, 구성작가 등의 직업을 거친 후, 1980년에「불법 유학생不法留学生」으로 데뷔하였다. 이후 해외체험을 바탕으로「난민 로드ナンミン・ロード」(1989) 등의

396

작품을 발표하였다. 1984년에는 첫 장편소설 『개선문에 총구를凱旋門に銃口を』을 발표하였다. 파리의 외지인이 마피아로부터 그림을 강탈하려고 하는 과정을 그린 이 작품 또한 자신의 체험을 반영한 것이다. 이른바 로망 느와르의 경향이 엿보이지만, 어두운 로맨티시즘보다는 오히려 청춘소설적인 밝은 느낌과 유머가 특징이라고 할 수 있다. 이러한 경향은 아시아 국가의 활기를 그리는 데 적합하다고 볼 수 있다. 필리핀을 무대로 하는 대작 『수해여단樹海旅団』(1995)은 게릴라 집단에 휘말린 소년의 숙명적인 체험을 그린 비극적인 성장소설로 밝은 느낌의 소설이 다수를 점하는 우치야마 야스오의 소설로서는 이질적이지만, 양적인 면에서나 질적인 면에서나 대표작으로 손색이 없다. 이 외에 단편집 『마닐라 파라다이스マニラ・パラダイス』(1995)에서는 의외로 트릭적인 면모를 보이고 있고, 『몽키 비즈니스モンキービジネス』(1997)에서는 보다 밝은 느낌의 코미디적인 요소가 드러나 있다.

▶ 홍윤표

참고문헌: A, H02.

우치우미 분조打海文三, 1948.8.4~2007.10.9

소설가. 본명은 아라이 잇사쿠荒井一作. 도쿄東京 출생. 영화 조감독을 하다가 이후에 야마나시山梨에서 농업에 종사하였다. 1993년 「하이히메 거울 나라의 스파이灰姫 鏡の国のスパイ」로 제13회 〈요코미조세이시상横溝正史賞〉 우수작을 수상하였다. 이 작품을 일본과 북한 사이의 정보전을 독특한 어조로 그려내었고, 기묘하게 영상적인 느낌을 주는 첩보소설이다.

「때로는 참회를時には懺悔を」(1994)은 살인사건을 쫓는 남녀 사립탐정을 주인공으로 한 미스터리이고, 이어서 장편 『흉안兇眼』(1996), 『피리오드ピリオド』(1997) 등을 발표하였다. 두 번째 작품 이후의 작품은 대부분 사립탐정소설로 분류되는 이야기인데, 탁월한 심리묘사와 서정성이 넘치는 필치, 그리고 독특한 인물 조형으로 이루어진 세계는 어딘가 기묘하면서도 현실적인 느낌을 준다. 우치우미 분조의 이야기 초점은 사건을 둘러싼 인간들의 사랑, 고뇌, 증오이며, 이러한 인간상들이 범죄의 구조를 구성해 간다. 1999년 간행된 『그곳에 장미가 있었다そこに薔薇があった』는 단편소설로 구성된 에피소드가 연쇄적으로 장편을 이루는 형식을 취하고 있는데, 서정적인 필치가 보다 강하게 드러나 있고 그 재능의 비범함을 여실히 보여주고 있다.

▶ 홍윤표

참고문헌: A, H03, H05.

우타노 쇼고歌野晶午, 1961.9.26~

소설가. 본명은 우타노 히로시歌野博史. 후쿠오카시福岡市 출생. 도쿄농공대학東京農工大学 졸업 후에 편집 프로덕션에 근무하다

가 『소설현대小説現代』에 연재된 시마다 소지島田荘司의 에세이를 읽고 시마다 소지의 자택을 방문해 조언을 얻으면서 소설가의 길을 지망하게 된다. 데뷔작이 된 「긴 집의 살인長い家の殺人」(1988)은 변칙적인 건축물 안에서 발생한 살인사건을 다루고 있는데, 「하얀 집의 살인白い家の殺人」(1989), 「움직이는 집의 살인動く家の殺人」(1989)과 함께 3부작을 이루고 있다. 이외에도 「시체를 사는 남자死体を買う男」(1991)에서는 에도가와 란포江戸川乱歩의 미발표 원고로 알려져 있는 「백골귀白骨鬼」를 작품 속의 작품으로 등장시키는 독특한 형식을 취하기도 하였다. 또한 「ROMMY」(1995)에는 데뷔작 이후 현저해진 록 음악 취미가 반영되어 있으며 이 작품을 계기로 자신만의 스타일을 구축하기 시작했다고 평가 받는다. 단편집 『정월 11일, 거울 살인正月十一日, 鏡殺し』(1996)에서는 본격미스터리적인 요소를 의도적으로 제외하였고, 작가의 미스터리 창작에 대한 실험적인 정신이 드러나 있다. 2003년에는 『벚꽃 지는 계절에 그대를 그리워하네葉桜の季節に君を思うということ』를 발표, 제57회 〈일본추리작가협회상日本推理作家協会賞〉, 제4회 〈본격미스터리대상本格ミステリー大賞〉을 수상하였으며, 흥행성과 작품성 모두 인정받는 작가로 발돋움하였다. 현재까지도 꾸준히 작품을 발표하고 있으며, 최근작으로는 2011년에 발표한 『봄에서 여름, 이윽고 겨울春から夏, やがて冬』이 있다.

한국에는 『절망노트絶望ノート』(2013), 『마이다 히토미 14세 방과 후 때때로 탐정』(2012), 『봄에서 여름, 이윽고 겨울』(2012), 『납치당하고 싶은 여자』(2014), 『까마귀의 계시烏勧請』(2000), 『벚꽃 지는 계절에 그대를 그리워하네』(2005), 『밀실살인게임 마니악스』(2012), 『시체를 사는 남자』(2010), 『그리고 명탐정이 태어났다』(2010), 『여왕님과 나』(2010), 『밀실살인게임 : 왕수비차잡기』(2010), 『해피엔드에 안녕을』(2010), 『밀실살인게임 2.0』(2011), 『마왕성 살인사건』(2011), 『긴 집의 살인』(2011), 『흰 집의 살인』(2011), 『세상의 끝 혹은 시작』(2011), 『움직이는 집의 살인』(2011), 『마이다 히토미 11세 댄스 때때로 탐정』(2012) 등 많은 작품이 번역, 소개되고 있다.

▶ 홍윤표

참고문헌: A, H04, H06, H10.

운노 주자海野十三, 1897.12.26~1949.5.17

소설가. 도쿠시마현德島県 출생. 와세다대학早稲田大学 공학부를 졸업한 이후에 체신성遞信省 전기시험소 기사가 되어 무선無線의 연구에 종사하였다. 한편 1927년부터 과학잡지에 과학기사나 과학적 수필을 게재하여 「유언장 방송遺言状放送」(과 「삼각형의 공포三角形の恐怖」(둘 다 1927)를 발표하고, 이듬해에는 「고장난 바리콘壊れたバリコン」(1928)을 게재하였다. 추리소설을 쓰고 싶어졌기 때문에 『신청년新青年』 편집자인

요코미조세이시상橫溝正史를 만나 1928년 4월 문단 데뷔작「전기 욕조의 괴사사건電気風呂の怪死事件」을 발표하였다. 이화학적인 트릭을 주축으로 하고 있는데,「진동마振動魔」(1931)는 결핵 공동과 자궁의 크기가 같다는 것을 이용한 범죄로, 일찍이 SF적 경향을 보여주었다.

「파충관爬蟲館 사건」(1932)이나「인간재人間灰」(1934)도 사체의 은닉에 기발한 착상을 발휘하였다. 그 이후에는「기도 효과キド効果」(1933)에서 발광 흥분곡선의 적출에 성공한 과학자의 비극을 다루었고,「포로俘囚」(1934)에서는 인간의 불필요한 부분을 전달하고 지력의 증진을 기도하고자 하는 학자를 그리고 있어 공상과학과 범죄의 결합에 강한 의욕을 보여주었다.「포로俘囚」의 착상을 장편으로 늘인 것이「파리 남자蠅男」(1935)이고, 죽지 않는 사인(死人)들의 세계를 다룬「화장국 풍경火葬国風景」(1935), 인간을 기계화할 뿐 아니라 인조인간까지 만드는「18시의 음악욕十八時の音楽浴」(1938) 등을 보더라도 운노는 SF의 선구자적 존재였다. H.G. 웰즈에게 사숙하고 SF작가를 지망하였지만, 당시의 저널리즘에 충분히 이해되지 못하였다.「세 쌍둥이三人の双生児」(1935)는 고향에 대한 향수가 묻어나는 작품으로 기발한 제목의 의미가 밝혀지는데, 의학상의 문제로 공상과학 분야에 침잠하기 시작한 중기 작품으로서는 발단이 매우 효과적이며 서스펜스 넘치는 정취를 갖춘

것이다. 운노는 중일 사변의 진전과 함께 일찍이 군사소설, 스파이 소설을 쓰기 시작하였다. 오카오카 주로丘丘十郎라는 이름을 써서「보이지 않는 적見えざる敵」(1937) 이하의 작품을 발표한 것도 과학 지식을 도입한 새로운 분야를 개척하고자 했기 때문이라고 할 수 있다. 작가 징용이 시작되자 솔선하여 1942년에 해군보도반원이 되어 라바울로 향하였다. 현지에서 병을 얻어 귀국하였고 패전 이후에는 자결하고자 하였으나 미수에 그치고 전쟁범죄자로서 추방당하였다. 임전체제하에 군사 과학소설에 진력한 것이 일본군에 대한 협력으로 판단되어 전후에 많은 탐정소설 잡지가 그의 집필을 원했지만 의욕적인 작품은 만들지 못하고 끝났다. 한국에는「살아있는 내장」(추리SF걸작선, 2010),「삼각형의 공포」(추리SF걸작선, 2010),「화성의 마술사」(일본 고전 SF문학단편선, 2011,「인조인간의 정체」(2013) 등이 번역되어 일본 공포 추리물의 대가로 소개되었다.

▶ 이승신

참고문헌: A, B, E, F, G.

월간탐정月刊探偵

1935년 12월 창간. 구로시로쇼보黒白書房 발행. 초기 탐정소설계에서는 가토 시게오加藤重雄와 히로가와 이치카쓰広川一勝가 매니아로서 유명. 히로가와는 친구 히사노 다케시久野武司가 구로시로쇼보를 세워 탐정

소설 출판을 기획하자 거기에 참가하여 출판사 선전잡지인 『월간탐정』을 편집했다. 처음에는 발행사 선전잡지적 색채를 띠었지만, 수필, 소설을 게재하였고, 『유메노 규사쿠 추도호夢野久作追悼号』를 내기도 했다. 1936년 7월 7책으로 종간되었다. 시로쿠로쇼보는 단기간에 몰락했지만 번역 및 일본작가의 탐정소설 십 수 권을 발행했다.

▶ 김효순

참고문헌: B, E, F, G.

유라 사부로由良三朗, 1921.10.14~

소설가. 본명은 요시노 가메사부로吉野亀三郎. 도쿄東京 출생. 제1고등학교 시절 다카기 아키미쓰高木彬光와 1년간 기숙사 룸메이트였다. 도쿄제국대학東京帝国大学 의학부를 졸업한 후 요코하마시립대학横浜市立大学 세균학 교수, 도쿄대학 의과학연구소 바이러스 연구소 교수 등을 역임하였다. 미스터리 집필을 개시한 것은 연구직을 그만 두고 난 이후로, 1984년 「운명교향곡 살인사건運命交響曲殺人事件」으로 제2회 〈산토리미스터리대상サントリーミステリー大賞〉을 수상하면서 62세의 늦은 나이에 데뷔하였다. '운명' 연주 중 오케스트라의 지휘자가 폭발로 인해 살해당하는 사건을 소재로 한 것으로 대학 재학 중부터 가지고 있던 클래식 취미를 살린 작품이다. 이후 약 10년간 「배반의 제2악장裏切りの第二楽章」(1987) 등을 발표하며 활동을 하였다. 본래의 전

공인 의학 분야의 지식을 살린 작품이 많으며 「상아탑의 살의象牙の塔の殺意」(1986) 이후의 장편은 대부분 이러한 경향의 작품이다. 작품은 전전戰前의 탐정소설에 가깝고 사건 트릭 해결에 관심이 집중되어 있다는 것이 특징적이다. 창작 외에 「미스터리를 과학으로 한다면ミステリーを科学したら」(1991) 등의 에세이가 있다.

한국에는 「운명교향곡殺人事件」(1985)이 번역, 소개되었다.

▶ 홍윤표

참고문헌: A, E.

유메노 규사쿠夢野久作, 1889.1.4~1936.3.11

소설가. 후쿠오카현福岡県 출생. 본명은 스기야마 나오키杉山直樹이고, 후에 다이도泰道로 개명했다. 부친인 스기야마 시게마루杉山茂丸는 유명한 정치운동가로 일본 국내외의 운동으로 분주해서 거의 집에 머물지 않았다고 한다. 또한 2~3살 무렵, 모친과 이별했기 때문에 조부의 집에서 자랐다. 조부의 사후, 후쿠오카현립중학福岡県立中学을 졸업하고 가마쿠라鎌倉의 부친 집에서 생활하게 된다. 근위보병 제1연대에 입대해서 육군보병소위 임명을 받는다. 제대후 1910년에 게이오의숙대학慶応義塾大学 문과에 입학하지만 중퇴하고, 1915년에 출가, 방랑생활을 보냈다. 1917년에 환속하고 집으로 돌아와 가업인 스기야마농원杉山農園을 경영하지만, 1919년에 『규슈일보九州日報』

기자가 되어 가정란에 무서명으로 많은 동화를 발표했다.

1926년에 신문사를 퇴사하고, 같은 해에 잡지 『신청년新青年』의 현상모집에 처음으로 유메노 규사쿠라는 필명으로 응모한 단편 탐정소설 「괴상한 북あやかしの鼓」이 2등으로 입선하면서 탐정작가로서 데뷔했다. 「괴상한 북」은 북 만들기의 명인이 만든 북의 무서운 마력에 의해서 일어나는 인간의 비극을 묘사하고 있다. 이 작품을 비롯해 무인도에 표착한 남매의 근친상간의 비극을 병에 담긴 3통의 편지를 통해서 묘사한 「병에 담은 지옥瓶詰の地獄」(1928), 육체적인 접촉 없이 무한한 사랑으로 인해 사랑하는 사람과 꼭 닮은 아이를 출산하는 「누름꽃의 기적押絵の奇蹟」(1929) 등 초기의 단편에는 이 세상의 슬픈 숙명 하에서 멸망해 가야만 하는 인간의 가냘프고, 아름다운 비명과 같은 외침이 작품 속에 흐르고 있다. 유메노 규사쿠라는 필명은 하카타博多지방의 방언으로 멍하게 꿈만을 쫓는 사람을 의미한다.

그의 작품에는 크게 두 가지 흐름이 있어서, 폐쇄적인 세계에서 숙명에 저항하지 못하는 인간의 비극을 애처롭게 응시하는 작품군과, 이와는 반대로 현실 정치나 해외의 전쟁터 등 넓은 세계에서 못다 이룬 꿈을 쫓는 인간을 묘사한 작품군이 있다. 이들 상반되는 작품 경향에는 어린 시절의 복잡한 가정에 대한 굴절된 마음과 국사國±였던 아버지의 영향이 뚜렷하게 반영되어 있다. 장편인 「개귀신박사犬神博士」(1931~32)나, 「암흑의 공사暗黑公使」(1933), 「얼음의 끝水の涯」(1933) 등의 작품은 두 번째 경향을 나타내는 것으로 이 중에서도 「얼음의 끝」은 이국정서가 풍부한 모험소설이다. 하지만 작가의 최량의 자질은 숙명감의 색채가 짙게 감도는 초기의 단편과 그 집대성이라 할 수 있는 장편 『도구라 마구라ドグラ・マグラ』(1935)에 집약되어 있다고 할 수 있다. 작가는 탐정소설은 인간의 육체를 갈라내서 그 '괴기하고 추악한 아름다움을 폭로하고 전율시키는 것'이라고 정의한 바 있는데, 작가가 죽기 전까지 계속 묘사하려고 한 것은 인간존재의 섬뜩함이었다. 탐정소설 외에도 『우메즈시엔옹전梅津只円翁伝』 등의 독특한 평전도 남겼다. 한국어로는 『소녀지옥(원제: 少女地獄)』(2011)이 단행본으로 번역되어 있다.

▶ 신승모

참고문헌: A, B, D, E, F, G.

유메노 규사쿠 전집夢野久作全集

총서명이다. 이 전집에는 발간 시기에 따라 크게 두 가지 종류가 있다. 우선 첫 번째는 작가 유메노 규사쿠夢野久作의 사후 바로 기획된 것으로 1936년 5월부터 8월에 걸쳐 구로시로쇼보黑白書房에서 간행했다. 당초 총10권의 예정이었지만 출판사가 와해되면서 3권으로 중단되었다. 유메노 규

사쿠의 탐정소설적 작품을 망라할 뿐만 아니라, 동화나 노가쿠能楽 연기자의 전기 등까지 집록할 예정이었지만, 『누름꽃의 기적 외押絵の奇蹟他』, 『개귀신박사, 초인 히게노박사犬神博士・超人鬚野博士』, 『이중심장 외二重心臟他』의 3권만이 출간되었다. 그 중단을 애석하게 여겨 춘추사春秋社가 전집 발간을 계승하게 되었고, 『유메노 규사쿠 걸작집夢野久作傑作集』으로서 『염소 수염 편집장山羊鬚編輯長』, 『도구라 마구라ドグラ・マグラ』, 『개귀신박사犬神博士』, 『순사사직巡査辭職』의 4권을 간행했지만, 이 또한 출판사의 부진으로 인해 중단되었다.

두 번째는 1969년 6월부터 1970년 1월에 걸쳐 산이치쇼보三一書房에서 간행한 것으로 전7권이다. 규사쿠의 사후 33년을 맞이하여 거의 모든 작품을 망라했다. 편집위원은 나카지마 가와타로中島河太郎와 다니가와 겐이치谷川健一로, 나카지마가 해제, 다니가와가 해설대담을 담당했다. 수록되어 있지 않은 작품으로 「백발 애송이白髮小僧」와 발표지가 결락된 동화, 「우메즈시엔옹전梅津只円翁伝」, 일기 등이 있다.

▶ 신승모

참고문헌: B, G.

유메마쿠라 바쿠夢枕獏, 1951.1.1~

소설가. 본명은 요네야마 미네오米山峰夫. 가나가와현神奈川県 출생. 도카이대학東海大学을 졸업한 후 타이포그래피 수법을 이용한 실험적인 단편 「개구리의 죽음カェルの死」(1977)을 잡지 『기상천외奇想天外』에 게재하면서 데뷔하였다. 첫 장편은 전기격투소설伝奇格闘小説이라고도 불릴 만한 아동문학적 특성을 가진 『환수소년 기마이라幻獣少年キマイラ』(1982)이고, 작가로서의 인지도는 『마수사냥魔獣狩り』(1984)으로 높아졌다. 「마수사냥」에서 출발하는 〈사이코 다이버 시리즈〉는 모두 고전적인 전기소설伝奇小説의 구조를 취하고 있으며, 사람의 정신에 침입하는 '사이코 다이빙'이라는 SF적 취향, 그리고 격렬한 폭력과 성 묘사까지 포함된 참신한 엔터테인먼트 성격을 띠고 있다. 이를 통해 '전기 액션伝奇アクション'이라는 장르를 창조했다는 평가를 받고 있다. 격투기의 세계를 다룬 「아랑전餓狼伝」(1985)에서는 격투소설의 가능성을 개척했으며, 「상현의 달을 먹는 사자上弦の月を喰べる獅子」(1989)는 제10회 〈일본SF대상日本SF大賞〉 수상작이다. 이 작품은 서정과 환상적 비전의 융합을 이루었다고 평가받는다. 『신들의 산령神々の山嶺』(1997)은 대표작이라고 할 만한 산악 모험소설로 1998년 제11회 〈시바타렌자부로상柴田錬三郎賞〉을 수상했다. 에베레스트 무산소 등정을 시도하는 산악인의 고투를 정면으로 그려내었다. 압도적인 육체 감각, 박진감은 이 작품의 가장 큰 특징 중 하나이다. 또한 『음양사陰陽師』는 1988년에 단행본으로 간행된 이래 크게 인기를 얻어 현재도 계속 시리즈물로

간행되고 있으며, 1993년에는 만화, 2001년에는 TV드라마, 그리고 영화화까지 되고, 연극무대로 만들어지는 등 다양한 장르로 파급되고 있다. 시각적 효과를 노린 문체의 실험성, 작품을 엔터테인먼트로 승화시키는 필력, 이야기의 재능이 뛰어난 작가로 주목 받고 있다.

한국에는 「음양사: 야광배」(2012), 「음양사: 다키야샤 아가씨(상)(하)」(2012), 「제마령 1~6」(1994-1995), 「제마영웅전 1~5」(1995), 「마수사냥 1~3」(1996), 「음양사 1~6」(2003-2006), 「음양사 별전」(2005) 등이 번역, 출판되었다.

▶ 홍윤표

참고문헌: A, 夢枕獏, 『天海の秘宝(上)』(朝日新聞出版, 2010).

유메자 가이지夢座海二, 1905.8.17~1995.3.19

소설가. 영화 프로듀서. 본명 오타 고이치太田皓一. 후쿠오카시福岡市 출생. 1929년에 호세이대학法政大学 영문과를 졸업하였다. 쇼치쿠松竹 영화사의 가마타蒲田 촬영소, 오후나大船 촬영소 등을 거쳐, 전쟁 중 닛폰영화사日本映画社로 옮겼다. 전쟁이 끝난 후에는 프리로 단편기록영화 제작을 하기도 했다. 작가로서는 1949년 12월『별책 보석別冊宝石』「신예 36인집新鋭三十六人集」에 「빨강은 보라색 안에 숨어 있다赤は紫の中に隠れている」(1949)를 발표했다. 발암약품을 사용해 살인을 한 범인을 협박한 소매치기가 살해당한 사건을 생명보험 조사원이 해결한다는 내용이다. 1952년『별책 보석』에 발표한 「하늘을 나는 살인空翔ける殺人」(1952)은 부인 변호사의 가정내 알력을 둘러싸고 호놀룰루에서 벌어진 살인사건을 한 신문기자가 해결한다는 내용의 소설이다. 「쫓기는 사람追われる人」(1954)은 화객선貨客船으로 도망친 살인범과 400캐럿 루비의 도난 사건에 얽힌 이야기를 다루고 있는데 등장인물의 인과성이 부자연스럽다는 점이 단점이다. 「휴일 연주どんたく囃子」(1956)는 35년 만에 귀향한 주인공이 과거에 발생한 아버지의 죽음과 계모의 실종 사건을 풀어나간다는 내용이다. 또 「환희마부歓喜魔符」(1957)는 겐로쿠元禄 시대를 배경으로 한 관리의 음모를 테마로 한 것이다. 이렇듯 전후 수년간 다양한 내용의 작품을 썼지만 이후의 활약은 명확하지 않다.

▶ 홍윤표

참고문헌: A, B.

유키 쇼지結城昌治, 1927.2.5~1996.1.24

소설가. 본명은 다무라 유키오田村幸雄. 도쿄東京출생. 와세다早稲田 전문학교 졸업. 1950년부터 1960년까지 도쿄지방검찰청 사무관으로 근무. 1959년 유머 미스터리물인 「한중수영寒中水泳」으로『EQMM』(엘러리 퀸 미스터리 메거진)일본판의 제 1회 단편 콘테스트에 1위로 입선. 같은 해 첫 장편『수염없는 왕ひげのある男たち』을 간행한다. 두 작품 모두 세련된 유머 미스터리 소설로서, 후자의 경우『길고 긴 잠長い長い眠り』(1960), 『사이좋은 시체中のいい死体』(1961)과 함께 삼부작 시리즈를 이룬다. 유머 미스터리 계열 작품으로는 전후 일본 사회의 혼란을 배경으로 한 「백주당당白晝堂堂」(1966)이 돋보인다. 이후 하드보일드류의 작품에 매력을 느껴, 1960년대 초부터 진지한 미스터리 계열로 전환, 일본 스파이 소설의 걸작으로 평가되는『고메스의 이름은 고메스ゴメズの名はゴメズ』(1962)를 발표한다. 이 소설은 베트남에서 정보전에 휘말린 남자를 다룬 소설로, 현대인의 어둠과 불안이 훌륭하게 묘사하고 있는 작품이다. 악덕경관의 비극을 다룬 「밤이 끝나는 때夜の終わる時」(1963)로 제17회 〈일본추리작가협회상日本推理作家協会賞〉을 수상하고, 전쟁에 휘말린 평범한 인간들의 비극을 다룬 「군기 펄럭이는 아래로軍旗はためく下に」(1970)로 제 63회 〈나오키상直木賞〉을 수상한다. 일본 사립탐정소설의 효시가 된『어두운 낙조暗い落日』은『공원에는 아무도 없다公園には誰もいない』(1965), 『불꽃의 끝炎の終り』(1969)으로 연결되는 삼부작 시리즈의 첫 작품으로서, 전후 일본 사회의 왜곡된 분위기를 배경으로 전개되는 작품이다. 이후 서스펜스물인 「붉은 안개赤い霧」(1976), 하드보일드 소설 「에리코, 십육세의 여름エリ子16歳の夏」(1988), 연작사립탐정소설 「수라의 기운修羅の匂い」(1990) 등 수 편의 작품을 지속적으로 발표

하고 1996년, 생을 마감한다. 한국어로는 『고메스의 이름은 고메스』(2012),『수염 없는 왕』(1995),『무서운 선물』(1999) 등이 번역되어 있다.

▶ 정혜영

참고문헌: A, B, E, F.

유즈키 유코柚月裕子, 1968.5.12~

이와테현岩手県 출생. 추리소설작가. 2007년 「기다리는 사람待ち人」으로 야마가타山形에서 발행되는 지역신문인『야마가타신문山形新聞』의 문학상인 〈산신문학상山新文学賞〉을 수상한다. 2008년, 한 여자 임상심리사가 환자와의 면담 과정에서 오래 전 발생한 살인 사건을 알게 되어 이를 추적해가는 과정을 다룬 「임상진리臨床真理」로 제7회『이 미스터리가 대단하다!このミステリーがすごい!』에서 대상을 수상하며 문단에 본격적으로 데뷔한다. 2011년 교통사고로 아들을 잃은 부부가 아들을 죽인 권력자를 고발하려다가 실패하고 마침내 복수를 감행하는 내용을 중심으로 한『최후의 증인最後の証人』을 발표한다. 이후 법정 드라마인 「검사의 본회本懐」(2013)로 제25회 〈야마모토 슈고로상山本周五郎賞〉 후보에 오른 후, 2013년 「검사의 사명検事の死命」을 발표한다. 현재는 잡지나 방송국 홈페이지의 대담이나 인터뷰 대본을 쓰는 자유기고가로 활동 중이다. 한국어로는 『최후의 증인最後の証人』(2011)이 번역되어 있다.

► 정혜영

참고문헌: H10, H12, H13.

유키 미쓰타카結城充考, 1970~

소설가. 가가와현香川県에서 태어나 사이타
마현埼玉県에서 성장.

고등학생 시절부터 SF와 시대소설에 경도
되었으며 독립영화에도 관심을 가졌다. 소
설 창작에는 20대 후반부터 관심을 가지기
시작해 2004년 라이트노벨인『기적의 표현
奇蹟の表現』으로 제11회 〈전격소설대상電撃小
説大賞〉의 은상을 수상한다. 이 작품은 이듬
해 전격문고電撃文庫로 간행되었다. 데뷔작
은 3부작으로 이어져서 출간되었으나, 이
후 집필한 원고는 계속 출판사에서 출간을
거절당하는 불운을 겪는다. 라이트노벨 대
신 성인 독자를 대상으로 하는 작품을 쓰
기로 결정한 그는 3차례 공모전에서 떨어
진 뒤 2008년『플라바로크プラ・バロック』로
제12회 〈일본미스터리문학대상신인상日本ミ
ステリー文学大賞新人賞〉을 수상한다. 이 작품
은 현대 일본을 배경으로 하면서도 무국적
無国籍인 분위기를 풍긴다. 2010년 발표
한『비가 내리던 무렵雨が降る頃』은 〈일본추
리작가협회상日本推理作家協会賞〉 단편부문 후
보에 올랐다.

초기에는 SF 분위기의 작품이 대부분이었
으나『플라바로크』이후에는 경찰소설을
중심으로 작품을 발표하고 있다.

► 박광규

참고문헌: 村上貴史「迷宮解体新書(19) 結城充考」
『ミステリマガジン』2009年 7月, 早川書房).

의학 미스터리医学ミステリー

영어 'medical mystery'의 번역어. 단순히 병
원 또는 의학계를 무대로 할 뿐만이 아니라
의학의 본질적 문제나 의학적 트릭을 사용
하기에 '의학 서스펜스医学サスペンス'라고도
불린다. 미국 작가 제프리 허드슨Jeffery
Hudson; 마이클 크라이튼John Michael Crichton,
1942~2008의 초기 필명의 하나)의「긴급한 경
우에는緊急の場合は」이나 로빈 쿡Robin Cook의
「코마 - 혼수 - コーマー昏睡ー」등이 그 좋은
예이다. 일본에서는 전쟁 전의 고사카이
후보쿠小酒井不木의 단편소설「인공심장人工
心臓」(1926), 「연애곡선恋愛曲線」(1926)이나
기기 다카타로木々高太郎의「망막맥시증網膜
脈視症」(1934) 등이 이 계열과 연결될 수 있
지만 작품은 드물다. 전후에도 구로이와
주고黒岩重吾의「배덕의 메스背徳のメス」(1960),
마쓰모토 세이초松本清張의「나쁜 녀석들わ
るいやつら」(1961) 등 병원을 무대로 한 작품
은 있지만 의학 미스터리라고 부를만한 작
품은 많지 않다. 그러나 그 이후 의학계 출
신의 유라 사부로由良三郎의「완전범죄연구
실完全犯罪研究室」(1989), 하하키기 호세이箒木
蓬生의「장기농장臓器農場」(1993) 등 주목할
만한 작품이 나오고 있다.

► 이지형

참고문헌: A, 由良三郎『完全犯罪研究室』(新潮社,

1989).

의학 서스펜스医学サスペンス ☞ 의학 미스터리
医学ミステリー

2전짜리 동전二銭銅貨

에도가와 란포江戸川乱歩의 처녀작. 단편.
1923년 4월 잡지 『신청년新青年』에 게재되
었다. 스토리는 다음과 같다. 도쿄도東京都
시바구芝区에 위치한 한 전기공장에 월급일
에 맞추어 신문기자로 가장한 도둑이 들어
5만엔을 갈취한다. 주인공 '나'는 친구인 마
쓰무라松村와 함께 허름한 2층 하숙에서 동
거하는 가난한 청년이나, 이 사건에 강한
흥미를 느낀다. 친구인 마쓰무라는 내가
놓아둔 2전짜리 동전를 보고 사건을 해결
했다고 하나 나는 그와는 다른 방식으로
해석하여 사건의 트릭을 해결한다. 즉, 내
가 담뱃가게에서 거스름으로 받은 2전 동
화는 앞면과 뒷면이 둘로 갈라지는 용기처
럼 되어 있으며, 그 속에는 나무아미타불南
無阿弥陀仏이라는 이상한 암호문이 들어있었
다. 이 암호를 점자처럼 해석하여 '나'는 사
건의 진실을 밝혀내는 것이다.
이 작품은 란포의 처녀작이며 게다가 일본
근대 탐정소설의 시작을 알리는 작품이기
도 하다. 란포는 이 작품을 1922년 8월 당
시 『신청년』 편집장이었던 모리시타 우손
森下雨村에게 보낸다. 우손은 일본인의 창작
탐정소설에 큰 기대를 하지 않고 있었으나

이 작품을 읽고 그 작가의 재능에 감탄하
게 된다. 이 작품은 최대한의 찬사와 함께
예고되었으며, 고사카이 후보쿠小酒井不木의
격찬과 함께 게재되었다. 글자와 점자를
결합한 암호의 묘미는 종래 만들어진 암호
중의 백미이며, 또 플롯 자체도 기지가 뛰
어나며 어느 곳도 부자연스러운 곳이 없다
는 것이다. 이 작품의 의의를 적확하게 평
가한 우손의 혜안은 오래도록 탐정소설사
를 장식하는 훌륭한 이야기거리가 되었으
며, 일본 근대 탐정소설의 여명을 알리는
매우 적합한 소개였다. 일본의 근대 탐정
소설은 이 작품의 강한 자극 효과와 더불
어 시작되었다.

▶ 신하경

참고문헌: D, G.

이가라시 다카히사五十嵐貴久, 1961~

도쿄東京출생. 세이케이대학교成蹊大学 문학
부졸업. 대학 졸업 후, 후소샤扶桑社에 근무
하면서 편집과 판매 등의 업무를 담당한
다. 비교적 늦은 시기인 2002년 『리카リカ』
로 제2회 〈호러서스펜스대상ホラーサスペンス
大賞〉에서 대상을 수상한다. 이후 여러 종
류의 소설을 발표한다. 청춘 3부작으로 일
컬어지는 『1985년의 기적1985年の奇跡』(2003),
『2005년의 로켓보이즈2005年のロケットボーイズ』
(2005), 『1995년의 스모크 온 더 워터1995年
のスモーク・オン・ザ・ウォーター』(2007) 등에서는
고교생의 청춘의 문제를 다루고 있고, 『교

섭인交渉人』(2003)과 『TVJ』(2005)에서는 현대 사회에서 발생하는 다양한 사건을 서스펜스 형식으로 다루고 있다. 또한『아이보相棒』(2008)에서는 시대물을 다루고 있다. 이외 아버지와 딸, 각각의 시선에서 묘사된 일인칭 사소설『아버지와 딸의 7일간パパとムスメの7日間』(2006), 『아버지와 딸의 10일간パパママムスメの10日間』(2007)이 있다. 발표한 대부분의 작품이 TV에서 드라마로 만들어졌을 정도로 소설들이 높은 대중적 인기를 얻고 있다.

▶ 정혜영

참고문헌: H04, H05, H07, H09, H11, H13.

이가라시 시즈코五十嵐静子 ☞ **나쓰키 시즈코**
夏樹静子

이구치 야스코井口泰子, 1937.5.26~
소설가. 도쿠시마현德島県 출생. 시나리오 연구소 15기생, 방송대학 교양학부 졸업. 라디오, TV의 시나리오 작가를 거쳐 1967년에 나니와 서방에 입사하여『추리계推理界』편집장을 역임한다.「토메이 하이웨이버스 드림호東名ハイウェイバスドリーム号」(1970)로 제1회 〈선데이마이니치신인상サンデー毎日新人賞〉을 수상한다. 이후『추리계』가 폐간되면서 전업 작가로 나선다. 최초의 장편「살인은 서로殺人は西へ」(1972, 이 후「산양로 살인사건山陽路殺人事件」으로 개제)이래,「사랑과 죽음의 항적愛と死の航跡」(1974),「미혼모未婚の母」(1978, 이 후「미혼모 살인사건未婚の母殺人事件」으로 개제) 등의 미스터리 소설을 연이어 발표한다. 미스터리 소설 창작과 더불어 여류작가로서는 드물게 사회문제에 관심을 가진 작가로서 평가된다. 이 계열의 작품으로 민간방송의 개설을 둘러싼 권력자의 갈등을 다룬「삼중파문三重波紋」(1977), 히로시마広島 방송국의 파업투쟁을 무대로 한 다큐멘터리「인간집단人間集団」(1975) 등이 있다. 섬세한 여성의 심리와 사회적 문제를 연결하는 등, 여성작가가 드물었던 시기에 열심히 창작활동을 전개한다. 그러나 이 시기 자체가 추리소설계가 전반적으로 풍속소설화 되어 가는 등, 추리소설의 성행이 저조했던 시기였기 때문에 충분하게 실력을 꽃 피울 수 없었다는 평가를 받고 있다. 1980년 일어난 도야마富山, 나가노長野 연속 여성유괴살인사건 때, 세간에 유포되고 있던 남녀 공범설을 부정하고 여자의 단독범행을 주장하면서 이를 테마로 하여「페어 레이디 Z의 궤적フェアレディZの軌跡」(1983, 이후「연속유괴살인사건連続誘拐殺人事件」으로 개제)를 발표한다. 사건 발생 5년 후, 공범 혐의를 받던 남자가 무죄 판결을 받자 사건에 대한 정확한 판단으로 주목받기도 한다. 방송비평가로서도 활약하고 있으며, 본격미스터리물이외「다키닌교 살인사건抱き人形殺人事件」(1981),「도쿄 샹젤리제 살인사건東京シャンゼリゼ殺人事件」(1981) 등 청소년 취향의 미스터리 소설에도 손을 대었다.

▶ 정혜영

참고문헌: A, B, E.

이노우에 요시오 井上良夫, 1908.9.3~1945.4.25

평론가. 번역가. 후쿠오카현福岡県 출생. 나고야고등상업학교名古屋高等商業学校 졸업. 버스회사와 심상고등소학교 교원을 거쳐 1941년 나고야名古屋의 사립 여자 상업학교의 영어교사로 근무한다. 학생 때부터 영미탐정소설의 대표적 작품을 원서로 접한다. 1933년 9월부터 10월에 걸쳐서 탐정소설전문잡지 『프로필ぷろふぃる』에 「영미탐정소설의 프로필英米探偵小説のプロフィル」을 연재한 것을 시작으로,「걸작탐정소설음미傑作探偵小説吟味」(1934),「작가론과 명저해설作家論と名著解説」(1936~37) 등을 발표한다. 영미 탐정소설의 소개 및 평론, 연구를 본격적으로 시도했다는 점에서 문단의 주목을 받는다. 1935년부터 1936년까지 1년에 걸쳐 에도가와 란포江戸川乱歩와 모리시타 우손森下雨村이 공동으로 『세계탐정명작전집世界名作探偵全集』을 편집, 간행할 때에는 작품 선정을 도우고, 1936년부터 1937년까지 『탐정춘추探偵春秋』에 연재한 「작가론과 명저해설作家論と名著解説」(1936~37)에서 미번역 해외탐정소설을 소개하기도 한다. 이외, 휠보트의 「빨강머리 레드메인 일가赤毛のレドメイン一家」, 녹스의 「육교살인사건陸橋殺人事件」, 퀸의 「Y의 비극Yの悲劇」, 스칼렛의

「밀실이중살인사건密室二重殺人事件」 등 여러 편의 영미탐정소설을 번역한다. 전쟁 중에도가와 란포와 주고받은 글이 강담사 발행의 『에도가와 란포 추리문학江戸川乱歩推理文学』에 수록되었고, 중요한 평론은 『탐정소설의 프로필探偵小説のプロフィル』(1994)에 실려 있다. 영미탐정소설의 고전적 명작을 선택하여 소개한 공적이 높게 평가되고 있다.

▶ 정혜영

참고문헌: A, B, D.

이노우에 유메히토 井上夢人, 1950.12.9~

소설가. 본명 이노우에 이즈미井上泉. 후쿠오카현福岡県 출생. 다마예술학원多摩芸術学校 중퇴. 도쿠야마 준이치德山諄一 콤비를 맺어 두 사람 명의로 1982년 「흑다갈색의 파스텔焦茶色のパステル」로 제28회 〈에도가와란포상江戸川乱歩賞〉을 수상하면서 문단에 데뷔한다. 콤비 해체 후, 본명 대신, 이노우에 유메히토井上夢人라는 현재 이름으로 1992년 단행본 「누군가 안에 있다ダレカガナカニイル…」(1992)로 문단에 다시 데뷔한다. 이 작품은 야마나시山梨의 신흥종교 도장道場을 경비한 후, 머릿속에 이변이 생긴 것을 알아차린 청년을 주인공으로 하고 있다. 모 종교단체와의 유사성이 화제가 되기도 했지만 실질적으로 그 단체가 세상을 소란스럽게 하기 전에 이 작품을 집필한 것이므로 작품과의 실질적 관계는 없다. 때때로 작품 속에 컴퓨터가 등장하기 때문에 종종

컴퓨터에 강한 작가라는 평을 받기도 한다. 그 후에도 워드 프로세스라는 집필도구의 특질을 살린 『플라스틱プラスティック』(1994), 컴퓨터 바이러스와 인공생명 문제를 다룬 『파워 오프パワー・オフ』(1996) 등, 테크노로지를 활용한 서스펜스 소설을 발표한다. 또한 인터넷이라는 매체를 최대한으로 활용한 소설을 홈페이지 상에 게재하는 등, 최신기술에 관한 날카로운 감성을 발휘한다. 그러나 이 작품들이 모두 기술의 힘에 함몰되는 일 없이 인간에 대한 부드러운 시선을 견지하고 있다는 점에서 의미를 지닌다. 우수한 호러 작품집 『악몽悪夢』(1993), 역설적 본격추리소설 『바람이 불면 수리공이 돈벌이가 된다風が吹いたら桶屋がもうかる』(1997), 이외 『크리스마스의 네 사람クリスマスの4人』(2001), 『the TEAM』(2006), 『함께 거울로 날아들어!あわせ鏡に飛び込んで』(2008), 『마법사의 제자들魔法使いの弟子たち』(2010), 『러브 소울ラバー・ソウル』(2012) 등을 발표한다. 특히 단편연작소설 『99인의 최종전차99人の最終電車』(2006)는 하이퍼 텍스트소설로 인터넷에서 8년간 연재한 소설을 즉 전자책의 형태로 발간한 것이다. 한국어로는 환상추리소설이며 일본 4대 호러물의 하나인 『뉴에이지 공포소설 메두사メドゥサ, 鏡をごらん』(1998)가 번역되어 있다.

▶ 정혜영

참고문헌: A, H05, H06, H08.

이노우에 기요시 井上淳, 1952.9.29~

소설가. 나고야名古屋 출생. 와세다대학早稲田大学 정치경제학부 졸업. 졸업 후 경제잡지 기자로 근무하면서 증권과 금융을 담당한다. 1982년 퇴직한 후 자유기고가로 활동하던 중 1984년 『그리운 친구에게懐かしい友へ』로 제2회〈산토리미스터리대상독자상サントリミステリ大賞読者賞〉을 수상한다. 이 작품은 미국 대통령 선거를 앞두고 대소련 정책의 대립, CIE 등의 암약을 그리는 등 국제적 정보망을 배경으로 전개되는 장편소설이다. 영화적 기법의 하나인 컷백을 많이 활용한 어투를 사용하고 인물조형 역시 독특하다. 현대첩보소설의 대부 프레드릭 포사이스의 작품 분위기를 응용한 국제첩보소설의 영역을 개척했다는 점에서 일본 추리소설의 또 다른 영역의 확장으로서 평가받고 있다. 비극적이고 암울한 분위기를 띤 경찰소설 『죄 깊은 거리罪深き街』(1985), 용병 키스 대위의 사투를 그린 모험소설 『트러블메이커トラブルメイカー』(1985)는 치밀한 플롯을 중심으로 모험소설의 형태를 잘 구성하고 있어서 해외 미스터리 독자들로부터도 호평을 받고 있다. 『붉은 여권赤い旅券』(1989)은 제2차 세계대전 후 동서로 분할된 일본을 배경으로 한 스파이소설로서 이후 군사 시뮬레이션소설의 창작에 손을 되는 계기가 된다. 국제정치, 사회와 경제에 관한 다양한 지식을 사용하면서도 거기에 탐닉해서 정보소설에 지나치

게 함몰되지 않으면서 정보소설과 해외 정통모험소설을 절묘하게 배합하고 있다는 평가를 받고 있다.

▶ 정혜영

참고문헌: A, E.

이누이 구루미乾くるみ, 1963.10.30~

소설가. 시즈오카현静岡県 출생. 시즈오카대학静岡大学이학부 수학과 졸업. 이치가와 쇼고市川尚吾라는 이름으로 평론가활동을 하고 있다. 1998년 「J의 신화Jの神話」로 제4회 〈메피스토상メフィスト賞〉을 수상하면서 작가로 데뷔한다. 두 번째 작품인 「갑匣 속에서匣の中」는 사대기서四大奇書로서 평가되는 다케모토 겐지竹本健治의 〈갑匣 속의 실락匣の中の失楽〉에 헌정하고 있는 작품이다. 세 번째 작품인 「탑의 단장塔の断章」에서는 '단장断章'이라는 제목에서 나타나듯, 각 에피소드가 시간 축으로 제각기 산발적으로 늘어서 있는 실험적인 작품이다. 2004년에 간행된 「이니시에이션 러브イニシエーション・ラブ」는 그 해의 『이 미스터리가 대단하다このミステリーがすごい!』에서 12위, '본격미스터리베스트10本格ミステリベスト10'에서 제6위를 차지한다. 2005년에 같은 작품으로 제58회 〈일본추리작가협회상日本推理作家協会賞〉 후보로 선정된다. 작품으로는 전술한 것 이외 『마리오넷 증후군マリオネット症候群』(2001), 『리비도リビート』(2004), 『캐럿 탐정사무소의 사건부1カラット探偵事務所の事件簿1』

(2008), 『클라리넷 증후군クラリネット症候群』(2008), 『여섯 개의 실마리六つの手掛かり』(2009), 『소린토 고서점에 오신 것을 환영합니다薔林堂古書店へようこそ』(2010), 『세컨드 러브セカンド・ラブ』(2010) 등이 있다. 한국어로는 『이니시에이션 러브』(2009)가 번역되어 있다.

▶ 정혜영

참고문헌: H05, H06, H09, H11.

이누이 로쿠로乾緑郎, 1971~

소설가. 극작가. 도쿄東京 출생. 도요침구전문학교東洋鍼灸専門学校 졸업. 10대 때부터 연극에 뜻을 두고 소극장을 중심으로 연출 및 배우활동. 이후 침구사 자격증을 따서 침구사를 하면서 연극 쪽의 일을 병행한다. 2008년 「SOLITUDE」로 일본 극작가 협회가 주최하는 제14회 〈극작가협회신인희곡상劇作家協会新人戯曲〉의 최종후보에 오르고 동同협회에서 간행한 『우수신인희곡집2009優秀新人戯曲集2009』에 수록된다. 2010년 소설 「닌자외전忍び外伝」으로 제2회 〈아사히시대소설대상朝日時代小説大賞〉, 「완전한 수장룡의 날完全なる首長竜の日」로 제9회 〈『이 미스터리가 대단하다このミステリーがすごい!』 대상〉을 수상한다. 이외 「상자 속의 헤라클레스箱の中のヘラクレス」(2013), 「단지의 고아団地の孤児」(2013) 등이 있다. 한국어로는 『완전한 수장룡의 날』(2011)이 번역되어 있다.

▶ 정혜영

참고문헌: H11~H13.

이누이 신이치로乾信一郎, 1906.5.15~2000.1.29

소설가. 번역가. 미국 시애틀에서 출생. 본
명은 우에쓰카 사다오上塚貞雄. 아오야마학
원고등부青山学院高等部를 거쳐 아오야마학
원 상과商科졸업. 아오야마학원 상과에 재
학 중이던 1928년, 번역물이 『신청년新青年』
에 채택되면서 본명으로 워트하우스, 린,
도일 등의 단편을 번역한다. 한편 기지와
풍자로 가득 찬 칼럼 「아호큐 일천일야阿呆
宮一千一夜」를 집필한다. 1930년 졸업 후 하
쿠분관博文館에 입사하여 『신청년』 편집에
관여한다. 1935년 『강담잡지講談雑誌』 편집
장, 1937년 『신청년新青年』 편집장을 거쳐
1938년 시국에 부화뇌동하는 회사방침에
반발해서 퇴사하고는 문필에 전념한다. 대
학 재학 중이던 1929년부터 본명과 이누이
신시로, 이누이 신이치로 등의 필명으로
소설을 집필하며, 동물소설, 유머 소설 등
소위 대중독물을 주로 창작한다. 이 시기
작품으로는 동물소설집 「화롯가야화炉辺夜話」
(1933), 「속 화롯가야화続炉辺夜話」(1935), 추
리형식을 가미한 유머 소설집 「아들 폐업豚
児廃業」, 「오만인과 거사五万人と居士」(이상
『현대유머소설전집』 제12권, 1936), 「인간
대할인판매人間大安売り」(1937) 등이 있다.
영미 추리 소설의 번역에도 손을 대 1931
년 노부하라 겐延原謙, 세오 아키오妹尾アキ夫

등과 함께 코난 도일의 작품을 번역하여
『도일 전집ドイル全集』을 개조사改造社에서
간행한다. 전후戦後에는 유머 작가로서 활
약하면서, 「나는 두 번째ぼくは二番目」(1953),
「동물들만의 이야기1－4년생どうぶつだけのお
はなし1~4年生」(1954)등 유머 소설과 동물소
설 창작과 더불어 「푸른 노트青いノート」, 「고
로 이야기コロの物語」 등 NHK 연속방송극
각본도 쓴다. 1960년대부터 창작보다는 추
리소설 번역에 치중하여 엘러리 퀸의 「차
이나 오렌지의 비밀チャイナ・オレンジの秘密」
(1955), 아가사 크리스티의 「복수의 여신復
讐の女神」(1972) 등을 비롯하여 수 십 편의
장편미스터리 소설을 번역한다. 이외 「이
상한 고양이의 비밀おかしなネコの物語」(1980)
등과 같은 동물 에세이도 발표한다. 또 『「신
청년」의 무렵『新青年』の頃」(1991)은 그의 편
집자 시대를 기반으로 한 귀중한 회고이다.
▶ 정혜영

참고문헌: A, B, E.

이마이 이즈미今井泉, 1935.6.5~

소설가. 고치시高知市 출생. 고베 상선대학
商船大学 항해과航海科를 졸업한 후 국철国鉄
에 입사, 세이칸青函 연락선의 항해사를 거
쳐 1970년에 선장으로 취임하였다. 1975년
부터 해양소설을 쓰기 시작하였다. 1981년
연락선의 선장이 되었으나 항로가 폐지되
면서 퇴직하였다.
1982년 『항해저널航海ジャーナル』에 연재한

「죽음의 해도死の海図」로 제18회 〈가가와키 쿠치칸상香川菊池寛賞〉을 수상하였다. 1991년 『정박하지 않는 해도碇泊なき海図』로 제9회 산토리 미스터리대상 독자상을 수상하였다. 수상 후 첫 번째 장편인 『푸른 유고碧の遺稿』(1992)에서는 1984년 발표한 『어두운 해협溟い海峡』에서의 주인공인 스기사키杉崎를 다시 등장시켜 『또 하나의 기억もう一つの記憶』(1994)과 함께 시리즈물로 만들었다. 이들 소설은 드라마로 만들어져 아사히朝日 TV의 〈'스기사키' 선장 시리즈〉로 호평을 받았다.

▶ 송혜경

참고문헌: A, 「今井泉氏死去 (作家)」『時事通信』 2013年3月8日閲覧.

이바라키 간키荊木歓喜

일본을 대표하는 오락소설가이자 추리작가인 야마다 후타로山田風太郎의 1949년 작품 『진푼관의 살인チンプン館の殺人』에서 주인공으로 처음 등장한다. 진푼관チンプン館에 사는 주정꾼 의사로 매춘부의 낙태를 전문으로 하고 있다. 비만으로 한쪽 발이 부자유스럽고, 게다가 한쪽 볼에는 초승달 모양의 상처를 지니고 있는 괴이한 용모의 소유자이기도 하다. 하지만 모습과는 달리 천성적으로 사람들에 대한 배려와 이해심이 많고, 남들보다 뛰어난 발군의 추리력을 가지고 있어서 야쿠자나 매춘부뿐만 아니라 심지어 경찰까지도 그의 능력을 인정

하는 뛰어난 지적 감각을 지니고 있다. 간키歓喜의 과거의 행태와 모습이 명확히 밝혀지는 1951년 『귀거래살인사건帰去来殺人事件』을 비롯하여 8편의 단편에 등장한다. 1956년 장편 『십삼각관계十三角関係』에서는 용의자 전원이 거짓을 말하고 있는 어려운 상황 속에서도 명쾌하게 사건을 해결해 나가는 모습을 보인다. 또한 합작 장편 『악령의 무리悪霊の群』에서는 명탐정 가미쓰 교스케神津恭助와 공연共演을 펼치기도 한다.

▶ 박희영

참고문헌: A, 「山田風太郎の生涯」(山田風太郎記念館ウェブサイト, 2011), 上田正昭外3人 『日本人名大辞典』(講談社, 2001).

이사카 고타로伊坂幸太郎, 1971.5.25~

소설가. 지바현千葉県 출생. 도호쿠대학東北大学 법학부 졸업. 동시대의 인간과 사회문제에 주목하는 작가로서 평가받고 있다. 1996년 「악당들이 눈에 스며들다悪党たちが目にしみる」로 〈산토리미스터리대상サントリーミステリー大賞〉 가작을 수상한 후, 미래를 예측할 수 있는 허수아비가 '살인'의 피해자가 된다는 특이한 소재를 다룬 「오듀본의 기도オーデュボンの祈り」(2000)로 제5회 〈신초미스터리클럽상新潮ミステリー倶楽部賞〉을 수상한다. 그리고 다섯 팀의 독특한 인물들이 등장하여 그 시점에 따라 교차적으로 이야기가 전개되는 「러쉬 라이프ラッシュライフ」(2002)로 평론가들의 주목을 받는다. 이후 나오키상

直木賞 후보인 「중력 피에로重力ピエロ」(2003)로 일반 독자들에게 폭넓은 호응을 얻는다. 계속해서 개성 넘치는 인물들과 황당한 사건들을 통해서 가슴 저리는 사랑과 우정을 그려내고 있는 「집오리와 들오리의 코인 로커アヒルと鴨のコインロッカー」(2004)로 제25회 〈요시카와에이지문학신인상吉川英治文学新人賞〉을, 사건과 사고에 휘말려 목숨을 잃게 될 인간과 8일을 함께 보내는 사신을 주인공으로 내세운 「사신의 정도死神の精度」(2005)로 제57회 〈일본추리작가협회상〉을 수상한다. 또한 우연히 총리 암살 사건 범인으로 지목되어 온 세상의 추격을 받게 된 한 남자를 중심으로 국가 권력의 문제를 다룬 「골든 슬럼버ゴールデンスランバー」(2008)로 제5회 〈서점대상〉, 제21회 〈야마모토슈고로상山本周五郎賞〉을 수상한다. 〈나오키상〉 후보에 다섯 번이나 선정되는 등 대중성과 작가성을 함께 지닌 작가로서 평가된다. 특히 「중력 피에로」는 〈나오키상〉 후보 및 『이 미스터리가 대단하다!このミステリーがすごい!』 2013년 국내편 베스트셀러 3위에 오른 작품이다. 이 소설은 삼인의 부자가 연속방화와 낙서사건의 수수께끼를 함께 풀어가는 과정을 그린 작품으로서 신감각적인 청춘 미스터리로 평가된다. 독특한 인생관을 지닌 동생, 강인한 정신력으로 평정함을 잃지 않는 아버지, 그리고 화자인 형, 세 명이 유전자정보, 회화, 영화, NBA 등 여러 갈래에 걸친 다양한 대화를

통해서 수수께끼를 풀어가는 과정에서 유전과 환경이라는 테마가 클로즈업된다. 엉뚱한 일로 알게 된 네 명의 남녀가 강도단을 결성하면서 벌어지는 에피소드를 다룬 「명랑한 갱이 지구를 구한다陽気なギャングが地球を回す」는 작가 특유의 재치와 기발함이 돋보이는 작품으로 평가되고 있다. 타인의 거짓말을 금방 알아채는 인간 거짓말 발견기, 걸출한 논리를 지닌 연설을 시작하면 멈추지 않는 연설가, 천재적 솜씨의 소매치기 남자, 전자시계 못지않게 정확한 육체시계와 발군의 운전기술을 지닌 여자가 등장하여 만담과도 같은 경쾌한 대화를 나누고, 하이템포적인 두뇌 싸움을 벌이며 소설을 한 편의 영화처럼 스타일리시하게 만든다. 이외에도 국가 권력의 문제를 유머러스하게 풀어낸 「모던 타임스モダンタイムス」(2008), 킬러라는 비일상적 인물을 등장시켜 국가 권력과 사회구조의 문제를 다룬 「그래스 호퍼グラスホッパー」(2004), 이야기를 통제하는 전지적인 신과 같은 존재인 원숭이와 두 명의 인간을 통해서 인간관계와 구제에 관한 불가사의한 이야기를 다룬 「SOS원숭이SOSの猿」(2009), 시속 200km의 신칸센 속에서 숨막히게 벌어지는 킬러들 간의 대결을 그린 「마리아 비틀マリアビートル」(2010), 화려한 연애경력의 어머니 덕분에 네 명의 아버지와 함께 사는 소년을 주인공으로 내세운 「오! 파더オー! ファーザー」(2010) 등이 있다. 한국어로는 『그래스 호

퍼』(2009), 『골든 슬럼버』(2008) 등이 번역되어 있다.

▶ 정혜영

참고문헌: H05, H08~~H11, H13.

이시다 이라石田衣良, 1960.3.28~

소설가. 도쿄東京출생. 본명은 이시다이라 쇼이치石平一. 필명은 본명인 이시다이라石平를 분할한 것이다. 세이케이대학成蹊大学 경제학부 졸업. 광고 프로덕션, 광고대리점 카피라이터로 근무한 경력이 있다. 1997년 틴에이저 탐정 마시마 마코토를 중심으로 비정한 도시의 모습을 형상화 한 하드보일드 소설, 「이케부쿠로 웨스트게이트파크池袋ウェストゲートパーク」로 제36회 〈올요미모노추리소설신인상オール読物推理小説新人賞〉을 수상하면서 문단에 데뷔한다. 이후 십대들의 삶에 드리워진 빛과 그늘을 그려낸 성장소설 「4TEEN」(2003)으로 제129회 〈나오키상直木賞〉)을, 「잠들지 못하는 진주眠れぬ真珠」(2006)으로 제13회 〈시마세이연애문학상島清恋愛文学賞〉)을 수상한다. 시사문제 및 사회문제가 된 사건을 소재로 소설을 창작하기도 한다. 오사카교육대학부속 이케다 소학교 아동 살해사건을 다룬 「약속」(2004), 미국 동시다발 테러사건을 테마로 「블루타워ブルータワー」(2004) 등이 여기에 속한다. 2013년 8월 라이다 시이雷田四位라는 필명을 사용하여 첫 전자책인 라이트노벨, 「사카시마-도토진주관 양성고교의 결투SAKASHIMA-東島進駐官養成高校の決闘」를 발표한다. 2013년 「북두, 어떤 살인자의 회심北斗 ある殺人者の回心」으로 제8회 〈중앙공론문예상中央公論文芸賞〉)을 수상한다. 한국어로는 『엔젤』(2007). 『전자의 별』(2009), 『회색의 피터팬』(2009) 등이 번역되어 있다.

▶ 정혜영

참고문헌: H09, 石田衣良『4TEEN』(新潮社, 2005).

이시모치 아사미石持浅海, 1966.12.7~

에히메현愛媛県 출생. 규슈대학九州大学 이학부 생물학과 졸업. 대학 졸업 후 식품회사에 입사한다. 2002년 「아일랜드의 장미アイルランドの薔薇」가 고분샤光文社의 신인발굴기획 〈KAPPA-ONE〉 제1기에 당선되어 문단에 등단한다. 2004년 「달의 죄月の扉」로 그해 『이 미스터리가 대단하다!このミステリーがすごい!』 8위, 『본격미스터리 베스트10本格ミステリベスト10』 4위에 오르면서 문단의 주목을 받기 시작한다. 이 소설은 2006년 문고판으로 발행되어 여섯 달 만에 10만 부를 돌파한다. 2005년 「죄는 닫혀진 채로扉は閉ざされたまま」로 제7회 〈본격미스터리대상本格ミステリ大賞〉)을 수상한다. 이외 「얼굴 없는 적顔のない敵」(2007), 「미래로 내딛는 발未来へ踏み出す足」(2007), 「심장과 왼손心臓と左手」(2008), 「삼 층에 멈춘다三階に止まる」(2012) 등이 있다.

▶ 정혜영

참고문헌: H04, H06, H08, H09, H11.

이시자와 에이타로石沢英太郎, 1916.5.17~1988.6.16

중국 다롄大連 출생. 다롄상업학교大連商業学校 졸업. 졸업 후, 만주전업滿洲電業에서 근무하였고, 전후에는 도쿄와 후쿠오카의 경제조사회에서 근무한다. 1962년 「협박여행脅迫旅行」으로 제1회 〈올요미모노추리소설신인상オール読物推理小説新人賞〉에서 차점으로 떨어진 후, 다음 해인 1963년 발표한 「쓰루바아つるばあ」가 『보석寶石』의 『신인25인집』에 게재된다. 1966년 「양치행羊歯行」이 제1회 〈후타바추리상双葉推理賞〉을 수상한다. '오인의 모임五人の会'을 결성하여 후쿠오카에서 『남방문학南方文学』 잡지를 발행하는가 하면 '소설회의小説会議'에도 동인으로 참여한다. 〈후타바추리상〉을 수상한 「양치행」은 양치식물을 채집하던 중 사고를 당해 죽은 친구의 죽음에 의혹을 가진 주인공이 양치식물에 애정을 품게 되면서 내용이 전개된다. 식물에 관해서까지 빈틈없이 적용되는 작가의 세밀한 관찰과 노력이 이야기의 효과를 높이고 있다. 〈후타바추리상〉 수상 후 첫 작품인 「란초乱蝶」(1967) 역시 「양치행」에 조금도 뒤지지 않는 뛰어난 작품으로 평가된다. 우키요에浮世絵를 매개로 해서 그림의 마력에 사로잡힌 사람들의 집착과 애정을 포착해낸 「비화秘畵」 역시 주목할 만한 작품이다. 「모귀謀鬼」로 개제된 「권모權謀 – 사설 구리야마다이젠키私設栗山大膳記」(1969)는 구로다黒田 소동을 배경으로 해서 과거의 역사적인 진상 추구와 현대의 권모술수를 교차시킨 야심작이고, 「딱따구리멸종キタタキ絶滅」(1970)은 자연계의 동식물이 멸종되어 가는 애통한 상황을 흑인 혼혈아의 문제와 연결시킨 수작이다. 장편 「자동차경주살인사건自動車競走殺人事件」은 일본 종단의 자동차 경주 중에 일어난 사고와 수수께끼가 경주와 뒤엉키면서 진전되던 중, 맹인의 내비게이터와 더불어 이루어지는 경주 종료와 함께 수수께끼와 의문이 풀리는 구성을 취하고 있다. 주변 정경情景과 서스펜스의 융합이 잘 이루어진 작품이다. 동식물, 미술, 역사 등에 대한 깊은 조예 덕분에 소설 소재의 영역이 넓고 취급방법이 신선해서 단편에서 평론가들로부터 탁월한 평가를 받고 있으며 영화평론에도 손을 대고 있다. 강도에게 손들라는 명령을 받은 은행원이 비상벨을 누르려고 한 옆자리 행원에게 시선을 보냈기 때문에 옆자리 행원이 사살된 사건을 테마로 한 「시선視線」으로 1977년 제30회 〈일본추리작가협회상日本推理作家協会賞〉의 단편부문을 수상했다. 이외 추리소설 연작집 「무타형사관 사건부牟田刑事官事件簿」(1978), 「퇴직 형사관退職刑事官」(1981), 민요 채집여행에 얽힌 「규슈 살인행九州殺人行」(1983), 「하카타 환락가 살인사건博多歓楽街殺人事件」(1987) 등 지방색을 지닌 사실적 작품이 있다. 한국어로는 『지나치게 소문을 모은 사나이』(1999)가 번역되어 있다.

▶ 정혜영

415

참고문헌: B, C, E.

이시카와 다카시石川喬司, 1930.9.17~

에히메현愛媛県 출생. 도쿄대학東京大学 문학부 불문과 졸업. 마이니치신문사毎日新聞社에 입사하여 『선데이마이니치サンデー毎日』 부편집장으로 근무한다. 이후, SF의 소개와 평론을 주로 하면서 1962년 첫 SF단편소설 소설 「곶의 여자岬の女」를 『SF매거진SFマガジン』에 발표한다. 이 작품은 이후 SF단편집 「마법사의 여름魔法つかいの夏」(1968)에 통합, 수록된다. 추리소설관계 평론으로는 같은 해 『도서신문図書新聞』에 연재한 「미스터리견본시ミステリー見本市」를 비롯해서, 1964년부터 『미스터리매거진ミステリマガジン』에 연재한 「극락의 귀신極楽の鬼」, 「지옥의 부처地獄の仏」 등이 있다. 특히 후자의 경우는 외국 작품의 소개와 비평을 가벼운 터치로 시도한 것으로서 개별 작품에 관한 추리소설 안내서를 겸하고 있다. SF 관계의 평론은 『SF의 시대SFの時代』(1977)에 정리, 수록되어 있다. 「일본SF의 태동과 발전日本SFの胎動と展望」이라는 부제에서 나타나듯이 SF작가론, SF역사, 시평時評과 전망 등을 집성한 것으로 과거와 현재를 통해 미래를 전망하고 있다. 이 책으로 제31회 〈일본추리작가협회상日本推理作家協会賞〉 평론상을 수상했다. SF, 추리소설 분야 뿐 아니라 경마평론가로서도 저명하다. 「달려라 말신사, 신사는 경마를 좋아해走れホース 紳士・紳士は競馬がお好き」와 같은 경쾌한 유머 추리소설을 발표하기도 했다. 이 소설의 경우 페이퍼 마주馬主제도, 비밀조직의 경마은행, 절대 필승하는 마권 등의 기발한 아이디어를 뒤섞어 유머러스한 기법으로 경마의 흑막과 실태를 폭로하고 있다. 1974년부터 75년까지 『도쿄주니치스포츠東京中日スポーツ』에 연재된 「경마성서競馬聖書」는 허구적 이야기와 실제의 경마가 동시에 진행되면서 이를 미스터리로 구성하고 있는 일종의 유머 미스터리 소설이다. 경마 미스터리의 걸작을 모은 『우승후보優勝候補』(1976)와 유키 노부다카結城信孝가 편집한 『도박소설 걸작집ギャンブル小説傑作集』 2권(1984, 1985)이 있다.

▶ 정혜영

참고문헌: A, B, E.

이시카와 리쿠이치로石川陸一郎 ☞ 미나카미 로리水上呂理

이시하라 신타로石原慎太郎, 1932.9.30~

정치가, 소설가, 배우. 고베시神戸市 출생. 히도쓰바시대학一橋大学 법학부 졸업. 제 8대 환경청장 및, 제14대부터 17대까지 도쿄도지사를 역임했다. 히도쓰바시대학에 재학 중이던, 1955년 소설 「태양의 계절太陽の季節」이 〈문학계신인상文学界新人賞〉에 이어서 1956년 제34회 〈아쿠타가와상芥川賞〉을 수상하면서 전후세대의 청춘상을 묘사하는 것으

로 평단의 시선을 받게 된다. 이후 현대사회상을 예리하게 분석, 포착한 「완전한 유희完全な遊戱」(1958), 「균열龜裂」(1958) 등의 문제작을 발표한 후 감독을 하거나 영화에 출연하는가 하면, 참의원 의원을 역임하는 등 종래 작가에게서는 볼 수 없었던 적극적 사회활동으로 주목받는다. 추리소설이란, 엔터테인먼트, 즉 흥미 본위의 오락물이다라는 인식 아래 하드보일드 풍의 재미있는 내용을 쓰는 것을 중요시한다. 첫 장편 소설 『밤을 찾아라夜を探がせ』(1959)는 마약밀매의 하수인인 남자가 어떤 남자의 임종의 말을 듣고 신문에 기사를 의뢰하는 것에서 시작한다. 그 때부터 그는 범죄단체의 표적이 된다. 그래서 관계자를 더듬어 조사한 결과 만주에서 금괴 이권에 얽힌 범죄가 있었고 그것이 현재 신흥재벌에게 꼬리를 잡은 것을 알게 된다. 일본의 과거와 현재의 악행을 배경으로 한 야쿠자 탐정 이야기로 마지막 부분에 추리적 기법이 첨가되는 사회성 풍부한 스릴러이다. 사건의 구성 등이 그다지 탁월하지는 않으나 주인공의 이미지가 눈에 띄며 속도감 있는 전개가 흥미롭다.

「더렵혀진 밤汚れた夜」(1961)은 거액의 재상 상속자인 마약중독자를 둘러싼 살인과 실종의 수수께끼를 추적하는 형사 주인공이 등장하는 스릴러이다. 「단애斷崖」(1962)는 기억상실자인 구두닦이 소년의 신원을 조사하는 신문기자가 주인공이다. 관계자를 찾아가던 중 사건이 계속 일어나 여덟 명이나 살해되는 추리물로, 구성과 문체가 속도감이 있다. 이외 단편이 몇 편 더 있으며 「푸른 살인자青い殺人者」(1966)를 마지막으로 스릴러물은 더 이상 창작하지 않는다. 정치가로 변신 이후, 발표 작품은 급격히 감소하지만, 현재에 이르기까지 다양한 장르에 걸쳐서 일관되게 창작활동을 하고 있다. 1970년 장편 「화석의 숲化石の森」으로 〈예술선장문부과학대신상芸術選奬文部大臣賞〉을, 1988년 「생환生還」으로 〈히라바야시 이코상문학상平林たい子賞〉을, 그리고 「동생弟」(1996)으로 〈마이니치출판문화상특별상每日出版文化賞特別賞〉을 수상한다.

▶ 정혜영

참고문헌: A, E.

이시하마 긴사쿠石浜金作, 1899.2.28~1968.11.21

도쿄東京 출생. 소설가. 아버지는 『시사신보時事新報』 기자인 이시하마 데쓰로石浜鉄郎, 형은 경제학자인 이시하마 도모유키石浜知行이다. 도쿄대학東京大学 영문학 졸업. 1921년 가와바타 야스나리川端康成 등과 제6차 『신사조新思潮』를 창간하고 『문예춘추文芸春秋』, 『문예시대文芸時代』의 동인 등, 신감각파의 일원으로 활동한다. 이후 『문예춘추』, 『문예시대』의 편집에도 관여한다. 미스터리 계열의 작품 십 수 편이 있다. 이 중 「제13호실의 포옹第13号室の抱擁」(1927)은 상당한 사회적 지위를 가진 사람들이 권태로움에

서 벗어나기 위해 서로 비밀모임을 결성해서 음란한 일에 탐닉한다. 그 곳에서 관계를 맺은 대학 조교수와 여배우가 정사情死하는데, 알고 보니 이 모임이 헤어진 혼들의 모임장소였다는 것이 주 내용이다. 「변화하는 진술変化する陳述」(1928)은 자신이 불량소년에게 권총으로 협박당해서 그로 인해 그 소년을 살해할 수밖에 없었다고 주장하는 한 여배우의 진술의 모순을 추적해 가는 이야기이다. 정신분석을 채택하는 등, 무엇보다 미스터리 계열에 가깝게 창작한 작품으로 서술의 변화전개도 뛰어나다. 이외에도 아내를 살해한 남자의 고뇌를 그린 소설 「의혹疑惑」(1931)과 도스토예프스키의 「백치白痴」(1924) 번역 등이 있다.

▶ 정혜영

참고문헌: B, E.

이와야 센쇼岩谷選書

1949년부터 1950년까지 이와야서점岩谷書店에서 간행된 총서를 말한다. 신서판新書判 (B6판보다 약간 작은 출판물 판형의 하나)으로 국내외 유명한 탐정소설 및 체포록捕物帳(범죄 사건을 제재로 한 역사 추리소설)을 보급하기 위한 보급판이다. 에도가와 란포江戸川乱歩뿐만 아니라, 당시의 신인 다카기 아키미쓰高木彬光, 야마다 후타로山田風太郎, 오쓰보 스나오大坪砂男, 미야노 무라코宮野村子 등의 작품을 실었다. 그러나 번역권의 문제로 본래 의도와는 달리 외국작품

에 대한 소개는 프랑스의 모리스 르블랑 Maurice Leblanc과 벨기에 출신 조르주 심농 Georges Joseph Christian Simenon 정도이며, 그나마 불황으로 총 18권 간행에 그쳤다.

▶ 이민희

참고문헌: B, E, G.

이와이 시마코岩井志摩子, 1964.12.5~

소설가. 방송인. 오카야마현岡山県 출생. 본명은 다케우치 시마코竹内志麻子. 오카야마 현립 와케시즈타니고등학교和気閑谷高等学校 졸업. 고교 재학 중이던 1982년 제3회 『소설 주니어小説ジュニア』 단편 소설 신인상에 입선, 1986년 소녀소설 「꿈꾸는 토끼와 폴리스 보이夢みるうさぎとポリスボーイ」로 문단에 데뷔한다.

1999년 단편 「정말 무섭죠ほっけえ、きょうてえ」로 제6회 〈일본호러소설대상〉과 제13회 〈야마모토슈고로상山本周五郎賞〉을 수상한다. 메이지 시대明治時代, 사랑하는 여인의 행방을 찾아 오카야마岡山에 도착한 한 미국인이 유곽에서 만난 기이한 외모의 창녀에게 듣는 소름 끼치도록 무서운 이야기가 중심 내용으로 인간 마음속에 존재하는 '악'의 문제를 다루고 있는 작품이다. 2002년 「오카야마 여자岡山女」가 제124회 〈나오키상直木賞〉 후보로 선정된다. 같은 해에 「챠이 코이trái cây」로 제2회 〈부인공론문예상婦人公論文芸賞〉을 「자유연애自由戀愛」로 제9회 〈시마세이연애문학상島清恋愛文学賞〉을 수상한

다. 호러물의 경우 주로 오카야마 지역의 괴담을 중심으로 이루어지고 있다. 이 중, 「울부짖는 숲夜啼きの森」은 오카야마 북쪽의 끝, 숲으로 둘러싸인 작은 마을을 중심으로 전개된다. 이 마을은 대부분 혈연관계로 연결되어 있으며 남자가 밤에 몰래 여자의 침소에 잠입하는 풍습이 남아 있다. 어느 날 이 마을에서 폐병에 걸린 데다가 징병검사에도 떨어져 우울한 나날을 보내고 있던 다쓰오辰男라는 인물이 보름달이 뜨는 밤, 귀신이 되어 마을 사람들을 덮쳐 살육을 시작한다. 방탕한 성관습, 뒤틀린 가족관계 등 마을 사람들 스스로가 쌓아올린 업이 다쓰오라는 귀신을 만들어내고 있으며, 그들을 살육하는 것은 바로 그들 자신의 업이라는 것이 작가가 전하고자 하는 주제이다. 이외 「꽃피는 달밤의 기담花月夜奇譚」(2004), 「현대 1백가지 괴담現代百物語」(2009), 「거짓말쟁이왕국의 돼지공주嘘つき王国の豚姫」(2010), 「밤의 만화경夜の万華鏡」(2009), 「현대 1백가지 괴담－허실現代百物語－嘘実」(2010), 「현대 1백가지 괴담－생령現代百物語－生霊」(2011) 등이 있다.

▶ 정혜영

참고문헌: H03, H06, H08, H11, H13.

이와타 산岩田賛, 1909.3.14~1985.5.30

년 이와테현岩手県 모리오카시盛岡市 출생. 소설가. 번역가. 도쿄공업공예학교東京工芸大学 인쇄공예학과 졸업. 결핵 치료 중이던

1932년 M. 켄트의 「제2의 총성第二の銃声」을 번역하여 『신청년新青年』에 게재한다. 전쟁 전에는 요코스카橫須賀의 해군공창 공무원으로 근무하였고 전후에는 잠시 민간 사회에서 근무한 후 영어 능력에 힘입어 요코스카 시청에서 정년을 맞으면서 집필 활동을 계속한다. 1947년 4월 『보석宝石』 제1회 단편현상에 기계적 트릭을 사용한 탐정소설 「시세키砥石」로 입선에 당선된다. 타이프 라이터를 이용한 암호를 사용해서 복권의 은닉 장소를 암시하는 「풍차風車」(1948), 논리적인 수수께끼 해결을 보여주는 「테니스코트의 살인テニスコートの殺人」, 「아야코의 환각絢子の幻覚」, 특유의 세밀한 트릭을 사용한 「유다의 유서ユダの遺書」(1949) 등이 있다. 이 중 「아야코의 환각」은 육체적 결함을 가진 남자가 결혼 전, 아내가 사귄 남자를 질투해서 일으킨 범죄로서 의자괴담을 이용하는가 하면 환등幻燈으로 환각을 일으켜 범행현장을 환등으로 공작하고 다른 장소에서 실제 범행을 도모하고는 알리바이를 조작하는 작품이다. 빈틈없는 트릭을 사용하고 수수하고 평이한 작풍을 지닌 본격탐정소설 작가로서 20편 남짓한 단편 추리소설을 창작한다. 카의 「흑사장 살인사건黒死荘殺人事件」(1950), 퀸의 「Z의 비극Zの悲劇」(1951) 등의 번역이 있다.

▶ 정혜영

참고문헌: A, E.

이와토 유키오岩藤雪夫, 1902.4.1~1989.8.29

소설가. 노동운동가. 오카야마현岡山県 출생. 본명은 데이僜, 필명으로는 후지 유키오岩藤雪夫로 표기되기도 했다. 와세다공수학교早稲田工手学校(와세다 대학 공업고등학교의 전신) 기계과를 졸업하고 철도노동자, 선원, 토목공사 인부 등을 하며 노동운동에 눈을 떠 1920년대 후반부터 노농예술가연맹労農芸術家連盟에 참여했다. 1927년 연맹의 문예지인 『문예전선文芸戦線』에 「팔려간 그들売られた彼等」을 발표하며 당시 흔치 않았던 노동자출신 작가로서 활동을 시작했으며, 이후 『철鉄』(1929), 『임금노예선언賃金奴隷宣言』(1929), 『공장노동자工場労働者』(1930), 『주검의 바다屍の海』(1930) 등의 작품을 통해 노동자의 실상을 섬세하게 묘사하며 프롤레타리아 작가로 알려지기 시작했다. 2차 대전 중에는 구금당했으며, 종전 후에는 거주지인 요코하마 지역문학 발전에 힘을 기울이면서 『톱니바퀴歯車』, 『생산계生産係』 등의 작품을 썼고, 한편으로는 여전히 노동운동가로 활동했다.

대중잡지 『신청년新青年』에 세 편의 단편소설을 발표했는데, 그 중 하나인 「사람을 먹은 기관차人を喰った機関車」는 과거 기관사가 시체로 발견되고 견습 조수가 실종되는 일이 벌어지며 '사람 먹는 기관차'라는 별명이 붙었던 사건의 원인이 10년 후 밝혀진다는 내용의 추리소설이다. 이 작품은 프롤레타리아 문학의 색채를 띤 괴기범죄소설로 주목받으며 1990년대에 이르기까지 여러 차례 추리소설 단편집에 수록되었다.

▶ 박광규

참고문헌: B, E, G.

이이노 후미히코飯野文彦, 1961.6.16~

공포・SF소설가. 야마나시현山梨県 고후시甲府市 출생. 와세다대학早稲田大学 제2문학부 졸업. 재학 중에는 와세다 미스터리 클럽 소속으로 활동하면서 SF 소설에 몰두했으며, 학업을 마친지 얼마 되지 않아 영화로 제작된 『신작 고질라新作ゴジラ』(1984)를 소설화하면서 클럽 동기생은 물론 선배들보다도 앞선 20대 초반의 나이에 프로 작가로 데뷔했다. 이후 다수의 게임과 애니메이션, 영상 작품을 노벨라이즈 했으며, 1994년에는 창작 공포소설인 『사교전설―밀레니엄邪教伝説―ミレニアム』을 발표한 이후 모던 호러 소설의 기수로 활약하고 있다. 그의 작품은 '스플래터'와 '슬랩스틱'이 묘하게 조화된 독특한 분위기를 풍긴다는 평가를 받는다. 2007년 「배드 튜닝バッド・チューニング」으로 제14회 〈일본호러소설대상〉 단편부문 후보에 올랐다.

▶ 박광규

참고문헌: H08-H13, 「對決 隣のミステリ作家ごはん」(『ミステリマガジン』 2007年 11月, 早川書房).

이자와 모토히코井沢元彦, 1954.2.1~

추리소설가, 역사소설가, 역사연구가. 전 TBS기자. 아이치현愛知現 나고야시名古屋市 출생. 도쿄도립東京都立 지토세고등학교를 거쳐 와세다대학早稲田大学 법학부에 재학 중『도착의 보복倒錯の報復』으로 〈에도가와 란포상〉에 응모, 후보에 올랐다. 대학 졸업 후 TBS 방송의 보도기자로 입사해 정치부 소속 기자로 근무하면서 집필한『사루마루 환시행猿丸幻視行』(1980)으로 제26회 〈에도 가와란포상江戸川乱歩賞〉을 수상했다. 이 작품은 주인공이 약품 작용에 의해 정신이 타임슬립하여 20세기 초반 실존했던 민속학자 오리쿠치 시노부折口信夫의 정신과 동화同化된다는 SF적인 설정 아래, 고대 일본의 역사적 수수께끼와 동시대의 범죄사건을 동시에 풀어 나간다는 역사 추리소설이다. 1985년부터 전업 작가로 나서서 역사상의 수수께끼를 소재로 현대의 살인을 풀어나가는 '역사 미스터리 소설'로 불리는 분야의 작품을 다수 발표했으며, 시대소설과 판타지 소설도 발표했다. 시리즈 캐릭터로는 고미술 연구가인 난조 게이南条圭가 있다. 1991년 첫 논픽션인『고토다마言靈』를 발표한 이후 1992년부터 집필을 시작한 〈『역설의 일본사逆說の日本史』 시리즈〉(2013년 현재 18권까지 발간)를 중심으로 독특한 역사관을 피력했다. 2000년대 이후로 추리소설을 발표하지 않고 있으며 정치적으로는 다분히 우익적인 면모를 보이고 있는데, 특히 '새로운 역사교과서를 만드는 모임新しい歴史教科書をつくる会'에 소속되어 역사인식문제 등에 대해서 활발한 발언과 기고를 이어가고 있다. 국내 번역된 작품으로는『역설의 일본사』(1992),『한의 법정恨の法廷』(1991) 등이 있다.

▶ 박광규

참고문헌: A, E.

이조노 준伊園旬, 1965.11.3~

추리소설가. 교토京都 출생. 학생시절부터 추리소설과 SF를 좋아했으며, 간사이대학関西大学 경제학부에 입학해서 SF연구회에 들어갔으나 단지 독서를 즐길 뿐 창작까지 할 생각은 없는 평범한 독자였다. 대학 졸업 후에는 IT 관련 기업에 입사해 회계 관리 업무를 맡은 직장인으로 지내다가, 컴퓨터를 구입하고 인터넷을 이용하게 되면서 다시 추리소설에 관심을 갖게 된다. 추리소설 창작 동호인 모임에서 자신이 쓴 단편소설이 호평 받자 힘을 얻어, 생애 처음으로 쓴 장편소설『주말의 세션週末のセッション』을 다카라지마사宝島社가 주최하는 〈『이 미스터리가 대단하다!』 대상『このミステリーがすごい!』大賞〉 공모전에 응모해 최종심사에까지 올라갔으며(결과는 낙선), 이 듬해인 2006년『트라이얼 & 에러トライアル&エラー』(단행본 발간 당시『브레이크스루 트라이얼ブレイクスルー・トライアル』로 개제)로 다시 응모해 대상을 수상했다. 응모 당시의 필명은 현재와 약간 다른 '伊園旬'. 도

421

쿄에 거주하면서 하이테크 범죄를 소재로 하는 이야기를 주로 쓰고 있다. 여성 작가이나 필명 때문에 남성으로 오해받는 경우가 많다.

▶ 박광규

참고문헌: H07~H13.

이주인 다이스케伊集院大介

사립탐정, 일본의 여성소설가이자 추리작가인 구리모토 가오루栗本薫의 1980년 작품 『현의 성역絃の聖域』에 주인공으로 처음 등장한다. 그녀의 저작 중에 〈이주인 다이스케伊集院大介 시리즈〉는 유명한데, 이주인 다이스케를 주인공으로 하여 장, 단편 28편이 간행되었다. 연령은 미상이고, 초기 작품에서는 다양한 역할을 겸하고 있어서 직업도 불분명하게 묘사되고 있다. 『이주인 다이스케의 모험伊集院大介の冒険』 이후에는 외모는 홀쭉하고 가냘파서 어딘가 믿음직스럽지 못한 구석이 있는 인물인 것처럼 묘사되지만, 자타가 공인하는 명탐정으로 등장하여 맹활약을 펼친다. 그의 추리의 특징은 사건의 진범을 찾아낼 뿐만 아니라 인간을 관찰하고 통찰하여 사건의 이면에 펼쳐져있는 진상을 밝혀내는 것이다. 그것의 근본은 인간에 대하여 알고 싶고, 모든 인간적인 것을 접하고 싶다는 다이스케의 '인간학'에 대한 끝없는 욕망에 있다. 특히 주목을 끄는 작품으로 악의 화신이자 사이코패스로 등장하는 시리우스シリウス와의

숙명적인 대결이 그려져 있는 1986년 『천랑성天狼星』, 1987년 『천랑성天狼星II』 등의 저작이 유명하다. 구리모토 가오루栗本薫의 작품은 한국에 『PC통신 살인사건仮面舞踏会 - 伊集院大介の帰還』(1995) 단 한편이 번역되어 소개되고 있다.

▶ 박희영

참고문헌: A, I, 上田正昭外3人 『日本人名大辞典』 (講談社, 2001).

이즈미 교카泉鏡花, 1873.11.4~1939.9.7

소설가. 이시카와현石川県 가나자와시金沢市 출생. 본명은 교타로鏡太郎. 1890년, 소설가가 되기 위해 상경해 이듬해 오자키 고요尾崎紅葉의 문하에 들어간다. 1892년에는 처녀작 「간무리자에몬冠弥左衛門」을 발표하고 1895년에는 「야행순사夜行巡査」, 「외과실外科室」 등을 발표하며 작가적 지위를 획득한다. 당시 유행하던 구로이와 루이코黒岩涙香에게 대항하기 위해 고요의 겐유샤硯友社 작가들도 통속탐정 소설을 집필하기에 이르는데, 교카도 이 『탐정문고探偵文庫』(1893~1894)에 참여했다. 「살아있는 인형活人形」(1893)에는 독을 마시고 병원에 실려 온 남자의 이야기를 들은 탐정 구라세 다이스케倉瀨泰助가 기계장치가 된 인형을 감추어놓은 비밀 방에서 인형을 자유자재로 이용해 나쁜 적을 괴롭히고, 가지고 있던 그림 도구로 피처럼 칠하고 일부러 죽은 척하는 트릭 등이 등장한다. 이 작품은 한국에서

번역된 『이즈미 교카의 검은 고양이』(2010)에 수록되어 있다.

그의 대부분의 작품은 서정적이고 유미적이며 기괴·환상적인 분위기를 띠는데, 마취로 인한 헛소리로 비밀이 폭로될까 두려워하는 화족華族 부인을 그린 「외과실」, 직무에 충실한 순사의 순직을 다룬 「야행순사」, 처참한 살인 현장과 법정을 묘사한 「의혈협혈義血俠血」 등에서는 탐정소설적인 요소를 찾아볼 수 있다. 1900년 「고야히지리高野聖」를 시작으로 자신만의 독특한 예술 세계를 창조했으며 평생 괴기에 대한 관심을 잃지 않았다. 1939년 9월 7일 폐종양으로 세상을 떠났다.

▶ 신주혜

참고문헌: A, B.

이치조 에이코一条栄子, 1903.2.28~1977.6.30

일본 최초의 여성 추리소설가. 교토京都 출생. 본명은 기타모토 에이코北本栄子, 결혼 후의 성은 니와丹羽. 교토고등여학교京都高等女学校 (현 교토여자고등학교)를 수석으로 졸업했으며 20세 무렵부터 소설을 쓰기 시작한다. 1925년, 오루치니小流智尼라는 필명으로 동호회 '탐정취미회探偵趣味の会'에 참여했으며 잡지 『영화와 탐정映画と探偵』에 같은 필명으로 「언덕의 집丘の家」을 발표했다. 오루치니라는 필명은 영국에서 활동하며 『구석의 노인』이나 『스칼렛 핌퍼넬』 등을 발표한 여성 추리소설가 배러니스 엠무스

카 오르치의 이름에서 따온 것이다. 이후 오루치니 명의로 다섯 편의 추리소설과 수필 등을 『탐정취미探偵趣味』 등의 잡지에 발표했는데, 그 중 「주근깨 미요시そばかす三次」로 1926년 제1회 〈선데이마이니치대중문예サンデー毎日大衆文芸〉 을종乙種(원고지 50매 분량) 부문에 당선된다. 이 작품은 교토를 배경으로 한 작품이다.

한편 1927년부터는 이치조 에이코라는 필명으로 활동한다. 「돌아와, 벤조戻れ, 弁三」(1927) 등 다섯 편을 발표했으며 1929년 탐정소설 전문잡지 『엽기猟奇』에 자신의 마지막 작품인 「베티 암보스ベチィ·アムボス」를 발표한다. 등단한 이래 4년간 10편의 단편을 발표했으나, 1931년 니와 마사루丹羽賢와 결혼하면서 절필하고 가정과 육아에 전념했으며, 지역 상공회의소 등에서 활동하기도 했으나 세상을 떠날 때까지 더 이상의 작품을 발표하지 않았다. 마지막 작품 이후 추리문학계와의 관계도 완전히 끊어지며 작가의 본명 이외에는 구체적 신상이나 생몰년도 등이 알려지지 않았으나, 1999년 추리소설 연구가인 신포 히로히사新保博久가 에도가와 란포江戸川乱歩의 유품에서 발견한 연하장을 토대로 유족과 연결이 되면서 작가의 구체적인 신상이 확인되었다.

▶ 박광규

참고문헌: A, B, D, E, G.

新保 博久(編)·山前 譲(編) 『江戸川乱歩 日本探偵小説事典』 (河出書房新社, 1996).

鮎川哲也「新・幻の探偵作家を求めて－日本最初の女流ミステリー作家 小流智尼・一条栄子の卷」－『創元推理』19號 (東京創元社, 1999).

이케가미 다카유키井家上隆幸, 1934.1.1~

문예평론가. 오카야마현岡山県 출생. 오카야마대학岡山大学 법문학부法文学部를 졸업하고 산이치쇼보三一書房에 입사해 1972년까지 근무했으며, 1975년 『닛칸 겐다이日刊ゲンダイ』창간 시 편집국 차장, 1978년 피아ぴあ주식회사에 입사해 『피아ぴあ』 부편집장, 『피아 무크ぴあムック』 편집장 등을 역임하는 등 18년간 근무 후 1996년 퇴사했다. 이후 일본 저널리스트 전문학교에서 '문예연습', '문장실습'을, 와세다대학 문학부에서 '소설창작연습', '현대소설론' 등을 강의했으며 2005년부터 메이지대학 홍보지 『메이지明治』의 편집위원을 맡고 있다. 한편 1974년 『선데이 마이니치サンデー毎日』에 「책의 소문本のうわさ」이라는 제목으로 시작한 서평 기고는 2000년대까지 이어지고 있다. 1천편 이상의 서평을 엮은 『양서광독1988~1991量書狂読 1988~1991』으로 1992년 일본모험소설협회 평론부문상, 『하야카와 미스터리 매거진』1991년 9월호부터 90회에 걸쳐 연재했던 「20세기를 모험소설로 읽기20世紀を冒険小説で読む」를 두 권의 책으로 엮은 『20세기모험소설독본 일본편·해외편20世紀冒険小説読本 日本篇·海外篇』으로 1999년 〈일본추리작가협회상日本推理作家協会賞〉 평론부문상을 수상했다.

▶ 박광규

참고문헌: A, H01, 井家上隆幸－『20世紀冒険小説読本 日本篇·海外篇』(早川書房, 1998).

이케가미 에이이치池上永一, 1970.5.24~

소설가. 오키나와현沖縄県 출생. 본명은 마타요시 신야又吉真也. 나하시那覇市에서 태어나 3세부터 중학교를 졸업할 때까지 이시가키섬石垣島에서 성장했으며, 오키나와현립 개방고등학교를 졸업 후 와세다대학早稲田大学(인간과학부 인간건강과학과 최면전공)을 중퇴했다. 대학 재학 중이던 1994년 『우리 섬 이야기バガージマヌパナス』로 제6회 〈일본판타지노벨대상日本ファンタジーノベル大賞〉을 수상하며 작가로 활동을 시작했으며, 1998년 『풍차제風車祭』로 〈나오키상直木賞〉 후보에 올랐다. 고향인 오키나와를 배경으로 그 문화를 묘사한 작품을 써 왔으며, 2005년에는 온난화가 진행되는 근 미래의 도쿄를 무대로 한 『샹그리라シャングリ·ラ』를 발표했다. 이 작품은 국내에 번역되었다.

▶ 박광규

참고문헌: H01, H05, H09, WEB本の雑誌(編), 『作家の読書道 2』(本の雑誌社, 2007).

이케이도 준池井戸潤, 1963.6.16~

소설가. 기후현岐阜県 출생. 기후현립 가모岐阜県立加茂 고등학교, 게이오의숙대학慶應義塾大学 문학 및 법학부를 졸업. 대학 재학

중 추리소설 동호회에서 활동했다. 1988년 미쓰비시 은행에 입사했으나 업무 자체보다 은행 조직에 염증을 느끼고 1995년 퇴직한다. 이후 기업 데이터베이스를 만드는 1인 회사를 설립해 컨설팅 사업을 시작했지만, 영업부터 설계와 자료 입력까지 모든 업무를 혼자 처리하기에 벅차 경영서 집필로 방향을 바꿔 『은행취급설명서銀行取扱說明書』(1996) 등의 경영서적을 집필하고 『뱅크비즈니스バンクビジネス』, 『재계전망財界展望』 등의 잡지에 비즈니스 관련 글을 고정적으로 기고했다. 대학 재학 중 〈에도가와란포상江戶川乱歩賞〉에 응모한 경험이 있고, 은행에 근무하던 무렵에도 〈올요미모노추리소설신인상オール読物推理小説新人賞〉에 투고해 2차 심사까지 올라간 경험이 있던 그는 경영서 집필 일정을 조절해 두 달의 기간을 확보한 후 장편소설 『신이 죽였다神が殺す』를 탈고해 아오이 유青井祐라는 필명으로 응모한다. 이 작품은 〈에도가와란포상〉의 최종심까지 올라갔지만 아쉽게 낙선하고, 이듬해인 1998년 『끝없는 바다果つる底なき』으로 다시 응모, 제44회 〈에도가와란포상〉을 수상한다. 이 작품은 불량채권 회수 업무를 담당한 은행원의 의문스러운 죽음을 둘러싼 대형 은행의 뒷모습을 묘사한 서스펜스 작품이다.

수상 이후 경영서적 집필은 2000년을 끝으로 중단하고 소설에 전념하고 있다. 전직 은행원으로서의 경험을 살려 은행을 무대로 한 작품뿐만 아니라 중소기업의 생존, 대기업의 부정을 다룬 작품에 이르기까지 폭넓은 소재의 작품을 발표하고 있다. 2010년 『철의 뼈鉄の骨』로 제31회 〈요시카와에이지문학신인상吉川英治文学新人賞〉을 수상했으며, 『철의 뼈』, 『하늘을 나는 타이어空飛ぶタイヤ』(2006) 등으로 두 차례 〈나오키상〉 후보에 오른 뒤 2011년 『시타마치 로켓下町ロケット』으로 제145회 〈나오키상〉을 수상했다. 국내 번역된 작품으로는 『은행원 니시키 씨의 행방シャイロックの子供たち』(2006), 『하늘을 나는 타이어』 등이 있다.

▶ 박광규

참고문헌: A, H01, H04, H10~H11, 村上貴史-「ミステリアス・ジャム・セッション-池井戸潤」(『ミステリマガジン』 2003年 9月 早川書房)).

이쿠라 료飯倉良 ☞ **쓰무라 슈스케**津村秀介

이쿠세 가쓰아키幾瀬勝彬, 1921.8.15~1995.4.21

소설가. 삿포로札幌 출생. 와세다대학早稲田大学 국문과를 중퇴하고 해군 비행학교 예비학생으로서 2차 세계대전에 참전했다. 라바울에서 종전을 맞이해 1946년 귀국했으며, NHK와 일본방송日本放送에 근무하면서 프로그램 제작 업무를 했다.

1970년 「맹장과 암盲腸と癌」을 잡지 『추리推理』에 발표한 그는 같은 해 장편 『베넷내쉬의 화살ベネトナーシュの矢』을 〈에도가와란포상江戶川乱歩賞〉에 응모, 최종 후보에까지 올랐으며, 이 작품은 이듬해인 1971년 『죽음을 부르는 퀴즈死を呼ぶクイズ』로 제목을 바꾸어 출간되었다. 이 작품은 TV 퀴즈프로그램의 승부조작에 얽힌 연속살인사건을 다루고 있다. 후속작인 『기타마쿠라 살인사건北まくら殺人事件』(1971), 『죽음의 마크는 X死のマークはX』(1973) 등은 밀실 살인, 다잉메시지 등의 정통적 트릭을 이용한 추리소설이며, 『먼 살의遠い殺意』(1973), 『살인의 V마크殺しのVマーク』(1976) 등의 작품은 해군복무 시절의 체험을 살린 작품이다. 한편참전 경험을 살려 전쟁 소설과 해군관련 서적도 집필했다. 방송국에 근무하면서도 짧은 기간에 여러 편의 인상적인 작품을 발표해 추리소설계에서 활약할 유망 신진 작가로 기대를 모았으나, 1977년 단편집 『허깨비 물고기 살인사건幻の魚殺人事件』을 끝으로 더 이상의 추리소설을 발표하지 않아 아쉬움을 남겼다.

▶ 박광규

참고문헌: A, B, E, 武蔵野次郎 「春陽文庫の作家たち」(春陽堂書店, 1972).

이쿠시마 지로生島治郎, 1933.1.25~2003.3.2

소설가. 중국 샹하이上海 출생. 본명은 고이즈미 다로小泉太郎. 2차 대전 종전 후인 1945년 귀국해 어머니의 고향인 가나자와에서 살다가 아버지가 직장을 얻은 요코하마에서 성장했다. 고등학생 시절부터 소설을 쓰기 시작해 와세다대학早稲田大学 제1문학부 영문학과에 입학한 후에는 아오키 아메히코青木雨彦, 도미시마 다케오富島健夫 등과 함께 문학 동인으로 활동했다. 1955년 대학 졸업 후 당시의 취업난 때문에 전공과는 상관없는 디자인 사무소에 취직했다가 그곳에서 알게 된 화가 스구로 타다시勝呂忠(『미스터리 매거진』 등 하야카와쇼보早川書房의 책 표지 디자인을 다수 담당)의 소개로 하야카와 쇼보에 입사한다. 일본어판 『엘러리 퀸 미스터리 매거진ェラリー・クィーンズ・ミステリ・マガジン, EQMM』의 편집 업무를 맡았으나, 월급만으로는 생활이 어려워 부업으로 외부 원고를 쓰기 시작하면서 문필가의 길에 들어선다. 1959년 전임 편집자이던 쓰즈키 미치오都筑道夫가 퇴사하자 그 뒤를 이어 『EQMM』의 편집장을 맡아 7년간 근무한 뒤 1963년 소설 집필을 목표로 삼고 퇴사한다. 이후 6개월에 걸쳐 장편 『상흔의 거리傷痕の街』를 완성해 사노 요佐野洋의 추천으로 고단사講談社에서 발간하며 정식 작가로 데뷔한다. '일본의 풍토에는 하드보일드가 어울리지 않는다'는 선입견이 강하던 시기였으나, 본격추리소설과 하드보일드를 융합했다고 할 수 있는 이 작품은 평단과 독자에게 좋은 평가를 받았다. 1967년 『끝없는 추적追いつめる』으로 제57회 〈나오키상直木賞〉을 수상하면서 작가로서 인정받게 되었으며, 일본에 하드보일드 소설의 기반을 다진 작가로서도 높은 평가를 받는다. 1959년 추리소설가이자 번역가인 고이즈미 기미코小泉喜美子와 결혼했으나 1972년 이혼했으며, 12년간 독신으로 살아오다가 재일교포 터키탕 종업원과 재혼하며 큰 화제를 모았다. 그는 이 경험을 직접 소설로 발표(〈한쪽 날개의 천사片翼だけの天使〉시리즈)했는데, 남성적 분위기의 작품이 아닌 연애소설이라는 점에서 주목을 받기도 했다. 1989년부터 1993년까지 일본추리작가협회日本推理作家協会 회장을 역임했으며 〈에도가와란포상江戸川乱歩賞〉심사위원으로도 활동했다. 국내 번역된 작품으로는 『끝없는 추적』, 『한쪽 날개의 천사』 등이 있다.

▶ 박광규

참고문헌: A, B, E, F, H07.

이쿠타 나오치카生田直親, 1929.12.31~1993.3.18

소설가, 방송작가. 도쿄東京 출생. 본명은 나오치카直近. 후쿠시마현福島県 가와마타川俣 공업중학을 중퇴하고 홋카이도北海道로 이사한다. 1956년 근대영화사近代映画社의 각본모집에 「범마의 력凡馬の暦」을 응모해 입선한 것을 계기로 삼아 도쿄로 상경한다. 1958년에는 도몬 후유지童門冬二와 함께 동인지 『사에라さ・え・ら』를 발간했으며, 1963년 TV 드라마 『연기의 임금님煙の王様』으로 제17회 〈예술제문부대신상芸術祭文部大臣賞〉을 수상했다. 이후 『판결判決』, 『화요일의 여인火曜日の女』 등 TV와 라디오 각본을 1천편 이상 집필했으나 1971년 이후부터 각본에서 손을 떼고 소설에만 전념했다. 또한

40세부터 스키를 본격적으로 즐기기 시작하면서 나가노 현으로 이사해 스키와 집필에 몰두했다.

1974년 발표한 첫 장편 추리소설 『유괴197X년誘拐一九七X年』은 스키장을 중요한 배경으로 삼았으며, 이후에도 스키 관련 추리소설에 매진하며 『은령의 방황銀嶺の彷徨』, 『죽음의 대활강死の大滑降』 『히말라야 대활강ヒマラヤ大滑降』 등을 발표했다. 이외에 모험소설과 전기伝奇소설 등 70여 편의 작품을 남겼으며, 스키 기술 이론서를 집필하기도 했다.

▶ 박광규

참고문헌: A, B, E.

이큐EQ

일본의 추리소설 전문 잡지로 1978년 1월호부터 1999년 7월호까지 격월로 간행되어 발행된 권수는 130권에 이른다. 고분샤光文社에서 발행. 초기에는 미스터리 매거진 『EQMM』과의 제휴를 통한 번역을 중심으로 한 잡지였지만, 이후에는 신작과 과거의 명작, 본격적인 추리물에서 하드보일드, 서스펜스까지 밸런스가 좋도록 잘 배치하여 간행되었다. 일본 국내작가는 1980년부터 게재가 시작되어 처음에는 아카가와 지로赤川次郎, 니시무라 교타로西村京太郎 등의 베스트셀러 작가가 중심이었지만, 1990년대 이후 가사이 기요시笠井潔의 『철학자의 밀실哲学者の密室』, 오니시 교진大西巨人의 『삼

위일체의 신화三位一體の神話』 등의 이색 작품이 게재되기 시작하고, 신예작가에게 단편물을 쓰게 하여 게재시키는 등 문단의 주목을 모으게 된다. 해외와 일본 국내 미스터리에 관한 평론, 연구도 다채로웠고 이 분야의 기본에 충실한 잡지였다. 특히 독서 데이터로써 신간 체크 리스트 기능이 인기가 높았다.

▶ 박희영

참고문헌: A, 上田正昭外3人『日本人名大辞典』(講談社, 2001).

이타미 에이텐伊丹英典

일본의 추리소설작가 가다 레이타로加田怜太郎의 1956년 작품『완전범죄完全犯罪』에 처음 등장하였고, 레이타로우怜太郎의 연작단편 〈이타미 에이텐伊丹英典 시리즈〉의 명탐정으로 잘 알려진 인물이다. 30대 중반의 나이로 분카대학文化大学 고전문학과 부교수로 차분한 학자풍으로 도수가 높은 안경을 쓴 가냘픈 남자이다. 저녁 식사 후나 잠자리에 들 때마다 탐정 소설을 읽는 버릇이 있다. 작품 속의 그의 언급에 따르면 고전문학의 원전비판은 추리 그 자체이고, 인간이 만든 이상 풀지 못할 수수께끼는 있을 수 없다고 한다. 또한 자료만 잘 구비되어 있으면 어떤 사건이라도 해결할 수 있다고 생각하는 인물로 묘사된다. 탐정의 세 가지 조건으로 분석력, 상상력, 논리력을 들면서 자칭 책상 위의 추리전문가라고

말하지만, 필요에 따라서는 현장으로 달려가기도 한다. 한편 작품에서 연구소 조수로 와튼 역할을 수행하고 있는 구키 스스무久木進는 경찰서장의 아들로 등장하여 그에게 수사정보를 건네주기도 한다. 이타미 에이텐伊丹英典은『완전범죄完全犯罪』부터 1962년 작품『빨간 구두赤い靴』에 이르기까지 8편의 단편에서 그의 명석한 추리력을 보이며 활약을 펼친다.

▶ 박희영

참고문헌: A, I, 上田正昭外3人『日本人名大辞典』(講談社, 2001).

이토 게이카쿠伊藤計画, 1974.10.14~2009.3.20

SF 소설가. 도쿄東京 출생. 본명은 이토 사토시伊藤聡. 무사시노미술대학武蔵野美術大学 미술학부 영상학과 졸업. 2004년 1월부터 영화와 SF평론 블로그인「하테나 다이어리はてなダイアリー」를 개설해 글을 썼으며, 웹 디렉터로 일하면서 집필한『학살기관虐殺器官』이 2006년 제7회 〈고마쓰사쿄상小松左京賞〉 최종심사까지 올라가 하야카와 SF 시리즈 J컬렉션으로 간행되면서 작가로 데뷔했다. 이 작품은『SF를 읽고 싶다!SFが読みたい』2008년판 1위,『월간 플레이보이月刊プレイボーイ』미스터리 대상 1위, 일본 SF 작가클럽 주최 제28회 〈일본SF대상日本SF大賞〉 후보가 된다. 영화 팬으로 구로사와 기요시黒沢清 감독의 영화에 강한 영향을 받았다고 밝힌 바 있으며, 게임에도 관심이 많

아 게임의 소설화 경력도 있다. 걸출한 신인작가로서 많은 기대를 받았으나, 작가로 데뷔한 지 불과 2년만인 2009년 3월 폐암으로 갑작스럽게 세상을 떠난다.

2008년 출간된 『하모니ハーモニー』는 작가가 세상을 떠난 후인 2009년 제30회 〈일본SF대상〉 수상작, 제40회 〈세이운상星雲賞〉 일본장편부문상 수상작으로 선정되었으며, 이듬해인 2010년에는 영어번역판이 출간되어 미국에서 필립 K. 딕 기념상 특별상을 수상했다. 프롤로그와 구상 노트만 남아있던 미완성 원고는 절친한 SF작가 엔조 도円城塔가 유족의 승낙을 얻어 나머지를 이어 완성, 2012년 『죽은 자의 제국屍者の帝国』이라는 제목으로 발간되었다.

▶ 박광규

참고문헌: H08, H10, H13, 伊藤計劃, 早川書房編集部 編集, 『伊藤計劃記録』(早川書房, 2010).

일본모험소설협회日本冒険小説協会 ☞ **작가친목회 및 팬클럽**

일본의 대학 미스터리 클럽

일본의 특정 대학 내에서 미스터리 동호회가 생긴 것을 말하며, 전쟁 전인 1928년 간사이대학関西大学 탐정취미 모임探偵趣味の会가 비교적 이른 사례라 할 수 있다. 이 모임은 잡지 『붉은 거미虹蜘蛛』를 발행하였는데 1945년 이후에 그 활동이 더욱 활발해졌다. 그 다음 결성된 것은 1952년 게이오

의숙대학慶應義塾大学 추리소설 동호회로 당시 이 대학 의학부 교수였던 기기 다카타로木々高太郎가 회장을 맡았고, 1954년부터는 『추리소설논총推理小説論叢』이라는 기관지를 발행하였다. 이에 자극을 받은 라이벌 와세다대학早稲田大学에서도 에도가와 란포江戸川乱歩를 고문으로 하여 와세다 미스터리 클럽ワセダミステリクラブ을 발족시켰다. 이 두 대학의 클럽은 현재에 이르기까지 독서회, 강연회는 물론 동인지 발간, 정례회 등의 활동을 벌이며 수많은 작가와 번역가, 평론가나 편집자들을 배출해 내고 있다.

이후 1964년에 아오야마학원대학青山学院大学 추리소설연구회, 1966년에 릿쿄대학立教大学의 미스터리 클럽, 1972년에 호세이대학法政大学 추리소설연구회 등이 탄생하여 각 대학별로 연구활동을 폈다. 그러다 1975년 잡지 『환영성幻影城』에 「미스터리 클럽 소개」라는 기사가 나오게 된 것을 계기로 각 대학의 모임들이 서로 관심을 갖게 되었고, 같은 해에 게이오의숙대학, 와세다대학, 아오야마학원대학, 릿쿄대학, 호세이대학, 돗쿄独協대학 미스터리 클럽이 '전일본대학 미스터리연합全日本大学ミステリ連合'을 결성하게 되었다. 이 대학들이 모두 도쿄를 위시한 지역에 위치했으므로 간토 미스터리연합関東ミステリ連合이라고도 일컬어졌다.

한편 교토京都에서는 1969년 도시샤대학同志社大学 추리소설연구회, 1974년 교토대학京

都大学 추리소설연구회, 1981년 리쓰메이칸 대학立命館大学 추리소설연구회가 생기면서 '간사이關西미스터리연합'이 결성되었다. 교토대학의 아야쓰지 유키토綾辻行人가 데뷔의 물꼬를 트고 도시샤대학에서도 아리스가와 아리스有栖川有栖가 배출되면서 '간사이미스터리연합'이 작품 창작에서 두각을 드러냈다. 그동안 게이오의숙대학과 와세다대학 중심으로 평론 쪽에 치우쳐 인재를 배출해 오던 간토 미스터리연합 측은 이에 자극을 받고, 이후 와세다대학에서 오리하라 이치折原一, 기타무라 가오루北村薫, 가스미 류이치霞流一, 릿쿄대학에서 와카타케 나나미若竹七海 등의 작가들을 낳게 되었다. 간토와 간사이 연합의 구성 대학에 변화가 생겨서, 현재 간토 미스터리연합은 도쿄대학東京大学, 와세다대학, 게이오의숙대학, 사이타마대학埼玉大学, 세이조대학成城大学가 중심을 이루고 있다. 또한 간사이 미스터리연합은 도시샤대학, 오타니대학大谷大学, 오사카대학大阪大学, 리쓰메이칸대학을 중심으로 활동하고 있다. 이 두 연합의 활동으로 금후로도 대학 미스터리연구회 출신의 창작 작가과 평론가 및 연구자 배출이 기대된다.

▶ 엄인경

참고문헌: A, 全日本大学ミステリ連合 https://twitter.com/mysren, 京都大学 推理小説研究会 http://soajo.fuma-kotaro.com/, 慶応義塾 推理小説同好会 http://keiomystery.web.fc2.com/, ワセダミステリクラブ http://wmc-mw.sakura.ne.jp/, 関西ミステリ連合 http://www.geocities.jp/kansai_mystery/index.html.

일본추리작가협회상日本推理作家協会賞

매년 일본추리작가협회가 수여하는 문학상. 1947년 탐정작가클럽이 발족하면서 주요 사업으로서 창설한 상으로, 전년도 1월~12월까지 발표한 추리소설 중 가장 우수한 작품을 선정해 매년 4월 수상자를 발표하며, 심사위원으로는 장편 및 연작단편집 부문과 단편/평론에 각각 5명의 협회 회원으로 구성된다. 제1회 수상작은 요코미조 세이시橫溝正史의 『혼진 살인사건本陣殺人事件』. 명칭은 1회(1948)부터 7회(1954)까지 〈탐정작가클럽상探偵作家クラブ賞〉, 8회(1955)부터 15회(1962)까지 〈일본탐정작가클럽상日本探偵作家クラブ賞〉이었으며, 일본추리작가협회 창립 후인 16회(1963)부터 〈일본추리작가협회상〉이라는 명칭으로 상을 수여하고 있다. 추리소설 관련 문학상 중 가장 오래되었으며 가장 권위 있는 상으로 인정받고 있다.

창설 당시에는 장편상, 단편상, 신인상 등 3개 부문이었으나 신인상은 1회에 수상작을 낸 뒤 4회(1951)를 끝으로 사라졌으며, 4회에 탐정영화상 부문이 있었지만 수상작 없이 1회로 끝났다. 5회(1952)부터는 장·단편 부문 구분이 없어졌다가 29회(1976)부터 다시 장편부문, 단편부문, 평론 및 기

430

타부문으로 구분되었다. 36회(1983)부터는 단편 및 연작단편집 부문으로 명칭이 바뀌었으며, 53회(2000)부터 장편 및 연작단편집 부문과 단편부문으로 다시 조정되었다. 같은 작가가 동일부문에서 여러 차례 수상이 가능한 미국추리작가협회상과는 달리, 내규에 의해 같은 작가가 동일부문 재再 수상을 금하고 있어, '해당연도의 가장 우수한 작품을 선정'한다는 명제에 완전히 부합되지 않는 면이 남아 있다. 일본추리작가협회에 소속된 작가가 아니라도 수상이 가능하다.

장편부문 수상작은 본격추리소설에부터 사회파, 하드보일드, 서스펜스는 물론 모험소설에서 SF에 이르기까지 다양한 작품에 수여되는 등 시대 흐름에 적절히 조응하고 있다.

▶ 박광규

참고문헌: A, E, F.

일본추리작가협회 日本推理作家協会

사단법인명. 추리문예의 보급·발전을 목적으로 〈일본추리작가협회상日本推理作家協会賞〉, 〈에도가와란포상江戸川乱歩賞〉 주관, 『추리소설연감推理小說年鑑』 등의 협회 소속 작가 단편집 편찬, 추리작가협회보 및 기관지 『추리소설연구推理小說研究』 발행 등이 주된 사업이다. 1947년 6월 창설한 탐정작가클럽의 후신. 1960년 7월 열린 일본탐정작가클럽의 총회에서 에도가와 란포江戸川乱歩와

쓰노다 기쿠오角田喜久雄가 기부한 기금 관리를 위해 클럽을 사단법인으로 전향하자는 의견이 나오자, 오랜 기간의 검토와 신청 과정을 거쳐 발의 3년만인 1963년 1월 인가를 받아 임의단체였던 일본탐정작가클럽이 사단법인 일본추리작가협회로 바뀐다. 초대 회장에는 에도가와 란포가 취임했으나, 건강 문제로 같은 해 8월에 물러났고, 후임으로 마쓰모토 세이초松本清張가 취임한다. 세이초는 회장 임기 동안 내규內規 정비에 착수해 애매했던 규정을 성문화했으며 협회의 추리소설단편선집 인세 등을 새로운 재원으로 확보, 재정적자문제를 해결했다. 이후 시마다 가즈오島田一男, 사노 요佐野洋, 미요시 도루三好徹, 야마무라 마사오山村正夫, 나카지마 가와타로中島河太郎, 이쿠시마 지로生島治郎, 아토다 다카시阿刀田高, 기타가타 겐조北方謙三, 오사카 고逢坂剛, 오사와 아리마사大沢在昌 등을 거쳐 현재 히가시노 게이고東野圭吾가 회장을 맡고 있다. 일본탐정작가클럽회보와 〈일본탐정작가클럽상〉은 모두 일본추리작가협회보, 〈일본추리작가협회상日本推理作家協会賞〉으로 이름이 변경되었고 회수는 그대로 이어진다. 또한 연감 등의 기본 사업 역시 계속 되고 있다. 추리소설의 자유토론장 '토요살롱土曜サロン'은 1977년부터 시작되어 회원 친목도모의 장이 되고 있다(연간 6회 개최). 1987년 창설 40주년을 맞아 『일본추리작가협회 40년사』를 발간했으며, 1997년 창설

50주년에는 협회 소속 작가 42명이 참여한 쓰지 마사키辻真先 각본의 문사극文士劇 『우리들이 사랑했던 이십면상ぼくらの愛した二十面相』을 상연했으며, 창설 60주년인 2007년에는 릿쿄대학立教大学대학에서 독자들이 직접 참여하는 『작가와 놀자!作家と遊ぼう!』 행사를 개최하여 성황리에 거행했다. 일본추리작가협회의 회원은 작가, 평론가, 일러스트레이터, 만화가 등을 포함하여 연인원 937명에 달한다(일본추리작가협회 공식 홈페이지 2014년 1월 회원명부 집계, 사망회원 포함, 탈퇴자 제외).

▶ 박광규

참고문헌: A, E, F, G.
佐野洋 「日本推理作家協会60年の歩み 第3回 社団法人 日本推理作家協会 誕生」(『読売新聞』, 2007년 6월 24일), 佐野洋 「日本推理作家協会60年の歩み 第4回 親睦団体から職能集団へ」(『読売新聞』, 2007년 7월 29일), 佐野洋 「日本推理作家協会60年の歩み 第5回 社団法人化後の, 昭和の時代」(『読売新聞』, 2007년 8월 26일), 佐野洋 「日本推理作家協会60年の歩み 最終回 外部へ, 読者へ, 存在感をアピール」(『読売新聞』, 2007년 9월 30일), 일본추리작가협회 공식홈페이지(www.mystery.or.jp/search/member_index.html).

일본탐정작가클럽상 ☞ 일본추리작가협회상
日本推理作家協会賞

일본탐정작가클럽 日本探偵作家クラブ

단체명. 2차 세계대전 종전 후, 에도가와 란포江戸川乱歩는 탐정소설이 곧 부흥할 것이며, 이를 위해서 도쿄 지역 작가와 애호가들이 회합을 가질 수 있는 방법을 모색했다. 1946년 6월, 탐정소설전문잡지 『보석宝石』의 판매처인 이와야서점岩谷書店이 있는 니혼바시가와구치야日本橋川口屋 총포점銃砲店 2층을 빌려, 십여 명의 동호인이 모여 제1회 회합을 열고 2시간 동안 탐정소설에 대한 이야기를 나누었다. 토요일에 열렸다는 것에 착안한 오시타 우다루大下宇陀児의 발안으로 '토요회土曜会'라는 이름이 붙은 이 모임은 정례화 되면서 「토요회 통신土曜会通信」이라는 인쇄물도 발간하였으며, 매월 각계 인사를 초청해 강연도 가졌다. 이후 탐정소설가와 애호가들의 친목회로서 매월 1회 열렸다. 이후 단순한 회합이 아닌 정식 모임을 만들자는 분위기가 생기면서 규약의 원안을 작성하고 검토 끝에 1947년 6월 '탐정작가클럽'이 발족한다. 창설 당시의 회원은 103명, 초대 회장으로 에도가와 란포가 취임했다. 이후 오시타 우다루大下宇陀児, 기기 다카타로木々高太郎, 와타나베 게이스케渡辺啓助 등이 회장을 역임했다. 회장 임기는 2년. 1954년에는 〈간사이關西탐정작가클럽〉이 간사이 지부로서 합병, 일본탐정작가클럽日本探偵作家クラブ으로 명칭이 변경되었다. 일본탐정작가클럽의 주요 활동으로서는 월 1회 '토요회'의 개최 및 클럽 회보 발행, 〈일본탐정작가클럽상日本探偵作家クラブ賞〉 제정과 일본탐정소설 연감(회원 단편집)의 편찬, 그리고 비정기적인 특별강연 및 행사 등이 있었다. 탐정작가클럽 회보는 8페이지의 소책자로 다카기 아키미쓰高木彬光, 시마다 가즈오島田一男, 나카지마 가와타로中島河太郎, 야마무라 마사오山村正夫 등이 편집을 담당했다. 1954년 에도가와 란포는 자신의 환갑 축하 모임 석상에서 클럽에 1백만 엔을 기증하고 이것을 기금으로 탐정소설을 장려하는 상을 제정하는 것을 제안, 이듬해 〈에도가와란포상江戸川乱歩賞〉이 제정된다. 또한 1958년 쓰노다 기쿠오角田喜久雄가 일본탐정작가클럽상 상금인 50만 엔을 기부하자, 기금을 법적으로 유지하기 위해 법인으로의 전환 필요성이 생겨, 1963년부터 사단법인 일본추리작가협회로 전환하면서 그 명칭이 사라진다.

▶ 박광규

참고문헌: A, E, F, G, 佐野洋 「日本推理作家協会 60年の歩み 第1回 日本探偵作家クラブ發足」(『読売新聞』, 2007년 4월 22일), 佐野洋 「日本推理作家協会60年の歩み 第2回 日本探偵作家クラブの活動」(『読売新聞』, 2007년 5월 27일)

일본SF팬클럽연합회의日本SFファングループ連合会議 ☞ **작가친목회 및 팬클럽**

일상 미스터리日常ミステリー

'일상의 수수께끼日常の謎'라고도 하며, 평범한 일상생활 중 일어나는 수수께끼와 그것을 풀어나가는 과정을 다룬 소설을 의미한다. 수수께끼 자체의 해명과 함께 일상생활에 숨겨져 있는 인간 심리가 밝혀지는 경우가 많으며, '알쏭달쏭한 의문의 해명'이 이야기의 줄기를 이루는 만큼 대개의 작품을 본격추리소설의 범주에 포함시킬 수 있다.

한편 살인, 혹은 죽은 사람이 나오지 않는 작품을 일상 미스터리로 보는 경우가 있으나, 내용에 폭력이나 사기 등 심각한 범죄 행위가 없는 작품만을 포함시킬 수 있으며, 또한 죽음이 전혀 나오지 않는 것은 아니다. 일반적으로 기타무라 가오루北村薫의 데뷔작인 『하늘을 나는 말空飛ぶ馬』 이후 와카타케 나나미若竹七海, 가노 도모코加納朋子 등이 일상 속의 수수께끼 같은 사건을 다룬 작품을 발표하면서 이른바 '일상 미스터리'라는 호칭이 독자 사이에서 퍼지기 시작했다. 다만 과거에 이러한 형식의 작품이 있었기 때문에(사카구치 안고坂口安吾, 도사카 코지戸坂康二 등) 특정 작가의 작품을 최초의 작품으로 꼽지는 않는다.

번역된 작품으로는 와카다케 나나미의 『나의 미스터리한 일상ぼくのミステリな日常』(1991), 미쓰하라 유리光原百合의 『열여덟의 여름十八の夏』(2002), 요네자와 호노부米沢穂信의 『추상오단장追想五断章』(2009), 미카미 엔三上

延의『비블리아 고서당 사건수첩ビブリア古書堂の事件手帖』(2011) 등이 있다.

▶ 박광규

참고문헌: 相川 司, 青山 榮「北村薫－'日常の謎にとどまらない魅力」－『J's ミステリーズ King & Queen』, (荒地出版社, 2002), 戸川安宣「本格書店ミステリ」－『配達あかずきん』(東京創元社, 2009).

ㅈ

작가친목회 및 팬클럽

일본의 작가 친목회나 작가의 팬클럽 모임의 수는 헤아릴 수 없이 많으며, 그 성격도 작가로만 이루어진 단체, 작가와 독자가 합체된 형태, 애호가, 동호자의 모임 등 매우 다양하다. 근대 이후부터 현재까지의 주요 단체를 중심으로 시대순으로 정리하면 다음과 같다.

우선 전쟁 전에 오사카매일신문사大阪毎日新聞社의 탐정소설 애호가들이 결성한 '탐정취미회探偵趣味の会'이 애호가들의 초창기 단체였다고 볼 수 있다. '탐정취미 모임'은 1935년 이 신문사의 부장 가스가노 미도리春日野緑가 에도가와 란포江戸川乱歩와 뜻을 맞추어 결성한 것으로 니시다 마사지西田政治, 요코미조 세이시横溝正史 등이 합세하였고, 도쿄에서 고가 사부로甲賀三郎도 참가하는 등 300명이 넘는 회원이 모이며 기관지로 『탐정취미探偵趣味』(1925.9~28.9)를 간행하였다.

전후에는 요미우리신문사読売新聞社 기자들에 의해 '탐정소설을 즐기는 모임探偵小説を愉しむ会'이 1948년 결성되었는데, 이 모임의 중심인 시라이시 기요시白石潔는 1950년에 다시 '오니 클럽鬼クラブ'을 결성하고 기관지 『오니鬼』를 간행하기도 하였다. 1952년에는 '교토오니클럽京都鬼クラブ'이 발족되었고 이 단체가 '간사이오니클럽関西鬼クラブ'을 거쳐 현재의 'SR회SRの会'로 발전하였다. 'SR회'는 밀실, 즉 영어 Sealed Room의 머리글자를 딴 것이며, 약 230명의 작가, 연구자, 편집자 등의 남녀노소를 불문한 회원으로 이루어져 있으며 회지 『SR먼슬리SRマンスリー』를 발행하고 있다. 정례회나 대회 및 강연회 등 현재도 활발한 활동을 펴고 있다. 이후 '타살클럽他殺クラブ', '안개회霧の会', '〈에도가와 란포상〉 작가의 모임江戸川乱歩賞作家の会'과 같이 작가들의 소규모 친목회가 잇따라 생겼다. '그림자회影の会'는 처음에 문단 작가들의 모임이었는데, 나중에 잡지 『환영성幻影城』 출신의 작가들도 같은 모임 이름을 사용하였다. 한편 잡지 『환영성』의 애독자들은 1975년 '괴기회怪の会'를 결성하였는데, 회장 시마자키 히로시島崎博(=후 진추안傅金泉, 원래 타이완 사람)는 1979년 타이완으로 돌아간 후에 타이완의 추리소설 붐을 견인

하였고, 미야베 미유키宮部みゆき와 같은 걸출한 작가를 배출한 단체이기도 하다.

1980년대 이후에는 모험소설이나 하드보일드 등 장르별 애호 단체가 결성된 것이 특징이라 할 수 있다. 1981년 결성된 '일본모험소설협회日本冒険小説協会'는 〈일본모험소설협회대상〉을 제정하는 활동도 하였고 작자와 독자가 혼성된 단체였으므로 1983년에는 '일본모험작가클럽'이 분화되었다. 또한 원래 미국에서 1981년 조직된 하드보일드 애호가들의 단체 '몰타의 매 협회Maltese Falcon Society'는 현재 정례회나 회보 발행 등 일본지부만 활동을 하는 상태이며 일본에서 출판된 뛰어난 하드보일드 작품에 〈팔콘상ファルコン賞〉을 수여하고 있다. SF쪽에서는 '일본SF팬그룹 연합회의'라는 단체가 1965년부터 결성되어 있었는데, 팬그룹 간의 일종의 협의기구로서 정기총회나 일본SF대회를 개최하고, 〈세이운상星雲賞〉 후보작 선출 등을 하였다.

또한 대학 내에 미스터리 클럽이 생기거나 특정 작가나 탐정 개인의 팬클럽이 결성되는 경우는 1980년 이전부터도 있었는데, 외국 작가 팬클럽으로는 1980년 창립된 엘러리 퀸Ellery Queen의 팬클럽 EQFCEllery Queen Fan Club이 회보를 발행하거나 공식사이트를 운영하는 등 현재도 활발한 활동을 하는 것이 주목된다. 또한 1995년에 탄생한 '탐정소설연구회探偵小説研究会'는 〈소겐추리평론상創元推理評論賞〉(1994~2003)의 심사위원과 수상자들이 중심이 되어 탐정소설 연구를 통해 선집이나 연표를 간행하고 평론활동을 펴고 있다. 그리고 2000년에 설립한 '본격미스터리작가클럽本格ミステリ作家クラブ(HMC)'은 〈본격미스터리대상本格ミステリ大賞〉 수여를 목적으로 한 회원 150여명의 단체로, 이 상의 수여는 물론이려니와 연감 형식을 취한 선집 『본격미스터리本格ミステリ』(고단샤講談社)와 『본격미스터리작가클럽통신本格ミステリ作家クラブ通信』도 간행하고 있다. 1990년대 이후 인터넷 문화가 확산되는 현상과 더불어 위에서 서술한 단체 외에도 일본에서 다양한 활동을 보이는 작가 친목 단체나 애호가 모임 결성은 매우 활성화되어 있다.

▶ 엄인경

참고문헌: A, SRの会(http://www.mystery-world.net/sealed_room_mystery/), マルタの鷹協会日本支部(http://www.asahi-net.or.jp/~AP9T-AMN/), EQFC(Ellery Queen Fan Club) http://www006.upp.so-net.ne.jp/eqfc/), 日本SFファングループ連合会議(http://www.sf-fan.gr.jp/), 探偵小説研究会(http://www.geocities.co.jp/tanteishosetu_kenkyukai/), 日本冒険小説協会(http://aisa.ne.jp/jafa/jafa_page.html), 本格ミステリ作家クラブ(http://honkaku.com/index.html).

전일본대학미스터리연합全日本大学ミステリ連合 ☞ **일본의 대학 미스터리 클럽**

436

제니가타 헤이지錢型平次

1931년 『문예춘추文芸春秋』에서 발행된 '문예춘추 올요미모노文芸春秋オール讀物' 창간호에 제니가타 헤이지錢型平次를 주인공으로 하는 노무라 고도野村胡堂의 작품 『금색처녀金色処女』가 게재되었다. 여기에 처음으로 헤이지가 경찰 조력자로서 등장한다. 이것이 『제니가타 헤이지 체포록錢形平次捕物控』의 첫 번째 작품이 되고 이후 1957년까지 26년간 장단편을 포함하여 383편이 발표되었다. 이것을 기반으로 한 영화, TV시대극, 무대작품, 번안작품이 연달아 나오게 된다. 제니가타 헤이지의 연령은 24-5살 정도이고 술은 잘 하지 못하나, 담배를 매우 즐긴다. 죄는 미워하되 사람은 미워하지 말자는 신조로 가끔씩 일부러 죄를 지은 자들을 봐주기도 하였으나, 사무라이나 위선자들은 몹시 싫어하여, 나쁜 짓을 행하면 상대가 무사라 할지라도 용서치 않는 성격의 인물이다. 제10화인 『7명의 신부七人の花嫁』에서는 애인인 오시즈お静와 결혼을 하고 이후 나이는 항상 31세로 고정되어 작품 속에 등장한다. 제3화부터는 조수인 하치고로八五郎와 함께 등장하며 탁월한 추리력과 동전을 던져 사건을 명쾌하게 해결해 나간다.

▶ 박희영

참고문헌: A, I, 藤倉四郎 『バッハから銭形平次 野村胡堂・あらえびすの一生』(青蛙房, 2005), 上田正昭外3人 『日本人名大辞典』(講談社, 2001).

조 마사유키城昌幸, 1904.6.10~1976.11.27

소설가. 시인. 도쿄東京 간다神田 출생. 교카 중학京華中学 중퇴. 히나쓰 고스케日夏耿之助의 『사바토奢灞都』에서 고답파의 시인으로 출발하였다. 1925년 7월 마쓰모토 다이松本泰가 주재하는 『탐정문예探偵文芸』에서 「비밀결사 탈주자와 관련된 이야기秘密結社脱走人に絡る話」를 발표하였다. 같은 해 『신청년新青年』에 「그 폭풍우その暴風雨」, 「괴기의 창조怪奇の創造」로 신비, 괴기함을 그려내는 특이한 정취가 주목받았고, 이듬해 「도시의 신비都会の神秘」, 「신이 알게 하도다神ぞ知食す」 등의 도시의 환상과 기괴한 꿈을 쫓는 콩트 작가로서 등장하였다. 공중 부유술을 다룬 「자메이카 씨의 실험ヂャマイカ氏の実験」(1928), 자신의 사후까지 설계하여 자살한 「스타일리스트スタイリスト」(1948) 등 순수 탐정소설을 벗어나서 시 창작으로 단련된 특유의 문장으로 오랫동안 여러 종류의 콩트를 발표하였다. 모든 작품을 환상과 낭만의 꿈을 쫓아 인생을 주옥 같은 산문시로 엮어내고 있다. 에도가와 란포江戸川乱歩는 '인생의 기괴함을 보석처럼 주워가는 시인'이라고 평하였다. 시인으로서도 명성을 떨쳤던 작가의 소설이 시적인 정서와 격조가 넘치는 것은 당연한 것이어서, 다이쇼大正 시기의 낭만문학의 정통은 조 마사유키, 이나가키 다루호稲垣足穂, 미즈타니 준水谷準 등의 환상 작품으로 명맥이 유지되어 본격 탐정소설과는 평행적 존재인 문예에 혼을 불어넣었다. 1936년부터 시대소설도 발표하였는데, 그 중에서 알려진 것으로는 『주간아사히週間朝日』에 연재되어 영화나 TV에서 인기를 모았던 〈도련님 사무라이 체포록若さま侍捕物帳 시리즈〉가 있다. 야나기바시柳橋의 선숙船宿 기센喜仙에서 유유히 술을 따르다가, 사건이 일어나면 추리력을 발휘하는 귀공자가 주인공이다. 제2차 세계대전후의 범인잡기 소설 전성시대에 화려한 활약을 보였다. 전후에는 이와야岩谷 서점에서 『보석宝石』 편집장을 맡아 전문 잡지로서 최대의 성과를 거두어 사장까지 역임하며 신인 양성에 힘썼다. 전후의 작품으로는 「환상 당초幻想唐草」(1947)가 인류 조상에 대한 향수를, 「어릿광대역道化役」(1951)은 우연히 찍은 사진 때문에 아버지로 불리게 된 남자의 기묘한 심리를 묘사하고 있으며, 「그날 밤その夜」(1951)에서는 현실과 환상의 효과적인 대비를 기도하였다. 「수렵총猟銃」(1952)은 청춘 남녀의 키스 장면을 보고 질투에 사로잡힌 수렵꾼이 오발로 보이게 하여 살해하려 하였으나, 도리어 자신의 목숨이 끊어지는 운명의 아이러니를 다루고 있다. 「파도 소리波の音」(1955)는 황량한 바닷가 여인숙에서 엿보게 된 죽은 아내의 그림자와 관련된 수수께끼를 다루어, 혼이 나락 끝까지 말려들어가는 섬뜩함을 갖추었다. 작가는 데뷔작 이후에 30여년을 본격적인 트릭을 구사하지 않음에도 불구하고, 오로지

인간의 꿈과 비밀을 찾아서 간결하고 여운이 있는 문장으로 응집시키고 있기 때문에, 도리어 트릭 이상의 효과를 발휘하는 경우가 많았다. 한국어로는 「기괴한 창조」(『J미스터리 걸작선』III 수록, 1999)가 번역, 소개되었다.

▶ 이승신

참고문헌: A, B, E, F, G.

조코 노부유키上甲宣之, 1974.10.2~

소설가. 오사카大阪 출생. 리쓰메이칸대학立命館大学 문학부 철학과 졸업. 고등학교 시절부터 창작 글쓰기에 흥미를 가졌으며, 대학 4학년 가을부터 작가의 가능성을 인식하고 집필을 시작했다. 졸업 후 공무원 시험을 준비하는 한편 여러 곳의 신인상 공모전에 응모했으나 낙선을 거듭한다. 이에 단기간에 성공이 어렵다고 판단하고 우선 생활의 기반을 갖추자는 의도로 호텔업무 전문학교를 거쳐 신한큐新阪急 호텔의 벨보이로 취직한다.

직장에 근무하면서 계속 공모전에 도전하던 그는 2004년 제1회 〈『이 미스터리가 대단하다!』대상このミステリーがすごい！大賞〉 공모전에 「그 휴대전화는 엑스크로스로そのケータイはXXで」로 응모한다. 이 작품은 최종심까지 올라갔으며 수상에는 실패했으나 인터넷을 통한 독자투표에서 2위에 오르는 등 높은 평가를 받아 단행본으로 출간되면서 작가로 등단했다. 여대생 미즈노

시오리水野しより와 히우케 아이코火請愛子가 불가사의한 사건에 말려드는 내용으로, 『엑스크로스 마경전설エクスクロス 魔境伝説』이라는 제목의 영화로 제작되었다. 현재는 직장을 그만두고 전업 작가로 활동 중이다.

▶ 박광규

참고문헌: H04~H13, 友淸 哲 (監修) 『1億人のためのミステリー!』(ランダムハウス講談社, 2004).

주젠지 아키히코中禅寺秋彦

일본 요괴소설의 일인자로 불리는 괴담 소설가인 교고쿠 나쓰히코京極夏彦의 1994년 작품 『우부메의 여름姑獲鳥の夏』에 처음으로 등장한다. 본 작품은 교고쿠 나쓰히코가 1994년 틈틈이 집필한 원고를 출판사에 투고하여 별다른 절차 없이 원고가 책으로 출간되는 이례적인 데뷔를 하게 만든 작품이다.

구상부터 완성까지 10여 년이 걸렸다는 『우부메의 여름』은 아름다운 묘사, 방대한 지식, 독자적인 세계관과 치밀하게 교차되는 에피소드 등으로 그의 등장과 함께 일본 문단과 독자들은 열광하였다. 비현실적인 대상인 요괴와 논리의 산물인 추리를 병합시킨 그의 재능에 미스터리 팬들은 매료되었고, 섬세하고도 기묘한 그의 작풍에 열광하는 젊은 독자층이 점점 늘어가게 되었다. 이처럼 이색적인 『우부메의 여름』에서 주젠지 아키히코는 고서점 교고쿠도京極堂를 경영하고 있지만, 신관이자 사건해결을

할 때는 방대한 지식을 가지고 있는 음양사로서 활약을 하며 괴사건을 하나씩 해결해 나간다. 작품속 어록으로는 '이 세상에는 불가사의한 일 따위 아무것도 없네この世には不思議なことなど何もないのだよ'라는 표현이 유명하다. 특히 교고쿠 나쓰히코의 작품은 한국에 많이 번역되어 출판되었는데 그 대표적인 것으로 『백귀야행百鬼夜行』(2000), 『우부메의 여름』(2004), 『망량의 상자魍魎の匣』(2005), 『항설백물어ー항간에 떠도는 백 가지 기묘한 이야기巷說百物語』(2009) 등이 있다.

▶ 박희영

참고문헌: A, 京極夏彦 『姑獲鳥の夏』(講談社, 1998).

지구사 다이스케千草泰輔

일본의 추리소설작가인 쓰치야 다카오土屋隆夫의 1963년 작품 『그림자 고발影の告発)』에서 처음으로 검사로 등장한다. 이후 〈지구사千草검사 시리즈〉의 주인공으로 유명하다. 도호쿠東北지방의 산기슭에서 태어나 전등이 들어오기 시작한 것은 초등학교에 입학하기 바로 전이라고 할 정도로 외진 곳에서 성장하였다. 대학에서 궁도부 매니저를 하였고 후에 도쿄지검 검사가 되지만, 생활은 단조롭고, 3평 정도의 작은 집에서 살며 저녁밥을 먹으면 바로 눕는 것이 습관일 정도로 소탈한 인물로 묘사된다. 하지만 수사에 있어서는 그만의 강한 지론과 수사법이 있었는데 『그림자 고발』에 나오

는 그의 표현 '범죄 수사는 방정식을 푸는 것과 비슷해서, 중요한 미지수를 사용해서 처음으로 올바른 등식을 만들어 내는 것이다'를 보면 그의 성격을 잘 알 수 있다. 이 외에도 1966년『붉은 조곡赤の組曲』, 1970년『하리노사소이針の誘い』, 1980년『눈 먼 까마귀盲目の鴉』, 1989년『불안한 산성不安な産声)』등의 작품에서 노모토 사부로野本三朗 경시청 수사1과 형사와 협력하여 어려운 사건을 해결해 나간다. 쓰지야 다카오의 작품은 한국에『J미스터리 걸작선』I에『정사의 배경情事の背景』(1999) 등이 번역되어 소개되고 있다.

▶ 박희영

참고문헌: A, I, 上田正昭外3人『日本人名大辞典』(講談社, 2001).

지미이 헤이조地味井平蔵, 1905.1.7~1988.1.28

서양화가 소설가. 본명 하세가와 린지로長谷川潾次郎. 홋카이도北海道 하코다테函館 출생. 형은 소설가 마키 이쓰마牧逸馬, 남동생은 번역가 하세가와 슌長谷川濬, 소설가 하세가와 시로長谷川四郎이다. 어릴 때부터 화가를 지망하여 프랑스로 유학을 가는 등 서양화가로서 활약하였다. 미즈타니 준水谷準과는 중학시절의 동급생이었는데 1926년 그의 권유로『탐정취미探偵趣味』에 첫 단편「굴뚝 기담煙突奇談」을 발표하였다. 작품은 카페에서 알게 된 한 외국인이 주인공에게, 인류는 아주 옛날 공중을 비행했기 때문에 그 잠재의식이 공중 비행의 꿈이 되었다고 하며 공중을 날았던 체험담을 들려주는데, 그 이후에 긴자銀座의 공장 굴뚝에서 사체가 발견되어, 그 외국인이 공중 비행 중에 사고를 일으킨 것이라고 확신하였다. 그런데 친구는 그 외국인이 악한이고, 살해한 사체를 굴뚝에 올려놓고 높이뛰기를 했다고 설명했지만, 믿을 수 없었다는 이야기이다. 「두 사람의 대화二人の会話」(1926)는 서양식 건물에 사는 이상한 외국인에 대해 탐정소설적인 추리를 기도하는 두 사람의 대화를 그린 것이고, 「X씨와 어떤 신사X氏と或る紳士」(1926)는 악한 무리의 타겟이 되어 X씨가 행방불명이 되는데, 그의 친구라는 신사는 그가 피해망상증이었다고 설명한다. 그렇지만 필자는 신사야말로 실은 악한이 아닐까 의혹을 품는다는 이야기이다. 「마魔」(1927)는 지방 도시의 묻지마 살인 소동을 그려낸 것으로, 사건의 직접적 해석을 피하는 측면묘사를 시도하여 현실과 환상의 경계를 묘사하고 있다. 이후 회화 공부를 위해 프랑스로 건너가 창작활동은 부진해진다. 귀국한 후에는『신청년新青年』편집장에 취임한 미즈타니의 권유로「얼굴顔」, 「이상한 정원不思議な庭園」(둘 다 1939년), 「파란색 눈의 여자水色の目の女」(1940) 세 단편을 같은 잡지에 발표했지만, 회화 제작에 몰두했기 때문에 이후에는 소설 집필을 하지 않았다.

▶ 이승신

참고문헌: A, B, E.

지알로ジャーロ

『지알로ジャーロ』는 고분샤光文社가 2000년 9월 창간하여 발행하는 추리전문 계간잡지로, 1999년 7월 휴간을 발표한 격월간 추리전문잡지 『EQ』의 후속으로 발간하고 있다. 지알로Giallo는 이탈리아어로 노란색을 뜻하며 문화적 용어로는 20세기 이탈리아의 문학, 영화장르를 의미한다. 특히 대중소설의 표지가 노란색으로 장정되어 있어 대중소설 자체를 의미하기도 한다. 잡지 『지알로』역시 노란색으로 장정되어 있으며, 표지 디자인은 창간호부터 추리소설가이자 디자이너인 교고쿠 나쓰히코京極夏彦가 맡았다.

창간 초기에는 일본 작가뿐만 아니라 다양한 해외 작품을 소개했고, 창간호부터 마련한 특집 『세계의 미스터리를 읽는다世界のミステリーを読む』가 11회에 걸쳐 연재되었으며, 4호에서는 한국 편을 다루기도 했다. 본격미스터리클럽本格ミステリクラブ의 창설을 후원했으며, 〈본격미스터리대상本格ミステリ大賞〉 심사평이 매년 6월 발행하는 여름호에 수록된다.

두 차례 개편이 있었는데, 2005년 가을호부터 일본 작가의 작품 위주로 바뀌었으며, 2008년 가을호부터는 제호가 『GIALLO』에서 일본어 표기인 『ジャーロ』로 교체되었다.

▶ 박광규

참고문헌: 『ジャーロ』 2000년 1호 등 다수. (光文社).

지요 유조千代有三 ☞ 스즈키 유키오鈴木幸夫

진 순신陳舜臣, 1924.2.18~

추리소설가. 역사소설가. 고베神戸 출생. 본적은 타이완台湾으로 1990년 일본국적 취득. 1941년 오사카외사전문학교大阪外事専門学校 (현 오사카외국어대학大阪外事専門学校) 인도어학과에 입학해 인도어와 페르시아어를 전공했다. 1943년부터 학교에 설립된 서남아시아 연구소에 조수로 들어가 인도어 사전 편찬 작업 등의 업무를 맡았으나 제2차 세계대전으로 인해 연구소가 폐쇄되자 가업인 무역업에 종사한다. 1948년 타이완으로 출국, 중학교 영어교사로 근무했으나 이듬해 고베로 돌아온다.

1961년 고베를 무대로 한 장편추리소설 『마른 풀뿌리枯草の根』로 〈에도가와란포상江戸川乱歩賞〉을 수상하면서 작가 생활을 시작한다. 데뷔한 다음해에 네 편의 장편소설을 발표할 정도로 왕성하게 작품 활동을 했으며, 『청옥사자향로青玉獅子香炉』로 1968년 〈나오키상直木賞〉, 『교쿠레이여 또 다시玉嶺よふたたび』와 『공작의 길孔雀の道』로 1970년 〈일본추리작가협회상日本推理作家協会賞〉 장편소설부문상을 수상하는 등 일본의 대표적인 3개 추리문학상을 모두 수상하며 작품 수준도 높음을 보여주었다. 『마른 풀뿌리』에 등장해 탐정 역으로 활약한 도 덴

441

분陶展文은 고베의 작은 중국음식점 도겐테이桃源亭를 운영하는 50대 중년남자로『3색의 집三色の家』,『무지개의 무대虹の舞台』등에서도 활약한다.

1967년에는 『아편전쟁阿片戦争』등 중국의 역사를 소재로 한 작품을 주로 쓰기 시작하여 일본에서 '중국역사소설' 장르를 확립했다. 그 이후 중국역사소설을 쓰는 작가가 속속 등장했는데, 소설가 다나카 요시키田中芳樹는 이를 '진 슌신 산맥陳舜臣山脈'이라고 표현했다.『아편전쟁』,『태평천국太平天国』,『비본삼국지秘本三国志』,『소설 십팔사략小說十八史略』등의 작품과『중국 임협전中国任侠伝』,『당대전기唐代伝奇』등의 중국 고전 번안 작품이 있으며 오마르 카이얌의 시집『루바이야트ルバイヤート』도 번역했다.

▶ 박광규

참고문헌: A, B, E, F, 玉井一二三「探偵作家風土記－外地篇」『幻影城』, 幻影城, 1977년 7월호. 新保博久(編)·山前 讓(編)『江戸川乱歩 日本探偵小説事典』(河出書房新社, 1996).

진주真珠

잡지명. 1947년 4월 창간되었다가 1948년 8월 폐간되었다. 탐정공론사 발행. 총 6권. 하시모토 젠지로橋本善次郎가 편집과 발행을 맡아 창작과 수필, 잡문을 주로 실었다. 하시모토는 태평양전쟁 이전에 발행되었던 탐정소설 전문잡지『프로필ぷろふいる』의 애독자이자 기고가였고, 회계사로 생업을 이어가는 한편 탐정공론사를 설립하여 잡지를 발행하였다. B5판의 대형잡지이면서도 다른 잡지와 마찬가지로 얇은 선화지仙花紙를 사용하였고, 분량도 36페이지가 한도로 16개월간 6권을 발행하고 끝났다. 하시모토 자신의 취향을 드러내 잡지 전체가 투박한 느낌을 주었고, 패전 이전의 집필자들을 대거 기용하여 애호가들의 취향에 맞춘 것이 특징이다. 에도가와 란포江戸川乱歩가 '예전의 아사쿠사浅草 공원 같은 느낌이다. 구석구석에 기묘한 것들이 숨겨져 있는 듯 한 이상한 매력이 있다'고 평한 바 있다. 당시에 활동하던 탐정작가의 대부분이 신작, 구작, 수필 등을 실어 후원했는데 이는 발행자이자 편집자인 하시모토의 인덕 때문이었다. 하시모토는『진주』이외에도『탐정취미探偵趣味』를 발행하였으나 1권으로 끝났다.

▶ 유수정

참고문헌: E, F, G.

442

大

창작탐정소설선집 創作探偵小說選集

1926년 2월~1928년 1월까지 연1회, 슌요도 春陽堂에서 간행. 에도가와 란포江戸川乱步, 고가 사부로甲賀三郎, 모리시타 우손森下雨村, 고사카이 후보쿠小酒井不木가 기획하고, 탐 정취미회가 편찬한 연간 걸작집이었으나 3 집으로 중단되었다. 현재의 『탐정소설연감』 과 비슷하다. 제1집 에도가와 란포 외 15 편, 제2집 에도가와 외 19편, 제3집 히라바 야시 하쓰노스케平林初之輔 외 19편, 제4집의 예고는 있었지만 간행 여부는 확인되지 않 는다.

수록된 작가는 에도가와 란포, 오시타 우다 루大下宇陀児, 가와다 이사오川田功, 구니에다 시로国枝史郎, 고가 사부로, 고사카이 후보 쿠, 시라이 교지白井喬二, 조 마사유키城昌幸, 히라바야시 하쓰노스케, 혼다 오세이本田緒 生, 마키 이쓰마牧逸馬, 마사키 후조큐正木不如 丘, 마쓰모토 다이松本泰, 미즈타니 준쿠谷準, 야마시타 리사부로山下利三郎, 요코미조 세 이시橫溝正史, 히사야마 히데코久山秀子, 이시 하마 긴사쿠石浜金作, 지미이 헤이조地味井平造, 가스가노 미도리春日野緑, 가타오카 뎃페이 片岡鉄兵, 미즈모리 가메노스케水守亀之助, 사 사키 모사쿠佐佐木茂策, 쓰노다 기쿠오角田喜 久雄, 고부네 가쓰지小舟勝二, 구즈야마 지로 葛山二郎, 세지모 단癲下耽, 와타나베 온渡辺温, 세오 아키오妹尾アキ夫, 야마모토 노기타로山 本禾太郎, 노부하라 겐延原謙 등이 있다.

▶ 유수정

참고문헌: E, G.

체포록 捕物帳

에도시대를 배경으로 한 시대물 추리소설 의 한 형식이라 정의할 수 있지만 이에 해 당되지 않는 경우도 있다. 역사적으로 '체 포록'의 탄생은 1917년 오카모토 기도岡本綺 堂가 연작으로 발표한 「한시치 체포록半七捕 物帳」(1917~37, 발표)에서 시작되었다. 오 카모토는 체포록의 특색이 탐정소설적 흥 미 이외에 소설의 배경인 에도 풍속의 재 현에 있다고 언급하였다. 또 사카구치 안 고坂口安吾의 「메이지 개화 안고 체포록明治 開化安吾捕物帖」(1950~52, 발표) 이후에는 개 화기를 배경으로 한 작품도 포함시키게 되 었다. 한시치半七는 많은 추종자를 낳아 하야시 후보林不忘의 「구기누케도키치 체포록 오보에가키釘拔藤吉捕物覚書」(1925), 사사키 미쓰조佐々木味津三의 「우몬 체포록右門捕物帖」(1928~32), 노무라 고도野村胡堂의 「제니가타 헤이지 체포록銭形平次捕物控」(1931~57) 등은 현대에도 변함없이 읽히고 있으며, 그 밖에도 조 마사유키城昌幸가 1937년 연재를 시작한 〈도련님 사무라이若さま侍〉 시리즈〉 등이 있다. 「우몬 체포록」에서 등장하는 어리바리한 '왓슨'(셜록 홈즈) 역할의 기용은 음산한 사건의 분위기를 완화시켜 이후 체포록의 인물설정에서 전형적인 유형으로 등장하였다. 한편 1947년 탐정작가 클럽이 설립될 당시 체포록 작가를 놓고 논란이 있었지만 결국 현대추리물을 집필하지 않는 체포록 작가는 포함시키지 않았다. 노무라 고도野村胡堂는 체포록 소설이 다른 탐정소설에 비해 구성상의 제약이 크다고 지적하고, 피스톨이나 청산가리도 쓸 수 없으며 현대적 빌딩을 빌릴 수도 없고 시간도 종이 울리는 소리에 의존해야 하는 상당한 제약 속에서 인간 자체에 관련된 트릭이 생겨날 수밖에 없다고 했다. 그러한 제약 하에서 에도시대의 풍물과 심리를 살려내야 함에 불구하고 실제로는 기존의 트릭을 그대로 차용하고 무대만 에도로 가져온 소설이 다수를 차지했다. 시라이시 기요시白石潔는 1949년 간행한 평론집 『탐정소설의 '향수'에 대하여』에 실린 「군벌에 맞선 체포록」이라는 글에서 체포록은 소설의 배경에 '계절'을 차용하여 비로소 성립하므로 '계절의 문학'이라고 규정하였지만 추리성을 등한시한 점에서 본질에 대한 언급이 되지 못하였다. 따라서 오카모토가 애초에 의도했던 셜록 홈즈의 일본화나 에도 풍속의 재현이라는 측면은 외면당하고 오히려 세태소설(닌조바나시人情話)이나 만담 형식의 코믹소설, 혹은 전기소설傳奇小説의 측면이 강조되었다. 또 천편일률적인 전개, 세시기歳時記의 계절 차용, 작품의 급조 등의 원인으로 인하여 체포록 붐은 일거에 붕괴하였다. 이후에도 많은 작가가 체포록을 시도하였지만 작가의 수완에 따라 여전히 참신한 작품이 기대된다.

▶ 홍선영

참고문헌: A, B.

추리 스토리推理ストーリー

후타바샤双葉社에서 발행한 대중 추리소설 전문잡지. 1961년 12월에 창간되었고 1969년 9월에는 『추리推理』로, 1973년 1월부터 『소설 추리』로 잡지명을 바꾸어 현재까지 계속 간행되고 있다. 당시 주간지의 단편작 연재가 인기 있었던 이유로 '전작품 단편'을 내세워 잡지 전체를 1회 단편작으로 구성하였다. 집필자는 난조 노리오南條範夫, 고노 덴세이河野典生, 가노 이치로加納一朗, 쓰즈키 미치오都築道夫, 야마무라 마사오山村正夫, 야마다 후타로山田風太郎 등 다양한 장르에서 등용하였고, 비교적 통속적인 내용의 작품이 많다. 또한 추리소설의 대중 보급에 맞춰서 간단한 범인 맞추기 등 놀이 요소를 가미한 기획도 눈에 띈다. 『추리』로 개제한 후에는 추리소설뿐 아니라 에로틱소설, SF소설 등도 게재하면서 장르 범위가 더욱 넓어져서 중간소설 잡지처럼 되었다. 〈소설추리신인상小説推理新人賞〉을 제정하였으며, 『추리』말기인 1972년 9월에는 다카기 아키미쓰高木彬光, 12월에는 사노 요佐野洋가 각각 책임 편집을 맡아 증간호를 냈다. 1973년 2월호부터 사노의 비평컬럼 「추리일기推理日記」가 장기연재되었지만 본인의 뜻으로 2012년 7월호를 끝으로 종료되었다.

▶ 유수정

참고문헌: A, F.

추리계推理界

나니와쇼보浪速書房에서 발행한 추리소설 전문잡지. 1967년 7월호부터 1970년 7월 증간호까지 총 38권이 발행되었다. 『보석宝石』이 없어진 공백을 메우기 위해 창간하였고, 나카지마 가와타로中島河太郎가 편집주간이었지만, 편집명의인은 이와나미 신조岩波信三였다. 나카지마는 창간사에서 추리소설의 전통을 이어받아 계승 발전시키고 다가올 새 세대 작가군의 진출을 기대한다고 말하였다. 장편을 한꺼번에 싣는 등 신인 기용에 힘썼지만, 편집 방침에 대한 의견이 맞지 않아 1968년 9월호부터 편집주간

이 아라키 세이조荒木清三로 바뀌고 그 다음 달부터 1년간 나카지마는 편집에 관여하지 않았다. 그와 함께 연재 중이던 「일본 추리소설사日本推理小説史」도 중단되었다. 그러나 창간 이후부터 명작단편을 부활시킨 「추리문학관推理文学館」은 그 이후로도 계속되었고, 1968년 12월호부터 쓰즈키 미치오都築道夫를 필두로 에도식江戸式 추리소설인 체포록捕物帖 「나메쿠지 나가야 체포 소동なめくじ長屋捕物さわぎ」을 연재한 것이 가장 큰 수확으로 볼 수 있다. 1969년 8월호부터 여류작가 이구치 야스코井口泰子가 3대 편집장이 되었고, 같은 호에서 제1회로 끝난 〈추리계신인상推理界新人賞〉을 발표했지만 수상작 없이 가작에 후모토 쇼헤이麓昌平, 니조 후시오二条節夫가 선정되었다.

나니와쇼보는 도쿄분게이샤東京文芸社의 자매출판사로 대중소설 출판을 주로 하다가 1960년에 구로이와 주고黒岩重吾의 『휴일의 단애休日の断崖』을 출판하면서 추리소설에 의욕을 보이게 되었다. 편집은 추리소설에 대한 이해가 깊었으나 자본력이 없었기 때문에 신인이나 무명작가들의 작품이 많았고, 소요샤双葉社의 『추리推理』에 밀려 폐간하게 되었다.

▶ 유수정

참고문헌: A, E, F.

추리문학推理文学

추리소설 전문잡지. 1970년 1월 창간. 신진

부쓰오라이샤新人物往来社의 기획 하에 사내 '추리문학회'를 만들고 기관지 『추리문학』을 계간으로 발행했다. 추리문학회의 대표로는 평론가 나카지마 가와타로中島河太郎가 취임하였고, 편집은 나카지마와 그 외의 작가들이 담당하였다. 회원은 유지회원과 보통회원으로 나누어, 유지회원은 연 1회 단편소설 1편을 투고할 수 있는 자격이 주어지고, 보통회원에게는 잡지가 송부되는 시스템으로 이른바 동인지 성격이 강한 회비제 투고잡지와 비슷했다. 중심 회원으로는 나카지마 가와타로와 야마무라 마사오山村正夫가 있었다. 나카지마 가와타로는 추리소설의 초심으로 돌아가 본격과 낭만의 깃발을 세울 것과 상업주의에 물들지 않기 위해 스스로 발표기관을 갖는 것을 목표로 한다고 발간사에서 밝히고 있다. 표지는 문학잡지적이었고 본문 용지도 양질에 고급스러운 느낌에다가 내용도 진지하여 이 잡지의 성장이 기대되었다. 1권과 2권은 계간으로 매호 마다 1회 장편물을 실었다. 3권부터는 추리문학회 단독발행이 되면서 시판을 중지하고 격월간 발행, 4권부터는 부정기 발행을 하였다. 1985년 5월까지 총 29권이 발행되었으며 에세이, 창작소설이 실려 있다.

▶ 유수정

참고문헌: A, E, F.

추리소설연감推理小說年鑑

현재 간행중인 일본추리작가협회日本推理作家協会 편의 『추리소설대표작선집』이 1949년 이후 『탐정소설연감』으로 명칭을 바꾸어 발행되었다. 제1권은 1946년, 1947년에 발표된 단편에서 선정했지만 간행이 늦어져 1948년판이 1949년에 발간되었다.

부록으로 탐정소설계 전망, 탐정작가명감, 탐정소설관계 잡지사명감이 수록되었고, 표지에 '탐정소설걸작선'이라고 인쇄되어, 짜깁기식 명칭이 되었다.

특별부록으로 1948년판에 후루자와 진古沢仁이 편집한 「일역 구미탐정소설 목록日訳欧米探偵小說目録」, 1949년판에는 나카지마 가와타로中島河太郎의 「일본탐정소설사日本探偵史」, 1950년판에는 나카지마 가와타로中島河太郎가 편집한 「일본탐정소설 총목록日本探偵小說総目録」, 1951년판에는 에도가와 란포江戸川乱歩가 편집한 「번역 단편탐정소설 목록」, 1952년판에는 나카지마 가와타로가 편집한 「일본탐정소설 저서목록」, 1953년판에는 나카지마 가와타로가 편집한 「탐정소설 연구평론 목록」, 1954년판과 1955년판 하권에는 역시 나카지마 가와타로가 편집한 「세계탐정소설 연표」와 「속 일본탐정소설 총목록」이 실리고, 이때부터 매년도 작품목록을 게재했다.

1955년판, 1956년판은 2권, 1957년판은 1권, 1958년판은 겉상자에도 '탐정소설연감'이라고 써 있는 등 통일성이 없었다. 1958년

446

판에 나카지마가 편집한 「제3 일본탐정소설 총목록」이 실리고, 1959년판도 연감을 표방하고 있다. 1960년판은 표지에 '추리소설 베스트 15'라고 쓰인 1권, 1961년판은 '추리소설 베스트 20'이 2권이고, 그 첫권에 나카지마가 편집한 「제4 일본탐정소설 총목록」이 실려 있다. 1962년판도 베스트 20으로 2권. 1963년도판부터는 '추리소설 베스트 24'가 되면서 2권 씩이었고, 발행처는 도토쇼보東都書房으로 바뀌어 1967년판부터는 『추리소설대표작선집』이 되면서 '추리소설연감'은 부제목이 되었다. 발행처도 고단샤講談社로 바뀌었고 현재는 『더 베스트 미스터리즈 추리소설연감ザ・ベストミステリーズ 推理小説年鑑』으로 매년 7월 경에 간행되고 있다.

▶ 유수정

참고문헌: B, 일본추리작가협회 공식홈페이지 http://www.mystery.or.jp/.

추리소설연구推理小説研究

1965년 11월 일본추리작가협회日本推理作家協会에서 창간한 추리소설 연구 잡지이다. 잡지 『보석宝石』이 종간되고 추리소설전문지를 발간하자는 제안으로 일본추리작가협회에서는 회보와 별도로 새로운 기관지 『추리소설연구』를 창간한다. 이 잡지는 1965년 창간호의 『특집 에도가와 란포 추도特集 江戸川乱歩追悼』를 비롯해 2호 『특집 추리소설의 주변特集 推理小説の周辺』(1966.7), 3호 『좌

담회 추리소설의 문학성 외座談会・推理小説の文学性, 他』(1966.12), 4호 『특집 해외미스터리전망』(1967. 8), 5호 『특집 장르토론회特集 ジャンル討論会』(1968.7) 등 미스터리를 둘러싼 다채로운 주제로 많은 작가와 평론가가 집필에 참여했다. 4호까지 창작물도 게재되었으며 덴도 신天藤真, 니키 에쓰코仁木悦子 등이 이 잡지에 작품을 발표했다. 그러나 『추리소설연구』는 잡지명에서 알 수 있듯이 평론, 연구, 에세이가 주류를 이루는 연구 잡지이다. 12호부터는 『일본추리작가협회 30년사日本推理作家協会三十年史』(1980), 『전후추리소설(・SF)총목록戦後推理小説(・SF)総目録』(1975~86), 『전후추리소설 저자별 저서목록戦後推理小説著者別著書目録』 제1집(1992) 등 목록과 자료집성이 중심이 되었다.

▶ 이현희

참고문헌: A, 일본추리작가협회 홈페이지: http://www.mystery.or.jp/history/5.html(검색일:2014.1.7).

ㅋ

캐서린 터너 キャサリン・ターナ

작가 야마무라 미사山村美紗의 〈캐서린 시리즈キャサリンシリーズ〉의 여주인공. 아마추어 탐정으로 전 미국 부통령 루이스 터너의 외동딸이다. 소설 「꽃의 관花の棺」(1975)에 처음 등장하며, 당시 아버지의 수행원으로서 일본을 첫 방문했을 때 그녀는 콜롬비아대학 3학년생으로 스무 살이었다. 두 번째 소설 「백인일수 살인사건百人一首殺人事件」(1978)에서는 도쿄의 대학에 1년간 유학하고, 세 번째 소설 「불타버린 신부燃えた花嫁」(1982)에서는 대학을 졸업한 후 미국 패션 잡지의 전속 카메라맨 겸 기자로서 방일했다. 네 번째 소설 「사라진 상속인消えた相続人」(1982) 이후에는 계속 교토에 거주한다. 연인이자 경호원 역할의 하마구치 이치로浜口一郎는 콜롬비아대학의 선배이자 난징南京대학 정치학과 조교수로 둘은 깊이 사랑하는 사이지만 결혼은 하지 않았다. 〈캐서린 시리즈〉는 야마무라 미사 추리소설의 여러 시리즈 중에서도 가장 편수가 많고 대표적인 시리즈물이다. 시리즈는 총 37편으로, 마지막 소설은 「고베 살인 레퀴엠神戸殺人レクイエム」(1995)이다. 외국인에 젊은 여성이라고 하는 두 가지 특이 요소를 겸비하고 있는데, 이 두 요소는 종래 일본의 탐정물에는 적합하지 않다는 인식과 더불어 실제 작품에서 성공한 예도 드물었다. 작가는 이 두 부정적 요소를 결합하는 발상의 전환을 통해 상승효과를 일으켜 매우 매력적인 캐릭터를 조형하는데 성공했다. 소설의 주요 무대는 교토京都이다.

▶ 이지형

참고문헌: A, I, 山村美紗 『美紗の恋愛推理学』(講談社, 1985), 中島河太郎 『日本推理小説辞典』(東京堂出版, 1985).

콘게임 소설

콘게임은 영어 confidence game의 약자로 착한 사람을 속이는 신용사기를 의미한다. 즉 상대를 믿게 해놓고 사기를 치거나 혹은 속이고 속임을 당하는 것이 게임처럼 2~3회에 걸쳐 반복되는 소설을 콘게임 소설이라고 한다. 근년에는 이가라시 다카히사五十嵐貴久의 『속임수Fake』(2004)나 미치오 슈스케道尾秀介의 『까마귀의 엄지カラスの親指』

(2008) 등이 있는데, 미치오 슈스케는 이 작품으로 2009년에 제62회 〈일본추리작가협회상日本推理作家協會賞〉을 수상한다. 서구의 콘게임 소설로는 헨리 세실Henry Cecil의 「수단과 방법Ways and Means」(1952)을 들 수 있다. 그 밖에도 제프리 아처Jeffrey Archer의 『한 푼도 더도 말고 덜도 말고Not a Penny More, Not a Penny Less』(1976) 등의 작품이 있다. 『한 푼도 더도 말고 덜도 말고』에서는 서로 속이기보다는 속은 쪽이 복수를 하는 이야기로 설정되어 있다. 주인공 중 한 명인 사기꾼 메도카프는 유령회사의 주식을 이용해 큰돈을 벌고자 한다. 이에 걸려든 4명이 주식을 샀지만 눈 깜짝 할 사이에 폭락해서 100만 달러의 손실이 난다. 4명은 그냥 포기할 수만은 없어서 공동으로 메도카프가 눈치 채지 않도록 고호의 가짜 그림을 사게 하거나 꾀병으로 치료비를 받아내거나 해서 100만 달러를 빼내려고 하는 스토리이다. 일본에는 전쟁 전에는 오시타 우다루大下宇陀児의 단편 「금색 맥金色の貘」(1929)이 있고, 전후戰後에는 가지야마 도시유키梶山季之의 『밤의 배당夜の配当』(1963), 고바야시 노부히코小林信彦의 『신사동맹紳士同盟』(1980) 등이 있는 것으로 알려져 있다.

▶ 장영순

참고문헌: A, E, ジェフリー アーチャー著, 永井 淳 訳 『百万ドルをとり返せ!』(新潮社, 改版, 1977), 道尾秀介 『カラスの親指 by rule of CROW's thumb』(講談社, 2011).

크라임 노벨クライム・ノベル ☞ 범죄소설犯罪小說

키드 피스톨즈キッド・ピストルズ

경찰보다 탐정이 우위에 있는 패러럴 영국 수도경찰의 수사관. 야마구치 마사야山口雅也의 게임북 「열세 명째 명탐정13人目の名探偵」(1987)에 처음 등장한다. 파트너인 여성 수사관 핑크 베라돈나ピンク・ベラドンナ와 함께 펑크 패션 스타일로 온몸을 치장. 영미를 중심으로 친숙한 영어로 된 전승 동요를 총칭하는 '마더 구스mother goose'를 제재로 하는 사건에서 협력하는 경우가 많다. 「열세 번째 명탐정」은 완성도 높은 본격미스터리로서 이름 높다. 이후 「열세 명째 탐정사13人目の探偵士」(1993)로 소설화되었다. 그 이후에도 기상천외한 사건을 묘사하는 미스터리로서 박진감 넘치는 작품집 「키드 피스톨즈의 모독キッド・ピストルズの冒涜」(1991) 등에서 활약을 이어감. 17세인 그가 처음으로 탐정 역할을 따라한 사건은 「키드 피스톨즈의 자만심キッド・ピストルズの慢心」(1995)에 수록되어 있다.

▶ 이지형

참고문헌: A, 山口雅也 『キッド・ピストルズの慢心』(講談社, 1995).

키리온 스레이キリオン・スレイ

시인. 쓰즈키 미치오都筑道夫의 「칼의 문양剣の柄」(1967년 발표, 이후 제목이 바뀌어 「최초의? 왜 자살로 가장할 수 있는 범죄를 타

살로 만들었는가?最初の? なぜ自殺に見せかけられ
る犯罪を他殺にしたのか?」에 처음으로 등장한
다. 자칭 시인으로 일본에 올 때마다 친구
인 번역가 아오야마 도미오青山富雄의 집에
식객 신세를 진다. 호기심이 왕성해 여러
사건에 관여하지만 장기인 논리적 사고력
은 요쓰야四谷 경찰서의 아마노天野 부장형
사도 한 수 위로 인정할 정도이며. 턱수염,
약간 엉뚱한 일본어 구사가 매력 포인트이
다. 그의 활약상은 「키리온 스레이의 생활
과 추리キリオン・スレイの生活と推理」(1972), 「정
사공개 동맹情事公開同盟」(1974, 이후 「키리
온 스레이의 부활과 죽음キリオン・スレイの復活
と死」)로 개제, 「키리온 스레이의 재방문과
직감キリオン・スレイの再訪と直感」(1978)의 3편
의 단편집에 묘사되어 있다.
「키리온 스레이의 패배와 역습キリオン・スレ
イの敗北と逆襲」(1983)이 시리즈 최초의 장편
소설이자 마지막 시리즈물이다.

▶ 이지형

참고문헌: A, 都筑道夫『キリオン・スレイの生活
と推理』(三笠書房, 1972).

탐기소설耽奇小説

구보서점久保書店에서 발행한 잡지로 1958년 9월 창간되었다. 창간호 이전에 구보서점에서 발행한 『이창裏窓』 증간 제5집(1958.2)에서 '탐기소설'이라 명명하고, 일본 탐정소설이 발전하지 않는 것은 본격파의 플롯 트릭으로 편중하기 때문이며, 농후한 맛이나 무드가 있는 '변격파'의 중흥을 꾀하고자 한다고 밝히고 있다. 사실상 에로틱 서스펜스 소설을 지향한 것으로 4권 연속 월간으로 발행했다. 1959년 2월 종간되었으며 총 6권이 나왔다. 『이창』 증간 시기를 합하면 10권이다.

▶ 유수정

참고문헌: E, G.

탐정 요미모노探偵よみもの

잡지명. 신일본사가 발행한 대중적 평론잡지 『신일본新日本』은 1946년 11월에 발행한 제30호에 '탐정 요미모노호'라는 제목을 붙이고 탐정소설과 수필을 실었다. 32호도 같은 특집이었고, 33호부터는 국제문화사国際文化社 발행으로 바뀌면서 순탐정잡지가

된다. 이때부터 기존 작품 외에도 신인의 작품도 싣게 된다. 1950년 8월 40호가 교와출판사協和出版社에서 복간되었지만 그 호를 마지막으로 중단되었고 총 10권이 간행되었다.

▶ 유수정

참고문헌: E, G.

탐정과 영화探偵 · 映画

잡지명. 1927년 10월 창간. 교토탐정취미회京都探偵趣味会 발행. 오사카大阪에서 발족한 『탐정취미探偵趣味』가 도쿄東京로 옮겨간 후 야마시타 리자부로山下利三郎가 중심이되어 가와히가시 시게오河東茂生, 혼다 오세이本田緒生 등 교토에 있던 작가들이 시작하였다. 수필을 주로 실었으며 집필자로는 하세가와 슈지長谷川修二, 고사카이 후보쿠小酒井不木, 쓰노다 기쿠오角田喜久雄, 히사야마 히데코久山秀子, 유메노 규사쿠夢野久作 등이 있었다. 1927년 11월, 제2호를 끝으로 폐간되었다.

▶ 유수정

참고문헌: E, G.

탐정문예探偵文芸

게이운샤奎運社 발행의 탐정소설 전문잡지. 1925년 3월 창간. 1923년 5월에 창간되어 9월에 종간한 『비밀탐정잡지秘密探偵雑誌』가 개제 부활한 것으로 마쓰모토 다이松本泰가 주재했다. 『비밀탐정잡지』가 영업잡지를 표방하면서도 동인지에 가까운 형태였다면, 『탐정문예』는 한층 더 동인잡지적인 색채가 강해지면서 집필자도 한정적이었다. 창작소설은 마쓰모토 다이의 장편「반지ゆびわ」를 비롯하여 하야시 후보林不忘=牧逸馬가 창간호부터「하리누키 도키치 체포針抜藤吉捕物」를 연재하였고, 조 마사유키城昌幸가「비밀결사 탈주자와 관련된 이야기秘密結社脱走人に絡まる話」로 데뷔하였다. 번역작품으로는 라인하트Mary Roberts Rinehart의「제니 브라이스 사건」, 다나Dana Knightstone의「제3 앵무새의 혀」, 포스트Melville Davisson Post의「대도자전大盗自伝」등의 장편이 있었고, 「독약과 독살 연구호」, 「사기와 소매치기 특집호」등의 특집이 있었다. 마지막까지 마쓰모토의 인맥으로 잡지가 운영되었다. 총 23권이 나왔으며 1940년 12월 휴간되었다.

▶ 유수정

참고문헌: A, B, F, G.

탐정문학探偵文学

1935년 3월에 창간된 잡지. 발행처는 처음에는 탐정문학사探偵文学社였다가 후에 가쿠게이서원学芸書院, 그 다음은 고킨소古今荘로 바뀐다.

초기에는 도쿄東京 청년애호가들이 결성한 탐정작가 신인클럽의 기관지로 동인들이 회비를 모아 신문형식의『신탐정新探偵』이 1934년 9월에 발행되었지만, 동인 사이에 분파가 생기면서 본 잡지가 창간되었다. 신인클럽의 대표자는 고가 사부로甲賀三郎의 문하생인 노지마 준스케野島淳介이다. 『탐정문학』은 50페이지 이내의 소책자로 화제가 되는 작품은 없었지만 동인 멤버에 변화가 있으면서도 창작과 평론에 활발한 의욕을 보였다. 그 중에도「몽귀夢鬼」등의 창작 소설을 발표한 란 이쿠지로蘭郁二郎, 시사평론으로 활약하던 나카지마 시타시中島親 등이 특기할 만하다.

「에도가와 란포호江戸川乱歩号」, 「오구리 무시타로호小栗虫太郎号」등의 특집을 시도하기도 하고, 후에는 기성작가들의 수필을 싣거나 일반 투고작품을 발표하기도 했다. 1936년 12월, 총 21권을 내고 폐간되었다. 신잡지『슈피오シュピオ』로 이어진다.

▶ 유수정

참고문헌: E, F, G.

탐정소설 예술론探偵小説芸術論

탐정소설의 여명기였던 다이쇼시대大正時代에 탐정소설의 선구자로 활약했던 고가 사부로甲賀三郎는 1935년에 탐정소설 전문잡지인『프로필ぷろふいる』에「탐정소설강화探偵小説講話」를 연재하여 탐정소설의 독자성

을 강조했다. 1936년 2월호에서는 '탐정소설의 범위를 무한정으로 넓혀서 예술 소설까지 포함해서 예술일 수 있다는 의견과는 영구히 어긋날 수밖에 없다고 했다. 문학성보다는 논리성을 강조한 고가 사부로의 의견에 대해 3월호에서 기기 다카타로木々高太郎는 '탐정소설은 본격적으로 순수하게 탐정소설의 정수에 이르면 이를수록 점점 예술이 되고 더욱 예술소설이 된다' 라는 '탐정소설예술론'으로 반론을 제시하였다. '탐정소설은 예술이 될 수 있으며 또한 예술로 승화시켜 나가야 한다는 기기 다카타로의 이론은 비약으로 이상적인 것일 수도 있으나 고가 사부로와의 논쟁으로 탐정소설의 입지를 확실하게 하는 역할을 했다. 그는 탐정소설 예술론을 자신의 작품인 『인생의 바보人生の阿保』(1937)에서 실제로 증명해 보였으며 이 작품은 탐정소설로는 처음으로 〈나오키상直木賞〉을 수상했다. 에도가와 란포江戸川乱歩는 기기 다카타로의 탐정소설예술론에 대해 '탐정소설의 주제는 수수께끼와 논리적 흥미에 있으나 예외적으로 예술 문학으로 승화될 수도 있다고 '탐정소설예술론'을 지지하는 의견을 보였다.

▶ 이한정

참고문헌: A, I, 鄕原宏 『日本推理小説論争史』(双葉社, 2013).

탐정소설 30년探偵小説30年

에도가와 란포江戸川乱歩 저. 1952년 11월 이

와야서점岩谷書店 간행. 본서는 『신청년新青年』 1949년 10월호부터 1950년 7월호까지, 이어서 『보석宝石』 1951년 3월호부터 1960년 5월호까지 12년간 연재된 것을 묶어 한 권으로 간행한 책이다. 도중에 저자의 탄생에서 1933년까지의 시기를 묶어 사진과 관련 삽화 등을 풍부하게 넣은 책을 1954년 저자의 회갑기념으로 출판하였다. 본서는 저자가 평소에 생각하던 '일본의 탐정소설사를 전혀 정리하지 않고 떠나는 경우를 떠올리며, 근대편이라고 할 만한 부분을 직접 경험한 나의 추억담으로 정리해 보자'는 의도로 나온 것으로 '탐정작가로서의 이력서'라 할 만하다고 저자 스스로 말한다. 저자가 수집한 풍부한 자료, 서한 등을 원용한 회고담으로 일본 탐정소설의 시조가 새로운 분야의 개척과 발전에 쏟은 노력의 경과를 살펴 볼 수도 있고, 저자 자신의 인간성도 자연스럽게 스며나오는 간략한 전기로 볼 수도 있다. 연재 중 「탐정소설 35년」, 「탐정소설 40년」으로 표제를 바꾸기도 했다.

▶ 유수정

참고문헌: D, G.

탐정소설연구회探偵小説研究会 ☞ **작가친목회 및 팬클럽**

탐정소설探偵小説

하쿠분칸博聞館에서 발행한 탐정소설 전문

잡지. 1931년 9월호부터 1932년 8월호까지 발행되었다.

번역탐정소설과 범죄실화를 주로 다루던 잡지로 편집은 전반을 노부하라 겐延原謙이 담당했고, 후반을 요코미조 세이시横溝正史가 담당하였다. 창간호부터 1회 장편 번역소설이 게재되었고, 가보리오Etienne Êmile Gaboriau의 「사람인가 귀신인가」(『르루주 사건』), 크로프츠Freeman Wills Crofts의 「통」, 벤틀리Edmund Clerihew Bentley의 「살아나는 사미인死美人」(『트렌트 최후의 사건』), 밀른의 「붉은 저택의 비밀」 등 미소개 명작을 소개한 공적이 크다. 1932년 4월호부터 연재가 시작된 엘러리 퀸Ellery Queen의 「네덜란드 구두의 비밀」이 잡지 폐간으로 중단되자 해결편이 『신청년新青年』 여름 증간호에 게재되었다. 창간호에는 에도가와 란포江戸川乱歩, 고가 사부로甲賀三郎, 오시타 우다루大下宇陀児의 수필 외에도 노부하라 겐 「바닷가의 참극海浜の惨劇」, 「손 없는 손님手のないお客」 등의 범인 맞추기 현상소설을 써서 실었다.

▶ 유수정

참고문헌: A, E, G.

탐정실화探偵実話

추리소설 전문잡지. 1950년 12월부터 1953년 8월 휴간될 때까지 세계사世界社에서 간행하였고, 1954년1월부터 1962년 10월 폐간될 때까지 세분샤世文社에서 간행했다. 총 171권. 추리소설과 범죄실화를 중심으로,

야마다 후타로山田風太郎, 아유카와 데쓰야鮎川哲也, 오쓰보 스나오大坪砂男 등 전후에 데뷔한 신인작가를 기용하여 1회 단편을 통해 소개했다. 또한 시마다 가즈오島田一男, 와시오 사부로鷲尾三郎, 오카다 샤치히코岡田鯱彦가 함께 쓴 「고래鯨」, 복간 후 권두를 장식한 에도가와 란포江戸川乱歩, 가야마 시게루香山滋, 와시오 사부로의 「여염女妖」을 비롯해, 기기 다카타로木々高太郎, 와타나베 게이스케渡辺啓助, 무라카미 노부히코村上信彦가 함께 쓴 「장미와 주사바늘薔薇と注射針」, 요코미조 세이시横溝正史, 다카기 아키미쓰高木彬光, 야마무라 마사오山村正夫가 함께 쓴 「독환毒環」 등의 합작 추리소설이 발표되었다. 후기에는 다치바나 소토오橘外男 작품의 연재가 많아졌다. 걸작을 모아 몇 권의 증간호를 간행하였다.

▶ 유수정

참고문헌: A, E, G.

탐정왕래探偵往来

오사카大阪 다이도서원大同書院에서 발행된 잡지. 1916년 창간된 것으로 보이며. 종간 시기는 불분명하다. 범죄연구라는 타이틀로 실제 문제들을 다루다가 2년째에 접어들어 혼다 오세이本田緒生, 가와히가시 시게오河東茂生 등이 직접 창작하거나 번역한 작품을 싣기 시작한다. 후신으로 『탐정왕래 팜플렛探偵往来パンフレット』이 소책자판이 단발적으로 발행되었고, 고사카이 후보쿠小酒

井不木의 논고가 연재되었지만, 2, 3호만에 폐간된 것으로 보인다.

▶ 유수정

참고문헌: 中島河太郎 『日本推理小説』(東京堂出版, 1985), 中島河太郎 『探偵小説辞典』(講談社, 1998).

탐정작가클럽探偵作家クラブ ☞ 일본추리작가협회日本推理作家協会

탐정춘추探偵春秋 1936~1937

문예춘추사文芸春秋社가 1936년 10월 창간하여 1937년 8월까지 간행한 탐정소설 전문잡지. 국판菊判 크기로 전 11권. 1935년 1월 문예춘추사는 처음으로 유메노 규사쿠夢野久作가 10년 걸려 집필한 『도구라 마구라』를 출간하였는데 이를 계기로 문예춘추사는 탐정소설을 왕성하게 간행하게 되었고 1936년 3월 아오이 유葵井雄의 현상당선작 『후나토미가의 참극船富家の惨劇』을 출간하였다. 이때 '탐정춘추探偵春秋'라는 제목으로 선고위원의 감상문 및 기사를 실은 소책자를 첨부한 것에서 유래하였다. 톰슨의 「탐정작가론」 색인, 작가평전 등을 게재하며 6호까지 이어졌고 제목을 그대로 유지하면서 단행본의 홍보선전을 겸한 출판사의 영업 잡지로서 새롭게 체제를 갖추어 1936년 10월 창간하였다. 편집은 간다 스미지神田澄二, 나중에는 노가미 데쓰오野上徹夫가 맡았고 영업 잡지로 출발했지만 동인지 편집을 했

다. 또 탐정소설전문잡지 『프로필ぷろふいる』과 판매가와 면수에서 거의 동일해서 두 잡지는 경쟁지가 되었다. 창작, 번역, 평론 등의 원고를 실었고 『프로필』과 나란히 당시 활기 넘치던 탐정소설 문단의 '제2의 융성기'를 만들어냈다. 『프로필』 폐간 4개월 후 『탐정춘추』도 전 11권으로 폐간했지만 춘추사의 탐정소설 출판은 1939년 말까지 지속되었다. 기기 다카타로木々高太郎의 「채권債権」(1937), 와타나베 게이스케渡辺啓助의 「피의 로빈슨血のロビンソン」(1936), 사카이 가시치酒井嘉七의 「교가노코 무스메도조京鹿子娘道成寺」(1937), 니시오 다다시西尾正의 「방랑작가의 모험放浪作家の冒険)」(1936), 미쓰이시 가이타로光石介太郎의 「사라야마의 이방인 저택皿山の異人屋敷」(1937), 란 이쿠지로蘭郁二郎의 「인분鱗粉」(1937), 아오이 유의 「안개 자욱한 산霧しぶく山」(1937) 등이 이 잡지에 실린 대표적인 창작소설이다. 외국소설의 번역은 S.S. 반 다인S.S. Van Dine, 1888~1939의 『유괴살인사건The Kidnap Murder Case』(1936), 조르주 심농Georges Simenon, 1903~1989의 〈매그레 시리즈〉『게물렝의 댄서La danseuse du gai moulin』(1937) 등이 실렸다. 그리고 이 잡지에 실린 대표적인 평론은 야나기타 이즈미柳田泉의 「탐정소설사고探偵小説史稿」, 기기 다카타로의 「탐정소설예술론探偵小説芸術論」, 노가미 데쓰오野上徹夫의 「탐정소설의 예술가探偵小説の芸術家」, 고가 사부로甲賀三郎의 「탐정소설십강探偵小説十講」, 이

노우에 요시오井上良夫의 「작가론과 명저해설作家論と名著解説」, 에도가와 란포江戸川乱歩와 스기야마 헤이스케杉山平助의 대담(「一問一答」) 등이 있다. 기기 다카타로의 「탐정소설예술론」과 고가 가부로의 「탐정소설십강」은 유명한 논쟁인데 고가는 이 논쟁에서 도로시 세이어스Dorothy Leigh Sayers의 『대학축제의 밤Gaudy Night』을 인용하며 탐정소설의 한계를 언급했지만 4회로 중단되었다. 탐정소설의 창작원고보다 외국작품의 소개와 탐정소설 관련 평론, 비평이 비교적 충실한 잡지였다.

▶ 홍선영

참고문헌: A, D, F, H06.

탐정취미회探偵趣味の会

일본 최초의 탐정소설 애호가 단체. 1925년 4월 『오사카마이니치신문大阪毎日新聞』 사회부 부부장 가스가노 미도리春日野緑와 당시 같은 회사 광고부에 있었던 에도가와 란포江戸川乱歩가 상의하여 작가, 변호사, 신문기자, 법의학자 등을 초청한 탐정취미회를 결성했다. 강연과 영화 모임이나 과제창작 등을 시도하였고, 모임 소식은 『선데이 뉴스サンデー·ニュース』에 게재되다가 9월부터 기관지 『탐정취미探偵趣味』가 발행되었다.

모임의 발기인에는 『오사카마이니치신문』의 기자가 많았고, 니시다 마사지西田政治, 요코미조 세이시橫溝正史, 도쿄東京에서 고가

사부로甲賀三郎도 참가하여 최전성기에는 300명에 이르렀다. 1925년 10월에는 가스가베가 각색한 탐정극을 와타세 준코渡瀬淳子의 연극연구소에서 가장행렬로 시도하기도 했다. 그해 말에 에도가와 란포가 상경하면서 『탐정취미』 발행처는 도쿄로 이동하였고 모임도 중단되었다.

▶ 유수정

참고문헌: A, E, G.

탐정探偵

슌난샤駿南社가 발행한 탐정소설 전문잡지이다. 1931년 5월 창간되었다. 고가 사부로甲賀三郎, 하마오 시로浜尾四郎, 요코미조 세이시橫溝正史, 조 마사유키城昌幸 등이 집필하였으며, 발행 호수를 거듭할 수록 범죄실화적 기사가 많아지면서 12월에 종간했다. 이듬해 1월부터 『범죄실화』로 잡지명이 개제되었다.

▶ 유수정

참고문헌: B, E, G.

탐정클럽探偵倶楽部

교에이샤共栄社가 발행한 추리소설 전문잡지. 1950년 9월호부터 1959년 2월호까지 간행되었다. 1950년에 『1회 단편물집オール読切』의 별책으로 『괴기탐정클럽怪奇探偵クラブ』이 2회 간행된 후 『괴기탐정클럽』이 창간되어 총 105권이 발행되었다. 1951년 1월호부터 『탐정클럽探偵クラブ』으로 이름이 바

꿰고, 1952년 5월부터는 『탐정구락부探偵俱樂部』가 되었다. 추리소설과 실화가 중심이었으며, 동시대에 창간된 『탐정실화探偵実話』와 마찬가지로 『보석宝石』으로 데뷔한 신인들을 적극적으로 기용했다. 특히 본격작품에 한정하지 않았기 때문에 오시타 우다루大下宇陀児, 시마다 가즈오島田一男, 와타나베 게이스케渡辺啓助, 다카기 아키미쓰高木彬光, 미즈타니 준水谷準 등의 장편을 비롯해 다양한 작품이 발표되었다. 번역에서 가보리오Etienne Émile Gaboriau, 심농Georges Simenon, 카John Dickson Carr 등 폭넓은 작가 선택을 보여주고 있다. 그 밖에도 「해외 탐정소설 걸작선」, 「현대 탐정작가 대표걸작선」 등 증간호도 간행하였다. 1958년 10월호부터 「탐기시리즈 요미모노耽奇シリーズよみもの」를 내걸지만, 이듬해 휴간하게 되었다.

▶ 유수정

참고문헌: A, E, G.

탑トップ

잡지. 1946년 5월 창간. 첫 발행 출판사는 마에다출판사前田出版社, 1947년부터는 톱사トップ社, 1949년부터는 도쿄서관東京書館에서 발행. 편집을 주로 담당한 이는 오쓰키 고시大月恒志. 추리잡지로서 『록ロック』, 『보석宝石』에 이어 전후 세 번째로 등장하지만 당초에는 대중문화잡지로 인식되었다가 4호부터 '탐정, 범죄, 실화 등을 다루게 되었다. 1947년 5월에 『임시증간 걸작탐정소설臨時増刊傑作探偵小説』 호를 통해 전쟁 전 작가의 재수록과 회고 수필을 특집호로 꾸민 것 외에도 쓰노다 기쿠오角田喜久雄의 『담쟁이가 있는 집蔦のある家』, 에도가와 란포江戸川乱歩, 나가카와 로月永川瀧에 의한 『구미 걸작 장편 탐정소설의 해설과 감상欧米傑作長編探偵小説の解説と鑑賞』 등을 게재했지만, '이 잡지는 아무래도 기세가 약해서 탐정소설계에 무언가 기여할 수 있을 정도의 힘을 가지지 못했다'(에도가와 란포 『환영성幻影城』)는 평가를 받기도 했다.

▶ 이지형

참고문헌: A, 『別冊文芸 江戸川乱歩』(河出書房新社, 2003).

트릭トリック

(1) 추리소설의 수수께끼와 의외성을 뒷받침하는 아이디어나 플롯을 말한다. 마술의 속임수와 가까운 의미로 밀실 트릭, 알리바이 트릭 등 일본에서는 자주 쓰이지만, 유럽과 미국에서는 현재 거의 쓰이지 않는다. 의미적으로는 오히려 기믹gimmick, 구성상의 트릭이 일본에서 말하는 트릭에 가깝게 여겨진다. 역사적으로 보면 초기의 트릭은 기계적인 것이 많았지만 점차 현실성이 요구되면서 심리적인 트릭이 중시 되어 서술트릭 등이 주를 이루게 되었다. 하지만 주요한 트릭이 모두 개발되고 추리소설이 다채로운 장르로 분화되었기에 트릭을 의식한 작품은 점점 사라지고 있지만, 한

편으로는 열렬한 지지자가 있기도 하다. 유럽과 미국에서의 본격파 작품에도 전혀 트릭을 사용하지 않는 작품이 많다. 트릭 연구로 유명한 것은 일본 국내외의 7백 수십 종류의 트릭을 분석한 에도가와 란포江戸川乱歩의 『유형별 트릭 집대성類別トリック集成』(1953)이 손꼽힌다.

⑵ 한편 『트릭』은 잡지명이기도 하다. 『요기妖奇』가 1952년 11월부터 『트릭トリック』으로 바뀌어 다음해 3월에 폐간되었다. 딱히 지면을 쇄신한 것은 아니고 전후戦後의 퇴폐 무드 진정에서 탈피하려 했지만 기대만큼 좋은 성과는 얻지 못했다.

▶ 이병진

참고문헌: A, B.

458

ㅍ

파스티슈 パスティーシュ

원작을 비틀어 즐기는 패러디와는 달리 원작 그대로를 지향하는 위작. 일본에서도 셜록 홈즈에 관한 작품이 압도적으로 많다. 잡지 『보석宝石』의 1953년 12월의 위작 특집호에서는 야마다 후타로山田風太郎의 「노랑색 하숙생黄色い下宿人」이 뛰어난 작품성을 보였다. 홈즈 관련 이외에는 단행본으로는 쓰즈키 미치오都筑道夫가 히사오 주란久生十蘭의 주인공을 빌려 「신 아고주타로 체포록新 顎十郎捕物帳」(1984~85)을 쓴 정도였지만, 90년대 이후부터 오쿠이즈미 히카루奥泉光, 1956~의 「나는 고양이로소이다」살인사건「吾輩は猫である」 殺人事件」(1996), 가사이 기요시笠井潔, 1948~의 「군중의 악마－뒤팽 제4의 사건群衆の悪魔－デュパン第四の事件」(1996), 〈요코미조세이시상横溝正史賞〉 수상작가 다수가 경쟁적으로 공동 집필한 「긴다이치 고스케의 새로운 도전金田一耕助の新たな挑戦」(1996) 등으로 늘어나는 추세이다. 히사요 데루히코久世光彦의 「1934년 겨울－에도가와 란포一九三四年冬－乱歩」 또한 대표적인 파스티슈이다.

▶ 이지형

참고문헌: A, 『山田風太郎ミステリー傑作選』(光文社文庫, 2001).

패러디 パロディ

특정 작가의 작품 혹은 명탐정 등을 희화화해서 비꼬거나 유머러스하게 묘사한 작품으로 희작戲作이라고 부르기도 한다. 셜록 홈즈가 일본을 방문하는 내용의 가노 이치로加納一朗의 「호크 씨의 이방의 모험ホック氏の異郷の冒険」(1983)처럼 파스티슈パスティーシュ와 경계가 애매한 작품도 있지만, 시마다 소지島田荘司의 「나쓰메 소세키와 런던 미이라 살인사건漱石と倫敦ミイラ殺人事件」(1984)과 같이 완전한 패러디물로서 원전 작품에 대한 경애심을 웃음으로 승화시킨 예도 있다. 일본에서 패러디를 장기로 한 작가로는 쓰즈키 미치오都筑道夫와 고바야시 노부히코小林信彦가 있다. 그 외에도 니시무라 교타로西村京太郎가 〈명탐정 시리즈〉(1971~76)에서 에르퀼 포와로Hercule Poirot, 엘러리 퀸Ellery Queen, 아케치 고고로明智小五郎를 함께 등장시켰으며, 쓰지 마사키辻真先

459

는 「개무덤 섬犬墓島」(1984)을 비롯해 〈길 잃은 개 루팡迷犬ルパン 시리즈〉를 통해 다수의 패러디 작품을 발표하였다. 그 이후에는 니카이도 레이토二階堂黎人가 「내가 찾은 소년私が搜した少年」(1996)에서 하라 료原寮의 작품 등을 패러디하고, 히가시노 게이고東野圭吾는 「명탐정의 규칙名探偵の掟」(1996)에서 추리소설이라는 장르 자체를 패러디하고 있다.

▶ 이지형

참고문헌: A, 『島田荘司全集』(南雲堂, 2006).

페어 플레이 フェアプレイ

사건 해결에 필요한 단서를 작가가 모두 보여주며 지문에 거짓을 쓰지 않는 창작태도를 말한다. 영미의 황금시대부터 본격추리소설에 바람직한 태도로 여겨졌으며 1928년 반 다인S. S. Van Dine의 『추리소설작법의 20규칙Twenty Rules for Writing Detective Stories』(1928)에 의해서 명문화되었다. 이 수법은 30년대 미국에서 유행했으며, 요코미조 세이시橫溝正史의 『나비 살인사건蝶々殺人事件』(1948)을 비롯해 범인목적소설인 사카구치 안고阪口安吾의 『불연속살인사건不連続殺人事件』(1948)과 초기의 다카기 아키미쓰高木彬光의 작품에서 자주 나타나며, 현재의 신본격파의 일부에서도 찾아볼 수 있다. 독자가 문제해결에 참가하도록 유도하지 않는다 하더라도 페어 플레이는 현대 미스터리에서는 상식이 되었으며 그렇지 않은 경우

언페어라고 비난받는다.

▶ 성혜숙

참고문헌: A, 権田萬治監修『海外ミステリー事典』(新潮社, 2000).

폭력소설 バイオレンス小説

강력한 폭력 액션을 특징으로 하는 소설의 총칭. 대개는 복수를 꿈꾸는 인물이나 범죄자를 주인공으로 하며 과격한 섹스묘사를 수반한다. 모험소설에서 전향한 니시무라 주코西村寿行가 「아성을 쏴라牙城を撃て」(1976) 무렵부터 폭력 묘사를 가속화해 '폭력작가バイオレンス作家'라는 별칭을 얻었다. 하드보일드에서 서정적 요소를 배제한 변종까지를 시야에 넣는다면 그 원조는 오야부 하루히코大藪春彦일 것이다. 니시무라 이후에는 가쓰메 아즈사勝目梓가 「짐승들의 뜨거운 잠獣たちの熱い眠り」(1978)으로 가담하고, 시모다 가게키志茂田景樹의 초기 작품을 통해 1980년대 전반에 장르가 확립되었다. 그 이외에 난리 세이텐南里征典, 히로야마 요시노리広山義慶, 미나미 히데오南英男, 류 잇쿄龍一京 등이 폭력소설 장르에서 활약하고 있으며 유메마쿠라 바쿠夢枕獏, 기쿠치 히데유키菊地秀行 등의 전기伝奇 액션물을 포함하기도 한다. 기타가타 겐조北方謙三, 하나무라 만게쓰花村萬月, 하세 세이슈馳星周 등의 작품은 오락을 위한 폭력과는 다른 목적으로 폭력 묘사를 활용하므로 일반적으로 폭력소설의 범주에 넣지는 않는다.

▶ 이지형

참고문헌: A, 西村寿行『牙城を撃て』(上・下)(スポニチ出版, 1976).

폴리티컬 픽션ポリティカル・フィクション ☞
모략소설謀略小說

프로필ぷろふいる

『프로필ぷろふいる』은 1933년 5월 교토에서 창간한 탐정소설 전문 월간잡지로, 발행처는 푸로피루사ぷろふいる社. 제2차 세계대전 이전에 발간된 탐정소설 전문잡지 중 가장 장기간 발행한 잡지이다.

교토의 포목상이던 젊은 자산가이자 탐정소설 애호가 구마가이 고이치熊谷晃一가 창간했다. 창간호는 78페이지, 가격은 20전錢으로 야마모토 노기타로山本禾太郎의 단편, 니시다 마사지西田政治의 번역 단편과 에세이, 야마모토 리자부로山下利三郎의 연재 등이 실렸다. 초기 집필진은 고베와 교토 지역의 탐정소설 애호가들이 모였으며 도쿄의 잡지 『신청년新青年』에 맞서는 지역 동인지 성격이었으나, 4호부터는 도쿄 지역의 작가들에게도 기고를 받으면서 당대 탐정소설가 대부분이 참여하게 된다. 창간 2년째인 1934년부터는 144페이지로 대폭 증면하면서 고가 사부로甲賀三郎, 오구리 무시타로小栗虫太郎, 에도가와 란포江戸川乱歩, 모리시타 우손森下雨村 등이 필진으로 참여하는 등 당대 탐정소설 문단을 대표하는 잡

지로 발돋움했다.

신인 작가 발굴에도 적극적으로 나서 매호마다 신인작가 소개를 하는 등 4년간 40여 명의 신인작가를 등단시켰는데, 그 중에는 한국 추리소설의 선구자 역할을 한 김내성金来成도 포함되어 있다. 창작에 비해 상대적으로 외국 작품의 번역은 적었지만 엘러리 퀸, 도로시 세이어즈의 작품이 소개되었다.

또한 소설뿐만 아니라 에도가와 란포江戸川乱歩의 수필 『귀신의 말鬼の言葉』, 『그彼』, 이노우에 요시오井上良夫등의 해외 추리소설 소개와 평론도 수록되었다.

편집부가 교토에서 도쿄로 자리를 옮겼지만, 구마가이 고이치의 사업 실패로 인해 운영난에 봉착하여 1937년 4월호까지 4년간 총 48호를 발행한 후 폐간했다. 마지막 호에 『탐정클럽探偵倶楽部』로 개제改題하여 발간할 것을 예고하였으나 실현되지는 않았다. 종전 후 추리소설 전문잡지의 붐을 타고 1946년 7월호부터 계간지로서 복간하였으며, 1948년 2월 『가면仮面』(이 제호는 창간 당시 고려했던 이름 중 하나였다)으로 제호를 바꿔 같은 해 8월까지 발간하였다.

▶ 박광규

참고문헌: A, F, 中島河太郎「ぷろふいる 五年史」『幻影城』(絃映社, 1975년 6월호), 九鬼紫郎「ぷろふいる 編輯長時代」『幻影城』(絃映社, 1975년 6월호), 山前讓「探偵小說ファンの熱氣に滿ちたぷろふいる」, 『「ぷろふいる」傑作選―幻の探偵雜

誌(1)』, 光文社, 2000), 芦辺拓「プロファイリング・ぷろふいる」（ミステリー文学資料館(編) 『「ぷろふいる」傑作選―幻の探偵雑誌(1)』, 光文社, 2000).

ㅎ

하드보일드ハードボイルド

1920년에 미국에서 창간된 잡지 『블랙 마스크Black Mask』를 모태로 대실 해밋Samuel Dashiell Hammett에 의해 확립되었다. 종래의 사색형의 탐정과 다른 행동파 탐정소설로 당시 일본에서는 번역되었다. 원래 '완숙되어 단단해진 계란'의 뜻이지만 '비정한'의 의미로 사용되며, 대개는 사립탐정을 직업으로 하는 터프한 성격의 주인공이 등장한다. 대실 해밋, 래이몬드 챈들러Raymond Chandler, 로스 맥도널드Ross Mcdonald가 일반적으로 정통 하드보일드 3대 작가로 불린다. 주인공은 대체로 현대인과 유사할 정도로 내성적이며, 1970년대 이후의 네오 하드보일드 소설로 이어진다. 한편 폭력묘사에 특히 역점을 둔 미키 스필레인Mickey Spillane 등은 '통속 하드보일드', 또 에로티시즘을 중시한 분파를 포함해 '라이트 하이보일드輕ハードボイルド'라고 쓰즈키 미치오都筑道夫가 명명하였다. 일본에서는 1950년대 후반, 고조 고高城高를 필두로 해서 스필레인의 번역과 맞물려 오야부 하루히코大藪春彦가 주목되었다. 허풍, 과장을 특징으로 하는

미스터리가 아닌 리얼리즘 추구의 측면에서는 고노 덴세河野典生, 1960년대의 유키 쇼지結城昌治를 거쳐 이쿠시마 지로生島治郎의 「궁지에 몰다追いつめる」(1967)의 〈나오키상直木賞〉 수상을 통해 시민권을 얻게 되었다. 그 이후로는 오사와 아리마사大沢在昌, 기타가타 겐조北方謙三, 시미즈 다쓰오志水辰夫, 후지타 요시나가藤田宜永 등에게 계승되었다. 모험소설과의 경계가 애매모호한 점이 결함이라고 할 수 있다.

▶ 이지형

참고문헌: A, 大藪春彦 『野獣死すべし』(講談社, 1958).

하라 료原寮, 1946.12.18~

소설가. 본명 하라 고原孝. 사가현佐賀県 출생. 규슈대학九州大学 문학부 졸업. 상경 후 주로 프리 재즈 피아니스트로 활약하였다. 영화제작에도 관여하여 시나리오 쓰는 법을 독학으로 익혔는데, 이후 소설 집필에도 관심을 가지게 된다. 30대에 미스터리 번역 소설을 많이 읽었는데 특히 챈들러Raymond Chandler의 작품으로부터 받은 영향

은 절대적인 것이었다. 약 10년간의 소설 수업修業 끝에 1988년 출판사 하야카와쇼보早川書房에 들어가 첫 장편「그리고 밤은 되살아난다そして夜は甦る」를 발표하면서 단번에 하드보일드계의 기수가 되었다. 처녀작이면서〈야마모토슈고로상山本周五郎賞〉의 최종후보작이 되는 등 큰 화제를 부른 이 작품은, 필립 말로Philip Marlowe 풍의 경구를 내뱉는 사립탐정 사와자키沢崎를 시작으로, 챈들러의 오마주성이 농후하다. 이어서「내가 죽인 소녀私が殺した少女」(1989)는 제102회〈나오키상直木賞〉을 수상하여 하드보일드 팬뿐만 아니라 세간으로부터 절찬을 받았다. 그 후〈사와자키 시리즈〉를 모은 단편집『천사들의 탐정天使たちの探偵』(1990)만을 발행하고 침묵했지만, 1995년 오랜 준비 끝에 장편「안녕 긴 잠이여さらば長き眠り」를 발표한다. 본격미스터리로 보아도 치밀한 플롯으로 높은 완성도를 지니고 있다. 한 치의 타협도 용납하지 않고 항상 작품에 있어서 높은 완성도를 끊임없이 추구해가는 하라 료의 창작 자세는 경외심을 불러일으킨다. 또한 음악과 영화에 관한 높은 견식을 갖추고 있는데, 그 점은 에세이집『미스터리 작가ミステリオーソ』(1995)를 통해 잘 나타나고 있다. 2004년 하야카와쇼보에서 출간된『어리석은 자 죽어야愚か者死すべし』라는 소설이 2005년 미스터리 소설 부분에서 베스트4에 선정되기도 하였다. 지금까지 장편 4작품, 단편집 1작품을 출판

했는데 모두『이 미스터리가 대단하다!このミステリがすごい!』의 베스트 10에 포함된다. 하지만 하라 료가 지극히 소수의 작품만을 발표했음에도 불구하고, 데뷔작으로 2위에 오른「그리고 밤은 되살아난다」는 1988년판 창간호였다. 하지만 이듬해에는〈나오키상〉수상작『내가 죽인 소녀』가 제1위, 그리고 그 이듬해에는 단편집『천사들의 탐정』이 5위에 랭크되는 등 매년 얼굴을 보이게 된 것이다. 하지만 6년 후인 1996년판 5위였던『안녕 긴 잠이여』까지 긴 잠에 들어간다. 그리고 9년만에, 드디어 발표된 것이『어리석은 자 죽어야』였다. 참고로 작가별 득표수 집계에서도 이 작품은 5위에 랭크되었다.

한국어로는『내가 죽인 소녀』(2009),『그리고 밤은 되살아난다』(2013),『안녕 긴 잠이여』(2013) 등이 번역되어 있다.

▶ 이병진

참고문헌: A, H05.

하라 호이쓰안原抱一庵, 1866~1904

소설가, 번역가. 본명 요사부로余三郎. 무쓰노쿠니陸奥国 고오리야마郡山(현재의 후쿠시마현福島県) 출생. 정치가에 뜻을 품고 상하이上海의 아세아학관亜細亜学館으로 유학갔지만 얼마 안 되어 귀국해 삿포로농학교札幌農学校(지금의 홋카이도대학北海道大学)에 다니다 중퇴하였다.

1888년『우편호지신문郵便報知新聞』에 게재

464

된 모리타 시켄森田思軒의「탄갱비사炭坑秘事」
에 감명 받아 비평을 썼고 그것이 시켄에
게 인정받아 1990년 호치샤報知社에 입사한
다. 후쿠시마 사건의 체험에 따른 고노 히
로나카河野広中를 모델로 한, 빅토르 위고
Victor-Marie Hugo 스타일의 기괴 탐험 탐정담
인 「암중정치가闇中政治家」(1891)로 이름을
알렸다. 역서로는 콜린스Wilkie Collins의 『문
스톤月珠』(1889, 省庵居士 명의),『백의부인
白衣婦人』(1891), 위고의 『장발장ジャン・バル
ジャン』(1892)이 있었다. 이러한 번역 작업
은 선구적이었지만 모두 미완으로 남았다.
완성한 역서로는 블워 리튼Edward George Earle
Bulwer-Lytton의 『성인인가 도적인가聖人か盗賊か』
(1903)가 호평을 받았다. 유진 수Eugene Sue
의 『파리의 비밀巴黎の秘密』(1904)은 탐정적
요소가 희박하고, 코난 도일Sir Arthur Conan
Doyle의 『주홍색 연구緋色の研究』의 번역본『신
음양박사新陰陽博士』(1900)는 원문의 일부를
지워, 추리 위주의 번역으로 고쳤다. 번역
본 모두 문체가 유려한 모리타 시켄 스타
일이었다. 시켄이 죽은 후에는 술에 빠져
정신적인 문제가 생겨 스가모巢鴨의 정신병
원에서 사망했다.

▶ 이병진

참고문헌: A, F.

하마오 시로浜尾四郎, 1896.4.24~1935.10.29
소설가. 도쿄에서 태어났다. 의학박사 가
토 데루마로加藤照麿 남작의 네 번째 아들로
태어나, 1918년 추밀원枢密院 의장 하마오
아라타浜尾新의 양자로 들어갔다. 그의 조
부는 메이로쿠샤明六社를 결성하여 메이지
사상사에 주요한 자취를 남긴 가토 히로유
키加藤弘之다. 제일고등학교第一高等学校와 도
쿄제국대학東京帝国大学 법학부를 거쳐 1925
년 도쿄지방재판소 검사로 취임했으나,
1928년 사직 후 변호사로 개업했다. 1년 뒤
인 1929년, 잡지 『신청년新青年』 1월호와 2
월호에 「그가 죽였는가彼が殺したか」를 발표
하며 탐정소설가로 데뷔했다. 문학을 비롯
해 라쿠고落語, 가부키歌舞伎, 연극 등 다방
면에 조예가 깊어, 탐정소설가가 되기 이
전부터 범죄심리학의 관점에서 이들 예술
표현을 분석한 「가부키에 등장하는 악인의
연구歌舞伎劇に現れたる悪人の研究」, 「범죄자 맥
베드와 맥베드 부인犯罪人としてのマクベス及び
マクベス夫人」 등의 논문을『신청년』 등의 잡
지에 게재했다. 탐정소설가 고사카이 후보
쿠小酒井不木가 이에 주목하여 그에게 탐정
소설을 쓸 것을 권유한 것이 작가 활동의
계기가 됐다.
어느 실업가 부부의 살해사건을 다룬 데뷔
작 「그가 죽였는가」(1929)는, 현장에 있던
청년 학생이 유력한 용의자로 지목되어 사
형을 선고받지만, 진상은 마조히스트인 부
인이 청년을 이용해 남편의 사디즘을 자극
하려다 살해된 것이며, 아내를 죽인 실업
가 역시 스스로의 과실로 죽음을 맞이했다
는 사실이 밝혀지는 내용이다. 첫 소설을

ㅎ

발표한 이후, 하마오는 「악마의 제자惡魔の弟子」(1929), 「황혼의 고백黃昏の告白」(1929), 「살해당한 덴이치보殺された天一坊」(1929), 「그는 누구를 죽였는가彼は誰を殺したか」(1930) 등의 작품을 꾸준히 발표했다. 「악마의 제자」는 동성애를 제재로 한 작품으로, 영국의 사회주의파 시인이며 성심리에 관한 저술을 남긴 에드워드 카펜터Edward Carpenter의 영향을 받아 동성애 연구에도 관심을 보였다. 논리적 추리를 기반으로 한 본격탐정소설을 선호했던 그는, 동시대에 활동한 반 다인S.S. Van Dine의 작품에서 자신이 이상적으로 생각하는 본격탐정소설의 모습을 발견했던 것으로 보인다. 평생에 걸쳐 반 다인에 견줄 만한 작품을 한 편 쓸 수 있다면 그걸로 만족하리라라고 하기도 했으며, 『그린 살인사건The Greene Murder Case』(1928)의 영향이 짙은 장편 「살인귀殺人鬼」를 『나고야신문名古屋新聞』에 연재해 호평을 받기도 했다(1931. 4.17~12.12). 뒤이어 발표한 『쇠사슬 살인사건鐵鎖殺人事件』(1933)과 함께 단편 중심의 일본 탐정소설계에서 본격장편소설 작가로 두각을 나타냈다.

약 20여 편의 작품을 발표한 뒤, 1933년 귀족원 의원으로 발탁되면서 하마오 시로의 소설 창작도 휴지기에 들어갔다. 다시 1년 만인 1934년, 장편 「히라가 살인사건平家殺人事件」을 잡지 『올 퀸オールクイン』에 연재하기 시작했으나 잡지의 폐간과 함께 미완성인 채로 중단됐다. 이후 몇 편의 에세이만을 남기고 1935년 10월 29일 뇌출혈로 갑작스럽게 세상을 떠났다.

▶ 이주희

참고문헌: A, D, E, F, G.

하세 세이슈馳星周, 1965.2.18~

소설가. 홋카이도北海道 출생. 본명은 반도 도시히토坂東齡人로, 공산주의자였던 아버지가 레닌의 이름을 따서 지은 것('레이닌れいにん'으로도 읽을 수 있다)이며, 필명인 하세 세이슈는 영화배우 주성치周星馳의 이름을 거꾸로 한 것이다.

요코하마시립대학橫浜市立大学 문리학부에서 프랑스 문학을 전공. 대학 재학 중 나이토 진內藤陳이 운영하는 신주쿠의 바 〈심야 플러스 1深夜プラス1〉에서 바텐더 아르바이트를 하며 작가들과 친분을 쌓았으며, 추리소설과 모험소설을 중심으로 잡지에 서평을 기고했다.

대학 졸업 후 출판사에 입사, 편집부에서 근무하면서 서평 이외에도 고가미 리쿠古神陸라는 필명으로 아동 소설을 썼다. 1991년 퇴사 후 컴퓨터 게임 잡지 「POPCOM」에 매월 10개 가까운 게임 리뷰를 써 오다가 1994년 잡지가 휴간하자 이를 계기로 장편소설을 쓰기 시작한다. 이때 완성한 『불야성不夜城』은 원래 〈에도가와란포상江戸川乱歩賞〉에 응모할 생각이었으나 규정분량을 넘겼기 때문에 포기하고, 대신 친분이 있는 가도카와출판사角川出版社의 편집자에게 보내

1996년 출간된다. 일본-중국 혼혈 청년을 주인공으로 한 이 작품은 이전까지는 흔히 보기 어려운 어두운 분위기와 박력으로 당시 베스트셀러가 되었으며 본격적인 '암흑소설'이라는 평가를 받았다. 『불야성』으로 〈일본모험소설협회대상日本冒険小説協会大賞〉, 〈요시카와에이지문학신인상吉川英治文学新人賞〉을 수상했으며, 『진혼가鎮魂歌-不夜城 Ⅱ』로 1998년 〈일본추리작가협회상日本推理作家協会賞〉 장편부문 상, 『표류가漂流街』로 1999년 〈오야부하루히코상大藪春彦賞〉을 수상했다.

소설 이외에도 프로레슬링 평론, 게임 평론, 축구 평론 등 다양한 분야에서 여러 필명으로 글을 쓰고 있다.

국내 번역된 작품으로는 『불야성』, 『진혼가』, 『장한가長恨歌』(2004) 등이 있다.

▶ 박광규

참고문헌: A, 「馳星周-解體全書」 『ダ・ヴィンチ』 2001년 1월호 (メディアファクトリー).

하세가와 노부타메長谷川宣以 ☞ **오니헤이**鬼平

하세가와 덴케이長谷川天渓, 1876~1940

평론가, 영문학자. 본명 세이야誠也. 니가타新潟현 출생. 도쿄전문학교東京專門学校(지금의 와세다대학早稲田大学) 문학과 졸업. 재학 중 『와세다학보早稲田学報』 편집위원을 맡아 쓰보우치 쇼요坪内逍遙에게 인정받아, 그 추천으로 하쿠분칸博文館에 입사하여 『태양太陽』을 편집하고 문예비평가로서 활약한다.

1910년 2년간 출판사업 조사를 위해 영국으로 건너갔다가 귀국 후, 학구적인 방향으로 전환하여 1913년 와세다대학의 강사로 영문학을 강의하고 하쿠분칸의 임원도 역임하였다.

하세가와 덴케이의 탐정소설 관련 집필은 「탐정소설의 주인공探偵小説の主人公」(1927)이 처음이었으며, '우리가 경험하기 어려운 신비로운 힘을 빌려 사건을 해결하면 탐정소설로서의 명성이 무너져버린다'라고 주장했다. 「탐정소설의 장래探偵小説の将来」(1927)에서 '탐정소설은 인간의 호기심이 없어지지 않는 한 계속될 것이다', '무한히 살아가는 것은 문학적으로 만들어지는 것에 한정된다'고도 말했다.

▶ 이병진

참고문헌: A, D.

하세가와 헤이조長谷川平蔵 ☞ **오니헤이**鬼平

하세베 바쿠신오ハセベバクシンオー, 1969.7.26~

일본 소설가, 각본가, 영화프로듀서. 본명은 하세베 신사쿠長谷部晋作이다. 도쿄東京 출생으로, 가나가와현神奈川県 가와사키시川崎市에서 자랐다. 아버지가 영화감독, 연출가였던 하세베 야스하루長谷部安春였고, 누나는 배우인 하세베 가나에長谷部香苗였다. 돗쿄대학獨協大学 경제학부를 졸업하고 도에이비디오東映ビデオ에서 근무하였으며 외국계 레코드점에서 아르바이트를 경험했다. 도에이에서 근무할 당시에는 『BE-BOP-HIGHSCHOOL』 등 수십 편의 작품을 연출, 기획했다.

2003년 「빅 보너스ビッグボーナス」로 제2회 『이 미스터리가 대단하다!このミステリーがすごい!』에서 우수상, 독자상을 수상했다. 수상 당시는 하세노 바쿠신오라는 필명이었는데, 이 필명은 경주마 사쿠라 바쿠신오サクラバクシンオー에서 유래했다고 알려지고 있다. 그가 존경했던 작가는 하세 세이슈馳星周라고 한다. 그리고 특별히 좋아했던 영화는 『뉴 시네마·파라다이스ニュー·シネマ·パラダイス』, 『스팅』 등을 들 수 있다. 집필한 소설로는 위에서 언급한 「빅 보너스ビッグボーナス」 외에도 「더블 업ダブルアップ」, 「빅 타임ビッグタイム」, 「가부키초 펫숍 보이즈歌舞伎町ペットショップボーイズ」, 「감식·요네자와 사건부鑑識·米沢の事件簿」 등이 있는데 「감식·요네자와 사건부」는 TV 아사히テレビ朝日 계열의 드라마 『파트너相棒』의 스핀오프로 2009년에 영화화되어 아버지 하세베 야스하루가 감독을 맡았다. 또 영화뿐만 아니라 쇼가쿠칸小学館의 고야스 다마요こやす珠世에 의해 만화화되기도 하는데, 이후에 「감식·요네자와 사건부」 제2편 「너무 잘 아는 여자知りすぎていた女」도 발행된다.

2009년 하쿠야쇼보白夜書房의 『파친코 필승 가이드パチンコ必勝ガイド』라는 잡지에 연재하던 소설이 2010년 『프로젝트PプロジェクトP』라는 제목으로 출판되었는데. 내용은 미스터리가 아닌 파친코 기계를 제작하는 열혈 사원을 그린 샐러리맨 소설이다.

▶ 이병진

참고문헌: H05~H13.

하시 몬도羽志主水, 1884~1957

소설가, 의사. 본명 마쓰하시 몬조松橋紋三. 나가노현長野県 출생. 1908년 도쿄대학東京大学 의학부 졸업. 니혼바시日本橋에서 개업. 가부키歌舞伎, 라쿠고落語, 고센류古川柳 등에 관심이 많았다. 탐정소설은 『신청년新青年』에 세 편을 남겼다. 처녀작 「파리의 다리蠅の肢」(1925)는 독일 기밀계획을 훔친 범인의 유류품에 장腸 기생충의 알이 붙어 있는 파리의 다리를 발견. 그런 파리의 번식을 허락할 강국은 일본 이외에는 없다고 판단하여 범인을 일본인으로 추정하는 이야기이다. 「감옥방監獄部屋」(1926)은 일본 프롤레타리아 문학 번성기를 반영한 작품이다. 홋카이도北海道 수력발전 토목공사 작업원 3000명이 혹사당하고 있던 차에 정부 관계자가 현지시찰을 온다는 소문이 들고 작업원들은 희망을 품는다. 시찰 당일 작업원 몇 명이 참상을 호소했으나 정부관계자로 알았던 사람들은 자본가의 앞잡이였다. 그로 인해 참상을 호소했던 사람들은 그 자리에서 불평분자로 색출되었다. 이후 실제로 내무성内務省에서 관계자들이 방문했을 때는 아무도 불평을 호소하는 이가 없었다. 결국 보고서에는 '학대 사실 없음'

으로 기록되었다. 마지막 작품인 「에치고 사자춤越後獅子」(1926)은 의혹이 농후한 인물과 그의 알리바이 성립에 관한 이야기이다.

▶ 한정선

참고문헌: A, B, E, F, G.

하시모토 고로橋本五郎, 1903.5.1.~1948.5.29

소설가. 본명 아라키 모荒木猛. 별명 아라키 주자부로荒木十三郎, 메제니 소토지女錢外二. 오카야마현岡山県 오쿠군邑久君 우시마도초牛窓町 출생. 니혼대학日本大学 미학과를 중퇴하고 그 사이 자동차운전수, 시전市電 근무 등 다양한 사회를 경험하였다.

모리시타 우손森下雨村의 비호를 받아 『신청년新青年』 1926년 5월호에 하시모토 고로 명의로 「레테로 엔 라 카보レテーロ・エン・ラ・カーヴォ」를 게재했는데, 그 내용은 여성으로부터 사모의 정을 고백한 편지를 받았다고 꾸민 친구의 장난을 그린 이야기였다. 아라키 주자부로荒木十三郎 명의로 「빨간 가오리의 내장赤鱝のはらわた」도 같은 호에 발표하였다. 「빨간 가오리의 내장」의 내용은 물고기 내장으로 할복 사건을 꾸며 부모로부터 돈을 속여 뺏는다는 이야기인데, 이 두 작품이 하시모토 고로의 처녀작이다. 그 후 1928년부터 1932년에 걸쳐 『신청년』 편집부에서 근무하고 매년 1~2편정도의 유머 넘치는 작품을 같은 잡지에 발표하였다. 1928년에 발표한 「해룡관 사건海竜館事件」은 도둑이 숨긴 돈이 여관에 있다고 말하

여 매각 가격을 올려 과거 더부살이를 하게 해주었던 사람에게 은혜를 갚기 위한 계획에 관한 이야기이고, 거짓말이 진실이 되어 버린 이야기를 다룬 「아가씨의 사건お嬢様の事件」은 재산가의 후계자를 노려 벙어리 딸을 임신하게 한 것이 자신이라고 주장하는 세 남자의 진실을 밝히는 이야기로, 모두 유머 감각이 넘치는 작풍이 두드러진다. 유일한 장편 『세 개의 의문疑問の三』(1932)은 1933년에 신초샤新潮社 간행의 『신작 탐정소설 전집新作探偵小説全集』 중 한권인데, 모든 피해자들이 한 낮의 동화를 쥔 채 죽어있다는 기묘한 연속살인사건을 그린 것으로, 가난했을 때 당한 수치를 되갚아주려 하는 걸인의 복수가 살해 동기이다. 이 밖에도 잠수부가 해저작업 중에 연적을 살해한다는 내용의 「인어의 규칙鮫人の掟」(1932), 외부인의 스파이 활동을 적발하는 스릴러풍의 「꽃 폭탄花爆弾」(1933) 등이 있다.

1937년에 중일전쟁에 출정하여 1941년에는 보도요원으로서 남방에 파견되었지만, 귀국 후 병마에 시달린다. 전후에는 필명을 메제니 소토지로 바꾸어 「21번가 손님二十一番街の客」(1946), 「단풍나무의 몰락朱楓林の没落」(1947) 등 중국을 무대로 한 단편을 몇 편 쓴다. 1948년 5월 29일에 고향 우시마도초에서 사망하였는데 향년 46세였다.

▶ 이병진

참고문헌: A. B. F.

하쓰노 세이初野晴, 1973~

일본의 추리작가 하쓰노 세이는 시즈오카현静岡県 시미즈시清水市 출신이다. 호세이대학法政大学 공학부를 졸업하였고 겸업 작가로서 영업직에 근무하기도 했다. 그의 작품은 다소 불가사의하다고 평가된다.
중학교 시절에는 요코미조 세이시横溝正史 작품을 독파하였고 고등학교 시절에는 유도부 소속이었다. 좋아했던 유도 선수는 요시다 히데히코吉田秀彦였다. 대학교 시절에는 후에 추리작가가 되는 무라사키 유村崎友로부터 본격미스터리를 추천받았고 그 것을 계기로 미스터리 창작을 시작하게 되었다. 좋아하는 작가로는 이나미 이쓰라稲見一良, 제프리 아처Jeffrey Howard Archer를 들 수 있다.
수상경력으로는 2001년『죽은 사람의 노래しびとのうた』로 제21회〈요코미조세이지미스터리대상横溝正史ミステリ大賞〉의 최종후보에 올랐고, 2002년에는『물시계水の時計』로 제22회〈요코미조세이지미스터리대상〉을 수상하면서 데뷔했다. 2008년에는 고등학교 밴드부 동아리의 생활과 일상의 수수께끼를 다룬「퇴출게임退出ゲーム」으로 제61회〈일본추리작가협회상日本推理作家協会賞〉단편부분 후보에 올랐으며, 2013년에 피아노를 둘러싼 암호해독, 택시를 내리지 않는 손님의 미스터리, 각본 결말에 관한 추리, 학교 축제 폐막을 서정적으로 풀어낸 4편이 수록된『천년 줄리엣千年ジュリエット』으로 제66회〈일본추리작가협회상〉장편 및 연작 단편부문 후보에 올랐다. 그 밖의 작품으로는 2010년, 2013년『이 미스터리가 대단하다!このミステリーがすごい!』에서 랭크된 인기 작품(21위 이하)「첫사랑 소믈리에初恋ソムリエ」와「카마라와 아마라의 언덕カマラとアマラの丘」, 이외에「공상 오르간空想オルガン」,「트와일라이트 뮤지엄トワイライト・ミュージアム」등이 있다. 2010년에는『1/2 기사1/2の騎士』가 문고판으로 출간되었으며, 근저에『노 마진ノーマジーン』이 있다.

▶ 이병진

참고문헌: H09~H13.

하야마 요시키葉山嘉樹 1894.3.12.~1945.10.18

후쿠오카현福岡県 도요쓰豊津에서 태어나, 와세다대학早稲田大学 문과를 중퇴하였다. 수년간 하급 선원 생활을 보냈고 후에 노동운동에 몸을 던져 각종 직업을 거친다. 그러는 동안 세 번 형무소에 들어갔고, 출옥 후, 옥중에서 쓴 처녀작「매춘부淫買婦」와「시멘트 통 속의 편지セメント樽の中の手紙」(『문예전선文芸戦線』, 1926)로 일약 유명해진다.
「시멘트 통 속의 편지」는 발전소의 인부가 시멘트 자루를 뜯어보니 그 안에 나무상자가 있었고, 그것을 열어보니 헝겊에 싼 편지가 있었다는 이야기이다. 그 편지조각에는 자신은 시멘트 부대를 꿰매는 여공이고, 애인이 파쇄기에 돌을 넣는 작업 중 실수를 하여 분쇄기에 끼어들어가 시멘트가 되었으므로, 이 시멘트가 어디에 사용되었는지 답장을 달라는 내용이 적혀있었다. 편지를 읽은 인부는 자신의 여러 자식들과 부푼 배를 하고 있는 아내를 보면서 거나하게 취해 뭐든 다 부셔버리고 싶어졌다는 내용이다. 처참한 사건에서 처연한 감정을 불러일으키지만 구원받을 수 없다는 무력감에 휩싸인 내용의 단편소설이다.

그 밖에 1927년 작「시체를 먹는 남자死屍を食う男」(『신청년新青年』)는 중학교 기숙사생이 시체를 먹는 것을 그린 괴기 소설이며, 1930년 작「어두운 출생暗い出生」은 실업자 부인이 만삭의 몸으로 도둑질을 하여 유치장에서 아기를 낳는다는 범죄소설이다.

기존 프롤레타리아 문학이 관념적, 도식적이었던 것에 비해 하야마 요시키의 작품은 인간의 자연스러운 감정을 자유롭게 그렸고 예술적인 완성도도 높다고 평가되는데, 특히「바다에 사는 사람들海に生くる人々」(1926)은 일본 프롤레타리아 문학의 걸작이라고 일컬어진다.「바다에 사는 사람들」에서 작가로서 부동의 지위를 얻은 하야마 요시키는, 프롤레타리아 문학 초기의 대표적 작가로서 그 후에도 노동에 관한 작품을 발표하지만 1943년에 개척이민으로 만주満州에 건너갔다가 패전과 함께 귀국하던 도중 1945년 10월18일 배에서 병사한다.

▶ 이병진

참고문헌: B, E, G.

하야미네 가오루勇嶺 薫, 1964.4.16~

소설가. 본명 다케우치 이사토竹内勇人. 미에현三重県 출생. 미에대학三重大学 교육학부 졸업. 초등학교 교사가 되어 반에서 책을 싫어하는 아이들에게 흥미를 일으킬 만한 책을 찾다가 직접 소설을 쓰게 되었다. 1989년 본명으로 응모한「괴도 피에로怪盗道化師」가 제30회 〈고단샤아동문학신인상講談社児童文学新人賞〉에 가작으로 입선되었고, 다음 해 하야미네 가오루라는 이름으로 간행되었다. 아동을 대상으로 하면서 지극히 구성이 탄탄한 본격미스터리를 계속 발표했다. 〈명탐정 유메미즈 기요시로 사건 노트名探偵夢水清志郎事件ノート 시리즈〉에는「그리고 5명이 없어진다そして五人がいなくなる」(1994),「망령은 밤에 돌아다닌다亡霊は夜歩く」(1994),「사라지는 소세이섬消える総生島」(1995),「마녀의 은신처魔女の隠れ里」(1996),「춤추는 야광 괴짜踊る夜光怪人」(1997)가 있다. 이 시리즈에서는 자칭 명탐정이자 전직 대학교수인 유메미즈 기요시로夢水清志郎가 예리한 추리능력을 발휘하고 이웃집에 사는 이와사키 아이岩崎亜衣, 마이真衣, 미이美衣 세 자매도 탐정역할을 한다. 그 외에 〈「소년 명탐정 니지키타 교스케虹北恭助」시리즈〉(2000~), 〈「도시의 톰 소여」시리즈〉(2003~)등이 있으며, 시리즈가 아닌 작품으로는「바이바이 스쿨バイバイスクール」(1991) 등이 있다. 살인과 같은 잔혹한 소재는 다루지 않는 마음 따뜻해지는 분위기속에서 트릭과 엄밀

ㅎ

한 복선으로 독자에게 다가가고자 하는 작풍은 어린이들뿐만 아니라 어른 팬들에게도 크게 어필했다. 하야미네 가오루 명의로 어른을 대상으로 쓴 「붉은 꿈의 미궁赤い夢の迷宮」(2007)은 드물게 처참한 연속살인을 그렸다. 한국어로는 『나와 미래상인의 여름』(2012), 〈『괴짜 탐정의 사건 노크』 시리즈〉(전14권, 2008)가 번역되어 있다.

▶ 김효순

참고문헌: A, 윤상인, 김근성, 강우원용, 이한정 『일본문학 번역 60년 현황과 과제』(소명출판, 2008).

하야시 베니코林紅子 ☞ 미야노 무라코宮野村子

하타 다케히코秦建日子, 1968.1.8~

소설가, 극작가, 연출가. 와세다대학早稲田大学 법학부를 졸업하고 신용카드 회사에서 근무하던 중 유명 극작가 쓰카 고헤이(한국명 김봉웅)와 업무상 만난 것이 인연이 되어 스승으로 모시기에 이른다. 1993년 쓰카 고헤이 사무소 특별공연 『플랫폼 스토리즈プラットホーム・ストーリーズ』로 희곡과 연출의 첫 경력을 내디딘다. 훗날 드라마, 소설 등으로도 성공하지만, 연극 무대를 자신의 홈그라운드로 여긴다고 밝힌 바 있다. 1997년 직장을 그만두고 전업 작가로 나선 그는 1998년 일본테레비日本テレビ의 화요서스펜스극장日本テレビの火曜サスペンス劇場 시나리오 작가로 발탁되었으며, 이후 수많은 인기 드라마의 시나리오를 집필했다.

소설 데뷔작은 『언페어推理小説』(2004)로, 드라마로도 제작되어 인기를 끌었다. 외모와 수사력은 뛰어나지만 그 이외에는 허점투성이인 이혼녀 형사 유키히라 나쓰미雪平夏見가 활약하는 첫 작품이며, 이 시리즈는 모두 네 편을 발표했는데 그중 『언페어』와 『여형사 유키히라의 살인 보고서アンフェアな月』(2006) 등 두 편의 작품이 번역되었다. 2013년 새로운 여주인공 기리노 마이桐野真衣를 내세운 시리즈 첫 번째 작품 『살인초심자 민간과학수사원 기리노 마이殺人初心者 民間科学捜査員・桐野真衣』를 발표했다.

▶ 박광규

참고문헌: 梅井理依「秦建日子インタビュー」 (『BACK STAGE』(LAND−NAVI) 2006년 12월 2일), 秦建日子インタビュー「指紋に恋する『理系女子』が連続殺人に科学で迫る − 『殺人初心者 民間科学捜査員・桐野真衣』」『本の話WEB』(文芸春秋, 2013년 3월 21일).

하타케나카 메구미畠中恵, 1959~

소설가. 고치현高知県에서 태어나 나고야에서 성장. 나고야 조형예술단기대학 졸업. 만화가로서의 필명은 소카 메구미曽我めぐみ. 만화가, 일러스트레이터 등으로 활동하던 도중 집 근처에서 개설된 쓰즈키 미치오都筑道夫의 소설 강좌에 장기간 출석하며 꾸준히 습작을 발표한다. 이 기간 중에는 단편만을 썼으나, 단편은 책으로 출간되기

어렵다는 생각으로 장편 집필을 시작한다. 그 결과, 첫 장편이자 첫 응모작인 『샤바케しゃばけ』는 2001년 〈일본판타지노벨대상日本ファンタジーノベル大賞〉 우수상을 수상한다. 에도江戸 시대를 배경으로 몸은 허약하지만 대형 상점의 후계자가 될 총명한 소년과 그를 보호하는 요괴들이 다양한 사건을 해결하는 이 작품은 장편 2편과 연작단편집 10편이 출간되었으며, 라디오 드라마 및 TV 드라마로도 제작되었다. 〈『샤바케』 시리즈〉 이외에도 메이지明治 시대를 배경으로 한 역사 미스터리와 현대를 배경으로 한 유머 미스터리도 발표하고 있다. 『샤바케』, 『샤바케 2 - 사모하는 행수님께ぬしさまへ』(2003), 『샤바케 3 - 고양이 할멈ねこのばば』(2004), 『샤바케 4 - 더부살이 아이おまけのこ』(2005)와 『마노스케 사건 해결집まんまごと』(2007) 등이 번역되었다.

▶ 박광규

참고문헌: 村上貴史 「ミステリアス・ジャム・セッション(31) 畠中恵」『ミステリマガジン』(早川書房, 2003년 8월), WEB本の雑誌(編) 『作家の読書道 3』(本の雑誌社, 2010).

하하키기 호세이帚木蓬生, 1947.1.22~

소설가. 본명 모리야마 나리아키라森山成彬. 후쿠오카현福岡県 출생. 도쿄대학東京大学 불문과를 졸업하고 방송국 TBS에서 근무, 2년 후에 퇴사하여 규슈대학九州大学 의학부에 들어간다. 졸업 후 정신과 의사로 종사하는 한편 소설 집필을 시작하여 순문학작품 「두개골 위에 선 깃발頭蓋に立つ旗」(1976)로 〈규슈오키나와예술제문학상九州沖縄芸術際文学賞〉을 수상한다. 미스터리 작가로서 데뷔는 세균학의 지식을 활용한 「하얀 여름의 묘지표석白い夏の墓標」(1979)이었다. 〈나오키상直木賞〉 후보에도 올랐으며, 시대를 포착하는 첨예한 문장과 로맨티시즘마저 느끼게 하는 뛰어난 문체와 치밀한 구성은 전 장편에 공통되는 특징이다. 의학에서 소재를 가져온 일련의 저작 가운데에는 제3회 〈일본추리서스펜스대상日本推理サスペンス大賞〉 가작의 「상의 관喪の柩」(1990)이나 제8회 〈야마모토슈고로상山本周五郎賞〉을 수상한 정신과병동이 무대인 『폐쇄병동閉鎖病棟』(1994) 등이 있다. 하지만 작가의 활동은 단순히 의학서스펜스만의 분야에 한정되지 않았고 「아프리카의 발굽アフリカの蹄」 이후 역사적 시점에서 근현대를 조감하는 것에 기인해 국제모험소설의 범위에 이른다. 한일사의 심부를 그린 「세 번 건넌 해협三たびの海峡」(1992)으로 제14회 〈요시카와에이지문학신인상吉川英治文学新人賞〉, 「도망逃亡」으로 제10회 〈시바타렌자부로상柴田錬三郎賞〉을 수상하는 등 문학적인 평가도 높다.

▶ 이병진

참고문헌: A, H9, 帚木蓬生 『閉鎖病棟』(新潮社, 1997).

한무라 료牛村良, 1933~2002

본명 기요노 헤이타로淸野平太郎. 도쿄東京 출생. 도립료코쿠고등학교都立両国高校 졸업 후 여러 가지 직업을 전전하다 1962년 「수확收穫」이 제2회 〈SF콘테스트SFコンテスト〉에 3등으로 입선하여 이듬해 데뷔한다. 「돌의 혈맥石の血脈」(1971)이 출세작으로, 전기소설과 SF를 합친 전기SF라는 장르를 확립한다. 이후의 활약이 경이적인데, 1973년 「무스비노야마 비록産霊山秘錄」으로 제1회 〈이즈미교카문학상泉鏡花文学賞〉, 「비긋기雨やどり」(1975)로 제72회 〈나오키상直木賞〉, 「미사키 이치로의 저항岬一浪の抵抗」으로 제9회 〈일본SF대상日本SF大賞〉, 「허수아비 집かかし長屋」(1992)으로 제6회 〈시바타렌자부로상柴田錬三郎賞〉 등을 수상하는 등 매우 화려한 수상 경력을 지닌다.

그 밖의 작품으로는 「요성전妖星伝」(1975~1993), 「어둠 속의 족보闇の中の系図」(1978), 「시궁창 진흙どぶどろ」(1977), 『태양의 세계太陽の世界』 등이 있는데, 전 80권 예정의 『태양의 세계』는 2002년 작가의 죽음으로 인해, 1989년 발간한 18권을 마지막으로 미완성 작품으로 남게 되었다.

▶ 이병진

참고문헌: A, B.

한시치半七

에도시대江戸時代의 탐정으로 오카모토 기도岡本綺堂의 「한시치 체포록半七捕物帳」의 주인공. 「한시치 체포록」의 제1작 「오후미의 혼령お文の魂」(1917)에 처음으로 등장. 1823년 니혼바시日本橋에 위치한 목면 가게에 출퇴근하는 경호원의 아들로 태어나 13세 때 아버지와 사별하고 고지식한 직종을 싫어해 수사원 기치고로吉五郎의 부하가 된다. 1841년의 19세 때 첫 실적을 올린 「석등 바구니石燈籠」(1917)로부터 3~4년 지나 기치고로가 일사병으로 죽은 이후에 스승의 딸 오센お仙과 결혼해 데릴사위가 되어 가업을 계승해 간다神田 미카와초三河町에 거처를 정한다. 그 이후로는 1868년까지 수사원을 역임하며 담당한 사건은 총 69건. 논리적으로 사건을 해결하는 '에도의 셜록 홈즈'이지만, 개연성 없이 우연히 해결되는 사건이 많다는 지적도 있다. 수사원 일을 하면서도 세력가로서 담백한 에도인 기질을 발휘하며 누구에게나 친절하다.

▶ 이지형

참고문헌: A, 岡本経一編 『綺堂年代記』(青蛙房, 2006).

핫토리 마스미服部真澄, 1961~

소설가. 도쿄東京 출생. 와세다대학早稲田大学 교육학부 졸업. 편집제작회사 근무와 프리 에디터로 일한 뒤에 전업 작가가 되었다. 1995년에 발표한 데뷔작 「용의 밀약龍の契り」은 1997년의 홍콩반환에 관한 영국과 중국의 밀약을 테마로 한 모략소설로, 국제적이고 스케일이 크며 밀약의 심상을 잘 다루어 신인답지 않은 완성도를 보여 〈나오키상直木賞〉 후보에도 올랐다. 두 번째 작품 「독수리의 교만鷲の驕り」(1996)에서는 차세대 하이테크 이야기를 작품의 토대로 삼아, 그 기술을 둘러싼 사람들, 기업, 그리고 국가를 그려냈다. 전작 이상으로 뼈대가 크고 또한 스피드감도 증폭시킨 이 작품으로 작가는 제18회 〈요시카와에이지문학신인상吉川英治文学新人賞〉을 수상한다. 최첨단의 소재를 써가면서 그 소재에 휘둘리지 않고 등장인물이나 모략 등을 이야기로 딱 떨어지게 구성하는 작가의 역량은 머니 게임을 소재로 한 세 번째 작품 「딜 메이커ディール・メイカー」(1998)에서도 발휘되어, 제1회 〈오야부하루히코상大藪春彦賞〉 마지막 후보에 오르기도 했다. 한국어로는 『용의 밀약龍の契り(1), (2)』(1997), 『J미스터리 걸작선 「나체의 방はだかの部屋」』(1999), 『엑사바이트エクサバイト』(2009) 등이 번역되어 있다.

▶ 이병진

참고문헌: A, H04.

핫토리 마유미服部まゆみ, 1948~2007

판화가, 소설가. 도쿄東京 출생. 현대사조사미학교現代思潮社美学校 졸업. 「시간의 아라베스크時のアラベスク」(1987)로 제7회 〈요코미조세이시상横溝正史賞〉을 수상한다. 유럽을 무대로 한 이 작품에서는 어느 환상소설작가를 집요하게 노리는 누군가의 마술을 그려내, 알 수 없는 베일에 싸인 미궁과

같은 그녀의 세계가 이미 확립되어 있다. 「죄 깊은 푸른 여름罪深き緑の夏」(1988)이나, 「시간의 형태時のかたち」(1992) 등에서 '핫토리 월드'를 꾸준하게 구성해가던 그녀는 1996년 장편 「1888 Jack The Ripper一八八八 切り裂きジャック」를 세상에 내놓는다. 제목에서 알 수 있듯이 Jack The Ripper 사건이 일어났던 런던을 배경으로 한 이야기로 19세기의 런던을 훌륭히 그려내었고, 사건에 대한 새로운 해석을 내보였다. 1988년에는 「이어둠과 빛この闇と光」으로 〈나오키상直木賞〉 후보에도 올랐다.

일본에서는 드물게 느긋한 페이스로 탐미적인 정취에 빠진 미스터리를 발표해 나가는 작가의 문장과 작품세계에 많은 작가들이 지지를 보내고 있다.

▶ 이병진

참고문헌: A, H01~H03.

호러ホラー

영국의 horror는 이전에는 공포소설, 괴기소설로 번역되었지만 오늘날에는 '호러' 그대로 통용되게 되었다. 에도가와 란포江戸川乱歩의 『환영성幻影城』(1951)에 언급되었듯, 예전에는 '호러 등은 …… 탐정평론의 대상이 아니다'라는 것이 일반적 인식이었다. 하지만 이후 서스펜스소설, 모험소설 등으로 미스터리소설의 폭이 확대됨에 따라 공포의 대상이 초자연적인 것이라도 배제하지 않는 경향이 점차 일본에서 강해졌다.

1977년에 『주간문춘週刊文春』이 최초로 '미스터리소설 베스트10'을 선정할 때에 이미 스티븐 킹Stephen Edwin King의 「저주받은 도시Salem's Lot」(1975)가 순위에 포함될 정도였다. 일본의 '호러'로서는 일찍이는 오카모토 기도岡本綺堂, 다나카 고타로田中貢太郎가 다수의 괴담을 썼고 에도가와 란포, 유메노 규사쿠夢野久作 등의 일부 작품도 괴기소설로 간주할 수 있다. 미쓰하시 가즈오三橋一夫, 쓰즈키 미치오都筑道夫, 야마무라 마사오山村正夫, 나카이 히데오中井英夫, 미나가와 히로코皆川博子, 아토다 다카시阿刀田高, 다카하시 가쓰히코高橋克彦, 이노우에 마사히코井上雅彦 등의 작품에도 '호러'물이 다수 있다. 하지만 일본 '호러'의 시민권 확립은 기쿠치 히데유키菊地秀行 아사마쓰 겐朝松健 등의 분투를 거쳐 〈요코미조세이시상横溝正史賞〉에 응모한 스즈키 고지鈴木光司의 「링リング」(1991)이 간행 후 몇 년이 지나 베스트셀러가 되어 『가도카와 호러 문고角川ラー文庫』가 창간된 1993년에서야 이루어졌다. 같은 해에 〈일본호러소설대상日本ホラー小説大賞〉이 창설되어 세나 히데아키瀬名秀明, 기시 유스케貴志祐介 등이 배출되었다. 또 시노다 세쓰코篠田節子, 반도 마사코坂東眞砂子, 오노 후유미小野不由美, 온다 리쿠恩田陸 등 여성작가의 활약도 간과할 수 없다.

▶ 이지형

참고문헌: A, 菊地秀行『魔界都市〈新宿〉』(朝日ソノラマ, 1982).

호무라 소로쿠帆村荘六

운노 주자海野十三의 추리소설에 주인공으로 등장하는 사립탐정. 단편 「마작살인사건麻雀殺人事件」(1931)에 '요즘 잘 나가는 청년 탐정目下売出しの青年探偵'으로서 첫 등장하며 유라쿠초有楽町에 사무소가 있으며 장신에 흰 피부의 소유자로 이공계를 전공한 이학사이다. 초기는 가리가네雁金 검사, 수사과장 오에야마大江山 경위 등과 협력해 수사를 진행하다가 전시에는 특무기관원으로 첩보활동에 종사했다. 장편소설 『파리 남자蠅男』(1937)에서 오사카 라디오제조업자의 딸인 다마야 이토코玉屋糸子와 결혼하였고, 『파괴업 장사 사건什器破壊業事件』(1939)에서 여성 탐정 가자마 미쓰에風間光枝를 알게 된 후 가끔씩 그녀를 지원하기도 한다. 「괴탑왕怪塔王」(1939), 「괴성 건怪星ガン」(1949) 등의 소년소녀 취향의 작품에서도 초인적 활약을 보이며, 「단층 얼굴断層顔」(1947)에서는 30년 이후의 미래를 배경으로 인공 폐를 이식한 모습으로 등장했다.

▶ 이지형

참고문헌: A, 『海野十三戦争小説傑作集』(中公文庫, 2004).

호시 신이치星新一, 1926~1997

소설가. 본명 신이치親一. 도쿄東京에서 태어나 도쿄대학東京大学 농학부 농예화학과를 졸업하였다. 대학원에 들어가 아버지가 돌아가신 후 제약회사 사장으로 취임하지만 도산하였다.

브래드버리Ray Bradbury의 「화성연대기火星年代記」에 매료되어 1957년 『우주 쓰레기宇宙塵』에 「세키스트라セキストラ」 등을 발표하였고 같은 해 11월 『보석宝石』에 게재되었다. 또한 「봇코짱ボッコちゃん」, 「어이 나와라おーいでてこーい」도 게재되어 단편소설보다 더 짧은 소설의 한 형식인 '쇼트쇼트 스토리'에 의하여 기발한 아이디어, 풍자, 인간성에 대한 비판이 투명한 문체로 포착되어 현대인을 순식간에 매료시켰다. 전쟁 전에도 소품, 장편, 콩트로 불리는 것들이 있었지만, 호시 신이치가 그것에 SF적 발상을 담아내어 현대감각으로 매치한 형식을 정착시킨 공적은 매우 크다. 1968년 3월 『망상은행妄想銀行』(신초샤新潮社, 1967년) 및 과거의 업적으로 제21회 〈일본추리작가협회상日本推理作家協会賞〉을 수상하였다. 그 업적 전반은 1974년 이후 간행한 『호시 신이치의 작품집新一の作品集』(신초샤) 전18권에 엮어져 있다. 쇼트쇼트 외에도 아버지 호시 하지메星一의 전기 『인민은 약하고 관리는 강하다人民は弱いし官吏は強し』(문예춘추文芸春秋, 1967), 미국의 한 컷 만화를 평한 『진화한 원숭이들進化した猿たち』(하야카와쇼보早川書房, 1968), 『조부, 고가네이 요시키요의 기록小金井良精の記』(가와데쇼보신샤河出書房新社, 1974)등이 있다. 작품이 영어와 러시아어 등으로 번역되는 등 국제적 평가도 높다. 1983년 이후 집필을 쉬다가 97년

에 사망하였다.

한국어로는 『덧없는 이야기つねならぬ話』(2007), 『도둑회사盗賊会社』(2007), 『변덕쟁이 로봇きまぐれロボット』(2007), 『우주의 인사宇宙のあいさつ』(2007), 『흔해빠진 수법ありふれた手法』(2007), 『안전카드安全のカード』(2008), 『의뢰한 일ご依頼の件』(2008), 『호박마차かぼちゃの馬車』(2008), 『그네 저편에서ブランコのむこうで』(2008), 『노크 소리가ノックの音が』(2008), 『눈의 정령』(2008), 『도련님과 악몽ボンボンと悪夢』(2008), 『도토리 민화관どんぐり民話館』(2008), 『마이국가マイ国家』(2008), 『망상은행妄想銀行』(2008), 『민감한 동물敏感な動物』(2008), 『봇코짱ぼっこちゃん』(2008), 『수많은 금기たくさんのタブー』(2008), 『앞으로 일어날 일これからの出来事』(2008), 『악마가 있는 천국悪魔のいる天国』(2008), 『요정 배급회사妖精配給会社』(2008), 『지구씨 안녕ようこそ地球さん』(2008), 『참견쟁이 신들おせっかいな神々』(2008), 『최후의 지구인』(2008), 『한줌의 미래ひとにぎりの未来』(2008), 『흉몽凶夢』(2008), 『희망의 결말おのぞみの結末』(2008) 등의 다수의 〈호시 신이치 플라시보 시리즈〉가 번역되어 있다.

▶ 이병진

참고문헌: A, B, F.

호시노 다쓰오保篠龍緒, 1892.11.6~1968.6.4

번역가, 소설가. 본명 호시노 다쓰오星野辰男. 나가노현長野県 출생. 1914년 도쿄외국어학

教東京外国語学校(지금의 도쿄외국어대학東京外国語大学) 불문과 졸업. 1915년 문부성文部省 사회교육, 민중오락조사위원이 된다. 1917년「괴신사怪神士」등 르블랑Maurice Marie Émile Leblanc의 〈루팡 시리즈〉 원서를 읽고 번역을 시작하여, 교육관계 출판사 도운도東雲堂 계열 회사 금강사金剛社의『아르센 루팡 총서アルセーヌ・ルパン叢書』(1918~23) 중 7권을 순차적으로 간행하였다. 1923년 도쿄아사히신문사東京朝日新聞社에 입사하였고, 1924년부터「도로테ドロテ」와「요마의 저주妖魔の呪」를 번역하여 게재할 즈음 같은 회사를 통하여 번역권을 획득하여, 1929년에 헤이본샤平凡社의『루팡전집ルパン全集』을 간행할 때 전작품의 번역권을 독점 계약한다. 이후 작품을 추가한 루팡 시리즈물의 번역은 일본출판협동『아르센 루팡 전집』(1951~53)에 집대성되었다.

1919년부터 간행된『아르센 루팡 총서』(금강사) 중의 7권, 1929년의『루팡 전집』(헤이본샤)12권과 별책 2권, 1931년의 세계문학대전집世界文学大全集 속에『루팡집ルパン集』(개조사改造社) 4권, 1951년의『아르센 루팡 전집アルセーヌ・ルパン全集』(일본출판협동사日本出版協同社) 23권 및 별책 2권, 1956년 위와 같은 책(마스쇼보鱒書房) 등 새 판을 대량 출간했다. 이렇게 괴도신사 루팡의 명성은 호시노 다쓰오의 독특한 번역문을 통해 일본에 보급되었다.

한편에서는 르블랑의 일본어 번역이 독점

되었다는 시선도 있는데, 최근에는 새로운 번역이 시도되고 있다. 그 전까지는 후쿠오카 오카와福岡雄川 등의 다른 번역본이 있었음에도 불구하고 거의 대부분 루팡물이라 하면 호시노 다쓰오의 독무대라 할 정도이다.

그 밖의 작가의 번역물과「산 또다시 산山又山」(1923) 등의 창작, 르블랑, 란돈Herman Landon, 비스톤L. J. Beeston의 작품을 번안한 (『일본 루팡, 류하쿠日本ルパン・龍伯』 시리즈)도 있다.「산 또다시 산」으로 대표되는 그의 장, 단편 소설은 있지만, 활극물이 대부분을 차지하고, 일본제 루팡이라 할 수 있는 류하쿠龍伯가 활약하는 등 루팡 취향이 두드러진다. 호시노 다쓰오는 1942년에 프랑스령이었던 인도네시아로 향한다. 귀환 후에는 덴쓰電通, 경시청 등의 촉탁을 받아『루팡 전집』을 다시 출판하였다. 구미의 범죄 실화「공포의 거리恐怖の街」(1956) 외에 호시노 타쓰오 명의의 번역으로「세느 강의 물결セーヌの流」(1915), 사후에 간행된「베트남 민화ベトナムの民話」(1969) 등이 있다. 말년에는 구미의 범죄 실화나 일본 형사물 등에 새로운 의욕을 보였고, 1968년 사망한다.

▶ 이병진

참고문헌: A, B, G.

호시다 산페이星田三平, 1913.2.2~1963.5.31

소설가. 본명 이오 쓰토飯尾伝. 에히메현愛媛県

출생. 마쓰야마중학교松山中学校 졸업. 『신청년新青年』이 모집한 '창작탐정소설創作探偵小說'에 3등으로 입상한 「센트럴 지구시 건설 기록せんとらる地球市建設記録』(1930)으로 데뷔하였다. 알 수 없는 이유로 대부분의 인간이 죽어 사라진 일본을 무대로 살아남은 사람들이 그 진상을 밝혀가는 SF풍의 작품으로, '본격탐정소설 애호가에게는 조금 문제가 있다'는 평가와 '이러한 풍의 소설이 나오는 것은 한쪽으로 치우친 창작탐정소설을 구하는 길'이라는 평가를 받았다. 이 외에 「탐정살해사건探偵殺害事件」(1931), 「패러슈트 걸 살해사건落下傘嬢殺害事件」(1931), 「엘 베쵸ェル・ベチョォ」(1932), 「모던 신고もだん・しんごう」(1933) 등이 있다. 한 때, 전업 작가가 되기 위해 요코하마横浜에 거주하며 미즈타니 준水谷準 밑에서 원고를 맡아보지만 성공하지 못하고 고향으로 돌아간다. 작가로서 대성했다고는 말할 수 없지만 독특한 무대설정이나 발상법은 운노 주자雲野十三와 함께 일본 SF의 선구적 역할을 했다고 할 수 있다.

▶ 이병진

참고문헌: A, F, H01~H03, H09, H12.

혼다 다카요시本多孝好, 1971~

혼다 다카요시는 일본 소설가, 추리작가이다. 도쿄東京에서 태어났으며 게이오의숙대학慶應義塾大学 법학부를 졸업했다. 원래 독서를 좋아하여 초등학교 시절부터는 에도가와 란포江戸川乱歩, 중학교 시절에는 아카가와 지로赤川次郎, 고등학교 시절에는 한무라 료半村良, 대학 시절에는 무라카미 하루키上春樹나 무라카미 류村上龍에 심취했다. 변호사를 목표로 법학부를 진학했었지만 대학 4학년 때 같은 학부의 가네시로 가즈키金城一紀가 졸업문집에 넣을 소설 집필을 의뢰한 것이 계기가 되어 작가를 목표로 하게 되었다. 그 이후 가네시로의 조언으로 습작을 계속했고 함께 절차탁마했다. 본격적으로 작가가 될지, 변호사가 될지 마음이 혼란스럽던 때, 1994년 「잠의 바다」로 제15회 〈소설추리신인상小說推理新人賞〉을 수상했고 작가가 되기로 결심했다.

수상 후, 약 5년간의 세월이 지나 데뷔작을 실은 단편집 『MISSING』이 발표되었고 『이 미스터리가 대단하다!ミステリーがすごい!』(2000)에서 10위 안에 들며 각광을 받아 약 10개의 회사로부터 예기치 않게 집필 의뢰를 받았다. 데뷔 이후, 이야기를 만드는 근저에는 죽음을 향한 공포심과 그것에 대한 각오를 형성하는 구조를 취했으며, 주로 '생과 사'를 주제로 한 작품이 중심이 되었다. 그러나 새로운 것에 도전하고자 마음먹고, 새롭게 유행하는 장소를 찾기 시작했다. 시대나 사회에 초점을 맞춰 쓴 「정의의 편正義のミカタ I'm a loser」을 집필했다. 또한 『MOMENT』(슈에이샤集英社)는 2년만의 단행본. 내용은 병원 아르바이트 청소원으로 모라토리엄 상태인 학생이 중환자의 마지막 소원을 들어주는 전설의 '필살 작업인'을 역임하는 연작집이다. 매회 다양한 애증 극이 뚜렷이 드러나지만, 세련된 취향과 경쾌한 대화 연출로 심각한 이야기를 산뜻하게 묘사하는 등 뛰어난 스토리 전개를 보인다. 집필 7년 뒤에 등장인물의 7년 뒤 이야기를 쓴 시리즈 「WILL」을 발표한다. 2012년 3월에 『WILL』은 문고판으로도 출간되었다. 2005년에는 『한밤중의 5분전 Five minutes to tomorrow(真夜中の五分前)』을 출간. 『스트레이어 크로니클ストレイヤーズ・クロニクル』에서는 오락성을 중시하여 다지마 쇼우田島昭宇의 삽화를 넣었다. 2008년11월 출판사 쇼덴샤祥伝社에서 작가 자신은 연애소설집이라고 생각한 슈퍼 내추럴 요소가 포함되고 미스터리의 향기가 나는 단편집 『FINE DAYS』에 수록된 「예스터데이즈イエスタディズ」가 그의 작품으로서는 처음으로 영화화되었다. 한국어로는 『자정 5분 전』(2006), 『미싱』(2007), 『얼론 투게더』(2010), 『체인 포이즌』(2010), 『모먼트』(2010), 『파인 데이즈』(2010)가 있다.

▶ 이병진

참고문헌: H01~03, H9, H12, H13.

혼다 데쓰야警田哲也, 1969.8.18~

소설가. 도쿄東京 출신으로 가쿠슈인学習院 중고등과를 거쳐 가쿠슈인대학学習院大学 경제학부를 졸업했다. 부모와 누나로 구성된 4인 가족에서 자랐으며 초등학교 시절에는

만화가를 도쿄했고 그 이후에는 밴드활동을 시작해 록 뮤지션을 꿈꿨다. 취업을 하지 않고 가업을 도우며 프로가 되기를 지향했지만 30살 목전에 가수 시이나 린고椎名林檎의 재능에 압도되어 뮤지션의 길을 접고 소설가가 되기로 결심했다. 격투기를 애호했고, 소설을 쓰기 시작한 계기도 격투기 사이트에 판크라스 시합 리뷰를 기고했기 때문이었다.

대표작으로는 『스트로베리 나이트ストロベリーナイト』, 영화화 된 〈히메카와 레이코姬川玲子 시리즈〉나 『무사도 식스틴武士道シックスティーン』 등이 있다. 2004년『이 미스터리가 대단하다!ミステリーがすごい!』에 2004년 주요 신인상 수상작 중 제4회 〈호러서스펜스미스터리대상ホラーサスペンスミステリー大賞〉에서 『엑세스アクセス』로 특별상을 수상. 2006년에는 『지우 경시청 특수범 수사계ジウ警視庁特殊犯捜査係』 3부작으로 주목을 받았다. 한국어로는 『스트로베리 나이트ストロベリーナイト』(2012), 『소울 케이지: 히메카와 레이코 형사 시리즈 2』(2012), 『인비저블 레인: 히메카와 레이코 형사 시리즈 4』(2012), 『지우Ⅰ: 경시청 특수범 수사계ジウⅠ 警視庁特殊犯捜査係』(2013), 『지우Ⅱ: 경시청 특수급습부대ジウⅡ 警視庁特殊急襲部隊』(2013), 『지우Ⅲ (완결): 신세계 질서ジウⅢ 新世界秩序』(2013), 『감염유희感染遊戯』(2013), 『시머트리 히메카와 레이코 형사 시리즈 3シメントリー』(2013), 『히토리 시즈카ヒトリシズカ』(2013) 등 그의

많은 작품이 번역되어 있다.

▶ 이병진

참고문헌: H01~H13.

혼다 오세이本田緒生, 1900.4.15~1983.5.18

소설가. 본명 마쓰바라 데쓰지로松原鉄次郎
이고 아와지 세이あわぢ生라는 별명이 있다.
나고야시名古屋市 출생. 나고야의 비료도매
상의 양자가 되지만 회사가 폐업하자 식료
영단食糧営団(후에 공단에서 주식회사로 바뀜)에서 32
년간 근무하고 1974년 퇴직하였다.

루팡을 통해 탐정소설의 재미를 느끼고 소설
을 쓰기 시작해, 1922년 11월『신취미新趣味』
의 현상탐정 소설모집에 단편「저주받은
진주呪われた真珠」로 선외가작을 받는다. 이
때 본가의 성姓인 기타오北尾를 빗대어 '기
타 오세이木多緒生'라 한 것이 '혼다 오세이本
多緒生'로 잘못 실려, 일부를 바꾸어 자신의
필명으로 하였다. 그 다음 달의 현상탐정
소설모집에 아와지 세이라는 별명으로「미
의 유혹美の誘惑」이 2등에 당선된다. 작품은
한 알의 진주를 사건을 푸는데 중요한 역
할로 쓰는 청년탐정 〈아카쓰키 게이게쓰秋
月圭月 시리즈〉로, 그의 이름 추리가 얄궂은
결말을 불러온다는 이야기이다. 계속해서
같은 시리즈의「뿌려진 씨蒔きかれし種」(1925
년,『신청년新青年』)는 기묘한 전신주 광고
를 발단으로 열차내의 교살사건, 그 열차
에서 뛰어내린 자의 목격자의 살해, 협박
장이라는 경로를 걷는 복수의 이야기다.

유연한 필치이면서 가벼운 터치다. 한편,
혼다 명의의「지갑財布」(1924)과「길모퉁이
의 문자街角の文字」(1926) 외에 야마모토山本
라는 청년을 주인공으로 하는 넌센스, 콩
트를 썼고 1934년까지 20여 편의 단편을
발표하였다. 에도가와 란포江戸川乱歩는 평
론「일본의 탐정소설日本の探偵小説」에서 혼
다 오세이를 정조파情操派의 한 사람으로
들고 있다. 혼다는 얼마 되지 않아 가업을
잇기 위해 창작을 그만둔다. 초기의 작품
은 트릭키tricky하지만「연어鮭」(『신청년』) 이
후에는 기지를 위주로 하였다. 1928년『엽
기獵奇』의 발행을 지원하고 1931년에는 같
은 잡지 창간호에서 책임동인이 되어 시대
물에도 관심을 보이는 등 나고야의 탐정소
설 팬들 중심에 있었지만, 중앙탐정 문단
으로부터 멀어져갔다. 그 이후 오랜만에「파
도무늬波紋」(1934),『프로필ぷろふいる』)을 발
표, 친구들의 형제, 자매가 연인사이로 만
나고 있었다고 여기던 중, 여동생의 약혼
자가 살해되어 남동생이 의심받는 사건을
왕복 서간체로 다루었는데, 구성이 다소
엉성하다. 1976년『환영성幻影城』에 단편「수
수께끼의 살인謎の殺人」을 발표하였지만 전
쟁 후에는 이 한 작품만 발표하였다. 이렇
게 창작탐정소설의 부흥기를 장식했던 혼
다 오세이는 1983년 5월 18일 사망하였다.

▶ 이병진

참고문헌: A, B, E.

ㅎ

혼마 다마요本間田巍誉, 1910경~?

소설가. 본명 오쿠보 다쓰시로大久保辰四郎
라고도 하나 본명, 생몰년 등은 확실하지
않다. 나가카와 로水川瓏의 회상에서는 전
쟁 전에 백라이트 공장을 경영했었지만 전
쟁으로 인해 구마가이熊谷로 옮겼고 그곳에
서 다시 재해를 입어 모든 재산을 잃은 후
신경통을 앓고 소설을 쓰기 시작하였다고
한다. 1950년 당시에는 양복 행상으로 생
계를 꾸려갔다고 하는데 역시 풍문이다.
1948년에 첫 번째 작품「범죄자의 터부犯罪
者の戒律」, 1949년에「죄 지은 손가락罪な指」,
「커피 설득珈琲くどき」,「원숭이신의 제물猿
神の贄」을『보석宝石』및『별책 보석別冊宝石』
에 발표하여「원숭이신의 제물」로 주목을
받았다.「원숭이신의 제물」은 살인미수의
여성이 의사에게 고백한 속기가 주체가 된
것이다. 그녀는 공습을 만나 실신하였을
때 그녀를 구해준 남자에게 성폭행을 당해
임신하게 된다. 그녀는 자신이 낳은 아이
를 통해 아버지를 찾으려고 혈액형, 색맹,
용모, 기호를 근거로 자신이 결혼한 백화
점의 서점주임을 의심한다. 하지만 의사로
부터 그가 아이의 아버지가 아니라는 이야
기를 듣고 그녀는 자살한다. 자신을 범한
원숭이 신이 아닌 것을 알고 그녀의 애정
은 사라진 것이다. 심층심리학적으로 말하
면 원숭이 신(중세 일본 설화에 등장하는
요괴) 콤플렉스, 즉 어렴풋이 기억나는 아
버지와 연관된 원숭이 신에 대한 모정慕情

이 단절되었기 때문이다. 의사는 이 여성
의 사건에 관심을 가진 기자에게 편지를
써 그 선처를 권하지만 그것에 너무 얽매
인 나머지 자의적이었던 것이 난점이었다.
어쨌든 심층심리학에 의한 추리에 집착한
작가로서 이색적인 존재였다. 이 소설 발
표 이듬해 에도가와 란포江戸川乱歩가『보석』
에서 개제 중에 따로 공간을 내어 칭찬을
하기도 하였지만 유전학상의 오류를 지적
받아 평가가 갈리었다. 또 작가가 문학파
의 기기 타카타로木々高太郎, 오쓰보 스나오
大坪砂男, 미야노 무라코宮野叢子, 나가카와
로水川瓏들과 함께 참가한『신청년新青年』
1950년 4월호지상의「탐정작가 발타 좌담
회探偵作家拔打座談会」에서 한 발언이 본격파
작가들과『보석』의 반감을 사 작품을 발표
할 곳이 없게 된다. 1952년의 소문과 콩트
이후 소식이 불분명하지만, 심층심리학에
의한 추리에 집착한 작가로서 이색적인 존
재였다.

▶ 이병진

참고문헌: A, B.

환영성幻影城

『환영성幻影城』은 (1)1951년에 간행된 에도
가와 란포江戸川乱歩의 탐정소설 평론집의
제목이기도 하고 (2)1975년부터 1979년까
지 간행된 탐정소설 전문 잡지의 이름이면
서 출판사명이기도 하다. 여기서는 (2)탐
정소설 전문 잡지를 일컫는다. 이 잡지『환

영성幻影城』은 일본 굴지의 탐정소설 수집 가이자 서지연구가로도 알려져 있는 시마자키 히로시島崎博가 편집장을 맡고, 에도가와 란포의 평론집에서 이름을 따서 창간한 탐정소설 전문지이다. 본 잡지의 제일 큰 특징은 제2차세계대전 전의 탐정소설을 복간해서 게재하고 있는 점이다. 작가별로 편집된 『별책 환영성別冊幻影城』도 16권에 이른다. 복간된 것을 보면 전쟁 전 작가로는 세지모 단瀬下耽, 지미이 헤이조地味井平造, 미나미자와 주시치南沢十七가 있다. 그리고 일본 유학 중에 탐정잡지 『프로필ぷろふぃる』에서 데뷔한 탐정작가 김내성金来成의 작품도 복간 게재되어 있다. 전후戰後 작가로는, 아사야마 세이이치朝山蜻一, 오카무라 유스케岡村雄輔, 오카미 조지로丘美丈二郎, 가리 규狩久 등이 있다. 그리고 단지 복간에만 그치지 않고 작가 작품 별로 그것에 관련된 에세이나 회고록도 같이 게재하고 있으며, 게다가 서지까지 첨부하고 있다. 즉 대상이 되는 작가나 작품을 역사적으로 자리매김하고 있다는 점에서도 평가받고 있는 잡지이다. 그리고 이와 같은 작업으로 아유카와 데쓰야鮎川哲也나 요코미조 세이시橫溝正史의 에세이, 그리고 후에 높은 평가를 받는 곤다 만지權田萬治, 야마무라 마사오山村正夫, 후타가미 히로카즈二上洋一 등의 평론도 탄생한다. 1975년부터 1979년에 걸쳐 전53권이 간행된 본 잡지는 약 4년 반이라는 짧은 기간에도 불구하고 많은 인재를 배출하여 미스터리계에 큰 영향을 끼친다. 작가로는 아와사카 쓰마오泡坂妻夫, 다나카 후미오田中文雄, 다나카 요시키田中芳樹, 렌조 미키히코連城三紀彦 등이 〈환영성신인상幻影城新人賞〉을 수상했다. 그밖에 다케모토 겐지竹本健治의 데뷔작 「상자 안의 실락箱の中の失楽」이 연재된 것도 본 잡지이고 『우리들 시대ぼくらの時代』로 〈에도가와란포상江戸川乱歩賞〉을 수상한 구리모토 가오루栗本薫도 본 잡지의 평론상을 통해 배출되었다.

▶ 장영순

참고문헌: A, 金来成 「探偵小説家の殺人」(『幻影城』1975.6), 本多正一(編集) 『幻影城の時代 完全版』(講談社, 2008).

후나도 요이치船戸与一, 1944.2.8~
야마구치현山口県 출생으로 와세다대학早稲田大学 법학부를 졸업했다. 소설가로 데뷔하기 전 르포라이터로 활동한 경력이 있다. 1979년 『비합법원非合法員』을 발표하며 소설가로 이름을 알리기 시작했다. 『비합법원』은 르포 작가로 활동하던 시기에 출판했던 『반아메리카사版アメリカ史』(1977년, 도요우라 시로豊浦志朗라는 필명으로 출판)와 같은 문제의식을 보여준 소설로 미국 소수민족문제를 폭력적으로 그려낸 작품이다.
역사에 남는 '정사正史'와 그와는 상반되는 말살된 '반사版史'라는 일관된 주제를 가지고 작품 활동을 하고 있는 작가로, 1980년

ㅎ

483

대에는 남미를 무대로 한 〈남미 3부작〉—『산고양이의 여름山猫の夏』(1984), 『신화의 끝神話の果て』(1985), 『전설없는 땅伝説なき地』(1988)—을 발표했다. 『산고양이의 여름』으로 제3회 〈일본모험소설협회대상日本冒険小説協会大賞〉, 제6회 〈요시카와에이지문학신인상吉川英治文学新人賞〉을 수상했고, 『전설없는 땅伝説なき地』으로 제7회 〈일본모험소설협회대상〉과 제42회 〈일본추리작가협회상日本推理作家協会賞〉을 수상하기도 했다.

또 남미 3부작과 동시기에 발표한 『용맹한 방주猛き箱舟』(1987)는 한 젊은이의 비참한 운명을 그린 작품으로 모험소설이라는 장르와 후나도 요이치의 테마를 보다 긴밀하게 그려냈다고 평가받는다.

1990년대에 들어서는 쿠르드인의 봉기를 그린 『모래의 연대기砂のクロニクル』(1991년, 제5회 〈야마모토슈고로상山本周五郎賞〉 수상), 아이누족의 봉기를 다룬 『에조치의 별건蝦夷地別件』(1995), 현대중국에서 소재를 취한 『모래의 탑流沙の塔』(1998) 등의 작품이 있다.

2000년 이후의 대표작으로는 『무지개 골짜기의 5월虹の谷の五月』(제123회 〈나오키상直木賞〉 수상), 『꿈은 황무지를夢は荒れ地を』(2003), 『강가에 길잡이 없이河畔に標なく』(2006) 등이 있다. 『무지개 골짜기의 5월』은 필리핀 세부섬을 무대로 일본인과 필리핀인의 혼혈 소년을 주인공으로 한 성장소설이자 모험소설이다. 『강가에 길잡이 없이』는 미얀마 국경지대를 배경으로 조직이나 국가와 같은 소속에서 일탈한 사람들이 200만 달러의 쟁탈전에 휘말리는 혼돈을 그린 작품이다.

한국어로는 『무지개 골짜기의 5월』(2008), 『전설없는 땅1』(2009), 『전설없는 땅2』(2009)』가 있다.

▶ 한정선

참고문헌: A, H01, H02, H04, H07.

후루노 마호로古野まほろ, ?~

본명과 생년을 공개하지 않고 필명으로 활동하고 있는 작가다. 2007년부터 작품 활동을 시작했다. 『조물주의 상스러운 열매天帝のはしたなき果実』(2007)를 시작으로 〈조물주 시리즈〉를 발표하고 있고, 『탐정소설을 위한 에튀드 〈수극화〉探偵小説のためのエチュード「水剋火」』, 『탐정소설을 위한 변주 〈토극수〉探偵小説のためのヴァリエイション「土剋水」』 등 5권으로 완결된 〈탐정소설 시리즈〉(2008~2010)를 발표했다. 그 밖에도 『생명에는 세 번의 종이 울린다 W의 비극 75命に三つの鐘が鳴る Wの悲劇 '75』(2011), 『빠담 빠담 E의 비극 80パダム・パダム Eの悲劇 '80』(2013), 『소토다 경위 카시오페아를 타다外田警部, カシオペアに乗る』(2013) 등의 작품이 있다.

▶ 한정선

참고문헌: H08, H10, H12.

후루카와 히데오古川日出男, 1966.7.11~

후쿠시마현福島県 출생. 와세다대학早稲田大学 문학부 중퇴. 극단에서 각본을 쓰고 연극연출을 하다가 1998년 『13』으로 등단했다. 〈천일야화〉를 연상시키는 『아라비아 밤의 종족アラビアの夜の種族』(2001)으로 2002년 제55회 〈일본추리작가협회상日本推理作家協会賞〉, 제23회 〈일본SF대상日本SF大賞〉을 수상하며 주목받기 시작했다. 대표작으로는 군용견의 자손인 개들의 시점으로 쓴 『벨카, 짖지 않는가ベルカ, 吠えないのか?』(2005), 제19회 〈미시마유키오상三島由紀夫賞〉을 수상한 『LOVE』(2005)가 있다. 『벨카, 짖지 않는가』는 2005년 〈이 미스터리가 대단하다! このミステリがすごい!〉 7위에 올랐다. 그 밖에도 『사운드트랙サウンドトラック』(2003), 『중국행 슬로 보트 Remix中国行きのスロウ・ボートRMX』(2003), 『로큰롤7부작ロックンロール七部作』(2005), 판타지 소설 『우리들은 걷지 않는다僕たちは歩かない』(2006), 『성가족聖家族』(2008) 등이 있다.

▶ 한정선

참고문헌: H03, H04, H06~H09.

후유키 교冬木喬, 1914.8.10~1982.2.28

본명 모리키 쇼이치森木正一. 고치현高知県 출생. 오사카시죠나와테중학교大阪四条畷中学 졸업. 1937년 효고현兵庫県 경찰로 들어가 아즈미安積 경찰서장, 다카사고高砂 경찰서장, 효고현경찰본부 수사제3과장 등을 역임했다. 아마가사키尼崎 경찰서장을 마지막으로 퇴직하고 경비보장회사에서 근무했다. 1961년 단편 「장미의 그늘薔薇の翳」로 제2회 〈보석상宝石賞〉 후보에 올랐고, 1964년에는 「태형笞刑」으로 제5회 〈보석단편상宝石短編賞〉에 입선했다. 이후 「흑백의 사이黒白の間」(1964), 「공백의 과거空白の過去」(1965), 「반대의 경우逆の場合」(1967), 「발굴発掘」(1970) 등을 발표했다. 발표한 단편은 10편이 채 되지 않지만, 경찰로 근무했던 경험을 잘 살린 현장감 있는 경찰소설로 평가된다.

▶ 한정선

참고문헌: A, E.

후지 유키오藤雪夫 ☞ **엔도 게이코**遠藤桂子

후지 유키오藤雪夫, 1913.8.1~1984.11.15

본명 엔도 쓰네히코遠藤恒彦. 잡지 『보석宝石』은 발행 3주년 기념으로 장편, 중편, 단편소설을 모집했고, 장편부문에 응모한 소설 중 후보작 8편을 『별책 보석別冊宝石』 8호와 9호에 게재했다. 1950년 6월 엔도 게이코遠藤桂子라는 이름으로 「소용돌이치는 조수渦潮」가 실렸고, 그 해 연말 최종적으로 이 작품이 장편 부문 1등으로 당선되었다. 「소용돌이치는 조수」는 동북지방에서 일어난 은행 강도 살인사건을 다룬 소설이다. 게재 당시에 썼던 엔도 게이코라는 이름 때문에 여성으로 오해한 독자가 많았다. 두 번째 작품부터는 후지 유키오로 필명을 바

ㅎ

뭐 썼고, 후지 유키오의 이름으로 십 수편의 작품을 발표했다. 그러나 1959년부터는 창작활동을 중단했다. 그 후, 1984년에 후지 유키오의 딸 후지 게이코藤桂子가 아버지의 작품 중『사자자리獅子座』를 개고하여 '합작'의 형태로 발표했다. 이 작품은 치밀한 암호가 인상적인 본격미스터리 소설이었고 또 부녀의 합작, 최초의 부녀 미스터리 작가의 등장이라는 점도 화제가 되어 베스트셀러가 되었다. 그리고 그 해 11월 후지 유키오는 사망했다. 유키오의 사망 후, 후지 게이코는 그의 첫 번째 소설「소용돌이치는 조수」를 개고하여 이듬해인 1985년에 『흑수선黑水仙』이라는 제목으로 발표했다.

▶ 한정선

참고문헌: A, B, E.

후지모토 센藤本泉, 1923.2.15~?

도쿄東京에서 태어나 니혼대학日本大學 국문과를 졸업했다. 『문예수도文芸首都』, 『현상現象』 등 동인지에서 창작활동을 하다가 1966년 「노파 번창기嫗繁昌記」로 제6회 〈소설현대신인상小說現代新人賞〉을 수상하면서 문단에 데뷔했다. 1968년에는 과격파의 폭탄투쟁을 그린 장편소설『도쿄 게릴라 전선東京ゲリラ戦線』을 발표했다. 추리소설로는 1971년 「도다유 골짜기의 독太夫谷の毒」(1974『지도에 없는 골짜기地図にない谷』로 개제하여 간행)이 있다. 이 작품은 제17회 〈에도가

와란포상江戸川乱歩賞〉 최종후보로 거론되었으나 당시 터부시되던 부락문제를 다루었다는 것이 문제가 되어 수상에는 이르지 못했다.

후지모토 센의 작품 중에는 자신의 정치적 의지를 반영한 작품이 많다. 『지도에 없는 골짜기』(1974) 간행 후에는 〈에조공화국ㅊぞ共和国〉이라 불리는 연작집필에 착수한다. 그 첫 번째 작품이 〈나오키상直木賞〉 후보에 오른『저주의 성역呪いの聖域』(1976)이다. 동북지방에 고대로부터 이어져 내려오는 원시공산국가가 존재한다는 대담한 가설을 바탕으로 〈에조공화국〉의 비밀을 파헤치는 경관의 운명을 그린 이색 미스터리 소설이다. 1977년 연작 제2편에 해당하는 『시간을 아로새긴 바닷물時をきざむ潮』로 제23회 〈에도가와란포상江戸川乱歩賞〉을 수상한 후, 〈에조공화국 시리즈〉는 『저주의 성녀呪いの聖女』(1979)까지 5편으로 마무리되었다. 1986년 8월 독일로 이주했다.

▶ 한정선

참고문헌: A, B, E.

후지무라 쇼타藤村正太, 1924.19~1977.3.15

소설가, 방송작가. 가와시마 이쿠오川島郁夫라는 이름으로도 활동했다. 도쿄대학東京大學 법학부를 졸업했는데 졸업 직후 결핵이 발병하여 요양소에서 생활했다. 요양소에서 추리소설을 쓰기 시작해서 1949년 12월, 잡지 『보석宝石』의 현상모집에 가와시마라는

이름으로 응모한 「입맞춤 이야기接吻物語」와 「황색 고리黃色の輪」가 단편소설 부문 후보로 올랐고, 그 중 「황색 고리」가 2등에 입선했다. 초기에는 주로 밀실트릭을 소재로 한 추리소설을 썼고 30편 이상의 중단편소설을 발표했다. 50년대 후반에는 NHK 「나만 알고 있다私だけが知っている」를 비롯하여 텔레비전, 라디오 프로그램 각본집필에 참여하는 등 방송작가로 활동하기도 했다. 그러던 중 1963년, 『고독한 아스팔트孤独なアスファルト』가 제9회 〈에도가와란포상江戸川乱歩賞〉을 수상했고 그것이 기점이 되어 다시 왕성한 창작활동을 이어갔다. 『고독한 아스팔트』는 범행동기와 수단이 명확하지 않은 사건을 명료하게 파헤쳐 나가는 본격 추리소설이면서 동시에 열등감에 사로잡힌 주인공 소년의 심리를 균형감 있게 그려냈다는 평가를 받았다. 이어 1965년에는 국제스파이물 『외사국 제5과外事局第5課』를 발표했고, 70년대에 들어서는 『컴퓨터 살인사건コンピューター殺人事件』(1971), 『탈샐러리맨 살인사건脱サラリーマン殺人事件』(1972), 『특명사원 살인사건特命社員殺人事件』(1972), 『원폭불발판原爆不発弾』(1975) 등 사회파추리소설적인 경향을 띠는 장편소설이 많다. 그 밖에 『다이산겐 살인사건大三元殺人事件』(1972)등 마작을 소재로 한 추리소설도 있다. 한국어로는 『J미스터리 걸작선1』(1999)에 수록된 「연습게임」이 있다.

▶ 한정선

참고문헌: A, B, E, F.

후지에다 신타로藤枝真太郎, 1896~1935

하마오 시로浜尾四郎의 「살인귀殺人鬼」(1931) 이하 장편소설에 등장하는 사립탐정. 도쿄지방검찰청의 '귀신 검사鬼検事'로서 수도 도쿄東京의 악한과 범죄자의 두려움의 대상이었다가, 무슨 계기 때문인지 검사직을 사직하고 그 2년 후 긴자銀座의 뒷골목에 사립탐정 사무소를 차렸다. 셜록 홈즈에게 있어 왓슨과 같은 조력자 역할의 오가와 마사오小川雅夫는 고교 동급생으로 함께 입센과 베르그송을 논할 정도의 막역한 사이. 후지에다는 독신으로 37~8세, 오가와는 아내를 여의고 어머니와 함께 삶. 「철쇄 살인사건鉄鎖殺人事件」(1933), 「헤이케 살인사건平家殺人事件」(1934)에 등장.

▶ 이지형

참고문헌: I, 『浜尾四郎探偵小説選(『論創ミステリ叢書』6)』(論創社, 2004).

후지와라 사이타로藤原宰太郎, 1932.3.6~

소설가, 평론가. 본명은 오사무宰. 히로시마현広島県 출신. 와세다대학早稲田大学 문학부 러시아문학과 졸업. 1958년경부터 『탐정클럽探偵倶楽部』에 본명으로 단편을 발표하기 시작했고 1965년 『5분간 미스터리5分間ミステリー』를 간행했다. 『탐정 게임探偵ゲーム』(1968)을 비롯해서 추리 퀴즈 책을 양산하였고 추리 퀴즈-범인의 트릭이나 밀실의

수수께끼를 풀기-붐을 한 때 일으켰다. 미스터리 연구가 구가 교스케久我京介가 등장하는 추리소설 시리즈도 있다. 국내에서는 『세계의 명탐정 50인 : 추리와 지능의 트릭·퍼즐』(1981)과 『세계의 명탐정 50인』 중 일본인 탐정 6명을 제외한 『세계의 명탐정 44인』(1982)이 번역되었다.

▶ 유재진

참고문헌: A, 浅井清・佐藤勝編『日本現代小説辞典』(明治書院, 2004).

후지와라 이오리藤原伊織, 1948.2.17~2007.5.17

본명 후지와라 도시카즈藤原利一. 오사카大阪 출생. 도교대학東京大学 졸업 후 광고대리점 덴쓰電通에 입사했다. 덴쓰에서 근무하면서 틈틈이 소설을 썼고 1985년 『닥스훈트의 워프ダックスフントのワープ』로 제9회 〈스바루문학상すばる文学賞〉을 수상했다. 미스터리 소설은 『테러리스트의 파라솔テロリストのパラソル』(1995)이 처음으로, 제41회 〈에도가와란포상江戸川乱歩賞〉을 수상했다. 도쿄대학분쟁 때 일으킨 문제 때문에 공안경찰에게 쫓기는 처지가 된 인물을 주인공으로 하여 현대의 폭탄테러사건과 등장인물의 과거와의 관련성을 그린 하드보일드 소설이다. 이 작품은 전공투세대의 자기언급이라는 점이 높이 평가되어 〈에도가와란포상〉 뿐만 아니라 제114회 〈나오키상直木賞〉도 동시에 수상하였다. 후지와라 이오리는 한 작품으로 〈에도가와란포상〉과 〈나오키

상〉을 동시에 수상한 최초의 작가라는 기록을 세우며 하드보일드 소설의 기수로서 크게 주목 받았다. 이후, 고호의 그림을 둘러싼 비밀을 그린 『해바라기의 축제ひまわりの祝祭』(1997), 광고업계를 배경으로 한 『손바닥의 어둠てのひらの闇』(1999)을 썼고, 2000년 이후의 작품으로는 『곤충 흰 수염의 모험蚊トンボ白髯の冒険』(2002), 『시리우스의 길シリウスの道』(2005), 『다나에ダナエ』(2007) 등이 있다. 『시리우스의 길』은 2005년 『이 미스터리가 대단하다!このミステリーがすごい!』 6위에 올랐다.
한국어로는 『테러리스트의 파라솔』(1999), 「다나에」(『청색의 수수께끼』(2008)수록), 『시리우스의 길』(2010)이 있다.

▶ 한정선

참고문헌: A, H03, H06, H07.

후지 유키오岩藤雪夫 ☞ 이와토 유키오

후지키 야스코藤木靖子, 1933.1.10~1990.10.30

본명 이시가키 야스코石垣靖子. 다카마쓰시高松市 출생. 가가와현립香川県立 다카마쓰고등학교高松高校를 졸업하고 단신으로 상경하였다. 주로 다른 사람의 문장을 필사하는 일로 생계를 꾸려나가다가 1960년 단편 「여자와 아이女と子供」가 제1회 〈보석상宝石賞〉에 당선된 것이 계기가 되어 미스터리 작가가 되었다. 첫 장편소설은 다세대가세 들어 사는 집에서 발생한 살인사건을

다룬 『이웃 사람들隣りの人たち』(1961)이다. 옆방에서 도난사건이 일어나고, 용의자로 주목되던 인물은 돌연 자살을 한다. 일련의 과정을 의심스럽게 지켜보던 여주인공의 추리가 펼쳐진다. 두 번째 장편소설로는 『위험한 애인危ない恋人』(1962)이 있다. 중학교 교사와 결혼한 여자, 어느 날 그 여자에게 도착한 엽서. 여자는 결혼 전 관계가 있던 남자를 떠올리며 공포에 휩싸이고, 그리고 그 남자는 의문의 죽음을 맞이한다는 내용이다. 후지키 야스코의 초기 장편은 주로 가정을 무대로 하고 부부, 이웃, 부모와 아이의 문제를 다룬다. 그녀는 논리적이고 합리적인 방법으로 비밀을 풀어나가는 것 보다는 소시민의 일상을 세심하게 관찰하고 등장인물의 미묘한 심리를 이끌어내는 데 중점을 둔다.

1970년대부터는 청소년소설로 활동무대로 옮겨 인기작가가 되었다. 『눈물색 정삼각형なみだいろの正三角形)』(1978), 『두근두근 점집ドキドキ 占いハウス』(1988) 등이 있다.

▶ 한정선

참고문헌: A, B, E.

후지타 요시나가藤田宜永, 1950.4.12~

후쿠이시福井市 출생. 와세다대학早稲田大学 중퇴 후, 1973년 프랑스로 이주. 1980년까지 파리에 살면서 항공회사에 근무했다. 프랑스에서 귀국한 후에는 프랑스 미스터리 작품을 번역하고, 에세이와 소설을 쓰

기 시작했다. 1986년 『야망의 미로野望のラビリンス』가 첫 번째 미스터리 작품이다. 파리에 거주하는 일본인 사립탐정을 주인공으로 한 하드보일드였다. 그 후 『모던 도쿄이야기モダン東京物語』(1988)로 시작한 연작에서 전전戦前의 도쿄를 무대로 비밀탐정을 등장시켜 사립탐정소설을 현대적으로 부활시키는 데 성공했다. 하드보일드에 특유의 문제의식을 현대사회에 입각해서 성립시킨 것에 참신함이 있다.

『잠들라 상냥한 짐승들眠れ, 優しき獣たち』(1987)을 시작으로 파리를 무대로 한 일련의 범죄소설은 로망 느와르를 연상시키는 건조한 작품군이다. 이러한 경향의 작품으로는 제48회 〈일본추리작가협회상日本推理作家協会賞〉을 수상한 『강철 기사鋼鉄の騎士』(1994)가 대표적이다. 1990년대 후반부터는 범죄소설 모험소설 등 미스터리 이외에 연애소설로도 범위를 확장했다. 2001년에는 『사랑의 영지愛の領分』로 제125회 〈나오키상直木賞〉을 수상했다.

▶ 한정선

참고문헌: A, H01.

후지타 유조藤田優三 ☞ 아오이 유蒼井雄

후카마치 아키오深町秋生, 1975.11.19~

야마가타현山形県 난요시南陽市 출생. 센슈대학専修大学 경제학부를 졸업했다. 제약회사에 근무하면서 집필을 하다가 2004년, 『끝

ㅎ

없는 갈증果てなき渇き』이 제3회 〈「이 미스터리가 대단하다!」대상「このミステリーがすごい」大賞〉을 수상한 후 본격적으로 창작에 힘썼다. 작품은 베스트셀러가 되었고 주목받는 신인작가로 등극했다. 수상 이후의 작품으로 『히스테릭한 생존자ヒステリック・サバイバー』(2006), 『도쿄 데드 크루징東京デッドクルージング』(2008년 출간, 2011년에 『데드 크루징デッドクルージング』으로 개제), 『더블ダブル』(2010), 『Down by Lawダウン・バイ・ロー』(2012), 『아우토반アウトバーン』(2012) 등이 있다.

『더블』은 2010년 〈이 미스터리가 대단하다!〉14위에 올랐다.

▶ 한정선

참고문헌: H05~H13.

후카미 레이이치로深水黎一郎, 1963~

야마가타현山形県 출생. 게이오의숙대학慶応義塾大学 문학부를 졸업하고 동대학원에서 불문학 전공. 2007년 『Ultimo Truccoウルチモ・トルッコ』로 제36회 〈메피스토상メフィスト賞〉을 받았다. 2008년에 발표한 『에콜드 파리 살인사건エコール・ド・パリ殺人事件』으로 〈본격미스터리베스트10〉9위에 올랐고, 단편 「인간의 존엄과 800미터人間の尊厳と八〇〇メートル」(2011)로 제64회 〈일본추리작가협회상日本推理作家協会賞〉을 수상했다. 그 밖에도 『하나마도하리 샤갈의 묵시花窓玻璃シャガールの黙示』(2009), 『지크프리트의 검ジークフリートの剣』(2010) 등의 작품이 있다.

▶ 한정선

참고문헌: H08~H09, H11~H12.

후카야 다다키深谷忠記, 1943~

도쿄東京 출생. 도쿄대학東京大学 이학부 졸업. 주로 트릭을 중시하는 여행 미스터리, 역사 미스터리를 쓰다가 점차 인권에 관한 문제를 다룬 사회파 미스터리로 범위를 넓혔다. 1982년 『하메른의 피리를 들어라メルンの笛を聴け』가 〈에도가와란포상江戸川乱歩賞〉 후보에 올랐다. 초기에 썼던 작품은 『아소와 운젠 역전의 살인阿蘇・雲仙逆転の殺人』(1986) 『삿포로와 센다이 48초의 역전札幌・仙台48秒の逆転』(1987) 등의 여행 미스터리, 『〈호류지의 수수께끼〉 살인사건「法隆寺の謎」殺人事件』(1988), 『히토마로의 비극人麻呂の悲劇』(1991) 등의 역사 미스터리가 있다. 2000년 이후에는 『목격目撃』(2002), 여자아이를 유괴 살해한 죄로 복역한 남자가 출소 후에 무죄를 호소하면서 파문이 일어나는 내용의 소설 『심판審判』(2005), 인신매매를 다룬 법정 미스터리 『비극 또는 희극悲劇もしくは喜劇』(2008년 발표. 2010년에 가필하여 『위증偽証』으로 개제), 아동 학대를 테마로 한 『살인자殺人者』(2009년 발표, 『소울 머더ソウル・マーダー』로 개제), 가해자와 피해자 쌍방의 고뇌와 갈등을 그린 『무죄無罪』(2011) 등의 작품이 있다.

▶ 한정선

참고문헌: H03, H06, H09~H13.

후쿠다 가즈요^{福田和代, 1967~}

효고현^{兵庫県} 고베시^{神戸市} 출생. 고베대학^{神戸大学} 공학부 졸업. 데뷔작은 2007년, 『가시 제로^{ヴィス・ゼロ}』. 두 번째 작품은 도쿄를 대정전 사태에 빠뜨리고 수도를 습격하는 테러그룹의 이야기를 그린 『TOKYO BLACKOUT』(2008), 이후 『괴물^{怪物}』(2011), 경비회사를 배경으로 한 미스터리 『특수경비대 블랙 호크^{特殊警備隊ブラック・ホーク}』(2012), 연작 미스터리 『스퀘어^{スクウェア}』(2012)와 『푸른 하늘의 캐논―항공자위대 항공중앙음악대 노트^{碧空のカノン―航空自衛隊航空中央音楽隊ノート}』(2013) 등 왕성한 활동을 하고 있다.

▶ 한정선

참고문헌: H09~H13.

후쿠다 히로시^{福田洋, 1929.8.1~?}

오이타현^{大分県} 출생. 오이타경제전문학교^{大分経済専門学校}(현 오이타대학) 졸업. 경제지 출판, 부동산회사 등에 종사하다가 40세가 넘어 소설 집필을 시작했다. 사쿠라다 시노부^{桜田忍}라는 이름으로 활동하기도 했다. 1971년 단편 「공백의 다이얼^{空白のダイヤル}」을 후쿠다 히로시 이름으로 발표한 후, 사쿠라다 시노부^{桜田忍} 명의로 「고운 사신^{艶やかな死神}」(1974)을 발표하여 제13회 〈올요미모노추리소설신인상^{オール読物推理小説新人賞}〉을 수상했다. 그 후에도 사쿠라다 시노부

로 창작활동을 이어갔는데 이 시기에 발표한 작품으로는 신주쿠^{新宿}의 사립탐정 〈쓰키노 요시로^{月野佳郎} 연작 시리즈〉 등 열권 남짓이 있다. 또 1979년에는 제24회 〈에도가와란포상^{江戸川乱歩賞}〉 후보작이었던 작품 『저격^{狙撃}』을 가필 개제한 『흉탄^{凶弾}』을 발표하였다. 『흉탄』은 세토나이카이^{瀬戸内海}에서의 사건을 다룬 논픽션으로 후쿠다 히로시 명의로 간행했는데, 실제 범죄를 소재로 한 리얼한 사건재현으로 화제를 모았다. 이후 비슷한 경향의 논픽션 소설이나 범죄소설을 발표했다. 범죄자 심리, 경찰의 활동에 대한 깊은 조예가 있었다. 동시에 『하얀 수사선^{白い捜査線}』(1986) 등의 여성흥신소 직원 나쓰카와 와카^{夏川和香}, 『살인자의 기억^{殺人者の記憶}』(1986) 등의 작품에 등장하는 가시와기 사에코^{柏木冴子} 형사와 같이 특정 캐릭터가 나오는 여행 미스터리 연작도 다수 발표했다. 장편소설은 후쿠다 히로시 명의로 발표하는 등 집필의 비중은 점차 후쿠다 히로시 명의로 옮겨졌다.

▶ 한정선

참고문헌: A, H04.

후쿠모토 가즈야^{福本和也, 1928.9.23~1997.1.1}

소설가이자 만화 원작자. 본명 후쿠모토 가즈야^{福本一弥}. 이리에 유타카^{入江ゆたか} 라는 이름으로 활동하기도 했다. 오사카^{大阪}에서 태어났고 전쟁 중에는 해군비행예과 연습생으로 입대했다. 전후에는 고쿠사이

491

가이고國際外語, 분카학원文化学院, 니혼대학日本大学 예술학부를 다니다가 중퇴했다. 이토 게이이치伊藤桂一, 오자키 호쓰키尾崎秀樹 등과 함께 동인지『소설회의小説会議』,『문예일본文芸日本』에서 활동하다가 1956년에 제8회 〈고단쿠라부상講談倶楽部賞〉에 가작으로 입선했다.『K7 고지K7高地』(1958),『이탄지층泥炭地層』(1958)이 2회 연속 〈나오키상直木賞〉 후보로 올랐다. 1961년『맹세의 마구ちかいの魔球』를 시작으로『하야부사 신고ハヤブサ新吾』,『검은 비밀병기黒い秘密兵器』등 소년만화 원작으로 두각을 나타냈다. 1962년에는 세스나Cessna 파일럿 자격을 취득했다. 첫 번째 장편추리소설은『흐느껴 우는 돌啜り泣く石』(1963)이었다. 같은 해에 피카레스크 소설『악의 결산悪の決算』(1953)을 간행.『안개의 비행기霧の翼』(1963)를 시작으로 항공미스터리 분야를 개척했다.『사라진 파일럿消えたパイロット』(1974),『비밀의 점보기謎の巨人機』(1975),『UFO살인사건UFO殺人事件』(1976)등 왕성한 집필활동을 했다. 항공미스터리 이외에 오사카 조폭의 생애를 그린 〈폭력주식회사暴力株式会社〉 5부작(1980~86) 등으로 호평을 얻기도 했다. 만년에는 항공미스터리로 회귀하여『공중의 선택空中の選択』(1997)을 끝으로 생을 마감했다. 한국어로는 『UFO살인사건』(1983),『KAL 007을 격추하라』(1991),『살인병동』(1991)이 있다.

▶ 한정선

492

참고문헌: A, B, E.

후쿠이 하루토시福井晴敏, 1968.11.15~

도쿄東京 출생. 지바상과대학千葉商科大学 중퇴. 경비회사에 근무하면서 1997년에 처음으로 응모한『강의 깊이는川の深さは』이 제43회 〈에도가와란포상江戸川乱歩賞〉 최종 후보까지 올랐다. 그러나 43회에는 수상을 하지 못했고, 이듬해인 1998년『Twelve Y. O.』로 제44회 〈에도가와란포상江戸川乱歩賞〉을 수상하며 작가로 데뷔했다. 영상적인 매력과 박력이 넘치는 스펙터클 액션 서스펜스이다. 1999년, 해양모험소설『망국의 이지스亡国のイージス』로 제53회 〈일본추리작가협회상日本推理作家協会賞〉, 제18회 〈일본모험소설협회대상日本冒険小説協会大賞〉, 제2회 〈오야부하루히코상大藪春彦賞〉 수상했고, 〈이 미스터리가 대단하다！このミステリがすごい！〉 3위에 오르기도 했다. 2000년에는 첫 번째 〈에도가와란포상江戸川乱歩賞〉 응모작이었던『강의 깊이는川の深さは』이 간행되어 2001년판 〈이 미스터리가 대단하다！〉10위에 올랐다. 2003년『종전의 로렐라이終戦のローレライ』로 제23회 〈요시카와에이지문학신인상吉川映治文学新人賞〉, 제21회 〈일본모험소설협회대상〉을 수상했고, 2004년판 〈이 미스터리가 대단하다！〉 2위를 차지하며 독자들의 지지를 얻었다. 그 밖에『Op.로즈 더스트Op.ローズダスト』,『기동전사 건담 UC機動戦士ガンダムUC』(2007~09)

등의 작품이 있다.

▶ 한정선

참고문헌: A, H01, H04, H07.

후쿠자와 데쓰조福澤徹三, 1962~

후쿠시마현福島県 기타큐슈시北九州市 출생. 고등학교 졸업 후 영업, 토목 등 다양한 직업을 경험하고 디자인 프로덕션, 광고대리점, 백화점 아트디렉터로 근무한 경력이 있다. 데뷔작은 2000년에 발표한 『환일幻日』. 『환일』은 표제작을 포함한 10편의 단편이 수록된 컬트 호러 단편집이다. 2004년 문고본으로 발행하면서 『재생버튼再生ボタン』으로 제목을 바꿨다. 『환일』 이후에도 『괴의 표본怪の標本』(2001), 『폐가의 유령廃屋の幽霊』(2003), 『사소설死小説』, 『피스 싸인ピースサイン』(2006) 등의 단편소설집을 꾸준히 내고 있고, 단편소설과 더불어 장편소설 『무너지는 자壊れるもの』(2004), 『망자의 집亡者の家』(2005), 『조각すじぼり』(2006) 등을 발표했다. 2008년, 『조각』으로 제10회 〈오야부 하루히코상大藪春彦賞〉을 수상했다. 주로 괴담, 호러 소설을 쓴다.

▶ 한정선

참고문헌: H04, H05, H07.

히가시 도쿠야東篤哉 ☞ 히가시가와 도쿠야
東川篤哉

히가시가와 도쿠야東川篤哉, 1968~

소설가. 히로시마현広島県 출신. 오카야마대학岡山大学 법학부 졸업.

1996년에 히가시 도쿠야東篤哉라는 이름으로 투고한 「어중간한 밀실中途半端な密室」이 공모단편 앤솔러지 『본격추리8 악몽의 창조자들本格推理8:悪夢の創造者たち』에 실렸다. 이후 본격 추리시리즈에 「남쪽 섬의 살인南の島の殺人」, 「대나무와 시체와竹と死体と」, 「십년의 밀실, 십 분의 소실十年の密室・十分の消失」 등이 게재되었고 이 네 편은 후에 단행본 『어중간한 밀실』(2012)로 간행된다. 2002년에 『밀실의 열쇠를 빌려드립니다密室の鍵貸します』로 고분샤光文社의 장편작품 공모신인상인 〈갓파원등용문상Kappa-One登竜門賞〉을 수상하고 본격적인 소설가로 데뷔했다. 유머 미스터리 작가로도 불리며 트릭을 중시하는 본격파.

2007년에 연재를 시작, 2010년부터는 단행본으로 발표된 〈수수께끼 풀이는 저녁식사 후에謎解きはディナーのあとで 시리즈〉는 베스트셀러가 되었는데 경시청에 부임한 신참 형사이자 재벌가의 아가씨인 호쇼 레이코宝生麗子가 독설을 내뱉는 집사 가게야마影山의 도움을 받으며 사건을 해결해 나가는 내용이다. 2011년에 동 작품으로 제8회 〈서점대상本屋大賞〉을 수상하고, 제11회 〈본격미스터리대상本格ミステリ大賞〉 소설부문 후보에 올랐다. 2012년 『방과후는 미스터리와 함께放課後はミステリーとともに』로 제

ㅎ

493

65회 〈일본추리작가협회상日本推理作家協会賞〉 장편 및 연작단편 부문 후보에 오른다. 한국어로는 『저택섬』(2011), 『수수께끼 풀이는 저녁식사 후에』(2011), 『완전범죄에 고양이는 몇 마리 필요한가』(2011), 『밀실의 열쇠를 빌려드립니다』(2011), 『빨리 명탐정이 되고 싶어』(2012)』, 『살의는 반드시 세 번 느낀다』(2012), 『웬수 같은 이웃집 탐정』(2013), 『교환 살인에는 어울리지 않는 밤』(2013) 등이 번역되어 있다.

▶ 이선윤

참고문헌: H12, H13.

히가시노 게이고東野圭吾, 1958.2.4~

소설가. 오사카시大阪市 출생으로 오사카부립대학大阪府立大学 졸업. 1984년에 제30회 〈에도가와란포상江戸川乱歩賞〉 후보에 올랐는데 이 작품은 『마구魔球』(1988)라는 타이틀로 간행되었다. 1985년에는 한 여자 고등학교에서 벌어진 밀실 살인사건을 그린 『방과후放課後』로 제31회 〈에도가와란포상〉을 수상했다. 다음해부터는 재직 중이던 회사를 퇴사하고 집필 활동에 전념하기 시작했다. 수상 후 발표한 첫 장편 『졸업卒業』(1986)에는 이후에 『잠자는 숲眠りの森』(1989), 『악의悪意』(1996)등에도 등장하는 가가 교이치로加賀恭一郎가 수수께끼를 푸는 탐정역으로 처음 등장한다. 이후로도 『백마산장 살인사건白馬山荘殺人事件』(1986), 『학생가의 살인学生街の殺人』(1987) 등에서 밀실 살인사

건을 다루었는데 이후 점차 작품에서 다루는 수수께끼의 성격이 변화해간다. 『조인계획鳥人計画』(1989)에서는 스키점프 선수의 성적이 급상승하게 된 비밀을 그렸는데 치밀한 자료조사에 의해 이야기를 정교하게 풀어가는 히가시노의 진면목을 느낄 수 있다. 1989년에는 『잠자는 숲眠りの森』을 간행했다. 한 발레단 사무실에 침입한 남자가 살해당한 사건을 계기로 관계자들의 복잡한 이해관계를 그린 이 작품의 소재는 밀실 살인사건이 아니다. 또한 『패러렐 월드 러브스토리パラレルワールド・ラブストーリ』(1995) 등 본격미스터리 스타일을 벗어난 SF풍의 연애미스터리 소설도 발표했다.

히가시노는 밀실 살인을 다룬 청춘미스터리 소설에서 출발하여 스포츠미스터리, 실험적 작품들에 이르는 폭넓은 작품 세계를 펼치고 있다. 『괴소 소설怪笑小説』(1995)과 같은 유머를 다룬 단편소설에도 작가의 재능과 치밀함이 잘 드러나 있다. 딸의 몸에 아내의 영혼이 머물게 된 이야기를 그린 『비밀秘密』(1998)은 그의 대표작중 하나로 제52회 〈일본추리작가협회상日本推理作家協会賞〉을 수상했다. 1999년에 발표한 『백야행白夜行』은 등장인물들의 삶을 섬세하게 묘사하여 그들이 품고 살아가는 어둠의 깊이를 능숙한 필치로 그려낸 작품으로 작가로서의 원숙한 경지를 보여주는 대표작이라고 할 수 있다. 그 밖의 작품으로는 연작 단편집 『명탐정의 규칙名探偵の掟』(1996), SF적

취향을 가미한 『도키오トキオ』(2002), 『호숫가 살인사건レイクサイド』(2002), 살인자를 가족으로 두었다는 이유로 겪는 차별에 관한 이야기 『편지手紙』(2003), 『환야幻夜』(2004), 『용의자 X의 헌신容疑者Xの献身』(2005), 『붉은 손가락赤い指』(2006), 『새벽 거리에서夜明けの街で』(2007), 『성녀의 구제聖女の救済』(2008), 『신참자新参者』(2009), 『매스커레이드 호텔マスカレード・ホテル』(2011), 물리학자 유카와湯川가 주인공인 〈탐정 갈릴레오 시리즈〉의 최근작 『금단의 마술禁断の魔術』(2012) 등 다수가 있다.

한국어로도 『白夜行1』(2000), 『白夜行2』(2000), 『白夜行3』(2000), 『짝사랑1』(2003), 『짝사랑2』(2003), 『호숫가 살인사건』(2005), 『편지』(2006), 『백마산장 살인사건』(2008), 『내가 그를 죽였다』(2009), 『유성의 인연1』(2009), 『유성의 인연2』(2010), 『갈릴레오의 고뇌』(2010), 『명탐정의 저주』(2011), 『신참자』(2012), 『숙명』(2007) 등 수많은 번역본이 있다.

▶ 이선윤

참고문헌: A, H07, H12, H13.

히가시야마 아키라東山彰良 1968.9.11~

소설가. 타이완台湾 출신. 5살까지 타이페이台北에서 지낸 후 일본으로 이주하여, 9살부터 후쿠오카현福岡県 거주. 1995년에 세이난학원대학西南学院大学 대학원 경제학연구과 수료했다. 길림대학吉林大学 경제관리학원 박사과정을 중퇴하고. 후쿠오카의 대학에서 중국어를 강의하였다.

2002년 「TURD ON THE RUNターード・オン・ザ・ラン」으로 제1회 〈『이 미스터리가 대단하다! 대상このミステリーがすごい!』大賞〉 및 독자상 수상. 이 작품은 2003년에 『도망작법逃亡作法 - TURD ON THE RUN』이라고 제목을 변경하고 출판하여 베스트셀러가 되었다. 2009년에 거칠고 위험한 일을 하는 도시 젊은이의 생태와 뒷골목을 살아가는 아픔을 그린 『노변路傍』으로 제11회 〈오야부하루히코상大藪春彦賞〉 수상. 같은 해 발표한 판타지와 하드보일드를 결합한 스타일의 『쟈니 더 래빗ジョニー・ザ・ラビット』은 토끼 탐정 쟈니가 주인공으로 다양한 소동물과 마피아 스나이퍼인 인간이 등장한다. 그 외 작품으로 『와일드 사이드를 걸어라ワイルド・サイドを歩け』(2004) 『LIFE GOES ONライフ・ゴーズ・オン』(2009) 『패밀리 레스토랑ファミリー・レストラン』(2011) 등이 있으며, 2012년에는 의사 이직 알선회사에 근무하는 여성을 주인공으로 그린 연작 단편 『미스터 굿 닥터를 찾아서ミスター・グット・ドクターをさがして』를 간행했다.

▶ 이선윤

참고문헌: H09, H12, H13, 아사히신문사 http://book.asahi.com/clip/ TKY200902240202.html
타이완대사관 http://www.taiwanembassy.org/JP/ct.asp?xItem=83222&ctNode=3522&mp=202.

ㅎ

히구치 아키오樋口明雄 1960~

소설가. 야마구치현山口県 출신으로 메이지학원대학明治学院大学 법률학과 졸업. 잡지기자, 프리라이터 등을 거쳐 1997년『두탄頭弾』으로 본격 모험소설 작가로 주목받게 된다. 2008년 야생동물 보전 관리관과 베어독Bear Dog의 활약을 그린『약속의 땅約束の地』으로 제27회〈일본모험소설협회대상日本冒険小説協会大賞〉을 수상하고 2010년 동작품으로 제12회〈오야부하루히코상大藪春彦賞〉을 수상한다. 2013년에는『미드나잇 런!ミッドナイト・ラン!』(2010)으로 제2회〈에키나카 서점대상エキナカ書店大賞〉을 수상했다. 그 밖의 작품으로는『늑대는 죽지 않는다狼は眠らない』(2000),『빛의 산맥光の山脈』(2003),『크라임クライム』(2006) 등의 산악을 배경으로 한 소설과 반려견을 테마로 한『독 테일즈ドッグテールズ』(2011) 그리고 미나미알프스南アルプス를 무대로 산악 구조견과 핸들러의 활약을 그린 『천공의 개天空の犬』(2012) 등 산악모험소설에서 SF, 라이트노벨에 이르기까지의 다양한 분야의 작품이 있다.

▶ 이선윤

참고문헌: H02, H05, H07, H10, H11.

히구치 유스케樋口有介 1950.7.5~

소설가. 마에바시시前橋市 출생으로 국학원대학国学院大学 문학부를 중퇴했으며 기자로 근무하기도 했다. 1988년에『나와 우리의 여름ぼくと、ぼくらの夏』이 제6회〈산토리미스터리대상サントリーミステリー大賞〉독자상을 수상하면서 본격적인 미스터리 작가로서 집필을 시작했다. 형사를 아버지로 둔 고등학생이 동급생의 의심스러운 자살 사건을 조사해가는 이야기를 그린 생기 넘치는 문체의 청춘미스터리 소설이다. 히구치는 비슷한 풍의 청춘물 『바람 소녀風少女』(1990) 이후에 소프트보일드 사립탐정소설 『그녀는 아마도 마법을 쓴다彼女はたぶん魔法を使う』(1990)로 새로운 작품 세계를 시작했다. 유즈키 소헤이柚木草平가 등장하는 시리즈『첫사랑이여, 마지막 키스를 하자初恋よ、さよならのキスをしよう』(1992), 연작 중편집『탐정은 오늘밤도 우울해探偵は今夜も憂鬱』(1992), 그리고 하드보일드 매니아인 전직 경관을 주인공으로 한 패러디물『기노즈카 탐정사무소木野塚探偵事務所』(1995)등의 사립탐정소설 및 청춘물의 성격을 띠는 작품을 발표하고 있다. 그 밖의 작품으로 판타지적 미스터리『달로 향하는 계단月への梯子』(2005),『피스ピース』(2006),『형사님, 안녕刑事さん、さようなら』(2011) 등이 있다.
한국어로는『나와 우리의 여름』(2008) 이 번역되어 있다.

▶ 이선윤

참고문헌: A, H05, H07.

히노 아시헤이火野葦平, 1907~1960

소설가. 본명 다마이 가쓰노리玉井勝則. 1907

년 1월 25일 후쿠오카현福岡県 와카마쓰시若松市(현재 기타큐슈시北九州市) 출생. 와세다대학早稲田大学 영문학과에 재학 중 입영했고 제대 후에는 가업인 석탄 항만하역업을 이어받았다. 1926년 와세다 재학 중 동인잡지 『거리街』를 창간하고 사토 하루오佐藤春夫의 영향이 보이는 환상적인 작품의 「광인狂人」을 발표했다. 1937년에 중편소설 「분뇨담糞尿譚」을 발표하여 1938년에 제6회 〈아쿠타가와상芥川賞〉을 수상했다. 당시 종군중이었던 히노에게 고바야시 히데오小林秀雄가 전장에 가서 상을 전달했다. 같은 해 『보리와 병사麦と兵隊』, 『흙과 병사土と兵隊』 등의 종군기로 전쟁문학의 대표작가가 되었다. 전쟁협력 활동으로 전쟁 후에는 공직에서 추방되었다.

전후의 작품 활동은 주로 사회소설, 풍속소설이었지만 탐정소설도 애호했다. 1948년에는 환상적 소설 「수박밭의 이야기꾼西瓜畑の物語作者」(『보석宝石』)을 발표했다. 수박을 좋아하던 아버지 손에 자란 한 청년이 홍수로 인해 아버지와 헤어지고 나서 수박밭을 지키는 파수꾼일을 하고 있다. 어느날 그가 퉁소를 불며 아버지가 좋아했던 곡을 연주하고 있었는데 마침 한 대의 마차가 다가왔다. 경계의 눈초리로 바라보다보니 마차에 타고 있던 사람은 바로 청년의 아버지였다. 아버지는 수박이 먹고 싶다고 말한다. 청년이 마차 가득 수박을 실어 주었더니 아버지는 청년의 슬픔 따위

에는 상관 없이 무심히 사라져 버린다. 환상적이면서도 슬픈 정서를 자아내는 작품이다. 「망령의 말亡霊の言葉」(『신청년新青年』, 1949)에서는 군속軍属으로 종군 중에 상사의 명령으로 살인을 하게 된 주인공이 그로부터 5년 후에 결혼을 앞두고서 죽음의 예고를 받는다. 그뿐 아니라 그는 죽은줄 알았던 남자에게 습격을 당하기도 하는데, 주인공이 계속해서 남자를 네 번이나 죽이지만 결국은 망령과의 싸움에 지쳐 자살하게 된다. 「심야의 무지개深夜の虹」(『신청년』, 1950)는 화가의 연쇄살인이 중심 사건이다. 코카인에 의한 환각 작용으로 위탁 살인을 저지른 것처럼 보이게 한 사건 뒤에 숨어있는 모략을 찾아낸다. 그 외의 작품으로 자신의 전쟁책임을 언급한 『혁명전야革命前後』(1960) 등이 있다. 히노 아시헤이는 1960년 1월 24일에 스스로 목숨을 끊었다. 한국어로는 『보리와 병정』(1938)이 번역된 바 있다.

▶ 이선윤

참고문헌: B, E, G.

히라노 게이이치로平野啓一郎 1975.6.2~

소설가. 아이치현愛知県 출생. 18살까지 후쿠오카현福岡県 기타큐슈시北九州市에 거주. 1988년 교토대학京都大学 재학중에 문예지 『신초新潮』에 투고한 「일식日蝕」으로 당시 최연소인 23세의 나이로 제120회 〈아쿠타가와상芥川賞〉을 수상했다. 한어적 표현을

497

구사하여 15세기 프랑스의 이단 심문 등을 테마로 형이상학적 이야기를 전개하여 화제를 모았다.

이후 작품군은 크게 3기로 나뉜다. 제1기는 『일식』(1998), 『달一月物語』(1999), 『장송葬送』(2002) 등의 복고적 분위기의 작품군 초기 3부작, 제2기는 「다카세가와 강高瀬川」(2003), 「당신이 없었다 당신あなたが, いなかった, あなた」(2007) 등 현대를 무대로 한 실험적 단편과 중편, 제3기에는 분인주의分人主義, '分人'은 작자의 조어를 테마로 한 『결괴決壊』(2008), 근미래소설 『DAWNドーン』(2009), 그리고 2012년에 만화잡지 『모닝モーニング』에 연재한 장편소설로 현대인의 삶과 죽음의 문제를 다룬 미스터리 『공백을 채워라空白を満たしなさい』 등이 있다. 작가의 말로는 이 소설이 비현실적이고 환상적인 중편, 단편을 집필하고자 하는 제4기의 첫 작품이라고 한다.

2008년에 『결괴』로 〈오다사쿠노스케상織田作之助賞〉의 후보가 되고 2009년에 동작품으로 〈예술선장문부과학대신상芸術選奨文部科学大臣新人賞〉을 수상했다. 2009년 『DAWN』으로 〈분카무라드마고문학상Bunkamuraドゥマゴ文学賞〉을 수상한다.

한국어 번역으로는 『일식』(1999), 『달』(1999), 『장송1』(2005), 『장송2』(2005), 『당신이 없었다 당신』(2008), 『책을 읽는 방법1』(2008), 『결괴1』(2013), 『결괴2』(2013) 등이 있다.

▶ 이선윤

참고문헌: H12, H13.

히라노 겐平野謙, 1907.10.30~1978.4.3

평론가. 본명은 아키라朗. 교토시京都市 출생으로 도쿄제국대학東京帝国大学 문학부 미학과를 졸업했다. 재학 시절부터 프롤레타리아 문학에 관심을 보였지만 결국은 전향하게 된다. 전후 문학계의 중심적 문예 평론가로 정치와 문학, 사소설론 등 예술과 실생활과의 관계를 추구했다. 1940년 『현대문학現代文学』에 참가, 동인들과 함께 오이 히로스케大井廣介의 자택에 모여 기성 추리소설을 텍스트로 범인 찾기 게임을 즐기는 등 추리소설에 대한 관심이 깊었다. 1958년부터 1963년까지 『도쿄신문東京新聞』 등에서 「추리소설시평推理小説時評」을 담당하고 이를 『문단시평文壇時評』 상권(1973)에 수록했다.

▶ 이선윤

참고문헌: A, 大辞林第三版(三省堂).

히라노 아키라平野朗 ☞ **히라노 겐**平野謙

히라바야시 하쓰노스케平林初之輔, 1892.11.8~1931.6.15

평론가, 소설가, 번역가. 교토京都 출신. 와세다대학早稲田大学 졸업. 1919년 『야마토신문やまと新聞』에 문예시평으로 평론가로 출발. 다이쇼시대大正時代 말에서 쇼와시대昭和

時代 초기에 활동한 프롤레타리아 문학운동 이론가로 알려져 있으면서, 『신청년新青年』에 참가하며 많은 작품을 발표한 추리소설 작가이다. 동시에 반 다인의 「그린가 살인사건」 등을 번역하는 등 추리소설 번역가, 본격추리소설의 개념을 확립한 추리소설 평론가이기도 하다. 1926년 하쿠분칸博文館에 들어가 『태양太陽』의 편집주간이 되었다. 1928년 『태양』 폐간으로 퇴사하여 1931년 와세다대학 조교수가 되어 프랑스로 영화연구를 위해 유학을 갔다가 파리에서 출혈성췌장염으로 급사했다.

탐정소설의 논리성, 과학성에 이끌려 애독하고 있던 그는 『신청년』에 「내가 요구하는 탐정소설私の要求する探偵小説」을 발표, 탐정소설의 과학성과 의외성을 중시했다. 탐정소설을 특수문학으로 보지는 않았지만 1928년부터 그 특수성을 인정하여 보통의 소설과는 구별하게 되었다. 그가 이야기하는 추리소설의 독자적 가치는 뛰어난 줄거리, 서스펜스, 트릭, 템포, 소극적 조건 등 다섯 가지이다. 『신청년』에 발표한 「탐정소설 문단의 제경향探偵小説文壇の諸傾向」(1926)에서는, 당시 탐정문단 경향을 논하여, 정신병리적, 변태심리적 측면을 탐색하는데 쏠리고 있다고 하며 불건전파를 비판하고 건전파 탐정소설이 더 발달하기를 희망했다. 이 외에 「현하 문단과 탐정소설現下文壇と探偵小説」(발표년 미상), 「반 다인의 작풍ヴァン・ダインの作風」(발표년 미상), 「뒤팽의

버릇과 번즈의 버릇デュパンの癖とヴァンスの癖」(발표년 미상)을 집필하였고, 1926년부터는 「예심조서予審調書」를 비롯하여 창작에도 힘썼다. 주요 추리소설에는 「희생자犧牲者」(1926), 「비밀秘密」(1926), 「야마부키초의 살인山吹町の殺人」(1927), 「동물원의 하룻밤動物園の一夜」(1928), 「인조인간人造人間」(1928), 「누가 그를 죽였는가誰が何故彼を殺したか」(1927), 「탐정희곡 가면의 사나이探偵戱曲 仮面の男」(1929), 「오펄 색 편지オパール色の手紙」(1929), 「아파트 살인アパートの殺人」(1930) 등이 있다. 또한 추리번역에도 힘을 기울여 으젠느 슈의 「파리의 비밀」, 반 다인의 「그린가 살인사건」 등을 번역 소개했다.

「예심조서」는, 과실에 의한 살인을 자수한 아들을 돕고 싶은 하라다原田 노교수가 예심판사를 찾아가 아들의 정신이상을 주장하지만, 시노자키篠崎 판사는 냉랭한 어조로 그것을 부정하며 교수를 취조하면서 사건의 진상을 밝혀간다는 내용으로 구성되어 있다. 이는 이중 삼중의 반전이 이어지며 본격 추리소설의 면모를 보여준다.

「희생자」는 작가의 인간이해를 명확히 표현한 작품으로 서로 무관하게 일어난 사건을 우연한 일치로 보지 않고 진상을 해결하고자 하여 희생자를 내는 법률가를 비판하는 내용이며, 「야마부키초의 살인」은 약혼자끼리 서로 상대를 범인이라 생각하지만 사립탐정을 등장시켜 범인의 전보로 위조한 알리바이의 모순을 밝혀내는 내용이

ㅎ

499

다. 「동물원의 하룻밤」은 두목이 숨겨둔 비밀서류를 바꿔치기 하는 내용이며, 「인조인간」은 시험관 안에서 인조태아를 키운다고 하는 세계적으로 센세이셔널한 실험을 진행하는 기무라村木 박사를 주인공으로 가족도 정부情婦도 과학자로서의 체면도 포기하지 못 하는 인간의 파멸 과정을 그리는 내용이다. 일본 SF의 선구자라 할 수 있는 운노 주조海野十三(1897~49)가 데뷔한 호에 함께 실렸고, 『세계SF전집 일본의 SF단편집 고전편世界SF全集日本のSF(短篇集)古典篇』(早川書房, 1971)에 실리는 등 SF적 성격이 강한 작품이다.

▶ 김효순

참고문헌: A, B, D, E, G.

히라야마 유메아키平山夢明 1961~

소설가. 가나가와현神奈川県 출신. 호세 대학法政大学 중퇴. 델몬테 히라야마デルモンテ平山라고도 한다. 호러 영화와 비디오 제작 및 비평으로 시작하여 1993년부터 괴담 및 도시전설을 중심으로 본격적 집필 활동을 시작, 1996년 『싱커Sinker—沈むもの』로 소설가 데뷔를 했다. 실화괴담을 집필한 경력이 밑받침된 공표 묘사가 탁월한 호러소설로 유명하다.

고분샤光文社의 『이형 컬렉션 시리즈/마지도異形コレクションシリーズ/魔地図』에 기고한 「유니버설 횡메르카토르 지도의 독백独白するユニバーサル横メルカトル」으로 2006년 〈일본추리작가협회상日本推理作家協会賞〉 단편부문상을 수상하고, 동명 작품집으로 2007년 『이 미스터리가 대단하다!このミステリーがすごい!』국내부문 1위에 올랐다. 이 작품집은 살인마와 함께하며 시체를 묻은 위치가 표시되어가는 지도의 독백이라는 독특한 내용의 표제작을 비롯해 다양한 어둠의 이야기들을 모은 것이다. 2009년에는 살인청부업자들의 회원제 다이너의 웨이트리스로 일하게 된 여성의 이야기를 다른 장편 느와르 『다이너ダイナー』(2009)로 제31회 〈요시카와 에이지신인상吉川英治文学新人賞〉 최종후보, 2010년, 제28회 〈일본모험소설협회대상日本冒険小説協会大賞〉, 제13회 〈오야부하루히코상大藪春彦賞〉을 수상했다. 그 외의 작품집으로는 무관심이라는 공포를 그린 표제작과 은둔형 외톨이에서 가정폭력으로 향하게 된 아들의 살해를 기도하는 부부의 절망을 「아들 해체倅解体」에서 그려내는 등, 이해 불가능한 타인들 속의 불안을 그린 『남의 일他人事』(2010), 살인자의 범행을 목격하고 그를 협박해 햄스터를 사달라고 한 소녀가 그 햄스터들을 죽인다는 표제작 등 상식과 모럴을 흔드는 작품들을 담은 『어느 한심한 놈의 죽음或るろくでなしの死』(2012), 『어둡고 조용하고 록큰롤적인 아가씨暗くて静かでロックな娘』(2012) 등이 있다.

한국어로는 단편집 『유니버설 횡메르카토르 지도의 독백』(2008), 『남의 일』(2009)이 번역 되었다.

▶ 이선윤

참고문헌: H07, H12, H13.

히라이 데이이치平井呈一 1902.6.16~1976.5.19

번역가. 본명 데이치程一. 가나가와현神奈川県 출생으로 와세다대학早稲田大学 영문과를 중퇴했다. 사토 하루오佐藤春夫 문하에서 존 윌리엄 폴리도리John William Polidori의 『흡혈귀吸血鬼』를 사토 하루오 명으로 번역하였다. 1933년에 첫 번역서인 메리메의 『메리메의 편지メリメの手紙』, 호프만의 『고성이야기古城物語』를 간행했다. 1935년부터 나가이 가후永井荷風의 문하생이 되지만 위작 매매 사건 이후 불운의 시기를 보내다 1947년 번역활동을 개시하였고, 1956년 브람 스토커의 『드라큘라魔人ドラキュラ』를 계기로 영미의 괴기소설, 미스터리소설 번역에 전념한다. 『세계공포소설전집世界恐怖小説全集』(1958~59), 『괴기소설 걸작집怪奇小説傑作集』(1969), 『아서 메이첸 작품집성アーサー・メッケン作品集成』(1973~75)등과 같은 전집과 앤솔러지의 편찬과 해설을 통해 영미의 괴기환상소설을 일본의 독자에게 소개하고, 문학사적 가치를 평가를 받게 한 공적도 크다. 창작으로는 나카비시 가즈오中菱一夫란 필명으로 『깊은 밤의 감옥真夜中の檻』(1960)을 발표, 『고이즈미 야쿠모 작품집小泉八雲作品集』으로 1967년 〈일본번역문화상日本翻訳文化賞〉을 수상하였다.

▶ 이선윤

참고문헌: A, B, E.

히라이시 다카키平石貴樹, 1948.10.28~

소설가. 하코다테시函館市 출생으로 도쿄대학東京大学 대학원 박사과정 중퇴, 전공은 영미문학. 1983년 「무지개의 가마쿠라虹のカマクーラ」로 제7회 〈스바루문학상すばる文学賞〉을 수상했다. 다음해, 어리고 아름다운 여성 탐정 사라시나 니키更科丹希, 애칭 닛키ニッキ가 직소 퍼즐 관련 연쇄살인 수수께끼를 푸는 『웃고 직소, 죽이고 퍼즐笑ってジグソー, 殺してパズル』을 발표하여 미스터리 작가로 데뷔했다. 동기를 추구하지 않고 엘러리 퀸Ellery Queen 풍으로 논리전개에 의해 수수께끼를 푸는 그녀의 스타일은, 작자의 미스터리에 대한 자세를 나타내고 있다. 대표작이라고도 할 수 있는 『누구나 포를 사랑했다誰もがポオを愛していた』(1985)는 본격 추리소설인 동시에 에드거 앨런 포Edgar Allan Poe에 대한 오마주이기도 하다. 그 외에 『스노우 바운드@삿포로 연속살인スノーバウンド@札幌連続殺人』(2006) 등이 있다.

▶ 이선윤

참고문헌: A, H8.

히로세 다다시広瀬正 1924.9.30~1972.3.9

소설가. 본명 쇼키치祥吉. 도쿄東京 교바시시京橋市 출생으로 니혼대학日本大学 공학부 건설공학과 졸업했다. 전후에는 밴드를 결성하여 테너 색소폰 주자로 활약했다. 1960년에 자금난으로 밴드가 해산된 후 클래식카 미니어처 모델 제작에 종사하며 창작을 시작했다.

1961년 2월에 중편 추리 소설 『죽이려 했다殺そうとした』를 발표하고 같은 해 SF동인지 『우주진宇宙塵』에 참가하여 호시 신이치星新一가 절찬한 장편소설掌編小説 『사물もの』을 발표한 것을 시작으로 이후 타임 트래블 테마의 세련된 작품을 발표하며 SF장편 집필에 몰두한다. 장편 『마이너스 제로マイナス・ゼロ』(가와데쇼보河出書房, 1965)는 한 청년이 타임머신으로 자신이 태어난 1932년의 세계로 돌아간다는 시간 여행 테마 SF이다. 환청음 사건을 둘러싼 소음 공해 문제를 서스펜스풍으로 다룬 제2의 장편 『치스ツイス』(1971), 중년 여가수의 이야기를 다룬 제3의 장편 『에로스エロス』(1971) 등 세 작품 모두 〈나오키상直木賞〉 후보에 오른다. 양 분야에서 한창 활약하던 1972년 3월 심장마비로 도쿄 아카사카赤坂의 노상에서 급사했다. 사후에 밀실 살인 수수께끼를 다룬 첫 추리 장편 『T형 포드 살인사건T型フォード殺人事件』(1972), 『거울 나라의 앨리스鏡の国のアリス』(1972)가 간행되어, 후자로 〈세이운상星雲賞〉을 수상했다.

▶ 이선윤

참고문헌: A, B, E.

히로세 쇼키치広瀬祥吉 ☞ 히로세 다다시
広瀬正

히로타 시즈노리弘田静憲, 1937.6.15~

소설가. 에히메현愛媛県 출생으로 에히메대학愛媛大学 졸업. 그후 중학교에서 교사로 재직했다. 1973년 불륜상대인 동료의 변심을 원망하는 여성교사의 심리와 그 상대의 실종을 그린 「금붕어를 기르는 여자金魚を飼う女」로 제12회 〈올요미모노추리소설신인상オール読物推理小説新人賞〉을 수상. 형사물 등 10편정도의 단편을 집필한 후에 장편 『바다의 저주海の呪縛』(1978)를 간행했다. 김대중 납치사건을 소재로 하여, 한국과의 정보부 싸움에 휘말린 주인공 유리코由利子를 중심으로 20년 전 미궁에 빠진 살인사건과 함께 민족의 비극과 고뇌를 극명하게 그리고 있다.

▶ 이선윤

참고문헌: A, E.

히메다 미쓰코秘田密子 ☞ 아시카와 스미코
芦川澄子

히무라 히데오火村英生, 1959~

추리소설 작가 아리스가와 아리스有栖川有栖의 추리소설에 주인공으로 등장하는 범죄학자. 범죄사회학 전공으로 대학의 조교수. 「46번째 밀실46番目の密室」(1992)에 처음으로 등장. 삿포로札幌 출신으로 32세의 독

신. 현재는 교토京都에서 하숙 생활. '나도 사람을 죽이고 싶은 적이 있다'는 이유로 범죄학자가 되었다. 경찰에 협력해 범죄와 직접 대결한다는 이유로 '임상범죄학자'라는 별칭으로 불리기도 한다. 탁월한 범죄학자에 어울리지 않게 항상 흰 재킷에 가느다란 넥타이를 대충 헐겁게 맨 복장으로 새치가 많은 부스스한 머리카락을 북북 긁는 버릇이 있다. 말투는 냉정하고 시원시원한 도쿄 악센트를 사용. 조력자 역할의 추리소설 작가 아리스가와 아리스와 처음 만난 것은 대학 2학년 때. 밤중에 비명을 지르며 잠을 깨는 히무라의 기이한 습관을 아리스는 가끔 목격하기도 한다. 「46번째 밀실」에서는 눈 내리는 크리스마스 전야에 벌어진 밀실살인의 수수께끼를 명쾌하게 해결. 그 이후에도 「러시아홍차 수수께끼ロシア紅茶の謎」(1994), 「스웨덴관의 수수께끼スウェーデン館の謎」(1995), 「붉은색 연구朱色の研究」(1997) 등에서 활약.

▶ 이지형

참고문헌: A, I.

히사야마 지요코久山千代子 ☞ **히사야마 히데코**久山秀子

히사야마 히데코久山秀子 1905.5.1~?
소설가. 본명 요시무라 마스芳村升. 가타야마 조片山襄, 히사야마 지요코久山千代子라고도. 도쿄東京 시타야下谷 출생.

개조사改造社 판 『일본 탐정소설 전집日本探偵小説全集』 제16집(1929)의 권두 초상에는 여성의 사진이 실렸으나 실제로는 요코스카横須賀 해군경리학교海軍経理学校의 남성 국어교사였다.

『신청년新青年』에 번역된 작품 편수가 많은 작가는 1위가 비스톤L. J. Beeston이었고 이에 이은 2위가 쾌걸 조로의 작가로도 잘 알려진 맥컬리Johnston McCulley였는데 유머러스하고 편안한 감각이 독자들에게 호평을 받은 것이다. 히사야마는 1922년부터 빈번하게 소개된 맥컬리의 〈지하철 샘Thub-Way Tham 시리즈〉를 주목하고 그 취향을 답습하여 1925년 4월에 『신청년』에 「들떠 있는 송골매浮かれている「隼」」가 일반응모 입선작으로 게재되면서 등장하게 되었다. 이 작품은 여자 소매치기 〈오히데お秀 시리즈〉의 제1작으로 아사쿠사浅草 6구를 근거지로 하는 오히데의 활약을 유머러스하게 그렸다. 맥컬리 작품의 크래덕Craddock 형사에 해당하는 역할이 다카야마高山 형사이다. 오히데는 『송골매의 승리隼の勝利』, 『송골매의 해결隼の解決』(두 작품 모두 1927년에 발표)과 같이 살인 사건을 해결하기도 한다.

1929년 이후로는 산발적으로 발표하게 되지만 1937년까지 『신청년』 사상 최장기 연작으로 기록되었다. 그리고 인기에 힘입어 구리시마 스미코栗島すみ子 주연으로 영화화되기도 했다. 이후 집필을 중단, 1955년에 다시 『탐정클럽探偵クラブ』에 「우메노요시베

죄인 체포 이야기梅由兵衛捕物噺라는 타이틀로 몇 편의 체포록 소설을 발표했다.

▶ 이선윤

참고문헌: A, B.

히사오 주란久生十蘭 1902~1957

소설가. 본명 아베 마사오阿部正雄. 무토베 쓰토무六戸部力, 다니가와 하야시谷川早라고도. 홋카이도北海道 출생. 도쿄 다키노가와 성학원중학교瀧野川聖学院中学校를 중퇴했다. 1920년부터 1928년까지 하코다테函館 신문사에 근무. 그 후 기시다 구니오岸田国士와 히시가타 요시土方与志 등에게 사사師事 받았다. 1929년에 연극 연구를 위해 프랑스로 유학, 국립공예학교를 졸업한 후 1933년에 귀국한다. 프랑스를 무대로 한 유머 연작 「논샤란 기행ノンシャラン道中記」(1934) 등을 『신청년新青年』에 본명으로 기고했다. 히사오 주란이라는 명의로 1936년에 탐정장편소설 『금빛 늑대金狼』를 발표했다. 살인사건 용의자가 범인을 추적하는 줄거리에 젊은 남녀의 비극적 연애 이야기를 결합시킨 것으로 범인 수사나 권선징악이 중심이 아니라 심리묘사에 집중하여 새로운 영역을 개척했다. 살인을 저지르려는 부부를 지켜보는 남자의 독백 「검은 수첩黒い手帳」(1937), 교만하고 비뚤어진 귀족과 아내의 부정에 대한 은폐공작을 그린 「호반湖畔」(1937), 『신청년』에 연재한 두번째 장편 『마도魔都』(1937~38), 바다표범 번식장이 있는 외딴 섬을 무대로 자연과 본능에 대한 인간의 헛된 저항을 인수혼교담적인 환상적 분위기로 그린 인상적 작품 「해표도海豹島」(1939) 등을 집필했다. 이외에도 다니가와 하야시谷川早 명의로 「아고주로 범인체포 이야기顎十郎捕物帳」(1940)등 전쟁 전으로서는 드문 트릭키한 본격 추리연작도 있었으나 시국의 변화와 함께 탐정소설 집필은 감소한다. 태평양전쟁으로 1941년에 화중華中지방에 종군, 1943년에는 해군 보도반으로 남방전선으로 파견, 행방불명되었다가 1944년에 귀국한다. 「종군일기從軍日記」가 유작으로 2004년 발견되어 2007년에 간행되었다. 전후가 되어 햄릿의 세계를 현실로 생각하고 살아가는 광인과 그의 암살을 둘러싼 드라마 「자객刺客」(1938)을 개고한 「햄릿ハムレット」(1946) 및 프랑스 정치 스캔들에 휘말린 일본 유학생을 그린 「십자가十字街」(1952) 등을 집필하지만 작품의 중심은 현대 소설이나 시대소설, 논픽션 노벨 등으로 옮겨간다. 1952년에는 역사소설 「스즈키 몬도鈴木主水」로 제26회 〈나오키상直木賞〉을 수상한다. 1955년에는 요시다 겐이치吉田健一의 번역 「모자상母子像」(1954)으로 『뉴욕 해럴드 트리뷴』의 제2회 〈세계단편소설콩쿨〉 1위에 입선했다. 그의 탐정소설은 20여 편에 지나지 않지만 성격묘사와 날카로운 범죄심리 분석에서 뛰어난 재능을 보였다. 1957년에 식도암으로 자택에서 사망했다.

한국어로는 『귀여운 악마』(2009), 『해표도』(2012) 등이 번역되었다.

▶ 이선윤

참고문헌: A, B, G.

히야마 요시아키檜山良昭, 1943.9.5~

소설가. 이바라키현茨城県 출생으로 와세다대학早稲田大学 정치경제학부를 졸업했다. 교토대학京都大学 대학원 경제학 연구과에서 독일 경제학을 전공하고 논픽션『SA나치 돌격대SAナチス突撃隊』(1976)를 발표했다. 『스탈린 암살계획スターリン暗殺計画』(1978)은 문헌, 자료, 증언에 의해 구성된 추리소설로 다음해 제32회 〈일본추리작가협회상日本推理作家協会賞〉을 수상했다. 가공의 전쟁사를 소재로 다룬 『일본 본토 결전日本本土決戦』(1981)은 『아메리카 본토 결전アメリカ本土決戦』(1982), 『소련 본토 결전ソ連本土決戦』(1983) 등으로 이어져 〈대역전大逆転 시리즈〉(1988~)로 발전했다.

▶ 이선윤

참고문헌: A, E.

히치콕 매거진ヒッチコック・マガジン

추리소설 전문잡지. 1959년 8월부터 63년 7월까지 50호를 발행. 보석사宝石社 발행으로 편집장은 고바야시 노부히코小林信彦가 나카하라 유미히코中原弓彦라는 이름으로 역임했다. 보석사에서 간행하는 잡지『보석宝石』에서는 영화감독 알프레드 히치콕Sir Alfred Joseph Hitchcock, アルフレッド・ジョゼフ・ヒッチコック이 운영하는『알프레드 히치콕 미스터리 매거진AHMM』과 계약해 1958년부터 '히치콕 미스터리 페이지'를 게재하다가, 1959년부터는 『AHMM』 일본어판을 발행하게 되었다. 미국판과 연동하면서도 새로운 경향의 서스펜스 소설, 그로테스크 분위기의 소설 소개를 지향했다. 당연히 번역 작품이 중심이었지만 자매 잡지『보석』과 연계해 호시 신이치星新一, 히카게 조키치日影丈吉, 고노 덴세河野典生 등 일본 작가의 소설도 게재했다. 또한 미스터리와 더불어 영화 관계 기사도 충실히 편성하였다. 자동차, 재즈, 권총 등의 특집도 풍성해 미스터리를 중심으로 하면서도 도시 취미를 전면에 내세운 종합오락잡지로서의 성격 또한 겸비한 잡지.

▶ 이지형

참고문헌: A, 『星新一ショートショート1001』全3巻(新潮社, 1998).

히카게 조키치日影丈吉 1908.6.12~1991.9.22

소설가, 번역가. 본명 가타오카 주이치片岡十一. 도쿄東京 출생인데 작가가 되기 전의 경력에는 불명확한 부분이 많다. 『신청년新青年』을 애독하던 형의 영향으로 탐정소설을 탐독하였고, 1924년에 아테네 프랑세アテネ・フランセ 및 가와바타 미술학교川端画学校에 입학했다. 졸업 후에 2~3년간 프랑스에 유학했고, 귀국 후에는 어학과 프랑스

505

요리 연구 지도를 하다 1943년에 소집되어 근위수색연대近衛捜索連帯에 입대하였으며. 타이완에서 패전을 맞이했다.

1949년에 『보석宝石』 100만엔 현상 콩쿨에서 도쿄에서 자란 소년이 시골로 가서 무녀 노파의 죽음을 접하면서 품게 되는 의혹을 섬세한 문장으로 그린 단편 「샤먼의 노래かむなぎうた」가 2등으로 입선하여 추리작가로 출발하게 되었다.

빈틈없는 문장 구성으로 추리소설과 순문학의 경계선상에 서있는 듯한 매력은 이미 그의 첫 작품에서 완성되어있었다. 1954년에 〈하이칼라 우쿄ハイカラ右京 시리즈〉를 『탐정클럽探偵クラブ』에 게재할 무렵부터 왕성한 집필 활동을 개시했고 1956년에는 전년에 발표한 「여우의 닭狐の鶏」이라는 소설로 제9회 〈일본탐정작가클럽상日本探偵作家クラブ賞〉을 수상하였다. 같은 해에 발표한 「기묘한 카라반奇妙な隊商」은 히비야공원 안에 갑자기 출현한 카라반을 둘러싼 엑조티즘 넘치는 환상소설이다.

1959년에는 정계거물의 딸이자 가수인 약혼자의 불가해한 죽음을 다룬 유머러스한 장편 『새빨간 강아지真赤な子犬』, 전쟁 말기의 타이완을 무대로 헌병 사살사건을 다룬 『내부의 진실内部の真実』이라는 장편소설을 간행하였다. 이외에도 『오가의 사람들応家の人々』(1961), 『고독의 함정孤独の罠』(1963) 등의 장편 및 「기비쓰의 가마솥吉備津の釜」(1959), 「고양이의 샘猫の泉」(1939) 등 환상적인 분위기 넘치는 단편에서 진가를 발휘했다. 만년에도 『지옥시계地獄時計』(1987) 등의 역작을 발표했다. 단편집 『진흙기차泥汽車』(1989)로 90년에 제18회 〈이즈미교카문학상泉鏡花文学賞〉을 수상하기도 한다.

창작 활동 이외에도 심농Georges Simenon의 『메그레와 노부인メグレと老婦人』, 가스통 르루Gaston Leroux의 『노란 방의 비밀黄色い部屋の秘密』과 같은 고전에서 부알로 나르스자크Boileau et Narcejac의 『사자 속에서死者の中から』 같은 서스펜스, 로망 느와르에 이르기까지 다채로운 프랑스 미스터리 소설을 번역했다. 1991년에 병으로 사망한다.

▶ 이선윤

참고문헌: A, B, G.

히카와 로氷川瓏, 1913.7.16~1989.12.26

소설가. 본명 와타나베 유이치渡辺祐一. 도쿄東京 출생으로 도쿄상대東京商大를 졸업했다. 에도가와 란포江戸川乱歩의 추천으로 장편소설掌編小説 「유모차乳母車」가 『보석宝石』 1946년 5월호에 게재되어 데뷔했다. 분량이 원고지 겨우 4장에 불과한 「유모차」는 심야에 유모차를 미는 여자를 만난 남자의 공포체험을 그린 괴기문학의 걸작이다. 눈 내리는 밤의 공포를 그린 「하얀 외투의 여자白い外套の女」(1948), 성전환 문제를 다룬 「가자하라 박사의 기괴한 실험風原博士の奇怪な実験」(1950), 어린아이의 눈을 통해 살인의 진말을 그린 「창窓」(1951) 등 괴기 환상

소설을 중심으로 인상적인 활동을 계속하여 1953년 발표작 「수련부인睡蓮婦人」으로 제7회 〈탐정작가클럽상探偵作家クラブ賞〉 장려상을 수상하기도 했다. 또한, 〈에도가와 란포상江戸川乱歩賞〉 예선위원을 역임하였으며 순문학 동인지를 주재했다. 1975년에 탐정소설 전문잡지 『환영성幻影城』이 창간되면서 단편 「아지랭이의 집陽炎の家」을 발표하고 이 잡지에 잇달아 작품을 발표했다. 판타지 작가 히카와 레이코ひかわ玲子는 그의 조카로 히카와 로의 필명을 이어받았다.

▶ 이선윤

참고문헌: A, B, E.

ㅎ

507

A~Z

DS선서DS選書

1946년부터 1948년까지 자유출판사自由出版社에서 간행된 된 문고판文庫版 A6판 사이즈의 탐정소설 전집인데 일본 패전 후 가장 먼저 간행된 총서이기도 하였다. 총 12권이 간행되었는데 원래부터 12권의 총서를 기획했던 것은 아닌 듯 하며 각 총서는 단편집의 형태를 취한 것도 있고 장편도 존재하며 대부분이 재수록된 작품들이다. 따라서 전쟁 직후 탐정소설 수요에 응하여 당시 인기 탐정소설가의 작품을 묶어내는 형태를 취했으며 짜임새 있는 기획이었다고 할 수는 없다.

DS선서에는 운노 주조海野十三의 『파리 남자蠅男』(1946.3), 『18시의 음악욕十八時の音楽浴』(1946.6), 요코미조 세이시橫溝正史의 『야광충夜光蟲』(1946.7), 에도가와 란포江戸川乱歩의 『악마의 문장悪魔の紋章』(1946.8), 오시타 우다루大下宇陀児의 『거리의 독초街の毒草』1946.9), 요코미조 세이시의 『하쿠로카이白蠟怪』(1946.11), 기기 다카타로木々高太郎의 『정신맹精神盲』(1947.4), 미즈카니 준水谷準의 『괴뢰사傀儡師』(1947.6), 와타나베 게이스케渡辺 啓助의 『혈소부血笑婦』(1947.9), 요코미조 세이시의 『환상의 여인幻の女』(1947.9), 오시타 우다루의 『공중에 뜬 머리宙に浮く首』(1948) 등의 작품이 있다.

▶ 조미경

참고문헌: B, G.

G멘G メン

탐정소설 전문잡지. G멘사G メン社에서 간행. 발행인은 고단샤에서 근무했던 고바야시 류지小林隆治. 1947년 10월 창간호를 발행했다.

'G멘'은 미국 연방수사국FBI 수사관Government Men을 통칭하는 속어로, 제호에 어울리게 오락과 방범防犯을 겸한 잡지이며, 범죄 실화 및 탐정소설을 중점적으로 수록했다. 에도가와 란포江戸川乱歩와 경시청의 호리자키堀崎 수사 제1과장의 대담, 추리소설가이자 의학박사인 기기 다카타로木々高太郎와 도코로야마野老山 감식과장의 대담 등의 기사, 창작추리소설로는 와타나베 게이스케渡辺啓助의 「호수의 님프湖のニンフ」, 구라미쓰 도시오倉光俊夫의 「눈보라치는 밤의 마지막 전차吹雪の夜の終電車」, 후타바 주자부로双葉十三郎의 「냄새나는 밀실臭う密室」등이, 외국 작품으로는 모리스 르블랑의 〈루팡 시리즈〉가 번역 수록되었다. 1948년 12월까지 총 13호를 발행하고 창간 1년 만에 종간했으며, 이듬해인 1949년 1월부터 『X』라는 제호로 바꿔 발간했다.

▶ 박광규

참고문헌: D, E, F, G.

SF미스터리

SFScience Fiction 요소와 미스터리mystery 요소가 융합되어 있는 새로운 소설 장르의 호칭이다. 참고로 SF, 즉 사이언스 픽션이라는 말은 미국의 SF잡지 『어메이징 스토리즈Amazing Stories』에서 처음 사용된 용어이나, 그 이전에 발표된 작품 중에도 쥘 베른Jules Verne의 『해저 2만리Leagues Under the Sea』(1869)나 H.G. 웰스Herbert George Wells의 『타임머신The Time machine』(1895)처럼 현재 SF로 평가 받고 있는 작품이 많다. 또한 SF는 '공상과학소설'이나 '과학소설'로 번역되기도 한다. SF미스터리는 이러한 SF적 요소가 무대나 스토리로 설정되어 있는 미스터리이다. 단지 장르의 정의에 관해서는 여러 가지 논의가 있어 미스터리적 세계에 SF적 요소를 도입한 것도 있고, 반대로 SF적 세계에 미스터리적 요소를 첨가한 것도 있어 SF미스터리라고는 하지만 세분화되어 설명되고 있다. 이 SF영역을 적극적으로 개척한 것

은 아서 C 클라크Sir Arthur Charles Clarke, 로버트 A 하인라인Robert Anson Heinlein과 함께 3대 SF작가The Big Three로 불리는 아이작 아시모프Isaac Asimov이다. 일본에는 미스터리 요소를 SF 속에서 시도해 보고 싶었다고 작가 자신이 직접 언급하고 있는 사노 요佐野洋의 『투명수태透明受胎』(1965)나 초능력자 스파이가 등장하는 고마쓰 사쿄小松左京의 『에스피エスパイ』(1965)가 있고, 그 밖에도 이자와 모토히코井沢元彦의 『사루마루 환시행猿丸幻視行』(1980), 미야베 미유키宮部みゆき의 『용은 잠들다龍は眠る』(1991), 우메하라 가쓰후미梅原克文의 『솔리톤의 악마ソリトンの悪魔』(1995) 등이 있다.

▶ 장영순

참고문헌: A, B, E, 「空想科学小説」『ブリタニカ国際大百科事典』(ティビーエス・ブリタニカ、1998), 風見潤 "SFミステリ"小論」(エドワード・D・ホック著、風見潤訳『コンピューター検察局』、早川書房、1974).

A~Z

509

일러두기

1. 각 상의 명칭은 일본 읽기 법을 기준으로 한국어로 표기했다.

2. 한국에서 번역본이 출간된 작품의 경우는 번역된 작품명에 따라 한국어 표기를 했지만, 번역되지 않은 작품 경우에는 일본어 원문을 그대로 표기했다.

3. 작품 제목에 관한 개제(改題) 정보는 기본적으로 각 상의 공식 홈페이지를 참고로 하여, (구 제목『 』) 또는 (『 』으로 개제)로 표기를 했다.

4. 작가의 개명 또는 별명에 관한 내용은 기본적으로 각 상 공식 홈페이지를 참고로 하여 일본 원문 이름 옆에 (   )를 넣어 표기했다.

수 상 일 람

〈아유카와데쓰야상〉 (도쿄소겐샤)
〈鮎川哲也賞〉(東京創元社)

「아유카와 데쓰야와 열셋의 수수께끼 (鮎川哲也と十三の謎)」
「十三番目の椅子」(1989)

제1회(1990)	이마무라 아야	今邑彩(今井恵子)	『卍の殺人』
제2회(1991)	아시베 다쿠	芦辺拓	『殺人喜劇の13人』
제3회(1992)	이시카와 신스케	石川真介	『不連続線』
제4회(1993)	가노 도모코	加納朋子	『ななつのこ』
제5회(1994)	곤도 후미에	近藤史恵	『얼어붙은 섬(凍える島)』
제6회(1995)	아이카와 아키라	愛川晶	『化身』
제7회(1996)	기타모리 고	北森鴻	『狂乱卄四孝』
제8회(1997)	미쓰사카 다로	満坂太郎	『海賊丸漂着異聞』
제9회(1998)	고다마 겐지	舒健二(児玉健二)	『未明の悪夢』
제10회(1999)	아스카베 카쓰노리	飛鳥部勝則	『殉教カテリナ車輪』
제11회(2001)	수상작 없음		
제12회(2002)	몬젠 노리유키	門前典之	『建築屍材』
제13회(2003)	고토 히토시	後藤均	『写本室の迷宮』
제14회(2004)	모리야 아키코	森谷明子	『千年の黙 異本源氏物語』
제15회(2005)	가미즈케이 지로	神津慶次朗	『鬼に捧げる夜想曲』
	기시다 루리코	岸田るり子	『密室の鎮魂歌』
제16회(2006)	수상작 없음		
제17회(2007)	아사미 가즈시	麻見和史	『ヴェサリウスの柩』
제18회(2008)	야마구치 요시히로	山口芳宏	『雲上都市の大冒険』
제19회(2009)	나나카와 가난	七河迦南	『七つの海を照らす星』
제20회(2010)	아이자와 사코	相沢沙呼	『午前零時のサンドリヨン』
	야만 준이치	安万純一	『ボディ・メッセージ』

제21회(2011)	쓰키하라 와타루	月原渉	『太陽が死んだ夜』
제22회(2012)	야마다 아야토	山田彩人	『眼鏡屋は消えた』
제23회(2013)	아오사키 유고	青崎有吾	『体育館の殺人』
	이치카와 데쓰야	市川哲也	『名探偵の証明』

부록
1

〈에도가와란포상〉(일본추리작가협회 후원 고단샤, 후지텔레비젼)
〈江戸川乱歩賞〉(日本推理作家協会 後援講談社 フジテレビ)

제 1 회(1955)	나카지마 가와타로	中島河太郎	『探偵小説辞典』
제 2 회(1956)	하야카와쇼보	早川書房	〈ポケット・ミステリ〉の出版
제 3 회(1957)	니키 에쓰코	仁木悦子	『고양이는 알고 있다(猫は知っていた)』
제 4 회(1958)	다키가와 교	多岐川恭	『濡れた心』
제 5 회(1959)	신쇼 후미코	新章文子	『危険な関係』
제 6 회(1960)		수상작 없음	
제 7 회(1961)	진 슌신	陳舜臣	『枯草の根』
제 8 회(1962)	도가와 마사코	戸川昌子	『大いなる幻影』
	사가 센	佐賀潜	『화려한 도전(華やかな死体)』
제 9 회(1963)	후지무라 쇼타	藤村正太	『孤独なアスファルト』
제10회(1964)	사이토 노보루	西東登	『蟻の木の下で』
제11회(1965)	니시무라 교타로	西村京太郎	『天使の傷痕』
제12회(1966)	사이토 사카에	斎藤栄	『殺人の棋譜』
제13회(1967)	가이토 에이스케	海渡英祐	『伯林(ベルリン)：一八八八年』
제14회(1968)		수상작 없음	受賞作なし
제15회(1969)	모리무라 세이치	森村誠一	『고층의 사각지대(高層の死角)』
제16회(1970)	오타니 요타로	大谷羊太郎	『殺意の演奏』
제17회(1971)		수상작 없음	
제18회(1972)	와쿠 슌조	和久峻三	『仮面法廷』
제19회(1973)	고미네 하지메	小峰元	『アルキメデスは手を汚さない』
제20회(1974)	고바야시 규조	小林久三	『暗黒告知』
제21회(1975)	구사카 게이스케	日下圭介	『蝶たちは今……』
제22회(1976)	도모노 로	伴野朗	『五十万年の死角』

제23회(1977)	가지 다쓰오	梶竜雄	『透明な季節』
	후지모토 센	藤本泉	『時をきざむ潮』
제24회(1978)	구리모토 가오루	栗本薫	『ぼくらの時代』
제25회(1979)	다카야나기 요시오	高柳芳夫	『プラハからの道化たち』
제26회(1980)	이자와 모토히코	井沢元彦	『猿丸幻視行』
제27회(1981)	나가이 아키라	長井彬	『原子炉の蟹』
제28회(1982)	나카쓰 후미히코	中津文彦	『黄金流砂』
	오카지마 후타리	岡嶋二人	『焦茶色のパステル』
제29회(1983)	다카하시 가쓰히코	高橋克彦	『写楽殺人事件』
제30회(1984)	도리이 가나코	鳥井加南子(取井科南子)	『天女の末裔』
제31회(1985)	모리 마사히로	森雅裕	『モーツァルトは子守唄を歌わない』
	히가시노 게이고	東野圭吾	『방과 후(放課後)』
제32회(1986)	야마자키 요코	山崎洋子	『花園の迷宮』
제33회(1987)	이시이 도시히로	石井敏弘	『風のターン・ロード』(이전 제목[旧題] 『ターン・ロード』)
제34회(1988)	사카모토 고이치	坂本光一	『白色の残像』
제35회(1989)	나가사카 슈케이	長坂秀佳	『浅草エノケン一座の嵐』
제36회(1990)	도바 료	鳥羽亮	『剣の道殺人事件』
	아베 요이치	阿部陽一	『フェニックスの弔鐘』
제37회(1991)	나루미 쇼	鳴海章	『ナイト・ダンサー』
	신보 유이치	真保裕一	『連鎖』
제38회(1992)	가와다 야이치로	川田弥一郎	『희고 긴 복도(白く長い廊下)』
제39회(1993)	기리노 나쓰오	桐野夏生	『얼굴에 흩날리는 비(顔に降りかかる雨)』
제40회(1994)	나카지마 히로유키	中嶋博行	『検察捜査』
제41회(1995)	후지와라 이오리	藤原伊織	『테러리스트의 파라솔(テロリストのパラソル)』
제42회(1996)	와타나베 요코	渡辺容子	『左手に告げるなかれ』
제43회(1997)	노자와 히사시	野沢尚	『破線のマリス』
제44회(1998)	이케이도 준	池井戸潤	『果つる底なき』
	후쿠이 하루토시	福井晴敏	『Twelve Y.O』(이전 제목 『12〈twelve Y.O〉』)
제45회(1999)	신노 다케시	新野剛志	『八月のマルクス』(이전 제목『マルクスの恋人』)
제46회(2000)	슈도 우리오	首藤瓜於	『뇌남(脳男)』

514

제47회(2001)	다카노 가즈아키	高野和明	『13계단(13階段)』
제48회(2002)	미우라 아키히로	三浦明博	『滅びのモノクローム』
제49회(2003)	시라누이 교스케	不知火京介	『マッチメイク』
	아카이 미히로	赤井三尋	『翳りゆく夏』
제50회(2004)	가미야마 유스케	神山裕右	『カタコンベ』
제51회(2005)	야쿠마루 가쿠	薬丸岳	『천사의 나이프(天使のナイフ)』
제52회(2006)	가부라기 렌	鏑木蓮	『東京ダモイ』
	하야세 란	早瀬乱	『三年坂 火の夢』
제53회(2007)	소네 게이스케	曾根圭介	『침저어(沈底魚)』
제54회(2008)	쇼다 간	翔田寛	『誘拐児』
	스에우라 히로미	末浦広海	『訣別の森』
제55회(2009)	엔도 다케후미	遠藤武文	『프리즌 트릭(プリズン・トリック)』
			(이전 제목『三十九条の過失』)
제56회(2010)	요코제키 다이	横関大	『再会のタイムカプセル』
제57회(2011)	가와세 나나오	川瀬七緒	『よろずのことに気をつけよ』
	구무라 마유미	玖村まゆみ	『クライミング ハイ』
제58회(2012)	다카노 후미오	高野史緒	『カラマーゾフの妹』
제59회(2013)	다케요시 유스케	竹吉優輔	『襲名犯』

〈오야부하루히코상〉(동상 선고위원회, 후원 도쿠마서점)
〈大薮春彦賞〉(同賞選考委員会、後援徳間書店)

제1회(1999)	하세 세이슈	馳星周	『漂流街』
제2회(2000)	후쿠이 하루토시	福井晴敏	『亡国のイージス』
제3회(2001)	고조 아키라	五条瑛	『スリー・アゲーツ三つの瑪瑙』
제4회(2002)	오쿠다 히데오	奥田英朗	『방해자(邪魔)』
제5회(2003)	우치우미 분조	打海文三	『ハルビン・カフェ』
제6회(2004)	가키네 료스케	垣根涼介	『와일드 소울(ワイルド・ソウル)』
	사사모토 료헤이	笹本稜平	『太平洋の薔薇』
제7회(2005)	시즈쿠이 슈스케	雫井脩介	『犯人に告ぐ』
제8회(2006)	히키타 구니오	ヒキタクニオ	『遠くて浅い海』

제9회(2007)	기타 시게토	北重人	『蒼火』
	시바타 데쓰타카	柴田哲孝	『TENGU』
제10회(2008)	곤도 후미에	近藤史恵	『サクリファイス』
	후쿠자와 데쓰조	福沢徹三	『すじぼり』
제11회(2009)	히가시마야 아키라	東山彰良	『路傍』
제12회(2010)	히구치 아키오	樋口明雄	『約束の地』
	미치오 슈스케	道尾秀介	『용의 손은 붉게 물들고(竜神の雨)』
제13회(2011)	히라야마 유메아키	平山夢明	『ダイナー』
제14회(2012)	누마타 마호카루	沼田まほかる	『ユリゴコロ』
제15회(2013)	유즈키 유코	柚月裕子	『検事の本懐』

〈올요미모노추리신인상〉(문예춘추)
〈オール読物推理小説新人賞〉(文芸春秋)

제1회(1962)	다카하라 고키치	高原弘吉	『あるスカウトの死』
제2회(1963)	니시무라 교타로	西村京太郎	『歪んだ朝』(『華やかな殺意』로 개제に改題)
	노가미 류	野上竜(出口和明)	『凶徒』
제3회(1964)	야나기가와 아키히코	柳川明彦	『狂った背景』
제4회(1965)		수상작 없음	
제5회(1966)		수상작 없음	
제6회(1967)		수상작 없음	
제7회(1968)	고토 가즈오	伍東和郎	『地虫』
제8회(1969)	가토 가오루	加藤薫	『アルプスに死す』
제9회(1970)	히사마루 오사무	久丸修	『荒れた粒子』
제10회(1971)	다카야나기 요시오	高柳芳夫	『黒い森(シュヴァルツ・ヴァルド)の宿』(『オイディプス王の末裔』를 개제)
제11회(1972)	기무라 요시타카	木村嘉孝	『密告者』
제12회(1973)	히로타 미즈노리	弘田靜憲	『金魚を飼う女』
	야스 노부키치	康伸吉(壱岐光生)	『いつも夜』
제13회(1974)	사쿠라다 시노부	桜田忍	『艶やかな死神』
제14회(1975)	아라 마쓰오	新谷識	『死は誰のもの』(『殺人願望症候群』에解題)

제15회(1976)	이시이 다쓰오, 야하라 마나미	石井竜生・井原まなみ	『アルハンブラの想い出』
	아카가와 지로	赤川次郎	『유령 열차(幽霊列車)』
	오카다 요시유키	岡田義之	『四万二千メートルの果てには』
제16회(1977)	시마노 하지메	島野一	『仁王立ち』
	무네미야 유키오	胸宮雪夫	『苦い暦』
제17회(1978)	요코타 아유코	横田あゆ子	『仲介者の意志』
제18회(1979)	아사리 게이치로	浅利佳一郎	『いつの間にか・写し絵』
제19회(1980)	모리타 나루오	もりたなるお	『真贋の構図』
	오사카 고	逢坂剛	『屠殺者よグラナダに死ね』
제20회(1981)	모토오카 루이	本岡類	『歪んだ駒跡』
	기요사와 아키라	清沢晃	『刈谷得三郎の私事』
제21회(1982)		수상작 없음	
제22회(1983)	고스기 겐지	小杉健治	『原島弁護士の処置』(『原島弁護士の愛と悲しみ』으로 개제)
제23회(1984)		수상작 없음	
제24회(1985)	아라바 간	荒馬間	『新・執行猶予考』
제25회(1986)	아사카와 준	浅川純	『世紀末をよろしく』
제26회(1987)	미야베 미유키	宮部みゆき	『우리 이웃의 범죄(我らが隣人の犯罪)』
	나가오 유타카	長尾由多加	『庭の薔薇の紅い花びらの下』
제27회(1988)		수상작 없음	
제28회(1989)		수상작 없음	
제29회(1990)	나카노 요시히로	中野良浩	『小田原の織社』
	사타케 가즈히코	佐竹一彦	『わが羊に草を与えよ』
제30회(1991)	고바야시 히토미	小林仁美	『ひっそりとして、残酷な死』
제31회(1992)	아오야마 메이	青山赩	『帰らざる旅』
제32회(1993)	고마쓰 미쓰히로	小松光宏	『すべて売り物』
제33회(1994)	이노우에 히로노부	伊野上裕伸	『保険調査員：赤い血の流れの果て』 (이전 제목 『赤い血の流れの果て』)
제34회(1995)	가시와다 미치오	柏田道夫	『二万三千日の幽霊』
제35회(1996)	사이쇼 류스케	税所隆介	『かえるの子』
제36회(1997)	이시다 이라	石田衣良	『이케부쿠로 웨스트 게이트 파크(池袋ウェストゲートパーク)』

	미나미시마 사에코	南島砂江子	『道連れ』(『疑惑』으로 개제)
제37회(1998)	우미즈키 루이	海月ルイ	『逃げ水の見える日』
	아케노 데루하	明野照葉	『雨女』(『澪つくし』으로 개제)
제38회(1999)	기타 시게토	北重人	『超高層に懸かる月と、骨と』
제39회(2000)	시미즈 메미코	清水芽美子	『ステージ』
	오타니 유조	大谷裕三	『告白の連鎖』
제40회(2001)	오카모토 마코토	岡本真	『警鈴』
제41회(2002)	슈카와 미나토	朱川湊人	『도시전설 세피아(都市伝説セピア)』(『都市伝説セピア』으로 개제)
제42회(2003)	가도이 요시노부	門井慶喜	『キッドナッパーズ』(이전 제목『フクロウ男』)
제43회(2004)	요시나가 나오	吉永南央	『고운초 이야기 : 할머니 탐정의 사건일지(紅雲町ものがたり)』(『萩を揺らす雨 紅雲町珈琲屋こよみ』으로 개제)
제44회(2005)	스케미쓰 다다시	祐光正	『幻景浅草色付不良少年団』(『浅草色つき不良少年団』으로 개제)
제45회(2006)	마키무라 가즈히토	牧村一人	『俺と雌猫のレクイエム』
제46회(2007)	무카이 미치루	向井路琉	『白い鬼』

〈환영성신인상〉(현영사 후 환영성)
〈幻影城新人賞〉(絃映社のち幻影城)

제1회(1975)	무라오카 게이조	村岡圭三	『乾谷(ワディ)』
제2회(1976)	수상작 없음		
제3회(1977)	다나카 요시키	田中芳樹(李家豊)	『緑の草原に…』
	렌조 미키히코	連城三紀彦	『変調二人羽織』
	아시로 하쿠토	聖城白人	『蒼月宮殺人事件』
제4회(1978)	수상작 없음		

〈『이 미스터리가 대단하다!』대상〉(다카라지마샤)
〈『このミステリーがすごい!』大賞〉(宝島社)

518

제1회(2002)	아사쿠라 다쿠야	浅倉卓弥	『4일간의 기적 (四日間の奇蹟)』
제2회(2003)	야나기하라 게이	柳原慧	『퍼펙트플랜(パーフェクト・プラン)』
제3회(2004)	후카마치 아키오	深町秋生	『果てしなき渇き』(이전 제목『果てなき 渇きに眼を覚まし』)
제4회(2005)	가이도 다케루	海堂尊	『바티스타 수술 팀의 영광(チーム・バチ スタの栄光』
제5회(2006)	이조노 준	伊園旬	『ブレイクスルー・トライアル』
제6회(2007)	다쿠미 쓰카사	拓未司	『禁断のパンダ』
제7회(2008)	야마시타 다카미쓰	山下貴光	『옥상 미사일(屋上ミサイル)』
	유즈키 유코	柚月裕子	『臨床真理』
제8회(2009)	다로 소시로	太朗想史郎	『トギオ』
	나카야마 시치리	中山七里	『안녕 드뷔시(さよならドビュッシー)』
제9회(2010)	이누이 로쿠로	乾緑郎	『완전한 수장룡의 날(完全なる首長竜の日)』
제10회(2011)	호사카 잇코	法坂一広	『懲戒弁護士』(이전 제목『エンジェルズ・ シェア』)
제11회(2012)	안조 다다시	安生正	『生存者ゼロ』
제12회(2013)	가지나가 마사시	梶永正史	『警視庁捜査二課・郷間彩香特命指揮官』
	야기 게이치	八木圭一	『一千兆円の身代金』

〈산토리미스터리대상〉(산토리, 문예춘추, 아사히방송)
〈サントリーミステリー大賞〉(サントリー、文芸春秋、朝日放送)

제1회(1983)	다카하 도쿠야	鷹羽十九哉	『虹へ、アヴァンチュール』
제2회(1984)	유라 사부로	由良三郎	『운명교향곡살인사건(運命交響曲殺人事件)』
제3회(1985)	도이 유키오	土井行夫	『名なし鳥飛んだ』
제4회(1986)	구로카와 히로유키	黒川博行	『キャッツアイころがった』
제5회(1987)	덴큐 고로	典厩五郎	『土壇場でハリー・ライム』
제6회(1988)	사사쿠라 아키라	笹倉明	『漂流裁判』
제7회(1989)	베고냐 로페스	ベゴーニャ・ロペス	『死がお待ちかね』

제8회(1990)	몰리 마키타리크	モリー・マキタリック	『TVレポーター殺人事件』
제9회(1991)	도나. M. 레옹	ドナ・M. レオン	『死のフェニーチェ劇場』
제10회(1992)	하나키 신	花木深	『B29の行方』
제11회(1993)	구마가이 히토리	熊谷独	『最後の逃亡者』
제12회(1995)	니와 쇼이치	丹羽昌一	『天皇(エンペラドール)の密使』
제13회(1996)	모리 준	森純	『八月の獲物』
제14회(1997)	미야케 아키라	三宅彰	『風よ、撃て』
제15회(1998)	유키 고로	結城五郎	『心室細動』
제16회(1999)	다카시마 데쓰오	高嶋哲夫	『인트루더(イントゥルーダー)』
제17회(2000)	가키네 료스케	垣根涼介	『午前三時のルースター』
제18회(2001)	사사모토 료헤이	笹本稜平	『피보다 진한(時の渚)』
제19회(2002)	우미즈키 루이	海月ルイ	『子盗り』
제20회(2003)	나카노 준이치	中野順一	『セカンド・サイト』

〈소설현대추리신인상〉(고단샤)
〈小説現代推理新人賞〉(講談社)

제1회(1994)	다카시마 데쓰오	高嶋哲夫	『メルト・ダウン：神よ、我が手は……』
제2회(1995)	시루마키 레이코	釣巻祇公	『沈黙の輪』
제3회(1996)	사나다 가즈	真田和	『ポリエステル系十八号』
제4회(1997)	세오 고루토	瀬尾こると	『地獄(インフェルノ)：私の愛したピアニスト』
제5회(1998)	이케다 소	池田藻	『この夜にさよなら』

<소설추리신인상> (후타바샤)
<小説推理新人賞> (双葉社)

제1회(1979)	오사와 아리마사	大沢在昌	『感傷の街角』
제2회(1980)		수상작 없음	
제3회(1981)	이쓰야 쇼	五谷翔	『第九の流れる家』
제4회(1982)		수상작 없음	
제5회(1983)		수상작 없음	
제6회(1984)		수상작 없음	
제7회(1985)	쓰노 소이치	津野創一	『手遅れの死』
	나가오 겐지	長尾健二	『カウンターブロウ』
제8회(1986)		수상작 없음	
제9회(1987)	요코미조 요시아키	横溝美晶	『湾岸バッド・ボーイ・ブルー』
제10회(1988)	소마 다카시	相馬隆	『グラン・マーの犯罪』
제11회(1989)		수상작 없음	
제12회(1990)	지노 다카시	千野隆司	『夜の道行』
제13회(1991)	가노 료이치	香納諒一	『ハミングで二番まで』(『宴の夏 鏡の冬』으로 개제)
제14회(1992)	아사기 마다라	浅黄斑	『雨中の客』
제15회(1993)	무라사메 사다오	村雨貞郎	『砂上の記録』
제16회(1994)	혼다 다카요시	本多孝好	『미싱(MISSING)』(이전 제목『眠りの海』)
제17회(1995)	히사토 게이	久遠恵	『ボディ・ダブル』
제18회(1996)	나가이 스루미	永井するみ	『隣人』
제19회(1997)	가스미 다이	香住泰	『退屈解消アイテム』(『錯覚都市』으로 개제)
제20회(1998)	쓰부리야 나쓰키	円谷夏樹	『ツール&ストール』
제21회(1999)	오카다 히데후미	岡田秀文	『見知らぬ侍』
제22회(2000)	쇼다 간	翔田寛	『影踏み鬼』
제23회(2001)	야마노우치 마사후미	山之内正文	『風の吹かない景色』(『エンドコールメッセージ』으로 개제)
제24회(2002)	니시모토 아키	西本秋	『過去のはじまり未来のおわり』
제25회(2003)	나가오카 히로키	長岡弘樹	『真夏の車輪』

제26회(2004)	아오이 우에타카	蒼井上鷹	『キリング・タイム』(『九杯目には早すぎる』로 개제)
제27회(2005)	가키야 미우	垣谷美雨	『竜巻ガール』
제28회(2006)	혼다 류이치	誉田竜一	『消えずの行灯』(『消えずの行灯:本所七不思議捕物帖』로 개제)
제29회(2007)	미나토 가나에	湊かなえ	『고백(告白)』(이전 제목『聖職者』)
제30회(2008)	우키아나 미미	浮穴みみ	『寿限無幼童手跡指南・吉井数馬』(『姫の竹、月の草：吉井堂謎解き暦』으로 개제)
제31회(2009)	미미 마나코	耳目	『通信制警察』
제32회(2010)	미야마 료	深山亮	『遠田の蛙』(『ゼロワン陸の孤島の司法書士事簿』으로 개제)
제33회(2011)	고바야시 유카	小林由香	『ジャッジメント』
제34회(2012)	가세 마사히로	加瀬政広	『慕情二つ井戸』
제35회(2013)	마스다 다다노리	増田忠則	『マグノリア通り、曇り』
	유키 슌	悠木シュン	『スマートクロニクル』

<h3 style="text-align:center">〈신초미스터리클럽상〉(신초샤)</h3>
<h3 style="text-align:center">〈新潮ミステリー倶楽部賞〉(新潮社)</h3>

제1회(1996)	나가이 스루미	永井するみ	『枯れ蔵』
제2회(1997)	아메미야 마치코	雨宮町子	『Kの残り香』(『骸の誘惑』으로 개제)
제3회(1998)	도카지 게이타	戸梶圭太	『ぶつかる夢ふたつ』(『闇の楽園』으로 개제)
제4회(1999)	나이루 유토	内流悠人(雫井脩介)	『栄光一途』
제5회(2000)	이사카 고타로	伊坂幸太郎	『오듀본의 기도(オーデュボンの祈り)』

<h3 style="text-align:center">〈소겐추리단편상〉(도교소겐샤)</h3>
<h3 style="text-align:center">〈創元推理短編賞〉(東京創元社)</h3>

제1회(1994)	겐모치 다카시	剣持鷹士	『あきらめのよい相談者』

522

제2회(1995)		수상작 없음	
제3회(1996)	이이 게이	伊井圭	『高塔奇譚』
제4회(1997)		수상작 없음	
제5회(1998)		수상작 없음	
제6회(1999)		수상작 없음	
제7회(2000)		수상작 없음	
제8회(2001)	히카미 교코	氷上恭子	『とりのなきうた』
제9회(2002)	야마오카 미야코	山岡都	『昆虫記』
제10회(2003)	가토 미아키	加藤実秋	『클럽인디고 밤을 달리는 자들(インディゴの夜)』
	시시구 도시히코	獅子宮敏彦	『神国崩壊』

〈소겐추리평론상〉〈도쿄소겐샤〉
〈創元推理評論賞〉〈東京創元社〉

제1회(1994)	나미오카 히사코	涛岡寿子	『都市の相貌：中井英夫「虚無への供物」と東京』
제2회(1995)	센가이 아키유키	千街晶之	『終わらない伝言ゲーム：ゴシック・ミステリの系譜』
제3회(1996)	다카키 히로시	鷹城宏	『あやかしの贄：京極ミステリーのルネッサンス』
제4회(1997)	나미키 시로	並木士郎	『モルグ街で起こらなかったこと：または起源の不在』
제5회(1998)		수상작 없음	
제6회(1999)	엔도 도시아키	円堂都司昭	『シングル・ルームとテーマパーク：綾辻行人「館」論』
제7회(2000)	하타노 겐	波多野健	『無時間性の芸術へ：推理小説の神話的本質についての討論』
제8회(2001)		수상작 없음	
제9회(2002)		수상작 없음	
제10회(2003)	나카쓰지 리오	中辻理夫	『業と怒りと哀しみと：結城昌治の作品世界』

〈일본추리서스펜스대상〉(니혼텔레비전, 협력신초샤)
〈日本推理サスペンス大賞〉(日本テレビ、協力新潮社)

제1회(1988)		수상작 없음	
제2회(1989)	미야베 미유키	宮部みゆき	『魔術はささやく』
제3회(1990)	다카무라 가오루	高村薫	『황금을 안고 튀어라(黄金を抱いて翔べ)』
제4회(1991)		수상작 없음	
제5회(1992)	아리사와 소지	有沢創司	『서울로 사라지다(ソウルに消ゆ)』
제6회(1993)		수상작 없음	
제7회(1994)		수상작 없음	

〈일본추리작가협회상〉(일본추리작가협회)
〈日本推理作家協会賞〉(日本推理作家協会)

제1회(1948)			
장편상	요코미조 세이시	横溝正史	『혼진살인사건(本陣殺人事件)』
단편상	기기 다카타로	木々高太郎	『초승달(新月)』
신인상	가야마 시게루	香山滋	『해만장 기담(海鰻荘奇談)』
제2회(1949)			
장1편상	사카구치 안고	坂口安吾	『불연속살인사건(不連続殺人事件)』
단편상	야마다 후타로	山田風太郎	『눈 속의 악마(眼中の悪魔)』
	야마다 후타로	山田風太郎	『허상음락(虚像淫楽)』
제3회(1950)			
장편상	다카기 아키미쓰	高木彬光	『能面殺人事件』
단편상	오쓰보 스나오	大坪砂男	『린치(私刑)』 그 외
제4회(1951)			
장편상	오시타 우다루	大下宇陀児	『石の下の記録』
단편상	시마다 가즈오	島田一男	『社会部記者』 그 외
	시마다 가즈오	島田一男	『風船魔』

제5회(1952)	미즈타니 준	水谷準	『어떤 결투(ある決鬪)』
	에도가와 란포	江戸川乱歩	『幻影城』
제6회(1953)		수상작 없음	
제7회(1954)		수상작 없음	
제8회(1955)	나가세 산고	永瀬三吾	『매국노(売国奴)』
제9회(1956)	히가게 조기치	日影丈吉	『여우의 닭(狐の鶏)』
제10회(1957)	마쓰모토 세이초	松本清張	『얼굴(顔)』
제11회(1958)	쓰노다 기쿠오	角田喜久雄	『피리를 불면 사람이 죽는다(笛吹けば人が死ぬ)』
제12회(1959)	아리마 요리치카	有馬頼義	『四万人の目撃者』
제13회(1960)	아유카와 데쓰야	鮎川哲也	『憎悪の化石』
	아유카와 데쓰야	鮎川哲也	『黒い白鳥』
제14회(1961)	미나카미 스토무	水上勉	『海の牙』
	사사자와 사호	笹沢左保	『人喰い』
제15회(1962)	아스카 다카시	飛鳥高	『細い赤い糸』
제16회(1963)	쓰치야 다카오	土屋隆夫	『影の告発』
제17회(1964)	유키 쇼지	結城昌治	『夜の終る時』
	고노 덴세이	河野典生	『殺意という名の家畜』
제18회(1965)	사노 요우	佐野洋	『華麗なる醜聞』
제19회(1966)	나카지마 가와타로	中島河太郎	『추리소설전망推理小説展望』 및 그 외 평론 활동
제20회(1967)	미요시 도오루	三好徹	『風塵地帯』
제21회(1968)	호시 신이치	星新一	『망상은행(妄想銀行)』 및 과거의 업적
제22회(1969)		수상작 없음	
제23회(1970)	진 슌신	陳舜臣	『孔雀の道』
	진 슌신	陳舜臣	『玉嶺よふたたび』
제24회(1971)		수상작 없음	
제25회(1972)		수상작 없음	
제26회(1973)	나쓰키 시즈코	夏樹静子	『蒸発：ある愛の終わり』
	모리무라 세이치	森村誠一	『腐食の構造』
제27회(1974)	고마쓰 사쿄	小松左京	『일본침몰(日本沈没)』
제28회(1975)	시미즈 잇코	清水一行	『動脈列島』

제29회(1976)

장편상		수상작 없음	
단편상	도이타 야스지	戸板康二	『그린 차의 아이(グリーン車の子供)』
평론, 기타 부문상	곤다 만지	権田万治	『日本探偵作家論』

제30회(1977)

장편상		수상작 없음	
단편상	이시자와 에이타로	石沢英太郎	『시선(視線)』
평론, 기타 부문상	야마무라 마사오	山村正夫	『わが懐旧的探偵作家論』

제31회(1978)

장편상	아와사카 쓰마오	泡坂妻夫	『乱れからくり』
	오오카 쇼헤이	大岡昇平	『事件』
단편상		수상작 없음	
평론, 기타 부문상	아오키 아메히코	青木雨彦	『課外授業：ミステリにおける男と女の研究』
	이시카와 다카시	石川喬司	『SFの時代：日本SFの胎動と展望』

제32회(1979)

장편상	덴도 신	天藤真	『大誘拐』
	히야마 요시아키	桧山良昭	『スターリン暗殺計画』
단편상	아토다 다카시	阿刀田高	『손님(来訪者)』
평론, 기타 부문상	우에쿠사 진이치	植草甚一	『ミステリの原稿は夜中に徹夜で書こう』

제33회(1980)

장편상		수상작 없음	
단편상		수상작 없음	
평론, 기타 부문상		수상작 없음	

제34회(1981)

장편상	니시무라 교타로	西村京太郎	『종착역 살인사건(終着駅殺人事件)』
단편상	니키 에쓰코	仁木悦子	『빨간 고양이(赤い猫)』
	렌조 미키히코	連城三紀彦	『회귀천 정사(戻り川心中)』
평론, 기타 부문상	나카조노 에이스케	中薗英助	『闇のカーニバル：スパイ・ミステリィへの招待』

제35회(1982)

장편상	쓰지 마사키	辻真先	『アリスの国の殺人』

단편상	구사카 게이스케	日下圭介	『휘파람새를 부르는 소년(鶯を呼ぶ少年)』
	구사카 게이스케	日下圭介	『나무에 오르는 개(木に登る犬)』
평론, 기타 부문상		수상작 없음	

제36회(1983)

장편 부문	구루미자와 고시	胡桃沢耕史	『天山を越えて』
단편 및 연작 단편집 부문		수상작 없음	
평론, 기타 부문상		수상작 없음	

제37회(1984)

장편 부문	가노 이치로	加納一朗	『ホック氏の異郷の冒険』
단편 및 연작 단편집 부문	도모노 로	伴野朗	『傷ついた野獣』
평론, 기타 부문상		수상작 없음	

제38회(1985)

장편 부문	기타카타 겐조	北方謙三	『渇きの街』
	미나가와 히로코	皆川博子	『壁：旅芝居殺人事件』
단편 및 연작 단편집 부문		수상작 없음	
평론, 기타 부문상	사세 미노루	佐瀬稔	『金属バット殺人事件』
	마쓰야마 이와오	松山巌	『乱歩と東京：1920都市の貌』

제39회(1986)

장편 부문	오카지마 후타리	岡嶋二人	『チョコレートゲーム』
	시미즈 다쓰오	志水辰夫	『背いて故郷』
단편 및 연작 단편집 부문		수상작 없음	
평론, 기타 부문상	마쓰무라 요시오	松村喜雄	『怪盗対名探偵：フランス・ミステリーの歴史』

제40회(1987)

장편 부문	오사카 고	逢坂剛	『カディスの赤い星』
	다카하시 가쓰히코	高橋克彦	『北斎殺人事件』
단편 및 연작 단편집 부문		수상작 없음	
평론, 기타 부문상	이토 히데오	伊藤秀雄	『明治の探偵小説』

제41회(1988)

장편 부문	고스기 겐지	小杉健治	『絆』
단편 및 연작 단편집 부문		수상작 없음	
평론, 기타 부문상		수상작 없음	

제42회(1989)

장편 부문	와쿠 슌조	和久峻三	『雨月荘殺人事件』
	후나도 요이치	船戸与一	『伝説なき地』
단편 및 연작 단편집 부문	고이케 마리코	小池真理子	『아내의 여자친구(妻の女友達)』
평론, 기타 부문상	나오이 아키라	直井明	『87分署グラフィティー：エド・マクベインの世界』

제43회(1990)

장편 부문	사사키 조	佐々木譲	『에토로후 발 긴급전(エトロフ発緊急電)』
단편 및 연작 단편집 부문		수상작 없음	
평론, 기타 부문상	쓰루미 슌스케	鶴見俊輔	『夢野久作：迷宮の住人』

제44회(1991)

장편 부문	오사와 아리마사	大沢在昌	『신주쿠 상어(新宿鮫)』
단편 및 연작 단편집 부문	기타무라 가오루	北村薫	『夜の蝉』
평론, 기타 부문상	다케나카 로	竹中労	『百怪、我が腸ニ入ル：竹中英太郎作品譜』
	도쿠오카 다카오	徳岡孝夫	『横浜：山手の出来事』

제45회(1992)

장편 부문	아야쓰지 유키토	綾辻行人	『시계관의 살인사건(時計館の殺人)』
	미야베 미유키	宮部みゆき	『용은 잠들다(竜は眠る)』
단편 및 연작 단편집 부문		수상작 없음	
평론, 기타 부문상	노자키 로쿠스케	野崎六助	『北米探偵小説論』

제46회(1993)

장편 부문	다카무라 가오루	高村薫	『リヴィエラを撃て』
단편 및 연작 단편집 부문		수상작 없음	
평론, 기타 부문상	하세베 후미치카	長谷部史親	『欧米推理小説翻訳史』
	하타 신지	秦新二	『文政十一年のスパイ合戦：検証・謎のシーボルト事件』

제47회(1994)

장편 부문	나카지마 라모	中島らも	『가다라의 돼지(ガダラの豚)』
단편 및 연작 단편집 부문	사이토 준	斎藤純	『ル・ジタン』
	스즈키 기이치로	鈴木輝一郎	『めんどうみてあげるね』
평론, 기타 부문상	기타가미 지로	北上次郎	『冒険小説論：近代ヒーロー像100年の変遷』

제48회(1995)

장편 부문	오리하라 이치	折原一	『침묵의 교실(沈黙の教室)』
	후지타 요시나가	藤田宜永	『鋼鉄の騎士』
단편 및 연작 단편집 부문	가노 도모코	加納朋子	『유리 기린(ガラスの麒麟)』
	야마구치 마사야	山口雅也	『日本殺人事件』
평론, 기타 부문상	가가미 사부로	各務三郎	『チャンドラー人物事典』

제49회(1996)

장편 부문	우메하라 가쓰후미	梅原克文	『ソリトンの悪魔』
	교고쿠 나쓰히코	京極夏彦	『망량의 상자(魍魎の匣)』
단편 및 연작 단편집 부문	구로카와 히로유키	黒川博行	『カウント・プラン』
평론, 기타 부문상	수상작 없음		

제50회(1997)

장편 부문	신포 유이치	真保裕一	『탈취(奪取)』
단편 및 연작 단편집 부문	수상작 없음		
평론, 기타 부문상	공동	통신사사회부 편	『沈黙のファイル:「瀬島竜三」とは何だったのか』

제51회(1998)

장편 부문	하세 세이슈	馳星周	『진혼가 불야성 시리즈 2 (鎮魂歌 不夜城II)』
	기리노 나쓰오	桐野夏生	『아웃(OUT)』
단편 및 연작 단편집 부문	수상작 없음		
평론, 기타 부문상	가사이 기요시	笠井潔	『本格ミステリの現在』
	가자마 겐지	風間賢二	『ホラー小説大全』

제52회(1999)

장편 부문	히가시노 게이고	東野圭吾	『비밀(秘密)』
	가노 료이치	香納諒一	『幻の女』
단편 및 연작 단편집 부문	기타모리 고	北森鴻	『꽃 아래 봄에 죽기를(花の下にて春死なむ)』
평론, 기타 부문상	모리 히데토시	森英俊	『世界ミステリ作家事典:本格派篇』

제53회(2000)

장편 및 연작 단편집 부문	덴도 아라타	天童荒太	『영원의 아이(永遠の仔)』
	후쿠이 하루토시	福井晴敏	『亡国のイージス』
단편 부문	요코야마 히데오	横山秀夫	『동기(動機)』
평론, 기타 부문	고바야시 히데키	小林英樹	『ゴッホの遺言:贋作に隠された自殺の真相』

529

제54회(2001)

장편 및 연작 단편집 부문	아즈마 나오미	東直己	『残光』
	스가 히로에	菅浩江	『永遠の森 博物館惑星』
단편 부문		수상작 없음	
평론, 기타 부문	이케가미 다카유키	井家上隆幸	『20世紀冒険小説読本』
	쓰즈키 미치오	都筑道夫	『推理作家の出来るまで』

제55회(2002)

장편 및 연작 단편집 부문	야마다 마사키	山田正紀	『ミステリ・オペラ―宿命城殺人事件』
	후루카와 히데오	古川日出男	『アラビアの夜の種族』
단편 부문	노리즈키 린타로	法月綸太郎	『都市伝説パズル』
	미쓰하라 유리	光原百合	『열여덟의 여름(十八の夏)』
평론, 기타 부문		수상작 없음	

제56회(2003)

장편 및 연작 단편집 부문	아사구레 미쓰후미	浅暮三文	『石の中の蜘蛛』
	아리스가와 아리스	有栖川有栖	『マレー鉄道の謎』
단편 부문		수상작 없음	
평론, 기타 부문	신포 히로히사야마마에 유즈루	新保博久・山前譲	『幻影の蔵：江戸川乱歩探偵小説蔵書目録』

제57회(2004)

장편 및 연작 단편집 부문	우타노 쇼고	歌野晶午	『벚꽃 지는 계절에 그대를 그리워하네(葉桜の季節に君を想うということ)』
	가키네 료스케	垣根涼介	『와일드 소울(ワイルド・ソウル)』
단편 부문	이사카 고타로	伊坂幸太郎	『사신 치바 (死神の精度)』
평론, 기타 부문	센가이 아키유키	千街晶之	『水面の星座 水底の宝石：ミステリの変容をふりかえる』
	다다 시게하루	多田茂治	『夢野久作読本』

제58회(2005)

장편 및 연작	기시 유스케	貴志祐介	『유리망치(硝子のハンマー)』
단편집 부문	도마쓰 아쓰노리	戸松淳矩	『剣と薔薇の夏』
단편 부문		수상작 없음	
평론, 기타 부문	히다카 고타로	日高恒太朗	『不時着』

제59회(2006)

장편 및 연작 단편집 부문	온다 리쿠	恩田陸	『유지니아(ユージニア)』

530

단편 부문	히라야마 유메아키	平山夢明	『유니버설 횡메르카토르 지도의 독백(独白するユニバーサル横メルカトル)』
평론, 기타 부문	고하라 히로시	郷原宏	『松本淸張事典 決定版』
	시바타 데쓰타카	柴田哲孝	『下山事件 最後の証言』

제60회(2007)

장편 및 연작 단편집 부문	사쿠라바 가즈키	桜庭一樹	『赤朽葉家の伝説』
단편 부문	수상작 없음		
평론, 기타 부문	고다카 노부미쓰	小鷹信光	『私のハードボイルド：固茹で玉子の戦後史』
	다쓰미 마사아키	巽昌章	『論理の蜘蛛の巣の中で』

제61회(2008)

장편 및 연작 단편집 부문	곤노 빈	今野敏	『은폐수사 2 : 수사의 재구성(果断隠蔽捜査2)』
단편 부문	나가오카 히로키	長岡弘樹	『귀동냥(傍聞き)』
평론, 기타 부문	기다 준이치로	紀田順一郎	『幻想と怪奇の時代』
	사이쇼 하즈키	最相葉月	『星新一 一〇〇一話をつくった人』

제62회(2009)

장편 및 연작 단편집 부문	미치오 슈스케	道尾秀介	『까마귀의 엄지(カラスの親指)』
	야나기 고지	柳広司	『ジョーカー・ゲーム』
단편 부문	소네 게이스케	曾根圭介	『熱帯夜』
	다나카 히로후미	田中啓文	『渋い夢』
평론, 기타 부문	엔도 도시아키	円堂都司昭	『『謎』の解像度』
	구리하라 유이치로	栗原裕一郎	『〈盗作〉の文学史』

제63회(2010)

장편 및 연작 단편집 부문	아메무라 고	飴村行	『粘膜蜥蜴』
	누쿠이 도쿠로	貫井徳郎	『난반사(乱反射)』
단편 부문	안도 요시아키	安東能明	『随監』
평론, 기타 부문	고모리 겐타로	小森健太朗	『英文学の地下水脈-古典ミステリ研究〜黒岩涙香翻案原典からクイーンまで』

제64회(2011)

장편 및 연작 단편집 부문	마야 유타카	麻耶雄嵩	『애꾸눈 소녀(隻眼の少女)』
	요네자와 호노부	米沢穂信	『折れた竜骨』
단편 부문	후카미 레이치로	深水黎一郎	『人間の尊厳と八〇〇メートル』

평론, 기타 부문	히가시 마사오	東雅夫	『遠野物語と怪談の時代』

제65회(2012)

장편 및 연작 단편집 부문	다카노 가즈아키	高野和明	『제노사이드(ジェノサイド)』
단편 부문	미나토 가나에	湊かなえ	『望郷、海の星』
평론, 기타 부문	요코다 준야	横田順弥	『近代日本奇想小説史: 明治篇』

제66회(2013)

장편 및 연작 단편집 부문	야마다 무네키	山田宗樹	『百年法』
단편 부문	와카타케 나나미	若竹七海	『暗い越流』
평론, 기타 부문	스와베 고이치	諏訪部浩一	『「マルタの鷹」講義』

〈일본모험소설협회대상〉(일본모험소설협회)
〈日本冒険小説協会大賞〉(日本冒険小説協会)

제1회(1982)	기타카타 겐조	北方謙三	『眠りなき夜』
제2회(1983)	기타카타 겐조	北方謙三	『檻』
제3회(1984)	후나도 요이치	船戸与一	『山猫の夏』
제4회(1985)	시미즈 다쓰오	志水辰夫	『背いて故郷』
제5회(1986)	오사카 고	逢坂剛	『カディスの赤い星』
제6회(1987)	후나도 요이치	船戸与一	『猛き箱舟』
제7회(1988)	후나도 요이치	船戸与一	『伝説なき地』
제8회(1989)	사사키 조	佐々木譲	『エトロフ発緊急電』
제9회(1990)	시미즈 다쓰오	志水辰夫	『行きずりの街』
제10회(1991)	후나도 요이치	船戸与一	『砂のクロニクル』
제11회(1992)	다카무라 가오루	高村薫	『リヴィエラを撃て』
제12회(1993)	다카무라 가오루	高村薫	『마크스의 산(マークスの山)』
제13회(1994)	사사키 조	佐々木譲	『ストックホルムの密使』
제14회(1995)	후나도 요이치	船戸与一	『蝦夷地別件』
제15회(1996)	하세 세이슈	馳星周	『불야성(不夜城)』
제16회(1997)	유메마쿠라 바쿠	夢枕獏	『神々の山嶺』
제17회(1998)	미야베 미유키	宮部みゆき	『이유(理由)』
제18회(1999)	후쿠이 하루토시	福井晴敏	『亡国のイージス』

532

제19회(2000)	오사와 아리마사	大沢在昌	『心では重すぎる』
제20회(2001)	오사와 아리마사	大沢在昌	『闇先案内人』
제21회(2002)	후쿠이 하루토시	福井晴敏	『終戦のローレライ』
제22회(2003)	후나도 요이치	船戸与一	『夢は荒れ地を』
제23회(2004)	야하기 도시히코	矢作俊彦	『ロンググッドバイ』
제24회(2005)	니시무라 겐	西村健	『劫火』
제25회(2006)	오사와 아리마사	大沢在昌	『新宿鮫IX浪花』
제26회(2007)	사사키 조	佐々木譲	『경관의 피(警官の血)』
제27회(2008)	히구치 아키오	樋口明雄	『約束の地』
제28회(2009)	히라야마 유메아키	平山夢明	『ダイナー』
제29회(2010)	니시무라 겐	西村健	『残火』
제30회(2011)	오사와 아리마사	大沢在昌	『新宿鮫X絆回廊』
	니시무라 겐	西村健	『地の底のヤマ』

〈일본미스터리문학대상〉(고분세혜라자데문화재단)
〈日本ミステリー文学大賞〉(光文シェラザード文化財団)

제1 회(1998)			
대상	사노 요	佐野洋	
신인상	이타니 마사키	井谷昌喜	『F』(『クライシスF』로 개제)
제2 회(1999)			
대상	나카지마 가와타로	中島河太郎	
신인상	오이시 나오키	大石直紀	『パレスチナから来た少女』
제3 회(2000)			
대상	사사자와 사호	笹沢左保	
신인상	다카노 유미코	高野裕美子	『サイレント・ナイト』
제4 회(2001)			
대상	야마다 후타로	山田風太郎	
신인상	수상작 없음		
제5 회(2002)			
대상	쓰치야 다카오	土屋隆夫	

신인상	오카다 히데후미	岡田秀文	『太閤暗殺』
제6회(2003)			
대상	쓰즈키 미치오	都筑道夫	
신인상	미카미 아키라	三上洸	『アリスの夜』
제7회(2004)			
대상	모리무라 세이치	森村誠一	
신인상		수상작 없음	
제8회(2005)	니시무라 교타로	西村京太郎	
신인상	아라이 마사히코	新井政彦	『ユグノーの呪い』
제9회(2006)			
대상	아카가와 지로	赤川次郎	
신인상		수상작 없음	
제10회(2007)			
대상	나쓰키 시즈코	夏樹静子	
신인상	우미노 아오	海野碧	『해결사(水上のパッサカリア)』
제11회(2008)			
대상	우치다 야스오	内田康夫	
신인상	오가와 사토시	緒川怜	『滑走路34』
제12회(2009)			
대상	시마다 소지	島田荘司	
신인상	유키 미쓰타카	結城充考	『플라바로크(プラ・バロック)』
제13회(2010)			
대상	기타카타 겐조	北方謙三	
신인상	모로즈미 다케히코	両角長彦	『라가도 : 연옥의 교실(ラガド)』(『ラガド : 煉獄の教室』로 개제)
제14회(2011)			
대상	오사와 아리마사	大沢在昌	
신인상	이시카와 게이게쓰	石川渓月	『ハッピーエンドは嵐の予感』
신인상	모치즈키 료코	望月諒子	『대회화전 지상 최대의 미술 사기극(大絵画展)』

제15회(2012)

대상	다카하시 가쓰히코	高橋克彦	
신인상	마에카와 유타카	前川裕	『CREEPY(クリーピー)』
신인상	가와나카 히로키	川中大樹	『サンパギータ』

제16회(2013)

대상	미나가와 히로코	皆川博子	
신인상	하마나카 아키	葉真中顕	『ロスト・ケア』

제17회(2014)

대상	오사카 고	逢坂剛	
신인상	이치카와 도모히로	市川智洋	『カウントダウン168』

〈보석상〉(보석사)
〈宝石賞〉(宝石社)

제1회(1960)	후지키 야스코	藤木靖子	『女と子供』
제2회(1961)	소샤 렌조	蒼社廉三	『屍衛兵』
제3회(1962)	다나카 마사키	田中万三記	『死にゆくものへの釘』
제4회(1963)	덴도 신	天藤真	『鷹と鳶』
제5회(1964)	후유키 다카시	冬木喬	『笞刑』
	오누키 스스무	大貫進	『枕頭の青春』

〈보석중편상〉(보석사)
宝石中編賞(宝石社)

제1회(1962)	소다 다다오	草野唯雄	『交叉する線』
제2회(1963)	사이코 사카에	斎藤栄	『戦国主従』

〈호러서스펜스대상〉(겐토샤, 신초샤, 텔레비젼아사히)
〈ホラーサスペンス大賞〉(幻冬舎、新潮社、テレビ朝日)

제1회(2000)	구로타케 요	黒武洋	『そして粛清の扉を』
제2회(2001)	이가라시 다카히사	五十嵐貴久	『リカ』
제3회(2002)	사토 라기	佐藤ラギ	『ギニョル』
제4회(2003)	다카다 유	高田侑	『裂けた瞳』
제5회(2004)	누마타 마호카루	沼田まほかる	『9월이 영원히 계속되면(九月が永遠に続けば)』
제6회(2005)	기라 슌사쿠	吉来駿作	『キタイ』

〈본격미스터리대상〉(본격미스터리작가클럽)
〈本格ミステリ大賞〉(本格ミステリ作家クラブ)

제1회(2001)
| 　小説部門 | 구라치 준 | 倉知淳 | 『壺中の天国』 |
| 評論・研究部門 | 곤다 만지/신포 히로히사 | 権田万治・新保博久 | 『日本ミステリー事典』 |

제2회(2002)
| 　小説部門 | 야마다 마사키 | 山田正紀 | 『ミステリ・オペラ』 |
| 評論・研究部門 | 와카시마 다다시 | 若島正 | 『乱視読者の帰還』 |

제3회(2003)
小説部門	오쓰이치	乙一	『GOTHリストカット事件』
	가사이 기요시	笠井潔	『オイディプス症候群』
評論・研究部門	가사이 기요시	笠井潔	『探偵小説論序説』

제4회(2004)
| 　小説部門 | 우타노 쇼고 | 歌野晶午 | 『벚꽃 지는 계절에 그대를 그리워하네(葉桜の季節に君を想うということ)』 |
| 評論・研究部門 | 센가이 아키유키 | 千街晶之 | 『水面の星座　水底の宝石』 |

제5회(2005)
| 　小説部門 | 노리즈키 린타로 | 法月綸太郎 | 『잘린머리에게 물어봐(生首に聞いてみろ)』 |
| 評論・研究部門 | 아마기 하지메 저・구사카 산조 편 | 天城一 著・日下三蔵編 | 『天城一の密室犯罪学教程』 |

제6회(2006)
　小說部門　　히가시노 게이고　　東野圭吾　　『용의자 X의 헌신(容疑者Xの献身)』
　評論・研究部門　기타무라 가오루　北村薫　　『ニッポン硬貨の謎』
제7회(2007)
　小說部門　　미치오 슈스케　　道尾秀介　　『섀도우(シャドウ)』
　評論・研究部門　다쓰미 마사아키　巽昌章　　『論理の蜘蛛の巣の中で』
제8회(2008)
　小說部門　　아리스가와 아리스　有栖川有栖　『女王国の城』
　評論・研究部門　고모리 겐타로　小森健太朗　『探偵小説の論理学』
제9회(2009)
　小說部門　　마키 사쓰지·쓰지 마사키　牧薩次·辻真先　『완전연애(完全恋愛)』
　評論・研究部門　엔도 도시아키　円堂都司昭　『「謎」の解像度(レゾリューション)』
제10회(2010)
　小說部門　　미쓰다 신조　　三津田信三　『미즈치처럼 가라앉는 것(水魑の如き沈むもの)』
　　　　　　　우타노 쇼고　　歌野晶午　　『밀실살인게임2.0(密室殺人ゲーム2.0)』
　評論・研究部門　다니구치 모토이　谷口基　　『戦前戦後異端文学論』
제11회(2011)
　小說部門　　마야 유타카　　麻耶雄嵩　　『애꾸눈 소녀(隻眼の少女)』
　評論・研究部門　이키 유산　　飯城勇三　　『エラリー・クイーン論』
제12회(2012)
　小說部門　　시로다이라 교　城平京　　『虚構推理鋼人七瀬』
　　　　　　　미나가와 히로코　皆川博子　『開かせていただき光栄です』
　評論・研究部門　가사이 기요시　笠井潔　　『探偵小説と叙述トリック』
제13회(2013)
　小說部門　　오야마 세이치로　大山誠一郎　『密室蒐集家』
　評論・研究部門　후쿠이 겐타　福井健太　『本格ミステリ鑑賞術』

〈마쓰모토세이초상〉(일본문학진흥회)
〈松本清張賞〉(日本文学振興会)

제1회(1994)　　　하지 에이사이　葉治英哉　　『(またぎ)物見隊顛末』(『マタギ物見隊顛末』로 개제)

제2회(1995)　　　　　　　　　　　수상작 없음

제3회(1996)	모리후쿠 미야코	森福都	『長安牡丹花異聞』
제4회(1997)	무라사메 사다오	村雨貞郎	『マリ子の肖像』
제5회(1998)	요코야마 히데오	横山秀夫	『그늘의 계절(陰の季節)』
제6회(1999)	시마무라 쇼	島村匠	『芳年冥府彷徨』
제7회(2000)	아케노 데루하	明野照葉	『輪(RINKAI)廻』
제8회(2001)	미사키 미쓰오	三咲光郎	『群蝶の空』
제9회(2002)	야마모토 오토야	山本音也	『ひとは化けもん われも化けもん』
			(이전 제목『偽書西鶴』)
제10회(2003)	이와이 미요지	岩井三四二	『月ノ浦惣庄公事置書』
제11회(2004)	야마모토 겐이치	山本兼一	『火天の城』
제12회(2005)	조노 다카시	城野隆	『一枚摺屋』
제13회(2006)	히로카와 준	広川純	『一応の推定』
제14회(2007)	하무로 린	葉室麟	『銀漢の賦』
제15회(2008)	가지 요코	梶よう子	『一朝の夢』(이전 제목『槿花一朝の夢』)
제16회(2009)	마키무라 가즈히토	牧村一人	『アダマースの饗宴』(이전 제목『六本木心中』)
제17회(2010)	무라키 란	村木嵐	『マルガリータ』
제18회(2011)	아오야마 분페이	青山文平	『白樫の樹の下で』
제19회(2012)	아베 지사토	阿部智里	『烏に単は似合わない』
제20회(2013)	야마구치 에이코	山口恵以子	『月下上海』

〈미스터리즈!신인상〉(도쿄소겐샤)
〈ミステリーズ!新人賞〉(東京創元社)

제1회(2004)		수상작 없음	
제2회(2005)	다카이 시노부	高井忍	『漂流巖流島』
제3회(2006)	아키나시 고레타카	秋梨惟喬	『殺三狼』
	다키타 미치오	滝田務雄	『田舎の刑事の趣味とお仕事』
제4회(2007)	사와무라 고스케	沢村浩輔	『夜の床屋』
제5회(2008)	시자키 유	梓崎優	『砂漠を走る船の道』
제6회(2009)		수상작 없음	
제7회(2010)	미와 가즈네	美輪和音(大良美波子)	『強欲な羊』

538

제8회(2011)		수상작 없음	
제9회(2012)	지카다 엔지	近田鳶迩	『かんがえるひとになりかけ』
제10회(2013)	사쿠라다 도모야	桜田智也	『サーチライトと誘蛾灯』

〈매피스토상〉(고단샤)
〈メフィスト賞〉(講談社)

제1회(1996)	모리 히로시	森博嗣	『모든 것이 F가 된다 (すべてがFになる)』
제2회(1996)	세이료인 류스이	清涼院流水	『コズミック：世紀末探偵神話』
제3회(1997)	소부 겐이치	蘇部健一	『六枚のとんかつ』
제4회(1998)	이누이 구루미	乾くるみ	『Jの神話』
제5회(1998)	우라가 가즈히로	浦賀和宏	『記憶の果て：THE END OF MEMORY』
제6회(1998)	쓰미키 교스케	積木鏡介	『歪んだ創世記』
제7회(1998)	신도 후유키	新堂冬樹	『血塗られた神話』(이전 제목『神の戯れ』)
제8회(1998)	아사구레 미쓰후미	浅暮三文	『ダブストン街道』
제9회(1998)	다카다 다카후미	高田崇史	『QED：百人一首の呪』
제10회(1999)	나카지마 노조무	中島望	『Kの流儀：フルコンタクト・ゲーム』
제11회(1999)	다카사토 시이나	高里椎奈	『銀の檻を溶かして』
제12회(1999)	기리샤 다쿠미	霧舎巧	『ドッペルゲンガー宮：《あかずの扉》研究会流氷館へ』
제13회(1999)	슈노 마사유키	殊能将之	『ハサミ男』
제14회(2000)	고도코로 세이지	古処誠二	『UNKNOWN(アンノン)』(『アンノウン』으로 개제)
제15회(2000)	히카와 도오루	氷川透	『真っ暗な夜明け』
제16회(2000)	구로다 겐지	黒田研二	『ウェディング・ドレス』
제17회(2000)	고이즈미 가주	古泉迦十	『火蛾』
제18회(2000)	이시자키 고지	石崎幸二	『日曜日の沈黙』
제19회(2001)	마이조 오타로	舞城王太郎	『煙か土か食い物』
제20회(2001)	아키즈키 료스케	秋月涼介	『月長石の魔犬』
제21회(2001)	사토 유야	佐藤友哉	『플리커 스타일：카가미 키미히코에게 어울리는 살인(フリッカー式：鏡公彦にうってつけの殺人)』

제22회(2001)	쓰무라 다쿠미	津村巧	『DOOMSDAY：審判の夜』
제23회(2002)	니시오 이신	西尾維新	『クビキリサイクル:青色サヴァンと戯言使い』
제24회(2002)	기타야마 다케쿠니	北山猛邦	『클락성 살인사건(\`クロック城殺人事件)』
제25회(2002)	다치모리 메구미	日明恩	『それでも警官は微笑う』
제26회(2002)	이시구로 아키라	石黒耀	『死都日本』
제27회(2003)	이케가키 신타로	生垣真太郎	『フレームアウト』
제28회(2003)	세키타 나미다	関田涙	『蜜の森の凍える女神』
제29회(2003)	쇼지 유키야	小路幸也	『空を見上げる古い歌を口ずさむ』 (이전 제목『GESUMONO』)
제30회(2004)	야노 류오	矢野竜王	『極限推理コロシアム』
제31회(2004)	쓰지무라 미즈키	辻村深月	『차가운 학교의 시간은 멈춘다(冷たい校舎の時は止まる)』
제32회(2005)	마리 유키코	真梨幸子	『孤虫症』
제33회(2005)	모리야마 다케시	森山赳志	『누가 호랑이 꼬리를 밟았나(黙過の代償)』 (이전 제목『虎の尾を踏む者たち』)
제34회(2006)	오카자키 하야토	岡崎隼人	『少女は踊る暗い腹の中踊る』
제35회(2007)	후루노 마호로	古野まほろ	『天帝のはしたなき果実』
제36회(2007)	후카미 레이치로	深水黎一郎	『ウルチモ・トルッコ 犯人はあなただ』
제37회(2008)	미기와 고루모노	汀こるもの	『パラダイス・クローズド：TANATHOS』
제38회(2008)	와타리 소스케	輪渡颯介	『掘割で笑う女：浪人左門あやかし指南』
제39회(2008)	지로 유신	二郎遊真	『マネーロード』
제40회(2009)	모치즈키 야모리	望月守宮	『無貌伝双児の子ら』
제41회(2009)	아카호시 고이치로	赤星香一郎	『虫とりのうた』
제42회(2009)	시라카와 미토	白河三兎	『プールの底に眠る』
제43회(2010)	아마네 료	天祢涼	『キョウカンカク』(「キョウカンカク 美しい夜に」로 개제)
제44회(2010)	마루야마 덴주	丸山天寿	『琅邪の鬼』
제45회(2010)	다카다 다이스케	高田大介	『図書館の魔女』
제46회(2012)	기타 나쓰키	北夏輝	『恋都の狐さん』
제47회(2013)	슈키 리쓰	周木律	『眼球堂の殺人：The　Book』

| 제48회(2013) | 지카모토 요이치 | 近本洋一 | 『愛の徴：天国の方角』 |

〈요코미조세이시미스터리대상〉(가도카와서점, 텔레비젼 도쿄)
〈横溝正史ミステリ大賞〉(角川書店、テレビ東京)

제1 회(1981)	사이토 미오	斎藤澪	『この子の七つのお祝いに』
제2 회(1982)	아쿠 유	阿久悠	『殺人狂時代ユリエ』
제3 회(1983)	다이라 류세이	平竜生	『脱獄情死行』
제4 회(1984)		수상작 없음	
제5 회(1985)	이시이 다쓰오・이하라 마나미	石井竜生・井原まなみ	『見返り美人を消せ』
제6 회(1986)		수상작 없음	
제7 회(1987)	핫토리 마유미	服部まゆみ	『時のアラベスク』
제8 회(1988)		수상작 없음	
제9 회(1989)	아베 사토시	阿部智	『消された航跡』
제10회(1990)		수상작 없음	
제11회(1991)	아네코지 유	姉小路祐	『動く不動産』
제12회(1992)	하바 히로유키	羽場博行	『レプリカ』
	마쓰키 레이	松木麗	『恋文』
제13회(1993)		수상작 없음	
제14회(1994)	이가라시 히토시	五十嵐均	『ヴィオロンのため息の：高原のDデイ』
제15회(1995)	시바타 요시키	柴田よしき	『RIKO:女神(ヴィーナス)の永遠』
제16회(1996)		수상작 없음	
제17회(1997)		수상작 없음	
제18회(1998)	야마다 무네키	山田宗樹	『直線の死角』
제19회(1999)	이노우에 나오토	井上尚登	『T.R.Y.』
제20회(2000)	오가사와라 게이	小笠原慧	『DZ(ディーズィー)』
	오가와 가쓰미	小川勝己	『葬列』
제21회(2001)	가와사키 소시	川崎草志	『長い腕』
제22회(2002)	하쓰노 세이	初野晴	『水の時計』
제23회(2003)		수상작 없음	
제24회(2004)	무라사키 유	村崎友	『風の歌星の口笛』

제25회(2005)	이오카 슌	伊岡瞬	『いつか虹の向こうへ』(이전 제목『約束』)
제26회(2006)	가쓰라기 노조무	桂木希(橋本希蘭)	『ユグドラジルの覇者』(이전 제목『世界樹の枝で』)
제27회(2007)	가쓰라 비진	桂美人	『ロスト・チャイルド』(이전 제목『LOST CHILD』)
제28회(2008)	오무라 유키미	大村友貴美	『首村の殺人』(이전 제목『血ヌル里、首哦山』)
	수상작 없음		
제29회(2009)	다이몬 다케아키	犬飼剛明(大谷剛史)	『雪冤』(이전 제목『ディオニス死すべし』)
제30회(2010)	이요하라 신	伊与原新	『お台場アイランドベイビー』
제31회(2011)	나가사와 이쓰키	長沢樹(眼鏡もじゅ)	『消失グラデーション』(이전 제목「リストカット/グラデーション」)
제32회(2012)	스가하라 가즈야	菅原和也	『さあ地獄へ堕ちよう』
	가와이 간지	河合莞爾	『데드맨(デッドマン)』(이전 제목『DEAD MAN』)
제33회(2013)	이가네 겐타로	伊兼源太郎	『見えざる網』(이전 제목『アンフォゲッタブル』)

〈아가사크리스티상〉(하야카와서점)
〈アガサ・クリスティー賞〉(早川書店)

제1회(2011)	모리 아키마로	森晶麿	『검정고양이의 산책 혹은 미학강의(黒猫の遊歩あるいは美学講義)』
제2회(2012)	나가사토 유카	中里友香	『カンパニュラの銀翼』
제3회(2013)	미사와 요이치	三沢陽一	『致死量未満の殺人』(이전 제목『コンダクターを撃て』)

〈신초미스터리대상〉(신초샤, 후원 도에이 주식회사)
〈新潮ミステリ大賞〉(新潮社、後援東映株式会社)

제1회(2014)	2014年7月 発表予定

[나카무라 시즈요]

일본에서 출판된 추리소설 관련 도서는 미스터리 걸작선을 비롯해 미스터리 가이드북, 평론, 에세이, 작가 연구, 테마 연구, 각종 자료집에 이르기까지 막대한 출판물이 있다. 본서에서 일본의 추리소설을 이해하는 데에 필요한 중요 문헌을 소개한다. 아울러 일본에서 출간된 아시아의 미스터리작품과 아시아의 일본미스터리 수용 관련 잡지를 추가했다. 이들을 대략적으로 【추리소설 평론 및 이론서】, 【추리소설사】. 【추리소설 자료, 사전, 인덱스】, 【명탐정사전】, 【아시아 미스터리】의 카테고리로 나눈 후, 저자별로 오십음순(五十音順)에 따라 정리했다. 【아시아 미스테리】 항목에서는 주로 일본에서 출간된 한국작가의 미스터리 작품과 아시아의 미스터리 소개, 아시아에서의 일본추리소설 수용에 관한 특집잡지를 정리했다.

【추리소설 평론 및 이론서】

飯城勇三『エラリー・クイーンの騎士たち：横溝正史から新本格作家まで：How did Japanese Authors Refurbish the Queen's World?』2013 論創社.

井上良夫『探偵小説のプロフィル』1994 国書刊行会(探偵クラブ).

江戸川乱歩『鬼の言葉』1936 春秋社/1979 講談社(江戸川乱歩全集16)/1988 講談社(江戸川乱歩推理文庫49)/2005 光文社(江戸川乱歩著光文社文庫25).

江戸川乱歩『随筆探偵小説』1947 清流社/1979 講談社(江戸川乱歩全集17)/1988 講談社(江戸川乱歩文庫50).

江戸川乱歩『幻影城』1951 岩谷書店/1970 講談社(江戸川乱歩全集15、抄録)/1979 講談社(江戸川乱歩全集18)/1987　講談社(江戸川乱歩推理文庫51)/1995　双葉社(双葉文庫・日本推理作家協会賞受賞全集7)/1997 沖積舎(復刻版)/2003 光文社/2012 沖積舎.

江戸川乱歩『続・幻影城』1954 早川書房/1970 講談社(江戸川乱歩全集15、抄録)/1979 講談社(江戸川乱歩全集18)/1988　講談社(江戸川乱歩推理文庫52)/1995　早川書房(復刻版)/2004 光文社(光文社文庫・江戸川乱歩全集27).

江戸川乱歩『書簡 対談 座談』1989 講談社(江戸川乱歩推理文庫64).

江戸川乱歩『一人の芭蕉の問題─日本ミステリ論集』1995 河出書房新社(河出文庫、江戸川乱歩コレクション3).

笠井潔『模倣における逸脱─現代探偵小説論』1996 彩流社.

笠井潔『探偵小説論Ⅱ─虚空の螺旋』1998 東京創元社(KEY LIBRARY).

笠井潔『探偵小説は「セカイ」と遭遇した』2008 南雲堂.

笠井潔『探偵小説と叙述トリック ： ミネルヴァの梟は黄昏に飛びたつか?』2011 東京創元社(KEY LIBRARY)限界研編『21世紀探偵小説：ポスト新本格と論理の崩壊』2012 南雲堂.

小坂井不木『犯罪文学研究』1926 春陽堂/1991 国書刊行会(クライム・ブックス、増補版、一部 생략).

権田萬治『宿命の美学』1973 第三文明社.

権田萬治『現代推理小説論』1985 第三文明社.

佐野洋『推理日記』1976 潮出版社/1984 講談社(講談社文庫、『推理日記Ⅰ』로 개제하여 후반부만 수록).

白石潔『探偵小説の郷愁について』1949 不二書房.

白石潔『行動文学としての探偵小説』1949 自由出版.

関口苑生『江戸川乱歩賞と日本のミステリー』2000 マガジンハウス.

千街晶之『水面の星座水底の宝石：ミステリの変容をふりかえる』2003 光文社.

千街晶之『幻視者のリアル：幻想ミステリの世界観』2011 東京創元社(KEY LIBRARY).

高橋哲雄『ミステリーの社会学』1989 中央公論社(中央新書).

544

高山宏『殺す・集める・読む：推理小説特殊講義』2002 東京創元社(創元ライブラリ).

竹内靖雄『ミステリの経済倫理学』1997 講談社.

巽昌章『論理の蜘蛛の巣の中で』2006 講談社.

谷口基『変格探偵小説入門：奇想の遺産』2013 岩波書店(岩波現代全書 013).

津井手郁輝『探偵小説論』1977 幻影城(幻影城評論研究叢書3).

都筑道夫『死体を無事に消すまで』1973 晶文社.

都筑道夫『黄色い部屋はいかに改装されたか？』1975 晶文社/1998晶文社(新装版).

野崎六助『世紀末ミステリ完全攻略』1997 ビレッシャセンター出版局.

野崎六助『複雑系ミステリを読む』1997 毎日新聞社.

野崎六助『ミステリで読む現代日本』2011 青弓社.

野崎六助『日本探偵小説論』2010 水声社.

平林初之輔『平林初之輔遺稿集』1932 平凡社/1975 文泉堂書店(『平林初之輔文芸評論全集』中巻).

平林初之輔『平林初之輔探偵小説選』2003 論創社(論創ミステリ叢書 2).

福井健太『本格ミステリ鑑賞術』2012 東京創元者(KEY LIBRARY).

藤竹暁『都市は他人の秘密を消費する』2004 集英社(集英社新書).

村田宏雄『推理小説の謎』1956 高文社(ベストセラーズ・シリーズ).

諸岡卓真『現代本格ミステリの研究：「後期クイーン的問題」をめぐって』2010 北海道大学出版会.

山路竜天、松島征、原田邦男『物語の迷宮』1986 有斐閣/1996 東京創元社(創元ライブラリ).

権田萬冶編『教養としての殺人』1979 蝸牛社.

権田萬冶編『趣味としての殺人』1980 蝸牛社.

吉田司雄『探偵小説と日本近代』2004 青弓社.

成蹊大学文学部学会『ミステリーが生まれる』2008 風間書房(成蹊大学人文叢書 6).

セシル・サカイ著、朝比奈弘治訳『日本の大衆文学』1997 平凡社(フランス・ジャポノロジー叢書).

【추리소설사】

伊藤秀雄『明治の探偵小説』1996 晶文社.

伊藤秀雄『大正の探偵小説』1991 三一書房.

伊藤秀雄『昭和の探偵小説』1993 三一書房.

伊藤秀雄『近代の探偵小説』1994 三一書房.

江戸川乱歩『探偵小説四十年』1961 桃源社/1970講談社(江戸川乱歩全集13・14)/1979 講談社
　　　　(江戸川乱歩全集20、21)/1987-88　講談社(江戸川乱歩推理文庫53~56)/1989　沖積舎
　　　　(復刻版)/2006 光文社(光文社文庫、江戸川乱歩全集28~29、増補版).

押野武志 諸岡卓真編著『日本探偵小説を読む：偏光と挑発のミステリ史』2013 北海道大学出
　　　　版会.

郷原宏『物語日本推理小説史』2010 講談社/1993-96 東京創元社.

郷原宏『日本推理小説論争史』2013 双葉社.

中島河太郎『日本推理小説史』(全3巻) 1964 桃源社.

長谷部史観『日本ミステリー進化論―この傑作を見逃すな』1993 日本経済新聞社.

松本泰『探偵小説通』1930 四六書院.

柳田泉『続随筆明治文学』1938 春秋社/双葉社(双葉文庫『推理文壇戦後史Ⅰ~Ⅲ』と改題).

山前譲『日本ミステリーの100年：おすすめ本ガイド・ブック』2001 光文社(知恵の森文庫).

山村正夫『推理文壇戦後史(正・続・続々)』1973-80 双葉社/1984 双葉社(双葉文庫、『推理文
　　　　壇戦後史Ⅰ~Ⅲ』ロ 제목을 바꿈.

山村正夫『推理文壇戦後史4』1989 双葉社.

渡辺啓助『鴉白書』1991 東京創元社.

【추리소설 자료, 사전, 인덱스】

江戸川乱歩著、新保博久・山前譲編『江戸川乱歩日本探偵小説事典』1996 河出書房新社

九鬼紫郎『探偵小説百科』1975 金園社.

権田萬治・新保博久監修『日本ミステリー事典』2000 新潮社(新潮選書)/2012 新潮社
　　　(SHINCHO ONLINE BOOKS、増補改訂版).

千街 晶之ほか『本格ミステリ・フラッシュバック』2008 東京創元社.

探偵小説研究会編著『本格ミステリ・クロニクル300』2002 探偵小説研究会 (1995年).

探偵小説研究会編著『本格ミステリ・ディケイド300』2012 原書房.

中島河太郎『推理小説展望』1965 東都書房(世界推理小説体系別巻)/1995 双葉社(双葉文庫・
　　　日本推理作家協会賞受賞作全集20.

中島河太郎・尾崎秀樹ほか『大衆文学大系別巻：通史・資料』1980 講談社.

中島河太郎編著『推理小説評論・推理小説通史・推理小説事典・推理小説年表』1980 講談社
　　　(現代推理小説体系別巻2).

中島河太郎編『戦後推理小説総目録(全5集)』1975-86 日本推理作家協会(推理小説研究
　　　12/13/16/18/19).

中島河太郎『日本推理小説辞典』1985 東京堂出版.

中島河太郎編『日本推理作家協会四十年史』1987 日本推理作家協会(推理小説研究20).

中島河太郎・山村正夫編『日本推理作家協会三十年史』1980 日本推理作家協会(推理小説研究15).

中島河太郎ほか編『宝石推理小説傑作選(全3巻)』1974 いんなあとりっぷ社.

中島河太郎『探偵小説辞典』1998 講談社(講談社文庫、江戸川乱歩賞全集1).

日本推理作家協会編『ザ・ベストミステリーズ ：推理小説年鑑』1988~ 講談社.

荻巣康紀編『EQインデックス』1994 (私家版)/2000 (私家版、増補版).

鈴木清一編『ヒッチコック・マガジン総目録』1981 (私家版).

野村宏平編『ミステリ アンソロジー インデックス─1946-1992』1994(私家版).

本多正一『幻影城の時代：増刊「幻影城」表紙集成』2013 幻影城の時代の会.

本多正一『幻影城の時代：完全版』2008 講談社(講談社box)/2006 幻影城の時代の会編『幻影
　　　城の時代』の増補版.

森下祐行 編『マンハント総目次・索引』1991 泰西書院.

山前譲 編『推理雑誌細目総覧Ⅰ：昭和20年代篇』1985 推理小説文献資料研究会(私家版).

山前譲 編『戦後推理小説著者別叢書目録Ⅰ』1992 日本推理作家協会(推理小説研究21).

山前譲 編『探偵雑誌目次総覧』2009 日本アソシエーツ紀伊国屋書店.

慶応義塾大学推理小説同好会 編『宝石作品総目録』1973 (私家版).

DBジャパン 編『日本のミステリー小説登場人物索引アンソロジー篇：単行本篇上(あ-た)・
　　　下(ち-ん)』2002, DBジャパン.

DBジャパン 編『日本のミステリー小説登場人物索引アンソロジー篇：2001-2011』2012 DB
　　　ジャパン.

DBジャパン 編『日本のミステリー小説登場人物索引単行本篇：2001-2011上(あ-た)・下(ち-
　　　ん)』2013 DBジャパン.

日本推理作家協会 編『探偵作家クラブ会報』1990-91 柏書房(復刻版).

法政大学推理小説研究会 編『ミステリマガジン・インデックス』1976(私家版).

【명탐정사전】

郷原宏『名探偵事典 日本編』1995 東京書籍.

櫻井一『名探偵100人紳士録：名探偵たちの身上調査書』1984 大和書房.

実吉達郎『シャーロック・ホームズと金田一耕助』1988 毎日新聞社.

新保博久『名探偵登場 日本篇』1995 筑摩書房.

新保博久『私が愛した名探偵』2001 朝日新聞社.

羽馬光家、名探偵研究倶楽部 編『コナンの通信簿 ：「名探偵コナン」研究読本』2003 太陽出版.

藤崎誠 『世界名探偵図鑑』1975 立風書房.

藤原幸太郎『世界の名探偵50人：あなたの頭脳に挑戦する 推理と知能のトリック・パズル』
　　　1972 ベストセラーズ/1984 ベストセラーズ.

藤原幸太郎『世界の名探偵50人：知的興奮をもう一度 推理と知能のトリック・パズル 続』1994 ベストセラーズ.

山村正夫『名探偵紳士録』1977 ごま書房.

大津波悦子、柿沼瑛子『女性探偵たちの履歴書』1993 同文書院インターナショナル.

川村湊・松山巌『ミステリー・ランドの人々』1989 作品社.

村上貴史 『名探偵ベスト101』2004 新書館.

各務三郎 編『ハードボイルドの探偵たち』1979 パシフィカ(名探偵読本 6).

推理小説研究会 著『推理小説のナゾを解く本：世界の名探偵と推理しないか 素晴らしき探偵たち25人集』1980青年書館 .

スタジオ・ハードMX編『平成の名探偵50人：活字秘宝 vol.2』1998 洋泉社.

スタジオ・ハードMX編『本格ミステリーは探偵で読め！：読めば必ずくせになる!本格ミステリーガイド』2000 文化社.

知的発見！探検隊 編著『世界の名探偵がよくわかる本：完全データbook』2009 イースト・プレス.

【아시아 미스터리】

二人化 著、武田康二 譯『永遠なる帝国』2011 文藝社.

イ・ジョンミョン 著、米津篤八 訳『風の絵師 1 (宮廷絵師への道)』2009 早川書房.

イ・ジョンミョン 著、米津篤八 訳『風の絵師 2(運命の絵画対決)』2009 早川書房.

イ・ジョンミョン著、裴淵弘 訳『景福宮(キョンボックン)の秘密コード：ハングルに秘められた世宗大王の誓い 上・下』2011 河出書房新社.

李文烈 著、安宇植 訳『ひとの子：神に挑む者』1996 集英社.

金聖鐘ほか 著、祖田律男ほか訳『コリアン・ミステリ 韓国推理小説傑作選』2002 バベル・プレス.

金聖鍾 著、祖田律男 訳『ソウル：逃亡の果てに』2005 新風舎.

金聖鍾 著、祖田律男 訳『最後の証人上・下』2009 論創社.

金英夏 著、宋美沙 訳『光の帝国』2009 二見書房.

金英夏 著、森本由紀子 訳『阿娘(アラン)はなぜ』2008 白帝社.

朴商延 著、金重明 訳『JSA 共同警備区域』2001 文藝春秋.

藍霄 著、玉田誠 訳『錯誤配置』2009 講談社(島田荘司選アジア本格リーグ1：台湾).

チャッタワーラック 著、宇戸清治 訳『二つの時計の謎』講談社(島田荘司選アジア本格リー
グ2：タイ).

李垠 著、きむふな 訳『美術館の鼠』2009 講談社(島田荘司選アジア本格リーグ3：韓国).

水天一色 著、大澤理子 訳『蝶の夢：乱神館記』講談社(島田荘司選アジア本格リーグ4：中国).

S.マラ・Gd 著、柏村彰夫 訳『殺意の架け橋』(島田荘司選アジア本格リーグ5：インドネシア).

カルパナ・スワミナタン 著、波多野健 訳『第三面の殺人』(島田荘司選アジア本格リーグ6：
インド).

〈잡지〉

「アジア・ミステリ特集」(『ハヤカワミステリマガジン』早川書房、2011.12).

「特集 アジア・ミステリへの招待」(『ハヤカワミステリマガジン』早川書房、2012.2).

「特集：探偵小説のアジア体験」(朱夏編集部編『朱夏』第13号,せらび書房,1999).

「特集：特集 清張と東アジア・東南アジア」(北九州市立松本清張記念館編『松本清張研究』第
12号、北九州市立松本清張記念館、2011).

「特集：国際共同研究 東アジアにおける松本清張作品の受容」(北九州市立松本清張記念館編
『松本清張研究』第14号、北九州市立松本清張記念館、2013).

[나카무라 시즈요]

550

☆는 출생을 ★는 타계를 나타낸다.

연도	일본
1829	☆가나가키 로분仮名垣魯文
1830	☆간다 다카히라神田孝平
1837	☆나루시마 류호쿠成島柳北
1839	☆산유테이 엔초三遊亭円朝
1846	☆구보타 히고사쿠久保田彦作
1853	☆오카모토 기센岡本起泉
1855	☆아에바 고손饗庭篁村
1857	☆사이카엔 류코彩霞園柳香　☆스도 난스이須藤南翠
1858	☆가이라쿠테이 블랙快楽亭ブラック
1859	☆쓰보우치 쇼요坪内逍遙
1860	☆나카라이 도스이半井桃水
1861	☆모리타 시켄森田思軒
1862	☆모리 오가이森鷗外　☆구로이와 루이코黒岩涙香
1864	☆미야케 세이켄三宅青軒　☆마루테이 소진丸亭素人
1866	☆하라 호이쓰안原抱一庵
1867	☆고다 로한幸田露伴　☆나카무라 가소中村花瘦　☆오자키 고요尾崎紅葉
1868	☆야마다 비묘山田美妙　☆도쿠토미 로카德富蘆花
1869	☆바바 고초馬場孤蝶　☆난요 가이시南陽外史
1870	☆기쿠치 유호菊池幽芳

연도	일본
1871	☆시마무라 호게쓰島村抱月
1872	☆오카모토 기도岡本綺堂
1873	☆이케 세쓰라이池雪蕾 ☆이즈미 교카泉鏡花
1875	4 다지마 쇼지田島象二 편찬『재판기사裁判記事』(東京耕文堂)
1876	☆오시가와 슌로押川春浪 10「여도적 오쓰네전女盗賊お常の伝」『仮名読新聞』
1877	9 크리스테메이엘Christemeijer/간다 다카히라 역「욘켈의 기옥楊牙児ノ奇獄」『花月新誌』 (~11) 12 구보타 히코사쿠「도리오이 오마쓰전鳥追お松の伝」『仮名読新聞』(~1878.1)
1878	1 구보타 히코사쿠『도리오이 오마쓰 해상 신화鳥追阿松海上新話』(錦栄堂) 오카모토 기센『요아라시 오키누 하나노 아다유메夜嵐阿衣花廼仇夢』(東京ききがけ) →6(金松堂)
1879	2 가나가키 로분「독부 오덴의 이야기毒婦阿伝夜叉譚」『仮名読新聞』→(金松堂) 오카모토 기센「시마다 이치로 장마 일기島田一朗梅雨日記」『いろは新聞』→6(島鮮堂)
1880	8 나루시마 류호쿠 역「여배우 마리 피에르의 심판女優馬利比越児の審判」『朝野新聞』
1881	☆미쓰기 슌에이三津木春影 7 슌료 조시春陵情史 역『근세 미국 기담近世米国奇談』(柳影社) 8 다카하시 겐조高橋健三 역『정공증거 오판록情供証拠誤判録』(博文社)
1882	☆노무라 고도野村胡堂 ☆가와다 이사오川田功 9 니시가와 쓰테쓰西河通徹 역『러시아 허무당의 사정露国虚無党事情』(競錦書屋) 가와시마 주노스케川島忠之助 역『허무당 퇴치 기담虚無党退治奇談』(同人出版)
1884	★나루시마 류호쿠 ☆다나카 사나에田中早苗 6 사이카엔 류코『복수미담復讐美談』(絵入自由出版社)
1885	☆나카자토 가이잔中里介山 6 산유테이 엔초 구연『영국 효자전英国孝子之伝』(速記法研究会) 10 미야자키 무류宮崎夢柳 역『귀추추鬼啾啾』(旭活版所) 하야카와교시 치세이早川居士智静 편술『의 무라사키 서양 덴이치보擬紫西洋天一坊』

연도	일본
	(真盛堂)
1886	☆다니자키 준이치로谷崎潤一郎 ☆오쿠라 데루코大倉燁子
	1 조르주 오네Georges Ohnet/렌가 간진聯画閑人 역「단철장 주인鍛鉄場の主人」『読売新聞』(~3)
	10 산유테이 엔초 구연・고아이 에이타로小相英太郎 속기「마쓰의 지조 미인 생매장松之操美人廼生埋」『やまと新聞』(~12)
	12 간다 다카히라 역『욘켈 기담楊牙児奇談』(広文堂)
1887	☆마사키 후조큐正木不如丘 ☆아라하타 간손荒畑寒村 ☆마쓰모토 다이松本泰
	1 사이카엔 류코『메이지의 소문난 사환 다카마쓰明治小僧噂高松』(日吉堂)
	4 알렉상드르 뒤마Alexandre Dumas/세키 나오히코関直彦 역『서양복수기담西洋復讐奇譚』(金港堂)
	산유테이 엔초 구연・이시하라 메이린石原明倫 필기『황색 장미黄薔薇』(金泉堂)
	9 쥘 베른Jules Verne/요카쿠 산인羊角山人 역「맹인 사자盲目使者」『報知新聞』(~12)
	10 지쿠켄 거사竹軒居士 편『진귀한 사건 모음珍事のはきよせ』(共隆社)
	간다 다카히라 역『욘켈의 기담楊牙児奇談』(薫志堂)
	사이카엔 류코「족도리풀二葉草」『今日新聞』
	11 류카테이 미도리柳亭美登利 역『백난금百難錦』(栄泉堂)
	에드거 앨런 포Edgar Allan Poe/아에바 고손 역「검은 고양이黒猫」『読売新聞』
	안나 캐서린 그린Anna Katherine Green/하루노야오보로春のや朧 역「사전꾼贋貨つかひ」『読売新聞』(~12)
	12 에드거 앨런 포/다케노야 주인竹の舍主人 역「르 모르그의 살인ルーモルグの人殺し」『読売新聞』
1888	1 나카라이 도스이「신편 개화의 살인新編開化の殺人」『絵入自由新聞』
	휴 콘웨이Hugh Conway/구로이와 루이코黒岩涙香 역「법정의 미인法廷の美人」『今日新聞』
	3 에밀 가보리오Etienne Êmile Gaboriau/구로이와 루이코 역「대도적大盗賊」『今日新聞』
	가보리오/구로이와 루이코 역「사람인가 귀신인가人耶鬼耶」『今日新聞』
	가보리오/구로이와 루이코 역「타인의 돈他人の銭」『今日新聞』
	6 스도 난스이『살인범殺人犯』(正文堂)

부록 3

연도	일본
	9 가보리오/고샤쿠엔 주인紅勺園主人 역「탄갱비사炭坑秘事」『郵便報知新聞』(~10)
	9 가보리오/구로이와 루이코 역「유죄무죄有罪無罪」『絵入自由新聞』(~11)
	11 조지 맥워터스Georges Mcwatters/지하라 이노키치千原伊之吉 역『기옥奇獄』(日本同盟法学会)
	12 포르츄네 드 보아고베Fortune du Boisgobey/구로이와 루이코 역「사이비似而非」『絵入自由新聞』(~1889.1)
1889	☆유메노 규사쿠夢野久作 ☆야마모토 노기타로山本禾太郎
	1 해리 록우드Harry Lockwood/구로이와 루이코 역「마술 도적魔術の賊」『絵入自由新聞』(~2)
	보아고베/구로이와 루이코 역「해저의 중죄海底の重罪」『都新聞』(~3)
	빅토르 위고Victor-Marie Hugo/모리타 시켄 역「탐정 쟈베르探偵ユーベル」『国民之友』(~4)
	스도 난스이「으스름한 달밤朧月夜」『新小説』(~11)
	2 조지 맨빌 펜George Manville Fenn/구로이와 루이코 역「매화랑梅花郎」『絵入自由新聞』(~4)
	3 보아고베/구로이와 루이코 역「반지指環」『都新聞』(~5)
	호프만Ernest Theodor Amadeus Hoffmann/모리 오가이·미키 다케지三木竹二 역「보물이 있는 곳에 범죄가 있다玉を懐いて罪あり」『読売新聞』(~9)
	5 보아고베/구로이와 루이코 역「미인의 손美人の手」『絵入自由新聞』(~7)
	6 보아고베/구로이와 루이코 역「극장의 범죄劇場の犯罪」『都新聞』
	오쿠무라 겐지로奥村玄次郎『모래 속 황금砂中の黄金』(共和書店)
	9 구로이와 루이코『무참無惨』(小説舘)
	고다 로한「이것참 이것참是は是は」『都の花』
	보아고베/미나미자 은사南舵隠士 역「결투의 끝決闘の果」『東西新聞』(~11)
	10 고다 로한「이상하도다あやしやな」『都の花』
	구로이와 루이코·마루테이 소진 공역「미인의 감옥美人の獄」『絵入自由新聞』(~12)
	11 구로이와 루이코「미도리綠」『貴女の友』

연도	일본
	보아고베/구로이와 루이코 역 「이 수상한 자此曲者」『江戸新聞』(~1890.1)
11	유키노야 가오루雪廼舎かをる 역 「원한의 비스恐恨の匕首」『絵入自由新聞』
	보아고베/구로이와 루이코 역 「미소년美少年」『都新聞』
1890	☆모리시타 우손森下雨村 ☆고사카이 후보쿠小酒井不木
	1 오자키 고요 「염화미소拈華微笑」『国民之友』
	2 구로이와 루이코 역 「나의 죄妾の罪」『都新聞』
	3 보아고베/구로이와 루이코 역 「집념執念」『都新聞』
	5 나카라이 도스이 「백발白髪」『東京朝日新聞』(~6)
	7 보아고베/구로이와 루이코 역 「활지옥活地獄」『都新聞』
	9 가보리오/마루테이 소진 역 『살해사건殺害事件』(今古堂)
	11 구로이와 루이코 역 「복수仇うち」『都の花』(~12)
	호이쓰안 주인抱一庵主人 「암중 정치가闇中政治家」전편 『郵便報知』
1891	1 퍼거스 흄Fergus Hume/마루테이 소진 역 『귀차鬼車』(金桜堂)
	보아고베/이노우에 류엔井上笠園 역 「유품記留物」『都新聞』
	보아고베/구로이와 루이코 역 「다마테바코玉手箱」『都新聞』
	2 가이라쿠테이 블랙 구술·이마무라 지로今村次郎 속기 「류의 새벽流の暁」『やまと新聞』(~3)
	3 나카라이 도스이 『개화의 원수開花の仇讐』(今古堂)
	4 윌키 콜린스Wilkie Collins/호이쓰안 역 「백의의 부인白衣の婦人」『都の花』(~10)
	5 가이라쿠테이 블랙 공연·이마무라 지로 속기 「절실한 죄切なる罪」『やまと新聞』
	가보리오/난요 가이시 역 「대탐정大探偵」『中央新聞』(~6)
	보아고베/구로이와 루이코 역 「거괴래巨魁来」『都新聞』(~7)
	7 보아고베/구로이와 루이코 역 「여야차如夜叉」『都新聞』
	가보리오/난요 가이시 역 「비밀의 책秘密の巻」『中央新聞』(~9)
	8 가이라쿠테이 블랙 구연·후쿠시마 쇼로쿠福島昇六 속기 『극장 선물劇場土産』(銀花堂)
	9 가이라쿠테이 블랙 역술·이마무라 지로 속기 『장미아가씨薔薇娘』(三友舎)
	10 가이라쿠테이 블랙 강연·이마무라 지로 속기 『차 안의 독침車中の毒針』(三友舎)
	가보리오/구로이와 루이코 역 「신사의 행방紳士の行衛」『都新聞』(~11)

부록
3

555

연도	일본
	오자키 고요 「홍백 독만두^{紅白毒饅頭}」『読売新聞』(~12)

연도	일본
	오자키 고요 「홍백 독만두紅白毒饅頭」『読売新聞』(~12)
	가보리오/하쓰네 여사初音女史 역 「마마코 공주満々子姫」『中央新聞』(~12)
	보아고베/난요 가이시 역 「꿈 속의 구슬夢中乃玉」『中央新聞』(~1892.1)
11	보아고베/구로이와 루이코 역 「사미인死美人」『都新聞』(~1892.4)
12	야마다 비묘 『도적비사盜賊秘事』(嵩山堂)
1892	☆아쿠타가와 류노스케芥川龍之介 ☆사토 하루오佐藤春夫 ☆요시카와 에이지吉川英治 ☆히라바야시 하쓰노스케平林初之輔 ☆노부하라 겐延原謙 ☆세노 아키오妹尾アキ夫 ☆호시노 다쓰오保篠龍緒 ☆야마시타 리자부로山下利三郎
	1 크리스테메이엘/간다 다카히라 역 「청기병青騎兵」『日本之法律』(~5)
	크리스테메이엘/간다 다카히라 역 「청기병」『日本之少年』(~6)
	보아고베/구로이와 루이코 역 「나쁜 이연悪因縁」『都の花』(~8)
	3 보아고베/난요 가이시 역 「숨겨둔 정부忍び夫」『中央新聞』(~5)
	6 간다 다카히라 역 「욘켈의 기옥楊牙児奇獄」『日本之法律』(~10)
	7 가이라쿠테이 블랙 강연·이마무라 지로 속기 「선혈의 편지血汐の手形」『東錦』
	보아고베/난요 가이시 역 「산호 브로치珊瑚の徽章」『中央新聞』(~9)
	8 가보리오/구로이와 루이코 역 『피의 문자血の文字』(金港堂)
	10 그린/하루노야오보로 역 『사전꾼贋金つかひ』(奥村金次郎)
	에인즈워스William Harrison Ainsworth/주시도 주인十四堂主人 역 「천둥 도깨비雷小僧」『都新聞』(~11)
	11 가보리오/마루테이 소진 역 『대의옥 상편大疑獄上編』(金桜堂·今古堂)
	조지 맨빌 펜/구로이와 루이코 역 「대금괴大金塊」『萬朝報』(~12)
	난요 가이시 역 「해골선どくろ船」『中央新聞』(~12)
	그린/ 구로이와 루이코 역 「나도 모르게我不知」『萬朝報』 별책부록(~1893.5)
	12 가이라쿠테이 블랙 강연·이마무라 지로 속기 「검의 칼날剣の刃渡」『やまと新聞』(~1893.1)
	난요 가이시 역 「국사범国事犯」『中央新聞』(~1893.1)
	가보리오/구로이와 루이코 역 「철가면鉄仮面」『萬朝報』(~1893.6)
1893	☆고가 사부로甲賀三郎 ☆니시다 마사지西田政治 ☆아사노 겐푸浅野玄府

연도	일본
	1 히후미코一二三四 역『전기 사형電気の死刑』(春陽堂)
	나카라이 도스이「눈사람雪達摩」『東京朝日新聞』(~2)
	보아고베/난요 가이시 역「벙어리 딸唖娘」『中央新聞』(~3)
	〈탐정소설探偵小説〉전26권(春陽堂) 간행(~1894.2)
	3 〈탐정총화探偵叢話〉『미야코신문都新聞』에서 연재 시작
	나카무라 가소 역「일섬영一閃影」『読売新聞』(~5)
	4 〈탐정문고探偵文庫〉전10권(今古堂) 간행 시작
	5 이즈미 교카『살아 있는 인형活人形』(春陽堂)
	구로이와 루이코「탐정담에 대하여探偵譚に就て」『萬朝報』
	6 마리 코렐리Marie Corelli/구로이와 루이코 역「백발귀白髪鬼」『萬朝報』(~12)
	7 〈탐정소설探偵小説〉전51권(駸々堂) 간행 시작
	8 〈고등탐정총서高等探偵叢書〉(春陽堂) 간행 시작
	세키잔 거사尺山居士 역「대악의大悪医」『都新聞』(~11)
	9 다다 쇼켄多田省軒『무참한 감금無惨の幽閉』(多田喜太郎)
	보아고베/가토 시호加藤紫芳 역『피로 친한 방血塗室』(図書出版)
	10 구로이와 루이코『세 갈래의 머리카락三筋の髪』(上田屋)
	12 가이라쿠테이 블랙 구연·코믹コミック 필기「여름벌레なつの虫」『やまと新聞』
	(~1894.1)
	구로이와 루이코 역「아가씨 일대嬢一代」『萬潮報』(~1894.3)
1894	☆기무라 기木村毅 ☆에도가와 란포江戸川乱歩 ★가나가키 로분
	1 재판소설 〈오린문고鳳林庫〉(鳳林館) 간행 시작
	마루테이 소진 역『혁명사담 혈흔록革命史譚血痕録』전편(今古堂)
	2 코난 도일Arthur Conan Doyle/무서명無署名 역「거지도락乞食道楽」「입술이 삐뚤어진 남자唇の捩れた男」『日本人』
	오구리 후요小栗風葉·오자키 고요 합작「쪽 보조개片靨」『読売新聞』(~4)
	3 마루테이 소진 역『혁명사담 혈흔록』후편(今古堂)
	버사 클레이Bertha M. Clay/구로이와 루이코 역「사람의 운人の運」『萬朝報』(~10)
	4 가보리오/난요 가이시 역「생령生霊」『中央新聞』(~5)

연도	일본
	5 쇼린 하쿠치松林伯知 강연 『빈 집의 미인空家の美人』(吾妻屋)
	가이라쿠테이 블랙 강연·이마무라 지로 속기 「고아孤児」『야마토新聞』부록(~7)
	난요 가이시 역 「철면피鉄面皮」『中央新聞』(~8)
	6 기쿠치 유호 『무언의 맹세無言の誓』(駿々堂)
	8 시마무라 호게쓰 「탐정소설探偵小説」『早稲田文学』
1895	1 버사 클레이/오자키 고요 「불언불어不言不語」『読売新聞』(~3)
	7 애드먼드 다우니Edmondo Darney/구로이와 루이코 역 「괴물怪物」『萬朝報』(~9)
	8 고다 로한 「자승자박自縄自縛」『国会』(~10)
	9 구로이와 루이코 「습지의 바닥野沢の底」『萬朝報』
	구로이와 루이코 역 「비밀수첩秘密の手帳」『萬朝報』(~10)
	10 〈탐정소설探偵小説〉합본 전5권(春陽堂) 간행
	12 구로이와 루이코 역 「여자가 지켜야 할 훈계女庭訓」『萬朝報』(~1896.3)
	보아고베/미야케 세이켄 역 『산호미인珊瑚美人』(三友社)
1896	☆오시타 우다루大下宇陀児 ☆라야마 가이타村山槐多 ☆하마오 시로浜尾四郎
	1 시마다 비스이島田美翠 『대사미인大蛇美人』(駿々堂)
	3 다다 쇼켄 『독미인毒美人』(盛花堂)
	10 시마다 쇼요島田小葉 『천형목天刑木』(駿々堂)
	12 시마다 비스이 『금반지金の指環』(駿々堂)
	후센 시호楓仙子補 역 『은혜와 원수恩と仇』(国華堂)
1897	★모리타 시켄
	1 시마다 류센島田柳川 〈탐정문고探偵文庫〉전20권(駿々堂) 간행 시작
	2 고다 로한 「흰 눈 달마白眼達磨」『世界之日本』
	보아고베/구로이와 루이코 역 「무사도武士道」『萬朝報』(~8)
	9 윌리엄 찰스 노리스William Charles Norris/구로이와 루이코 역 「러시아인露国人」『萬朝報』(~12)
1898	★구보타 히코사쿠 ★간다 다카히라
	1 쇼린 자쿠엔小林若円 강연·야마다 도이치로山田都一朗 속기 『미인과 권총美人と短銃』

연도	일본
	(駸々堂)
	11 시마다 류센『반야의 탈을 쓴 얼굴般若の面』(駸々堂)
	유호 산쇼友朋山樵 역『백작과 미인伯爵と美人』(松陽堂)
1899	☆이시하마 긴사쿠石浜金作 ★나카무라 가소
	1 시마다 류센『기차 강도汽車強盗』(駸々堂)
	4 코난 도일/무명씨無名氏 역「피 묻은 벽血染の壁」『每日新聞』(~7)
	7 가이 부스비Guy Boothby/난요 가이시 역「이상한 탐정不思議の探偵」『中央新聞』(~11)
	8 윌리암슨 부인Mrs. Alice Williamson/노다 료키치野田良吉 역·구로이와 루이코 교열「유령탑幽霊塔」『萬朝報』(~1900.3)
1900	☆이나가키 다루호稲垣足穂 ☆사사키 도시로佐左木俊郎 ★마키 이쓰마牧逸馬 ★산유테이 엔초
	3 가보리오/이노우에 긴코井上勤口 역『비밀의 비밀秘密之秘密』(矢嶋誠進堂書店)
	5 고다 로한「불안不安」『新小説』
	블워 리튼Edward George Earle Bulwer-Lytton/호이쓰안 역「성인인가 도적인가聖人か盗賊か」『朝日新聞』(~11)
	9 코난 도일/호이쓰안「신 음양박사新陰陽博士」『文芸俱楽部』
	11 오시카와 슌로『해저군함海底軍艦』(文武堂)
	아서 모리슨Arthur Morrison/난요 가이시 역「희대의 탐정稀代の探偵」『中央新聞』(~12)
1901	☆오구리 무시타로小栗虫太郎 ☆와타나베 게이스케渡辺啓助
	3 뒤마/구로이와 루이코 역「암굴왕巌窟王」『萬朝報』(~1902.6)
	6 코난 도일/우에무라 사센上村左川 역「신부의 행방花嫁のゆくえ」『女学世界』
	오시카와 슌로「유령섬幽霊島」『항해기담航海奇譚』(大学館) 수록
	7 윌키 콜린스/기쿠치 유호 역「백의부인白衣婦人」『大阪每日新聞』연재중절(~9)
	10 오시카와 슌로『탑 안의 괴변塔中の怪』(文武堂)
	11 코난 도일/모리 가이호森鴎峰 역「몰몬 기담モルモン奇譚」『時事新報』(~1902.1)
1902	☆요코미조 세이시橫溝正史 ☆구즈야마 지로葛山二郎 ☆구로누마 겐黒沼健 ☆나가세 산고永瀬三吾 ☆히사오 주란久生十蘭 ★사이카엔 류고
	1 야마다 비묘『여장의 탐정女装の探偵』전편(嵩山堂)

연도	일본
	5 야마다 비묘『여장의 탐정』후편(嵩山堂)
	10 빅토르 위고/구로이와 루이코 역「아, 무정噫無情」『萬朝報』(~1903.8)
	11 기쿠치 유호 역「비밀 중의 비밀秘中の秘」『大阪毎日新聞』(~1903.3)
	12 오시가와 슌로『무협 일본武俠の日本』(文武堂)
1903	☆하시모토 고로橋本五郎 ☆구스다 교스케楠田匡介 ☆야마모토 슈고로山本周五郎
	2 다구치 기쿠테이田口掬汀『소년 탐정少年探偵』(新声社)
	6 오시가와 슌로『은산왕銀山王』(文武堂)
	11 구로이와 루이코 역「왕비의 원한王妃の怨」『萬朝報』(~1904.3)
	12 오사와 덴센大沢天仙『최면술催眠術』(文禄堂)
1904	☆미즈타니 준水谷準 ☆조 마사유키城昌幸 ☆가야마 시게루香山滋 ☆오쓰보 스나오大坪砂男 ★하라 호이쓰안
	1 다다 쇼켄『전기의 참살電気の惨殺』(柏原圭文堂)
	오시가와 슌로『신조 군함新造軍艦』(文武堂)
	난요 가이시 역「탐정 마왕探偵魔王」『中央新聞』연재중절(~2)
	9 르 큐Le Queux William/마쓰이 쇼요松居松葉 역『허무당 기담虚無党奇談』(警醒社書店)
	오시가와 슌로『무협함대武俠艦隊』(文武堂)
1905	☆지미이 헤이조地味井平造 ☆유메자 가이지夢座海二 ☆히사야마 히데코久山秀子
	8 난요 가이시 역「어머니를 모르는 아이母不知」『中央新聞』(~11)
	10 가시마 오코鹿島桜巷 역『변장한 괴인変装の怪人』(大学館)
1906	☆쓰노다 기쿠오角田喜久雄 ☆나가누마 고키長沼弘毅 ☆사카구치 안고坂口安吾
	2 르 큐/이케 세쓰라이 역「투명 망토かくれ簔」『都新聞』(~6)
	5『탐정 세계探偵世界』(成功雑誌社) 창간
	6 오시가와 슌로『신 일본도新日本島』(文武堂)
	11 코난 도일/오구리 후요 역「신통력神通力」『読売新聞』(~12)
1907	☆니시오 다다시西尾正 ☆히노 아시헤이火野葦平 ☆아사야마 세이이치朝山鯖一 ☆오카다 샤치히코岡田鯱彦
	4 코난 도일/사가와 슌스이佐川春水 역『은행 도적銀行盗賊』(建文館)
	10 다다 쇼켄『두 맹인二人盲目』(井上一書堂)

560

연도	일본
	12 오시가와 슌로『동양 무협단東洋武侠団』(文武堂)
1908	☆히카게 조키치日影丈吉 ☆난조 노리오南條範夫 ☆우에쿠사 진이치植草甚一 1 『모험 세계冒険世界』(博文館) 창간 오시가와 슌로「괴인 철탑怪人鉄塔」『冒険世界』(~12) 2 코난 도일/가쓰마 슈진勝間舟人 역「코안경鼻眼鏡」『文芸倶楽部』 11 『선데이サンデー』(太平洋通信社) 창간 하쿠운류스이로 주인白雲流水楼主人 역「야차미인夜叉美人」『サンデー』(~1909.1)
1909	☆아오이 유蒼井雄 ☆시마다 가즈오島田一男 ☆마쓰모토 세이초松本清張 ☆오오카 쇼헤이大岡昇平 1 모리스 르블랑Maurice Leblanc/모리시타 루부로森下流仏楼 역「파리의 탐정기담 도둑의 도둑巴里探偵奇譚 泥棒の泥棒」『サンデー』 5 러시아 탐정 S씨의 이야기露国探偵S氏談「두 방울의 혈흔二滴の血痕」『サンデー』(~7) 6 센덴시閃電子 번안「여배우 살해사건 과학적 탐정기담女優殺害事件 科学的探偵奇譚」『冒険世界』 7 센덴시 번안「런던에서 일어난 일본인의 대범죄倫敦で日本人の大犯罪」『冒険世界』 8 센덴시 번안「해골 그림과 살인범骸骨画と殺人犯」『冒険世界』 10 하쿠운류스이로 주인 역「백주의 살인白昼の殺人」『サンデー』(~11)
1910	☆구키 시로九鬼紫郎 ☆사가 센佐賀潜 1 〈탐정문고探偵文庫〉전9권(春陽堂) 간행 시작 4 구로이와 루이코 역「백발귀白髪鬼」『サンデー』(~5) 8 구야 도진空也道人 역『나루카미조 외鳴神組他』(春陽堂) 10 바가쿠 은사馬岳隠士 역「예고한 대도予告の大盗」『サンデー』(~1911.4)
1911	☆시마 규헤이島久平 4 세이후소도 주인清風草堂主人 역「러시아 탐정 이야기露西亜探偵物語」『万里洞』 바가쿠 은사 역「사람아 귀신아人乎鬼乎」『サンデー』(~9) 12 르블랑/세이후소도 주인 역「예고한 대도予告の大盗」『万里洞』 리처드 오스틴 프리먼Richard Austin Freeman/미쓰기 슌에이 역『구레타 박사呉田博士』 제1편(中興館書店)

연도	일본
	세이후소도 주인 역「불란서 이야기仏蘭西物語」『万里洞』
1912	☆지요 유조千代有三 ☆오사카 게이키치大阪圭吉 ☆닛타 지로新田次郎 ☆오이 히로스케大井広介 1 『무협세계武俠世界』(武俠世界社) 창간 7 프리먼/미쓰기 슌에이 역『구레타 박사』제2편(中興館書店) 레옹 사지Léon Sazie/구와노 모모카桑野桃華 역『지고마ジゴマ』(有倫堂) 9 레옹 사지/오오야 나쓰무라大谷夏村 역『지고마의 재생ジゴマの再生』(春江堂書店) 10 프리먼/미쓰기 슌에이 역『구레타 박사』제3편(中興館書店) 르블랑/세이후소도 주인 역「가스가 등롱春日燈籠」『やまと新聞』(~12) 11 르블랑/미쓰기 슌에이 역『고성의 비밀古城の秘密』전편(武俠世界社)
1913	☆가와베 도요조川辺豊三 ☆란 이쿠지로蘭郁二郎 ☆히카와 로水川瓏 ☆오타 도시오太田俊夫 ☆후지 유키오藤雪夫 ☆오카무라 유스케岡村雄輔 ☆기누가와 히로시鬼怒川浩 ★마루테이 소진 1 르블랑/세이후소도 주인 역『금발 미인金髮美人』(明治出版者) *판권장에는 야스나리 사다오安成貞雄로 되어 있음 2 르블랑/미쓰기 슌에이 역『고성의 비밀古城の秘密』후편(武俠世界社) 6 에드거 앨런 포/모리 오가이 역「병원 뒷골목의 살인범病院横町の殺人犯」『新小説』 9 르블랑/미쓰기 슌에이 역『금강석金剛石』(岡村盛花堂·池村松陽堂)
1914	☆후유키 교冬木喬 ★오시가와 슌로 1 오시가와 슌로「공포 탑恐怖塔」『武俠世界』(~6) 5 세이후소도 주인 역『블란서 탐정담仏蘭西探偵譚』(盛文館)
1915	☆덴도 신天藤真 ☆미야하라 다쓰오宮原龍雄 ☆도이타 야스지戸板康二 ★미쓰기 슌에이 3 〈축판 루이코집縮刷涙香集〉전18권(扶桑堂) 간행(~1921.12) 9 가스통 르루Gaston Leroux/미야지 지쿠호宮地竹峰 역『의문의 창疑問の窓』(佐藤出版部)
1916	☆다카하라 고키치高原弘吉 ☆이시자와 에이타로石沢英太郎 1 코난 도일/가토 아사토리加藤朝鳥 역『셜록 홈즈シャルロック·ホルムス』전3권(天弦堂書房)

연도	일본
	오카모토 기도 「구로사와 가의 비밀黒沢家の秘密」『文芸倶楽部』(~6)
	7 『탐정 잡지探偵雑誌』(実業之世界社) 창간
1917	☆쓰치야 다카오土屋隆夫　☆미야노 무라코宮野村子　☆시바타 렌자부로柴田錬三郎 ☆사이토 노보루西東登 ☆나카지마 가와타로中島河太郎 1 오카모토 기도 「오후미의 혼령お文の魂」『文芸倶楽部』 4 아쿠타가와 류노스케 「도적떼偸盗」『中央公論』(~7) 11 다니자키 준이치로 「핫산 칸의 요술ハッサン・カンの妖術」『中央公論』
1918	☆아리마 요리치카有馬頼義　☆가다 레이타로加田伶太郎　☆오카미 조지로丘美丈二郎 ★시마무라 호게쓰 4 〈아르센 루팡 총서アルセーヌ・ルパン叢書〉 전9권(金剛社) 간행 시작 5 다니자키 준이치로 「백주귀화白昼鬼話」『大阪毎日新聞/東京日日新聞』(~7) 7 아쿠타가와 류노스케 「개화의 살인開化の殺人」『中央公論』 증간호 　다니자키 준이치로 「두 예술가 이야기二人の芸術家の話」『中央公論』 증간호 　사토 하루오 「지문指紋」『中央公論』 증간호 9 아쿠타가와 류노스케 「신도의 죽음奉教人の死」『三田文学』 10 다니자키 준이치로 「야나기유 사건柳湯の事件」『中外』
1919	☆아마기 하지메天城一　☆다케다 다케히코武田武彦　☆아유카와 데쓰야鮎川哲也 ☆미즈카미 쓰토무水上勉　☆고지마 나오키小島直記　☆와타나베 겐지渡辺剣次 ☆오니시 교진大西巨人 2 아쿠타가와 류노스케 「개화의 남편開化の良人」『中外』 7 코난 도일/야노 고조矢野虹城 역 『탐정왕 자석 박사探偵王蛇石博士』(山本文友堂) 9 다니자키 준이치로 「어느 소년의 두려움或る少年の怯れ」『中央公論』(~10)
1920	☆다키가와 교多岐川恭　☆나카조노 에이스케中薗英助　☆다카키 아키미쓰高木彬光　★스 도 난스이　★구로이와 루이코 1 『신청년新青年』(博文館) 창간 　아쿠타가와 류노스케 「마술魔術」『赤い鳥』 3 가스통 르루/아이치 히로시愛智博 역〈룰르타비아총서ルレタビーユ叢書〉 전7권(金剛社) 　간행 시작

부록
3

563

연도	일본
	5 A. M. 윌리엄슨Alice Muriel Williamson/야노 고조 역『괴상한 집의 기이한 미인怪屋の奇美人』(文友堂)
1921	☆아스카 다카시飛鳥高 ☆고미네 하지메小峰元 ☆기노시타 다로樹下太郎 ☆유라 사부로由良三郎
	4 요코미조 세이시「무서운 만우절恐ろしき四月馬鹿」『新青年』
	6 오카모토 기도『한시치 기록장半七聞書帳』(隆文館)
	7 〈세계전기총서世界伝奇叢書〉전9권(金剛社) 간행 시작
	9 〈탐정걸작총서探偵傑作叢書〉전50권(博文館) 간행 시작
	10 마쓰모토 다이「농무濃霧」『大阪毎日新聞』(~12)
1922	☆야마다 후타로山田風太郎 ☆신쇼 후미코新章文子 ☆가리 규狩久 ☆구니미쓰 시로邦光史郎 ☆나카이 히데오中井英夫 ☆소다 겐左右田謙 ★아에바 고손 ★모리 오가이
	1 『신취미新趣味』(博文館) 창간
	〈루비총서ルビー叢書〉전6권(紅玉堂) 간행
	〈괴기탐정총서怪奇探偵叢書〉(春江堂) 간행 시작
	아쿠타가와 류노스케「덤불 속藪の中」『新潮』
1923	☆후지모토 센藤本泉 ☆시마우치 도루島内透 ★가이라쿠테이 블랙
	4 에도가와 란포「2전짜리 동전二銭銅貨」『新青年』
	5 『비밀 탐정잡지秘密探偵雑誌』(奎運社) 창간
	마쓰모토 다이「P언덕의 살인사건P丘の殺人事件」『秘密探偵雑誌』
	7 에도가와 란포「영수증 한 장一枚の切符」『新青年』
	9 구즈야마 지로「거짓과 진상噓と真相」『新趣味』
	11 고가 사부로「카나리아의 비밀カナリヤの秘密」『新青年』
1924	☆후지무라 쇼타藤村正太 ☆진 슌신陳舜臣 ☆구로이와 주고黒岩重吾 ☆가와카미 소쿤川上宗薫 ☆히로세 다다시広瀬正 ☆나가이 아키라長井彬 ☆레이라麗羅
	6 에도가와 란포「두 폐인二癈人」『新青年』
	고가 사부로「호박 파이프琥珀のパイプ」『新青年』
	〈모리스 르블랑 전집モオリス・ルブラン全集〉전4권(随筆社) 간행
	〈검은 고양이 탐정총서黒猫探偵叢書〉전3권(奎運社) 간행

연도	일본
	9 마쓰모토 다이 「노란 안개黄色い霧」 『主婦の友』
	10 에도가와 란포 「쌍생아双生児」 『新青年』
1925	☆오코치 쓰네히라大河内常平 ☆구루미자와 고시胡桃沢耕史 ☆기쿠무라 이타루菊村到 ☆다카하시 야스쿠니高橋泰邦 1 『킹キング』(講談社) 창간 　에도가와 란포 「D언덕의 살인D坂の殺人事件」 『新青年』 2 에도가와 란포 「심리시험心理試験」 『新青年』 3 『탐정문예探偵文芸』(奎運社) 창간 4 오시타 우다루 「금박의 담배金口の巻煙草」 『新青年』 　고사카이 후보쿠 「저주 받은 집呪われの家」 『女性』 　에도가와 란포 「빨간 방赤い部屋」 『新青年』 　히사야마 히데코 「들떠 있는 송골매浮かれている「隼」」 『新青年』 7 사토 하루오 「여계선기담女誡扇綺譚」 『女性』 　에도가와 란포 「백주몽白昼夢」 『新青年』 8 에도가와 란포 「지붕 밑 산책자屋根裏の散歩者」 『新青年』 9 『탐정취미探偵趣味』(探偵趣味の会) 창간 10 에도가와 란포 「인간 의자人間椅子」 『苦楽』
1926	☆미우라 슈몬三浦朱門 ☆후모토 쇼헤이麓昌平 ☆호시 신이치星新一 ★나카라이 도스이 1 고사카이 후보쿠 「연애곡선恋愛曲線」 『新青年』 　쓰노다 기쿠오 「아카하기의 엄지손가락 지문あかはぎの拇指紋」 『新青年』 　하야마 요시키葉山嘉樹 「시멘트 통 속의 편지セメント樽の中の手紙」 『文芸戦線』 　히라바야시 하쓰노스케 「예심조서予審調書」 『新青年』 4 고가 사부로 「장난悪戯」 『新青年』 10 에도가와 란포 「파노라마섬 기담パノラマ島奇談」 『新青年』(~1927.4) 12 〈현대일본문학전집現代日本文学全集〉 전63권(改造社) 간행 시작
1927	☆유키 쇼지結城昌治 ☆아시카와 스미코芦川澄子 ☆고타니 교스케木谷恭介 ★아쿠타가와 류노스케 ★도쿠토미 로카 1 빅토르 위고/다나카 사나에 역 「탐정 쟈베르探偵ユベール」 『新青年』

연도	일본
	고가 사부로 「하세쿠라사건支倉事件」 『読売新聞』(~6)
	고사카이 후보쿠 「의문의 검은 틀疑問の黒枠」 『新青年』(~8)
	4 미즈타니 준 「오・솔레・미오お・それ・みを」 『新青年』
	6 야마모토 노기타로 「폐쇄를 명받은 요괴관閉鎖を命ぜられた妖怪館」 『新青年』
	10 이나가키 다루호 「병에 담은 지옥瓶詰地獄」 『新青年』
	와타나베 온 「불쌍한 누나可哀相な姉」 『新青年』
	구즈야마 지로 「다리 사이로 엿보다股から覗く」 『新青年』
1928	☆가노 이치로加納一朗 ☆나카무라 마사노리中村正軌 ☆니키 에쓰코仁木悦子 ☆사노 요佐野洋 ☆후쿠모토 가즈야福本和也 ☆가지 다쓰오梶龍雄 ☆나카다 고지中田耕治
	1 세노 아키오 「얼어붙은 아라베스크凍るアラベスク」 『新青年』
	3 조 마사유키 「자메이카 씨의 실험ヂャマイカ氏の実験」 『新青年』
	사사키 미쓰조 「우몬 체포록右門捕物帖」 『富士』(~5)
	4 운노 주조 「전기 욕조의 괴사사건電気風呂の怪死事件」 『新青年』
	6 미나카미 로리水上呂理 「정신분석精神分析」 『新青年』
	8 에도가와 란포 「음울한 짐승陰獣」 『新青年』(~10)
	10 유메노 규사쿠 「병에 담은 지옥瓶詰の地獄」 『猟奇』
1929	☆가지야마 도시유키梶山季之 ☆니시나 도루仁科透 ☆오타 란조太田蘭三 ☆다카하시 오사무高橋治 ☆구노 게이지久能啓二 ☆스즈키 미치오都筑道夫 ☆니와 세이시新羽精之 ☆후쿠다 히로시福田洋 ☆미나가와 히로코皆川博子 ☆이쿠타 나오치카生田直親 ★고사카이 후보쿠
	1 유메노 규사쿠 「누름꽃의 기적押絵の奇蹟」 『新青年』
	에도가와 란포 「외딴 섬 악마孤島の鬼」 『朝日』(~1930.2)
	5 고사카이 후보쿠 「투쟁闘争」 『新青年』
	6 에도가와 란포 「누름꽃과 여행하는 남자押絵と旅する男」 『新青年』
	와타나베 게이스케 「의안의 마돈나偽眼のマドンナ」 『新青年』
	8 오시타 우다루 「히루가와 박사蛭川博士」 『週間朝日』(~12)
	10 하마오 시로 「살해당한 덴이치보殺された天一坊」 『改造』
1930	☆와쿠 슌조和久峻三 ☆니시무라 교타로西村京太郎 ☆이시카와 다카시石川喬司 ☆난부 기

연도	일본
	미코南部樹末子 ☆니시무라 주코西村寿行 ☆사사자와 사호笹沢左保 ★와타나베 온
	1 오시타 우다루「정옥情獄」『新青年』
	에도가와 란포「엽기의 끝猟奇の果」『文芸倶楽部』(~6)
	2 미즈타니 준「호두 밭의 창백한 파수꾼胡桃園の青白き番人」『新青年』
	5 요코미조 세이시「부용저택의 비밀芙蓉屋敷の秘密」『新青年』(~8)
	9 에도가와 란포「황금가면黄金仮面」『キング』(~1931.10)
1931	☆이나미 이쓰라稲見一良 ☆미요시 도루三好徹 ☆시미즈 잇코清水一行 ☆고마쓰 사쿄小松左京 ☆오타니 요다로大谷羊太郎 ☆아카마쓰 미쓰오赤松光夫 ☆야마무라 마사오山村正夫 ☆미네 류이치로峰隆一郎 ☆야마무라 미사山村美紗 ☆도미시마 다케오富島健夫 ☆나오이 아키라直井明 ★히라바야시 하쓰노스케 4 하마오 시로「살인귀殺人鬼」『名古屋新聞』(~12) 노무라 고도「제니가타 헤이지 체포록銭形平次捕物控」『オール読物』(~1932.8) 5 〈에도가와 란포 전집江戸川乱歩全集〉(平凡社) 발간 9 『탐정소설探偵小説』(博文館) 창간 10 후지 유키오「사람을 먹은 기관차人を喰った機関車」『新青年』 11 운노 주조「진동마振動魔」『新青年』
1932	☆후지와라 사이타로藤原宰太郎 ☆쓰지 마사키辻真先 ☆가쓰메 아즈사勝目梓 ☆이시하라 신타로石原慎太郎 ☆이쓰키 히로유키五木寛之 ☆아오키 아메히코青木雨彦 ☆고바야시 노부히코小林信彦 1 오시타 우다루「마법거리魔法街」『改造』 3 미나미자와 주시치南沢十七「거머리蛭」『新青年』 4 〈신작 탐정소설 전집新作探偵小説全集〉(新潮社) 발간 고가 사부로「모습 없는 괴도姿なき怪盗」『新潮社』 10 운노 주조「파충관 사건爬虫館事件」『新青年』
1933	☆모리무라 세이이치森村誠一 ☆후지키 야스코藤木靖子 ☆사이토 사카에斎藤栄 ☆아즈사 린타로梓林太郎 ☆이쿠시마 지로生島治郎 ☆도가와 마사코戸川昌子 ☆아카에 바쿠赤江瀑 ☆아와사카 쓰마오泡坂妻夫 ☆한무라 료半村良 ☆쓰무라 슈스케津村秀介 ★사사키 도시로

연도	일본
	3 고가 사부로 「체온계 살인사건体温計殺人事件」 『新青年』
	하마오 시로 『철쇄 살인사건鉄鎖殺人事件』 (新潮社)
	5 『프로필ぷろふいる』 (ぷろふいる社) 창간
	7 오구리 무시타로 「완전범죄完全犯罪」 『新青年』
1934	☆고이즈미 기미코小泉喜美子 ☆야마시타 유이치山下諭一 ☆사가시마 아키라嵯峨島昭 ☆가이도 에이스케海渡英祐 ☆쓰쓰이 야스타카筒井康隆 ☆우치다 야스오内田康夫
	1 고가 사부로 「누가 재판하였는가誰が裁いたか」 (ぷろふいる社)(~3)
	에도가와 란포 「검은 도마뱀黒蜥蜴」 『日の出』(~12)
	4 오구리 무시타로 「흑사관살인사건黒死館殺人事件」 『新青年』(~12)
	9 오시타 우다루 「의안義眼」 『新青年』
	11 기기 다카타로 「망막맥시증網膜脈視症」 『新青年』
1935	☆아토다 다카시阿刀田高 ☆고조 고高城高 ☆고노 덴세河野典生 ☆오야부 하루히코大藪春彦 ☆기다 준이치로紀田順一郎 ☆이마이 이즈미今井泉 ☆고바야시 규조小林久三 ★마키 이쓰마 ★하마오 시로
	1 유메노 규사쿠 『도구라 마구라ドグラ·マグラ』 (春秋社)
	고가 사부로 『탐정소설강화探偵小説講話』 (ぷろふいる社)(~12)
	5 오구리 무시타로 『흰 개미白蟻』 (ぷろふいる社)
	8 요코미조 세이시 「창고 속蔵の中」 『新青年』
	10 에도가와 란포 〈일본탐정소설걸작선日本探偵小説傑作集〉 (春秋社) 간행
1936	☆곤다 만지権田萬治 ☆도모노 로伴野朗 ☆고다카 노부미쓰小鷹信光 ☆가가미 사부로各務三郎 ☆시미즈 다쓰오志水辰夫 ☆진카 가쓰오仁賀克雄 ★유메노 규사쿠
	1 기기 다카타로 「인생의 바보人生の阿保」 『新青年』(~5)
	에도가와 란포 「괴도 20가면怪人二十面相」 『少年俱楽部』(~12)
	3 기기 다카타로 「드디어 고가 사부로 씨에게 논전愈々甲賀三郎氏に論戦」 『ぷろふいる』
	아오이 유 『후나토미가의 참극船富家の惨劇』 (春秋社)
	4 고가 사부로 「4차원의 단면四次元の断面」 『新青年』
	6 히사오 주란 「금빛 늑대金狼」 『新青年』(~11)

연도	일본
	7 오사카 게이키치「세 광인三狂人」『新青年』
	10 『탐정춘추探偵春秋』(春秋社) 창간
1937	☆아쿠 유阿久悠 ☆이구치 야스코井口泰子 ☆히로타 시즈노리弘田静憲 ☆다이라 류세이平龍生 ☆이가라시 히토시五十嵐均 1 동인지『탐정문학探偵文学』을 개제하여 잡지『슈피오シュピオ』(古今社)를 창간 기기 다카타로『인생의 바보人生の阿保』로 제4회〈나오키상直木賞〉수상 히사오 주란「검은 수첩黒い手帳」『新青年』 기기 다카타로「꺾어진 갈대折葦」『報知新聞』(~6) 운노 주조「파리남자蠅男」『講談雑誌』(~10) 3 오시타 우다루「철의 혀鉄の舌」『新青年』(~9)
1938	☆나쓰키 시즈코夏樹静子 1 조 마사유키「엽기 상인猟奇商人」『新青年』 4 아카누마 사부로赤沼三郎「악마의 묵시록悪魔の黙示録」『新青年』증간호 6 구로누마 겐「창백한 외인부대蒼白き外人部隊」『新青年』증간호 9 〈에도가와 란포 선집江戸川乱歩選集〉(新潮社) 간행 시작 11 기기 다카타로「영원한 여수永遠の女囚」『新青年』
1939	★오카모토 기도 ★마쓰모토 다이 ★이즈미 교카 1 무토베 쓰토무六戸部力(히사오 주란)「아고주로 체포록顎十郎捕物帖」『奇譚』(~1940.4) 3 에도가와 란포의 1929년 작「애벌레芋虫」전편 삭제 조 마사유키「도련님 사무라이 체포록若さま侍捕物帖」『週刊朝日』(~1941.1)
1940	☆구사카 게이스케日下圭介 ☆가타오카 요시오片岡義男 ☆시모다 가게키志茂田景樹 ☆니시키 마사아키西木正明 ☆가도타 야스아키門田泰明 ☆나이토 진内藤陳 ★바바 고초 1 다니가와 하야시谷川早(히사오 주란)「히라가 겐나이 체포록平賀源内捕物帳」『講談俱楽部』(~8)
1941	☆다나카 고지田中光二 ☆다니 가쓰지谷克二 ☆나가사카 슈케이長坂秀佳 ☆모리 에이森詠 ☆나카쓰 후미히코中津文彦 11 오구리 무시타로 육군 보도반원으로서 남양으로 출발

연도	일본
1942	1 운노 주조 해군 보도반원으로서 남양으로 출발
	2 쓰노다 기쿠오 해군 보도반원으로서 남양으로 출발
	5 와타나베 게이스케 육군 보도부 위탁으로 중국으로 출발
1943	☆히야마 요시아키檜山良昭 ☆오사카 고逢坂剛 ☆후카야 다다키深谷忠記
	3 오구리 무시타로 「해협 천지회海峡天地会」『新青年』
1944	☆후나도 요이치船戸与一 ☆노무라 마사키野村正樹 ☆사이토 미오斎藤澪
1945	☆다니 고세이谷恒生 ☆시라카와 도루白川道 ★고가 사부로 ★이노우에 요시오 ★다나카 사나에 ★오사카 게이키치 ★히야마 요시키
1946	☆아사기 마다라浅黄斑 ☆야마구치 가오루山口香 ☆도바 료鳥羽亮 ☆하라 료原寮 ★오구리 무시타로小栗虫太郎
	3 『록ロック』(筑波書林) 창간
	4 『보석宝石』(岩谷書店) 창간
	『탑トップ』(トップ社) 창간
	요코미조 세이시 「혼진살인사건本陣殺人事件」『宝石』(~12)
	5 히카와 로「유모차乳母車」『宝石』
	기기 다카타로「초승달新月」『宝石』
	요코미조 세이시 「나비 살인사건蝶々殺人事件」『ロック』(~1947.4)
	7 『프로필』(ぷろふいる社) 복간
	〈추리소설총서推理小説叢書〉(雄鶏社) 간행 시작
	10 히사오 주란「햄릿ハムレット」『新青年』
	12 야마모토 슈고로「중앙은행 30만엔 분실사건中央銀行三十万円紛失事件」『新青年』
1947	☆하하키기 호세이帚木蓬生 ☆고스기 겐지小杉健治 ☆고아라시 구하치로小嵐九八郎 ☆다카하시 가쓰히코高橋克彦 ☆야마자키 요코山崎洋子 ☆기타카타 겐조北方謙三 ☆시미즈 요시노리清水義範 ☆노자키 로쿠스케野崎六助 ★기쿠치 유호 ★고다 로한
	1 야마다 후타로「달마 고개 사건達磨峠の事件」『宝石』
	요코미조 세이시 「옥문도獄門島」『宝石』(~1948.10)
	3 아마기 하지메「이상한 나라의 범죄不思議な国の犯罪」『宝石』

연도	일본
	4 『검은 고양이黑猫』(イヴニング・スター社) 창간
	『진주真珠』(探偵公論社) 창간
	『탐정소설探偵小説』(新探偵小説社) 창간
	5 쓰노다 기쿠오「다카기가의 참극高木家の惨劇」『小説』
	6 〈탐정작가클럽探偵作家クラブ〉창립
	7 『요기妖奇』(オール・ロマンス社) 창간
	8 사카구치 안고「불연속살인사건不連続殺人事件」『日本小説』(~1948.8)
	10 『G맨Gメン』(Gメン社) 창간
	『윈드밀ウインドミル』(極東出版社) 창간
	11 『후더닛フーダニット』(犯罪科学研究所) 창간
1948	☆렌조 미키히코連城三紀彦 ☆후지와라 이오리藤原伊織 ☆아카가와 지로赤川次郎 ☆나라야마 후지오楢山芙二夫 ☆이이 게이伊井圭 ☆가와다 야이치로川田弥一郎 ☆시마다 소지島田荘司 ☆핫토리 마유미服部まゆみ ☆다지마 도시유키多島斗志之 ☆히라이시 다카키平石貴樹 ☆사사쿠라 아키라笹倉明 ☆가사이 기요시笠井潔 ☆가와마타 지아키川又千秋 ☆우치우미 분조打海文三 ☆바바 게이이치馬場啓一 ★이시가와 이치로石川一郎 ★하시모토 고로橋本五郎 1 야마다 후타로「눈 속의 악마眼中の悪魔」『別冊宝石』 5 아마기 하지메「다카마가하라의 범죄高天原の犯罪」『別冊旬刊ニュース』 시마다 가즈오『고분살인사건古墳殺人事件』(自由出版社) 다카키 아키미쓰『문신살인사건刺青殺人事件』(岩谷書店) 12 오시타 우다루「돌 아래의 기록石の下の記録」『宝石』(~1950.5)
1949	☆구로카와 히로유키黒川博行 ★기타지마 다카시喜多嶋隆 ☆기쿠치 히데유키菊地秀行 ☆기타무라 가오루北村薫 ★니시오 다다시 ★운노 주조 3 요코미조 세이시「팔묘촌八つ墓村」『新青年』(~1950.3) 기기 다카타로「내 여학생 시절의 범죄わが女学生時代の犯罪」『宝石』(~1950.11) 4 다카키 아키미쓰「노 가면 살인사건能面殺人事件」『宝石』 10 『노랑 색 방黄色の部屋』(나카지마 가와타로) 창간
1950	☆야마다 마사키山田正紀 ☆쓰카사키 시로司城志朗 ☆사사키 조佐々木譲 ☆후지타 요시나가藤田宜永 ☆히구치 유스케樋口有介 ☆야하기 도시히코矢作俊彦 ☆기타가미 아키히코北上秋彦

연도	일본
	☆이노우에 유메히토井上夢人
	1 다카키 아키미쓰 「그림자 없는 여인影なき女」 『週刊朝日』(~2)
	요코미조 세이시 「이누가미 일족犬神家の一族」 『キング』(~1951.6)
	3 에도가와 란포 「낭떠러지断崖」 『報知新聞』
	5 〈수탉 미스터리즈雄鶏ミステリーズ〉(雄鶏社) 간행
	6 시마다 가즈오 「사회부 기자社会部記者」 『週刊朝日増刊』
	7 『오니鬼』(鬼クラブ) 창간
1951	☆다니 고슈谷甲州 ☆기리노 나쓰오桐野夏生 ☆우치야마 야스오内山安雄 ☆오리하라 이치折原一 ★야마모토 노기타로
	3 마쓰모토 세이초 「사이고 지폐西郷札」 『週刊朝日増刊』
	5 에도가와 란포 『환영성幻影城』 出版記念会
	다카키 아키미쓰 「우리 일고시대의 범죄わが一高時代の犯罪」 『宝石』(~6)
	6 〈세계 탐정소설 전집世界探偵小説全集〉(早川書房) 간행 시작
1952	☆오가와 다쓰오小川竜生 ☆아네코지 유姉小路祐 ☆요시무라 다쓰야吉村達也 ☆나카지마 라모中島らも ☆요네야마 기미히로米山公啓 ☆와다 하쓰코和田はつ子 ☆다나카 요시키田中芳樹 ☆고이케 마리코小池真理子
	2 쓰바키 하치로椿八郎 「아베 마리아アヴェ・マリヤ」 『宝石』
	6 가리 규 「스트리트・마이・신すとりっぷと・まい・しん」 『別冊宝石』
	8 『밀실密室』(京都鬼クラブ) 창간
	11 오코치 쓰네히라 「도장刀匠」 『宝石』
1953	☆다카무라 가오루高村薫 ☆구리모토 가오루栗本薫 ☆오카에 다키岡江多紀 ☆도리이 가나코鳥井加南子 ☆사카모토 고이치坂本光一 ☆시노다 마유미篠田真由美
	2 와타나베 게이스케 「악마의 입술悪魔の唇」 『探偵倶楽部』(~12)
	8 야마다 후타로 「빨간 구두赤い靴」 『講談倶楽部増刊』
	9 〈하야카와 포켓 미스터리ハヤカワ・ポケット・ミステリ〉(早川書房) 간행 시작
	12 와시오 사부로鷲尾三郎 「눈사태雪崩」 『宝石』
1954	☆이자와 모토히코井沢元彦 ☆다케모토 겐지竹本健治 ☆야마다 마사야山田雅也
	9 나카가와 도루中川透 「붉은 밀실赤い密室」 『探偵実話』

572

연도	일본
	11 에도가와 란포 「화인환희化人幻戱」 『別冊宝石』
	쓰노다 기쿠오 「늣타리의 여자沼垂の女」 『別冊宝石』
	12 나가세 산고 「매국노売国奴」 『宝石』
1955	☆하나무라 만게花村萬月 ☆오니시 아카히토大西赤人 ☆나카지마 히로유키中嶋博行 ☆곤노 빈今野敏 ☆시노다 세쓰코篠田節子 ★사카구치 안고
	5 나카지마 가와타로 제1회 〈에도가와란포상江戸川乱歩賞〉 수상
	10 히카게 조키치 「여우의 닭狐の鶏」 『宝石』
	〈창작 장편탐정소설 전집書下し長篇探偵小説全集〉(講談社) 간행 시작
	11 다카키 아키미쓰 『인형은 왜 살해되는가人形はなぜ殺される』(講談社)
	12 마쓰모토 세이초 「잠복張込み」 『小説新潮』
1956	☆오쿠이즈미 히카루奥泉光 ☆오사와 아리마사大沢有昌 ☆아즈마 나오미東直己
	4 〈장편탐정소설 전집長篇探偵小説全集〉(春陽堂) 간행 시작
	5 〈탐정소설 명작전집探偵小説名作全集〉(河出書房) 간행 시작
	6 〈일본탐정소설 대표작집日本探偵小説代表作集〉(小山書店) 간행 시작
	7 아유카와 데쓰야 『검은 트렁크黒いトランク』(講談社)
	『EQ.MM』(早川書房) 창간
	10 마쓰모토 세이초 『얼굴顔』(講談社)
1957	☆사이토 준斎藤純 ☆요코야마 히데오横山秀夫 ☆니쓰 기요미新津きよみ ☆아이카와 아키라愛川晶 ☆이노우에 기요시井上淳 ☆니레 슈헤이楡周平 ☆모리 히로시森博嗣 ★히사오 주란
	2 〈문예추리소설선집文芸推理小説選集〉(文芸評論社) 간행 시작
	3 와시오 사부로 『시체의 기록屍の記録』(春陽堂)
	4 다카키 아키미쓰 『백요귀白妖鬼』(東方社)
	11 니키 에쓰코 『고양이는 알고 있다猫は知っていた』(講談社)
1958	☆다나카 마사미田中雅美 ☆히가시노 게이고東野圭吾 ☆아시베 다쿠芦辺拓 ☆나루미 쇼鳴海章
	2 마쓰모토 세이초 『점과 선点と線』, 『너를 노린다眼の壁』(光文社)
	7 아리마 요리치카 『4만명의 목격자四万人の目撃者』(講談社)
	8 『맨헌트マンハント』(久保書店) 창간

연도	일본
	10 오야부 하루히코『죽어야 할 야수野獣死すべし』(講談社)
	다카키 아키미쓰『징기즈칸의 비밀成吉思汗の秘密』(光文社)
1959	☆기시 유스케貴志祐介 ☆쓰카토 하지메柄刀一 ☆오타 다다시太田忠司 ☆아리스가와 아리스有栖川有栖 ☆구미 사오리久美沙織 ☆가스미 류이치霞龍一 ☆니카이도 레이토二階堂黎人 ☆시바타 요시키柴田よしき
	1 쓰치야 다카오『천국은 너무 멀다天国は遠すぎる』(浪速書房)
	요코미조 세이시『악마의 공놀이 노래悪魔の手毬唄』(講談社)
	4 사노 요『한 자루의 연필一本の鉛』(東都書房)
	6 도이타 야스지『교통사고 살인사건車引殺人事件』(河出書房新社)
	12 마쓰모토 세이초『제로의 초점ゼロの焦点』(光文社)
	유키 쇼지『수염없는 왕ひげのある男たち』(早川書房)
	『SF매거진SFマガジン』(早川書房) 창간
1960	☆노자와 히사시野沢尚 ☆덴도 아라타天童荒太 ☆아베 요이치阿部陽一 ☆스즈키 기이치로鈴木輝一郎 ☆노나미 아사乃南アサ ☆우메하라 가쓰후미梅原克文 ☆마쓰오 유미松尾由美 ☆아야쓰지 유키토綾辻行人 ☆미야베 미유키宮部みゆき ☆니시자와 야스히코西澤保彦
	3 사사자와 사호『초대받지 않은 손님招かれざる客』(講談社)
	미즈카미 쓰토무『바다의 어금니海の牙』(河出書房新社)
	6 다카키 아키미쓰『백주의 사각白昼の死角』(光文社)
	11 구로이와 주고『배덕의 메스背徳のメス』(中央公論社)
	미요시 도루『빛과 그림자光と影』(光文社)
1961	☆신보 유이치真保裕一 ☆핫토리 마스미服部真澄 ☆나가이 스루미永井するみ ☆우타노 쇼고歌野晶午 ☆기타모리 고北森鴻
	2 기노시타 다로『은과 청동의 차이銀と青銅の差』(光風社)
	5 다카키 아키미쓰『파괴재판破戒裁判』(東都書房)
	6 스즈키 미치오『고양이 혀에 못을 박아라猫の舌に釘をうて』(東都書房)
	나카조노 에이스케『밀서密書』(光文社)
	7 마쓰모토 세이초『모래 그릇砂の器』(光文社)
	〈현대 장편추리소설 전집現代長篇推理小説全集〉(東都書房) 간행 시작

연도	일본
	11 〈일본 미스터리 시리즈日本ミステリ・シリーズ〉(早川書房) 간행 시작
1962	☆아베 사토시阿部智 ☆구라치 준倉知淳 ☆아비코 다케마루我孫子武丸 ★세노 아키오
	2 가지야마 도시유키『검은 테스트카黒の試走車』(光文社)
	4 유키 쇼지『고메스의 이름은 고메스ゴメスの名はゴメス』(早川書房)
	12 미요시 도루『건조한 계절乾いた季節』(河出書房新社)
1963	☆가노 료이치香納諒一 ☆교고쿠 나쓰히코京極夏彦 ☆이케이도 준池井戸潤 ☆와카타케 나나미若竹七海 ★노무라 고도野村胡堂
	1 〈사단법인 일본추리작가협회社団法人日本推理作家協会〉설립
	쓰치야 다카오『그림자의 고발影の告発』(文藝春秋新社)
	2 고이즈미 기미코『변호측의 증인弁護側の証人』(文藝春秋新社)
	4 유키 쇼지『밤이 끝나는 때夜の終る時』(中央公論社)
	8 고노 덴세『살의라는 이름의 가축殺意という名の家畜』(宝石社)
	9 미즈카미 쓰토무『기아해협飢餓海峡』(朝日新聞社)
1964	☆노리즈키 린타로法月綸太郎 ☆온다 리쿠恩田陸 ★사토 하루오
	2 도 아키오塔晶夫『허무에의 제물虚無への供物』(講談社)
	니시무라 교타로『네 가지 종지부四つの終止符』(文藝春秋新社)
	3 이쿠시마 지로『상흔의 거리傷痕の街』(講談社)
	12 사노 요『화려한 추문華麗なる醜聞』(光文社)
1965	☆하세 세이슈馳星周 ☆야마다 무네키山田宗樹 ★오쓰보 스나오 ★모리시타 우손 ★에도가와 란포 ★다니자키 준이치로
	8 유키 쇼지『어두운 낙조暗い落日』(文藝春秋新社)
	9 이쿠시마 지로『황토의 격류黄土の奔流』(光文社)
	10 사노 요『투명수태透明受胎』(早川書房)
1966	☆가노 도모코加納朋子 ★오시타 우다루 ★구스다 교스케
	2 유키 쇼지『백주당당白昼堂々』(朝日新聞社)
	6 니시무라 교타로『D의 기관 정보Dの機関情報』(講談社)
	9 미요시 도루『풍진지대風塵地帯』(三一書房)
	12 마쓰모토 세이초 감수 〈신본격추리소설전집新本格推理小説全集〉(読売新聞社) 간행 시작

연도	일본
1967	★야마모토 슈고로 2 미요시 도루『섬광의 유산閃光の遺産』(読売新聞社) 3 유키 쇼지『공원에는 아무도 없다公園には誰もいない』(読売新聞社) 4 이쿠시마 지로『끝없는 추적追いつめる』(光文社) 8 가이도 에이스케海渡英祐『베를린-1888년伯林――八八八年』(講談社)
1968	☆도카지 게이타戸梶圭太 ☆누쿠이 도쿠로貫井德郎 ☆후쿠이 하루토시福井晴敏 ★호시노 다쓰오 2 사이토 노보루『거짓의 궤적偽りの軌跡』(三一書房) 7 이쓰키 히로유키「벌거벗은 동네裸の町」『文藝春秋』 　마쓰모토 세이초『D의 복합Dの複合』(光文社)
1969	☆곤도 후미에近藤史恵 ☆마야 유타카麻耶雄嵩 ★기기 다카타로木々高太郎 1 진 슌신『교쿠레이여 또 다시玉嶺よふたたび』(徳間書店) 7 소노 다다오草野唯雄『말살의 의지抹殺の意志』(三一書房) 8 모리무라 세이이치『고층의 사각高層の死角』(講談社)
1970	★사가 센 1 사노 요『뺑소니轢き逃げ』(光文社) 2 나쓰키 시즈코『천사가 사라진다天使が消えていく』(講談社) 8 모리무라 세이이치『신칸센 살인사건新幹線殺人事件』(光文社) 　오타니 요다로『살의의 연주殺意の演奏』(講談社)
1971	☆혼다 다카요시 2 진 슌신『베이징 유유관北京悠々館』(講談社) 3 니키 에쓰코『얼어붙은 마을冷えきった街』(講談社) 5 니시무라 교타로『명탐정 따위 무섭지 않아名探偵なんか怖くない』(講談社) 7 고바야시 노부히코『대통령의 밀사大統領の密使』(早川書房)
1972	3 〈현대추리소설대계現代推理小説大系〉(講談社) 간행 시작 　스즈키 미치오『75마리의 새七十五羽の鳥』(桃源社) 4 나쓰키 시즈코『증발蒸發』(光文社) 8 와쿠 슌조『가면법정仮面法廷』(講談社) 11 모리무라 세이이치『부식의 구조腐蝕の構造』(毎日新聞社)

연도	일본
1973	3 고마쓰 사쿄『일본 침몰日本沈没』(光文社) 8 고미네 하지메『아르키메데스는 손을 더럽히지 않는다アルキメデスは手を汚さない』(講談社) 12 다카키 아키미쓰『야마타이국의 비밀邪馬台国の秘密』(光文社)
1974	☆세이료인 류스이清涼院流水 1 사가시마 아키라『새하얀 화촉白い華燭』(光文社) 야마무라 미사『말라카의 바다로 사라졌다マラッカの海に消えた』(講談社) 8 고바야시 규조『암흑고지暗黒告知』(講談社) 12 시미즈 잇코『동맥열도動脈列島』(光文社)
1975	★가야마 시게루 ★가지야마 도시유키 ★아오이 유 2『환영성幻影城』(絃映社) 창간 4 소노 다다오『또 한사람의 승객もう一人の乗客』(光文社) 니시무라 교타로『사라진 유조선消えたタンカー』(光文社) 8 구사카 게이스케『나비들은 지금…蝶たちは今…』(講談社) 9 야마무라 미사『꽃의 관花の棺』(光文社)
1976	★와타나베 겐지 ★조 마사유키 ★오이 히로스케 1 모리무라 세이이치『인간의 증명人間の証明』(角川書店) 9 도모노 로『오십만 년의 사각五十万年の死角』(講談社) 10 아와사카 쓰마오「11장의 트럼프11枚のトランプと」『幻影城』 도이타 야스지『그린 차량의 아이グリーン車の子供』(徳間書店)
1977	★후지무라 쇼타 ★나가누마 고키 ★노부하라 겐 ★가리 규 ★니와 세이시 4 다니 고세이『희망봉喜望峰』(KKベストセラーズ) 7 아카가와 지로「마리오넷의 덫マリオネットの罠」『文藝春秋』 9 오오카 쇼헤이『사건事件』(新潮社) 12 아와사카 쓰마오「복잡한 속임수乱れからくり」『幻影城』
1978	1『주간문춘週刊文春』연간 베스트10 시작 『EQ』(光文社) 창간 4 아카가와 지로『삼색털 고양이 홈즈의 추리三毛猫ホームズの推理』(光文社)

부록 3

577

연도	일본
	5 쓰쓰이 야스타카『부호형사^{富豪刑事}』(新潮社)
	7 다케모토 겐지「상자 안의 실락^{匣の中の失楽}」『幻影城』
	10 니시무라 교타로『침대특급 살인사건^{寝台特急殺人事件}』(光文社)
1979	★아사야마 세이이치 ★가다 레이타로 ★우에쿠사 진이치
	2 야마다 후타로「메이지 단두대^{明治断頭台}」『文藝春秋』
	4 아토다 다카시『나폴레옹광^{ナポレオン狂}』(講談社)
	7 가사이 기요시『바이바이, 엔젤^{バイバイ、エンジェル}』(角川書店)
1980	★닛타 지로 ★아리마 요리치카 ★사이토 노보루
	7 『루팡^{瑠伯}』(德間書店) 창간
	8 구리모토 가오루『현의 성역^{絃の聖域}』(講談社)
	9 쓰치야 다카오『눈 먼 까마귀^{盲目の鴉}』(光文社)
	렌조 미키히코『모도리가와 동반자살^{戻り川心中}』(講談社)
	이자와 모토히코『사루마루겐시코^{猿丸幻視行}』(講談社)
	12 우치다 야스오『죽은 자의 메아리^{死者の木霊}』(栄光出版社)
1981	★요코미조 세이시
	4 쓰지 마사키『앨리스 나라의 살인^{アリスの国の殺人}』(大和書房)
	8 시미즈 다쓰오『굶주린 늑대^{飢えて狼}』(講談社)
	10 기타카타 겐조『조종은 저 멀리^{弔鐘はるかなり}』(集英社)
	12 시마다 소지『점성술 살인사건^{占星術殺人事件}』(講談社)
1982	★후유키 교 ★미나미자와 주시치
	2 우치다 야스오『고토바 전설 살인사건^{後鳥羽伝説殺人事件}』(廣済堂出版)
	나쓰키 시즈코『W의 비극^{Wの悲劇}』(光文社)
	9 오카지마 후타리^{岡嶋二人}『흑다갈색의 파스텔^{焦茶色のパステル}』(講談社)
	구루미자와 고시『천산을 넘어서^{天山を越えて}』(德間書店)
1983	★덴도 신 ★시마 규헤이
	3 기타카타 겐조『우리^檻』(集英社)
	8 가노 이치로『호크 씨의 이방의 모험^{ホック氏の異郷の冒険}』(角川書店)
	9 다카하시 가쓰히코『샤라쿠 살인사건^{写楽殺人事件}』(講談社)

578

연도	일본
1984	★니시다 마사지 ★후지 유키오
	8 후나도 요이치『산고양이의 여름山猫の夏』(講談社)
	9 미나가와 히로코『벽・여행연극 살인사건壁・旅芝居殺人事件』(白水社)
1985	★쓰바키 하치로 ★구로누마 겐 ★가와카미 소쿤 ★고이즈미 기미코
	3 오카지마 후타리『초콜릿 게임チョコレートゲーム』(講談社)
	9 히가시노 게이고『방과후放課後』(講談社)
	11 야하기 도시히코『한밤중으로 한걸음 더真夜中へもう一歩』(光文社)
1986	★오코치 쓰네히라 ★니키 에쓰코 ★지요 유조
	7 오사카 고『카디스의 붉은별カディスの赤い星』(講談社)
	9 야마자키 요코『묻혀진 죽음花園の迷宮』(講談社)
	12 다카하시 가쓰히코『호쿠사이 살인사건北斎殺人事件』(講談社)
1987	4 후나도 요이치『용맹한 방주猛き箱舟』(集英社)
	6 고스기 겐지『유대絆』(集英社)
	7 후카야 다다키『알리바이특급 +ー의 교차アリバイ特急十一の交叉』(講談社)
	9 아야쓰지 유키토『십각관의 살인十角館の殺人』(講談社)
1988	★지미이 헤이조 ★이시자와 에이타로 ★오오카 쇼헤이
	4 우치다 야스오『덴카와 전설 살인사건天河伝説殺人事件』(角川書店)
	하라 료『그리고 밤은 되살아난다そして夜は甦る』(早川書房)
	와쿠 슌조『우게쓰장 살인사건雨月荘殺人事件』(中央公論社)
	10 사사키 조『베를린 비행지령ベルリン飛行指令』(新潮社)
1989	★미나카미 로리 ★와시오 사부로 ★히카와 로
	3 기타무라 가오루『하늘을 나는 말空飛ぶ馬』(東京創元社)
	7 오리하라 이치『도착의 론도倒錯のロンド』(講談社)
	10 사사키 조『에토로후 발 긴급전エトロフ發緊急電』(新潮社)
	야마구치 마사야『살아있는 시체의 죽음生ける屍の死』(東京創元社)
1990	★가지 다쓰오 ★후지키 야스코 ★나가세 산고
	1 아야쓰지 유키토『무월저 살인사건霧越邸殺人事件』(新潮社)
	기타무라 가오루『저녁 매미夜の蝉』(東京創元社)

부록
3

연도	일본
	6 노리즈키 린타로『요리코를 위해頼子のために』(講談社)
	9 오사와 아리마사『신주쿠자메新宿鮫』(光文社)
	12 시미즈 다쓰오『스쳐지나간 거리行きずりの街』(新潮社)
1991	★아오키 아메히코 ★히카게 조키치
	2 미야베 미유키『용은 잠잔다龍は眠る』(出版芸術社)
	5 마야 유타카摩耶雄嵩『날개 있는 어둠翼ある闇』(講談社)
	8 다케모토 겐지『우로보로스의 위서ウロボロスの偽書』(講談社)
	9 아야쓰지 유키토『시계관의 살인時計館の殺人』(講談社)
	신보 유이치『연쇄連鎖』(講談社)
	10 다카하시 가쓰히코「붉은 기억耕い記憶」『文藝春秋』
1992	★마쓰모토 세이초
	1 이노우에 유메히토『누군가 안에 있다ダレカガナカニイル…』(新潮社)
	2 아리스가와 아리스『쌍두의 악마双頭の悪魔』(東京創元社)
	7 미야베 미유키『화차火車』(双葉社)
	10 다카무라 가오루『리비에라를 쏘고リヴィエラを撃て』(新潮社)
1993	★도이타 야스지 ★이쿠타 나오치카 ★오카다 샤치히코
	3 다카무라 가오루『마크스의 산マークスの山』(早川書房)
	나카지마 라모『가다라의 돼지ガダラの豚』(実業之日本社)
	7 쓰무라 슈스케『뒷거리裏街』(講談社)
	9 기리노 나쓰오『얼굴에 쏟아지는 비顔に降りかかる雨』(講談社)
1994	★구루미자와 고시 ★쓰노다 기쿠오 ★구즈야마 지로 ★고미네 하지메 ★다키가와 교
	4 오리하라 이치『침묵의 교실沈黙の教室』(早川書房)
	5 이나미 이쓰라『사냥개 탐정猟犬探偵』(新潮社)
	9 교고쿠 나쓰히코『우부메의 여름姑獲鳥の夏』(講談社)
	11 후지타 요시나가『강철 기사鋼鉄の騎士』(新潮社)
1995	★이쿠세 가쓰아키 ★다카키 아키미쓰
	1 교고쿠 나쓰히코『망량의 상자魍魎の匣』(講談社)
	7 핫토리 마스미『용의 밀약龍の契り』(祥伝社)

연도	일본
	우메하라 가쓰후미「솔리톤의 악마ソリトンの悪魔」『朝日ソノラマ』(~8)
	9 후지와라 이오리『테러리스트의 파라솔テロリストのパラソル』(講談社)
	10 고이케 마리코『사랑恋』(早川書房)
1996	★유키 쇼지 ★오야부 하루히코 ★시마다 가즈오 ★야마무라 미사
	4 노나미 아사『얼어붙은 송곳니凍える牙』(新潮社)
	모리 히로시『모든 것이 F가 되다すべてがFになる』(講談社)
	8 하세 세이슈『불야성不夜城』(角川書店)
	신보 유이치『탈취奪取』(講談社)
1997	★후쿠모토 가즈야 ★가와베 도요조 ★구키 시로 ★호시 신이치
	5 기타모리 고『호민狐罠』(講談社)
	6 기시 유스케『검은 집黒い家』(角川書店)
	7 기리노 나쓰오『아웃OUT』(講談社)
	8 하세 세이슈『진혼가鎮魂歌』(角川書店)
	12 다카무라 가오루『레디 죠카レディ・ジョーカー』(毎日新聞社)
1998	★가게야마 다미오 ★나카무라 미쓰지 ★다케다 다케히코
	6 가노 료이치『환상의 여자幻の女』(角川書店)
	미야베 미유키『이유理由』(朝日新聞社)
	9 히가시노 게이고「비밀秘密」『文藝春秋』
1999	★기쿠무라 이타루 ★나카지마 가와타로 ★야마무라 마사오
	3 덴도 아라타『영원의 아이永遠の仔』(幻冬舍)
	4 다카미 고슌高見広春『배틀 로얄バトル・ロワイアル』(太田出版)
	8 히가시노 게이고『백야행白夜行』(集英社)
	후쿠이 하루토시『망국의 이지스亡国のイージス』(講談社)
2000	★미네 류이치로 ★쓰무라 슈스케 ★기노시타 다로
	6 아와사카 쓰마오『요술탐정 소가 가조전집奇術探偵 曾我佳城全集』(講談社)
	10 곤노 빈『비트ビート』(幻冬舍)
	요코야마 히데오「동기動機」『文藝春秋』

부록
3

* 이 연표는 아래 서적을 참고하여 작성하였다.
  中島河太郎『日本推理小説史』1~3(1993~1996, 東京創元社)
  伊藤秀雄『近代の探偵小説』(1994, 三一書房)
  山前讓『日本ミステリーの100年』(2001, 光文社)
  郷原宏『物語日本推理小説史』(2010, 講談社)

[유재진]

색인 (INDEX)

부록 • 4

ㄱ

가가 교이치로	494
가가미 게이스케	15, 285
가가미 사부로	207, 333
가가와키쿠치칸상	412
가게마루 극도첩	286
가게쓰신시	38
가게야마	493
가게야마 다미오	15
가나가키 로분	234
가나이 히데타카	16, 248
가나자와 오마 살인사건	34
가네시로 가즈키	479
가네히로 마사히로	374
가노 고키치	42
가노 기리코	293
가노 도모코	16, 121, 433
가노 료이치	17, 255
가노 슌스케	380
가노 이치로	18, 444, 459
가늘고 붉은 실	314
가니 히데오	33
가니자와 이시타로	286
가다 레이타로	19, 182, 428
가다 레이타로 전집	19
가다라의 돼지	108, 109
가다피	194
가도 슌조	19
가도이 요시노부	19

가도카와 호러 문고	476
가도카와소설상	22, 48, 106, 142, 295, 321
	325, 327
가도카와학원소설대상	389
가도타 야스아키	20
가든	56
가라스다 센스케	313
가라스마 Revoir	183
가라앉는 물고기	275
가리 규	21, 483
가리가네	476
가리곶의 무용수	374
가마이타치의 밤	308
가마쿠라	59
가마쿠라 명화관 살인사건	134
가마쿠라의 선종미술	59
가메이	174
가면	21, 461
가면 인간	126
가면무도회	70, 94
가면법정	384
가면의 마돈나	52
가면의 비밀	240
가면의 신부	47
가면의 유서	89
가면의 축제 2/3	24
가모저택 사건	212
가문의 이야기	322
가미나가 미유	20
가미쓰 교스케	412

가미자키 158
가미자키 쇼고 사건부 158
가미즈 교스케 21, 148, 149, 260
가미즈 교스케 시리즈 21
가미즈 교스케 탐정소설 전집 149
가베 에이스케 276
가보리오 454, 457
가부라기 형사 31
가부키 검법 113
가부키에 등장하는 악인의 연구 465
가부키의 주위 175
가부키초 펫숍 보이즈 468
가브라—바다가 날뛴다 27
가사네가후치고니치의 괴담 245
가사사기의 수상한 중고매장 219
가사이 기요시 22, 193, 251, 342, 427, 459
가사하라 다쿠 23
가사호코 고개 158
가상다반 244
가상의례 263
가서는 돌아오지 않는 127
가설의 인연 307
가스가노 미도리 24, 29, 435, 443, 456
가스미 류이치 24, 430
가스미 슌고 25
가스미 슌사쿠 25
가스미다 남매 시리즈 380
가스미다 시로 380
가스케의 세기의 대결 134
가스통 르루 140, 281
가시 있는 나무 135
가시 제로 491
가시가 있는 나무 136
가시와기 미나미 353
가시와기 사에코 491
가시와기 요이치 134

가쓰 가이슈 237, 240
가쓰라 마사키 25, 292
가쓰라 슈지 26
가쓰라 지호 80
가쓰메 아즈사 26, 460
가쓰미 시게루 381
가쓰베 료헤이의 메모 374
가쓰시카 호쿠사이 194
가쓰야 221
가야마 시게루 27, 72, 159, 225, 264, 356
366, 454
가오루 대장과 니오우노미야 372
가와나 간 28
가와나 간지 28
고노 덴세 102
가와다 야이치로 28
가와다 이사오 29, 443
가와다 이사오집 29
가와마타 지아키 29
가와무라 미나토 60
가와무라 미쓰아키 270
가와바타 마사오 204
가와바타 야스나리 86, 232, 288, 417
가와베 도요조 30
가와세 마사히코 122
가와시마 이쿠오 30, 486
가와이 간지 30
가와카미 소쿤 327
가와카미 유조 31, 214
가와타케 모쿠아미 373
가와히가시 시게오 451, 454
가위남 255, 256
가을 꽃 257
가을의 감옥 284
가을의 물 276
가이도 다케루 31

가이도 아키라 196
가이도 에이스케 251
가이도 지로 265
가이라쿠테이 32
가이라쿠테이 블랙 32
가이아의 계절 303
가이에르스부르크의 참극 152
가이카신문 258
가이코 다케시 장려상 295
가이토 에이스케 32, 254
가인박명 253
가자리와 요코 367
가자마 미쓰에 476
가자미 시로 311
가자미 준 33, 87
가자하라 박사의 기괴한 실험 506
가정의학과 치료의 실제 184
가제 중학살인사건 293
가제노본 사랑노래 157
가족사냥 166
가족전사 106
가족팔경 290, 291
가즈 276
가즈미 슌고 39, 159, 283, 356
가즈미 슌사쿠 264, 283
가즈오 42
가즈유키 271
가지 다쓰오 33
가지야마 도시유키 34, 197, 449
가지와라 간고 185
가짜형사 29
가차 없는 내일 233
가코야 게이이치 35
가쿠노스케 313
가쿠레키쿠 180
가키네 료스케 35

가타 에이지의 죽음 313
가타야마 오사무 35
가타야마 요시타로 246
가타야마 조 36, 503
가타오카 뎃페이 443
가타오카 요시오 36
가타오카 주이치 37, 505
가토 가오루 37
가토 데루마로 465
가토 슈이치 19
가토 시게오 399
가토 아사토리 281
가토 진고 180
가토 히로유키 465
가학의 우리 139
각각의 계절 46
각각의 메시지 171
각성 325
간노 유키오 393
간다 다카히라 37, 99
간다 스미지 455
간다 하쿠류 328
간다가와 모방살인 75
간무리자에몬 422
간베 기쿠에몬 38
간베 다이스케 38, 226, 290
간사이 미스터리 연합 39
간사이 탐정작가 클럽 회보 39
간사이대학 탐정취미 모임 429
간사이미스터리연합 430
간사이오니클럽 220, 435
간사이탐정소설신인회 25
간사이탐정소설클럽 25
간사이탐정작가클럽 39, 338, 432
간시로의 비망록 155
간신히 탐정 269

부록
4

585

간오미 시리즈	130	개라면 보통	296
간오미 쓰기코	130	개무덤 섬	460
간일발	200	개미나무아래서	236
간토 미스터리 연합	39	개밋둑	30
간토미스터리연합	429	개빈 라이얼	298
갈라진 여로	18	개선문에 총구를	397
갈릴레오의 고뇌	495	개화 살인첩 시리즈	18
갈색 상의	289	개화살인첩	18
갈색방의 수수께끼	271	개화의 살인	330
갈파나 스와미나탄	266	개화의 원수	103
감	289	갤튼 사건	102
감귤산	163	갯버들 십일 현의 실패	91
감금자	358	갯버들 십일 현의 후회	91
감나무	211	갱생기	244
감상의 길목	360	거꾸로 선 탑의 비밀	204
감상전사	195	거는 배	157
감식·요네자와 사건부	468	거래	283
감염	251	거리	497
감염유희	480	거리의 독초	508
감옥방	468	거리의 등불	90
감춰진 삽화	187	거리의 행복한 자	232
갑 속에서	410	거머리	205
갑 속의 실락	410	거문성	327
갑충 살인사건	199	거미	389
갓쓰고 박치기도 제멋	143	거미 남자	328
갓파원등용문상	493	거미 사나이	345
강가에 길잡이 없이	484	거세박사	39
강력전	137	거울 나라의 앨리스	502
강의 깊이는	492	거울 속 타인	323
강철 기사	489	거울 속은 일요일	256
같은 무덤의 너구리	24	거울함정	315
개 피리	127	거인의 비파	188
개구리의 죽음	402	거짓 군상	103
개귀신박사	401, 402	거짓 기억	74
개귀신박사, 초인 히게노박사	402	거짓 분묘	322
개는 어디에	389	거짓 슬러거	218

거짓 풍경	59	검은 비밀병기	492
거짓과 진상	282	검은 사냥꾼	361
거짓말	93, 387	검은 손수건	356
거짓말쟁이왕국의 돼지공주	419	검은 수선	349
거짓말쟁이의 다리	229	검은 수첩	504
거짓의 궤적	236	검은 십자가	198
거짓의 맑은 하늘	157	검은 여신	262
거짓의 시간	287	검은 옷의 성모	330
건방진 거울 이야기	292	검은 용	196
건전파	499	검은 용-소설 샹하이 인파	196
건조지	105	검은 의혹	227
걸다	53	검은 장미	248
걸어 다니는 나무처럼	240	검은 지대	232
걸작탐정소설음미	408	검은 집	83, 84
검객물	113	검은 추적자	227
검객소설	113	검은 콘돌	123
검도 살인사건	171	검은 태양	277
검독수리	126	검은 테스트카	34
검사의 본회	404	검은 트렁크	322, 332, 383
검사의 사명	404	검은 화집	188
검성	273	검정고양이 시리즈	195
검은 검사	227	검정고양이의 산책 혹은 미학강의	195, 196
검은 계절	395	검찰수사	110
검은 그림자	211	검찰을 죽여라-살인코드 A103	110
검은 기억	125	검찰측 죄인	275
검은 낙인	383	검호들의 세키가하라	171
검은 리본	135, 136	겁화	124
검은 머리	180	게놈 해저드	295, 296
검은 방	361	게마리	241
검은 백조	322, 357	게물렝의 댄서	455
검은 백합	147	게시지마섬의 비극	250
검은 벽	215	게이샤 시리즈	160
검은 보고서	287	게이오의숙대학 추리소설 동호회	40, 429
검은 복음	173	게임소설	169
검은 부처	256	겐다이	20
검은 비	127	겐유샤	104, 348, 371, 422

부록
4

겐지 이야기	372	계절 문학		264
겨냥된 아가씨	295	고가 사부로	40, 76, 124, 224, 226, 280
겨울 스핑크스	315		281, 354, 362, 365, 435, 443, 452, 454, 455
겨울 오페라	90		456, 461
겨울은 덫을 놓는다	98	고가 사부로 전집		42
겨울의 가감	52	고가 히데마사		112
겨울의 날개	196	고가네 범고래 소문의 높은 파도		373
격류	273	고가네초 크래시		186
격투소설	53, 402	고가닌포초		337
견묘섬	82	고가문학관		48
결괴	498	고가미 리쿠		466
결투기	385	고고소설 삼천년 전		348
결혼 결혼 결혼	231	고구레 사진관 상		212
결혼시키지 않는 여자	132	고글 쓴 남자 안개 속의 살인		268
결혼식 손님	52	고노 덴세	161, 463, 505
경관의 조건	233	고노 덴세이		444
경관의 피	233, 234	고노 히로나카		465
경마성서	416	고다		43
경마회 전야	359	고다 로한	42, 318
경부	134	고다 유이치로		43
경부보	286	고다 형사 시리즈		40
경부보물	308	고다마 겐지		43
경성의 죽음	339	고다카 노부미쓰	44, 193
경시 무라마사	142	고단샤아동문학신인상		471
경시청 아즈미 반	54	고단샤에세이상		16
경시청 제7계 시리즈	43	고단쿠라부상		492
경시청조사1과 난베이반	171	고대 유대 사회사		379
경이로운 이야기	63	고대로부터의 전언		303
경제소설	158	고대사 미스터리		175
경찰 다큐멘터리 노벨	105	고도 기담		201
경찰서장	233	고도코로 세이지		45
경찰소설	40, 51, 53, 54, 66, 99, 242	고독		313
경찰소설 시리즈	171	고독의 노랫소리		166
경찰혐오자	40	고독의 함정		506
계간 SR	220	고독한 공범자		163
계간 미스터리	316	고독한 아스팔트		487

고드름	163
고딕부흥 3부작	315
고딕소설	315
고랑	19
고래	454
고래 다음은 범고래	131
고로 이야기	411
고릴라 머리의 현상금	329
고마쓰 류노스케	344
고마쓰 미노루	45
고마쓰 사쿄	45, 49, 182, 509
고마쓰 사쿄상	46
고마쓰 야스지	72
고마쓰사쿄상	428
고마코 시리즈	16
고메스의 이름은 고메스	261, 404
고모리 겐타로	46
고모리노토노	113
고미 야스스케	59, 182
고미네 하지메	47
고바야시 규조	48
고바야시 노부히코	48, 223, 449, 459, 505
고바야시 류지	508
고바야시 마사오	291
고바야시 요시오	328
고바야시 히데오	86, 497
고바야시 히사미	48
고바타 도시유키	49, 315
고백	206
고백을 비웃는 가면	95
고베 살인 레퀴엠	448
고베 탐정소설 클럽	39
고부네 가쓰지	443
고분문화재단	208
고분살인사건	265
고사인탄 - 신의 자리	262
고사카이 후보쿠	49, 60, 184, 224, 280, 282
	372, 389, 405, 406, 443, 451, 454, 465
고사카이 후보쿠 전집	50, 373, 388
고샤쿠엔 주인	199
고성의 비밀	209
고성이야기	501
고스기 겐지	50, 181, 245
고스기 겐지의 '하라시마 변호사의 사랑과 슬픔'	383
고스기 미세이	202
고스트 헌트	356
고승전총서	258
고시	69
고시로 우오타로	110
고아	217
고야스 다마요	468
고야히지리	423
고양이 울음	121
고양이 이야기	129
고양이 탐정 쇼타로 시리즈	273
고양이 탐정 쇼타로의 모험	274
고양이 탐정 시리즈	274
고양이 할멈	473
고양이는 알고 있다	135, 347
고양이는 잊지 않는다	324
고양이색 케미스트리	88
고양이의 목	46
고양이의 샘	506
고양이의 혀에 못을 박아라	292
고엔지 후미오	28
고운 사신	491
고원의 후더닛	304
고이누마가의 비극	211
고이즈미 기미코	51, 246, 427
고이즈미 다로	51, 426
고이즈미 야쿠모 작품집	501

부록
4

589

고이케 마리코	52, 235
고장난 바리콘	398
고전감정가의 죽음	74
고조 고	52, 102, 463
고지	259
고지로	373
고지마 나오키	254
고질라	27
고초의 뿌리	176
고층의 사각	197
고층의 사각지대	202
고타	162
고타니 교스케	351
고테쓰바이	248
고토 야스히고	135
고토다마	421
고토바 전설 살인사건	311, 396
고통스런 학대의 연회	139
고헤이	37
고호살인사건	155
곡마관	119
곤노 빈	53
곤노 사토시	53
곤다 만지	55, 208, 483
곤도 미노루	326
곤도 우몬	55, 232
곤도 후미에	56, 251
곤륜유격대	335
곤벤	353
곤충 흰 수염의 모험	488
곤파루 도모코	56
골동품 살인사건	210
골동품상 살인사건	323
골든 슬럼버	413
골든아워 살인사건	125
골렘의 감옥	297

곰보 교시로	233
곰이 나오는 개간지	232
공갈	227
공개주 살인사건	272
공동 성운	198
공백을 채워라	498
공백의 과거	485
공백의 기점	231
공백의 다이얼	491
공범관계 미스터리와 연애	320
공상 오르간	470
공상과학소설	509
공상과학소설 콘테스트	45, 191
공원에는 아무도 없다	192, 404
공작경감 시리즈	269
공작바위 상자	169
공작의 길	441
공작의 눈	80
공장노동자	420
공중귀	155
공중에 떠오르는 얼굴	250
공중에 뜬 머리	508
공중의 선택	492
공포성	232
공포소설	253
공포의 거리	478
공포의 덫	126
공포의 집	42
곶의 여자	416
과거로부터의 저격자	383
과거로부터의 편지	85
과묵한 우몬 시리즈	55
과수원춘추	184
과실의 계보	339
과외수업	320
과학소설	509

과학수사관	266
과학저널리스트상	31
과학적 연구와 탐정소설	149
과학조사관	40
과학지식	77
과학지식보급회	77
과학화보	205
관 시리즈	277, 317, 318
관동대지진	49
괄태충에게 물어봐	201
광고인형	392
광골의 꿈	58
광기	161
광기 살인사건	236
광기의 아버지를 존경해	260
광대 우리	322
광란의 춤	231
광란이십사효	89
광사랑	273
광신의 추리	68
광인	497
광인관의 비극: 오타치메 가문의 붕괴	254
광조곡	343
광조곡 살인사건	320
괴기 환상소설	506
괴기당	315
괴기를 품은 벽	15
괴기소설 걸작집	501
괴기의 창조	437
괴기탐정클럽	456
괴기환상소설	224
괴기회	57, 435
괴도 20가면	328
괴도 그리핀 위기일발	117
괴도 라레로	18
괴도 팟지와 히미코의 대결	134
괴도 피에로	471
괴도20가면	345
괴로운 여자	294
괴뢰사	508
괴물	491
괴물이 거리에 출몰했다	53
괴물이야기	129
괴상 스넬	159
괴상한 북	401
괴선인어호	156
괴성 간	476
괴소 소설	494
괴신사	478
괴의 표본	493
괴이	212
괴이한 컬렉션	315
괴인 시푸리아노	147
괴인 오가라스 박사	380
괴짜 탐정의 사건 노크 시리즈	472
괴짜이야기	129
괴탑왕	476
교가노코 무스메도조지	455
교고쿠 나쓰히코	57, 193, 273, 439, 441
교고쿠도	57
교고쿠도 시리즈	57
교만한 에필로그	238
교살당한 은둔자	312
교실	96
교양으로서의 살인	55
교조	307
교주와 도둑	77
교차하는 선	252
교쿠레이여 또다시	441
교키도	373
교토 오하라 살인사건	339
교토 음양사살인	75

부록
4

교토 탐정국 시리즈 33
교토 탐정취미의 모임 341
교토대학 추리소설 연구회 58, 102, 116
277, 307
교토시문화공로상 60
교토에서 사라진 여자 164
교토오니클럽 220, 435
교토의 작가 340
교토탐정취미회 451
교통도서상 118
교통사고 살인사건 104
교환 살인에는 어울리지 않는 밤 494
구가 교스케 488
구기누케도키치 체포록 오보에가키 444
구노 게이지 59, 254
구니미쓰 시로 59
구니에다 시로 60, 184, 282, 443
구니에다 시로 베스트 셀렉션 60
구니에다 시로 역사소설 걸작선 61
구니에다 시로 전기단편소설집성 61
구니에다 시로 전기문고 60
구니에다 시로 전집 60
구라미쓰 도시오 508
구라사카 기이치로 61
구라세 다이스케 422
구라야미사카의 식인나무 268
구라치 준 62
구레타박사 209
구로가와 슌스케 124
구로누마 겐 63
구로다 415
구로다 고사쿠 284
구로베 루트 살인여행 237
구로사와 기요시 428
구로시로쇼보 399
구로이 마야 시리즈 97

구로이와 다이 63
구로이와 루이코 41, 42, 63, 105, 183, 186
200, 216, 235, 258, 344, 348, 372, 422
구로이와 슈로쿠 63
구로이와 주고 65, 215, 405, 445
구로카와 히로유키 66
구로키 요노스케 67
구로타케 요 68
구로호시 히카루 68
구루미 69
구루미자와 고시 69
구름과 시체 313
구리모토 가오루 70, 347, 422, 483
구리무라 나쓰키 323
구리시마 스미코 503
구리타 노리유키 166
구마가이 고이치 461
구마시로 다쿠키치 115
구마키리 가즈요시 242
구멍의 어금니 295
구메 마사오 329
구미 걸작 장편 탐정소설의 해설과 감상 457
구미 사오리 71
구미 사오리가 신인상 타는 법을 가르쳐
드립니다 71
구보 긴조 93
구보시마 요리유키 28
구보타 만타로 175
구사카 게이스케 71
구사카와 다카시 350
구석의 노인 331, 423
구석의 노인 사건집 331
구스다 교스케 72
구스다 교스케의 악당짓 72
구와야마 유타카 73, 312
구와야마 젠노스케 312

구와지마	353	굴뚝 기담	440
구인사가 시리즈	70	굶주린 늑대	270
구적초 비둘기 피리꽃	212	굶주린 유산	201
구조수학신론	312	굽은 관절	247
구즈마키 요지도시	239	굿바이	343
구즈야마 지로	73, 282, 443	궁지로 몰다	73, 463
구지라 도이치로	74	권모−사설 구리야마다이젠키	415
구지라가미	228	권총과 향수	265
구체의 뱀	218, 219	권총무법지대	76
구키 단	21, 76	귀	215
구키 스스무	428	귀 시리즈	155
구키 시로	76, 82	귀거래살인사건	412
구형의 계절	382	귀곡	114
구혼의 차질: 고교야구 살인사건	254	귀녀의 비늘	321
국경	66, 67	귀동냥	96
국도1호선	369	귀면의 범죄	305
국명 시리즈	304	귀면의 연구	70
국민의 벗	200	귀빈실의 괴인	396
국사탐정	87, 221	귀신	155
국서위조	260	귀신 검사	487
국어입시문제필승법	271	귀신 연못	210
국제 SF심포지움	46	귀신 울음소리	285, 286
국제 꽃과 녹음 박람회	45	귀신의 말	461
국제모략소설	194, 233	귀신이 와서 뼝을 친다	69
국제모험소설	473	귀신이야기	129
군계	95	귀신클럽	159
군기 펄럭이는 아래로	404	귀여운 악마	203, 505
군대 미스터리	255	귀여운 탐정	69
군벌에 맞선 체포록	444	귀족탐정 대 여탐정	190
군용무투전	153	귀차	183
군인의 죽음	387	귀축	126
군자의 눈	282	귀축소설	353
군조신인문학상	70	귀태	383
군중의 악마	23, 459	귀한 도련님	283
군청	92	귀향	380
군함도둑	157	귀향병 살인사건	240

부록 4

593

규 에이칸 77
규 헤이난 77
규슈 살인행 415
규슈오키나와예술제문학상 473
균열 417
그 461
그 남자 254
그 남자, 흉포에 대해 119
그 무덤을 파라 263
그 폭풍우 437
그 휴대전화는 엑스크로스로 438
그가 죽었는가 465
그가 지금 있다면 283
그곳에 장미가 있었다 397
그날 밤 438
그네 저편에서 477
그녀가 그 이름을 알지 못하는 새들 121
그녀가 죽은 밤 130
그녀는 아마도 마법을 쓴다 496
그는 누구를 죽였는가 466
그늘 도라지 321
그늘의 도망 196
그늘져가는 앞 247
그대여, 분노의 강을 건너라 126, 127
그랑 귀뇰 성 315
그랑 기뇨르의 괴기극 288
그래스 호퍼 413
그랜드 42
그랜드 맨션 359
그레이브디거 150
그레이시 앨런 살인 사건 395
그로테스크 72, 82
그리고 5명이 없어진다 471
그리고 명탐정이 태어났다 398
그리고 문은 닫혔다 376
그리고 밤은 되살아난다 234, 464

그리고 숙청의 문을 68
그리고 죽음이 찾아온다 103
그리빗키 증후군 375
그리운 친구에게 409
그리즐리 230
그리코 모리나가사건 35, 67
그린 살인사건 466
그린 차량의 아이 175
그린가 살인사건 499
그림자 330, 386
그림자 고발 439
그림자 드리운 묘표 322
그림자 밟기 212
그림자 법사 319
그림자 없는 남자 349
그림자 없는 범인 240
그림자 없는 여인 148
그림자를 바라보는 눈동자 74
그림자모임 356
그림자없는 마술사 34
그림자의 고발 295, 332
그림자의 복합 287
그림자의 좌표 33
그림자회 77, 435
그물에 걸린 악몽 323
그의 오토바이, 그녀의 섬 36
극도소설 223
극동특파원 32
극락의 귀신 416
극작 114
극작가 기질 114
극작가협회신인희곡상 410
극장판 벌레황제 277
근대문예의 해부 221
근대문학상 102
근로문화의 앙양과 그 실천 287

근미래 3부작 68

금각사에 밀실 75

금고 열쇠 281

금과 은 144

금단의 마술 495

금단의 팬더 162

금박의 담배 365

금병매 337

금붕어를 기르는 여자 502

금빛 늑대 504

금색 맥 365, 449

금색 처녀 117

금색야차 371

금색의 상장 229

금색의 악마 109

금색의 짐승 멀리 가다 284

금색처녀 437

금속음병 사건 229

금수의 절 339

금요일 밤의 미스터리 클럽 76

금요일의 여자 231

금의 요람 88

금지된 말고삐 229

금환식 달그림자 327

급행 《산카이》 305

급행 시로야마 103

급행 이즈모 322

급행《산베》 305

기관 호러작가가 사는 집 210

기관차 362

기괴탐정소설집 323

기괴한 재회 330

기괴한 창조 168, 438

기기 다카타로 41, 77, 95, 114, 159, 187
205, 211, 217, 256, 264, 281, 288, 329, 346
377, 389, 405, 429, 432, 453, 454, 455, 482

508

기네마순보 독자상 48

기네하라 리사 298

기노시타 다로 79, 161

기노시타 다쓰오 364

기노즈카 탐정사무소 496

기누가사 데이노스케 148

기누가와 히로시 79

기누카사 겐지 176

기다 미노루 80

기다 준이치로 80, 262, 310

기다리는 사람 404

기담 수집가 380

기담 클럽 117

기담집 298

기도 373

기도 메이 227

기도 효과 399

기도상 119

기동수사관 266

기동전사 건담 UC 492

기러기의 절 215

기룡경찰 297

기룡경찰 시리즈 297

기룡경찰 암흑시장 297

기룡경찰 자폭조항 297

기류 살생제 121

기리고에 저택 살인사건 318

기리노 나쓰오 81, 223, 333, 347

기리노 나쓰코 81

기리노 마이 472

기리시마 사부로 149

기리시마 시로 76, 82

기리코 56

기마이라의 새로운 성 256

기묘한 개 루팡 82

부록
4

기묘한 개 루팡 시리즈 82
기묘한 개 루팡과 삼색털 고양이 홈즈 82
기묘한 개 루팡의 명추리 82
기묘한 계절 23
기묘한 묘미 331
기묘한 신혼여행 222
기묘한 카라반 506
기무라 500
기무라 기 82
기무라 마사히코는 왜 역도산을 죽이지
　않았는가 185
기무라 아카 32
기믹 457
기밀 237
기발한 발상, 하늘을 움직이다 268, 391
기보시 204
기비쓰의 가마솥 506
기상궁 살인사건 315
기상천외 160
기상천외SF신인상 143
기시 유스케 83, 476
기시네당 318
기시다 구니오 504
기시다 루리코 84
기시마 선생의 조용한 세계 197
기시모토 352
기억 231
기업 서스펜스 380
기업소설 59, 223
기요노 헤이타로 474
기요미즈 사토무 338
기요사토 유령사건 33
기요시 86
기우 335
기울어진 저택의 범죄 220, 267
기적 소리 269

기적 심문관 아서 – 신의 손에 의한 불가능
　살인 297
기적의 범죄 283
기적의 볼레로 15
기적의 인간 284
기적의 표현 405
기적이 울린다 112
기차를 부르는 소녀 375
기치 미하루 383
기치고로 474
기쿠무라 이타루 85
기쿠치 348
기쿠치 간 86, 187, 329
기쿠치 유호 86, 344
기쿠치 히데유키 87, 460, 476
기쿠치 히로시 86
기쿠치간상 66, 83, 117, 188, 215, 329
기쿠치칸상 175
기키 요헤이 200, 201
기타 오세이 481
기타 요시히사 87
기타 히로시 283
기타가미 지로 88
기타가와 아유미 88
기타가타 겐조 89, 431, 460, 463
기타마치 이치로 89
기타마쿠라 살인사건 426
기타모리 고 89
기타모토 에이코 423
기타무라 가오루 16, 90, 121, 169, 257, 332
363, 367, 430, 433
기타무라 료조 109
기타무라 쇼이치 269
기타미 형무소 26
기타야마 다케쿠니 90
기타자와 시로 196

기타자와 에리코	143
기타자와 히코타로	28
기타지마 다카시	91
기타지마 다카오	91
기타지마 월드	91
기타쿠니 고지	92
기타타마 경찰서 순정파 시리즈	286
기타하라 나오히코	298
기타하라 하쿠슈	287
기탄해협의 수수께끼	157
긴 새벽	191
긴 집의 살인	398
긴급한 경우에는	405
긴다이치 고스케	22, 93, 328, 392
긴다이치 고스케 시리즈	93
긴다이치 고스케에게 바치는 아홉 개의 광상곡	353
긴다이치 고스케의 새로운 도전	459
긴자 유령	362
긴피카	309
길	210
길 잃은 개 루팡 시리즈	460
길고 긴 잠	404
길고 어두운 겨울	253
길동무	317
길모퉁이의 문자	481
길버트 체스터턴	225
길위에서	144
김내성	461, 483
김대중 납치사건	502
김봉웅	472
김성수	296
깊은 밤의 감옥	501
깊은 실속	167
깊은 죄의 해변	361
까마귀	190
까마귀—누구라도 한번은 까마귀였다	386
까마귀의 계시	398
까마귀의 엄지	218, 219, 448
까만 얼굴의 남자	137
깜짝 체포록	25
깨지다	176
껴 안고 싶어	343
꼬리 달린 사람	354
꽃 도둑	114
꽃 아래 봄에 죽기를	89
꽃 폭탄	469
꽃말은 죽음	26
꽃밥	256
꽃을 달고서	26
꽃의 관	339, 448
꽃의 복수	72
꽃이야기	129
꽃축제 살인사건	237
꽃피는 달밤의 기담	419
꽈리	276
꾀꼬리는 왜 죽었나	236
꾀꼬리의 탄식	41
꿀과 독(J미스터리 걸작선III)	72
꿀벌 디저트	162
꿈꾸는 토끼와 폴리스 보이	418
꿈에도 생각할 수 없어	212
꿈은 황무지를	484
꿈을 좇던 남자들	303
꿈을 좇는 사람들	211
꿈의 언어, 언어의 꿈	29
꿈의 요새	48
꿈틀거리는 촉수	373
끝 눈	276
끝없는 갈증	490
끝없는 바닥	425
끝없는 추적	263, 426

부록
4

끝없는 흐름의 끝에 45

ㄴ

나가누마 고키 94, 346
나가미 141
나가사와 마사히코 150
나가사와 이쓰키 94
나가사카 슈케이 95
나가사키 인어전설 342
나가세 산고 95
나가쓰나 지즈코 273
나가야왕 횡사사건 175
나가오카 히로키 96
나가우타 권화장 241
나가이 가후 80, 143, 501
나가이 고 353
나가이 스루미 96
나가이 아키라 97
나가카와 로 457, 482
나가타 리키 356
나고야·이노우에 요시오·탐정소설 283
나그네의 해협 196
나기사 352
나나오 요시 97
나나카와 가난 98
나는 고양이로소이다 살인사건 459
나는 누구일까요 30
나는 두 번째 411
나는 살아 있다 289
나는 암흑소설이다 333
나는 전과자이다 148
나는 프레슬리가 너무 좋아 36
나는 하드보일드다 101
나니와 몬스터 31
나디아 22, 342
나라 대불상의 미스터리 57

나라야마 후지오 98
나루미 쇼 98
나루사와 료 172
나루시마 류호쿠 38, 99
나르스잭 103
나르키소스의 거울 52
나를 죽인 여자 88
나린 전하에 대한 회상 148
나만 알고 있다 100, 487
나만의 매장 명부 340
나메쿠지 나가야 체포 소동 445
나무 아래 79
나무그늘 186
나무에 오르는 개 72
나무의 속박 96
나미노스케의 추리일기 171
나미다연구소에 어서오세요! 75
나미다특수반에 맡기세요! 75
나미다학원을 부탁해! 75
나비 266
나비 몽란신관기 266
나비 살인사건 392, 460
나비들은 지금… 71
나비들의 시간 335
나비부인에게 빨간 구두 195
나비의 뼈 327
나쁜 녀석들 405
나쁜 인간들 238
나쁜 일은 하지 않았다 97
나선 259
나선 계단의 앨리스 17
나스 198
나쓰메 소세키 170, 267, 301, 334
나쓰메 소세키와 런던 미이라 살인사건 459
나쓰모토 겐이치 95
나쓰카와 쇼코 278

나쓰카와 와카 491

나쓰키 시즈코 99, 100, 146, 169, 254, 311, 407

나쓰키 시즈코의 골든 더즌 100

나오이 아키라 100, 204

나오키상 16, 26, 34, 36, 43, 45, 51, 52, 57
59, 65, 66, 69, 77, 78, 79, 81, 98, 105, 113
122, 137, 148, 150, 151, 153, 155, 157, 158
163, 167, 175, 180, 196, 204, 206, 212, 214
223, 232, 242, 245, 256, 257, 263, 264, 269
272, 273, 279, 284, 293, 294, 302, 305, 309
321, 331, 338, 363, 373, 378, 380, 385, 404
412, 414, 418, 424, 425, 426, 441, 453, 463
464, 473, 474, 475, 484, 486, 488, 489, 492
502, 504

나오하루 20

나올 수 없는 다섯 명 319

나와 미래상인의 여름 472

나와 엄마의 노란 자전거 277

나와 우리의 여름 496

나의 가부키 175

나의 관점에서 쓴 색 다른 각도의 추리소설
교재 77

나의 눈먼 그대 51

나의 닛카 287

나의 메이저 스푼 293

나의 미스터리 작법 325

나의 미스터리한 일상 384, 433

나의 뼈 155

나의 살인 380

나의 야생조류기록 126

나의 양에게 풀을 주어라 242

나의 일고시대의 범죄 149

나의 작은 조국 69

나의 죄 87

나의 하드보일드 44

나의 할아버지 291

나이토 진 101, 201, 466

나이트 댄서 98

나이트 피플 363

나이팅게일의 침묵 31

나일 강가의 살인 94

나전미궁 31

나체의 방 475

나체의 배덕자 65

나카 히로마사 362

나카가와 강 청춘기 196

나카가와 도오루 101, 322

나카가와 준이치 322

나카노 시게하루 301

나카니시 도모아키 101

나카다 고지 102

나카다 고지 하드보일드 시리즈 102

나카다 마사히사 192

나카다이 다쓰야 368

나카라이 도스이 103

나카마치 신 103

나카무라 가라쿠 104, 332

나카무라 가소 104

나카무라 기치에몬 55

나카무라 마사노리 194

나카무라 마사히로 305

나카무라 미쓰지 105

나카무라 신이치로 19, 207, 333

나카무라 아악 탐정전집 104

나카무라 히라쿠 105

나카비시 가즈오 501

나카쓰 후미히코 106, 154, 351

나카야마 시치리 106

나카이 다케노신 107

나카이 히데오 107, 160, 167, 193, 476

나카이 히데오 작품집 107

나카자토 가이잔 83

나카조노 에이스케 108, 261
나카조노 히데키 108
나카지마 가와타로 72, 73, 110, 115, 151
225, 301, 347, 402, 431, 433, 445, 446
나카지마 겐지 79
나카지마 라모 108
나카지마 료조 109
나카지마 미쓰코 278
나카지마 시타시 109, 452
나카지마 신야 44
나카지마 아즈사 70
나카지마 히로유키 110, 182
나카타 에이이치 367
나카하라 유미히코 48, 505
나폴레옹광 331
낙석 21
낙오자 형사 68
낙오자군단의 기적 221
낙원 212, 259
낙인 108, 306, 365
낙하하는 미도리 141
낚시, 꽃, 맛 366
난고 지로 265
난리 가쓰노리 111
난리 세이텐 111, 460
난만한 난만 298
난민 로드 396
난바 기이치로 320
난반사 121
난부 기미코 111, 254
난부 헤이조 171
난요 가이시 112
난조 게이 421
난조 노리오 112, 225, 444
난카이마루사건 157
난파선 209

날개 이야기 275
날개 있는 어둠—메르카토르 아유 최후의
사건 189
날개 있는 의뢰인 297
낡은 밧줄 176
남경의 그리스도 329
남만유령 233
남매 탐정 135
남미 3부작 484
남방문학 415
남방유령 55
남방의 불 288
남방의 불 무렵 288
남성독신보감 270
남신위도 125
남의 일 500
남자시장 66
남자와 여자의 높은음자리표 320
남자의 보수 272
남자의 일터 320
남자인가? 곰인가? 182
남쪽 섬의 살인 493
납 상자 375
납치—알려지지 않은 김대중 사건 108
납치당하고 싶은 여자 398
낭인 낚시가 381
낭인 미야모토 무사시 207
낮과 밤의 순례 66
낯선 내 아이 100
낯선 시간 속으로 127
낯선 얼굴의 여자 253
내 남자 242
내 마을 114
내 손에 권총을 150
내 스승은 사탄 151
내 여학생 시절의 범죄 78

내 여학생 시절의 죄	78, 377	네 사람의 서명	119
내 영혼, 영원한 어둠으로	127	네 잘못이다	276
내 주검에 돌을 쌓아라	180	네 탓이야	384
내 피는 타인의 피	290	네누웰라의 밀실	47
내가 가는 길	277	네덜란드 구두의 비밀	222, 454
내가 그를 죽였다	495	네메시스의 홍소	47
내가 보았다고 파리는 말한다	169	네무리 교시로	272, 273
내가 사랑한 악당	164	네쓰 아이	323
내가 사랑한 요도기미	113	네오 하드보일드	44, 230
내가 상대다	383	네온과 삼각모자	65
내가 요구하는 탐정소설	499	네코마루 선배	62
내가 죽인 소녀	234, 464	네코마루 선배 시리즈	62
내가 찾은 소년	460	넵튠의 미궁	233
내부의 적(內部의 敵)	229	넹고넹고	27
내부의 진실	506	노 가면 살인사건	148, 285
내일 좋은 날씨로 해 줘	376	노 가면 주문	254
내일, 카르멘 거리에서	195	노 마진	470
내일을 기약할 수 없는 목숨	252	노가미 데쓰오	113, 455
내일을 위한 범죄	305	노구치 히데요	237
내일의 기억	354	노나미 아사	114
내일이 없는 길모퉁이	92	노도시대	326
냄새나는 밀실	509	노동자 조·오·브라인의 죽음	190
냉동광선	178	노란 방은 어떻게 개장되었나	292
냉장고에 사랑을 담아	331	노란 방의 비밀	506
냉혈집단	272	노란 색 방	115
너구리	173	노란 풍선	270
너를 노린다	245	노란 흡혈귀	167, 361
너무 많은 등용문	303	노랑나비 날다	313
너무 잘 아는 여자	468	노랑머리의 여인	15
너밖에 들리지 않아	367	노랑색 하숙생	459
너에게만 들려	367	노래와 죽음과 하늘	370
너와 나의 일그러진 세계	129	노래하는 백골	173
너의 자취를	313	노름광시대	377
너희에게 내일은 없다	36	노리미즈 린타로	115, 354
넘겨진 장면	193	노리즈키 린타로	115, 116, 189
네 가지 종지부	125	노리즈키 린타로 시리즈	116

노리즈키 린타로의 공적	117
노리즈키 린타로의 모험	116
노리즈키 린타로의 신모험	116
노리즈키 사다오	116
노마문예상	379
노마문예신인상	379
노모토 사부로	440
노무라 고도	117, 374, 437, 444
노무라 마사키	118
노미야가의 비밀	341
노바라 노에미	81
노바리스의 인용	379
노변	495
노부루	101
노부하라 겐	118, 280, 411, 443, 454
노송나무 갓	104
노스탤직 호러	256
노스트라다무스	63
노자와 히사시	119
노자키 도루	92
노자키 로쿠스케	119
노조무	126
노지리 기요히코	281
노지마 준스케	178, 452
노추의 기	27
노크 소리가	477
노토 바다 살인 복도	308
노파 번창기	486
녹사담	258
녹색 페인트통	289
녹스	408
녹슨 기계	18
녹슨 불길	48
녹인의 마도	205
논리폭탄	304
논샤란 기행	504
농민	37
뇌내 오염	352
누가 그를 죽였는가	499
누가 살해했는가	201
누구나 포를 사랑했다	501
누구라도 가능한 살인	337
누군가	212
누군가 안에 있다	408
누군가가 그녀를 살해했다	182
누군가의 비극	296
누런 어금니	269
누름꽃과 여행하는 남자	345
누름꽃의 기적	401
누름꽃의 기적 외	402
누마타 마호카루	120
누쿠이 도쿠로	121
누쿠이 도쿠로 증후군	122
눈	72
눈 내리는 밤 이야기	313
눈 먼 까마귀	295, 440
눈 속의 악마	336
눈 쌓인 계곡 밑의 밀실	324
눈꽃	99
눈먼 인어	385
눈물 미인	183
눈물색 정삼각형	489
눈물이 흐르는 대로	391
눈밀실	116
눈보라	37
눈보라치는 밤의 마지막 전차	509
눈사람	103
눈사태	321, 383
눈에 새긴 숫자 3	137
눈은 입만큼…	317
눈의 범죄	72
눈의 벽	187

눈의 불꽃	137	니시오 다다시	127, 224, 455
눈의 아이	212	니시오 이신	128, 129
눈의 정령	477	니시자와	129, 130
눈치 빠른 사체	340	니시자와 야스히코	129
늣타리의 여자	285	니시카와 도루	264
뉴 시네마 · 파라다이스	468, 472, 476	니시키 마사아키	201
뉴에이지 공포소설 메두사	409	니쓰 기요미	169
뉴욕 해럴드 트리뷴	504	니와 마사루	423
뉴욕의 사무라이	98	니와 세이시	130
뉴이 요이치	52	니와 쇼이치	131
느림보 우타로의 체포록 시리즈(1967~1975)		니와 후미오	380
	164	니이로의 관	213
늑대 봉공	158	니이쓰 기요미	131
늑대가 왔다. 성으로 도망쳐라	333	니조 하루나	56
늑대는 죽지 않는다	496	니조 후시오	445
늑대도 아니고	270	니진스키의 손	327
늑대의 여인	85	니카이도 란코	132, 133
늙은 개 시리즈	92	니카이도 란코 시리즈	132
늦가을 비 인연	103	니카이도 레이토	132, 133, 460
늦게 도착한 연하장	377	니카이도 료스케	132
니라이가나이의 이야기꾼	75	니카이도 사토루의 마지막 위기	134
니레 슈헤이	122	니카이도 사토루의 역습 시리즈	134
니벨룽의 성	394	니카이도 특명형사조사관	134
니세키 모토히데	122	니카이도 특명형사조사관 시리즈	134
니시 아즈마	356	니카이도 히미코	134
니시나 도루	122	니켈의 문진	41
니시다 고산	38	니콜라 박사	112
니시다 마사지	39, 123, 280, 283, 435, 456, 461	니콜라스 블레이크	277
니시무라	116	니콜라스 웰스	130
니시무라 겐	124	니콜라이 이리이치	342
니시무라 교타로	40, 124, 173, 347, 350	니콜라이2세	170
	382, 427, 459	니키 에쓰코	134, 135, 169, 225, 226, 254
니시무라 보	126, 223		347, 447
니시무라 주코	126, 460	니키 유타로	135
니시야마 나오코	173	니키 유타로와 에쓰코	135
니시오	127, 128	니키 준페이	17

부록
4

603

닌교 사시치 136
닌교사시치 체포록 시리즈 136
닌자외전 410
닌포초 시리즈 337
닛신신지시 32
닛키 501
닛타 지로 137
닛타지로문학상 138, 283
닛타지로상 143

ㄷ

다가라 젠고 25
다가오는 발자국 소리 100
다구치 174
다구치 랜디 276
다나 452
다나아미 고사쿠 73
다나에 488
다나카 139, 141
다나카 고미마사 192
다나카 고지 192, 201
다나카 고타로 476
다나카 마사미 139
다나카 미사오 59
다나카 사나에 139, 280
다나카 요시키 140, 442, 483
다나카 후미오 483
다나카 히로후미 141
다니 가쓰지 194
다니 고세이 141, 201
다니 고슈 143
다니 쓰네오 141
다니 조지 191, 192, 280
다니가와 겐이치 402
다니가와 하야시 143, 504
다니모토 히데키 143

다니엘 데포 201
다니자키 준이치로 80, 143, 243, 244, 366, 386
다다나오경행장기 86
다다노 교수의 반란 291
다람쥐와 미국인 302
다로 145
다로 소시로 145
다로의 죽음 161
다리 사이로 엿보다 73, 74
다마사카 인형당 시리즈 298
다마야 이토코 476
다마이 가쓰노리 145, 496
다마이 마코토 17
다마이 이치니산 110
다마키 게이고 121
다무라 유키오 403
다비에시 348
다빈치살인사건 155
다섯 개의 관 69, 358
다시 만난다면 당신이 내려준 커피를 376
다시 붉은 악몽 116
다쓰고로 137
다쓰오 419
다야마 가타이 281, 348
다우에 고이치로 28
다이너 500
다이너마이트 왈츠 51
다이라 다다오 145
다이라 류세이 145
다이마쓰스시의 기묘한 손님 319
다이산겐 살인사건 487
다이아거사 318
다이아몬드시커즈 247
다이애나의 얕은 꿈 273
다이쿄쿠구 58
다이헤이키 198

다잉 메시지 146
다자와 호수 살인사건 104
다자이 오사무 239
다지마 겐 146
다지마 도시유키 146
다지마 리마코 371
다치바나 147
다치바나 소토오 147, 224, 454
다치바나 소토오 걸작선 148
다치하라 나쓰히코 111
다카기 225
다카기 가문의 비극 15, 285
다카기 세이이치 148
다카기 아키미쓰 21, 32, 39, 51, 72, 102
148, 159, 225, 240, 260, 264, 289, 356, 366
400, 418, 433, 445, 454, 457
다카기 아키미쓰 명탐정전집 1~11 149
다카기 아키미쓰 장편 추리소설 전집 149
다카기 요시부미 92
다카노 가즈아키 150, 245, 342, 347
다카마가하라의 범죄 305
다카마쓰성 373
다카모리 에이지 281
다카무라 151
다카무라 가오루 40, 43, 150, 223
다카미 히사코 151, 181
다카세 에리 28
다카세가와 강 498
다카시 279
다카야나기 20
다카야나기 요시오 152
다카야마 503
다카야마 마사시 302
다카자와 노리코 46
다카치호 하루카 153
다카키 아키미쓰 181, 182, 223, 226, 460

다카하라 고키치 153
다카하시 가쓰히코 154, 238, 347, 351, 476
다카하시 겐요 297
다카하시 데쓰 156, 347
다카하시 야스쿠니 156
다카하시 오사무 157
다카하시 요시오 158
다케나카 에이타로 185
다케노 유타로 104
다케노야주인 318
다케다 다케히코 159, 264, 356
다케다 신겐 138
다케모토 겐지 160, 193, 483
다케무라 나오노부 161
다케시마 20
다케시타 도시유키 220
다케우치 이사토 471
다케카와 기미요시 153
다케카와 세이 87
다쿠마 200, 201
다쿠미 쓰카사 162
다쿠미 치아키 130
다크 81
다크 바이올렛 219
다크 존 84
다키 렌타로 162, 163
다키가와 교 161, 163, 173, 225, 347
다키닌교 살인사건 407
다키묘가설 338
다키야샤 아가씨 403
다키이 슌조 384
다테 구니히코 시리즈 223
다테노 142
다티페아 시리즈 153
다홍 달 384
다홍의 살의 255

닥스훈트의 워프	488	대낮 귀신 이야기	144
단게사젠	192	대낮의 陷穽 미스터리명작29	66
단나 살인사건	199	대답은 필요없어	212
단란	114	대도시	197
단애	264, 417	대도자전	452
단주로활복사건	175	대도쿄 요쓰야 괴담	182
단지의 고아	410	대병원이 흔들리는 날	20
단층 얼굴	476	대보굴왕	209
단풍나무의 몰락	469	대보살 언덕	83
닫혀진 여행	112	대실 해밋	44, 230, 463
닫힌 상자	161	대암흑	354
닫힌 여름	384	대역병신	127
달	498	대역전 시리즈	505
달걀귀신 시리즈(1989~1995)	155	대연장	172
달과 게	219	대영국만유실기	216
달라스의 뜨거운 날	194	대유괴	165, 223
달려라 말신사, 신사는 경마를 좋아해	416	대의옥	183
달로 향하는 계단	496	대일본제국의 유산	67
달마 고개 사건	336	대중문학 16강	83
달맞이꽃 야정	180	대탐정	112, 216
달빛 몽롱한 밤과 운전수	288	대탐험	87
달빛 아래의 망령	128	대학축제의 밤	63, 456
달의 뒷면은 비밀에 부쳐	294	대항해	171
달의 사막을 사박사박	90	더 갬블러	343
달의 죄	414	더 드래곤 쿵푸 시리즈	153
달이 100번 가라앉으면	276	더 말 안 해	95
담미의 꿀	180	더 베스트 미스터리즈 추리소설연감	263, 447
담쟁이가 있는 집	457	더 스니커	367
당대전기	442	더 이상 살아있지 않으리	123
당세서생기질	42	더글러스 애덤스	33
당신은 불굴의 한코 헌터	146	더럽혀진 영웅	369
당신을 만나 다행이다	276	더럽혀진 밤	417
당신이 없었다 당신	498	더부살이 아이	473
당하고만 있을쏘냐	309	더블	97, 490
대괴도	77	더블 업	468
대나무와 시체와	493	더블 타겟	53

더블 트랩	240	도가와 슈코쓰		221
덤불 속	330	도가와 슈코쓰상		175
덧없는 양들의 축연	389	도가와 유지로		85
덧없는 이야기	477	도겐테이		442
덩달아 울기	395	도구라 마구라	107, 160, 193, 401,	455
덫의 환영	67	도기오		145
데드 디텍티브	82	도깨비		264
데드 맨	31	도깨비가 사는 낙원		106
데드 크루징	490	도깨비불의 집		84
데리가키	43	도깨비상자 살인사건		159
데빌 인 헤븐	31	도끼와 마부		214
데빌맨	292	도뇨르		147
데빌스 아일랜드	127	도다유 골짜기의 독		486
데스게임	84	도도로키 노인의 유언서		308
데스노트	129	도도로키 한페이		117
데스마스크	272	도둑맞은 도시		125
데쓰지로	156	도둑회사		477
데일리 킹	63	도라 부스비		112
데즈카 오사무	133, 174, 292, 294	도라에몬		294
데카르트의 밀실	247	도란세		236
덴구	366	도련님 사무라이	168,	383
덴구의 가면	295	도련님 사무라이 시리즈		444
덴도 신	151, 164, 223, 277, 447	도련님 사무라이 체포록 시리즈		438
덴도 아라타	166, 167	도련님 사무라이 체포수첩		168
덴로쿠	55, 233	도련님과 악몽		477
덴보잔	118	도로시 세이어스	224,	456
덴시키	276	도로시 세이어즈		461
덴지	136	도로테		478
덴치 류노스케	297	도리고에의 모헤지		137
덴치 미쓰아키	297	도리세쓰 야마이		31
덴카와 전설 살인사건	396	도리야마 도시하루		296
멜몬테 히라야마	167, 500	도리이 가나코		168
도 덴분	441	도리이 레이스이		49
도 아키오	107, 167	도리이 류조전		108
도가와 마사코	100, 167, 347	도마 소타로		154
도가와 사다오	85	도마뱀의 섬		27

부록
4

607

도망자	127, 359
도망작법	495
도망치다	97
도망칠 수 있다	73
도메스틱 미스터리	132, 169, 317
도모노 로	169, 194, 201
도모다와 마쓰나가의 이야기	144
도모를 부탁해	56
도모유키	101, 180
도모이치로	300
도모코	251
도몬 후유지	427
도미니크 라피에르	194
도미사건	390
도미시마 다케오	426
도바 료	171
도바 슌이치	172
도바 신이치	71
도박	229
도박소설 걸작집	416
도비나가 히로유키	284
도사카 코지	433
도산전략	180
도살자여 그라나다에서 죽어	363
도서	172
도서 미스터리	223
도서관 전쟁	304
도서물	172
도서미스터리	172
도서추리소설	172
도스토예프스키	43, 223, 418
도시붕괴의 괴기환상담을 몽상하며	299
도시샤 미스터리 연구회	303
도시샤대학	429
도시에	311
도시유키	126
도시의 신비	437
도시전설 세피아	256
도시전설 퍼즐	116
도쓰가와 경부	125, 350
도쓰가와 경부 시리즈	40, 173
도쓰가와 쇼조	173
도쓰가와반	173
도야마 가오루	174
도야마 미쓰루옹을 말하다	288
도요다 아리쓰네	174
도요우라 시로	483
도움	290
도움 안 되는	191
도원정	176
도이타 야스지	104, 175, 332
도일	320
도작의 풍경	231
도적떼	330
도전 시리즈	92
도전 위험한 여름	92
도조 겐야	209
도조 겐야 시리즈	209
도조 덴분	176
도조지 이인무	56
도주로 할복사건	332
도착 시리즈	358
도착의 귀결	358, 359
도착의 론도	358, 359
도착의 보복	421
도착의 사각: 201호실의 여자	359
도카이도 전쟁	290
도카이무라	326
도카지 게이타	176
도코	241
도코로야마	508
도쿄 게릴라 전선	486

608

도쿄 데드 크루징	490
도쿄 샹젤리제 살인사건	407
도쿄 소겐샤	251
도쿄 탐정국	89
도쿄 트랜드 감지술	118
도쿄·하카다·사세보 살인행	207
도쿄공항 살인사건	197, 198
도쿄만 관할서	53
도쿄섬	81
도쿄역	228
도쿄이문	355
도쿠가와 이에모치	99
도쿠가와 이에야스	113
도쿠사의 가을	184
도쿠야마 준이치	376, 408
도쿠토미 로카	190
도쿠토미 소호	200
도키메이큐	155
도키오	494
도키와 신페이	207, 333
도토리 민화관	477
도피행	263
도회소설	233
도회의 괴수	73
도회의 야수	363
독 및 독살의 연구	50
독 테일즈	496
독도분쟁	20
독살마의 교실	174
독수리 시리즈	363
독수리사냥—독수리IV	363
독수리의 교만	475
독수리의 밤	363
독약과 독살 연구호	452
독약의 윤무	321
독자=범인	293
독자에 대한 도전	177
독종	66
독초원	123
독환	454
돈카이오	282
돌 아래의 기록	365
돌고래 시리즈	127
돌봐 줄게	260
돌아와, 벤조	423
돌은 말하지 않는다	206
돌의 내력	379
돌의 혈맥	474
동간	69
동기	272, 393
동기의 심리	370
동네 밑	19
동도 미스터리 시리즈	254
동맥열도	272
동물들만의 이야기1-4년생	411
동물원의 하룻밤	499
동물의상 백화점 광고 문구	216
동생	417
동심	55
동족기업	271
동틀 무렵	169
동혼식	229
되살아난 금빛 이리	369
두 개의 열쇠	124
두 개의 유서	289
두 동강이 난 남과 여	117
두 머리의 뱀	70
두 번의 이별	66
두 비구니의 참회	371
두 사람	325
두 사람의 대화	440
두 시계의 수수께끼	266

두 예술가 이야기 144
두개골 위에 선 깃발 473
두견을 부르는 소년 72
두근두근 점집 489
두런대는 소리 187
두탄 496
둔한 공소리 165
둘이서 살인을 229
뒤얽힘 113
뒤죽박죽 일생 154
뒤집힌 살인 33
뒤팡의 버릇과 번즈의 버릇 499
뒤팡 23
뒷거리 287
듀 보아고베 112
드골 194
드라큘라 501
드라큘라공 262
드래곤 퀘스트 71
드래곤 플라이 31
드래프트 연속살인사건 109
드림 버스터1 212
드림 차일드 120
들떠있는 송골매 503
들불 369
들의 묘표 215
등에의 속삭임 178
등의 눈 218, 219
등진 고향 270
디미트리오스의 관 261
디오게네스는 오전 3시에 웃는다 47
딕 프란시스 283
딜 메이커 475
딱따구리멸종 415
딸아, 끝없는 땅으로 나를 불러라 127
땅 끝에서 114

땅 속의 마야 124
땅강아지 67
땅과 불의 노래 26
땅속의 악어, 천상의 뱀 61
땅에는 평화를 45
땅의 새, 하늘의 물고기 379
때로는 참회를 397
떨떠름한 꿈 141
떨어지다 163
또 하나의 기억 412
또 한사람의 승객 253
똑똑한 마녀정복기 - 여자를 대하는 것이
　　서툴고 어색한 남자들을 위한 지침서 277
뜻밖의 앙코르 238

ㄹ
라 쿠카라챠 53
라노베 304
라미아학살 315
라바울 열풍 공전록 시리즈 30
라이다 시이 414
라이더는 어둠으로 사라졌다 204
라이브 하우스 살인 사건 308
라이트 하이보일드 463
라이트노벨 304, 496
라인강의 무희 152
라인하트 452
라일락 향기가 나는 편지 248
라쿠고 245
란 82
란 요코 159
란 이쿠지로 109, 178, 257, 452, 455
란돈 478
란샤우 266
란초 415
란코 시리즈 133

란포 선생 연보 및 저작 총목록	115	로마를 죽인 자객	28
람보클럽	85	로망 느와르	332, 333
래이몬드 챈들러	463	로맨스 호러	128, 330
러너	298	로맨티스트 제철 아닌 꽃	353
러브 소울	409	로버트 A 하인라인	509
러브 케미스트리	87	로버트 그린	87
러브호텔 살인사건	125, 351	로버트 블록	235
러쉬 라이프	412	로봇21세기	247
러시아홍차 수수께끼	304, 503	로봇오페라	247
런던의 쌍둥이	32	로빈 쿡	405
런던탑의 미스터리	56	로빈슨 표류기	201
레드	54	로스 맥도널드	102, 116, 192, 193, 230, 463
레드 레인	273	로스엔젤레스 BB 연속살인사건	129
레드 헤링	179, 207	로스엔젤레스 의혹사건	48
레드와인의 살의	118	로웰성의 밀실	46
레디 죠카	151	로이 비커스	240
레미제라블	64	로이즈	367
레벨7	212	로즈가든	81
레뷰걸 살인	119	로쿠노미야의 공주	257
레오나르도의 침묵	315	로큰롤7부작	485
레오날드 비스톤	280	로트레크 저택 살인사건	290, 291
레이노카이	73	로프	249
레이디 조커	43	록	117
레이라	179	론소 미스터리총서	187
레이먼드 챈들러	55, 103, 224, 230, 234	롱 도그 바이	25
레이테 전기	369	료스케	120
레인 트리의 나라	304	료쿠테이의 목멘 남자	15
레코딩 살인사건	53	료키치	78
레테로 엔 라 카보	469	루・지단	238
레트로관의 살의	164	루돌프 가이요와의 사정	92
렌 데이턴	261	루돌프 가이요와의 우울	92
렌조 미키히코	180, 483	루리타니아 테마	201
렌타로, 위기일발	238	루바이야트	442
려화	16	루뱅섬의 유령	179
로렌스 블록	193	루비앙의 비밀	76
로렌스 트리트	40	루쉰	272

부록
4

루이 주베	48
루이코 쇼시	63, 64
루제로 루제리	115
루팡	181
루팡 시리즈	509
루팡의 기암성	86
루팡의 소식	393
루팡전집	478
루팡집	478
루프	259
루피너스 탐정단 시리즈	298
룰	45
류 아처	192
류 잇쿄	460
류센거사	318
류엔	104
류의 새벽	32
류진이케 연못의 작은 시체	34
르 모르그의 살인	319
르 큐	281
르루	506
르루주 사건	140, 454
르블랑	478
르콕 탐정	112, 140
리걸 서스펜스	110, 181
리노이에유타카	140
리들 스토리	182, 317
리라장사건	179, 322, 357
리멤버	92
리미트	119
리버사이드 칠드런	274
리버스	93
리비에라를 쏘고	150
리셋	90
리쓰메이칸대학 추리소설연구회	430
리어왕 밀실에서 죽다	34
리얼리스틱	169
리얼리즘 탐정소설	244
리오	54, 150, 151
리오 그란데	253
리처드 오스틴 프리먼	173
리처드 헐	223
리츠	367
리코 - 비너스의 영원	273
린지로	191
릿쿄대학	429
릿포 거사	199
링	83, 259, 476
링고 키드의 휴일	343
□	
마	440
마검	70
마견 소환	310
마계도시 〈신주쿠〉	87
마계수호전	70
마계풍운록	291
마계행	87
마교 환생	311
마교의 환영	310
마구	494
마구레와 도시전설	75
마구레와 홍백가합전	75
마녀의 은신처	471
마녀이야기	385
마노스케 사건 해결집	473
마닐라 파라다이스	397
마더 구스	334, 449
마도	70, 504
마도 샹하이 오리엔탈 토파즈	341
마도이 반	183
마도지	39

마돈나의 깊은 연못 273
마동자 354
마루쇼사건 149
마루야 사이이치 19, 207, 333
마루야마 이치로 229
마루오카 규카 104
마루타마치 Revoir 183
마루테이 소진 183
마루투크 스크램블 395
마루혼가부키 175
마르가리타를 마시기에는 너무 빠르다 91
마른 곳간 96
마른 풀뿌리 441
마리아 비틀 413
마리오넷 증후군 410
마리오넷의 덫 325
마리코의 비밀 317
마리코지 마리오 307
마메로쿠 137
마법거리 365
마법비행 16
마법사의 여름 416
마법사의 제자들 409
마법의사 112
마법이야기 239
마비성 치매환자의 범죄공작 206
마사루 231
마사아리 364
마사오 327
마사키 고로 189
마사키 나오타로 184
마사키 순지 184
마사키 후조큐 184, 287, 443
마사키 후조큐 작품집 184
마수사냥 402, 403
마술 329, 330

마술왕사건 133
마술은 속삭인다 212
마스다 도시나리 184, 185
마스다 이나노스케 79
마시지 않고 말할 수 있을까! 101
마쓰고로 250
마쓰노 가즈오 185
마쓰다 유사쿠 368
마쓰다 준코 251
마쓰모토 겐고 186
마쓰모토 긴지 291
마쓰모토 다이 186, 187, 226, 437, 443, 452
마쓰모토 다이조 186
마쓰모토 세이초 55, 79, 100, 152, 173, 187, 188, 193, 215, 225, 231, 244, 268, 302, 332, 349, 370, 405, 431
마쓰모토 세이초 걸작단편 컬렉션 188
마쓰모토 유코 96
마쓰모토 유타카 242
마쓰모토세이초상 251
마쓰무라 406
마쓰바라 데쓰지로 481
마쓰시타 곤조 22
마쓰시타 유키노리 227
마쓰오 순키치 163
마쓰오 유미 189
마쓰오카 시나 189, 341
마쓰오카 이와오 291
마쓰이 가쓰히로 310
마쓰자카 게이코 297
마쓰카와 에이조 375
마쓰카와 요시히로 316
마쓰하시 몬조 468
마야 다다시 305
마야 유타카 189
마야씨의 정원 139

마에다코 히로이치로	190
마에자와 덴푸	18
마에지마 후지오	181
마오쩌뚱의 자객	194
마왕성 살인사건	398
마원전	203
마유무라 다쿠	190
마을 최고의 부인	317
마을의 에트랑제	356
마음은 너무 무거워	360
마이	471
마이 카니발	26
마이국가	477
마이그렛 시리즈	15
마이너스 제로	502
마이너스의 야광주	123
마이니치예술상	301
마이니치출판문화상	151, 167, 212, 391
마이니치출판문화상특별상	417
마이다 히토미 11세 댄스 때때로 탐정	398
마이다 히토미 14세 방과 후 때때로 탐정	398
마이크 해머에게 전하는 말	343
마이클 이네스	277
마이클 크라이튼	195
마작살인사건	476
마적	119
마죽	329
마지막 아들	390
마지막 입맞춤	117
마취목과 장미	338
마크 레인	194
마크 트웨인	260
마크스 산	40, 43, 151
마크스의 산	151
마키	192
마키 사쓰지	191, 293
마키 이쓰마	186, 191, 192, 440, 443
마키노 신이치	239
마키바 도모히사	160, 161
마타기	269
마타요시 신야	424
마티네 포에티크	19
만고로 청춘기	117
만날 때는 언제나 살인	118
만다라도	223
만록	99
만섬 이야기	195
만요	241
만취증언	320
말	239
말단공무원 시리즈	283
말뚝 박는 소리	74
말라카 해협	142
말라카의 바다로 사라졌다	339
말러	342
말레이철도 수수께끼	303
말발굽의 살의	229
말살의 의지	252
말을 꺼내지 못하고	343
말하는 검	212
맛없는 쿠키	85
망국의 이지스	492
망량의 상자	57, 58, 439
망령은 밤에 돌아다닌다	471
망령의 말	497
망막맥시증	77, 377, 405
망상은행	477
망상의 원리	78
망자의 집	493
망집의 추리	68
망향	206
망향, 바다의 별	206

614

맞은편 가장자리에 앉은 남자	324	멀리서 날아온 나비의 섬	321
매국노	96	멀리서 온 손님들	253
매그레 시리즈	455	멋진 료키치	341
매니악스	335	멋진 여자	161
매복 가도 - 호라이야 장외 보조	270	멍청한 낭인	73
매스그레이브관의 섬	297	메구레 경감	109
매스커레이드 호텔	495	메구레 경감의 파리 - 프랑스 추리소설	
매와 솔개	165	가이드	109
매점개업 시말서	214	메구레 시리즈	109
매춘부	470	메구로 고지	88
매혹적으로 무서운 이야기	330	메그레와 노부인	506
맥	184	메다카 박스	129
맥베스 살인사건	213	메로스 레벨	68
맥주가 있는 집의 모험	130	메롱	212
맥컬리	503	메르카토르는 이렇게 말했다	190
맨 핸드	192	메리메의	501
맨하탄	36	메리메의 편지	501
맨헌트	340	메모	374
맹금의 연회	122	메모리얼 트리	390
맹목살인사건	272	메밀국수와 기시면	271
맹세의 마구	492	메이로쿠샤	37, 465
맹인이 와서 피리를 분다	374	메이슨	247
맹장과 암	425	메이지 개화 안고 체포록	240, 443
머나먼 조국	363	메이지 단두대	337
머리가 나쁜 남자	341	메이지문화연구	83
머리를 자르는 여자	394	메이지암살전	207
먹느냐 먹히느냐	66	메제니 소토지	193, 469
먹물빛 해후	131	메타 미스터리	47, 193
먼 곳까지 눈이 보이고	165	메타볼라	82
먼 나라에서 온 살인자	232	메피스토	62, 193, 197
먼 바다에서 온 쿠	16	메피스토상	255
먼 바람연기	126	멜랑콜리 블루	296
먼 살의	426	먼 테잎의 아가씨	132
먼 소리	214	멸망의 연	127
먼 약속	210	멸망의 피리	127
멀리 하늘은 맑은데	92	멸망의 휘파람	127

부록 4

615

명랑한 갱이 지구를 구한다 413
명랑한 용의자들 165
명부산수도 214
명의탐정, 가시와기원장의 추리 134
명적마적 156
명정 29
명탐견 마사의 사건 일지 212
명탐정 네코마루 선배의 사건부 62
명탐정 독본2 메구레 경감 109
명탐정 따위 무섭지 않아 125
명탐정 란포씨 68
명탐정 루팡의 대활약 82
명탐정 루팡의 지옥계곡 82
명탐정 시리즈 459
명탐정 엔타쓰 25
명탐정 유메미즈 기요시로 사건 노트 시리즈
471
명탐정 이스루기 기사쿠 256
명탐정 코난 292, 328
명탐정 홈즈걸 364
명탐정논쟁 255
명탐정의 규칙 460, 494
명탐정의 부정 238
명탐정의 저주 495
모귀 415
모나리자의 미소 238
모노베 다로 292
모노베 다로 시리즈 292
모노쿠사 타로 292
모던 도쿄이야기 489
모던 미스터리월드 110
모던 신고 479
모던 타임스 413
모도리가와 동반자살 180
모든 것의 래지컬 129
모든 것이 F가 되다 194, 197

모래 그릇 188
모래성 322
모래시계 146
모래의 사냥꾼 361
모래의 연대기 484
모래의 탑 484
모래의 패왕 258
모래판을 달리는 살기 51
모략소설 194, 461, 474
모략의 매직 375
모르그가 살인사건 225
모리 고고로 328
모리 마사히로 194
모리 아키마로 195
모리 에이 194, 196, 201
모리 오가이 32, 187
모리 유 196
모리 히로시 193, 196
모리모토 시로 76
모리무라 세이이치 146, 202
모리무라 세이이치 197, 347
모리스 르베르 140
모리스 르벨 280
모리스 르블랑 76, 185, 209, 418, 509
모리시타 우손 49, 119, 198, 199, 205, 221
228, 280, 281, 282, 283, 309, 344, 388, 392
406, 408, 443, 461, 469
모리시타 이와타로 281
모리야마 나리아키라 473
모리키 쇼이치 485
모리타 시켄 199, 200, 201, 318, 465
모리토모 히사시 200
모먼트 480
모범범 1 212
모방 살의 103
모방범 212, 223

616

모방의 일탈—현대 탐정소설론   23
모살 차트   302
모살의 체스게임   335
모스라   19
모습 없는 괴도   41
모야이 오니쿠로   155
모야이 오니쿠로 시리즈   155
모자상   504
모조인간   88
모즈메 가즈코이다   379
모즈메 다카미   379
모즈메 다카카즈   379
모즈메 요시코   379
모짜르트는 자장가를 부르지 않는다   194
모차르트   194
모토마키의 비너스   248
모토미야 기리코   202
모험기담 15소년   200, 201
모험세계   209, 364
모험소설   16, 88, 140, 201, 224, 230
    343, 360, 364, 436, 496
모험소설 시대   88
모형인형살인사건   73
목 베는 야스케 시리즈   207
목 조르는 로맨티스트   129
목격   100, 490
목격자 없음   79
목격자는 연락주세요   339
목도리 소동   199
목마른 거리   92
목마름   324
목매는 섬   358
목매다는 하이스쿨(헛소리꾼의 제자)   129
목발의 남자   377
목사복의 남자   360
몬도노스케   233

몬테크리스토백작   250
몰살파티   165
몰타의 매 협회   202, 436
몽골의 괴묘전   385
몽귀   452
몽법사   326
몽키 비즈니스   397
몽환도시   140
뫼비우스의 성   191
묘지 지참금   164
묘표 없는 묘지   53
묘표명에 입맞춤을   186
묘한 이야기   330
무구와 죄   85
무궁화작전   175
무너지는 자   493
무너지다   121
무네스에 고이치로   198, 202
무네스에 시리즈   202
무네스에 형사의 낯선 여행자   202
무네스에 형사의 대행인   202
무네스에 형사의 복수   198, 202
무네스에 형사의 살인 의상   202
무네스에 형사의 악몽의 탑   202
무네스에 형사의 정열   202
무네스에 형사의 천만 명의 완전범죄   202
무네스에 형사의 추리   202
무네스에 형사의 추적   202
무녀   312
무녀가 사는 집   204
무녀관의 밀실   323
무당거미의 이유   58
무대륙의 피리   378
무도회   329
무라노 미로   81
무라사키 유   470

부록
4

무라세	20, 331
무라세 쓰구야	251
무라야마 가이타	202
무라야마 조조	288
무라카미 노부히코	454
무라카미 다쿠지	190
무라카미 류	479
무라카미 리코	273
무라카미 하루키	479
무레 이치로	88
무뢰파	239
무리	378
무마	192
무명역류	113
무명인	296
무명작가의 일기	86
무방비도시 - 독수리의 밤 II	363
무법지대	378
무빙	100
무사	273
무사도 식스틴	480
무사도 잔혹 이야기	113
무사시노 부인	369
무서운 만우절	392
무서운 선물	404
무스비노야마 비록	474
무신은 무엇을 보았는가	357
무언가 있다	81
무언의 맹세	87
무왕의 문	92
무월저 살인사건	318
무죄	490
무죄추정	181
무주공비화	387
무지개 골짜기의 5월	484
무지개 남자	285
무지개 집의 앨리스	17
무지개빛 접시	162
무지개의 가마쿠라	501
무지개의 덫	326
무지개의 뒤편	191
무지개의 무대	176, 442
무지개의 비극	204
무지개의 저쪽	52
무참	42, 64, 258
무코다구니코상	119
무키	178
무타형사관 사건부	415
무토베 쓰토무	203, 504
무협세계	203, 364
무협일본	364
무협함대	364
무화과의 숲	52
무희 살인사건	228
무희 탐정 시리즈	340
무희살인사건	159
묵염	373
문	288
문, 두 번 열리다	231
문라이트 살인사건	125
문스톤	465
문신	143
문신살인사건	21, 148, 149, 225, 289
문예가협회	41
문예작가추리소설집	224
문예춘추	437
문예춘추 올요미모노	437
문예클럽	199
문제소설	181
문제소설 SPECIAL'	181
문제소설신인상	53, 207
문주의 덫	383

문학계신인상	85, 105, 214, 390, 416	미나카미 쓰토무	206
문학보국회	178	미나토 가나에	206
문학소녀	377	미남 사냥	117
문학자의 혁명실행력	371	미남 주신구라	260
문학지대	59	미네 류이치로	207
문학파	159	미네 마쓰다카	207
문호 미스터리 걸작선 아쿠타가와 류노스케집		미네쿠라 유이	298
	329	미녀	181
문화청미디어예술 공로상	293	미노규	256
묻혀진 죽음	341, 342	미담의 보답	381
묻힌 여자	383	미도로 언덕기담 - 절단	318
물고기 관	25	미도리카와 고이치	264
물들여진 남자	74	미도리카와 후카시	107
물밑 페스티벌	294	미드나잇 런!	496
물밑의 축제	204	미디어 스타는 마지막에 웃는다	218
물시계	470	미래로 내딛는 발	414
물을 친다	172	미래의 꽃	393
물의 관	219	미로관(迷路館)의 살인사건	318
물의 잠 재의 꿈	81, 82	미로관의 살인	317
물줄기	126	미륵의 손바닥	308
미견 루팡 시리즈	293	미륵전쟁	335
미국발 제1신	241	미명의 악몽	44
미국의 존스톤 맥컬리	280	미명의 집	262
미궁	271	미모사	127
미나가와 히로코	203, 476	미무라	26
미나마타병	215	미사키 요스케 시리즈	106
미나모토노 요시쓰네	149	미사키 이치로의 저항	474
미나미 다쓰오	101, 204	미셸 뷰토르	291
미나미 미키카제	296	미소녀 교수 기리시마 모토코의 사건연구록	88
미나미 지에카	34	미소짓는 사람	122
미나미 히데오	460	미수	153
미나미사와 긴베에	331	미술관의 쥐	266
미나미자와 주시치	204, 483	미술사학자	59
미나의 살인	380	미술원전원상	202
미나카미	215	미술은 속삭인다	212
미나카미 로리	205, 416	미스 유	273

부록 4

619

미스 캐서린 207
미스디렉션 179, 207
미스터 굿 닥터를 찾아서 495
미스터 아짓코 297
미스터리 256
미스터리 & 어드벤처 181
미스터리 가이드 48
미스터리 구락부에 가자 334
미스터리 매거진 36, 51, 53, 109, 207, 333
334, 353
미스터리문학 자료관 111, 208
미스터리 열차가 사라졌다 125, 174
미스터리 오페라 335
미스터리 원고는 밤중에 철야해서 쓰자 396
미스터리 작가 464
미스터리 칵테일 386
미스터리YA시리즈 359
미스터리견본시 416
미스터리는 만화경 90
미스터리도 요술도 322
미스터리를 과학으로 한다면 400
미스터리매거진 320, 416
미스터리아나 94
미스터리어스학원 75
미스터리영화의 대해속에서 368
미스터리즈 53, 251, 335
미시마 유키오 60, 309
미시마유키오상 379, 485
미식살인클럽 340
미신의 황혼 394
미싱 480
미쓰기 가즈미 208, 209
미쓰기 슌에이 208, 209, 250
미쓰다 신조 209, 210
미쓰오 326
미쓰이 아키요시 98

미쓰이 왕국 60
미쓰이시 가이타로 455
미쓰조 232
미쓰지 105
미쓰쿠니전 395
미쓰키 213
미쓰테루 258
미쓰하라 210
미쓰하라 유리 210, 433
미쓰하시 가즈오 159, 210, 211, 264, 356, 476
미쓰하시 도시오 210, 211
미쓰히데의 정리 36
미아천사 387
미야노 무라코 211, 224, 418, 472, 482
미야노 무라코 탐정소설선 211
미야마 스스무 59
미야모토 가즈오 90
미야모토 무사시 171, 231
미야베 미유키 45, 58, 132, 162, 169
211, 212, 223, 245, 299, 363, 374, 383, 436
509
미야베 미유키의 수수께끼 120
미야자키 쓰토무 235
미야타 시게오 184
미야하라 다쓰오 213
미야하라 다쓰오 탐정소설선 213
미에코 134
미완성 45
미요시 교조 238
미요시 도루 31, 213, 214, 261, 387, 431
미요시 바쿠 214
미우라 가즈요시 사건 268
미우라 슈몬 214, 253
미우라 지즈코 253
미의 도적 264
미의 유혹 281, 481

620

미이	471
미인	212, 235
미인의 감옥	183
미자키 흑조관 백조관 연속 밀실 살인	61
미정고	330
미조로기 쇼고	296
미주황제	394
미즈다 에이유	112
미즈모리 가메노스케	443
미즈치처럼 가라앉는 것	209
미즈카니 준	508
미즈카미 쓰토무	161, 206, 215, 225, 245
미즈키 시게루	58
미즈타 난요가이시	216
미즈타 미이코	216
미즈타 히데오	216
미즈타니 준	216, 280, 437, 440, 443, 457, 479
미즈하라 슈사쿠	218
미지의 여인 살인사건	127
미처 죽지 못한 파랑	367
미치오 슈스케	218, 448
미치코	41
미치하라 덴키치 시리즈	325
미친 노인의 일기	143
미친 벽 미친 창	161
미카미 시로	76
미카미 엔	219, 433
미카미 오토키치	281
미키 스필레인	102, 463
미타 다다시	127
미타라이 기요시	219, 267, 297
미타라이 기요시 대 셜록 홈즈	297
미타라이 기요시 시리즈	219
미타라이 시리즈	268
미하라	213
미하일 나이미	47
미혼모	407
미혼모 살인사건	407
미확인가족	176
민감한 동물	477
민달팽이 기담	365
민달팽이집 체포소동 시리즈	292
민법입문	227
민중이란 누구인가	301
민태원	64
밀고 심장	389
밀고자	149
밀납인형관의 살인	247
밀레니엄	97
밀른	247, 454
밀림 시리즈	358
밀림전설 - 속임수의 숲으로	358
밀실	220
밀실 살인	61, 426
밀실 살인 대백과	133
밀실 살인사건	494
밀실 킹덤	296
밀실 트릭	354, 457
밀실과 기적 - J·D·카 탄생 백주년기념선집	297
밀실광	249
밀실범죄학교정	305
밀실살인게임 2.0	398
밀실살인게임 : 왕수비차잡기	398
밀실살인게임 마니악스	398
밀실상사	272
밀실상황	171
밀실연기	263
밀실의 레퀴엠	84
밀실의 열쇠를 빌려드립니다	493
밀실의 화살	296
밀실이중살인사건	408
밀실작성법	305

부록
4

621

밀약환서	146	바람박사	239
밀폐교실	116	바람에 대해	308
밀폐산맥	197	바람에 사라진 스파이	214
밀항정기편	108, 261	바람에 흔들리는 것	377
밑바닥이 없는	162	바람은 고향으로 향한다	214, 261
		바람의 4부작	214
ㅂ		바람의 문	100
바 룰렛 트러블	147	바람의 열쇠	169
바늘의 유혹	295	바람의 증언	323
바다 밑	304	바람의 편지	161
바다남 혼블로워 시리즈	157	바람이 불면 수리공이 돈벌이가 된다	409
바다는 말라 있었다	265	바로네스 오르치	192
바다를 넘어선 사람들	231	바바 가쓰야	221
바다를 보지말고 육지를 보자	34	바바 고초	221, 280, 281
바다뱀	128	바바 노부히로	221
바다에 사는 사람들	471	바바 다쓰이	221
바다에서 온 사무라이	296, 343	바벨소멸	315
바다와 독약	349	바보 미스터리	61
바다와 십자가	203	바보의 잔치	260
바다의 가면	323	바쇼닌자설	237
바다의 도전	59	바에 걸려온 전화	324
바다의 뱀	203	바이바이 스쿨	471
바다의 어금니	245	바이바이 엔젤	22, 342
바다의 엄니	215	바카미스의 세계	368
바다의 에이스	173	바퀴자국 아래	236
바다의 저주	502	바하에서 슈베르트	117
바다의 조종	157	박사 도뇨르의 『진단기록』	147
바다의 침묵	214, 350	반 다이쿠	222, 291, 369
바다의 탄식	249	반 다인	199, 222, 239, 395, 460, 466, 499
바닷가의 참극	454	반 다인의 작풍	499
바닷바람의 살의	269	반대의 경우	485
바둑살인사건	160	반도 도시히토	466
바둑추리소설 혼인보 살인사건	396	반도 마사코	222, 476
바람	243	반도 회수	296
바람 소녀	496	반딧불이	190
바람 소리가 들리지 않습니까	352	반아메리카사	483

622

반지	452	밤의 배양자	108
반짝이는 박쥐	256	밤의 분수령	270
반편이	324	밤의 수업	66
반회랑 신주쿠 상어	361	밤의 숲지기들	238
발광	285	밤의 예술	114
발광요정과 모스라	19	밤의 인사	79
발광자	96	밤의 쟈스민	51
발굴	485	밤의 저주	282
발라 버린 목소리	253	밤의 촉수	370
발라드는 어디로 가는가?	29	밤의 카니발	108
발레 패닉	298	밤이 끝나는 때	404
발바닥	178	밤짐승	218
발바닥의 충동	205	밧줄의 붕대	176
발할라성의 악마	394	방과후	494
발화점	284	방과후는 미스터리와 함께	493
밝은 거리로	91	방랑자 미야모토 무사시	272, 273
밤 산책	392	방랑작가의 모험	455
밤 외에는 듣는 것도 없이	337	방범탐정 에노모토 시리즈	84
밤, 산 것	85	방풍림	97
밤과 낮의 신화	60	방해자	378
밤과 노는 아이들	294	방화 화이어 게임	145
밤새	140	방황하는 개들	105
밤색의 파스텔	376	방황하는 뇌수	363
밤에 열리는 창	71	방황하는 사람	306
밤을 걸고	344	배덕의 메스	65, 405
밤을 우는 피리소리	127	배드 튜닝	420
밤을 찢다	23	배러니스 엠무스카 오르치	423
밤을 찾아라	417	배를 가르시지요	310
밤을 헤매며	325	배반의 제2악장	400
밤의 聖女	66	배반의 푸가	260
밤의 기억	83	배신	101
밤의 만화경	419	배에서 사라진 여자	142
밤의 매미	257	배틀 소설	201
밤의 무지개	326	배틀 액션	201
밤의 바다로 저물라	17	배후에 밤이 있었다	85
밤의 배당	449	백 만 인의 소설	187

부록
4

백 미러	278
백골귀	398
백골소년	160
백골의 이야기꾼	75
백골의 처녀	199
백공관의 소녀	170
백공작이 있는 호텔	356
백광	181
백귀담의 밤	61
백귀야행	58, 439
백기도연대 風	58
백년 연인	277
백년법	336
백년후애	277
백로와 눈	90
백루몽	147
백마	199
백마산장 살인사건	494, 495
백만 달러의 환청	238
백만탑의 비밀 그 외 종소리	47
백모 살인사건	223
백발	103
백발 애송이	402
백색의 수수께끼	172
백색의 잔상	240
백설공주	148
백신도	276
백야의 밀실	33
백야의 조종	140
백야행	245, 494, 495
백요귀	155
백은비첩	285
백의 가족	166
백의부인	87, 465
백의의 두 사람	237
백인일수 살인사건	339, 448
백일몽	89, 178
백일의 꿈	312
백일홍 나무 아래	392
백주당당	404
백주염몽	312
백주의 갈림길	269
백주의 밀어	167
백주의 사각	223
백중당당	223
백치	239, 418
백합의 미궁	133
백화점의 교수형 집행인	362
뱀과 멧돼지	322
뱀의 눈처럼	308
뱀파이어 전쟁 시리즈	23
버사 클레이	87
버선	210
버스데이	259
버지니아 울프	260
버진 로드	325
버틀러	42
번안	65
번역 단편탐정소설 목록	446
번역여담	63
번제의 언덕	262
벌레	223
벌룬타운의 살인	189
범마의 력	427
범인에게 고한다	275
범죄, 탐정, 인생	41
범죄문학연구	50
범죄소설	186, 223, 224, 230, 332, 449
범죄실록소설	41
범죄실화	360, 456
범죄심리	504
범죄와 탐정	49

범죄의 장소 313
범죄자 맥베드와 맥베드 부인 465
범죄자의 터부 482
범하는 때를 모르는 자 312
법률사무소 181
법정의 미인 64
벙어리 딸 112, 216
벚꽃 지는 계절에 그대를 그리워하네 398
벚꽃비 222
베넷내쉬의 화살 425
베니오 교코 211, 224
베라미재판 181
베로니카의 열쇠 315
베르그송 487
베를린 비행 지령 233
베를린-1888년 32
베스트 미스터리2000 132, 134, 229
베이트슨의 종루 323
베일 367
베커트 사건 222
베토벤 194
베토벤적 우울증 194
베트남 관광공사 290
베트남 민화 478
베티 암보스 423
벤 존슨 303
벤틀리 454
벨카, 짖지 않는가 485
벳키 90
벼랑 밑 217
벽 44, 204
벽과 모방 195
벽장속의 치요 355
변격 224
변격탐정소설 41, 226
변격파 50, 451

변덕쟁이 로봇 477
변방에 부는 바람 103
변신 262, 340
변심 291
변조2인 하오리 180
변호 측 증인 51, 52
변호사 다카바야시 아유코 287
변호사 아사히 다케노스케 313
변호사 아사히 다케노스케 시리즈 300
변호사 · 조일악지조 300
변호사와 검사 127
변호측의 증인 246
변화하는 진술 418
별 감옥 44
별 내리는 산장의 살인 62
별 위의 살인 237
별에서 온 보이프렌드 298
별이 있는 마을 198
별책 보석 21, 67, 224, 348, 403, 482
별책 퀸즈 매거진 207
별책 환영성 483
별탑 155
병에 담은 지옥 401
병원 고개의 목매달아 죽은 이의 집 1.2 392
병원언덕에 목맨 집 93
보더라인 284
보디가드 구도 효고 시리즈 54
보라! 세기말 155
보라색 위크엔드 : 스기하라 사야카 4 325
보랏빛 여인 227
보르자 가의 사람들 102
보리와 병사 497
보리와 병정 497
보물창고를 지키는 꼬리인종 282
보석 18, 25, 63, 65, 73, 77, 79, 80, 101, 110
122, 124, 153, 159, 161, 163, 165, 210, 213

부록
4

625

214, 220, 224, 231, 248, 260, 288, 289, 290
294, 312, 313, 316, 322, 326, 346, 347, 348
368, 370, 372, 374, 377, 379, 384, 396, 415
419, 432, 445, 447, 477, 482, 485, 486, 505
506

보석 도둑	335
보석 안의 살인	290
보석 편집부편 체포물과 신작 장편	224
보석단편상	485
보석살인사건	260
보석상	255, 488
보석선서	225
보석중편상	252
보수는 1할	252
보수인가 죽음인가	263
보은기	330
보이지 않는 기관차	112
보이지 않는 적	399
복권 살인사건	289
복면 레퀴엠	151
복면작가는 두 사람 있다	90
복수 예인	385
복수는 그녀에게	52
복수는 나의 것	102
복수연	27
복수의 해선	306
복원문학론	120
복원살인사건	40
복잡한 속임수	321
복화술사	210
본격	224, 277
본격물	313, 314, 315, 321, 322, 323, 336
본격미스터리	23, 102, 225, 296, 303, 305
	307, 308, 314, 317, 335, 376, 436, 449, 464
본격미스터리작가클럽	226
본격미스터리작가클럽통신	436

본격서점미스터리	364
본격장편추리소설	239
본격추리	89, 296, 329
본격파	41, 159, 313, 458, 482
본진살인사건	15, 93, 179, 392
봄날 밤	329
봄날 밤 외	329
봄날의 휘파람은 살인을 부른다	269
봄에서 여름, 이윽고 겨울	398
봄을 갉아먹는 귀신	74
봇코짱	477
봉	72
봉래	54
부드러운 볼	81, 82
부락문제	486
부러진 용골	389
부르터스	16
부식색채	48
부식의 구조	197
부악백경	194
부알로 나르스자크	506
부용천리	258
부인공론문예상	418
부장형사	228
부재클럽	254
부하	54
부호형사	38, 226, 290, 291
부호형사 스팅	38
부호형사 시리즈	38
부호형사의 미끼	38
부활의 날	45, 46
부활하는 의혹	314
북 알프스 살인 서곡	97
북경반점 구관에서	108
북경원인의 날	75
북귀행 살인사건	125

북두, 어떤 살인자의 회심	414	불꽃의 배경	165
북만병동기	65	불꽃의 잔상	26
북미탐정소설론	119	불꽃축제살인사건	237
북위 35도의 작열	119	불나방	126
북위 43도의 신화	313	불량형사	69
북의 노도	142	불륜부인 살인사건	152
북의 시인	187	불륜여행 살인사건	340
북의 유즈루, 저녁 하늘을 나는 학	391	불법 유학생	396
북의 폐광	252	불법소지	85
북이탈리아 환상여행	262	불쌍한 누나	387
북진군도록	233	불안	43
북쪽 사냥꾼	361	불안한 동화	382
북쪽의 레퀴엠	196	불안한 산성	440
북타마서 순정파 시리즈	381	불안한 첫 울음소리	173, 295
분기점	45	불야성	119, 223, 333, 466
분노를 담아 회고하라	70	불연속살인사건	15, 39, 239, 460
분노담	497	불완전범죄	322
분식기업 살인사건	380	불운공명담	113
분인주의	498	불의 나라 야마토타케루	174
분조	199	불의 십자가	198
분카무라드마고문학상	498	불의 키스	168
분홍색 목마	159	불의 호각	215
분화구상의 살인	372	불타는 경사	191
불 속의 미인	213	불타는 군항	153
불가사의	112	불타는 신기루	363
불가사의 한 탐정	112	불타는 파도	194, 196
불가사의한 섬	147	불타버린 신부	339, 448
불건전파	50, 499	불티	275
불길	172, 188	불필요한 범죄	21
불꽃 같은 여자	149	붉게 물든 여름날의 사건	162
불꽃 거리	214	붉은 강	51
불꽃 속의 납	108	붉은 거미	429
불꽃 일다	155	붉은 구두 탐정단	139
불꽃과 꽃잎	191	붉은 기억	155, 351
불꽃의 개	130	붉은 꿈의 미궁	472
불꽃의 끝	192, 404	붉은 날개	85, 111

부록
4

붉은 다이아	34	브와디스와프 레이몬트		37
붉은 달	377	블라드		262
붉은 달빛	44	블랙 마스크		463
붉은 돌고래	127	블랙 밸벳 시리즈		258
붉은 레테르	184	블랙 스완		335
붉은 모음곡	295	블랙 유머		317
붉은 밀실	322	블루 트레인 살인사건		125
붉은 비	176	블루 허니문		262
붉은 손가락	495	블루타워		414
붉은 손톱자국	167	블워 리튼		465
붉은 수금	299	비 내리는 화요일		231
붉은 수사선	266	비 오니까 미스터리로 공부합시다		396
붉은 수확	44	비가 내리던 무렵		405
붉은 안개	404	비경소설		224
붉은 얼굴의 상인	74	비경이야기		63
붉은 여권	409	비권 수호전 시리즈		54
붉은 저주의 진혼가	163	비극 또는 희극		490
붉은 저택의 비밀	454	비긋기		474
붉은 조곡	440	비내리는 날의 동물원		48
붉은 크루즈	125	비너스의 언덕		260
붉은 털의 레드맨	370	비눗방울 홀리데이		16
붉은 환영	237	비는 언제까지 계속 내릴까		196
붉은색 연구	503	비단의 변용		262
붕괴	302	비둘기여, 천천히 날아라		111
붕대클럽	166	비로드		186
브라스밴드	298	비명		324
브라운 신부 시리즈	309	비밀		144, 494, 499
브라운 신부의 천진함	309	비밀 중의 비밀		344
브람 스토커	501	비밀결사 탈주자와 관련된 이야기	437, 452	
브래드버리	477	비밀과 해방호		330
브레이브 스토리 1	212	비밀의 귀족		192
브레이크	63	비밀의 방		340
브레이크스루 트라이얼	421	비밀의 열쇠		24
브로드웨이의 전차	296, 343	비밀의 점보기		492
브루스 파팅턴 설계도	119	비밀지령		35
브리튼 오스틴	247	비밀탐정잡지	186, 226, 281, 452	

628

비밀파티	229
비본삼국지	442
비블리아 고서당 사건수첩	219, 434
비상선의 여자	289
비숍 씨 살인사건	253
비스턴	247
비스턴풍	248
비스톤	123, 478, 503
비스트로 고타 시리즈	162
비신	311
비신계	311
비전	157
비중의 비	87
비천무	273
비취의 성	262
비취장 기담	374
비취호의 비극	326
비터 블러드	275
비합법원	483
비향	232
비화	415
빅 보너스	468
빅 코	29
빅 타임	468
빅토르 위고	187, 200, 465
빅팀	352
빈의 살인 용의자	244
빌리에 드 릴아당	272
빗속에서 죽이면	66
빗속의 손님	308
빙고	124
빙과	389
빙산	21
빙설의 살인	311
빙인창생기	156
빙하민족	335

빚귀신	264
빛과 그림자	214
빛나는 지옥나비	323
빛은 저 멀리	215
빛의 굶주림	227
빛의 나라의 앨리스	118
빛의 산맥	496
빛의 아담	107
빛의 제국	382
빠담 빠담 E의 비극 80	484
빨간 가오리의 내장	469
빨간 고양이	27, 79, 377
빨간 구두	428
빨간 넥타이	283
빨간 란도셀	236
빨간 방	345
빨간 범선	173
빨간 액자	61
빨간 지붕의 비밀	61
빨간 집	141
빨간 페인트를 산 여자	74
빨강머리 레드메인 일가	408
빨강머리 레드메인즈	320
빨강은 보라색 안에 숨어 있다	403
빨강집의 비밀	247
빨리 명탐정이 되고 싶어	494
뻔뻔스런 녀석	273
뻔뻔한 방문자	331
뽀빠이	36
뿌려진 씨	481
뿔났다	355

ㅅ

사가 센	227
사가노의 여인숙	19
사가시마 아키라	227, 228, 241, 394

부록
4

629

사가와 다케히코	228
사가와 슌후	228
사가와 하루가제	199
사건	181, 370
사건기자	266, 287
사건기자일기	320
사건의 핵심	125
사건지도	228
사경	223
사고	78
사과 껍질	123
사광	321
사교전설—밀레니엄	420
사국	222, 223
사기꾼	334
사기술사 시리즈	24
사기술사의 엠블럼	24
사기술사의 향연	24
사기와 소매치기 특집호	452
사나다 히로유키	279
사냥꾼 시리즈	361
사냥꾼의 일기	167
사노 요	161, 225, 229, 255, 292, 426, 431, 509
사노요	445
사단기	79
사라시나 니키	501
사라야마의 이방인 저택	455
사라지는 소세이섬	471
사라진 남자	309
사라진 대학 이사장	172
사라진 무지개	163
사라진 베스트셀러 작가	172
사라진 상속인	448
사라진 소년	324
사라진 약혼자	172
사라진 여자	338
사라진 여중생	172
사라진 오케스트라	394
사라진 유조선	125, 173
사라진 이틀	393
사라진 자이언츠	125
사라진 초인	154
사라진 크루	125
사라진 파일럿	492
사라진 항적	306
사람 먹는 목욕탕	362
사람들은 그것을 정사라 부른다	322
사람을 저주하면	373
사람인가 귀신인가	64, 454
사랑	52
사랑과 죽음을 응시하며	317
사랑과 죽음의 항적	407
사랑과 피의 불꽃	237
사랑비	273
사랑은 비를 타고	28
사랑을 싣고 가는 배	232
사랑의 블랙홀	129
사랑의 여로	81
사랑의 영지	489
사랑하게 되면 위기	81
사령	44
사령의 손	172
사령집행인	145
사루마루 환시행	421, 509
사루마루겐시코	351
사루와타루 데쓰오	124
사루와타리	298
사립탐정소설	158, 230, 496
사마다 가즈오	264
사막을 달리는 뱃길	274
사막의 고도	60, 282
사막의 수수께끼	261

사막지대	255	사이고 사쓰	187
사망 프라그가 생겼습니다	97	사이몬가 사건	249
사메지마	279, 361	사이언스 미스터리	296
사메지마의 얼굴	361	사이조 야소	198
사모님의 가출	60	사이좋은 시체	404
사모하는 행수님께	473	사이카 류코	234
사몬 계곡	374	사이카엔 류코	234
사물	502	사이코	235
사바토	437	사이코 다이버 시리즈	402
사법전쟁	110, 182	사이코 서스펜스	52, 166, 235, 355
사사모토 료헤이	230	사이코 스릴러	235, 308
사사자와 사호	225, 231, 277	사이코 일기	113
사사쿠라 아키라	231	사이코로지컬	129
사사키 구마키치	232	사이코세라피스트 탐정 나미다 고코 시리즈	75
사사키 기이치	371	사이토 고로	235
사사키 도시로	232	사이토 노보루	235
사사키 모사쿠	443	사이토 렌자부로	272
사사키 미쓰조	55, 232, 444	사이토 마사나오	109
사사키 조	233	사이토 미오	236
사사키 준	62	사이토 사카에	134, 237, 254, 347
사사키 준코	322	사이토 스미코	236
사석	180	사이토 준	238
사선의 꽃	200	사이토 하지메	238
사소설	493	사이파이	395
사시의 시계	291	사인도의 저주받은 히나닝교	163
사신의 정도	413	사인불명사회	31
사에라	427	사자	339
사오토메 시즈카 시리즈	75	사자 속에서	506
사와무라 다노스케	89	사자가 마시는 물	267
사와자키	234, 464	사자는 공중을 걷는다	325
사와자키 시리즈	464	사자는 어둠 속에서 눈물을 흘린다	111
사외 극비	59	사자는 화가 나서 황야를 달린다	111
사용중	117	사자에 씨	292
사우스포 킬러	218	사자의 관을 뒤흔들지 마라	179
사운드트랙	485	사자의 윤무	321
사이고 다카모리	187	사자의 학원제	325

부록
4

사자자리 486
사자좌 349
사전구간 108
사전꾼 289
사정관 191
사정관 시리즈 191
사주추명입문 279
사천 24
사체는 두 번 사라졌다 151
사치스러운 흉기 222
사치코 136
사치코 서점 256
사카구치 안고 15, 39, 120, 239, 301, 433
443, 460
사카구치 헤이고 239
사카모토 고이치 240, 380
사카모토 요시오 280
사카시마-도토진주관 양성고교의 결투 414
사카이 가시치 241, 455
사카지마 아키라 228, 241
사칸 104
사쿠라 도코 시리즈 75
사쿠라 아가씨 56
사쿠라다 시노부 491
사쿠라바 가즈키 241
사쿠라이 교스케 262
사쿠라코는 돌아왔는가 179
사쿠마 360
사키 류조 223
사타케 가즈히코 242
사탄의 승원 297
사토 다카시 80
사토 세이난 242
사토 하루오 243, 244, 251, 281, 366, 497, 501
사토루 134
사투학원 시리즈 310

사파이어 82
사해당인쇄소 353
사형 366
사형대로 오세요 314
사형대의 어두운 축제 26
사형휘안 38
사호 231
사회뇌 352
사회부 기자 265
사회부장 265
사회파 244, 300, 302
사회파 추리소설 24, 126, 223
사회파 추리작가 215
산 또다시 산 478
산 자와 죽은 자 321
산고양이의 여름 484
산골짜기의 눈 104
산과 바다 24
산마처럼 비웃는 것 210
산부인과 의사의 모험 238
산신문학상 404
산악모험소설 201, 496
산양로 살인사건 407
산어미 223
산업사관후보생 191
산업스파이소설 34
산업추리소설 59
산유테이 엔초 245
산유파 32
산인 살인사건 287
산장 살인사건 254
산조미호 36
산키치의 식욕 386
산타로 184
산페이 다카시 323
산호미인 213

살기!	275	살인방정식	318
살아 있는 피부	388	살인배선도	135
살아나는 사미인	454	살인범	258
살아있는 내장	399	살인병동	492
살아있는 시체의 죽음	334, 335	살인액의 이야기	385
살아있는 인형	422	살인연출	265
살육에 이르는 병	308	살인예술	373
살의	119, 149, 173, 223, 400	살인유선형	379
살의가 보이는 여자	132	살인으로의 초대	165
살의는 반드시 세 번 느낀다	494	살인은 서로	407
살의는 설탕 오른쪽에	297	살인의 기보	237
살의의 가교	266	살인의 노래	369
살의의 경합	68	살인의 삼면 협곡	381
살의의 광야	179	살인자	490
살의의 구성	302	살인자는 새벽에 온다	263
살의의 낭떠러지	158	살인자에게 다이얼을	34
살의의 바캉스	118	살인자의 기억	491
살의의 법정	313	살인증후군	121
살의의 복합	170	살인초심자 민간과학수사원 기리노 마이	472
살의의 삼면협곡	286	살인행자	203
살의의 연주	182, 381	살인환상선	265
살의의 축제	340	살인희극의 13인	315
살의의 트릭	323	살해당한 덴이치보	466
살의의 프리즘	28	살해사건	183
살인 료이키	286	삼 층에 멈춘다	414
살인 온라인	97	삼각형의 공포	398, 399
살인 피에로의 외딴섬 동창회	216	삼국지	92
살인광시대 유리에	329	삼귀의 검	171
살인교향곡	255	삼등선객	190
살인귀	318, 466, 487	삼릉경	232
살인급행 북의 역전 240초	207	삼만량 오십삼차	117
살인기행 시리즈	269	삼번관의 바텐더	332
살인란수표	95	삼색의 집	176
살인론	49	삼색털 고양이 시리즈	325
살인명화	236	삼색털 고양이 홈즈	246
살인방관자의 심리	393	삼색털 고양이 홈즈 시리즈	82, 246, 293

부록
4

삼색털 고양이 홈즈의 괴담 246, 325
삼색털 고양이 홈즈의 추리 246, 325
삼색털 고양이 홈즈의 추적 246
삼수탑 392
삼월은 깊은 다홍 못을 382
삼위일체의 신화 428
삼인의 밤 123
삼장법사 171
삼중 노출 292
삼중파문 407
삼층의 마녀 342
삿포로와 센다이 48초의 역전 490
상 수여일 전후 89
상공의 성 327
상극 172
상냥한 바람 250
상냥한 양치기 210
상법입문 227
상복을 입은 악마 33
상복이 어울리는 여인 85
상봉 85
상사맨 살인사건 380
상사병은 식전에 162
상실 100
상의 관 473
상자 속의 헤라클레스 410
상자 안의 실락 160, 483
상전 388
상처 입은 야수 171
상처투성이의 거리 295
상처투성이의 경주차 34
상처투성이의 총탄 98
상하이 릴리 69
상하이 향로의 수수께끼 380
상현의 달을 먹는 사자 402
상흔의 거리 426

새끼고양이 죽이기 223
새로 쓴 장편 탐정소설전집 322
새로운 노래를 불러라 259
새뮤얼 311
새벽 거리에서 495
새벽의 데드라인 102
새빨간 강아지 506
새빨간 사랑 256
새크리파이스 56
새틀라이트 크루즈 313
새하얀 화촉 228
색채 작전 59
샐러리맨의 훈장 79
생각대로 살인 102
생각한 대로 엔드마크 238
생령 216, 419
생명에는 세 번의 종이 울린다 W의 비극 75
                                                   484
생명으로 충만한 날 139
생산계 420
생선냄새 383
생쓰기빙 마마 233
생일 전날은 잠이 오지 않는다 355
생환 417
생활문화의 창조와 윈터 스포츠 287
샤라쿠 155
샤라쿠 살인사건 154, 155, 351
샤라쿠의 여러 얼굴 321
샤먼의 노래 506
샤바케 473
샤일록 42
샤툰 큰곰의 숲 185
샹그리라 424
샹하이 야화 282
섀도 218
서 항설백물어 57

서든 데쓰 157
서랍 속 러브레터 277
서류113 140, 281
서머 아포칼립스 22
서바이벌 미션 352
서사의 우로보로스―일본 환상작가론 23
서술트릭 51, 246, 457
서스펜디드 게임 154
서스펜스 252, 253, 277, 296, 308, 427
서스펜스물 95
서양괴담 검은 고양이 319
서양범죄탐정담 49
서양복수기담 250
서역전 171
서울로 사라지다 303
서장형사 시리즈 301
서점대상 120, 206, 219, 354, 395, 413, 493
서킷살인 154
석등 바구니 474
석류병 249
석양에 빛나는 감 151
석양의 탐정첩 120
석총유령 362
선거 살인사건 240
선거살인사건 40
선데이 뉴스 456
선데이마이니치대중문예 89, 423
선데이마이니치대중문예대상 28
선데이마이니치신인상 407
선물 384
선의 파문 96
선인들의 밤 165
선혈 램프 386
설월화 살인기행 139
섬광의 유산 214
섬머 아포칼립스 342

섬을 삼킨 돌고래 291
성 게오르기 훈장 28
성 시리즈 90
성 아우스라 수도원의 참극 133
성 알렉세이사원의 참극 354
성가족 485
성거전설 53
성녀의 구제 495
성모애상 263
성서의 말씀을 따라간 장사꾼 232
성소녀 214
성아레키세이 사원 115
성악마 385
성역 262, 378
성인인가 도적인가 465
성직자 206
성해포 89
세 개의 나무통 213
세 개의 의문 469
세 광인 362
세 마리 원숭이 23
세 번 건넌 해협 473
세 번의 총성 303
세 번째 사람 161
세 쌍둥이 399
세 축의 마을 126
세계 추리소설대계 110
세계SF대회 46
세계SF전집 일본의 SF단편집 고전편 500
세계공포소설전집 501
세계괴기실화 시리즈 192
세계단편소설콩쿨 504
세계명작추리소설05 149
세계문학전집 83
세계미스터리전집 109
세계비경 시리즈 63

부록
4

635

세계신비향 156
세계의 SF 224
세계의 명탐정 488
세계의 미스터리를 읽는다 441
세계의 화학공업 206
세계정복의 결사 282
세계최강 벌레왕 결정전 277
세계추리소설걸작선 149
세계탐정명작전집 408
세계탐정소설 연표 446
세계탐정소설명작선 224
세계탐정소설전집 224
세균과 싸우는 파스퇴르 85
세기말의 살인 263
세나 히데아키 247, 476
세노 아키오 247, 280, 411, 443
세느 강의 물결 478
세라 다카유키 278
세라복과 기관총 325
세례명 이사야 323
세명째 유령 378
세븐 룸즈 367
세븐 스타즈 옥토퍼스 276
세상의 끝 혹은 시작 398
세설 143
세이료인 류스이 16, 248
세이료인 류스이의 소설작법 249
세이어스 388
세이어즈 63
세이운상 30, 140, 141, 298, 304, 429, 436, 502
세이코마루 142
세이코의 주위 279
세익스피어 115
세지모 단 249, 250, 251, 443, 483
세키 110
세키 신바치 103

세키구치 57
세키구치 슌 39
세키스트라 477
세태소설 444
세토가와 다케시 90, 208, 333
세토나이 살인 해류 126
세토나이소년야구단 329
세토나이카이 살인사건 252
세토나이카이의 참극 320
센덴시 209, 250
센바 아코주로 250
센세 292
센스오브젠더상대상 258
센카와 다마키 251
센트럴 지구시 건설 기록 479
셜록 홈즈 37, 105, 119, 267, 296, 297, 304
325, 444, 459, 487
셜록 홈즈 동상 346
셜록 홈즈 시리즈 18, 205
셜록 홈즈의 모험 112, 216
셜록 홈즈의 세계 94
셜록 홈즈의 지혜 94
셜록홈즈 94
셜리잭슨상 259
셧 아웃 18
셰익스피어 289
소 파 367
소가 가조 321
소가 아키라 97
소겐추리 251
소겐추리 인형의 꿈 251
소겐추리21 251
소금 양 167
소금마을 304
소네 게이스케 252, 347
소네 겐스케 252

소네 다쓰야 340
소녀 206
소녀들이 있던 거리 273
소녀세계 29
소녀지옥 401
소년 명탐정 니지키타 교스케 시리즈 471
소년 탐정단 시리즈 345
소년들의 밀실 45
소년세계 200, 201, 209
소년탐정 김전일 328
소노 다다오 151, 252, 277
소노 마키오 260
소노 아야코 253
소다 겐 253, 254, 286
소다 기이치로 63
소다 미노루 63
소다 미치오 63
소돔의 성자 279
소라 339
소라시즈 시리즈 304
소라시즈 준 304
소련 본토 결전 505
소리없는 박해 379
소리의 책장 38
소린토 고서점에 오신 것을 환영합니다 410
소마 가쓰미 284
소멸의 윤광 191
소몬다니 154
소문 33, 355
소문과 진실 73
소문의 안전자동차 271
소생이야기 367
소설 구스노키 마사시계 60
소설 선데이마이니치 추리소설부문 신인상 48
소설 시마 271
소설 십팔사략 442

소설 일본문단 291
소설 창작과 감상 83
소설 추리 444
소설가 26
소설공원 211
소설과 과학 247
소설선데이마이니치신인상 179
소설스바루신인상 172, 212, 262, 354
소설신수 42, 288
소설신초신인상 139
소설연구 16강 83
소설추리 254
소설추리신인상 255
소설클럽신인상 255
소설현대신인상 19, 26, 91, 146, 203, 269, 327, 486
소설회의 415
소세키 선생의 사건일지 334
소세키 연구 연표 301
소세키와 런던 미이라 살인사건 267
소실 그래데이션 94
소실! 102
소실된 다섯 남자 241
소아노시로 102
소용돌이치는 조수 485
소울 머더 490
소울 케이지: 히메카와 레이코 형사 시리즈 2 480
소자 렌조 255
소카 메구미 472
소크라테스 최후의 변명 47
소토다 경위 카시오페아를 타다 484
소토모토 쓰기오 308
소풍버스 납치사건 308
소프트보일드 230, 496
소프트보일드의 천사들 132

부록
4

637

속 일본살인사건	335	쇼와사 발굴	188
속 일본탐정소설 총목록	446	쇼요	268
속 파파이라스의 배	44	쇼윈도의 여인	392
속 항설백물어	58	쇼지 사부로	265
속 화롯가야화	411	쇼치쿠오후나	48
속물도감	291	쇼트쇼트 스토리	477
속박 재현	322	쇼트쇼트 콘테스트	181
속삭임 시리즈	318	수단과 방법	449
속삭임은 마법	298	수당연의	140
속임수	448	수도 신이치로	160
속죄	206	수도녀 마리코	71
손 안의 작은 새	16	수도녀 마리코 시리즈	71
손 없는 손님	454	수도소실	46
손가락	339	수라 저편	263
손가락이 운다	171	수라의 끝	121
손님	369	수레바퀴	314
손바닥의 나비	352	수련부인	507
손바닥의 어둠	488	수렵총	438
손뼉을 치는 원숭이 · 환상의 여름	126	수많은 금기	477
손은 더럽히지 않아	59	수박밭의 이야기꾼	497
손을 씻다	288	수사	105
손톱	365	수사관 시리즈	266
솔로몬의 개	218, 219	수수께끼 이야기	90
솔로몬의 위증1	212	수수께끼 풀는 저녁식사 후에 시리즈	493
솔론의 아이들	47	수수께끼가 풀렸을 때	116
솔리톤의 악마	394, 509	수수께끼와 괴기이야기	63
솔바람의 기억	176	수수께끼와 비경이야기	63
송골매의 승리	503	수수께끼의 살인	481
송골매의 해결	503	수수께끼의 수수께끼 그 밖의 수수께끼	335
송풍의 기억	104	수수께끼의 전학생	191
쇠사슬 살인사건	466	수술	50
쇼가쿠칸문고소설대상	251	수신인불명	322
쇼난 노트	276	수염없는 왕	403
쇼난 미스터리즈	276	수요기	113
쇼난, 지바 살인사건	134	수요일의 꿈은 너무 아름다운 악몽이었다	71
쇼와 어전시합	271	수은충	256

수인	282
수정 피라미드	268
수정선 신경	205
수정의 밤에서 온 스파이	307
수중 쓰레기	341
수집광	335
수차관의 살인	277, 317, 318
수천일색	266
수탉 통신	119
수평선 위에 지다	127
수필탐정소설	345, 346
수해여단	397
수해의 살인	372
수확	474
숙명	495
숙명과 뇌우	164
숙명의 미학	55
순교	314
순교 카타리나 수레바퀴	314
순사사직	402
순정	224
순정시집	243
순직	157
술 곳간에 사는 여우	383
술래의 발소리	218, 219
술신은 무엇을 보았는가	323
숨겨진 보물 갓산마루	158
숨은 형사	85
숨을 끊는 남자	178
숲 속의 집	135, 136
쉬폰 리본 쉬폰	56
슈 도미토쿠	57
슈노 마사유키	255, 256
슈바르시바르토의 여관	152
슈시레이 다로	335
슈젠지 이야기	373
슈카와 미나토	256
슈크림 패닉―W크림―	62
슈크림 패닉―생 초콜렛―	62
슈퍼 제터	18
슈피오	78, 178, 211, 256, 452
슌	191
슌오테이 엔시	257, 332
슌킨초	143
스가 시노부	257
스고사건	67
스기 료타로	55
스기사키	412
스기사키 선장 시리즈	412
스기야마 기미코	51
스기야마 나오키	400
스기야마 시게마루	400
스기야마 헤이스케의 대담	456
스기야마 헤이이치	282
스기우라 주고	348
스노우 바운드@삿포로 연속살인	501
스니커대상	395
스도 난스이	251, 258
스로우 커브	218
스루가성 어전시합	113
스리제센터 1991	31
스마데라 부근	338
스무살의 문은 왜 슬픈가	283
스미코	311
스미토모 왕국	60
스바루문학상	231, 379, 488, 501
스슌천황	174
스슌천황 암살사건	174
스스키노	324
스야마 유지	353
스웨덴관의 수수께끼	503
스위스시계 수수께끼	304

부록
4

639

스위트 홈 살인사건	169
스즈키 고지	83, 259, 476
스즈키 기이치로	259
스즈키 도쿠타로	281
스즈키 몬도	504
스즈키 미치오	181, 192, 201, 207
스즈키 씨의 휴식과 편력	343
스즈키 아키라	307
스즈키 유키오	260, 441
스즈키 이치오	208
스즈키 후쿠타로	362
스즈타 케이	146
스쳐지나간 거리	270
스치는 바람은 초록색	62
스카이라인	143
스칼렛	123, 199, 408
스칼렛 핌퍼넬	423
스콧 토로	181
스콧트 가이타니	48
스쿨워즈	221, 222
스퀘어	491
스크럼블	384
스킵	90
스타일리스트	437
스탈린 암살계획	505
스테이시 오모니어	140, 280
스톡홀름의 밀사	233
스튜디오 누에	153
스튜어트 우즈	233
스트레이어 크로니클	480
스트로베리 나이트	480
스트로보	284
스트립트 마이 신	21
스티븐 킹	476
스팀 오페라	315
스팀 타이거 죽음의 질주	25
스팅	468
스파르고의 모험	199
스파이 소설	68, 108, 194, 201, 261, 326, 404
스파이 스릴러	261
스파이 픽션	261
스파이더 월드 신비의 델터	47
스파이더 월드 현자의 탑	47
스파이럴	335
스파이물	53
스파이크	189
스페셜 시리즈	82
스페이스	16
스페인 개의 집	243
슬랩스틱 코미디	290, 307
슬로 부기로 해 줘	36
슬픈 아이들	352
슬픈 우체국	392
승강기 살인사건	187
승패	387
승합자동차	29
시가의 매복	90
시간을 달리는 소녀	290, 291
시간을 아로새긴 바닷물	486
시간의 아라베스크	475
시간의 여행자	191
시간의 형태	475
시간이여 밤의 바다로 저물라	17
시계유키	42
시계 이중주	96
시계관의 살인	317
시계를 잊고 숲으로 가자	210
시계의 장난	244
시골 사건	61
시골 생활의 탐구	158
시공의 여행자	191
시구루이	113

시궁창 진흙 474
시귀 355, 356
시끄러운 녀석들 56
시나노의 신부 159
시노다 마유미 261
시노다 세쓰코 262, 476
시노부 352
시다 시로 263
시다 시로 시리즈 263
시대물 285
시대소설 51, 158
시대추리소설 171
시라가 다로 163
시라이 교지 443
시라이 아오지 76
시라이시 기요시 159, 264, 288, 356, 435, 444
시라카와 도루 264
시로 191, 352
시리우스 422
시리우스의 길 488
시마 규헤이 39, 159, 264, 356
시마다 가즈오 40, 72, 159, 225, 265, 281, 347
  356, 366, 431, 433, 454, 457
시마다 소지 31, 116, 126, 161, 189, 219
  226, 266, 267, 297, 307, 391, 398, 459
시마다 소지 선『아시아 본격 리그』 266, 316
시마다 시게오 268
시마무라 호게쓰 268
시마세이연애문학상 52, 119, 222, 414, 418
시마우치 도루 268
시마자키 경관 305
시마자키 경관의 알리바이사건 기록부 305
시마자키 도손 221
시마자키 히로시 435, 483
시머트리 히메카와 레이코 형사 시리즈 3 480
시멘트 통 속의 편지 470

시모다 가게키 269, 460
시모다 다다오 269
시미즈 구니오 297
시미즈 다쓰오 270, 463
시미즈 쇼지로 69
시미즈 요시노리 271
시미즈 잇코 271
시바 가문의 붕괴 217
시바 료타로 65
시바가키 겐지 295
시바렌 272
시바타 렌자부로 272
시바타 바이교쿠 291
시바타 요시키 273
시바타렌자부로상 52, 57, 180, 204, 263
  270, 273, 402
시바하마 수수께끼이야기 323
시선 306, 415
시세키 419
시에나 35
시오나다무라 사건 353
시오도어 스터전 102
시오바라 다스케 일대기 245
시와 메르헨 210
시위병 255
시의 추적자 33
시이나 린고 480
시이나 마코토 88
시인의 사랑 282
시자키 유 274
시정소설 158
시주호쇼 118
시즈 더 데이 259
시즈쿠이 슈스케 274
시즈키 유이치로 131
시청각교육의 이론과 연구 370

시체 붕괴	385	신들의 비밀번호	27
시체가 마신 물	267	신들의 산령	402
시체가 모자라는 밀실	84	신들의 전사	153
시체는 에어컨을 좋아해	339	신라천년 비보전설	180
시체를 먹는 남자	471	신묵시록 시리즈	269
시체를 사는 남자	398	신보 유이치	44, 347
시체의 기록	383	신본격	277
시카마리사	159	신본격 마법소녀 리스카	129
시커먼 잇큐	310	신본격미스터리	102
시켄문고	200	신본격작가	197
시코쿠 관광백과	126	신본격파	226, 460
시코쿠 편로	126	신사냥	335
시키타 티엔	275, 306	신사동맹	223, 449
시타마치 로켓	425	신세계 붕괴	61
시튼 탐정 동물기	334	신세계로부터	83, 84
시황제	171	신센구미	198
시효를 기다리는 여자	132	신소설	258, 329
식면보	178	신쇼 후미코	254, 278
식인	231	신쇼 후미코의 추리점	279
식인시대	335	신슈고케쓰 성	60
식죄	172	신와라오미나	258
신 사회파 미스터리	51	신월담	122
신 설국	232	신음양박사	465
신 세계 7대 불가사의	75	신의 가시	258
신 아고주타로 체포록	459	신의 불	150
신곡법정	335	신의 핀치히터	343
신과 신	349	신이 머문 손	394
신기	379	신이 알게 하도다	437
신기담 클럽	117	신이 죽였다	425
신기루	126	신임 경부보	242
신기루의 띠	167	신작 고질라	420
신데렐라의 아침	118	신작 탐정소설 전집	232, 469
신도 겐지	89	신장가인	258
신도 후유키	276	신주쿠 상어	360, 361
신도 후유키의 여자 취급설명서	277	신주쿠 상어 시리즈	360, 361
신도의 죽음	329	신주쿠 소년탐정단	380

642

신주쿠 소년탐정단 시리즈 380
신주쿠의 흔한 밤 233
신주쿠자메 279
신주쿠자메 시리즈 40, 279
신지 54, 307
신참자 495
신청년 72, 74, 117, 119, 123, 127, 139, 159
178, 184, 185, 186, 190, 192, 199, 205, 208
210, 217, 221, 222, 241, 243, 247, 248, 249
257, 279, 281, 309, 320, 326, 337, 344, 354
359, 362, 365, 385, 387, 388, 392, 398, 401
406, 411, 419, 420, 437, 453, 497, 499, 503
504, 505
신청년 걸작선 29
신청년의 무렵 411
신초도큐멘트상 185
신취미 281, 481
신취미걸작선―환상의 탐정잡지 282
신칸센 살인사건 197
신탐정 109, 452
신탐정소설 282
신트로이 이야기 331
신판 오오카세이단 192
신편 개화의 살인 103
신포 유이치 283
신포 히로히사 55, 423
신현군기 187
신화 215
신화의 끝 484
실락원살인사건 354
실록 대진재최대사건 68
실록 아마추어 도큐멘트 나를 인기 있는
작가로 만들어주세요!! 243
실록 연합함대최대사건 68
실록 현경최대사건 68
실록(풍)범죄소설 223

실리어 프렘린 169
실연 338
실연 시리즈 327
실종 홀리데이 367
실종자 172, 359
실종증후군 121
실험부부 149
싫은 소설 58
심령 살인사건 240
심령이 난무하다 76
심리시험 345
심미적 의식의 성질을 논한다 268
심살자 170
심심풀이 살인 325
심야 플러스 1 466
심야+1 101
심야동맹 320
심야의 모험 199
심야의 무지개 497
심야의 산책 19
심야의 음악장례 248
심인해부수사관 266
심장 사냥 395
심장과 왼손 414
심판 490
심판하는 것은 우리들이다 218
심홍 119
십 년의 밀실, 십 분의 소실 493
십 엔 지폐 272
십각관의 살인 267, 293, 317
십삼각관계 337, 412
십삼분간 80
십이인의 평결 63
십인회 73
십자가 504
십자가 시리즈 198

부록
4

643

십자가 크로스워드의 살인 297
십자로 386
십자로에 선 여자 375
싱커 500
쌉쌀한 칵테일을 238
쌍두의 악마 303
쌍면수사건 133
쌍생아 344
썩은 태양 65
쑨원 146
쑨원기념관 146
쓰나구 293, 294
쓰나요시 249
쓰네카와 고타로 284
쓰노다 기쿠오 15, 73, 224, 281, 285, 431
    433, 443, 451, 457
쓰노다 기쿠오 탐정소설 선집 286
쓰노다 기쿠오씨 화갑기념문집 286
쓰노다 미노루 253, 286
쓰다가즈라 기소의 사다리 60
쓰레기와 벌 169
쓰레즈레구사 살인사건 237
쓰루미 히사에 49
쓰루바아 415
쓰루베 게이자부로 286
쓰루베 게이자부로 시리즈 381
쓰루베 기요시 286
쓰루야 난보쿠 28
쓰루야난보쿠연극상 208
쓰무라 슈스케 103, 286, 350, 394, 425
쓰바키 하치로 287
쓰보우치 쇼요 42, 288, 318, 467
쓰보타 히로시 289
쓰보타 히로시 탐정소설선 290
쓰보타조지문학상 196
쓰부라야 나쓰키 378

쓰쓰이 야스타카 38, 46, 49, 290, 291
쓰쓰이 요시타카 290
쓰야먀 삼십인 살인 68
쓰유단단 42
쓰유시타 돈 222, 291
쓰즈키 미치오 246, 255, 291, 332, 333, 426
    444, 445, 449, 459, 463, 472, 476
쓰즈키 미치오의 생활과 추리 70
쓰즈키 미치오의 소설 지침 292
쓰지 마사노부 170
쓰지 마사키 26, 82, 191, 292, 432, 459
쓰지 히사카즈 113
쓰지무라 미즈키 293
쓰치야 다카오 226, 294, 332, 439
쓰치야 다카오 추리소설집성 295
쓰치야 이쿠노스케 258
쓰치오 다카오 173
쓰카 고헤이 472
쓰카노 아키 67
쓰카사키 시로 295, 343
쓰카토 하지메 296
쓰키가미 310
쓰키노 요시로 연작 시리즈 491
쓰키무라 료에 297
쓰키카게 효고 113
쓰하라 야스미 298
쓸데없는 참견 189
쓸쓸한 사냥꾼 212

ㅇ
아 도모이치로의 공황 300
아 아이이치로 300, 321
아 아이이치로 삼부작 300
아 아이이치로의 낭패 300, 322
아 아이이치로의 도망 300
아 아이이치로의 사고 300, 322

아, 무정	64
아가사 크리스티	94, 169, 225, 277, 301
아가사크리스티상	195
아가씨 출범	384
아가씨의 사건	469
아고주로	250
아고주로 범인체포 이야기	504
아고주로 체포록	250
아고주로 평판 체포록	250
아그니를 훔쳐라	335
아그니의 신	330
아기 다람쥐와 빨간 장갑	278
아난 시리즈	380
아내 죽이기	348
아내에게 바치는 1778가지 이야기	191
아내의 여자친구들	52
아네모네 탐정단 시리즈	56
아네코지 유	300, 313
아누비스의 첫 울음소리	89
아다치 히로타카	367
아들 폐업	411
아들 해체	500
아라 고노미	301
아라 마사히토	301, 346, 354, 371
아라 마사히토 저작집	301
아라마타 히로시	58
아라미 지쓰이치	258
아라비아 밤의 종족	485
아라시칸 주로	55
아라에비스	117
아라이 잇사쿠	397
아라카와 나오시	294
아라키 모	469
아라키 세이조	445
아라키 세이치	130
아라키 주자부로	302, 469
아랑전	402
아롱자	103
아루스란 전기	141
아루스아마토리아	156
아르센 루팡	296
아르센 루팡 시리즈	205
아르센 루팡 전집	478
아르센 루팡 총서	478
아르키메데스는 손을 더럽히지 않는다	47
아르페시오	132
아름다운 거리	243
아름다운 함정	158
아리마 요리야스	302
아리마 요리치카	302, 356
아리사와 소지	302
아리스가와 아리스	226, 296, 303, 314, 318, 430, 502
아리스의 난독	304
아리시마 다케오	147
아리아계 은하철도	297
아리카와 히로	304
아마기 하지메	39, 283, 305
아마기 하지메의 밀실범죄학교정	305
아마노	450
아마노 세쓰코	306
아마노가와의 태양	66
아마다 시키	275, 276, 306
아마미 낙도 연속살인사건	106
아마추어 탐정	169
아말피	284
아말피 여신의 보수	284
아메리카 본토 결전	505
아메리카 아이스	222
아메히코의 한마디	320
아미나	389
아미다사마	121

부록 4

645

아버지에게 바치는 장송곡   164
아버지와 딸의 7일간   407
아버지와 아들의 불꽃   48
아버지의 백 드롭   109
아베 가쓰노리   314
아베 가즈에   72
아베 마리아   248, 288
아베 마사오   306, 504
아베 사토시   306
아베 요이치   194, 307
아비코 다케마루   307
아빠, 오토바이   69
아사기 마다라   308
아사노 간지   309
아사노 겐푸   280, 309
아사누마 다쓰오   30
아사다 에쓰코   135
아사다 지로   273, 309
아사다 후미히코   136
아사마쓰 겐   310, 476
아사미   147
아사미 미쓰히코   311
아사미 미쓰히코 클럽   311
아사부키 리야코   311
아사야마   312
아사야마 세이이치   73, 312, 483
아사쿠라   20
아사쿠라 교스케   122
아사쿠라 교스케 C의 복음 완결편   122
아사쿠라 다쿠야   312
아사쿠사 살인 랩소디   34
아사쿠사 에노켄좌의 태풍   95
아사하라 히데카즈   23
아사히 다케노스케   313
아사히 마사요시   82
아사히시대소설대상   410

아사히신문 신인문학상   334
아서   297
아서 C 클라크   509
아서 리스   281
아서 맥켄   140
아서 메이첸 작품집성   501
아서 모리슨   216
아서 코난 도일   37, 209
아성을 쏴라   127, 460
아소 가이치로   371
아소 리쓰   352
아소와 운젠 역전의 살인   490
아소참극도로   236
아스미   352
아스카 다카시   254, 313
아스카베 가쓰노리   314
아스카이 시리즈   23
아시가라 소우타   30
아시베 다쿠   49, 251, 315
아시아 미스터리 리그   316
아시아 본격 리그   266
아시안비트 일본편   166
아시야 가의 전설   298, 299
아시오 광산   48
아시즈카 후지오   219
아시카와 다키시   33
아시카와 스미코   316, 502
아쓰카와 마사오   321
아아 에다지마   85
아아, 세상은 꿈이려나   322
아야   286
아야쓰지 유키토   101, 116, 161, 189, 226
    267, 277, 293, 317, 430
아야코의 환각   419
아에바 고손   258, 318
아오베카 이야기   338

아오사기 유키 285
아오야마 도미오 450
아오야마학원대학 429
아오이 규리 322
아오이 우에타카 319
아오이 유 226, 319, 425, 455, 489
아오조라 도련님 73
아오키 쇼 279
아오키 아메히코 208, 320, 333, 426
아오키 후쿠오 320
아오키상 329
아와노쿠니주 히로마사 378
아와사카 쓰마오 300, 321, 483
아와사카 쓰마오 은퇴공연 322
아와지 고조 163
아와지 세이 481
아우토반 490
아웃 81, 82
아유뮤라 히로미 시리즈 195
아유카와 데쓰야 24, 101, 112, 123, 146
179, 193, 211, 225, 226, 287, 296, 317, 322
332, 356, 383, 394, 454, 483
아유카와 데쓰야와 13개의 수수께끼 390
아유카와 데쓰야와 열세 개의 미스터리 시리즈
24
아유카와데쓰야상 89
아이다 다케시 89
아이마 286
아이보 407
아이자와 350
아이작 아시모프 509
아이카와 아키라 251, 323
아이콘 54
아일랜드의 장미 414
아즈마 나오미 324
아즈미 반 시리즈 53, 54

아즈사 린타로 324
아지랑이 104
아지랭이의 집 507
아치 189
아침안개 257
아침은 이제 오지 않는다 278
아침은 죽어 있었다 34
아침이 오지 않는 밤 98
아카가와 지로 82, 132, 206, 246, 293, 325
383, 427, 479
아카가와 지로 독본 181
아카누마 사부로 326
아카마쓰 미쓰오 326
아카쓰키 게이게쓰 시리즈 481
아카에 바쿠 327
아카지마 가오루 110
아카카부 327
아카카부 검사 327
아카카부 검사 분투기 시리즈 327
아카카부(붉은 순무) 검사 분투기 384
아카쿠치바 가문의 전설 241, 242
아카쿠치바 게마리 242
아카토리 미하루 390
아케메야미 도지메야미 71
아케치 겐고 328
아케치 고고로 22, 328, 345, 459
아케치 미쓰히데 36
아코주로 250
아쿠 유 329
아쿠쓰케 살인사건 305
아쿠타가와 류노스케 243, 244, 329
아쿠타가와상 26, 85, 141, 187, 214, 228
253, 272, 349, 356, 379, 390, 416, 497
아키노 기쿠사쿠 123, 283
아키라 361, 498
아키바 슌스케 343

부록
4

647

아키시쿠	86
아키요시 사건	268
아키즈 신페이	26
아키코	149
아타미 하이웨이 사건	30
아토다 다카시	181, 330, 431, 476
아토포스	268
아톰	45
아파트 살인	499
아편전쟁	442
아프리카의 발굽	245, 473
아픈 마음	125
아호큐 일천일야	411
아홉 개의 살인 메르헨	75
아홉 개의 열쇠	63
아홉 잔째는 너무 빠르다	319
아홉마리 용	170
악과	66, 67
악과의 계약	269
악귀의 어금니	139
악녀	365
악녀 지원	152
악녀군단	27
악녀천사	169
악당들이 눈에 스며들다	412
악당의 편력	164
악령	354
악령 미녀	159
악령 시리즈	355
악령관	133
악령에 쫓기는 여인	152
악령의 관	133
악령의 무리	412
악령이 가득	355
악마	378
악마 같은 여자	286

악마 트릴	155
악마가 사는 방	174
악마가 와서 피리를 분다	392
악마가 있는 천국	477
악마는 악마이다	292
악마묵시록	326
악마의 공놀이 노래	363
악마의 레시피	128, 338
악마의 문장	508
악마의 미궁	133
악마의 상자	383
악마의 손가락	385
악마의 손바닥 안에서	79
악마의 제자	466
악마의 증명	302
악마의 포식	198
악마의 혀	203, 385
악몽	345, 409
악몽은 세 번 본다	71
악몽을 쫓는 여자	312
악몽의 요괴촌	169
악몽의 창조자들	493
악몽의 카르타	107
악몽이 사는 집	355
악의	494
악의 결산	492
악의 교전	84
악의 꽃	27, 277
악의 좌표	369
악인	391
악인 해안 탐정국	360
악인은 세 번 죽는다	381
악인지망	345
악처에게 바치는 레퀴엠	325
악한소설	309
안개 밀약	170

안개 밤의 살인귀 247
안개 속 밤길 74
안개 속 살인사건 241
안개 속에서 161
안개 신화 198
안개 자욱한 산 320, 455
안개부인의 사랑 159
안개와 그림자 215
안개의 비행기 492
안개회 135, 254, 435
안고 240
안고탐정실 시리즈 120
안구기담 318
안나 캐서린 그린 289
안녕 긴 잠이여 234, 464
안녕 드뷔시 106
안녕, 황야 92
안녕은 2B연필 195
안녕의 살인 1980 380
안녕히, 아프리카 왕녀 196
안다루시아 284
안도 마이코 17
안도 이치로 144
안락사 126
안락의자 탐정 130, 189, 318, 323, 331
안마사 케이 266
안전카드 477
안주 212
알렉상드르 뒤마 250
알리바이 94, 332
알리바이 트릭 457
알바트로스는 날지 않는다 98
알베르 시모냉 332
알스랑전기 140
알카디아의 여름 203
알프레드 베스터 102

알프레드 히치콕 235, 505
알프레드 히치콕 미스터리 매거진 505
알프스에 죽다 37
알프스특급 아즈사살인사건 207
암굴왕 64
암병동의 메스 20
암병선 127
암살 183, 227
암살자 그라나다에서 죽다 363, 383
암살자.com 252
암살자의 숲 363
암운 380
암중정치가 465
암초 67
암호 - BACK-DOOR 230
암흑고지 48
암흑관의 살인 317, 318
암흑권성전 시리즈 153
암흑남작 254
암흑동화: 검은 눈동자에 비친 마지막 풍경
367
암흑소설 332
암흑의 공사 401
암흑의 발코니 311
암흑의 유산 24
앗짱 시리즈 139
앗짱의 추리 포켓 139
앞으로 일어날 일 477
애꾸눈 소녀 190
애도 기관차 282
애도하는 사람 167
애드거 앨런 포 225
애벌레 345
애사 64
애욕의 이집트학 385
애인관계 231

부록
4

애인을 먹는 이야기	217
애정분광기	95
애정의 윤리	211
액션 소설	201
앤소니 그레이	194
앨리스 나라의 살인	293
앨리스 시리즈	17, 139
앵무재판	80
야간비행 미스터리에 대한 독단과 편견	320
야광배	403
야광충	508
야구살인사건	371
야구추리소설	302
야규 도시토시	171
야규 렌야사이	182
야규 주베 시리즈	207
야규일족	187
야나기 고지	334
야나기다 이즈미	83
야나기유 사건	144
야나기자와	162
야나기타 구니오	110
야나기타 구니오 연구문헌 목록	110
야나기타 이즈미	455
야나기하라 게이	334
야나세 렌	255
야노 고자부로	310
야노 류케이	199
야노 이즈미	275
야마가미 이쓰로	63
야마가타 아리토모의 구두	233
야마구치 마사야	208, 333, 334, 449
야마기시	35
야마노베 가즈나리	172
야마노테선 탐정 시리즈	97
야마다 고지	27
야마다 다케히코	18
야마다 마사키	335
야마다 무네키	336
야마다 비묘	42, 371
야마다 쓰네히라	377
야마다 준야	115
야마다 후타로	39, 72, 73, 159, 225, 281 336, 347, 356, 366, 412, 418, 444, 454, 459
야마다후타로상	36
야마모토	481
야마모토 가나에	202
야마모토 노기타로	39, 337, 443, 461
야마모토 리자부로	461
야마모토 슈고로	338
야마모토 슈타로	337
야마모토 히로코	304
야마모토슈고로상	36, 54, 57, 122, 150, 166 233, 283, 284, 354, 355, 390, 413, 418, 464 473, 484
야마무라 마사오	73, 132, 162, 259, 262 339, 431, 433, 444, 446, 454, 476, 483
야마무라 미사	339, 351, 448
야마부키초의 살인	499
야마시로 다로 시리즈	170
야마시로 아사코	367
야마시타 다카미쓰	340
야마시타 리자부로	282, 340, 443, 451
야마시타 유이치	340
야마시타 헤이하치로	340, 341
야마자키 간	341
야마자키 요코	189, 341
야마타이국은 어디입니까?	74, 75, 76, 351
야마토신문	498
야망의 덫	149
야망의 모험	313
야망의 미로	489

야망의 사냥개	66	양들의 침묵	235
야망의 접점	67	양서광독1988~1991	424
야베 미유키	211	양석일	333, 343
야부키 가케루	22, 342	양심의 단층	95
야부하라 유노신	311	양이 화날 때	215
야사쿠 교이치	39	양지의 속임수	96
야상곡	390	양지의 시	367
야성시대신인문학상	36, 166	양치행	415
야성의 증명	198, 202	어 재팬	343
야수는 죽어야 한다	63, 369	어느 부인의 프로필	218
야수들에게는 고향이 필요없다	120	어느 사랑을 위하여	302
야수원비사	156	어느 소녀에 얽힌 살인 고백	242, 243
야수의 건배	28	어느 스카우트의 죽음	153
야수의 올가미	171	어느 아침 바다에서	125
야스다 미노루	185	어느 영아살해의 동기	232
야스다 미쓰코	278	어느 완전범죄자의 수기	241
야스미군 명연기	299	어느 한심한 놈의 죽음	500
야스키치물	329	어느 『고쿠라 일기』전	79
야시	284	어두운 강에 모든 것을 흘려버려라	334
야시로	39	어두운 경사	231
야에노 시오지	123	어두운 곳에서 만남	367
야자와 아사코	114	어두운 국경선	363
야지마 기하치로	124	어두운 길	79
야쿠마루 가쿠	245, 342, 347	어두운 나날	64, 235
야쿠모가 죽였다	327	어두운 낙조	192, 404
야쿠시지 료코의 괴기사건부	141	어두운 바다 하얀 바다	374
야쿠시지 료코의 괴기사건부 시리즈	140	어두운 비탈길	313
야쿠자 커넥션	127	어두운 출생	471
야쿠자형사	263	어두운 파문	59
야하기 도시히코	295, 343	어두운 해협	412
야행관람차	206	어두컴컴한 물 밑에서	259
야행순사	422	어둠 속 대리인	27
약속	414	어둠 속의 족보	474
약속의 땅	496	어둠 아래	343
약지	288	어둠과 다이아몬드	42
얏도카메 탐정단	271	어둠속 속삭임	318

부록
4

어둠속의 전언	231	어머니	244
어둠에 노사이드	295	어머니의 비밀	41
어둠에 빛나는 남자	254	어메이징 스토리즈	509
어둠에 잠긴 자는 누구인가	127	어스킨 칠더스	261
어둠에서 노 사이드	343	어울리지 않는 반지	161
어둠에서 들려온 목소리	301	어윈 쇼	233
어둠으로부터의 저격자	152	어이 나와라	477
어둠은 수요일에 깃든다	231	어제의 살인	380
어둠의 나팔	304	어제의 하늘	270
어둠의 낙원	176	어중간한 밀실	493
어둠의 손	281	어지러운 까마귀의 섬	303
어둠의 아이들	344	억류일기	326
어둠의 안내인	360	언 나무 숲	143
어둠의 장례행렬	158	언덕의 집	423
어둠의 저편	17	언덕의 집 미키	71
어둠의 총리를 쏴라	20	언리얼	93
어둠의 패왕	153	언아더	318
어둠이 부르는 목소리	350	언제 살해되는가	73
어둡고 조용하고 록큰롤적인 아가씨	500	언제까지나 기회가	195
어떤 결투	218	언제까지나 쇼팽	106
어떤 고쿠라일기전	187	언짢은 일이 있으면 열차를 타자	118
어떤 사랑 이야기	86	언페어	472
어떤 사랑의 시	277	얼 스탠리 가드너	370
어떤 살의	227	얼간이	212
어떤 소년의 공포	144	얼굴	187, 393, 440
어떤 의혹	227	얼굴 없는 적	414
어떤 자살	111	얼굴 없는 형사 시리즈	381
어떤 조서의 일절	144	얼굴에 비친 낙조	314
어떤 죄의 동기	144	얼굴에 쏟아지는 비	81, 82
어떤 항의서	86	얼론 투게더	480
어떤 협박	163	얼룩조릿대 사이에서	78
어렴풋이	253	얼어붙은 부리	83
어리석은 자 죽어야	464	얼어붙은 섬	56
어리석은 자는 죽는다	234	얼어붙은 송곳니	114
어릿광대들의 퇴장	164	얼어붙은 아라베스크	248
어릿광대역	438	얼음 고래	294

652

얼음 정원 105
얼음고래 294
얼음꽃 306
얼음을 깨다 119
얼음의 끝 401
얼음인간 205
얼토당토않은 시계 246
엄마 찾아 가는 길 277
엇갈린 죽음 100
에가미 시리즈 304
에가미 지로 304
에가미 지로의 통찰 304
에가와 무레오 104
에구치 기요시 239
에기누 373
에도 300
에도가와 란포 15, 22, 24, 29, 40, 41, 49, 50, 53
60, 72, 74, 77, 87, 94, 110, 114, 115, 124
133, 140, 148, 171, 175, 178, 184, 186, 190
193, 195, 199, 206, 214, 224, 225, 226, 237
244, 253, 261, 264, 277, 280, 283, 290, 294
299, 313, 328, 338, 344, 346, 349, 354, 356
365, 366, 368, 370, 372, 389, 392, 398, 406
408, 418, 423, 429, 431, 432, 433, 435, 437
442, 443, 446, 453, 454, 456, 457, 458, 461
475, 479, 481, 482, 508
에도가와 란포 전집 345
에도가와 란포 추리문학 408
에도가와 란포론 109
에도가와 란포상 작가의 모임 435
에도가와 란포상 전집 347
에도가와 란포호 452
에도가와 쇼란포 72
에도가와란포기념호 224
에도가와란포상 97, 154, 168, 346, 349, 351
381, 382, 421, 425, 427, 441

에도의 검시관 시리즈 28
에드 게인 235
에드 맥베인 40, 101
에드가 월레스 226, 281
에드거 앨런 포 23, 140, 187, 200, 203, 249
344, 387
에드워드 D 호크 33
에드워드 다키 98
에드워드 오펜하임 281
에드워드 카펜터 466
에로·그로·넌센스 354
에로스 502
에로스의 비가 260
에로틱 미스터리 224, 347
에르퀼 포와로 459
에리카 57
에리코 143
에리코, 십육세의 여름 404
에릭 앰블러 261
에마 슌이치 37
에메랄드의 여주인 178
에모토 겐이치 101
에미 다다카쓰 348
에미 스이인 348
에밀 가보리오 112, 140, 183, 216, 281
에버하트 241
에스파 소년말살작전 271, 272, 276, 277, 279
282, 283, 284, 292, 293, 297, 302, 305, 306
307, 309, 310, 312, 313, 319, 320, 321, 322
323, 327, 328, 329, 334, 340
에스피 509
에쓰코 135
에이트 맨 174
에조공화국 486
에조공화국 시리즈 486
에조치의 별건 484

부록
4

에지	259	여름 벌레	126
에치고 사자춤	469	여름과 겨울의 주명곡	190
에콜드 파리 살인사건	490	여름과 불꽃과 나의 사체	367
에키나카서점대상	496	여름의 끝	384
에토로후 발 긴급전	233, 234	여름의 단장	139
엑사바이트	475	여름의 마법	93
엑세스	480	여름의 마술 시리즈	140
엑스크로스 마경전설	439	여름의 빛	101
엑스터시	231	여름의 여행자	196
엔도 게이코	348, 485	여름의 재앙	262
엔도 다케후미	349	여름의 죽음	239
엔도 도시오	178	여명	253
엔도 슈사쿠	349	여배우 마리 피에르의 심판	99
엔도 스스무	164	여섯 개의 실마리	410
엔도 쓰네히코	348, 485	여섯 번째 사요코	382
엔본	83	여성탐정	133
엔젤	414	여승 시리즈	327
엔젤가의 살인	123	여승살인순례	327
엔조 도	429	여염	454
엔초	245	여왕각하의 아르바이트 탐정	360
엔쿠의 도끼	384	여왕나라의 성	303
엔타쓰 콧수염 만유기	25	여왕님과 나	398
엔터테인먼트대상	324	여왕벌	392
엔터테인먼트소설대상	221	여우의 닭	506
엘 베쵸	479	여우의 술법	250
엘러리 퀸 100, 102, 116, 123, 146, 222, 225, 277		여인분사	244
333, 346, 349, 403, 436, 454, 459, 461 501		여인의 사탑	35
엘러리 퀸 미스터리 매거진	291, 426	여자 감옥 비화	337
엘러리 퀸 팬클럽	350	여자 상속인	253
엘러리 퀸즈 미스터리 매거진 207, 333, 371		여자 얼굴	278
엘리자베스 페라스	169	여자 함정수사관	335
여경찰	34	여자들의 지하드	263
여계선기담	243	여자만의 방	237
여기는 경시청 미술범죄수사반	20	여자수사관	266
여대생 미즈노 시요리	439	여자와 아이	488
여류신인상	111	여자의 부두	312

654

여자의 비밀	379
여자의 작은 상자	65
여자의 행방	87
여자인가 괴물인가	182
여자인가 수박인가	182
여자인가 호랑이인가	182
여자친구	132
여정 미스터리	350
여학생	325
여행 미스터리	350
여행과 역사	311
여행과 추리소설	347
여행연극 살인사건	204
여행자여	69
여행작가 차야 지로 시리즈	325
여행추리소설	173
여형사 유키히라의 살인 보고서	472
역밀실의 저녁	296
역병신	66
역병신 시리즈	67
역사 미스터리	131, 158, 351
역사 추리소설	351
역사경찰소설	53
역사를 요동친 '악녀'들	342
역사상 공전의 미스터리가이드	368
역사소설	140, 158
역사시대작가클럽상시리즈상	172
역설의 일본사	421
역설의 일본사 시리즈	421
연	365
연결된 내일	284
연기의 임금님	427
연령관사건	44
연모	78
연모 집행자	286
연문	180
연살	129
연속살인귀 개구리남자	106
연속유괴살인사건	407
연쇄	283
연습게임	487
연애곡선	50, 405
연애소설	157
연애시대	119
언어	481
연인을 먹다	248
연인이여	119
연하	67
연홍	204
열네 여자의 미스터리	231
열대야	252
열사에 잠들라	123
열사의 갈증	236
열세 명째 명탐정	449
열세 명째 탐정사	449
열세 번째 배심원	316
열세 번째 인격	83
열쇠	143
열쇠 없는 꿈을 꾸다	293, 294
열시	248
열여덟의 여름	210, 433
열하	27
열한 개의 의문	149
염도	273
염도 시리즈	273
염력밀실!	130
염마지옥	147
염매처럼 신들리는 것	209, 210
염소 수염 편집장	402
엽기	24, 341, 423, 481
엽기거리	232
엽기물	224

부록 4

엿보는 고헤이지　　　　　　　　57, 58
영 토고　　　　　　　　　　　192
영광에 걸다　　　　　　　　　154
영광의 노 사이드　　　　　　　222
영광의 도전　　　　　　　　　222
영광일로　　　　　　　　　　274
영국 효자 조지 스미스전　　　　245
영국문학주조　　　　　　　　260
영국탐정실제담 희대의 탐정　　216
영문학의 지하수맥 고전미스터리연구
　　구로이와 루이코 번안 원전에서 퀸까지　47
영미의 추리작가들　　　　　　260
영미탐정소설의 프로필　　　　408
영변의 진달래꽃　　　　　　　175
영수증 한 장　　　　　　　　344
영안　　　　　　　　　　　　105
영웅의 날개　　　　　　　　　369
영웅의 서1　　　　　　　　　212
영원도 반을 지나서　　　　　　109
영원의 아이　　　　　　　　　166
영원표묘　　　　　　　　　　67
영호시사실　　　　　　　　　48
영혼의 다리　　　　　　　　　15
영화 프로그램·그래비티　　　　18
영화와 탐정　　　　　　　　　423
영화평론　　　　　　　　　　113
옅은 화장　　　　　　　　　　126
예수의 후예　　　　　　　　　272
예술선장문부과학대신상　52, 175, 263, 417, 498
예술선장신인상　　　　　　　48
예술의 구상　　　　　　　　　371
예술적 탐정소설:신탐정소설　　330
예술제문부대신상　　　　　　427
옛스인가 노인가　　　　　　　242
예스터데이즈　　　　　　　　480
예심조서　　　　　　　　　　499

옛날이야기 - 지요다의 칼부림　　258
오·솔레·미오　　　　　　　　217
오 헨리　　　　　　　　　　280
오! 파더　　　　　　　　　　413
오, 21세기　　　　　　　　　125
오가사와라 게이　　　　　　　351
오가사와라 아무　　　　　　　352
오가와 가즈미　　　　　　　　352
오가와 마사오　　　　　　　　487
오가의 사람들　　　　　　　　506
오구로 가즈미　　　　　　　　16
오구리 무시타로　78, 107, 160, 178, 186, 213
　　　　　217, 237, 256, 281, 353, 461
오구리 무시타로호　　　　　　452
오구마 후미히코　　　　　208, 333
오기 마사히로　　　　　　　　193
오기노 쇼코　　　　　　　　　269
오기와라 히로시　　　　　　　354
오노 후유미　　　　　161, 355, 476
오누마 단　　　　　　　　　　356
오늘 밤, 바에서 수수께끼풀이를　　75
오늘 밤은 잠들 수 없어　　　　212
오늘밤, 모든 바에서　　　　108, 109
오늘은 서비스데이　　　　　　256
오니　　　　　　　　　　356, 435
오니 클럽　　　　　　　　　　435
오니가시마의 지옥그림 살인　　163
오니시 가즈미　　　　　　　　133
오니시 교진　　　　　　　　　427
오니쓰라　　　　　　　　　　357
오니쓰라 경부　　　　　　　　356
오니클럽　　　　　　　　　　264
오니헤이　　　　　　　　357, 467
오니헤이 범죄록　　　　　　357, 359
오다 노부나가　　　　　　　　260
오다 사쿠노스케　　　　　　　239

오다기리 히데오 301
오다사쿠노스케상 17, 498
오더 메이드 살인 클럽 294
오듀본의 기도 412
오랑 펜덱의 복수 27
오래된 우물 141
오로로 밭에서 붙잡혀서 354
오루치니 358, 423
오르도스의 매 385
오르시발의 범죄 140, 216
오르치 331
오룡곽잔 당전 233
오리엔트 특급 살인 94
오리하라 이치 68, 90, 132, 235, 358, 430
오마르 카이얌 442
오마치 게이게쓰 348
오만인과 거사 411
오메가 클럽 386
오모니에 247
오모카게 282
오바 다케토시 359
오바 다케토시 탐정소설선 360
오사나이 가오루 386
오사라기 지로 281
오사라기지로상 108, 391
오사무의 내일 196
오사와 아리마사 40, 58, 255, 269, 279, 298
360, 431, 463
오사카 게이키치 226, 282, 362
오사카 고 202, 235, 343, 362, 375, 383, 431
오사카부경 시리즈 66
오사카역 228
오사카즈 117
오사키 고즈에 363
오색 변화구 240
오색의 배 299

오센 474
오소네 163
오소독스 169
오슌테이 바이쿄 291
오스카 와일드 272
오스틴 프리먼 169, 209, 391
오시가와 슌로 201
오시즈 437
오시카와 슌로 209, 364
오시타 걸작전집 366
오시타 우다루 41, 72, 111, 223, 224, 326
346, 364, 432, 443, 449, 454, 457, 508
오심 172
오십만년의 사각 169
오쓰보 사오 366
오쓰보 스나오 39, 225, 272, 291, 366, 418
454, 482
오쓰야 살인 370
오쓰이치 367
오쓰키 고시 457
오아시스 68
오야마 다다시 367, 383
오야마 히토미 383
오야부 하루히코 181, 223, 260, 346, 368
460, 463
오야부하루히코상 274
오야소이치 논픽션상 185
오에 겐자부로 229
오에야마 476
오염지역 125
오오기마치 세이카 394
오오에 센이치 222, 369
오오카 데쓰타로 15
오오카 마코토 229
오오카 쇼헤이 181, 369
오오카 이쿠조 112, 216

오오코로치	79
오요요대통령 시리즈	49
오요요섬의 모험	49
오우기니시루스나노노우타모지	168
오우치 시게오	370
오움진리교사건	48
오이 고스케	301
오이 히로스케	371, 498
오이데 부스오	166
오이디푸스 증후군	22
오이디푸스의 칼날	327
오인된 여자	52
오인의 모임	415
오자키 고요	42, 371, 422
오자키 미도리	299
오자키 호쓰키	492
오전 3시의 루스터	35
오즈 야스지로	157
오차노미즈여자대학 SF연구회	189
오카 미도리	379
오카다 다카시	351
오카다 도시키	276
오카다 도키치	372
오카다 도키히코	385
오카다 샤치히코	72, 372, 378, 454
오카다 아키코	299
오카도 부헤이	372
오카모토 게이지	373
오카모토 기도	117, 373, 443, 474, 476
오카모토 미치오	383
오카무라 기치타로	374
오카무라 유스케	374, 483
오카미 조지로	374, 483
오카미바나 신주쿠 상어IX	361
오카사카 신사쿠	375
오카사카 신사쿠 시리즈	375
오카야마 여자	418
오카오카 주로	399
오카자키 다쿠마	375
오카지마 후타리	376
오카쿠라 덴신	318
오컬트 전기	310
오코로치 쇼지	377
오코치 사토코	352
오코치 쓰네히라	73, 377
오쿠노토의 저주받은 에마	163
오쿠노호소마치 오브 더 데드	195
오쿠노호소미치 살인사건	237
오쿠다 히데오	273, 378
오쿠라 다카히로	378
오쿠라 데루코	379
오쿠보 다쓰시로	482
오쿠와	136
오쿠이즈미 야스히로	379
오쿠이즈미 히카루	379, 459
오쿠치치부 여우불 살인사건	34
오쿠타니 미치노리	185
오타 고이치	403
오타 다다시	379
오타 도시아키	240, 380
오타 도시오	380
오타 란조	286, 381
오타 효이치로	381
오타 히토시	381
오타니 가즈오	381
오타니 요타로	151, 182, 381
오타루 가무이의 진혼가	75
오타쿠에게 완벽한 여자는 없다	263
오토모 류타로	55
오토모 쇼지	80
오토모 황자	175
오토미의 정조	329

오토미치 다카코	114
오펄 색 편지	499
오페라의 유령	140
오픈하임	199
오필리어살해	354
오하라 슌이치	248
오후미의 혼령	474
오히데	503
오히데 시리즈	503
옥문도	392
옥상미사일	340
옥토퍼스 킬러 8호	25
온고록	283
온다 리쿠	382, 476
온리 예스터데이	270
온천가살인사건	30
올 신인배	187
올 요미모노	379, 382
올빼미 사내	256
올빼미의 주먹	17
올요미모노	156, 163
올요미모노신인상	233, 382
올요미모노추리소설신인상	242, 382
와다 도쿠타로	372
와다 로쿠로	366
와다 쓰나시로	366
와다 핫쓰코	235
와세다 미스터리 클럽	24, 44, 260, 334, 368
	383, 420, 429
와시오 사부로	288, 383, 454
와시오 요시히사	72
와일더 일가의 실종	123
와일드 사이드를 걸어라	495
와일드 소울	35, 36, 37
와지 에이이치	291
와카다케 나나미	433
와카마쓰 세쓰로	284
와카마쓰 히데오	282
와카쿠사 모노가타리	370
와카타케 나나미	62, 168, 368, 430, 433
와카타케상	62
와케 리쓰지로	280, 281
와쿠 슌조	181, 327, 384
와쿠 하지메	384
와타나베 게이스케	385, 386, 432, 454, 455
	457, 508
와타나베 겐	354
와타나베 겐고	234
와타나베 겐지	72, 386
와타나베 온	224, 385, 386, 443
와타나베 유이치	387, 506
와타나베탐정사무소	234
와타리	272
와타세 준코	456
와타시	387
완전범죄	19, 354, 428
완전범죄에 고양이는 몇 마리 필요한가	494
완전범죄연구	229
완전범죄연구실	405
완전연애	293
완전한 수장룡의 날	410
완전한 유희	417
왓슨	297, 304, 444, 487
왕국은 별하늘 아래	262
왕녀를 위한 아르바이트 탐정	361
왕복서간	206
왕을 찾아라	323
왕직의 보물	176
왜가리는 왜 날개치는가	374
왜곡된 아침	382
왜왕의 후예	175
외과실	422

부록
4

659

외눈박이 원숭이 218, 219
외눈의 소녀 190
외도의 언어 294
외딴섬 악마 345
외딴섬 퍼즐 304
외딴집 상 212
외사국 제5과 487
외음부 쪽을 315
외인의 머리 18
외지탐정소설집 만주편 · 상하이편 · 남방편 288
외침과 기도 274
왼손목 67
요괴 58
요괴 감시인 시리즈 33
요괴대학교 58
요괴여우전설의 살인사건 163
요괴의 주언 372
요기 388, 458
요기 간지 321
요기전 285
요네다 산세이 388
요네야마 미네오 402
요네자와 호노부 389, 433
요네쿠라 가즈오 289
요도 298
요란 67
요람에서 잠들라 36
요로즈초호 41, 200
요리이 다카히로 390
요리코를 위해 116, 117
요리키진사키진고로 137
요마의 저주 478
요마전선 87
요미사카 유지 390
요미우리문학상 108, 356
요미우리연극대상 79

요봉 63
요부의 여관 148
요부의 잠 321
요사노 히로시 243
요사부로 464
요설 다이코키 337
요성전 474
요세 25, 245
요술탐정 소가 가조전집 322
요시노 17
요시노 가메사부로 400
요시노가와 원한 살인가 327
요시노쿠즈 143
요시다 겐이치 504
요시다 기네타로 280
요시다 슈이치 390
요시다 히데히코 470
요시무라 마스 391, 503
요시무라 사키 311
요시쓰구 105
요시쓰네 22
요시쓰네 북행전설 106
요시즈카 료키치 341
요시카와 에이지 186, 212
요시카와에이지문학신인상 108, 188
요시카와에이지문학상 52, 92, 113, 138, 188
204, 212, 331
요시카와에이지문학신인상 124, 150, 154
180, 275, 279, 283, 284, 293, 360, 395, 413
425, 467, 473, 475, 484, 492
요시카와에이지신인상 297, 500
요시키 다케시 267, 391
요시키 다케시 시리즈 391
요시키 시리즈 267
요시히코 189
요쓰야 괴담 28

요쓰야 괴담 살인 사건 28
요앵기 204
요염한 낙양 375
요이 금병매 시리즈 337
요이치로 311
요정 배급회사 477
요정들의 회랑 327
요카쿠 산인 199
요코 327
요코미쓰 리이치 86
요코미조 다케오 281
요코미조 세이시 15, 22, 82, 93, 94, 123
126, 136, 151, 179, 193, 199, 211, 224, 225
226, 280, 285, 353, 363, 374, 391, 430, 435
443, 454, 456, 460, 470, 483, 508
요코미조 요시아키 255
요코미조세이시상 132, 236, 329, 399
요코야마 엔타쓰 25
요코야마 히데오 393
요코하마 외인묘지살인사건 207
요코하마 유령호텔 341
요코하마관내서 형사실 186
요타공 이야기 377
요파 329
욕망 52
욕망의 25시·경찰관과 미망인 266
욕망의 매체 59
욕망의 밀실 26
욕조 안의 사체 213
욕조귀 80
욕조의 신부 192
욘켈 판 로데레이키 건 38
욘켈의 기담 99
욘켈의 기옥 38, 99
용기병 297
용맹한 방주 484

용신의 비 218
용와정 사건 126
용은 잠들다 212, 509
용의 관 155
용의 묵시록 262
용의 밀약 474, 475
용의 브로도콜 146
용의 손은 붉게 물들고 219
용의자 X의 헌신 495
우가미 유키오 393
우게쓰 이야기 372
우게쓰장 살인사건 384
우네하라 고이치 324
우노 고이치로 227, 394
우노 고지 215
우노 고지전 215
우노 히로즈미 227, 394
우담바라의 숲 378
우도-제4의 서-사악한 존재의 승리 273
우라가미 신스케 286, 287, 394
우라가미 신스케 시리즈 287
우라쓰지 료사부로 25
우라지마 다로의 진상-무서운 여덟 개의
옛이야기 75
우란 광산 303
우로보로스의 기초론 161
우로보로스의 순정음율 161
우로보로스의 위서 160, 193
우리 92
우리 섬 이야기 424
우리 이웃의 범죄 169, 212
우리 일고 시대의 범죄 22
우리가 성좌를 훔친 이유 91
우리는 영웅 217
우리들 시대 483
우리들 이웃의 범죄 211, 383

부록
4

우리들은 걷지 않는다	485
우리들은 모두 닫고 있다	353
우리들의 기분	70
우리들의 세계	70
우리들의 시대	70
우리들이 사랑했던 이십면상	432
우리를 나온 야수	66
우메노요시베 죄인 체포 이야기	504
우메즈시엔옹전	401, 402
우메하라 가쓰야	394
우메하라 가쓰후미	394, 509
우몬	233
우몬 체포록	55, 233, 444
우몬 체포록 애꾸눈 늑대	55
우몬의 최고 공적	55
우물이 있는 집	204
우물치기	104
우부메의 여름	57, 58, 439
우부카타 도	395
우사미 마모루	297
우승후보	416
우시코시 사부로	267
우에다 가즈토시	42
우에마쓰 미도리	301
우에시마 오니쓰라	357
우에쓰카 사다오	280, 411
우에쿠사 진이치	208, 333, 395
우연의 일치	29
우유 언터처블	176
우주 먼지	18
우주 쓰레기	477
우주소년 소란	174
우주의 인사	477
우주진	191, 335, 394, 502
우주해병대 시리즈	54
우주활극	153
우즈시오	348
우치게바	22
우치다	355
우치다 나오유키	317
우치다 야스오	311, 350, 396
우치무라 간조	64
우치야마 야스오	396
우치우미 분조	397
우카이부네	348
우키요신문	258
우키요에 감상사전	154
우키요에 시리즈	156
우타가키의 왕녀	175
우타노 쇼고	397
우타노 히로시	397
우편호지신문	464
우표수집광 살인사건	68
우행록	122
운노 주자	77, 205, 206, 256, 285, 398, 476, 479
운노 주조	178, 224, 500, 508
운명교향곡 살인사건	400
울리치	63
울보선생님의 7년 전쟁	222
울부짖는 숲	419
울퉁불퉁 탐정콤비 사건부	271
움직이는 부동산	300
움직이는 집의 살인	398
웃고 직소, 죽이고 퍼즐	501
웃는 남자	163
웃는 세일즈맨	283
웃는 악마	117
웃는 여자 도조지 – 여대생 사쿠라가와 도코의 추리	75
웃는 이에몬	57
웃음의 과학	312
워트슨 역	22

원고 미야즈 유코	303
원수의 모반	194
원숭이 섬 저택의 살인	69
원숭이신의 제물	482
원숭이의 증언	88
원자력 항공모함 시리즈	99
원자력우주선 지구호	176
원자로의 게	97
원죄자	359
원폭불발판	487
월간탐정	399, 400
월경수사	230
월경하는 본격미스터리	368
월광게임	303
월광정사건	380
월령의 속삭임	168
월식도의 마물	141
월요일에 우는 여자	231
월장석	199, 281
웬수 같은 이웃집 탐정	494
위 50도에서 사라지다	158
위고	465
위를 보지 마	265
위법변호	110
위작 '도련님' 살인사건	334
위조꾼	262
위증	490
위험과의 데이트	340
위험한 관계	278
위험한 동화	111, 295
위험한 애인	489
위험한 여자	102
위험한 표적	340
위험해! 잠수함의 비밀	338
윌리엄 P. 맥기번	230
윌리엄 르 퀴	261
유가와	144
유격형사	105
유고	35
유괴	149
유괴 197X년	427
유괴살인사건	455
유괴자	282, 341
유괴작전	292
유괴증후군	121
유구한 대의	302
유군기자	265
유귀경부	80
유녀처럼 원망하는 것	210
유니버설 횡메르카토르 지도의 독백	500
유다의 유서	419
유대	50
유도노산의 저주받은 마을	162
유라 사부로	400, 405
유령	64
유령 열차	325
유령 후보생	325
유령범인	41
유령사건 시리즈	33
유령신사	272, 273
유령아내	282
유령암	209
유령열차	325, 383
유령인명 구조대	150
유령탑	64, 344
유리 기린	17
유리 드레스	88
유리 새	277
유리감옥	314
유리고코로	120
유리광사	96
유리알 귀걸이	299

부록
4

유리코 502
유리해머 84
유머 미스터리 307, 493
유메노 규사쿠 107, 160, 193, 206, 224, 280
400, 401, 451, 455, 476
유메노 규사쿠 걸작집 402
유메노 규사쿠 전집 401
유메노 규사쿠 추도호 400
유메마쿠라 바쿠 402, 460
유메미즈 기요시로 471
유메이시카이 시리즈 298
유메자 가이지 403
유명장의 살인 372
유모차 506
유목 339
유별 트릭 집성 225
유부녀 고유키 분투기 308
유빙의 거리 111
유성기업 380
유성들의 연회 264
유성을 가르다 186
유성의 인연 495
유성인 M 27
유성항로 140
유시 108
유신전후 373
유언 161
유언실행클럽 340
유언장 방송 398
유일한 증인 180
유전 50, 132
유죄무죄 64
유죄율 99%의 벽 313
유즈루 118, 233
유즈키 소헤이 496
유즈키 유코 404

유진 수 465
유카리 아줌마 293
유카와 495
유키 334
유키 노부다카 416
유키 다로 264
유키 미쓰타카 405
유키 쇼지 161, 192, 223, 261, 403, 463
유키 신이치 44
유키 신이치 시리즈 44
유키 신주로 240
유키고쇼 게이코 44
유키노 산장의 참극 273
유키무시 172
유키에 311
유키히라 나쓰미 472
유타로 135
유텐쇼닌물 310
유하라 저택 살인사건 123
유한과 미소의 빵 197
유해스님 162, 163
유혈여신전 시리즈 258
유혈여신전 258
유혈여신전 시리즈 258
유형별 트릭 집대성 458
유형제 87
유혹의 과실 284
유후인 우부스나가미의 살인 75
육교살인사건 408
윤곽 70
으스름한 달밤 258
으젠느 슈 499
은 30냥 60
은거의 닌자법 159
은과 청동의 차이 79
은령의 방황 427

은비녀의 그림자	28	이가라시 다카히사	406, 448
은탄의 숲—독수리III	363	이가라시 시즈코	99, 407
은폐수사 시리즈	54	이가라시 히토시	99
은폐수사2: 수사의 재구성	54	이가와 사부로	269
은하수를 여행하는 히치 하이커를 위한 안내서	33	이것으로 승부한다	85
은하영웅전설	140	이것참 이것참	42
은하제국도 홍법대사도 실수할 때가 있다	141	이계	87
148, 152, 155, 156, 165, 166, 171, 173	174	이구치 야스코	407, 445
175, 178, 179, 182, 184, 185, 187, 189	191	이나가와 게이코	350
은행고개	189	이나가키 다루호	437
은행원 니시키 씨의 행방	425	이나다 사와	311
은행취급설명서	425	이나미 이쓰라	470
음란하고 잔악한 손톱	139	이나즈마 사콘의 범죄기록부 시리즈	76
음양사	155, 402, 403	이노우에 가즈오	193
음양사 별전	403	이노우에 기요시	409
음울한 짐승	280, 345	이노우에 기쿠코	87
음지의 계절	393	이노우에 마사히코	181, 476
음파 살인	117	이노우에 요시오	115, 282, 283, 408, 456, 461
의동생	97	이노우에 우메쓰구	386
의뢰한 일	477	이노우에 유메히토	408
의문의 검은 틀	50	이노우에 이즈미	376, 408
의문의 반지	383	이노우에 주키치	280
의수의 지문	289	이누가미	222
의안의 마돈나	385	이누가미 일족	392
의존	130	이누이 구루미	410
의학 미스터리	405, 406	이누이 로쿠로	410
의학 서스펜스	406	이누이 신이치로	411
의혈협혈	423	이니시에이션 러브	410
의혹	330, 418	이단의 파일	269
의혹의 밤	313	이달의 주사선	370
의혹의 소용돌이	254	이데미쓰 시즈코	99
이	289	이득현	149
이 드니 무녜	282	이든 필포츠	301, 320, 370
이 손잡아	353	이런 탐정소설이 읽고 싶다	323
이 아이의 일곱 가지 축하에	236	이류오종	315
이 어둠과 빛	475	이름도 없는 독	212

이리떼	232	이세마을 이야기	373
이리에 고마코	16	이소라	83
이리에 유타카	491	이시가미 다케토	296
이마데가와 Revoir	183	이시가키 야스코	488
이마오카 스미요	70	이시다 모쿠	275
이마이 이즈미	411	이시다 이라	414
이마이즈미 분고	56	이시다덴카이상	321
이마이즈미 시리즈	56	이시다이라 쇼이치	414
이미 저물었다	126	이시도 란	298
이바라키 간키	337, 412	이시모치 아사미	414
이바라키오타키	258	이시미쓰 긴사쿠	76
이방의 기사	220	이시바 후미히코	110
이방인들의 집	235	이시바시 와쿤	185
이베리아 시리즈	363	이시오카 가즈미	220
이베리아의 뇌명	363	이시이 블랙	32
이별이 남긴 사연	135	이시이부대	198
이부키 겐타로	80	이시자와 에이타로	415
이불	147	이시카와 다카시	416
이브의 원죄	132	이시카와 다쿠보쿠	243
이비스	262	이시카와 리쿠이치로	205, 416
이사카 고타로	412	이시하라 신타로	237, 416
이사키	26	이시하마 긴사쿠	417, 443
이상심리서스펜스	235	이시하마 데쓰로	417
이상심리소설	235	이시하마 도모유키	417
이상하도다	42	이십일일회	50
이상한 고양이의 비밀	411	이쓰지 도모키 시리즈	364
이상한 나라의 범죄	305	이안 플레밍	69, 201, 261
이상한 두 사람	376	이오 쓰토	478
이상한 불빛	213	이오니아의 바람	210
이상한 사체들	33	이오우지마	85
이상한 소설	210	이와 위엄	235
이상한 엄마	365	이와나미 신조	445
이상한 정원	440	이와사 도이치로	159
이상한 탐정	216	이와사키 아이	471
이세 쇼고	386	이와세 다쓰야	67
이세계	140	이와야 미쓰루	159

이와야 사자나미	348, 364
이와야 센쇼	418
이와야서점	159
이와이 시마코	418
이와카미 준키치	301
이와타 산	72, 419
이와토 고지로	309
이와토 유키오	420, 488
이웃 사람들	489
이웃사람	96
이월의 비극	286
이유	212, 245
이은	266
이이노 후미히코	420
이이도코로 경찰서 강력범죄계 사건 파일	106
이인들의 저택	359
이자와 모토히코	351, 420, 509
이정각 게임	146
이조노 준	421
이조잔영	34
이주인 다이스케	70, 422
이주인 다이스케 시리즈	422
이주인 다이스케의 모험	70, 422
이주인 다이스케의 신모험	70
이중 함정	240
이중나선의 악마	394
이중밀실의 미스터리	339
이중생활	132
이중심장 외	402
이중조혼	380
이즈 칠도 살인사건	125
이즈모신화 살인사건	33
이즈미 교카	290, 372, 422
이즈미 교카의 검은 고양이	423
이즈미교카문학상	57, 107, 191, 321, 327, 474, 506
이즈부치 지로키치	245
이즈즈 가즈유키	150
이쪽은 발해	270
이차원 카페테라스	189
이창	451
이치가와 사단지	373
이치가와 쇼고	410
이치노히카이	29
이치무라 아리사	17
이치오	307
이치조 에이코	358, 423
이치하시 히사아키	21
이카리다	17
이케가미 다카유키	424
이케가미 에이이치	424
이케나미 쇼타로	357
이케부쿠로 웨스트게이트파크	414
이케이도 준	424
이쿠다 조코	243
이쿠라 료	286, 425
이쿠세 가쓰아키	425
이쿠시마 지로	51, 181, 182, 201, 207, 263, 333, 426, 431, 463
이쿠타 나오치카	427
이큐	427
이타미 에이텐	428
이타미 에이텐 시리즈	428
이탄지층	492
이토 게이이치	492
이토 게이카쿠	428
이토 게이코	186
이토 다쓰야	295
이토 사토시	428
이하라 사이카쿠	371
이형 컬렉션 시리즈/마지도	500
이형삼국지 시리즈	153

부록 4

이형의 지도		331
이혼여행 살인사건		340
익사계곡		188
익살꾼의 숲		137
인간 대할인판매		411
인간 박제사		205
인간 의자		345
인간동물원		291
인간만세		320
인간의 존엄과 800미터		490
인간의 증명	146, 198,	202
인간의자		193
인간재		399
인간집단		407
인격전이의 살인		130
인공괴기		76
인공심장	50,	405
인구조절구역		291
인낭성의 공포		133
인디아나 존스		284
인류 종말의 MM88		46
인류관		117
인면창		144
인민은 약하고 관리는 강하다		477
인분		455
인비저블 레인: 히메카와 레이코 형사 시리즈 4		480
인사이트밀		389
인생의 바보	78,	453
인생최후의 살인사건		263
인양선		289
인어의 규칙		469
인외마경 시리즈		354
인조인간		499
인조인간의 정체		399
인질 카논		212
인체모형의 밤		109
인형 탐정이 되다		307, 308
인형은 왜 살해되는가		22, 149
인형은 잠들지 않아		308
인형탐정 시리즈		307
일곱 개비의 담배		63
일곱 명의 술래잡기		210
일곱 바다를 비추는 별		98
일곱 번 여우		378
일곱 번 죽은 남자		129
일곱 빛깔을 가진 얼굴		66
일곱 통의 미스터리		309
일곱의 아이		16
일그러진 그림자		272
일그러진 도전		68
일그러진 밤		18
일그러진 아침		125
일그러진 얼굴		285
일도류 무상검 잔		298
일동의 프린스		199
일몰의 항적		59
일미실전기		29
일본 MYSTERY 즐기기		316
일본 SF평론상		153
일본 동전의 비밀		90
일본 루팡, 류하쿠 시리즈		478
일본 미스터리 사전		55, 208
일본 본토 결전		505
일본 봉쇄		196
일본 열도살인		111
일본 예술원상		175
일본 이외 전부 침몰		291
일본 종단살인		111
일본 추리소설사		110, 445
일본 추리작가협회		189
일본 침몰		291
일본 탐정소설 걸작집		362

일본 탐정소설 사전 110
일본 탐정소설 약사 110
일본 탐정소설 전집 503
일본 햄릿의 비밀 237
일본SF대상 30, 46, 212, 297, 395, 402, 474, 485
일본SF대회 46
일본SF의 태동과 발전 416
일본SF작가클럽 143, 153
일본SF팬그룹 연합회의 436
일본SF팬클럽연합회의 433
일본·바닷가 매 213
일본건축학회상 314
일본단편문학전집6: 內部의 敵 229
일본대표작가백인집 138, 229
일본멸망살인사건 154
일본모험소설협회 101, 201, 360, 429, 436
일본모험소설협회대상 43
일본모험작가클럽 436
일본무존 SF시리즈 174
일본문예클럽대상 111, 309
일본문예가협회 180, 189
일본문예대상 269
일본문예대상현대문학상 118
일본문예클럽특별대상 269
일본문장의 장래 200
일본문학보국회 42, 362
일본번역문화상 501
일본부도기 338
일본살인사건 335
일본서교기 130
일본소국민문화협회 42
일본소년 209
일본아파치족 45
일본연극사 175
일본열도 SL살인사건 237
일본예술원 356

일본유적 366
일본의 검은 안개 188
일본의 대학 미스터리 클럽 39, 40, 58, 383
429, 436
일본의 의료 이 사람이 움직인다 31
일본의 클립폰 사건 144
일본의 탐정소설 345, 481
일본의 희극인 48
일본의과예술클럽대상 288
일본작가독본 224
일본조선전쟁 196
일본추리소설사전 110
일본추리작가협회 143, 229, 266, 276, 346
358, 361, 427, 430, 431, 433, 446, 447, 455
일본추리작가협회 30년사 447
일본추리작가협회 40년사 431
일본추리작가협회상 424, 430, 431, 432
일본추리작가협회상 수상 단편집 27, 79
일본침몰 45
일본탐정소설 저서목록 446
일본탐정소설 총목록 446
일본탐정소설걸작선 244
일본탐정소설걸작집 345
일본탐정소설론 120
일본탐정소설사 446
일본탐정소설전집 90
일본탐정작가론 55
일본탐정작가클럽 73, 79, 260, 346, 431, 432
일본탐정작가클럽 간사이지부 317
일본탐정작가클럽상 314, 431, 432
일본탐정클럽 249
일본탐정클럽 시리즈 249
일본판타지노벨대상 259, 382, 424, 473
일본해 대해전 60
일본해 살인기행 139
일본호러소설대상 61, 83, 247, 252, 284, 418

부록
4

669

	420, 476
일본화 은산도	285
일상 미스터리	433
일상 생활	16
일상의 수수께끼	433
일섬영	105
일식	497
일역 구미탐정소설 목록	446
일요일 밤에는 외출하기 싫어	62
읽지 않고 죽을 수 있을까!	101
읽지 않고서는 있을 수 없다	90
임계 잠입수사	54
임금노예선언	420
임상범죄학자	503
임상진리	404
임시증간 걸작탐정소설	457
입만 가지고 삽니다	66
입맞춤 이야기	487
입센	487
입센의 「유령」	288
입신	161
입이 두 개인 남자	80
입크리스 파일	261
잇슨보시	345
잇큐 소준	310
잇큐 씨	56, 292
잇큐 암야행	310
잇폰기 만스케	385

ㅈ

자객	504
자궁 속의 자장가	344
자기중심 메이지 문단사	348
자동차경주살인사건	415
자동차교습소 살인사건	104
자메이카 씨의 실험	437

자물쇠 구멍 없는 문	323
자물쇠가 잠긴 방	84
자백 : 범인의 마음을 움직여라	114
자백의 구도	158
자불어수필	283
자살자유법	176
자선가명부	74
자승자박	43
자신전	373
자유연애	418
자전거를 타서 살이 빠진 사람	153
자전거삼매경	153
자정 5분 전	480
자주영화	150
자취는 사라지지 않고	176
자칼의 날	194
자키 노리오	298
작가 로쿠하라 잇키의 추리 시리즈	75
작가 지원	89
작가론과 명저해설	408, 456
작가와 놀자!	432
작가친목회 및 팬클럽	57, 77, 202, 226, 350
	429, 433, 435, 453
작은 다이아몬드 상자	24
작은 열쇠	370
작은 피리 사건	338
작자미상	210
잔상에 립스틱을	290
잔예	355
잔학기	81
잔혹 이야기	113
잔혹물	112, 113
잔혹한 보수	163
잔화	124
잘 자요 라흐마니노프	106
잘린 머리 사이클—청색 서번트와 헛소리꾼	129

670

잘린 머리에게 물어봐	116, 117
잘린 머리처럼 불길한 것	209, 210
잠 못 드는 밤	92
잠들라 상냥한 짐승들	489
잠들지 못하는 진주	414
잠복	187
잠의 바다	479
잠이 덜 깬 서장	338
잠자는 사람에 보내는 애가	107
잠자는 숲	494
잠자는 인형	78
잠자는 쥐	56
잡초정원	123
잡초화원	283
장 파트리크 망셰트	333
장기 살인사건	160
장기농장	405
장기대장	286
장기의 진검사 류	221
장난감 상자 안고 탐정실	120
장난감의 끝	59
장렬	352
장미 아가씨	32
장미 여인	22
장미 핀	213
장미가 피는 길	34
장미가시	377
장미기	204
장미와 주사바늘	454
장미의 그늘	485
장미의 미궁	133
장미장살인사건	322
장미저택의 여인	80
장발장	465
장백산 종합조사보고서	288
장사 다시 되돌아가지 못하고	69
장송	498
장인귀	155
장작림	16
장제스의 황금	170
장쩌린	67
장한가	467
장화 신은 개	335
재가 된 남자	289
재난의 마을	247
재녀의 상복	176
재상	63
재생버튼	493
재앙의 계절	106
재즈 수호전	53
재치탐정 잇큐상 시리즈	75
재판원법정	315
재팬 헤럴드	32
잭 런던	260
잭 히긴스	298
잿더미 저편의 추억	283
잿빛의 북벽	283
쟁월	247
쟈니	495
쟈니 더 래빗	495
저격	491
저격자	194
저녁 매미	90
저녁싸리 정사	181
저어라, 마이클	203
저주받은 17세	355
저주받은 도시	476
저주받은 진주	281, 481
저주받은 집	50
저주받은 항공로	241
저주받은 희곡	144
저주의 성녀	486

부록
4

671

저주의 성역	486	절망노트	398
저주의 집	148	절벽에서의 비명	100
저쪽이 상하이	270	절실한 죄	32
저택섬	494	젊은 베르테르의 괴사	34
저편의 미소	204	젊은이의 묘지	369
적도의 마계	30	점과 선	187, 245, 332, 349
적색의 수수께끼	95	점과 원	124
적의 모습	45	점성술	134
적조	276	점성술 살인사건	31, 219, 220, 267, 268
전격소설대상	219, 405	점성술의 매직	267
전공투	91	점술사 유령과 보내는 나날들	273
전공투세대	488	점술사는 낮잠 중	62
전과자	144	정글대제	174, 292
전국수수께끼풀이 독본	48	정단!	260
전기 액션	140, 402	정말 무섭죠	418
전기 욕조의 괴사사건	399	정사(情死)	231
전기SF	474	정사공개 동맹	450
전기소설	15, 327, 444	정사의 배경	295, 440
전기시대소설	70	정선 근대문예잡지집	282
전기인간의 공포	390	정신리포트	156
전나무는 남았다	338	정신맹	508
전생	121, 251	정신분석	205
전생의 기억	351	정옥	365
전설없는 땅	484	정월 11일, 거울 살인	398
전설의 마을	211	정의의 편	479
전원의 우울	243	정조파	365, 481
전일본대학미스터리연합	429, 436	정준문	179
전자의 별	414	젖가슴을 먹다	72
전쟁추리	255	젖빛 묘표	111
전차	71	젖은 마음	163, 164
전학공투회의	91	젖은 밀회	295
전함 곤고	255	제13호실의 포옹	417
전후 사회파	366	제2의 총성	419
전후추리소설 저자별 저서목록	447	제2차대전 3부작	233
전후추리소설(·SF)총목록	110, 447	제3 앵무새의 혀	452
절단	66	제3 일본탐정소설 총목록	447

제3면의 살인 266
제3수요일의 정사 52
제3의 신인 214
제3의 여인 100
제3의 연출자 104, 176
제3의 죽음 231
제3의시효 393
제4 일본탐정소설 총목록 447
제5의 기수 194
제국도시 유괴단 18
제너럴 루주의 개선 31
제노사이드 150
제니 브라이스 사건 452
제니가타 헤이지 437
제니가타 헤이지 사건부 117
제니가타 헤이지 체포록 117, 437, 444
제로 계획을 저지하라 125
제로 시리즈 99
제로, 팔, 제로, 칠 294
제로가 있는 사각 23
제로의 밀월 149
제로의 초점 188
제마영웅전 403
제복경관 가와쿠보시리즈 234
제비 254
제암리 사건 35
제왕의 딸 258
제왕의 유언장 196
제왕절개 238
제이의 청춘 301
제일급 살인변호 110
제임스 블랙 32
제임스 조이스 260
제철천사 242
제프리 아처 449, 470
제프리 초서 261

제프리 허드슨 405
젠다성의 포로 189
조 마사유키 159, 168, 186, 224, 374, 437
443, 444, 452, 456
조각 493
조건반사 382
조금 좋은 이야기 176
조금사의 딸 312
조르게의 유언 170
조르주 심농 15, 418, 455
조립 살인사건 240
조문만두 159
조물주 시리즈 484
조물주의 상스러운 열매 484
조부, 고가네이 요시키요의 기록 477
조사관 시리즈 40
조셉 콘라드 261
조시 151
조용한 교수 163, 173
조인 계획 494
조조 아키 286
조종은 저 멀리 91
조종조 유래기 113
조지 심슨 109
조커 249
조커게임 334
조코 노부유키 438
조화의 꿀 181
족도리풀 234
족보 35
족제비 317
존 D 카의 최종정리 297
존 그리샴 181
존 딕슨 카 102, 134, 182, 224, 225, 297
존 딕슨 커 346
존 르 카레 261

부록
4

673

존 바칸	201	주안연쇄	26
존 윌리엄 폴리도리	501	주요 테마	36
존스턴 매컬리	185	주젠지 아키히코	439
졸고 있는 베이비 키스	353	주주총회 살인사건	380
졸업	494	주홍색 연구	465
좀 먹은 수첩	384	죽어도 잊지 않아	114
좀도둑시장의 살인	359	죽어야 할 야수	368
종군일기	504	죽어야 할 야수 복수편	368
종말의 날	301	죽여, 당신	119
종신미결수	302	죽은 사람 일으키기	18
종은 울리지 않고	289	죽은 사람의 노래	470
종이공작살인사건	237	죽은 시대	214
종이학	321	죽은 아들의 정기권	308
종이학은 알았다	72	죽은 자를 채찍질 해	193
종착역 살인사건	125, 174, 351	죽은 자에게서 온 편지 4+1의 고발	308
좋은 이름	175	죽은 자의 메아리	396
좌담회 추리소설의 문학성 외	447	죽은 자의 복수	26
죄 깊은 거리	409	죽은 자의 위협	245
죄 깊은 푸른 여름	475	죽은 자의 제국	429
죄 많은 죽음의 구도	294	죽음에 꽃	381
죄 지은 손가락	482	죽음을 나르는 기타	381
죄는 닫혀진 채로	414	죽음을 부르는 퀴즈	426
죄식	327	죽음을 부르는 트럭	314
죄와 벌	223	죽음의 내막	165
주ZOO	367	죽음의 농무	119
주간 영 점프	105	죽음의 대활강	427
주간워드 시리즈	75	죽음의 마크는 X	426
주검의 바다	420	죽음의 부두	269
주근깨 미요시	423	죽음의 산	313
주니치문화상	271	죽음의 샘	204
주말의 세션	421	죽음의 십자로	386
주밀역	200	죽음의 집의 기록	73
주부탐정 시리즈	169	죽음의 쾌주선	362
주성치	466	죽음의 해도	411
주시치	204	죽음의 힛트 퍼레이드	91
주신구라	198	죽이려 했다	502

죽이지 마 302
죽지 못한 자 314
준B급시민 191
준급행열차 나가라 322
중국 임협전 442
중국요리 명인 슈록 홈즈 홍콩 디럭스 투어
　　살인사건 57
중국행 슬로 보트 Remix 485
중년 탐정단 49
중력 피에로 413
중매인 명탐정 362
중앙공론문예상 114, 414
쥐 임금님 288
쥘 마이그렛 15
쥘 베른 200, 509
쥬라기 공원 195
즈시 가문의 악령 336
즈시 이야기 147
증례A 147
증발 100
증언거부 311
증오의 화석 322, 357
증후군 시리즈 121
지갑 481
지구 상실 27
지구를 멀리 떠나서 19
지구사 다이스케 295, 439
지구사검사 시리즈 439
지구씨 안녕 477
지금 한 때 270
지나가는 열일곱의 봄 355
지나치게 소문을 모은 사나이 415
지는 꽃도 있으니 270
지능범 34
지도 속의 얼굴 215
지도에 없는 골짜기 486

지라 도이치로 351
지문 243
지미 136
지미이 헤이조 191, 440, 443, 483
지바가메오상 28
지붕 밑 산책자 345
지상살인현장 371
지알로 441
지옥 요코초 385
지옥도 326
지옥문을 여는 방법 15, 82, 93, 179
지옥시계 506
지옥의 기술사 132, 133
지옥의 덫 383
지옥의 독서력 49
지옥의 부처 416
지옥의 소리 379
지옥의 인형 279
지요 유조 72, 73, 260, 261, 368, 441
지우Ⅰ: 경시청 특수범 수사계 480
지우Ⅱ: 경시청 특수급습 부대 480
지우Ⅲ(완결): 신세계 질서 480
지저대륙 178
지적 악녀의 권고 52
지즈루 380
지크프리트의 검 490
지토세가와 2리 356
지평선의 끝 326
지푸라기라도 잡고 싶은 짐승들 252
지하 탐험기 348
지하도의 비 212
지하철 309, 310
지하철 샘 185
지하철 샘 시리즈 503
직선대외강습 229
직선의 사각 336

진 슌신	176, 225, 254, 347, 441
진난서 아즈미 반	54
진네의 벌	137
진다이지절 살인사건	236
진동마	399
진로성의 공포	133
진료부여백	184
진상	212
진술	244
진실의 앙상블	300, 313
진원	283
진자이 기요시	349
진정서	128
진주	442
진주부인	86
진주탑의 비밀	41, 281
진창	67
진카 가쓰오	208, 260, 333
진푼관	412
진푼관의 살인	412
진혼가	467
진혼의 숲	79
진홍빛 속삭임	318
진화론의 문제	130
진화한 원숭이들	477
진흙 빙하	23
진흙기차	506
진흙의 신화	23
진흙탕의 훈장	59
질 처칠	169
질질 끌리는 밧줄	176
질투의 열매	183
질투하다	279
짐승들의 뜨거운 잠	26, 460
짐승우리의 스캣트	203
짐승을 보는 눈으로 나를 보지 마	369

짐승의 길	188
짐승의 잠	85
징역5년	77
짝	296
짝 잃은 원앙	104
짝사랑1	495
짤막한 단편소설	238
쫓기는 사람	403
찌르레기 일기	356
찢어진 해협	270

ㅊ

차가운 밀실과 박사들	197
차가운 살의	57
차가운 손	105
차가운 학교의 시간은 멈춘다	293, 294
차단	45
차부살인사건	175
착오 배치	266
착한 아이에게 책 읽어주는 모임	270
찬가	263
참견쟁이 신들	477
참는 부인	112
찻타워랙	266
창	337, 506
창고 속	193
창궁의 묘성	309
창룡전	141
창백한 성장	23
창백한 외인부대	63
창백한 유혹	63
창백한 피부	167
창백해진 일요일	253
창씨개명	35
창용전	140
창작탐정소설선집	443

창작탐정소설집	29	천사의 손톱	361
창황	67	천사의 시체	121
채권	455	천사의 잠	85
채털리 부락	159	천사의 칼	245
채플린을 쏴라	72	천사의 항구	142
책은 즐겁다	325	천산을 넘어서	69
책의 소문	424	천재까지의 거리	20
책장의 스핑크스-관례를 깨는 미스터리		천재는 만들어진다	191
에세이	101	천재들의 가격	20
챈들러	230, 463	천재탐정 SEN 시리즈	364
챠이 코이	418	천지명찰	395
처녀 진주	312	천축열풍록	140
처녀수	27	천황상 레이스 살인사건	252
처창권	198	천황의 밀사	131
처형유희	139	철	420
천계의 그릇	193	철가면	64
천공의 개	496	철기병, 날았다	233
천국으로 가는 계단	265	철도공안관	265
천국은 너무 멀다	295	철도원	309
천녀의 자손	168	철쇄 살인사건	487
천년 줄리엣	470	철완 아톰	174
천둥의 계절	284	철의 뼈	425
천랑성	422	철의 혀	365
천분의 1초 살인사건	380	철인탐정단	340
천사 거리의 협박자	98	철학자의 밀실	22, 342, 427
천사 시리즈	387	첫사랑 소믈리에	470
천사가 사라졌다	387	첫사랑이여, 마지막 키스를 하자	496
천사가 사라진다	146, 169	청기병 및 그 가족 음미 건	38, 99
천사는 빗자루를 들고	56	청마	239
천사들의 탐정	234, 464	청방	156
천사에게 버림받은 밤	81, 82	청산가리그룹	72
천사의 나이프	342, 343	청색	78
천사의 방울	100	청색 열차의 비밀	94
천사의 보수	284	청색의 수수께끼	307, 488
천사의 상흔	125	청염	368
천사의 속삭임	84	청옥사자향로	441

부록
4

677

청재지이 312
청춘미스터리 496
청춘소설 91, 325
청춘소설신인상 139
청춘영웅 369
청춘의 증명 198, 202
청춘이여, 안녕 217
청풍장사건 187
체스터턴 123, 241, 305, 309
체인 포이즌 480
체포록 55, 164, 224, 264, 373, 443
체포록 소설 504
체포소설작가클럽 118
체험의 조선전쟁 180
초고층호텔 살인사건 197
초능력 섹션 달려 53
초능력자문제 비밀대책위원회 130
초대받지 않은 손님 231
초대본영 전함 야마토 시리즈 142
초승달 78, 79
초월, 진실, 위조 120
초절정의 미스터리 세계 120
초제 284
초콜릿 게임 376
촉루의 추억 184
촉루전 285
총과 초콜릿 367
총구 앞에 웃는 사내 285
총리대신비서 227
총소리 117
총탄의 비밀 80
총희 156
최고기밀 271
최근 읽은 탐정소설 221
최악 378
최악의 시작은 174

최악의 외계인 291
최양일 151
최우수범죄상 151
최초의? 왜 자살로 가장할 수 있는 범죄를
　　타살로 만들었는가? 450
최후의 끽연자 291
최후의 만찬 95
최후의 바람 210
최후의 적 335
최후의 증인 404
최후의 지구인 477
추도의 섬 317
추리 103, 254, 287, 444, 445
추리 스토리 103, 444
추리·SF영화사 18
추리계 30, 110, 228, 407, 445
추리계신인상 445
추리단편 육가선 96
추리문학 30, 445, 446
추리문학관 445
추리문학회 87, 446
추리소설 224
추리소설 강좌 110
추리소설 노트 110
추리소설 세미나 94
추리소설논총 429
추리소설대표작선집 446, 447
추리소설대표작선집 추리소설연감33, 112, 179
추리소설로의 초대 301
추리소설상습범 195
추리소설시평 498
추리소설연감 431, 446
추리소설연구 431, 447
추리소설을 어떻게 읽을 것인가? 102
추리소설작법 295, 370
추리소설작법의 20규칙 460

추리스토리 36, 254
추리일기 255, 445
추리작가제조학〈입문편〉 301
추문 124
추방 21
추상오단장 389, 433
추신 : 두려운 진실을 향한 용기 있는 전진 추신
284
추운나라에서 돌아온 스파이 261
추적 149
축복받은 정원의 살인 262
춘희를 보지 않으시겠습니까 195
춘희이야기 379
출구가 없는 바다 393
출구가 없는 방 84
출세전략 66
춤추는 그림자 379
춤추는 야광 괴짜 471
춤추는 주사위 340
춤추는 지평선 192
충돌침로 157
충돌현장 326
취면의식 377
취미로서의 살인 55
츠나구 294
치스 502
치인의 사랑 143
치천사의 여름 342
친구여, 등 돌리지 마라 263
친애하는 에스군에게 180
친우기 165
친절한 밀실 70
친텐보 170
칠년째 협박장 376
칠레 쿠데타 살인사건 131
칠서의 우리 58

침대 방주 26
침대특급 '장미 호'의 여인 126
침대특급 살인사건 126, 173, 350
침대특급 「하야부사」1/60초의 벽 267, 391
침대특급살인사건 351
침몰 호텔과 너무 카오스한 동료들 97
침묵 349
침묵의 교실 358, 359
침묵의 다리 324
침묵의 사람 52
침묵의 상자 323
침묵의 집─성도착 살인사건 279
침묵자 358
침저어 252
칫솔 56
칭기즈칸 22, 149
칭기즈칸의 비밀 149

ㅋ

카 123, 247, 419, 457
카나리아의 비밀 41
카논 263
카니발 249
카니발 매지컬 129
카니발 이브 249
카디스의 붉은별 363
카레라이스는 알고 있다 323
카론의 뱃노래 308
카롤린 해붕 25
카르타고의 운명 191
카마라와 아마라의 언덕 470
카멜레온 303
카멜레온 황금충 288
카운트 플랜 66
카카오80%의 여름 97
칼 루이스 303

부록 4

679

칼 이야기 129
칼에 지다 310
칼의 문양 449
캐논 262
캐서린 시리즈 448
캐서린 터너 207, 448
캔터베리 이야기 261
캣츠아이 구르다 66
커다란 환영 167
커트 글래스 265
커피 설득 482
커피점 탈레랑의 사건 수첩 2
　－그녀는 카페오레의 꿈을 꾼다 376
컴퓨터 검찰국 33
컴퓨터 살인사건 487
컴퓨터의 덫 377
컴퓨터의 몸값 388
켄타로우스의 살인 296
코 252, 329
코난 도일 18, 41, 94, 112, 118, 171, 216
225, 281, 349, 362, 379, 465
코넬 울리치 225, 233
코닝튼 63
코마－혼수 405
코미케 46
코미케 살인사건 46
코발트 71
코발트 문고 139
코발트노벨독자대상 257
코즈믹 249
코즈믹 세기말 탐정신화 249
코지 미스터리 169
콘 게임 20, 120, 365
콘게임 소설 448
콜드게임: 나의 소중한 것을 빼앗은 너에게
　너의 소중한 것을 빼앗으러 가마 355

콜렉션 전쟁×문학 청일・러일전쟁 299
콜리 104
콜린스 87, 139, 199, 281, 465
콜링: 어둠 속에서 부르는 목소리 334
콜트M1851 새벽달 298
쾌걸 조로 503
쿠데타 122
쿠드랴프카의 차례 389
쿠무란 동굴 386
쿠바에 대한 밀서 131
쿠바혁명의 참모습 131
쿤냥 여왕 310
쿵쿵 소리 나는 홍예다리, 떨어졌다 318
퀸 408, 419
퀸 에반스 140
크라샤 죠 시리즈 153
크라샤 죠 연대혹성 피잔의 위기 153
크라임 496
크라임 노벨 449
크라임 클럽 396
크래덕 503
크레믈린의 어릿광대 307
크레이 소령의 죽음 378
크레이그 라이스 169, 225
크로니클 더 클록 시리즈 298
크로스 파이어1 212
크로이든 발12시 30분 173
크로프츠 199, 332, 454
크리스마스 묵시록 147
크리스마스의 네 사람 409
크리스테 메이엘 38
크리스티 247
크리스티 소론 94
크림슨의 미궁 84
크툴루 신화 310
클라리넷 증후군 410

클라이머즈 하이 1	393	타살갑	231
클라인의 항아리	377	타살클럽	161, 435
클래쉬	122	타이틀매치	376
클랜KLAN	141	타임 리밋 서스펜스	233
클레오파트라의 눈물	356	타임머신	509
클레오파트라의 독사	67	타임슬립	355
클로즈드 노트	275	타임슬립 메이지유신	75
키드 피스톨즈	335, 449	타임슬립 모리 오가이	75
키드 피스톨즈의 망상	334	타임슬립 무라사키 시키부	75
키드 피스톨즈의 모독	334, 449	타임슬립 미토 고몬	75
키드 피스톨즈의 자만	334	타임슬립 석가여래	75
키드 피스톨즈의 자만심	449	타임슬립 쇼토쿠 다이시	75
키드 피스톨즈의 최악의 귀환	335	타임슬립 시리즈	75
키드 피스톨즈의 추태	335	타임슬립 전국시대	75
키드내퍼즈	20	타임슬립 주신구라	75
키리온 스레이	449	타향의 돛	164
키리온 스레이 시리즈	292	탁수계	77
키리온 스레이의 부활과 죽음	450	탄갱비사	465
키리온 스레이의 생활과 추리	450	탄식의 고개	196
키리온 스레이의 재방문과 직감	450	탄타라스의 저주받은 피	385
키리온 스레이의 패배와 역습	450	탈샐러리맨 살인사건	487
키상	215	탈옥귀곡행	145
키오니 왁스먼	147	탈옥수	73
킬 존	257	탈옥을 끝내고	73
킬링 타임	319	탈옥정사행	145
킹	172	탈주환자	289
킹을 찾아라	116, 117	탈취	283, 284
		탈취당한 스쿨버스	191
		탐기사	60
ㅌ		탐기소설	451
타겟	122, 271	탐기시리즈 요미모노	457
타구봉 살인사건	128	탐정	63, 64, 76, 456
타락론	239	탐정 갈릴레오 시리즈	495
타락천사고문형	315	탐정 게임	487
타로 히미코	134	탐정 마틴 휴이트	216
타로의 미궁	352	탐정 요미모노	451
타버릴 나날	33		

부록
4

탐정 유벨	200	탐정소설예술론	453, 455
탐정 이야기	325	탐정소설은 왜 최고의 문학이 아닌가?	109
탐정·영화	341	탐정소설을 위한 변주 〈토극수〉	484
탐정공론사	442	탐정소설을 위한 에뛰드 〈수극화〉	484
탐정과 영화	451	탐정소설을 즐기는 모임	264, 435
탐정문고	422	탐정소설의 '향수'에 대하여	444
탐정문예	186, 226, 437, 452	탐정소설의 신경향	221
탐정문학	80, 109, 178, 256, 452	탐정소설의 예술가	455
탐정문학사	256	탐정소설의 예술화	114
탐정법 제13호	241	탐정소설의 장래	467
탐정살해사건	479	탐정소설의 재정의	23
탐정소설	49, 105, 119, 222, 224, 268, 453, 467	탐정소설의 주인공	467
탐정소설 30년	225, 281, 453	탐정소설의 프로필	408
탐정소설 40년	140	탐정소설의 향수에 대해	264
탐정소설 명작전집	135	탐정소설작가	73
탐정소설 문단의 제경향	499	탐정소설전집	76
탐정소설 세 가닥의 머리카락	64	탐정소설총서	213
탐정소설 시리즈	484	탐정소설취미모임	392
탐정소설 연구평론 목록	446	탐정소설통	187
탐정소설 예술론	78, 114, 452	탐정신문	72, 110
탐정소설강화	41, 452	탐정실화	210, 377, 454, 457
탐정소설걸작집	280	탐정영화	308
탐정소설과 20세기 정신	23	탐정왕래	454
탐정소설과 기호적 인물	23	탐정왕래 팜플렛	454
탐정소설론	169	탐정은 Bar에 있다	324
탐정소설론 서설	23	탐정은 오늘밤도 우울해	496
탐정소설론 I ─범람의 형식	23	탐정이 되는 893가지 방법	308
탐정소설론 II ─허구의 나선	23	탐정이야기	44
탐정소설론 III ─쇼와의 죽음	23	탐정이야기 빨간 말의 사자	44
탐정소설백과	77	탐정작가 기습좌담회	159
탐정소설사고	455	탐정작가 발타 좌담회	482
탐정소설사전	225, 347	탐정작가 신인클럽	178
탐정소설신인회	72	탐정작가클럽	285, 365, 455
탐정소설십강	455	탐정총화	87
탐정소설연감	73, 95, 211, 374, 378, 443	탐정춘추	109, 114, 408, 455
탐정소설연구회	436, 453	탐정취미	178, 217, 435, 440, 442, 451, 456

탐정취미회	24, 29, 217, 423, 435, 443, 456	토마토 게임	203
탐정클럽	73, 377, 452, 456, 461, 487, 503, 506	토막 난 시체의 밤	242
탐정희곡	42	토머스 해리스	235
탐정희곡 가면의 사나이	499	토메이 하이웨이버스 드림호	407
탐험세계	209	토스카의 키스	195
탐험실기 지중의 비밀	348	토요살롱	431
탑	457	토요와이드극장	295
탑의 단장	410	토요회 통신	432
탑의 판관	149	토털 호러	128
태고의 피	156	톱	456
태내 여죄	132	톱니바퀴	329, 420
태양	200, 467	통	199, 332, 454
태양 흑점	198, 337	통곡	121, 122
태양과 모래	125	통곡의 닻	306
태양은 메콩에 진다	170	통속 하드보일드	463
태양의 계절	416	퇴직 형사관	415
태양의 세계	474	퇴직형사 시리즈	292
태양이 앉는 자리	294	퇴출게임	470
태양이 져 갈 때	147	투명녀	167
태자 수호전 아라한 집결	53	투명수태	229, 509
태평양의 장미	230	투명한 계절	33
태평천국	442	투병술	372
태형	485	투우	60
택시 광조곡	344	투쟁	50
탤런트 하즈키 아사코	293	투탕카멘왕에게 보낸 선물	288
터닝 포인트	174	툴&스툴	378
터미널 살인사건	125	튀어나온 배꼽 이야기	113
턴	90	트라이얼 & 에러	421
털가죽 외투를 입은 사내	281, 285	트래블 라이터 우류 신	293
텅 빈 자동차	314	트랜드는 밤에 만들어진다	118
테니스, 그리고 살인자의 탱고	238	트러블메이커	409
테니스코트의 살인	419	트럼프 살인사건	160
테디 가타오카	36	트레저 헌터 시리즈	87
테러리스트의 파라솔	488	트렌트 최후의 사건	454
데이와	171	트리오 더 펀치	101
토라진 아가씨	370	트릭	388, 457, 458

부록
4

683

트릭 교향곡	322
트릭 로직	161
트릭회사 공방사	294
트와일라이트	168
트와일라이트 게임	323
트와일라이트 뮤지엄	470
트윙클 보이	114
특급 「백산」 살인사건 장편추리서스펜스	207
특급 아시아	186
특명 시리즈	111
특명무장검사 구로키 효스케 시리즈	20
특명사원 살인사건	487
특별수사 최전선	95
특별수사본부	105
특수경비대 블랙 호크	491
특수권외	227
특집 에도가와 란포 추도	447
특집 장르토론회	447
특집 추리소설의 주변	447
특집 해외미스터리전망	447
티엔	275
팀 바티스타의 영광	31

ㅍ

파계재판	149
파괴업 장사 사건	476
파괴재판	181
파군의 별	92
파노라마섬 기담	345
파도 소리	438
파도무늬	481
파라독스학원 - 개방된 밀실	75
파란 달 - 나미다사건부에 작별!	75
파란 모자 이야기	294
파란 반점 고양이	199
파란 옷의 남자	200

파란색 눈의 여자	440
파랑새 살인사건	222
파랑새를 고발해라	215
파리 남자	399, 476, 508
파리남자	508
파리의 다리	468
파리의 비밀	465, 499
파리의 하늘	90
파블로프	77
파선의 마리스	119
파스티슈	459
파워 오프	409
파이어볼 블루스	81
파인 데이즈	480
파일로 벤스	115
파충관 사건	399
파칭코와 암호의 추적 게임	35
파크 라이프	390
파트너	468
파트너 시리즈	363
파트너를 조심해	363
파트너에 손대지 마	363
파파이라스의 배	44
파퓰러 미스터리월드	110
파프리카	291
판결	427
판도라	183
판도라의 불꽃	68
판쵸 비야	131
판타지	239
판타지대상	394
판타지로망대상	141
팔려간 그들	420
팔묘촌	126, 392
팔콘상	436
팔크 피츠존	389

패검 무사시와 야규 효고노스케	171	폐쇄를 명받은 요괴관	337
패권 비룡귀	54	폐쇄병동	473
패러디	459	폐어류의 밤	44
패러렐 월드	121	폐허에 바라다	234
패러렐 월드 러브스토리	494	포니테일은, 돌아보지 않는다	91
패러사이트 이브	247	포로	399
패러슈트 걸 살해사건	479	포로기	369
패밀리 레스토랑	495	포로씨	322
패스티시	271	포르츄네 드 보아고베	213
패왕의 죽음	132, 133	포스트	452
패자의 전진 시리즈	143	포스트 세이초	229
퍼거스 흄	183	포스트게이트	63
퍼레이드	390	포아고베	216
퍼즐	335	포악한 밤	139
퍼즐 붕괴	116	포와로 12밤	247
퍼즐 스토리	225	포츠담 범죄	305
퍼즐러	225	포탄을 뚫고	29
퍼펙트 블루	212	포플러장의 사건	360
퍼펙트 플랜	334	포효는 사라졌다	127
펄프 하드보일드	44	폭력 관능소설	139
페가수스호	142	폭력 동해도선	228
페르소나	335	폭력소설	460
페르소나의 쇠사슬	93	폭력작가	460
페미니즘 살인사건	290	폭력조직계	369
페어 레이디 Z의 궤적	407	폭력주식회사	492
페어 플레이	177, 460	폭살예고	252
페이크〈의혹〉	53	폭설권	234
페이퍼 나이프	248	폭스가 살인사건	247
페트로프 사건	322, 357	폭스의 사극	25
펜처치거리의 수수께끼	331	폭포	379
편도	339	폭풍권	32
편지	495	폴리	331
평론가	498	폴리티컬 스릴러	261
평화의 싹	393	폴리티컬 픽션	461
폐가의 유령	493	표류가	467
폐쇄된 해협	363	표류재판	231

부록
4

685

표백전사　　　　　　　195
표착사체　　　　　　　105
푸른 까마귀　　　　　128
푸른 꽃불　　　　　　65
푸른 노트　　　　　　411
푸른 리본의 의혹　　　314
푸른 묘비명　　　　　100
푸른 밀실　　　　　　322
푸른 불꽃　　　　　　84
푸른 비단의 인형　　　84
푸른 살인자　　　　　417
푸른 새　　　　　　　119
푸른 십자가　　　　　309
푸른 유고　　　　　　412
푸른 초원에　　　　　140
푸른 침묵　　　　　　307
푸른 하늘의 캐논―항공자위대
　　항공중앙음악대 노트　491
푸른 화염　　　　　　84
풀꽃　　　　　　　　　19
풋내기로소이다　　　270
풍뎅이 증인　　　　　283
풍류불　　　　　　　42
풍문　　　　　　　　114
풍속소설　　　　　　158
풍운장기곡　　　　　285
풍운천만 이야기　　　233
풍장전선　　　　　　214
풍진지대　　　　　　214
풍차　　　　　　　　419
풍차제　　　　　　　424
풍토　　　　　　　　19
프라그렌테 데릭트　　396
프라이빗 아이 스토리　230
프라이팬의 노래　　　215
프라하의 익살꾼　　　152

프랜시스 아일즈　　　173, 223
프랜시스 자비에르　　130
프랭크 R. 스톡튼　　　182
프레드릭 포사이스　　194, 409
프렛차　　　　　　　199
프로야구 살인사건　　126
프로이트　　　　　　205
프로이트상　　　　　156
프로젝트P　　　　　　468
프로필　21, 76, 109, 123, 127, 208, 282, 320
　　　341, 408, 442, 452, 455, 461, 483
프롤레타리아 문학　　471
프리먼　　　　　　　247
프리먼 윌스 크로프츠　173
프리즌 트릭　　　　　349
프리즌 호텔　　　　　309, 310
프리지어　　　　　　324
프리터, 집을 사다　　304
프릭스　　　　　　　318
프린스 자레스키　　　331
플라바로크　　　　　405
플라스틱　　　　　　409
플랫폼 스토리즈　　　472
피고는 무죄　　　　　52
피닉스의 조종　　　　307
피로 칠해진 신화　　　276
피리를 불면 사람이 죽는다　286
피리오드　　　　　　397
피바다의 웨딩드레스　114
피보다 진한　　　　　230, 231
피부는 죽지 않는다　　65
피스　　　　　　　　496
피스 싸인　　　　　　493
피습　　　　　　　　100
피안의 노예　　　　　352
피와 뼈　　　　　　　344

686

피와 장미	325
피의 계절	51
피의 로빈슨	455
피의 심판	26
피의 영수증	269
피카레스크 소설	492
피투성이 구세주	152
피학의 계보	113
피해자	40
피해자는 누구인가	77
필름 느와르	332
필립 K 딕	102
필립 말로	234, 464
필립스 오펜하임	261
필사의 탈출	127
필사적인 안고 탐정실	120
필포츠	320
핑크 07호 시리즈	69
핑크 베라돈나	449

ㅎ

하고로모 전설의 기억	391
하고이타 세 아가씨	136
하고이타 아가씨	136
하급 아이디어맨	191
하급관리 후미요시	126
하기와라 미쓰오	72
하기와라 사쿠타로의 망령	396
하나노데라 살인사건	339
하나도 다쿠마 변호사 시리즈	74
하나마도하리 샤갈의 묵시	490
하나무라 만게쓰	460
하나사키 신이치로	273
하나사키 신이치로 시리즈	273
하나오의 비밀	80
하나의 비극	116, 117

하나조노 슈헤이	123
하느님 게임	190
하늘 가운데	304
하늘에서 노래하는 남자의 이야기	217
하늘에서 사라진 남자	241
하늘을 나는 말	90, 257, 433
하늘을 나는 살인	403
하늘을 나는 악마	241
하늘을 나는 타이어	425
하늘을 나는 홍보실	305
하늘의 도로테	247
하다노 이나코	71
하드 서스펜스	139
하드 액션	153
하드보일드	17, 44, 55, 91, 101, 102, 120, 192, 195, 196, 230, 233, 238, 263, 268, 270, 296, 308, 324, 340, 343, 360, 426, 427, 436, 460, 463, 464, 488, 489, 495
하드보일드 미스터리 매거진	192
하라 고	463
하라 료	234, 460, 463
하라 호이쓰안	464
하라지마 변호사의 처리	50
하루나	57
하루미	46, 246
하루살이 상	212
하루타	41
하루타 류스케	338
하류소년 사쿠타로	176
하르모니아	262
하르퓨이아	335
하리노사소이	440
하리누키 도키치 체포	452
하마구치 이치로	448
하마오 시로	226, 456, 465, 487
하마오 아라타	465

부록
4

하메른의 피리를 들어라 490
하모니 429
하모니카를 부는 남자 237
하복 퍼스펙티브 95
하세 세이슈 223, 333, 460, 466, 468
하세가와 가이타로 191, 280
하세가와 노부타메 357, 467
하세가와 다카시 327
하세가와 덴케이 199, 280, 467
하세가와 린지로 440
하세가와 슈지 451
하세가와 슌 440
하세가와 시로 440
하세가와 신 184
하세가와 헤이조 467
하세구라 115
하세베 가나에 467
하세베 바쿠신오 467
하세베 신사쿠 467
하세베 야스하루 467
하세쿠라사건 41
하스박사의 연구 365
하시 몬도 244, 468
하시모토 174
하시모토 고로 193, 302, 469
하시모토 젠지로 442
하쓰노 세이 470
하야마 요시키 244, 470
하야미 삼형제 시리즈 307
하야미네 가오루 471
하야부사 신고 492
하야시 미도리 150
하야시 베니코 211, 472
하야시 후보 191, 192, 444, 452
하야시 후사오 210, 281
하야카와 SF 시리즈 291

하야카와 SF콘테스트 83, 189
하야카와 미스터리 346, 396
하야카와 미스터리 매거진 424
하야카와 미스터리 콘테스트 208, 333
하야카와 판타지 291
하야카와 포켓 미스터리 347
하야타 56
하얀 광기의 섬 28
하얀 길 33
하얀 끈 105
하얀 동백꽃은 왜 떨어졌나 85
하얀 맨션의 사건 232
하얀 사람 349
하얀 산봉우리의 남자 143
하얀 선 속의 익살 128
하얀 수사선 491
하얀 십자가 198
하얀 여름의 묘지표석 473
하얀 여행 126
하얀 외투의 여자 506
하얀 이방인 63
하얀 잔상 18
하얀 집의 살인 398
하얀 파도의 황야로 36
하얀 현기증 269
하우 미스터리 316
하이비스커스 살인사건 125
하이칼라 우쿄 시리즈 506
하이히메 거울 나라의 스파이 397
하지 세이지 184
하지 축제의 끝 204
하치고로 437
하치오지 칠색면요관 밀실 불가능 살인 61
하카타 환락가 살인사건 415
하코다테수상경찰 53
하쿠로카이 508

하타 다케히코 472
하타모토 따분남 233
하타케나카 메구미 472
하테나 다이어리 428
하트브레이크 레스토랑 189
하폰추적 375
하하키기 호세이 245, 405, 473
하행 열차 289
하행 열차 '하쓰카리' 323
학살기관 428
학생가의 살인 494
한 마리 작은 벌레 236
한 알의 모래로 사막을 말하라 295
한 자루의 만년필: 현립 D고교 살인사건 254
한 자루의 연필 229
한 푼도 더도 말고 덜도 말고 449
한낮의 보행자 370
한낮의 유괴 198
한무라 료 269, 474, 479
한밤중에 노래하는 섬 312
한밤중으로 한걸음 더 343
한밤중의 5분전 480
한밤중의 다알리아 99
한밤중의 동쪽 196
한밤중의 먼 그곳 233
한밤중의 소년 145
한밤중의 천사 70
한밤중의 탐정 304
한시치 443
한시치 체포록 117, 373, 443, 474
한신아와지대지진 44
한여름의 수레바퀴 96
한오치 393
한의 법정 421
한의 한국사 180
한정본 벌레 159

한줌의 미래 477
한중수영 403
한쪽 날개의 천사 시리즈 427
한큐전차 304
함께 겨울로 날아들어! 409
합계 300살 탐정단 139
합병인사 271
합본 청춘살인사건 293
핫도그 드림 139
핫산 칸의 요술 144
핫토리 겐쇼 282, 283
핫토리 마스미 474
핫토리 마유미 475
항간에 떠도는 백가지 기묘한 이야기 58
항공 미스터리 241
항공 서스펜스 98
항공우주군사 시리즈 143
항설백물어 58
항설백물어 - 항간에 떠도는 백가지 기묘한 이야기 439
항아리 속의 천국 62
항해저널 411
해 보자! 222
해골 128
해군보도반 178
해군사관 살인사건 207
해롤드 래미스 129
해룡관 사건 469
해리 케멜먼 130
해리스 버랜드 247
해만장 기담 27
해바라기가 피지 않는 여름 218, 219
해바라기의 축제 488
해변의 아지랑이 128
해부된 신부 326
해신의 만찬 384

해신의 역습 30
해안도로 36
해양모험소설 201
해양모험소설 시리즈 92
해외 미스터리 풍토기 101
해외 미스터리걸작선 160
해외 탐정소설 걸작선 457
해저 2만리 509
해저 감옥 27
해저 결혼식 386
해저 군함 364
해저 흑인 205
해적 해안 27
해조의 묘표 72
해체 이유 129
해표도 504, 505
해표정의 손님 309
해피엔드에 안녕을 398
해협에 죽다 306
햄릿 504
햄릿의 총비 115
햇빛 찬란한 바다 259
행동문학으로서의 탐정소설 264
행동파 미스터리 작법 193
행동파 탐정소설사 193
행동파미스터리 작법 193, 196, 202, 208, 210
    212, 216, 218, 222, 230, 231, 235, 237, 242
    244, 249, 251
행로난 258
행방불명자 359
행복의 서 321
행복한 아침식사 114
행선지 없는 차표 126
햐쿠타니 센이치로 149
향골거사 63
향연 334

허구의 공로 197
허깨비 물고기 살인사건 426
허망의 잔영 381
허모 275
허몽 343
허무에의 제물 107, 160, 193
허밍으로 2절까지 17
허버트 브린 123
허상 365
허상 음락 336
허수아비 집 474
허실 419
허영의 도시 48
허인들 290
허항선단 290
헐리우드 거리의 미스터리 57
헛소리 시리즈 129
헤드헌터 240
헤매는 뇌수 235
헤밍웨이 102
헤이지 437
헤이케 살인사건 487
헤이케 전설 살인사건 311, 396
헨리 밀러 102
헨리 브라이트 43
헨리 세실 449
혀 29
혁명전야 497
현금에 손대지 마라 332
현기증 268
현기증을 사랑하여 꿈을 꾸자 353
현대 1백가지 괴담 419
현대 괴담집성 111
현대 미국문학 260
현대 미스터리월드 110
현대 세계탐정소설걸작집 222

현대 악처전   34

현대 영국문학작가론   260

현대 유머문학전집   89

현대 일본문학전집   83

현대 추리소설론   55

현대 탐정작가 대표걸작선   457

현란한 그림자놀이 - 오즈 야스지로   157

현립 S고교 사건   254

현립병원의 유령   184

현의 성역   70, 422

현인   188

현장부재증명   76, 332

현지 미스터리   351

현하 문단과 탐정소설   499

혈소부   385, 508

혈안   141, 212

혈액형 살인사건   42

혐오스런 마쓰코의 일생   336

협박여행   415

협박자   77

형법입문   227

형사   105

형사 요시나가 세이이치, 눈물의 사건부   67

형사 콜롬보   173, 315

형사님, 안녕   496

형사소설   40

형사실격   380

형사의 눈   228

형사의 방   242

형사장 시리즈   301

호걸역   64

호두원의 창백한 파수꾼   217

호라 - 사도   263

호랑이   374

호랑이 이빨   185

호랑이의 길, 용의 문 시리즈   54

호랑이입으로부터의 탈출   16, 17, 18

호러   61, 247, 254, 475

호러물   120

호러서스펜스대상   174, 218, 406

호러작가가 사는 집   209

호류지의 수수께끼 살인사건   490

호리우치   66

호리우치와 다테 시리즈   67

호리자키   508

호무라 소로쿠   476

호민   89

호박 파이프   41

호박마차   477

호박성의 살인   262

호반   504

호반의 비밀   231

호반정 사건   345

호방   296

호세이대학 추리소설연구   429

호쇼 레이코   493

호수   313

호수바닥의 제사   321

호수의 님프   508

호숫가 살인사건   495

호스티스 살인사건   236

호시 신이치   46, 346, 366, 476, 502, 505

호시 신이치 플라시보 시리즈   477

호시 하지메   477

호시가와 아쓰고   139

호시노 다쓰오   24, 477

호시다 산페이   478

호암   89

호적수   217, 309

호쿠사이 살인사건   154, 155

호쿠토 학원 7대 불가사의 시리즈   262

호크 씨 자금성의 비밀   18

부록
4

691

호크 씨 홍콩 섬의 도전	18	화란미정록	37, 99
호크 씨의 이방의 모험	18, 459	화려한 도전	227
호텔 우먼	342	화려한 유괴	125
호프만	501	화려한 추문	229
혹성CB-8 월동대	143	화롯가야화	411
혹성신화	257	화면제	335
혼 곳	142	화빙	188
혼다 다카요시	479	화살의 집	247
혼다 데쓰야	480	화석의 숲	417
혼다 슈고	301	화석의 황야	126
혼다 오세이	281, 443, 451, 454, 481	화성	155
혼령의 말	345	화성에서 마지막	174
혼마 다마요	482	화성연대기	477
혼인보 살인사건	396	화성의 마술사	399
혼자서는 죽지 못해	102	화성의 운하	345
혼조후카가와의 기이한 이야기	212	화성인 선사	30
혼조후카가의 기이한 이야기	212	화승총	344
혼진 살인사건	225, 392, 430	화신	323
홀로 남겨져	212	화신피살	188
홈즈	216, 246, 459	화요서스펜스극장	295
홈즈 시리즈	379	화요일의 여인	427
홈즈의 모험	112	화이트 아웃	283, 284
홋카이도 웨스턴	233	화인환희	346
홋타 요시에	19	화장국 풍경	399
홍련귀	155	화차	162, 212, 245, 374
홍루몽 살인사건	315	화천풍신	384
홍송어관의 참극	374	화톳불 모임	135
홍좌의 천연두	365	화형도시	267
홍진	140	화형법정	123, 182
홍콩	77	환랑 살인사건	34
홍콩 살인사건	237	환상 당초	438
홍콩미궁	341	환상 부락	210
홍콩여행의 미스터리	57	환상 살인사건	200
화가 시리즈	155	환상과 기괴의 시대	81
화가의 죄?	50	환상문학신인상	315
화광인 랩소디	194	환상박물관	107

692

환상소설 61
환상운하 303
환상의 마약 128
환상의 여인 17, 63, 508
환상의 탐정작가를 찾아서 323
환상의 팔 154
환상의 펜팔 191
환상탐정회사 271
환수소년 기마이라 402
환수의 밀사 30
환시사냥 30
환시하는 바리게이트 120
환야 495
환영성 21, 140, 160, 181, 206, 213, 315, 320, 345
429, 435, 457, 475, 481, 482
환영성통신 225
환영의 메이지유신, 상냥한 지사의 무리 158
환영의 성주 345
환일 493
환청의 숲 98
환혹밀실 130
환화제 27
환희 127
환희마부 403
환희의 아이 167
활자 광상곡 61
황공한 장군가 113
황금 기린-이문 만물박사 오시치 123
황금 꽃바구니 258
황금가면 160, 345
황금기관차를 노려라 72
황금모래 351
황금십자상 37
황금유사 106
황금을 안고 튀어라 150, 151, 223
황금의 재 334

황금해협 111
황색 고리 487
황색 장미 245
황색관의 비밀 69
황제가 없는 8월 48
황제의 담배가루 상자 278
황제의 코담배갑 123
황토의 격류 201
황혼의 고백 466
황혼의 베를린 181
황혼의 속삭임 318
황혼의 악마 285
황홀병동 335
회귀천 정사 181
회색 범죄 201
회색 화분 320
회색빛 안녕 340
회색의 피터팬 414
회중시계 356
효스케 76
효스케 시리즈 76
후 항설백물어 57
후광 살인사건 115, 354
후나고시 에이이치로 67
후나도 요이치 202, 483
후나타 가쿠 19
후나토미가의 참극 320, 455
후더닛 318
후루가와 롯파 95
후루노 마호로 484
후루자와 진 446
후루카와 히데오 485
후루타 산키치 289, 290
후리야기 354
후모토 쇼헤이 445
후미요 328

부록
4

후보쿠·란포·나 373

후쓰카시 미에코 134

후유키 교 485

후지 6대 호수 살인수맥 308

후지 6대 호수 환영의 관 308

후지 게이코 349, 486

후지 유키오 349, 420, 485

후지모리 아키라 287

후지모토 센 486

후지무라 350

후지무라 미사오 237

후지무라 쇼타 30, 486

후지사와 슈 276

후지산 대분화 75

후지시로 사부로 88

후지에다 신타로 487

후지와라 도시카즈 488

후지와라 사이타로 487

후지와라 이오리 488

후지와라 히로토 137

후지코 후지오 294

후지키 야스코 254, 488

후지타 도모히로 288

후지타 요시나가 463, 489

후지타 유조 319, 489

후지토 다쿠마 200

후지하라 데이 137

후카다 히로유키 329

후카마치 아키오 489

후카미 레이이치로 490

후카야 다다키 490

후쿠나가 다케히코 19, 207, 333

후쿠다 가즈요 491

후쿠다 데루오 282

후쿠다 히로시 223, 491

후쿠모토 가즈야 491

후쿠시마 사건 465

후쿠오카 오카와 478

후쿠이 하루토시 492

후쿠자와 데쓰조 493

후쿠치 오치 250

후타가미 히로카즈 483

후타로 264

후타바 주자부로 509

후타바추리상 103, 125, 415

후회와 진실의 빛 122

훈보르트(페루)해류 142

훈장 231, 289

훈제 시라노 200

휘천염상 31

휠보트 408

휴 콘웨이 64, 235

휴가지에서 죽음 79

휴일 연주 403

휴일의 단애 65, 445

흉구의 손톱 160

흉몽 477

흉소면 89

흉수 마보로시노 310

흉악한 검객 141

흉악한 총 루거P08 369

흉악한 총 발터P38 369

흉안 397

흉탄 222, 491

흉탄—독수리V 363

흐느껴 우는 돌 492

흐르는 관정 207

흐르는 별은 살아있다 137

흐린 강 살인사건 18

흐트러진 직선 176

흑과 백의 살의 218

흑과 사랑 315

흑다갈색의 파스텔	408
흑마기담	232
흑마단	310
흑막	227
흑묘관의 살인	317
흑백 미시마야 변조 괴담1	212
흑백의 기적	238
흑백의 사이	485
흑백의 여로	100
흑빵 포로기	69
흑사관 살인사건	107, 115, 160, 186, 354
흑사의 섬	355
흑사장 살인사건	419
흑색전략	227
흑수선	486
흑신도	276
흑의 군상	154
흑의의 단카사	107
흑조 살인사건	320
흑조의 속삭임	107
흑조의 위증	157
흑표범의 진혼곡	369
흔적 없는 모살자	152
흔한 사인	317
흔해빠진 수법	477
흙 베개	299
흙과 병사	497
흡혈 박쥐	385
흡혈가	133
흡혈귀	501
흡혈귀 헌터 시리즈	87
흡혈귀와 정신분석	22
흡혈의 집	133
희고 긴 복도	28, 29
희극비기극	321
희망	97
희망봉	141
희망의 결말	477
희생자	313, 499
흰 개미	354
흰 방에서 달의 노래를	256
흰 집의 살인	398
흰옷을 입은 여자	139
히가시 도쿠야	493
히가시가와 도쿠야	493
히가시노 게이고	182, 245, 273, 347, 431
	460, 494
히가시야마 아키라	495
히가시야마님의 정원	310
히가시타로 일기	338
히구레 마사미치	298
히구치 아키라 시리즈	54
히구치 아키오	495
히구치 유스케	496
히구치 이치요	18, 103
히나쓰 고스케	437
히노 게이조	229
히노 아시헤이	145, 496
히데카	95
히라가 살인사건	466
히라노 게이이치로	497
히라노 겐	301, 371, 498
히라노 아키라	498
히라바야시 다이코	244, 281
히라바야시 하쓰노스케	41, 50, 443, 498
히라바야시다이코문학상	356, 417
히라쓰카 하쿠긴	109
히라야마 유메아키	167, 500
히라이 다로	344
히라이 데이이치	80, 501
히라이시 다카키	501
히라즈카 마사오	181

부록 4

695

히라카와 유이치로 294
히로가와 이치카쓰 399
히로세 다다시 501, 502
히로세 다케오 170
히로세 쇼키치 502
히로시게 살인사건 155
히로시마 후미히코 106
히로시마문학 34
히로야마 요시노리 460
히로에 준이치 32
히로오카 스미오 47
히로오카 히로타로 234
히로자와 사네오미 참의 암살사건 158
히로타 시즈노리 502
히루가와 박사 365
히말라야 대활강 427
히메다 미쓰코 502
히메카와 레이코 시리즈 480
히몬야사건 322
히무라 시리즈 304
히무라 히데오 304, 502
히미코의 '마지막 심판' 134
히미코의 귀환 134
히사노 다케시 399
히사야마 지요코 503
히사야마 히데코 36, 391, 443, 451, 503
히사오 주란 143, 203, 217, 224, 250
281, 306, 459, 504
히사요 데루히코 459
히스테릭한 생존자 490
히시가타 요시 504
히야마 요시아키 505
히우케 아이코 439
히이라기 시게루 327, 384
히치콕 매거진 48, 161, 191, 505
히치콕 미스터리 페이지 505

히카게 조키치 37, 73, 208, 333, 505
히카와 레이코 507
히카와 로 288, 387, 506
히토리 시즈카 480
히토마로의 비극 490
히토미 미사오 323
히트 아일랜드 35
히포크라테스의 첫사랑 처방전 47

숫자
007 시리즈 201

1/2 기사 470
10년 후 60
10센트의 의식혁명 36
11－eleven 299
11장의 트럼프 321
1200년 밀실전설 249
12국기 시리즈 355
137기동여단 143
13계단 150, 245, 342, 347
13의 밀실 386
13인의 모임 315
13호실의 살인 359
15소년 표류기 201
1888 Jack The Ripper 475
18시의 음악욕 399, 508
1934년 겨울－에도가와 란포 459
1995년의 스모크 온 더 워터1995年 406, 407
1999년 155

2005년의 로켓보이즈 406
20세기 모험소설독본 일본편·해외편 424
20세기 철가면 115, 354
20세기를 모험소설로 읽기 424
21면상의 암호 35

21번가 손님	469
21세기의 블루스	125
21일회	184
26~34년생 사원	320
2-시오리코 씨와 미스터리한 일상	219
2월 2일 호텔	92
2전짜리 동전	50, 344, 406
3000년의 밀실	296
301호차	124
30전	184
32년 만에 떠오른 침몰선	126
33시간	170
36인의 승객	302
39조의 과실	349
39호실의 여자	199
3LDK 요새 야마자키가	380
3M의 회	71
3·11의 미래 일본·SF·창조력	46
3개의 지문	187
3색의 집	442
3억 엔의 악몽	126
3일 하면 멈출 수 없어	263
46번째 밀실	304, 502
4년째의 주살	237
4일간의 기적	312
4페이지 미스터리	319
50층에서 기다려라	361
5년째 마녀	114
5분간 미스터리	487
5인의 마리아	30
6시간 후 너는 죽는다	150
701호법정	227

705호실 호텔기담	174
72시간	313
7명의 신부	437
7월 7일	45
7인의 공범자	106
7제유도기	185
7주간의 어둠	323
87분서 시리즈	40
87분서의 그래피티-에드 맥베인의 세계	101
87분서의 캬레라-에드 멕베인의 세계	101
8개 지옥의 마신	61
8년	172
8월에 사라진 신부	118
8월에서 온 편지	172
8의 살인	307
99인의 최종전차	409
9마일은 너무 멀다	130
9월의 계곡에서	324
9월의 사랑과 만나기까지	189
9월이 영원히 지속되면	120
A~Z	
A. A 밀른	169, 388
A=Z 살인사건	126
adventure novel	201
AR추리 배틀 로열	35
A군에게 보낸 편지	283
A사이즈 살인사건	331
A·D·G	333
BILIPO	208
BRAIN VALLEY	247
BRAVE STORY	212

부록
4

697

C.S.포레스터	157
C의 복음	122
D.G 맥도널드	63
DAWN	498
DL2호기 사건	300, 321
Dokuta	316
Down by Law	490
DS선서	508
DZ	352
D기관정보	125
D언덕의 살인사건	328, 345
D장조 알리바이	305
E. C. 벤틀리	169
EQ	441
EQMM	207, 333, 403, 426
EQMM 단편콘테스트	51, 384
EXPO '87	191
F.N. 하트	181
F.W 크로프트	169, 224
f의 마탄	296
F의 비극	85
F탱크 살인사건	122
GEM회	30
Gene	247
GIALLO	441
GOTH 나의 장	367
GOTH 리스트컷 사건	367
GOTH 밤의 장	367
G멘	508
H 더글라스 톰슨	169
H.G. 웰스	509
H.P. 러브크래프트	310
HERO흉내	340
J미스터리 걸작선	73, 229
J의 신화	410
K.T.S.C	25
K7 고지	492
KAL 007을 격추하라	492
KB · OF · MWJ	39
KN비극	150
KTSC	39
LIFE GOES ON	495
M.P. 쉴	331
M8 이전	97
MOMENT	479
MOTHER	71
NOIR	297
NULL	290
N · A의 문	315
N을 위하여	206
N의 비극	237
OL살인사건	134
ONE FINE MESS 세상은 슬랩스틱	16
Op.로즈 더스트	492
OUT	223
OZ의 미궁 켄타로우스의 살인	296
PC통신 살인사건	71, 422
P언덕의 살인사건	187
P·J·우드하우스	280

Q	322
R.P.G	212
R섬의 사건	249
S.S. 반 다인	115, 455
S.마라 · Gd	266
SA나치 돌격대	505
sci−fi moon	395
SF	224, 247
SF를 읽고 싶다	428
SF매거진	29, 83, 196, 335, 416
SF미스터리	247, 509
SF소설	140
SF의 시대	416
SF콘테스트	474
SOS원숭이	413
SR먼쓸리	435
SR회	80, 220, 435
ST 경시청 과학수사반 시리즈	54
S의 계승	172
The Batchelder Award	212
The End	61
The little glass sister	390
The Twelve Forces	176
TOKYO BLACKOUT	491
TOKYO 체포록 시리즈	33
TURD ON THE RUN	495
Twelve Y. O.	492
Twitter 문학상	299
T형 포드 살인사건	502
UFO살인사건	492
Ultimo Trucco	490
UN-GO	240

UNKNOWN	45
UTOPIA 최후의 세계대전	219
V·마돈나 대전쟁	119
W의 비극	100
XXX HoLic	129
XXX 홀릭 어나더 홀릭 란돌드 고리 에어로졸	
	129
XYZ	289
X · X	146
X교 부근	53
X씨와 어떤 신사	440
X의 비극	146
Y의 비극	15, 168, 408
Z	344
Z 9	27
ZIPANG	166
Z의 비극	419

부록
4

699

집필진

가나즈 히데미: 고려대학교 일어일문학과 교수

강원주: 서울과학기술대학교 외래교수

김계자: 고려대학교 일본연구센터 HK연구교수

김성은: 전남대학교 일어일문학과 교수

김환기: 동국대학교 일어일문학과 교수

김효순: 고려대학교 일본연구센터 HK교수

신하경: 숙명여자대학교 일본학과 교수

나카무라 시즈요: 고려대학교대학원 중일어문학과 박사과정

류정훈: 쓰쿠바대학 인문사회과학연구과 문예언어전공 박사과정

박광규: 한국추리작가협회 추리소설평론가

박희영: 중앙대학교 외국학연구소 HK연구교수

성혜숙: 고려대학교 일본연구센터 객원연구원

송혜경: 동국대학교 일본학연구소 전문연구원

신승모: 동국대학교 일본학연구소 연구원

신주혜: 고려대학교 일본연구센터 연구교수

양지영: 가천대학교 아시아문화연구소 책임연구원

엄인경: 고려대학교 일본연구센터 HK교수

유수정: 가천대학교 아시아문화연구소 책임연구원

유재진: 고려대학교 일어일문학과 교수/ 일본연구센터 소장

이민희: 한림대학교 일본학연구소 연구원

집필진

이병진: 세종대학교 일어일문학과 교수

이선윤: 고려대학교 국제어학원 강사

이승신: 고려대학교 일어일문학과 강사

이정욱: 고려대학교 일본연구센터 연구교수

이주희: 쓰쿠바대학 인문사회과학연구과 문예언어전공 박사과정

이지형: 숙명여자대학교 일본학과 교수

이충호: 고려대학교 일본연구센터 HK연구교수

이한정: 상명대학교 일어일문학과 교수

이현진: 고려대학교 일본연구센터 객원연구원

이현희: 고려대학교대학원 중일어문학과 박사과정

이혜원: 한신대학교 일본학과 강사

장영순: 에히메대학 한국어 강사

정병호: 고려대학교 일어일문학과 교수

정혜영: 대구대학교 기초교육원 교수

조미경: 한국산업기술대학교 강사

채숙향: 백석대학교 관광학부 일본어통번역과 교수

한정선: 한양대학교 일본언어·문화학과 박사후연구원

홍선영: 한림대학교 일본학연구소 연구교수

홍윤표: 성신여자대학교 일어일문학과 교수